Il contesto

53

Marco Balzano

L'ultimo arrivato

Sellerio editore
Palermo

2014 © Sellerio editore via Enzo ed Elvira Sellerio 50 Palermo
e-mail: info@sellerio.it
www.sellerio.it
2020 Diciottesima edizione

Pubblicato in accordo con Thésis Contents srl, Firenze-Milano

Questo volume è stato stampato su carta Palatina prodotta dalle Cartiere di Fabriano con materie prime provenienti da gestione forestale sostenibile.

Balzano, Marco <1978>

L'ultimo arrivato / Marco Balzano. – Palermo : Sellerio, 2014.
(Il contesto ; 53)
EAN 978-88-389-3255-7
853.92 CDD-22

CIP – *Biblioteca centrale della Regione siciliana «Alberto Bombace»*

L'ultimo arrivato

A Caterina

Ma anche di costoro che ne sappiamo tu e io,
tu che tanto bene ne discorri, io con parole
buone a scovare larve di passato
dall'ombra di quei muri –
specie di questi periferici alla fabbrica,
che la visita tocca al suo finire.

V. SERENI, *Una visita in fabbrica*

È apparso improvvisamente nel cortile dell'ora d'aria e lo ha attraversato come fosse una via di San Cono. Camminava col suo passo pesante, schiacciando i piedi come se pigiasse l'uva. In mano stringeva ancora quella sua vecchia borsa di cuoio sciupato. A vederlo lì sotto il fumo della sigaretta mi è rimasto in gola, insieme alle parole che volevo gridargli: «Signor maestro! Vi ricordate di me? Sono Ninetto pelleossa!» e fargli un sorriso coi miei denti gialli di fumo. Invece non ho detto niente e lui in fretta è sparito dietro un cancello che un secondino gli ha aperto. Io sono rimasto con la bocca spalancata a guardare lo spiazzo vuoto. Dubbioso se fosse stato sogno o verità. Non ho tolto la faccia dal pertugio finché ogni cosa si è riempita di buio. Solo allora mi sono coricato sul materasso marcio e con le mani dietro la testa, gli occhi chiusi, ho cominciato.

Uno

Prima di chiamarmi pelleossa mi chiamavano strillone, i bambini della scuola elementare di via dei Ginepri. Me li ricordo ancora tutti e trentaquattro, anche se la faccia che più mi è rimasta in testa è quella di Peppino, con quei capelli dritti da dita nella corrente. Insieme ci divertivamo a fottere la merenda di pane e mortadella a Ettore Ragusa, il figlio del macellaio. Quando se ne accorgeva tirava uno strillo più acuto dei miei e frignava a fontana. Io e Peppino, allora, andavamo lì con la bocca ancora bisunta e facevamo i dispiaciuti, «ma no, Toruccio... ma che si piange per fatti così piccoli?», «morto un panino se ne fa un altro, su!», queste frasi di consolazione gli dicevamo. Ogni tanto mi sentivo in colpa e chiedevo a Peppino se non stavamo esagerando.

«Ma quale esagerazione! Quel cornuto è più largo che lungo e a casa trova tutti i giorni la pastasciutta. Tu che trovi?».

«Acciughe» rispondevo io.

Fino a nove anni ho vissuto di acciughe. Anzi, di un'acciuga al giorno. Me la rifilava mamma mia al mattino prendendola da un barattolo col sale rancido attaccato al vetro. La stiracchiava su una fetta di pane che lei chiamava «pane in cassetta» e mi diceva di stare alla larga dalla cucina fino a sera.

«Smammare» ripeteva con un gesto da generale.

Dopo un paio d'ore tendevo l'orecchio sulla pancia perché sentivo che da lì dentro uscivano rumori strani. Sgorghi, ragli, risucchi, non saprei come chiamarli. Così se qualcuno con le mie stesse calorie in corpo mi proponeva di andare a rubare, io subito ci stavo. Più facile era sgraffignare frutta dalle cassette di legno che le vecchie tenevano sulla soglia. Peppino distraeva la vecchia e io ficcavo pesche sotto la maglietta o nelle mutande. Complicato andare a rubare nelle case di un paio di paesani senza più cervello al seguito. Io di solito, visto che avevo una parlantina affilata, facevo da palo e Peppino, o Ciccillo o Berto o qualche altro affamato, mi passavano dietro la schiena per rovistare a casaccio dentro qualunque tiretto. A volte si usciva con un bottino niente male, ma nella maggior parte dei casi si raggranellavano cose da niente. Tozzi di pane, torroncini, qualche uovo da sucare. Difficile, infine, rubare nell'alimentari di Turuzzu, sia perché quel negozio era fetente e uno se ne voleva scappare prima ancora di metterci piede, sia perché Turuzzu era svelto e se ti beccava menava calci. Per arrischiarsi da lui bisognava avere nel sangue la pressione delle lucertole, altrimenti conveniva evitare.

Nel tempo, però, ho realizzato che a San Cono in tanti seguivamo la stessa dieta e allora mi sono messo l'anima in pace. Tutti, presto o tardi, ci siamo messi l'anima in pace. Un'acciuga? E un'acciuga sia! Da picciriddi non ci si demoralizza mica così. Certo, finché andavo a scuola era un discorso. Stavo seduto al banco l'intera mattina, ascoltavo il maestro Vincenzo e la storia finiva lì. Ma quando a mamma mia la notte del 10 ottobre 1959 venne il colpo apoplettico e rimase menomata per sempre, beh, non fu proprio la stessa cosa perché dovetti ritirarmi da scuola e filare in campagna con mio padre a fare lo jurnataru.

Dopo Peppino, anche se non gliel'ho mai detto, la persona a cui volevo più bene era il maestro Vincenzo. Ero più affezionato a lui che a mio padre Rosario. Non solo perché non era noioso e non menava mazzate quando rientravo a casa con la giubba strappata o le ginocchia sbucciate, ma per le poesie che ci leggeva. Di Giovanni Pascoli specialmente. Non metteva mai fretta di capirle. Era prima di tutto una questione di musica.

«Al senso ci penseremo dopo!» ripeteva quando noi bambocci facevamo certe facce da incomprensione.

Dopo aver recitato marciando tra i banchi ordinava di trascrivere la poesia sul quaderno perché «ricopiare vuol dire imparare!», diceva col bastone in aria per farci stare muti.

Il maestro Vincenzo era come un amico per me, non ci sono storie. Basta dire che ci vedevamo pure fuori scuola. Anzi, il sottoscritto era la prima persona che incontrava, visto che eravamo dirimpettai. L'appuntamento era all'angolo di via Archimede, alle sette e mezza. Io quando lo vedevo in lontananza sbattevo le mani sulle gambe per scuotere i peli del micio e correvo verso di lui. Gli dicevo subito che la versione in prosa non l'avevo fatta perché trasformare una poesia mi pareva una brutta operazione. Il maestro non ribatteva, mi domandava soltanto se l'avevo imparata.

«Sicuro che l'ho imparata! Volete che ve la ripeto?».

«Non adesso».

«E mi metterete il brutto voto?».

«Se non l'hai imparata sì».

Ma quale brutto voto, io le poesie le sapevo tutte quante a menadito e pigliavo sempre Lodevole! Quando tornavo a casa sventagliavo in aria il quaderno per mostrare la sua scritta in penna rossa e reclamavo in premio un pezzo di cioccolata o il corrispettivo di piccioli per andarmela a comprare. Tutto questo, l'ho già detto, fino al 10 ottobre 1959, perché dopo non ci fu da reclamare più niente.

Superata l'edicola di Rocco, il maestro si faceva guidare da me. Una volta comprata *l'Unità* non parlava più e camminava senza guardare. Allora, siccome al passaggio a livello di San Cono c'era già scappato il morto, gli prendevo il braccio come si fa coi ciechi. Quando era successo il fatto del morto ammazzato sotto il treno, il maestro aveva detto che dovevamo dispiacerci anche se non lo conoscevamo e sapevamo soltanto che la locomotiva lo aveva sbattuto lontano, lui, la bicicletta e il sacco di arance attaccato al manubrio.

«Chi non si dispiace della morte di una persona è barbaro» disse in classe, e quando passò il carro funebre ci ordinò di interrompere il dettato per andare alla finestra a recitare una preghiera.

Il maestro fu il primo a cui raccontai del colpo apoplettico di mamma mia. Quel mattino ero rimasto muto e non gli avevo manco pigliato il braccio al passaggio a livello. Quando finalmente mi guardò interrogativo, gli raccontai che era caduta per terra nel cuore della notte, una macchia di sangue nero gli si era formata sulla tempia e non se ne andava. Il maestro allora fermò il passo, ingoiò la saliva a fatica e mi disse tante cose importanti. Che però non mi ricordo più.

Da quel giorno, in casa di mio padre Rosario, passò ad aiutarci zia Filomena, la sorella di mamma mia. «La gobbetta precisina» la chiamavano in paese. Zia Filomena era una che veramente aveva sempre da ridire. Per ogni cosa sbuffava. Un suo sbuffo poteva pure scafazzarti i capelli tanto era potente. Una volta chiesi a mio padre di cosa era morto il marito della zia e lui rispose: «Di sbuffi». Lei sola però non aveva schifo di niente. La cambiava, la lavava in mezzo alle gambe, la imboccava perché la bocca era diventata storpia. Poi a piacimento, il giorno che gli pareva a lui, veniva a visitarla il dottor Cucchi, uno che quando passava la gente di via Archimede si scappellava tutta quanta. Prima di visitare il dottor Cucchi chiedeva a noialtri di uscire perché dove ci sono ammalati ci vuole ossigeno, diceva.

«La cosa migliore sarebbe ricoverarla a Catania, in un ospizio» sentenziava sulla porta con la valigia in mano. «E comunque voi, signor Giacalone, dovete portare pazienza. Bisogna imparare a prendere un giorno alla volta, questa è la saggezza che insegna la malattia».

Ma mio padre Rosario appena quello si voltava verso la porta gli faceva un tesissimo paio di corna e diceva che la saggezza ce l'ha sulla bocca sempre chi non tiene guai attorno.

Quanto a me, il cambiamento più significativo fu che la tinozza per fare il bagno, siccome ero proprio un pelleossa di uno, non riuscivo a tirarla in nessun modo in mezzo alla stanza. E dunque puzzavo. Quando ficcavo il naso nella maglietta sentivo proprio che puzzavo e mi vergognavo ad avvicinarmi agli altri. Specialmente a Gemma, la bambina che amavo e per cui mi ero azzuffato con uno che si chiamava Turi. Gli avevo tirato una pietra in testa perché un giorno mi avevano riferito che gli aveva alzato la gonna. A un altro di via Lentini che si chiamava Vittorio, per la stessa ragione l'avevo preso per i capelli e gli avevo sbattuto la testa contro un albero di melograno. Non ci sono storie, a rovinarmi è sempre stata la gelosia. Fin da picciriddu.

Due

Comunque non è che sono emigrato così, da un giorno all'altro. Non è che un picciriddu piglia e parte in quattro e quattr'otto. Prima mi hanno fatto venire a schifo tutte cose, ho collezionato litigate, digiuni, giornate di nervi impizzati, e solo dopo me ne sono andato via. Era la fine del '59, avevo nove anni e uno a quell'età preferirebbe sempre il suo paese, anche se è un cesso di paese e niente affatto quello dei balocchi. Ma c'è un limite a tutto e quando la miseria ti sembra un cavallone che ti vuole ingoiare è meglio che fai fagotto e te ne parti, punto e basta.

Mamma mia stava ogni giorno più stordita. Il dottor Cucchi quando passava ripeteva le solite frasi sciacquate e dava da comprare certe medicine che non risolvevano un'acca ma che costavano una fucilata. Si dovevano mettere sotto la lingua quando le prendevano le crisi. Mio padre era diventato una corda di violino, tu lo pizzicavi e quello tirava mazzate. Per non correre rischi conveniva stargli più lontano della lunghezza del suo braccio. Lui rincasava all'ora che voleva e non diceva nemmeno buonasera. Se parlava, parlava per dire che usciva di nuovo. «Vado in piazza a camminare» mugugnava tirandosi la porta con la sigaretta in bocca. Ma, ovviamente, non andava in piazza a camminare. Andava a giocare a carte nello scantinato di uno che si chiamava Stefano. Finché, vacci uno vacci due vacci tre, gli prese la mania del tressette. So che ci andava perché una volta uscii scalzo e mi misi a seguirlo. Restai carponi a spiarlo dal vetro dello scantinato che affacciava sul marciapiede. Avevo voglia di suggerirgli le carte degli altri giocatori, ma anche senza suggerimenti mio padre vinceva, e anzi quei pochi piccioli che mi sono portato a Milano se li era guadagnati lì sotto, in quel posto col fumo galleggiante. Altri sono partiti solo con un boccaccio di ulive o col pane caldo, io invece avevo il mio bel gruzzoletto, anche se poi non l'ho potuto spendere. Però in paese, per questa storia delle carte, divenne odioso e le amicizie coi compari si guastarono in fretta. A uno a uno gli aveva fatto la pelle, mio padre, anche se poi non si è saputo frenare ed è rimasto gabbato.

Quanto alle mazzate che certe sere mi tirava, invece, non c'è da filosofare troppo o da fare i sofisticati. I genitori a San Cono tiravano tutti mazzate, punto e basta. Come per il cielo è normale piovere, per una vacca muggire, per un albero far cadere le foglie, per un genitore di San Cono era naturale sganciare mazzate. Bastava tornare a casa che ti eri accapigliato e subito ne prendevi altre. «Com'è? Ti sei fatto picchiare? Ma che minchia di uomo diventerai?» e vai con la cintura. «Ti sei sporcato i pantaloni?» calci a ripetizione. «Ti sei fatto male?» zoccoli volanti. Gli zoccoli, in realtà, erano una specialità femminile, proprietà delle madri e di qualche sorella maggiore. Mamma mia, ad esempio, era una professionista dello zoccolo. Aveva la mira di un soldato. Riusciva a colpirti a distanza con una facilità impressionante. Certe volte, tanto era lo stupore che lo sentivo più prepotente del male. Gli bastava fissarti negli occhi con uno sguardo da tigre e lo zoccolo spiccava un volo di uccello, schivando i vasi e intrufolandosi tra le porte dietro le quali cercavo di ripararmi. Io ci ho rimesso un dente, ma ad alcuni amici è andata peggio.

Una volta le ho prese pure perché sono andato a scuola. Mio padre, siccome la sera non mi aveva dato da mangiare, disse che potevo alzarmi più tardi. Così al risveglio pensai che non era più orario di jurnataru e senza dire niente presi per via dei Ginepri. Dalla contentezza mi fermai a chiedere in regalo un tarallo al forno di via Ruggero il Normanno. Da picciriddu sapevo fare di quegli occhi dolci! Anche farmi venire le lacrime finte sapevo, come un attore di Cinecittà. Le signore, infatti, ci cascavano sempre. Adesso invece ho questi occhi stretti stretti, a fessura, che sembra che hanno litigato col sole.

Quel giorno di scuola ancora oggi non lo posso dimenticare. Appena entrato in classe, una delusione. Mi aspettavo una festa come quella del santo e invece, a parte Peppino che saltellava come un coniglio, nessuno mi considerò. Sembrava che non ero mai mancato. Solo Ettore venne a supplicarmi di non rubargli la merenda e di nuovo si mise a piangere come una femminuccia. Anche il maestro Vincenzo, quando entrò, non mi rivolse parola. Vedendomi seduto al mio posto corrugò la fronte, ma niente di più. Io allora pensai che la nostra amicizia era agli sgoccioli e me ne volevo scappare di corsa in campagna. Fece una lezione coi fiocchi, il maestro. Parlò di un signore che si chiamava Giangiacomo Russò e lo chiamò pensatore, una parola che non avevo mai sentito e che secondo il mio compagno di banco significava uno molto intelligente e che la sa lunga, mentre secondo Peppino indicava uno che il mattino si alza e non tiene una minchia da fare. Il maestro fece un disegno alla lavagna: due uomini. Uno stava in mezzo a un campo recintato e diceva «questo è mio!», l'altro stava in un campo senza recinto e non diceva niente. Il maestro ci fece ricopiare il suo disegno e poi spiegò che prima che quell'uomo dicesse «questo è mio!» non esisteva la società – caserme, ospedali, scuole, tribunali, carceri, banche – e tutti vivevano liberi, la natura era così generosa che ciò che cresceva spontaneamente bastava e non c'era bisogno di scannarsi per un boccone. Però poi quello disse «questo è mio!» e allora chi si è visto si è visto. Ognuno iniziò a imitarlo e al posto che sognare un paesaggio o una bella femmina iniziò a sognare recinti sempre più alti e mise porte con la serratura alle case e cani feroci ai cancelli.

«Russò scrive che questa invenzione dei recinti si chiama proprietà privata» disse il maestro.

Peppino alzò la mano per chiedere se questo signore era uno che nella vita russò molto e fece un grugnito col naso che ancora mi fa ridere a pensarci, sento nella testa un coro gioioso di picciriddi. Tanti anni fa, a San Cono, mi hanno detto che pure Peppino verso i quindici anni era emigrato e per qualche tempo aveva vissuto a Milano. All'inizio non riusciva a inserirsi e passava le giornate nei cinema pornografici, faceva risse e rubava le macchine. Poi è partito con suo fratello per la Germania e forse lì avrà messo la testa sulle spalle, si sarà trovato un lavoro stabile e fatto una famiglia. Più povero di me era Peppino. Teneva le bestie in casa e davvero dove abitava era proprio una stalla. Pure i genitori sembravano bestie. Per l'odore di paglia umida che facevano, per gli occhi bovini, per come mangiavano, sempre in piedi come gli scecchi. Chissà, forse qualche volta in città ci siamo pure incontrati, magari di domenica, che è il giorno peggiore della settimana.

Tanto per cambiare quel pomeriggio mi ragliava lo stomaco e mi girava la testa. Così, mentre tornavo con mio padre sulla bicicletta, tanto per non addormentarmi strada facendo, gli raccontai la lezione.

«Papà, sai perché la terra che travagghiamo non diventerà mai nostra?» gli dissi.

«Perché?».

«Perché un pensatore di nome Russò scrive che da quando un uomo, tanti secoli fa, disse "questo è mio!" e costruì recinti intorno a un campo gli uomini divennero disuguali».

«E chi fu questo figlio di grandissima?».

«Il nome non lo so perché il maestro non ce l'ha detto, ma fu quello che inventò la proprietà privata, mentre prima tutto era di tutti, c'era da mangiare in abbondanza e niente leggi, scuole, ospedali, avvocati».

«Ma che ti sei imparato i discorsi dei comunisti?» disse mio padre soffiandomi nell'orecchio.

Io però ero picciriddu, non sapevo ancora il significato di quella parola. Anzi, capivo camionista.

Il podere di don Alfio lo travagghiavano in quattro, due da una parte e due dall'altra. Io travagghiavo in cambio di piselli, pomodori, fichidindia... piccioli niente. Mio padre mi mandava la sera a riempirne un paniere. Le prime volte strillavo che avevo paura dei cani. Lui allora mi prendeva in giro e diceva: «Hai paura? Grattati!». Poi ho imparato a salire sugli alberi velocissimo e non ho più fatto storie.

È stato in campagna che ho conosciuto Giuvà. Lo chiamavo anche paesano. A San Cono i più grandi li chiamavi o paesano o, se era uno più stretto che ti faceva regali, ti invitava a mangiare o ti aveva battezzato, com-

22

pare. Era strabico e con la stempiatura che gli arrivava a metà testa. Aveva poco più di quarant'anni ma la pelle già bruciata come quella dei vecchi contadini. Giuvà teneva proprio una faccia da scemo. Il Signore il giorno che è nato Giuvà certamente si era preso qualche ora di permesso. Però era gentile con me e quando mio padre non c'era mi lasciava salire su un albero e tirare con la fionda le ulive per cacciare le quaglie o spaventare gli aironi. Certe volte ero tristissimo. Non sapevo perché, ero tristissimo e basta. Allora lasciavo cadere la zappa e gli chiedevo il permesso di andare a raccogliere lumache. Speravo di farne una bica da rivendere poi a una bancarella del mercato o a qualche signora che si sventagliava tutto il giorno sul marciapiede. In realtà presto mi spazientivo di cacciarle perché la bava del guscio quando si scollava mi faceva venire la pelle d'oca. Così buttavo per terra quelle poche raccattate e filavo oltre la vigna. Una volta arrivato al pozzo mi sporgevo a pancia in giù perché l'aria umida che arrivava sulla faccia mi consolava. Non so di che, mi consolava e basta. Però quando guardavo nel pozzo poi di notte facevo incubi. Sognavo di caderci dentro o di caderci insieme a mamma mia. E certe notti un sogno più brutto ancora. Tutto il mondo cadeva nel pozzo e rimanevo da solo a strillare senza che nessuno mi sentiva.

«Io voglio andare a casa!» gridavo a Giuvà quando me lo ritrovavo vicino a sferrare zappate in quella terra che era una sassaia.

«E vai, muoviti, basta che non strilli più» rispondeva lui.

Un giorno che avevo finalmente imparato a zappare mi fece bere dalla sua borraccia e quando il vino mi andò in gola iniziai a fare versi vomitevoli: «Blè blè!», sputacchiavo: «A me piace l'acqua!».

Giuvà se la rideva e diceva che a lui invece l'acqua gli andava nella schiena e non la beveva mai. Ripeteva sempre la stessa battuta perché era ignorante e mortificato dal suo lavoro. Infatti continuava a dire «questo lavoro ti ammazza».

«E allora perché lo fai?» gli chiesi.

«Devo comprare il biglietto del treno per andarmene a Milano, qualche picciolo da parte ci vuole».

«E tua moglie Elvira? E le tue figlie?».

«Loro verranno più avanti».

Io appena avevo occasione di ripetere una lezione di scuola non me la lasciavo scappare e così subito attaccai: «Milano è il capoluogo di regione della Lombardia, ha un milione di abitanti e una superficie di centottanta chilometri quadrati. Dopo Roma è la città più grande».

Sapevo tutte le schede di geografia a memoria, come le poesie. Sapevo già che Torino era la città più industriale d'Italia, che il lago Trasimeno si trova in Umbria e tante altre cose che poi sono risultate vere verissime.

Giuvà diceva che a Milano aveva parenti e amici di parenti e parenti di parenti e che lì «non è come questo cesso di San Cono dove zappi e zappi finché crepi senza aver messo da parte un picciolo». Sempre di piccioli parlavano i grandi, altri argomenti non ne conoscevano. Anzi, almeno un altro lo conoscevano eccome, ma non ne parlavano in mia presenza.

«Milano è un posto pieno di luci e di gente da tutta Italia. Sono arrivati anche da Catania, da Zafferana, da Trecastagni e altri paesi qui intorno. E poi ci stanno decine e decine di fabbriche!» e quando diceva fabbriche sembrava che diceva paradiso.

Una volta mi cadde pane e acciuga per terra e mi scappò una bestemmia con tutti gli annessi e i connessi.

Alla mia età già ne conoscevo di belle e ne sapevo anche inventare di originali e molto saporite. Giuvà allora mi tirò uno schiaffo. Io sputai un dente dondolante e non contenevo più il bisogno di frignare. Vedendomi piangere rimase a bocca aperta e mi disse che piangere è l'ultima cosa che bisogna fare a questo mondo perché non serve mai a niente. Poi mi allungò un morso del suo panino con pecorino e pomodoro e l'umore si sistemò. Quando finimmo di mangiare Giuvà si pulì il coltello sulla coscia e pelò un ficodindia, svuotò la borraccia e mi chiese: «Ci vuoi venire pure tu a Milano?».

«Macché Milano!» gli risposi. «Io voglio restare tutta la vita a San Cono!».

Tre

In campagna stavo più con Giuvà che con mio padre, che un giorno portò mamma mia all'ospizio di Catania.

La vita con mio padre era squallida. Zia Filomena passava solo ogni tanto e la casa era sporca. Mangiare mangiavamo sempre freddo. Di buono c'era che non mi tirava più mazzate, ma per il resto sembravamo due pesci. Se gli chiedevo come mai non andava più in piazza con gli amici rispondeva: «Ninè, gli amici non esistono. Esistono solo delle persone con cui passare il tempo quando non hai niente da fare o non vuoi pensare alle scassature di minchia».

Però ogni tanto mi comprava di nascosto certi regali e diceva a Giuvà di fingere che erano suoi, così mi convincevo a partire con lui. Senza dubbio il regalo migliore è stata la chitarrina. Prima in casa tenevo soltanto due soldatini di terracotta e una collezione di fischietti che fabbricavo coi noccioli di prugna. Il divertimento era fuori, anche se tutte le volte finiva a mazzate perché pure quello era un gioco. Eravamo sempre sporchi di strada. D'estate, poi, si diventava selvatici. Si viveva scalzi e in mutande, con gli aghi di paglia nei capelli e le spalle squamate dal sole. Certe domeniche io e Peppino uscivamo di mattino presto e andavamo alla fermata della corriera. Scendevamo a Zafferana, su un pendio di montagna, e da lì correvamo a piedi verso il vulcano raccogliendo le more dai cespugli e sotto certi alberi dove non batteva mai il sole i rimasugli di neve incrostata. Io, quando avevo sete, la appallottolavo nel pugno e me la masticavo come una granita. Non mi fregava che era annerita. Come sempre bisognava stare attenti ai cani, ma se io ad arrampicarmi ero diventato veloce, Peppino era nato scimmia. Ed era una scheggia anche a raccattare sassi. Li tirava con una mira eccezionale, puntando gli occhi della bestia, tanto che i cani si allontanavano guaendo e secondo me lo credevano satana. Nella bella stagione alle pendici si incontravano turisti e ad alcuni chiedevamo di fargli la guida. Inventavamo storie di spiriti e giganti a cui mescolavo le schede di geografia e i discorsi sull'Etna che avevamo ascoltato in paese dai grandi. Alla fine del racconto Peppino regalava un pezzo di pietra lavica e io tiravo fuori un proverbio conclusivo come, ad esempio, «Se sali al vulcano, bastone in mano». Quello delle guide era un buon modo per rimediare mance da spendere a un baracchino che faceva i panini col formaggio. Per noi mangiare sulla pietra rossastra guardando il vulcano mostruoso era la miglior cosa del mondo. Quelle sì che erano domeniche.

«Questa è per te!» disse un pomeriggio il paesano agitando in aria la chitarrina come fosse la zappa.

«Per me?!» gridai con tanto d'occhi.

«Sicuro, così puoi diventare un artista!» e se ne andò nel tinello a parlare con mio padre.

Io iniziai subito a strimpellare e a credermi un bravo di uno. In realtà se mettevo le dita sulle corde mi graffiavo i polpastrelli e così le pizzicavo a vuoto. Come tutte le cose belle durò pochissimo. Nemmeno tre ore. Me ne andai sul muretto di via Marco Polo perché mio padre dopo cinque minuti già gridava che dovevo suonare in silenzio. Mi misi in bella vista e scrissi pure una canzone che mi ricordo ancora:

Un'acciuga mi mette in fuga
Scappo a Milano con il paesano.

Poi passò di lì Pasquale Ragno, uno più grande di me. Si mise a fissarmi.

«Fammi provare» mi ordinò.

«No!» gridai.

«Non sei capace».

«Ma se ho già scritto una canzone!».

«È vero che te l'ha regalata quel signore che ti vuole portare a Milano?».

«E a te chi te l'ha detto?».

«Dicono che vuole farti fare di giorno lo schiavo e di notte la moglie».

«Che vuol dire la moglie?».

Lui fece un gesto osceno e io gli sferrai un calcio. Lui mi tirò un sasso e allora non mi rimase altra scelta: gli fracassai la chitarra in testa. Gli uscì sangue ma lo stesso non mi fermavo di scassargliela addosso e se avessi avuto a tiro un ficodindia gli avrei anche sfregato la faccia con la buccia.

Quando, a sera, zia Filomena mi mise davanti il piatto di verdure bollite lo scansai strillando che anche se avevo fame non mangiavo perché ero stufo di zappare la terra, della casa piena di formiche e di fare a mazzate.

«Io me ne parto con il paesano che mi dà i morsi dai suoi panini imbottiti!» gridai con gli occhi rossi.

Mio padre allora si alzò da tavola e al posto che minacciarmi con un manrovescio venne ad abbracciarmi e a dirmi che facevo bene. Dopo quell'abbraccio a sorpresa mi asciugò la faccia con la sua maglietta, mi prese per mano e mi portò in piazza. Faceva freddo ma lo stesso volle comprarmi un gelato.

«A Milano ti puoi costruire un futuro. Muratore, fabbricatore, garzone e tanti altri lavori che qui nemmeno si conoscono» disse camminando. «Lo vedi il figlio di Dario? Quello è partito tre anni fa e adesso d'estate torna giù con l'Alfetta!» esclamò invidioso.

«E tu non ci vieni?».

«Quando metto da parte un po' di piccioli vediamo».

Giuvà mi parlava sempre di Milano, delle case dei suoi parenti che erano spaziose, col bagno e l'acqua calda, e mi mise in testa questa fissazione per le femmine bionde e abbondanti di minne, dicendo che lì ce n'erano a strafottere. Anche se, forse, la fissazione per le minne io ce l'avevo da prima di ascoltare le chiacchiere di Giuvà. Anzi, già dalla nascita, perché a me sono state le minne a salvarmi la vita. Mamma mia infatti mi ha partorito settimino e pesavo appena un chilo e mezzo quando sono uscito da lì dentro. Così nonna Agata, la mamma di mamma mia, mi ha tenuto per due mesi tra il suo seno abbondantissimo e grazie a quel caldo ce l'ho fatta a spuntarla. Non faceva niente per tutto il giorno, solo se ne stava immobile come una statua sulla sedia e mi teneva lì in mezzo, perché il freddo mi poteva stecchire. Meglio dell'incubatrice è stata nonna Agata. Finché era viva facevamo insieme, dopo la controra, delle lunghe passeggiate sul marciapiede e lei approfittava sempre per raccontarmi questa storia. Un giorno gli dissi: «Nonna, ti posso chiamare in un altro modo?».

«E come mi vuoi chiamare?».

«Ti voglio chiamare nonna Minna!» risposi io e ci siamo fatti una lunga risata.

Comunque, i giorni prima di partire non riuscivo a mettere il naso fuori di casa. Mio padre mi chiedeva se ero diventato una monachella ma io non sapevo che dirgli. Certe volte si metteva con la sedia vicino alla mia e per farmi una sorpresa tirava fuori da dietro la schiena una formella di formaggio pepato e proponeva di mangiarcela insieme. Anche lui per tagliarlo usava un coltello da tasca. Ma io appetito in quei giorni non ne avevo niente e l'unica cosa che facevo era starmene sul balcone ad accarezzare la coda del micio. Spesso, tanto mi erano venute a schifo, gli tiravo le acciughe dei miei panini. Per me tenevo solamente la mollica oliosa.

Un pomeriggio si affacciò al balcone il maestro Vincenzo che sbatteva le lenzuola per far cadere le cimici. Mi chiese di mamma mia e io risposi con un'alzata di spalle.

«Volete che vi ripeto la poesia?» gli domandai.

«Vieni a trovarmi» rispose.

All'inizio lo feci arrabbiare perché gli chiesi se era vera questa storia che era camionista, poi per fortuna si calmò e disse che a Milano potevo essere felice. Disse proprio felice e ricordo che la parola mi sembrò come i pantaloni per la campagna. Grande e male adatta.

«La miglior cosa è scrivere giorno per giorno quello che ti succede. Poche righe possono bastare» disse frugando in un cassetto. «Certe volte si rientra da lavoro stanchi e non si vuole più saperne di niente» e mi allungò un quaderno che chiamò diario perché dentro aveva le date e le ricorrenze dei santi.

«Devo scrivere qui sopra quello che faccio durante il giorno? È un compito?» gli domandai come fossimo in classe.

«Su questo diario puoi farci quello che vuoi» continuò senza badarmi. «Ti sembrerà di parlare a una persona che la pensa come te. Puoi annotare le cose che fai, ma pure quello che non riesci a confidare a nessuno».

Mi regalò anche una tavoletta di cioccolata e un pacchetto di buste da lettera. Disse di scrivere a casa perché chi se ne va, per una ragione o per un'altra, in fretta si dimentica di chi rimane. Per salutarlo mi feci coraggio e gli saltai al collo con un abbraccio e lui, per la prima volta da quando lo conoscevo, rise. Anche quando scendevo scalzo le scale, perché nella fretta non avevo fatto in tempo a prepararmi a puntino, sentivo la sua risata.

A casa la gobbetta precisina mi fece trovare un'insalata con la cipudda e mentre la mangiavo lei legava i cartoni con lo spago e in uno ci infilò il barattolo di acciughe e pacchi di sale. In una valigia pulita con la carta di giornale, invece, piegò i vestiti e in fretta chiuse anche quella. Il treno partiva alle tre di notte e quando dissi che andavo a salutare Peppino in via Fieramosca la gobbetta sbuffò come una caffettiera e ripeté di fare presto. In realtà arrivavo davanti alle case degli amici e tornavo indietro perché non sapevo come spiegarmi.

L'unico che ho salutato è stato Michelino. Ogni tanto il maestro, quando gli vedeva la faccia cadaverica, se lo portava a mangiare frittelle di ceci al baracchino di via Dante. Era in fondo alla strada che trasportava un secchio di non so che e subito mi misi a rincorrerlo.

«Dammi qua che tu sei più pelleossa di me» dissi tirandoglielo di mano.

Michelino sorrise muto perché da quando gli era morto il padre aveva smesso di parlare e i denti non gli erano più spuntati.

«Lo sai che domani parto? Me ne vado a Milano».

Fece sì con la testa.

«Se vuoi ti scrivo una lettera, magari per il tuo compleanno» ma quello non sapeva nemmeno la sua data di nascita. Era un picciriddu indietro indietro. Quando arrivammo davanti casa sua gli appoggiai il secchio sulla soglia.

«Salutami gli amici di scuola, io non ho tempo» gli dissi. «E ti prego, ricomincia a parlare!».

Lui fece un'altra volta sì con la testa. Ma chissà poi come è andata a finire.

Quattro

Chiuse le cinghie della valigia ci mettemmo ad aspettare seduti sulla sedia, io col micio sulle gambe, papà e zia Filomena con le braccia conserte. Ogni tanto uno dei due apriva bocca per farmi una raccomandazione. Zia Filomena disse «non dare confidenza alle gatte morte», papà di cercarmi un posto da muratore, «il più bel lavoro del mondo». Prima di uscire andai in camera a salutare mamma mia, senza ricordarmi che stava già all'ospizio di Catania. Sul comodino di mio padre c'era il coltello da tasca con cui tagliava il formaggio pepato. Schiacciai il bottone che c'era sul manico e la lama scattò fuori. In fretta me lo infilai nei pantaloni.

Sul motocarro Giuvà sventolava i biglietti del treno e ripeteva «ci penso io a te, picciriddu», gonfio che sembrava un pavone. Era notte fonda ma io non avevo dormito nemmeno un minuto e sonno niente. Di solito mi piaceva quando mio padre tirava fuori il motocarro perché mi divertivo a strillare dal finestrello e a passare con lui davanti al bar Torino. Facevamo il rombo per dimostrare a tutti che noi Giacalone eravamo una famiglia che sapeva il fatto suo. Invece mentre aiutavo a caricare il bagaglio, pesantissimo per quei maledetti pacchi di sale, mi guardavo sconsolato in giro e mi convincevo che anche se facevamo il rombo lo stesso eravamo nessuno. Prima di partire sperai che il maestro Vincenzo fosse dietro la tenda con la pipa in mano a vedermi andare via. Una volta gli avevo spiato il registro e alcuni nomi di alunni erano stati cancellati da righe rosse e da timbri con scritto EMIGRATO. Il pensiero che avrebbe timbrato anche la mia casella mi riusciva un'ingiustizia bella e buona.

Per tutto il tragitto mio padre e Giuvà si lagnarono di come si stava facendo vuoto il paese e di chi era andato via senza aver liberato posti di lavoro perché lavoro non ce n'era e zero più zero dà sempre zero. Giuvà faceva il sapientone e parlava come se avesse viaggiato la terra palmo a palmo e fosse milanese di sangue. Io disegnavo falcetti di luna sul finestrino bagnato. In tasca il coltello mi dava fastidio e pensavo a come mio padre avrebbe svuotato i cassetti sul letto e sbattuto i vestiti all'aria perché quando perdeva una cosa diventava pazzo.

Alla stazione non sembrava notte. C'era gente che schiamazzava come al bar e nessuno aveva sonno, tranne quelli sulle panchine che dormivano rincagnati. Sul binario un signore gridava sgolato: «Corriera per Milano e Torino! Le femmine avanti! Le femmine con la pancia avanti avanti! Corriera!».

Chiesi perché non prendevamo pure noi la corriera, ma Giuvà disse di stare muto che non capivo niente.

«La corriera ci mette tanto di più ed è una giornata di piccioli perduti!» gridò.

Giuvà continuava a sputare sentenze, mio padre invece se ne stava zitto e lo guardava come uno che non gli piace. Io speravo gli tirasse un cazzotto in bocca e mi riportasse a casa, invece quando arrivò il treno sbatacchiò le valigie su in alto e pure lui bestemmiò per quanto era pesante quella coi pacchi di sale.

«Ma che te li porti a fare? Mangiano sciocco a Milano?».

«Zia ha detto che servono per risparmiare» mugugnai e subito Giuvà ripeté che era verissimo perché in Sicilia monopolio non ce n'era.

Sul treno all'inizio avevo freddo, poi l'aria divenne pesante come nell'alimentari di Turuzzu e allora non più freddo, ma caldo e nausea. Si dormiva uno di testa e uno di piedi. Io mi trovai quelli di Giuvà sotto il naso e non era mica un piacere. Sapevano di pecorino ammuffito. Lui tempo cinque minuti già russava. Con gli occhi chiusi pensavo che il treno era stupido perché correva e schiacciava senza pietà le cose che incontrava.
Nemmeno un'ora e mi mancò il respiro. Me ne andai in corridoio. Pieno di gente che parlava ciascuno a suo modo. Chi fumava al finestrino, chi si scambiava informazioni e indirizzi di locande, chi si passava boccette di liquore, chi faceva discorsi su Milano. Ripetevano ogni due parole nord e sud senza mai farti capire quale nord e quale sud. Io volevo ripetere le schede di geografia dei posti che nominavano, fargli una bella lezione, ma mettersi a conversare con gli sconosciuti è difficile, per un picciriddu ancora di più. Non era come adesso che quando parla un picciriddu tutti muti ad ascoltarlo o, se è una creatura, tutti a battere le mani appena fa nghè. Prima parlavi e subito ti gridavano muto o ti fulminavano con gli occhi. Ricordo che mia madre quando si andava a casa d'altri, prima di uscire, mi faceva la raccomandazione: «Tu non chiedere mai niente e parla solo quando piscia la gallina».
Comunque, trovai anch'io uno con cui mettermi a chiacchierare. Un ragazzo più grande di nome Antonio. Se ne stava seduto in corridoio con gli occhi chiusi e muoveva le dita sulle gambe come se suonasse la fisar-

monica. Col mio corpo pelleossa mi intrufolai tra lui e un altro buttato in terra. Nel corridoio del treno tutti si camminavano addosso e in fretta mi dovetti abituare anch'io a farmi pestare sopportando il male. Il controllore era il più indifferente e la pinza per bucare i biglietti la usava come una spada. Quando mi stufai di vedere Antonio muovere le dita come un forsennato e tenere gli occhi sigillati gli dissi:

«Ma si può sapere che fai?».

«Mi esercito».

«A che?».

«A suonare il pianoforte».

Scoppiai a ridere e gli dissi che non si suona il pianoforte senza pianoforte. Allora lui aprì gli occhi che erano color castagna e mi spiegò che una volta che hai imparato puoi esercitarti ovunque, sui tavoli, sui muri e anche sulle gambe.

«Tu queste cose non le sai perché non sai suonare» disse.

Provai, indispettito, a darmi arie di chitarrista, ma con Antonio non c'era da stare lì a recitare. Lui sapeva suonare tanti strumenti e appena mi chiese di mettere le dita in posizione di accordo feci la mia faccia da incomprensione e a ridere con le mani sulla pancia si mise lui.

Antonio veniva da un paese della Calabria, come si chiama non me lo ricordo. Se n'era andato perché i suoi volevano fargli fare il meccanico, ma lui non ci stava. Aveva imparato a suonare il pianoforte da uno zio e d'estate aveva iniziato a guadagnare qualche picciolo negli alberghi più lussuosi di Catania e così voleva provare a vivere di musica. Per questo andava a Milano. Era bravissimo Antonio, e anche se lo dico senza essere musicista non conta perché quando un quadro, una poesia, una musica sono eseguiti a puntino chiunque lo capisce.

Antonio si scocciò delle mie domande a raffica e mi trascinò a fare un giro per il treno. Negli scompartimenti si incontravano altre persone ammassate per terra e dalle ritirate usciva odore di merda e di fumo di sigarette. In prima classe invece no. C'erano i sedili col velluto rosso, la gente in camicia e non sembrava più l'alimentari di Turuzzu. Infatti non ci fecero entrare. Peccato, dal vagone ristorante arrivava un profumo di maritozzi caldi!

Verso Napoli il paesano si svegliò e si mise a parlare con certi che fumavano al finestrino. Per farseli amici subito disse: «Vi prego, prendete una delle mie» con il pacchetto di sigarette aperto. Anch'io andai a sentire e mi misi tra le loro gambe. Giuvà per farmi stare muto mi diede un pezzo di torrone che si chiamava spaccadenti e a masticarlo faceva un rumore da ridere. Anche se era abbastanza gentile mi dispiaceva che subito ci scambiavano per padre e figlio perché aveva la faccia da scemo e mio padre Rosario niente affatto. Giuvà invece ne andava fiero, visto che maschi sua moglie non gliene aveva dati. Quelli raccontavano che andavano ad alloggiare in locanda, lui invece si dava arie per il fatto che aveva parenti ad ospitarlo. Presto mi stufai di rimanere lì ad ascoltare perché pure loro ripetevano a macchinetta questa storia di nord e sud e quell'altra del sud che è un cesso e tutti scappano. Tornai da Antonio che aveva trovato posto nello scompartimento. Capo e piedi anche noi. Eravamo già un po' amici e infatti non dormimmo niente. Io gli offrivo la cioccolata del maestro e lui mi raccontava che saper suonare è una cosa meravigliosa perché la musica ti viene sempre appresso e ti fa una compagnia speciale, diversa da quella degli uomini. Allora per far vedere che nemmeno io ero stupido gli dissi delle poesie che sapevo a menadito e lui rispose che di poesia ne sapeva soltanto una piuttosto brutta che all'inizio dice: «*T'amo, pio bove*».

Anche Antonio andava ad alloggiare in locanda e sul diario mi feci scrivere l'indirizzo.

«A me invece ospitano i parenti del paesano» gli dissi.

«Allora sei fortunato» rispose, ma io feci no con la testa.

Alla fine ci addormentammo, però poco. Presto da fuori iniziò ad arrivare luce, prima rosa poi bianca. La campagna correva veloce e io mi dispiacevo per le stazioni dei paesi che lasciavamo indietro senza fermarci. Mi sembrava sbagliato superare quei posti senza vedere se lì le cose erano meglio. Forse non c'era bisogno di andare ancora più su.

A Bologna una lagna, fermi quasi un'ora. Giuvà ne approfittò per spiegarmi altri cento fatti – come ci si comporta a tavola, come si tratta coi milanesi, come si attraversa la strada – e si mise di nuovo a fare il sapientone. O almeno, a me sembrava sapientone perché da lui non avevo voglia di imparare niente. Per imparare bisogna avere fiducia e io di lui non ne avevo. Così gli facevo domande una dietro l'altra, almeno parlava e io con un orecchio ascoltavo e col resto badavo ai fatti miei.

«Come si fa a cercare lavoro?».

«Ma picciriddu, è una cosa semplice! Entri in un negozio, dici permesso e buongiorno e poi chiedi se hanno bisogno. Se tieni il cappello in testa mi raccomando te lo tiri, senza scafazzarti però!».

«Allora non è difficile, posso farlo senza che mi accompagni».

«Sicuro che non ti serve aiuto?».

«Sicuro sicuro».

Cinque

Appena scesi dal treno certi gridarono: «Facchino, facchino!», una parola sconosciuta. A San Cono, infatti, ognuno le cose se le porta da solo e guai a chi gliele tocca.

«Chiamiamo anche noi facchino facchino?» chiesi a Giuvà, ma subito disse di stare muto. Sempre muto mi diceva, con l'indice sulla bocca e gli occhi minacciosi. Strabico com'era, non sapeva di sembrare ancora più bietolone.

Sulla banchina la gente era come un serpente umano, chi trasportava valigie, chi cartoni sulla testa, chi spingeva casse di legno. Uno stordimento unico. Si sentivano tante lingue incomprensibili e sembrava di stare sulla torre di Babele. E poi entrava nebbia pure in stazione ed era uno spettacolo da fare impressione. All'inizio pensavo che era il fumo delle sigarette ma poi era troppo e nemmeno faceva tossire. Dalla bocca mi usciva la condensa e mi divertivo a fare la mossa. Dicevo: «Giuvà, hai visto che mi sono imparato a fumare?», ma quello non rideva perché il lavoro di jurnataru l'aveva inebetito dentro e perché era concentrato a trascinare la valigia coi pacchi di sale.

Antonio aveva solo due borse e sembrava uno scappato di casa. Nello spiazzo della stazione restammo a raccontarcela per un po' e quando mi salutò gli diedi un abbraccio. Giuvà si metteva in mezzo ai nostri discorsi e gli chiedeva quanto costava la sua locanda e dove si trovava. Poi, all'improvviso, si spazientì, mi prese per il collo e disse di muovermi. «Mio cugino ci aspetta davanti all'Albergo del Viaggiatore, non facciamo i maleducati» concluse spingendomi.

Senz'altro nessuno di noi due aveva mai visto una piazza grande come piazza Duca d'Aosta. Ci vuole tempo per abituarsi a quelle dimensioni.

Trascinando la valigia finivo addosso ai cristiani e qualcuno mi diceva «attento napulì!». Giuvà si mise prima a sbuffare e poi a guardare i prezzi dell'Albergo del Viaggiatore. Aspettavamo e aspettavamo ma niente. L'albergo dentro era luminoso, col tappeto rosso sulle scale e dietro il bancone un uomo in divisa scarlatta che pareva una guardia. Aspettavamo aspettavamo ma niente. In cielo calò un'aria fredda che metteva voglia di zuppa e di casa.

«Hai visto? A furia di chiacchiere abbiamo perso l'appuntamento con mio cugino!» mi gridò in faccia.

«Tu sei bugiardo, non tieni nessun cugino!».

«Ehi picciriddu, l'educazione! Sempre al primo posto deve stare!» urlò tirandomi una spinta. Poi col suo fiato da bue sospirò: «Ho sbagliato a portarti, non sapevo che eri così scostumato».

«E nemmeno io sapevo che mi facevi dormire alla stazione!».

Mi lasciò in piazza seduto sulle valigie per andare a chiedere dov'era Baranzate, quel posto dove abitava suo cugino il fantasma. Restai solo nella nebbia e quando finalmente tornò disse: «Ninuzzo, dammi la mano prima che questa cosa ci inghiottisce e non ci troviamo più».

Solo dopo un'ora di indagine alcuni ci dissero che Baranzate era un paese che si raggiungeva col tram.

«Ma ormai è tardi. Se ne riparla domani mattina» concluse uno.

«Non ci potete ospitare a me e al picciriddu?» domandò Giuvà col pacchetto di sigarette aperto.

«Mi dispiace» disse il più alto senza dispiacersi neanche un po'.

Ci consigliarono di dormire alla luna, «non è mica grave», «tutti ci siamo passati» dicevano mentre scroccavano sigarette a più non posso.

Dormire alla luna mi sembrava una cosa romantica e invece significava passare la notte in uno spiazzo vicino via Ferrante Aporti, dentro un recintello che non c'entra niente con la proprietà privata. C'erano persone buttate per terra e sotto alle chiappe un giornale fradicio lasciato da chissà chi. Qualcuno dormiva sepolto sotto i bagagli e si stringeva per scaldarsi, come fanno i conigli. A vederli sembravano tanti morti sul campo di battaglia. A furia di strilli obbligai Giuvà a tornare dentro la stazione e quando si liberò una panchina gli mollai tutte cose e corsi a occuparla. Lui, spilungone e con le braccia lunghe com'era, rimase per terra. Con la testa sopra una valigia e le altre strette in mano.

Il giorno dopo ci svegliammo con le ossa che erano frattaglie. Per lavarsi ai bagni pubblici c'era una coda che non finiva mai e dai gabinetti usciva un odore che Turuzzu in confronto era una profumeria francese. Giuvà per farsi perdonare mi portò al bar e mi comprò un maritozzo. Un altro lo rubai e la giornata ingranò meglio. Anche perché presi il tram che da subito mi è stato simpatico, con il fanale che pare l'occhio di Polifemo. Andavo avanti e indietro sulla carrozza del numero 19, mi sedevo e mi rialzavo dalle panchette di legno, sorridevo alle signore e a quelli col cappotto che leggevano il giornale, insomma ammazzavo il tempo.

Poi siamo arrivati a Baranzate, capolinea. Un posto triste e squallido. Palazzoni e solo palazzoni, non è questione di non conoscere parole. È che al mondo esistono posti, persone, lavori per cui ne bastano pochissime. Per Baranzate due: palazzoni e ciminiere. Sì, perché da per tutto c'erano industrie con ciminiere che buttavano fuori nuvole dense. Non andavano mai via. Il fumo rimaneva sempre aggrumato e fetido sulle nostre teste. Io e Giuvà restammo a guardare con gli occhi a lumaca i tetti alti dei palazzi e un tubo di cemento che ingombrava il cielo.

Le strade erano vuote. È un'altra cosa che ho notato subito. A San Cono movimento a tutte le ore, chi se ne va in giro, sbriga commissioni, vende roba, si ferma a fare conversazione... Intorno a Milano, in questi paesi come Baranzate dove la gente veniva solamente a dormire, c'era movimento quando si entrava e quando si usciva dalla fabbrica. Per il resto, un mortorio. Tanto che all'inizio pensavo che presto me ne sarei tornato a San Cono, che anche se è un posto che puzza di fame c'è attorno la natura e il cielo lo riconosci dal respiro. Anche Maddalena, dopo che ci siamo sposati, voleva andare via. Sognava di aprire una trattoria vicino al mare, perché a mia moglie piace stare ai fornelli, cucinare a ogni pasto primo, secondo e contorno. E poi Maddalena lo adora, il mare. Appena arriva in spiaggia corre coi sandali in mano e in un battibaleno si butta in acqua. Invece, in men che non si dica, ai sogni non ci abbiamo più pensato. Anzi, ci siamo proprio dimenticati che esistono.

Pure il palazzo dove abitava il cugino di Giuvà era una cosa brutta. Dieci piani sempre più incrostati, una facciata tutta crepe, odore di acqua vecchia nelle scale. Lo chiamavano l'alveare, perché più che case erano celle. Comode abbastanza, non dico di no, ma celle. Ad abitarci eravamo noi meridionali, e basta. I veneti e gli emiliani abitavano sempre nella stessa via, ma in un altro alveare, insieme ai sardi. Secondo me la facciata era grigia, ma qualcuno diceva color sabbia, qualcun altro verde chiaro.

In casa non c'era nessuno, così il paesano mi ordinò di restare seduto sui bagagli mentre andava a chiedere in giro di suo cugino. Tornò che gli avevano fregato l'unica valigia che non mi aveva dato da custodire. Mi faceva pena, sudato sugli occhi per l'agitazione. Diceva che teneva dentro certe provviste che gli avevano preparato la moglie e la figlia più grande, Felicetta, e che adesso era rimasto a mani vuote come gli ospiti buzzurri. Aspettammo ore e lui per tenermi buono mi portò alla trattoria vicino all'alveare. Quando uscimmo mi sentivo la pancia piena, ma lo stesso non ne potevo più di stare in piedi e volentieri l'avrei cambiata con un po' di letto.

Solo alle cinque di pomeriggio spuntò la moglie del cugino, che si chiamava Mena. Giuvà dall'emozione lacrimava. Lei mi piaceva, era polpacciuta e grossa di fianchi, con una faccia tonda da mamma. Infatti passammo a ritirare i suoi marmocchi da quella del primo piano, una lucana che teneva a balia i figli di tutto l'alveare. Il più grande, Mario, aveva tre anni ed era un vispo di uno. L'altro, Carletto, nemmeno un anno. Giuvà si mise subito a parlare con la Mena e mi lasciò indietro a trasportare tutte cose. Io per la tromba delle scale luride sollevavo due valigie per volta e mi ripetevo nella testa: «Paesano della minchia, ti possano scannare».

La casa dell'alveare è un'altra storia per cui servono poche parole. Non perché era brutta, ma perché era una desolazione colossale. La cucina, che divenne la stanza da letto mia e di Giuvà, con le brande che si tiravano fuori a sera da un balconcino dove c'era di tutto, la ca-

mera della Mena e Giorgio, dove dopo cena, su due seg-
giole, lui e Giuvà stavano a sgoccettare il vino, e poi il
bagno, la vera meraviglia, con la tazza e lo sciacquone,
una cosa che ti metteva voglia di farla a tutte le ore.
Dalla finestra però si vedeva solo l'alveare dei veneti e
la ciminiera che non smetteva mai di sbuffare. Nemmeno
uno spicchio di cielo.

La Mena si preoccupò di servire il caffè ma quando
gli dissi che con me vino e caffè non andavano d'accordo
sorrise e non mi diede nemmeno un bicchiere d'acqua.
Loro due se la raccontavano, si facevano complimenti e
parlavano dell'impresa di muratori che Giuvà e suo
cugino volevano mettere in piedi. Io mangiai in silenzio
un pezzo di cioccolata del maestro Vincenzo. Era un
po' vecchia e con le righe bianche sui quadretti ma lo
stesso era meglio del caffè. Poi, senza accorgermene, mi
addormentai sulla sedia. Giorgio lo conobbi solamente
il giorno dopo.

Sei

In bagno ci potevo entrare solo se si erano lavati già tutti. Mi mettevo in coda con la salvietta appesa al braccio, ma quando dovevo entrare spuntava sempre qualcun altro che mi rubava il posto. «Tu dopo» dicevano e la porta si chiudeva daccapo. L'unica soluzione per usarlo era alzarsi quando ancora gli altri dormivano. Certe mattine ci riuscivo e mi lavavo con calma, usavo di nascosto l'acqua calda e mi sentivo un paradiso. A volte ci rimanevo chiuso delle mezz'ore, in bagno, perché mi sembrava l'unico posto in cui trovavo pace. Me ne stavo seduto sulla tazza con i gomiti sulle ginocchia finché sentivo bussare sgarbatamente o farfugliare rimproveri.

Giorgio lo conobbi mentre si radeva e per presentarsi mi passò una mano sulla faccia lasciandomi un fiocco di schiuma sulla guancia.

«Vedrai che tra poco la barba cresce pure a te» disse.

Il primo giorno ci svegliammo presto. Bagnammo due biscotti nel latte e subito filammo fuori. Come prima tappa Giuvà mi portò al bar. Gli piaceva ogni due per tre entrare nei bar e sgargarozzarsi un bicchiere di vinello e poi fumare all'aria aperta schioccando la lingua. Col tram arrivammo in corso Buenos Aires. Lì ci separammo.

Che goduria andarmene da solo! Senza quelle sue lagne che mi rimbombavano come un disco rotto nelle orecchie. L'avevo capito subito che la giornata era giusta. Tirava un vento grosso e appena sceso dal tram mi arrivò addosso una coppola a quadri volata dalla capa pelata di un signore. Subito me la infilai in testa e quando quello si guardò attorno disperato entrai in un vicoletto come pure ce ne sono a Milano se li sai cercare.

Cominciai dai barbieri. Entravo, mi toglievo la coppola che mi arrivava sul naso e chiedevo.

«Napulì non ne vogliamo» rispondevano certi senza nemmeno lasciarmi finire la domanda.

Chiariamoci subito: questa storia di essere chiamato napulì l'ho sopportata perché giravo con un maglione cucito da mamma mia con al centro una bella N, che però era quella di Napoleone, il generale vittorioso, non di Ninetto e tanto meno di napulì. Io credevo che fosse per la lettera del maglione che mi chiamavano in quel modo e allora lasciai correre, mica potevo ogni volta stare a spiegare che io a Napoli non c'ero stato mai e sapevo solo la scheda di geografia. Uscivo dalle botteghe e nella loro lingua strana mi gridavano di chiudere bene la porta. A furia di chiedere capii che i barbieri avevano già tanti picciriddi che spazzavano per terra e passavano forbici, pennellesse e pomate, allora entrai in una decina di bar, ma niente. In una panetteria. In una pizzeria. In una libreria. In una camiceria! Un negozio mai visto, con camicie ovunque, ma niente pure lì. Finché il corso terminò. Davanti a me cominciava un'altra strada larga e poi i giardini di Porta Venezia. Mi fermai con le mani a visiera sulla fronte a guardarmi in giro. Feci ballare gli occhi e vidi dall'altra parte della strada nuovi negozi. Su uno c'era scritto «Lavanderia del Corso». Andai a vedere. Dietro i vetri c'erano quattro ragazze che stiravano e sbuffi di vapore gli facevano le guance rosse come pesche. Erano belle, ma più di tutte una, bionda e con le minne abbondanti! Un cartello sulla porta diceva

«Cercasi galoppino». Di scatto mi pettinai con le mani ed entrai. Una di loro mi guardò senza interesse e chiamò la padrona. Quella gridò: «Chiedigli se può cominciare oggi! Chiedigli se ha la bicicletta!», finché la ragazza mi accompagnò nella stanza da dove arrivava quella voce sgraziata. Prima di farmi entrare mi disse nell'orecchio: «Quando ti chiede se conosci le strade di Milano, rispondi sempre sì, altrimenti niente lavoro» e mi spinse dentro.

Dietro a un tavolo c'era una grassona con gli occhiali in punta di naso e le mani piene di ricevute, fatture e cartacce.

«Mi devo fidare di te o sei come gli altri napulì?».

«Neanche per sogno, signora mia».

«Conosci le vie di questa zona?».

«A menadito».

«Sicuro che non sei come gli altri napulì?».

«Signora, ve lo giuro» e mi baciai le dita a croce.

«Per la bicicletta mi devi lasciare tre giorni di caparra. Lo stipendio è di 1.800 lire alla settimana, ti pago il sabato».

«Signora, io sono pronto, la paga mi va bene, ma purtroppo non so cos'è questa caparra altrimenti ve la lasciavo».

Borbottava e sbruffava la grassona ma ormai ce l'avevo in pugno. Le raccomandazioni che mi faceva sull'educazione da tenere coi signori a cui dovevo consegnare vestiti e con i camerieri dei ristoranti a cui dovevo portare tovaglie e tovaglioli erano aria fritta. Avevo un lavoro e una bicicletta! Mi venne voglia di scrivere una lettera con la carta velina per dare la notizia a tutta San Cono. Sul momento mi sentii eccezionale e fortunatissimo, ma la verità è che il lavoro, in quegli anni, e anche in quelli dopo, non mancava mai. Potevi permetterti di mandare pure il padrone a farsi fottere, lui e tutta la sua razza, che uscivi disoccupato il venerdì e il lunedì avevi rimediato da un'altra parte.

Il lavoro era semplice. Ritirare le vestaglie nel cellophane dalla Carmela, le camicie dalla Elena, le tovaglie dalla Maria Rosa e insieme alla Lucia sistemarle con cura nella cesta di vimini legata alla bicicletta. Le ragazze mi sorridevano come tante mamme e ogni volta che tornavo per ricaricare la cesta morivo dalla voglia di farmi abbracciare e infilare la testa nelle minne della Maria Rosa. Le consegne erano quasi tutte sul Corso, al limite in viale Abruzzi, e non mi perdevo perché da cercare c'era solamente il numero civico. Però ero lento, ancora stordito dal treno che mi fischiava nelle orecchie, il freddo nelle ossa per la notte alla stazione, lo squallore dell'alveare... Sulla bicicletta, poi, non toccavo terra e per montare dovevo salire sul gradino della lavanderia. Una faccenda molto complicata. Forse non sono caduto mai perché Dio mi teneva con la sua mano grande e invisibile.

A fine giornata, sulle scale buie dell'alveare, mi fermò uno. Aveva la camicia fuori dai pantaloni e una gamba di legno. Se l'era giocata in un trinciatore meccanico, in una di quelle fabbriche di cui tutti si riempivano la bocca come se fossero più belle della Maria Rosa. Lo zoppo prendeva adesso lo stipendio come un altro che andava a travagghiare e che aveva due gambe, ma doveva restare fisso in casa per la visita a sorpresa. Al limite poteva uscire sul pianerottolo, come infatti faceva. Si affacciava e teneva sotto controllo il quartiere. Solo la domenica scendeva giù e si muoveva come un pendolo verso la gente che faceva capannello attorno al camioncino del rottamaio.

«Non ti ho mai visto» disse e allora dovetti spiegargli chi ero, a che piano abitavo e anche stare a sentire la sua storia. Stanco morto e affamato com'ero gli avrei mangiato la gamba di legno.

A casa tanti complimenti per la velocità con cui mi ero fatto assumere, l'indivia sulla faccia di Giuvà, verde come un rospo, e bestemmie di Giorgio perché i picciriddi li pagano sempre uno schifo. In effetti a me, anche se per farmi rispettare mi davo arie di adulto, le questioni di stipendio non mi erano tanto chiare. Mi intendevo di baratto più che di soldi. Cinque figurine con due strisce di cioccolato, un pallone per una gomma di bicicletta, una giornata di lavoro da don Alfio per un paniere di piselli o una decina di melanzane, cose così. Perciò quando Giorgio disse che con quello stipendio potevo pagarci a malapena un posto letto in locanda, a me venne da strillare. Pensai che allora, morto di fame per morto di fame, tanto valeva restare a San Cono a fare lo jurnataru insieme a mio padre, così la domenica me ne andavo col motocarro a trovare mamma mia o sull'Etna insieme a Peppino.

La Mena uscì dalla cucina per dire di piantarla.

«Un figlio che trova lavoro in un giorno tutte le mamme d'Italia lo vorrebbero!» vociò. Meno male che nell'alveare c'era la Mena.

«Vedrai che quando apriamo l'impresa di muratori ti paghiamo meglio noi» disse Giorgio mentre mi rifilava un altro dei suoi pizzicotti sulla guancia di cui proprio non avevo bisogno, visto che non mi reggevo in piedi.

Così non ne parlammo più e mangiammo una minestra che era acqua sporca e di secondo il tonno in scatola. Un'altra pietanza mai vista, che non sapeva di tonno, ma di quello che vuoi tu.

I giorni a seguire, molto peggio. Le consegne del pomeriggio erano roba da poco. Il problema era portare le tovaglie ai ristoranti la mattina. Osterie e trattorie non erano come le case dei vecchi in vestaglia, tutte sulla via del Corso. Erano sparse ovunque. Da viale Zara a Lambrate, e non è poco. Mi disperavo, non trovavo niente. Nemmeno le piazze. Chiedevo aiuto ma non era come a San Cono, che gli occhi dolci e le lacrime da attore facevano effetto, qui la gente andava di fretta e delle mie lacrime nemmeno si accorgeva. Quei pochissimi che si fermavano a darmi indicazioni parlavano troppo veloce e quando mi chiedevano se avevo capito io rispondevo sì, ma in realtà le parole mi scivolavano via dalla testa. Mi ricordo quel fitusissimo ristorante del Delfino, che cercai più di un'ora finché un giornalaio mi disse: «Ma nani, non lo vedi che è lì?», e ce l'avevo dietro. Un delfino che si buttava nell'acqua di fianco alla scritta blu, così era l'insegna.

Il cameriere di quel ristorante, dopo qualche giorno di consegne, mi regalava da mangiare e io accettavo volentieri, credendo che ormai ero diventato un uomo con la camicia perché pranzavo con i cibi cucinati dallo chef. Ma scartando la pellicola che avvolgeva il cartoccio usciva un odore cattivo e si vedeva tutto ammassato, uno straccetto di carne, quattro maccheroni, un pezzo di formaggio, e mi sentivo un cane a mangiare quella roba. Anche la frutta che mi dava era solo quella ammaccata.

«Uè cornuto, ma che mi credi un cane?» strillai una mattina rovesciando il cartoccio davanti alla porta che sembrava una vomitata. Quello lì provò a tirarmi un calcio ma non mi prese nemmeno, il cornuto cornutazzo. Già buono che non gli tirai fuori il coltello di mio padre. Dal giorno dopo il mio pranzo diventò una mela addentata direttamente sulla bicicletta. Sempre meglio che sentirsi un cane.

Comunque, è stato proprio quel lavoro di galoppino a farmi capire che Milano è un posto magico e orribile insieme. Orribile per le strade larghe, per le macchine che mi minacciavano e per i pedoni che in quel loro dialetto incomprensibile mi urlavano di scendere dal marciapiede. Era uno sgridarmi continuo che mi faceva sudare e sentire il cuore un tamburo. Però una volta arrivati si aprivano portoni e dentro comparivano condomìni che parevano regge. Allora diventava anche magico. Silenzio di pace, alberi forti, aiuole di fiori sbocciati... E poi i portieri! Angeli che mi venivano incontro per farmi fare presto e bene. E ancora gli appartamenti, con corridoi lunghi, pavimenti lucidati e mani che allungavano qualche lira di mancia o vassoi con le pastarelle! Sembrava un lavoro da papa, se non fosse che le consegne erano un'infinità e bisognava filare. Tanto che certe pastarelle me le ficcavo in tasca o le mangiavo in un boccone sbriciolandomi sulla mano. Una vecchia governante che mi vedeva strafogarmi mi ripeteva sempre «va piàn, giuanìn pipéta!», e io ridevo senza capire. A sera arrivavo morto, con i muscoli delle gambe duri duri. Sul tram mi addormentavo con la guancia appiccicata al finestrino oppure in piedi, abbracciato al palo reggipersone. Tanto, quando si usciva dal centro, non c'era più niente da guardare. A Baranzate, poi, solo l'ospedale e la solita fila di fabbriche con tanti tetti triangolari. Per dirla tutta c'era anche un chiosco in mezzo alle rotaie del capolinea, dove quelli del quartiere andavano a bere il Cinzano. E questo perché ai poveri cristi serve anche bere, per dimenticarsi di essere poveri cristi.

Sette

Da tre giorni me ne sto disteso con le mani dietro la nuca a ripetermi queste fandonie. Arrivano dei momenti in cui non hai nient'altro che la tua storia a cui aggrapparti. Ne è arrivato un altro stamattina, all'alba. Adesso qui dentro siamo in sette. Ci mancava solo lui. Un tipo tracagnotto con una faccia da scemo che sicuramente è finito in prigione perché si è fatto beccare a rubare le galline. Cinque metri per tre, quattro letti a castello, un cesso alla turca, un lavandinetto grande come il mio avambraccio, un pertugio dove il sole batte ogni morte di papa. Questa è la cella numero 44.

Titta mi viene a dire che sto esagerando. «Non ti puoi alzare e fare due chiacchiere? Vuoi rimanere tutto il giorno girato di spalle?» chiede in quel suo linguaggio disordinato di chi non sa parlare l'italiano e non gliene è mai importato niente di impararlo. Nel suo mondo il dialetto basta e avanza.

«Perché mi dovrei alzare? Sto bene così».

«Ma insomma, degli altri non te ne fotte proprio niente?».

Vorrei rispondergli che non me ne fotte proprio niente, invece gli dico: «Che c'entra? Tra gli occhi chiusi e gli occhi aperti non c'è differenza. Tu se hai bisogno bussami la spalla».

Nemmeno finisco la frase che quel mariuolo mi bussa la spalla. Lo guardo trattenendo la risata, se no si monta la testa. «Oggi c'è un bel tramonto, vieni a vedere» dice tirandomi per il braccio. «Tu non lo diresti ma da questa chiavica di posto oggi si vede un tramonto coi fiocchi» dice convinto. Ha la voce ciarliera, Titta. Di uno che è abituato a fare entra e esci da questi posti e non se la prende più a male. Lui guarda avanti e non molla mai. Su un blocco già sta prendendo nota di come smistare le partite di bamba che i sudamericani scaricheranno al porto di Napoli. Quello che mi piace di lui è che non se ne vergogna. Parla del contrabbando di droga come un onesto falegname parlerebbe della sua bottega.

«Ma sdraiato così cosa ti dici?» interviene quell'altro, Stefano si chiama. Una rapina finita male.

«Ammazzo il tempo».

«Non ti fai ammazzare dal tempo!» mi corregge Titta e si guadagna un altro po' di simpatia perché mi sento inteso.

Finita la sigaretta, che ho fumato seduto sulla branda con le ginocchia tra le braccia, do di nuovo le spalle a tutti. Devono vedere le scapole a uncino che mi sporgono dal maglione. Ormai mancano pochi giorni. Due settimane e potrò uscire. Questi poveri cristi li lascio qui dentro. E loro mi abbandonano là fuori, che è pure peggio. Se esci, prima o poi, devi ricominciare a cavartela, qua invece hai sempre una scusa per rimandare.

Non vedo l'ora di tornare da Maddalena. Non gliel'ho detto che giorno esco. Voglio farle una sorpresa. E voglio verificare se mi tradisce. Se la becco sul fatto tempo due ore e ritorno a Opera.

Con gli occhi chiusi cerco di ricordarmi i posti che frequentavo e dove potrò ritornare prendendo il tram o montando sulla bicicletta. Andrò lì a raccontarmi la mia storia. Tanto lavoro non se ne trova. Non lo trovano i giovani, figuriamoci se lo troverà il sottoscritto che ha in tasca cinquantasette anni portati male. Me ne andrò a zonzo come uno scioperato, senza un euro nel portafogli se no rischio di prendere brutti vizi. Le slot-machine, i gratta e vinci, il biliardo. Uscirò solamente con le sigarette e me ne starò per strada a prendere aria e a sgranchirmi le ossa. Certamente verranno fuori ricordi importanti. Visi congelati nella memoria, giornate che da questo buco non riesco a farmi tornare alla mente, strade percorse avanti e indietro come la vasca di una piscina. Via Plinio, via Vitruvio, via Tadino, via Pecchio, via Petrella, via Mercadante, via Pergolesi... Solo a nominarle me le vedo ancora davanti coi loro negozi, i loro marciapiedi brulicanti, e specialmente con gli amici che mi ero fatto, che chissà dove sono adesso. La fioraia di via Broggi, il ferramenta di via Morgagni, il pasticciere di via Macchi. Gente che mi ha aiutato in quei giorni dove prendevo solo sgridate dalla grassona e spintoni dai passanti.

Più imparavo le strade e più aumentava il freddo. Erano inverni feroci, non come questi, dove anche la nebbia non esiste più e la neve è uno scherzo di neve. Le strade diventavano lastre e pattinavi che era una meraviglia. Ti fermavano solo i muri. Per fortuna la casa dell'alveare aveva la stufa. Fuori sulla bicicletta, invece, erano dolori. Avevo le mani sempre crepate e la pelle rossa.

Quando la grassona, forse visitata da qualche santo, mi concesse la pausa, iniziai a mangiare con le ragazze dentro la lavanderia. Ci mettevamo attorno a un tavolo e ognuno tirava fuori la sua schiscetta. I primi giorni mangiavo sempre pane e acciughe perché la Mena mi dava solo la roba che mi ero portato in valigia. Acciughe. Poi col tempo mi ha voluto sempre più bene perché gli giocavo i figli e allora mi preparava di nascosto panini con la frutta oppure frittatine, sottili come ostie ma buone. Diceva: «Infila nella borsa e non dire niente a nessuno!».

Giorgio infatti era meglio che non lo sapesse, visto che già si lamentava perché pagavo pochissimo per il disturbo, praticamente una cosa simbolica. E del resto io non potevo farci niente. Anche il mio stipendio, finché non sono entrato all'Alfa Romeo, era una cosa simbolica.

Con le ragazze all'inizio mangiavo ancora meno che per strada perché ero tutto preso a farmi bello, specialmente con la Maria Rosa, così benfatta e senza un capello fuori posto. Quando mi rivolgeva la parola o mi passava la caraffa d'acqua il cuore mi andava in solluchero. Raccontavo di San Cono, di mamma mia, della scuola di via dei Ginepri e poi facevo domande cercando di spostare il discorso su qualcosa che conoscevo, che so una scheda di geografia. Io la Maria Rosa rimanevo a guardarla con la bocca aperta e il giorno che bussò al vetro della lavanderia il suo fidanzato, un meccanico con la tuta grigia e la brillantina nei capelli, vidi il mondo farsi nero. Lei della mia gelosia se ne accorse soltanto il giorno in cui feci lo sgambetto al suo meccanico, che mentre si avvicinava per salutarla si ritrovò il mio piede tra le gambe e cadde a quattro di spade per terra. Si alzò rosso di vergogna e almeno per quella volta non se la sbaciucchiò. La grassona mi ordinò di andare a chiedere scusa ma io nemmeno dipinto. Il sottoscritto non chiede scusa.

Così la Maria Rosa mi tolse il saluto. Il fatto, però, è che più non mi parlava più mi sembrava bella e più mi trovavo davanti il suo fidanzato e più mi volevo dare da fare per rovinarlo. Non avevo per niente paura di prendere mazzate da lui che era tre volte me. Anzi, lanciavo sguardi di sfida. Mi venivano in mente delle cose molto brutte da fargli, tirargli con la cerbottana gli aghi sulla schiena, infilzargli la forchetta sul dorso della mano o mettergli il coltello sotto il mento, come faceva il fratello di Peppino per giocare a spaventarci. Anche le altre rimasero male del mio comportamento e al tavolo a stento mi rispondevano. Così presto tornai a mangiare da solo sulla bicicletta e a sentirmi di nuovo cane. A parte il giovedì che mangiavo sul banco di Gerino, il portiere di via Palazzi, uno con i baffi arricciati col succo di limone. Che simpatia Gerino, sapeva di quelle barzellette zozze!

A mio padre spedivo qualche lettera, ma breve. Quelle lunghe le riservavo a Peppino e al maestro Vincenzo. Anzi, presto iniziai a scrivergli su delle cartoline, a mio padre. Le compravo a un'edicola che aveva un grande espositore girevole. Ce n'erano con il Duomo, la piazza della stazione, i Navigli, la Madonnina dorata e io restavo con l'indice sulla bocca a guardare senza sapermi decidere mai. Mio padre rispondeva che mamma mia stava sempre uguale e anche San Cono era sempre uguale. Un cesso. Io gli riscrivevo di non lamentarsi che anche Milano in certi posti era un cesso fatto e finito e che pure i miei giorni nell'alveare erano uguali. Come la strada del tram, che non cambia mai. La domenica, poi, non so quanto era meglio. Lunga che non finiva più. Per prima cosa tutti si lavavano lentamente. Gli uomini si sbarbavano pelo e contropelo e, siccome ero l'ultimo a usare il bagno, quando ero pronto Giorgio e Giuvà se n'erano già andati a passeggiare. A me allora veniva voglia di scompigliarmi i capelli pettinati con la riga, sbracarmi la camicia e tirare uno strillo da crepare i vetri. Rimanevo in casa a parlare con la Mena che mi spiegava come si prepara da mangiare e mi chiedeva come andava il lavoro. All'inizio avevo il muso lungo e gli parlavo di spalle. Fissavo la ciminiera che sputava cerchi di fumo e contavo le ore per il lunedì, che mi sembrava una liberazione. Poi mi calmavo e allora andavo a buttare la batteria di bottiglie che Giorgio e Giuvà si erano scolati la sera prima e la aiutavo a tagliare la cipudda, oppure mi giocavo Mario e Carletto cantandogli un'altra canzone che avevo inventato, «*Mario e Carletto / mangiano e giocano / poi vanno a letto*». Quei picciriddi andavano pazzi per me. Mi ridevano sempre.

Se volevo andare a fare una passeggiata non mi restava che chiedere alla Mena. Ma lei quando glielo domandavo buttava lì tante scuse, il pranzo da preparare, la casa da pulire, i due picciriddi da curare. Così se uscivo, uscivo solo. Passeggiate brevi perché attorno all'alveare non ci stava niente. Era un orizzonte di fabbriche e fabbrichette, file di tetti puntuti e capannoni di lamiera. Oltre i capannoni nessuno sapeva cosa c'era. Una domenica che andai in chiesa vidi fuori uomini con le schedine del Totocalcio. Dentro, sulle panche, soltanto poche signore e qualche bambina brutta come un torsolo di mela. Il prete, poi, era il più scoglionato di tutti e faceva la predica senza convinzione. Anche la chiesa era un'altra cosa da quella di San Cono, dove don Fabrizio, il cugino di mio padre, teneva ogni cosa pulita, le candele accese, l'affresco della salita al cielo, il pavimento di marmo lucidato a cera dalle beghine del paese. Lì invece era tutto sfasciato e si capiva che la gente, una volta che emigra, si disinteressa pure di nostro signore Gesù Cristo e di sua madre la Madonna. Un'altra domenica, proprio non sapevo dove andare a sbattere la testa, mi avventurai per le scale dell'alveare. Arrivai fin sotto il tetto. Dopo l'ultimo piano c'era ancora una rampa che finiva su una porta di ferro. La aprii a fatica facendo forza con entrambe le mani perché la maniglia era rugginosa. Vidi un grande spiazzo che si innalzava a piramide. Ai lati non c'erano ringhiere e i muriccioli erano bassi, pure un picciriddu come me si poteva sporgere. Era tutto un luridume di cartoni, escrementi, cocci di bottiglie, stufe rotte, mattoni marci, mobili scardinati. Stavo per entrare, invece all'ultimo secondo rimasi attaccato alla maniglia, agitato per lo spavento. In un angolo vidi un mucchio fitto di topastri, grossi e col pelo grigio, che forse si scannavano per un tocco di cibo, forse facevano l'orgia. Tirai la porta e correndo per le scale pregai che all'ospizio di Catania non ci fossero né topi né sporcizia.

«Se ti muovevi portavamo pure a te, lumacone!» mi dicevano Giorgio e Giuvà quando rientravano. Io, se posso dirla tutta, a quelle parole sentivo una voglia fortissima di sputargli in faccia.

La domenica era noiosa anche perché sgoccettavano vino pure dopo pranzo e a me toccava rimanere ad ascoltare i loro discorsi sull'impresa di muratori che volevano avviare. Stavo in piedi come una sentinella, vicino alla Mena che rammendava le calze, e mi chiedevo come potessero non annoiarsi, lì, immobili senza fare nessun gioco. Poi andavano a fare la pennica e nella casa si faceva sera in anticipo. Abbassavano le tapparelle e le stanze affogavano nel silenzio. Allora facevo addormentare Mario e Carletto con la canzone che avevo inventato e poi me ne andavo a scrivere una lettera sulla poltrona mettendo sotto al quaderno un cartone per andare dritto sulle righe. A Peppino scrivevo che a Milano i ragazzi non si sanno divertire, al maestro che certe giornate mi sembravano troppo lunghe. Gli scrivevo anche che non era facile compilare il diario, non per la stanchezza ma perché ci voleva pace e quella casa invece era un manicomio. Le lettere non le rileggevo mai perché se no mi veniva vergogna per quanto scrivevo male. Tanto che una volta gli feci questa domanda: «Scusate maestro, ma se uno non sa scrivere come il signor Pascoli non è meglio che lascia perdere?».

Le cose si guastarono quando vidi che le mie provviste se l'erano finite senza dirmi niente e Giorgio venne a riferirmi che dovevo dare più soldi in casa, che significava non mettere da parte più una lira nonostante il biglietto sul tram non lo facevo e già era un risparmio. Ma soprattutto si guastarono quando mio padre in una lettera mi scrisse: «Ricordati che ho dato a Giuvà un poco di piccioli per le emergenze, usali all'occorrenza». Non sapevo che fare. Avevamo litigato tante volte io e Giuvà, ma mai per i piccioli. Una volta avevamo litigato perché diceva che il lavoro di puliscitreni che si era trovato era meglio del mio. Minchiate, lo pagavano uguale a me che ero picciriddu e in più faceva i turni. Per ottenere quel posto, poi, aveva dovuto pagare un caporale di cooperativa, tutti ladri approfittatori degli emigranti.

«E nemmeno lavora con te la Maria Rosa, che ha due minne benedette!».

«Ma statti zitto, linguacciuto!».

«Statti zitto tu che non sai niente!».

«Picciriddu, l'educazione! Sempre al primo posto!» e mi allungava un calcio senza prendermi.

«Giù le zampe o riferisco a mio padre!».

Ai miei strilli accorreva Giorgio e sbuffando come la gobbetta precisina diceva: «Gianni e Pinotto, smettetela e venite a tavola». Allora la finivamo, a meno che non ci mettevamo a litigare su chi dei due era Pinotto, visto che nessuno voleva fare Gianni.

Un'altra volta litigammo perché mi aveva strappato di mano una lettera indirizzata a mio padre. Gli avevo scritto che mi aveva fatto dormire alla stazione e che i suoi parenti non erano generosi né avevano stanze per gli ospiti, ma vivevano nell'alveare che era grande come una tana di gatto, per colazione mi rifilavano savoiardi secchi e volevano quasi metà del mio stipendio per il disturbo. Mi ero messo a scrivere sul letto a pancia in giù e Giuvà venne a strapparmi il foglio. Lo lesse ad alta voce, pieno di strafalcioni perché era ignorante come una bestiazza di campo. Bisticciammo a grida alte e alla fine mi tappò la bocca e minacciò: «Dormi o ti strozzo». Io mi misi a piangere con la testa sotto il cuscino e mi sentivo disperato. Lui si addormentò con la lettera in mano.

Mi concentrai per non chiudere occhio. Altro che pecorelle, quella notte contai ogni bestia che Noè imbarcò sull'arca. Il mattino mi alzai all'alba e lo guardai dormire che sembrava un bove. In punta di piedi mi preparai per uscire. Aprii la porta e prima di prendere le scale mi avvicinai al ditone del suo piede fetente che sbucava da sotto il lenzuolo. Col naso tappato gli tirai un morso da fargli scricchiolare l'osso. Giuvà lanciò un grido da scecco stramazzato e svegliò tutto il palazzo facendo prendere un infarto alla Mena, a Giorgio e ai due picciriddi. Io scappai con la lettera in mano. In bocca avevo quel sapore pessimo che mi faceva sputacchiare sui gradini.

Ma l'episodio del pollicione è stato una fesseria e me la sono cavata con un calcio prima di andare a cena. Per i piccioli invece non fu cosa da poco e per agire dovetti aspettare l'occasione giusta. Una domenica mattina, stranamente, mi portò a fare una passeggiata. Per strada mi raccontava che l'unica soluzione per comprare il furgone e avviare l'impresa era fare debito. Appena parlava di questo argomento prendeva la tangente e partiva coi suoi sogni di ricchezza. Io gli davo ragione e dicevo sempre sì. Arrivati al chiosco vicino all'ospedale mi prese un maritozzo e si ordinò il Cinzano. Io, prima di uscire, mi ero infilato lo zaino a tracolla, ma non ci aveva fatto caso. Dentro avevo messo il diario, due panini vuoti, l'acqua e il golfino blu che mamma mia mi aveva cucito. Quando è ora di pagare tira fuori il fermaglio con le banconote. Allora non perdo tempo, infilo il maritozzo in bocca e gli salto al collo. Il fermaglio diventa mio e lui rovescia subito un tavolo per prendermi. Bestemmie a cascate. Io gli grido: «Ladro! Mio padre verrà a Milano a romperti i denti uno a uno!».

«Carusu fitusu!» urla lui e corre affannato e fa ridere la gente che aspetta il tram. Due signori al tavolo si alzano e gridano: «Terroni, andate a casa vostra!», ma il barista se ne fotte, primo perché è terrone pure lui, secondo perché a guardarci crepa dal ridere. A furia di correre sventolandogli il fermaglio scivolo su una pietra e mi sbuccio le ginocchia. Lui allora sta quasi per prendermi, ma io faccio in tempo a salire sul tram che proprio in quel momento chiude le porte, parte e «addio, addio paesano della minchia!» gli faccio dal finestrino salutandolo con la mano.

Otto

Maddalena si è presentata alle tre spaccate, come ogni giovedì. Ha i capelli freschi di parrucchiere ed è una bellezza. Mi sembra che mia moglie non invecchia mai. Mi ha fatto consegnare tre maglioni che stamattina è andata apposta a comprare al mercato. Dopo è tornata a casa, ha pranzato con delle patate al forno ed è uscita a prendere la corriera per venire qui. Le chiedo se mentre li sceglieva i mercatari si prendevano confidenza. Lei di risposta alza le spalle, ridendo con un sorriso modesto che ancora di più mi mette voglia di rompere il vetro per abbracciarla. Maddalena dice che i maglioni li devo cambiare più spesso, gli abiti di un fumatore si impuzzoliscono in fretta. Tanti anni che andiamo avanti così. Non so più nemmeno dire se la conosco davvero mia moglie. Forse conosco solo quello che non è più. Dopo un po' che chiacchieriamo succede sempre che il silenzio ci copre le voci e rimaniamo a guardarci. Zitti attraverso il vetro del parlatorio. Lei fissa le mie mani, io cerco di farle la radiografia, di vedere la sua pelle sotto il vestito, i suoi pensieri dentro la testa. Avrei voglia di farle delle domande sentimentali come quelle che si fanno i ragazzi di scuola, però sento dentro un imbarazzo che non capisco da dove viene e che mi stecca gambe e braccia.

Mentre ci stiamo osservando mi viene in mente che la cella è vuota, gli altri iniziavano stamattina il corso di pasticceria, a cui io non sono voluto andare. Che me ne fotte a me della pasticceria. A ricordarmi della cella vuota mi viene una voglia di tornarmene su che non so trattenere e così dico a Maddalena che ho mal di pancia e devo andare al bagno. Lei lo capisce che è una scusa e ci rimane male, con tutta la strada che si fa.

In stanza c'è solo il nuovo arrivato con la faccia da scemo, ha le cuffie nelle orecchie e nemmeno mi sente entrare. Subito mi butto sul letto. Metto le mani dietro la testa e chiudo gli occhi.

Dopo quell'umiliazione che avevo dato a Giuvà dovevo sloggiare. «Adesso devo cercarmi una casa» mi ripetevo sul tram mentre tamponavo la sbucciatura con un foglio di giornale. Controllai quanti soldi erano rimasti nel fermaglio: meno della metà di quelli che mio padre gli aveva dato. Poca cosa.

Il capolinea era in corso Sempione, vicino a un arco grandissimo con i cavalli volanti. Dietro iniziava un parco pieno di bancarelle agghindate con la carta pesta. C'era odore di Natale nell'aria e mi chiedevo, chissà come deve essere il Natale all'ospizio di Catania. Intanto entravo nella fiera. Vendevano dolciumi, bambole di pezza, zucchero filato, vin cotto. Mi comprai uno stecco di zucchero filato e me lo leccai come un cane. Mi andai a sedere su una panchina. Aprii il diario e iniziai a scrivere i miei pensieri, che però erano brevissimi. Non come nei libri di storie che una frase dopo l'altra si riempiono pagine. I miei fogli erano appena macchiati da qualche parola, scritta a fatica e mai riletta. Un signore mi chiese se mi ero perso. Anche lui mi disse «giuanìn pipéta». Io risposi di no e me ne andai. Più avanti uno col cappello sugli occhi suonava la fisarmonica, le dita andavano così veloci che non si potevano seguire. Era una musica di Natale, ma non triste, ti metteva voglia di battere i piedi. Alla fine la gente si avvicinò a lasciare monete e andai anch'io con due spiccioli in mano.

A vedere quel ragazzo che suonava mi ricordai di Antonio e pensai che se non volevo dormire alla luna dovevo andare a trovarlo. Cercai sul diario la pagina dove mi aveva scritto l'indirizzo del suo alloggio. Per arrivare in viale Brianza ci misi tanto. Riuscii a trovare la locanda che si era fatta ora di cena. Bussai a tre porte e a tutti chiesi: «C'è Antonio il musicista?». Finché un omone a quella domanda si mise a ridere e gridò: «Antonio il musicista! Un beniamino alla porta!».

Lo salutai per nome e gli chiesi se era diventato pianista di professione. Lui mi fece entrare e gli raccontai cosa mi era successo. Disse che dovevo subito andare a fare pace con Giuvà, ma io gli risposi che se non mi teneva con lui mi mettevo a dormire in mezzo alle scale della sua locanda. Antonio prima sbuffò, poi scosse la testa e alla fine mi presentò agli altri inquilini, che erano adulti.

La locanda di viale Brianza era un palazzo di tre piani tutto stanzoni. Ci abitavano gruppi di lavoratori emigranti e qualche famiglia trasferita di fresco. Nello stanzone in cui viveva Antonio, prima che arrivassi io, erano in sette. I muri erano scrostati e il puzzo del bagno collettivo dal pianerottolo penetrava fino in camera. Di quello stanzone mi ricordo il lampadario penzolante, l'odore della lana strinata a furia di appoggiare i maglioni sulla stufetta e l'aria pesante di sonno che stagnava fino a sera. Però la gente era allegra. Tutti abruzzesi. Tutti maschi. Tranne Antonio, tutti muratori. Appena entrai, senza stare troppo a chiedere, mi misero taralli e salame a fette sotto il naso e a cena finii a sedermi vicino a

Currado, uno altissimo con le guance da cane cocker. E poi c'era Ruggero, uno con le basette lunghe e una pancia da pellicano che cucinava certi spaghetti alla chitarra da fine del mondo. Insomma, quando la prima notte io e Antonio ci mettemmo a dormire capo e piedi, gli dissi che volevo restare nella locanda ad ogni costo e di non preoccuparsi che i piccioli in qualche modo me li facevo bastare. Lui allora, nella stanza buia, sospirò un'altra volta e mugugnò: «Fai come vuoi».

L'unico momento che avevo per riprendermi le mie cose era dopo il lavoro. Anche la Mena era arrabbiata e per farmi dispetto mi teneva lontano i picciriddi. Giorgio disse soltanto: «Io non ti conosco, ma sappi che se vuoi stare qui ci vuole rispetto e testa sulle spalle». Giuvà era a lavoro, meglio così. Salutai lo zoppo che stava sulle scale a fumare. Da casa sua usciva puzza di broccolo. Disse: «Andarsene di qui è sempre bello». Lasciai un pacco di sale dietro ogni porta. Il tram di sera aveva le luci che sembravano candele di chiesa, gialle e sonnolenti.

Prima di sistemarmi in viale Brianza dovetti passare dal signor Cattaneo, il padrone dello stabile, a lasciare i piccioli di caparra. Una settimana precisa del mio stipendio di galoppino. Disse che mi avrebbe presto procurato una branda, in realtà non me la diede mai e dovetti arrangiarmi a dormire su un materasso, che al mattino con l'aiuto di qualcuno tiravo su e appoggiavo al muro.

La felicità della locanda era il mangiare. A sera portavano anche me nello scantinato, un posto freddo nei sotterranei del palazzo dove c'erano tavolo, sedie e una cucina con forno e fornelli. Sulla porta era appeso un grande foglio con gli orari dei turni per la cena e, siccome tutti avevano diritto di mangiare in grazia di Dio, bisognava essere rigorosi nel rispetto dalla fascia oraria. Noi eravamo quelli dell'ultimo turno, cenavamo alle nove e mezza. «Almeno da qui non ci vengono a sfrattare» diceva uno che si chiamava Evandro. Ruggero e Currado preparavano salsiccia al pomodoro o pastasciutta, a volte anche cosce di pollo e polpette. Erano piattoni e qualcuno per la fretta di mangiare si impataccava dappertutto, anche sulla fronte. Poi facevamo la scarpetta con i tozzi di pane e, se era inverno, ancora col boccone in gola, si filava in stanza per non prendere altro freddo. Era come mangiare all'aperto in quel posto da inferno e una buona parola al signor Cattaneo ogni sera gliela dicevano. Maledizioni, auguri di peste bubbonica, cacarella, strizzamento di palle. Mi piaceva come era organizzata la combriccola. Erano ignoranti gli abruzzesi, ma non superbi del loro niente.

Una volta accompagnai Currado a telefonare. Con le monete che avevo in tasca chiamai anch'io mio padre. Per parlargli bisognava telefonare alla latteria di Gioacchino, che con un grido lo faceva scendere di corsa. Le monete cadevano in fretta e allora, per lasciargli tempo di dirmi la sua opinione, gli raccontai tutte cose velocemente – la litigata con Giuvà, l'amicizia con Antonio, il trasferimento nella locanda – ma lui alla fine disse solamente: «Tu sai cosa è meglio». Di mamma mia non raccontò niente.

Un sabato pomeriggio uscii insieme a Ruggero. Era un tipo basso, biondo e con gli occhi nocciola. Aveva la battuta facile e gli piaceva fare commenti sui passanti, specialmente sulle femmine. Alla posteria comprai cinque chili e mezzo di pasta, quattro buatte di passata di pomodoro e tre ruote di pane pugliese.

«Sei sicuro che puoi permetterti di pagare questa spesa?» mi chiese alla cassa.

«Sì!» gridai orgoglioso tirando fuori il fermaglio.

«Guarda che per noi puoi anche aspettare, tanto mangi come un lombrico» e mi strusciò un dito sul collo.

Fuori dalla posteria Ruggero mi prese le borse e mi lasciò camminare e saltellare fino in viale Brianza. Ogni tanto li sogno, gli amici della locanda. Mi vengono a prendere in carcere. A vederli arrivare ritorno picciriddu e loro mi portano a passeggiare per la città. È sabato pomeriggio, c'è quel sole fatuo di Milano che sbianca la pelle e io mi sento contento. Forse quella locanda è l'unico posto in cui ho fatto in tempo a sentirmi picciriddu. Specie il sabato sera, quando Antonio andava in giro a suonare e gli altri uscivano per andare a ballare. Allora io, siccome non mi interessavano ancora le femmine, rimanevo con Currado, Ruggero e Filippo, che si scatenavano col mangiare. In quattro si poteva cenare in stanza, senza scendere nello scantinato, e per loro questa era una festa nazionale. Tornavano con le borse piene di pane, fette di carne, macinato per il sugo, polli da fare nella stufa, e vino Barbera, grappa, dolci di cioccolato. Ruggero con un sorriso furbo gridava: «Forza, sbaraccate che sono arrivati gli americani!». Mentre andava giù a cucinare noi facevamo spazio spingendo le brande nell'angolo e aprivamo un tavolino pieghevole che poi pensavo io ad apparecchiare con cura, coltello a destra forchetta a sinistra. Currado a tavola diceva che i commercianti del nord si erano arricchiti con la fame dei terroni.

«Ce la portavamo addosso la fame, dentro le ossa proprio» ripeteva riempiendosi di nuovo il piatto, «e lavorando abbiamo iniziato a mangiare un po' in grazia di Dio pure noi, a toglierci qualche voglia».

In effetti certi cibi a San Cono si vedevano solo a Natale o quando finivi all'ospedale (le banane e il gelato, per esempio). Si poteva mangiare lo stesso piatto per mesi, tanto che mio padre in campagna diceva: «Stasera a cena troviamo pasta e piselli, ma domani no, Ninuzzo bello, piselli e pasta!» e rideva mostrando i denti sciupati. Filippo dava ragione a Currado, ma diceva anche che a parte il mangiare era meglio vivere al paese, dove se uscivi in piazza incontravi sempre gente e c'era più solidarietà. Allora iniziava la discussione e Currado urlava che sembrava ancora più grosso. Una montagna umana. Gridava: «Come è possibile rimpiangere un posto dove non c'è futuro e ci si alza da tavola affamati?!», e quando diceva così mi ricordo che non masticavo più e rimanevo a bocca aperta a fare sì con la testa. Risentivo nello stomaco i ragli d'asino. Il sapore del sale rancido delle acciughe che mi metteva voglia di bere acqua a garganella. Poi sparecchiavamo la tavola e Currado e Filippo imbastivano lunghe partite di scopa d'assi. Ruggero invece odiava le carte e si metteva a giocare a dama con me. In quelle serate mi ripetevano in coro di lasciare la lavanderia e farmi muratore.

«Ti conviene, si guadagna di più» dicevano.

Una sera era il mio compleanno e mentre giocavamo a dama lo dissi a Ruggero. Allora lui, con le mani in alto, gridò «Alt!», piantò la partita e disse che andava giù a prepararmi una cosa. Tornò in stanza con una frittata e sopra ci mise i fiammiferi come candele. Tutti e tre cantarono tanti auguri, stonati come muggiti di vacca. Fu una festa bellissima. E se ci fosse stato con noi il signor Pascoli, secondo me, ci avrebbe pure scritto una poesia delle sue, di quelle che sbalordiscono. Quella sera compii undici anni. Per poter entrare in fabbrica la legge diceva che ne dovevano passare altri quattro.

Nove

Titta non riesce a dormire e a furia di rigirarsi nel letto mi sveglia. Allora ci mettiamo a fumare vicino al pertugio e sottovoce parliamo. Gli altri russano. Da fuori arriva qualche passo pesante e in lontananza rumori di camionette che entrano e escono. Parliamo di come deve essere bella per le strade la notte e lui davvero è contento che tra poche ore me ne vado via. Mi dà raccomandazioni come fosse mio padre. Lui che è più piccolo di me e nemmeno tiene i capelli tutti bianchi.

«Io da piccolo sognavo di presentare il festival di Sanremo e tu?» se ne esce mentre guarda il buio.

Mi metto la mano sulla bocca per non fare troppo rumore.

«Io il poeta» rispondo.

Titta mi guarda ammirato, le labbra in fuori, le ciglia stirate verso la fronte, gli occhi meravigliati. Poi scoppia a ridere di gusto. Nemmeno avessi detto il mangiafuoco o il domatore di leoni. Questo ignorante di un contrabbandiere ride che gli si ingrossa il collo e dalla gola gli esce un fischio strano.

«Ninè, ma a che servono i poeti? Quando arriva il momento che diventa indispensabile conoscerne uno?».

Gli rispondo che non capisce niente e anche se non lo so spiegare a cosa servono i poeti lo stesso gli ribadisco che è uno zotico senza speranza.

Poi cambia discorso e dice che quando uscirà di qui sistemerà un altro paio di partite e si trasferirà in Sud America. In uno di quei paesi dove ci sono solo caldo, mare trasparente e, all'occorrenza, belle femmine.

«Te ne vieni con me?» mi chiede.

Gli dico che voglio stare a Milano con mia moglie e aspettare di conoscere mia nipote. Lui fa sì con la testa, per rassicurarmi che quel giorno verrà presto.

Parliamo ancora. Del futuro che mi inquieta, del mondo, della prigione. Poi lui d'improvviso mi domanda, «Ti va di raccontarmi un pezzetto di quelle cose che ti dici ad occhi chiusi?».

«Titta, io non sono capace a raccontare a voce alta, non sono così bravo».

Allora torniamo a guardare in silenzio il cielo fino a che compare qualche raggio di luce viola. Forse entrambi ci sentiamo come due amici che dopo il lavoro sono usciti a cena e hanno passato una bella serata, con la libertà che c'è solo tra carcerati.

Entrare e uscire è sempre un attimo. È il tempo in mezzo quello senza fine. Una guardia bionda, con gli occhi azzurri, sembra un tedesco. Scandisce sulla soglia il mio nome: «Giacalone Ninetto». Ho poca roba e la infilo alla rinfusa nel borsone. Con Titta non c'è niente da dire, solo un lungo abbraccio e le sue mani che mi prendono le guance.

«Mo' che torni a casa per favore mangia» mi dice fraterno.

«Magari un giorno mi presento in Sud America, fammi sapere dove ti stabilisci» e ci facciamo un'ultima risata. Adesso che sto uscendo mi pare che, a ricontarle, non sono state nemmeno poche le risate che ci siamo fatti qui dentro. Lui mi regala un pacchetto di Multifilter e io gli lascio le mie MS morbide. Con gli altri appena un ciao che non interrompe il loro far niente.

Fuori, la neve. Cerco con la mano di acciuffare qualche fiocco ma sfugge come una mosca.

Lo stordimento delle macchine e i rumori della città sono difficili da descrivere. Non è facile incamminarsi. Mentre muovo i primi passi, raso al muro, mi viene in mente un libro che ho letto anni fa, raccontava di un tizio uscito di galera che si rifugiava in un monastero. Penso che io non sono certo meno affezionato di lui alla Madonna e a Gesù Cristo e che potrebbe essere una buona idea. Mi chiedo se la gente che mi cammina di fianco, che mi viene incontro, che mi supera, la conosco. Se magari sono amici della fabbrica, compagni del sindacato, gente del quartiere. Se mi passano di fianco in silenzio per dirmi quanto mi disprezzano. Ci metto tante ore ad arrivare in via Jugoslavia. Non prendo corriere né tram. E una volta arrivato non voglio nemmeno suonare il citofono. Aspetto paziente che qualcuno entri e mi intrufolo dietro.

«Scusi, lei chi è?» mi chiede un signore col cappello. Lo fisso negli occhi e tiro dritto senza rispondergli.

Quando apre la porta fa quasi un salto e il cucchiaio di legno gli cade di mano macchiando di pomodoro il pavimento di ceramica. Ho la testa bagnata di neve, i fiocchi sul giubbone e sulla borsa che subito mi sfilo e butto per terra. Ci stringiamo stretti, ma non mi dà un bacio. Corre in bagno a prendere un asciugamano e quello strofinarmi la capoccia è il suo modo di baciarmi. Ora, in vestaglia, senza i capelli freschi di parrucchiere, senza quel velo di cipria mi sembra diversa. Mi sembra che il tempo è passato anche per Maddalena mia.

Cerco subito di darmi da fare. Gli chiedo se posso mettere a posto qualcosa in questa casa sempre uguale, col divano a fiorami, il tavolo di noce rigato, la tappezzeria color buccia di patata che vorrei subito strappare per pittare i muri di bianco. Ma a ogni cosa dice no. Anche a cucinare insieme dice no.

«Riposati, riposati».

È tutto un riposati, come se in carcere avessi faticato e non mi fossi fatto mangiare dai tarli. Giro come un sonnambulo per questo vecchio bilocale. Mi faccio una pisciata dimenticando di chiudere la porta. Il carcere ti disabitua pure alla civiltà. Te la scordi perché in quel luridume è inappropriata. Nella specchiera ogni cosa è al suo posto. Lametta, dopobarba, pettinessa, lacca per i capelli. I capelli... dieci anni fa ne avevo ancora, il cuzzetto era coperto. Chiudo lo sportello. Guardarmi allo specchio mi fa sentire ingombrante. Sarà che in carcere specchi non ce n'erano e finivi per crederti inconsistente.

In camera da letto annuso il materasso che sembro un cane antidroga. Profuma di bucato e nient'altro. Il cuscino sa di Baby Shampoo Johnson, quello color albume d'uovo che va bene per i picciriddi e che è l'unico con cui Maddalena si lava la testa. Sarà stata Elisabetta a comprarle il televisore con lo schermo piatto. Si vede una meraviglia e anche il presentatore del telegiornale sembra meno babbuino del solito. Mi accendo una Multifilter di Titta davanti alla foto di noi tre al luna park. Elisabetta su per giù ha dodici anni, Maddalena indossa la pelliccia che gli avevo regalato e io un buffo cappello marrone. Mi viene in mente Stefano il rapinatore che in cella si faceva lunghi discorsi guardando la fotografia del figlio. Chissà se anche mia moglie ogni tanto si è messa a parlarmi davanti a questa foto incorniciata. Chissà se almeno una volta l'ha fatto mia figlia. Se a mia nipote qualcuno gli ha detto: «Quello nella foto è nonno Ninetto, presto tornerà a casa».

«Qui non si fuma!» mi grida Maddalena da dietro e a momenti casco a terra per lo spavento. Mi spinge dalle spalle e andiamo in camera facendo il trenino. Poi sparisce in cucina a prepararmi il pranzo ed eccomi qua, senza sapere che fare. Dopo nemmeno mezz'ora.

«Ti aiuto ad apparecchiare?».

«Riposati, riposati».

Me ne vado alla finestra. Di fronte stanno costruendo un palazzo. Prima, invece, c'era un campo e arrivava più luce. Ha ragione Titta, io gli dicevo che avevo paura di trovare il mondo cambiato e lui rispondeva di non preoccuparmi, «là fuori si suona sempre la stessa musica» concludeva saggio. Il condominio in effetti non è cambiato. Gli abitanti nemmeno. Riconosco gli Aleardi, i Rossi, i Gattesi del quinto piano. Hanno solo dieci anni di più sulla schiena. Quelli che non riconosco sono i bambini diventati ragazzi. Hanno cambiato la faccia, l'altezza, la voce. Forse qualcuno si è già scordato di essere stato bambino.

Nello stanzone eravamo in otto, ma Ruggero, Filippo, Evandro e altri due tornarono al loro paese per le feste. Così quel Natale del 1962 in locanda restammo io, Antonio e Currado, che cucinò per un bastimento.

«Se non ti metti ai fornelli non sembra festa e ti viene la malinconia» ripeteva facendo su e giù dallo scantinato con le teglie calde in equilibrio sulle braccia.

Ma anche a cucinare quel ben di Dio, la malinconia io e Antonio ce l'avevamo lo stesso. Io perché avevo tutti i pensieri ingarbugliati – mamma mia, San Cono, la scuola, il lavoro, Giuvà, la Maria Rosa –, Antonio perché aveva deciso di partire per le montagne della Val d'Aosta e andare a fare il pastore stagionale, visto che aveva urgente bisogno di piccioli. La città lo aveva stufato e con la musica aveva chiuso, si sentiva umiliato. Diceva che era già tutto deciso e non aveva voglia di stare a spiegare il perché e il percome. Anche lui partiva con un paesano.

«Fai bene» gli disse Currado, «poi a primavera puoi andare a raccogliere i fiori in Liguria e in autunno le olive a Taggia e dopo che ti sei spezzato la schiena da una parte all'altra vedrai che o te ne torni in Calabria o ti vai di volata a cercare un posto in fabbrica e metti la testa a posto». Ma glielo diceva con quell'espressione mite e buona che solo Currado aveva. Quanto a lui, non era tornato al paese perché non c'era più nessuno ad aspettarlo.

«Fratelli coltelli e parenti serpenti» ripeteva sempre e con quelle parole ti aveva raccontato la sua storia.

Dopo cena arrivò una quarta persona, assolutamente inaspettata. Bussò alla porta Giuvà. A ritrovarmelo sull'uscio mi venne sangue freddo ai polsi, anche se dalla faccia da cane bastonato e dalla flemma con cui sbatteva i piedi sulla porta per scrollarsi la neve non mostrava cattive intenzioni. Peccato, due schiaffoni di Currado e stramazzava sul pavimento come uno scecco sparato. Prima che Currado gli chiedesse chi era, lui si presentò col cappello in mano e subito Antonio gli servì il caffè caldo.

«Rientravo da lavoro e volevo fare gli auguri a questo picciriddu che ormai tanto picciriddu non è e alza la cresta» disse sorridendo. «Fuori la neve continua a svolazzare» proseguì tanto per aggiungere qualcosa, visto che nessuno sorrideva.

Era abbattuto e stanco ma si sforzava di raccontare cose allegre, che aveva mangiato il panettone, che i treni erano vuoti e la stazione pulita e silenziosa. In realtà chiunque sa che una stazione vuota è la tristezza per eccellenza. Se poi è vuota, è Natale e tu devi travagghiare, è proprio uno schifo. Io infatti pensavo che era il solito bugiardo e che non c'era da fidarsi. Forse faceva sorrisi finti aspettando di riportarmi all'alveare e tirarmi schiaffoni in faccia, oppure di riprendermi i soldi con tutto il fermaglio. Currado disse che quattro uomini che a Natale non giocano a carte sono proprio delle femminucce e si mise a mischiare il mazzo con le sue mani dure di malta. Io e Giuvà contro Antonio e Currado. Ci fecero pelo e contropelo. Perdemmo la prima, la seconda e pure la terza perché Giuvà dopo il caffè si era fatto versare il vino. Sgargarozzava che era un piacere e le carte non le memorizzava. Quando buttava giù quella sbagliata e Currado faceva scopa si batteva la mano sulla fronte e ripeteva: «Vino malandrino». Restò a dormire da noi e il mattino dopo, a Santo Stefano, uscimmo per andare a messa, anche se poi ci fermammo al bar.

«Tanto nessuno di noi si chiama Stefano, non è grave» diceva Giuvà ridendo come un mammalucco.

Prima di prendere il tram mi chiese se lo accompagnavo qualche passo. Camminando verso la fermata piombai in un silenzio rigido. Lui disse che gli dispiaceva per quello che era successo e aggiungeva spiegazioni inutili.

«Tra poco la banca ci dà i soldi per il furgone e cominciamo» continuò senza guardarmi. «Siamo andati piano ma almeno abbiamo fatto le cose per bene» disse contorcendo la sua faccia strabica.

Mi sembrava diventato più vecchio e ancora più stordito. Forse quando il lavoro inizia a mortificarti una volta non la smette più.

«Comincia a piovere» gli dissi, «è meglio se rientro».

«Sei sicuro che non vuoi tornare all'alveare?».

Feci sì con la testa.

«Ora ho una casa tutta mia, sempre in quel palazzo. Puoi metterti una branda oppure dormiamo capo e piedi. Non voglio niente per il disturbo».

Quando arrivò il tram mi infilò in tasca quattro banconote e ancora chiese scusa. Mi venne dispiacere a immaginarlo nella sua cella di alveare sempre solo. Per salutarmi abbassò il finestrino come fosse sul treno. A me venne voglia di tirargli i suoi piccioli in faccia, strillargli che se li tenesse perché tanto non erano quelli di mio padre Rosario. Invece me ne andai senza dire niente. Nella tasca appallottolavo le banconote come carta di giornale.

In stanza mangiammo le cose del giorno prima, poi ognuno tornò in branda. Antonio sistemò la roba in valigia e io e Currado gli facemmo un brindisi di auguri (lui vino, io acqua fresca). Quando Currado mi vide sulla branda che scarabocchiavo il diario di fianco a una lampada piena di cacate di mosche mi chiese se ero poeta e io dissi «un po'», perché mi sentivo ancora in tempo per diventarlo. Mi dispiace non aver raccontato a Currado della mia amicizia col maestro Vincenzo, ma proprio non mi venivano le parole.

Dieci

Non saprei dire di più sugli altri giorni nella locanda di viale Brianza. Erano giorni senza storia. Un altro anno e mezzo di bicicletta e mela verde a pranzo, tanto che ancora oggi le ho a schifo come le acciughe. Un altro anno e mezzo di grassona che il sabato mi paga sbuffando e delle minne della Maria Rosa che non si fanno mai toccare.

Mio padre mi spediva lettere più telegrafiche delle mie cartoline. Mi scriveva: «Ninè, verrai a trovarmi quest'estate?», e io rispondevo: «Papà, verrei volentieri, ma qui se lascio ne prendono un altro e rimango a piedi». Non glielo confidavo ma, mese dopo mese, San Cono non era più nei miei pensieri, e neanche mamma mia. Me ne ricordavo solamente ogni tanto e quando mi veniva in mente mi sentivo una pattumiera.

Currado e Ruggero continuavano a ripetere che la grassona era una schiavista e dovevo farmi muratore.

«Ormai sei grande, tieni tredici anni compiuti!» ripetevano. Una frase che se la dici oggi chiamano il Telefono Azzurro. Ora si mangia con la bavaglia e si dorme nel lettone di mamma e babbo fino a trent'anni, e pure di più. Anche per Elisabetta è stato così.

Un giorno Ruggero mi disse che il suo capomastro apriva un nuovo cantiere in un paese fuori Milano che si chiamava Bollate e cercava manodopera.

«Vuoi andare?» mi domandò a bruciapelo.

Io risposi: «No, voglio restare con voi!».

Ma entrambi mi spiegarono che tra poco il cantiere dove travagghiavano chiudeva perché i palazzi erano fatti e finiti e anche loro sarebbero andati dove li portava il lavoro. Fu un altro giorno della mia vita in cui ho frignato. Poi non ho più pianto fino a quando sono entrato in carcere. Non so se quel giorno ho pianto per la cella, perché mi era venuto mal di stomaco o proprio per quello che avevo appena combinato.

Currado mi disse che dovevo essere felice della proposta di Ruggero e non piagnucchiare come un moccioso.

«Chiedi piuttosto consiglio a tuo padre» mi suggerì. Ma mio padre Rosario, quando telefonai alla latteria di Gioacchino, mi ripeté semplicemente che il muratore è il più bel lavoro del mondo e se non accettavo vincevo il concorso di minchione numero uno.

Così, il giorno dopo, tra una consegna e l'altra, mi presentai di malavoglia al cantiere. Il capomastro fu sbrigativo, disse quando si iniziava e quale sarebbe stata la mia mansione. La paga era due volte quella della lavanderia e a me non restò che accettare. Ruggero per incoraggiarmi disse: «Viene pure Evandro, sei fortunato». Capirai che fortuna. Evandro era l'unico che in locanda non parlava mai e avere un manico di scopa era la stessa cosa che avere Evandro, che per altro russava da far tremare il tetto.

Quando lo dissi alla grassona lei gridò che ero proprio come gli altri napulì, anzi peggio, e mi ordinò di andare a sbrigare le consegne. Il sabato, al momento della paga, disse che soldi per me non ne aveva perché ero peggio degli altri napulì e la lasciavo in difficoltà. Io allora mi misi a gridare, ma lei gridava più forte, con una voce da corvo in calore, mi dava spintoni e urlava: «Screanzato disonesto!». Io disperato provai a fare i lucciconi finti e a convincerla che se mi dava pochissimo aumento restavo. Allora la grassona prima mi guardò da sopra gli occhiali, poi sbuffando promise che in futuro avrebbe fatto un ritocco alla paga.

«Non sono mica una senza cuore» disse tirando occhiate anche alle altre ragazze.

Finalmente mi diede la settimana di stipendio, poi ricaricò il cesto di tovaglie e mi disse: «Uè nani, cerchiamo di meritarcelo questo aumento».

È stato così che non ho salutato nemmeno la Maria Rosa, la Elena, la Carmela e la Lucia. Dovevo per forza agire in quella maniera se volevo la mia paga e quel poco di liquidazione che meritavo. Ho infilato lo stipendio in tasca, sono salito sulla bicicletta, e via! Un ridere mi veniva mentre pedalavo a tutta birra! Una bella bicicletta da uomo con tanto di lucchetto, un cesto di vimini, otto tovaglie, due pigiami, tovaglioli a non finire! Se ero una ragazza mi ero fatta il corredo. Mai mi sono sentito in colpa per questo furto. E anche il maestro Vincenzo non credo proprio che mi avrebbe rimproverato visto che ci aveva parlato così bene dei briganti della Basilicata.

Il trasloco a Bollate l'ho fatto in bicicletta. Lunghissime e lunghissime pedalate con il cesto colmo di quei quattro vestiti che avevo e delle mie cianfrusaglie. Per arrivare a Bollate c'era da pedalare una decina di chilometri. Il paesaggio lì non c'entrava più niente con Milano. Terra, cielo, aria frizzante e niente più macchine, solo una Lambretta ogni tanto. Si vedevano contadini a lavoro, anche femmine, e io a vederle pensavo che allora la miseria c'era anche al nord, come in effetti c'era, perché dove ci sono femmine in mezzo ai campi lì c'è miseria.

Andai ad abitare in una baracca molto bella. Più grande e spaziosa della locanda di viale Brianza. Si può dire che era simile alle baite di montagna dove adesso si va in villeggiatura, ma senza nessuna attrezzatura moderna. Anzi, non c'era neanche l'acqua corrente. Soltanto tavolo, sedie, stufa e un armadietto con le grucce. In quegli anni a Bollate e nei paesi di provincia si poteva comprare un appezzamento con pochi piccioli e costruire una baracca con la taverna. Infatti ne spuntavano come funghi, file e file. Gli uomini le costruivano dopo il lavoro e nel fine settimana. Appena terminavano di tirarne su una arrivavano col treno del sole donne e picciriddi lasciati al paese e si sentiva festa per la strada e voci alte fino a tarda notte. Nelle taverne, invece, stavamo in affitto noi squadre di carpentieri. Era una sistemazione sempre arrangiata, si capisce, ma non si stava pigiati come negli stanzoni delle locande milanesi. Adesso queste baracche non ci sono più. Non ne è rimasta traccia perché la fatica dei poveri cristi non lascia mai traccia. Non ne rimane testimonianza nemmeno nei libri di scuola, dove si legge soltanto del re e la regina.

In taverna stavo sempre per i fatti miei. I calabresi erano gente muta e noiosa. Facevano la stessa vita degli animali. Il massimo del divertimento per loro erano le gare di rutti con la birra. Chissà, forse è stata proprio quella solitudine nella baracca di Bollate a farmi capire che dovevo darmi una mossa e cominciare a interessarmi alle donne. In siciliano si dice fimmine, ma il maestro Vincenzo un giorno ci spiegò che è dispregiativo, perché fimmina è anche una vacca o una scrofa, mentre per distinguere rispettosamente gli esseri umani bisogna dire donne. Anche se una è racchia o assomiglia in tutto e per tutto a una scrofa, lo stesso si dice donna. Comunque, a me nella baracca la solitudine mi aveva fatto venire voglia di amare perché quando uno sa tenere a braccetto una donna non è più solo e non è nemmeno più picciriddu. Diventa adulto. Uomo fatto e finito.

Undici

Ho deciso di uscire. Dopo una settimana impalato alla finestra a guardare il palazzo in costruzione e i cinesi che si sono comprati il bar di Filippo, mi sono deciso a mettere il naso fuori. Per Filippo mi dispiace. Era bello la domenica mattina, verso le undici, andare nel suo bar a bere il Crodino e tornare a casa col cartoccio di paste e il giornale sotto braccio. Aveva una faccia familiare e allegra Filippo, non come questi occhi a mandorla, che non sorridono mai. Operosi come formiche, fanno tutto senza parlarsi.

Tiro fuori la bicicletta dalla cantina. Per dieci anni è stata ferma e ora il freno stride. Faccio un giretto nel cortile e quando lo schiaccio sembra un treno che entra in stazione. A me tutto questo freddo, questa luce, questo ossigeno mi sembrano troppi e mi fanno perdere l'equilibrio. Me ne vado non so dove. Imbacuccato con il berretto di lana e la sciarpa sul naso. È impossibile non ricordare. Forse i ricordi sono quei fatti che non riusciamo a dimenticare.

Com'è come non è, in una mezz'ora mi ritrovo nel quartiere industriale di Arese, dove lo stabilimento dell'Alfa Romeo è rimasto come un morto in piedi. Fa impressione il silenzio da camposanto che si sente. Solo a guardare in giro mi rimbomba nella testa tutto quello sferragliare dei reparti, il rumore di macchine e macchinari, l'andirivieni di camion, muletti, gente che attacca, gente che stacca, un esercito di tute blu sparpagliato

82

ovunque... Era un rumore senza mai sosta e sinceramente lo credevo infinito. Poi di colpo mi stufo di guardare questo monumento funebre al lavoro che non c'è più e me ne vado. Pedalando intravedo una concessionaria di automobili e allora lego la bicicletta, mi levo il cappello, appallottolo la sciarpa in tasca e entro. Bella femmina questa dietro al bancone. Quel sarracino di Titta tempo due minuti e l'avrebbe invitata a cena.

«Ha visto qualcosa che le interessa?» mi chiede venendo verso di me con un sorriso che non ho fatto niente per meritarmi.

«No no, signorina, a me basta la bicicletta. Piuttosto volevo chiederle se avete bisogno di una persona».

Il sorriso superlativo è già acqua passata. Viene il dubbio che me lo sono immaginato.

«Per cosa, signore?».

Faccio finta di non aver sentito la domanda cretina. «Per lavorare».

«In officina o in ufficio?».

«Dove vi serve, mi adatto».

Lei allora mi guarda con occhi perplessi, addirittura si appoggia una mano sul mento prima di parlare. Da quell'imbarazzo ne usciamo dopo un lunghissimo minuto, quando raccoglie le idee e non trova frase migliore di questa: «Mi lasci pure il suo curriculum europeo e lo consegnerò all'ufficio del personale».

«Cosa gli lascio, signorina?».

«Il cv».

«E che cos'è?» chiedo curioso.

A questo punto lei davanti agli occhi non vede più un uomo ma un extraterrestre e non le è facile proseguire la conversazione. «È un documento dove scrivere i suoi dati, le sue richieste, i suoi studi».

«Ah!» rispondo alleggerendo d'un tratto le rughe. «Se vuole glieli scrivo seduta stante, un foglio mi basta».

«Ci vuole il cv in formato europeo» insiste, più rigida.

«E dove trovo il modulo?» chiedo io, per l'ultima volta gentile.

«In rete».

Penso ai calciatori che fanno rete, alla rete da pesca e, per non farmi mancare niente, pure alle calze a rete. Ovviamente lo so che sono fuori strada, però non voglio dargliela vinta.

«Giusto, in rete. Allora magari ripasso. Vado in rete e torno».

Non sono neanche le undici e già mi sono scassato le palle. Me ne vado da questa zona dove non c'è più niente. La deindustrializzazione qui ha spazzato tutto e per cercare le fabbriche che c'erano dovrei pedalare fino in Romania. Attraverso Quarto Oggiaro, via Mac Mahon e poi, lentamente, arrivo in corso Sempione dove ogni tanto mi lasciava il tram che prendevo dall'alveare. Ci sono dei begli ippocastani ed è spuntato quasi un filo di luce bionda. Non spendo soldi al bar per un altro caffè, che pure mi andrebbe. Eccome se mi andrebbe. Mi metto sulla panchina umida e butto indietro la testa come fossi dal parrucchiere, in uno di quei lavandini dove fanno uno shampoo che pare un massaggio. Una luce strana passa tra le foglie degli alberi e mi ferisce gli occhi. Se li chiudo sento una vertigine che mi fa dimenticare dove sono. Come uno svenimento.

Nella baracca di Bollate era passato un altro autunno e un altro inverno. Ormai avevo compiuto quattordici anni. A furia di abitare coi calabresi mi ero convinto, come lo sono ancora adesso, che gli abruzzesi sono un po' ebeti, non dico di no, ma bonaccioni e simpatici, mentre certi calabresi sono proprio muli. Quando tornavo da lavoro mi lavavo come potevo, visto che bisognava andare alla fontana a riempire il mastello, e poi, per non starli a sentire, uscivo in canottiera, mi mettevo su un muricciolo e mi sfogavo a fumare. Ero diventato più grande e sentivo male alle ginocchia perché il corpo spingeva, la voce si arrochiva e raschiava la gola, i peli spuntavano sulla faccia e anche attorno ai capezzoli, insomma era tutto un voler uscire allo scoperto. Amici ne avevo pochi, anzi pochissimi, e mi confermavo sempre più che mio padre Rosario aveva ragione, «gli amici non esistono, esistono solo persone con cui passare un po' di tempo quando non vuoi pensare alle scassature di minchia». Il ricordo della mia vita coi picciriddi di via dei Ginepri, quando ancora non ero un carattere solitario, andava indietro, si faceva sfocato e lontano come una nave all'orizzonte. Se qualcuno delle baracche vicine mi chiedeva: «Ninetto vieni al bar?», io ci andavo anche, bevevo la gazzosa, facevo due chiacchiere, ma poi finiva lì. Non c'è mai stato un altro Peppino. E nemmeno un altro maestro Vincenzo. Amici veri mi sa che si può essere solo da picciriddi, quando si è puliti dentro e non si fanno calcoli di interesse né altre oscenità.

Quando passavano gruppi di ragazzi col pallone o con le canne da pesca non mi dispiacevo più di non sapermi aggregare. Stavo bene a guardare gli alberi gonfi di foglie. Quei contorni di montagne imbiancate che si intravedevano nelle giornate limpide e che poi l'arancione del sole faceva sciogliere e scomparire nella sera. Pensavo che il signor Pascoli e gli altri poeti erano più fortunati perché riuscivano a innamorarsi anche della natura e non solo degli uomini.

Una mattina mi ero svegliato prima del solito per certi brutti sogni su mamma mia che mi tormentavano. In taverna stagnavano umidità e aria cotta, così uscii all'aperto ad aspettare l'ora di andare a lavoro. Guardavo la via e respiravo profondo per placare il cuore ancora agitato dagli incubi. A un certo punto, campanelli e grida di fimmine. Anzi, di donne. Era uno sciame di biciclette pilotate da ragazze! Alla vista di quello spettacolo stavo per perdere l'equilibrio e cascare dal muretto. Erano almeno dieci e pedalavano schiamazzando. La via sembrava invasa da grida di gabbiani.

Da quel mattino cambiai l'orario della sveglia. Mi pettinavo e uscivo subito a fumare per farmi più bello. Loro passavano puntuali alle sei e mezza. Così attaccate sembravano una sola persona. Quando provavo a salutarle suonavano il campanello e ridevano, forse mi prendevano in giro. Non capivo che fare, ci pensavo tutto il giorno e le chiamavo lo sciame, e mi chiedevo chissà dov'è ora lo sciame e cosa fa e come sta e come sarà domani lo sciame. Non era facile distinguerle. Provavo ad attaccarmi ai particolari, il vestito di quella o la bicicletta di quell'altra, ma il loro passaggio era troppo veloce e mi andava insieme la vista.

Finalmente un giorno presi coraggio e mi decisi a inseguirle. Loro a vedermi in sella divennero mute e pedalarono più veloce. Allora mi sembrarono non più uno sciame, ma una tartaruga che nasconde la testa nel suo guscio duro duro. Dopo via Silvio Pellico imboccarono una discesa e arrivarono a un edificio di mattoni rossi. Ammassarono le biciclette una sull'altra e in fila entrarono in un laboratorio di pasticceria con un grembiule bianco e un cappello in testa. Per spiarle mi arrampicai sul retro dello stabile e rimasi appeso a un palo di ferro come un panno lavato. Se cadevo è sicuro che mi spezzavo l'osso del collo. Da un pertugio riuscivo a vederle all'opera. Rompevano uova e separavano i tuorli dall'albume. Grandi bottiglie scorrevano su un nastro di gomma e loro le riempivano, chi di rosso chi di bianco. Quando qualcuna apriva un uovo marcio si levavano grida da stadio e dita a pinza sul naso. Feci ballare gli occhi come un gatto finché nella postazione all'angolo vidi Maddalena. Se devo dire la verità la trovai sfiziosa più di ogni altra per le minne. È vero che ce n'era una bionda, ma fra i capelli biondi e le minne non c'è battaglia. Rispetto a lei le altre mi sembravano avere sulla bocca un sorriso sciocco.

Appeso in quel modo riuscii a vederle una per una e a tirare le mie conclusioni, che erano principalmente due. Primo, dovevo darmi da fare e controllare se in giro c'erano altri sciami e se il posto dove vivevo non era fatto solo di baracche e cantieri ma anche di laboratori pieni di ragazze. Secondo, cercare di parlare con Maddalena, che mi sembrava la migliore, anche se era una delle più picciridde, come si vedeva dalle guance lentigginose e dalle mani piccole, sveltissime come sono ancora adesso. Per la prima conclusione me ne andai a zonzo per giorni. Ma trovai solamente una fabbrica di scatole. Le donne che ci travagghiavano erano parecchio più grandi di me e i calabresi dicevano che non sta bene cercare tra quelle più grandi, anche se a quell'età fanno sangue perché hai voglia di sentirti uomo fatto e finito, più fatto e finito di quello che credi di essere. Attaccare bottone con Maddalena, invece, mi sembrava molto difficile. Difficile intrufolarsi, prenderla da parte, presentarsi. Bisogna aspettare un'occasione, mi ripetevo sconsolato rientrando in baracca. Fino al giorno dell'occasione più che uno sciame di farfalle o uno stormo di gabbiani divennero una nuvola di vespe, e questo perché anche l'amore è una cosa dolorosa e anche lui ha il suo bel pungiglione e sa buttare fuori il suo veleno.

Dodici

La prova che nella vita senza la fortuna non si va da nessuna parte è stato il primo incontro con Maddalena. Un mattino, il cielo era pieno di nuvole che si inseguivano, passarono due biciclette. A metà della via, vicino a uno sterrato, vidi Maddalena fermarsi e scendere dalla sella. La sua amica gli disse qualcosa e poi in fretta se ne andò. Di scatto saltai giù e corsi a vedere. Quando mi avvicinai Maddalena mi dava del lei, diceva frettolosa che non era successo niente e potevo andarmene. «Vada pure, sta per arrivare mio zio».

A quelle parole mi venne da ridere perché il lei si dà a professori e avvocati, a me non l'avevano mai dato. Comunque, mentre ripeteva che era tutto a posto io avevo già tirato fuori la camera d'aria e trovato la foratura senza nemmeno bisogno della bacinella con l'acqua.

«In baracca ho pezza e colla. Aspettami qui, un minuto e ritorno» dissi e corsi come un razzo a recuperarle. Arrivato di nuovo sul posto, però, trovai uno della mia età che la stava convincendo ad accompagnarla a lavoro col motorino. Si vedeva che si conoscevano, Maddalena infatti non gli dava del lei.

«Smamma che qua ci penso io» gli dissi secco.

Quello, anche se aveva sentito benissimo, nemmeno rispose e allora non mi rimase altra scelta che prenderlo per il collo e buttarlo per terra.

«Vattene che qua ci penso io!» gli dissi un'altra volta quando, pieno di polvere, si rialzò. «E non prendere più questa strada, che qui cammina gente col coltello in tasca» gli intimai senza nemmeno alzare la testa, concentrato com'ero a riparare il copertone.

Maddalena ancora più spaventata provava a togliermi la ruota di mano, ma in cinque minuti gli consegnai la bicicletta rimessa a nuovo e alla fine gli dissi: «Mi chiamo Ninetto, abito nella terza baracca, faccio il muratore e ho quasi quindici anni».

Lei nemmeno mi strinse la mano, rispose soltanto: «Ebbè?».

«Te lo dico così ora ci conosciamo e puoi darmi del tu perché il lei non fa per il sottoscritto, tante grazie».

Quella di risposta montò sulla sella e spingendo il pedale ripeté di nuovo: «A rivederla». Nemmeno arrivederci, a rivederla.

Dopo la riparazione del copertone Maddalena iniziò a salutarmi e ormai la sua testa capelluta e la sua bicicletta Graziella le distinguevo bene tra lo sciame. Intanto passavano i giorni e io tornavo più pelleossa del solito perché l'amore a me chiude lo stomaco proprio come fa con le femminucce dei fotoromanzi. Un panino a pranzo era tutto quello che mangiavo e in cantiere dicevano che avevo il torace di un passero.

Nella quinta baracca mi riferirono che abitava in via Galilei. Una sciura mi raccontò che Maddalena era della Calabria ed era venuta a Milano con lo zio. Così quando ero a lavoro la mente cercava le cose che potevamo avere in comune perché sono le cose in comune che mi fanno innamorare, come di Currado il fatto che aveva la madre inferma e di Antonio che aveva un sogno irrealizzabile come il mio, che volevo diventare poeta e maestro elementare. Pensavo che Maddalena era poveraccia come me e che doveva sapersela cavare anche più del sottoscritto. Così sulle impalcature camminavo distratto da tante fantasticherie. La mia imbragatura era solamente la mano grande e invisibile di Dio. Mi sosteneva mentre con il secchio e gli attrezzi in mano immaginavo il viaggio di Maddalena sul treno del sole e mi veniva voglia di fare a cazzotti con le persone che nella carrozza gli avranno messo i piedi sotto il naso o col controllore che gli avrà camminato sopra senza riguardo.

A furia di stare a fumare sotto casa sua ogni tanto la vedevo affacciarsi alla finestra. Gli chiedevo dalla strada se si ricordava il mio nome e come andava la bicicletta. Lei mi rispondeva sorridente, non sembrava più arrabbiata. Però non scendeva mai e io mi stufavo di starmene là sotto ad aspettare la sua benedizione papale. Pensavo, se le cose proseguono in questa maniera devo cercarmene un'altra.

Un giorno invece Evandro, proprio lui, mi suggerì di andarla a prendere a lavoro.

«Finché te ne stai qui sotto come un cane da guardia non concludi niente» disse.

In effetti la faccenda prese un'altra piega. Lei iniziò a chiamarmi per nome e a considerarmi, anche se era sempre un parlare col contagocce. Quando mi facevo trovare fuori dal laboratorio mi raccontava se aveva aperto uova marce e poi piano piano, lungo via Silvio Pellico, mi parlava di quello che gli piaceva e così si andava nel sole. Io con la stanchezza nella schiena per essere rimasto dieci ore sulle impalcature o a trasportare ferri da conficcare nel cemento armato, lei con le mani che gli facevano male a furia di sgusciare uova e avvitare tappi di bottiglia. Ma eravamo giovani, la stanchezza passava in poco tempo e la pelle si scaldava in fretta anche col sole del tardo pomeriggio. A pensare che si doveva diventare così fiacchi come siamo oggi non ci avremmo mai creduto. Comunque, io mi innamoravo perché anche Maddalena vedeva delle cose comuni tra noi. Si era presa a cuore il mio essere pelleossa e come una madre mi portava dei dolci all'amaretto che rubava a casa degli zii. Diceva di mangiarli perché ero sciupato, anche se, bisogna dire la verità, la fame non era più un problema. Mi piacevano le efelidi che aveva attorno al naso a patata, le gambe magre che facevano contrasto con le minne in fuori e che dovevano essere durette come piacciono a me, che modestamente credo di essere sempre stato un intenditore su questo argomento. Quelle pedalate di fianco a lei mi facevano disinteressare delle mancanze che avevo. Gli amici, San Cono, l'acqua in casa, mamma mia sempre più lontana in quell'ospizio in cui non ero mai entrato... Con Maddalena l'avevo proprio capito sulla mia pelle che il maestro Vincenzo diceva il vero. Fimmina è una parola adatta per le vacche e le scrofe. Donna, invece, è un'altra cosa. È un nome così bello che è compreso dentro la parola Madonna, che se non fosse donna non ti metterebbe mica voglia di pregarla in ginocchio.

Tredici

Una sera andai a riprendere il diario nella borsa e provai a scrivere come mi aveva detto di fare il maestro. A raccontare le mie giornate però non ci riuscivo. Scrivevo invece i regali che volevo fare a Maddalena e i calcoli su quanto tempo doveva ancora passare per sposarmela e ingravidarla.

Un sabato pomeriggio, senza dire niente, andai vestito a puntino e profumato di acqua di colonia a suonare alla porta di casa sua, in via Galilei. Lei mi vide dalla finestra e subito capì che volevo fare la dichiarazione. Faceva gesti di andarmene, si sbracciava, si batteva l'indice sulla tempia per dire che ero pazzo e che non mi voleva più parlare. Ma io lo stesso ho bussato e sono stato di un'educazione perfetta. Lo zio mi ha cacciato, è vero, ma questo non conta perché ugualmente la mia educazione è stata impeccabile. Quel fitusu disse che sua nipote era picciridda e che io non tenevo nemmeno un lavoro coi libri.

«Ma guardi che tra poco compio quindici anni e mi faccio assumere in fabbrica! Su questo potete stare tranquillo, già sto andando a chiedere alla Montecatini della Bovisa, all'Alfa Romeo di Arese, a Sesto San Giovanni!» e ne dissi altre per dimostrare che non parlavo mica a vanvera. Ma quello niente. E sua moglie niente uguale, anzi ripeteva a Maddalena: «Tu sei cretina se pensi che ti do al primo che passa!».

«Il primo che passa un corno, signora comesichiamalei! Io mi chiamo Ninetto Giacalone e sono pure battezzato!» risposi mentre lo zio si alzava dalla sedia per mettermi alla porta. Eppure fu in seguito a quella iniziativa andata buca che ho capito il vero carattere di Maddalena. Da una parte lei mi sgridava e mi diceva che ero stupido a fare tutto di testa mia, «cocciuto e mulo che sei» ripeteva, dall'altra però faceva capire che quello lì non era suo padre e se credeva di fare il duce a vita aveva sbagliato indirizzo. Insomma, lei non lo ammetteva a chiare lettere ma il succo era: organizziamoci, facciamo questa fuitina e non se ne parli più. Sapeva farmi ragionare, Maddalena. A volte mi prendeva le mani e con due dita mi accarezzava i palmi mentre mi spiegava come era giusto comportarsi e altre volte mi guardava trattenendo la risata perché a dare retta a lei dalla bocca mi uscivano spropositi grandi come una casa di cui nemmeno mi rendevo conto. Insomma, nel mio caso non è vero che la donna inizia a comandare a bacchetta quando diventa moglie, perché Maddalena si è data da fare già prima. Così cominciai a fermarmi in cantiere per fare straordinari. Rimanevo fino a quando diventava buio e oltre non si poteva restare. Dicevo a Maddalena che stavo mettendo da parte i piccioli per i biglietti del treno, così andavamo a farci sposare da don Fabrizio, il cugino di mio padre, che senza dubbio non avrebbe badato al fatto che eravamo picciriddi, visto che a San Cono in tanti si erano sposati alla nostra età.

Quando uscivo in orario la andavo a prendere al laboratorio e pedalavo piano piano perché volevo conoscerla sempre meglio. Immaginavo che via Silvio Pellico diventasse lunga come le strade d'America, che non finiscono mai.

Un giorno Maddalena disse: «Ninetto, ti devo parlare», fermò la bicicletta e mi guardò dritto negli occhi. Io divenni scuro in volto e pensai, adesso questa mi pianta. Invece non mi voleva piantare. Voleva raccontarmi di suo padre, che dopo la guerra si era unito a un gruppo di partigiani abruzzesi e i neri lo avevano gambizzato in un'imboscata su quei monti terribili che ha l'Abruzzo. Quella ferita gli ha piano piano mandato in cancrena la gamba e alla fine, l'anno stesso che è nata Maddalena, lui è morto. Col fiato corto mi disse: «Babbo mio è morto di politica perché lui era rosso e gli altri neri e tu Ninè non devi mai essere né rosso né nero altrimenti io non vorrò più vederti!» e piangeva disperata. Io cercavo di calmarla, ma lei non frenava l'agitazione e continuava sconvolta: «Tu non devi nemmeno andare alle manifestazioni o alle riunioni di politica perché altrimenti vuol dire che mi vuoi far venire il crepacuore!». Allora l'abbracciai e mi bagnai la mano del suo muco mentre gli dicevo: «Maddalè, io so solo com'è andata la questione della proprietà privata perché me l'ha spiegata il maestro Vincenzo, ma la politica non mi piace, né rossi né neri né bianchi, e poi faccio quello che vuoi tu, te lo giuro sulla Madonna, faccio quello che vuoi, però mi devi sempre amare!». Allora lei un poco si tranquillizzò e dividemmo una pastarella. Con la bocca piena gli raccontai di quando la vecchia di corso Buenos Aires mi diceva «giuanìn pipéta» per non farmi strafogare e lei finalmente rise asciugandosi gli occhi.

Da quando avevamo deciso la fuitina vivevo aspettando il giorno giusto. Bisogna avere rispetto dell'attesa, preparare tutte cose come si fa la sera, che si mettono camicia e pantalone piegati in ordine sulla sedia. Il giorno giusto lo decise Maddalena. Fermò un'altra volta la bicicletta e disse che la fuitina la potevamo fare solo dopo che una fabbrica mi aveva assunto. Secondo lei lo zio su questo aveva ragione. «Ci vuole il lavoro coi libri, altrimenti facciamo il passo più lungo della gamba. Devi metterti a cercare e visto che sai scrivere a modo vattene in giro a consegnare lettere di presentazione per farti assumere» ripeteva inflessibile come un gendarme. Certe volte mi scapicollavo per andarla a prendere al laboratorio e lei al posto che abbracciarmi gridava: «Potevi andare a portare una lettera invece di venire fino qui!» e io tornavo in baracca scontento. Sul momento mi sembrava una bisbetica lunatica. Poi ho capito che faceva così perché aveva più fretta di me. Stufa marcia di stare con quelle persone tiranniche e vogliosa di presentarmi a sua madre, che viveva sola soletta in uno sputo di paese sopra Cosenza, come mio padre viveva emarginato in quell'altro sputo di San Cono. Così a quelli che conoscevo chiedevo in quale fabbrica era meglio presentare domanda e tanti mi suggerivano indirizzi, promettevano di mettere buone parole e di recapitare le mie lettere. Ma altri dicevano che era inutile affannarsi se ancora non avevo compiuto il quindicesimo anno. La legge su questo era rigida, non come quella dell'obbligo scolastico che non la rispettava nessuno. Io, ad ogni modo, giravo con la bicicletta per le industrie di cui i paesi attorno a Milano si erano in fretta riempiti, e di cui oggi si sono svuotati. All'Alfa Romeo di Arese lessero la lettera ma mi dissero «ripassa». Per tre volte. Ripassa ripassa ripassa. Alla quarta mi intestardii a tal punto che mi fecero parlare col direttore, il dottor Mantovani, un pezzo d'uomo con il doppiopetto, la parlata fina e i modi spicci. Gli feci il riassunto della mia storia e lui disse che voleva aiutarmi.

«Al compimento del quindicesimo anno potrebbe iniziare in catena di montaggio e in un secondo momento diventare mulettista, una figura di cui abbiamo sempre più bisogno. Nel frattempo vada a Milano a farsi stampare il documento di milite esente» disse. Infine mi domandò che studi avevo fatto perché dalla lettera che avevo scritto gli sembravo uno istruito. Risposi che se a mamma mia non fosse venuto il colpo apoplettico avrei fatto il maestro elementare, o per lo meno ci avrei provato. Il dottor Mantovani allora fece una faccia come a dire «hai capito questo Ninetto Giacalone?» e comandò a un caporeparto di mostrarmi la catena di montaggio. Mi prese a cuore il dottor Mantovani, sia per la lettera, sia perché si era sposato una siciliana di San Cono. Com'è piccolo il mondo... Così Maddalena si convinse e nelle pedalate di primavera iniziammo, piano piano, a parlare dell'organizzazione della fuitina. Arrivammo alla conclusione che dovevamo farla nella baracca.

«Però devi aspettare l'occasione per parlare con i calabresi senza fargli capire niente!» ripeteva crucciata.

Siccome il tempo passava e io ne avevo fin sopra le orecchie di aspettare, una sera comprai polli allo spiedo e vino rosso, offrii la cena ai calabresi e raccontai il piano dicendo che avevo fiducia in loro e preferivo parlare da adulto, senza sotterfugi. Glielo dissi con voce sicura, da uno che ha le idee chiare e che ormai è uomo fatto e finito. Loro furono contenti della mia schiettezza, dissero che non c'era problema e sgargarozzarono vino rosso peggio di Giuvà. Il più grande, che si chiamava Oronzo, con l'osso del pollo in bocca, mi chiese: «Senti Ninuzzo, ti faccio una domanda per il tuo bene. Ma tu hai già consumato con una donna? Non è che con Maddalena fai brutte figure?». Io feci la faccia scura e loro capirono. Allora Oronzo e gli altri quattro si offrirono di portarmi una sera da una bagascia per aggiornarmi su questi argomenti che pure conoscevo, perché per certe cose non serve mica la scuola. Io non ne sapevo molto delle donne di strada, né dopo quella volta ci sono più andato. E forse, a ripensarci, era una cosa da non fare. Però quelle parole di Oronzo mi avevano allarmato. Così ci sono andato come uno che va a togliersi le tonsille malate.

Quattordici

Certe volte Maddalena prova a prendermi con le buone e si mette con la sedia vicino alla mia.

«Non mi dici niente?».

«E che ti devo dire?».

«E allora facciamo le belle statuine alla finestra» e mi prende la mano, gesto che a me, non solo migliora l'umore, ma direttamente lo stato di salute. Sento il corpo farsi più caldo.

Altre volte mi punzecchia e non mi lascia in pace. Mi chiede una commissione appresso all'altra. Di riparare piccole cose, oppure pretende che l'aiuto per i mestieri. Io mi sforzo di rispondere a modo e di collaborare, ma riconosco che la cosa mi riesce a corrente alternata. Troppa l'abitudine a starmene solo con la mia rogna. L'unica cosa che faccio volentieri è piegare le lenzuola. Quello sì che è un momento di goduria. Il profumo del bucato, noi due di fronte che facciamo gli stessi gesti... Mi sembra di essere allo specchio, ma al posto della mia faccia da babbeo compare Maddalena.

E infine ci sono altri giorni dove proprio non si può fare a meno di litigare. Ci prendiamo a male parole per certe minchiate! Dopo la sfuriata succede che lei fa finta che non esisto più e che non sono mai tornato a casa. Entra e esce, fa compere al discount, va al corso di cucito della parrocchia, va a trovare la nostra Lisa bella facendomi salire l'invidia alle stelle. Insomma mi dimostra che ha una vita da mandare avanti, mentre io posso rimanere solo nella boccia come il pesce rosso. Se la litigata ha il secondo tempo, invece, puntuale tira fuori la questione del lavoro. Me ne dice di tutti i colori, ma l'ultima battuta è sempre la stessa, pronunciata come il colonnello che riprende il soldatino fresco di leva. A tre centimetri dalla faccia.

«Non mi interessa che lo trovi, ma che lo cerchi sì. Almeno esci, rivedi il mondo e capisci che il dente avvelenato su questa terra non ce l'hai solamente tu!».

Queste parole hanno l'effetto di una formula magica. Lei le pronuncia e io, di scatto, metto il giubbone, prendo le chiavi della cantina e me ne esco filato. Sono andato a chiedere a un altro paio di aziende a Sesto San Giovanni, dove c'era la Marelli, la Falck e adesso sa Dio pure lì che cosa è successo. Si vedono solo palazzi. Almeno alla Bovisa al posto delle fabbriche ci stanno i ragazzi dell'università, è un altro guardare.

Tutti quanti insistono con questa storia del curriculum europeo, della rete e del diavolo che se li porta. Solo un impiegato si è accorto dello smarrimento che avevo stampato in faccia e mi ha suggerito di iscrivermi a certi corsi gratuiti organizzati dalla Regione dove insegnano l'uso del computer. L'ho ringraziato di cuore ma ho deciso che non ho più voglia di imparare. Non si salta su ogni treno, alcuni bisogna perderli, altri lasciarli andare e farsene una ragione. Così dalle aziende sono passato ai negozi, che però sono pochissimi. I centri commerciali se li sono ingoiati e i pochi sopravvissuti hanno l'aspetto dei moribondi. La maggior parte delle volte non sono nemmeno entrato a chiedere. E comunque anche fare il commesso al centro commerciale non è un'impresa facile. O sono vecchio, o loro sono a posto, o non ho il diploma, o chissà che altre storie si inventano. Visto che per i bar preferiscono i giovanotti mi rimangono soltanto le bancarelle del mercato, anche se, appena l'ho detto a Maddalena, abbiamo litigato un'altra volta perché lei non vuole che vado. Dice che prendo troppo freddo e che poi il guadagno lo spendiamo in farmacia. Io però ho deciso che una di queste mattine mi presento al punto di smistamento di via Ripamonti e se trovo lavoro lo prendo.

Oggi però non è proprio giornata da mettere il naso fuori di qui. Voglio stare a casa perché mi manca il carcere. Sì, dico il vero, mi manca la gattabuia. Titta, Stefano, la puzza del cesso, il materasso marcio, il pertugio dove mi mettevo a fumare... solo ora capisco quanto mi proteggeva. Se lì dentro mi sentivo uno schifo almeno ero in buona compagnia. Qui fuori invece si vede gente che ti sbatte in faccia tutta quella voglia di vivere che, puf! è svaporata.

A pranzo mangiamo la verduredda. Il giovedì Maddalena la cucina sempre. Pulisce e disinfetta l'intestino. Una mela, un caffè bollente e dopo, finalmente, mi piazzo. Il rumore della televisione non lo sento nemmeno. Mi viene caldo al petto e slaccio il golfino. Ricordare è più bello che vivere. Questo penso lasciandomi andare un poco sullo schienale.

Quegli ultimi mesi dei miei quattordici anni furono di fuoco. Solo quel fesso dello zio di Maddalena non aveva capito niente. O forse faceva lo scemo per non pagare le tasse, confermando un'altra volta che alla gente, anche a quella che sbraita e fa la voce grossa, in realtà non gli importa un fico della tua sorte. Se voleva tirarmi qualcosa, aveva tutte le possibilità per farlo. Una schioppettata coi pallettoni di sale non era niente di straordinario.

Pedalando ricapitolavamo le ultime cose e io la supplicavo di stare tranquilla.

«I calabresi il sabato se ne vanno al bar, nessuno rimane dentro, nessuno!» gli ripetevo in continuazione, giurando e spergiurando di non aver spifferato il nostro piano segreto.

Quando comunicai alla combriccola il giorno, Oronzo disse che potevamo andare dalla bagascia.

«Ma che fa, ci aspetta?» chiesi.

E lui: «Stai tranquillo che ti portiamo a divertire».

Per strada fumavo nervoso, non mi capacitavo di essere in giro con quegli uomini che non conoscevo e che in baracca a malapena mi rivolgevano la parola. Loro invece erano di ottimo umore e non vedevano l'ora di arrivare. Mi portarono nella zona del cimitero Monumentale. Lì ce n'erano una sfilza di queste signore con le minne, le cosce e tutte cose di fuori e non capivo come non potessero sentire freddo. Oronzo mi disse di adocchiare quella che faceva più al caso mio e io scelsi una abbondante di culo. Mi sembrava la più giovane. Quando gliela indicai Oronzo si stirò la maglietta con le mani, mi prese per un braccio e mi accompagnò. Credo che la signorina ci scambiò per padre e figlio.

Lui disse: «Servizio completo per favore e fai le cose con garbo che è all'inizio». Gli diede i soldi e poi mi rifilò una pacca sulla spalla: «Caro Ninetto, questo regalo è da parte nostra e con i migliori auguri anche a tua moglie» disse abbracciandomi. La bagascia ci guardò perplessa e prima di incamminarci disse: «Auguri anche da parte mia». Per fortuna fece tutto lei e, bisogna dire la verità, fu brava e professionale. Mi portò in un posto buio che non ho mai più trovato perché in quel momento ero distratto e mi facevo trascinare come un carrello del supermercato. Non fu né bello né brutto. Quando ci penso mi rivedo immobile, con il freddo sulle chiappe e la fretta di finire. Triste come doveva essere lei, che infatti non fece nemmeno un sospiro. Solo mi diede una carezza prima di salutarci. Mi ricorderò sempre i suoi occhi assenti perché erano la mortificazione del suo lavoro. Come la pelle bruciata è quella dello jurnataru.

Mi dispiacque tornare dai calabresi con il muso lungo. Loro si aspettavano di vedermi arrivare leggero come una piuma, ma io proprio non mi sentivo così. Per tutta la notte restai sequestrato dalla combriccola, tanto silenziosa in baracca quanto casinista e attaccabrighe fuori, oltreché spendacciona con le bagasce. Dopo il sesso vollero festeggiarmi ancora e andammo a bere birra in un posto vicino a viale Zara, che è un'altra via di chi fa la vita. Qui vollero fare il bis e si misero a litigare con un gruppo di siciliani su chi era in fila da più tempo. Io divenni ancora più nervoso. Mi dicevo, stai a vedere che stanotte devo fare a botte coi siciliani e trovarmi pure dalla parte dei calabresi, e spingevo in fondo alla tasca il coltello perché certamente lì in mezzo c'era chi lo sapeva usare meglio di me, che l'avevo aperto solo una volta a San Cono. Per fortuna le acque si calmarono. Non immaginavo che così tanta gente andasse con quelle donne. Né che la notte avvenivano tante risse tra bande regionali. Proprio non sapevo niente del mondo. Poco ci voleva a fregarmi.

Questo fu il mio addio al celibato. Poi arrivò il giorno giusto e la sera prima comprai un'altra volta polli allo spiedo e vino rosso per ripassare insieme ai calabresi il piano di evacuazione della baracca.

«All'una e mezza ve ne andate fuori e lasciate tutte cose pulite e in ordine».

«Sissignore» rispose Evandro.

Siccome non bisognava dare nell'occhio mi vestii come fosse un giorno qualunque e non il più importante della mia vita. Mi misi sul solito muretto a guardare via Silvio Pellico da cui, secondo i piani, sarebbe comparsa Maddalena. Lei aveva detto a casa che voleva uscire con le amiche, ma lo zio era duro come una pietra, più calabrese di tutti i calabresi messi assieme. Allora inventò che al laboratorio avevano chiesto di fare straordinario anche il sabato pomeriggio e ovviamente lo zio non batté più ciglio. Cristina, la sua amica, la andò a prendere e fecero il giro largo per tornare indietro. Alle due e un quarto spaccate vidi Maddalena mia spuntare sul sellino della sua Graziella, dritta come un fuso e con gli occhi sicuri di quello che stava facendo. Quando fummo dentro disse che Cristina andava ad avvisare la sciura Lenuccia, una vecchia arzilla con in testa una criniera di capelli bianchi che sembravano zucchero filato. Meglio di un megafono era quella vecchia. Ogni segreto con lei diventava in fretta il segreto di pulcinella.

La prova provata che la vita è buffa, strana e cornutazza furono quelle ore passate insieme. A noi che non ci bastava mai il tempo e che avremmo fatto i salti mortali per rubare dieci minuti, proprio a noi avvenne che lì dentro, da soli, non trovavamo né parole, né fame, né voglie. Solo ci guardavamo negli occhi e ci tenevamo la mano. Lei un po' rideva un po' piangeva. Mi ripeteva in continuazione: «Tu sarai buono con me, vero?». Quando capii che aveva il batticuore per paura che la potessi obbligare, pensai che i soldi con la bagascia erano proprio stati buttati. Mi avvicinai al suo viso lentigginoso:

«Maddalè, guarda che non voglio niente. Non sono mica una bestia» dissi. Così finalmente si calmò, gli venne un po' di appetito e per la prima volta ci mettemmo a tavola uno di fronte all'altra. Mangiò di gusto le pizzelle e poi la torta, che era una signora torta, col pan di spagna e il maraschino.

Quando ci affacciammo alla finestra c'era lo zio che nemmeno mi guardava storto perché in fondo era quello che voleva. Solamente la zia ancora sbraitava.

«E chi vi sposa adesso, che non avete nemmeno l'età!» continuava a lagnarsi.

Finché più linguacciuto del solito gli risposi: «Stia tranquilla, signora comesichiamalei, noi abbiamo testa e cervello e abbiamo già pensato a tutte cose! Il cugino di mio padre è prete e quando andremo a portare la notizia ci sposerà senza fare storie perché a San Cono siamo sbrigativi e non stiamo a pignolare!».

I calabresi applaudivano e anche i picciriddi delle altre baracche. La sciura Lenuccia si complimentava in dialetto milanese, «bravi napulì, con la fuitina si risparmia!», ed era dolce e gentile. L'unica che diceva «napulì» senza offendere. E infatti, dopo il viaggio dalle nostre famiglie sgangherate, fu nella sua taverna sfitta che andammo ad abitare. Nella baracca numero 4.

Quindici

Il bello della fuitina non furono tanto le ore nella baracca. Il bello fu il viaggio sul treno del sole, fatto tutto al contrario. Del resto fuitina in dialetto vuol dire piccola fuga e la nostra fu proprio tale e quale. Una piccola fuga per tornare alle nostre case, mostrare l'uno all'altra chi ci aveva messo al mondo, i paesi che ci avevano costretti a scappare a gambe levate, le vie dove avevamo scorrazzato picciriddi.

Il treno che scende non è lo stesso che sale. È un'altra storia. Quelle carrozze vuote parlano chiaro, dicono che vuoto è pure il paese dove si è diretti. Vuoto di lavoro, di cose da fare e vuoto pure delle persone che pensi di ritrovare e che invece non ci stanno più.

Maddalena aveva paura di viaggiare di notte e io, con la scusa di tranquillizzarla, me la stringevo addosso. Prima di addormentarci avevamo parlato dei nostri paesi e per gioco gli assegnavo compiti. Gli dicevo: «Descrivi tua madre, il tuo paese e la scuola dove andavi». Poi lei mi rigirava le domande e così ci divertivamo. Ricordo che passò anche un signore col carrello-bar e Maddalena mi disse di non spendere piccioli, una frase da moglie fatta e finita. Prima di chiudere gli occhi gli raccontai come era stato il viaggio con Giuvà e quanta acqua sotto i ponti era passata da quel giorno... Giorgio e la Mena, Mario e Carletto, la grassona, Maria Rosa minnebbelle, Antonio, Currado...

Non si può proprio sapere chi trovi e chi perdi, quale casa e quale fabbrica Dio ti ha assegnato.

Quel lunghissimo viaggio fu breve come una pedalata in via Silvio Pellico. Ma non c'è da stupirsi, quando ami è così. Il tempo non basta e il cuore scalcia come un cavallo. È lui che fa correre le lancette dell'orologio e distribuisce entusiasmo fino ai mignolini dei piedi.

Dopo il treno prendemmo una corriera che attraversava paesi e paesini. Maddalena dal finestrino guardava il paesaggio ammirata perché la Sicilia è la più bella regione d'Italia, tanto che se la volevano prendere gli americani dopo la seconda guerra mondiale e lì veramente è stata la mano di Dio che li ha bloccati.

Mio padre mi aveva detto che veniva a prenderci alla fermata. Bugia. Ormai viveva al bar e se ne fotteva di tutti quanti. A casa ci passava giusto per cambiarsi e dormire. Camminando per le vie del paese tenevo la testa bassa e mi tiravo il cappello sugli occhi. Non mi piace che la gente mi fermi per strada e attacchi con tante domande di convenienza. È solo una perdita di tempo. Nella vita di una persona o ci stai o non ci stai. E se non ci stai tanto vale salutarsi con la mano e tirare dritto.

Mio padre Rosario non era nemmeno in casa. Dissi a Maddalena di aspettarmi seduta sulla valigia. Lo trovai al bar Italia che giocava a carte con due che non conoscevo. Era così preso dalla partita che mi abbracciò rintronato e disse: «Ci vediamo tra poco, scusami tanto figlio mio».

«Figlio mio una beata minchia» gli volevo rispondere.

Rientrò dopo un'ora facendo la mossa di aver corso. Prima di abbracciarmi salutò Maddalena e gli disse per scherzare che tra padre e figlio il più bello era lui.

La casa era come l'avevo lasciata, sporca e sottosopra. Col tavolo pieno di briciole e lui che scusandosi le spazzava per terra con le mani. Il gatto non mi venne più incontro con la coda a pennacchio come quando gli regalavo le acciughe, ma rimase sotto il tavolo tutto cisposo.

Mentre maldestramente cercava di mettere ordine lo studiavo, Rosario Giacalone, e capivo che quello era ancora mio padre, ma lontano. Lontano da troppi anni. Vedendomi ricomparire uomo fatto e finito, con tanto di moglie sottobraccio, poteva solo guardarmi prendere una strada su cui non ci saremmo più incontrati. Non era più tempo di cintura, di grida, di ordini. E nemmeno di giri col motocarro o di pedalate sulla canna della bicicletta. Per riempire la buca che scava la lontananza bisognerebbe essere molto bravi a parlare, a scrivere, a condividere i sentimenti, ma non era proprio il caso di Rosario Giacalone. Lui con i discorsi non è mai andato d'accordo, anzi se una cosa si capiva a gesti, tanto di guadagnato. Così la voglia di scappare era la stessa di quell'inverno del '59, anche se la causa non erano più le acciughe, ma l'estraneità.

Parlammo del matrimonio e mio padre sbrigativamente confermò che suo cugino don Fabrizio ci avrebbe sposato senza nessun problema. La questione dell'età era una fesseria.

«Ma quale legge d'Egitto!» diceva ridendo. «Vado subito a chiedere dove e a che ora».

Quando restammo di nuovo soli Maddalena si mise, stanca e frastornata com'era, a pulire il pavimento e la cucina dicendo di non preoccuparmi, che mio padre andava capito, «uno che passa quei dolori è già tanto che non cade a terra stramazzato dal dispiacere».

Tornato dalla parrocchia, mio padre ci riferì che don Fabrizio si era rimangiato la parola. L'età era troppo bassa e non ci sposava più. Era una belva infuriata e sembrava lo stesso che tirava pugni e capate sul tavolo quando usciva dalla stanza il dottor Cucchi. Non mi dava neanche modo di arrabbiarmi perché gridava e anticipava le maledizioni che avrei dovuto tirare io, che ero venuto con Maddalena da Milano. Urlava e sbraitava, sbraitava e urlava, finché disse che usciva ancora e sistemava ogni cosa.

«Voi non vi dovete preoccupare, sistemo tutto io quanto è vera la Madonna» e tirò così forte la porta che a momenti si scardinava.

Ci guardammo negli occhi e Maddalena non ebbe più forza né di pulire la casa e nemmeno di chiedere un bicchiere d'acqua o di andare a cambiarsi il vestito che ormai gli si appiccicava addosso. Restammo sulla sedia impalati e muti. Io non riuscivo neanche ad abbracciarla. La vergogna della mia casa e della mia famiglia mi divoravano.

Mio padre rientrò solo a tarda sera e senza badare al fatto che eravamo due cadaveri ambulanti. «Ho risolto tutto. Domani mattina don Fabrizio vi sposa» disse. «Presto però» aggiunse a bassa voce.

«A che ora, papà?».

«Presto» ripeté lui guardando fuori dalla finestra.

«Sì, ma a che ora?».

«Alle quattro e mezza».

Mi sono sposato alle quattro e mezza del mattino! Un orario da ladri professionisti! Tanto che il ricordo è confuso perché eravamo non solo agitati ma anche addormentati e le firme sul registro sono venute storte. Mio padre era andato a raccattare due malarnesi di San Cono e questi l'avevano seguito in parrocchia. Avevano preso don Fabrizio per il collo e gli avevano detto che se aveva fretta di raggiungere Gesù Cristo loro erano lì per dargli una mano. Il pretonzolo all'inizio si era dimenato come una gallinella, cercando di gridare aiuto, ma quelli gli avevano tappato la bocca e gli avevano detto che le cose stavano così ed era meglio finirla subitissimo. La notte erano restati a dormire con lui per offrirgli quel poco di compagnia necessaria a non fargli cambiare intenzione e alle quattro passate ci presentammo. Ninetto Giacalone e Maddalena Reggina, quindici anni ciascun, incensurati e onesti cittadini italiani, trattati come due banditi. Sposati in sagrestia con una cerimonia di tre minuti nemmeno e don Fabrizio che nella chiesa fredda e vuota sudava per la paura di prendere mazzate.

Quando uscimmo dalla chiesa mio padre volle portarci a fare colazione al bar Torino e quella fu la festa nuziale. Pastarelle e maritozzi caldi con il latte e la cioccolata. Io, Maddalena, mio padre e quelle due anime lorde. Mentre mangiavamo lui ci guardava con la sigaretta accesa e stava zitto perché mio padre stava sempre zitto, le emozioni non erano per lui.

Tornando verso casa finalmente spuntò in cielo un raggio di luce e mi ricordo che gli chiesi: «Papà, ti dispiace aver litigato con tuo cugino?».

«No» mi rispose. «Non me ne fotte più niente di nessuno».

Sedici

Lo so che non sono poeta. E di certo non lo diventerò adesso che ho cinquantasette anni e mi sento vecchio. A volte, mentre travagghiavo o camminavo per strada, mi capitava di dirmi qualche bella parola e mi sembrava che fosse una poesia, ma chissà. Però come ai poeti mi piace la luna. Quel canto di Giacomo Leopardi che festeggia il compleanno mentre la guarda solo soletto sulla collina lo so ancora a memoria. Mi metto a seguirla quando è ancora lontana nel cielo. La guardo accendersi lentamente come una di queste lampadine a risparmio elettrico. Lei si illumina e il cielo si spegne.

Anche a San Cono io e Maddalena ci mettevamo a guardare la luna, seduti sul marciapiede. Umida e velata, spuntava sul campanile e poi passava sul tetto d'ardesia della casa del sarto, fino a quando si stabiliva sulle nostre teste. Restavamo fuori a sbocconcellare pane e pomodoro e a fare avanti e indietro per via Archimede. Quel silenzio di strada e quel bianco che macchiava i muri erano meglio di tante parole.

Con mio padre furono giorni vuoti. Dopo quel matrimonio alla chetichella volevamo proprio partire. Certo che mica potevo andarmene senza aver salutato mamma mia e il supremo Vincenzo Di Cosimo, dirimpettaio della famiglia Giacalone.

Maddalena è sempre stata di natura scherzosa e quando gli dissi: «Chiamiamo insieme il maestro Vincenzo?», subito accettò perché si era affezionata solo a sentirne parlare. Al terzo grido lui si affacciò e io feci le presentazioni da balcone a balcone. «Maestro, vi presento mia moglie Maddalena e Maddalena, ti presento il mio maestro Vincenzo Di Cosimo!». Lui fece tanto d'occhi e rimase per un po' a guardare la mia faccia cambiata. Poi con la mano fece segno di andarlo a trovare.

Era sempre uguale a come l'avevo lasciato quando gli ero saltato al collo per dimostrargli il mio affetto senza condizioni. Ci sedemmo al suo tavolone e lui ci chiese se poteva prepararci un caffè o un bicchiere di latte oppure acqua semplice. Io latte, Maddalena acqua semplice, maestro Vincenzo caffè.

«Prima di raccontarvi ditemi come stanno i miei amici della vecchia quinta B» gli chiesi impaziente.

Lui rispose che quelli che avevano frequentato si erano presi tutti la licenza elementare, ma ora non sapeva bene che fine avessero fatto perché non basta vivere in un paese minuscolo per seguire la vita degli altri. Il maestro non fece commenti sulla nostra età. Disse invece che affrontare la vita in due è sempre la scelta migliore. Mentre lo diceva ricordo che tirava occhiate a una fotografia incorniciata che aveva sul comò e chissà chi era quella ragazza che guardava, se viva o morta, se vicina o lontana.

Col maestro Vincenzo non mi mancava la parola. Anzi, i pensieri e i racconti si affollavano in testa e avevo bisogno di ordini e compiti per fare una buona esposizione.

«Racconta dall'inizio, da quando sei sceso dal treno» mi disse come fossi ancora seduto al banco, «le case che hai abitato, i lavori che hai fatto, gli amici che hai conosciuto».

Grazie a quelle istruzioni andai spedito e riferii ogni cosa: alveare, locanda, baracca, grassona, cantiere, Antonio, Currado, «e nessun altro» conclusi aprendo le mani, «perché gli amici, caro maestro, al contrario di Maddalena che ha uno sciame di compagne, non sono più il mio forte». Concentrato com'ero a raccontare, mi dimenticavo di pulirmi i baffi bianchi che mi lasciava il latte ed era bello che a questa cosa ci pensava mia moglie.

Alla fine del resoconto tirai un bel respiro e vuotai il bicchiere. Mi aspettavo che il maestro mi chiedesse come andava la scrittura del diario e invece non me lo domandò. Forse aveva capito che non l'avevo mai scritto, o forse il diario, una volta regalato, è una cosa intima come le mutande e non è educato impicciarsi. Chiese invece a Maddalena dove era nata e fino a che classe era andata a scuola. A sapere che lei la quinta elementare se l'era presa fu molto contento. Gli spiegò poi che la Calabria non è solo una terra aspra e povera, ma ci sono nati personaggi importanti come Pitagora, quello del teorema, e Tommaso Campanella, un poeta che nella vita soffrì molto ma sopportò a testa alta. Il maestro ci raccontò che questo signor Campanella era figlio di un ciabattino ed era così povero che a scuola non ci poteva andare. Ma siccome era uno che non si perdeva mai d'animo, neanche quando era nei guai fino al collo, ascoltava le lezioni del maestro dalla finestra e da lì imparò un mucchio di cose. Io e Maddalena eravamo con tanto d'occhi ad ascoltare quel racconto, però poi arrivò l'ora di andare e il mio amico ci regalò un'altra stecca di cioccolata e un libro di poesie dell'antica Grecia, con le immagini della natura che fanno sembrare l'uomo piccolissimo e il mare e le montagne sterminati. Non so quante volte le ho lette. E anche Maddalena le conosce bene perché nel viaggio di ritorno gliele ho recitate dalla prima all'ultima.

Usciti da casa sua eravamo entrambi carichi di energia e di belle speranze e il paese sembrava meno cesso perché quell'uomo ti metteva voglia di non perderti mai d'animo, proprio come il signor Campanella.

Quando rientrammo mio padre non c'era. Mi misi sul tavolo a fumare e, a vedere la sala così disastrata, l'euforia che mi aveva messo addosso il maestro in pochi minuti svaporò. Mi guardavo in giro e sentivo che niente mi apparteneva. Proprio là dentro non trovavo più niente di mio. Per la prima volta ero a San Cono e avevo voglia di tornare a casa. Una taverna di una baracca in mezzo alla terra nuda della periferia di Milano. Una taverna affittata da una vecchia milanese. Eppure era a quella ormai a cui pensavo quando dicevo «casa».

Diciassette

Ieri pedalate inutili attorno a Greco e alla Bicocca. Ero rimasto che da quelle parti stavano campi e solo campi e ora ci trovo file di edifici di cartongesso. «Sono tutti dipartimenti dell'università» mi ha spiegato un passante.

Non ho trovato niente nemmeno in quei quartieri. Non vogliono neanche un lavapiatti.

Stamattina mi faccio forza e esco di nuovo. Via Melchiorre Gioia e poi zona Garibaldi, piena di grattacieli nuovi. Una cosa impressionante. Torri di vetro altissime, alcune storte o che formano figure strane, altre ancora con antenne lampeggianti in cima per non farci sbattere gli elicotteri. A furia di stare col naso per aria mi viene voglia di vedere come è fatto dentro un grattacielo e così apro un'altra porta a vetri. Un salone immenso, un pavimento lucido, un silenzio freddo. L'ascensore è la sola cosa che si muove. Mi dirigo dall'unico uomo che vedo. Se ne sta dietro un bancone laccato e mi guarda mentre mi avvicino. Gli domando se hanno bisogno e lui, senza fantasia, mi chiede di lasciargli il curriculum.

«In formato europeo?» chiedo retorico.

«Sarebbe preferibile».

Questo signore ha una faccia da buono e non mi sembra indaffarato. Allora respiro dal naso, appoggio i gomiti sul bancone, controllo che alle spalle non ci sia gente in coda e poi allungo il collo in avanti.

«Scusa, ti posso chiedere un piacere?».

«Prego» risponde lui, sempre gentile.

«Tutti mi chiedono questo curriculum ma nessuno mi sa dire come farlo. Mi parlano di andare in rete ma io non sono capace. Mi insegni?».

Lui mi lancia un'occhiata di studio e secondo me tira una conclusione azzeccata, pensa, cioè, che sono un disoccupato ignorante. Così ignorante che non sa cos'è la rete, come infatti non lo so. Fa sì con la testa e dal computer stampa un paio di fogli, dicendomi di leggere e compilare. Io a quel punto me la gioco fino in fondo e gli domando se posso mettermi a scrivere in un angolo in modo che poi lui me lo corregge. Quella faccia buona allora mi guarda e, indicandomi una poltrona, risponde: «Che problema c'è». Così diceva pure il saggio Titta, che viveva di soluzioni, mica di problemi.

Su DATI PERSONALI vado liscio come l'olio. Le cose più difficili stanno alle voci successive. E io me la cavo così.

ESPERIENZE LAVORATIVE: *contadino a San Cono, galoppino presso lavanderia di Milano che non c'è più, muratore in vari cantieri, per trentadue anni operaio presso Alfa Romeo, stabilimento di Arese. Mansione specifica: addetto al tornio automatico (4 anni) e mulettista (28 anni).*

STUDI E FORMAZIONE: *terza media. Voto: Distinto.*

LINGUE STRANIERE: –

Molto più complicato il capitolo «competenze». Sono tentato di alzare la mano per chiedere aiuto, ma mi spremo le meningi perché voglio andare avanti da solo.

CAPACITÀ E COMPETENZE RELAZIONALI. Vivere e lavorare con altre persone, in ambiente multiculturale, occupando posti in cui la comunicazione è importante e in situazioni in cui è essenziale lavorare in squadra, ecc.: *mi piace avere attorno gente che lavora con me, è ovvio. In cantiere e in Alfa Romeo si stava sempre in gruppo e all'occorrenza ci si dava una mano. Ancora adesso saprei lavorare con gli altri, ma con l'età sono diventato più solitario e dunque preferirei, se possibile, lavorare da solo. Sono un carattere silenzioso, concentrato e riflessivo.*

CAPACITÀ E COMPETENZE ORGANIZZATIVE. Ad es. coordinamento e amministrazione di persone, progetti, bilanci: *sono puntuale e preciso, questo sì. Però non sono mai stato abituato a coordinare e amministrare, essendo arrivato a Milano con la quarta elementare e avendo preso con le scuole serali dell'Alfa Romeo la terza media. Di fare progetti e bilanci, per come la vedo io, penso che potrei essere capace perché i progetti sono la stessa cosa dei sogni ad occhi aperti e i bilanci si fanno ogni sera quando si spegne la luce del comodino e ci si mette a pensare a come è andata la giornata.*

CAPACITÀ E COMPETENZE TECNICHE. Utilizzo computer, attrezzature specifiche, macchinari, ecc.: *se mi insegnano imparo, però il computer no, è comparso nella mia vita in un'età in cui ho più voglia di perfezionare quello che so, non di incominciare da zero.*

CAPACITÀ E COMPETENZE ARTISTICHE. Musica, scrittura, disegno, ecc.: *sapevo suonare la chitarra, molto tempo fa. Mi piacciono i romanzi e ancora di più le poesie, che però purtroppo non so scrivere. Il mio poeta preferito si chiama Giovanni Pascoli. Quando ero iscritto al sindacato e seguivo le lezioni leggevo anche libri di storia, di politica e di geografia, adesso invece preferisco i romanzi brevi.*

PATENTE O PATENTI: *Non ho mai avuto la macchina. So guidare bicicletta e motorino.*

Il signore lo legge e dai movimenti della faccia penso che sta trattenendo la risata o cercando di contenere un'espressione da mani nei capelli. Invece dopo l'ultima riga alza la testa e dice convinto: «Molto originale, io lo lascerei così».

Senza dire niente batte le mie parole al computer, stampa una ventina di copie e mi chiede di firmarle a penna. Buste da lettera ha solo quelle intestate se no dice che me le regalava.

«Non ho messo che sono stato in prigione» gli confesso guardandomi i piedi.

Ma questo mi sa che è Gesù Cristo in giacca e cravatta perché non si scandalizza minimamente né fa lo sguardo giudicante. Dice soltanto: «In effetti nessuna voce lo chiedeva».

A quel punto lo guardo con occhi che devo per forza definire innamorati e mi esce questa frase: «Se vuoi venire una sera a cena con tua moglie mi farebbe molto piacere. Maddalena è una cuoca coi fiocchi e di sicuro sarebbe contenta».

«Io non ho moglie, ho un compagno» dice candidamente la Faccia della Bontà.

«In che senso un compagno?».

«Nel senso che sto con un uomo. Si chiama Pietro».

L'attimo di silenzio tradisce che sono spiazzato, ma cerco di metterci una pezza e proseguo con entusiasmo. «Ebbè? Vieni con Pietro! Vieni con chi vuoi!» rispondo, ma non con la stessa pace interiore che mostra lui, che del resto, però, essendo forse Gesù Cristo sceso in terra in fatto di tolleranza è senz'altro più pratico del sottoscritto.

Gli lascio una fotocopia del curriculum per gli uffici del grattacielo, confermandogli che anche pulire le scale mi va bene. «Magari non tutte da solo perché qui sono sessanta piani...» e lui sorride facendo sì con la testa. Poi gli ripeto di non farsi problemi, di venire con Pietro anche senza avvisare.

«Tanto noi stiamo sempre a casa. Maddalena guarda la televisione e io fumo alla finestra».

Alla fine mi accorgo che non mi sono nemmeno presentato e gli allungo la mano: «Piacere, Ninetto. Grazie ancora».

«Mi chiamo Paolo».

Tutto orgoglioso del mio curriculum in formato europeo distribuisco diciotto fogli in una mattinata. Negozi del centro commerciale, un'impresa di pulizie, altri grattacieli con le porte a vetri. Poi mi fermo in cartoleria a fare altre fotocopie e finalmente mi appoggio al muro a fumare una meritatissima sigaretta. All'una mi viene fame e entro in una pizzeria d'asporto. Due africani a lavoro. Uno sforna pizze che è una bellezza e l'altro prende prenotazioni al telefono. Chiedo un trancio di margherita e una bottiglietta d'acqua e mi metto a mangiare seduto su uno sgabello, coi gomiti appoggiati alla mensola. Di fianco a me una coppietta mangia concentrata per non far cadere il condimento dalla fetta calda. Mentre mastico li spio lavorare, gli africani. Un andirivieni di gente, il telefono che squilla in continuazione, le teglie che sfrigolano una dopo l'altra sul marmo... Non come nella pizzeria di fronte casa nostra, dove ci entra uno ogni tanto e i tavoli non sono mai pieni. Aspetto che si liberi un momento il negro alla cassa e, sempre guardandomi alle spalle, gli chiedo: «Fate anche consegne a domicilio?».

«Certo».

«Avete bisogno di qualcuno che vi va a portare le pizze?».

«Sai guidare il motorino?».

Faccio sì con la testa. «Posso anche lasciarti il curriculum, è in formato europeo» dico con una certa autostima.

«Cosa vuoi lasciarmi?».

«Il curriculum!».

«Curriculum? No, no, scrivimi nome e telefono su questo foglio e io ti chiamo dopo per dirti i turni della settimana. Sei disponibile anche sabato e domenica?».

Mi spiega che con loro lavorano tre galoppini, due ragazzi universitari e suo cugino. «Però un altro ogni tanto serve. Conosci le vie qui intorno?» chiede facendomi venire un capogiro.

«Quasi tutte» rispondo, senza che lui possa capire il grumo di vita che c'è dentro il mio «quasi tutte».

Maddalena è da subito contraria. Figuriamoci. Io però la sera stessa comincio e la sensazione immediata è quella di vivere in un film in cui il protagonista è uno che non va mai avanti. Cambia la città, cambiano gli abitanti, cambiano i modi di fare, ma lui no. Da giovane come da vecchio fa la stessa cosa: va in giro a consegnare merce. Lui ci prova a cambiare la sua vita, ma quella, vuoi per sortilegio vuoi perché lui commette ogni volta gli stessi errori, resta sempre ferma e sempre uguale. Non so dire bene da dove arriva l'infelicità che mi strozza un po' la gola mentre col motorino di «Non solo pizza» spernacchio in giro per Porta Garibaldi, l'Isola, piazza della Repubblica. Forse dal fatto di lavorare per degli extracomunitari, che però mi pagano dieci euro all'ora, più di un call center o di un'impresa di pulizie, e sono educati con me, mi hanno dato lavoro senza nemmeno il curriculum e senza chiedere la caparra come quell'aguzzina della grassona. Forse è quell'odore di forno a legna e di umidità che mi rimane appiccicato addosso al giubbotto. O forse è il rimorso che potevo vivere meglio. Non è vero che basta la buona volontà per girare pagina e ricominciare. Se vuoi una vita dove sei contento di alzarti al mattino non devi romperla mai, non devi mai sciuparla. Però chissenefotte della coscienza che borbotta, io quando non la sopporto più lavoro di polso e do una bella accelerata, la motoretta sgasa e il pensiero in qualche modo si sta più zitto.

Karim e Magdy mi mandano a consegnare anche un solo panino. Non si tirano indietro di fronte a niente. L'altra sera hanno riacceso il forno a legna per una sola margherita a un signore che è entrato alle undici passate con i capelli bagnati di pioggia. Capita anche di mangiare insieme a fine serata, così, sulla mensola attaccata al muro. Nessuno di noi beve alcolici, loro perché sono musulmani io perché sono astemio. Ci scoliamo contenti delle buone bottiglie d'acqua gassata. Magdy mi ha raccontato che quest'estate, per la prima volta dopo sei anni, chiude per dieci giorni il negozio e torna in Egitto.

«Prendo trecento chili di grano, lì costa meno ed è buono. E poi mio padre mi ha trovato moglie».

«Ah sì? E sai già che ti piace?».

Lui annuisce convinto e allora ripeto pure io il suo gesto e facciamo tutti e tre un brindisi con l'acqua.

Quando citofono la gente scende in ciabatte e si affaccia al portone per ritirare i cartoni caldi. I genitori dei picciriddi e i vecchietti mi chiedono se posso salire fino alla porta. Devo dire che non si stupiscono più di tanto di vedere un signore con i capelli bianchi a fare questo lavoro. La crisi deve avergli aperto la mente. Quando mi mettono in mano monete non guardo mai, infilo subito in tasca. Già al tatto si sente che sono spiccioli leggeri, nichelini che non valgono niente e che servono solo per fare il gesto della mancia.

«Pizza!» e «Grazie, buona pizza» sono le uniche parole che pronuncio durante il lavoro. Al ritorno trovo sempre

Maddalena sveglia o appisolata sul divano con la televisione accesa. Mi chiede se voglio qualcosa di caldo e io rispondo di no per non dargli disturbo. Svuoto sul tavolo il marsupio con le mance e gli consegno i miei trenta, trentacinque euro, da cui ne scalo quattro per il pacchetto di sigarette. Mi chiamano tre sere a settimana e dunque un centinaio di euro riesco a raggranellarli. Sommati alla sua pensione di bidella fa un gruzzoletto migliore, quasi arriviamo a mille. Quando arriverà anche la mia, di pensione, non avremo più problemi.

Comunque Maddalena non è affatto contenta, ha paura che prendo troppo freddo. E in effetti non sbaglia perché sul motorino se ne prende tanto. Ho sempre il naso che gocciola e se non metto il paraorecchie mi viene mal di testa. Però, adesso che ci penso, una cosa è cambiata: siccome mia moglie mi ha cucito un bel paio di guanti non ho più le mani rosse e crepate come quando scorrazzavo con la bicicletta. Forse non è una differenza da niente.

Diciotto

Come non detto. Non che volessi farlo per tutta la vita il galoppino, però per qualche altro mese avrei continuato. Invece oggi mi chiama Magdy e, al posto di comunicarmi i turni della settimana entrante, mi spiega che è arrivato in Italia un altro suo parente e devono farlo travagghiare. Mi dice che se voglio andare a chiedere a un'altra pizzeria sui Navigli lui può fare una telefonata per mettere una buona parola. Ci salutiamo come se dovessimo rivederci, ma tutti e due lo sappiamo che non ci incontreremo un'altra volta.

Maddalena accoglie la notizia con soddisfazione.

«Meno male!» esclama. «Almeno la smetti di consumare fazzoletti e ti guarisce questa tosse da cane!» e mette a bollire l'acqua calda per farmi fare fumenti col bicarbonato. Il raffreddore già a pomeriggio sembra passato, ma con lui credo che se n'è andata anche la voglia di cercare lavoro. È una fatica inutile e sento che non ho il sistema nervoso così a posto per continuare. Non ci sono storie, è fuori dal carcere la vera pena da scontare.

Siccome mi sento inquieto e non riesco nemmeno a stare alla finestra, mi do alle passeggiate per il corridoio con le mani dietro la schiena. Avanti indietro avanti indietro avanti indietro. Per più di un'ora. Fino a stordirmi e ad avere capogiri.

«Basta! Vivere così è un inferno!» sbotta d'improvviso Maddalena.

«Preferivi quando stavo in carcere? Dimmi la verità, se crepassi staresti meglio?» gli chiedo per provocare. «Vuoi che viviamo separati così vedi tua figlia e tua nipote?».

Ma Maddalena non abbocca, non è facile litigare con lei, portarla dove voglio. Quella donna è un pesce libero. Puoi nuotarle vicino, ma dirle dove andare no. Così prima mi grida un'altra volta che sono insopportabile, poi si avvicina tanto che sento il suo fiato e severissima mi dice: «Mia figlia e mia nipote le vedo anche se non ci separiamo. E le vedrò sempre!».

Quelle parole mi paralizzano e restiamo in corridoio uno di fronte all'altra, come due soldati nemici che si trovano inaspettatamente a duello. Vedendo che non mi sposto inizia a pestarmi i piedi e a spingermi verso la porta. Io la lascio fare, ammetto che un po' trattengo la risata, ma lei fa sul serio e va avanti a cacciarmi come fossi un topo da pigliare a botte di scopa. Prende la giacca dall'attaccapanni, mi infila il berretto, mi tira sul collo la sciarpa e mi sbatte fuori di casa. La porta la riapre soltanto per lanciarmi il libro che ho lasciato sul divano.

«C'è un bel sole, vatti a bere il caffè dai cinesi e mettiti ai giardinetti a leggere. Se torni prima di pranzo non ti apro!» e sbatte la porta dando due giri di chiave.

Rimango sul pianerottolo col cappello malmesso, la sciarpa sulla spalla, la giacca aperta. Sembro uno spaventapasseri. Incrocio la signora Rovelli, l'unica che mi saluta, e non riesco nemmeno a rispondere.

In effetti devo rivalutare questi cinesi. Silenziosi, discreti. Il caffè, una ciofeca di caffè. Sapeva di sabbia. Il locale non proprio pulito e abbastanza buio perché hanno messo una slot-machine davanti alla finestra. Però loro gentili. Quando gli allungo la tazzina il ragazzo mi chiede: «È buono?». Gli rispondo «insomma» facendo il gesto con la mano perché con le parole proprio non c'è niente da fare. Lui fa una faccia dispiaciuta e allora prima sorrido e poi mi impunto. Sempre a gesti gli spiego che devono macinarlo fresco e pressarlo bene, il caffè. Sono due ragazzi che più li guardo e più sembrano picciriddi. Fanno tenerezza, là da soli, in un bar di via Jugoslavia dove le cose funzionano esattamente come tanti anni fa nell'alveare di via Gorizia, deserto durante il giorno e movimento solamente negli orari di entrata e di uscita da lavoro. Vado dietro al bancone e gli regolo l'acqua della macchina, quegli asini ce l'hanno a dieci atmosfere. Gli sistemo pure il macinacaffè, che fa uscire i granuli grossi. «Per forza ti viene bruciato» ripetevo al ragazzo, «per forza!», e gli tiro pacche amichevoli sulla nuca piena di capelli lisci come spaghetti. Gli preparo un caffè a regola d'arte, con la crema color nocciola che non si rompe neanche a far ruotare la tazza. Mi stringono la mano e ringraziano con il loro fare ossequioso. La voce di lei sembra una miagolata di gatta. Non vogliono che paghi ma un euro sul banco lo lascio ugualmente.

Camminando verso il giardinetto penso a quei due giovani, forse non sono proprio picciriddi ma quasi, o insomma non lo so, perché l'età di questi musi gialli che ormai sono più delle mosche non è facile da calcolare. Penso anche che è stato bello spiegarsi senza parole. Agitare le braccia, scarabocchiare un foglio, indicare con energia di qua e di là. Sarebbe meglio comunicare in questa maniera, non ci sarebbero malizie, cattive intenzioni, solo gesti chiari come quelli dei picciriddi veri e propri. I cinesi non ne sanno niente di me, di quello che ho combinato, della mia storia di emigrante forse meno dura della loro che sono venuti da lontanissimo. Mi guardano senza vedere quello che è già stato e forse con loro per davvero sarebbe possibile ricominciare. Sì perché gli sconosciuti, lo capisco quando mi siedo sulla panchina fredda dei giardinetti, non hanno niente da perdonarti. Niente da dimenticare.

Verso l'una il parchetto si spopola e rimango solo. Completamente solo con la panchina vuota, la giostra a girandola, le cornacchie nascoste tra i rami degli alberi ossuti su cui ogni tanto sbuffa il vento. Cerco di capire se quella attorno è pace o solo il mortorio del quartiere, ma è la giornata dei misteri perché non capisco niente. Infilo il libro nella giacca, piccolo com'è ci sta, e passeggio in lungo e in largo. Bisogna dire la verità, non mi sento male come nel corridoio. L'aria aiuta.

A un certo punto mi viene una voglia strana. Mi guardo intorno. Piano piano mi avvicino all'altalena. La tocco prima col piede, come si fa con gli animali trovati per strada per vedere se sono carogne o ancora vivi, e poi mi posiziono. Mani sulle catene fredde, culo sull'asse di legno. Spingo in avanti le gambe e il mio corpo pelleossa. Ondeggio. Prima adagio, poi più rapido, poi lesto e leggero. L'aria sulla faccia a un certo punto diventa vento e non mi sento più male perché non mi sento. Sono aria e basta. Solo aria sulla faccia e respiri aperti.

Quando rientro lo racconto a Maddalena. Lei mi fissa con una faccia severa, poi scoppia a ridere e tornando in cucina dice: «Bravo, aiutati che Dio ti aiuta!» e io, un poco tranquillizzato, mi accendo una sigaretta al davanzale della finestra.

Diciannove

Andammo a trovare mamma mia. Dovevo capirlo dall'insistenza di mio padre – «non andate fino a Catania, ve la saluto io quando passo» ripeteva – che l'avrei trovata male malissimo. L'ospizio era un casermone rivestito con piastrelle crepate e per arrivare ai reparti si attraversavano corridoi sporchi. Negli angoli formiche e scarafaggi. Sembravano i gironi dell'inferno. In ogni corridoio c'erano ammassati cristiani con una disgrazia più o meno identica. Maddalena mi stringeva il braccio ripetendo che il tanfo di medicinale gli faceva tornare su il latte della colazione. Ne vedemmo di tutti i colori e ogni volta che entravo in uno stanzone e trovavo persone abbandonate nei letti sgualciti o accasciate sulle sedie a fissare le ragnatele pregavo che mamma mia non fosse lì. La trovammo in una specie di terrazzo, su una sedia a rotelle, con le braccia conserte a farsi scaldare le guance dal sole. Erano in sei o sette parcheggiati là fuori, muti e con gli occhi sigillati. Strinsi forte a Maddalena la mano e con l'altra gliela indicai. Non fu facile svegliarla dall'appisolamento, farsi vedere che non ero più il picciriddu da lavare nella tinozza ma un uomo fatto e finito di quindici anni, con la sigaretta sempre in bocca e la moglie sottobraccio.

Forse mi riconobbe già toccandomi il viso perché i figli basta uno dei cinque sensi per riconoscerli. Sono sicuro che anch'io Elisabetta la sentirei nell'aria solo annusando, o tastando con le dita il suo volto cambiato. Quando mi vide mise le mani a visiera sulla fronte e mi allontanò per squadrarmi meglio. Presto gli venne il fiatone. Ci guardò uno di fianco all'altra e finalmente sorrise, ma sempre senza parlare. Fino alla fine il mutismo fu il suo modo di difendersi. Dalla sporcizia, dai medici, dalla solitudine.

Mamma mia non mi guardò come il resto del paese. Lei mi vedeva sempre uguale. Diverso ma uguale. I suoi occhi trapassavano il mio aspetto cresciuto e mi guardavano dentro, dove ero ancora il picciriddu che aveva allevato e, nello stesso tempo, dove ero diventato uguale a lei, perché pure io mi sono dovuto difendere da tante cose.

«Voglio sapere se ti trattano a modo e se mangi bene. Poi voglio sapere se papà viene a trovarti e porta quello che ti occorre» dissi scandendo le parole come se fosse sorda. Ma a quelle domande mamma mia rispose con un'alzata di spalle, come a dire che non erano cose su cui stare a discutere perché tanto la vita va lo stesso come deve andare.

Lasciai Maddalena accovacciata di fianco alla sedia a raccontarle come ci eravamo conosciuti e me ne andai a cercare i dottori. Volevo sapere le sue condizioni per filo e per segno e controllare personalmente se nel suo armadietto c'erano dolcetti e piccole cose che potevano farla più allegra. Ma l'armadietto era chiuso a chiave e i dottori non si trovavano. Quelli incontrati per i corridoi non si fermavano, nemmeno se li chiamavo educatamente o li inseguivo. Continuavano a tirare dritto coi loro camici svolazzanti e rispondevano sempre con le stesse frasi della minchia, «non sono io che me ne occupo», oppure «non è orario di ricevimento». Mi trattarono come un gioppino per tre quarti d'ora, da una parte all'altra e da un piano all'altro, finché ne presi uno a caso e gli misi le mani al collo sbattendogli la schiena sugli scaffali di alluminio. Quello era molto più grosso di me, ma non conta perché vince sempre chi ha più rabbia e dolore dentro. Il viaggio lungo, mio padre trasandato, il matrimonio come due ladri, mamma mia abbandonata: nessuno poteva fermarmi. Sputai d'un fiato le parole: «Ora tu mi riferisci per filo e per segno come sta mia madre, signora Immacolata Consolo stanza 14, oppure mi porti subitissimo all'istante dal dottore che se ne occupa se no io stringo il collo finché strozzo». Mentre minacciavo passarono due infermiere con il carrello delle medicine. Fecero tanto d'occhi ma non fiatarono. Il dottore mi accompagnò da un altro suo collega e gli disse in dialetto di ricevermi. Quell'altro, uno stitico di parole di uno, spiegò che la situazione non sarebbe cambiata per quanto riguardava la salute del corpo. La parte destra era addormentata e il cervello andava e non andava.

«Il problema principale è lottare contro la depressione che le è presa» disse, «depressione che infatti le impedisce di parlare» concluse tutto sapientone. Ma nemmeno lui capiva niente, peggio del dottor Cucchi era quello lì. Mamma mia sapeva parlare eccome! Solamente l'avevano carcerata in quella chiavica di posto fitusissimo e questo non fa bene all'umore di nessuno, non ci vogliono lauree e diplomi per saperlo. Era questa la ragione delle sue labbra cucite. Ho letto che hanno fatto lo stesso anche certe donne diventate sante. Quando qualche maschio bestiale le forzava loro si chiudevano in un silenzio e in un rifiuto eccezionali. Sì, perché il silenzio è tantissime cose, pace, preghiera, contemplazione, ma anche difesa insuperabile. In più Immacolata Consolo, oltre a vivere in quell'ospizio schifoso, aveva il marito che si era perso per strada, più povero cristo della media dei poveri cristi, e non era mica un sollievo.

«Vorrei vedere lei, caro dottor comesichiama, quanta voglia avrebbe di chiacchierare!» gli risposi argomentando a modo mio. Ma quello disse che non aveva altro da aggiungere e io me ne andai a testa bassa per il corridoio col veleno nel sangue. Ringraziai Maddalena che una sera trovò il coltello di mio padre nei pantaloni e me lo fece buttare nell'immondizia davanti ai suoi occhi. Al pensiero di mia madre mi sentivo invadere da un desiderio forte di essere grande e avere già casa e posto in fabbrica per portarmi mamma mia a Milano, dove i dottori sono un'altra cosa e gli ospizi più luminosi e lindi. Forse con lei vicino nemmeno avrei perso la ragione il giorno della coltellata. Una madre per un figlio è sempre un freno. Sa fermarti il braccio prima che si abbatte.

Quando tornai in stanza trovai una sorpresa proprio inaspettata. A imboccarla c'era la gobbetta precisina! Appena mi vide lasciò il piatto a Maddalena e venne ad abbracciarmi. Ormai mi arrivava alle spalle e bastava un braccio per stringerla. Il tempo gli aveva addolcito il viso e tolto lamentele e cantilene dalla bocca.

«Vengo quasi ogni giorno» disse. «Quando non me la sentirò più verrete a darmi il cambio, non è vero?» concluse ridendo.

Fu un sollievo vederle insieme. Fu un sollievo, anche se poi sono proprio i sollievi che ti fottono e ti fanno lavare le mani come Ponzio Pilato. Dopo pranzo la zia la pettinò e la fece bella e ordinata. Mentre gli passava la spazzola tra i capelli raccontò che prima di venire all'ospizio si fermava a comprare certe cose buone all'alimentari di Turuzzu o al mercato di Catania e mi mostrò con orgoglio l'armadietto di sua sorella, il più fornito della stanza.

«Bisogna chiuderlo col lucchetto se si vogliono conservare le provviste perché i ricoverati vanno pazzi per dolciumi e dolcerie. Diventano ladruncoli professionisti!» esclamò la gobbetta.

Mamma mia faceva segno di prendere qualcosa, una pastarella di mandorle o le fave sbucciate. Noi per farla contenta prendemmo, anche se avevamo lo stomaco chiuso come un pugno.

Dopo che la zia ripeté un po' di volte «disgraziato, non sei venuto nemmeno a salutarmi», mi spiegò fuori dallo stanzone come andavano le cose e mi confermò che mio padre si era davvero bruciato. «Don Alfio è buono a tenerlo ancora a lavorare, sa che è un uomo in difficoltà» disse guardando il sole che batteva sul terrazzo spoglio. «Io vorrei prenderla con me» continuò zia Filomena, «tanto anch'io sono sola, ma tuo padre è cocciuto, non lo pieghi».

Quando provai a rispondere che ci parlavo io, lei scosse le spalle proprio come sua sorella. E aveva ragione, perché quando tornammo a casa non ci cavai niente. Più facile spremere sangue dalle rape. Si inventò mille storie e se facevo domande cambiava discorso.

«È così e basta!» gridò d'un tratto. «Se ho deciso in questa maniera è perché è la scelta migliore!» e mentre mi offendeva scaraventava altri pugni sul tavolo e camminava avanti indietro finché di nuovo urlò: «Pensa a tua moglie che io penso alla mia!» e uscì sbattendo la porta.

Allora dissi a Maddalena di chiudere le valigie e andarcene di nuovo a prendere la corriera. Non volevo stare un minuto di più con quell'uomo e in quel cesso di casa lurida.

Alla stazione di Catania ci dissero che il primo treno per la Calabria partiva il giorno dopo. Allora portai Maddalena a dormire in un albergo, anche se lei per risparmiare diceva «non preoccuparti Ninè, dormiamo alla luna». Invece pagai e ci diedero una bella stanza con il bagno profumato. La rabbia si calmò un po' davanti al mare pieno di gabbiani che si vedeva dalla finestra. E quel dolore incrostato nel petto me lo sciolse lentamente Maddalena, che quella notte nella stanza d'albergo mi abbracciò e mi fece fare l'amore.

Venti

Maddalena è al telefono con Elisabetta. Ogni volta che mia figlia chiama i pensieri si ingarbugliano e se ne vanno per i fatti loro. L'umore mi va tutto quanto sottosopra. Per non stare a sentire la conversazione vorrei andarmene dai cinesi, vedere se il caffè è migliorato o è sempre una purga. Ma sono due giorni che il cielo sembra un pezzo di latta. C'è una cappa di nuvole grigie sopra Milano, grosse e gonfie. Non viene voglia di uscire. I giardinetti saranno vuoti, il sediolino dell'altalena umido, tutto in giro spoglio peggio che a novembre. Potrei andare a chiedere ad altre pizzerie africane se hanno bisogno di un galoppino, ma non trovo la forza di alzarmi dal divano, figuriamoci di andare a distribuire curriculum o elemosinare qualche ora a nero.

A furia di cambiare canale trovo un film western che è appena cominciato. Non è un genere noioso, il western. Può sembrarlo perché la maggior parte delle volte è solo una recita di tanti babbuini col cappello e la pistola, ma se è fatto bene fa comprendere che la vita è una guerra, la legge non è uguale per tutti e la pistola la fa rispettare molto più dell'avvocato. Il film mi piace, però verso le quattro si presenta in casa la Rossi del settimo piano, una signora con cui Maddalena ha fatto amicizia, e allora, con due donne che fanno ciccì e coccò, addio pace. Schiaccio il tasto rosso del telecomando e me ne vado in cucina a preparare il polpettone. La giornata, però, ha ormai preso una pessima piega perché il risultato di due ore di lavoro è una pietra bruciacchiata assediata da patate annerite. Maddalena a cena dice che è meglio se guardo i pistoleri alla televisione e mi tengo le mani sulle ginocchia. Fortuna che ci sono i fichidindia e ne possiamo fare una scorpacciata. Quando lei si mette a sparecchiare e dalla finestra entra un alito di vento mi metto di nuovo a guardare via Jugoslavia.

A Catania ci svegliammo all'alba. Colazione al bar dell'albergo, con tanto di maritozzo, e addio Sicilia. Questa volta si viaggiava di giorno e non c'era agitazione nell'animo di Maddalena, solo voglia di riempirsi gli occhi del paesaggio che diventava sempre più montuoso. Specie quando cambiammo convoglio a Villa San Giovanni per andare a Cosenza. Per arrivare dove abitava Maddalena, a Spezzano della Sila, fu una fatica di Ercole e fu quasi meglio il viaggio col paesano Giuvà, se si tolgono la notte alla stazione e i pacchi di sale. Maddalena non conosceva Cosenza e per trovare la corriera ci mettemmo ore. Io ero un po' in ansia perché nei paraggi non c'era niente e per un alloggio bisognava camminare chilometri. Alla fine riuscimmo a prendere una corriera sgarrupata che saliva e saliva e io mi facevo già in quella salita la mia idea che ancora ho, la Sicilia è meglio della Calabria, e se in Calabria è nato il signor Campanella vuol dire che i geni nascono a caso, semi buttati dalla mano di Dio, ma niente di più. In quel paese stagnava un sentimento di abbandono. Sembrava un posto lontano dal mondo. Erano quattro strade ripide e io le attraversavo sudato, stringendo i manici delle valigie, incantandomi a guardare certe vecchie che camminavano su viuzze pendenti senza faticare. Di sottecchi osservavo Maddalena. Forse anche lei teneva la testa abbassata per evitare di mettersi a salutare i paesani.

Finalmente arrivammo. Via Dante, senza numero civico. Conobbi mia suocera, mamma Giacinta. Sarà che i miei hanno fatto tutto giovani, sposalizio e figli, ma la Giacinta mi sembrava una nonna. Lo so che Maddalena era l'ultima di cinque e che quindi la signora aveva già sfornato, ma insomma ai miei occhi era vecchierella. Una donna gentile e attaccatissima alla casa. Amava parlare solo del marito morto partigiano e dei tre figli maschi, tutti emigrati fuori dall'Italia. Belgio, America, Germania.

I genitori che hanno figli emigrati diventano più riservati dopo la loro partenza. Sanno di averli lasciati scappare e non si sentono di fare prediche, né di dare giudizi o mazzate. Così è stato per mio padre Rosario, così per la madre di Maddalena. Diceva «bravi bravi, vi siete sposati!», ma finiva lì. Spentolava già di prima mattina e mettendoci il piatto sotto il naso e pulendo la casa pensava di aver fatto il possibile.

Furono giorni tranquilli. Maddalena la scoprii una mammona di una. Ogni cinque minuti dava baci alla vecchietta e stava per ore di fianco a lei, accucciata su una sediolina a vederla cucire o sgusciare piselli. Si sapeva accontentare di quel poco di bello che nel rapporto con sua madre era sopravvissuto. Per fortuna il carattere di mia moglie è tutt'altro dal mio, che il bicchiere lo vedo sempre mezzo vuoto.

Trovai calore a Spezzano della Sila, e di questo calore ero sia felice sia infelice. Felice per Maddalena e infelice per la mia di famiglia, che non era nemmeno più una famiglia ma solo sparpagliamento e solitudine. Nella casa di San Cono chissà da quanto tempo non si sentiva un profumo di agnello arrosto, di dolce caldo o di frittata di cipudda.

Mia moglie fu contenta di me e di come ero gentile. La sera nel letto mi diceva: «Me lo sono scelto proprio bene il marito... non sai ballare, non è vero che sai suonare la chitarra, però come fumi tu non fuma nessuno» e ridacchiava con la testa all'indietro.

Giacinta una mattina mi disse di chiamarla mamma. A me questa cosa riuscì una violenza bella e buona perché più la chiamavo mamma più mi cadeva addosso una sensazione di orfanità. Accettai solo per accontentare Maddalena, ma cercai di chiamarla il meno possibile.

In paese passammo a salutare i parenti e alcune amiche di Maddalena che abitavano nella via. In ogni casa si alzava un coro allegro, «forza entrate!», «mangiate con noi!», «prendete un caffè!», e così quei pochi giorni andarono via tra saluti, pranzi e partite a carte nelle abitazioni di paesani accoglienti. Ero stanco stanchissimo quando riprendemmo il treno per Milano e sulla carrozza rimasi come adesso, immobile a guardare dai vetri.

Sbircio Maddalena nel riflesso della finestra. A parte il corpo niente è cambiato. Fosse viva sua madre ancora si accuccerebbe sulla sediolina e gli schioccherebbe baci di picciridda. Maddalena è restata fresca come me la sono presa. Una donna senza smancerie. Tenace e pronta a fare la sua parte prima di lamentarsi. Non come il resto degli uomini, buoni soltanto a prendersela con gli altri e mai con se stessi. Su questo aveva ragione Giuvà, diceva sempre: «Prima di lamentarti, sputati in faccia».

Tra poco Maddalena mi chiamerà per farmi fare qualcosa. Mi sorveglia e quando esagero comincia: «Ninetto, cambia l'acqua ai canarini», «vai a buttare il vetro», «vammi a prendere una buatta di salsa in cantina»...

oppure fa domande sciocche, tanto per scucirmi qualche parola. Di solito inizia così: «Che ti cucino stasera?».

«Pasta e zucchine» rispondo.

«Ma come, ho già fatto la salsiccia!».

«E allora che chiedi a fare?» dico scuotendo la testa.

A quel punto lei mi soffia sul naso e dice che era tanto per parlare e che quando mi ha sposato non lo sapeva che ero così barbogio se no ci pensava due volte. Poi viene vicino e mi appoggia le sue mani paffute sulle spalle. Così, lentamente, poco alla volta, riprendo calore. Sì, perché quando mi perdo nei miei racconti non sono più corpo, ossa, muscoli. Solo anima e voce.

Ventuno

Stanotte ho sognato mia nipote. Andavamo mano nella mano a fare una passeggiata. Lei mi raccontava di una canzoncina che doveva imparare a memoria per la recita di fine anno. Camminavamo sul marciapiede con il sole in faccia e Lisa diceva che voleva gli occhiali scuri come la ragazza del cartellone della pubblicità per fare anche lei la sciantosa. Il cuore faceva le capriole per la felicità di passeggiare finalmente con la mia nipotina mai conosciuta, ma nello stesso tempo mi sbatteva dentro il petto per la paura che qualcuno potesse farle del male. In tasca non avevo il coltello e questa cosa mi agitava facendomi guardare a destra e a manca ogni due per tre. Bisogna sempre avere mille occhi. Ovunque può spuntare chi ti minaccia. Comunque, mi sforzavo di non pensare a questa paura, ascoltavo la sua canzonetta e intanto vedevo spuntare l'alveare dove ho vissuto con Giorgio, la Mena e il paesano Giuvà. L'alveare era come l'avevo lasciato nel '60, brutto che più brutto non si può. Abbandonato su se stesso, con altro fumo della ciminiera appiccicato alla facciata. Attorno, però, non c'erano più file di fabbriche e capannoni, ma case popolari e aziende dismesse. Nei palazzoni non abitavano più terroni e napulì, ma arabi, cinesi e negri scappati dalla miseria, dal mare grosso, dalla polizia italiana. Guardavo un gruppo di africani che faceva festa a un nuovo arrivato. Gli suonavano il bongo componendo coi corpi un cerchio e lui ballava da solo con in faccia un sorriso che sembrava la réclame del dentifricio. Lisa bella mi chiedeva se poteva cantarmi un'altra volta la canzoncina e io dicevo «sì amore, ripetila a nonno» e intanto adocchiavo l'alveare decrepito e i suoi nuovi abitanti. Poi mi ha tirato la giacca vociando: «Nonno! Che facciamo adesso?».

Io stavo per raccontarle d'un fiato la mia storia di picciriddu emigrato, da cima a fondo raccontarla tutta per lasciargliela come si lascia un anello in un portagioie. Indicarle la chiesa, il baracchino del Cinzano, la fermata del tram e poi portarla dentro a vedere cos'è un alveare, dirle che alla sua età ogni tanto già travagghiavo e a San Cono mangiavo sempre pane e acciughe maledette, non ero come lei che a cinque anni era ancora un giglio e la vita non l'aveva sfiorata e non la doveva sfiorare mai perché se no io impazzivo e rovesciavo il cielo. Invece le parole non mi uscivano e non ce l'ho fatta a mostrarle cosa vuol dire essere poveri cristi. La gente che girava intorno al palazzo, inoltre, non mi piaceva affatto. Tutte facce torve. Così gli ho solamente detto: «Vieni Lisa, vieni col nonno, andiamo a comprare i pasticcini che poi è ora di tornare a casa». Abbiamo camminato ancora faccia a sole e lei, mentre ci allontanavamo, si girava indietro a guardare la ciminiera. Diceva: «Nonno, hai visto che brutto lì?». Io facevo sì con la testa, ma con dispiacere, perché dove siamo stati picciriddi non è mai completamente brutto.

«Adesso di qua iniziano i campi e diventa meglio» ho detto per confortarla.

Mi sono svegliato di soprassalto per il clacson di un maledetto camion che non riusciva a fare manovra. Sono rimasto spaesato e sudato sulla fronte, con la schiena appoggiata alla testiera e senza nemmeno trovare la forza di alzarmi dal letto.

Con i gomiti appoggiati al bancone del bar Aurora mi chiedo se Lisa è davvero come l'ho sognata e quando me la faranno vedere. Se mai quegli sciagurati vendicativi me la faranno vedere. Sono dispiaciuto di non averle mostrato l'alveare perché se le cose non le tocchi con mano non ti rimangono impresse.

Mentre zucchero il caffè penso se Elisabetta e Paolo gli sapranno dare la giusta educazione e non saranno troppo severi, come Elisabetta è di carattere.

«Buongiorno Ninetto, come stai?» domanda Helin che sbuca dal retrobottega.

«Bene. Sto bene» dico tanto per dire.

Me ne rimango imbambolato al bancone per un po', finché non rispunta Helin col giubbotto e un cappello di lana in testa e nel suo italiano fatto di elle e di verbi all'infinito mi chiede se voglio andare con lui alla Metro, che deve fare rifornimento per il bar. Sono quegli occhi neri che non si vergognano di mostrare smarrimento che mi piacciono di lui e di sua moglie. Prima di salire in macchina mi chiede se lo aiuto a tirare giù il sedile di dietro per fare posto a quello che dobbiamo comprare. Non gli nascondo che guida di merda e che se in Cina guidano tutti come lui e sono davvero un miliardo deve essere un tamponamento unico. Ma questo muso giallo non sgancia nemmeno un sorriso, concentrato com'è a governare la frizione e a tenere a mente tutte le cose che deve acquistare.

La Metro è un negozio per giganti. Sacchetti di patatine da tre chili, fusti di birra, bottiglioni di vino, taniche di olio, confezioni non da dieci pezzi, ma da cinquanta e da cento. Anche i carrelli, sembrano delle roulotte. Ogni tanto mi domanda: «Secondo Ninetto è buono questo?» e indica un cartone di caramelle o un pacco di pasta o una marca di pane confezionato. Io rispondo per quello che ne capisco e penso che forse questo ragazzo si sente orfano e non trova di meglio che il sottoscritto per raccattare un po' di affetto paterno. Vorrei che mi raccontasse per filo e per segno la sua storia, il cinese però è riservato e quando chiedo tergiversa. Ci vorrebbero parole più convincenti per farlo aprire, parole che non conosco. Così lascio perdere le discussioni e mi impegno per dargli consigli e per sistemargli la spesa in modo che poi non faremo fatica a scaricare.

Dopo che l'ho aiutato a svuotare le borse nel retro-bottega mi dice: «Vuoi bere qualcosa, Ninetto?».

«No, grazie, adesso è ora di cena e vado a casa».

La Mei mi regala una cineseria che si chiama soia, una boccetta con un liquido che pare inchiostro. L'ho presa per non essere maleducato e per quel suo sorriso che mi fa pensare a Elisabetta.

Attraversando via Jugoslavia cerco d'istinto la finestra di casa e vedo una luce fioca che senz'altro è quella del cucinino. Maddalena per risparmiare fa attenzione anche a non sprecare corrente.

Ventidue

Il tempo da un mese è bello. Il cielo è luminoso e per via Jugoslavia galleggia qualche fiocco di polline. Ormai evito la finestra. Se ci vado è solo per fumare o per innaffiare le piante. Svuoto lentamente la brocca per non far colare acqua fuori dai vasi e poi me ne torno sulla poltrona. Elisabetta non passerà. Perdonare non è una qualità del mondo, non bisogna essere dottori per saperlo.

Ho letto altri due romanzi, *Il signore delle mosche* e *Cronaca familiare*. Più di una volta ho dovuto rispondere con male parole a Maddalena che dice che non ci capisco niente.

«Chiudi il becco o ti tiro una scarpa in fronte» gli dico alzando la testa dal libro.

Se esco passo sempre dal bar Aurora. Quando entro i cinesi sventagliano sorrisi e mi dicono «bòngiòlno Nineèto», con quella voce da picciriddi in piedi nella culla. Parliamo un po' a parole un po' a gesti e ci intendiamo a meraviglia. Ci siamo fabbricati un vocabolario tutto nostro e un discreto repertorio di segni. Mi mostrano sempre le cose che comprano e mi chiedono consigli su come cucinarle. Sono due ragazzi insicuri e dell'Italia non sanno niente di niente. Vivono in una parte del pianeta che non conoscono, e forse non la conosceranno mai perché travagghiano duro, stanno aperti anche quindici ore al giorno, e non credo che trovino il tempo per andare a divertirsi o a fare passeggiate. In queste settimane ci siamo raccontati un po' di cose intime. Mi hanno anche fatto vedere le foto dei genitori e del loro paese. Con un computer parlavano direttamente con i familiari e ci hanno tenuto che li salutassi pure io che davanti allo schermo ripetevo solo «uè uè» e «cinciulì», facendo ciao con la mano.

Dopo il caffè me ne vado ai giardinetti e anche se certe volte davvero non capisco niente delle pagine su cui mi scervello, Maddalena non si deve permettere di parlarmi in quel modo perché provare è sempre meglio che rinunciare.

Il mercoledì vado dallo psicologo della mutua per gli incontri a cui ogni ex galeotto deve presentarsi. Le solite minchiate che prescrive lo Stato tanto per lavarsi le mani e far vedere che ti tiene sotto controllo. Ho chiesto di fissare gli incontri alle otto, un orario che non vuole mai nessuno. Tanto a letto non ci so stare. Appena Dio manda un raggio di luce sulla terra mi voglio alzare e scalciare le lenzuola all'aria. Mi sbarbo e lesto lesto esco di casa con la sigaretta in bocca. Uscire a quell'ora mi dà l'idea che nessuno mi chiederà nulla perché la città ancora si deve svegliare e la gente di mattina ha meno voglia di malignare.

Mi bevo il secondo caffè da Helin e la Mei, poi vado a prendere la corriera. Arrivo all'Asl di Famagosta in una mezz'ora e lì la dottoressa Gabrielli mi riceve in una stanzetta spoglia dipinta di celeste. È una donna con un bel viso, senza trucco e senza gioielli. Acqua e sapone come piace a me. Ha i capelli corti, i denti un po' sporgenti e le mani affusolate. Fa il suo lavoro con piacere, al contrario di me che in fabbrica non ci mettevo né anima né passione. E poi ha di buono che non lesina sorrisi e porta pazienza. Anche col sottoscritto che dal primo incontro è andato lì a fare la parte del muto strafottente. Questi strizzacervelli vogliono sempre starti a dire cosa significa questo e cosa significa quello. Che vuol dire se ti soffi il naso in un modo e se dici bà al posto che bè. Non so se anche lei è come quella risma lì, in ogni caso non mi fido e rimango muto e rigido in punta di sedia. Lei invece pare rilassata e con la sua voce di ragazza mi propone diversi argomenti di discussione. Mi chiede se ho riflettuto su ciò che ho combinato, sui miei anni di detenzione, se mi assalgono sensi di colpa, se soffro di panico, come vivo la disoccu-pazione e altre chiacchiere di questo genere. Io ho addosso una seccatura che non si può immaginare, come un cavallo pieno di mosche sul muso. Gli sbuffo in faccia e sbatto le unghie sul tavolo, oppure mi pulisco i denti con la lingua. Al limite rispondo alla siciliana, sollevando appena il mento, o con gesti strani, come a dire chemmenefotte delle tue domande idiote. Nemmeno mi va di dire che un motivo per quella coltellata non c'è. È stato il buio a confondermi.

Dopo il terzo appuntamento ho eliminato anche i cenni e le smorfie. Solo ogni tanto tiro un'occhiata alle magliette che spuntano da sotto il camice, oppure ai suoi capelli che a seconda della luce prendono riflessi diversi, alle sue spalle strette e un po' affilate come le mie. Oppure controllo l'ora ogni due minuti e carico l'orologio come fosse un'azione che richiede impegno. Lei mi ripete pazientemente le domande e prima di ini-ziare dice senza nervosismo: «Buongiorno signor Gia-calone, come sta? Va meglio oggi? Prego, si accomodi». Io sempre zitto. Screanzato e muto.

«Ma se non vuole parlare perché viene fin qui?» mi ha chiesto, sempre con la sua aria benevola.

«Perché è obbligatorio» gli ho risposto cercando di essere anch'io benevolo, ma senza riuscirci.

Pensavo che alla dottoressa Gabrielli ormai andasse bene passare il tempo in questa maniera, tanto più che nella mia ora giustamente approfittava per fare ordine sulla scrivania e tra i suoi fascicoli. Invece una mattina, dopo neanche venti minuti di silenzio tombale, ha infilato le cartelle nel cassetto, l'ha chiuso con violenza ed è sbottata all'improvviso, con un tono acido che non immaginavo. «Senta signore, visto che non parla le dico due cose, chissà che non le servirà ascoltarle per darsi una regolata. Io abito dalle parti di Sondrio, sa dov'è? Ho laurea specializzazione e master e quel che di meglio riesco a rimediare sono sostituzioni a decine e decine di chilometri da casa mia. Prendo uno schifo di stipendio che supera di poco i mille euro e lo consegno direttamente alla baby-sitter a cui lascio mia figlia che fa i capricci e all'asilo non ci vuole andare. Sa da quanto tempo faccio questa vita? Lo sa? Da sei anni. Sei! Glielo dico per farle capire che se lei ha i suoi problemi gli altri non per questo ne devono subire le conseguenze. Dunque, o lei mi dice qualcosa o io scrivo seduta stante una relazione in cui certifico la sua indisponibilità a collaborare!» e gridando questa frase ha allargato le braccia facendo cadere tutte cose dalla scrivania, un barattolo di penne, fogli, un milione di graffette e io con gli occhi strabuzzati pensavo, mio Dio questa l'ha pizzicata la tarantola.

Però, chissà com'è, ha funzionato. A sapere i lunghi studi che ha fatto, la strada, il lavoro precario, la sua faccia ancora un po' sporca di gioventù sulle guance, mi sono detto che ero ingiusto a maltrattarla col mio silenzio strafottente. Così ho respirato dal naso, profondo profondo, l'ho aiutata a raccogliere quelle cianfrusaglie dal pavimento e gli ho parlato con una voce sfiatata, ma che a furia di raschiare la gola ha preso poco alla volta colore. «Senta dottoressa, non ho voglia di rispondere alle sue domande. Non mi interessano» ho detto alzando con fatica lo sguardo da terra, «però, se vuole, gli posso raccontare una cosa. Ma non per paura della sua relazione, soltanto perché io, tra tante magagne, non ho il difetto della maleducazione».

Lei ha stirato le sopracciglia e messo le braccia conserte sotto le sue minne scarsissime e ha fatto sì con la testa.

«Vede, io da quando sono uscito di galera non faccio niente. Non che andare in catena di montaggio fosse la mia passione, anzi, ma senz'altro l'Alfa Romeo mi occupava la giornata. Invece quando mi hanno arrestato ho perduto il lavoro e mentre scontavo la pena lo stabilimento dove ho lavorato trentadue anni ha chiuso i battenti. Quando sono uscito mi sono messo subito a cercare, ma senza risultati. Fino a qualche settimana fa facevo il galoppino per una pizzeria di africani, ma poi ne hanno preso un altro. E adesso, siccome mi sono scocciato, non faccio niente. Non frequento nessuno, evito la gente, parlo pochissimo, giusto l'indispensabile con mia moglie, che però secondo me non mi ama neanche più perché gli ho rovinato la vita e guastato per sempre la pace. L'unica cosa che faccio è stare sulle panchine di Milano o sulla sedia vicino alla finestra del tinello a raccontarmi per filo e per segno la mia vita. Ho iniziato così, un pomeriggio che dal pertugio del carcere mi è sembrato di vedere un tizio uguale al mio maestro delle elementari, il signor Vincenzo Di Cosimo, che per altro è morto da molti anni e ha vissuto tutta la vita a San Cono, quindi in nessun modo poteva passare per lo spazio dell'ora d'aria del carcere di Opera. Fatto sta che giorno dopo giorno ci ho preso gusto. Sono partito da quando ho memoria precisa, cioè dagli anni della scuola, e sono arrivato fino al matrimonio».

«E quale sarà l'argomento del prossimo capitolo?» ha chiesto interessata.

«Non lo so se ci sarà un seguito».

Così gli ho detto. A quel punto la dottoressa, anche se non mi ha fatto altre domande, non sbuffava più e mostrava degli occhi miti, che mi facevano sentire non solo un vecchio spelacchiato ma anche un uomo che sa il fatto suo, come un tempo mi sentivo.

Mentre riprendevo fiato per lo sforzo di aver scucito quelle parole lei ha detto: «Pensa di essere depresso?».

«Io?» ho risposto stupito. «Niente affatto, dottoressa. Perché me lo chiede?».

«Perché chi soffre di depressione trascorre le giornate nel suo stesso modo».

«La depressione è un disturbo che colpisce le signore annoiate che passano i pomeriggi a giocare a carte, mica quelli come me» ho ribattuto sicuro.

Lei allora ha sorriso perché non è né ricca né annoiata, anzi sempre indaffarata e un poco esaurita. Stavamo parlando bene, ad esempio mi ha chiesto di raccontargli di questo Vincenzo Di Cosimo e io ho cominciato a spiegargli la storia del diario, ma poi ha guardato l'orologio e alzandosi in piedi ha detto che l'ora a disposizione era scaduta già da cinque minuti, dovevo andarmene. Sapendo che dormo quattro ore a notte mi ha consigliato delle pasticche di passiflora, ma non le ho comprate.

«Avrò tanto di quel tempo per dormire quando tra breve sarò un mucchietto di cenere...» ho risposto sistemandomi il cappello sulla capoccia e accompagnando la porta.

Nell'incontro successivo la dottoressa Gabrielli mi ha chiesto le ragioni che mi spingono a passare le giornate in questa maniera. Gira che ti rigira, vuole sempre finire a parlare della coltellata, ma io sfuggo come una biscia. Gli rispondo che a questa storia di spiegare quello che sono con quello che ero e quello che faccio con quello che ho fatto proprio non ci credo.

«Lei può spiattellarmi tutti i nomi di scienziati austriaci austroungarici e ostrogoti che vuole, ma io me ne impippo e rimango della mia idea» ho detto.

E a quel punto la Gabrielli ha scosso la testa e, dandomi appuntamento alla settimana seguente, mi ha fatto un sorriso che valeva una tredicesima.

Adesso ho voglia di andare da lei e di chiederle se ha trovato traffico e come sta la sua seconda figlia che è una poppante di una. Un giorno o l'altro vorrei anche fermarmi in cartoleria a comprargli una tazza per le penne e le matite, o un mazzo di gladioli, così, giusto per dare un po' di colore a quella stanza triste, coi muri azzurrognoli come un pigiama.

Oggi ho di nuovo appuntamento e stanotte, tanto per cambiare, non ho dormito un minuto. Dopo che mi sono fatto le solite domande cretine che mi vengono in mente a quell'ora – dove se ne va il rumore del giorno? esiste un cielo o tanti cieli? – sono riuscito a concentrarmi e a preparare un discorso che mi ripeto per tutto il tragitto sulla corriera che porta a Famagosta. Alle otto spaccate entro nella stanza celeste e senza perdere tempo appoggio il cappello sul tavolo e comincio: «Dottoressa, ho un problema».

«Chi non ne ha».

«L'altra volta gli ho detto come passo le giornate, si ricorda?».

«Sì».

«Beh, il fatto è che non riesco più nemmeno a raccontarmi la mia storia. Mi sono bloccato».

«E come mai?» chiede lei.

«Non lo so» dico io.

«Non è possibile» insiste lei.

«E va bene, lo so. Perché dopo che mi sono raccontato per filo e per segno fino al matrimonio adesso dovrei dire della fabbrica, trentadue anni di vita uguale ugualissima. Uguale da fare impressione. Anzi, da fare schifo. Due minuti e il discorso finisce, non è questione di non conoscere le parole. Sono io per quattro anni in catena di montaggio a controllare la macchina del tornio e per altri ventotto su un muletto. Per nove ore al giorno, tutti i giorni, sollevo pezzi di motore e li trasporto da una parte all'altra, punto e stop. Un robot, non un uomo. Un braccio meccanico, non un cuore che batte. E la vita che intanto non ti aspetta e va avanti, il mutuo della casa puntuale come la sveglia, le vacanze dai nostri vecchi giù in Calabria e a San Cono senza mai vedere nessun altro posto del mondo, una figlia che cresce e ti scappa sotto gli occhi e via di questo passo... Non so che dire, dottoressa. E se non so che dire significa che non ho vissuto, o peggio che mi hanno minchionato e che l'ho buttata nell'immondizia la vita che Dio mi ha dato, l'ho sciupata anche prima del carcere!» concludo senza fiato appallottolando tra le mani il cappello.

Lei mi guarda senza parlare, io muoio dalla voglia di fumare, ma quando glielo chiedo risponde: «Assolutamente no, signor Giacalone, fumerà fuori. Ora stia seduto, non si allarmi e mi spieghi bene il perché».

«Ma come il perché?!» grido stizzito. «Non lo capisce da sola?». Allora lei sorride con quei suoi occhi intelligenti che me la rendono bella femmina e insieme figlia affettuosa e fa sì con la testa, anche se poi apre le mani e mi risponde che lei non può aiutarmi.

«Ognuno ha una parte di vita che è un brutto rospo da sputare, mica solo lei, signor Giacalone».

Hai capito? penso strabuzzando gli occhi, questa è dottoressa laureata e masterizzata e l'unica cosa che sa dire è che ognuno ha una parte di vita che è un brutto rospo da sputare! Vorrei rispondergli che queste cose le sanno dire con un gesto anche Helin e la Mei.

«Senta, dottoressa» proseguo con una voce chiara come ce l'avevo da scolaro. «Vuole sapere a quale conclusione sono arrivato a furia di perdere tempo a cantarmela e suonarmela da solo? Lo vuole sapere?».

«Dica».

«La vera vita per me è stata quella miseria di picciriddu, l'emigrazione a Milano e la sopravvivenza in quegli anni difficili. Quando è arrivata la fabbrica, invece, mi sarò pure sistemato, ma sono entrato in un tunnel buio. È stato un rosario, dottoressa. Sì, ha capito bene, un rosario, che è la preghiera più stupida possibile perché a furia di ripetere a macchinetta la stessa solfa anche la parola di Dio rimbomba a vuoto, come la voce in una pentola di rame. E il carcere, cara dottoressa, lo sa cos'è stato per me il carcere? Secondo rosario e secondo tunnel!» così strillo con la fronte sudata.

Lei, davanti a me che mi agito, rimane composta e silenziosa sulla sedia e con quegli occhi da buona cagna, forse, mi sta dicendo che mi comprende.

Ventitré

«Va bene signor Giacalone, ci rivedremo dopo l'estate. Poi i nostri appuntamenti diventeranno più saltuari». Così mi dice la dottoressa Gabrielli. Questa frase arriva come una doccia fredda e sono costretto ad abbassare la testa per non farmi vedere deluso. Gli stringo la mano e vado via, senza stare a dire che mi ha rotto l'anima dal primo giorno perché parlassi e quando ho cominciato a farlo mi ha liquidato. Mentre sto chiudendo la porta però mi richiama, io mi volto e lei con la matita sul mento dice: «Signor Giacalone, perché al posto che aspettarla alla finestra a braccia incrociate non va lei da sua figlia? Ma chi si crede, Romeo con Giulietta?».

Uscito all'aria aperta non ho voglia di prendere la corriera e fare a strattoni per riuscire a sedermi. Così cammino un'ora buona. Costeggio il Naviglio Grande e mentre guardo l'acqua sporca mi sfogo a fumare. Sull'Alzaia vedo un cane affacciato alla finestra di un palazzo, un pastore tedesco con le zampe penzolanti dal davanzale e gli occhi persi nel vuoto. Strofino uno zolfanello contro il muro e lo guardo. Cerco di capire se anche lui si sta raccontando una storia.

A casa Maddalena ha preparato l'insalata di riso. Ne mando giù qualche cucchiaiata, poi mi alzo e trascino la sedia vicino alla finestra. Maddalena sparecchia dicendo che mastico come una pecora e faccio passare pure la voglia di cucinare.

In via Jugoslavia è arrivata la squadra di spurgatori a controllare i tombini. Resto imbambolato a guardarli coi gomiti sul davanzale e provo invidia. Quel lavoro è meglio della fabbrica. Ci si sposta intruppati su un camioncino del Comune e si passa la giornata in comitiva e anche se le fogne non sono un paradiso terrestre si vede il cielo, si parla, si incontra gente.

Se non avessi avuto quindici anni e quell'ingenuo entusiasmo che, all'idea di conquistare un posto coi libri, mi attraversava la spina dorsale, forse ci avrei fatto più caso ai tornelli dell'Alfa Romeo. Altro non sono che grate di cella. Si muovono come l'espositore girevole delle cartoline, ma di fatto sono sbarre e non lasciano scampo.

Quell'otto maggio eravamo una decina a cominciare, tutti della mia età tranne uno di nome Goffredo, che aveva dieci anni in più. Non me li ricordo quei volti. Ci penso ogni tanto, ma non mi viene in mente niente. Le facce della fabbrica, tranne quella di Sergio, me le sono tutte scordate. In carcere, il tempo che non ho passato a ricordare l'ho trascorso a cancellare, sperando così di alleggerirmi la prigionia. Sergio era alto e robusto, con baffi folti. Indossava sempre una giacca di velluto color caffè. Nella tasca interna teneva arrotolato qualche giornale militante o fotocopie di opuscoli francesi, di quelli che in fabbrica non potevano circolare. Sergio era un tornitore, ma questo non è un fatto interessante perché qualunque mansione negli anni diventò uno stupido automatismo che trasformava il lavoratore in un sorvegliante di macchinari. La cosa interessante, invece, è che Sergio Radaelli, milanese sui cinquantacinque, era un sindacalista importante e coraggioso. Uno di quegli uomini con quindici palle. Aveva iniziato come forgiatore all'Alfa di Arese negli anni Quaranta e presto, per la parlantina e il carattere tenace, divenne conosciuto e rispettato anche dal dottor Mantovani, che pure se ne sarebbe sbarazzato volentieri. Non si vantava mai delle battaglie vinte, Sergio, non diceva mai «io». Solo ricordava volentieri quando era riuscito a far avere in dotazione ai forgiatori il grembiule e i guanti di cuoio. Prima lavoravano con gli indumenti di tela e ogni due per tre gli operai si bruciavano il petto e le mani.

La prima settimana fummo affidati a lui. Mentre illustrava come controllare la macchina che produceva torni paralleli mi faceva domande cercando di capire se ero uno che si poteva coinvolgere nelle iniziative politiche o se ero un crumiro. Subito mi spiegò che il lavoro era dequalificante, usò questa parola, e che ormai bisognava solamente stare dietro ai robot fino a che questi non ci avrebbero per sempre confinato in soffitta come giocattoli vecchi.

Era una grande persona, Sergio Radaelli. Eppure io lo stesso i primi tempi lo evitavo e quando veniva a chiedermi se andava tutto bene tagliavo corto. Mi sembrava che le sue idee e quel modo di fare potevano portarmi sulla cattiva strada e mettermi nelle grane. Ero ancora in prova e volevo fare bella figura col dottor Mantovani, dimostrargli che non aveva sbagliato ad assumermi. Gli operai, soprattutto quelli della mia età, che erano un esercito, li vedevo come una tentazione e una minaccia di perdere il lavoro, indispensabile per pagare l'affitto alla sciura Lenuccia e per prenderci presto questa casa di via Jugoslavia. Anche perché, si sa, quelli per le fabbriche sono stati periodi di fuoco. Gente indiavolata di tutte le risme non mancava e per tre o quattro anni non sapevi mai come poteva andare a finire la giornata. Così, appena incrociavo facce nuove, mi passavo la mano sporca sulla tuta e la porgevo per presentarmi, ma poi finiva lì e me ne tornavo svelto svelto alla mia postazione.

La mia mansione era controllare la macchina del tornio parallelo e verificare che il bullone centrale fosse ben avvitato, un lavoro che mi ha fatto uscire le vene dei polsi in fuori perché le ho troppo stancate. Una volta mi è anche venuta la flebite, tutta la pelle del braccio era diventata bluastra, ed è stato l'unico caso in trentadue anni in cui ho usufruito della cassa mutua con cinque giorni di malattia concessi dallo stesso medico del reparto, dottor Pirovano. Adesso il mio lavoro non esisterà più perché le macchine sono diventate ancora più tecnologiche, chissà come è possibile, e nemmeno ci sarà bisogno di controllarle. Era un lavoro idiota, questa è l'unica cosa da dire. La dottoressa Gabrielli e tutti quelli che in catena non hanno travagghiato non lo possono capire, ma è così. Era un lavoro idiota, che rendeva idiota anche chi lo faceva. Non serviva nessuna abilità. Anzi, chi l'abilità ce l'aveva – chi, a differenza mia, aveva fatto corsi professionali di fabbro, saldatore, tornitore – si sentiva un babbione fatto e finito a sorvegliare un ammasso di ferraglie che dettava legge e cronometrava pure quanto ci mettevi a pisciare e a soffiarti il naso. Era meglio aprire una trattoria sul mare come diceva Maddalena. Era meglio non accontentarsi. Tutto sarebbe stato diverso.

Comunque, l'aggregazione con gli altri operai si è creata solo in un secondo momento, quando io e mia moglie abbiamo comprato questa casa, pagavamo le rate del mutuo regolarmente, lei lavorava come bidella all'asilo comunale e già gli cresceva la panzetta con Elisabetta mia dentro. Allora mi sentivo più sicuro e, qualche volta, provai a partecipare anch'io alle iniziative di ricreazione che organizzavano in Alfa – tornei di bocce, gite fuoriporta, uscite ai trani di Lambrate dove si cantava e sgargarozzava vino rosso. Gli altri però venivano tutti con le mogli e insistevano che portassi anche la mia e a me, solamente all'idea che Maddalena potesse stare in mezzo a tanti uomini, alcuni pure giovani come lei, e che qualcuno l'avrebbe invitata a ballare, venivano i sudori freddi. Così smisi in fretta di aggregarmi e un giorno in cui mi sentivo più annoiato del solito dissi a Sergio che a quegli incontri che organizzava volevo partecipare anche io.

«Così, per curiosità».

Lui sorrise agitando i suoi baffoni sale e pepe e mi prese a braccetto.

«Ti aspettavo, sacramento d'un siciliano!» rispose appoggiandomi una mano sulla spalla.

Era proprio in quel periodo che mi tormentava un sogno ossessivo. Io ero in catena che travagghiavo, era un giorno come tanti, e d'improvviso si presentano due operai. Mi confidano che tutto quello che facciamo in realtà non serve per costruire automobili ma mine e armi da fuoco. Mi dicono questa cosa poi in un attimo scompaiono. Io resto muto davanti alla macchina e impazzisco a furia di pensare: sono colpevole anch'io? Se rimango qui dentro divento anche io fabbricatore di armi, o rimango sempre e soltanto un povero cristo addetto al tornio parallelo? Per settimane ho fatto questo sogno, senza saper mai rispondere a quella domanda nemmeno da sveglio.

Comunque, dopo due incontri conoscevo già nome e cognome di quelli dell'Alfa che avevano la tessera del sindacato. Anche io mi iscrissi. Nelle assemblee si parlava di cose che oggi non mi fanno più né caldo né freddo, però allora mi appassionavano. Le riunioni si facevano nella sede di via Ciro Menotti, ad Arese, in un piccolo palazzo con le stanze acconciate ad aule. Dappertutto era pieno di sedie con tavolinetti agganciati ai braccioli su cui si poteva scrivere comodamente. A sentire quei dibattiti sulle gabbie salariali, la scala mobile e quei ragionamenti sulla necessità delle mense aziendali e di altri diritti per dare dignità agli operai mi sembrava di essere tornato a scuola. Una scuola per uomini fatti e finiti dove non si impara il teorema di Pitagora o le tabelline, ma idee e progetti che ti permettono di inquadrare meglio il funzionamento del mondo. Al secondo incontro mi presentai con quaderno e penna blu e iniziai, volta dopo volta, ad accumulare appunti, a studiare, a fotocopiarmi libri, insomma a riempirmi la testa di tutte quelle fandonie che però per qualche anno mi hanno tenuto in piedi, facendomi sopportare un lavoro che detestavo sempre di più. Alcuni del reparto mi tiravano la giacchetta per farmi iscrivere al PCI o a Lotta Continua o a Potere Operaio e mi parlavano dei loro incontri, dei picchetti, dei pestaggi di massa, dei volantinaggi. Io gli rispondevo che mi sentivo più comunista a contrattare l'orario dei turni e la dotazione degli indumenti antinfortunistici che a complottare il rovesciamento del sistema. E poi se mi fossi iscritto al partito Maddalena mi avrebbe piantato perché quella è calabrese e quando dice una cosa non si scappa.

Ma anche questo entusiasmo, quanto durò? Due? Tre anni? Poi l'aria divenne avvelenata e i raduni più che una scuola per uomini fatti e finiti divennero una babele e una gara a chi gridava più forte nel microfono. Insomma divenne tutto un guelfi contro ghibellini, le iniziative non si portavano più avanti perché c'era da brigare con quelli che facevano politica, che quasi sempre predicavano in un modo e razzolavano in un altro. Così la pagina del quaderno rimaneva bianca e il tempo più che ad ascoltare lo passavo a succhiare la penna. Senza alzare la mano e senza più dire la mia. L'ultima volta che sono stato in via Ciro Menotti era il 1975. Era una sera d'inverno e i marciapiedi erano coperti di neve.

Ventiquattro

Con Maddalena ero pieno di attenzioni e non c'era giorno di paga in cui non rientrassi con un pensiero. Un'orchidea, uno scialle, una cornice con una nostra vecchia foto. Però il mio carattere possessivo peggiorava, tanto che certe domeniche mi dovevo fare violenza per portarla fuori perché mi sembrava che me la mangiavano con gli occhi e io diventavo un orco. Quando nacque Elisabetta, la paura che qualcuno potesse avvicinarsi e fare male a Maddalena o addirittura alla picciridda mi sconvolgeva. Tutta questa agitazione mi sembrava che il cuore non la potesse reggere e solamente stringere nella tasca il coltello nuovo che di nascosto avevo comprato mi calmava le palpitazioni.

«Basta! Torniamocene a casa che non ti sopporto!» gridava Maddalena sfilando il suo braccio dal mio.

Altre volte capitava che mi diceva: «Sentiamo Pasquale e Vittoria? Dai, chiedigli se usciamo o se vogliono venire a mangiare la pasta al forno». Allora io facevo tutto il teatrino di entrare nella cabina telefonica col gettone in mano, fingevo di comporre il numero e mi mettevo a parlare con la cornetta. Poi uscivo e dicevo: «Stasera sono impegnati». Così me la spupazzavo io la mia Maddalena, oppure me la portavo al cinema a vedere uno di quei film sentimentosi che piacciono a lei, ma sempre seduta al primo posto della fila doveva stare, così nessuno poteva mettersi vicino. Solamente il sottoscritto.

Comunque, ho fatto il tornitore finché il caporeparto non mi chiese di prendere la patente di mulettista con un corso pagato dall'Alfa che si frequentava durante l'orario di lavoro. Il vecchio Sergio, a cui avevo confessato che mi dispiaceva aver interrotto presto la scuola, mi disse: «Chiedi che in cambio ti facciano iscrivere alle centocinquanta ore per prendere la licenza elementare e media». Così infatti feci e la richiesta arrivò fino ai piani alti del dottor Mantovani, che l'anno successivo mi inserì nella lista.

Andavamo con un pullman dopo il turno e facevamo quattro ore di scuola. Io ero il più attento, dritto al primo banco della fila centrale. Non mi importava di sembrare ridicolo agli occhi degli altri operai che se ne stavano stravaccati sulla sedia e ascoltavano con un orecchio solo o fumavano in classe o dicevano che tanto il 6 politico era assicurato. Io prendevo ogni lezione sul serio e mi dicevo che dovevo fare domande per capire bene tutte cose perché poi a casa non mi poteva aiutare nessuno e nessuno poteva ripetermi daccapo. Quanto agli insegnanti, la maggior parte non erano nemmeno male, qualcuno anche bravo, ma, che devo dire, un uomo come quello Dio non lo manda più sulla terra e forse ha buttato lo stampino. Il maestro Vincenzo me lo vedo in cielo che insegna agli angeli, oppure nel limbo a quelli sbattezzati perché a lui piaceva lavorare nei posti difficili ed era convinto che dove c'è più miseria, lì c'è più bisogno di scuola. Secondo me Vincenzo Di Cosimo, anche adesso che è un'animella leggera del cielo, al mattino scende dal suo posto riservato o dalla sua nuvola e se ne va con quella borsa di cuoio sciupato a fare imparare poesie e a raccontare della proprietà privata, che però forse lassù è stata abolita direttamente dal Capo, che ha sempre voluto gli uomini uguali e secondo me è comunista pure Lui.

Anche se i compagni di lavoro mi prendevano per uno serioso e un po' strano («Giacalone secchione» diceva qualcuno), sul pullman si parlava e si scherzava. Anzi, una volta, proprio a scuola, successe una cosa buffa. Un ragazzo simpatico, Tonio, si divertiva a dare a tutti soprannomi. Beh, un giorno, non ricordo perché, mi abbracciò e toccandomi le scapole rimase stupefatto della mia magrezza. Mi disse proprio la stessa cosa che mi avevano detto Peppino e i picciriddi di via dei Ginepri, «tu sei proprio un pelleossa». A momenti mi commuovevo. In fretta gli spiegai che aveva tirato fuori il mio vecchio soprannome, così in poco tempo per tutta la fabbrica divenni quello che già ero in via dei Ginepri, Ninetto pelleossa o, se uno aveva fretta, solo Pelleossa.

Le lezioni più belle erano quelle di storia. Io volevo imparare le date, i nomi di re, ministri, battaglie e prendevo appunti come un forsennato. Ancora oggi, quando mi capita di conoscere una questione o un argomento, sento una soddisfazione che non si può dire. Questo sentimento non tutti lo provano, c'è chi non si interessa di sapere e vive bene con la sua faccia da ignorante. Io invece sono curioso, mi mangio le mani se si parla di cose che non so e godo quando qualcuno mi fa una domanda e io conosco la risposta per filo e per segno da egregio dottore.

Quando penso a Lisa bella immagino che la vado a prendere a scuola e che dopo la merenda deve fare i compiti. Mentre lei mangia pane e Nutella io vado a spiare sul diario quello che la maestra gli ha assegnato per il giorno dopo e la sera non la passo più a questa finestra fitusa, ma sui libri per diventare un pozzo di scienza. Così l'indomani ci mettiamo al tavolo e io la stupisco con il mio sapere che non arriva da nessuna scuola ma è tutta farina del mio sacco, come accadeva a Giacomino Leopardi, che studiava giorno e notte fino a consumare i mozziconi di candela e quello che sapeva non gliel'avevano insegnato i maestri, che già a dieci anni gli potevano al massimo sciacquare i piedi.

Forse immagino che attraverso Lisa potrei recuperare il rapporto con Elisabetta e Paolo. Sì, perché, penso io, se Lisa mi vorrà bene i suoi genitori non mi potranno propriamente disprezzare.

Venticinque

Una sera Giuvà venne a trovarci a casa con la sua famiglia e mi chiese di aggregarmi all'impresa di muratori tuttofare che lui e Giorgio avevano chiamato «Doppia G». Da subito avevano ingranato a gonfie vele e avevano bisogno di nuovo personale. Fu una serata piacevole, quella con il paesano Giuvà. Si parlò della miseria lasciata alle spalle, di San Cono, così lontana ormai, della vita di adesso, della fabbrica e anche dell'alveare. Il fatto di aver camminato un pezzo di strada assieme non spegneva mai la conversazione ma sempre io e Giuvà avevamo ricordi da tirare fuori e battute che facevano ridere anche le mogli, le sue due figlie e forse anche Elisabetta mia, che ci guardava dalla carrozzina con quei suoi occhietti beati e la cuffietta in testa. Per l'impresa gli dissi che potevo travagghiare il sabato e la domenica, ma lui rispose che gli serviva uno per tutti i giorni e così mi toccò di rifiutare. Se non che una volta, nello spogliatoio dell'Alfa, sentii di due fratelli che quando uscivano dalla fabbrica travagghiavano in un bar e riuscivano a farlo perché si mettevano i turni alternati.

Allora, mi dissi, farò anch'io così. Andai da Sergio e gli chiesi di indicarmi chi era, secondo lui, l'operaio che aveva più bisogno di arrotondare. Lui mi disse che c'era uno che si chiamava Gaetano, stava alla verniciatura. Detto fatto. In pausa pranzo andai da Gaetano e mentre addentavo il panino gli spiegai il perché e il per come e

Gaetano mi rispose che era felice che avessi pensato a lui. Aveva il mutuo e cinque figli. I suoi racconti sulla miseria della Basilicata e di come si campava vicino a Matera, me li ricordo ancora. Sembravano fiabe tristi, piene com'erano di animali stanchi e di grotte, di montagne e di briganti, di superstizione e di streghe.

Il caporeparto, Roberto, un napoletano purosangue, quando andammo a chiedergli di venirci incontro, ci congedò dicendo: «Facite chill che cazz vulite basta ca venite a faticà!». Così disponemmo i turni ad arte. Il mattino Gaetano-Alfa Romeo e Ninetto-impresa e il pomeriggio viceversa. Andavamo a ristrutturare case e c'erano da tirare su muri, rompere bagni, imbiancare, pavimentare. Reggevo bene i ritmi, anche se adesso mi chiedo come ho potuto per trent'anni fare quella vita. In carcere tanti mi hanno raccontato che per fatiche più piccole tiravano bamba e altre sostanze che ti tengono in piedi senza bisogno di riposo. A me invece è sempre bastato qualche maritozzo alla marmellata col caffè doppio fuori dai pasti. Solo certe volte mi addormentavo per terra nelle case vuote e mi risvegliavo con il freddo nella schiena. Quando travagghiavo per l'impresa di Giorgio e Giuvà mi ricordavo sempre del cantiere di Bollate dove si parlava dalle impalcature, si fischiava alle passanti e la pausa era tutti sul marciapiede a mangiare certi filoni con la pancetta che ti rimettevano al mondo. Lì il cielo non mancava mai, anche se grigio e cadaverico ce n'era quanto ne volevi e ogni tanto, se non pensavo a mamma mia o ad altri fatti malinconici, mi aggregavo pure io a cantare insieme agli altri. Oppure, quando Giorgio e Giuvà mi spedivano a imbiancare, in piedi sulla scala mi facevo passare il tempo ricordandomi di Currado e degli abruzzesi, gente eccezionale e di prima qualità. Altre volte ancora, invece, pensavo a Elisabetta, a cui con tre stipendi, due miei e uno di Maddalena, non poteva mancare niente. Me la figuravo già donna, laureata e di classe, non semplice come me. E pensavo anche all'altro maschietto che desideravo e che volevo chiamare Luigi, come il padre di Maddalena che era stato partigiano, mentre mio padre Rosario Giacalone non era di certo stato un uomo da fargli statue. Invece il maschio non è mai arrivato. Dopo Elisabetta, Maddalena non è più rimasta incinta. Ci provavamo e riprovavamo ma niente. Io mi ero incaponito così tanto che facevo l'amore con mia moglie senza gusto e ogni mese era una delusione che mi guastava l'umore e mi faceva sentire fallito. Dopo qualche anno gli ho chiesto se voleva adottare un picciriddu che tanto il mutuo era sostenibile e i piccioli non mancavano. Ma Maddalena di questo non ne ha mai voluto sapere.

«Figlio mio è solo chi esce da questo ventre!» gridava, piangendo con le mani a protezione sulla pancia. «Lasciami in pace!» urlava in lacrime dalla camera da letto chiusa a chiave. «Vattene via!».

Invece andare a raccattare un povero cristolino da qualche parte del pianeta a me sarebbe piaciuto. Non mi faceva differenza se veniva da un altro ventre e da un seme non mio. Con l'affetto e la protezione che gli avrei dato lo sarebbe diventato. Un seme senza la terra calda, senza le mani del contadino, senza il sole non vuol dire niente, la gente lo dovrebbe sapere. Anzi, anche se in quegli anni non se ne vedevano in giro, pure negretto mi andava bene. Ai giardini pubblici se ne incontrano certi che sono vispi e ti mettono voglia di scappare assieme a loro dietro i cani.

Comunque sia, sono rimasto senza discendente. Elisabetta è figlia unica come me, anche se io ho avuto una sorellina più grande, Maria, che però non ho mai conosciuto perché è morta di un anno. Sia lei sia Luigi sono due persone mai esistite nella mia vita a cui certi giorni penso e su cui, se fossi capace, scriverei poemetti. È una disdetta essere figli unici. Ti manca una parola importante del vocabolario, fratello. Una parola che vuol dire tantissime cose eccezionali e infatti se ne sono appropriati non solo preti e politici, persone di cui non mi fido, ma anche santi come Francesco d'Assisi e scrittori celebri. Gente davanti alla quale bisogna fare l'inchino e togliersi il cappello.

Ventisei

Esco e vado a salutare Helin e la Mei. Li sgrido perché li trovo magri e sciupati, specialmente lei.

«Un giorno di questi vi invito a casa e vi faccio mangiare un po' in grazia di Dio» gli dico. «Mia moglie Maddalena prepara una parmigiana da bacio in bocca».

Dopo che li saluto avrei intenzione di andarmene al giardinetto e mettermi a leggere, invece prendo un'altra strada. Stringo il libro nello stesso modo in cui prima nella tasca dei pantaloni stringevo il coltello. Attraverso la circonvallazione. I rumori si ingolfano nelle orecchie e il traffico sembra lo sferragliare della fabbrica. Via Lampugnano, via Natta, via Salmoiraghi, piazzale Lotto. E finalmente via Monte Bianco. Una via poco trafficata, tutta di palazzine a tre piani. Al numero 28 abita Elisabetta. Sto per suonare il citofono, ma di colpo mi spavento e ritiro la mano.

Dietro una fila di siepi basse si apre un piccolo cortile. Ci sono aiuole, una fontana, due scivoli. Non deve essere come il nostro, che è pieno di buche e tombini. Guardo in giro e sono contento che Elisabetta si è sistemata in un palazzo signorile, non come noi in una casa popolare. Lisa giocherà tranquilla qui, forse si potrebbe anche uscire senza coltello, mi dico facendo sì con la testa.

Non so perché sono arrivato in via Monte Bianco. Non per spiare. Non per aspettare. Forse perché non so dove altro andare ora che non ho più nessuno.

Di fronte al palazzo di Elisabetta c'è un parchetto con le panchine di pietra e un recinto dove si possono far scorrazzare i cani senza guinzaglio. I pini formano un tendone ombroso. Mi siedo su una di queste panchine, con le braccia distese sullo schienale. Accavallo le gambe, guardo i bambini che giocano in cortile e intanto tiro fuori un nuovo romanzo, *Lo straniero*. L'ho comprato l'altro giorno a un chiosco in piazzale Loreto. L'ho pagato un euro perché il proprietario ha detto: «Mi libero di questi ultimi libri e poi cambio mestiere».

«E il chiosco?» gli ho chiesto.

«Se vuole glielo vendo».

Peccato avere così pochi piccioli, altrimenti non mi sarebbe dispiaciuto vendere libri all'aria aperta e starmene tutto il giorno a guardare il brulicare di Milano, immaginare la vita di tutta questa gente che corre come le macchinine sulla pista.

Mi appassiono alla lettura già dalla prima pagina e solo ogni tanto tiro occhiate al portone per vedere chi entra e chi esce. Faccio così per giorni e giorni. Lo racconto anche a Maddalena, il mio nuovo modo di passare il tempo. Lei non commenta. Solamente mi guarda di traverso, con faccia interrogativa.

Sulla panchina, tra un capitolo e l'altro del libro, penso sempre a Elisabetta, ma ogni volta avverto un sentimento di delusione. Come sabbia che cade dalle mani. Picciridda e subito grande è questa mia figlia nella memoria. Nel mezzo non vedo niente. È nella culla, gattona, balbetta e in un fiat è donna fatta e finita, con le minne in fuori, la faccia angelica e furba, piena di efelidi come quella di sua madre. Ricordo le litigate per cose di ragazza, il permesso di mettere il rossetto, le scarpe belle, la paghetta, l'orario di rientro. Per il resto di mia figlia non conosco né faccende né dettagli, fatto grave perché ho letto in un libro che le persone si conoscono se si conoscono i dettagli, e anche la perfezione di Dio si vede dal fatto che ci sono nelle creature dettagli precisi e niente è fatto alla carlona. Era Maddalena a seguirla, a correggerla, a incoraggiarla. Io non sono mai stato un punto di riferimento.

Lei aveva ventisei anni. I ragazzi e gli amici che frequentava non veniva di certo a confidarmeli perché, l'ho già detto, ero il signor nessuno, il due di spade con la briscola a denari, e davvero la mia voce si sentiva solamente per dire grazie e prego quando ci passavamo piatti e bicchieri a tavola. La famiglia funzionava diversamente da adesso. Oggi gli uomini sono più massaie delle donne, lavano, cucinano, stirano camicie. Fino a pochi anni fa, invece, il marito a sera entrava in casa e la moglie si presentava con le ciabatte sulla porta. Ai picciriddi bastava fargli cinque minuti cucù con le dita sotto il mento e il tuo dovere l'avevi assolto. Comunque, il nostro rapporto era vuoto come una zucca e io ne soffrivo. Sì, ne soffrivo, anche se per sbrogliare la matassa non sapevo da che parte cominciare. Non ero capace a fare il primo passo perché l'unica volta nella mia vita che ho fatto il primo passo è stato con Maddalena quel lontano giorno della ruota bucata. Però Elisabetta per me era bellissima e volevo dirle tante cose che invece mi restavano sigillate in bocca. Volevo portarla ancora in bicicletta, o a passeggio mano nella mano, o al bar a prendere la Fanta come quando era picciridda. Invece quel treno era passato, lei non era più picciridda, la confidenza si era persa e la vita la spingeva avanti. Avanti avanti avanti, mentre a me teneva fermo come un cane alla catena. La fabbrica, il lavoro di muratore, la mia stanchezza sempre più forte, mi facevano vivere chiuso in me stesso, non mi permettevano di capire i suoi bisogni e di entrare nella sua anima. Così quando quel sabato pomeriggio sono andato a prendere la bicicletta e l'ho vista al buio, nel corridoio freddo della cantina, con la testa abbandonata all'indietro e uno alto e grosso come è Paolo stretto a lei, non lo so che mi è preso e mi è sembrato che me la stesse violentando o ammazzando o sfregiando per sempre la mia Elisabetta e mai, mai!, potevo pensare che era semplicemente un po' di voglia d'amore. Ho visto buio, squallore e un corpo di uomo avvinghiato a quello della mia Elisabetta, che ho riconosciuto dai capelli sciolti e dalla camicia bianca che gli avevamo regalato qualche giorno prima per il suo compleanno. E così ho colpito. Nel buio troppo nero per i miei occhi stretti ho colpito a ripetizione con quel maledetto coltello che portavo sempre in tasca da quando ancora non era venuta al mondo la mia picciridda troppo in fretta cresciuta. Lui è caduto a terra con un urto di vomito alla bocca ed Elisabetta ha gridato senza capire che a colpire era suo padre. Quando mi ha visto, ancora di più strillava e si strappava i capelli sul suo Paolo, fino a che è svenuta. Io sono rimasto immobile, il coltello sporco nella mano. Immediatamente non ricordavo niente, anche se cento volte poi ho dovuto ripetere a poliziotti e avvocati tutte cose per filo e per segno. Ricordo solo quel suo svenire nel buio. E ricordo che mi morivano in gola certe frasi che volevo dirle, ora non ti può più fare del male, te l'avevo detto di rimanere a casa. Fu il signor Marino del piano terra, che sentì le urla e vide quello strazio, a chiamare aiuto.

Paolo ha passato un calvario tra operazioni e convalescenze, ancora adesso Maddalena mi ha detto che zoppica. Però è sopravvissuto e piano piano si è rimesso in sesto. Lentamente sono tornati felici. Si sono sposati, comprati una casa spaziosa e, cinque anni fa, hanno messo al mondo Lisa bella.

Ventisette

Non ho aspettato nemmeno l'arrivo dell'ambulanza. Ho preso le scale e dalla cantina sono riemerso alla luce. Era appuntita, la luce di quel pomeriggio. Il signor Marino mi ha guardato con occhi di disprezzo, ma non ha osato fermarmi. Fuori dal portone l'aria era fresca e si capiva che il mondo andava avanti senza battere ciglio, indifferente come una statua. Anzi, ancora di più quel giorno le nuvole erano bianche, il vento sfogliava i platani decrepiti di via Jugoslavia, si vedevano ragazze sulle biciclette con addosso vestiti leggeri. Non ci sono storie, quello spettacolo era il castigo di Dio per farmi sentire più indegno che mai.

Lento e deciso mi sono diretto al commissariato di via Falck. Camminando non ho mai smesso di stringere il coltello. Sui polpastrelli sentivo gocce di sangue che si stava incrostando. Ora non ti può più fare del male, te l'avevo detto di rimanere a casa. Questo soltanto ripetevo, robotico come il tornio. In via Fichera ho visto un'ambulanza farsi strada tra le macchine e svoltare verso il centro senza aspettare il semaforo verde. Ho cercato in tasca le sigarette. Non avevo l'accendino e così me ne tenevo una in bocca mordendo il filtro coi denti. Volevo chiedere a un cristiano qualunque di farmi accendere ma la parola era scomparsa. Il silenzio aveva iniziato a erigere una muraglia con tanto di filo spinato su in cima. In quell'ambulanza senz'altro ci sono Elisabetta e Paolo, lui è morto per la ferita, lei di crepacuore. Così pensavo mentre il rumore delle sirene si faceva lontano.

Ho trovato una cabina telefonica, qui in periferia il Comune si è scordato di smantellarle. Dentro c'erano cocci di bottiglia e puzza di piscio. Anche la cornetta era malconcia, i fili di rame uscivano dalla guaina. Eppure funzionava. Ho infilato duecento lire e a fatica ho composto il numero di casa.

«Pronto» ha detto una voce sbagliata.

Ho infilato altre duecento lire. Lo sforzo di ricordare il numero mi faceva sudare la fronte e irrigidire le mani. Dall'altra parte nessuno rispondeva. Riuscivo a sentire la suoneria del telefono senza fili che Maddalena dimentica sempre sul divano. Una suoneria allegra di campanelli echeggiava nella casa vuota, forse mentre lei scendeva in ciabatte le scale, stringendo la ringhiera senza capire.

Ho lasciato la cornetta penzolante e ho ripreso a camminare. Ho visto una pantera della polizia arrivare verso di me, ma è passata di fianco senza considerarmi. Sotto i piedi sentivo lo scricchiolio dei pezzi di vetro che mi ero trascinato sul marciapiede.

Nel commissariato c'erano le finestre aperte. Si sentiva un centralino squillare in continuazione e un tizio gridare ordini in napoletano. Un carabiniere stava sulla soglia. Col suo avantindietro faceva in continuazione aprire e chiudere la porta automatica dell'ingresso. Prima di spegnere il mozzicone su quello sputo di verde che circonda la caserma mi ha guardato torvo. Muoviti che ti abbiamo già aspettato troppo, pareva dire.

Ho accelerato il passo e mi sono arrestato davanti al cancello di ferro. L'ho agitato per aprirlo e sulla grata si è incollata un'impronta rossastra. Anche io sentivo che mi stavo facendo aspettare troppo. Dopo qualche minuto una coppia di anziani ha sceso le scale a braccetto. Lei mugugnava qualcosa sull'allarme di casa che non aveva funzionato. Sono entrato senza aspettare che uscissero. Ho urtato la spalla di lui, che ha bofonchiato qualcosa in dialetto milanese. C'era gente in sala d'attesa e quando mi sono avvicinato al vetro il carabiniere ha ordinato di aspettare il mio turno. Allora senza chiedere permesso ho preso il corridoio e mi sono infilato nella prima stanza dove un altro in divisa trascriveva verbali al computer. Ha alzato la testa dallo schermo solo quando mi sono lasciato cadere sulla sedia.

«Mi dovete arrestare» ho detto.

Il rumore dei tasti si è interrotto. Ho tirato fuori il coltello sporco di sangue e l'ho appoggiato sulla scrivania. La lama è finita dentro una pila di fogli.

Non ho risposto a nessuna domanda, ho detto soltanto di aver colpito nel buio. Forse avrei parlato con Maddalena, ma non riuscivo a chiedere di chiamarla. Sono seguite telefonate una appresso all'altra, sono arrivate altre persone a guardarmi come fossi un pezzo da museo. Ognuno faceva le sue domande e a ognuno rispondevo silenzio. Poi le manette sui polsi rigidi.

Sui vetri delle camionette ci sono reti nere che non fanno vedere fuori. A ogni costo volevo capire che strada stavano facendo per portarmi al carcere di Opera. I pensieri iniziavano a diventare piccoli, a fissarsi su particolari senza importanza. L'avvocato d'ufficio si è presentato il giorno dopo. Un giovanotto grasso e calvo, sui trent'anni, con due lenti da miope che gli facevano la faccia ancora più tonda. Siamo andati in una saletta uguale a quella del commissariato, soltanto più piccola e con l'aria condizionata che mi ghiacciava il collo. Ho risposto picche anche a lui, che mi ha fatto pressappoco le stesse domande, usando come unico riguardo un tono più pacato. Il giurista dei miei stivali credeva che era una questione di tono. Quando finalmente si è alzato l'ho afferrato per una gamba e l'ho rimesso a sedere.

«Dì a mia moglie che il coltello non era quello che mi fece buttare tanti anni fa».

«Devo riferire altro?» ha domandato, ma di nuovo la voce se n'era andata.

Dopo quell'incontro mi hanno trasferito nella cella 44. Non so chi c'era quel giorno insieme a me, né saprei dire in dieci anni quanta gente è passata. So che qualcuno a un certo punto mi ha allungato un accendino e mi sono fumato tutto il pacchetto.

Poi è venuta Maddalena. Non ci siamo rivolti parola per tutta l'ora. Lei aspettava che gli spiegassi, io che il tempo passasse. Però alla fine ha lasciato alla guardia una stecca di sigarette da consegnarmi.

«Non so quando verrò di nuovo» ha detto alzandosi. Non l'ho rivista per due anni.

Dopo una settimana che rifiutavo il cibo mi hanno condotto dal medico del carcere, un tizio coi capelli grigi e le mani che non stavano mai ferme. Gliele avrei immobilizzate sul tavolo, quelle mani pelose.

«Se continua a rifiutare il cibo dovremo quotidianamente farle delle flebo» ha sentenziato dall'alto del suo camice.

La sera ho mandato giù qualche cucchiaiata di brodo. A volte mangiavo bocconi di pane secco che tenevo sotto il cuscino.

Nessuno mi toccava e a nessuno rivolgevo parola. Finché contare i giorni è diventato impossibile. Impossibile sapere se fuori c'era freddo o caldo, se era lunedì o sabato e col passare dei mesi anche se era giorno o notte, perché me ne stavo a pancia in giù e fumavo con gli occhi chiusi. Certe volte mi veniva in mente l'Alfa Romeo. Finalmente me ne ero sbarazzato. Quella fabbrica immensa la vedevo rimpicciolirsi. Ormai stava comoda nel palmo della mano, come un ninnolo da bigiotteria.

È stato una notte. Titta è entrato baldanzoso, si è sistemato quattro cose sotto il materasso e si è guardato in giro per studiare le facce dei suoi nuovi inquilini. Dopo mangiato, senza chiedere permesso, si è seduto sulla mia branda. Ha assunto la mia stessa posizione, con le ginocchia raccolte tra le braccia.

«Fumati una di queste» ha detto col pacchetto di Multifilter aperto. Una proposta che mi avrebbe ripetuto ogni volta che mi vedeva perso da troppi giorni nella mia assenza.

Quando mi ha appoggiato la mano sulla spalla il corpo era una lastra di ghiaccio che lentamente si crepa. A notte inoltrata, con una voce che non riconoscevo, gli ho raccontato tutto. Poco prima dell'alba mi ha portato a guardare fuori dal pertugio e dopo un lungo sospiro se n'è uscito con queste parole: «Il dolore tiene insieme più di ogni altra cosa».

Ventotto

Maddalena dice che proprio non mi capisce e che il cervello me lo sono bevuto. Ormai vivo sulla panchina di via Monte Bianco. Certi giorni non torno nemmeno per pranzo. Mangio con Mustafà il vu cumprà una focaccia presa dal fornaio oppure uno di quei panini arabi che non si capisce di che cosa sanno e li preparano scrostando pezzi di agnello dal girarrosto. Non sono malvagi, semmai un po' lunghi da digerire. L'altro giorno addirittura eravamo in quattro intruppati sulla panchina perché a furia di incontrare la stessa gente sono nate amicizie. Mustafà ha portato un indiano di nome Anish e io ho chiamato Ciro il postino, che ha appena divorziato dalla moglie e si sente una mappina. Se ne stava solo a mangiare un tozzo di pane sulla sella della motoretta delle Poste e allora l'ho invitato. Chiacchiere alla buona, senza troppa confidenza, ma senza falsità. Sempre meglio che starsene imbambolati a guardare i piccioni appollaiati sui cavi della luce di via Jugoslavia.

Da questa panchina pensavo di veder passare più gente di quella che vedo dalla finestra di casa. In realtà anche qui ogni giorno stesse facce. Famiglie di cui non so il nome, che fanno dal lunedì al venerdì la stessa vita, con gli stessi orari, che aprono e chiudono quel cancello ogni giorno nella stessa maniera, chi lo accompagna e chi lo fa sbattere. Autisti di corriera con lo stesso numero sopra la testa e con lo stesso giro da fare. La vigilessa che un giorno sì e uno no è alle prese col semaforo di piazzale Lotto che d'improvviso si mette a lampeggiare e fa impazzire il traffico. Il barista che passa la spugna sui tavoli alla bell'e meglio perché tanto sono troppo vicini alla strada e la gente non si va a sedere. E via di questo passo. Tutti ingoiati nelle solite quattro strade e nei soliti tragitti. Dove sono finiti quelli che conoscevo non lo so. Spariti, come vento da una conchiglia. Il carcere ha scavato un fossato così profondo che dalla mia parte è rimasta solo Maddalena. Anzi, nemmeno Maddalena. Io e basta.

Comunque, ho finito di leggere *Lo straniero*. Forse ne comincerò un altro, ma so già che meglio di questo non ne troverò. Anche io sono straniero. Reietto e squalificato a vita. Anch'io sento che le ragioni non esistono e che quelle poche che si possono trovare le so spiegare solamente in una lingua che gli altri non intendono.

I picciriddi hanno finito la scuola e quando giocano in cortile resto ore a guardarli. Mi fanno immaginare meglio Lisa bella e ricordare un po' di me, che a quell'età ero proprio un'altra cosa.

Elisabetta e Paolo li ho visti tre volte. È vero, lui zoppica ancora. Quando si è avvicinato al portone mi è venuto da scappare sotto i portici dell'altro palazzo, dove vanno a sbaciucchiarsi le coppiette. Ha ancora i capelli neri e si veste sempre in quel suo modo serioso. È un bell'uomo. E soprattutto è degno di mia figlia perché l'ha subito amata, nonostante le differenze sociali e nonostante lei abbia un padre criminale e scervellato che ha rischiato di ammazzarlo. La borsa di cuoio che aveva in mano era simile a quella del maestro Vincenzo, ma di sicuro dentro non c'erano poesie. Paolo è uomo da calcolatrice, è ingegnere. Elisabetta invece sta bene e forse è stata Lisa bella a cancellarle dagli occhi il male che gli ho fatto. I figli, si sa, sono così, ti alleggeriscono pesi e pesantezze e fanno chiodo scaccia chiodo. L'altra sera rientrava a passo svelto, un po' trafelata. Forse era gioia di correre da sua figlia, o forse era in ritardo per preparare la cena, o magari gli scappava la pipì. Eppure ancora non mi sembra donna fatta e finita. Un figlio non sembra mai fatto e finito. Quando l'ho vista sgambettare, poi, mica mi veniva da nascondermi dietro l'albero, ma ho fatto fatica a trattenermi. I legni della panchina li stringevo come un salvagente.

Maddalena davvero la sto facendo disperare. Non gli dico niente e la lascio per tutto il giorno in agitazione. Da che rimanevo nel tinello immobile come il lampadario a che sono diventato uno zingaro.

La verità è che quando succedono fatti più grandi di noi ci si divide. L'altro giorno l'ho vista entrare nel portone di Elisabetta e Paolo. Si guardava in giro come un passero a cui hanno distrutto il nido. Di sicuro andava a mettere un po' d'ordine o a dare una mano. Magari a preparare qualche teglia di pasta al forno, così la sera Elisabetta non deve stare a spentolare e può giocare con Lisa. Potessi entrare di nascosto, anche io mi metterei a cucinare. Merluzzo con le olive per tutti.

Insomma all'appello manca solo la mia nipotina di cinque anni che forse è una di queste picciridde che giocano qui davanti e che corrono dai nonni a farsi soffiare il naso e a chiedere monete per un ghiacciolo colorato. A settembre Lisa incomincerà la scuola. Certamente sarà una studentessa modello come lo era Elisabetta e come lo era anche Paolo. Questa storia che la va a prendere all'asilo l'altro nonno, invece, mi mette una rabbia da stringere i pugni. Quello è parecchio più bacucco di me, magari non guarda bene prima di attraversare la strada o non sa proteggerla a dovere. Dovrebbero stare attenti a lasciargliela.

Oggi è un'altra di quelle giornate in cui non si vede nessuno e il tempo non passa nemmeno all'aria aperta. Appena se ne va il formicolio dalla gamba e il sangue riprende a circolare mi incammino verso il bar. All'incrocio vedo l'autista della corriera 68. Anche lui è sceso per sgranchirsi. Mi avvicino e senza nemmeno dire buongiorno gli chiedo: «Scusa una domanda. Ma tu mentre guidi riesci a pensare ai fatti tuoi?».

Lui mi guarda perplesso e si vede che non è uno con la risposta pronta perché a fatica butta fuori un «sì» incerto, accompagnato con un abbassamento di labbra.

«Piacere, Ninetto» continuo allungando la mano.

«È nome di battesimo o soprannome?».

«È nome» gli rispondo, «il soprannome è pelleossa».

Lui si fa una risata e dice che in effetti mi calza una meraviglia.

«Io invece sono uomo di panza e sostanza» dice tirandosi una manata sulla trippa, vicino alle bretelle.

«Ma i pensieri che fai mentre lavori sono pensieri veri?».

«E cos'è un pensiero vero?».

Mi do una grattata di naso e poi rispondo: «È un pensiero che ti rimane impresso e che senti il bisogno di riprendere a mente fresca».

«No, macché!» dice lui con decisione, schermendosi con le mani. «I miei pensieri sono piccole distrazioni. Niente di più».

A sapere che anche per Pino l'autista le cose funzionano allo stesso modo e che anche a lui il lavoro gli spegne cervello e coscienza non mi sento mal comune mezzo gaudio, perché è un proverbio senza verità. Mal comune fregatura comune, non ci sono storie. Quando riparte mi indica una pasticceria che sforna ogni ora le bombe alla crema.

«Vattene a mangiare una che sei troppo pelleossa!» dice ingranando la marcia. Lo saluto con una mano alzata e, guardandolo andar via, mi viene in mente un'altra lezione del maestro Vincenzo. Una mattina ci aveva parlato di un greco che si chiamava Socrate e che andava in giro a fare interviste alla gente per cercare di capire meglio dove sta la verità. Sembra infatti che a questo Socrate la verità piaceva più di una bella femmina. Penso che se fossi capace non mi dispiacerebbe fare il suo stesso mestiere.

Quando la vigilessa mostra la paletta verde attraverso. Mi fischia dietro perché mi incanto in mezzo all'incrocio di piazzale Lotto. Infatti mi sembra che da un'altra corriera sia scesa la dottoressa Gabrielli, che come al solito cammina nervosa e inciampa dappertutto perché è un poco sclerata, precaria e ogni mattina viene giù dalle montagne di Sondrio. Il caffè me lo bevo in piedi pensando alla dottoressa Gabrielli, all'ultima volta che ci siamo visti. Poi lascio le monete sul banco e me ne torno a casa. Da Maddalena mia.

Ventinove

Fino a un paio di settimane fa, quando mi decidevo a tornare a casa, trovavo Maddalena con le mani sui fianchi che diceva «Ti sei ritirato?» oppure, con voce polemica, «Ah, buonasera!» e io scuotevo le spalle senza ribattere niente. Adesso neanche più quelle frasette. Forse pensa che dico bugie. Che me ne vado a giocare ai cavalli e a bruciarmi quei pochi quattrini che ci passa il governo farabutto. A sera mi mette il piatto davanti al muso e quando non ne voglio più me lo toglie. Quasi mai finisco il pasto. Mentre mastico ho già fretta di accendermi la sigaretta. Anche a coricarci andiamo in orari diversi. Lei sempre puntuale alle dieci, io tre quattro ore dopo perché l'insonnia non migliora neanche di tanto così.

Ho deciso che voglio verificare scrupolosamente fino a che punto sto diventando rincitrullito. Così oggi cambio appostamento. Non mi vado più a mettere sulla panchina, ma sotto la tettoia della fermata. Appena mi avvicino un ragazzo con le cuffie nelle orecchie mi cede il posto. È la prima volta che mi capita.

«Si vede così tanto che sono vecchio?» domando.

Quello prima alza le sopracciglia perché le cuffie della radio non lo fanno sentire, poi se le sfila dalle orecchie e dice: «Scusi?».

«Si vede così tanto che sono vecchio?» ripeto.

«Si vede che è più vecchio di me» e si gira mostrandomi le mutande che gli spuntano da sotto i jeans.

La dottoressa Gabrielli scende dalla quinta corriera, proprio in faccia a me. La accolgo con il berretto in mano e lei prima arriccia il naso poi esclama: «Signor Giacalone! Ma che ci fa alla fermata dell'autobus?».

«E lei, dottoressa? Non lavorava dall'altra parte della città?».

Allora mi spiega che per l'estate l'hanno mandata a fare una sostituzione in questa zona e riattacca subito con la storia del precariato e che è stufa marcia di fare la tappabuchi in tutta Milano. Vorrei offrirle un caffè ma non mi dà nemmeno il tempo di chiedere che subito dice: «Su, non stia lì imbalsamato, mi accompagni!» e io dietro come una cagnetta.

Mi tocca camminare a passo svelto e dopo un po' devo anche tenere a freno il respiro perché mi vergogno di farmi vedere affaticato. Lei parla a macchinetta e mentre la rincorro penso, questa signora a casa la terranno imbavagliata se ogni volta ha così tanta fregola di chiacchierare. Poi arriviamo al consultorio. Lei finalmente smette di sgambettare e mi guarda negli occhi. Tira su il polsino della camicia e controllando l'orologio sospira soddisfatta: «Siamo in anticipo!».

«E per forza, dottoressa, abbiamo corso come dei maratoneti! Adesso lo beviamo questo caffè?».

Mi porta alla macchinetta, in uno squallido corridoio in tutto simile a quello di un ospedale. Il caffè è degno di quel posto, una brodaglia amara come il peccato. Lo beviamo in silenzio. Io gli guardo le gambe e la bella gonna a quadri che gli arriva precisa sul ginocchio.

«Beh? Non mi racconta niente? Come si sente? Come vanno i suoi monologhi?».

«No, non faccio più monologhi. Adesso sto di fronte alla fermata della corriera di piazzale Lotto, su una panchina».

«E che cosa fa?».

«Parlo con qualche passante».

Lei allora si incuriosisce e mi fissa con l'aria di chi non se l'è bevuta.

«C'è un posto dove fumare?» chiedo.

«Mi spieghi questa faccenda della panchina» ribatte senza badarmi.

«Il fatto è che non solo vorrei rivedere mia figlia e chiedere perdono a suo marito» gli dico guardando nel bicchiere, «ma soprattutto ho desiderio di conoscere mia nipote e raccontarle la mia storia, quella che mi sono ripetuto nella mente fino a poco tempo fa. Lasciargliela da custodire a lei che forse è troppo piccola per odiarmi».

La dottoressa Gabrielli ancora mi fissa con quel suo silenzio che mi sprona a continuare, così aggiungo: «I nonni possono riscattare coi nipoti gli errori fatti coi figli, non è vero dottoressa?».

Allora lei sospira di nuovo e si mette un dito sul mento prima di parlare. Finché dice così: «Ha fatto bene a uscire di casa, mi sembra un'ottima idea. Sono contenta di lei, signor Giacalone».

Io a quelle parole mi gonfio tutto. Non come un pavone, proprio come una mongolfiera.

«Però ora deve fare un ultimo sforzo, altrimenti butta all'aria i passi avanti che ha fatto. E poi scusi, sua moglie sarà stufa di avere un marito muto e adesso anche vagabondo, non trova?».

Faccio sì con la testa.

«Si faccia coraggio, vada a chiedere scusa, poi saranno loro a decidere come regolarsi per il futuro e lei finalmente potrà tornare libero, smetterla di torturarsi e di guardare da dietro ai vetri quello a cui non si può più porre rimedio» e getta nel bidone i nostri bicchierini di plastica.

Io la ascolto imbambolato. Ma la dottoressa Gabrielli dopo che ha finito di darmi la sua ricetta sfodera di nuovo quel suo sorriso da premio Oscar e mi chiede di accompagnarla nello studio. Fuori dalla porta ci sono già tre tizi che aspettano e vedendomi entrare mi guardano storto. Nell'ambulatorio si infila il camice e lo lascia sbottonato. Poi prosegue: «Mi dica un'ultima cosa, signor Giacalone. Come mai nei nostri incontri non ha mai voluto parlare del carcere? In fondo gli appuntamenti dovevano vertere sui suoi anni di detenzione e sulle sue prospettive future. Lei si atteggia a vecchio ma non lo è, anzi le probabilità che le tocchi vivere ancora un bel po' sono decisamente alte».

Abbasso di nuovo la testa e rimango muto. Quando parlo mi esce appena un filo di voce, come un rigagnolo strozzato.

«Lì dentro, dottoressa, non sei un uomo, ma un avanzo di te stesso che deve sopravvivere. Spegne la coscienza, mette voglia di essere odiati il più possibile, il carcere».

«Forse parlare le farebbe bene».

Faccio segno di no. Faccio segno di no anche se forse vorrei dire sì.

Quando, insistendo, mi chiede se almeno ho riflettuto a dovere sugli anni in prigione scuoto di nuovo la testa. Lei allora mi guarda con la sua espressione bellissima, e proprio mentre mi sto gustando la sua faccia d'angelo in forma umana entra una, pure racchia, a dire che i pazienti là fuori stanno aspettando già da un po'.

Ci salutiamo un'altra volta con una veloce stretta di mano e lei puntandomi il dito dice minacciosa: «Non voglio più vederla su quella panchina, ha capito signor

Giacalone? Altrimenti telefonerò ai vigili per occupazione di suolo pubblico!» e ride lasciando andare la testa un po' all'indietro. Io gli rispondo che una dottoressa brava come lei non dovrebbe essere precaria per nulla al mondo e che se farà una raccolta firme il mio nome sarà il primo della lista e farò firmare anche degli amici che ho conosciuto di recente.

Me ne vado fuori da quel corridoio e torno sulla panchina di via Monte Bianco. Mi apposto fino a sera e non leggo una pagina, non seguo con lo sguardo né una persona né una nuvola. Per tutto il tempo il mio pensiero è uno solo: se è tanto bello il viso della dottoressa Gabrielli, chissà quanto sarà incantevole quello di Dio, e che pace finalmente saprà farmi entrare nel cuore.

Aspetto buono buono Elisabetta e Paolo. È venerdì e so che il venerdì rientrano verso le sette e mezza. Sono ore molto lunghe e piene di angoscia. Verso le sei passa Mustafà ma gli dico che preferisco stare da solo, magari un giorno gli spiegherò il motivo.

Quando li vedo arrivare sento tutto il corpo freddo. Davanti agli occhi improvvisamente mi piovono immagini delle giornate in cella, addormentato sulla mia vita, senza leggere e uscire per l'ora d'aria, senza andare ai corsi di scuola e senza guardare dal pertugio. Faccia sul cuscino e gambe paralizzate. Infelice di sopravvivere.

Non riesco a scappare, né ad andare incontro a mia figlia. Mi rincantuccio sull'angolo della panchina, mi faccio piccolo come sul treno del sole. Tengo la testa bassa e nel buio degli occhi, chissà perché, mi compare la faccia di Maddalena mia quando veniva in carcere a trovarmi e mi faceva coraggio e mai una lacrima gli rigava le guance. Poi, non so quanto tempo passa, rialzo lo sguardo e ce li ho di fronte e non capisco più se è il mio cervello in panne o davvero sono loro in carne e ossa.

«La mamma mi ha detto che stai sempre qua. Ci spii?» chiede severissima.

«È per rivedervi» rispondo con la voce che si gela in gola.

Addosso brividi identici a quelli che mi attraversavano le ossa in prigione, quando non prendevo sonno e fuori era inverno e dai corridoi arrivavano rumori di cancelli e di passi pesanti dei secondini e mi sentivo impazzire. Loro due restano immobili. Credo che guardino con disgusto la mia testa spelacchiata china sui piedi. Chissà dove trovo la forza di tirarmi su, forse è sempre la mano grande e invisibile di Dio. Loro, quando mi levo in piedi, indietreggiano, neanche gli puntassi il coltello.

«Fatemi vedere Lisa, per favore».

Solo questo riesco a dire. Attorno al collo sento una corda che non mi fa respirare. Paolo mi fissa in silenzio, Elisabetta nemmeno mi guarda. Senza dire né papà né Ninetto lo prende sotto braccio e si incamminano verso casa. Li seguo con lo sguardo e quando il portone sbatte me ne vado via trascinando i piedi.

Dall'altra parte della strada, appoggiato al muro, c'è ancora Mustafà con la sua faccia afflitta di quando arriva a fine giornata e non è riuscito a vendere né un pacchetto di fazzoletti né un accendino. Lo saluto con un'alzata di mano e mi metto sotto la tettoia ad aspettare la corriera che non vuole arrivare mai.

Quando scendo in via Jugoslavia il sole è rosso, coricato dietro il palazzo in costruzione. Nella via ci sono due picciriddi che tirano calci al pallone e il solito signore col cane. Non prendo l'ascensore, salgo a piedi e sul pianerottolo sento che il cuore l'ho sforzato.

Maddalena è in tinello. Sta affettando le melanzane. Non alza nemmeno la testa quando chiudo la porta. Mi tolgo la giacca e il fazzoletto dal collo e la saluto sollevando il mento. Continua ad affettare le melanzane. Indifferente. Ripeto il saluto a voce alta. Nessuna risposta. Allora vado in cucina, bevo un bicchiere d'acqua e dal cassetto tiro fuori il coltello per tagliare l'arrosto. Slaccio la camicia e lo appoggio sul petto. Mi lascio penetrare la pelle da quel freddo di lama. Lentamente il cuore si placa.

«Basta premere» ripeto con gli occhi chiusi, «basta premere».

Poi arriva la voce di Maddalena, che frantuma il silenzio. Come una pallonata un vetro.

«Vieni ad aiutarmi».

Il coltello mi scivola di mano. Cadendo sul tappeto fa un rumore sordo.

«Forza, vieni ad aiutarmi» ripete.

Resto a guardarlo come fosse insanguinato. Poi, senza raccoglierlo, vado di là. Tiro la sedia da sotto la finestra e la trascino accanto a lei.

Trenta

Non sono più tornato sulla panchina di via Monte Bianco. Mustafà, Anish, Pino e Ciro si aggiungono alla lista delle persone che non ho più visto.

Per farmi perdonare da Maddalena gli ho proposto di andare a trovare sua sorella a Sirmione e un giorno gli ho pure portato un canestro di mimose, i suoi fiori preferiti. Li ha messi sopra il centro da tavola e profumano tutto il tinello. Durante il viaggio in treno gli ho raccontato che con Elisabetta e Paolo le parole mi morivano in gola. Mi comparivano immagini da incubo e gocce di sudore mi camminavano sulla schiena come tanti insetti.

«Non è facile chiedere scusa» ho detto.

Lei ha risposto scrollando le spalle e chiudendo la rivista ha mormorato: «Per certi sbagli non si può chiedere scusa».

I muratori hanno terminato di costruire il palazzo di fronte. Qualcuno che ha comprato casa si ferma con la macchina a guardare l'opera compiuta. Sogna già come sarà la sua vita nella casa nuova, dimenticandosi per un momento che ovunque la vita è uguale. Stessa scassatura di minchia. Un passo avanti e due indietro è la vita, proprio come diceva quel povero cristo di mio padre Rosario.

In queste giornate mi dedico a Maddalena, che mi fa cucinare con lei. L'angolo cottura è meglio della cucina abitabile, altroché! L'ho disprezzato per tanti anni e invece è un vantaggio. Ci fa scontrare continuamente mentre armeggiamo e a me questa cosa migliora l'umore. In carcere non ho avuto nessun contatto fisico, solo la mano di Maddalena sotto il vetro.

Di domenica andiamo a passeggio e ogni tanto siamo anche scesi da Helin e la Mei per un gelato. Mi ha promesso che settimana prossima li invitiamo a pranzo e preparerà la parmigiana. A cercare lavoro non ci penso più. Ormai è andata così.

Per ammazzare il tempo ho fatto qualche lavoretto in casa. Ho messo un filo di gomma sotto la porta per non far passare gli spifferi perché Maddalena cammina sempre scalza e gli si gelavano i piedi pure nella bella stagione. Ho regolato lo schermo della televisione che sfarfallava e ho anche imbiancato il bagno. L'ho colorato di azzurro, come la stanza della dottoressa Gabrielli. Magari settimana prossima mi decido a lamare il parquet. Vediamo se è la volta buona che arrivo a sera stanco e riesco a riposare qualche ora di fila.

Un giorno Maddalena mi ha chiamato tutta allarmata, io me ne stavo alla finestra a guardare i passanti, con le mani congiunte come le suore.

«Ninè corri, muoviti, vieni a sentire!» ha gridato.

Dalla canna fumaria, in cucina, arrivava il verso sordo di un uccello imprigionato nei tubi. Tanto mi ha messo in croce che ho dovuto smontarla e tirarlo fuori con la mano. Era uno stupido piccione, nero di polvere come uno spazzacamino. Quando lo stringevo tra le mani il respiro gli gonfiava il collo. Dopo che il cuore gli si è calmato ho aperto la finestra ma non voleva volare via. Ho dovuto scacciarlo con le mani.

«Forse stava meglio in prigione» ho detto a Maddalena guardandolo spiccare un volo da tacchino.

Ogni tanto leggo qualche romanzo della nuova collezione che esce il giovedì col giornale, *Il meglio della nostra letteratura*. Ma il mio scrittore preferito l'ho già trovato, è questo signor Camus autore de *Lo straniero*. Ho letto che è morto in un incidente stradale, poveraccio, altrimenti mi sarei immaginato di andarmene con lui a mangiare un boccone sulla panchina e poi sfogarci a fumare, visto che nella fotografia è con la sigaretta appesa in bocca. Gli avrei chiesto come ha fatto a mettere insieme così tante parole intelligenti che pizzicano le corde dell'anima con una mano da chitarrista provetto. Come ha fatto a raccontare la mia storia raccontandone una sua.

Adesso, finalmente, leggo anche la sera. Maddalena ha smesso di rimproverarmi perché tengo fino a tardi l'abat-jour acceso. In ferramenta, infatti, mi sono comprato una luce da pompiere che con un elastico si fissa attorno alla testa. Gli ho attaccato una lampadina a basso voltaggio e così posso andare avanti coi miei libri senza farle perdere il sonno. Quando mi sono presentato sotto le lenzuola con quell'affare in testa ci siamo fatti una lunga risata.

Ma la vera novità è la bicicletta. Ormai la uso tutti i giorni perché il dottore mi ha vivamente consigliato di tenermi più in movimento. Ma soprattutto l'ho tirata fuori per farmi trovare pronto semmai un giorno farò questo benedetto giro con Lisa bella sul sellino, che ho comprato e montato. Non saranno quei venti euro a mandarci in fallimento. Lo so che non me la porteranno, ma ho capito che anche quando abbiamo la lama di coltello sul cuore non possiamo lo stesso smettere di sperare che questa puttana di vita migliori, che scenda il perdono sulle magagne che abbiamo combinato.

Così, anche se non ci credo più, ci spero. E anche se mi sono seccato di vivere, vivo. E pedalo in bicicletta. Lemme lemme. Me ne vado a zonzo per questa Milano che non riconosco quasi più e che c'entra poco coi luoghi che frequentavo. Con le facce che mi sono rimaste stampate in testa. Quando gironzolo devo avere l'espressione di un cacciatore di pepite perché mi vado a infognare in certi vicoli e angoli che non si trovano facilmente e che forse solo per me significano qualcosa. Strade inutili e anonime, come lo erano anche ai miei tempi. E come forse sono sempre state. C'è chi nasce strada principale e chi strada senza uscita. La legge di chi è povero cristo e chi no vale per l'universo intero, mica solo per gli uomini.

Ho cercato l'angolo dove ero stato con la bagascia e poi il vecchio trani di Lambrate dove si andava con quelli dell'Alfa e io ero l'unico fesso che beveva gazzosa. E altri posti ancora. La prima casa di Elisabetta, l'ospedale dove Maddalena ha partorito, la stazione centrale che ora è piena di negozi, il tabaccaio di Gigio, la posteria della signora Mariella. Ma quasi tutto è cambiato e quello che sopravvive mi fa impressione di estraneità.

Una volta sono passato anche di fronte al carcere. Sono rimasto a bocca aperta a guardarlo. Mi sono chiesto se era più brutto lui o più stupido io che ci sono finito dentro. Ho cercato il pertugio della mia cella ma mi andava insieme la vista. Non sapevo che dirmi, che ricordarmi, allora ho fatto una preghiera per quelli ancora chiusi dentro. Ma una preghiera con parole mie, non una di quelle confezionate dai preti o che si fanno imparare al catechismo ai picciriddi. Ognuno a mio avviso deve metterci parole sue nelle preghiere, se no diventano cantilene. Avrei voluto avere di fianco la dottoressa Gabrielli mentre guardavo il carcere con i gomiti appoggiati al manubrio. Se poi di fianco ci fosse stato anche il maestro Vincenzo, credo che avrei trovato coraggio e avrei finalmente raccontato i miei anni di prigione.

Maddalena mi ha riferito che Elisabetta e Paolo non andranno in vacanza. La società di Paolo non va bene. Hanno tagliato personale e chiesto di rinunciare alle ferie a tutti quelli che non hanno licenziato. Sono tempi durissimi. La certezza che se ti rimbocchi le maniche la miseria la scacci via come un moscone manca. Le facce che si vedono in giro sono sconfitte e rassegnate. Aveva ragione il vecchio Sergio, ribellarsi è un mestiere di vocazione, è una cosa per pochi. Tutta l'altra gente sa solo fare lo scaricabarile, fingere di indignarsi e lamentarsi, ma poi se gli lasci i soldi per la macchina bella e il sabato sera in pizzeria è sempre disposta a votare il più piazzista, a non guardare oltre il suo naso, a non aprire la porta di casa a chi bussa. Cani feroci e cancelli alti, come nel racconto della proprietà privata.

L'altro giorno ho ritrovato in una vecchia scatola gli appunti delle lezioni di politica che tenevano i capoccia alla sezione del sindacato. Sono diventati giallastri come una carta di papiro. Quello che avevo scritto in penna blu me lo sono completamente dimenticato. In testa non mi è restata una sola parola, un solo nome. Prova che erano tutte chiacchiere, visto che le poesie di Pascoli imparate insieme al maestro Vincenzo sono stampate a fuoco qui dentro la zucca e non se ne andranno mai. C'erano anche le cartoline che mi spediva mio padre, più telegrafiche di un telegramma. Una aveva l'immagine dell'Etna, con qualche mucchietto di case abbarbicate sulle pendici. «Ninuzzo lavora con giudizio e sforzati di mangiare, ciao papà. P.S. il gatto è scappato sui tetti. Meglio così, un pensiero in meno» c'era scritto dietro.

Dentro la scatola ho anche trovato il diario che mi regalò nel '59 Vincenzo Di Cosimo. L'ho sfogliato avanti e indietro e non so dire cosa ho provato. Non con le parole che conosco. Maddalena era uscita e allora mi sono messo al tavolo con i miei occhiali da diciannove euro comprati in farmacia, ho preso quel vecchio diario e ho provato a scrivere. Ho anche pensato al signor Camus, ma non è bastato. L'ispirazione non si chiede in prestito, o ce l'hai dentro o ti arrangi e cambi mestiere. Dopo ore che succhiavo la matita la pagina era ancora bianchissima. Il sole intanto si era spostato, non picchiava più sulla finestra. A un certo punto la mano si è mossa, un poco tremante ma spedita. «Scusate maestro se non sono stato capace». Allibito ho guardato a bocca aperta quelle parole come fossero chiazze di sangue. Sono passate altre ore e a un certo punto pioveva col sole. Il cielo è diventato viola. Mi sono affacciato a contemplare via Jugoslavia coi gomiti sul davanzale e a furia di guardare il palazzo nuovo di fronte, mi è tornato in mente Peppino, il mio migliore amico di via dei Ginepri, che vive in Germania e chissà adesso che faccia avrà. Lui era così povero che quando aveva un pezzo di pane lo allungava sempre con l'acqua per farci una zuppa. Se arrivava il fratello grande a chiedergliene un tocco mi ricordo che lo cacciava a pedate, ma quando si presentava sua sorella picciridda non rifiutava mai e gli lasciava pucciare le dita nella scodella. Questo è solo un piccolo fatto, lo so, però nel mio racconto non l'ho detto e semmai un giorno imparerò a tenere un diario, partirò da qui. Da questo episodio vero verissimo, successo soltanto una manciata di anni fa.

Trentuno

E invece sono passati. Ieri. Una giornata molto calda e con le strade di Milano deserte. Anche se quei pupazzi della televisione dicono che c'è crisi e che la gente non va in ferie, in giro non camminava un'anima. Solo extracomunitari e nuovi immigrati. Chi ci capisce è bravo. In quel momento stavo leggendo il giornale che compro il giovedì per il libro. Hanno suonato direttamente il campanello perché il portinaio se ne fotte e lascia sempre l'ingresso spalancato. Che lo paghiamo a fare proprio non lo so.

Lisa stava attaccata alla gonnella della madre e non mi ha degnato di uno sguardo. Quando nonna Maddalena l'ha presa in braccio e gli ha fatto il solletico sui fianchi, invece, gli ha subito buttato le braccia al collo e si è dimenticata dei genitori che sono rimasti in piedi, immobili davanti a me. Ho chiesto se prendevano un caffè o se potevo offrire qualcosa e mentre chiedevo tiravo da sotto al tavolo le sedie per farli accomodare e mettevo al centro la fruttiera coi kiwi e i cioccolatini fantasia.

«Andiamo a fare un bagno al lago» ha detto Elisabetta scansando la sedia.

«Non è bello come il mare ma è sempre acqua» ho risposto per imbeccare il dialogo. «Sempre meglio che stare a casa» ho aggiunto. «Anche se ormai non è più come ai miei tempi, che la città diventava un fantasma. Adesso ci sono iniziative e festival tutti i giorni. Anche qui nel quartiere, hanno detto che metteranno una piscina gonfiabile...».

Loro nemmeno ascoltavano e mi guardavano come un soprammobile che è ora di buttare. Ho farfugliato qualche altra cosa sul fatto che anche noi di recente eravamo stati al lago e ci eravamo trovati bene.

«Tutto sommato anche la trota e il luccio sono pesci che iniziano a piacermi» ho concluso, dicendo pure una bugia perché a me non solo non mi piacciono, ma mi fanno impressione.

Hanno aperto di nuovo bocca per dire che rientravano in serata.

«Ci pensi tu a Lisa, mamma?» ha chiesto Elisabetta come se io fossi il portaombrelli, non suo padre.

Maddalena, distratta dai giochi con la nipote, ha risposto con un cenno del capo e loro sono usciti dicendo ciao. E cara grazia che hanno detto ciao.

Sono rimasto ad ascoltare quei gridolini ridenti di gioia che arrivavano dalla camera da letto e non avevo il coraggio di andare di là perché se no di sicuro le interrompevo visto che per Lisa ero un volto sconosciuto, brutto e spennacchiato. Non sapendo che fare mi sono sbarbato una seconda volta e mi sono vestito bene, con la camicia azzurra. I capelli ce li avevo tutti impizzati e quei pochi rimasti ho cercato di leccarmeli all'indietro con il mio pettine di tartaruga e di fermarli con uno spruzzo di lacca. Anche un goccetto di dopobarba sotto il mento e dietro le orecchie mi sono spalmato. Poi sono tornato sul divano ad aspettare che arrivassero.

Maddalena mi ha aiutato a fare amicizia e dopo qualche minuto che ripeteva a Lisa che ero nonno Ninetto già eravamo tutti e tre attorno al tavolo a disegnare con i pastelli. Io ho disegnato una vacca, così non dovevo chiedere troppi colori, anzi uno solo, il nero, perché per il resto le vacche sono bianche come i fogli. Poi Maddalena se n'è andata in cucina a preparare il farro e siamo rimasti io e Lisa che mi ha chiesto se mi andava di disegnare a terra. Sul tappeto a pancia in giù, mentre coloravo le chiazze della vacca e ripetevamo i versi degli animali, studiavo Lisa bella, controllando se in qualche punto del viso quella piccola trottola mi assomigliava, almeno alla lontana. È una picciridda coi capelli boccolosi, gli occhi fermi, la pelle color perla. Le dita delle mani, poi, sono lunghe, segno che verrà slanciata come suo padre. Quel sorriso senza il dente centrale la fa sembrare ancora più rubabaci. Siamo andati avanti a disegnare per un'oretta buona ed ero così in pace e mi sentivo talmente senza magagne che mi riusciva impossibile credere che nella vita ero stato carcerato. Ho disegnato sei vacche e muggivo che era un piacere. Dopo i disegni ho riempito una bacinella d'acqua e gli ho chiesto se sapeva giocare ai canottieri. Lei ha risposto di no e allora ho preso due noci, le ho aperte e con i gusci ho ricavato due barchette che abbiamo fatto correre con gli sbuffi di fiato. Per la seconda gara invece abbiamo usato i tappi di sughero e mentre soffiavo piano per farla vincere mi sono ricordato delle gare ai canottieri con Peppino e tutta la banda di marmocchi di San Cono. Per ore col culo sui talloni a sfiatarci senza sosta.

Ho aspettato il momento giusto, che è arrivato quando si è stancata di soffiare e ha detto che aveva caldo. Allora, senza domandare permesso a Maddalena, ho chiesto sottovoce: «Lisa, ti va di fare un giretto sulla bicicletta del nonno?».

Lei ha risposto di sì, ma prima voleva bere un succo di frutta. Maddalena nel frattempo era in bagno e così sono andato in cucina, ho preso dal cassetto un piccolo coltello di ceramica, l'ho avvolto in un panno, l'ho infilato in tasca e sono uscito con mia nipote, sgattaiolando in silenzio e chiudendo piano la porta. Siamo entrati nel bar di Helin e la Mei e l'ho alzata in braccio sul bancone per presentarglieli, anche se lei non sembrava molto interessata alla conoscenza. Però il succo di frutta l'ha bevuto di gusto e mi ha riferito che era buono, prima di confermarlo con un santissimo ruttuzzo.

In cantina ho tirato fuori la bicicletta e in fretta siamo partiti. Ho gironzolato attorno alla via, avanti e indietro avanti e indietro e poi ho preso per il parchetto. Lisa però non aveva voglia di fermarsi ai giardinetti, voleva ancora gironzolare e starsene beata con la faccia nel sole. Solo ogni tanto mi batteva la mano sul fianco per chiedermi di scampanellare e a ogni drin drin si faceva una risata. Così ho continuato a pedalare. Gli ho chiesto come andava l'asilo e se gli piaceva. Lei per dimostrare che era brava mi ha cantato una canzoncina e allora dalla gioia non ho più badato alla strada. Pedalavo senza direzione e mentre lei ripeteva certe filastrocche spettacolari respiravo profondo e pensavo, ecco in cosa mi assomiglia, nelle poesie. Molto meglio che nel naso o nella bocca o in altri dettagli poco importanti.

A furia di pedalare sono finito in un groviglio di vicoli affogati da un vento sciroccoso finché è spuntato l'alveare. Viale del Ghisallo, via Mambretti, Roserio e poi l'alveare. Il vento sollevava qua e là sbuffi di polvere secca che mi raschiavano la gola.

«Nonno, ma dove siamo? Come si chiama questo posto?» ha domandato smettendo di canticchiare.

«L'alveare si chiama».

«E ci sono le api?».

«No, niente api».

«E chi abita qui?».

«Ti ho portato a vedere dove vivevo io quando sono arrivato a Milano dalla Sicilia. Avevo nove anni».

Dopo che siamo scesi dalla bicicletta mi ha dato la mano e stretta a me, guardando bene da una parte e dall'altra, abbiamo attraversato la strada. Gli ho indicato la facciata squamata e cadente dell'alveare, poi l'ho portata nel cortile dove c'era un gruppo di negri con le facce forse da delinquenti forse da poveri cristi. Ho detto a Lisa che prima non ci abitava questa gente, ma c'eravamo noi emigranti e ci sfottevano e chiamavano terroni, rubapane, napulì, morti di fame e in altri modi offensivi. Lei guardava quelle facce trasandate e aguzze con tanto d'occhi. Sul marciapiede batteva qualche prostituta africana, qualcuna con l'espressione desolata e qualcun'altra da carnivora. Sicuramente quella gente lorda la spaventava ma io ci provavo gusto perché lo spavento gli faceva stringere di più la mia mano e chiamarmi ogni due per tre nonno e quella sua piccola mano mi metteva nel corpo un calore che non provavo da decine di anni, un calore che mi faceva sentire forte come quando stringevo la mano di mia figlia. Siamo entrati nel portone e gli ho spiegato che la stavo portando nella mia vecchia casa, al sesto piano, da dove si vedeva una ciminiera che sbuffava sempre. Siamo saliti per scale fetide, con l'acqua stagnante negli angoli e i muri che spurgavano umidità. Da non so dove arrivavano grida alte di litigi in una lingua incomprensibile. C'erano stracci e secchi rovesciati. Scarafaggi e vetri sbriciolati. Vestiti appesi alle ringhiere che facevano odore di terra e di catrame. Dalla porta di una casa è uscito un arabo grosso e barbuto, il volto furioso, il collo pieno di catene.

Per lo spavento Lisa mi ha stretto il braccio con tutte e due le mani. Io per non farla piangere gli accarezzavo i capelli. Gli ho ordinato di guardare dentro quella casa, quant'era piccola. Quel bestione per passare mi ha spinto e a momenti perdevo l'equilibrio e ruzzolavo giù dalla rampa. La picciridda guardandosi in giro faceva versi di disgusto, le lacrime quasi non le tratteneva più. Scendendo gli ho raccontato quante notti ho dormito capo e piedi, sotto lenzuola sporche e su materassi marci e gli ho raccontato anche delle acciughe maledette che mi lasciavano la bocca sempre pastosa.

«Qui niente è cambiato, tutto è ancora più brutto perché certi posti invecchiano su se stessi. Ci passano sempre gli ultimi degli ultimi e questi posti li accolgono, schifosi ma aperti, brutti ma generosi. Buoni come le suore missionarie. Forse sono loro la vera casa di Dio, non il Vaticano o le altre chiese piene d'oro, di stucchi veneziani e di arazzi» gli ho detto, sicurissimo che mi capisse.

Quando siamo tornati fuori il viso gli ha ripreso colore. Certamente credeva che avessi finito, invece l'ho trascinata pure vicino ai cancelli della ciminiera fumigante e per ridere gli ho parlato con le dita a molletta sul naso perché quel tubo enorme, da quando me ne sono andato, non ha smesso un secondo di affumicare il cielo e di impuzzolire l'aria. Lei ripeteva «blè blè», come quando il paesano Giuvà mi aveva fatto bere vino dalla borraccia. Gli ho poi raccontato del mio lavoro di galoppino di tovaglie, delle case che ho cambiato e di quanto mi dispiaceva aver interrotto la scuola.

«E pensa che quando abitavo qua avevo solo nove anni» ho detto, «ero un picciriddu di uno!».

Lei allora mi ha guardato dubbiosa e «Ma no, nonno!» ha esclamato contando sulle dita e mettendosi a ridere.

«A nove anni si è già grandi! Io ne ho cinque e nove è molto di più!» ha ragionato aprendo entrambe le mani per ricontare.

Sul marciapiede vicino al semaforo mi ha chiesto se le altre case dove avevo abitato erano là vicino ed erano tutte così brutte, ma io gli ho risposto che era rimasto solo l'alveare e che delle baracche, delle locande e anche delle fabbriche che affollavano quella zona non c'era più traccia, solo la ciminiera.

«Tutto è scomparso chissà dove».

Mentre slegavo la bicicletta Lisa guardava un gruppo di gentaglia che fumava in cerchio e si faceva cenni strani. Altri che ci passavano vicino sembravano chiedermi con gli occhi perché mai avevo portato quella bambolina a passeggiare in quel cesso di quartiere. Sotto quel sole feroce e con la città deserta. Io cercavo di spiegare che una storia per essere ben raccontata ha bisogno del suo scenario e che, alla fine, la gente che abita il mondo questa è, ed è inutile girare alla larga o fare gli schizzinosi perché tanto nella vita non si può sempre girare alla larga o fare gli schizzinosi, ma è meglio sbattere subito il grugno dritto su quello che siamo.

A casa siamo tornati con una vaschetta di gelato a quattro gusti. Ne abbiamo scelti due a testa, puffo e fragola lei, cioccolato fondente e crema io. Appena entrati Maddalena aveva gli occhi di fuoco e mi ha strappato Lisa, come se gliel'avessi rubata. Gli ha chiesto col fiatone se stava bene e cosa gli avevo fatto e poi subito l'ha cambiata perché era sudata e gli erano rimasti impiastrati i cattivi odori dell'alveare, della ciminiera e di tutti quei poveri cristi lordi e lerci come sempre sono i poveri cristi. Gli ha fatto mangiare l'insalata di farro e non mi ha guardato per tutto il pranzo, vietandomi di sedere al tavolo insieme a loro. Quando l'ha messa a riposare mi ha detto con la voce strozzata che ero un delinquente a uscire senza avvisare, un balordo a portarla in quel posto abominevole. Poi è scoppiata a piangere, piena di singhiozzi che la scuotevano. Io sono rimasto muto e non sapevo spiegargli come mai ero finito proprio all'alveare, in mezzo a quella marmaglia e a quello squallore. Maddalena ha continuato a minacciarmi, a ripetere che se lo venivano a sapere Elisabetta e Paolo non facevano vedere più la bambina neanche a lei e allora mi avrebbe lasciato e sarebbe andata a vivere con loro senza venire nemmeno al mio funerale. Mentre diceva così piangeva a dirotto e mentre piangeva mi tirava pugni sul petto ripetendo che mi odiava e mentre ripeteva che mi odiava io con la mano stringevo il coltello avvolto nel panno e cercavo di dirle con gli occhi che non è colpa mia se dalla vita non si impara una virgola.

A sera, quando sono rientrati Elisabetta e Paolo, Lisa gli è corsa incontro ed è saltata in braccio al padre. Gli ha scoccato baci che facevano un suono di nacchere. Quando Paolo gli ha chiesto come è andata la giornata lei, con la sua voce argentina, ha esclamato: «Bene! Nonno Ninetto mi ha portato in giro sulla bicicletta e mi ha raccontato una lunga storia!».

«Ah sì? E che storia ti ha raccontato?».

«La storia di quando era bambino».

Poi, per spiegarsi meglio, è scesa dalle sue braccia e ha continuato sgranando gli occhi: «Mi ha portato a vedere dove abitava quando aveva nove anni. Il posto era brutto e sporco, dalle porte uscivano uomini cattivissimi, però il nonno mi teneva così stretta la mano che io non avevo paura e non ho nemmeno pianto!» e ha fatto un bel salto di hip hip urrà.

A quelle parole ho sentito il cuore spostarsi nel petto, sgorgarsi da qualcosa che da troppi anni lo ostruiva e a cui non so dare un nome. E mi dispiace che in quel momento non è venuta a prendermi la morte, ma dopo che se la sono portata via, forse per sempre, sono rimasto vivo, per tutta la notte sveglio a cercare dalla finestra di via Jugoslavia una stella cadente, che non ho trovato.

Nota

Diversi studi riferiscono che, in Italia, il fenomeno dell'emigrazione infantile (sotto i dodici/tredici anni) si rivela ancora consistente nel periodo compreso tra il 1959 e il 1962, arco di tempo in cui si registra l'ultimo picco davvero significativo. Si tratta di bambini di famiglie povere o molto povere, principalmente del Mezzogiorno, che spesso non avevano nemmeno la possibilità di emigrare all'unisono. Allora i maschi (più raramente le femmine) partivano con parenti, oppure venivano affidati ad amici o conoscenti. Le mete erano quasi sempre le città del triangolo industriale, Torino-Milano-Genova. Lì i bambini si dovevano subito dare da fare per guadagnarsi da vivere, e lo facevano arrangiandosi con lavori di fortuna, rimediati alla meglio, ovviamente pagati a nero e, soprattutto, pagati poco. A volte i rapporti con l'adulto con cui sono partiti rimangono saldi, molte altre, specie se non si tratta di parenti stretti, si sfilacciano e ancora di più bisogna imparare a badare a se stessi e sbrigarsi a diventare adulti. Il rischio di chi non compie questo salto è quello di perdersi nella piccola e media criminalità o di rimanere ai margini.

La svolta arriva a quindici anni, quando molti di loro riescono ad entrare in fabbrica come operai. Con questo evento comincia una vita decisamente più sicura, che permette l'ingresso in una realtà strutturata e ben organizzata, la quale consente di guadagnare uno stipendio dignitoso e di ricevere un trattamento diverso da tutti i lavori precedenti. Dunque, una volta assunti, in un breve giro d'anni, a volte di mesi, ci si sposa, si compra casa e si mette su famiglia.

Questi uomini hanno oggi tra i sessanta e i settant'anni, alcuni lavorano ancora. Quando li ho intervistati ciò che più mi ha colpito erano i racconti della loro infanzia: ne parlavano come di un'epoca tanto difficile quanto avventurosa, piena com'è stata di imprevisti e di situazioni rocambolesche. L'entusiasmo, invece, si smorzava quando passavano a raccontare i trenta o quaranta anni di lavoro in fabbrica, spesso in catena di montaggio. Per questo secondo tempo c'è molto meno da dire: la vita diventa monotona, il lavoro spesso è alienante, il clima che si respira per qualcuno presenta qualche stimolo, ma per molti altri la fabbrica è deludente rispetto alle aspettative, a volte molto ingenue, che ne avevano. Insomma sull'entusiasmo di prima cala un silenzio imbarazzato, non di rado triste.

Ho intervistato una quindicina di persone con questa biografia, quasi tutte residenti a Milano e provincia, qualcuna a Torino, un paio a Genova. Senza le loro testimonianze e la loro generosità questo libro non sarebbe mai nato. Durante quegli incontri ho volutamente evitato di prendere appunti, in modo che le loro parole potessero risuonare e confondersi liberamente nella mia testa al momento della scrittura. I loro racconti mi hanno dato modo di conoscere meglio la Milano di allora e di confrontarla con quella di oggi; di recuperare il fascino di una lingua viva, che si porta dietro retaggi mai rimossi del dialetto d'origine, di italiano e di qualche inserto della parlata locale; di penetrare meglio una memoria insieme individuale e collettiva: una memoria a volte mitizzata, altre dolente. Mi hanno infine permesso di dare voce a vite così diverse dalla mia eppure così vicine nel tempo, così presenti sotto i nostri occhi. A loro è dedicato questo libro.

M. B.

Indice

Questo volume è stato stampato
su carta Palatina
delle Cartiere di Fabriano
nel mese di gennaio 2020

Stampa: Officine Grafiche soc. coop., Palermo

Legatura: LE.I.MA. s.r.l., Palermo

Il contesto

GW01239151

Vietnamese
Concise Dictionary

Vietnamese – English
English – Vietnamese

Berlitz Publishing
New York · Munich · Singapore

Edited by the Langenscheidt editorial staff

Based on a dictionary compiled by LEXUS

Activity section by Thu Ba Nguyen Hoai

Book in cover photo: © Punchstock/Medioimages

Neither the presence nor the absence of a designation
indicating that any entered word constitutes a trademark
should be regarded as affecting the legal status thereof.

07
08
09
10
11
5.
4.
3.
2.
1.

Preface

This new dictionary of English and Vietnamese is a tool with more than 40,000 references for learners of the Vietnamese language at beginner's or intermediate level.

The two sides of this dictionary, the English-Vietnamese and the Vietnamese-English, are quite different in structure and purpose. The English-Vietnamese is designed for productive usage, for self-expression in Vietnamese. The Vietnamese-English is a decoding dictionary to enable the native speaker of English to understand Vietnamese.

Clarity of presentation has been a major objective. Is the *mouse* you need for your computer, for example, the same in Vietnamese as the *mouse* you don't want in the house? The English-Vietnamese dictionary is rich in sense distinctions like this – and in translation options tied to specific, identified senses. The user-friendly layout with all headwords in blue allows the user to have quick access to all the words, expressions and their translations.

The additional activity section provides the user with an opportunity to develop language skills with a selection of engaging word puzzles. The games are designed specifically to improve vocabulary, spelling, grammar and comprehension in an enjoyable style.

Designed for a wide variety of uses, this dictionary will be of great value to those who wish to learn Vietnamese and have fun at the same time.

Contents

How to use the dictionary

To get the most out of your dictionary you should understand how and where to find the information you need. Whether you are yourself writing a text in Vietnamese or wanting to understand a text in Vietnamese, the following pages should help.

1. How and where do I find a word?

1.1 English headwords. The English word list is arranged in alphabetical order.

Sometimes you might want to look up terms made up of two separate words, for example **antivirus program**, or hyphenated words, for example **absent-minded**. These words are treated as though they were a single word and their alphabetical ordering reflects this. Compound words like **bookseller**, **bookstall** and **bookstore** are also listed in alphabetical order.

The only exception to this strict alphabetical ordering is made for English phrasal verbs – words like ♦**go off**, ♦**go out**, ♦**go up**. These are positioned directly after their main verb (in this case **go**), rather than being scattered around in alphabetical positions.

1.2 Vietnamese headwords. The Vietnamese word list is arranged in Vietnamese alphabetical order according to the following rules.

The characters **ă**, **â**, **đ**, **ê**, **ô**, **ơ** and **ư** are all treated as separate letters of the alphabet.

    ă comes after **a**
    â comes after **ă**
    đ comes after **d**
    ê comes after **e**
    ô comes after **o**
    ơ comes after **ô**
    ư comes after **u**

Ch is included in **C**; **F** is recognized as a letter; **gi** is included in **G**; **kh** is included in **K**; **ng** and **nh** are included in **N**; **ph** comes after the very short letter **P**; **th** and **tr** are included in **T**.

Tone marks are handled in the sequence:

a   mid-level tone
á   high rising tone
à   low falling tone
ả   low rising tone
ã   high broken tone
ạ   low broken tone

There are two joint criteria for ordering Vietnamese head-words: the letters of the alphabet and the tone marks. Words are first arranged into groups sharing a tone mark and are then sorted alphabetically within these groups. A change of tone mark means the start of a new alphabetically ordered block. Here is an example:

ha sít hashish

há open (one's mouth), open wide

há hốc mồm gasp; *há hốc mồm nhìn* gape at; gape

há miệng open one's mouth

hà hơi breathe out, exhale

hà lạm abuse

Hà lan Holland ◊ Dutch

hà mã hippopotamus

Hà Nội Hanoi

hà tiện stint on

hả huh? (*asking for confirmation*)

hả hê gloat

Note that, even though alphabetically **hà lạm** precedes **há miệng**, it must be positioned after it because of the tone on **hà** (low falling comes after high rising). The same applies to the positioning of **hả**, which starts a new alphabetically ordered block with the low rising tone.

The small number of words that can be written without hyphens and not syllable by syllable, are positioned as follows:

cạn chén! cheers!

cạn kiệt completely run out

cạn ly! cheers!

Canađa Canada ◊ Canadian

Hyphenated words are treated as though they had no hyphens or spaces:

hùng mạnh powerful

hùng vĩ majestic ◊ (sự) grandeur; majesty

Hung-ga-ri Hungary ◊ Hungarian

1.3 Running heads

If you are looking for an English or a Vietnamese word you can use the **running heads** printed in bold in the top corner of each page. The running head on the left tells you the *first* headword on the left-hand page and the one on the right tells you the *last* headword on the right-hand page.

2. Swung dashes

2.1 A swung dash (~) replaces the entire headword when the headword is repeated within an entry:

sly *person, look* ranh mãnh; **on the ~** kín đáo
Here **on the ~** means **on the sly**.

2.2 When a headword changes form in an entry, for example if it is put in the past tense or in the plural, then the past tense or plural ending is added to the swung dash – but only if the rest of the word doesn't change:

fluster *v/t* bối rối; **get ~ed** bị bối rối

But:

horrify: *I was horrified* tôi hoảng lên

♦**come back** trở về; *it came back to me* nhớ lại

2.3 Headwords made up of two, or sometimes three, words are replaced by a single swung dash:

♦**hold on** *v/i* (*wait*) chờ; TELEC giữ máy; *now ~ a minute!* này, đợi tí đã!

♦**come in on** tham gia vào; *~ a deal* tham gia vào một thỏa thuận

3. What do the different typefaces mean?

3.1 All Vietnamese and English headwords and the Arabic numerals differentiating English parts of speech appear in **bold**:

alcoholic 1 *n* người nghiện rượu **2** *adj* có rượu

Ngày Quốc Khánh National Day

3.2 *italics* are used for :

a) abbreviated grammatical labels: *adj, adv, v/i, v/t* etc

b) all the indicating words which are the signposts pointing to the correct translation for your needs

mailbox *(in street)* thùng thư bưu điện; *(of house)*, COMPUT hộp thư

Vietnamese 1 *adj* Việt Nam **2** *n (person)* người Việt; *(language)* tiếng Việt

serve 1 *n (in tennis)* cú giao bóng **2** *v/t food, customer, country* phục vụ **3** *v/i (give out food)* dọn cơm; *(as politician etc)* phục vụ; *(in tennis)* giao bóng; *it ~s you right* đáng đời anh/chị

khoang hàng hold *(in ship)*

sẽ sinh be due *(of baby)*

băng ice; tape *(for cassette)*

3.3 All phrases (examples and idioms) are given in **secondary bold italics**:

bắt capture, catch; pick up *criminal*; **bắt ... làm tù nhân** take ... prisoner

knowledge kiến thức; **to the best of my ~** theo như tôi biết; **have a good ~ of ...** có kiến thức sâu rộng về ...

3.4 Normal typeface is used for the translations.

3.5 If a translation is given in *italics*, and not in the normal typeface, this means that the translation is more of an *explanation* in the other language and that an explanation has to be given because there is no real equivalent:

Medicare *chế độ bảo hiểm y tế của nhà nước Mỹ*

walk-up *n căn hộ không có thang máy*

quả fruit ◊ *classifier for round things:* **quả hồng** persimmon

sấu alligator; crocodile; *imaginary animal made of stone or bronze in front of temples*

4. What do the various symbols and abbreviations tell you?

4.1 A solid black lozenge is used to indicate a phrasal verb:

♦**auction off** đem bán đấu giá

4.2 A white lozenge ◊ is used to divide up longer entries into more easily digested chunks of related bits of text:

a, an ◊ (*with một and classifier*): **~ book about Hanoi** một quyển sách về Hà Nội; **he rented ~ car** anh ấy thuê một chiếc ô tô; **is that an antique?** đó có phải là một thứ đồ cổ không?; **can I have ~ beer?** cho tôi xin một cốc bia; **five men and ~ woman** năm người đàn ông và một người đàn bà ◊ (*classifier without một*): **do you have ~ map?** anh/chị có bản đồ không?; **I don't have ~ map** tôi không có bản đồ ◊ (*no equivalent in Vietnamese*): **I'm ~ student** tôi là học sinh; **I have ~ headache** tôi đau đầu; **~ cousin of mine** anh chị em họ của tôi ◊ (*per*) một, mỗi; **$50 ~ ride** 50$ đi một lần; **$15 ~ night** 15$ một đêm

It is also used, in the Vietnamese-English dictionary, to split translations within an entry when the English grammatical part of speech of each translation is different:

vỡ nợ bankrupt ◊ go bankrupt

xã hội society ◊ social

kém hơn worse; inferior ◊ less

4.3 The abbreviation F tells you that the word or phrase is used colloquially rather than in formal contexts. The abbreviation V warns you that a word or phrase is vulgar or taboo. Be careful how you use these words.

4.4 A colon before an English or Vietnamese word or phrase means that usage is restricted to this specific example (at least as far as this dictionary's choice of vocabulary or examples is concerned):

accordance: **in ~ with** phù hợp với

chứ: **tôi có thể chứ? – đồng ý** can I? – ok

đếch: **tôi đếch cần!** I don't give a damn!

4.6 The letters X and Y are used to indicate insertion points for other words if you are building a complete sentence in Vietnamese, for example:

glue 1 *n* keo dán **2** *v/t* dán; **~ X to Y** dán X vào Y

Suspension points (...) are used in a similar way:

ok đồng ý; **is this bus ~ for ...?** xe buýt này có đi ... không?

5. Does the dictionary deal with grammar too?

5.1 All English headwords are given a part of speech label, unless, in normal modern English, the headword is only used as one part of speech and so no confusion or ambiguity is possible. In these cases no part of speech label is needed.

> **abolish** hủy bỏ
>
> **lastly** sau cùng

But:

> **glory** *n* sự vinh quang
> (*n* given because 'glory' could be a verb)
>
> **own**[1] *v/t* (*possess*) có
> (*v/t* given because 'own' is also an adjective)

5.2 Vietnamese headwords are not given part of speech labels. Where their English translations are of more than one part of speech, these are separated by a white lozenge. For example:

> **Mỹ La tinh** Latin America ◊ Latin American

5.3 Where a Vietnamese word has a grammatical function or a special linguistic function, this is illustrated:

> **không thể** cannot, can't ◊ (*forms negative adjectives*):
> **không thể làm X** (*được*) be unable to do X
>
> **những** some ◊ (*used to form plural nouns*): **những lời chia buồn** condolences; **những người giàu** the rich
>
> **cách đây** ago, before; from here ◊ (*denotes past tense*):
> **cách đây 2 dặm** it's 2 miles away; **cách đây bao lâu?** how long ago?
>
> **à** *used at the end of a sentence, to ask a friendly question or to clarify; at the beginning of a sentence to show surprise*; **nhiều thế cơ à?** as much as that?; **à quên** ah, I forgot!

6. sự

Entries with the structure:

> **ăn hối lộ** bribe ◊ (sự) bribery
>
> **ăn mòn** corrode ◊ (sự) corrosion

are frequent in the Vietnamese-English half of this dictionary. The bracketed word **sự** may optionally be used in Vietnamese contexts where an appropriate English translation would often be a noun. Use of **sự** is more likely in a more formal type of language.

Variants on **sự** are **việc** and **vụ**:

> **bán hàng** sell ◊ (việc) selling

> **giết người** kill ◊ (vụ) killing

On the English-Vietnamese side of the dictionary **sự** often precedes a noun translation. Whether or not it is actually to be used in a translation will depend on context:

> *parking is expensive*
> đỗ xe thì là đất

> *careless parking can be dangerous*
> sự đỗ xe bừa bãi có thể gây nguy hiểm

> *silence is golden*
> im lặng là vàng

> *a heavy silence followed*
> sau đó là một sự im lặng nặng nề

7. Classifiers

On the English-Vietnamese side of the dictionary noun translations are, where useful, entered with their classifiers:

> **banana** quả chuối

> **elephant** con voi

On the Vietnamese-English side of the dictionary nouns are generally not entered under their respective classifier, since the classifier will not always or necessarily accompany the noun in actual contexts of use. In most cases the classifier will be entered in its own alphabetical position. For example:

> **chuối** banana entered under **c**

> **voi** elephant entered under **v**

At **q** and **c** you will find:

> **quả** fruit ◊ *classifier for round things*: **quả hồng** persimmon

> **con** me (*addressing one's parents*) ◊ offspring; son; daughter; piece (*in board game*) ◊ *classifier for animals, pejoratively for people, for long objects*

8. Reversibility

It is a feature of Vietnamese, to be borne in mind when looking something up in the dictionary, that some words made up of more than one syllable can be written, for example, either as:

cải bắp cabbage

or as:

bắp cải cabbage

The pronunciation of Vietnamese

Vietnamese is written in the roman alphabet, using a system devised in 1548 by the French missionary, Alexandre de Rhodes. A number of the characters and character combinations used have special sounds, which are introduced in the following pages. Some sounds can be accurately described in English; for others English approximations can be given as guidance.

A shortened version of this pronunciation guide is given at the foot of each double page of the dictionary.

Consonants and consonant combinations

b	like the b in *b*aby
c	like the c in *c*uddle, always hard, with something of a g sound
ch (*at the start of a word*)	like the ch in *ch*urch
ch (*in final position*)	like the k in Pa*k*istan
d	in the North this is like the z in *z*ombie; in the South it is more like a y sound as in *y*ou
đ	like the d in *d*og
f	like the f in *f*ax (Vietnamese mostly uses ph for this sound)
g, **gh**	like the g in *g*o, always hard, but coming from further back in the throat, something like the way the Scots say lo*ch*
gi	the same as d, in the North this is like the z in *z*ombie; in the South it is more like a y sound as in *y*ou
h	like the h in *h*otel
k	like the k in Pa*k*istan
kh	a throaty k sound as in the way the Scots say lo*ch*
l	like the l in *l*oad
m	like the m in *m*other
n	like the n in *n*obody
ng, **ngh**	like the ng in so*ng*, remember not to pronounce the g
nh (*at the start of a word*)	like the ny in ca*ny*on or the ni in o*ni*on

nh (*in final position*)	like the ng in so*ng*, remember not to pronounce the g
p	like the p in *p*ool
ph	like the ph in *ph*ysical or *ph*otogra*ph*
qu	like the qu in *qu*ite
r	in the North this is like the z in *z*ombie; in the South it is r as in *r*ich
s	like the s in *s*oft or *s*illy; in the South you will also hear sh as in *sh*oot
t	between a t and a d; to get the sound, go to say *t*able then at the last second change your mouth to say *d*able; like the t in s*t*and
th	a weaker t sound, barely discernible from t, breathe out a very slight h after the t sound
tr	like the ch in *ch*urch; in the South like tr in *tr*ain
x	like the s in *s*oft

Single vowels

a	like the a in h*a*t; can be longer, like the a in f*a*ther if not followed by a consonant
ă	like the a in h*a*rd, but don't pronounce the r sound
â	like the u in b*u*t
e	like the e in r*e*d
ê	like the ay in s*ay*; like the French é
i	like the i in t*i*n
o	like the au in f*au*lt or the o in c*o*rd; if in final position (without a following consonant) it can be slightly longer
ô	like the o in g*o*
ơ	like the u in f*u*r, but don't pronounce an r sound
u	like the oo in s*oo*n
ư	like the ew in d*ew*, but without any y sound; like the u in French d*u*; say a oo sound with teeth together and lips spread wide
y	like the i in s*i*n

Vowel combinations

ai	like the ai in S*ai*gon
ao	like the ao in M*ao*
au	a-oo

âu	like the o in s*o*
ay	like the ay in pl*ay*
ây	uh-i
eo	eh-ao
êu	ay-oo
iê	can also be pronounced i-uh as well as i-eh
iêu	i-yoh
iu	like the ew in f*ew*
oa	wa
oai	like the word *why*
oe	weh
ôi	like the oy in t*oy*
ơi	u*r*-i but don't pronounce an r sound
ua	oo-a, with the a as the er in lett*er*
uâ	oo-uh
uê	way; the ay as in the French é
ửi	u*r*-i, but don't pronounce an r sound
uôi	oo-oy
ươ	ew-u*r*, but don't pronounce an r sound
uy	wee
ưa	u*r*-uh, as in the sound made to express disgust: *ugh*
ưu	u*r*-ew, but don't pronounce the r
ươi	oo-uh-i

Some special combinations

ênh	uhng
qua	kwa, with the a as in b*ar*
oc	aok
ong	aong
ông	ong
uyên	oo-in
uyêt	oo-yit

Tones

Tones determine meaning, so getting the tone right is critically important.

Mid-level tone, as in **ta** (let's): there is no tone marker for this; the voice stays at a level pitch slightly above normal pitch.

High rising tone, as in **tá** (dozen): the pitch starts a little lower than at mid-level tone and then rises sharply.

Low falling tone, as in **tà** (low in the sky; setting; magical): the pitch starts lower than mid-level tone and then drops off.

Low rising tone, as in **tả** (describe): the pitch starts at the same level as the low falling tone then dips and rises again back to the starting point.

High broken tone, as in **tã** (diaper): the pitch starts a little above the starting point of the low falling tone, dips, then rises sharply to finish above the starting point.

Low broken tone, as in **tạ** (weight): the pitch starts at the same level as the low falling tone then immediately drops off.

The final consonant of words with a low broken tone is barely audible. For example **đẹp** can sound pretty much like 'deh'. Put your lips in the position to say the final consonant, but stop short of actually pronouncing it.

Abbreviations

adj	adjective	MUS	music
adv	adverb	(*N*)	Northern Vietnamese
ANAT	anatomy	*n*	noun
BIO	biology	NAUT	nautical
BOT	botany	*pej*	pejorative
Br	British English	PHOT	photography
CHEM	chemistry	PHYS	physics
COM	commerce, business	POL	politics
COMPUT	computers, IT term	*prep*	preposition
		pron	pronoun
		PSYCH	psychology
conj	conjunction	RAD	radio
EDU	education	RAIL	railroad
ELEC	electricity, electronics	REL	religion
		(*S*)	Southern Vietnamese
F	familiar, colloquial	s.o.	someone
fig	figurative	SP	sports
FIN	financial	sth	something
fml	formal usage	TECH	technology
GRAM	grammar	TELEC	telecommunications
hum	humorous	THEA	theater
interj	interjection	TV	television
LAW	law	V	vulgar
MATH	mathematics	*v/i*	intransitive verb
MED	medicine	*v/t*	transitive verb
MIL	military	→	see
MOT	motoring	®	registered trademark

A

a lô hello (*on the phone*)
Á Châu Asia ◊ Asian
à *used at the end of a sentence, to ask a friendly question or to clarify; at the beginning of a sentence to show surprise;* **nhiều thế cơ à?** as much as that?; **à quên** ah, I forgot!
ả (*poetic*) young girl
Ả rập Arab ◊ Arabic
Ả rập Xê út Saudi Arabia ◊ Saudi Arabian
ạ *particle used at the end of a sentence to indicate politeness, respect or friendliness;* **được ạ** very well (*acknowledging an order*)
ác cruel; mean
ác độc cruel, brutal ◊ (*sự*) cruelty, brutality
ác hại harmful; hurtful; detrimental
ác liệt violent; fierce
ác mộng nightmare
ác ôn villain
ác quy battery
ác tâm malicious; malevolent ◊ (*sự*) malice
ác tính malignant
ác ý malicious; mischievous ◊ (*sự*) spite
ách yoke
ách tắc jam
ách tắc giao thông traffic jam
Ác-hen-ti-na Argentina ◊ Argentinian
a-đáp-tơ adapter
ai someone; anyone; one, you (*impersonal*) ◊ who; whom; **ai đó?** who is that?, who's there?; **ai là người cao nhất trong các cậu?** which of the boys is tallest?; **ai là người tiếp sau?** who's next?; **ai biết đâu** you never know

Ai cập Egypt ◊ Egyptian
ai mà whoever
ai nấy everybody
Ai-len Ireland ◊ Irish
Ái Nhĩ Lan Ireland ◊ Irish
am hiểu knowledgeable, clued-up
ám ảnh neurotic; **nỗi ám ảnh** obsession
ám chỉ allude to, refer to; insinuate ◊ (*sự*) reference
ám hại harm, hurt
ám muội fishy; sleazy
ám nghĩa ambiguity
ám sát assassinate ◊ (*sự*) assassination
ảm đạm bleak, dismal; sullen
amiđan tonsils
an ninh secure, safe ◊ (*sự*) security
an toàn safe ◊ (*sự*) safety
an toàn trên hết safety first
an tọa sit down; be seated; **xin tiếp tục an tọa** please remain seated
an ủi comfort, console ◊ (*sự*) comfort, consolation; **không an ủi được** inconsolable
án tử hình death penalty
anbom ảnh photo album
AND DNA, deoxyribonucleic acid
Anh Britain; England ◊ British; English
anh me (*male addressing one's younger brother, sister, member of younger generation*); you (*less formal: to younger man*) ◊ brother (*older*); cousin (*older*)
anh ấy he; him (*young man*)
anh cả eldest brother
anh chàng fellow, guy
anh chồng brother-in-law (*older, on husband's side*)
anh chú bác cousin (*paternal:*

older male)

anh đào cherry (tree); cherry blossom

anh em brothers ◊ brotherly; fraternal; *họ là anh em trai* they're brothers

anh hầu bàn ơi! waiter!

anh hầu bàn phụ busboy

anh hề clown

anh họ cousin (*maternal, older male*)

anh hùng heroic

Anh kim pound sterling

anh ngốc idiot

Anh Quốc England

anh rể brother-in-law (*older, on sister's side*)

anh trai older brother, big brother

anh túc poppy

anh vợ brother-in-law (*older, on wife's side*)

anh yêu darling, honey (*woman to man*)

ánh bạc silver

ánh chói glare

ánh chớp flash of lightning

ánh chớp sáng flash

ánh lên gleam

ánh lửa glow of a fire

ánh mắt glint

ánh mặt trời sunlight

ánh nắng sunshine

ánh sáng light; lighting

ánh sáng ban ngày daylight

ánh sáng mờ đục glow

ánh sáng nêông neon light

ánh sao starlight

ánh trăng moonlight

ảnh photo ◊ (*S*) he

ảnh chụp photograph; shot

ảnh chụp từ trên không aerial photograph

ảnh chụp X quang X-ray

ảnh hưởng influence; impact

◊ affect; *có ảnh hưởng tốt/xấu đối với ai* be a good/bad influence on s.o.; *có ảnh hưởng sâu rộng* sweeping

ảnh hưởng đến influence

ảnh in print

ảnh màu color photograph

ảnh thờ picture of a dead person

ảnh thực real image

ao pond; ounce

ao bùn muddy pond

ao sen lotus pond

ao ước yearn for

ao xơ ounce

Áo Austria ◊ Austrian

áo shirt; top (*clothing*)

ào ào nonstop; *mưa bắt đầu trút xuống ào ào* it started raining with a vengeance

áo ấm sweater; warm clothes

áo bà ba woman's traditional collarless shirt

áo bơi swimsuit

áo choàng blouse; gown; robe; coat

áo choàng mặc trong nhà robe

áo choàng tắm bathrobe

áo cổ lọ turtleneck (sweater)

áo cưới wedding dress

áo cứu đắm life preserver

áo dài traditional Vietnamese dress

áo dạ hội evening dress

áo đan sweater

áo đồng phục nữ tunic

áo giáp armor

áo gi-lê vest

áo gối pillowcase, pillowslip

áo khoác overcoat

áo khoác ngoài robe

áo ki-mô-nô kimono

áo lạnh sweater

áo len woolen (garment)

áo len cổ chui sweater

ch (*final*) k	**gh** g	**nh** (*final*) ng	**r** z; (*S*) r	**x** s	**â** (but)	**i** (tin)
d z; (*S*) y	**gi** z; (*S*) y	**ph** f	**th** t	**a** (hat)	**e** (red)	**o** (saw)
đ d	**nh** (onion)	**qu** kw	**tr** ch	**ă** (hard)	**ê** ay	**ô** oh

áo len đan cardigan
áo lót undershirt
áo lông chồn mink (coat)
áo mưa raincoat
áo ngoài jacket
áo ngủ đàn bà nightdress, nightgown
áo ngủ nam nightshirt
áo phao (bơi) life jacket
áo phông (*N*) T-shirt
áo pigiama pajama jacket
áo quần garment
áo quần vải thô dungarees
áo săng-đay jersey
áo sơ mi shirt
áo sơ mi cổ lọ polo shirt
áo sơ mi đàn bà blouse
áo tàng hình on-line invisibility
áo tắm swimsuit
áo tắm hai mảnh bikini
áo thun (*S*) T-shirt
áo thụng gown
áo trong underwear
áo váy bầu maternity dress
áo vét coat; jacket
áo vét nam thường sportscoat
áo vét phi công bomber jacket

áo vét tông (suit) jacket, coat
áo vệ sinh sweatshirt
áo xmốckinh tuxedo, dinner jacket
ảo ảnh mirage
ảo giác optical illusion
ảo hoặc deceitful
ảo tưởng delusion; illusion
áp bức oppress
áp chế tyrannize
áp chót penultimate
áp cuối last but one
áp dụng apply; apply to; *áp dụng các biện pháp* take steps
áp dụng được applicable
áp đảo overpower
áp lực pressure
áp phích poster, bill; placard
áp suất pressure
áp suất cao high pressure
áp xe abscess
Ap-ga-ni-xtăng Afghanistan ◊ Afghan
aspirin aspirin
át drown
át hẳn eclipse
axít acid

Ă

ăn eat; have *meal*; receive; attend, go to; celebrate, observe ◊ responsive *brakes*; *ăn hoa hồng* receive a commission; *ăn Tết* observe Tet
ăn ảnh photogenic
ăn bám sponge off; *kẻ/tên/tay ăn bám* sponger, parasite

ăn bẩn eat dirt; make a profit in an improper way
ăn bẻo steal food; shortchange
ăn biếu accept a gift
ăn bữa chính dine
ăn cắp steal ◊ (sự) larceny
ăn cắp vặt pilfer ◊ (sự) pilfering
ăn chạc eat without paying

ơ u*r*	**y** (tin)	**ây** uh-i	**iê** i-uh	**oa** wa	**ôi** oy	**uy** wee	**ong** aong
u (soon)	**au** a-oo	**eo** eh-ao	**iêu** i-yoh	**oai** wai	**ơi** u*r*-i	**ênh** uhng	**uyên** oo-in
ư (dew)	**âu** oh	**êu** ay-oo	**iu** ew	**oe** weh	**uê** way	**oc** aok	**uyêt** oo-yit

ăn chay vegetarian
ăn chay triệt để vegan
ăn chặn misappropriate
ăn chia share
ăn chơi have fun; *kẻ/tên/tay ăn chơi* playboy
ăn chung eat at the same table
ăn cơm have a meal, eat
ăn cơm tối have dinner
ăn cỗ attend a banquet
ăn cưới attend a wedding celebration
ăn cướp rob; steal; *ăn cướp cơm chim* rob the poor
ăn dỗ extort
ăn đất bite the dust, die
ăn đút accept bribes
ăn được edible, eatable
ăn giá agree on a price
ăn giải win the prize
ăn giỗ attend a death anniversary feast
ăn gỏi eat uncooked food
ăn hàng dine out; eat in the street
ăn hết consume, eat up
ăn hỏi celebrate an engagement
ăn hối lộ bribe ◊ (sự) bribery
ăn khớp coincide (with)
ăn kiêng diet
ăn lãi profit
ăn lễ feast; take bribes
ăn lời go back on one's promise; not take advice; make a profit
ăn lương employed, paid
ăn mày beg
ăn mặc dress, way of dressing
ăn mặc cải trang dress up
ăn mặc chỉnh tề well-groomed ◊ smarten up
ăn mặc lịch sự well-dressed
ăn mặc lôi thôi slovenly dressed
ăn mặc thật diện dress up
ăn mặn eat meat and fish; like salty food

ăn miếng trả miếng tit for tat
ăn mòn corrode ◊ (sự) corrosion
ăn mừng celebrate
ăn năn repent ◊ (sự) penitence
ăn nằm sleep with
ăn ngấu nghiến, ăn nghiến ngấu devour, wolf down
ăn ngon miệng relish
ăn nhạt eat simple food
ăn nhập blend in
ăn nhịn eat sparingly
ăn nhồi nhét gorge; *ăn nhồi nhét gì* gorge oneself on sth
ăn no hết mức eat one's fill
ăn nói lưu loát articulate
ăn nói mạch lạc coherent
ăn nốt finish up
ăn sáng have breakfast
ăn tạm have a bite (to eat)
ăn tham gluttonous
ăn thua go for it; go flat out; *không ăn thua gì* not effective; not working
ăn tiệc feast
ăn tiền accept bribes; bring good results
ăn trầu chew betel
ăn trộm burglarize; rob
ăn trưa have lunch
ăn uống eat and drink; *ăn uống gì chưa?* have you eaten?
ăn uống ngon miệng hearty appetite
ăn và ở trọ board and lodging
ăn vặt snack, eat on the go
ăn vận thật diện get dolled up
ăn vận tươm tất decent
ăn vội gobble
ăn xin beg, panhandle
ăn xong finish (eating)
ăn ý get along
Ăng co Angkor Wat
Ăng ghen Engels
ăng ten aerial, antenna

ch (*final*) k	**gh** g	**nh** (*final*) ng	**r** z; (*S*) r	**x** s	**â** (but)	**i** (tin)
d z; (*S*) y	**gi** z; (*S*) y	**ph** f	**th** t	**a** (hat)	**e** (red)	**o** (saw)
đ d	**nh** (onion)	**qu** kw	**tr** ch	**ă** (hard)	**ê** ay	**ô** oh

Â

âm negative ◊ minus; ***âm 4 độ***
  minus 4 degrees
âm ấm lukewarm, tepid
âm dương Yin and Yang
âm đạo vagina ◊ vaginal
âm học acoustics
âm ỉ brew; smolder ◊ dull; insidious
âm lịch lunar calendar
âm lượng volume
âm mưu conspiracy; plot ◊ scheme;
  conspire
âm nhạc music ◊ musical
âm phủ underworld (*in mythology*)
âm thanh sound; tone; audio
âm tiết syllable
ấm warm
ấm áp warm ◊ (*sự*) warmth
ấm cúng cozy, snug
ấm đun nước kettle
ấm lên warm up
ấm pha trà teapot
ầm ầm roar (*of traffic etc*)
ầm ĩ loud ◊ (*sự*) fuss; ***tiếng ầm ĩ***
  din, racket
ẩm damp; moist; humid
ẩm mốc stale
ẩm ướt clammy
ân cần nice, pleasant; kind
Ấn India ◊ Indian

ấn press; thrust; ***ấn gì vào tay ai***
  thrust sth into s.o.'s hands
ấn định set, fix
Ấn Độ India ◊ Indian
ấn phẩm printed matter
ấn tượng impression; ***tôi không***
  bị ấn tượng I'm not impressed;
  cô ta gây ấn tượng như ... she
  comes across as ...; ***cô ấy gây***
  cho tôi ấn tượng về ... she
  struck me as being ...
ẩn hidden
ẩn náu take refuge
ẩn nấp hide
ẩn sĩ hermit
ấp hamlet
ấp ủ harbor *grudge*
ấp chiến lược strategic hamlet
ấp tự vệ homeguard hamlet
ấp ủ trong lòng cherish
ất water in the home (*in Vietnamese*
  zodiac)
Âu hóa westernize ◊ westernized
âu yếm tender ◊ (*sự*) tenderness
  ◊ pet (*of couple*)
ấu trùng grub, larva
ẩu reckless, negligent; ***lái xe ẩu***
  careless driving
ấy that; those

ơ ur	**y** (tin)	**ây** uh-i	**iê** i-uh	**oa** wa	**ôi** oy	**uy** wee	**ong** aong
u (soon)	**au** a-oo	**eo** eh-ao	**iêu** i-yoh	**oai** wai	**ơi** ur-i	**ênh** uhng	**uyên** oo-in
ư (dew)	**âu** oh	**êu** ay-oo	**iu** ew	**oe** weh	**uê** way	**oc** aok	**uyêt** oo-yit

B

ba three ◊ (*S*) father; dad ◊ me
  (*father addressing his children*)
ba ba fresh water turtle
ba bó một gia dead certainty
ba chớp ba nhoáng carelessly, in
  a slapdash manner
Ba Lan Poland ◊ Polish
ba lê ballet
ba lô backpack, rucksack
ba mươi thirty
ba phần tư three quarters
bà grandma, granny; lady (*older
  woman*); Mrs; Ms ◊ you
bà ấy her (*older woman*)
bà chủ mistress; boss (*female*)
bà chủ nhà hostess
bà chủ quán landlady (*of bar*)
bà chủ trọ landlady (*of hostel etc*)
bà con relative
bà già mother (*informal*);
  grandmother
bà giám đốc manageress
bà ngoại grandmother (*maternal*)
bà nội grandmother (*paternal*)
bà nội trợ housewife
bà ông great-grandmother
ba vợ father-in-law
bả (*S*) she ◊ her
bã dregs
bã chè tea leaves
bác uncle (*father's older brother/
  man older than one's parents, not
  related*); aunt
bác bỏ dismiss; reject; throw out
  plan; disprove; overrule; repudiate
  ◊ (*sự*) rejection
bác gái aunt

bác sĩ doctor
bác sĩ gia đình family doctor
bác sĩ khoa mắt ophthalmologist
bác sĩ nhi khoa pediatrician
bác sĩ nội khoa internist
bác sĩ phẫu thuật surgeon
bác sĩ phẫu thuật não brain
  surgeon
bác sĩ phẫu thuật thẩm mỹ
  cosmetic surgeon
bác sĩ phụ khoa gynecologist
bác sĩ sản khoa obstetrician
bác sĩ tâm thần psychiatrist
bác sĩ thần kinh neurologist
bác sĩ thú y vet, veterinarian
bác sĩ trị liệu therapist
bác sĩ trực duty doctor
bác sĩ y khoa MD, Doctor of
  Medicine
bác trai uncle
bạc silver
bạc bẽo thankless
bạc hà mint; spearmint
bạc hạnh bad luck
bạc màu faded
bạc mệnh ill fate
bạc phận doom
bạc trắng white
bách one hundred
bạch cầu leukemia
bách hóa department store
bạch bì albino
Bạch Cung the White House
bạch đàn sandalwood
bạch huyết lymph
bạch kim platinum
bạch phiến heroin

---

ch (*final*) k	**gh** g	**nh** (*final*) ng	**r** z; (*S*) r	**x** s	**â** (but)	**i** (tin)
d z; (*S*) y	**gi** z; (*S*) y	**ph** f	**th** t	**a** (hat)	**e** (red)	**o** (saw)
đ d	**nh** (onion)	**qu** kw	**tr** ch	**ă** (hard)	**ê** ay	**ô** oh

bạch tuộc octopus
bai byte
bài lesson; text; card game
bài bác criticize; to find fault (with)
bài báo article; story (*in paper*)
bài báo cắt ra clipping, cutting
bài bỏ repel
bài brít bridge (*card game*)
bài "Cha của chúng con" Lord's Prayer
bài chính tả dictation; spelling
bài chuyên đề feature
bài công nghệ technophobia
bài diễn văn speech
bài đàn musical composition
bài đề dẫn keynote speech
bài giảng lecture
bài hát song; chant
bài hát chủ đề theme song
bài hát dân ca folk song
bài hát mừng Nô-en Christmas carol
bài hát nhạc pốp pop song
bài hát ru lullaby
bài học lesson; moral (*of story*)
bài học lái xe driving lesson
bài làm assignment EDU
bài lên lớp sermon
bài luận composition, essay
bài ngoại xenophobic
bài nói chuyện talk, lecture
bài phê bình review, write-up
bài quảng cáo plug
bài tập drill; exercise
bài tập về nhà homework
bài thánh ca hymn
bài thi (examination) paper
bài thơ poem
bài thuyết pháp sermon
bài tiểu luận essay
bài toán số học sum
bài trừ eliminate, abolish
bài tường thuật report

bài viết article; contribution
bài xì poker
bãi flat; expanse field; yard
bãi biển beach
bãi bỏ cancel ◊ (sự) cancellation
bãi cá fishing place
bãi cạn sandbar
bãi chiến trường battlefield
bãi chợ market square
bãi cỏ lawn
bãi công strike; industrial action ◊ go on strike; be on strike
bãi công bất ngờ walkout
bãi đất hoang wilderness (*garden etc*)
bãi để ngựa paddock (*for horses*)
bãi đỗ xe parking lot
bãi hạ cánh landing field; landing strip
bãi học student strike
bãi hôn call off an engagement
bãi lệ get rid of a habit
bãi lệnh revoke an order
bãi luật abrogate
bãi mìn minefield
bãi muối salt lands
bãi nhốt pen, enclosure
bãi quây ngựa corral
bãi sa mạc desert
bãi tập hợp ngựa paddock (*at racetrack*)
bại liệt polio
bám stick to
bám chặt lấy cling to
bám lắng nhắng clingy
bám lấy cling to; stick to
bám riết dog (*of bad luck*)
bám theo keep to
ban confer, bestow ◊ section, department
ban cho grant
ban công (*N*) balcony
ban đầu initial ◊ initially
ban đêm night ◊ by night

ơ ur   y (tin)   ây uh-i   iê i-uh   oa wa   ôi oy   uy wee   ong aong
u (soon)   au a-oo   eo eh-ao   iêu i-yoh   oai wai   ơi ur-i   ênh uhng   uyên oo-in
ư (dew)   âu oh   êu ay-oo   iu ew   oe weh   uê way   oc aok   uyêt oo-yit

ban đỏ scarlet fever
ban giám đốc board (of directors)
ban giám khảo jury
ban hành enact
ban hội thẩm jury
ban ngày by day
ban nhạc band
ban nhạc pốp band, pop group
ban phúc bless; *Chúa ban phúc cho anh/chị!* (God) bless you!
ban quản trị management, managers
Ban Việt Kiều Trung Ương Central Committee of Overseas Vietnamese
bán sell; market; stock; push *drugs* ◊ (sự) sale; *kẻ/tên/tay bán ma túy* (drug) dealer; *đưa ra bán* put up for sale; *được đưa ra bán* be on the market
bán buôn wholesale
bán cầu hemisphere
bán chịu credit FIN
bán đảo peninsula
bán đấu giá auction
bán được fetch; realize FIN
bán hàng sell ◊ (việc) selling
bán hàng qua điện thoại telesales
bán hạ giá cut-price ◊ (sự) sale (*reduced prices*)
bán kết semifinal
bán kính radius
bán lẻ retail; *bán lẻ với giá ...* retail at ...
bán quá đắt overcharge
bán quân sự paramilitary
bán rẻ hơn undercut
bán thanh lý clearance sale
bán vé tickets; ticket office
bàn table
bàn ăn dining table
bàn cãi dispute
bàn cãi về debate

bàn chải brush
bàn chải quần áo clothes brush
bàn chải răng toothbrush
bàn chải tay nailbrush
bàn chải tóc hairbrush
bàn chân foot
bàn cọ scrubbing brush
bàn công chuyện talk shop
bàn cờ board; chessboard
bàn cờ đam checkerboard
bàn đánh pun pool table
bàn đạp pedal
bàn đạp phanh brake pedal
bàn ghi tên đi máy bay check-in (counter)
bàn học sinh desk
bàn là (*N*) iron
bàn là có bộ phận phun nước (*N*) steam iron
bàn làm việc desk; bureau
bàn luận talk; discuss
bàn phím keyboard
bàn quay turntable
bàn tay hand
bàn thắng goal
bàn thấp nhỏ coffee table
bàn thờ altar
bàn thợ bench
bàn trang điểm dresser, dressing table
bàn ủi (*S*) iron
bàn vẽ drawing board
bàn về discuss
bản copy; version; *bản dịch Kinh thánh ra tiếng Việt* the Vietnamese version of the Bible
bản âm negative (*film*)
bản báo cáo account, report
bản báo giá quotation, quote
bản câu hỏi questionnaire
bản chất nature
bản công xéc tô concerto
bản doanh base
bản dự thảo luật bill POL

ch (*final*) k	**gh** g	**nh** (*final*) ng	**r** z; (*S*) r	**x** s	**â** (but)	**i** (tin)
d z; (*S*) y	**gi** z; (*S*) y	**ph** f	**th** t	**a** (hat)	**e** (red)	**o** (saw)
đ d	**nh** (onion)	**qu** kw	**tr** ch	**ă** (hard)	**ê** ay	**ô** oh

bản đồ chart; map
bản giao hưởng symphony
bản in printout; **bản in của cuốn sách đã hết** the book is out of print
bản in ra giấy hard copy
bản in thử proof (*of book*)
bản kê các khoản checklist
bản khai statement (*to police*)
bản khai thu nhập cá nhân tax return
bản khắc axít etching
bản kiến nghị motion, proposal
bản lề hinge
bản miêu tả profile
bản miêu tả công việc job description
bản năng instinct
bản nhạc music
bản phóng tác adaptation; version
bản quyền copyright
bản sao copy; duplicate; replica; backup; **làm một bản sao** take a backup COMPUT
bản sao chụp photocopy
bản thành tích học tập report card
bản thảo copy (*written material*); draft; manuscript
bản thân personally ◊ self
bản thân anh yourself
bản thân anh ấy himself
bản thân chúng ta, bản thân chúng tôi ourselves
bản thân cô ấy herself
bản thân họ themselves
bản thân nó itself
bản thân tôi myself
bản thiết kế design
bản thông báo statement
bản tin bulletin
bản tin đặc biệt newsflash
bản tính công tác phí expense account
bản tóm tắt précis, summary
bản tổng phổ score
bản tuyên ngôn declaration
bản tự truyện autobiography
bạn friend, pal; **bạn tốt/xấu** be good/bad company
bạn cùng chơi playmate
bạn cùng lớp classmate
bạn cùng lứa tuổi peer
bạn cùng phòng roommate
bạn đồng nghiệp colleague
bạn đời partner
bạn đường fellow traveler; comrade
bạn gái girlfriend
bạn nhảy partner (*dancing*)
bạn thân buddy
bạn thư từ pen friend, penpal
bạn tình have sex with; make love to
bạn trai boyfriend
bạn trên thư từ pen friend, penpal
bạn tù inmate
bang state
báng bổ blaspheme
bàng hoàng shaken; screwed up; **ở trạng thái bàng hoàng** in a daze
bàng quang bladder
bảng board (*for notices*)
bảng Anh pound sterling
bảng biểu table (*of figures*)
bảng chạm touchpad COMPUT
bảng chuyển đổi conversion table
bảng chú dẫn index
bảng chú giải thuật ngữ glossary
bảng chữ cái alphabet
bảng dán quảng cáo billboard
bảng đen blackboard
bảng điều khiển control panel
bảng đồng hồ dashboard

ơ u*r*	y (tin)	ây uh-i	iê i-uh	oa wa	ôi oy	uy wee	ong aong
u (soon)	au a-oo	eo eh-ao	iêu i-yoh	oai wai	ơi ur-i	ênh uhng	uyên oo-in
ư (dew)	âu oh	êu ay-oo	iu ew	oe weh	uê way	oc aok	uyêt oo-yit

bảng giá tariff
bảng hiệu sign
bảng hiệu giao thông traffic sign
bảng kiểm kê inventory
bảng lương payroll; *có tên trên bảng lương* be on the payroll
bảng mạch điện circuit board
bảng mạch mẹ motherboard
bảng phân công rota
bảng rượu wine list
bảng tin thông báo bulletin board
bảng tính spreadsheet
bảng từ vựng vocabulary, glossary
banh (*S*) ball
banh miệng gag
bánh cake
bánh bao steamed dumpling
bánh bích qui cookie
bánh bông lan flan
bánh có nhân quả băm mince pie
bánh cưới wedding cake
bánh gừng gingerbread
bánh hấp steamed dumpling
bánh kem quế ice-cream cone
bánh kẹo confectionery
bánh kếp pancake
bánh lái helm; rudder; steering wheel
bánh mì bread
bánh mì cắt lát sliced bread
bánh mì kẹp thịt bò hamburger
bánh mì kẹp thịt burger
bánh mì lúa mạch đen rye bread
bánh mì ngọt bun
bánh nếp glutinous rice cake
bánh ngọt cake
bánh nướng moon cake; pastry
bánh nướng có nhân pie
bánh nướng nhân hoa quả dumpling
bánh nướng xốp muffin
bánh pho mát cheesecake

bánh phồng tôm prawn crackers
bánh piza pizza
bánh quế crispy cinnamon roll
bánh quy giòn cracker
bánh rán deep fried cake
bánh răng cogwheel
bánh sandwich sandwich
bánh sô cô la chocolate cake
bánh su sê traditional cassava wedding cake
bánh táo apple pie
bánh tráng pancake
bánh xà phòng a bar of soap
bánh xăng đuých sandwich
bánh xe wheel
bánh xèo rice pancake
bảnh bao smart, stylish
bao pack; pouch; sheath (*for knife*) ◊ include; treat (*to a meal*), foot the bill
bao bì packaging
bao cao su condom, sheath
bao cát sandbag
bao che cho cover up for
bao con nhộng capsule
bao đeo thắt lưng fanny pack
bao giờ ever ◊ when; *bao giờ thì tôi có thể lấy lại?* when can I have it back?
bao gồm include, incorporate
bao gồm cả inclusive of; *bao gồm tất cả* inclusive *price*
bao la boundless; vast
bao lâu? how long?; *bao lâu một lần?* how often?; *cách đây bao lâu?* how long ago?; *anh/chị tính ở lại bao lâu?* how long do you intend to stay?
bao lơn (*S*) balcony
bao nhiêu? how many?; how much?; *cái đó giá bao nhiêu?* how much does it cost?; *đến ... thì xa bao nhiêu?* how far is it to ...?; *tất cả là bao nhiêu?* how

---

ch (*final*) k	**gh** g	**nh** (*final*) ng	**r** z; (*S*) r	**x** s	**â** (but)　**i** (tin)
d z; (*S*) y	**gi** z; (*S*) y	**ph** f	**th** t	**a** (hat)	**e** (red)　**o** (saw)
đ d	**nh** (onion)	**qu** kw	**tr** ch	**ă** (hard)	**ê** ay　**ô** oh

much altogether?

bao phủ close in; envelop

bao quanh around ◊ cluster
◊ enclose; surround; *bị bao
quanh bởi ...* be surrounded by ...

bao súng ngắn holster

bao tải sack

bao trùm engulf

bao vây encircle; surround; lay
siege to

báo break (*of news*); inform
◊ newspaper; leopard; *xin
thường xuyên báo cho tôi biết*
please keep me informed

báo buổi chiều evening paper

báo cáo report

báo cáo khoa học paper
(*academic*)

báo cáo ngân hàng bank
statement

báo chí the press

báo động alarm

báo động về an ninh security
alert

báo giá estimate FIN; *đưa cho X
bản báo giá về Y* give X an
estimate for Y

báo hiệu indicate, be a sign of

báo khổ nhỏ tabloid

báo Nhân Dân People's
Newspaper

báo ra hàng ngày daily (paper)

báo thức alarm

báo tin inform; *báo tin cho X về
Y* inform X of Y

báo trước warn, caution; alert; tip
off ◊ (sự) notice; *báo trước cho
ai đó phải thôi việc* give s.o.
his/her notice (*to quit job*)

bào shave off ◊ plane (*tool*)

bào chữa defend; *không thể bào
chữa được* inexcusable,
indefensible

bào ngư abalone

bào thai fetus

bảo tell; *bảo ai làm gì* tell s.o. to
do sth

bảo dưỡng service

bảo đảm answer for; guarantee
◊ (sự) guarantee; security

bảo đảm cho vouch for

bảo hành guarantee ◊ (sự)
guarantee; bail LAW; *trong thời
hạn bảo hành* be under
warranty; *bảo hành gì chống
gì* guarantee sth against sth

bảo hiểm insurance, cover
◊ insure; underwrite; *được bảo
hiểm* be insured

bảo hiểm du lịch travel insurance

bảo hiểm nhân mạng life
insurance

bảo hiểm toàn diện
comprehensive insurance, full
coverage

bảo hiểm trách nhiệm dân sự
liability insurance, third-party
insurance

bảo hiểm y tế health insurance

bảo hộ protective

bảo quản cure *meat, fish*; preserve
wood, food etc; maintain *machine etc*
◊ (sự) maintenance; upkeep; *giao
gì cho ai bảo quản an toàn* give
sth to s.o. for safekeeping; *bảo
quản lạnh* keep refrigerated

bảo tàng quân đội military
museum

bảo tàng viện museum

bảo thủ conservative; straight

bảo tồn conserve ◊ (sự)
conservation

bảo trợ sponsor ◊ (sự) sponsorship

bảo vệ defend; protect; safeguard;
stand up for ◊ (sự) defense;
protection

bảo vệ dữ liệu data protection

bảo vệ môi trường protect the

ơ ur	y (tin)	ây uh-i	iê i-uh	oa wa	ôi oy	uy wee	ong aong
u (soon)	au a-oo	eo eh-ao	iêu i-yoh	oai wai	ơi ur-i	ênh uhng	uyên oo-in
ư (dew)	âu oh	êu ay-oo	iu ew	oe weh	uê way	oc aok	uyêt oo-yit

environment ◊ (sự) environmental protection
bão hurricane; typhoon; storm
bão tố thunderstorm
bão tuyết snowstorm
bạo chúa: *kẻ/tên/tay bạo chúa* despot
bạo dạn streetwise
bạo dâm sadistic; *kẻ/tên/tay bạo dâm* sadist
bạo loạn disorder
bạo lực violence ◊ violent
bạo ngược: *kẻ/tên/tay bạo ngược* tyrant
bát (*N*) bowl
bát ăn cơm (*N*) rice bowl
bát phố go for a walk/ride (*usually in the evening*)
bạt tai hit; cuff
bay fly; *thổi bay* blow off, fly off
bay chệch hướng drift
bay diễu hành fly past
bay đi fly away; fly out
bay liệng glide
bay lượn hover
bay ở tốc độ vừa phải cruise
bay phần phật flap
bay tuột khỏi fly off
bay vào quỹ đạo orbit
bay về fly back
bay vút lên soar
bày set out *goods*
bày bán display
bày biện garnish
bày tỏ express; manifest ◊ (sự) expression
bảy seven
bảy mươi seventy
Bắc Ái Nhĩ Lan Northern Ireland ◊ Northern Irish
Bắc cực North Pole
Bắc Kinh Beijing
Bắc Mỹ North America ◊ North American

bắc qua span
Bắc thuộc Chinese domination
Bắc Triều Tiên North Korea ◊ North Korean
Bắc Việt Nam North Vietnam ◊ North Vietnamese
băm nhỏ mince
băn khoăn disturbed
bắn shoot; *bắn trúng tâm* hit the bull's eye; *bắn vào chân X* shoot X in the leg
bắn chết shoot dead
bắn gục gun down
bắn rơi shoot down
bắn tóe splash
băng ice; tape (*for cassette*)
băng bó wrap; dress; bandage
băng cách điện friction tape
băng cát xét cassette
băng chuyền hành lý carousel
băng cướp gang
băng dính adhesive tape; sticking plaster
băng đeo sling
băng ghi âm tape
băng giá freezing; frozen
băng giấy màu streamer
băng hình video recording
băng keo Scotch tape®
Băng la đét Bangladesh ◊ Bangladeshi
băng quàng vai sash
băng tải conveyor belt
băng trượt thoát hiểm escape chute
băng vệ sinh sanitary napkin
băng viđêô video cassette; videotape
bằng as; by; in; with ◊ made of ◊ certificate, diploma ◊ equal ◊ as much … as …; *bằng đường bộ* by land ◊ overland; *bằng máy bay* by airmail; *bằng ô tô* by car; *bằng giọng nói to* in a loud voice;

ch (*final*) k **gh** g **nh** (*final*) ng **r** z; (*S*) r **x** s **â** (but) **i** (tin)
d z; (*S*) y **gi** z; (*S*) y **ph** f **th** t **a** (hat) **e** (red) **o** (saw)
đ d **nh** (onion) **qu** kw **tr** ch **ă** (hard) **ê** ay **ô** oh

bằng tiếng Anh/Việt in English/ Vietnamese; *cao/xinh bằng ...* as high/pretty as ...; *bằng li-e* cork; *bằng bạc* (made of) silver

bằng cách by means of

bằng cách này hay cách khác somehow

bằng cấp qualification

bằng chứng evidence, proof; testament; *đưa ra bằng chứng* give evidence

bằng cử nhân văn chương arts degree

bằng đại học degree

bằng đường miệng oral

bằng không otherwise

bằng lái (xe) driver's license

bằng lòng với make do with; *tạm bằng lòng với* content oneself with

bằng máy mechanically

bằng nhau equal; fifty-fifty

bằng phẳng even; flat

bằng sáng chế patent

bằng sợi quang fiber optic

bằng sức mạnh forcible

bằng tốt nghiệp đại học degree

bằng vũ lực bodily

bằng xương bằng thịt in person, in the flesh

bắp (S) sweetcorn; corn

bắp cải cabbage

bắp chân calf (of leg)

bắp tay biceps

bắt capture, catch; pick up *criminal*; *bắt ... làm tù nhân* take ... prisoner

bắt bồ pick up *man, woman*

bắt bu lông bolt

bắt buộc coerce; compel; bind LAW ◊ compulsory, mandatory ◊ (sự) obligation; *bắt buộc phải đọc* it is required reading

bắt chéo cross; put one across the other

bắt chước imitate, copy, mimic ◊ (sự) imitation; takeoff

bắt cóc abduct; kidnap ◊ (sự) kidnap(p)ing; *kẻ/tên/tay bắt cóc* kidnap(p)er

bắt đầu begin, start; embark on ◊ (sự) start; onset; *bắt đầu làm X* start to do X; *bắt đầu học* take up (*begin studying*); *bắt đầu từ mồng 1 tháng Năm* effective May 1; *bắt đầu từ ngày mai* starting from tomorrow

bắt đầu biết get to know

bắt đầu hút light up

bắt đầu lại reopen

bắt đầu lại từ đầu make a fresh start

bắt đầu tồn tại come into existence

bắt được catch

bắt ép force; *bắt ép X phải làm Y* force X to do Y

bắt giữ arrest; seize; round up; detain ◊ (sự) arrest; capture; seizure (*of drugs etc*); round-up; *bị bắt giữ* be under arrest; *bắt giữ ai để đòi tiền chuộc* hold s.o. to ransom; *kẻ/tên/tay bắt giữ con tin* hostage taker

bắt làm mồi prey on

bắt làm việc quá sức overwork

bắt lại recapture

bắt lửa catch fire

bắt nguồn originate; *bắt nguồn từ* originate from; be derived from

bắt quả tang catch red-handed; *bắt quả tang X làm Y* catch X doing Y

bắt quân dịch draft

bắt tay handshake ◊ shake hands

bắt tay làm lại từ đầu go back to the drawing board

bắt tay vào việc knuckle down

ơ u*r*	**y** (tin)	**ây** uh-i	**iê** i-uh	**oa** wa	**ôi** oy	**uy** wee	**ong** aong
u (soon)	**au** a-oo	**eo** eh-ao	**iêu** i-yoh	**oai** wai	**ơi** u*r*-i	**ênh** uhng	**uyên** oo-in
ư (dew)	**âu** oh	**êu** ay-oo	**iu** ew	**oe** weh	**uê** way	**oc** aok	**uyêt** oo-yit

bắt trả quá đắt rip off *customers*
bắt vít screw
bấc wick
bậc rung
bậc cầu thang stair
bậc thang step, stair; terrace
bậc thầy masterly; *là bậc thầy ở môn* be a master of
bấm push; punch *ticket*; click COMPUT
bấm chuông buzz; ring; *xin vui lòng bấm chuông để được phục vụ* please ring for attention
bấm còi honk; sound one's horn
bấm giờ timer
bấm lách cách click
bấm lỗ pierce
bấm móng tay nail clippers
bấm vào click on COMPUT
bẩm sinh congenital; inborn, innate ◊ naturally; *là một thầy giáo bẩm sinh* be a born teacher; *mù/điếc bẩm sinh* be born blind/deaf
bẩn dirty; dingy
bẩn thỉu dirty, pornographic; grubby; sordid; squalid
bận busy; full ◊ be busy; *đang bận làm gì* be busy doing sth
bận rộn bustle around ◊ busy; on the go; *bận rộn với* busy oneself with
bận tâm preoccupied; concerned; *bận tâm đến gì* concern oneself with sth; *đừng bận tâm* never mind
bâng khuâng wistful
bâng quơ throw-away
bấp bênh insecure; precarious ◊ precariously
bất no ◊ none ◊ without ◊ un..., in..., non...; *bất luận thế nào* in any case; no matter what happens
bất bình disgruntled

bất bình đẳng unequal ◊ (sự) inequality
bất cần: *tôi bất cần* I don't care
bất chấp regardless ◊ regardless of; in spite of
bất chính illicit
bất chợt suddenly
bất công unjust ◊ (sự) injustice; *một cách bất công* wrongly *accused etc*
bất cứ whatever; whichever; any
bất cứ ai anyone, anybody; whoever; *bất cứ ai trong bọn họ đều có thể phạm tội* any of them could be guilty
bất cứ cái gì whatever; anything
bất cứ đâu anywhere; wherever
bất cứ khi nào whenever; any time
bất cứ lúc nào whenever; any time
bất cứ nơi nào wherever; anywhere
bất đắc dĩ reluctant
bất đồng differ, disagree ◊ (sự) conflict; dissension; disagreement
bất đồng quan điểm với dissent
bất đồng sâu sắc clash
bất động motionless
bất động sản real estate
bất hạnh miserable; unfortunate ◊ (sự) unhappiness; misery; *nỗi bất hạnh* misfortune
bất hiếu filial impiety
bất hòa disagree, argue ◊ (sự) disagreement, difference; discord
bất hợp pháp illegitimate
bất hợp tác uncooperative
bất hủ immortal
bất kể irrespective of; *bất kể bà ấy nói gì* no matter what she says
bất kể là whatever
bất lịch sự ill-mannered
bất lợi disadvantageous ◊ (sự)

---

ch (*final*) k	**gh** g	**nh** (*final*) ng	**r** z; (*S*) r	**x** s	**â** (but)	**i** (tin)
d z; (*S*) y	**gi** z; (*S*) y	**ph** f	**th** t	**a** (hat)	**e** (red)	**o** (saw)
đ d	**nh** (onion)	**qu** kw	**tr** ch	**ă** (hard)	**ê** ay	**ô** oh

disadvantage; *ở vào thế bất lợi* be at a disadvantage;

bất lực helpless, powerless; impotent ◊ (sự) impotence

bất mãn discontented ◊ (sự) discontent; dissatisfaction

bất ngờ accidental; unexpected; unforeseen; abrupt *departure* ◊ unexpectedly ◊ (việc) contingency; *làm X bất ngờ* catch X unawares

bất ngờ nhắc đến crop up (*in conversation*)

bất ngờ xảy ra crop up, happen

bất ngờ xuất hiện pop up, appear

bất tận endless, unending

bất thần suddenly; unexpectedly

bất thình lình all of a sudden

bất thường abnormal; uncommon

bất tiện awkward; inconvenient; uncomfortable ◊ (sự) inconvenience

bất tỉnh unconscious ◊ lose consciousness

bất trị insubordinate; rebellious; incurable

bất trung unfaithful; disloyal

bất tuân luật pháp civil disobedience

bất tử immortal ◊ (sự) immortality

bật put on, turn on

bật dậy jump to one's feet

bật dù nhảy ra eject

bật lửa lighter

bầu bottleneck gourd ◊ vote; elect; *được bầu ra* elected

bầu bạn company; companionship

bầu cử elect ◊ (sự) voting; election; the polls; *đi bầu cử* go to the polls; *ngày bầu cử* election day

bầu dục kidney (*food*)

bầu không khí mood; atmosphere

bầu trời sky

bậu cửa sổ windowsill

bây giờ now; *bây giờ là bốn giờ sáng!* it's four o'clock in the morning!; *bây giờ là mấy giờ?* what's the time?; *cho đến bây giờ* up to now; *từ bây giờ trở đi* from now on

bấy giờ then, at that time; *cho đến bấy giờ* until then; *từ bấy giờ* since then, from that time

bấy lâu long since; all this time

bẩy lever

bẩy nắp lever open

bẫy trap ◊ trip up

bậy bạ be wrong; *đừng nói bậy bạ* don't talk nonsense

bé small; young; *bé gái* young girl

bé hạt tiêu little demon

bé người short in stature

bé nhỏ pocket, miniature

bé tí tiny

bé xíu miniature; tiny

bè part MUS; raft

bè têno tenor (part)

bè trầm bass (part)

bẻ break off

bẽn lẽn timid

béo fat

béo bổ rich; plum *job etc*

béo lùn squat

béo mẫm plump

béo ngậy greasy

béo nhão flabby ◊ (sự) flab

béo phệ tubby ◊ fat person

béo phì chubby, fat

béo quay roly-poly

béo ra fill out, get fatter

béo sưng fat pig (*insult*)

béo tròn chubby

béo ụt ịt fat as a pig

bẹp flat, crushed; squashed

bê calf

bê tông concrete

bê tông cốt sắt reinforced concrete

ơ ur	**y** (tin)	**ây** uh-i	**iê** i-uh	**oa** wa	**ôi** oy	**uy** wee	**ong** aong
u (soon)	**au** a-oo	**eo** eh-ao	**iêu** i-yoh	**oai** wai	**ơi** ur-i	**ênh** uhng	**uyên** oo-in
ư (dew)	**âu** oh	**êu** ay-oo	**iu** ew	**oe** weh	**uê** way	**oc** aok	**uyêt** oo-yit

bế carry

bế tắc stagnate ◊ (sự) deadlock, stalemate

bề bộn hectic

bề mặt surface

bề ngoài exterior; look ◊ cosmetic *change* ◊ on the surface

bề rộng breadth

bể tank; basin

bể bơi swimming pool

bể bơi nước ấm heated swimming pool

bể cá aquarium

bể chứa nước cistern

bể rồi broken, in pieces

bệ pedestal; stage, platform

bệ lò sưởi mantelpiece, mantelshelf

bệ phóng launch(ing) pad

bên by; near ◊ side; *bên bờ nước* at the waterside

bên bán vendor

bên bến cảng wharf

bên bị defendant

bên cạnh beside; by; next to; *bên cạnh nhau* side by side

bên có credit

bên dưới underneath; *xem bên dưới* see below

bên kia across ◊ over there; on the other side

bên ký kết signatory

bên lề fringe

bên này over here

bên ngoài external; outdoor; outward ◊ outside; exterior ◊ outwardly

bên ngoại maternal side

bên nguyên prosecution

bên nhau side by side

bên nội paternal side

bên nợ debit

bên phải right; right-hand; starboard; *ở bên phải* on the

right, on the right-hand side; *bên phải anh/chị* on your right hand

bên trái left ◊ left-hand; on/to the left

bên trong interior; internal ◊ within; inside ◊ internally; inward; *bên trong ngôi nhà* inside the house

bên yếu underdog

bến stop; terminal

bến bốc loading berth

bến cảng harbor; port; wharf

bến cuối (cùng) terminal, terminus

bến đỗ tắc xi taxi rank

bến tàu dock

bến thuyền marina

bến xe bus station

bến xe buýt bus station, depot

bến xe ca (*N*) bus station

bến xe dò (*S*) bus station

bến xe lửa train station

bến xe tắc xi cab stand

bền durable; heavy-duty; indestructible; resistant ◊ wear, last

bền chặt durable; lasting

bền vững durable; indestructible

bênh vực defend ◊ (sự) defense

bệnh disease; condition ◊ sick, ill ◊ *classifier for diseases, ailments*

bệnh án case history MED

bệnh bột phát seizure

bệnh dại rabies

bệnh di truyền hereditary disease

bệnh dị ứng allergy

bệnh dịch plague

bệnh đái đường diabetes

bệnh hoa liễu venereal disease

bệnh hoạn morbid; pathological; sick ◊ (sự) illness

bệnh kinh niên chronic illness

bệnh lây bằng con đường tình dục sexually transmitted disease

bệnh lây truyền transmitted

---

ch (*final*) k	**gh** g	**nh** (*final*) ng	**r** z; (*S*) r	**x** s	**â** (but)	**i** (tin)
d z; (*S*) y	**gi** z; (*S*) y	**ph** f	**th** t	**a** (hat)	**e** (red)	**o** (saw)
đ d	**nh** (onion)	**qu** kw	**tr** ch	**ă** (hard)	**ê** ay	**ô** oh

disease
bệnh lý học pathology
bệnh mất trí nhớ amnesia
bệnh ngoài da skin disease
bệnh nhân patient
bệnh nhân nội trú in-patient
bệnh sử medical history
bệnh tâm thần psychiatric
bệnh tật disease
bệnh tự kỷ autism; *bị bệnh tự kỷ*
  autistic
bệnh viện hospital
bệnh viện tâm thần mental
  hospital
bệnh xá infirmary
bệnh zona shingles
bếp kitchen; galley
bếp lò stove
bếp nhỏ kitchenette
bếp trưởng chef
bi a billiards
bi ai sad; mournful; tragic
bi kịch tragedy ◊ tragic
bi quan pessimistic
bi thảm tragic
bí pumpkin
bí ẩn baffling; mysterious ◊ (sự)
  riddle
bí đao wax squash
bí hiểm eerie; inscrutable
bí mật clandestine; secret;
  confidential; undercover;
  underground; *làm một điều gì*
  bí mật do sth in secret
bí ngô pumpkin
bí quyết knowhow
bí quyết nhà nghề trade secret
bì lợn pigskin
Bỉ Belgium ◊ Belgian
bị be (*passive*); come by, receive; be
  suffering from; catch *illness*; *bị ai*
  thu hút be attracted to s.o.; *bị bắt*
  làm con tin be taken hostage; *bị*
  pháo kích come under shellfire

bị ám ảnh obsessive; *bị ám ảnh*
  bởi be obsessed with
bị bệnh tâm thần mentally ill
bị bong ra flaky ◊ come unstuck
bị cáo the accused, defendant
bị cấm forbidden
bị cháy xém charred
bị chậm be delayed
bị động passive
bị hoang tưởng paranoid
bị hỏng break; break down; go bad
  (*of milk etc*) ◊ broken; damaged
bị hư damaged
bị kẹt be jammed; stick
bị lật capsize
bị liệt hai chân paraplegic
bị lộ be out (*of secret*)
bị lừa fall for, be deceived by
bị mắc kẹt jam, stick; be stranded
bị mất người thân bereaved
bị nấu quá nhừ overdone
bị nghèo đi impoverished
bị nghi ngờ in question
bị nhầm be wrong
bị nhầm lẫn be mistaken
bị nhiễm become infected; *bị*
  nhiễm trùng infected ◊ go septic
bị nhồi nhét jam, squeeze
bị nôn vomit
bị ốm yếu be in poor health
bị phạt fine (*punishment*)
bị rối loạn tiêu hóa have an upset
  stomach
bị sâu bọ cắn insect bite
bị sổ mũi have a runny nose
bị sưng swollen
bị tắc clog up
bị thâm bruise
bị thâm tím bruise
bị thất bại broken ◊ come unstuck
bị thiếu máu be anemic
bị thiệt thòi disadvantaged; *bị*
  thiệt thòi về quyền lợi
  underprivileged

ơ ur	y (tin)	ây uh-i	iê i-uh	oa wa	ôi oy	uy wee	ong aong
u (soon)	**au** a-oo	**eo** eh-ao	**iêu** i-yoh	**oai** wai	**ơi** ur-i	**ênh** uhng	**uyên** oo-in
ư (dew)	**âu** oh	**êu** ay-oo	**iu** ew	**oe** weh	**uê** way	**oc** aok	**uyêt** oo-yit

bị thương injured; wounded; *bị thương ở đùi/cánh tay* wounded in the leg/arm
bị tiếp xúc với be exposed to
bị trật bánh be derailed
bị tử thương fatally injured
bị ức chế inhibited
bị vấy máu bloodstain
bị vẹo cổ crick in the neck
bị vết mark
bị vỡ break ◊ broken
bị vỡ nợ go bankrupt ◊ bankrupt
bị vỡ tan bust, broken
bị xịt hơi flat
bia beer, lager; target
bia chai bottled beer
bia gừng ginger beer
bia hơi draft beer
bia mộ gravestone, tombstone
bia ôm hostess bar
bia tươi draft (beer)
bìa binder; cover; soybean cake
bìa bọc ngoài dust cover, dust jacket
bìa cứng hard cover
bìa kẹp folder
bìa kẹp hồ sơ clipboard
bìa làn sóng corrugated cardboard
bìa mềm paperback
bìa rời jacket (*of book*)
bìa sách binding (*of book*)
bìa thư envelope
bìa thư hàng không airmail envelope
bìa trước front cover
bịa make up
bịa ra concoct
biên wing SP
biên bản minutes; transcript
biên dịch translate ◊ (sự) translation
biên dịch viên translator
biên đạo múa choreographer

biên giới border; frontier
biên lai receipt
biên nhận voucher
biên soạn compile
biên tập edit ◊ editorial
biên tập viên editor
biên tập viên chính trị political editor
biên tập viên thể thao sports editor
biến disappear
biến chuyển change
biến chứng complications MED
biến cố bất thường freak
biến đi disappear; clear up (*of illness*); *biến đi!* get lost!
biến đổi transform ◊ (sự) transformation
biến động upheaval
biến mất vanish; disappear; go away ◊ (sự) disappearance
biến số variable
biến thế transformer
biển sea; plaque ◊ marine
biển báo roadsign
biển báo cấm đỗ xe no waiting sign
biển chỉ dẫn roadsign
biển chỉ đường signpost
biển dừng xe stop sign
Biển Đông South China Sea
biển đăng ký license plate
biển động swell (*at sea*)
biển thủ embezzle ◊ (sự) embezzlement
biện bạch rationalize
biện hộ defend, justify; warrant ◊ (sự) defense, justification
biện pháp measure, step
biện pháp khắc phục remedy
biết know; know how to; *tôi chỉ biết rằng* for all I know; *theo như tôi biết* to the best of my knowledge; *đứa bé đã biết nói*

---

ch (*final*) k	**gh** g	**nh** (*final*) ng	**r** z; (*S*) r	**x** s	**â** (but)	**i** (tin)
d z; (*S*) y	**gi** z; (*S*) y	**ph** f	**th** t	**a** (hat)	**e** (red)	**o** (saw)
đ d	**nh** (onion)	**qu** kw	**tr** ch	**ă** (hard)	**ê** ay	**ô** oh

chưa? can the baby talk yet?;
anh/chị có biết nói tiếng Việt không? do you speak Vietnamese?; *tôi không biết* I don't know; *tôi không biết anh/ chị có thể giúp được không* I wonder if you could help; *biết cái đúng cái sai* know right from wrong; *biết sử dụng máy tính* be computer literate

biết chữ literate ◊ (sự) literacy
biết điều rational; reasonable; sensible
biết ơn appreciate ◊ grateful, thankful; *biết ơn ai* be grateful to s.o.
biết rõ be certain; know for certain; *không biết rõ về X* be uncertain about X; *biết rõ X như lòng bàn tay* have X at one's fingertips
biết thông cảm understanding
biết tôn trọng deferential
biệt động quân ranger (*in the army of the Saigon government*)
biệt hiệu nickname; alias
biệt kích special forces soldier
biệt lập cut off, isolate ◊ isolated
biệt tăm disappear
biếu complimentary ◊ give a gift
biếu tặng complimentary
biểu bì cuticle
biểu cảm express ◊ (sự) expression
biểu diễn enact ◊ (sự) exhibition
biểu diễn độc tấu (instrumental) recital
biểu diễn võ thuật martial arts demonstration
biểu đạt communicate; express
biểu đồ chart; diagram
biểu đồ phát triển flowchart
biểu hiện mark, token ◊ show
biểu lộ display, exhibit; register *emotion*

biểu ngữ banner
biểu quyết vote on
biểu thị indicate; *biểu thị quan điểm của mình* have one's say, express one's opinion
biểu tình demo, demonstration ◊ demonstrate
biểu tình phản đối protest
biểu tượng emblem; icon; logo
biểu tượng may mắn mascot
bím tóc braid
bím tóc đuôi sam pigtail
bìmh tĩnh lại cool down
binh nhì private MIL
Bính lighted fire (*heavenly stem*)
bình pitcher; pot; tank; tub; vase
bình cà phê coffee pot
bình chứa container
bình chữa cháy fire extinguisher
bình đẳng equality ◊ egalitarian
bình định pacify
bình đựng kem creamer
bình hứng dầu sump
bình luận comment
bình luận viên commentator
bình minh dawn
bình nước water jug
bình ôxy oxygen tank
bình pha cà phê percolator
bình phong screen; front (*cover organization*)
bình phục recover ◊ (sự) recovery
bình phục lại recover; pull through
bình phương square
bình rượu decanter
bình sữa bottle
bình thót cổ flask
bình thủy (S) vacuum flask
bình thường average, ordinary; casual; plain (*not pretty*); normal ◊ normally
bình thường hóa normalize
bình tĩnh calm; cool down

ơ ur	y (tin)	ây uh-i	iê i-uh	oa wa	ôi oy	uy wee	ong aong
u (soon)	au a-oo	eo eh-ao	iêu i-yoh	oai wai	ơi ur-i	ênh uhng	uyên oo-in
ư (dew)	âu oh	êu ay-oo	iu ew	oe weh	uê way	oc aok	uyêt oo-yit

◊ composed; cool; level-headed; self-possessed ◊ (sự) calm, composure; **hãy bình tĩnh** cool it

bình tĩnh trở lại simmer down

bình tưới watering can

bình xịt aerosol; atomizer; spray

bình xông inhaler

bình yên tranquil ◊ (sự) tranquility

bíp bíp beep

bịp bluff

bịp miệng gag

bít tất sock

bít tết steak

bịt kín bằng ván board up

bịt lại fill in

bịt mắt blindfold

bịt miệng gag

bịt răng crown

bó bundle ◊ set *broken limb*

bó chặt pinch

bó chân foot-binding

bó hẹp confined

bó hoa bunch of flowers; bouquet

bó lại bundle up

bó sát cling (*of clothes*)

bó sát người skin-tight

bó tay helpless

bò crawl; cow; bull; cattle; beef

bò cái cow

bò cạp scorpion

bò đực bull

bò quay roast beef

bò sữa cash cow

bò thiến ox

bỏ put, place; abandon; abort; ditch; give up, stop *smoking etc*; leave *person*; outgrow *ideas*; spend *time*; stop; take off *hat*; **bỏ nhiều công sức làm điều gì** go to a lot of trouble to do sth; **bỏ nhiều thời gian vào dự án** spend a lot of time on a project; **bỏ vào thùng thư bưu điện** put in the mail; **bỏ**

cha!, bỏ mẹ!, bỏ bố! damn it!

bỏ chạy run off, run away; make a run for it

bỏ dở abandon; abort

bỏ đi part with; turn away; walk out

bơ gơ burger

bỏ hoang waste

bỏ học nửa chừng drop out

bỏ không dùng nữa disused

bỏ lại abandon; leave

bỏ lỡ slip away; blow *opportunity*

bỏ màn khánh thành unveil

bỏ mạng lose one's life

bỏ neo moor

bỏ nhau split up

bỏ phiếu vote; **bỏ phiếu tán thành/chống lại ...** vote for/against ...

bỏ phiếu bầu vote in

bỏ phiếu gạt vote out

bỏ phiếu trắng abstain

bỏ qua ignore; overlook; condone; lose sight of; skip, omit

bỏ quên leave; **bỏ quên X** leave X unattended

bỏ rơi abandon; jilt; drop; walk out on

bỏ sót leave out

bỏ tay ra! hands off!

bỏ thầu tender COM

bỏ trốn get away, escape ◊ (sự) get-away

bỏ trống vacant, unoccupied

bỏ về walk out

bỏ xõa let down *hair*

bỏ xuống let down *blinds*

bọ cánh cứng beetle

bọ chét flea

bọ rùa ladybug

bóc lột exploit ◊ (sự) exploitation

bóc vỏ bark ◊ shell *peas*

bom bomb; **nguy cơ bị ném bom** bomb scare

bom bi cluster bomb

---

ch (*final*) k	**gh** g	**nh** (*final*) ng	**r** z; (*S*) r	**x** s	**â** (but)	**i** (tin)
d z; (*S*) y	**gi** z; (*S*) y	**ph** f	**th** t	**a** (hat)	**e** (red)	**o** (saw)
đ d	**nh** (onion)	**qu** kw	**tr** ch	**ă** (hard)	**ê** ay	**ô** oh

bom cháy incendiary bomb
bom giờ time bomb
bom khinh khí hydrogen bomb
bom nguyên tử atom bomb
bon chen social climber
bon sai bonsai
bọn bunch
bọn maphia the Mafia
bong ra flake off; peel
bóng shadow; ball
bóng bay balloon
bóng bán dẫn transistor
bóng bàn table tennis, ping-pong
bóng bóng bàn table tennis ball,
  ping-pong ball
bóng chày baseball
bóng chuyền volleyball
bóng đá soccer
bóng đá kiểu Mỹ (American)
  football
bóng đèn light bulb
bóng đèn nháy flashbulb
bóng gió oblique
bóng láng shine
bóng loáng glossy
bóng lộn shine ◊ shiny
bóng rổ basketball
bóng ten-nít tennis ball
bóng tối dark; darkness
bóng tối lờ mờ gloom
bỏng (nắng) burn
bỏng ngô popcorn
boong deck
bóp squeeze
bóp cổ strangle, throttle
bóp nghẹt suffocate
bóp vụn crumble
bót nghẹt muffle
bọt foam; froth; lather
bọt biển sponge
bọt cạo shaving foam
bọt sóng biển surf
bọt tăm bubble
bọt xà phòng suds

bô potty (*for baby*)
bố (*N*) father, pop, dad ◊ me
  (*father addressing his children*);
  cương vị làm bố fatherhood
bố chồng father-in-law (*husband's
  father*)
bố dượng stepfather
bố trí fix *meeting etc*; position; post
  guards
bố trí màu sắc color scheme
bố vợ father-in-law (*wife's father*)
bồ girlfriend; boyfriend; date
bồ câu dove; pigeon
Bồ Đào Nha Portugal
  ◊ Portuguese
bồ hóng soot
bồ dưỡng wholesome
bổ đôi split
bổ ích instructive; rewarding
  experience; salutary
bổ ngữ object GRAM
bổ nhào dive
bổ nhiệm appoint, nominate; post
  ◊ (*sự*) appointment; nomination;
  posting; assignment
bổ sung addition ◊ complement
  ◊ complementary
bộ department; ministry; set (*of
  books*, *tools etc*); assortment
  ◊ suit
bộ bánh máy bay landing gear
bộ binh infantry
bộ binh cơ giới motorized
  infantry
Bộ Công nghiệp Ministry of
  Industry
bộ dụng cụ kit, equipment
bộ dụng cụ sơ cứu first-aid box,
  first-aid kit
bộ đệm buffer COMPUT
bộ điều chỉnh controls
bộ điều chỉnh nhiệt thermostat
bộ đồ unit, outfit
bộ đồ lắp ráp kit (*for assembly*)

ơ u*r*	**y** (tin)	**ây** uh-i	**iê** i-uh	**oa** wa	**ôi** oy	**uy** wee	**ong** aong
u (soon)	**au** a-oo	**eo** eh-ao	**iêu** i-yoh	**oai** wai	**ơi** u*r*-i	**ênh** uhng	**uyên** oo-in
ư (dew)	**âu** oh	**êu** ay-oo	**iu** ew	**oe** weh	**uê** way	**oc** aok	**uyêt** oo-yit

bộ đồ trà tea service, tea set
bộ đội soldier
Bộ Giao thông Ministry of Transport and Communications
Bộ Giao thông vận tải Department of Transportation
Bộ Giáo dục và Đào tạo Ministry of Education and Training
bộ gõ percussion, drums
bộ hoa suit
Bộ Khoa học - Công nghệ và Môi trường Ministry of Science, Technology and the Environment
bộ khởi động starter; ignition MOT
bộ lạc tribe
bộ lông coat
bộ máy đồng hồ clockwork
bộ máy quan liêu bureaucracy
Bộ Ngoại giao Ministry of Foreign Affairs; State Department; *Br* Foreign Office
bộ ngực to chest; *có bộ ngực to* busty
bộ nhớ memory
bộ nhớ chỉ đọc read-only memory
bộ nhớ truy nhập ngẫu nhiên random access memory
Bộ Nông nghiệp và phát triển nông thôn Ministry of Agriculture and Rural Development
Bộ Nội vụ Department of the Interior
bộ phát điện năng power unit
bộ phân phối distributor MOT
bộ phận division (*of company*); part; section; unit
bộ phận an ninh security (*department*)
bộ phận bán hàng sales (department)
bộ phận kiểm tra chất lượng quality control (department)

bộ phận máy mechanism
bộ phận nhạc hơi woodwind (section)
bộ phận thay thế replacement part
bộ phận theo dõi tăng cường intensive care unit
bộ phận xử lý văn bản word processor
bộ phiếu thư mục card index
bộ phim picture, movie
Bộ Quốc phòng Department of Defense
bộ sa lông suite (*of furniture*)
bộ số gears; gearbox
bộ sưu tầm collection
bộ sưu tập collection
bộ tai nghe headphones
Bộ Tài chính Ministry of Finance, Treasury Department
Bộ Thương mại Ministry of Trade
bộ tóc giả wig
bộ truyền lực transmission MOT
bộ trưởng minister, secretary ◊ ministerial
Bộ trưởng Bộ Ngoại giao Secretary of State; *Br* Foreign Secretary
Bộ trưởng Quốc phòng Defense Secretary
bộ tuyển chọn selection
Bộ Văn hóa - Thông tin Ministry of Culture and Information
bộ vi xử lý microprocessor
bộ xương skeleton
bộ xử lý processor
bộ xử lý trung tâm central processing unit, CPU
Bộ Y tế Ministry of Public Health
bốc cháy on fire; ablaze; alight
bốc đồng impulsive ◊ (sự) impulse; *làm gì khi bốc đồng* do sth on an impulse
bốc hơi evaporate; vaporize

ch (*final*) k	**gh** g	**nh** (*final*) ng	**r** z; (*S*) r	**x** s	**â** (but)	**i** (tin)
d z; (*S*) y	**gi** z; (*S*) y	**ph** f	**th** t	**a** (hat)	**e** (red)	**o** (saw)
đ d	**nh** (onion)	**qu** kw	**tr** ch	**ă** (hard)	**ê** ay	**ô** oh

bớt

bốc phết lie; brag
bộc lộ revealing ◊ air *views*
bôi apply *ointment*
bôi nhọ libel; smear; blacken
bối cảnh background; scene, setting; ***nhìn X trong bối cảnh/ ngoài bối cảnh của*** look at X in context/out of context
bối rối be baffled; get ruffled; flap ◊ confused; perplexed ◊ (sự) confusion
bồi bàn trưởng head waiter, captain
bồi thường compensate, recompense
bội ơn ungrateful ◊ (sự) ingratitude
bội thực indigestion
bốn four
bốn lần four times
bốn mươi forty
bốn sao four-star
bồn chồn jittery; keyed-up, tense; uptight ◊ tense up ◊ (sự) agitation; ***cảm thấy bồn chồn*** get the jitters
bồn rửa washbasin, washbowl; sink
bồn rửa chén bát sink
bồn rửa tay washhand basin
bồn tắm bathtub, bath
bông flake; ear (*of corn, wheat*); cotton
bông băng dressing (*for wound*)
bông cải cauliflower; broccoli
bông gòn absorbent cotton
bông nhồi stuffing
bông súp lơ cauliflower; broccoli
bông tuyết snowflake
bổng lộc perk
bỗng nhiên suddenly
bốp pop
bột powder
bột giặt soap powder
bột giấy pulp
bột in tĩnh điện toner

bột kem creamer
bột mì flour
bột nghiền pulp
bột ngô (*N*) cornstarch
bột ngọt monosodium glutamate
bột nhào dough; batter
bột nhào cắt lát flaky pastry
bột sắn cassava flour; tapioca
bột talc talcum powder
bột tẩm batter
bơ butter; avocado
bơ lạc peanut butter
bơ phờ listless
bơ thực vật margarine
bờ bank (*of river*); brink; shore
bờ biển beach; coast; coastline; seaside ◊ by the sea
bờ cỏ verge
bờ hồ lakeside
bờ nước waterside
bờ sông riverside
Bờ Thái Bình Dương Pacific Rim
bờ yếu của ven đường verge, soft shoulder
bở vụn ra crumble
bợ đít brown-nose
bơi swim; stroke
bơi ếch breaststroke
bơi lội swim ◊ (sự) swimming
bơi ngửa backstroke
bơi thuyền buồm yachting
bởi by ◊ as, since, because ◊ because of
bởi lý do because of
bởi vì since, seeing that; in view of, because of; ***bởi vì anh không thích*** since you don't like it
bơm inject; pump; pump up ◊ (sự) injection; (gas) pump
bơm căng inflate
bơm ga gas pump
bờm mane
bờm xờm shaggy
bớt drop (*of wind*); take off

ơ ur	**y** (tin)	**ây** uh-i	**iê** i-uh	**oa** wa	**ôi** oy	**uy** wee	**ong** aong
u (soon)	**au** a-oo	**eo** eh-ao	**iêu** i-yoh	**oai** wai	**ơi** ur-i	**ênh** uhng	**uyên** oo-in
ư (dew)	**âu** oh	**êu** ay-oo	**iu** ew	**oe** weh	**uê** way	**oc** aok	**uyêt** oo-yit

percentage

bớt đi go down (*of swelling*)
bớt nghiêm khắc relent
bớt ồn keep the noise down
bớt ồn ào pipe down
branđi brandy
Brazin Brazil ◊ Brazilian
Bru-nê Brunei
Bs (= *bác sĩ*) Dr
bú (**bằng sữa**) **mẹ** breastfeed
bù đắp offset
bù đắp cho compensate for
bù đắp lại compensation
bù lại catch up on
bù nhìn puppet *pej*; scarecrow
bù nhìn giữ dưa scarecrow
bù xù tousled; unkempt
bụ bẫm plump
búa hammer
búa tạ sledgehammer
bục dais, podium; platform
bục giảng kinh pulpit
bugi spark plug
búi tuft
búi tóc bun
bụi dust
bụi bặm dusty
bụi bẩn dirty
bụi cây bush
bụi cây thấp undergrowth
bụi nước spray
bụi phóng xạ fallout
bún rice noodles
bún tàu rice vermicelli
bùn mud
bủn xỉn cheap, mean
bung ra burst
búng twang
bùng binh (*S*) traffic circle
bùng nổ break out, start up ◊ (*sự*)
  boom; eruption (*of violence*);
  explosion (*in population*)
bụng abdomen; stomach, tummy,
  gut ◊ abdominal

bụng chân calf (*of leg*)
bụng dưới groin
bụng phệ paunch
buộc tie; tie up; hitch; tape; tether;
  buộc gì vào gì hitch sth to sth;
  buộc ai phải chấp nhận sự có
  mặt của mình impose oneself on
  s.o.
buộc chặt lash down
buộc dây lace up
buộc dây an toàn strap in
buộc phải làm condemn, doom;
  oblige; ***buộc phải làm gì*** be
  obliged to do sth
buộc tội accuse; charge; incriminate
  ◊ (*sự*) accusation; charge LAW; ***anh***
  ấy đã buộc tội tôi đã nói dối
  he accused me of lying; ***bị buộc***
  tội vì be accused of
buồi (*N*) ∨ prick, cock
buổi period, time; session
  ◊ *classifier for period of time*
buổi biểu diễn entertainment;
  performance; concert; show
buổi bình minh dawn *fig*
buổi chiếu đầu tiên première (*of*
  movie)
buổi chiều afternoon
buổi công diễn đầu tiên
  première (*of play*)
buổi diễn tập practice, rehearsal
buổi diễn thử audition
buổi đầu threshold
buổi hòa nhạc concert
buổi ngồi làm mẫu sitting (*for*
  artist)
buổi sáng morning ◊ in the
  morning
buổi tối evening ◊ in the evening
buổi trình thử show (*in theater*)
buổi trưa midday, noon
buồm sail
buôn wholesale
buôn bán deal in; handle

ch (*final*) k	**gh** g	**nh** (*final*) ng	**r** z; (*S*) r	**x** s	**â** (but)	**i** (tin)
đ z; (*S*) y	**gi** z; (*S*) y	**ph** f	**th** t	**a** (hat)	**e** (red)	**o** (saw)
đ d	**nh** (onion)	**qu** kw	**tr** ch	**ă** (hard)	**ê** ay	**ô** oh

buôn bán ma tuý deal in drugs ◊ (việc) drug dealing; *kẻ/tên/tay buôn bán ma túy* drug dealer

buôn dưa lê gossipy

buôn lậu smuggle; traffic in ◊ (sự) smuggling; trafficking

buôn lậu ma túy traffic in drugs ◊ (sự) drug trafficking

buồn sad, unhappy; boring ◊ feel like

buồn bã sad

buồn chán bored; depressed; grim

buồn cười funny, comical

buồn nản dismal, sad; *cảm thấy buồn nản* be feeling low

buồn ngủ sleepy

buồn nôn sickness, nausea; *tôi cảm thấy buồn nôn* I feel sick

buồn quá bored ◊ feel bored

buồn rầu sad ◊ (sự) sadness

buồn tẻ boring

buồn thảm mournful

buông ... ra let go of

buông xuống descend

buồng room

buồng kho storeroom

buồng lái flight deck; cabin

buồng ngăn compartment (*on train*)

buồng nhỏ cabin (*of ship*)

buồng nhỏ thay quần áo cubicle

buồng tắm bathroom

buồng trứng ovary

buồng vệ sinh bathroom

buốt bitterly; *buốt thấu xương* piercing

búp bê doll (*also woman*)

bút pen

bút bi ballpoint (pen)

bút chì pencil

bút chì màu crayon

bút danh pen name, pseudonym

bút dạ felt tip, felt tip(ped) pen

bút đánh dấu highlighter, marker

bút kẻ mi mắt eyeliner

bút máy fountain pen

bút nguyên tử ballpoint pen

bút quang điện light pen

bút vẽ paintbrush

Bu-tăng Bhutan ◊ Bhutanese

bừa at random

bừa bãi haphazard; messy ◊ (sự) mess

bừa bộn be a mess ◊ messy

bữa (*N*) meal; (*S*) day; *bữa kia, bữa trước* the other day

bữa ăn meal

bữa ăn bàn công việc business lunch

bữa ăn ngoài trời picnic

bữa ăn nhẹ snack

bữa ăn sáng breakfast

bữa ăn tối dinner (*in the evening*)

bữa ăn trưa lunch

bữa chén no say blow-out

bữa cơm meal

bữa cơm tối supper

bữa nay today

bữa nhậu say sưa drinks party

bữa qua yesterday

bữa tiệc dinner; feast; spread; party; reception

bữa tiệc liên hoan dinner party

bữa tối supper

bữa trà tea (*meal*)

bữa trưa lunch; *bữa trưa có gì ăn nhỉ?* what's for lunch?

bựa răng plaque (*on teeth*)

bức *classifier for piece of paper with writing or pictures*

bức ảnh (*N*) photo(graph)

bức ảnh chụp nhanh snap(shot)

bức điện telegram; message

bức hình (*S*) photo(graph)

bức họa painting

bức phác thảo sketch

bức thư letter

bức thư ngắn note (*short letter*)

ơ ur	**y** (tin)	**ây** uh-i	**iê** i-uh	**oa** wa	**ôi** oy	**uy** wee	**ong** aong
u (soon)	**au** a-oo	**eo** eh-ao	**iêu** i-yoh	**oai** wai	**ơi** ur-i	**ênh** uhng	**uyên** oo-in
ư (dew)	**âu** oh	**êu** ay-oo	**iu** ew	**oe** weh	**uê** way	**oc** aok	**uyêt** oo-yit

bức tranh tường mural
bức tường wall
bức vẽ drawing
bức vẽ sơn dầu canvas
bực bội resentful; annoyed
bực mình be annoyed ◊ annoying
  ◊ (sự) annoyance; frustration; *làm ai bực mình* get on s.o.'s nerves
bực tức exasperated; resentful
  ◊ (sự) grudge; resentment ◊ resent
bưng bít hush up
bước step
bước chân footstep, pace
bước đầu first step; *thôi thì cũng là bước đầu!* well, it's a start!
bước đi move; tread
bước đi lên upturn
bước đi oai vệ strut
bước đột phá mới breakthrough
bước ngoặt turning point
bước nhảy chân sáo skip
bước nhảy vọt lớn a great leap forward
bước nhẹ chân pad
bước quá độ transition
bước sóng truyền thanh wavelength
bước tiến advance
bước vào enter ◊ threshold
bưởi pomelo; grapefruit
bưởi tây grapefruit
bướm butterfly; pussy (*female pudenda*)
bướm đêm moth
bướng bỉnh stubborn; pigheaded
bướu hump; lump
bứt rứt uneasy
bưu điện post office ◊ postal
bưu kiện package, parcel
bưu phí postage
bưu phí giá cước quốc tế international postage rates
bưu thiếp postcard
bưu thiếp có ảnh picture postcard

C

C.A. (= *công an*) police
ca case MED; shift (*at work*) ◊ sing *traditional songs*
ca bin cab (*of truck*)
ca-cao cocoa
ca đêm night shift
ca mổ operation
ca pô hood (*of car*)
ca rô check *shirt etc*
ca sĩ singer, vocalist
ca sĩ dân gian folk singer
ca sĩ hát điệu blu blues singer
ca sĩ hát ôpêra opera singer
ca vát necktie
ca vát nơ bướm bow tie
cá fish
cá bơn sole; flounder
cá chép carp
cá heo dolphin
cá hồi salmon
cá lóc (*S*) mud-fish
cá mập shark
cá mòi sardine
cá nạc (fish) fillet
cá ngừ tuna
cá ngựa sea horse

ch (*final*) k	**gh** g	**nh** (*final*) ng	**r** z; (*S*) r	**x** s	**â** (but)	**i** (tin)
d z; (*S*) y	**gi** z; (*S*) y	**ph** f	**th** t	**a** (hat)	**e** (red)	**o** (saw)
đ d		**nh** (onion)	**qu** kw	**tr** ch	**ă** (hard)	**ê** ay	**ô** oh

cá nhân individual, person ◊ personal; **đừng nhận xét mang tính cá nhân** don't make personal remarks

cá quả (*N*) mud-fish

cá sấu crocodile

cá thu cod

cá tính character, personality

cá trích herring

cá vàng goldfish

cá voi whale

cà chua tomato

cà pháo pea eggplant

cà phê coffee; café

cà phê đá iced coffee

cà phe ôm hostess coffee bar

cà phê pha liền instant coffee

cà phê sữa Vietnamese coffee with condensed milk

cà phê vỉa hè sidewalk café

cà răng file one's teeth

cà rốt carrot

cà tím eggplant

cà vạt necktie

cà vạt nơ bướm bow tie

cả whole; all; eldest; principal ◊ all together ◊ everyone; **cả nước Mỹ** the whole of the United States; **cả thành phố/nước** the whole town/country

cả hai both; either; **cả hai ... đều không** neither; **cả hai anh em đều ở đó** both (of the) brothers were there; **cả hai câu trả lời đều không đúng** neither answer is correct; **cả hai chúng nó** both of them (*people*); **cả hai thứ** both of them (*things*)

cả ... lẫn both ... and ...; **cả Jane lẫn Sally đều không biết ở đâu** neither Jane nor Sally knew where it was

cả tin gullible

các (*used to form plurals*) ◊ give an extra sum ◊ card; **mua gì theo cách các thêm tiền** take sth in part exchange

các anh you (*less formal, plural*: to younger men)

các bà you (*formal, plural*: to more senior women)

các cậu you (*familiar, plural*); **vào đây các cậu** come in, folks

các chị you (*less formal, plural*: to younger women)

các chú you (*formal, plural*: to younger or middle-aged men)

các cô you (*formal, plural*: to younger women or female teachers*)

các cụ you (*formal, plural*: to very elderly people, to show respect)

các em you (*to younger persons or children*)

các hệ thống vệ sinh sanitation

các ông you (*formal, plural*: to more senior men)

các tông cardboard

cạc card

cacbon monoxyt carbon monoxide

cacbuaratơ carbureter

cách method; system; means, way; distance ◊ from; out of; off ◊ ago; apart ◊ divide; separate; move away; **cách xa 3 dặm** it's 3 miles off; **cách xa Đà Nẵng 20 dặm** 20 miles out of Danang; **cách một thứ Hai** on alternate Mondays, every other Monday

cách ăn mặc dress sense

cách âm soundproof

cách biệt isolated ◊ (sự) isolation

cách bố trí layout

cách cắm hoa flower arrangement

cách cư xử behavior; **cách cư xử**

ơ u*r*	**y** (tin)	**ây** uh-i	**iê** i-uh	**oa** wa	**ôi** oy	**uy** wee	**ong** aong
u (soon)	**au** a-oo	**eo** eh-ao	**iêu** i-yoh	**oai** wai	**ơi** ur-i	**ênh** uhng	**uyên** oo-in
ư (dew)	**âu** oh	**êu** ay-oo	**iu** ew	**oe** weh	**uê** way	**oc** aok	**uyêt** oo-yit

tốt/xấu good/bad manners

cách diễn đạt wording

cách dùng usage

cách đây ago, before; from here ◊ (*denotes past tense*): **cách đây 2 dặm** it's 2 miles away; **cách đây bao lâu?** how long ago?

cách điện insulate ◊ (sự) insulation ELEC

cách giải quyết solution

cách giải thích interpretation; explanation

cách ly segregate ◊ (sự) quarantine

cách mạng revolution ◊ revolutionary

cách mạng hóa revolutionize

Cách mạng Tháng Tám August Revolution

cách ngừa thai contraceptive method

cách nhau apart (*in distance*)

cách nhiệt insulate ◊ (sự) insulation

cách nói nhẹ understatement

cách suy nghĩ mentality

cách thức expedient

cách trình bày layout

cách ứng xử way, manner

cách xa far away

cách xưng hô form of address

cạch put off; dare not; **làm X cạch Y** put X off Y

các-ten cartel

cai give up, kick

cai nghiện withdraw ◊ (sự) withdrawal

cai trị govern, administer; rule ◊ (sự) administration; **một nước dưới quyền cai trị của Pháp** a country under French rule

cái female ◊ the (*thing*) ◊ *general classifier for inanimate objects*: **mấy cái?** how many?; **cái hay nhất** the most interesting

cái ấy that thing; thingumajig

cái bảo đảm safeguard

cái chết death

cái của nợ pain in the neck

cái đê thimble

cái đó that one ◊ that

cái gì anything; something; what; **cái gì thế?** what is it?, what do you want?; **cái gì vậy?** what?; what is that?

cái gì đó something; **cái gì đó?** what is that?; **cái gì đó nữa** something else

cái gọi là so-called

cái gửi kèm theo enclosure (*with letter*)

cái hót rác dustpan

cái kế tiếp successor (*thing*)

cái khác another; the other one

cái kia that ◊ that one

cái mới lạ novelty

cái nào which; any; whichever; **cái nào?** which one?; **cái nào cũng được** either; whichever; whatever; **cái nào là của anh?** which one is yours?

cái này one; this; this one; **cái này bao nhiêu?** how much is this?; **cái này của ai?** whose is this?; **cái này dành cho anh/chị** this is for you

cái này hoặc cái kia either

cái nuôi thân keep, maintenance

cái nữa another

cái sau latter (*thing*)

cái tôi ego

cái trước the former

cái xấu evil

cài do up, fasten

cài bẫy trap; set a trap for

cài chặt fasten; **cài chặt X vào Y** fasten X onto Y

cài chéo double-breasted

cài đặt install ◊ (sự) installation

ch (*final*) k	**gh** g	**nh** (*final*) ng	**r** z; (*S*) r	**x** s	**â** (but)	**i** (tin)
d z; (*S*) y	**gi** z; (*S*) y	**ph** f	**th** t	**a** (hat)	**e** (red)	**o** (saw)
đ d	**nh** (onion)	**qu** kw	**tr** ch	**ă** (hard)	**ê** ay	**ô** oh

cài khóa buckle
cài khuy button (up); fasten
cài then bolt ◊ latch
cải bắp cabbage
cải bẻ trắng mustard greens
cải biên arrange *music* ◊ (sự) arrangement (*of music*)
cải Bruxen (Brussels) sprouts
cải cách reform
cải cúc garland chrysanthemum
cải huấn political indoctrination
cải kim chi white cabbage
cải lương traditional opera from the south
cải tạo convert; reclaim *land from sea*; re-educate
cải tạo nhà cửa house conversion; renovation
cải thảo white cabbage
cải thiện improve ◊ (sự) improvement
cải tiến improve; refine
cải tiến chất lượng upgrade
cải tổ shake up ◊ (sự) shake-up
cải trang làm disguise oneself as, dress up as
cải xanh mustard greens
cải xoong watercress
cãi cọ bicker
cãi lại answer back; contradict ◊ (sự) contradiction
cãi lộn quarrel
cãi nhau argue, quarrel; fall out ◊ (sự) argument, quarrel
cãi vã squabble
calo calorie
cam orange
cam chịu resign oneself to ◊ resigned ◊ (sự) resignation
cam đoan assure ◊ (sự) assurance
cam kết commit oneself; commit ◊ (sự) commitment, undertaking; *cam kết gì* commit oneself on sth; *cam kết làm X* undertake to do X

cam thảo licorice
cám dỗ tantalizing ◊ (sự) temptation
cám ơn thank ◊ (sự) thanks ◊ grateful; *cám ơn anh/chị!* many thanks; *cám ơn quá* thanks a bunch; *không, cám ơn anh/chị* no thank you; *cám ơn nhiều* thank you very much
cảm động moving, touching
cảm giác feeling; sensation; sense ◊ *classifier for feelings*: *tôi có cảm giác rằng ...* I get the impression that ...
cảm lạnh catch (a) cold ◊ (sự) cold, chill; *bị cảm lạnh* catch (a) cold; *tôi bị cảm lạnh* I have a cold
cảm nghĩ feeling, impression
cảm nhận perceive ◊ (sự) perception
cảm ơn thank ◊ thank you
cảm thấy feel; sense; *cảm thấy băn khoăn về* feel uneasy about; *cảm thấy bất tiện* feel awkward; *cảm thấy bị bỏ mặc* feel neglected; *cảm thấy bối rối* feel ill at ease
cảm tưởng impression
cảm xúc emotion
can Celestial Stems, Heavenly Stems
can đảm brave ◊ (sự) bravery, courage; *làm ra vẻ can đảm* bravado
can thiệp interfere; intervene; meddle ◊ (sự) interference; intervention
canxi calcium
cán handle; hilt ◊ run over
cán cân mậu dịch balance of trade
cán cân thanh toán balance of payments
cán lau nhà mop

ơ u*r*	**y** (tin)	**ây** uh-i	**iê** i-uh	**oa** wa	**ôi** oy	**uy** wee	**ong** aong
u (soon)	**au** a-oo	**eo** eh-ao	**iêu** i-yoh	**oai** wai	**ơi** ur-i	**ênh** uhng	**uyên** oo-in
ư (dew)	**âu** oh	**êu** ay-oo	**iu** ew	**oe** weh	**uê** way	**oc** aok	**uyêt** oo-yit

cán người rồi bỏ chạy hit-and-run

cản trở frustrate; hamper; impede; obstruct; stonewall ◊ obstructive

cạn dry up; run out of; be low on *gas*, *tea etc* ◊ shallow

cạn chén! cheers!

cạn kiệt completely run out

cạn ly! cheers!

Canađa Canada ◊ Canadian

cáng stretcher

càng claw; fork; ***càng ngày càng*** increasingly; ***càng ... càng*** the more ... the more; ***càng ... càng tốt*** as ... as possible; ***càng sớm càng tốt*** as soon as possible; the sooner the better; ***bộ càng bánh máy bay*** undercarriage

cảng harbor, port

cảng buôn commercial port

Canh metal (*in Vietnamese zodiac*)

canh soup

canh chừng watchful

canh gác guard

canh phòng keep watch

cánh wing

cánh buồm sail

cánh đồng field

cánh đồng lúa paddy field

cánh hoa petal

cánh hữu right, right wing ◊ right-wing POL

cánh nam South Wing

cánh quạt blade (*of helicopter*)

cánh tả left, left wing ◊ left-wing POL

cánh tay arm

cánh tay phải right-hand man

cành cây branch

cành ghép graft BOT

cảnh sight; view; scene THEA

cảnh cáo threatening ◊ warn

cảnh cô đơn loneliness

cảnh giác be on the alert ◊ wary

cảnh giác đề phòng be on one's guard against

cảnh giác với be wary of

cảnh hồi tưởng flashback

cảnh mộng vision REL

cảnh ngộ khốn khó plight

cảnh sát policeman, officer; police

cảnh sát chống bạo loạn riot police

cảnh sát giao thông traffic police; traffic cop

cảnh sát mật secret police

cảnh sát trưởng marshal (*police officer*)

cảnh sát tuần tra patrolman

cảnh tượng scene; spectacle

cảnh vật scenery

cạnh side

cạnh tranh compete ◊ (sự) competition; ***những người cạnh tranh*** competition, competitors; ***cạnh tranh với*** in competition with

cao high; tall; advanced *level*; sharp MUS ◊ tar

cao cả supreme

cao cấp highclass

cao dán Band-Aid®

cao điểm peak

cao độ intensity

cao gót high-heeled

cao hơn above; higher than

cao lương mỹ vị great delicacy

cao ngạo haughty

cao ngất lofty

cao nguyên plateau; highlands

Cao nguyên Miền Trung Central Highlands

Cao nguyên Trung Bộ Central Highlands

cao nhất top; topmost; best (*highest*)

cao quý lofty

cao su rubber; rubber tree

ch (*final*) k	**gh** g	**nh** (*final*) ng	**r** z; (*S*) r	**x** s	**â** (but)	**i** (tin)
d z; (*S*) y	**gi** z; (*S*) y	**ph** f	**th** t	**a** (hat)	**e** (red)	**o** (saw)
đ d	**nh** (onion)	**qu** kw	**tr** ch	**ă** (hard)	**ê** ay	**ô** oh

cao su bọt foam rubber
cao thế high-tension
cáo fox ◊ feign *cáo ốm* feign illness
cáo già old fox ◊ crafty, cunning; slimy
cào claw; scratch ◊ rake (*for garden*)
cào cào grasshopper
cạo shave; shave off; scrape
cạo bỏ rub off; strip, remove
cạo gọt scrape *vegetables*
cạo lông shave
cạo râu shave
cạo sạch scrape
cạo trọc shaven
caphêin caffeine
cara carat
catalô catalog
cát sand
cau betel nut, areca nut; frown
cau có scowl
cau mày frown
cáu giận irritation
cáu kỉnh cranky, bad-tempered; irritable; peeved; surly
cay hot, spicy; pungent
cay đắng bitter ◊ bitterly
cay độc cutting; cynical
cày plow; dog; *đi cày* work hard to earn a living; study hard
cạy rỉ mũi pick one's nose
cắc kè gecko
cặc (*S*) ∨ prick, cock
căm ghét hate
căm phẫn indignation, outrage
cắm connect ELEC
cắm hoa arrange flowers
cắm lại rearrange
cắm phích plug in
cắm sừng be unfaithful (*of wife*); cuckold
cắm trại camp ◊ (sự) camping
cằm chin

cằm có ngấn double chin
Cămpuchia Cambodia
◊ Cambodian
căn *classifier for rooms, buildings* ◊ root; origin; cause
căn bình phương square root
căn cứ base MIL ◊ based on
căn cứ địa revolutionary base
căn cứ hải quân naval base
căn cứ không quân airbase
căn cứ quân sự military base; military installation
căn hộ apartment; condo(minium)
căn hộ hai tầng duplex (apartment)
căn nhà tồi tàn hovel
cắn bite, nip
cắn câu get a bite; bite (*of fish*)
cằn cỗi barren; infertile ◊ (sự) infertility
cằn nhằn grumble; bellyache; grunt; nag; *cằn nhằn ai để làm gì* nag s.o. to do sth
cặn residue; sediment
cặn bã xã hội dregs of society
căng taut; tense; burst ◊ tense up; strain
căng thẳng on edge; high-pressure *job etc*; nerve-racking; stressful; taut; harassed ◊ (sự) stress, tension; *bị căng thẳng* stressed out
căng tin canteen
cẳng chân shin
cặp couple (*two people*); briefcase; schoolbag
cặp bồ go out with
cặp sách bag
cặp tài liệu briefcase
cặp vợ chồng (married) couple
cắt cut; cut out; mutilate; slit *throat*; take out *appendix etc*; trim *costs* ◊ (sự) cut
cắt bỏ amputate; remove, take out

ơ u*r*	y (tin)	ây uh-i	iê i-uh	oa wa	ôi oy	uy wee	ong aong
u (soon)	au a-oo	eo eh-ao	iêu i-yoh	oai wai	ơi u*r*-i	ênh uhng	uyên oo-in
ư (dew)	âu oh	êu ay-oo	iu ew	oe weh	uê way	oc aok	uyêt oo-yit

tumor, paragraph etc; scrap ◊ (*sự*) amputation; removal

cắt cỏ mow the lawn; cut the grass

cắt cổ exorbitant, extortionate

cắt dán cut and paste COMPUT

cắt điện power cut

cắt điện thoại cut off TELEC

cắt đuôi give the slip

cắt đứt break off; sever ◊ (*sự*) rupture

cắt giảm cut; prune ◊ (*sự*) cutback

cắt giảm chi tiêu cut back

cắt may make *dress* ◊ (*sự*) cut (*of garment*)

cắt mép crop *photo*

cắt ngang qua nhau cross (*of lines*)

cắt ngắn shorten; curtail; cut off; crop

cắt nhau intersect

cắt sửa móng tay manicure

cắt thành lát slice

cắt tỉa clip; trim

cắt tóc get one's hair cut ◊ (*sự*) haircut; *tôi cần phải cắt tóc* my hair needs a cut

cắt vụn shred

câm dumb, mute; silent

câm hong! shut up!

câm lặng mute

câm mồm! shut up!

câm như hến clam up

câm và điếc deaf-and-dumb

cấm ban, forbid ◊ (*sự*) prohibition; *bị cấm* forbidden; *luật cấm* forbidden by law; *cấm X không được làm Y* forbid X to do Y

cấm dừng xe no stopping

cấm đỗ xe no parking

cấm hút thuốc no smoking

cấm kị, cấm ky taboo ◊ forbidden; *đó là điều cấm ky* that's a no-no

cấm rượu dry (*where alcohol is banned*)

cấm vào no entry; no trespassing

cấm vận embargo

cầm stem ◊ take; carry

cầm cố pawn

cầm cúm flu

cầm máy chờ, cầm máy đợi hold the line

cầm nước mắt keep one's tears back

cầm quyền ruling

cẩm chướng carnation

cẩm thạch marble

cân weigh ◊ scales; (*N*) kilo(gram)

cân bằng balance; equalize ◊ balanced ◊ (*sự*) balance

cân bằng sinh thái ecological balance

cân đối balanced *diet*; shapely *figure*

cân nặng weigh

cân nhắc debate; deliberate; ponder

cân nhắc kỹ weigh up

cân sức khoẻ scales

cân xứng proportional

cần need; want ◊ rod; bridge; *cần gấp gì* be in urgent need of sth; *cần ghê gớm một cốc rượu* be desperate for a drink

cần câu fishing rod

cần cù hard-working

cần đến require; *được cần đến* be in demand

cần gạt nước windshield wiper

cần phải take; must (*necessity*); call for; be to (*obligation*); *cần phải mất bao lâu?* how long does it take?; *cần phải mổ* need an operation; *cần phải thận trọng* caution is advised; *cần phải tính đến ai/gì* have s.o./sth to reckon with; *không cần phải thô lỗ* there's no need to be rude

cần sa marihuana, pot

---

ch (*final*) k	**gh** g	**nh** (*final*) ng	**r** z; (*S*) r	**x** s	**â** (but)	**i** (tin)
d z; (*S*) y	**gi** z; (*S*) y	**ph** f	**th** t	**a** (hat)	**e** (red)	**o** (saw)
đ d	**nh** (onion)	**qu** kw	**tr** ch	**ă** (hard)	**ê** ay	**ô** oh

cần sang số gear lever, gear shift
cần tây celery
cần thiết necessary, required
◊ (sự) necessity; **cần thiết phải
...** it is necessary to ...
cần trục crane
cẩn thận take care; watch out
◊ careful; methodical; thorough;
cẩn thận đấy! mind!; watch out!;
cẩn thận nhé! take care (of
yourself)!; **cẩn thận với** watch
out for
cận cảnh foreground; close-up
cận chiến close combat
cận thị near-sighted, myopic
cấp allocate; grant *visa etc* ◊ level
cấp bách imperative; pressing
cấp bậc rank
cấp cao high-level; **cấp cao hơn
X** be senior to X
cấp cơ sở grassroots level
cấp cứu life-saving ◊ (việc) first
aid
cấp dưới junior, subordinate
cấp giấy phép license
cấp phát issue
cấp so sánh comparative GRAM
cấp tiến radical
cấp tốc intensive; **cấp tốc đưa ai
tới bệnh viện** rush s.o. to the
hospital
cấp trên senior
cập bến dock
cập nhật up-to-date ◊ (sự) update
cất cánh takeoff ◊ take off, leave
(*of airplane*)
cất (đi) put away
cất giữ store; lock away; save
COMPUT
câu catch *fish* ◊ sentence GRAM
câu cá fish
câu chuyện story, account
câu chửi swearword
câu chửi thề oath

câu đố riddle
câu đối parallel sentences
câu đùa hóm hỉnh crack
câu hỏi inquiry, query, question
câu lạc bộ club
câu lạc bộ ban đêm nightclub,
nightspot
câu lạc bộ đánh gôn golf club
(*organization*)
câu lạc bộ thể dục health club
câu nói bông đùa banter
câu phù chú magic spell
câu trả lời response
cấu kết với be in cahoots with
cấu tạo form; make up ◊ (sự)
formation
cấu trúc structure ◊ structural
cầu bridge; pier
cầu cảng quay
cầu chì fuse
cầu cho người đi bộ footbridge
cầu dẫn overpass
cầu dốc ramp
cầu hôn propose ◊ (sự) proposal
(of marriage)
cầu khẩn crave
cầu kỳ particular, picky, fussy
cầu là ironing board
cầu lông badminton
cầu mong keep one's fingers
crossed
cầu nguyện pray
cầu nhảy diving board
cầu tàu wharf; gangway; jetty;
landing stage
cầu thang flight (of stairs); stairs;
staircase
cầu thang hình xoắn ốc spiral
staircase
cầu thang sau backstairs
cầu thủ bóng đá football player
cầu thủ bóng đá kiểu Mỹ
American football player
cầu thủ dự bị reserve

ơ u*r*	**y** (tin)	**ây** uh-i	**iê** i-uh	**oa** wa	**ôi** oy	**uy** wee	**ong** aong
u (soon)	**au** a-oo	**eo** eh-ao	**iêu** i-yoh	**oai** wai	**ơi** u*r*-i	**ênh** uhng	**uyên** oo-in
ư (dew)	**âu** oh	**êu** ay-oo	**iu** ew	**oe** weh	**uê** way	**oc** aok	**uyêt** oo-yit

cầu thủ ném bóng pitcher
cầu tiêu toilet, lavatory
cầu treo suspension bridge
cầu trượt chute; slide
cầu vồng rainbow
cầu xin plead for
cẩu thả careless; negligent; slipshod
cậu uncle (*mother's brother*) ◊ you (*familiar*)
cậu ấy he (*familiar*)
cậu bé boy; kid
cây tree; kilometer ◊ *classifier for trees, plants, sticks*
cây bụi shrub
cây cái female (*of plants*)
cây cối plant
cây giống con seedling
cây lai hybrid
cây leo creeper
cây Nô-en Christmas tree
cây số kilometer
cây thánh giá cross (*Christian symbol*)
cấy transplant MED
cấy ghép graft MED
cậy quyền high-handed
cha father, dad
cha mẹ parents ◊ parental
cha mẹ chồng in-laws (*husband's parents*)
cha mẹ đẻ biological parents
cha mẹ đỡ đầu foster parents
cha mẹ nuôi foster parents
cha mẹ vợ in-laws (*wife's parents*)
cha sở pastor
cha vợ father-in-law (*wife's father*)
chà wow
chà, chà! well, well!
chà đạp trample on
chà là date
chả not ◊ do not ◊ Vietnamese pork pie; Vietnamese salami
chả cá fish cake

chả giò Saigon (fried) spring roll
chả tôm grilled shrimp on sugar cane
chai bottle
chải brush; comb
chải chuốt spruce
chải lông groom
Chàm Cham, Champa Kingdom
chàm bội nhiễm eczema
chạm touch
chạm nhau touch; *mắt họ chạm nhau* their eyes met
chạm nhẹ brush
chạm trán encounter; bump into
chan hòa mix well with ◊ expansive; copious *tears*
chán go off, stop liking ◊ bored ◊ boredom; *anh ấy không bao giờ chán* he never tires of it; *tôi đã chán ngấy rồi!* I've had enough!
chán nản dejected, despondent; frustrated ◊ be down; *ở trong trạng thái chán nản* be in the doldrums
chán ngắt deadly, dull, tedious
chán ngấy dreary; fed up ◊ be sick of; be bored stiff
chạn larder
chàng young man; *chàng và nàng* he and she
chàng trai boy, lad, youth
chanh lemon; lime
chanh chua sour
chanh cốm lime
chào greet, say hello to; salute MIL ◊ hi; bye ◊ (*sự*) greeting; salute; *chào anh/chị* hi; bye
chào buổi chiều good afternoon
chào buổi sáng good morning
chào đáp lễ take the salute
chào đón welcome
chào hàng market
chào hỏi greet ◊ (*sự*) greetings

---

ch (*final*) k	**gh** g	**nh** (*final*) ng	**r** z; (*S*) r	**x** s	**â** (but)	**i** (tin)
d z; (*S*) y	**gi** z; (*S*) y	**ph** f	**th** t	**a** (hat)	**e** (red)	**o** (saw)
đ d	**nh** (onion)	**qu** kw	**tr** ch	**ă** (hard)	**ê** ay	**ô** oh

chào tạm biệt goodbye
cháo rice porridge
cháo lòng rice porridge with pig offal
chảo saucepan; skillet, fry pan
chảo vệ tinh satellite dish
chát dry; tart; astringent
cháu grandchild ◊ *friendly term used to address small children and by children referring to themselves to show respect*
cháu gái granddaughter; niece
cháu trai grandson; nephew
cháy burn ◊ (sự) combustion; *làm cho ... cháy lên* set on fire
cháy âm ỉ smolder
cháy bùng lên flare up
cháy nắng burn ◊ sunburnt ◊ (sự) sunburn
cháy rực glow
cháy sáng rực blaze
cháy trụi burn down
chày vụt bóng baseball bat
chảy flow, run (*of river*); pour
chảy dãi slobber
chảy máu bleed (*also fig*) ◊ (sự) bleeding
chảy máu cam have a nosebleed ◊ (sự) nosebleed
chảy nhỏ giọt dribble
chảy nước run (*of nose, tap etc*); water (*of eyes*)
chảy nước dãi dribble; *mồm tôi chảy nước dãi* my mouth is watering
chảy ra ooze
chảy ròng ròng stream
chảy tràn overflow
chạy go; operate; run; do *100 mph etc* ◊ (sự) run (*on foot*)
chạy bằng buồm sailing ◊ sail
chạy bằng điện electric
chạy bộ jog, go jogging
chạy chậm lose (*of clock*)

chạy chệch hướng drift
chạy cóc cóc trot
chạy đua running SP
chạy đúng be right (*of clock*)
chạy hết tốc lực sprint
chạy không tải idle
chạy lại rerun
chạy lấy đà run-up SP
chạy lồng lên bolt
chạy một chặng go for a run
chạy ngoằn ngoèo zigzag
chạy nhanh race; speed; be fast (*of clock*); *chạy nhanh hơn* outrun (*run faster than*)
chạy nhảy bound
chạy nhảy lung tung run wild
chạy nước kiệu trot
chạy nước rút sprint
chạy qua run past
chạy rầm rầm clatter; rumble
chạy suốt nonstop
chạy tán loạn scatter ◊ (sự) stampede
chạy tăng tốc độ spurt
chạy thẳng express
chạy trốn flee ◊ (sự) flight, fleeing; *một tên tội phạm đang chạy trốn* criminal on the run
chạy vèo vèo whizz by, whizz past
chạy việc vặt run errands
chạy vượt rào hurdles
chạy xa hơn outrun
chắc strong, sturdy ◊ definitely, certainly; probably ◊ must; *chắc bây giờ họ đã tới rồi* they must have arrived by now; *chắc là khoảng 6 giờ rồi* it must be about 6 o'clock
chắc chắn certain, definite; safe, secure *job, contract*; steady; sturdy *furniture etc* ◊ definitely; doubtless; inevitably ◊ be positive ◊ (sự) safety; *một thỏa thuận chắc chắn* a firm deal; *tôi không chắc*

ơ u-r	**y** (tin)	**ây** uh-i	**iê** i-uh	**oa** wa	**ôi** oy	**uy** wee	**ong** aong
u (soon)	**au** a-oo	**eo** eh-ao	**iêu** i-yoh	**oai** wai	**ơi** u-r-i	**ênh** uhng	**uyên** oo-in
ư (dew)	**âu** oh	**êu** ay-oo	**iu** ew	**oe** weh	**uê** way	**oc** aok	**uyêt** oo-yit

chắn là I'm not sure; **chắc chắn là ...** it's certain that ...; **chắc chắn là không!** absolutely not!; **chắc chắn làm gì** be bound to do sth; **chắc chắn về gì** be sure about sth; **chắc chắn!** sure!, you bet!

chắc đậm thickset

chắc hẳn must ◊ definitely

chăng dây rope off

chăm chỉ studious

chăm chú attentive; **chăm chú chờ đợi** watch for; **chăm chú theo dõi** keep an eye on

chăm lo concerned

chăm nom tend

chăm sóc care for ◊ (sự) care; **chăm sóc quá mức** make a fuss of

chăn (N) blanket

chăn bông (N) duvet, quilt

chăn nuôi rear

chắn (bảo vệ) shield

chắn bùn fender

chắn chắn surely

chắn đường be in the way

chặn intercept; seal off

chặn cản tackle

chăng spin *web*

chẳng not ◊ do not; **chẳng bao lâu** not long, soon; **chẳng hề** never, never before; **chẳng hề gì** never mind, no problem; **chẳng những** not only; **chẳng những ... mà lại còn nữa** not only ... but also

chẳng hạn for instance

chặng đường stage (*of journey*)

chặng đường trở về return journey

chặng lái xe drive

chắp lại piece together

chắp nhiều mảnh patchwork

chắp vá patchy; scrappy

chắt great-grandchild ◊ stingy

chắt nước drain *water, vegetables*

chặt chop; cut down ◊ firm *grip etc*; tight

chặt chẽ tight, strict; close; tight-fisted

chặt xuống cut down

châm light; prick; sting

châm biếm satirical ◊ (sự) satire

châm chọc sarcastic

châm cứu acupuncture

chấm dot; point

chấm bài correct

chấm câu punctuate

chấm dứt break up; put an end to, stop; terminate; cease; be over ◊ (sự) breakup

chấm dứt quan hệ break up (*of couple*) ◊ (sự) break; **chấm dứt quan hệ với** finish with

chấm điểm mark, grade

chấm hết finish; period; **tôi không muốn, chấm hết!** I don't want to, period!

chậm slow

chầm chậm slowly

chậm chạp sluggish

chậm lại slow down

chậm phát triển backward; retarded

chậm trả be in arrears

chậm trễ delay; **chậm trễ trong việc gì** be behind with sth

chân base, bottom; foot; leg; paw; stem; **ở chân đồi** at the foot of the hill

chân chống stand (*for motorbike*)

chân cắm socket

chân dung portrait ◊ portray

chân đi tread

chấn động đầu concussion

chân ga accelerator, gas pedal

chân không be barefoot ◊ vacuum

chân màng webbed feet

chân nhái flipper

chân tay khéo léo manual

ch (*final*) k	**gh** g	**nh** (*final*) ng	**r** z; (*S*) r	**x** s	**â** (but)	**i** (tin)
d z; (*S*) y	**gi** z; (*S*) y	**ph** f	**th** t	**a** (hat)	**e** (red)	**o** (saw)
đ d	**nh** (onion)	**qu** kw	**tr** ch	**ă** (hard)	**ê** ay	**ô** oh

dexterity
chân thành heartfelt; sincere ◊ (sự) sincerity
chân thật genuine; truthful
chân vịt propeller
chấn động tremor ◊ cause a sensation; **gây chấn động** earth-shattering
chấn song grate; grid
chấn thương não concussion
chấp nhận accept; grant; take back ◊ (sự) acceptance
chấp nhận được permissible
chấp thuận countenance ◊ (sự) blessing
chập chờn fitful *sleep*
chập chững totter
chập mạch crazy
chập tối twilight
chất load; stack up ◊ substance; **chất gì lên gì** load sth onto sth
chất bán dẫn semiconductor
chất bảo quản preservative
chất bôi mí mắt eyeshadow
chất bổ goodness (*of food*)
chất cách điện insulation
chất dẻo plastic
chất diệt cỏ dại weedkiller
chất dinh dưỡng nourishment; nutrient
chất đạm protein
chất đầy laden
chất đống pile up (*of work, bills*)
chất độc màu da cam Agent Orange
chất hóa dầu petrochemical
chất hút ẩm absorbent
chất khí gas
chất khử mùi deodorant
chất kích thích stimulant
chất làm mềm vải conditioner; softener
chất làm sạch cleanser
chất lỏng fluid, liquid

chất lượng grade; quality
chất lượng cao high-grade
chất lượng kém third-rate
chất lượng tốt high quality
chất ma túy dope; drug
chất nhờn slime
chất nổ explosive
chất ô nhiễm pollutant
chất phòng băng de-icer
chất phụ gia additive
chất quá tải overload
chất sinh ung thư carcinogen
chất tẩy detergent
chất tẩy sinh học biological detergent
chất tẩy trùng disinfectant
chất thải sewage; waste
chất thải hạt nhân nuclear waste
chất thải nguyên tử atomic waste
chất tiết ra secretion
chất vấn question LAW
chất xơ roughage
chất xúc tác catalyst
chật tight-fitting, snug; scanty
chật chội poky
chật hẹp cramped
chật ních chockfull, jam-packed
chật vật narrow
châu Á Asia ◊ Asian
châu Âu Europe ◊ European
châu chấu grasshopper; locust
châu Mỹ America
châu Mỹ La tinh Hispanic
châu Phi Africa ◊ African
châu thổ sông Hồng Red River Delta
chậu bowl; pot
chậu hoa flowerpot
che shade; shield; veil
che chắn shelter
che chở protective ◊ (sự) shield; **sống cuộc đời được che chở** lead a sheltered life
che đậy whitewash *fig*

ơ ur	y (tin)	ây uh-i	iê i-uh	oa wa	ôi oy	uy wee	ong aong
u (soon)	au a-oo	eo ch ao	iêu i-yoh	oai wai	ơi ur-i	ênh uhng	uyên oo-in
ư (dew)	âu oh	êu ay-oo	iu ew	oe weh	uê way	oc aok	uyêt oo-yit

che đỡ shelter
che giấu conceal, cover up; disguise, mask; shelter; *che giấu sự việc* smooth things over ◊ (sự) coverup
che khuất obscure ◊ screen
che mờ blot out
che phủ cover
chè (N) tea; (S) sweet pudding
chè chanh (N) lemon tea
chè chén lu bù go (out) on a spree
chè xanh (N) green tea
chẻ sợi tóc làm tư hair-splitting
chém chop; rip off
chém đầu decapitate
chen lách vào squeeze in
chen lấn jostle
chen vào shove in
chén tuck in ◊ (S) bowl; (N) teacup
chén ăn cơm (S) rice bowl
chén đĩa bằng sứ china
chén đũa crockery; flatware ◊ bowl and chopsticks
chẹn cửa wedge
chèo traditional opera from North Vietnam ◊ row *boat*
chèo ca-nô canoeing
chèo thuyền row
chèo xuồng paddle
chẹt phải run over
chê (bai) run down, criticize
chê trách blame; find fault with; *có ý chê trách* reproachful; *không thể chê trách* be beyond reproach
chế biến concoct; process
chế độ regime; mode COMPUT
chế độ ăn kiêng diet
chế độ bầu cử electoral system
chế độ đóng trợ cấp pension scheme
chế độ dân chủ democracy
chế độ dùi cui police state

chế độ phong kiến feudalism
chế độ quân dịch draft MIL
chế độ thanh toán khi giao hàng COD, collect on delivery
chế giễu deride; scoff; poke fun at ◊ derisive ◊ (sự) derision
chế hòa khí carbureter
chế ngự conquer; *chế ngự được X* bring X under control
chế nhạo mock; taunt; take the mickey ◊ (sự) mockery
chế tạo make, manufacture
chệch miss (*not hit*)
chệch hướng depart ◊ (sự) departure
chêm vào mention, drag up
chênh lệch one-sided ◊ (sự) disparity
chênh lệch thu chi cash flow
chênh vênh precariously
chết die ◊ dead ◊ (sự) death; doom
chết chóc death
chết đói starve (to death), die of starvation
chết đuối drown, be drowned
chết lặng đi numb
chết lịm dần slip away, die
chết lúc chào đời be stillborn
chết máy stall
chết ngạt suffocate
chết người deadly, fatal
chết rồi! damn it!
chết tiệt damn; fucking
chi limb; member; Earthly stems; *không có chi!* never mind!; don't mention it!
chi nhánh branch; subsidiary
chi phí cost, calculate the cost of ◊ (sự) expense
chi phí chung overhead FIN
chi phí đi lại travel expenses
chi phí phụ incidental expenses
chi phí sản xuất production costs
chi phí thêm frill

ch (*final*) k	**gh** g	**nh** (*final*) ng	**r** z; (S) r	**x** s	**â** (but)	**i** (tin)
d z; (S) y	**gi** z; (S) y	**ph** f	**th** t	**a** (hat)	**e** (red)	**o** (saw)
đ d	**nh** (onion)	**qu** kw	**tr** ch	**ă** (hard)	**ê** ay	**ô** oh

chi phí trọn gói package deal
chi phiếu check FIN
chi phối dominate
chi tiêu spend ◊ (sự) expenditure
chi tiết detail ◊ detailed; *đó chỉ là một chi tiết nhỏ* that's just a technicality
chi tiết hóa elaborate
chi tiết vụn vặt detail, irrelevancy
chi trội overdraw; *bị chi trội* have an overdraft, be overdrawn
chí tuyến tropic
chì lead
chì than charcoal
chỉ just, only, merely ◊ cotton, thread ◊ point at; *không chỉ X mà lại còn cả Y* not only X but Y also
chỉ dẫn counsel ◊ (sự) directions, instructions
chỉ dùng một lần throw-away; single-use
chỉ dùng ngoài da for external use only
chỉ định designate; prescribe
chỉ đường direct ◊ (sự) direction
chỉ giặt khô dry-clean only
chỉ huy command; conduct MUS
chỉ huy dàn nhạc conductor MUS
chỉ là mere
chỉ một single, sole
chỉ ra indicate; point out
chỉ rõ specify
chỉ số Dow Jones Dow Jones Average
chỉ số phấn hoa pollen count
chỉ số thông minh IQ, intelligence quotient
chỉ tay point
chỉ tay vào point at
chỉ thị instruct; *chỉ thị cho X làm Y* instruct X to do Y
chỉ trích criticize, get at; damn ◊ (sự) criticism; *một cách chỉ trích* critically

chỉ trừ except for, with the exception of
chỉ về point to
chị me (*female addressing one's younger brother, sister, member of younger generation*); you (*less formal: to younger woman*) ◊ sister; cousin (*older female*)
chị ấy she
chị dâu sister-in-law (*older*)
chị em sisters; brothers and sisters ◊ sisterly; *họ là chị em gái* they're sisters
chị gái older sister, big sister
chị họ cousin (*older female*)
chị ngốc idiot
chia deal; divide, split
chia cắt divide; partition ◊ (sự) division; partition
chia cắt chiến dịch campaign isolation
chia cắt chiến lược strategic isolation
chia đôi halve
chia động từ conjugate
chia hết divisible
chia làm đôi fifty-fifty
chia nhỏ ra subdivide
chia phần split
chia ra measure out
chia rẽ divide, split ◊ (sự) division, split
chia sẻ share
chia tay part ◊ (sự) parting
chia tách separate ◊ (sự) separation
chia tư quarter
chia xẻ share
chìa cái master key
chìa khóa key
chìa khóa công tắc ignition key
chìa khóa thứ hai duplicate key
chìa khóa vạn năng skeleton key
chìa ra put out; stick out

ơ u*r*	**y** (tin)	**ây** uh-i	**iê** i-uh	**oa** wa	**ôi** oy	**uy** wee	**ong** aong
u (soon)	**au** a-oo	**eo** eh-ao	**iêu** i-yoh	**oai** wai	**ơi** ur-i	**ênh** uhng	**uyên** oo-in
ư (dew)	**âu** oh	**êu** ay-oo	**iu** ew	**oe** weh	**uê** way	**oc** aok	**uyêt** oo-yit

chĩa point; **chĩa vào** be aimed at, be pointing at
chích inject
chiếc one; ones ◊ *classifier referring to inanimate objects*: **chiếc kéo** pair of scissors; **chiếc xe ô tô** car
chiếc nhẫn ring
chiếm account for; occupy, take up
chiếm dụng trái phép squat (*illegally*)
chiếm đa số be in the majority
chiếm đóng capture; occupy ◊ (sự) capture (*of city etc*); occupation (*of country*)
chiếm độc quyền monopolize
chiếm làm thuộc địa colonize
chiếm lại recapture
chiên fry ◊ fried
chiến binh fighter; warrior
chiến dịch campaign
chiến dịch bầu cử election campaign
chiến dịch bôi nhọ smear campaign
chiến dịch đẩy mạnh xuất khẩu export campaign
chiến dịch vận động crusade
chiến dịch xóa nạn mù chữ literacy campaign
chiến đấu fight ◊ militant
chiến đấu tay không unarmed combat
chiến hào trench MIL
chiến hữu crony
chiến lợi phẩm loot
chiến lũy barricade
chiến lược strategy ◊ strategic
chiến sĩ militant
chiến sĩ đấu tranh champion
chiến sự hostilities
chiến thắng victorious ◊ (sự) victory
chiến thuật tactics
chiến tích trophy

chiến tranh war; warfare; **trong tình trạng chiến tranh** be at war
chiến tranh giá cả price war
chiến tranh hóa học chemical warfare
chiến tranh lạnh Cold War
chiến tranh thế giới world war
chiến tranh vi trùng germ warfare
chiến trường battlefield, battleground
chiêng gong
chiêu đãi reception
chiêu đãi viên steward
chiêu đãi viên nam steward
chiêu đãi viên nữ stewardess
chiếu project; screen, show *movie*; check (*in chess*) ◊ beach mat
chiếu bóng movie
chiếu cố make allowances
chiếu hết checkmate
chiếu lệ perfunctory
chiếu sáng light up, illuminate; shine
chiếu sáng chói glare
chiếu tướng hết checkmate
chiều afternoon; p.m. ◊ pamper, please
chiều cao height
chiều chuộng coddle
chiều dài length
chiều rộng width
chiều sâu depth
chim bird; pigeon (*on menus*) ◊ *classifier for birds*: **theo đường chim bay** as the crow flies
chim cổ đỏ robin
chim hét thrush
chim săn mồi bird of prey
chim sẻ sparrow
chim sẻ ngô tit
chim sơn ca lark; nightingale
chim thú hoang dã wildlife
chim trống cock

ch (*final*) k	**gh** g	**nh** (*final*) ng	**r** z; (*S*) r	**x** s	**â** (but)	**i** (tin)
d z; (*S*) y	**gi** z; (*S*) y	**ph** f	**th** t	**a** (hat)	**e** (red)	**o** (saw)
đ d	**nh** (onion)	**qu** kw	**tr** ch	**ă** (hard)	**ê** ay	**ô** oh

chìm sink, go under; **thành phố chìm trong bóng tối** the city was plunged into darkness

chìm ngập overwhelm

chín nine ◊ ripe ◊ ripen ◊ (sự) ripeness

chín chắn mature

chín mươi ninety

chinh phục conquer ◊ (sự) conquest; **tay chinh phục** conqueror

chính main, principal ◊ exactly ◊ (*emphatic pronoun*): **chính tôi** I myself; **chính anh** you yourself; **chính anh ấy** he himself

chính đáng just; justifiable; kosher

chính khách statesman

chính mình oneself

chính phủ government

chính phủ bù nhìn puppet government

chính quy regular MIL

chính quyền government, administration

chính quyền địa phương local government

chính sách policy

chính sách đối ngoại foreign policy

chính sách đổi mới renovation policy

chính sách khủng bố terrorism

chính sách mở cửa open door policy

chính thế! that's it!; exactly!

chính thể độc tài dictatorship

chính thức formal, official

chính tôi myself (*emphatic*)

chính trị political ◊ (việc) politics

chính trực honorable

chính xác accurate; correct; exact ◊ precisely ◊ (sự) precision

chỉnh tune up

chỉnh hình orthopedic

chỉnh huấn political indoctrination

chỉnh kênh tune in to

chỉnh sóng tune in to

chỉnh tiêu điểm vào focus on

chít chít squeak

chịu bear *costs*; **chịu chấp nhận gì** come to terms with sth

chịu đựng bear, tolerate, endure, put up with; **không thể chịu đựng nổi** intolerable

chịu đựng được hold out, endure; tolerate ◊ bearable

chịu được bear; stomach; take, endure ◊ bearable

chịu khó industrious ◊ persevere

chịu nhiệt heat-resistant

chịu nhịn go without

chịu ơn be under an obligation to

chịu sức ép căng thẳng be under pressure

chịu thiếu do without

chịu thua knuckle under

chịu trách nhiệm liable; responsible ◊ be held accountable ◊ (sự) blame

chịu trách nhiệm điều hành take charge (of operations)

chịu trách nhiệm về answer for; take care of, deal with

cho put; give; donate *kidney etc*; produce (*of cow etc*) ◊ (sự) donation ◊ for; to; **một phòng cho 2/3 người** a room for 2/3 people; **cho ai vay gì** lend s.o. sth, loan s.o. sth; **cho gì là của ai** attribute sth to s.o.; **cho gì là do ...** attribute sth to …; **cho nó vào túi anh/chị** put it in your pocket; **cho bọn trẻ tránh xa** keep the children away; **xin cho tôi một cốc bia** can I have a beer?

cho ăn feed

cho bỏ phiếu kín ballot

ơ ur	y (tin)	ây uh-i	iê i-uh	oa wa	ôi oy	uy wee	ong aong
u (soon)	au a-oo	eo eh-ao	iêu i-yoh	oai wai	ơi ur-i	ênh uhng	uyên oo-in
ư (dew)	âu oh	êu ay-oo	iu ew	oe weh	uê way	oc aok	uyêt oo-yit

cho chạy run *software*
cho đến (khi) until
cho đi mời send for
cho ... đi nhờ pick up (*in car, on bike*); **cho ai đi nhờ xe** give s.o. a ride
cho giải ngũ discharge (*from army*)
cho không give away
cho là think; presume; suppose; **bị cho là** alleged
cho mượn lend
cho nổ explode
cho ở nhờ put up *person*
cho ở trọ take in, give accommodation
cho phép allow, permit; authorize; enable ◊ (*sự*) permission, go-ahead; **cho phép ai làm gì** allow s.o. to do sth, let s.o. do sth; **cho phép tôi giới thiệu ...** may I introduce ...?; **nhận được sự cho phép** get the go-ahead
cho phép đi ra excuse
cho qua thời giờ pass the time
cho quay nhanh rev up
cho ra rìa sideline
cho ra viện discharge (*from hospital*)
cho rằng (là) assume; expect; reckon; **cho rằng gì là đúng** take sth for granted
cho tham gia vào bring in, involve
cho thấy show up
cho thêm chi tiết elaborate
cho thêm ... vào add in
cho thôi việc discharge
cho thuê rent, lease out ◊ for rent; **cho thuê xe đạp** cycle rental
cho thuê lại sublet
cho tới until; **cho tới khi có thông báo mới** until further notice; **cho tới nay** as yet; **cho**

tới năm 1989 up to the year 1989
cho vay lend, loan; **kẻ/tên/tay cho vay lãi** money-lender
cho vào admit, let in
cho vào nhà thương điên put away (*in mental home*)
cho vào tù put away (*in prison*)
cho về hưu pension off
cho vui for fun
cho xuống let off
cho ... xuống xe drop off
chó dog
chó cái bitch (*dog*)
chó chăn cừu sheepdog
chó con puppy, pup
chó dẫn đường cho người mù seeing-eye dog
chó đua grayhound
chó lai mongrel
chó lạc stray
chó rừng (wild) dog
chó sói wolf
chó tha mồi retriever
chó xù poodle
choáng ngất: **cơn choáng ngất** blackout MED
choáng váng dazed; light-headed; dizzy; **gây choáng váng** devastating; shattering
choàng drape
chọc prod
chọc tức madden; provoke; annoy
chói lọi brilliant *light*
chói mắt harsh *color, light*
chói tai deafening
chọi gà cock fight
chọn choose, pick, select, plump for
chọn lọc select, exclusive
chọn lựa choose
chọn lựa cẩn thận selective
chọn ra single out
chọn tín hiệu tuner
chóng fast
chóng lớn thrive

ch (*final*) k	**gh** g	**nh** (*final*) ng	**r** z; (*S*) r	**x** s	**â** (but)	**i** (tin)
d z; (*S*) y	**gi** z; (*S*) y	**ph** f	**th** t	**a** (hat)	**e** (red)	**o** (saw)
đ d	**nh** (onion)	**qu** kw	**tr** ch	**ă** (hard)	**ê** ay	**ô** oh

chóng mặt giddy ◊ (sự) giddiness, vertigo; *tôi thấy chóng mặt* my head is spinning
chõng tre bamboo bed
chỗ room, space; place; house; apartment; bar; slot (*in schedule*); *phòng lớn có chỗ cho 200 người* the hall can seat 200 people; *ở chỗ Joe* at Joe's; *chỗ khác* somewhere else; *đi chỗ khác!* go away!; *chỗ nào đó* somewhere
chỗ ăn nghỉ accommodations
chỗ ẩn nấp cover, shelter
chỗ bám purchase, grip
chỗ bán vé box office
chỗ bẩn muck
chỗ bẫy pitfall
chỗ bị trầy da abrasion
chỗ bong gân sprain
chỗ cất giữ hoard
chỗ chắn tàu grade crossing
chỗ chờ shelter
chỗ còn trống opening, job
chỗ cua rất gấp hairpin curve
chỗ của người làm chứng (witness) stand
chỗ dốc xuống dip
chỗ duỗi chân leg room
chỗ đứng standing room
chỗ đỗ xe parking place
chỗ đổi tiền exchange bureau
chỗ đựng holder
chỗ gặp mặt meeting place
chỗ gió lùa draft
chỗ gồ ghề bump
chỗ họp meeting place
chỗ làm position, job
chỗ lấy hành lý baggage claim
chỗ loét ulcer
chỗ lõm sag
chỗ mạng darn
chỗ nấp hiding place
chỗ ngắt quãng gap
chỗ ngoặt twist

chỗ ngồi place, seat
chỗ ngồi bên cửa sổ window seat
chỗ ngồi bên lối đi aisle seat
chỗ nhốt mèo chó lạc pound (*for strays*)
chỗ nối join
chỗ ở accommodations; residence
chỗ phát ban rash MED
chỗ phát cước chilblain
chỗ phình ra bulge
chỗ quẹo corner
chỗ rách tear
chỗ rẽ bend; turn; exit (*from highway*)
chỗ rối knot
chỗ sông cạn ford
chỗ sưng bump
chỗ sưng lên swelling
chỗ sửa correction
chỗ thả neo berth
chỗ thân quen connection
chỗ thoát outlet (*of pipe*)
chỗ thuê xe hơi car rental
chỗ thụt vào indent
chỗ trật khớp wrench
chỗ trống blank; vacancy (*at work*)
chỗ trú cover
chỗ trú ẩn shelter
chỗ vỡ burst
chỗ vỡ mẻ chip
chỗ xóa bỏ deletion
chỗ xoắn kink
chỗ xước da graze
chốc lát instant; *trong chốc lát* in an instant, in a jiffy
chốc nữa in a minute
chối cãi deny, refute; *không thể chối cãi* hard, irrefutable *facts, evidence*
chối tội plead not guilty
chồi cây shoot BOT
chổi brush
chổi cạo râu shaving brush

ơ ur   y (tin)   ây uh-i   iê i-uh   oa wa   ôi oy   uy wee   ong aong
u (soon)   au a-oo   eo eh-ao   iêu i-yoh   oai wai   ơi ur-i   ênh uhng   uyên oo-in
ư (dew)   âu oh   êu ay-oo   iu ew   oe weh   uê way   oc aok   uyêt oo-yit

chổi có cán broom
chổi quét sơn paintbrush
chôm chôm rambutan
chôn bury
chôn giấu bury, conceal
chống án appeal LAW
chống cự resist ◊ (sự) resistance (*to enemy*)
chống dính nonstick
chống đạn bullet-proof
chống đối oppose, be opposed to ◊ (sự) opposition, resistance
chống đỡ support
chống lại against ◊ counter; fight; resist; *tôi chống lại ý kiến ấy* I'm against the idea
chống Mỹ un-American; anti-American
chống trơn nonslip
chồng bundle; stack; husband
chồng chất build up, mount up
chồng chéo overlap
chồng chéo lên nhau overlap
chồng chưa cưới fiancé
chồng cũ ex (*former husband*)
chộp pounce
chộp lấy grab
chộp mất snatch
chộp ngay lấy jump at
chốt fastener; commanding position MIL
chờ wait; wait for; hang on; *chờ một chút* just a second, wait a minute!; *tôi xin lỗi đã khiến anh/chị phải chờ* I'm sorry to have kept you waiting; *chờ tôi với!* wait for me!
chờ đợi wait ◊ (sự) waiting
chở carry; bring; *phà chở xe* car ferry
chợ market
chợ đen black market
chợ phiên (fun)fair
chợ trời street market

chợ vỡ madhouse
chơi play
chơi bời party, have fun; live for kicks
chơi chữ make a pun ◊ (sự) pun
chơi đùa play a joke on
chơi đùa thoải mái run wild
chơi khăm play a mean trick on
chơi nghịch với toy with
chơi tập tọng strum
chơi viôlông fiddle
chơi xấu foul SP
chơi xỏ play a trick on
chớp mắt blink
chớp nhoáng fleeting
chớp sáng flash
chợp mắt doze; doze off; have a nap ◊ (sự) doze, nap
chợt đến strike
chợt nghĩ ra hit on *idea*
chu cấp đầy đủ provide for
chu đáo considerate, thoughtful; conscientious
chu kỳ cycle, series of events
chu vi perimeter
chú uncle (*father's younger brother, man younger than one's parents, not related*) ◊ you (*formal to younger or middle-aged man*)
chú lùn dwarf
chú rể bridegroom
chú thích cuối trang footnote
chú ý pay attention ◊ (sự) attention; *xin chú ý* your attention please; *chú ý bậc thềm!* mind the step!; *chú ý lắng nghe* pay attention
chú ý đến heed, pay heed to
chú ý tới mind, heed
chủ employer; master (*of dog*); owner; *thay đổi chủ* change hands
chủ bút editor (*of newspaper*)
chủ chốt key, vital

ch (*final*) k	**gh** g	**nh** (*final*) ng	**r** z; (*S*) r	**x** s	**â** (but)	**i** (tin)
d z; (*S*) y	**gi** z; (*S*) y	**ph** f	**th** t	**a** (hat)	**e** (red)	**o** (saw)
đ d	**nh** (onion)	**qu** kw	**tr** ch	**ă** (hard)	**ê** ay	**ô** oh

chủ chứa pimp
chủ đề subject, topic; theme
chủ động take the initiative ◊ (sự) initiative ◊ active; *làm gì theo sự chủ động của mình* do sth on one's own initiative
chủ hiệu storekeeper
chủ hiệu bánh kẹo confectioner
chủ hiệu cầm đồ pawnbroker
chủ ngân hàng banker
chủ nghĩa cộng sản Communism
chủ nghĩa cực đoan cánh hữu right-wing extremism
chủ nghĩa dân tộc nationalism
chủ nghĩa gia trưởng paternalism
chủ nghĩa hòa bình pacifism
chủ nghĩa Mác Marxism
chủ nghĩa Mác Lênin Marxism-Leninism
chủ nghĩa phát xít fascism
chủ nghĩa phân biệt chủng tộc racism
chủ nghĩa thực dụng pragmatism
chủ nghĩa tư bản capitalism
chủ nghĩa tượng trưng symbolism
chủ nghĩa vật chất materialism
chủ nghĩa xã hội socialism
chủ nghĩa xét lại revisionism
chủ ngữ subject GRAM
chủ nhà host
chủ nhà in printer (*person*)
chủ nhân owner
Chủ Nhật Sunday
chủ nhiệm president
chủ nhiệm khoa dean
chủ nợ creditor
chủ quan subjective
chủ quyền sovereignty
chủ tàu shipowner
chủ tịch chairman; chairperson; president ◊ presidential

chủ tịch ban hội thẩm foreman LAW
chủ tọa speaker; the chair
chủ trại farmer
chủ trì preside
chủ yếu chief; fundamental ◊ mainly, principally
chủ yếu là chiefly, largely, predominantly
chú ý knowingly ◊ (sự) attention
chua sour
chua cay bitter
chua ngọt sweet and sour
Chúa God (*Christian*); *Chúa ơi!* oh God!
Chúa cứu thế the Savior
Chúa Giê-su Christ, Jesus
Chúa trời God, Lord
chùa (tháp) Buddhist temple (*often with a pagoda*)
chuẩn properly ◊ standard
chuẩn bị plan, prepare ◊ (sự) preparation ◊ be ready; *chuẩn bị gì* get sth ready
chuẩn bị chiến đấu arm
chuẩn bị đóng cửa wind down
chuẩn bị sẵn sàng get (oneself) ready
chuẩn mực standard
chúc wish; *chúc cho ai mọi sự tốt lành* wish s.o. well
chúc Giáng Sinh vui vẻ! Merry Christmas!
chúc may mắn! good luck!
chúc mừng congratulate ◊ (sự) congratulation; *chúc mừng anh/ chị!* here's to you!; *chúc mừng nhân dịp ...* congratulate on ...
chúc mừng năm mới! Happy New Year!
chúc mừng sinh nhật! happy birthday!
chúc ngon miệng! enjoy your meal!

ơ ur | y (tin) | ây uh-i | iê i-uh | oa wa | ôi oy | uy wee | ong aong
u (soon) | au a-oo | eo eh-ao | iêu i-yoh | oai wai | ơi ur-i | ênh uhng | uyên oo-in
ư (dew) | âu oh | êu ay-oo | iu ew | oe weh | uê way | oc aok | uyêt oo-yit

chúc ngủ ngon good night
chúc Nô-en vui vẻ! Merry Christmas!
chúc sinh nhật vui vẻ! happy birthday!
chúc sức khoẻ! cheers!, your health!
chúc vui vẻ! have a good time!
chục ten
chuếnh choáng hung-over
chúi duck *one's head*
chúi xuống duck (down)
chùm hoa blossom
chùm nho bunch of grapes
chung general, all-round; collective; mutual; common *interest etc*; universal *acceptance, truth*; joint; communal *kitchen etc*; united *efforts etc* ◊ in common; **có gì chung với ai** have sth in common with s.o.
chung chạ bừa bãi promiscuous ◊ (sự) promiscuity
chung chung sweeping *statement etc* ◊ generally
chung phòng double up, share
chung sống coexist ◊ (sự) coexistence
chung sức teamwork
chung thủy faithful ◊ (sự) fidelity
chúng they (*referring to children, animals, disapproving*)
chúng mày you (*familiar*)
chúng mình we; us ◊ let's (*including listeners*)
chúng ta we; us ◊ let's (*including listeners*); **chúng ta cần phải làm việc cùng nhau như một đơn vị** we must work together as a unit
chúng tôi we; us (*excluding listeners*)
chùng slack *rope*
chùng xuống stretch
chủng ngừa (S) vaccine ◊ (sự) vaccination
chủng tộc race ◊ racial
chuối banana
chuối xanh green banana
chuỗi string; sequence
chuỗi hạt beads; necklace
chuồn chuồn dragonfly
chuồn đi make off
chuồn ngay clear off, go away
chuông bell; buzzer
chuông cửa doorbell
chuồng cage
chuồng chim bird cage
chuồng chó kennel
chuồng lợn pigpen, sty
chuồng ngựa stable
chuột mouse *also* COMPUT; rat
chuột hang hamster
chuột lang guinea pig
chuột rút cramp
chụp take *photograph etc* ◊ photocopy
chụp ảnh photograph ◊ (sự) photography
chụp chân dung portray
chụp đèn lampshade
chụp rửa non underexposed
chụp X quang X-ray
chút (little) bit, piece; **không, không một chút nào** no, not in the slightest
chút ít little; bit; dash, drop; **đó là chút ít những gì tôi biết** that's the little I know
chút xíu tiny ◊ a little bit
chuyên chế totalitarian; tyrannical ◊ (sự) tyranny
chuyên chở transport ◊ (sự) transportation
chuyên gia expert, specialist
chuyên gia phân tích hệ thống systems analyst
chuyên gia tâm lý học psychologist

ch (*final*) k	**gh** g	**nh** (*final*) ng	**r** z; (S) r	**x** s	**â** (but)	**i** (tin)
d z; (S) y	**gi** z; (S) y	**ph** f	**th** t	**a** (hat)	**e** (red)	**o** (saw)
đ d	**nh** (onion)	**qu** kw	**tr** ch	**ă** (hard)	**ê** ay	**ô** oh

chuyên môn technical; *có trình độ chuyên môn* qualified; *có khả năng chuyên môn phù hợp với công việc* have the right qualifications for a job
chuyên nghiệp professional ◊ professionally
chuyên tâm single-minded
chuyên về specialize; specialize in
chuyên về môn major in
chuyên viên nhãn khoa optician
chuyến journey, trip; voyage; flight
chuyến bay flight
chuyến bay bằng máy bay thuê charter flight
chuyến bay chuyển tiếp connecting flight
chuyến bay đêm night flight
chuyến bay nội địa domestic flights
chuyến bay quốc tế international flights
chuyến bay thẳng through flight
chuyến bay theo kế hoạch scheduled flight
chuyến bay trong nước domestic flight
chuyến bay trở về return flight
chuyến du hành voyage; trip
chuyến du lịch tour
chuyến du lịch có hướng dẫn guided tour
chuyến đến arrivals
chuyến đi journey, trip; departures
chuyến đi bằng thuyền buồm sail, voyage
chuyến đi công cán business trip
chuyến đi công tác business trip
chuyến đi tham quan sightseeing tour, tour
chuyến đi thăm trao đổi exchange
chuyến đi trên biển voyage
chuyến đi trong ngày daytrip

chuyến đi trọn gói package tour
chuyến đi xa nhà outward journey
chuyến đi xe ride, journey
chuyến nối tiếp connection
chuyến ra departures
chuyến tàu chạy suốt through train
chuyến vào arrivals
chuyến vô arrivals
chuyến vượt biển crossing NAUT
chuyền pass SP; swing
chuyền tay pass around
chuyển move; shift; change *trains etc*; transfer; carry; convey; deliver; hand on, pass on *information etc*; pass *newspaper, the salt etc*; navigate COMPUT ◊ (sự) shift; transfer; *chuyển một quyết định/vấn đề đến ai xử lý* refer a decision/problem to s.o.; *chuyển nhượng X cho Y* make X over to Y; *chuyển tới cô ấy những tình cảm thương yêu của tôi* give her my love
chuyển chỗ ở move house; move on
chuyển chủ đề move on (*to another subject*)
chuyển dịch move; transfer
chuyển đổi convert ◊ (sự) conversion; shift
chuyển động moving *parts etc* ◊ (sự) motion
chuyển giao công nghệ technology transfer
chuyển hóa metabolism
chuyển hướng turn around *company*
chuyển nghề move on
chuyển nhà move (*to new house*)
chuyển sang move; pass on *costs etc*; *chuyển sang chuyên nghiệp* turn professional; *chuyển*

ơ u*r*   y (tin)   ây uh-i   iê i-uh   oa wa   ôi oy   uy wee   ong aong
u (soon)   au a-oo   eo eh-ao   iêu i-yoh   oai wai   ơi u*r*-i   ênh uhng   uyên oo-in
ư (dew)   âu oh   êu ay-oo   iu ew   oe weh   uê way   oc aok   uyêt oo-yit

sang làm gì proceed to do sth;
chuyển sang phòng ngự go on
the defensive; **chuyển ... sang
dùng điện** electrify *railroads*
chuyển thành turn into, become
chuyển thành kịch dramatize
◊ (sự) dramatization
chuyển thể adapt
chuyển tiếp relay
chuyển tới move in
chuyển trọng tâm vào shift the
emphasis onto
chuyển tự transliterate
chuyện story; matter, event; *có
chuyện gì đã xảy ra* something
has come up; *có chuyện gì thế?*
what's up?; *có chuyện gì xảy ra
thế?* what's going on?; *có
chuyện gì xảy ra với anh/chị
thế?* what has happened to you?
chuyện bịa fib; lie; fiction
chuyện đăng nhiều kỳ serial
chuyện đùa joke; *đó không phải
là chuyện đùa* it's no joke
chuyện gì vậy? what's the
matter?; what? (*astonishment*)
chuyện hoang đường myth
chuyện kể narrative
chuyện khó tin tall story
chuyện lung tung crap
chuyện ngồi lê mách lẻo gossip
chuyện nhảm nhí nonsense,
crap
chuyện phát nhiều buổi serial
chuyện phiếm chat; small talk
chuyện riêng confidence, secret
chuyện tầm phào gossip
chuyện tình (love) affair, romance
chuyện vớ vẩn hokum
chứ: *tôi có thể chứ? - đồng ý*
can I? - ok
chữ letter (*of alphabet*); character
◊ word
chữ Hán Chinese script

chữ hoa capital letter; block letters
chữ in print
chữ in nghiêng italics
chữ ký signature
chữ ký lưu niệm autograph
chữ lồng monogram
chữ Nôm Han nom, old
Vietnamese script
chữ nổi braille
chữ số digit, numeral
chữ Tàu Chinese script
chữ Trung Quốc Chinese
character
chữ viết character; writing, script
chữ viết hoa capital letter; block
letters
chữ viết ngoáy scribble
chữ viết tay handwriting
chữ viết tắt abbreviation
chưa yet; not yet; *đứa bé đã biết
nói chưa?* can the baby talk
yet?; *chưa đến lượt anh/chị* it's
not your turn yet
chưa bao giờ never; not as yet;
chưa bao giờ tôi nghĩ đến it
never crossed my mind
chưa biết unknown
chưa cạo râu unshaven
chưa chắc not sure yet ◊ perhaps
chưa có gia đình unattached (*not
married*)
chưa có người yêu unattached
(*without a partner*)
chưa đạt not yet; yet
chưa đến tuổi underage
chưa được not ready yet
chưa được giải quyết unsettled
chưa được quyết định undecided
chưa được thanh toán
outstanding FIN
chưa hề never
chưa hề bị đánh bại unbeaten
chưa kết thúc unfinished
chưa kể ra untold

ch (*final*) k **gh** g **nh** (*final*) ng **r** z; (*S*) r **x** s **â** (but) **i** (tin)
d z; (*S*) y **gi** z; (*S*) y **ph** f **th** t **a** (hat) **e** (red) **o** (saw)
đ d **nh** (onion) **qu** kw **tr** ch **ă** (hard) **ê** ay **ô** oh

chưa sinh unborn
chưa sử dụng unused
chưa thanh toán unsettled
chưa tới tuổi trưởng thành be underage
chưa từng never
chưa từng nghe thấy unheard-of
chưa từng thấy unprecedented
chưa xong unfinished, incomplete
chứa contain
chứa chấp harbor *criminal*
chứa được hold, contain
chữa cure; repair; *không thể chữa được* incurable
chữa bệnh từ xa telemedicine
chữa khỏi cure
chữa lành heal
chức năng function
chức năng làm mẹ maternity; motherhood
chức tổng thống presidency
chức vô địch championship
chức vụ office, position; title
chửi swear; *chửi ai* swear at s.o.
chửi rủa curse
chứng illness, disease; symptom
◊ *classifier for illnesses*
chứng cớ ngoại phạm alibi
chứng đau nửa đầu migraine
chứng huyết khối thrombosis
chứng khoán securities
chứng kiến witness
chứng minh back up; demonstrate, prove; substantiate ◊ (sự) demonstration, show
chứng minh bằng tài liệu documentation
chứng minh là đúng vindicate
chứng nghi bệnh hypochondriac
chứng nhận certify
chứng thư deed LAW
chứng thực corroborate
chứng tỏ prove
chừng nào? (S) when?

chương chapter
chương trình program; show; schedule; *tối nay có chương trình gì vậy?* what's on tonight?
chương trình biểu diễn program THEA
chương trình chống virús antivirus program
chương trình duyệt search engine
chương trình đào tạo training scheme
chương trình giảng dạy curriculum
chương trình học syllabus
chương trình kiểm lỗi chính tả spellchecker
chương trình nghị sự agenda
chương trình phát lại repeat
chương trình phát thanh broadcast
chương trình tài liệu documentary
chương trình tạp kỹ vaudeville
chương trình thi đố quiz program
chương trình thời sự current affairs program
chương trình ti vi TV program
chương trình truyền hình television program; broadcast
chướng shocking
clo chlorine
co cụm chiến lược huddle together strategically MIL
co dãn elastic; springy
co giãn stretch
co giật convulsion; twitch
co lại contract; retract; shrink
co mình lại crouch
có with ◊ there is/are ◊ have (got), own; hold ◊ (*used to form the equivalent of English adjectives*): *có 15 người* there were 15 people; *có ai ngoài cửa* there's someone at the door; *tôi không*

---

có (*tí gì*) I don't have any
có ảnh hưởng influential
có bão stormy
có bắp thịt nở nang muscular
có bóng râm shady
có cát sandy
có chai callous
có chất dinh dưỡng nutritious
có chất độc hại poisonous
có chiều hướng be subject to
có chủ quyền sovereign
có chủ tâm deliberate, willful
có chứa ... contains ...
có chữ lồng monogrammed
có công hiệu powerful
có công suất lớn powerful
có dáng thuôn streamlined
có dây chun elasticized
có đặc quyền privileged
có điều hòa nhiệt độ air-
conditioned
có điều kiện conditional ◊ have
the means
có độc poisonous
có độn padded
có đủ điều kiện qualify
có đủ tư cách eligible
có được derive, obtain
có ga carbonated
có gai prickly
có gan gutsy
có gì đâu don't mention it; it's no
big deal
có gia vị spicy
có giá trị count, be important
◊ valid *ticket etc*
có giá trị lớn valuable
có giá trị từ trước đó backdate
có gió lùa drafty
có gió thổi mạnh gusty
có hay không whether; *có hay
không?* do you have it or not?;
did you do it or not?; yes or no?
có hại damaging, detrimental,

harmful; *có hại cho* to the
detriment of; *có hại cho ai* be
bad for s.o.
có hại cho sức khỏe unhealthy
có hiệu lực trở về trước
retroactive
có hình bán nguyệt semicircular
có hình tam giác triangular
có hình trụ cylindrical
có hoa văn patterned
có họ related
có học thức cultivated
có ích useful ◊ (*sự*) utility,
usefulness
có ích lợi be worthwhile
có kẻ sọc striped
có khả năng sinh sản fertile
có khả năng thanh toán
creditworthy; solvent
có khả năng thích nghi
adaptable
có khiếu good; *có khiếu về toán*
mathematical, good at math
có ... không if, whether; *có ...
không?* is/are there ...?; *anh/chị
có ... không?* do you have ...?;
có đau không? does it hurt?;
*anh/chị có muốn nhảy
không?* would you like to dance?
có kinh nghiệm experienced
có kỹ năng skilled
có lãi commercial; cost-effective
có lẻ over, more than
có lẽ presumably; perhaps; *có lẽ
đã đủ thời gian rồi* that should
be long enough
có liên quan concerned; relevant;
related ◊ be connected with; *có
liên quan tới nhau* interrelated
có lò so springy
có lông hairy
có lợi advantageous, beneficial;
profitable ◊ (*sự*) profitability; *có
lợi cho sức khỏe* invigorating;

ch (*final*) k	**gh** g	**nh** (*final*) ng	**r** z; (*S*) r	**x** s	**â** (but)	**i** (tin)
d z; (*S*) y	**gi** z; (*S*) y	**ph** f	**th** t	**a** (hat)	**e** (red)	**o** (saw)
đ d	**nh** (onion)	**qu** kw	**tr** ch	**ă** (hard)	**ê** ay	**ô** oh

có lợi từ profit by, profit from

có lý make sense; *hãy nói cho có lý, anh bạn!* talk sense, man!

có ma spooky

có mang carry; expect, be expecting ◊ pregnant

có máu buồn (*N*) ticklish

có mặt put in an appearance; be present ◊ (*sự*) attendance, presence

có mây cloudy

có một không hai one-off

có mùi hôi stink

có mùi khó chịu smell

có năng khiếu gifted; *có năng khiếu tự nhiên về* have a natural flair for

có nghĩa mean, signify

có ngụ ý symbolic

có nhà in (*at home, in the building etc*)

có nhiều bụi cây shrubbery

có nhiều cây wooded

có nhu cầu in need

có nhược điểm defective

có nòi pedigree

có nọc độc poisonous

có phải (*used to ask questions*): *đây có phải là con của anh/chị không?* is that your child?; *có phải mang theo hộ chiếu không?* do you have to take your passport?

có phần sort of ...

có phẩm cách dignified

có phối hợp concerted

có phụ đề subtitle

có quan hệ tình dục với have sex with

có quyền đi bầu have the vote

có quyền hành powerful

có sẵn in stock

có sương giá frosty

có sương mù foggy

có sức chịu đựng hardy

có tay nghề professional; *có tay nghề vừa phải* semiskilled

có tài talented

có tàn nhang spotty

có tạp chất impure

có thai pregnant ◊ (*sự*) pregnancy

có thể can; may; might ◊ possible; likely ◊ possibly; maybe ◊ (*used to form adjectives*) ...able; *có thể ... được* be able to; *bà có thể ...?* could you ...? *có thể anh/chị đúng* you may be right; *cảm thấy có thể* feel up to; *tôi có thể bị muộn* I might be late; *có thể cô ấy vẫn còn đến* she might still come

có thể bàn cãi được debatable

có thể bơm căng được inflatable

có thể cạnh tranh được competitive; able to compete

có thể chấp nhận được admissible; acceptable

có thể chịu đựng được tolerable

có thể chuyển nhượng được transferable

có thể chữa khỏi được curable

có thể dùng được usable

có thể dự đoán được predictable; foreseeable

có thể điều chỉnh được adjustable

có thể đọc được readable

có thể đọc được bằng máy machine-readable

có thể được: *... ngắn nhất/nhanh nhất có thể được* the shortest/quickest possible ...; *... tốt nhất có thể được* the best possible ...

có thể gấp gọn được collapsible

có thể giải quyết được soluble

có thể giặt được washable

có thể hiểu được conceivable; understandable ◊ understandably

---

ơ u-r	**ây** uh-i	**iê** i-uh	**oa** wa	**ôi** oy	**uy** wee	**ong** aong
u (soon)	**au** a-oo	**eo** eh-ao	**iêu** i-yoh	**oai** wai	**ơi** u-r-i	**ênh** uhng	**uyên** oo-in
ư (dew)	**âu** oh	**êu** ay-oo	**iu** ew	**oe** weh	**uê** way	**oc** aok	**uyêt** oo-yit

có thể hòa tan được soluble

có thể là possibly; arguably; *có thể là anh đúng* you could well be right

có thể làm được manageable

có thể nhận ra được recognizable

có thể nhận thấy được discernible, perceptible

có thể nhìn thấy được visible

có thể ở được habitable, inhabitable

có thể so sánh được comparable

có thể sống được viable

có thể sử dụng được accessible

có thể thay đổi được unsettled, changeable

có thể thay thế cho nhau interchangeable

có thể tháo ra được detachable

có thể thương lượng được negotiable

có thể thực hiện được workable; viable

có thể tiêu hóa được digestible

có thể tin được plausible

có thể tốt lên promising

có thể tới được accessible

có thể tưởng tượng được conceivable, imaginable

có thích: *anh/chị có thích ...?* would you like to ...?; how about ...?

có tính tượng trưng symbolic

có tội guilty

có triệu chứng show symptoms of; be sickening for

có trợ lực power-assisted

có trước precede

có văn hóa cultured

có vẻ appear, look; *có vẻ gian* shifty-looking; *có vẻ như ...* it appears that ...

có ý mean, intend; *có ý định làm gì* mean to do sth; *có ý tốt* mean well

có ý nghĩa significant

có ý thức conscious; *có ý thức về* be aware of sth; *có ý thức an toàn* safety-conscious; *có ý thức về an ninh* security-conscious; *có ý thức về chi tiêu* cost-conscious

cò stork; trigger

cò mồi decoy (*person*)

cỏ grass; herb

cỏ dại weed

cỏ khô hay

cọ palm (tree); brush; scrub

cọ chùi scour; scrub

cọ rửa scrub

cocain cocaine

cóc toad

cọc stake

cọc buộc lều peg

coi consider; *coi ai/gì như ai/gì* regard s.o./sth as s.o./sth; *coi ai là nghiêm túc* take s.o. seriously; *coi ai là người phải chịu trách nhiệm* hold s.o. responsible; *coi việc gì là dễ dàng* take sth in one's stride; *coi X ngang với Y* equate X with Y

coi chừng beware of; guard against; *coi chừng!* look out!

coi khinh despise; scorn

coi lại check

coi ngang với be on a par with

coi như consider, regard ◊ by way of, in the form of

coi thường disregard; defy

coi trọng value; *coi trọng ai* think highly of s.o.

còi whistle; horn (*on car*); siren ◊ skinny

còi báo cháy, còi báo lửa fire alarm

colextêrôn cholesterol

com pa compass (*for geometry*)

ch (*final*) k	**gh** g	**nh** (*final*) ng	**r** z; (*S*) r	**x** s	**â** (but)	**i** (tin)
d z; (*S*) y	**gi** z; (*S*) y	**ph** f	**th** t	**a** (hat)	**e** (red)	**o** (saw)
đ d	**nh** (onion)	**qu** kw	**tr** ch	**ă** (hard)	**ê** ay	**ô** oh

com-lê suit

con me (*addressing one's parents*)
◊ offspring; son; daughter; piece (*in
board game*) ◊ *classifier for
animals, pejoratively for people, for
long objects*

con át ace

con bài (playing) card

con bạc gambler

con cái female; mate (*female*)

con cháu descendant

con dâu daughter-in-law

con đực male; mate (*male*)

con gái daughter

con gái riêng của chồng
stepdaughter (*with original father*)

con gái riêng của vợ
stepdaughter (*with original
mother*)

con hoang bastard

con ky pin

con lợn sô vanh male chauvinist
(pig)

con mồi decoy; prey

con một only child

con mụ female *pej*

con ngoài giá thú illegitimate
child

con ngươi pupil (*of eye*)

con người human (being), man;
mortal

con nít (S) child ◊ childish

con nợ debtor

con nuôi foster child

con pích spades

con quỉ, con quỷ demon; *con quỷ
độc ác monster (person)*

con rể son-in-law

con rối puppet

con số figure, number ◊ (*used to
form number words*): *con số ba
mươi* thirty

con số thống kê statistics, figures

con tin hostage

con tốt pawn

con tốt đen pawn *fig*

con trai boy, son; clam; mussel

con trai riêng của chồng stepson
(*with orginal father*)

con trai riêng của vợ stepson
(*with original mother*)

con trỏ cursor

con vật creature

con vật bị nhốt captive

con vật đã lớn adult (*animal*)

con vật ít có khả năng thắng
outsider

còn the rest ◊ yet; still ◊ remaining;
còn ai khác ở đấy? who else
was there?; *còn chưa rõ ràng
về ...* there is still uncertainty
about ...; *còn gì nữa không?*
anything else?; *còn nhiều* there
is/are still plenty; *còn quá sớm
để quyết định* it's way too soon
to decide yet; *còn to hơn/dài
hơn* still bigger/longer; *còn gì
nữa?* what else?; *còn thứ khác
nữa* something else

còn lại be left, be over, remain

còn nguyên vẹn intact

còn nước còn tát not give up,
struggle on

còn sống be alive; live on,
continue living

còn thiếu be lacking

còn thừa ... to spare; *5 cái còn
thừa* there were 5 to spare

còn tiếp to be continued

còn tồn tại in existence

cong lại buckle

cong lên warp

cong queo crooked

cóng heavy

còng lưng stoop

còng số tám handcuffs

cọng rơm (piece of) straw

cóp photocopy

ơ ur	y (tin)	ây uh-i	iê i-uh	oa wa	ôi oy	uy wee	ong aong
u (soon)	au a-oo	eo eh-ao	iêu i-yoh	oai wai	ơi ur-i	ênh uhng	uyên oo-in
ư (dew)	âu oh	êu ay-oo	iu ew	oe weh	uê way	oc aok	uyêt oo-yit

cọp (*S*) tiger
cót két squeak
cô aunt (*paternal*); lady (*young woman*) ◊ you (*formal, to younger woman or female teacher*); **cô Smith** Miss Smith
cô ấy she ◊ her
cô bé she ◊ her ◊ little girl
cô ca (cô la) Coke®
cô dâu bride
cô đặc concentrated
cô đồng medium
cô đơn lonely; solitary
cô gái girl, chick
cô gái nghịch ngợm tomboy
cô hiệu trưởng (female) principal EDU
cô lập isolate
cô nhắc cognac
cô phục vụ phòng maid (*in hotel*)
cố định fixed
cố đưa vào drag in
cố gắng attempt, effort; endeavor; **rất cố gắng ...** take pains to ...; **cố gắng làm gì** try to do sth, aim at doing sth
cố gắng hết sức do one's utmost
cố gắng tiết kiệm economy drive
cố hữu entrenched
cố lên! go on!; hang on!
cố tình on purpose; **cố tình làm gì** do sth on purpose; intend to do sth
cố túm lấy clutch at
cố vấn adviser, counselor
cố vấn dày kinh nghiệm mentor
cố vấn pháp lý legal adviser
cố vấn về hôn nhân marriage counselor
cố với stretch
cố ý intentional ◊ deliberately, purposely
cổ old; old-fashioned; ancient ◊ neck ◊ (*S*) she (*to younger woman*)

cổ áo collar
cổ chữ V V-neck
cổ điển classical; vintage
cổ đông stockholder
cổ động drum up support
cổ họng throat, gullet
cổ hủ conservative
cổ khoét sâu plunging neckline
cổ lọ polo neck
cổ lỗ sĩ antiquated, ancient
cổ phần share; stock FIN
cổ tay wrist
cổ tay áo cuff
cổ trễ low-cut
cổ tròn crew neck
cổ vũ spur on, urge on
cỗ bài deck, pack (*of cards*)
cỗ cưới wedding banquet
cốc glass; beaker; paper cup
cốc giấy paper cup
cốc ly có chân stemware
cốc tay cocktail
cốc vại tumbler; mug
cộc lốc brusque, curt
côcain cocaine
cối xay gió windmill
cốm young green rice ◊ unripe
côn clutch MOT
côn đồ: **kẻ/tên/tay côn đồ** hooligan, thug
côn trùng insect
công public; work; peacock
công an police; policeman
công bằng just, fair, balanced ◊ fairly ◊ (*sự*) justice; fairness; **điều đó là không công bằng** it's not fair
công bố issue *warning etc*; post *profits* ◊ (*sự*) publication
công bố hôn nhân ở nhà thờ banns
công chúa princess
công chúng the public
công chuyện business; (*S*) work

công chức civil servant; official

công chứng viên notary

công cộng public; communal

công cụ implement

công dân citizen; national ◊ civic

công đoàn labor union; *không thuộc công đoàn* nonunion

công khai public

công kích attack

công kích tới tấp hit out at

công lý justice

công mái pea hen

công nghệ technology ◊ technological

công nghệ gien genetic engineering

công nghệ học technology

công nghệ thông tin IT, information technology

công nghệ tiên tiến hi-tech

công nghiệp industry ◊ industrial

công nghiệp hàng không vũ trụ aerospace industry

công nghiệp hóa industrialize

công nghiệp sản xuất manufacturing industry

công nghiệp sản xuất xe ô tô automobile industry

công nghiệp xây dựng construction industry

công nhân blue-collar worker; worker

công nhân bốc vác stevedore, longshoreman

công nhân lành nghề skilled worker

công nhân trang trại farmworker

công nhân xây dựng construction worker

công nhận admit; recognize *state etc*; validate ◊ (*sự*) recognition; validation

công phu elaborate

công suất capacity; production capacity

công suất lớn high-powered

công tác phí expenses

công tác quần chúng public relations

công tác vệ sinh sanitation (*removal of waste*)

công tác xã hội welfare work, social work

công tắc switch

công tắc bật on switch

công tắc tắt off switch

công thức formula

công thức nấu nướng recipe

công tố viên (public) prosecutor

công trái bond FIN

công trình kiến trúc structure

công trình làm bằng tay handiwork

công ty company, business

công ty bảo hiểm insurance company

công ty cạnh tranh competitor COM

công ty cổ phần joint-stock company

công ty cổ phần mẹ holding company

công ty cung cấp hàng hóa supplier

công ty dầu lửa oil company

công ty đa quốc gia multinational COM

công ty giới thiệu việc làm employment agency

công ty hàng đầu market leader

công ty hàng hải shipping company

công ty hữu hạn *Br* limited company

công ty khai thác bất động sản property developer

công ty mẹ parent company

công ty nhập khẩu importer

ơ ur	**y** (tin)	**ây** uh-i	**iê** i-uh	**oa** wa	**ôi** oy	**uy** wee	**ong** aong
u (soon)	**au** a-oo	**eo** eh-ao	**iêu** i-yoh	**oai** wai	**ơi** ur-i	**ênh** uhng	**uyên** oo-in
ư (dew)	**âu** oh	**êu** ay-oo	**iu** ew	**oe** weh	**uê** way	**oc** aok	**uyêt** oo-yit

công ty phân phối distributor
công ty tư vấn consultancy
công ty vận chuyển carrier
công ty vận tải đường bộ haulage company
công ty xuất khẩu exporter, export company
công việc work; employment; affair; business; commission; undertaking
công việc cực nhọc drudgery; toil
công việc chuẩn bị preparations
công việc may vá needlework
công việc nhà cửa housework
công việc nội trợ housekeeping
công việc vừa ý niche
công viên park
công viên chủ đề theme park
cống drain
cống hiến devote; donate ◊ (sự) donation
cống rãnh sewer
cống thoát nước lớn storm drain
cồng gong
cồng kềnh bulky; cumbersome
cổng gate
cổng nối tiếp serial port
cổng ra vào gateway
cổng tò vò archway
cổng vào input port
cộng add MATH
cộng đồng community
cộng hòa republican
cộng hòa Séc the Czech Republic
Cộng hòa xã hội chủ nghĩa Việt Nam Socialist Republic of Vietnam
cộng sản Communist
cộng sự partner
cộng tác collaborate ◊ (sự) collaboration; partnership
cộng tác viên collaborator
cộng với plus

côngtenơ container COM
cốt lõi core, heart (*of problem*)
cốt truyện framework; plot
cột column; pillar; pole; post ◊ tie up; tie down
cột ăng ten mast RAD
cột báo column
cột buồm mast (*of ship*)
cột đèn lamppost
cột điện cao thế pylon
cột điện thoại telegraph pole
cột đích winning post
cột gôn goalpost
cột nhà sàn stilts
cột thu lôi lightning conductor
cột trụ column
cột xương sống spinal column
cơ bản basic; fundamental; radical; *những cái cơ bản* the basics
cơ bắp muscle ◊ muscular
cơ cấu tổ chức set-up
cơ cực destitute
Cơ đốc Christian
cơ hoành diaphragm ANAT
cơ hội chance, opportunity; scope; *anh/chị không có cơ hội nào* you don't stand a chance; *có cơ hội làm gì* get to do sth
cơ hội làm ăn niche (*in market*)
cơ khí hóa mechanize
cơ quan office; organ ANAT
Cơ quan chiến tranh kinh tế Office of Economic Warfare
cơ quan đầu não headquarters
cơ quan lập pháp legislature
Cơ quan nhập cư Immigration (Service)
Cơ quan phản gián Counterintelligence
cơ quan sinh dục genitals
cơ quan sinh lý sexual organs
Cơ quan thông tin chiến tranh Intelligence Service
cơ quan tình báo secret service,

ch (*final*) k	**gh** g	**nh** (*final*) ng	**r** z; (*S*) r	**x** s	**â** (but)	**i** (tin)
d z; (*S*) y	**gi** z; (*S*) y	**ph** f	**th** t	**a** (hat)	**e** (red)	**o** (saw)
đ d	**nh** (onion)	**qu** kw	**tr** ch	**ă** (hard)	**ê** ay	**ô** oh

intelligence service
Cơ quan tình báo trung ương Mỹ CIA, Central Intelligence Agency
cơ sở basis, foundation; establishment (*firm etc*); **trên cơ sở thông tin này** on the basis of this information
cơ sở dữ liệu database
cơ sở hạ tầng infrastructure
cơ thể body; flesh; organism ◊ physical
cơ thể tật nguyền physical handicap
cơ trí resourceful
cớ excuse, pretext
cờ chess; flag; game
cờ bạc gambling
cờ chữ Scrabble®
cờ đam checkers
cờ đuôi nheo pennant
cờ lê wrench
cờ người human chess
cờ tướng Chinese chess
cỡ size; caliber
cỡ lớn large; king-size(d)
cỡ quá nhỏ undersized
cỡ số size (*of clothing*)
cờ triệu phú Monopoly®
cỡ trung bình medium-sized
cỡ vừa medium-sized
cởi remove, take off *clothes etc*; undo; unfasten; untie ◊ (sự) removal (*of clothes*)
cởi bỏ ease off
cởi khuy unbutton
cởi mở communicative; forthcoming; open
cởi mở hơn open up (*of person*)
cởi quần áo strip, undress
cởi trói untie
cởi tuột ra slip off
cơm (boiled) rice; (steamed) rice; meal; food; (*slang*) wife, the old

lady; **ăn cơm!** let's eat!
cơm chiên (*S*) fried rice
cơm nếp glutinous rice
cơm ôi stale rice
cơm rang (*N*) fried rice
cơm thiu stale rice
cơm thổi steamed rice
cơm tối evening meal
cơm trắng boiled rice
cốm cop
cơn fit MED ◊ *classifier for illnesses, moods, storms etc*
cơn (bột phát) outburst
cơn bực tức bad mood
cơn cáu kỉnh temper; tantrum
cơn động kinh epileptic fit
cơn đột quỵ stroke MED
cơn gió lốc whirlwind
cơn lốc tornado
cơn rùng mình shudder
cơn sốt fever
cơn suy tim heart attack
cơn tái phát: **bị cơn tái phát** have a relapse
cơn thịnh nộ rage; fit of rage
crom chrome, chromium
C.S.G.T. (= **cảnh sát giao thông**) traffic police
cu pecker, willie *Br*
Cu Ba Cuba ◊ Cuban
cu set couchette; berth
cú owl; blow
cú đá kick
cú đánh đầu header (*in soccer*)
cú đánh trả return (*in tennis*)
cú đập forehand; smash (*in tennis*)
cú điện thoại telephone call, phonecall
cú đo ván knockout (*in boxing*)
cú giao bóng serve (*in tennis*)
cú pháp syntax
cú phát bóng kickoff
cú phạm lỗi foul SP
cú sốc shock

ơ u*r*	**y** (tin)	**ây** uh-i	**iê** i-uh
u (soon)	**au** a-oo	**eo** eh-ao	**iêu** i-yoh
ư (dew)	**âu** oh	**êu** ay-oo	**iu** ew

oa wa	**ôi** oy	**uy** wee	**ong** aong
oai wai	**ơi** u*r*-i	**ênh** uhng	**uyên** oo-in
oe weh	**uê** way	**oc** aok	**uyêt** oo-yit

cú sốc văn hóa culture shock

cú ve backhand

cù (*N*) tickle

củ bulb BOT; *classifier for tubers and bulbs*

củ ấu water chestnut

củ cải mooli

củ cải đỏ beet

củ chuối stubborn as a mule, pig-headed

củ dong arrowroot

củ đậu yam bean

củ sen lotus root

củ từ (fancy) yam

cũ old; old-fashioned; secondhand

cũ nát beat-up, battered

cũ rích threadbare; stale *news*

cụ you (*term of address for very elderly people, to show respect*)

cụ bà great-grandmother

cụ ông great-grandfather

cụ thể concrete; specific ◊ specifically

cua crab

cua đồng freshwater crab

cua gái flirt with a girl

của of (*possession*); from (*origin*) ◊ belong to

của ai whose; *cái xe đạp kia là của ai?* whose bike is that?

của anh your (*less formal: of younger man*) ◊ yours (*less formal: of or belonging to younger man*)

của anh ấy his (*of young man*)

của bà your (*formal, singular: of more senior woman*) ◊ yours (*formal: of or belonging to more senior woman*)

của bà ấy her ◊ hers (*of older woman*)

của bản thân own

của các anh your ◊ yours (*less formal, plural: of younger men*)

của các bà your ◊ yours (*formal,*

plural: of more senior women)

của các cậu your ◊ yours (*familiar, plural*)

của các chị your ◊ yours (*less formal, plural: of younger women*)

của các chú your ◊ yours (*formal, plural: of younger men*)

của các cô your ◊ yours (*formal, plural: of younger women*)

của các cụ your ◊ yours (*formal, plural: of very elderly people, to show respect*)

của các em your ◊ yours (*of younger people or children*)

của các ông your ◊ yours (*formal, plural: of more senior men*)

của cải belongings

của cải thất lạc lost and found

của cậu your ◊ yours (*familiar, used for young men or uncles*)

của chị your (*less formal: of a younger woman*) ◊ yours (*less formal: of or belonging to younger woman*)

của chị ấy hers

của chính mình one's own; his/her own *etc*

của chú your ◊ yours (*formal: of younger man*)

của chúng mày your ◊ yours (*familiar*)

của chúng ta our (*including listeners*) ◊ ours

của chúng tôi our (*excluding listeners*) ◊ ours

của con người human

của cô your ◊ yours (*formal: of younger woman*)

của cô ấy her ◊ hers (*of young woman*)

của công chúng public

của cơ thể bodily

của em your ◊ yours (*of younger person or child*)

---

ch (*final*) k	**gh** g	**nh** (*final*) ng	**r** z; (*S*) r	**x** s	**â** (but)	**i** (tin)
d z; (*S*) y	**gi** z; (*S*) y	**ph** f	**th** t	**a** (hat)	**e** (red)	**o** (saw)
đ d	**nh** (onion)	**qu** kw	**tr** ch	**ă** (hard)	**ê** ay	**ô** oh

của họ their ◊ theirs
của mày your ◊ yours (*familiar*)
của một năm annual
của nó her (*of child*); his (*of child*); its
của ông your ◊ yours (*formal: of more senior man*)
của ông ấy his (*of older man*)
của ổng (*S*) his
của riêng mình own
của riêng tôi my very own
của tôi my ◊ mine
cục bureau (*government department*)
cục cằn gruff
Cục điều tra Liên Bang Federal Bureau of Investigation
cục đông clot
cục súc: *kẻ/tên/tay cục súc* brute
cục tẩy eraser
cúi bend; bow
cúi chào bow (*as greeting*)
cúi xuống bend down, crouch down, get down
cùi flesh; pith
cùi dừa coconut
củi firewood
cúm flu, influenza; *một trận cúm* a bout of flu
cụm cluster
cụm pháo cluster of artillery
cụm từ phrase
cún doggie
cùn blunt *knife etc*
cùn đi rusty *French etc*
cung sector
cung cấp provide; supply; offer; put up *money* ◊ (*sự*) provision, supply; *được cung cấp* be supplied with; *cung cấp Y cho X* supply X with Y, provide Y to X; *cung cấp một bản báo cáo về* give an account of
cung cấp nơi ở accommodate

cung cấp thực phẩm cater for
cung điện palace
cung hoàng đạo sign of the zodiac
cung kính reverent
cung và cầu supply and demand
cúng make offerings
cúng tế sacrifice
cùng bàn bạc brainstorming
cùng chung same, identical
cùng cực extremely
cùng đi string along ◊ along
cùng góp tiền trả go Dutch
cùng góp vốn co-finance ◊ (*việc*) co-financing
cùng một lúc (all) at once, at the same time, together
cùng nhau together
cùng với with; along with; in conjunction with
củng cố reinforce; bolster; cement
cũng also, too, as well; *họ cũng đến chứ?* are they coming as well?; *tôi cũng sẽ không đi* I won't go either; *tôi cũng vậy* so am I; so do I; me too; *tôi cũng không* nor do I, me neither; *tôi cũng thế* neither do I; *già cũng như trẻ* old and young alike; *Chúc mừng năm mới - cũng xin chúc anh như vậy* Happy New Year - the same to you
cũng bõ công be worth it
cũng được alright, ok
cũng không or (*with negatives*); nor; either
cũng như thế the same
cũng tương tự như vậy ... equally, ...
cũng vậy thôi so-so
cuộc organized event ◊ *classifier for events involving a lot of people*: *cuộc đàm phán* negotiation; *cuộc đàm thoại*

ơ ur	**y** (tin)	**ây** uh-i	**iê** i-uh	**oa** wa	**ôi** oy	**uy** wee	**ong** aong
u (soon)	**au** a-oo	**eo** eh-ao	**iêu** i-yoh	**oai** wai	**ơi** ur-i	**ênh** uhng	**uyên** oo-in
ư (dew)	**âu** oh	**êu** ay-oo	**iu** ew	**oe** weh	**uê** way	**oc** aok	**uyêt** oo-yit

conversation; **cuộc đàn áp**
repression

cuộc ẩu đả scrap, scuffle

cuộc biểu diễn pháo hoa
firework display

cuộc du hành không qua đêm
day trip

cuộc du ngoạn ngắm cảnh
sightseeing tour

cuộc đấu game

cuộc đấu bóng đá soccer match

cuộc đi chơi excursion, outing

cuộc đi chơi bằng xe hơi drive

cuộc đời life, lifetime

cuộc đua racing; race; competition

cuộc đua ma ra tông marathon

cuộc đua ngựa horse race

cuộc đua ngựa vượt rào
steeplechase

cuộc đua ô tô đường trường rally
MOT

cuộc đua thuyền buồm yachting

cuộc đua tiếp sức relay (race)

cuộc giải phẫu surgery

cuộc hành quân march MIL

cuộc hẹn engagement,
appointment

cuộc họp meeting

cuộc họp ban giám đốc board
meeting

cuộc họp tiếp sau follow-up
meeting

cuộc họp toàn thể hàng năm
annual general meeting

cuộc sống existence, life; **cuộc
sống hiện nay ra sao?** how's
life?

cuộc sống tình cảm lovelife

cuộc sống xa hoa high life

cuộc thăm tiếp theo follow-up
visit

cuộc thi competition, contest; fight;
exam; meet SP

cuộc thi đấu fight; competition

cuộc thi lấy bằng lái xe driving
test

cuộc vận động campaign, drive

cuộc vận động tuyển mộ
recruitment drive

cuối back; bottom; end ◊ last; **ở
cuối hành lang** it's at the end of
the corridor; **vào cuối tháng** at
the end of the month; **cuối thế kỷ
19/20** the late 19th/20th century;
ở cuối trang at the foot of the
page

cuối cùng definitive, classic;
eventual; final, ultimate ◊ last ◊ in
the end; finally; in conclusion; at
last; **cuối cùng cũng phải vào
bệnh viện** wind up in hospital;
**cuối cùng nhưng không kém
phần quan trọng** last but not
least; **cuối cùng thì anh ấy
thích** he finished up liking it

cuối tuần weekend; **vào cuối
tuần** on the weekend

cuỗm đi make off with

cuốn curl; roll up ◊ *classifier for
books and movies*: **cuốn sách**
book

cuốn sách mỏng booklet;
pamphlet

cuộn coil; reel, spool; roll; wad

cuộn giấy scroll (*manuscript*);
paper roll

cuộn lại curl

cuộn lên scroll up COMPUT

cuộn tròn coil (up); curl up; **cuộn
tròn gì** roll sth into a ball

cuộn xuống scroll down COMPUT

cuống stalk; stub

cuồng loạn hysterics; **bị cuồng
loạn** hysterical

cuồng nhiệt feverish; wild
applause etc

cuồng nộ fury

cuồng tín fanatical

ch (*final*) k	**gh** g	**nh** (*final*) ng	**r** z; (*S*) r	**x** s	**â** (but)	**i** (tin)
d z; (*S*) y	**gi** z; (*S*) y	**ph** f	**th** t	**a** (hat)	**e** (red)	**o** (saw)
đ d	**nh** (onion)	**qu** kw	**tr** ch	**ă** (hard)	**ê** ay	**ô** oh

cuỗi mount *bike, horse*
cúp cup, trophy
cút scram, make off; **cút đi!** get lost!; fuck off!; **hãy cút đi!** (get) out!; **hãy cút khỏi phòng tôi!** (get) out of my room!
cút ngay scram
cụt blind *corner*
cư dân resident; inhabitant ◊ residential
cư trú inhabit; populate; reside ◊ (sự) residence
cư xử behave, conduct oneself; treat
cư xử thô bạo manhandle
cư xử xấu misbehave ◊ (sự) misbehavior
cứ persist in ◊ revolutionary base; **cứ tiếp tục thử** keep (on) trying; **cứ tự nhiên như ở nhà** make oneself at home; **xin cứ tự nhiên!** help yourself!; **cứ tiếp tục đi** on you go, go ahead; **cứ bình tĩnh!** take it easy!, keep cool!; **cứ làm đi** go on!
cứ điểm entrenched fortifications
cứ như là as if
cử chỉ gesture
cử động move ◊ (sự) movement
cử nhân quản lý kinh doanh MBA, Masters in Business Administration
cử nhân văn chương BA, Bachelor of Arts
cử tạ weightlifting
cử tri elector, voter
cự ly range; distance; **ở cự ly rất gần** at point-blank range
cự tuyệt rebuff
cưa saw
cưa bỏ saw off
cửa door; gate
cửa chớp shutter
cửa chớp lật venetian blind

cửa cuốn shutter (*on window*)
cửa giao dịch wicket
cửa hàng store, shop; department
cửa hàng ăn nhanh fast-food restaurant
cửa hàng bách hóa department store
cửa hàng cho thuê băng đĩa hình video rental store
cửa hàng đồ cổ antique shop
cửa hàng dược phẩm drugstore
cửa hàng giặt khô dry-cleaner
cửa hàng giày shoestore
cửa hàng kem ice-cream parlor
cửa hàng mậu dịch quốc doanh State department store
cửa hàng miễn thuế duty-free shop
cửa hàng ngũ kim hardware store
cửa hàng nhà nước state-run shop
cửa hàng nước hoa perfume shop
cửa hàng rượu liquor store
cửa hàng sách bookstore
cửa hàng tạp phẩm grocery store
cửa hàng thủ công nghệ craft shop
cửa hầm hàng hatch (*on ship*)
cửa kéo sliding door
cửa khuất kín concealed door
cửa kính cửa hiệu storefront
cửa kính dài French doors
cửa ngõ gateway *fig*
cửa quay revolving door; turnstile
cửa quần fly, flies (*on pants*)
cửa ra cấp cứu emergency exit
cửa sau backdoor
cửa sập trapdoor
cửa sông estuary; mouth (*of river*)
cửa sổ window
cửa sổ kính màu stained-glass window

ơ u*r*   y (t*in*)   ây uh-i   iê i-uh   oa wa   ôi oy   uy wee   ong aong
u (*soon*)   au a-oo   eo eh-ao   iêu i-yoh   oai wai   ơi u*r*-i   ênh uhng   uyên oo-in
ư (*dew*)   âu oh   êu ay-oo   iu ew   oe weh   uê way   oc aok   uyêt oo-yit

cửa sổ mái skylight
cửa trước front door
cửa tự động swing-door
cửa vào doorway
cựa quậy fidget
cực pole (*of earth*); terminal ELEC
  ◊ extremely
cực đoan extreme
cực khoái: *điểm cực khoái*
  orgasm
cực kỳ awesome; extreme, dire
  ◊ very; extremely; tremendously
cực tím ultraviolet
cưng (*S*) sweetheart; pet, favorite
cưng chiều coddle; *được cưng
  chiều* cuddly
cứng hard; rigid; stiff; coarse *hair*
cứng cỏi strong-minded, strong-
  willed; tough
cứng đầu willful
cứng đờ stiffen
cứng nhắc inflexible, rigid, set;
  stiff
cước điện thoại đường dài toll
  TELEC
cước phí delivery fee
cưới get married
cười laugh; smile
cười chế nhạo jeer
cười ha hả guffaw
cười khẩy sneer
cười khúc khích titter
cười nhạo laugh at, mock
cười phá lên roar with laughter
cười rúc rích chuckle; giggle

cười toe toét grin
cười tự mãn smirk
cưỡi ride ◊ (sự) riding
cưỡi hổ riding the tiger
cưỡi ngựa ride ◊ (sự) riding
cưỡi ngựa vượt rào show jumping
cương cứng erection (*of penis*)
cương lĩnh platform (*political*)
cương quyết firm *decision*
cường điệu dramatize; exaggerate,
  overdo ◊ dramatic; melodramatic;
  farfetched ◊ (sự) exaggeration
cường độ strength
cường quốc hải quân sea power
cường quốc thế giới world power
cường tráng robust; sturdy
cưỡng hiếp assault sexually ◊ (sự)
  (sexual) assault
cưỡng lại resist; *không thể
  cưỡng lại được* irresistible
cướp hijack; hold up; raid; rob; *tôi
  đã bị cướp* I've been robbed
cướp bóc loot
cứt crap, shit
cứu save, rescue; *tới cứu ai* come
  to s.o.'s rescue; *cứu tôi với!* help!
cứu hộ salvage
cứu nguy save SP
cứu rỗi linh hồn salvation REL
cừu sheep
cừu cái ewe
cừu đực ram (*sheep*)
cừu non lamb (*animal*)
cựu ex-
cựu chiến binh veteran

---

ch (*final*) k	**gh** g	**nh** (*final*) ng	**r** z; (*S*) r	**x** s	**â** (but)	**i** (tin)
d z; (*S*) y	**gi** z; (*S*) y	**ph** f	**th** t	**a** (hat)	**e** (red)	**o** (saw)
đ d	**nh** (onion)	**qu** kw	**tr** ch	**ă** (hard)	**ê** ay	**ô** oh

D

da skin; leather; complexion
da bánh mật tan
da cừu sheepskin
da dẻ complexion
da đầu scalp
da đen black *person*
da gà gooseflesh, goose pimples;
  nổi da gà have goose pimples
da giả imitation leather
da lông chồn mink
da lộn suede
da lợn pigskin
da màu colored *person*
da sống hide (*of animal*)
da sơn patent leather
da thuộc chamois leather
da trắng white *person*
dã man savage ◊ (sự) savagery
dã ngoại outing; field trip
dã thú predator
dạ felt; yes
dạ con uterus, womb
dạ dày stomach
dạ hội dinner dance; ball
dai tough
dai dẳng nagging *doubt*, *pain*;
  persistent *rain* ◊ persist
dai như đỉa obstinate; persistent
dài long
dài chấm gót full-length
dài dòng lengthy ◊ at length
dài hạn long-term
dài lê thê very long
dài ngày long-range
dài ra grow
dài tay long-sleeved
dài tới reach

dải stretch; strip
dải băng band
dải ruy băng ribbon
dải viền braid
dãi be exposed
dãi nắng be exposed to the sun;
  dãi nắng âm sương be exposed
  to the sun and dew
dại wild; naive; stupid; *chó dại*
  dog with rabies
dại dột misguided
dại mặt be ashamed; lose face
dám dare; *dám làm gì* dare to do
  sth; presume to do sth
dạm bán offer for sale
dạm hỏi propose marriage
dan díu have an affair
dán glue; paste; stick; mount; put
  up *notice* ◊ cockroach; *dán X vào*
  Y glue X to Y
dán đầy be plastered with
dán giấy tường paper *room*
dán mắt stare at; gaze at
dán nhãn label
dán tem stamp; frank
dàn bài plan; outline
dàn diễn viên cast (*of play etc*)
dàn dựng produce; arrange ◊ (sự)
  production; arrangement
dàn hai phai hi-fi
dàn hòa make up, make it up
dàn hợp xướng chorus
dàn khoan drilling rig; (oil) rig
dàn nhạc (giao hưởng) orchestra
dàn xếp settle; patch up; iron out
dang spread; stretch out
dáng appearance, form

---

dáng điệu nghênh ngang
swagger
dáng lom khom stoop
dáng người figure
dạng form; shape
dạng tay dạng chân stretch
(one's arms and legs)
danh bạ directory TELEC
danh bạ điện thoại telephone
directory, phone book
danh dự honor; reputation
danh lợi fame and wealth
danh mục menu COMPUT; list;
catalog
danh mục rượu vang wine list
danh sách list; roll
danh sách đối tượng hitlist
danh sách đợi waiting list
danh sách vòng trong shortlist
danh thiếp business card; visiting
card
danh thiếp chúc mừng
compliments slip
danh tiếng fame; renown;
reputation; standing; goodwill COM
danh từ noun
danh vọng kudos
dành spend; put in *effort*; book,
reserve
dành cho spare ◊ for ◊ reserved
for
dành dụm put by, put aside
dành dụm để save up for
dành dụm tiền cho budget for
dành gì cho gì earmark sth for sth
dành riêng exclusive; personal
dành riêng ra set aside
dành trước reserve
dành ưu tiên cho prioritize
dao knife
dao bầu chopper
dao cạo razor
dao cạo điện (electric) shaver
dao động waver

dao găm dagger
dao mổ scalpel
dao nhíp pocketknife
dát mỏng laminated
day dứt torment oneself; *tôi cảm
thấy lương tâm day dứt* it has
been on my conscience; *không bị
day dứt về ...* have no qualms
about ...
day đi day lại dwell on
dày thick
dày dạn kinh nghiệm seasoned,
experienced
dày dạn sương nắng weather-
beaten
dày đặc dense; heavy; solid
dãy line; range (*of hills*)
dãy đèn sàn sân khấu footlights
dãy ghế tier
dãy nhà lầu apartment block
dãy phòng suite (*of rooms*)
dạy teach; *dạy ai làm gì* teach s.o.
to do sth
dạy bảo straighten out (*person*)
dạy dỗ bring up ◊ (sự) upbringing
dạy học teach ◊ (sự) teaching
dạy tư private tuition
dặm mile
dặm mỗi giờ mph, miles per hour
dắt đi dạo walk
dâm đãng lewd
dấm vinegar
dầm girder
dầm giấm pickle
dân citizen
dân bản xứ native
dân ca folk music; folk song
dân chúng the public; the people
dân chủ democratic
dân cư inhabitants, population
dân cư thưa thớt sparsely
populated
dân di-gan gipsy, gypsy
dân địa phương local

ch (*final*) k	**gh** g	**nh** (*final*) ng	**r** z; (*S*) r	**x** s	**â** (but)	**i** (tin)
d z; (*S*) y	**gi** z; (*S*) y	**ph** f	**th** t	**a** (hat)	**e** (red)	**o** (saw)
đ d	**nh** (onion)	**qu** kw	**tr** ch	**ă** (hard)	**ê** ay	**ô** oh

dân làng villager
dân nghiện junkie
dân quê hillbilly
dân số population
dân sống ở đảo islander
dân sự civil
dân thường civilian
dân tộc ethnic; national ◊ people
dân tộc miền núi hilltribe
dân tộc thiểu số ethnic minority
dấn thân embark on
Dần tiger (*in Vietnamese zodiac*)
dần steadily
dần dần little by little, bit by bit; gradually; eventually ◊ gradual
dẫn guide; lead; steer; conduct *electricity*
dẫn đầu lead; head (up) *delegation etc*; lead the way ◊ leading
dẫn đến culminate in; result in; bring to ◊ conducive to
dẫn đến chỗ ngừng trệ bring to a standstill
dẫn đến chỗ tắc nghẽn bring to a standstill
dẫn đi take
dẫn độ extradite ◊ (sự) extradition
dẫn đường navigate; lead the way ◊ (sự) navigation (*in car*)
dẫn tới bring about; lead up to; **điều này dẫn tới đâu?** where is this leading?
dâng lên come in (*of tide*); rise
dập smother
dập ghim stapler
dập tắt extinguish, put out
dập vỡ lạo xạo scrunch up
dật dục lust; sensuality
dâu mulberry; strawberry
dâu rể bride and groom
dâu tây strawberry
dấu accent; tone (*on letter*); stamp (*in passport etc*); seal
dấu âm minus sign

dấu bưu điện postmark
dấu chấm dot; period; punctuation mark
dấu chấm câu period
dấu chấm hỏi question mark
dấu chấm than exclamation point
dấu chân footprint
dấu chéo oblique, slash
dấu chờ lệnh prompt COMPUT
dấu chữ thập cross (*symbol*)
dấu cộng plus (sign)
dấu dương plus sign
dấu hai chấm colon (*in punctuation*)
dấu hiệu evidence; sign; indication; pointer; symptom *fig*; mark; trace; **là dấu hiệu của** be symptomatic of
dấu hoa thị asterisk
dấu hỏi low rising tone
dấu huyền low falling tone
dấu kiểm checkmark, tick
dấu kiểm nhận stamp of approval
dấu kiểm tra check ◊ checkmark
dấu làm chuẩn benchmark
dấu lược apostrophe
dấu mũ circumflex
dấu nặng low broken tone
dấu ngã high broken tone
dấu ngang mid-level tone
dấu ngoặc bracket
dấu ngoặc kép quote marks, inverted commas
dấu nối hyphen
dấu phẩy comma
dấu phẩy thập phân decimal point
dấu sắc high rising tone
dấu tay fingerprint
dấu than exclamation point
dấu thánh sign of the cross
dấu tích remnant
dấu trừ minus sign

ơ u*r*	**y** (tin)	**ây** uh-i	**iê** i-uh	**oa** wa	**ôi** oy	**uy** wee	**ong** aong
u (soon)	**au** a-oo	**eo** eh-ao	**iêu** i-yoh	**oai** wai	**ơi** u*r*-i	**ênh** uhng	**uyên** oo-in
ư (dew)	**âu** oh	**êu** ay-oo	**iu** ew	**oe** weh	**uê** way	**oc** aok	**uyêt** oo-yit

dấu vân tay fingerprint
dấu vân tay liên quan tới di truyền genetic fingerprint
dấu vết hint (*of red etc*); trace
dầu oil; gel ◊ oily
dầu dưỡng tóc conditioner
dầu đánh bóng polish
dầu dấm trộn dressing (*for salad*)
dầu điêden diesel
dầu giấm salad dressing
dầu gội đầu shampoo
dầu hào oyster sauce
dầu hỏa kerosene
dầu mè sesame oil
dầu mỏ petroleum
dầu nhờn lubricant
dầu nhớt (*S*) diesel
dầu ôliu olive oil
dầu phanh brake fluid
dầu tắm shower gel
dầu thô crude (oil)
dầu thơm perfume
dầu thơm cạo râu shaving lotion
dầu vừng sesame oil
dầu xăng gasoline
Dậu cock (*in Vietnamese zodiac*)
dây cord; rope; strap; string; wire
dây an toàn seatbelt, safety belt
dây buộc lace; tether
dây cao su elastic band
dây cáp cable
dây cáp nối extension cable
dây câu fishing line
dây chằng ligament
dây chì fuse wire
dây chuyền necklace; chain
dây chuyền lắp ráp assembly line
dây cương rein
dây dắt lead, leash
dây đàn string MUS
dây đeo quần suspenders
dây điện power line; lead; wire
dây điện thoại telephone line
dây giày shoelace

dây kéo căng tightrope
dây kim loại wire
dây rốn umbilical cord
dây thanh âm vocal cords
dây thần kinh nerve ◊ nervous
dây thép gai barbed wire
dây thừng rope
dây vai strap
dây vợt string
dây xích chain
dầy thick
dầy đặc thick
dậy get up (*in morning*); stand up
dè biu pour scorn on; humiliate
dè dặt reserved; conservative; lowkey ◊ (sự) qualification; reserve; aloofness
dẻ ngựa horse chestnut (tree)
dẻo flexible; supple
dép sandal; slipper
dê goat
dế cricket (*insect*)
dễ easy
dễ bảo submissive; docile
dễ bắt lửa combustible
dễ biểu lộ tình cảm be demonstrative
dễ bị be prone to; **dễ bị lạnh** be susceptible to the cold
dễ bị kích động excitable, high-strung
dễ bị tấn công vulnerable
dễ buồn nôn squeamish
dễ cáu prickly, irritable
dễ cáu kỉnh snappy
dễ chan hòa convivial
dễ cháy flammable, inflammable
dễ chịu pleasing; pleasant; nice; agreeable ◊ be comfortable; **cảm thấy dễ chịu** feel at ease
dễ dàng easy; effortless ◊ (sự) ease
dễ dãi permissive
dễ dùng user-friendly
dễ đi tới within reach

---

ch (*final*) k	gh g	nh (*final*) ng	r z; (*S*) r	x s	â (but)	i (tin)
d z; (*S*) y	gi z; (*S*) y	ph f	th t	a (hat)	e (red)	o (saw)
đ d	nh (onion)	qu kw	tr ch	ă (hard)	ê ay	ô oh

dễ đọc legible
dễ động lòng touchy
dễ gây lầm lẫn deceptive
dễ gần approachable
dễ hiểu clear; intelligible
dễ hỏng perishable ◊ break down
  easily
dễ lây infectious, catching
dễ lây lan contagious
dễ mến endearing
dễ nhận thấy conspicuous
dễ như chơi be a cake walk, be a
  piece of cake
dễ như gảy móng tay be a cake
  walk, be a piece of cake
dễ nổi cáu prickly, irritable
dễ ôi thiu perishable
dễ phân biệt distinctive
dễ sợ frightening; awful
dễ sử dụng user-friendly
dễ thay đổi uncertain
dễ thương lovely; lik(e)able;
  sweet; dainty
dễ tiếp thu be receptive; **dễ tiếp
  thu điều gì** be receptive to sth
dễ uốn pliable
dễ vỡ breakable; fragile
dễ xúc cảm susceptible
dềnh dàng dawdle
dệt weave
di chuyển move; relocate
di chuyển chậm crawl
di chúc will LAW
di cư emigrate; migrate ◊ (sự)
  emigration; migration
di động mobile
di sản heritage
di sản văn hóa thế giới world
  heritage
di tặng bequeath
di tích ruins; vestige; historic
  monument
di tích lịch sử dã đổ nát ruins
di truyền genetic, hereditary

di truyền học genetics
di trú migrate ◊ (sự) migration
di vật relic
dí poke
dì aunt (*maternal*)
dĩ nhiên of course; **dĩ nhiên là
  không** of course not
dị dạng misshapen ◊ (sự)
  deformity
dị ứng allergy; **dị ứng với** be
  allergic to
dị ứng phấn hoa hay fever
dịch epidemic ◊ interpret;
  translate; move back; make room;
  dịch sang tiếng Anh translate
  into English; **không thể dịch
  được** untranslatable
dịch bệnh plague
dịch ra move up, make room
dịch sai misinterpret ◊ (sự)
  misinterpretation
dịch vụ service; **ngành dịch vụ
  công cộng** public utility
dịch vụ khẩn cấp emergency
  service
dịch vụ rửa xe valet service (*for
  cars*)
dịch vụ trên mạng on-line service
dịch vụ y tế health service
dịch vụ xe tuyến shuttle service
diệc heron
diêm (*N*) match
diêm giấy book of matches
diềm fringe
diềm xếp nếp frill; ruffle
diên vĩ iris
diễn act; perform
diễn biến develop ◊ development;
  change
diễn biến bất ngờ twist
diễn cảm expressive
diễn dịch deduce
diễn đàn rostrum
diễn đạt formulate; word; **diễn**

ơ u*r*	y (tin)	ây uh-i	iê i-uh	oa wa	ôi oy	uy wee	ong aong
u (soon)	au a-oo	eo eh-ao	iêu i-yoh	oai wai	ơi u*r*-i	ênh uhng	uyên oo-in
ư (dew)	âu oh	êu ay-oo	iu ew	oe weh	uê way	oc aok	uyêt oo-yit

đạt tốt/rõ ràng express oneself well/clearly
diễn giả orator
diễn giải ngắn gọn paraphrase
diễn kịch act; perform
diễn lại reconstruct; re-enact
diễn tả portray; convey ◊ (sự) portrayal
diễn tấu interpret *music* ◊ (sự) interpretation
diễn tập rehearse; exercise ◊ (sự) exercise MIL; rehearsal
diễn thử audition
diễn trường (film) set
diễn viên actor
diễn viên ba lê ballet dancer
diễn viên đơn ca soloist (*singer*)
diễn viên hài comedian
diễn viên làm trò vui entertainer
diễn viên múa dancer
diễn viên nhào lộn acrobat
diễn xuất act ◊ (sự) acting
diện elegant, smart
diện tích area
diệt khuẩn antiseptic
diều kite (*toy*)
diều hâu hawk
diễu hành parade, march, procession
diễu lên diễu xuống parade
dìm submerge
dìm chết drown
dinh dưỡng nutritious; nutritional ◊ (sự) nutrition; **có nhiều dinh dưỡng** nourishing
dinh thự mansion; residence
dính stick ◊ sticky, adhesive
dính chặt stuck fast
dính líu connect; be mixed up in; get involved ◊ (sự) involvement, implication; **làm ai dính líu vào gì** implicate s.o. in sth
dính nhớp nháp gooey
dính vào adhere to, stick to

dịch move back; make room
dịp occasion; opportunity; chance; **nhân dịp này** on this occasion
dịu soft; subdued; mild; muted
dịu bớt ease, ease off
dịu dàng gentle; mild; bland ◊ (sự) mildness
dịu dần wear off
dịu đi moderate
do from; because of; by ◊ owing to; **là do** be due to; **do không có** for want of; **do nhầm lẫn** in error; **do sơ suất** by mistake; **do tình cờ** by chance; **do ... viết** written by ...
do đó therefore, consequently; so
Do Thái Jewish
dò probe
dò dẫm grope
dò xét questioning
dọa nạt menacing
doanh nghiệp concern COM
doanh số turnover
doanh thu takings
doanh trại barracks, quarters
dọc down; along
dọc theo along; alongside
dọn remove; clear up; clear out
dọn bàn clear the table
dọn cơm serve; prepare a meal
dọn dẹp tidy up ◊ (sự) removal
dọn giường make the bed
dọn nhà move house
dọn sạch clean; clean up; clear; clear out; clear up
dòng stream (*of people*); current
dòng chảy flow
dòng chảy nhỏ trickle
dòng chấm chấm dotted line
dòng chữ line (*of text*)
dòng chữ ghi inscription
dòng dõi pedigree; **là dòng dõi của** be descended from
dòng điện current ELEC
dòng điện một chiều direct

ch (*final*) k	**gh** g	**nh** (*final*) ng	**r** z; (S) r	**x** s	**â** (but)	**i** (tin)
d z; (S) y	**gi** z; (S) y	**ph** f	**th** t	**a** (hat)	**e** (red)	**o** (saw)
đ d	**nh** (onion)	**qu** kw	**tr** ch	**ă** (hard)	**ê** ay	**ô** oh

current
dòng điện xoay chiều alternating current
dòng nước current (*in sea etc*)
dòng suối stream
dỗ dành coax; **dỗ dành ai làm gì** coax s.o. to do sth
dốc hill; slant ◊ steep
dốc hết exhaust
dốc xuống descend; dip; slope
dốc sức in a burst of energy
dối trá deceitful; underhand
dồi dào abundant; plentiful; generous *portion* ◊ (sự) abundance
dồn dập repeatedly
dồn hết summon up
dồn lại round up
dồn nén pent-up
dồn thành đống drift
dồn tới tấp deluge *fig*
dồn vào chân tường corner *person*
dông dash off
dông dài chatty
dông tố thundery
dơ dirty
dở bad; lousy ◊ badly
dỡ unload *goods*
dỡ hàng unload *truck*
dơi bat (*animal*)
dởm bogus
du elm
du côn: **kẻ/tên/tay du côn** bully
du cư nomadic
du dân nomad
du dương musical; harmonious; melodious; tuneful
du khách visitor, tourist
du kích guerrilla
du lịch travel; tourism; **du lịch gọn nhẹ** travel light
du lịch sinh thái ecotourism
du ngoạn có hướng dẫn guided tour

du thuyền yacht
dù parachute; (*S*) umbrella ◊ however; **dù họ có quan trọng/giàu đến đâu** however big/rich they are
dù che nắng sunshade
dù cho even if
dù sao anyway
dù sao đi nữa all the same
dùi cui club; stick
dùi trống drumstick MUS
dụi tắt stub out
dung dịch solution (*mixture*)
dung lượng nhớ storage capacity
dung thứ tolerate ◊ (sự) tolerance; **tôi sẽ không dung thứ!** I won't tolerate it!
dung tích volume
dung tích xi lanh cubic capacity
dung túng condone
dùng expend; use; **dùng để chữa bệnh** for medicinal purposes; **dùng trước ngày ...** best before ...; **dùng thuốc tránh thai** be on the pill
dùng hết use up
dùng lại reuse
dùng mòn wear
dùng một lần disposable
dùng như function as
dùng rồi used
dùng sai misuse
dùng thử try
dũng cảm courageous; spirited; valiant ◊ (sự) courage
dụng cụ device, tool; instrument; gear; apparatus
dụng cụ gia đình household goods
dụng cụ kì cục contraption
dụng cụ ngừa thai contraceptive
dụng cụ nhà bếp kitchenware
dụng cụ phun nước sprinkler
dụng cụ thể thao sports gear

ơ ur	**y** (tin)	**ây** uh-i	**iê** i-uh	**oa** wa	**ôi** oy	**uy** wee	**ong** aong
u (soon)	**au** a-oo	**eo** eh-ao	**iêu** i-yoh	**oai** wai	**ơi** ur-i	**ênh** uhng	**uyên** oo-in
ư (dew)	**âu** oh	**êu** ay-oo	**iu** ew	**oe** weh	**uê** way	**oc** aok	**uyêt** oo-yit

dụng cụ văn phòng office supplies

duy nhất only, sole ◊ solely

duy trì maintain; keep up; sustain ◊ (sự) maintenance; observance (*of festival*)

duyên dáng elegant; graceful ◊ (sự) charm; elegance; grace

duyệt review

duyệt binh parade; review MIL

duyệt trước preview

dư thừa surplus

dư vị aftertaste

dữ vicious

dữ dội fierce; intense; savage; vicious; violent

dữ dội khác thường freak *storm etc*

dữ liệu data

dự án project, undertaking

dự án nghiên cứu research project

dự báo forecast

dự báo bão storm warning

dự báo thời tiết weather forecast

dự định have on, have planned; intend; propose; *dự định cho* be meant for; *dự định làm gì* intend to do sth; *tối nay anh/chị có dự định làm gì không?* do you have anything on tonight?

dự đoán foresee; predict ◊ (sự) forecast, prognosis; projection

dự kiến envisage; project; *dự kiến làm gì* plan to do sth

dự phòng spare

dự thi take an exam

dự tính anticipate, bargain for; figure on; contemplate

dự tính trước premeditated

dự trữ reserve(s) ◊ stockpile; *dự trữ gì* keep sth in reserve

dưa melon; pickle

dưa chuột cucumber

dưa đỏ (*S*) water melon

dưa gang type of large cucumber

dưa hấu water melon

dưa leo (*S*) cucumber

dưa lê green honey melon

dứa (*N*) pineapple

dừa coconut palm; coconut

dựa prop; lean; rest; *dựa gì vào gì* lean sth against sth; *dựa trên ...* rest on ...

dựa vào against ◊ base; rely on; rest on; *dựa vào ai để làm gì* rely on s.o. to do sth; *dựa vào gì* lean against sth; *dựa X vào Y* base X on Y

dừng stop

dừng bánh draw up (*of vehicle*)

dừng đột ngột check, stop

dừng lại call at; stop over; halt, stop; pull up; come to a stop ◊ (sự) stopover

dựng erect; pitch; put up *fence etc*; make *movie*; *dựng thẳng gì lên* stand sth on end

dựng đứng sheer *drop etc*

dựng lên raise; set up

dựng tóc gáy hair-raising

dược pharmaceutical

dược phẩm pharmaceuticals

dược sĩ, **dược sỹ** druggist, pharmacist

dược thảo medicinal herbs

dưới below; under; underneath ◊ down; *dưới ánh nắng* in the sun; *dưới ánh sáng của* in the light of

dưới cùng bottom

dưới dạng kể chuyện narrative

dưới dường under ◊ inferior, poor *quality*; lower

dưới không subzero; *10 độ dưới không* 10 below zero

dưới mặt đất underground

dưới nhà downstairs

dưới nước underwater; aquatic

---

ch (*final*) k	**gh** g	**nh** (*final*) ng	**r** z; (*S*) r	**x** s	**â** (but)	**i** (tin)
d z; (*S*) y	**gi** z; (*S*) y	**ph** f	**th** t	**a** (hat)	**e** (red)	**o** (saw)
đ d	**nh** (onion)	**qu** kw	**tr** ch	**ă** (hard)	**ê** ay	**ô** oh

dưới tầm vai underarm *throw*
dương positive
dương cầm piano
dương tính positive
dương vật penis
dương xỉ fern
dường như seem ◊ seemingly;

dường như là ... it seems that ...;
dường như tôi đã gặp anh ở
đâu I get the feeling that I've
seen you somewhere before
dứt khoát decisive; emphatic; firm;
pronounced ◊ certainly, definitely;
explicitly

Đ

Đ (= **đồng**) dong FIN
đa banyan tree
đa cảm sentimental ◊ (sự)
sentimentality
đa dạng diverse, varied ◊ (sự)
variety, spectrum
đa dạng hóa diversify ◊ (sự)
diversification
đa dạng sinh học biologically
diverse ◊ (sự) biological diversity
đa mưu shrewd, scheming
đa quốc gia multinational
đa số majority
đa số phiếu majority vote
đá stone; ice ◊ kick; *đá loanh*
quanh kick around
đá acđoa slate
đá cuội stone; pebble; shingle
đá granit granite
đá lát paving stone; tile
đá lổn nhổn rocky
đá mạt grit
đá ngầm reef
đá phạt trực tiếp free kick
đá phấn chalk
đá quí, đá quý jewel, gem
đá vôi limestone
đà momentum

đã already ◊ have already ◊ (*used*
to denote completed action): *họ*
đã điện thoại lại they called
back; *đã ... rồi* already; *đã có*
cả rồi, cám ơn that's all, thanks;
đã hết be all gone; *đã được*
xuất bản be published
đã bao giờ ever
đã cắt đứt be through (*of couple*)
đã có từ lâu long-standing
đã được ấn định fixed
đã lâu long ago
đã nêu trên above-mentioned
đã qua past, over, gone by
đã từng ever ◊ (*indicates perfect*
tense)
đai band; hoop
đai an toàn seat belt
đai ốc nut (*for bolt*)
đái pee; urinate
đái đường diabetes
đài radio
đài bán dẫn transistor radio
đài báo thức radio alarm
đài chỉ huy bridge (*of ship*)
đài có kèm đồng hồ báo thức
clock radio
đài điều khiển control tower

ơ ur	y (tin)	ây uh-i	iê i-uh	oa wa	ôi oy	uy wee	ong aong
u (soon)	au a-oo	eo eh-ao	iêu i-yoh	oai wai	ơi ur-i	ênh uhng	uyên oo-in
ư (dew)	âu oh	êu ay-oo	iu ew	oe weh	uê way	oc aok	uyêt oo-yit

đài kỷ niệm monument
Đài Loan Taiwan ◊ Taiwanese
đài phát thanh radio station
đài phun nước fountain
đài thiên văn observatory
đài truyền hình station TV
đài tưởng niệm memorial
đại bàng eagle
đại biểu delegate, representative
đại ca kịch traditional
  Vietnamese-style opera
đại diện agent, representative
đại diện cho represent
đại dương ocean
đại hoàng rhubarb
đại học university
đại hội congress
Đại hội thể thao Ôlimpích
  Olympic Games
đại khái rough, approximate
  ◊ roughly, approximately
đại lộ avenue
đại lý outlet; agent
đại lý vận chuyển hàng hóa
  forwarding agent
đại sứ ambassador
đại sứ quán embassy
đại tá colonel
Đại Tây Dương Atlantic
đại tu overhaul
đại từ pronoun
đại từ chỉ ngôi personal pronoun
đam mê compulsive ◊ (sự) passion
đam mê lạc thú sensual ◊ (sự)
  sensuality
đam mê sắc tình sexual
đám crowd; group; festival;
  funeral; party; *một đám sáng*
  giá eligible bachelor
đám bụi cloud of dust
đám cháy fire
đám cưới marriage
đám cưới vàng golden wedding
  anniversary

đám đông crowd; mob
đám đông chen chúc crush,
  crowd
đám khói cloud of smoke
đám mây cloud
đám rước procession
đám tang funeral
đàm phán negotiate
đàm thoại conversational
đảm bảo ensure; *đảm bảo chắc*
  chắn là sẽ làm xong gì see to it
  that sth gets done
đảm nhiệm assume
đạm bạc meager
đan knit; weave; *việc đan* knitting
Đan Mạch Denmark ◊ Danish
đàn flock; herd; swarm; musical
  instrument; altar
đàn áp repress, suppress, put
  down; oppress ◊ oppressive;
  repressive ◊ (sự) suppression
đàn bà woman
đàn bà góa widow
đàn bà phóng túng slut
đàn ban jô banjo
đàn công bát double bass
đàn dây stringed instrument
đàn ghi ta guitar
đàn hồi elastic; resilient ◊ (sự)
  elasticity; resilience
đàn oóc organ MUS
đàn ông man, male ◊ masculine;
  có vẻ đàn ông manly
đàn ông Anh Englishman
đàn ông có vợ married man
đàn ông độc thân bachelor
đàn ông Pháp Frenchman
đàn pianô cánh dơi grand piano
đàn tam thập lục zither (*36*
  string)
đàn tranh zither (*16 string*)
đàn viôlông violin, fiddle
đàn xenlô cello
đạn dược ammunition

---

ch (*final*) k	**gh** g	**nh** (*final*) ng	**r** z; (*S*) r	**x** s	**â** (but)	**i** (tin)
d z; (*S*) y	**gi** z; (*S*) y	**ph** f	**th** t	**a** (hat)	**e** (red)	**o** (saw)
đ d	**nh** (onion)	**qu** kw	**tr** ch	**ă** (hard)	**ê** ay	**ô** oh

đạn pháo shell MIL
đang be ◊ (*denotes present continuous*): *đứa bé đang ngủ* the baby is sleeping; *đang làm gì* be in the middle of doing sth
đang bận occupied
đang khi while
đang lên be on the way up
đang lúc while
đang thịnh hành be in (vogue)
đáng be worth; merit; *không đáng đợi* it's not worth waiting; *đáng đời anh/chị* it serves you right
đáng buồn dismal
đáng buồn là sadly
đáng ca ngợi praiseworthy
đáng chê trách blameworthy; reprehensible
đáng chú ý notable; remarkable; noticeable
đáng được deserve, merit
đáng được hưởng well-earned
đáng được kính trọng worthy
đáng ghét disagreeable; *kẻ/tên/ tay đáng ghét* undesirable; disgusting person
đáng ghi nhớ memorable
đáng giá be of value; be worth a lot
đáng gờm formidable
đáng hài lòng satisfactory
đáng kể considerable, substantial, significant
đáng khâm phục admirable
đáng khen creditable; laudable
đáng khiển trách reprehensible
đáng khinh contemptible
đáng kinh ngạc stunning; mid-boggling
đáng làm worthwhile
đáng lẽ should have; would have; could have; *đáng lẽ anh nên báo trước cho tôi!* you could

have warned me!; *đáng lẽ tôi đã không giận đến thế nếu ...* I would not have been so angry if ...; *đáng lẽ tôi đã nói với anh/chị nhưng ...* I would have told you but ...
đáng lẽ thì ... be supposed to ...
đáng lo ngại worrying
đáng mong muốn desirable
đáng nản lòng disheartening
đáng ngạc nhiên surprising
đáng ngờ doubtful; dubious; questionable
đáng sợ horrifying
đáng thèm muốn enviable
đáng thương piteous, pitiful
đáng tiếc lamentable, regrettable; *đáng tiếc là* it's a pity that
đáng tin credible ◊ (*sự*) credibility
đáng tin cậy credible; trustworthy; dependable, reliable
đáng trách guilty; deplorable
đáng xấu hổ shameful, criminal
đáng yêu delightful, lovely; lovable
đàng hoàng distinguished; proper
đàng sau (*S*) behind
đảng party POL
Đảng Cộng Sản Communist Party
Đảng viên (Communist) Party member
đảng viên Đảng Cộng hòa republican
đảng viên Đảng Tự do liberal
Đảng Xanh Green Party
đãng trí absent-minded, scatterbrained
đanh thép be strong
đánh clean; hit, thump; put on *make-up*; strike *match*; whip *cream*; whisk; (*N*) brush *teeth*; catch *fish*
đánh bại defeat
đánh bằng roi beat, whip
đánh bất tỉnh knock unconscious

ơ u*r*	**y** (tin)	**ây** uh-i	**iê** i-uh	**oa** wa	**ôi** oy	**uy** wee	**ong** aong
u (soon)	**au** a-oo	**eo** eh-ao	**iêu** i-yoh	**oai** wai	**ơi** ur-i	**ênh** uhng	**uyên** oo-in
ư (dew)	**âu** oh	**êu** ay-oo	**iu** ew	**oe** weh	**uê** way	**oc** aok	**uyêt** oo-yit

đánh bể break

đánh bom bomb ◊ (sự) bomb attack

đánh bóng polish

đánh bốc box

đánh cá bet; catch ◊ (sự) catch (*of fish*); fishing

đánh cá voi whaling

đánh chặn intercept

đánh chìm sink *ship*

đánh chuông điểm giờ chime

đánh cờ play chess

đánh cuộc bet

đánh dấu highlight; mark

đánh dấu kiểm tra check off

đánh đầu head *ball*

đánh đập beat; beat up; knock around; thrash ◊ (sự) thrashing

đánh đòn wallop

đánh đổ knock over, upset

đánh đổi swap

đánh gậy bat

đánh giá assess, sum up, evaluate ◊ (sự) evaluation; estimate; *theo sự đánh giá của tôi* in my estimation

đánh giá cao appreciate, value; *đánh giá cao về ai* have a high opinion of s.o.

đánh giá lại take stock

đánh giá quá cao overestimate; *được đánh giá quá cao* overrated

đánh giá quá thấp undervalue

đánh giá sai misjudge

đánh giá thấp minimize; underestimate

đánh giấy ráp (*N*) sand, sandpaper

đánh gôn golf ◊ play golf

đánh gục wallop

đánh hơi sniff

đánh huỵt thump

đánh lạc hướng divert; sidetrack

đánh lập cập chatter

đánh liều risk; take a chance

đánh lộn brawl

đánh lừa deceive; delude; mislead; string along; *đánh lừa ai đó* string s.o. along; *bị đánh lừa* delusive ◊ (sự) delusion

đánh máy type (*with keyboard*)

đánh mạnh wallop, whack

đánh ngất knock out

đánh nhau fight; clash; struggle

đánh nhẵn rub down

đánh phấn powder

đánh rắm (*N*) fart

đánh rơi drop

đánh số number

đánh thuế tax; impose a tax

đánh thuốc độc poison

đánh thuốc mê drug

đánh thức wake, rouse

đánh trứng whisk

đánh vào key in COMPUT

đánh vần spell *word*

đánh vécni varnish

dành chấp nhận settle for

đào peach (tree); peach blossom ◊ dig; excavate; mine

đào bới dig up

đào ngũ desert ◊ (sự) desertion MIL; *kẻ / tên / tay đào ngũ* deserter

đào sâu thêm deepen

đào tạo coach; train ◊ (sự) training

đào tạo giáo viên teacher training

đảo island

đảo chính coup

đảo lộn topsy-turvy

đảo ngược invert; reverse

đảo ngược lại upside down

đảo san hô coral island

đạo Ấn Hinduism

đạo Cao Caodaism

đạo Cao Đài Caodaism

đạo Cơ đốc Christianity

đạo cụ prop THEA

đạo diễn direct; mastermind
◊ director; producer
đạo đức morality; morals; virtue
◊ ethical; moral; *có đạo đức*
moral; *có đạo đức tốt* virtuous
đạo đức giả hypocritical; *kẻ* / *tên* /
tay đạo đức giả hypocrite
đạo đức học ethics
đạo Giáo Confucianism
đạo Hòa Hảo Buddhist sect
đạo Hồi Islam ◊ Islamic
đạo Khổng Confucianism
đạo Lão Taoism ◊ Taoist
đạo luật act, statute
đạo lý ethics
đạo Phật Buddhism
đạo Thiên Chúa Catholicism
đạo Thiên Chúa La Mã Roman
Catholic
đạo Thiền Zen
đạo Tin lành Protestantism
đáp lại return; reply; respond;
render
đáp ứng satisfy, meet; respond to
đạp pedal
đạp phanh put on the brake
đạp xe pedal
đạp xe đạp cycling
đạt achieve; gain
đạt doanh số turn over FIN
đạt được produce; achieve;
acquire, obtain; measure up to
◊ (sự) achievement; *đạt được*
thỏa thuận về reach agreement
on; *đạt được tốc độ* gain speed
đạt kết quả work, succeed
đạt tiêu chuẩn be up to standard
đạt tới achieve, reach
đạt vị trí đứng đầu take the lead;
get to the top
đau painful, sore, tender ◊ hurt
◊ (sự) ache; *bị đau* hurt; be in
pain
đau buốt hurt, smart

đau buồn distressing; painful
đau bụng tummy ache; colic
đau cứng stiff ◊ stiffen up
đau dạ dày stomach ache
đau đầu headache; hangover
đau đớn suffer ◊ (sự) pain; *nỗi*
đau đớn anguish
đau đớn cực độ agonizing ◊ (sự)
agony
đau khổ upset; upsetting ◊ (sự)
pain, suffering; torment; *nỗi đau*
khổ grief; *đau khổ vì gì* get
upset about sth
đau lòng broken-hearted;
heartbreaking; poignant
đau lưng backache; lumbago
đau nhói twinge; prick
đau nhức ache ◊ (sự) tenderness
đau ốm ill, sick ◊ (sự) illness,
sickness
đau răng toothache
đau tai earache
đau thắt ngực angina
đau thần kinh tọa sciatica
đau xóc have a stitch
đáy bottom; floor (*of ocean*); bed
(*of river etc*)
đặc solid; strong; thick ◊ thicken
đặc ân privilege
đặc biệt special; exclusive; exotic;
particular ◊ especially; remarkably
đặc công special commando
đặc điểm characteristic, trait
đặc điểm kỹ thuật specification
đặc quánh stiff
đặc quyền privilege
đặc sản specialty
đặc sắc character
đặc tính characteristic; *đúng là*
đặc tính của anh ta! that's
typical of him!
đặc trưng specific; typical;
characteristic; *đó là đặc trưng*
của anh ấy! that's typical of him!

ơ ur	**y** (tin)	**ây** uh-i	**iê** i-uh	**oa** wa	**ôi** oy	**uy** wee	**ong** aong
u (soon)	**au** a-oo	**eo** eh-ao	**iêu** i-yoh	**oai** wai	**ơi** ur-i	**ênh** uhng	**uyên** oo-in
ư (dew)	**âu** oh	**êu** ay-oo	**iu** ew	**oe** weh	**uê** way	**oc** aok	**uyêt** oo-yit

đăm chiêu wistful

đắm sink; go down

đắm chìm go down (*of ship*)

đắm mình vào immerse oneself in

đắm tàu shipwreck; **bị đắm tàu** be shipwrecked

đắn đo hesitate ◊ (*sự*) scruples; hesitation; **không đắn đo khi làm điều gì** have no scruples about doing sth

đăng publish

đăng ký register, enroll; check in ◊ properly; **đăng ký tham gia** enter; **đăng ký ai tham gia vào gì** enter s.o. for sth

đăng ký trước để giữ chỗ advance booking

đăng nhiều kỳ serialize

đăng tên nhập ngũ join up, enlist

đắng bitter

đằng sau behind; after ◊ back side ◊ in back; backward

đằng sau ra đằng trước back to front

đằng trước front; **ở đằng trước** at the front; at the front of

đẳng cấp caste

đắt dear, expensive

đắt tiền expensive

đặt place, put; locate; order; book, reserve; devise; coin; **đặt cái bàn nằm nghiêng** stand the table on end; **đặt câu hỏi** ask a question

đặt bom : **kẻ/tên/tay đặt bom** bomber (*terrorist*)

đặt chỗ book ◊ (*sự*) booking

đặt cọc deposit; **đặt cọc 200$** $200 down

đặt cược stake

đặt giá price *goods*; quote *price* ◊ (*sự*) bid (*at auction*)

đặt hàng place an order ◊ (*sự*) order

đặt hết chỗ booked up

đặt làm commission ◊ custom-made

đặt lại replace

đặt may custom-made, made to measure

đặt máy nghe trộm bug, tap

đặt mìn mine, lay mines in

đặt món ăn order (*in restaurant*)

đặt mua dài hạn subscribe to ◊ (*việc*) subscription

đặt ống dẫn pipe

đặt ống nghe xuống hang up TELEC

đặt phịch slam down

đặt phòng (room) reservation

đặt tên name; **đặt tên ai theo tên ai** name s.o. for s.o.; **đặt tên chế nhạo ai** call s.o. names

đặt tên mới rename

đặt thăng bằng balance

đặt trước reserve ◊ (*sự*) reservation; **được đặt trước** reserved

đặt vào giữa center

đặt ... xuống put down

đâm crash; knife, stab

đâm đầu vào nhau head-on

đâm đầu xuống headlong

đâm ngã run down, knock down

đâm thủng puncture

đâm vào hit; bump into; ram

đâm vỡ crash *car*

đấm punch; thump; **đấm xuống bàn** thump one's fist on the table

đầm đìa mồ hôi covered in sweat

đầm lầy marsh; swamp ◊ marshy

đầm lệ tearful

đầm máu bloody

đẫm mồ hôi sweaty

đậm dark *color*

đần độn stupid, dense

Đấng Tạo hóa the Creator

đập hit, strike; beat; bounce; knock; pulsate; swat *insect*; thresh *corn*; **đập X tan ra thành từng mảnh**

---

ch (*final*) k	**gh** g	**nh** (*final*) ng	**r** z; (*S*) r	**x** s	**â** (but)	**i** (tin)
d z; (*S*) y	**gi** z; (*S*) y	**ph** f	**th** t	**a** (hat)	**e** (red)	**o** (saw)
đ d	**nh** (onion)	**qu** kw	**tr** ch	**ă** (hard)	**ê** ay	**ô** oh

smash X to pieces

đập ầm ầm hammer; **đập cửa ầm ầm** hammer at the door

đập khẽ rap

đập mạnh throb; thump; smash; pound on ◊ driving *rain*

đập nước dam, weir

đập phá demolish; smash

đập tan demolish ◊ (sự) demolition

đập thình thịch pound (*of heart*)

đập thùm thụp thump; **đập thùm thụp vào cửa** thump at the door

đập vào bang

đập vỡ shatter

đất earth, soil; land

đất hoang bush; wasteland

đất liền land; mainland; **trên đất liền** ashore, on land; on the mainland

đất nước country, land

đất nước quê hương native country

đất sét clay

đâu where; somewhere; **để đâu cũng được** put it down anywhere; **đâu có**, **đâu phải** not at all, by no means, in no way

đâu đâu everywhere

đâu đây, **đâu đấy**, **đâu đó** somewhere; **anh/chị đi đâu đấy?** where are you going?;

đấu fight; battle; play against

đấu giá bid

đấu không cân sức unevenly matched

đấu kiếm fencing

đấu lại replay

đấu thủ contestant

đấu thủ ghi được bàn scorer

đấu thủ hạt giống seed (*in tennis*)

đấu thủ vào vòng tứ kết quarter-finalist

đấu tranh contest, battle, struggle;

đấu tranh cho strive for; **đấu tranh để làm gì** struggle to do sth; **đấu tranh vì** fight for

đấu tranh chống combat *unemployment etc*

đấu tranh giai cấp class warfare

đấu tranh quyền lãnh đạo leadership contest

đấu vật wrestling; **cuộc thi đấu vật** wrestling contest

đấu với versus

đầu early ◊ head; point; tip

đầu bếp cook

đầu bịt dạ felt tip, felt tip(ped) pen

đầu cầu thang landing (*on staircase*)

đầu cơ speculate FIN ◊ (sự) speculation

đầu đề title

đầu đề nhỏ subheading

đầu đọc thẻ card reader

đầu độc poison

đầu gấu gangster

đầu gối knee

đầu hàng surrender; give in, yield

đầu lòng firstborn

đầu lọc filter tip ◊ tipped

đầu mẩu thuốc lá butt (*of cigarette*)

đầu mút ngón tay fingertip

đầu mùa early

đầu nhọn spike

đầu nổ warhead

đầu óc brain; mind

đầu sỏ ringleader

đầu thú give oneself up; **đầu thú cảnh sát** give oneself up to the police

đầu tiên first, original ◊ at first

đầu trần bare-headed

đầu tư invest ◊ (sự) investment

đầu viđêô video recorder

đầu vú teat

đậu bean; (N) tofu ◊ perch; settle;

ơ ur	**y** (tin)	**ây** uh-i	**iê** i-uh	**oa** wa	**ôi** oy	**uy** wee	**ong** aong
u (soon)	**au** a-oo	**eo** eh-ao	**iêu** i-yoh	**oai** wai	**ơi** ur-i	**ênh** uhng	**uyên** oo-in
ư (dew)	**âu** oh	**êu** ay-oo	**iu** ew	**oe** weh	**uê** way	**oc** aok	**uyêt** oo-yit

đậu đũa long beans

đậu Hà lan snow peas, *Br* mange-tout

đậu hũ (*S*) soya bean pudding; beancurd paste

đậu mùa smallpox

đậu nành soy bean

đậu phộng (*S*) peanut

đậu phụ beancurd, tofu

đậu xe (*S*) park *car* ◊ (*sự*) parking

đây here; there you are (*completing sth*); **Lan đây** this is Lan TELEC; **của anh/chị đây** there you are (*giving sth*); **đây ông/bà** here you are (*giving sth*); **xin có đây** here you are (*giving sth*); **tôi đây** it's me; **anh ấy đấy!** there he is!; **đây là ...** this is ...; here is ...; here are ... **đây là bức thư gửi cho anh/chị** here's a letter for you; **đây rồi!** here we are! (*finding sth*) ◊ (*particle for emphasis*): **tôi phải đi đây** I must go

đấy there ◊ (*particle for emphasis*): **anh/chị đang làm gì đấy?** what are you doing?

đầy full ◊ be full of; be covered with

đầy ải exile

đầy ắp brimful

đầy đủ complete, full; thorough; adequate; ample ◊ fully

đầy hào hứng spirited

đầy hơi wind, flatulence

đầy hứa hẹn promising, hopeful

đầy không khí pneumatic

đầy kịch tính dramatic

đầy lo âu careworn

đầy năng lực high-powered

đầy nhục cảm sultry

đầy những sự kiện eventful

đầy quyến rũ glamorous

đầy sát khí murderous

đầy ý nghĩa meaningful

đẩy push, shove; budge; poke, prod

đẩy đi propel

đẩy gì ra eject sth

đẩy lên push up

đẩy lùi repel

đẩy mạnh jolt; shove; increase, step up

đẩy nhanh accelerate; precipitate

đẩy ra push away

đẩy trượt slide

đậy cover; put a lid on; **đậy kỹ sau khi dùng** close tightly after use

đậy chặt fasten

đe dọa intimidate; menace, threaten ◊ threatening; ominous ◊ (*sự*) threat, menace; intimidation

đè crush

đè bẹp massacre; crush

đẻ deliver *baby*; lay *eggs* ◊ (*sự*) birth, labor; **đang đẻ** be in labor; **bị chết lúc đẻ** be stillborn

đẻ non premature

đem bán đấu giá auction off

đem đến bring

đem lại bring, create; bring in; **đem lại hiệu quả** pay dividends

đen black; dark

đen đủi unlucky

đen nhánh jet-black

đen như mực pitch black

đen tối black, gloomy

đèn light; lamp

đèn báo flasher MOT

đèn cây floor lamp

đèn cầy (*S*) candle

đèn chùm chandelier

đèn đạp phanh brake light

đèn đỏ red light

đèn đỏ ở sau xe stoplight

đèn hậu tail light

đèn hiệu sidelight

đèn hiệu giao thông traffic light

đèn hiệu qua đường crosswalk;

(*S*) park; (*S*) pass (*in exam*)

ch (*final*) k **gh** g **nh** (*final*) ng **r** z; (*S*) r **x** s **â** (but) **i** (tin)
d z; (*S*) y **gi** z; (*S*) y **ph** f **th** t **a** (hat) **e** (red) **o** (saw)
đ d **nh** (onion) **qu** kw **tr** ch **ă** (hard) **ê** ay **ô** oh

green light; walk sign
đèn lồng lantern
đèn nê ông neon light; fluorescent light
đèn ngoài đường phố streetlight
đèn nháy flash(light)
đèn pha headlight; floodlight
đèn pha rọi searchlight
đèn phố streetlight
đèn pin flashlight
đèn sân khấu spotlight
đèn stốp brake light
đèn vàng amber
đèn xanh green light
đèn xi nhan indicator; turn signal
đeo wear
đeo vào put on
đéo ∨ fuck ◊ not; **đéo mẹ** fuck!; **đéo mẹ nó!** fuck him/that!; **đéo hiểu gì cả** I understand fuck all
đéo chịu được ∨ fucking
đèo pass (*in mountains*)
đèo Hải Vân Hai Van Pass
đẽo whittle
đẹp beautiful; handsome; lovely; glorious ◊ beauty; **hãy xử đẹp với chị/em** be nice to your sister
đẹp bình dị idyllic
đẹp dần brighten up
đẹp gái good-looking
đẹp như mơ dream *house etc*
đẹp như tranh picturesque
đẹp trai good-looking, handsome
đê embankment; dike
đê chắn sóng jetty
đê tiện vile
đế sole (*of shoe*)
đế chế empire
đế dẹt flat
đề án project
đề bạt promote ◊ (sự) promotion (*of employee*)
đề cập mention
đề cập đến touch on

đề cương outline
đề cử nominate ◊ (sự) nomination; **đề cử ai vào chức vụ** nominate s.o. for a post
đề mục heading; headline
đề nghị offer ◊ propose, suggest; **đề nghị các vị khách...** guests are required to ...; **đề nghị nâng cốc chúc mừng ai** propose a toast to s.o.
đề phòng try to prevent, guard against ◊ (sự) precaution
đề tặng dedicate
đề xuất put forward
để put; keep; set *alarm clock etc*; deposit; leave; let ◊ in order to, in order that; **để việc này cho tôi** let me handle this; **để X còn dở dang** leave X unfinished; **để làm gì?** what's it for?; **để ai làm gì** let s.o. do sth; **để đến mai** leave until tomorrow; sleep on
để bán sale ◊ for sale
để biết chắc make certain
để cách nhau space out
để cho let, allow ◊ so, in order that; **để cho tôi cũng có thể đến được** so (that) I could come too
để chuẩn bị cho in preparation for
để dành save
để khô seasoned
để không idle *machinery* ◊ leave empty
để kỷ niệm in commemoration of
để làm gì? what for?, why?
để lại leave; leave behind; bequeath; put back, return; **để lại ấn tượng** leave one's mark; **để lại đến mai** sleep on
để lâu last (*of food*)
để lộ ra reveal
để lùi ngày tháng postdate
để mà in order to, so as to; so as

ơ ur	**y** (tin)	**ây** uh-i	**iê** i-uh	**oa** wa	**ôi** oy	**uy** wee	**ong** aong
u (soon)	**au** a-oo	**eo** eh-ao	**iêu** i-yoh	**oai** wai	**ơi** ur-i	**ênh** uhng	**uyên** oo-in
ư (dew)	**âu** oh	**êu** ay-oo	**iu** ew	**oe** weh	**uê** way	**oc** aok	**uyêt** oo-yit

để nguyên leave on *coat etc*
để quên leave behind, forget
để ra allow, calculate for
để tang mourning ◊ be in mourning
để thất lạc mislay
để trang trí ornamental, decorative ◊ decorate
để trắng blank
để yên leave alone
để ý notice; *không để ý đến* discount; disregard; *không để ý tới* take no notice of; brush aside; *để ý tới gì* take note of sth, take notice of sth
để xuống put down
đệ đơn kiện lodge a complaint
đệ trình submit, put in ◊ *(sự)* submission
đếch: *tôi đếch cần!* I don't give a damn!
đêm night; *đi đêm* travel by night; *11 giờ đêm* 11 o'clock at night; *đêm nay* tonight; *làm đêm* work nights; *đêm qua* last night
đêm đêm nightly
đêm Giáng Sinh Christmas Eve
đêm Giao Thừa (lunar) New Year's Eve
đêm hôm trước last night
đêm mai tomorrow night
đêm Nô-en Christmas Eve
đếm count; *đếm được ...* keep count of ...
đếm lùi countdown
đếm xỉa consider; take account of; *không đếm xỉa tới* in defiance of
đệm accompany MUS ◊ mattress; cushion
đệm lót pad
đệm nhún để nhào lộn trampoline
đến arrive; arrive at; turn up; be;

come; come along ◊ arrival ◊ incoming ◊ to; until; *đến ... thì bao xa?* how far is it to ...?; *đến Chi-ca-gô* to Chicago; *đi bộ đến nhà ga* walk to the station; *đến khi ấy* by then; *không đến nỗi nào* it's not bad
đến chào vĩnh biệt pay one's last respects to
đến dự attend; come, make it
đến đón come for, collect
đến gặp join
đến gần approach; draw on
đến hạn thanh toán mature *(of policy)*
đến khi until; *đến khi ấy* by then
đến kịp make it *(catch bus etc)*
đến kỳ hạn due
đến lấy call for, come for
đến mức mà to such an extent that
đến nghe audit *course*
đến như vậy such a, so much of a
đến nơi arrive ◊ arrival
đến tận as far as
đến thăm visit; call; look up; *đến thăm ai* pay s.o. a visit
đến thăm lại call back
đến thế that, so; *to/đắt đến thế* that big/expensive
đến tìm call for, collect
đền temple REL ◊ compensate
đền bù compensate; make amends; make up for
đền đáp repay
đều even ◊ evenly; *hai đều* two all
đều đặn regular
đều đều flat, monotonous; steady
đều nhau equally
đêxiben decibel
đi go; ride; walk; be; get, catch *bus, train etc* ◊ for *(destination etc)* ◊ *(used with imperatives)* let's; why don't you; *ngày mai chúng tôi sẽ đi* we're leaving tomorrow; *đi*

ch *(final)* k	**gh** g	**nh** *(final)* ng	**r** z; *(S)* r	**x** s	**â** (but)	**i** (tin)
d z; *(S)* y	**gi** z; *(S)* y	**ph** f	**th** t	**a** (hat)	**e** (red)	**o** (saw)
đ d	**nh** (onion)	**qu** kw	**tr** ch	**ă** (hard)	**ê** ay	**ô** oh

bằng máy bay tới fly in; **đi bằng tàu hỏa** go by train; **đi bằng tàu thủy** go by boat; **tàu hỏa đi ...** a train for ...; **đi bệnh viện** go into the hospital; **im mồm đi!** shut up!

đi ăn ngoài eat out

đi ẩu jaywalk; drive dangerously ◊ (sự) jaywalking; dangerous driving

đi bách bộ go for a walk

đi bộ walk; hike ◊ walking tour ◊ on foot; **việc đi bộ** walking

đi bộ đường dài walking, hiking; hike ◊ walk, hike

đi bơi go swimming, go for a swim

đi cắt tóc get one's hair cut

đi chậm lại slacken off

đi chập chững toddle

đi chệch deflect; depart from, deviate from

đi chợ go shopping ◊ (sự) shopping

đi chơi go out; **đi chơi píc níc** go on a picnic

đi công tác be on business; **đi công tác hay là đi chơi?** is it business or pleasure?

đi cùng accompany, come along; take; **đi cùng ai** keep s.o. company

đi dạo go for a walk; take a stroll; ramble ◊ (sự) stroll; rambling

đi dọc theo along

đi du lịch tour; travel; get about

đi du lịch ba lô backpack

đi đái piss; urinate

đi đây đó travel, knock around

đi đến visit; attend; **đi đến nhà vệ sinh** go to the toilet; **đi đến quyết định** come to a decision

đi đi go away, shove off; **đi đi!** come on!; go away!

đi đi lại lại pace up and down ◊ to and fro

đi đón meet, collect

đi được cover *distance*; **không thể**

đi được impassable

đi ỉa crap, shit

đi khám visit

đi khập khiễng limp

đi khỏi move out; move away; walk off; leave, push off

đi lạc stray, wander

đi lạch bạch waddle

đi lại get about; move around; visit ◊ mobile ◊ (sự) mobility

đi làm gì? what for?

đi lang thang bum around; wander

đi lảng vảng: **kẻ/tên/tay đi lảng vảng** prowler

đi lảng vảng kiếm mồi prowl

đi lảng vảng rình mò prowl

đi lẹ lên! (*S*) hurry up!

đi lên come up; go up(stairs); go aboard

đi lính join the army

đi loanh quanh walk around; mill around

đi lướt sóng go surfing

đi máy bay fly ◊ flying

đi máy bay đi fly out

đi máy bay về fly back

đi mua hàng go shopping, do one's shopping

đi mua sắm go shopping

đi ngoài have the runs

đi nhanh lên! hurry up!

đi nhờ hitch ◊ (sự) lift, ride; **đi nhờ một chuyến** hitch a ride

đi nhờ xe hitch(hike) ◊ (sự) hitchhiking

đi ốt phát sáng LED, light-emitting diode

đi píc níc picnic

đi qua pass; cross; go by, pass by; negotiate *bend in road*

đi qua biển crossing

đi quanh walk the streets, walk around

ơ u*r*	**y** (tin)	**ây** uh-i	**iê** i-uh	**oa** wa	**ôi** oy	**uy** wee	**ong** aong
u (soon)	**au** a-oo	**eo** eh-ao	**iêu** i-yoh	**oai** wai	**ơi** u*r*-i	**ênh** uhng	**uyên** oo-in
ư (dew)	**âu** oh	**êu** ay-oo	**iu** ew	**oe** weh	**uê** way	**oc** aok	**uyêt** oo-yit

đi ra go out
đi ra khỏi come out; go out
đi ra ngoài go outside
đi ra phố go out
đi săn hunt ◊ (sự) hunting
đi thả bộ go for a walk
đi tham quan go sightseeing
đi thành đoàn travel in convoy
đi thăm call on, visit
đi theo follow
đi thong dong saunter
đi thuyền buồm sailing
đi tiếp walk on
đi tiểu urinate
đi tới come to, reach
đi tới đi lui back and forth
đi trước precede, lead on
đi tua go on one's rounds ◊ (sự) round (*of doctor*)
đi vào enter; come in; put on *shoes* ◊ (sự) entrance; exit THEA
đi vào hoạt động come on stream
đi vào trong inward
đi và về there and back
đi văng couch
đi vắng be out (*not at home etc*)
đi vận động canvass
đi về go home
đi vòng quanh round *corner*
đi xe ride
đi xe buýt bus, take by bus
đi xe đạp cycle, bike ◊ (sự) cycling
đi xuống go down ◊ downward
đĩ đực male prostitute
đỉa leech
đĩa disc; discus; disk COMPUT; dish; plate; *trên đĩa* on disk
đĩa CD CD, compact disc
đĩa chén bằng sành crockery, flatware
đĩa compact CD, compact disc
đĩa cứng hard disk
đĩa để tách saucer
đĩa hát record, album

đĩa hát đơn single
đĩa lớn platter
đĩa mềm floppy (disk), diskette
đĩa sao copy
đĩa trình bày demo disk
địa chấn học seismology
địa chất geology ◊ geological
địa chi Earthly stems
địa chỉ address
địa chỉ chuyển thư forwarding address
địa chỉ e-mail e-mail address
địa chỉ nơi ở home address
địa chủ land owner
địa cực polar
địa đạo tunnel
địa đạo Củ Chi Cu Chi Tunnels
địa đạo Vĩnh Mốc Vinh Moc Tunnels
địa điểm location; site
địa điểm cắm trại camp ground, campsite
địa điểm xây dựng construction site
địa hình terrain
địa lý geography ◊ geographical
địa ngục hell
địa phương local ◊ locally; *sản phẩm địa phương* local produce
địa thế situation
địa vị status, standing, position
đích finish; target
đích làm trò cười butt (*of joke*)
đích thân personally, in person
đích thực authentic, genuine
đích xác definite
địch enemy ◊ hostile
điếc deaf ◊ (sự) deafness
điếc đặc stone-deaf
điềm tĩnh imperturbable, unflappable
điểm mark, grade EDU; point ◊ strike (*of clock*)
điểm cắm điện power outlet,

---

ch (*final*) k	**gh** g	**nh** (*final*) ng	**r** z; (*S*) r	**x** s	**â** (but)	**i** (tin)
d z; (*S*) y	**gi** z; (*S*) y	**ph** f	**th** t	**a** (hat)	**e** (red)	**o** (saw)
đ d	**nh** (onion)	**qu** kw	**tr** ch	**ă** (hard)	**ê** ay	**ô** oh

power point

điểm chuyên môn technicality LAW

điểm danh roll call

điểm đang được tranh luận the point at issue

điểm đông: *10 độ dưới điểm đông* 10 below freezing

điểm đông lạnh freezing (point)

điểm đỗ xe buýt bus stop

điểm giao nhau interface *fig*

điểm hấp dẫn selling point

điểm khởi đầu starting point

điểm mù blind spot

điểm nóng hot spot

điểm nút punch line

điểm phát bóng tee

điểm phân equinox

điểm tâm breakfast

điểm xuất phát starting point

điên mad; demented ◊ (sự) madness

điên cuồng frantic; demented

điên loạn hysterical

điên rồ crazy; insane; wild; mindless ◊ (sự) madness; *ke/tên/ tay điên rồ* lunatic

điền fill out

điền kinh athletic ◊ athletics; *môn điền kinh trên sân bãi* field event

điền trang estate; land

điền vào complete, fill out

điển hình classic, typical ◊ typically; *một người đàn ông Mỹ điển hình* a typical American male; *điển hình của người Mỹ* typically American; *điển hình cho* be a byword for

điện electric; electrical ◊ electricity; *mắc điện* electrify

điện áp voltage

điện ảnh cinema

điện cực electrode

điện đài xách tay walkie-talkie

điện giật shock ELEC

điện thoại (tele)phone

điện thoại công cộng telephone booth; pay phone

điện thoại di động cell phone, *Br* mobile phone

điện thoại dùng thẻ cardphone

điện thoại gọi xa long-distance call

điện thoại miễn phí toll-free

điện thoại trong vùng local call

điện thoại vô tuyến cellular phone

điện thờ shrine

điện trở resistance ELEC

điện tử electron ◊ electronic

điện tử học electronics (*science*)

điệp khúc refrain

điệp viên secret agent

điếu cày water pipe (*to smoke*)

điếu cần sa joint (*of cannabis*)

điều thing; matter; happening; clause; *điều thiết yếu là ...* it is vital that ...; *muốn nói điều gì* want to say sth

điều bất lợi drawback, disadvantage

điều bí ẩn mystery, puzzle

điều bí hiểm enigma

điều bí mật secret

điều bù lại redeeming feature

điều cản trở hindrance

điều cần thiết necessity

điều chắc chắn certainty

điều chỉnh adjust; readjust; regulate; massage *figures*; set *mechanism*

điều chỉnh âm lượng volume control

điều cốt yếu bottom line

điều dè dặt reservation (*mental*)

điều đó có nghĩa là that is to say

điều độ moderation; *một cách điều độ* in moderation

ơ u*r*	y (tin)	ây uh-i	iê i-uh	oa wa	ôi oy	uy wee	ong aong
u (soon)	au a-oo	eo eh-ao	iêu i-yoh	oai wai	ơi ur-i	ênh uhng	uyên oo-in
ư (dew)	âu oh	êu ay-oo	iu ew	oe weh	uê way	oc aok	uyêt oo-yit

điều động send in
điều hành run *business, hotel etc*
◊ (sự) running (*of business*),
management
điều hòa reconcile ◊ (sự)
reconciliation
điều hòa nhiệt độ air-
conditioning
điều khiển control; preside over
meeting; maneuver; manipulate
bones ◊ (sự) manipulation; *được*
điều khiển bằng máy tính
computer-controlled; *không*
điều khiển được lose control of
điều khiển mặt đất ground
control
điều khiển từ xa remote control
điều khoản article, section; clause;
provision; term
điều khoản phạt penalty clause
điều kiện condition, proviso,
stipulation
điều kiện tiên quyết
precondition, prerequisite
điều kiện tốt nhất optimum
điều lặp lại repetition
điều may mắn stroke of luck
điều này this; these
điều ngược lại converse, contrary
điều nhảm nhí nonsense
điều nhắc nhở reminder
điều phàn nàn complaint,
grievance
điều phiền phức nuisance
điều tất nhiên: *là điều tất nhiên*
as a matter of course
điều tệ hại nhất the worst
điều thú vị treat; *tôi có một điều*
thú vị dành cho anh/chị I have
a treat for you
điều tiết lộ disclosure
điều tra investigate; check out;
check up on ◊ (sự) inquest; probe;
investigation; *đang được điều*
tra it is under investigation; *điều*
tra về gì inquire into sth
điều trái ngược reverse, opposite
điều trị treat ◊ (sự) remedy;
medical treatment
điều ưu tiên priority
điều vô nghĩa garbage, nonsense
điệu bộ theatrical
điệu múa dance (*art form*)
điệu múa thoát y striptease
điệu nhảy dance
điệu nhảy clacket tap dance
điệu nhảy tăng gô tango
điệu vanxơ waltz
đinamít dynamite
đinamô dynamo
Đinh latent fire (*heavenly stem*)
đinh nail; spike
đinh ghim pin
đinh mũ tack
đinh rệp thumbtack
đinh tai nhức óc strident
đinh tán rivet
đinh tử hương lilac
đinh vít screw
đính sew on
đính hôn engaged ◊ get engaged
◊ (sự) engagement (*to be married*)
đình chỉ suspend ◊ (sự) suspension
đình chỉ công tác suspend (*from*
office etc)
đình hoãn cancel
đình lại call off
đỉnh summit; crest
đỉnh cao high point; high
đỉnh cao nhất culmination,
pinnacle
đỉnh điểm climax
đỉnh đồi brow, hilltop
đỉnh núi peak
đĩnh đạc poised
định cư settle down
định giá value; quote *price* ◊ (sự)
valuation; quotation

ch (*final*) k	**gh** g	**nh** (*final*) ng	**r** z; (*S*) r	**x** s	**â** (but)	**i** (tin)
d z; (*S*) y	**gi** z; (*S*) y	**ph** f	**th** t	**a** (hat)	**e** (red)	**o** (saw)
đ d	**nh** (onion)	**qu** kw	**tr** ch	**ă** (hard)	**ê** ay	**ô** oh

định hình formative
định hướng orient; orient oneself; shape
định khẩu phần ration
định khuôn dạng format (*of disk*)
định kỳ periodic
định mệnh fate
định nghĩa define ◊ (*sự*) definition (*of word*); ***không thể định nghĩa được*** indefinable
định rõ define *objective* ◊ (*sự*) definition
định rõ phạm vi delimit
định trước preconceived
đít bottom; ass
địt ∨ (*S*) fart; (*N*) fuck
địt mẹ (*N*) shit ◊ bastard
đo gauge; measure; take *temperature*
đo được measurable
đo lường measurement
đó it; that; those ◊ there; ***người đó*** that one, that person; ***đó có phải ...?*** is that ...?; ***đó chính là thứ mà tôi cần*** that's the very thing I need
đó là namely; ***đó là bước đầu!*** well, it's a start!; ***đó là gì?*** what's that?; ***đó là cái tôi thích nhất*** that's the one I like most; ***đó là Charlie đang ở đây*** it's Charlie here TELEC
đỏ red
đỏ hoe red; reddish
đỏ hồng rosy
đỏ mặt blush, redden
đỏ ngầu bloodshot
đỏ rực red-hot
đỏ thẫm crimson
đỏ tươi scarlet
đọ được measure up to
đoán guess
đoán trước foretell; ***không đoán trước được*** unpredictable

đoàn team; party; group
đoàn ba-lê ballet company
đoàn đại biểu delegation
đoàn kết unite
đoàn kịch theater company
đoàn ngoại giao diplomatic corps
đoàn người procession, steady flow
đoàn tàu thủy convoy
Đoàn Thanh niên Youth Union
đoàn thám hiểm expedition
đoàn thể corporate
đoàn thủy thủ crew
đoàn tìm kiếm search party
đoàn tụ reunite
đoàn xe convoy, fleet
đoàn xe hộ tống motorcade
đoàn xiếc circus
đoản mạch short circuit
đoạn episode; paragraph; length (*of material*); place (*in book*); verse
đoạn cong sweep
đoạn đồng ca chorus
đoạn quay chậm replay
đoạn trích excerpt, extract; passage
đoạn trích ngắn clip, extract
đoạt giải winning
đọc read; say; ***đọc cho ai nghe*** read to s.o.; ***không thể đọc được*** unpronounceable
đọc cho viết dictate ◊ (*việc*) dictation
đọc hết go through; ***đọc hết cuốn sách*** read a book through
đọc khó difficulty with reading; ***chứng đọc khó*** dyslexia
đọc liến thoắng rattle off
đọc lướt skim through
đọc một bài diễn văn deliver a speech
đọc nhiều well-read
đọc sai misread
đọc sách báo read ◊ (*sự*) reading

ơ u*r*	**y** (tin)	**ây** uh-i	**iê** i-uh	**oa** wa	**ôi** oy	**uy** wee	**ong** aong
u (soon)	**au** a-oo	**eo** eh-ao	**iêu** i-yoh	**oai** wai	**ơi** u*r*-i	**ênh** uhng	**uyên** oo-in
ư (dew)	**âu** oh	**êu** ay-oo	**iu** ew	**oe** weh	**uê** way	**oc** aok	**uyêt** oo-yit

đọc to read out; read aloud
đọc vất vả wade through
đọc xong finish *book*
đói hungry ◊ (sự) hunger; starvation ◊ starve; *tôi đói* I'm hungry; *tôi đói lắm rồi* I'm starving; *đói đến chết* starve to death
đói bụng hungry
đói cồn cào ravenous
đòi call on, urge; require; want; *họ đòi bao nhiêu?* how much do they want?
đòi bồi thường claim
đòi hỏi claim; call for, require; cry out for, need; involve; necessitate ◊ (sự) claim
đòi hỏi nhiều nỗ lực demanding
đòi hỏi quá cao tall order
đòi nhận lại claim
đòi ra hầu tòa subpoena
đón catch; collect, fetch, pick up; wait for; receive
đón nhận welcome *decision etc*
đón tiếp receive ◊ (sự) reception
đòn bẩy lever
đòn chí mạng mortal blow
đòn đánh blow
đòn gánh shoulder pole; yoke
đòn mạnh blow *fig*
đòn tấn công strike
đóng close, shut; drive in *nail*
đóng băng freeze
đóng chai bottle, put in bottles
đóng chặt fasten; fix
đóng cửa close, close down, shut down ◊ closed ◊ (sự) closure
đóng cửa hẳn close, close down
đóng cửa rồi closed, shut
đóng dấu stamp; seal
đóng dấu tem stamp; frank
đóng giả act; impersonate
đóng gói pack; package ◊ (sự) packaging
đóng gói bằng giấy nilông

shrink-wrapping
đóng gói chân không vacuum-packed
đóng góp contribute ◊ (sự) contribution
đóng hộp can, put in cans
đóng khung frame; mount
đóng kín (shut) tight
đóng lại shut
đóng sầm bang, slam
đóng sầm lại slam
đóng sẹo scar
đóng thành cục curdle
đóng thuế pay tax; *trước / sau khi đóng thuế* before / after tax
đóng vai play; act as
đóng vai chính star (*in movie*)
đóng vai thử screen test
đô dollar, buck
đô đốc hải quân admiral
đô la dollar
đô thị urban
đô thị hóa urbanization
đô vật wrestler
đồ article, item; goods ◊ (*used to insult*): *đồ chết tiệt!* damn you!; *đồ quỉ tha ma bắt!* to hell with you!
đồ ăn food
đồ ăn cũ left-overs
đồ ăn nhanh fast food
đồ ăn sẵn junk food
đồ ăn thừa left-overs
đồ bỏ đi garbage, junk
đồ cá nhân things, belongings
đồ cải trang disguise
đồ cặn bã scum
đồ chó đẻ ∨ son of a bitch
đồ chơi toy
đồ chơi bằng bông fluffy toy
đồ chơi nhồi bông stuffed toy
đồ con lợn pig, swine (*person*)
đồ cổ antique
đồ cúng offerings

ch (*final*) k	**gh** g	**nh** (*final*) ng	**r** z; (*S*) r	**x** s	**â** (but)	**i** (tin)
d z; (*S*) y	**gi** z; (*S*) y	**ph** f	**th** t	**a** (hat)	**e** (red)	**o** (saw)
đ d	**nh** (onion)	**qu** kw	**tr** ch	**ă** (hard)	**ê** ay	**ô** oh

đồ của nợ pain in the neck
đồ cũ secondhand
đồ dởm dummy; imitation
đồ dùng appliance; gadget; utensil
đồ dùng văn phòng stationery
đồ đan knitting
đồ đan bằng mây wicker
đồ đạc furniture; stuff, belongings
đồ đạc bàn ghế furniture
đồ đất nung earthenware,
  terracotta
đồ đểu ∨ bastard, son of a bitch
đồ điện electrical appliances
đồ đông lạnh convenience food
đồ đồng nát junk, trash
đồ gia vị flavoring; spice
đồ giả fake; forgery; imitation
đồ giặt khô dry-cleaning
đồ gốm ceramic ◊ ceramics;
  pottery (*items*)
đồ hay bắt chước copy cat
đồ họa graphics
đồ hộp convenience food
đồ khâu vá notions
đồ khô groceries
đồ khốn! damn you!
đồ khui hộp can opener
đồ lanh linen
đồ lặn aqualung
đồ may sewing
đồ mở chai bottle opener
đồ nghề paraphernalia
đồ ngốc dope, idiot
đồ ngu twit
đồ ngũ kim hardware (*household*)
đồ nữ trang jewelry, jewels
đồ nữ trang giả costume jewelry
đồ quảng cáo point of sale
  material
đồ quyên góp donation
đồ quý giá valuables
đồ rác rưởi trash
đồ sắt iron; metal; hardware
đồ sộ enormous; ample

đồ sứ china, porcelain
đồ tắm swimsuit
đồ tắm biển beachwear
đồ tặng phẩm gifts
đồ tể butcher, murderer
đồ thật genuine *antique etc*
đồ thị graph
đồ trang điểm make-up
đồ trang sức rẻ tiền trinket
đồ trang trí ornament; trimming
đồ trang trí lặt vặt knick-knacks
đồ uống drink, beverage
đồ vặn nút chai corkscrew
đồ vật thing, object
đồ vật bị vỡ breakage
đổ blow over; tip over; give way;
  dump *waste*; shed *blood*
đổ bộ land (*of airplane*)
đổ đầy fill; top up
đổ hết empty
đổ máu shed blood ◊ (sự)
  bloodshed
đổ mồ hôi perspire ◊ (sự)
  perspiration
đổ nát disintegrate ◊ in ruins ◊ (sự)
  ruin
đổ ngập fill up
đổ nhào topple; tumble
đổ ra spill
đổ sập collapse
đổ xuống flop
đỗ stop, call at (*of bus, train*); park
  car; pass (*in exam*)
đỗ xe park ◊ (sự) parking
đỗ xe cạnh xe khác doublepark
độ degree; angle
độ ẩm humidity; moisture; **độ ẩm**
  90% 90% humidity
độ bách phân Celsius
độ cao altitude, height; pitch MUS
độ căng tension (*in rope*)
độ cứng hardness
độ dốc gradient
độ đậm đặc consistency

ơ ur	**y** (tin)	**ây** uh-i	**iê** i-uh	**oa** wa	**ôi** oy	**uy** wee	**ong** aong
u (soon)	**au** a-oo	**eo** eh-ao	**iêu** i-yoh	**oai** wai	**ơi** ur-i	**ênh** uhng	**uyên** oo-in
ư (dew)	**âu** oh	**êu** ay-oo	**iu** ew	**oe** weh	**uê** way	**oc** aok	**uyêt** oo-yit

độ F Fahrenheit
độ mở aperture PHOT
độ nghiêng slope
độ nhạy speed (*of film*)
độ nhạy cảm sensitivity
độ phân giải resolution
độ phân giải cao high resolution
độ rắn hardness
độ sâm depth
độ trầm depth
độ vang âm acoustics
đốc công foreman
độc ác nasty; cruel; bitchy; pitiless; savage *criticism*; sick *sense of humor* ◊ (sự) cruelty
độc đáo original
độc đoán domineering
độc hại toxic; virulent
độc lập independence ◊ independent; *độc lập với* independently of
độc nhất unique
độc nhất vô nhị unique, excellent
độc quyền monopolize ◊ (sự) monopoly
độc tài dictatorial
độc tấu solo
độc thân single (*not married*)
độc thoại monolog
đôi double ◊ pair; *một đôi giày/dép* a pair of shoes/sandals
đôi chút marginally
đôi đũa chopsticks
đôi giày thể thao sneakers
đôi giường tầng bunk beds
đôi khi sometimes
đôi nam nữ couple
đối chiếu contrast
đối chọi hoàn toàn diametrically opposed
đối diện opposite *side etc*
đối đầu showdown, confrontation
đối lập opposite *meaning etc*
đối phó với cope with

đối tác partner
đối tác hùn vốn silent partner
đối thoại dialog; conversation
đối thủ opponent; rival; contender
đối trọng counterbalance
đối với toward; for; to; with respect to; *đối với anh/chị thì là quá to/nhỏ* it's too big/small for you; *đối với tôi* to me, as far as I'm concerned; *đó là tin mới đối với tôi* that's news to me; *đối với tôi thì cũng được thôi* that's fine by me
đối xứng symmetric(al) ◊ (sự) symmetry
đối xử treatment
đối xử bất công victimize
đối xử kẻ cả patronize
đối xử tàn ác kick around
đồi hill; *dãy đồi phía dưới* foothills
đồi bại corrupt; rotten ◊ (sự) corruption
đồi mồi sea turtle
đổi exchange; change *money*; swap; switch; *đổi gì lấy gì* exchange sth for sth, swap sth for sth, trade sth for sth; *đổi séc lấy tiền mặt* cash a check
đổi chác barter; exchange
đổi hướng divert ◊ (sự) diversion
đổi lấy in exchange ◊ in exchange for
đổi lộ trình reroute
đổi mới innovative ◊ (sự) innovation; new way
đổi tần số scramble *message*
đổi tiền exchange, change *currency*
đội crew; team
đội cấp cứu rescue party
đội chống tội phạm xã hội vice squad
đội cứu hỏa fire department
đội cứu lửa fire department
đội đặc nhiệm hit squad

ch (*final*) k	gh g	nh (*final*) ng	r z; (S) r	x s	â (but)	i (tin)
d z; (S) y	gi z; (S) y	ph f	th t	a (hat)	e (red)	o (saw)
đ d	nh (onion)	qu kw	tr ch	ă (hard)	ê ay	ô oh

đội gác biển coastguard
đội hình formation
đội hộ tống escort
đội hợp xướng choir
đội kèn đồng brass band
đội lính gác guard
đội mũ put one's hat on
đội phòng chống ma túy anti-drugs unit
đội quản lý management team
Đội quân Cứu tế Salvation Army
đội thu nhặt hài cốt corpse-collecting team MIL
đội trưởng captain, skipper
đốm spot
đốn chop down
đồn rumor has it that ... ◊ post; *nghe đồn về gì* hear sth through the grapevine
đồn cảnh sát police station
đồn cảnh sát quân sự military police station
đồn công an police station
đồn điền plantation
đồn trưởng sergeant
đông east ◊ easterly
đông bắc northeast ◊ northeasterly
đông dân cư densely populated
Đông dương Indochina ◊ Indochinese
đông đặc congeal
đông hơn outnumber; *họ đông hơn* they were outnumbered
đông kết set (*of glue etc*)
đông lại clot, coagulate
đông lạnh frozen
đông nam southeast ◊ southeasterly
Đông Nam Á Southeast Asia ◊ Southeast Asian
đông nghịt congested; overcrowded
đông người crowded

đông y Oriental medicine
đống pile; mound; heap; drift; *một đống việc* a pile of work
đống lửa fire
đống lửa ngoài trời bonfire
đống phế liệu scrap heap
đống tuyết snowdrift
đồng bronze; copper; dong FIN
đồng 25 xen quarter
đồng bào fellow citizen
đồng bảng Anh sterling
đồng bằng plain; delta
Đồng bằng sông Cửu Long, **Đồng bằng sông Mê Kông** Mekong Delta
đồng bộ hóa synchronize
đồng cảm với empathize with
đồng chí comrade POL
đồng cỏ prairie; meadow
đồng đỏ bronze
đồng hóa assimilate
đồng hồ clock; watch
đồng hồ báo thức alarm clock
đồng hồ bấm giờ stopwatch
đồng hồ đeo tay wristwatch
đồng hồ đo gauge; meter
đồng hồ đo dặm odometer
đồng hồ đỗ xe parking meter
đồng hồ mặt trời sundial
đồng hồ tốc độ speedometer
đồng loại fellow man
đồng minh ally
đồng mười xu dime
đồng năm xu nickel
đồng nhất identical to ◊ (*sự*) identity; *ý thức đồng nhất dân tộc của họ* their sense of national identity
đồng pao pound FIN
đồng phục uniform
đồng ruộng field
đồng sự associate
đồng thanh bronze
đồng thau brass

ơ ur	**y** (tin)	**ây** uh-i	**iê** i-uh	**oa** wa	**ôi** oy	**uy** wee	**ong** aong
u (soon)	**au** a-oo	**eo** eh-ao	**iêu** i-yoh	**oai** wai	**ơi** ur-i	**ênh** uhng	**uyên** oo-in
ư (dew)	**âu** oh	**êu** ay-oo	**iu** ew	**oe** weh	**uê** way	**oc** aok	**uyêt** oo-yit

đồng thời parallel ◊ simultaneous

đồng tiền coin; currency

đồng tiền mạnh hard currency

đồng tính luyến ái nam homosexual, gay

đồng tính luyến ái nữ lesbian

đồng tính nữ lesbian

đồng tình concur ◊ sympathetic ◊ (sự) sympathy; *đồng tình với một người/một tư tưởng nào đó* be sympathetic toward a person/an idea

đồng xu cent

đồng yên yen FIN

đồng ý agree, be agreeable, consent; ok ◊ (sự) agreement, consent; sanction; *đồng ý rằng cần phải làm một gì đó* agree that sth should be done; *không đồng ý với* disagree with; *trả lời đồng ý* answer in the affirmative

động rough

động cơ engine, motor; motivation; motive

động cơ đốt trong internal combustion engine

động cơ phản lực jet engine

động đất earthquake

động đậy stir (*of sleeping person*)

động kinh epilepsy

động lòng thương compassionate

động mạch artery

động mạch vành coronary arteries

động từ verb

động vào interfere with

động vật animal

động vật bốn chân quadruped

động vật có xương sống vertebrate

động vật học zoology ◊ zoological

động vật không xương sống invertebrate

đốt bite; sting (*of bee*); burn; ignite

đốt cháy burn

đốt sống vertebra

đột kích raid

đột ngột short; sudden ◊ just like that, abruptly; *đột ngột ngắt lời một người* stop a person short

đột nhập break in ◊ (sự) break-in

đột nhiên all at once

đờ đẫn blank; glazed ◊ glaze over; *kẻ/tên/tay đờ đẫn* zombie; robot

đờ người be paralyzed *fig*

đỡ hold; prop up; get better; *bây giờ anh ấy đỡ hơn* he's better now

đời life; times; reign; generation; *trọn đời* for life; *qua đời* die; pass away; *cuộc đời là thế đấy!* that's life!

đời sống life

đời sống riêng tư privacy

đợi wait; wait for; await; look for; *làm ai phải đợi* keep s.o. waiting; *đợi một chút* wait a minute; *đợi tí* just a second!; *đợi tôi với!* wait for me!

đơn single ◊ form, document

đơn ca solo

đơn đặt hàng order

đơn đặt hàng tiếp repeat order

đơn điệu monotonous ◊ (sự) monotony

đơn độc solitary; single-handed

đơn giá unit cost

đơn giản simple; plain; basic; unsophisticated ◊ (sự) simplicity

đơn giản hóa simplify

đơn giản quá mức simplistic

đơn phương unilateral

đơn sơ austere; primitive

đơn thuần purely

đơn thuốc (*N*) prescription

đơn tính tiền check (*in restaurant etc*)

đơn vị unit

ch (*final*) k	**gh** g	**nh** (*final*) ng	**r** z; (*S*) r	**x** s	**â** (but)	**i** (tin)
d z; (*S*) y	**gi** z; (*S*) y	**ph** f	**th** t	**a** (hat)	**e** (red)	**o** (saw)
đ d	**nh** (onion)	**qu** kw	**tr** ch	**ă** (hard)	**ê** ay	**ô** oh

đơn vị đồn trú garrison
đơn vị thông tin bit COMPUT
đơn xin application
đợt batch; spell
đợt điều trị course of treatment
đợt lưu diễn run (*of play*)
đợt nóng heatwave
đợt thư tới tấp deluge
đra sheet (*for bed*)
Đ.S.V.N. (= *Đường sắt Việt Nam*) Vietnamese Railroads
đu swing
đu đủ papaya
đu đưa rock (to and fro)
đu mẹ shit ◊ bastard
đủ enough; *đủ các loại người* all kinds of people; *tôi đủ rồi* I'm alright; *đủ rồi, yên đi nào!* that's enough, calm down!
đủ điều kiện eligible
đủ tiêu chuẩn eligible
đủ sức able, competent; *đủ sức để* be equal to *task*
đủ tư cách: *làm ai có đủ tư cách để làm gì* qualify s.o. to do sth; *tôi không đủ tư cách để xét đoán* I am not qualified to judge
đụ má shit ◊ bastard
đua race SP
đua thuyền boat race
đua tranh competitive ◊ (sự) rivalry; *đua tranh để giành* contend for; be in contention for; *đua tranh để giành lấy gì* compete for sth
đua tranh với rival
đùa joke; jest ◊ play a joke on ◊ jokingly ◊ playful; *tôi chỉ đùa thôi* I was only kidding; *anh/chị đùa đấy chứ!* you don't mean it!, you've got to be joking!
đùa giỡn jest ◊ in jest
đùa xỏ play a joke on
đũa chopstick

đúc cast; *giống ai như đúc* be the spitting image of s.o
đúc hợp fusion
đục chisel
đục lỗ perforated
đui socket
đùi thigh
đun burn, use
đun sôi boil
đùn trách nhiệm pass the buck
đụn cát (sand) dune
đung đưa dangle, swing
đúng precise; proper, true, correct ◊ right; just; on the dot, precisely; really ◊ yes ◊ agree; *ba giờ đúng* at 3 o'clock sharp; *hoàn toàn đúng* that's absolutely right; *điều đó không thể đúng được* that can't be right; *đúng đấy, phải không?* that's right, isn't it?; *đúng rồi* that's right
đúng đắn sound, sensible
đúng điệu in tune
đúng giờ prompt, punctual ◊ promptly, punctually; *tôi cần phải đúng giờ* I must be on time
đúng hướng be moving in the right direction; be in the right ballpark
đúng là exactly; truly
đúng lúc timely; well-timed
đúng mốt fashionable
đúng mức properly
đúng như dự định duly
đúng như thế just like that
đúng như vậy! exactly!
đúng thế! that's right!, quite!
đúng vào lúc này just now
đúng vậy sao? really?
đúng với conform; *đúng với tiêu chuẩn Nhà nước* conform to government standards
đũng quần seat (*of pants*)
đụng touch; bump; hit

ơ u̇r   **y** (tin)   **ây** uh-i   **iê** i-uh   **oa** wa   **ôi** oy   **uy** wee   **ong** aong
u (soon)   **au** a-oo   **eo** eh-ao   **iêu** i-yoh   **oai** wai   **ơi** u̇r-i   **ênh** uhng   **uyên** oo-in
ư (dew)   **âu** oh   **êu** ay-oo   **iu** ew   **oe** weh   **uê** way   **oc** aok   **uyêt** oo-yit

đụng độ conflict, brush; *một cuộc đụng độ ở biên giới* a border incident

đụng ngã knock down, knock over

đụng xe crash

đuốc torch

đuôi tail

đuôi lái rudder

đuổi repel; expel; drive away ◊ (sự) expulsion

đuổi đi chase away, see off; throw out

đuổi khỏi evict; chuck out; *bị đuổi khỏi công ty/quân đội* be kicked out of the company/army

đuổi kịp catch up

đuổi ra kick out

đuổi ra ngoài sân expel from the game

đuổi theo chase

đuổi việc dismiss, fire

đút lót buy off, pay off

đút túi pocket, put in one's pocket

đút vội slip, put

đưa bring *person*; give, hand over; take *transport*; deliver ◊ (sự) delivery; *đưa gì cho ai* give sth to s.o.

đưa đến bring

đưa đi escort; take, lead; take out (*to dinner etc*)

đưa đi bằng xe hơi drive away

đưa lên sân khấu stage *play*

đưa ra launch (*of product*) ◊ advance *theory*; bring in *legislation*; hold out *hand*, *prospect*

đưa ra câu hỏi put a question

đưa ra tranh cãi challenge

đưa tay delivered by hand

đưa tin report

đưa vào insert; input; send in ◊ (sự) insertion; input; *đưa X vào Y* insert X into Y

đưa vào áp dụng introduce ◊ (sự) introduction

đưa vào nhà take in, take indoors

đưa vào từng bước phase in

đưa về take back *person*

đứa classifier for children or people who are younger or of the same age, either friendly or pejorative: *anh/chị có mấy đứa con? - hai đứa* how many children do you have? - two

đứa hớt lẻo telltale

đứa mách lẻo sneak

đứa quái nào so-and-so

đứa trẻ child, kid

đứa trẻ mới biết đi toddler

đứa trẻ tinh quái rascal

Đức Germany ◊ German

Đức cha Reverend

Đức Khổng Tử Confucius

Đức Phật Buddha

Đức Thánh Thần Holy Spirit

đức tính quality, characteristic

đực male

đứng stand

đứng bàng quan stand by

đứng bất động stand stock-still

đứng dậy stand, stand up, get up

đứng đắn steady; serious; correct; decent; respectable

đứng đầu head; be in the lead; *đứng đầu danh sách* at the head of the list

đứng gác guard

đứng lại stop

đứng ngoài hands-off

đứng thăng bằng balance

đứng thẳng người lên! stand up straight!

đứng tránh xa stand clear of

đứng trong hàng stand in line

đứng vào hạng rank among

đứng về phe take sides; side with

đứng xem look on

đứng yên stand still ◊ stationary;

---

ch (*final*) k	**gh** g	**nh** (*final*) ng	**r** z; (*S*) r	**x** s	**â** (but)	**i** (tin)
d z; (*S*) y	**gi** z; (*S*) y	**ph** f	**th** t	**a** (hat)	**e** (red)	**o** (saw)
đ d	**nh** (onion)	**qu** kw	**tr** ch	**ă** (hard)	**ê** ay	**ô** oh

đứng yên ở đó! stay right there!

đừng (*used to form negative imperatives*): **đừng buồn** don't be sad; **xin đừng!** please don't!

đựng contain

đước (*S*) mangrove

được be (*passive: with positive sense*) ◊ (*used to form adjectives in -able*) ◊ for (*distance*) ◊ acquire; gain, win ◊ OK, alright; **dùng lại được** reusable; **được ạ** very well (*acknowledging an order*); **được bày bán** be on sale, be on display; **thứ Sáu đối với anh/chị thì được chứ ?** are you ok for Friday?; **bà ... được không?** can you ...?; **được rồi!** right!; that's all; **được, nếu anh muốn** you may if you like

được chăng hay chớ hit-or-miss

được chiếu be shown (*of movie*)

được chiều be pampered, be spoilt

được lắm that's alright

được lòng popular; **không được lòng dân** unpopular

được lợi benefit

được như ý satisfactory, alright

được phép allowed ◊ be allowed to; be authorized to; **không được phép** it's not allowed

được quyền làm gì be entitled to do sth

được thôi very well (*signifying reluctance*); it's ok

được truy cập have access to

được tuyển chọn select ◊ (*sự*) selection

được vinh dự privileged, honored

đượm tinge

đương be ◊ (*denotes present continuous*): **đứa bé đương ngủ** the baby is sleeping; **đương làm gì** be in the middle of doing sth

đương đầu confront; encounter; tackle; **đương đầu với** stand up to; contend with

đương nhiên natural, obvious ◊ of course, naturally

đường way, route; road; avenue *fig*; sugar; **ở trên đường đi tới nhà ga** it's on the way to the station; **bên lề đường** at the roadside; **đường còn dài** it's a long way; **đường kia** that way; **đường này** this way

đường bay flight path

đường băng runway

đường biên touchline

đường biển sea route; **gửi bằng đường biển** send by sea, ship

đường cao tốc freeway; expressway

đường cao tốc có thu lệ phí turnpike

đường cái main road

đường chạy course

đường chạy bên trong inside lane SP

đường chân trời horizon

đường chéo diagonal line

đường chính main road

đường cong curve

đường dài long-distance

đường dây line TELEC; **đường dây đang bận** the line is busy

đường dẫn vào inlet (*in machine*)

đường đắp cao embankment RAIL

đường đua racetrack

đường đua chính track

đường đua nhỏ track

đường đục lỗ perforations

đường gờ ridge

đường hàng không air route; flight path

đường hầm tunnel

đường hoàng dignity ◊ dignified

đường huyết mạch arterial road, main road

đường kẻ của đích finish line

ơ u*r*	**y** (tin)	**ây** uh-i	**iê** i-uh	**oa** wa	**ôi** oy	**uy** wee	**ong** aong
u (soon)	**au** a-oo	**eo** eh-ao	**iêu** i-yoh	**oai** wai	**ơi** u*r*-i	**ênh** uhng	**uyên** oo-in
ư (dew)	**âu** oh	**êu** ay-oo	**iu** ew	**oe** weh	**uê** way	**oc** aok	**uyêt** oo-yit

đường kính diameter
đường làng lane (*in country*)
đường li crease
đường lối line of inquiry
đường lối chỉ đạo guidelines
đường lối cứng rắn hard line; *kẻ/
tên/tay theo đường lối cứng
rắn* hardliner
đường lối hành động course of
action
đường men quanh contour
đường mòn footpath, track, trail
Đường mòn Hồ Chí Minh Ho Chi
Minh trail
đường ngôi part (*in hair*)
đường nhỏ path
đường nối seam
đường nứt rift
đường ống drain
đường ống dẫn pipeline;
drainpipe
đường phố street
đường phố chính main street
đường phố một chiều one-way
street
đường phụ access road; back road
đường ray track RAIL

đường ren thread (*of screw*)
đường sacarin saccharin
đường sắt railroad
đường sắt leo núi funicular
(railway)
Đường sắt Việt Nam Vietnamese
Railroads
đường sống núi ridge
đường song song parallel
đường tắt shortcut
đường thu lệ phí toll road
đường tránh diversion, detour
đường tròn circumference
đường trực giao crossroads,
intersection
đường trường long-distance
Đường Trường Sơn Ho Chi Minh
Trail
đường vào walk, path
đường vằn stripe
đường viền border, surround
đường vòng bypass; detour
đường xe lửa railroad
đường xẻ slit
đứt cầu chì fuse
đứt ra come away (*of button etc*)
đứt rời ra come off

E

e be afraid; *tôi e rằng ...* I'm afraid
...; *tôi e rằng không* I'm afraid
not; *tôi e rằng thế* I'm afraid so
e dè self-conscious
e hèm cough; ahem
em me (*addressing one's older
brother, sister, member of older
generation*); you (*to younger*

person or child) ◊ cousin
em bé baby
em chồng brother-in-law
(*younger, on husband's side*)
em chú bác cousin (*younger male/
female*)
em dâu sister-in-law (*younger*)
em gái sister (*younger*), kid sister

---

ch (*final*) k	**gh** g	**nh** (*final*) ng	**r** z; (*S*) r	**x** s	**â** (but)	**i** (tin)
d z; (*S*) y	**gi** z; (*S*) y	**ph** f	**th** t	**a** (hat)	**e** (red)	**o** (saw)
đ d	**nh** (onion)	**qu** kw	**tr** ch	**ă** (hard)	**ê** ay	**ô** oh

em họ cousin (*younger male/ female*)

em rể brother-in-law (*younger, on sister's side*)

em trai (kid) brother

em vợ brother-in-law (*younger, on wife's side*)

em yêu darling, honey, my love (*man to woman*)

e-mail e-mail; **gửi bằng e-mail** e-mail, send by e-mail

én swallow (*bird*)

eo waist

eo biển strait

eo lưng small of the back

éo le awkward, trying

ép extract; press ◊ (sự) extraction

ép buộc force, coerce ◊ (sự) constraint, coercion; **bị ép buộc** forced; **dưới sự ép buộc** under duress; **ép buộc X làm Y** bulldoze X into Y

ép sát squeeze up

ế unmarketable; left on the shelf

ế chồng (*of woman*) be on the shelf, be unwanted

ế hàng have trouble getting customers

ế vợ (*of man*) be unwanted, have trouble getting a wife

ếch frog

êm quiet; smooth; soft; in good condition

êm ả quiet

êm dịu mellow; soft

êm tai musical, pleasant-sounding; **không êm tai** unmusical

F

fax fax; **fax X cho Y** fax X to Y; **gửi X bằng fax** send X by fax

foóc-xép forceps

frông front (*of weather*)

G

ga (train) station; gas

ga cuối cùng terminus

ga đến arrivals

ga đến hoặc đi terminal

ga hàng không air terminal

ga ra garage

ga trải giường undersheet

ga xe lửa train station, railroad station

ga xép halt RAIL

ơ u*r*	y (tin)	ây uh-i	iê i-uh	oa wa	ôi oy	uy wee	ong aong
u (soon)	au a-oo	eo eh-ao	iêu i-yoh	oai wai	ơi u*r*-i	ênh uhng	uyên oo-in
ư (dew)	âu oh	êu ay-oo	iu ew	oe weh	uê way	oc aok	uyêt oo-yit

gà chicken
gà con chick
gà công nghiệp battery hen
gà gật nod off
gà mái hen
gà ta free-range chicken
gà tần chicken simmered in traditional medicinal herbs
gà tây turkey
gà trống cock
gà vịt poultry, fowl
gả marry off
gã he *pej* ◊ guy, fellow
gạ gẫm xin X của Y cadge X from Y
gác put ◊ floor
gác chuông bell tower, church tower
gác lửng mezzanine (floor)
gác mái attic, loft
gác máy replace the receiver
gạc gauze; compress MED
gạch brick
gạch bỏ strike out, delete
gạch dưới underline
gạch đá vụn rubble
gạch ngang dash (*in punctuation*)
gai thorn; spine; spike; prickle
gai dầu cannabis, hemp
gái girl
gái đĩ (*S*) prostitute, hooker
gái điếm prostitute, hooker
gái tân virgin (*female*)
gãi scratch; have a scratch
ga-lăng gallant
galông gallon
gam gram; scale MUS
gam màu shade, tone
gan liver
gan dạ gutsy
gàn dở nuts, nutty
gang cast iron
gánh carry on one's shoulder; shoulder *responsibility*

gánh chịu incur; *gánh chịu hậu quả xấu nhất của ...* bear the brunt of ...
gánh nặng burden
gào thét yell; hurl *insults*
gạo rice
gạo lứt (*N*) brown rice
gạo nếp glutinous rice, sticky rice
gạo tám high-quality rice
gạo tẻ (*N*) ordinary rice, non-sticky, polished rice
gạo xay polished rice
gạt brush away
gạt bỏ dismiss; omit; work off ◊ (sự) omission
gạt ra exclude; oust
gạt ra khỏi drop (*from team*)
gạt sang một bên put aside
gạt tàn (thuốc) ashtray
gàu dandruff
gay gắt bitter; cut-throat; scathing; sharp
gay go hard; stiff
gáy spine; nape of the neck
gảy từng tí một pick at one's food
gãy fracture ◊ broken ◊ (sự) break; fracture
găm withhold
gặm gnaw; nibble
gặm cỏ graze
gắn attach; set *jewel*
gắn bằng xi măng cement
gắn bó bind; *gắn bó với* be attached to; *gắn bó với nhau* stick together ◊ very closely connected
gắn chặt bond; secure
gắn huy chương decorate
gắn liền combine; connect
gắn sẵn built-in
gắn vết thương heal the wounds *also fig*
găng tense
găng bắt bóng mitt

---

ch (*final*) k	**gh** g	**nh** (*final*) ng	**r** z; (*S*) r	**x** s	**â** (b**u**t)	**i** (t**i**n)
d z; (*S*) y	**gi** z; (*S*) y	**ph** f	**th** t	**a** (h**a**t)	**e** (r**e**d)	**o** (s**a**w)
đ d	**nh** (o**n**ion)	**qu** kw	**tr** ch	**ă** (h**a**rd)	**ê** ay	**ô** oh

găng tay glove
găng tay liền ngón mitten
gắng sức exert oneself ◊ (sự) exertion
gắng xoay xở try hard to manage
gắp tongs ◊ pick up with chopsticks
gặp meet
gặp gỡ meeting
gặp khó khăn lớn in great difficulties
gặp kỳ phùng địch thủ meet one's match
gặp mặt meet with ◊ (sự) meeting
gặp nhau join
gặp phải meet with, encounter
gặp rắc rối get into trouble
gắt sharp
gặt harvest
gầm roar
gầm gừ growl; snarl
gầm lên roar
gậm chew
gân tendon
gần near; close ◊ close by ◊ (sự) proximity; *trong một tương lai gần* in the near future
gần đây near here ◊ recent; *gần đây tôi không hay nhìn thấy cô ấy* I don't see her so often these days
gần gũi close relations; intimacy
gần kề adjacent; imminent; close
gần như nearly, almost; all but ◊ verge on
gấp fold; fold up; turn back; increase; multiply ◊ folding; hurried; pressing ◊ urgently; *ăn gấp* eat in a hurry; grab a quick bite to eat
gấp ba treble *price*
gấp đôi double
gấp hai lần twice as much
gấp làm đôi double, fold
gấp lại fold up

gấp lên hurry, hurry up
gập bend; turn down *edge, collar*
gập lại flex
gật đầu nod
gấu hem; bear (*animal*)
gấu trúc panda
gấu trúc Mỹ raccoon
gây cause; *gây hào hứng* stimulating; *gây ra lạm phát* inflationary; *gây X cho Y* inflict X on Y
gây ấn tượng impress ◊ spectacular; *bị gây ấn tượng bởi* be impressed by; *gây ấn tượng tốt/xấu đối với ai* make a good/bad impression on s.o.
gây ấn tượng mạnh impressive
gây ấn tượng sâu sắc effective
gây chuyện cause an argument
gây giống breed
gây lộn make a scene
gây nên create, cause; *gây nên sự náo động* cause a stir
gây nổ set off, cause
gây ô nhiễm contaminate ◊ (sự) contamination
gây ra cause; provoke; inspire; trigger off; breed *fig*; make *noise*
gây rắc rối play up
gây rối disruptive
gây tai tiếng scandalous
gây tê cục bộ local anesthetic
gầy thin
gầy mòn emaciated
gầy mòn đi waste away
gầy nhom skinny
gãy come apart
gãy gập jack-knife
gãy rắc snap
gậy club; rod
gậy chọc bi-a (billiards) cue
gậy chống walking stick
gậy đánh gôn golf club
gậy trượt tuyết ski pole

ơ u*r*	**y** (tin)	**ây** uh-i	**iê** i-uh	**oa** wa	**ôi** oy	**uy** wee	**ong** aong
u (soon)	**au** a-oo	**eo** eh-ao	**iêu** i-yoh	**oai** wai	**ơi** ur-i	**ênh** uhng	**uyên** oo-in
ư (dew)	**âu** oh	**êu** ay-oo	**iu** ew	**oe** weh	**uê** way	**oc** aok	**uyêt** oo-yit

GĐ (= **Giám đốc**) MD, Managing Director

ghe buồm junk (*boat*)

ghé qua look in on, visit; pass through

ghé thăm stop by

ghen tị envy ◊ envious; **ghen tị với ai về điều gì** envy s.o. sth

ghen tuông jealous ◊ (sự) jealousy; **ghen tuông với** be jealous of

ghép bằng đinh tán rivet; **ghép gì với gì bằng đinh tán** rivet sth to sth

ghép lại link up

ghép tim heart transplant

ghép tội oan frame *person*

ghét detest; dislike; have an aversion to ◊ (sự) dislike

ghét bỏ: **bị ghét bỏ** in disgrace

ghét cay ghét đắng loathe, hate, detest

ghê awful; terrific

ghê gớm horrible

ghê quá awful; aggressive

ghê rợn horrible ◊ (sự) horror

ghê sợ revolting ◊ (sự) revulsion

ghê tởm hideous; obnoxious; obscene; repulsive; sickening ◊ sicken

ghế seat; chair

ghế bành armchair, easy chair

ghế bị cáo dock LAW

ghế dài bench

ghế dài có tựa pew

ghế đẩu stool

ghế điện electric chair

ghế gấp folding chair

ghế hành khách passenger seat

ghế mây wicker chair

ghế ngồi seats

ghế nhân chứng witness stand

ghế quay swivel chair

ghế trẻ con baby seat

ghế vải deckchair

ghế xếp deckchair

ghế xích đu rocking chair

ghế xô pha sofa

ghềnh rapids

ghi write down; mark; **ghi 50$ nợ vào tài khoản của tôi** debit $50 against my account; **ghi bàn thắng** score

ghi âm tape ◊ (sự) recording; **được ghi âm** recorded

ghi âm trên băng từ tape recording

ghi chép take notes; note down; take down ◊ (sự) note; log

ghi điểm score *goal*, *point*

ghi đông handlebars

ghi được score *goal*, *point*

ghi lại điểm score; keep the score

ghi ngày tháng date, write the date on

ghi nhanh jot down

ghi nhận acknowledge, take on board *comments etc*

ghi nợ debit

ghi số reading (*from meter etc*)

ghi tên register ◊ (việc) registration

ghi tên phạt book, fine

ghi tên thi đấu entry (*for competition*)

ghi tên thuê phòng check in (*at hotel*)

ghi tên vào sổ đen blacklist

ghi thành từng khoản itemize

ghi vào entry (*in diary*, *accounts*)

ghì chặt grapple with

ghim pin, attach ◊ pin

ghim băng safety pin

ghim dập staple; **đóng vào bằng ghim dập** staple

ghim lên pin up

ghìm chặt pin, hold down

ghìm giữ restrain

ghìm nén repress

ch (*final*) k	**gh** g	**nh** (*final*) ng	**r** z; (*S*) r	**x** s	**â** (but)	**i** (tin)
d z; (*S*) y	**gi** z; (*S*) y	**ph** f	**th** t	**a** (hat)	**e** (red)	**o** (saw)
đ d	**nh** (onion)	**qu** kw	**tr** ch	**ă** (hard)	**ê** ay	**ô** oh

gí mũi vào poke one's nose into

gì something; anything; what; whatever; *tôi chẳng nghe thấy gì cả* I didn't hear anything at all; *gì thế?* what?; *tối nay anh/chị làm gì?* what are you doing tonight?; *gì nữa?* anything else?; what else?

gỉ rust ◊ rusty

gia đình family; *trong gia đình* domestic

gia hạn extend; renew; roll over ◊ (*sự*) extension, renewal

gia hạn thị thực visa extension

Gia Nã Canada ◊ Canadian

gia nhập join

gia súc cattle; livestock; domestic animal

gia sư (private) tutor

gia tài lớn fortune

gia tăng expand ◊ (*sự*) expansion, growth

gia vị seasoning

giá beansprouts; price; rate; rack; stand; shelf ◊ suppose, supposing that; *... giá là bao nhiêu?* how much is/are ...?; *những ngăn giá* shelves; *thật là giá cắt cổ* it's a rip-off

giá áo hanger; rack

giá ba chân tripod PHOT

giá bán lẻ retail price

giá bán sỉ wholesale price

giá cả cost; price

giá chênh lệch price differential

giá chi phí, bảo hiểm và vận chuyển cost, insurance and freight

giá chi phí và vận chuyển cost and freight

giá cố định fixed price

giá dự thầu tender price

giá đặt bán asking price

giá đặt nến candlestick

giá để ô umbrella stand

giá để xe đạp (bicycle) rack

giá đồng hạng flat rate

giá đỡ bracket (*for shelf*)

giá đơn vị unit price

giá gác rack

giá hời be good value

giá lạnh cold, freezing cold

giá mua purchase price

giá mui xe roof rack

giá mục price list

giá nến candlestick

giá nhất định fixed price

giá phá giá dumping price

giá phải trả cost; price to pay

giá sinh hoạt cost of living

giá thành prime cost; cost price

giá tiền là cost; *giá tiền họ phải trả là ...* it cost them ...

giá tiền trả thêm extra charge

giá treo cổ gallows

giá trị merit; value ◊ valuable

giá vé fare, ticket price; *giá vé người nước ngoài* ticket price for foreigners

giá vốn cost price

già old, elderly

già đi age; get on

già làng elder; village elder

già yếu senile

giả fake; artificial; mock; phony ◊ disguise; forge *signature*

giả bộ pretend ◊ (*sự*) act, pretense

giả danh (là) masquerade as, pose as; assume the name of

giả dối misleading ◊ (*sự*) falsity

giả định assumption; presumption

giả đò (*S*) pretend ◊ (*sự*) act, pretense

giả mạo falsify

giả như assuming, supposing

giả ốm pretend to be ill

giả sử assuming, supposing

giả tạo false; artificial ◊ (*sự*) act, pretense

ơ ur	**y** (tin)	**ây** uh-i	**iê** i-uh	**oa** wa	**ôi** oy	**uy** wee	**ong** aong
u (soon)	**au** a-oo	**eo** eh-ao	**iêu** i-yoh	**oai** wai	**ơi** ur-i	**ênh** uhng	**uyên** oo-in
ư (dew)	**âu** oh	**êu** ay-oo	**iu** ew	**oe** weh	**uê** way	**oc** aok	**uyêt** oo-yit

giả thuyết hypothesis; *có tính chất giả thuyết* hypothetical
giả tỉ assuming, supposing
giả vờ pretend; make believe; put on; simulate ◊ mock ◊ (sự) make-believe, pretense
giác quan sense (*sight etc*)
giai cấp class
giai cấp công nhân working class
giai điệu tune, melody
giai đoạn stage, phase; *ở giai đoạn lập kế hoạch* at the planning stage
giải solve, crack ◊ prize; *được giải* award-winning ◊ win a prize
giải đáp answer (*to problem*)
giải đặc biệt jackpot
giải đoán decipher
giải độc đắc jackpot
giải được work out
giải karaoke bàn tay vàng golden hand prize (*for feeling up the waitress*)
giải khát quench one's thirst
giải lao interval; break
giải mã decipher, decode
giải nén unzip COMPUT
giải ngũ be discharged
giải pháp resolution; solution; fix
giải phân cách median strip
giải phẫu dissect
giải phẫu học surgery
giải phóng liberate; emancipate ◊ (sự) liberation; emancipation; *được giải phóng* emancipated
giải quyết deal with; process *application etc*; tackle *problem*; settle; straighten out; resolve; sort out; solve; unravel *complexities* ◊ (sự) processing; settlement; solving; *đang được giải quyết* be in hand; *không thể giải quyết được* insoluble; *giải quyết dứt điểm một vụ làm ăn* clinch a deal

giải quyết xong wind up *business*
giải tán remove; disperse; break up; dismantle ◊ (sự) removal
giải thể go into liquidation
giải thi đấu tournament; prize
giải thích explain; interpret ◊ (sự) explanation; *không thể giải thích được* inexplicable; unaccountable
giải thích nguyên nhân account for
giải thoát free; ease *one's mind*
giải thưởng prize
giải tội pardon LAW
giải tội cho exonerate
giải trí amuse, entertain ◊ (sự) entertainment; pastime; recreation
giải trừ quân bị disarm ◊ (sự) disarmament
giải vô địch championship
giãi bày confide; *giãi bày với ai* confide in s.o.
giam lock up
giam cầm imprison ◊ (sự) imprisonment
giam giữ intern ◊ (sự) internment, detention
giam hãm confine ◊ (sự) confinement
giám đốc director; managing director; manager
giám đốc bộ phận bán hàng sales manager
giám đốc điều hành managing director
giám đốc ngân hàng bank manager
giám đốc tiếp thị marketing manager
giám khảo judge (*in competition*); *làm giám khảo* judge
giám mục bishop
giám sát oversee, supervise
giảm fall, drop; reduce, lower; cut

ch (*final*) k	**gh** g	**nh** (*final*) ng	**r** z; (*S*) r	**x** s	**â** (but)	**i** (tin)
d z; (*S*) y	**gi** z; (*S*) y	**ph** f	**th** t	**a** (hat)	**e** (red)	**o** (saw)
đ d	**nh** (onion)	**qu** kw	**tr** ch	**ă** (hard)	**ê** ay	**ô** oh

back; be down; take off *20% etc*; relax *pace* ◊ (sự) drop, reduction; slowdown

giảm án commute LAW

giảm âm muffler MOT

giảm biên chế downsize

giảm bớt cut down; cut down on; deaden *sound*; diminish; relieve *pain*; slacken off; subside; tone down ◊ (sự) decrease; **làm giảm bớt** moderate

giảm dần taper off; whittle down

giảm đến mức tối thiểu minimize

giảm đi moderate; shrink

giảm độ trượt nonskid

giảm ga throttle back

giảm giá discount, mark down ◊ (sự) reduction; discount; **giảm giá 20$** $20 off the price

giảm giá trị detract from

giảm khoảng cách bridge the gap

giảm kích thước downsize

giảm mạnh ax; slash

giảm một nửa halve

giảm sáng đèn pha dim the headlights

giảm sút decline; ebb away

giảm thanh silencer; muffler

giảm tốc độ reduce speed, slow down

giảm xuống sink ◊ toned down

gian cunning; deceitful

gian giảo shifty

gian hàng department

gian khôn deceitful; sneaky

gian lận cheat; rig *elections etc* ◊ deceitful

gian nan rough

gián cockroach

gián điệp espionage; spy; **làm gián điệp** spy

gián đoạn interrupt ◊ (sự) gap; interruption

gián tiếp indirect

giàn giáo scaffolding

giàn khoan dầu oil rig

giản dị modest ◊ (sự) modesty

giản đơn basic; menial

giãn nở expand ◊ (sự) expansion

giãn ra dilate; stretch

giãn tĩnh mạch varicose vein

giang mai syphilis

giáng: giáng X cho Y inflict X on Y

giáng cấp downgrade

giáng một đòn deal a blow to

Giáng Sinh Christmas

giáng xuống strike

giảng bài lecture

giảng đạo preach

giảng viên lecturer; academic

giành được get; earn; capture; land *job*; meet with *approval etc*; **giành được sự giúp đỡ của ...** enlist the help of ...

giành thắng lợi trước ... win a victory over ...

giao deliver, drop off; join (*of road*) ◊ (sự) delivery

giao bóng serve (*in tennis*)

giao ... cho hand over; turn in (*to police*); **giao một việc cho ai** set a task for s.o.

giao cho đóng vai cast *actor*

giao diện interface

giao dịch transact; deal with; socialize ◊ (sự) transaction; dealings

giao du associate; socialize

giao đoạn episode

giao hợp sexual intercourse

giao liên liaison person

giao nộp surrender, hand in ◊ (sự) surrender, handing in

giao phó delegate *work* ◊ (sự) delegation; **giao phó Y cho X** entrust X with Y, entrust Y to X

giao phối nội dòng inbreed ◊ (sự)

ơ ur	**y** (tin)	**ây** uh-i	**iê** i-uh	**oa** wa	**ôi** oy	**uy** wee	**ong** aong
u (soon)	**au** a-oo	**eo** eh-ao	**iêu** i-yoh	**oai** wai	**ơi** ur-i	**ênh** uhng	**uyên** oo-in
ư (dew)	**âu** oh	**êu** ay-oo	**iu** ew	**oe** weh	**uê** way	**oc** aok	**uyêt** oo-yit

inbreeding
giao thiệp với deal with; mix with
giao thông traffic; transport
giao thông hai chiều two-way
traffic
giao thông hàng hải shipping
giao tiếp communicate ◊ (*sự*)
communication
giáo cụ teaching aid
giáo dục educate; *có tính giáo
dục* educational; *có trình độ
giáo dục* educated; *không
được giáo dục* uneducated
giáo dục bắt buộc compulsory
education
giáo điều dogma ◊ dogmatic
giáo đoàn congregation
giáo hoàng Pope
giáo phái denomination; cult, sect
giáo sinh student teacher
giáo sĩ clergyman
giáo sư professor; chair
giáo viên teacher; coach
giáo viên dạy lái xe driving
instructor
giáo viên mẫu giáo nursery
school teacher
giáo viên tiểu học elementary
teacher
Giáp water in nature (*in
Vietnamese zodiac*)
giàu rich, affluent; well-to-do
giàu có rich ◊ (*sự*) wealth
giàu tưởng tượng imaginative
giày shoe
giày dép footwear
giày đế phẳng loafer
giày gót nhọn stilettos
giày ống boot
giày pa-tanh skate
giày tập chạy jogger (*shoe*)
giày thể thao sneakers, *Br* trainers
giày trượt băng skate
giày xăng-đan sandals

giặc aggressor
giặc ngoại xâm foreign
aggressors
giăm bông ham
giặt wash
giặt khô dry-clean
giặt là launder
giặt quần áo do the washing
giặt tẩy clean
giấc chợp mắt nap
giấc mơ dream
giấc ngủ sleep
giấc ngủ ngắn snooze
giẫm lên tread on
giẫm nát trample on
giậm chân stamp one's feet
giẫm đạp trample; *bị giẫm đạp
lên* be trampled underfoot
giẫm vào tread on; *giẫm vào
chân ai* tread on s.o.'s toes
giận angry; be angry with; *giận cá
chén thớt* (*proverbial*) be angry
with one person and take it out on
another; *vì X mà giận Y* hold X
against Y
giận dữ furious; in a temper ◊ (*sự*)
anger
giận điên lên enraged, livid
giận phát điên lên go wild
giận sôi lên simmer (with rage)
giật pull; snatch
giật dây pull strings
giật gân sensational *pej*
giật giật twitch ◊ jerky
giật lấy snatch
giật lùi backward
giật mạnh tug; wrench; yank; jerk;
jolt
giật mình jump (*in surprise*)
giật nước flush; *giật nước cho X
trôi xuống hố xí* flush X down
the toilet
giật nước cho trôi đi flush away
giấu hide; keep back

---

giấu kín secret ◊ hidden ◊ (việc) secretion, hiding

giấu mình go into hiding

giấu tên anonymous

giàu rich

giàu có wealthy ◊ (sự) wealth

giây second (*of time*)

giấy paper

giấy báo chuyển nhà eviction order

giấy báo nghỉ việc notice (*to leave job*)

giấy báo trả tiền bill of exchange

giấy bảo hành warranty

giấy bạc ngân hàng bank bill

giấy biên nhận receipt

giấy bóng kính cellophane

giấy bọc wrapping; wrapping paper

giấy chứng minh identification

giấy chứng nhận certificate; reference, testimonial

giấy có tiêu đề letterhead

giấy dán tường (wall)paper

giấy đăng ký kết hôn marriage certificate

giấy gói wrapper; wrapping paper

giấy khai sinh birth certificate

giấy khám sức khỏe medical certificate

giấy lộn wastepaper

giấy lụa tissue paper

giấy mời invitation (*card*)

giấy nhám (*S*) sandpaper

giấy nhắc trả tiền reminder

giấy ni lông để đóng gói shrink-wrapping

giấy nợ IOU, I owe you

giấy phép permit; license; clearance; *được cấp giấy phép* be licensed

giấy phép cư trú residence permit

giấy phép hải quan customs clearance

giấy phép làm việc work permit

giấy ráp (*N*) sandpaper

giấy tờ papers; document; *công việc giấy tờ* paperwork

giấy vệ sinh toilet paper

giấy viết (thư) writing paper, notepaper

giầy (*S*) shoe

giẻ rag

giẻ lau cloth

giẻ lau nhà floor cloth

gien gene

gieo cast; sow; throw *dice*

giếng well

giếng dầu oil well

giếng nước well (*for water*)

Giê-su Jesus

giết kill; put away *animal*

giết chết murder, slay

giết người kill ◊ (vụ) killing; *kẻ/ tên/tay giết người* killer, murderer; *kẻ/tên/tay giết người hàng loạt* serial killer; *kẻ/tên/ tay giết người thuê* hitman

giết thời gian while away

giễu cợt make fun of

gigabai gigabyte

gin gin

gin pha tô-níc gin and tonic

gió wind

gió mạnh đột ngột gust

gió mùa monsoon

gió ngược headwind

gió nhẹ breeze

gió rất mạnh gale

gió thổi mạnh gusty wind

gió xuôi tail wind

giỏ basket; tote bag

giỏ lưới basket (*in basketball*)

giỏ mây hamper (*for food*)

giòi maggot

giỏi shine ◊ able; competent ◊ well; *giỏi về gì* be good at sth; *tôi không thể bơi giỏi bằng anh/*

ơ u*r*	y (tin)	ây uh-i	iê i-uh	oa wa	ôi oy	uy wee	ong aong
u (soon)	au a-oo	eo eh-ao	iêu i-yoh	oai wai	ơi u*r*-i	ênh uhng	uyên oo-in
ư (dew)	âu oh	êu ay-oo	iu ew	oe weh	uê way	oc aok	uyêt oo-yit

chị I can't swim as well as you
giỏi hơn superior
giỏi nghề expert
giỏi nhạc musical
giỏi việc good at one's job
giòn brittle; crisp
giỏng tai prick up one's ears
giọng accent
giọng kim treble MUS
giọng mũi twang
giọng nam cao tenor (*singer*)
giọng nam trầm bass (*singer*)
giọng nói voice; tone of voice; accent
giọng nữ cao soprano (*voice*)
giọt drip; drop; blob
giọt mưa raindrop
giọt nước mắt teardrop
giỗ chạp anniversary (*of death*)
giống breed; gender GRAM; variety ◊ resemble; take after; parallel ◊ similar; **giống ai đó** be like s.o.; **giống gì đó** be like sth
giống cái feminine GRAM
giống hệt identical; **giống y hệt ai** be the image of s.o.
giống ngực pony pony
giống nhau alike; the same; similar ◊ (*sự*) likeness, resemblance, similarity
giống nhau như hệt close resemblance
giống như đàn bà effeminate
giống như ma ghostly
giống như thật lifelike
giơ .. lên hold up; **giơ cao tay lên** throw up one's hands; **giơ tay lên!** put your hand up!, hands up!
giờ hour; time; *lúc năm/sáu giờ* at five/six o'clock; *5 giờ 15* (it's) five fifteen, quarter past five; *hai giờ mười* (it's) ten after two
giờ ăn mealtime
giờ ăn trưa lunchtime

giờ bay flight time
giờ cao điểm prime time; rush hour; *những giờ cao điểm* peak hours
giờ công man-hour
giờ đi ngủ bedtime
giờ địa phương local time
giờ đóng cửa closing time
giờ ghi tên đi máy bay check-in time
giờ giải lao recess EDU; break
giờ hành chính office hours
giờ học class, lesson
giờ khởi hành departure time
giờ làm thêm overtime
giờ làm việc business hours, office hours
giờ mở cửa opening times
giờ nghỉ ăn trưa lunch hour
giờ nghỉ giải lao interlude
giờ nghỉ giữa hai hiệp half time
giờ quốc tế GMT GMT, Greenwich Mean Time
giờ tàu chạy timetable
giờ thăm bệnh visiting hours
giờ lướt flick through
giới circle, set (*of people*); sphere; *giới nhạc jazz/nhạc rock* jazz/rock scene; *giới vi tính/sân khấu* the world of computers/the theater
giới hạn confine; limit ◊ (*sự*) parameter; *trong giới hạn* within limits
giới hạn cao nhất ceiling, limit
giới hạn tốc độ speed limit
giới quyền uy the Establishment
giới quý tộc nobility
giới tăng lữ clergy
giới thiệu introduce; present, front *TV program*; recommend ◊ (*sự*) introduction (*to person, new food etc*)
giới tính gender, sex

ch (*final*) k	**gh** g	**nh** (*final*) ng	**r** z; (*S*) r	**x** s	**â** (but)	**i** (tin)
d z; (*S*) y	**gi** z; (*S*) y	**ph** f	**th** t	**a** (hat)	**e** (red)	**o** (saw)
đ d	**nh** (onion)	**qu** kw	**tr** ch	**ă** (hard)	**ê** ay	**ô** oh

giới tội phạm underworld
giới từ preposition
giũ rinse
giũa (nail) file
giũa móng tay nail file
giục hurry up
giùi lỗ punch (*tool*)
giun worm MED
giúp help; **làm một việc gì giúp ai** do s.o. a good turn
giúp đỡ aid, assist ◊ supportive ◊ (sự) help, assistance; aid
giữ keep, hang on to; stay; hold *job*, *course*, *disk drive etc*; occupy; maintain; catch; **giữ không cho tăng** keep down *costs etc*
giữ bí mật secrecy
giữ bình tĩnh keep one's cool; pull oneself together
giữ độc quyền monopolize
giữ được keep (*of food*)
giữ được bình tĩnh keep one's temper
giữ gìn conserve; preserve; uphold ◊ (sự) preservation
giữ kín hold back; keep ... to oneself; **giữ kín X không cho Y biết** keep X from Y; **giữ kín điều gì** keep quiet about sth
giữ lại keep; detain, keep in (*in hospital etc*); hold on to; retain; reserve *judgment*; stop *s.o. in street*
giữ liên hệ với keep in contact with
giữ liên lạc với keep in touch with
giữ lời hứa keep a promise
giữ máy hold on TELEC
giữ miệng hold back
giữ quan hệ với keep up with, stay in touch with
giữ vững keep up; stand by *decision*
giữa center; middle ◊ among(st); between ◊ intermediate; **ở giữa** in

the middle of; **vào giữa** in the middle of; **vào giữa đêm** in the middle of the night; **ở giữa không trung** in midair; **giữa anh/chị và tôi** between you and me
giữa ban ngày in broad daylight
giữa buổi midway (*in time*)
giữa các bang interstate
giữa các nước đại tây dương transatlantic
giữa các nước thái bình dương transpacific
giữa công chúng in public
giữa mùa đông midwinter ◊ in the depths of winter
giữa mùa hè midsummer
giữa ngày midday
giữa tuần midweek
giường bed
giường bạt cot
giường cũi crib
giường đi-văng couch
giường đôi double bed
giường đơn single bed
giường một người single bed
giường ngủ couchette, sleeping car; berth; bunk
giường xô pha sofa bed
gò mound
gõ knock; rap at
gõ khẽ rap
gõ nhẹ tap
góc angle; corner; wedge
góc nhỏ nook
góc phố street corner; **ở góc phố** on the (street) corner
góc vuông right-angle
gói packet; parcel; sachet ◊ wrap
gói chè teabag
gói lại parcel up
gói quà giftwrap
gói trong giấy ni lông shrink-wrap
gỏi cuốn (S) summer roll, fresh

ơ u-r	**y** (tin)	**ây** uh-i	**iê** i-uh	**oa** wa	**ôi** oy	**uy** wee	**ong** aong
u (soon)	**au** a-oo	**eo** eh-ao	**iêu** i-yoh	**oai** wai	**ơi** ur-i	**ênh** uhng	**uyên** oo-in
ư (dew)	**âu** oh	**êu** ay-oo	**iu** ew	**oe** weh	**uê** way	**oc** aok	**uyêt** oo-yit

shrimp roll
gọi call; page; order *meal*
gọi điện phone
gọi điện thoại call, phone; make a telephone call; *việc gọi điện thoại* (phone)call
gọi điện thoại đánh thức wake-up call
gọi điện thoại lại call back
gọi điện thoại về call in
gọi lại call back
gọi máy nhắn tin page, beep
gọi món ăn order (*in restaurant*)
gọi nội địa national call
gọi trực tiếp direct dial
gọi về recall *ambassador etc*; call back
gom nhặt collect
gọn gàng neat; trim; straight
gọng frame, rim
góp contribute ◊ (*sự*) contribution
góp chung pool *resources*
góp tiền vào chip in
góp ý contribute (*to discussion*) ◊ (*sự*) contribution
gót heel
gọt sharpen
gọt bút chì pencil sharpener
gọt vỏ pare, peel
gồ prominent
gồ ghề jagged; rough; uneven
gỗ timber; wood
gỗ dán plywood
gỗ óc chó walnut
gỗ sồi oak
gỗ tếch teak
gỗ thông pine
gỗ xẻ lumber
gốc original ◊ stem (*of word*); *gốc Trung quốc* of Chinese origin
gốc cây (tree) stump
gốc rễ roots
gốc từ root (*of word*)
gối pillow

gối đệm cushion
gối lên nhau overlap
gội wash *hair*
gội .. bằng dầu gội đầu shampoo
gội và sấy ép shampoo and set
gồm có comprise; be composed of, consist of; take in, include
gộp lại lump together
gôrila gorilla
gờ edge
gỡ disentangle; disengage
gỡ bỏ thiết bị nghe trộm debug
gỡ lỗi debug COMPUT
gỡ ra extricate
gởi send; mail
gợi cảm sensuous
gợi lại stir up, bring back *memories*
gợi lên prompt; conjure up
gợi nên evoke; stimulate
gợi tình erotic; sensual
gớm guốc forbidding
gợn sóng wavy
gục xuống droop; slump
gửi deposit; send; mail; send in; ship; *gửi ai đi gặp ai* send s.o. to s.o.; *gửi gì cho ai* send sth to s.o.
gửi bảo đảm by registered mail
gửi bưu điện send off
gửi bức thư đảm bảo send a letter registered
gửi chuyển tiếp forward *mail*
gửi đảm bảo register
gửi đi send off, dispatch
gửi e-mail e-mail
gửi fax fax
gửi hàng ship, send ◊ (*sự*) shipment; shipping
gửi hóa đơn bill, invoice
gửi kèm inclose
gửi qua bưu điện mail
gửi thư mail
gửi tiền vào ngân hàng bank, put in the bank
gửi tới for the attention of

ch (*final*) k	**gh** g	**nh** (*final*) ng	**r** z; (*S*) r	**x** s	**â** (but)	**i** (tin)
d z; (*S*) y	**gi** z; (*S*) y	**ph** f	**th** t	**a** (hat)	**e** (red)	**o** (saw)
đ d	**nh** (onion)	**qu** kw	**tr** ch	**ă** (hard)	**ê** ay	**ô** oh

gửi trả send back; **gửi trả ... cho cửa hàng** take ... back to the store
gừng ginger
gươm sword
gương mirror; example; **nêu gương tốt / xấu** set a good / bad example

gương chiếu hậu rear-view mirror
gương hậu (driving) mirror
gương mẫu exemplary, model ◊ example
gương mù bad example
gương sáng good example
gượng ép forced

H

ha sít hashish
há open (one's mouth), open wide
há hốc mồm gasp; **há hốc mồm nhìn** gape at; gape
há miệng open one's mouth
hà hơi breathe out, exhale
hà lạm abuse
Hà lan Holland ◊ Dutch
hà mã hippopotamus
Hà Nội Hanoi
hà tiện stint on
hả huh? (*asking for confirmation*); **thế hả?** is that so?; **anh ấy đã đi rồi hả?** has he already gone?
hả hê gloat; **hả hê trước ...** gloat over ...
hả hơi flat *beer*
hạ bring down, shoot down; lengthen *sleeve etc*; lower *flag, hemline*
hạ bộ genitals
hạ cánh land, touch down ◊ (*sự*) landing, touchdown (*of airplane*)
hạ cánh khẩn cấp emergency landing
hạ cánh xuống nước splash down

hạ cố deign to
hạ gấu let down
hạ giá reduce the price of, knock down ◊ discount; reduced price
Hạ nghị sĩ member of Congress
Hạ nghị viện House of Representatives
hạ sĩ corporal MIL
hạ sĩ quan noncommissioned officer
hạ thấp lower; dip; **hạ thấp đèn pha** dip the headlights; **hạ thấp giọng** lower one's voice
hạ xuống descent ◊ go down, descend; lower
hách dịch dictatorial
hai two; **hai ...** a couple of ...
hai giường (**đơn**) twin beds
hai kỳ two-stroke
hai là secondly
hai lần double ◊ twice
hai ... một lần: **hai ngày một lần** every other day; **hai người một lần** every other person; **hai năm một lần** biennial
hai mươi twenty
hái scythe ◊ pick *flowers, fruit*

ơ u*r*	**y** (tin)	**ây** uh-i	**iê** i-uh	**oa** wa	**ôi** oy	**uy** wee	**ong** aong
u (soon)	**au** a-oo	**eo** eh-ao	**iêu** i-yoh	**oai** wai	**ơi** u*r*-i	**ênh** uhng	**uyên** oo-in
ư (dew)	**âu** oh	**êu** ay-oo	**iu** ew	**oe** weh	**uê** way	**oc** aok	**uyêt** oo-yit

hài hòa harmonious

hài hước comic, humorous ◊ (sự) humor

hài kịch comedy

hài kịch tình thế sitcom

hài lòng content; pleased

hài lòng về việc làm job satisfaction

hải âu seagull; gull

hải cẩu seal

hải đăng lighthouse

hải đồ chart, map

hải lý nautical mile

hải mã sea horse

hải phận (territorial) waters

hải quan customs

hải quân navy ◊ naval

hải sản seafood

hãi hùng nightmare

hại harm; *chẳng hại gì* it wouldn't do any harm

hại sức hazardous to health; bad for the health

ham be fond of, like; desire

ham ăn gluttonous

ham chơi fun-loving

ham gái horny; girl-crazy

ham học studious

ham mê be passionately fond of

ham muốn urge

ham muốn nhục dục lust

ham muốn tình dục sexual appetite

ham thể thao sporty

ham thích take up *hobby etc* ◊ (sự) addiction; appetite *fig*

hám lợi acquisitive

hàm jaw

hàm dưỡng self-control

hàm lượng content (*of alcohol etc*)

hàm ý imply, get at ◊ (sự) implication

hãm infuse ◊ (sự) infusion

hãm hiếp rape

hạm đội fleet

Hán học sinology

Hán Nôm Sino-Vietnamese characters

hàn weld ◊ (sự) filling (*in tooth*)

hàn nối fuse

Hàn Quốc (South) Korea ◊ (South) Korean

hàn răng filling (*in tooth*)

hạn dryness, drought; end

hạn chế qualify; restrict ◊ (sự) restriction; constraint ◊ qualified; restricted

hạn chế sinh đẻ practice birth control ◊ (sự) birth control

hạn hán drought

hạn ngạch quota

hạn sử dụng best-before date

hang (động) cave

hàng column; row; goods; shopping ◊ every

hàng bán chạy good seller; top-selling line

hàng bán hạ giá cut-price goods

hàng cá fishmonger

hàng cơm restaurant

hàng dễ cháy inflammable goods

hàng đầu first-class; leading; top; primary; leading-edge

hàng đống loads; loads of

hàng ế poor seller

hàng giả bogus goods, imitations

hàng giải khát refreshments shop

hàng giờ at hourly intervals; for hours; *tôi ở đây đã hàng giờ rồi* I've been here for hours

hàng giờ liền for hours on end

hàng gửi nhanh fast delivery goods

hàng hải maritime, nautical

hàng hậu vệ defense

hàng hóa commodity; goods, merchandise

---

ch (*final*) k	**gh** g	**nh** (*final*) ng	**r** z; (*S*) r	**x** s	**â** (but)	**i** (tin)
d z; (*S*) y	**gi** z; (*S*) y	**ph** f	**th** t	**a** (hat)	**e** (red)	**o** (saw)
đ d	**nh** (onion)	**qu** kw	**tr** ch	**ă** (hard)	**ê** ay	**ô** oh

hàng hóa chuyên chở freight
hàng hóa vân tải cargo
hàng không aviation
◊ aeronautical; ***bằng đường***
hàng không by airmail
hàng không quân sự military
aviation
hàng lắp ráp self-assembly goods
hàng lậu (thuế) contraband
hàng loạt stream; succession
◊ wholesale *fig*
hàng mẫu miễn phí free sample
hàng miễn thuế duty-free
(goods)
hàng mua shopping
hàng năm annual, yearly
hàng ngày daily; everyday
hàng (ngoại) nhập imported
goods
hàng nội home product
hàng nước café (*selling drinks
only*)
hàng quán shop; store
hàng quý quarterly
hàng rào barrier; fence; hedge;
railings
hàng rào cảnh sát cordon
hàng rào cọc nhọn picket fence
hàng rào ngôn ngữ language
barrier
hàng rào vòng ngoài perimeter
fence
hàng sơn mài lacquerware
hàng tá dozens of
hàng tái nhập reimports
hàng tái xuất re-exports
hàng tạp phẩm groceries
hàng tháng every month,
monthly
hàng thật genuine product
hàng thịt butcher's shop
hàng thủ công crafts
hàng thứ nhất front row
hàng tiêu dùng consumer goods;

consumer products
hàng trong kho stock
hàng tuần every week, weekly
hàng xa xỉ luxuries
hàng xịn genuine goods
hàng xóm neighborhood;
neighbor
hàng xuất cảng export
hàng xuất khẩu export
hàng xứ strange; foreign
hãng firm; agency
hãng bán buôn wholesaler
hãng bán lẻ retailer
hãng buôn trading firm
hãng dầu oil company
hãng du lịch travel agency;
travel agent
hãng điều hành du lịch tour
operator
hãng hàng không airline
hãng quảng cáo advertising
agency
hãng tàu thủy shipping company
hãng thông tấn news agency
hãng tổ chức du lịch tour
operator
hạng class, category
hạng bình dân economy class
hạng business business class
hạng chuồng gà gallery THEA
hạng hai second class
hạng nặng heavyweight
hạng nhất first class
hạng nhẹ lightweight
hạng nhì second class *travel*
hạng rẻ nhất economy class
hạng sang first class *travel*
hạng thường economy class
hành scallion; work
hành chính administrative
hành chính quản trị administration
hành động act, deed; action ◊ take
action

ơ ur	**y** (tin)	**ây** uh-i	**iê** i-uh	**oa** wa	**ôi** oy	**uy** wee	**ong** aong
u (soon)	**au** a-oo	**eo** eh-ao	**iêu** i-yoh	**oai** wai	**ơi** ur-i	**ênh** uhng	**uyên** oo-in
ư (dew)	**âu** oh	**êu** ay-oo	**iu** ew	**oe** weh	**uê** way	**oc** aok	**uyêt** oo-yit

hành động phá hoại vandalism
hành động phạm pháp offense
hành động tàn ác atrocity
hành động tàn bạo outrage
hành hạ tyrannize; torment
hành hoa scallion
hành hung assault
hành hương pilgrimage
hành khách occupant; passenger
hành khách ghế trên front seat
passenger
hành khô shallot
hành kinh period; menstruation
hành lang corridor, passage
hành lang cửa vào hall
hành lý baggage, luggage
hành lý bỏ quên lost and found
hành lý quá cước excess baggage
hành lý quá mức qui định
excess baggage
hành lý xách tay hand baggage
hành nghề practice *law, medicine
etc*
hành quân march
hành ta scallion
hành tây onion
hành tinh planet
hành trình itinerary; journey
hành vi action; act, deed;
behavior, conduct
hành vi sai trái misconduct
hãnh diện proud ◊ (sự) pride
hãnh tiến: *kẻ/ tên/ tay hãnh tiến*
upstart
hạnh đào almond (tree)
hạnh kiểm conduct, behavior
hạnh nhân almond
hạnh phúc happy ◊ (sự) happiness,
welfare; *niềm hạnh phúc*
happiness
hao mòn wear (and tear)
háo hức avid
hào chống tăng anti-tank trench
hào hiệp gracious; magnanimous;

sporting
hào hoa phong nhã chivalrous
hào hứng stimulating; *gây hào
hứng* stimulate ◊ stirring
hào nhoáng glossy (magazine)
hào phóng generous, liberal
hão hollow
hão huyền empty; vain ◊ (sự)
vanity
hảo hạng excellent
hát sing; chant
hát hò folk singing with chorus
hát quan họ traditional love song
(duo)
hát ru lullaby
hạt county; grain; granule; particle
PHYS; (*N*) nut; bean; seed; grain;
drop
hạt cà phê coffee bean
hạt dẻ chestnut (tree)
hạt dẻ ngựa horse chestnut
hạt gạo rice grain (*husked*)
hạt giống seed
hạt hạnh nhân almond
hạt hồi star anise
hạt lúa rice grain (*unhusked*)
hạt mưa raindrop
hạt ngô kernel of corn
hạt nhân core ◊ nuclear
hạt tiêu pepper
hạt xuàn diamond
háu ăn greedy, gluttonous
hàu oyster
hay good; interesting; lovely;
clever; neat; habitual ◊ often ◊ or
(*in questions*)
hay bắt nạt: *kẻ/ tên/ tay hay bắt
nạt* bully
hay biết know; *không hay biết*
be unaware of
hay cáu (kỉnh) testy
hay cằn nhằn nagging
hay đùa: *kẻ/ tên/ tay hay đùa xỏ*
joker *pej*

---

ch (*final*) k	**gh** g	**nh** (*final*) ng	**r** z; (*S*) r	**x** s	**â** (but)	**i** (tin)
đ z; (*S*) y	**gi** z; (*S*) y	**ph** f	**th** t	**a** (hat)	**e** (red)	**o** (saw)
đ d	**nh** (onion)	**qu** kw	**tr** ch	**ă** (hard)	**ê** ay	**ô** oh

hay giúp đỡ helpful
hay hay sort of interesting; not bad; cute
hay hơn better
hay hờn dỗi sulky
hay khóc cry a lot
hay lây contagious
hay lui tới haunt
hay lý sự argumentative
hay mưa rainy
hay nhột (*S*) ticklish
hay nói talkative
hay ốm sickly
hay quá incredible, amazing
hay quên forgetful
hay sinh sự quarrelsome
hay tán tỉnh flirtatious
hay thay đổi fickle; volatile
hay thật! brilliant!, great!
hay tuyệt incredible, amazing
hãy be; let; *hãy cẩn thận* be careful; *hãy chờ một chút!* hang on a minute!; *hãy đi thôi!* let's go!; *hãy để cho anh ấy vào!* let him come in!; *hãy để cho tôi đi!* let me go!
hãy chú ý pay attention
hăm dọa threaten ◊ (sự) threat; *hăm dọa ai để buộc làm gì* force s.o. to do sth
hăm hở eager ◊ (sự) eagerness
hắc-cơ hacker COMPUT
hắn he (*familiar*)
hằn học catty, spiteful
hẳn right, completely
hăng pungent
hăng hái ardent
hăng say passion ◊ spirited
hắng giọng clear one's throat
hắt hơi sneeze
hâm lại warm up
hâm mộ like, be fond of; admire; *được hâm mộ nhất* be all the rage

hâm nóng heat up
hâm nóng lên warm up
hầm stew; casserole; underground shelter
hầm chứa basement, cellar
hầm hầm grim
hầm hè snarl
hầm két vaults
hầm rượi (wine) cellar
hầm thông gió ventilation shaft
hầm trú ẩn shelter
hầm ủ bia beer cellar
hân hạnh được gặp anh/chị pleased to meet you
hân hạnh gặp ông/bà how do you do?
hân hoan exult ◊ jubilant
hận hatred; *kẻ/tên/tay hận đời* misanthrope
hận thù feud ◊ vindictive
hấp steam
hấp dẫn appeal to; draw ◊ attractive; appetizing; tempting; luscious; striking; compelling; intriguing; fascinating ◊ (sự) attraction, affinity; *có sức hấp dẫn* magnetic
hấp hối dying
hấp tấp impulsive, rash
hấp thụ assimilate
hất lên toss
hất ngã throw
hầu bàn wait table ◊ waiter; waitress
hầu hạ wait on
hầu hết most ◊ mostly
hầu như just about, almost, practically; hardly ◊ virtual; *hầu như không có ai ở đó* there was hardly anyone there; *hầu như không còn lại gì* scarcely anything left; *tôi hầu như không nghe được* I can hardly hear

---

ơ u*r*	y (tin)	ây uh-i	iê i-uh	oa wa	ôi oy	uy wee	ong aong
u (soon)	au a-oo	eo eh-ao	iêu i-yoh	oai wai	ơi ur-i	ênh uhng	uyên oo-in
ư (dew)	âu oh	êu ay-oo	iu ew	oe weh	uê way	oc aok	uyêt oo-yit

hầu như chắc chắn probably
hậu chiến postwar
hậu cứ rear of a revolutionary base
hậu địch in the enemy's rear
hậu hĩnh lavish
hậu quả consequence; sequel; repercussions
hậu trường behind the scenes
hậu vệ defense player; back SP
HĐND (= *Hội Đồng Nhân Dân*) People's Council
hé half-open; *hé mắt* half-open eyes
hé miệng, hé môi open one's mouth
hé mở opened slightly
hé răng open one's lips, part one's lips
hè summer; sidewalk
hẹ garlic chives
hecpet môi cold sore
hẻm (*S*) lane; alley
hẻm núi (*S*) gorge; ravine
hẽm (*N*) lane; alley
hẽm núi (*N*) gorge; ravine
hen asthma
hèn cowardly; mean; humble; modest
hèn chi, hèn gì no wonder; that's why
hèn hạ cheap, mean, nasty
hèn kém humble
hèn nào no wonder; that's why
hèn nhát cowardly, spineless; *kẻ/ tên/ tay hèn nhát* coward
hèn yếu weak
hẹn appointment; promise
hẹn gặp make an appointment with ◊ (*sự*) appointment, meeting
hẹn gặp lại (anh/chị)! see you!
hẹn hò date, go out with
heo (*S*) pig; pork
heo quay (*S*) roast pork
heo rừng (*S*) wild boar

héo khô wither
héo tàn wilt
héo lánh loneliness ◊ lonely; secluded
hẹp narrow; restricted
hẹp bụng narrow-minded; petty
hẹp hòi narrow; narrow-minded; suburban; tacky
hét shriek
hét lên shriek
hê rô in heroin
hề clown; *không hề chi* never mind; *không hề gì* never mind; don't mention it
hề hề (just) laugh
hệ system; branch of the family
hệ chữ viết script
hệ điều hành operating system COMPUT
hệ giao tiếp interface
hệ phái faction, wing (*of party*)
hệ phục vụ server
hệ quả result; consequence
hệ quản lý tệp dữ liệu file manager COMPUT
hệ sinh thái ecosystem
hệ thống system; *có hệ thống* systematic
hệ thống báo động sớm early warning system
hệ thống bơm phun nhiên liệu fuel injection system
hệ thống cấp bậc hierarchy
hệ thống chữ Bray braille
hệ thống đánh lửa ignition
hệ thống điều hành operating system
hệ thống đo lường system of measurement
hệ thống giảm xóc suspension
hệ thống hóa systematize ◊ (*sự*) systematization
hệ thống kinh tế economic system

ch (*final*) k	**gh** g	**nh** (*final*) ng	**r** z; (*S*) r	**x** s	**â** (but)	**i** (tin)
d z; (*S*) y	**gi** z; (*S*) y	**ph** f	**th** t	**a** (hat)	**e** (red)	**o** (saw)
đ d	**nh** (onion)	**qu** kw	**tr** ch	**ă** (hard)	**ê** ay	**ô** oh

hệ thống làm việc method of working
hệ thống loa speaker system
hệ thống miễn dịch immune system
hệ thống ống nước plumbing
hệ thống phanh braking system
hệ thống phun nước chống cháy sprinkler
hệ thống phúc lợi xã hội welfare state
hệ thống sưởi heating
hệ thống sưởi trung tâm central heating
hệ thống tăng tốc overdrive
hệ thống thần kinh nervous system
hệ thống thoát nước drainage
hệ thống thông tin nội bộ intercom
hệ thống thuế taxation
hệ thống tiêu hóa digestive system
hệ thống tưới nước irrigation system
hệ tộc genealogy
hệ tư tưởng ideology ◊ ideological
hến mussel; clam
hết be all gone; run out of; finish; *hết phòng* no rooms; *hết giờ* time is up
hết cạn give out
hết chỗ full up
hết duyên no longer attractive
hết điện run down ◊ dead, flat *battery*
hết hạn expire; run out; be up ◊ out of date ◊ (sự) expiration, expiry
hết hồn panic-stricken
hết hơi breathless
hết hy vọng despair of
hết lòng whole-hearted
hết lời find nothing more to say
hết nợ nần với be quits with

hết sạch fully
hết sức dreadful; enormous; utmost ◊ downright; exceptionally; extra; *hết sức cố gắng/hào phóng* be unstinting in one's efforts/generosity
hết sức buồn cười hysterical
hết sức nghiêm trọng desperate
hết sức nhanh in double-quick time
hết sức rõ ràng foolproof
hết thời time is up
hết thời kỳ huấn luyện be out of training
hết tiền hard up
hết tốc lực flat out
hết vé sold out
hết ý wonderful
hi vọng hope
hí neigh
hỉ mũi blow one's nose
hích poke
hích nhẹ jog
hiếm hardly, scarcely ◊ rare
hiếm có exceptional; rare
hiếm khi rarely, seldom
hiếm thấy uncommon
hiểm họa peril
hiểm nguy distress; *trong cảnh hiểm nguy* in distress
hiên stoop, porch
hiên hè patio, veranda
hiến pháp constitution ◊ constitutional
hiến thân cho dedicate oneself to
hiền good, kind
hiền lành meek; placid
hiền năng virtuous and talented
hiển nhiên clear, obvious ◊ clearly, obviously
hiển nhiên là evidently, apparently
hiện đại contemporary, modern; up-to-date

ơ u*r*	**y** (tin)	**ây** uh-i	**iê** i-uh	**oa** wa	**ôi** oy	**uy** wee	**ong** aong
u (soon)	**au** a-oo	**eo** eh-ao	**iêu** i-yoh	**oai** wai	**ơi** u*r*-i	**ênh** uhng	**uyên** oo-in
ư (dew)	**âu** oh	**êu** ay-oo	**iu** ew	**oe** weh	**uê** way	**oc** aok	**uyêt** oo-yit

hiện đại hóa modernize ◊ (sự) modernization

hiện nay current, present, existing ◊ now; currently

hiện ra materialize; appear; come out (*of sun*)

hiện ra lờ mờ loom up

hiện số digital

hiện tại present ◊ going *price etc* ◊ now

hiện thân embodiment; reincarnation

hiện thân cho embody

hiện thời at this time

hiện thực reality

hiện trạng actual state

hiện trường scene

hiện tượng phenomenon

hiếp dâm rape; *kẻ / tên / tay hiếp dâm* rapist

hiệp round (*in boxing*)

hiệp định convention, treaty

hiệp định dẫn độ extradition treaty

hiệp đồng contract

hiệp hội association

Hiệp hội các quốc gia Đông Nam Á ASEAN, Association of South East Asian Nations

hiệp hội cho vay và tiết kiệm savings and loan

hiệp nghị agreement

hiệp phụ overtime SP

hiệp ước pact, treaty

hiếu filial piety

hiếu chiến belligerent

hiếu động restless

hiểu understand, comprehend, see; appreciate ◊ (sự) comprehension; *tôi hiểu rồi* I see; *hiểu ý ai* read s.o.'s mind

hiểu biết knowing ◊ (sự) understanding, perception; *ngoài tầm hiểu biết của tôi* it's beyond me

hiểu biết sâu sắc insight

hiểu được understand, get; cotton on to; *không thể hiểu được* impenetrable; incomprehensible, unintelligible

hiểu lầm misunderstand; misconstrue; be under a misapprehension ◊ (sự) misunderstanding; misinterpretation

hiểu ngầm read between the lines

hiểu nhầm misunderstand ◊ (sự) misunderstanding

hiểu rõ digest *information*; follow, understand ◊ (sự) familiarity

hiểu sai misinterpret, misread

hiệu store, shop; signal

hiệu bách hóa department store

hiệu bán đồ khô greengrocer

hiệu bánh kẹo confectioner, candy store

hiệu bánh mì (*N*) bakery

hiệu cầm đồ pawnshop

hiệu cắt tóc nam (*N*) barbershop

hiệu giặt khô dry cleaner

hiệu giặt tự động laundromat

hiệu kem ice-cream parlor

hiệu làm đầu hairdresser

hiệu lực effect; validity; *có hiệu lực* come into effect, come into force

hiệu mát xa massage parlor

hiệu năng efficiency

hiệu nghiệm potent

hiệu phó vice-principal

hiệu quả result; effect; *có hiệu quả* businesslike; effective ◊ efficiently

hiệu sách bookstore

hiệu suất performance

hiệu suất cao high performance

hiệu suất cao hơn outperform

hiệu thuốc pharmacy

ch (*final*) k	**gh** g	**nh** (*final*) ng	**r** z; (*S*) r	**x** s	**â** (but)	**i** (tin)
d z; (*S*) y	**gi** z; (*S*) y	**ph** f	**th** t	**a** (hat)	**e** (red)	**o** (saw)
đ d	**nh** (onion)	**qu** kw	**tr** ch	**ă** (hard)	**ê** ay	**ô** oh

hiệu thuốc tây drugstore
hiệu trưởng principal EDU
hiệu ứng nhà kính greenhouse effect
hiệu văn phòng phẩm stationery store
hình (S) photo
hình ảnh image, picture
hình bán nguyệt semicircle
hình bầu dục oval
hình bóng silhouette, figure
hình cầu sphere
hình chữ nhật oblong, rectangle ◊ rectangular
hình dáng shape; outline
hình dung picture, visualize
hình học geometry ◊ geometric(al)
hình lập phương cube
hình lưỡi liềm crescent
hình mờ watermark
hình như apparently
hình nón cone
hình phạt punishment
hình tam giác triangle
hình thái form
hình thành form; compose ◊ (sự) formation
hình tháp pyramid
hình thắt nút loop
hình thoi diamond; lozenge
hình thức form, shape; **hình thức đầu tư** form of investment
hình trái xoan ellipse ◊ oval
hình tròn circle ◊ circular
hình tròn dẹt disk
hình trụ cylinder
hình tượng figurative
hình tượng hợp nhất corporate image
hình tứ giác quadrangle
hình vành coronary
hình vẽ figure (symbol)
hình viên phân segment
hình vuông square
hình xăm tattoo
hình xoắn ốc spiral
hình xoắn tròn twirl (of cream etc)
hít inhale, breathe in
hít khói inhale (when smoking)
hít một hơi dài take a deep breath
hít thở breathe, inhale
hít vào breathe in
HIV dương tính HIV-positive
HKDD (= **Hàng Không Dân Dụng**) Vietnamese Airlines
ho cough
ho gà whooping cough
hò shout for
hò hét shout; shouting
họ they; them ◊ surname, family name; **họ nói rằng ...** they say that ...; **họ và tên** full name
họ hàng relative
họ hàng bên chồng in-laws (husband's family)
họ hàng bên vợ in-laws (wife's family)
họ hàng ruột thịt blood relative
họ nội paternal
hoa flower, bloom ◊ classifier for flowers: **có hình hoa** flowery
hoa bướm pansy
hoa chuông lily of the valley
hoa cúc chrysanthemum
hoa hồi star anise
hoa hồng commission; bonus; rose
Hoa Kỳ United States
hoa lài (S) jasmine
hoa lan orchid
hoa liễu venereal disease
hoa mai apricot blossom
hoa mắt dazzle
hoa mơ apricot blossom
hoa mỹ flowery; pompous
hoa nhài (N) jasmine
hoa oải hương lavender
hoa phong lan orchid

ơ ur	**y** (tin)	**ây** uh-i	**iê** i-uh	**oa** wa	**ôi** oy	**uy** wee	**ong** aong
u (soon)	**au** a-oo	**eo** eh-ao	**iêu** i-yoh	**oai** wai	**ơi** ur-i	**ênh** uhng	**uyên** oo-in
ư (dew)	**âu** oh	**êu** ay-oo	**iu** ew	**oe** weh	**uê** way	**oc** aok	**uyêt** oo-yit

hoa quả (*N*) fruit
hoa sen lotus flower
hoa súng water lily
hoa thuỷ tiên narcissus
hoa tiêu navigation; navigator;
    làm hoa tiêu navigate
hoa tuy líp tulip
hoa văn pattern
hoa viôlét violet
hóa (*corresponds to English -ize*):
    tiêu chuẩn hóa standardize
hóa chất chemical
hóa chất chống đông antifreeze
hóa đơn bill, invoice; check; *xin
    cho hóa đơn* check please
hóa học chemistry ◊ chemical
hóa học liệu pháp chemotherapy
hóa thạch fossil
hóa trang make up
hòa tie SP
hòa âm harmony
hòa bình peace ◊ peaceful
hòa giải reconcile; be reconciled
    ◊ conciliatory ◊ (sự)
    reconciliation; troubleshooting;
    không thể hòa giải được
    irreconcilable
hòa hoãn détente
hòa hợp fit in ◊ united ◊ (sự)
    harmony; *không hòa hợp* clash;
    không thể hòa hợp được
    irreconcilable
hòa nhã amiable
hòa nhạc concert
hòa nhập mix; integrate; socialize
hòa tan dissolve
hòa thuận get on, be friendly with
    ◊ harmonious
hòa tỉ số draw, tie
hòa vốn break even
hỏa hoạn blaze, fire
hỏa táng cremate ◊ (sự) cremation
hỏa tiễn (*S*) missile
họa drawing

họa sĩ painter, artist
họa tiết design; motif
họa tiết nhiều ô vuông checkered
hoài nghi cynical; skeptical ◊ in
    disbelief
hoan hô cheer ◊ hurray ◊ cheering;
    hoan hô! well done!
hoan hô cuồng nhiệt go wild
hoan nghênh welcome
hoàn cảnh circumstances;
    conditions; position, situation;
    trong hoàn cảnh như vậy
    under the circumstances
hoàn chỉnh complete, full,
    comprehensive
hoàn hảo faultless, flawless,
    perfect; impeccable
hoàn lại refund, reimburse;
    không hoàn lại nonrefundable
hoàn lại tiền refund
hoàn tất finalize
hoàn thành accomplish; finish;
    terminate ◊ complete ◊ (sự)
    completion
hoàn thiện perfect; polish up;
    develop ◊ (sự) development; finish
    (*of product*)
hoàn toàn absolute; complete,
    total; utter; downright
    ◊ completely; utterly; totally;
    soundly; simply; pure *white etc*;
    hoàn toàn không anything but;
    *hoàn toàn không ngạc nhiên/
    thất vọng chút nào* not in the
    least surprised/disappointed;
    hoàn toàn không như vậy
    nothing of the kind
hoàn toàn bưng bít ai keep s.o. in
    the dark
hoàn toàn có khả năng in all
    likelihood
hoàn toàn đúng như vậy exactly
hoãn adjourn; put off, postpone
hoãn lại delay, postpone ◊ (sự)

---

ch (*final*) k	**gh** g	**nh** (*final*) ng	**r** z; (*S*) r	**x** s	**â** (but)	**i** (tin)
d z; (*S*) y	**gi** z; (*S*) y	**ph** f	**th** t	**a** (hat)	**e** (red)	**o** (saw)
đ d	**nh** (onion)	**qu** kw	**tr** ch	**ă** (hard)	**ê** ay	**ô** oh

postponement

hoãn thi hành án reprieve

hoạn castrate

hoạn nạn misfortune

hoang (dã) wild, desolate

hoang đàng prodigal

hoang phí waste ◊ wasteful

hoang tưởng paranoia ◊ paranoid

hoang vắng derelict; desolate

hoàng cung royal palace

hoàng đạo zodiac

hoàng đế emperor ◊ imperial

hoàng gia royal

Hoàng Hà Yellow River

Hoàng Hải Yellow Sea

hoàng hậu queen

hoàng kim golden *period*

hoàng tộc royalty

hoàng tử prince

hoàng yến canary

hoảng be frightened, be scared

hoảng hốt be terrified, panic

hoảng lên lose one's head; be
   horrified; *đừng có hoảng lên!*
   don't panic!

hoảng loạn panic

hoảng sợ panic; be frightened
   ◊ petrified; panic-stricken ◊ (sự)
   scare, fright; *làm cho X hoảng
   sợ* give X a fright

hoành hành go on the rampage
   ◊ (sự) rampage; *hoành hành dữ
   dội* rage (*of storm*)

hoạt bát lively *person*

hoạt động operate; perform; work
   ◊ (sự) operation; activity; *nó hoạt
   động thế nào?* how does it
   work?

hoạt động phản gián
   counterespionage

hoạt động tư vấn consultancy

hoặc or ◊ alternatively; *hoặc ...
   hay* either ... or; *hoặc ... hoặc*
   either ... or

hóc ngạt choke

học study; learn; do *French,
   chemistry etc* ◊ subject; learning;
   project EDU; *đi học* go to school;
   học lái xe learn to drive; *học
   làm gì* learn how to do sth

học bài study

học bổng grant; scholarship

học đòi dabble in

học gạo bone up (on), *Br* mug up
   (on)

học giả scholar

học giỏi academic ◊ do well in
   school

học hành study ◊ studious; *chăm
   chỉ học hành* study hard

học kỳ semester

học lại study again

học sinh pupil, student;
   schoolchildren

học sinh nam schoolboy

học sinh nội trú boarder

học sinh nữ schoolgirl

học tập study

học thuộc memorize

học thuyết doctrine

học thuyết Mác Lê Marxist-
   Leninist theory

học trò disciple; student

học trò cưng (*S*) teacher's pet

học viên trường sĩ quan cadet

học viện academy; institute

học viện quân sự military
   academy

học vị academic achievement

học vị tiến sĩ doctorate

hoen ố stain

hói bald

hỏi ask; inquire; question ◊ inquiry;
   hỏi ai về gì ask s.o. about sth

hỏi dồn pester with questions

hỏi thăm inquire; ask after

hỏi vặn vẹo heckle

hỏi xem check with

---

hỏi ý kiến consult ◊ (sự) consultation

hóm hỉnh witty ◊ (sự) wit

hòm chest; trunk

hòm dụng cụ tool box

hòm phiếu ballot box

hòm thư PO Box

hõm hollow

hòn dái testicle

hòn đá rock

honđa ôm ride on the back of a motorbike (as a paying passenger)

hỏng fall through (of plans); break down ◊ dead battery etc; faulty, out of order

hỏng hóc break down (of machine) ◊ (sự) breakdown

hỏng máy break down (of machine)

hoóc môn hormone

họp session; sitting ◊ meet

họp báo press conference

họp bàn công việc business meeting

họp mặt reunion, get-together

họp thượng đỉnh summit POL

hót sing (of bird)

hót líu lo chirp; warble

hô shout; chant

hô hấp respire ◊ (sự) respiration ◊ respiratory

hố pit

hố cát sandpit

hố ngăn cách gulf fig

hồ lake; glue

hồ bơi trong nhà indoor pool

hồ chứa reservoir

hồ dán paste

hồ đào Pêcan pecan

hồ nước mặn lagoon

hồ sơ record; records

hồ Tây West Lake

hồ xóa white-out (for text)

hổ (N) tiger

hổ thẹn be ashamed ◊ (sự) shame; disgrace; **thật đáng hổ thẹn** it's a disgrace

hỗ trợ prop up ◊ (sự) backup, support; boost

hộ household ◊ for, instead of, in behalf of ◊ help; **để tôi làm hộ anh/chị** let me help you, let me do it for you

hộ chiếu passport

hộ lý orderly (in hospital)

hộ sinh midwife

hộ tống escort

hốc recess; socket (of eye)

hốc cây trên băng (ice) hockey

hốc hác gaunt

hôi thối foul; smelly ◊ (sự) bad smell, stink

hôi xì bad smell, stink

hối hả scramble

hối hận remorseful ◊ (sự) remorse

hối lộ bribe; corrupt ◊ (sự) bribery; corruption

hối tiếc regret

hối xuất rate of exchange

hối xuất chính thức official exchange rate

hồi act

hồi đáp reply, answer

Hồi giáo Muslim

hồi hộp tense ◊ (sự) suspense

hồi hương repatriate ◊ (sự) repatriation

hồi ký memoirs

hồi phục recuperate; recover; **cảm thấy hồi phục** feel renewed

hồi phục sức khoẻ convalesce

hồi tỉnh conscious

hồi tưởng reminisce; relive

hội society

hội chợ fair

hội chợ giải trí carnival, funfair

hội chợ quốc tế international fair

hội chợ triển lãm trade fair

ch (final) k	**gh** g	**nh** (final) ng	**r** z; (S) r	**x** s	**â** (but)	**i** (tin)
d z; (S) y	**gi** z; (S) y	**ph** f	**th** t	**a** (hat)	**e** (red)	**o** (saw)
đ d	**nh** (onion)	**qu** kw	**tr** ch	**ă** (hard)	**ê** ay	**ô** oh

Hội Chữ thập đỏ Red Cross
Hội Chữ thập tự (S) Red Cross
hội chứng syndrome
hội đàm consultation
hội đồng council, committee
hội đồng giám khảo examination board
hội đồng kinh tế economic council
Hội Đồng Nhân Dân People's Council
hội đồng quản trị board of trustees; board of directors
hội đồng thị xã town council
hội hè festival
hội họa painting; art
hội họp gathering
Hội liên hiệp phụ nữ Việt Nam Vietnam Women's Union
hội nghị conference, convention
hội nghị bàn tròn roundtable meeting
hội nghị toàn thể hàng năm annual general meeting
hội nghị về bán hàng sales meeting
hội nhà giáo và phụ huynh học sinh parent-teacher association
hội thảo seminar, workshop
hội thẩm juror
hội trường lecture hall
hội ý confer
hôm kia the day before yesterday
hôm nay today; *hôm nay là ngày thứ mấy?* what day is it today?
hôm nọ the other day, recently
hôm qua yesterday
hôm sau the day after; *ngày/đêm hôm sau* the following day/night
hôm trước the day before
hôn kiss
hôn mê anesthetize ◊ be under ◊ (sự) coma; trance; *bị hôn mê* go into a trance

hôn nhau kiss
hôn nhân marriage; matrimony ◊ marital
hôn vội peck, kiss
hồn soul, character
hồn nhiên childlike
hỗn hợp mixture; mix
hỗn loạn chaotic; disorderly; topsy-turvy ◊ (sự) chaos; anarchy
hỗn xược impudent, fresh
hông hip
hống hách bossy
hồng rose; persimmon
hồng hào ruddy
Hồng Kông Hong Kong
hồng ngoại infra-red
hồng ngọc ruby
hộp box; can; carton; case; pack; tub
hộp các tông carton
hộp cấp cứu first-aid kit
hộp cầu chì fusebox
hộp chứa container
hộp diêm (N) matchbox
hộp đêm nightclub
hộp đen black box, flight recorder
hộp đựng thức ăn trưa lunch box
hộp quẹt (S) matchbox
hộp thoại dialog box COMPUT
hộp thư mailbox
hộp thư bưu điện PO Box
hộp tro ash bin, ash can
hốt hoảng distracted
hột pip; stone; (S) nut
hờ hững lukewarm; remote; nonchalant; unconcerned
hở hang revealing; skimpy
hơi a bit; slightly; rather; vaguely; *hơi buồn/lạ kỳ* kind of sad/strange; *hơi nhanh hơn* a bit faster
hơi ẩm moisture
hơi béo stout
hơi bực tức cross, angry
hơi cay tear gas

ơ ur	y (tin)	ây uh-i	iê i-uh	oa wa	ôi oy	uy wee	ong aong
u (soon)	au a-oo	eo eh-ao	iêu i-yoh	oai wai	ơi ur-i	ênh uhng	uyên oo-in
ư (dew)	âu oh	êu ay-oo	iu ew	oe weh	uê way	oc aok	uyêt oo-yit

hơi chế giễu wry
hơi dính tacky
hơi nóng heat
hơi nước steam; vapor
hơi nước ngưng tụ condensation
hơi thở breath
hời hợt flimsy; superficial
Hợi pig (*in Vietnamese zodiac*)
hợm be conceited; **hợm của** be
conceited about one's wealth
hợm đời conceited ◊ (sự) conceit;
kẻ/tên/tay hợm đời wise guy
hợm hĩnh snobbish, superior
hợm mình stuck-up; **kẻ/tên/tay
hợm mình** snob
hơn above; more than; over;
beyond ◊ more ◊ plus; than ◊ (*used
to form comparatives*): **hơn hết
tất cả** above all; **to hơn tôi**
bigger than me; **thường xuyên
hơn** more often; **hơn nhất, hơn
cả** best; most; **khá hơn** better; **dễ
hơn** easier; **hơn nhiều**
considerably more; **hơn kém**
more or less
hơn nữa besides; moreover ◊ but
then (again) ◊ plus; in addition to
hớn hở exuberant
hờn dỗi sulk; **bị hờn dỗi** be in the
doghouse
hợp compatible
hợp âm chord
hợp chất compound CHEM
Hợp chủng quốc Hoa Kỳ United
States (of America)
hợp đồng contract, agreement;
policy ◊ contractual
hợp đồng bảo hiểm insurance
policy
hợp đồng kỳ hạn futures FIN
hợp đồng thuê lease; rental
agreement
hợp hơn be preferable to
◊ preferable

hợp kim alloy
hợp kim thiếc pewter
hợp lý logical; rational;
reasonable; sensible; valid
hợp lý hóa rationalize ◊ (sự)
rationalization
hợp nhau go, match; **chúng tôi
không hợp nhau** we're not
compatible
hợp nhất amalgamate
hợp pháp legal, lawful; legitimate;
rightful
hợp pháp hóa legalize
hợp tác cooperate, play ball
◊ cooperative ◊ (sự) cooperation;
interaction
hợp tác xã cooperative
hợp thời trang stylish; in fashion
hợp thức valid; regular
hợp thức hóa validate
hợp với suit; **hợp với gì** be suited
for sth, be cut out for sth
hợp với lô gíc logical
HQ (= **hải quan**) Customs
hú howl
hủ tiếu (*N*) rice noodles
hũ (*S*) beancurd paste; tub
hùa theo toe the line
huấn luyện train; coach; groom;
trong thời kỳ huấn luyện be in
training
huấn luyện viên trainer; coach;
instructor
huấn luyện viên thể dục gymnast
hublông hop (*plant*)
húc butt
húc đầu butt
hung ác brutal ◊ (sự) brutality; **kẻ/
tên/tay hung ác** brute
hung dữ ferocious, fierce, savage;
violent
hung hăng aggressive
hùng biện eloquent ◊ (sự)
eloquence

ch (*final*) k	**gh** g	**nh** (*final*) ng	**r** z; (*S*) r	**x** s	**â** (but)	**i** (tin)
d z; (*S*) y	**gi** z; (*S*) y	**ph** f	**th** t	**a** (hat)	**e** (red)	**o** (saw)
đ d	**nh** (onion)	**qu** kw	**tr** ch	**ă** (hard)	**ê** ay	**ô** oh

hùng cường mighty
hùng dũng virile
hùng hồn eloquent
hùng mạnh powerful
hùng vĩ majestic ◊ (sự) grandeur; majesty
Hung-ga-ri Hungary ◊ Hungarian
hút absorb; smoke *cigarettes*; *hút chất độc ra khỏi vết thương* suck poison out of a wound
hút bụi vacuum
hút khô suck up
hút thuốc (lá) smoke ◊ (sự) smoking; *tôi không hút thuốc* I don't smoke
hút thuốc liên tục chain smoke
hút từng hơi ngắn puff on a cigarette
huy chương medal
huy chương bạc silver medal
huy chương đồng bronze medal
huy chương vàng gold medal
huy hiệu pin, button, badge
hủy destroy; cancel
hủy bỏ abolish; scrap; annul; repeal; undo; cancel
hủy bỏ từng bước phase out
hủy diệt wipe out, exterminate ◊ (sự) extermination; holocaust
hủy hoại ruin
huých nudge
huých khuỷu tay elbow; *huých khuỷu tay để chen* elbow out of the way
huyên náo hullabaloo, din
huyền bí occult; *những điều huyền bí* the occult
huyện district (*administrative*)
huyết áp blood pressure
huyết áp cao hypertension
huyết cầu corpuscle
huyết quản vein
huỳnh quang fluorescent
huýt sáo whistle

huýt sáo chê hiss
huỵt thud
hư naughty; damaged; broken; faulty ◊ break down
hư ảo unreal
hư cấu fictitious
hư hỏng worn out; broken ◊ (sự) wear (and tear)
hư nát ramshackle; *trong tình trạng hư nát* in a state of disrepair
hư rồi broken, not working
hứa promise; *hứa ...* promise to ...; *anh ấy chỉ hứa hão* he's all talk
hứa hẹn promise, pledge
hưng thịnh bloom
hứng thú exciting
hượm một phút! wait a minute!
hương incense
hương muỗi mosquito coil
hương thơm perfume; fragrance
hương vị aroma; bouquet
hương vị bạc hà peppermint
hướng direction; course ◊ direct; *hướng này* this way, in this direction; *hướng bắc* northern ◊ north; *hướng về gì* tend toward sth
hướng dẫn conduct ◊ (sự) guidance; instructions; *cuộc đi thăm có hướng dẫn* conducted tour, guided tour
hướng dẫn du lịch tourist information
hướng dẫn sử dụng instructions for use
hướng dẫn viên (du lịch) tour guide; courier
hướng đạo sinh boy scout
hướng đông east
hướng đông nam southeast
hướng lập luận line of reasoning, argument
hướng nghiệp vocational

ơ ur	**y** (tin)	**ây** uh-i	**iê** i-uh	**oa** wa	**ôi** oy	**uy** wee	**ong** aong
u (soon)	**au** a-oo	**eo** eh-ao	**iêu** i-yoh	**oai** wai	**ơi** ur-i	**ênh** uhng	**uyên** oo-in
ư (dew)	**âu** oh	**êu** ay-oo	**iu** ew	**oe** weh	**uê** way	**oc** aok	**uyêt** oo-yit

guidance
hướng tây nam southwest
hướng tới toward; *hướng tới một giải pháp* toward a solution
hưởng earn
hươu deer
hươu cái doe
hươu cao cổ giraffe
hữu biên right wing SP
hữu cơ organic
hữu hạn limited, Ltd
hữu hiệu neat, clever

hữu ích use ◊ useful; helpful; productive; *rất hữu ích cho ai* be of great use to s.o.
hữu nghị friendship
hữu phái right wing
Hy Lạp Greek
hy sinh sacrifice; make sacrifices
hy vọng hope; *tôi hy vọng là vậy* I hope so; *không có hy vọng là* there's no hope of that
hyđrat cacbon carbohydrate
hyđrô hydrogen

I

ỉa have a shit; *đi ỉa* shit
ỉa chảy diarrhea
ích use; *không có ích cho ai* be of no use to s.o.; *không ích gì* there's no point
ích kỉ, ích kỷ selfish; self-centered
im đi! shut up!
im lặng silent ◊ (sự) silence
im lìm sleepy *town etc*
im mồm shut up; *im mồm đi!* shut up!
im nào! shut up!
in print ◊ (sự) imprint (*of credit card*)
in đậm bold (print) ◊ in bold
in lậu pirate
in ra print out

Inđônêxia Indonesia ◊ Indonesian
inh tai ear-piercing
inốc stainless steel
insơ inch
in-tơ-nét-tơ, interneter internetter
iốt iodine
Iran Iran ◊ Iranian
Irắc Iraq ◊ Iraqi
Israen Israel ◊ Israeli
ít little; short; few ; *ít hơn* fewer; *ít hơn ...* fewer than ... ; *ít đi* less; *ăn/nói ít đi* eat/talk less *ít cay* less hot
ít khi hardly, seldom
ít nhất least; at least
ít ỏi not much ◊ meager; miserly, niggardly

ch (*final*) k	**gh** g	**nh** (*final*) ng	**r** z; (*S*) r	**x** s	**â** (but)	**i** (tin)
d z; (*S*) y	**gi** z; (*S*) y	**ph** f	**th** t	**a** (hat)	**e** (red)	**o** (saw)
đ d	**nh** (onion)	**qu** kw	**tr** ch	**ă** (hard)	**ê** ay	**ô** oh

K

kẻ *classifier for persons, negative connotations*
kẻ ám sát assassin
kẻ ca rô checked
kẻ cả condescending
kẻ cắp thief
kẻ cướp robber; raider; gangster; mobster; hijacker; hood(lum)
kẻ cướp bóc looter
kẻ đường ranh mark out
kẻ sọc stripe
kẻ sọc nhỏ pinstripe
kẻ tay cắp ở cửa hàng shoplifter
kẻ thù enemy, adversary
kẻ tử thù mortal enemy
kẽ hở loophole; slit
kem cream; lotion; ice cream
kem bôi lotion
kem cây Popsicle®
kem chắn nắng sunblock
kem chống khô da moisturizer
kem chống nắng sunblock
kem đá Popsicle®
kem đánh giày shoe polish
kem đánh răng toothpaste
kem làm rụng lông hair remover
kem nền foundation cream
kem que Popsicle®
kem tẩy cleansing lotion
kem thoa cream; cleansing lotion
kem trứng frosting
kem xoa lotion
kem xô đa soda
kém be bad at; not be as good as, be not a patch on ◊ bad; poor, low *quality*; behind (*in progress*) ◊ less; *5 giờ kém 15* a quarter to

5; *12 giờ kém năm / mười phút* five / ten minutes of twelve; *kém thú vị / nghiêm trọng* less interesting / serious
kém hiệu quả inefficient
kém học thức lowbrow
kém hơn worse; inferior ◊ less
kém năng lực inefficient
kém phẩm chất shoddy
kèm hai bên flank
kèm theo enclose; *kèm theo đây là ...* please find enclosed ...
kẽm zinc
ken két grating
kén cá chọn canh picky
kén chọn pick and choose
kèn ácmônica mouthorgan
kèn clarinét clarinet
kèn trôm bông trombone
kèn trôm-pét trumpet
kèn xắc xô saxophone
keng ping
keo gum, glue; *có sẵn keo dính* sticky
keo dán glue
keo kiệt miserly, niggardly, stingy
keo xịt tóc lacquer
kéo pull; drag; haul; draw; draw up; tow ◊ (pair of) scissors; *kéo phéc mơ tuya lên* zip up *jacket etc*
kéo dài drag; drag on; drag out; lengthen; extend *contract etc*; prolong; last; linger ◊ protracted
kéo dài lê thê drag (*of movie etc*)
kéo đến brew (*of storm*)
kéo đi tow away
kéo giúp hộ give a tow

kéo lại draw back; pull away
kéo lê trail
kéo lên pull out; pull up; hoist
kéo sửa móng tay nail scissors
kéo thấp pull down, lower
kéo tỉa cành shears
kéo xén clippers
kẻo otherwise
kẹo candy
kẹo bạc hà peppermint; mint
kẹo bông cotton candy
kẹo bơ toffee
kẹo cao su chewing gum
kẹo dẻo jelly bean
kẹo mút sucker, lollipop
kẹo nuga nougat
kẹo tăm lollipop
kép dual
kẹp clip; clamp; tongs; *bị kẹp giữa hai ...* be sandwiched between two ...
kẹp chặt clamp
kẹp giấy paper clip
kẹp hạt nutcrackers
kẹp hồ sơ file (*of documents*)
kẹp tóc barrette
kẹp uốn tongs (*for hair*)
kẹp vào clip; *kẹp X vào Y* clip X to Y
kẹp vỡ crack *nut*
két sắt safe (*for valuables*)
kẹt máy jam
kê đơn prescribe
kế hoạch plan; arrangement; schedule; blueprint; *đúng với kế hoạch* be on schedule (*of work*); *chậm so với kế hoạch* be behind schedule
kế hoạch hóa gia đình family planning
kế hoạch phân phối distribution arrangement
kế hoạch thí điểm pilot scheme
kế sinh nhai livelihood

kế thừa inherit ◊ (*sự*) inheritance
kế tiếp next
kế tiếp nhau successive
kế toán accounts; bookkeeping
kế toán viên accountant
kế toán viên có chứng nhận certified public accountant
kế tục succeed; come after
kế vị succeed (*to throne*) ◊ (*sự*) succession
kề bên adjoining; *ở kề bên* nearby, at hand, to hand
kể tell
kể cả allow for ◊ including ◊ inclusive
kể chuyện narrate ◊ (*sự*) narration
kể chuyện đùa joke
kể lại recite
kể từ lần since
kền nickel
kền kền vulture
kênh channel TV, RAD; canal
kênh tưới nước irrigation canal
kê-ốt kiosk
kết án convict; sentence LAW ◊ (*sự*) conviction LAW; *kết án X về tội Y* convict X of Y
kết bạn make friends; *kết bạn với X* make friends with X
kết cấu structure; texture
kết cục ending (*of book etc*)
kết đôi mate
kết hôn marry; *kết hôn với* be married to; get married to
kết hôn khác chủng tộc mixed marriage
kết hợp combine ◊ (*sự*) combination
kết luận conclude; sum up LAW ◊ (*sự*) conclusion; decision; *không đi đến kết luận* inconclusive; *từ Y rút ra kết luận về X* conclude X from Y
kết nạp admit

---

ch (*final*) k	**gh** g	**nh** (*final*) ng	**r** z; (*S*) r	**x** s	**â** (but)	**i** (tin)
d z; (*S*) y	**gi** z; (*S*) y	**ph** f	**th** t	**a** (hat)	**e** (red)	**o** (saw)
đ d	**nh** (onion)	**qu** kw	**tr** ch	**ă** (hard)	**ê** ay	**ô** oh

kết nổ đĩa madly in love

kết quả outcome, result, product; fruit *fig*; **là kết quả của** result from

kết quả cuối cùng upshot; end result; bottom line

kết quả suy luận deduction

kết thúc end, finish; get off *work*; be over ◊ (*sự*) conclusion; termination; **mọi cái đã kết thúc** it's all over

kết thúc xong finish off

kết tinh crystallize

kết xuất output COMPUT

kêu call, cry; hoot; complain; (*S*) ask; order

kêu ăng ẳng yelp

kêu ầm ĩ blare; blare out

kêu be be bleat

kêu bíp bíp beep, bleep

kêu ca complain

kêu chít chít squeak

kêu cót két creak; squeak

kêu gào call, call out; screech

kêu gọi appeal for; call out, summon

kêu ken két grate

kêu khóc bawl; wail

kêu lách cách rattle; **làm kêu lách cách** rattle

kêu lạo xạo crunch

kêu leng keng jingle

kêu lên cry out, give a cry

kêu líu ríu twitter

kêu loạt soạt rustle

kêu ồm ộp croak

kêu quàng quạc quack

kêu ré (lên) squeal

kêu rừ rừ purr

kêu thét scream

kêu thét lên screech

kêu tíc-tắc tick

kêu to cry out; exclaim

kêu ù ù hum

kêu ủn ỉn grunt

kêu vo ve buzz

kêu vù vù whirr

kêu xì xì hiss

kha khá quite good

khá quite, fairly; rather

khá giỏi tolerable

khá hơn better

khá lạnh fresh

khá lớn sizeable

khá nhất best

khá nhiều quite a few, a good many, quite a lot

khả năng ability; capacity; capability; potential; possibility; chance; likelihood; faculty; *có khả năng* be capable of; be liable to ◊ potentially; *không có khả năng làm gì* be incapable of doing sth; *khả năng xấu nhất có thể xảy ra là gì?* what's the worst that could happen?

khả năng chuyển đổi convertibility

khả năng có thể xảy ra probability

khả năng công tác work capacity

khả năng giao tiếp communicative competence

khả năng lãnh đạo leadership skills

khả năng miễn dịch immunity

khả năng nói speech

khả năng sinh sản fertility

khả năng suy xét judgment

khả năng tăng tốc acceleration

khả năng thanh toán tiền mặt liquidity

khả năng xảy ra liability, likeliness

khả nghi suspicious; shady

khả thi feasible; *nghiên cứu tính khả thi* feasibility study

khác another; different; other;

ơ u*r*	**y** (tin)	**ây** uh-i	**iê** i-uh	**oa** wa	**ôi** oy	**uy** wee	**ong** aong
u (soon)	**au** a-oo	**eo** eh-ao	**iêu** i-yoh	**oai** wai	**ơi** u*r*-i	**ênh** uhng	**uyên** oo-in
ư (dew)	**âu** oh	**êu** ay-oo	**iu** ew	**oe** weh	**uê** way	**oc** aok	**uyêt** oo-yit

various; different from
◊ differently, otherwise
◊ difference; something else; **khác với** distinct from
khác biệt distinguish ◊ (sự) distinction
khác nhau differ ◊ different; distinct; various; dissimilar ◊ (sự) difference; gap
khác thường exceptional; unusual
khạc ra cough up
khách guest; company
khách bộ hành pedestrian
khách du lịch tourist
khách dự tiệc dinner guest
khách đến thăm visitor, guest
khách hàng customer, client
khách hàng quen customer, patron
khách qua đường passer-by
khách quan objective
khách sạn hotel
khách tham quan visitor
khách thường xuyên regular
khách trọ resident; boarder
khách vãng lai nonresident
khách xem patron
khai declare (*at customs*)
khai báo về inform on
khai diễn lại reopen
khai hóa civilize
khai man perjure oneself
khai mạc open ◊ inaugural
khai quật excavate; unearth ◊ (sự) excavation
khai sáng enlighten
khai thác develop; exploit; extract; mine for; tap into ◊ (sự) development
khai thác mỏ mining
khai thông unblock
khai vị appetizer, starter
khái niệm concept
khái quát general, broad

khái quát hóa generalize
khám examine
khám bệnh examine
khám nghe sound MED
khám nghiệm tử thi postmortem
khám răng (dental) checkup
khám sức khỏe medical, physical (checkup)
khan hiếm scarce
khán đài grandstand
khán giả audience, crowd; spectator
khán giả (truyền hình) viewer
khàn hoarse; rough
khàn khàn husky *voice*
kháng thể antibody
khánh kiệt broke
khánh thành inaugurate
khao khát crave; hanker after; yearn for ◊ (sự) craving
khảo cổ học archeology
khát be thirsty ◊ (sự) thirst
khát cháy họng be parched
khay tray
khắc carve; engrave
khắc khổ austerity ◊ austere
khắc nghiệt abrasive; harsh, severe; stiff ◊ (sự) severity; **tính khắc nghiệt của mùa đông** the rigors of winter
khắc phục surmount
khăn towel; kerchief; turban
khăn ăn napkin
khăn bông towel
khăn choàng shawl
khăn chùi miệng serviette
khăn giấy paper towel; tissue
khăn lau cloth; duster
khăn lau bát đĩa dishcloth, tea cloth
khăn lau tay hand towel
khăn mặt washcloth
khăn phủ giường bedspread
khăn quàng scarf

---

ch (*final*) k	**gh** g	**nh** (*final*) ng	**r** z; (S) r	**x** s	**â** (but) **i** (tin)
d z; (S) y	**gi** z; (S) y	**ph** f	**th** t	**a** (hat)	**e** (red) **o** (saw)
đ d	**nh** (onion)	**qu** kw	**tr** ch	**ă** (hard)	**ê** ay **ô** oh

khăn tay handkerchief
khăn tắm bath towel; towel
khăn thắt lưng sash
khăn trải bàn tablecloth
khăn trải giường sheet
khăn trùm veil
khăn trùm đầu headscarf
khăng khăng persist in
khẳng định claim; maintain;
  confirm ◊ (sự) confirmation;
  contention; *khẳng định rằng*
  maintain that
khẳng khiu lanky
khắp all over; *đi khắp Việt Nam*
  travel all over Vietnam; *đau*
  khắp mọi chỗ it hurts all over
khắp mọi nơi everywhere,
  wherever
khắp nơi throughout; *khắp nơi*
  đều sơn màu trắng painted
  white all over
khắp thế giới worldwide
khắt khe strict
khâm phục admire ◊ (sự)
  admiration
khẩn cấp urgent ◊ (sự) emergency
khẩn cầu ai .. beg s.o. to ...
khập khiễng lame; *đi khập*
  khiễng hobble
khất lần stall
khâu sew; stitch; stitch up
khâu lược tack
khấu deduct; *khấu X vào Y* deduct
  X from Y
khấu trừ deduct ◊ (sự) deduction
khẩu hiệu motto; slogan
khẩu phần ration
khẩu vị palate
khe slot
khe hở chink; crevice
khẽ softly
khẽ ho cough
khẽ khàng subdued
khen compliment; give a pat on the
back

khen ngợi praise, applaud ◊ (sự)
  credit; *nhận được sự khen*
  ngợi về X get the credit for X
khéo léo deft; slick ◊ (sự) dexterity
khéo léo của đôi tay sleight of
  hand
khéo tay skillful, dexterous ◊ (sự)
  manual dexterity
khéo xử tact ◊ tactful
khép kín self-contained
khét tiếng infamous
khế star fruit
khêu gợi sexy; provocative;
  voluptuous
khi when, as; *khi anh ấy đến/ra*
  đi on his arrival/departure; *khi*
  anh/chị quen với công việc
  when you're into the job; *tôi lấy*
  làm tiếc khi nghe tin đó I'm
  sorry to hear it; *thật là kinh tởm*
  khi mà ... it is disgusting that ...
khi ấy then, at that time
khi cần as necessary
khi cần thiết at a pinch
khi đó then, at that time
khi nào when; *khi nào anh sẽ trở*
  về? when are you coming back?
khí gas; fumes
khí CFC CFC, chlorofluorocarbon
khí động lực: *theo kiểu khí*
  động lực aerodynamic
khí động lực học aerodynamics
khí hậu climate
khí ôdôn ozone
khí ôxy oxygen
khí quyển atmosphere
khí thế spirit
khí tượng meteorological
khí tượng học meteorology
khí tự nhiên natural gas
khỉ monkey
khỉ đột gorilla
khỉ ho cò gáy godforsaken

ơ u*r*	**y** (tin)	**ây** uh-i	**iê** i-uh	**oa** wa	**ôi** oy	**uy** wee	**ong** aong
u (soon)	**au** a-oo	**eo** eh-ao	**iêu** i-yoh	**oai** wai	**ơi** ur-i	**ênh** uhng	**uyên** oo-in
ư (dew)	**âu** oh	**êu** ay-oo	**iu** ew	**oe** weh	**uê** way	**oc** aok	**uyêt** oo-yit

khỉ không đuôi ape

khía notch

khía cạnh aspect

khía cạnh kinh tế economics

khích lệ encouraging ◊ (sự) incentive, boost

khiêm tốn modest, unassuming; humble

khiếm khuyết shortcoming

khiếm nhã ignorant, rude; tasteless; *tôi không có ý khiếm nhã* I didn't mean to be rude

khiến make; order, command; instruct, entrust (*s.o. with doing sth*); cause, induce; *ngôi nhà/ anh ấy khiến tôi rùng mình* the house/he gives me the creeps; *tôi xin lỗi đã khiến anh/chị phải chờ* I'm sorry to have kept you waiting

khiển trách reprimand, rebuke ◊ (sự) blame

khiêng carry

khiếp quá! it's horrible!

khiếp sợ terrified; *làm khiếp sợ* terrify, petrify

khiêu dâm pornographic ◊ (sự) pornography

khiêu khích provocative

khiêu vũ dance

khiếu thẩm mỹ esthetic sense; taste; *có khiếu thẩm mỹ* tasteful

khinh despise, scorn

khinh bỉ contemptuous; scornful ◊ (sự) contempt; scorn

khinh khí cầu balloon

khinh khỉnh contemptuous; snooty

khinh miệt scornful

khít tight

khịt khịt mũi snort

kho depot; storage (space); store, stock

kho báu treasure

kho dự trữ stockpile

kho hàng warehouse

kho thóc barn

khó difficult, tough; *thật khó đối với tôi* it's beyond me

khó chịu uncomfortable; bad; unpleasant; nasty; offensive; tiresome ◊ (sự) discomfort; *thật khó chịu nếu phải ...* it's a drag having to ...; *tôi cảm thấy khó chịu với anh ấy* I feel uncomfortable with him

khó coi unsightly

khó đọc illegible; unreadable

khó gần antisocial; unapproachable

khó hiểu baffling; confusing; enigmatic; obscure

khó khăn difficulty; trouble ◊ difficult; embarrassing; *gây khó khăn* awkward; *gây khó khăn cho* embarrass

khó nghĩ puzzling

khó nhọc painstaking

khó nói hard to say; embarrassing to say

khó nuốt hard to swallow

khó ở indisposed

khó tả nondescript

khó tiêu heavy, stodgy; indigestible ◊ (sự) indigestion

khó tìm thấy elusive

khó xử difficult to handle

khoa faculty; department

khoa công trình engineering

khoa giải phẫu anatomy

khoa học science ◊ scientific

khoa học thống kê statistics

khoa học tự nhiên natural science

khoa học viễn tưởng science fiction

khoa ngoại trú out-patients' department

khoa nhi pediatrics

---

ch (*final*) k	**gh** g	**nh** (*final*) ng	**r** z; (*S*) r	**x** s	**â** (but)	**i** (tin)
d z; (*S*) y	**gi** z; (*S*) y	**ph** f	**th** t	**a** (hat)	**e** (red)	**o** (saw)
đ d	**nh** (onion)	**qu** kw	**tr** ch	**ă** (hard)	**ê** ay	**ô** oh

khoa tay múa chân gesticulate
khoa trương pompous; pretentious
khóa lock; turn off ◊ buckle; key MUS; school year, academic year; course; **khóa chốt gì** lock sth in position; **khóa tốt nghiệp năm 1988** the class of 1988; **bị khóa ở ngoài cửa** be locked out
khóa chốt cửa trung tâm central locking
khóa dạy ngôn ngữ language course
khóa đào tạo training course
khóa học course
khóa họp session
khóa kẹp bánh xe wheel clamp, Denver boot
khóa móc padlock; **khóa móc X vào Y** padlock X to Y
khóa Vencrô Velcro®
khỏa thân nude
khoác lác brag
khoai lang sweet potato
khoai mì (*S*) cassava
khoai môn taro
khoai sắn (*N*) cassava
khoai tây potato
khoai tây chiên potato chip
khoai tây nghiền mashed potatoes
khoai tây nướng baked potatoes
khoai tây nướng cả vỏ jacket potato
khoai tây rán (French) fries, fried potatoes; hash browns; potato chips
khoái cảm pleasure
khoái cảm đau masochistic; **kẻ/ tên/ tay khoái cảm đau** masochist
khoái nhất favorite
khoan bore; drill; punch *hole*
khoan dung lenient; tolerant ◊ (sự) pardon

khoan hẳng! just a minute! (*in indignation*)
khoan hơi pneumatic drill
khoản sum; article; item
khoản mục item
khoản nợ debit; debt
khoản thu earnings
khoản tiền sum of money
khoản tiền gửi deposit
khoản tiền tiết kiệm saving
khoang module; box
khoang hàng hold (*in ship*)
khoang hành lý hold (*in plane*)
khoang lái cockpit
khoáng đạt liberal
khoáng sản mineral
khoảng space ◊ about, approximately; thereabouts; **khoảng 50 gì đó** 50 or so
khoảng cách distance; interval; **giữ khoảng cách với ai** give s.o. a wide berth
khoảng cách thế hệ generation gap
khoảng chừng approximate ◊ more or less, in the neighborhood of
khoảng giữa interval
khoảng không void
khoảng không gian outer space
khoảng thời gian interlude; timelag; while; **khoảng thời gian yên tĩnh** lull
khoảng trống clearance; gap; vacuum; void
khoanh chunk; round (*of toast*)
khoanh tay fold one's arms
khoanh tròn circle, draw a circle around
khóc cry, have a cry; weep; **đang khóc** be in tears; be tearful
khóc nhai nhải whine
khóc thút thít whimper
khoe brag

ơ u*r*	y (tin)	ây uh-i	iê i-uh	oa wa	ôi oy	uy wee	ong aong
u (soon)	au a-oo	eo eh-ao	iêu i-yoh	oai wai	ơi u*r*-i	ênh uhng	uyên oo-in
ư (dew)	âu oh	êu ay-oo	iu ew	oe weh	uê way	oc aok	uyêt oo-yit

khoe khoang boast; show off

khỏe well; strong; *cảm thấy khỏe* feel well; *không khỏe* unwell; unfit; *chóng khoẻ nhé!* get well soon!; *anh/chị có khỏe không? - tôi khỏe* how are you? - fine

khỏe mạnh healthy; fit; sturdy; sound

khói fumes; smoke ◊ smoky

khói thải exhaust fumes

khỏi recover from; get over; *đi/ chạy khỏi* walk/run away

khóm cây clump

khô dry ◊ dried

khô cạn dry up

khô cằn arid

khô cháy parch

khô cứng harden

khô cứng lại cake (*of blood*)

khô lạnh crisp

khổ format

khổ dọc portrait *print*

khổ não distressing ◊ (*sự*) distress

khổ ngang landscape *print*

khổ qua (*S*) bitter melon

khổ sở agonizing; miserable

khôi hài funny

khối volume; mass; bloc POL ◊ cubic

khối đá rock

khối lượng volume

khối lượng công việc workload

khối Nato NATO

khối nước body of water

khối u tumor; growth MED

khối văn phòng office block

khởi dụng initialize COMPUT

khôn khéo clever, cute

khôn ngoan shrewd; wise

khốn khổ miserable ◊ (*sự*) misery

khốn nạn miserable

không no; not ◊ non..., un... ◊ love (*in tennis*); space ◊ without; *không ... quá* not overly ...

không ai nobody; *không ai biết*

nobody knows

không ai ưa undesirable

không an toàn treachery ◊ unsafe

không bác được undisputed

không bao giờ never

không bao giờ chấm dứt never-ending

không bao giờ thỏa mãn insatiable

không bạo động nonviolent

không bạo lực nonviolence

không bằng lòng unhappy, not satisfied

không bằng nhau unequal

không biến màu color-fast

không biết diễn đạt inarticulate

không bình thường abnormal; unnatural; unbalanced PSYCH

không bị hư hại undamaged

không bị thiệt hại unharmed; unscathed

không bị thương unhurt, uninjured

không bị trừng phạt get off scot-free ◊ with impunity

không can dự hands off

không can thiệp noninterference, nonintervention

không cạn kiệt constant

không cân bằng về mặt tâm lý maladjusted

không cân xứng unbalanced

không cần (đến) dispense with, do without, spare

không cần là ủi non-iron

không cần thiết unnecessary; uncalled-for; superfluous; *không cần thiết!* don't bother!

không cấp thiết elective

không chải untidy

không chan hòa unsociable

không chạy be down (*not working*)

không chắc unlikely

ch (*final*) k	**gh** g	**nh** (*final*) ng	**r** z; (*S*) r	**x** s	**â** (but)	**i** (tin)
d z; (*S*) y	**gi** z; (*S*) y	**ph** f	**th** t	**a** (hat)	**e** (red)	**o** (saw)
đ d	**nh** (onion)	**qu** kw	**tr** ch	**ă** (hard)	**ê** ay	**ô** oh

không chắc chắn uncertain; uneasy

không chắc có thực improbable, unlikely

không chặt chẽ loose ◊ loosely

không chân thành insincere

không chính thức informal; unofficial

không chính xác inaccurate

không chịu nổi succumb; *không chịu nổi sự cám dỗ* succumb to temptation

không chuẩn nonstandard

không chung thủy unfaithful; *không chung thủy với X* be unfaithful to X

không chuyên unprofessional

không chuyên nghiệp unprofessional

không chú ý inattentive

không có no ◊ none ◊ without; out of ◊ (*used to form negative adjectives*); *không có ...* there is/are not ...; there is/are no; *không có ai ở nhà* there was nobody at home; *không có đồ đạc* unfurnished

không có căn cứ invalid

không có chính kiến wishy-washy

không có chì lead-free, unleaded

không có chỗ nào nowhere

không có chuyên môn unskilled

không có con childless

không có cơ sở groundless, unfounded

không có dây vai strapless

không có đá straight up, without ice

không có đổ máu bloodless

không có đủ go short of

không có giá trị null and void; worthless

không có gì nothing ◊ that's

alright; it's no bother; *không có gì đáng ngạc nhiên!* no wonder!; *không có gì làm tôi thích hơn* I'd like nothing better; *không có gì liên quan tới* that's beside the point

không có gì ngoài nothing but

không có hiệu quả ineffective

không có họ hàng unrelated

không có khiếu về âm nhạc unmusical

không có liên quan unrelated

không có lông hairless

không có lời unprofitable

không có năng lực hopeless

không có người lái unmanned

không có người ở uninhabited

không có sự báo trước without warning

không có thực nonexistent

không có vấn đề gì it doesn't matter; no problem, no trouble

không có vũ khí unarmed

không còn no longer

không còn liên lạc nữa be out of touch

không còn nữa not any more ◊ there is/are none left; *không còn cà phê/chè nữa* there's no coffee/tea left; *không còn nữa không còn gì nữa* nothing else

không công unpaid ◊ for nothing

không công bằng unfair, unjust

không .. cũng không neither ... nor ...

không dám it's a pleasure, you're welcome; *chào ông – không dám, chào bà* good morning, sir - good morning, ma'am

không dấu toneless

không dây wireless

không dễ bắt lửa non(in)flammable

không dễ chịu inhospitable;

ơ u*r*	**y** (tin)	**ây** uh-i	**iê** i-uh	**oa** wa	**ôi** oy	**uy** wee	**ong** aong
u (soon)	**au** a-oo	**eo** eh-ao	**iêu** i-yoh	**oai** wai	**ơi** u*r*-i	**ênh** uhng	**uyên** oo-in
ư (dew)	**âu** oh	**êu** ay-oo	**iu** ew	**oe** weh	**uê** way	**oc** aok	**uyêt** oo-yit

messy

không dễ sử dụng unfriendly
  software etc
không dung thứ được intolerant
không dứt khoát indecisive; tepid
không đáng kể faint; slight;
  insignificant; negligible; trivial
không đáng tin cậy erratic;
  unreliable
không đắt inexpensive
không đầy đủ incomplete; skimpy
không đều irregular, uneven
  ◊ unevenly
không để ý disregard
không đời nào! no way!, not
  likely!
không đủ insufficient; *không đủ*
  sức làm nhiệm vụ be unequal to
  the task
không đủ trình độ unqualified
không đúng incorrect
không đúng chỗ misplaced
không đúng sự thật untrue
không đứng đắn indecent
không được must not; should not;
  anh/chị không được nói cho bất
  cứ ai you were not to tell anyone;
  không được! no way!; it's no good
không được bảo vệ unprotected
không được phép unauthorized;
  anh/chị không được phép ...
  you are not supposed to ...
không gì cả nothing; not anything
không gỉ rust-proof, nonrust
không gian space
không giống unlike; *họ không*
  giống nhau chút nào they're
  not at all alike
không hài lòng dissatisfied
không hạn định indefinite
  ◊ indefinitely
không hiểu biết ignorant;
  illiterate
không hiểu sao somehow, for

some unknown reason
không hóa tan được insoluble
không hòa âm discordant
không hoàn hảo imperfect
không hoạt động inactive; dead
  phone
không hoạt động nữa out of
  action
không hợp disagree with
không hợp thời trang go out of
  style ◊ out of fashion
không hữu ích unproductive
không ích kỷ unselfish
không kể excluding
không kể xiết untold
không khí air; atmosphere; climate
không khỏe mạnh unhealthy
không khôn ngoan inadvisable,
  unwise
không khớp mismatch
không kiểm soát được get out of
  control
không kín đáo indiscreet
không kinh tế uneconomic
không lưu air traffic
không .. mà/và cũng không
  neither ... nor ...
không may unluckily; *thật là*
  không may! hard luck!
không một ... nào none of; *không*
  một sô cô la nào none of the
  chocolate
không một nơi nào nowhere
không một xu dính túi penniless
không nén được irrepressible
không nên inadvisable
không nghi ngờ unsuspecting
không nghỉ without a break
không nghĩa lý gì derisory
không ngờ undreamt-of
không ngớt relentless
không ngủ be up (*out of bed*)
  ◊ sleepless
không nguôi inconsolable

---

ch (*final*) k   **gh** g   **nh** (*final*) ng   **r** z; (*S*) r   **x** s   **â** (but)   **i** (tin)
d z; (*S*) y   **gi** z; (*S*) y   **ph** f   **th** t   **a** (hat)   **e** (red)   **o** (saw)
đ d   **nh** (onion)   **qu** kw   **tr** ch   **ă** (hard)   **ê** ay   **ô** oh

không ngừng incessant, unceasing ◊ incessantly; on and on; without respite
không nhất quán not unanimous
không nhất trí disagree
không nhận disclaim
không nhận thấy miss, not notice
không nói nên lời speechless
không ở đâu cả nowhere
không pha straight, neat *whiskey etc*
không phải not ◊ free
không phải bây giờ not now
không phải như vậy not like that
không phải trả tiền free of charge
không phận airspace
không phức tạp straightforward, simple
không quá within
không quân air force
không quen unfamiliar; **không quen làm gì** be unused to doing sth; **không quen với gì** be unused to sth; be unfamiliar with sth
không quên được unforgettable
không ra gì trash
không sao alright, ok; not hurt ◊ it doesn't matter; **anh/chị không sao chứ?** are you ok?
không tán thành disapprove of
không tắt leave on *TV etc*
không thay đổi constant
không theo nghi thức informal ◊ (sự) informality
không thể cannot, can't ◊ (*forms negative adjectives*): **không thể làm X (được)** be unable to do X
không thể áp dụng được inapplicable
không thể ăn được uneatable
không thể bị tấn công được invulnerable
không thể chấp nhận được unacceptable

không thể chê trách được irreproachable
không thể chịu nổi unbearable
không thể chối cãi được indisputable ◊ indisputably
không thể được impossible; **điều đó không thể được** that's out of the question
không thể hàn gắn được irreparable
không thể tha thứ unforgivable
không thể thiếu được indispensable
không thể tính được incalculable
không thể tưởng tượng được unthinkable
không thể vào được inaccessible
không thích dislike
không thích hợp inappropriate; unsuitable; unfortunate; unfit; beside the point ◊ unduly; **không thích hợp để ăn/uống** be unfit to eat/drink
không thiên vị dispassionate, unbiased
không thoả mãn về tình dục sexual frustration
không thú vị uninteresting
không thuận lợi unfavorable
không thừa nhận contest
không thường xuyên casual; infrequent
không tí nào by no means
không trả được nợ insolvent
không trả tiền nonpayment
không trung thành disloyal
không tuân lệnh disobedient
không tương hợp incompatible ◊ (sự) incompatibility
không tự nhiên stilted
không vâng lời disobedient ◊ (sự) disobedience
không vì cái gì for nothing
không vững shaky; unstable

ơ ur	**y** (tin)	**ây** uh-i	**iê** i-uh	**oa** wa	**ôi** oy	**uy** wee	**ong** aong
u (soon)	**au** a-oo	**eo** eh-ao	**iêu** i-yoh	**oai** wai	**ơi** ur-i	**ênh** uhng	**uyên** oo-in
ư (dew)	**âu** oh	**êu** ay-oo	**iu** ew	**oe** weh	**uê** way	**oc** aok	**uyêt** oo-yit

Khổng giáo Confucianism
khổng long dinosaur
khổng lồ vast; giant; mammoth; monstrous
khờ dại foolish, silly; *kẻ / tên / tay khờ dại* idiot, sucker
khơi gợi arouse
khởi đầu initiate ◊ (sự) initiation; *một sự khởi đầu tốt đẹp / tồi tệ* get off to a good / bad start
khởi động start; warm up; boot up
khởi hành go, depart; set off (*on journey*) ◊ (sự) departure
Khờ-me Khmer
Khờ-me đỏ Khmer Rouge
khớp agree ◊ joint; socket ANAT
khớp đốt ngón tay knuckle
khớp với check with, tally; go in, fit
khu ward; zone; area; district
khu an dưỡng health resort
khu bảo tồn sanctuary
khu bảo tồn chim bird sanctuary
khu bảo tồn thiên nhiên nature reserve
khu chơi bô-ling bowling alley
khu công nghiệp industrial park
khu đang xây dựng building site
khu đông nhà cửa built-up area
khu gần trung tâm inner city
khu làng chơi red light district
khu liên hợp complex
khu ngoại ô environs; suburbs
khu nhà lớn block
khu nhà ổ chuột ghetto, slum
khu nhà ở residential area
khu nhà rẻ tiền project, housing area
khu phạt đền penalty area
khu phố neighborhood; quarter
khu sản maternity ward
khu sản phụ labor ward
khu trung tâm thành phố downtown
khu vui chơi giải trí amusement park

khu vực area; sector; zone ◊ regional
khu vực buôn bán (shopping) mall
khu vực dịch vụ service sector
khu vực Nhà nước public sector
khu vực tư nhân private sector
khuất disappear ◊ hidden
khuất gió sheltered
khuất nẻo secret
khuất phục subject ◊ (sự) submission
khuây khỏa relieve
khuấy stir; *khuấy món xúp lên* give the soup a stir
khúc chunk
khúc côn cầu field hockey
khúc côn cầu trên băng (ice) hockey
khúc củi log (*wood*)
khúc dạo đầu overture
khuếch đại amplifier ◊ amplify
khung frame
khung cảnh setting
khung chậu pelvis
khung cửa trượt sash
khung tập đi walker (*for baby, old person*)
khung thành goal
khung vẽ easel
khủng bố terrorize
khủng hoảng crisis
khủng khiếp dreadful; horrible; terrible; shocking
khuôn mold
khuôn bó bột plaster cast
khuôn đúc cast
khuôn khổ framework
khuôn mẫu model; stereotype; pattern
khuôn viên ground
khuôn viên đại học campus
khụt khịt sniff

---

ch (*final*) k	**gh** g	**nh** (*final*) ng	**r** z; (*S*) r	**x** s	**â** (but)	**i** (tin)
d z; (*S*) y	**gi** z; (*S*) y	**ph** f	**th** t	**a** (hat)	**e** (red)	**o** (saw)
đ d	**nh** (onion)	**qu** kw	**tr** ch	**ă** (hard)	**ê** ay	**ô** oh

khuy (*N*) button
khuy măng-sét cuff link
khuyên advise, recommend; *khuyên ai nên ...* advise s.o. to …; *khuyên ngăn ai không nên làm gì* discourage s.o. from doing sth
khuyên bảo advise, counsel
khuyên can dissuade; *khuyên can X không làm Y* dissuade X from Y
khuyên giải console; *không gì khuyên giải được* inconsolable
khuyên tai earring
khuyến cáo advise
khuyến khích encourage ◊ (sự) encouragement; stimulation
khuyết vacant
khuyết áo buttonhole
khuyết tật defect; impediment; *có khuyết tật* defective
khuyết tật trong nói năng speech defect
khuynh hướng tendency; *có khuynh hướng làm gì* tend to do sth
khuỷu tay elbow
khứ hồi round trip
khử eliminate
khử trùng sterilize
khước từ decline; pass up *opportunity*; rebuff; *bị khước từ* be rebuffed
khứu giác sense of smell
ki lô bai kilobyte
kí kilo
kì nhông lizard
kia there ◊ other; that; those; *kia là cái gì?* what is that?
kích jack MOT
kích dục horny; aroused
kích động incite; rouse; work up; stir up; turn on (*sexually*) ◊ rousing; *bị kích động* get carried away; get excited; *kích động ai làm gì* incite s.o. to do

sth; *bị kích động do điều gì* get excited about sth
kích lên jack up MOT
kích thích electrify; inflame; whet ◊ (sự) spur, incentive; kick, thrill
kích thích tình dục arouse (*sexually*)
kích thước measurement; proportions; size
kịch drama ◊ dramatic
kịch bản script; scenario
kịch bản phim screenplay
kịch liệt strident; vigorous
kịch tài liệu docudrama
kịch tính drama
kiếm get, fetch ◊ sword
kiếm được get; come by, acquire; earn ◊ obtainable; *không thể kiếm được* unobtainable
kiếm sống earn one's living
kiềm chế restrain, check, hold in check; control; curb; refrain ◊ (sự) control; moderation, restraint; *không kiềm chế* unrestrained; *không thể kiềm chế được* irrepressible; uncontrollable
kiểm check, test
kiểm duyệt censor ◊ (sự) censorship
kiểm kê do the stocktaking ◊ (sự) stocktaking
kiểm lỗi chính tả spellcheck; *kiểm lỗi chính tả của ...* do a spellcheck on ...
kiểm soát control; curb; *kiểm soát được tình hình* the situation is under control
kiểm soát chặt chẽ hơn clamp down
kiểm soát không lưu air-traffic control
kiểm toán audit
kiểm tra check, go over; check for; verify; inspect; survey ◊ (sự) check;

ơ u*r*	y (tin)	ây uh-i	iê i-uh	oa wa	ôi oy	uy wee	ong aong
u (soon)	au a-oo	eo eh-ao	iêu i-yoh	oai wai	ơi u*r*-i	ênh uhng	uyên oo-in
ư (dew)	âu oh	êu ay-oo	iu ew	oe weh	uê way	oc aok	uyêt oo-yit

verification; inspection; test
kiểm tra an ninh security check
kiểm tra chất lượng quality
control
kiểm tra chéo double check
kiểm tra đột xuất spot check
kiểm tra hành lý baggage check
kiểm tra hải quan customs
inspection
kiểm tra hộ chiếu passport
control
kiểm tra kỹ doublecheck
kiểm tra kỹ lưỡng vet
kiểm tra lại query; **kiểm tra lại X
với Y** query X with Y
kiểm tra sức khỏe checkup
kiên cố robust; strong
kiên cường steadfast; strong
kiên định stalwart, staunch;
unswerving
kiên gan persist
kiên nhẫn patient; patiently ◊ (sự)
patience; **hãy kiên nhẫn một
chút!** just be patient!
kiên quyết determined;
purposeful; stubborn **kiên quyết
làm gì** be intent on doing sth;
kiên quyết thực hiện X be dead
set on X
kiên trì hold on to *belief*;
persevere ◊ persistent
kiên trì theo đuổi stick to
kiến ant
kiến nghị petition
kiến thức knowledge; learning; **có
kiến thức tốt về** have a good
knowledge of
kiến thức cơ bản working
knowledge
kiến trúc architecture; construction
kiến trúc sư architect
kiện sue ◊ (sự) case; **kiện X lên
tòa án** take X to court
kiện cáo lawsuit

kiện lại versus LAW
kiêng keep off *food*, *drink etc*
kiệt quệ exhausted ◊ (sự)
exhaustion; **làm ai kiệt quệ**
exhaust s.o., drain s.o.
kiệt sức be prostrate with grief
◊ exhausted; run-down; **không
thể kiệt sức** inexhaustible; **tôi
kiệt sức rồi** I'm exhausted
kiệt tác masterpiece
kiêu kỳ pretentious
kiêu ngạo arrogant; big-headed;
vain ◊ (sự) arrogance
kiểu make, brand; pattern; fashion;
style
kiểu ảnh exposure PHOT
kiểu cách fussy
kiểu dáng fashion
kiểu làm đầu hairdo
kiểu mới nhất up-to-date
kiểu tóc hairstyle
kilôbai kilobyte
kilôgam kilogram
kilômét kilometer
kim hand (*of clock*)
kim chỉ giây second hand
kim chỉ số needle
kim cương diamond
kim khâu needle
kim loại metal ◊ metallic
kim tiêm needle
kim tuyến tinsel
kìm pincers; pliers
kìm lại stifle
kìm nén contain *tears*, *laughter*;
kìm nén mình contain oneself
kín full
kín đáo secretive; cagey;
inconspicuous ◊ on the sly
kín hơi airtight
kín nước watertight
Kinh the (Holy) Scriptures;
Vietnamese ethnic group
Kinh Cựu ước Old Testament

ch (*final*) k	**gh** g	**nh** (*final*) ng	**r** z; (S) r	**x** s	**â** (but)	**i** (tin)
d z; (S) y	**gi** z; (S) y	**ph** f	**th** t	**a** (hat)	**e** (red)	**o** (saw)
đ d	**nh** (onion)	**qu** kw	**tr** ch	**ă** (hard)	**ê** ay	**ô** oh

kinh doanh business ◊ trade, do business ◊ entrepreneurial; **kinh doanh gì** trade in sth
kinh doanh chui black economy
kinh doanh tư nhân private enterprise
kinh độ longitude
kinh hoàng worried ◊ (sự) consternation
kinh khủng appalling, awful; hideous
kinh ngạc be astonished ◊ astonishing ◊ (sự) astonishment, amazement; **kinh ngạc trước** marvel at
kinh nghiệm experience
kinh nguyệt menstruation
kinh niên chronic
Kinh Tân ước New Testament
kinh tế học economics
kinh tế thị trường market economy
kinh tế thị trường tự do free market economy
kinh tế toàn cầu global economy
kinh thánh Bible
kinh tởm disgusting; repellent; nauseating
kính glasses; lens; glass
kính áp tròng contact lens
kính bảo hộ goggles
kính cẩn honorific; respectful ◊ respectfully
kính chắn gió xe hơi windshield
kính cửa sổ pane
kính đeo mắt eyeglasses
kính đeo vào con ngươi contact lens
kính gọng sừng horn-rimmed spectacles
kính hai lớp double glazing
kính hiển vi microscope
kính lồng contact lenses
kính lúp magnifying glass

kính mát sunglasses, dark glasses
kính màu tinted eyeglasses
kính mờ frosted glass
kính ngắm viewfinder
kính râm sunglasses, dark glasses
kính thiên văn telescope
kính thư Yours truly, Yours
kính trọng look up to, respect; **rất kính trọng ai** have great respect for s.o.
kịp in time
kít squeal
Ks (= **kỹ sư**) engineer
KT (= **ký thay**) (signed) for and on behalf of, pp
ký sign; (S) kilo
ký hậu indorse
ký hiệu reference; symbol
ký hợp đồng phụ subcontract
ký ninh quinine
ký sinh parasite
ký tắt initial, write one's initials on
ký tên sign
ký ức memory, recollection
kỳ installment; period ◊ *classifier for periods of time*
kỳ công exploit; feat
kỳ cục queer, odd, quirky; cranky
kỳ cựu veteran
kỳ diệu magical; miraculous
kỳ diệu thay miraculously
kỳ đua ngựa the races
kỳ hạn target date
kỳ lạ odd, strange, peculiar; quaint; uncanny *resemblance*; phenomenal ◊ funnily, oddly
kỳ nghỉ vacation
kỳ quái bizarre; monstrous
kỳ quặc odd, peculiar
kỳ thai nghén pregnancy
kỳ thi examination
kỳ thú exotic
kỳ vĩ epic
Kỷ wood prepared to burn (*in*

ơ u r   y (tin)   ây uh-i   iê i-uh   oa wa   ôi oy   uy wee   ong aong
u (soon) au a-oo eo eh-ao iêu i-yoh oai wai ơi ur-i ênh uhng uyên oo-in
ư (dew) âu oh   êu ay-oo iu ew   oe weh uê way oc aok   uyêt oo-yit

Vietnamese zodiac)

kỷ luật discipline ◊ disciplinary
kỷ luật tự giác self-discipline
kỷ lục record
kỷ nguyên era
kỷ niệm celebrate; commemorate, mark ◊ recollections
kỷ niệm 100 năm centennial
kỷ niệm ngày cưới wedding anniversary
kỹ thorough
kỹ lưỡng thorough; intensive
kỹ năng expertise, skill
kỹ sư engineer
kỹ sư công chính civil engineer

ký thay (signed) for and on behalf of, pp
kỹ thuật technique ◊ technical
kỹ thuật chế bản điện tử desktop publishing
kỹ thuật làm phim hoạt hình animation
kỹ thuật sinh học biotechnology
kỹ thuật tạo ảnh ba chiều hologram
kỹ thuật viên technician
kỹ thuật viên phòng thí nghiệm laboratory technician
kỹ tính choosey
ky binh bay Air Cavalry

L

la mule (*animal*)
la bàn compass
la de laser
la hét bawl, shout; clamor; *la hét đòi* clamor for
la ó boo
la ó phản đối boo
lá foil; leaf
lá cây leaf
lá chắn bảo vệ shield
lá chắn sáng shutter PHOT
lá cờ flag; colors MIL
lá mặt lá trái two-faced
lá phiếu vote; ballot
lá số tử vi horoscope
lá thiếc tinfoil
lá thư letter
là be; constitute; (*N*) iron, press; *là quần áo* do the ironing; *tôi là bác sĩ* I am a doctor

lạ strange
lạ lùng funny, odd; stupendous; unbelievable
lạ thường incredible; extraordinary; uncanny; *một cách lạ thường* extraordinarily
lác mắt cross-eyed
lạc be lost; lose ◊ stray; *tôi bị lạc* I'm lost; *anh ấy có thể đã bị lạc* he could have got lost
lạc (*N*) groundnut, peanut
lạc đề digress ◊ (*sự*) digression
lạc đường lose one's way
lạc hậu backward; outdated
lạc hướng get lost; *bị lạc hướng* get sidetracked
lạc lõng out of place
lạc quan optimistic; positive ◊ (*sự*) optimism
lạc ra stray

ch (*final*) k	**gh** g	**nh** (*final*) ng	**r** z; (*S*) r	**x** s	**â** (but)	**i** (tin)
d z; (*S*) y	**gi** z; (*S*) y	**ph** f	**th** t	**a** (hat)	**e** (red)	**o** (saw)
đ d	**nh** (onion)	**qu** kw	**tr** ch	**ă** (hard)	**ê** ay	**ô** oh

lách edge, move slowly
lách cách clink; rattle
lách qua wriggle
lai lịch background
lái drive; fly; sail; steer; *lái một chặng* go for a drive in the car
lái đi drive off
lái quá tốc độ qui định speed
lái tắc xi cab driver ◊ drive a cab
lái thuyền sail
lái xe drive ◊ driver ◊ (sự) driving; *kẻ/tên/tay lái xe bạt mạng* road hog
lái xe bỏ đi drive away, drive off
lái xe đưa drive
lái xe khi say rượu drunk driving
lái xe tắc xi cab driver
lài (S) jasmine
lải nhải về harp on about
lãi interest; yield
lãi gộp compound interest
lãi ròng profit margin; net profit
lãi suất interest rate
lãi suất gốc base rate
lãi suất ngân hàng bank rate
lại again; back; *đi ngủ lại* go to sleep again, go back to sleep; *làm gì lại* do sth over again; *anh ấy đánh tôi lại* he hit me back; *anh ấy đánh không lại tôi* he is no match for me; *họ đã viết/điện thoại lại* they wrote/phoned back
lại cái gay; bisexual
lại chạy thẳng straighten out
lại đực lesbian; bisexual
lại êm lặng calm down
lại hiện ra reappear
lại khai diễn reopen
lại thẳng ra straighten out
lại tiếp tục resume
lại xuất hiện surface; resurface
làm do; make; be; work as; *làm giám khảo* judge; *làm gián điệp* spy; *làm ai/gì có vẻ nhỏ*

đi make s.o./sth look very small
làm ăn tiếp repeat business
làm ấm lên warm, warm up
làm ầm ĩ make a fuss
làm ẩm dampen, moisten
làm bạc màu discolor
làm bản sao duplicate, copy
làm bắn spatter
làm bắn nước splash
làm bắn ra squirt
làm bắn tóe splash
làm bằng be made of; *làm bằng chuối* made from bananas
làm bằng gang cast-iron
làm bằng tay handmade
làm bẩn smudge; soil
làm bất động immobilize
làm bật ra dislodge
làm bế tắc stonewall
làm biến dạng deform; disfigure
làm bị thương injure; wound
làm bong gân sprain
làm bóng mượt smooth
làm bỏng scald
làm bối rối puzzle, baffle; bewilder; ruffle; disconcert; embarrass
làm bù ruffle
làm buồn buồn (N) tickle (*of material*)
làm buồn chán depress
làm buồn nôn nauseate
làm bực mình annoy ◊ annoying; *làm bực mình mọi người* make a nuisance of oneself
làm ca shift work
làm cay đắng embitter
làm cản block; block out
làm cạn drain
làm cạn kiệt exhaust, use up
làm chán nản get down, depress
làm cháy burn
làm cháy xém singe; scorch
làm chảy nước miếng

ơ u-r	y (tin)	ây uh-i	iê i-uh	oa wa	ôi oy	uy wee	ong aong
u (soon)	au a-oo	eo eh-ao	iêu i-yoh	oai wai	ơi ur-i	ênh uhng	uyên oo-in
ư (dew)	âu oh	êu ay-oo	iu ew	oe weh	uê way	oc aok	uyêt oo-yit

mouthwatering
làm chậm slacken
làm chậm lại hold up; slow down; set back
làm chết kill
làm chết hàng loạt mow down
làm chết không đau đớn euthanasia
làm chết máy stall *engine*
làm chết người killer ◊ lethal
làm chệch hướng deflect
làm chìm xuống submerge
làm cho make; cause; *làm cho ai làm gì* make s.o. do sth; *làm cho ai sung sướng/tức giận* make s.o. happy/angry
làm cho đi chệch deflect
làm cho ghê tởm sicken
làm cho hết đông lạnh defrost
làm cho mát cool down
làm cho mệt lử wear out
làm cho mòn rách wear out
làm cho rắn chắc strengthen
làm cho sạch clean
làm cho vui lên cheer up
làm cho vui vẻ perk up
làm cho X xấu hổ mà làm Y shame X into doing Y
làm choáng người shattering
làm choáng váng devastate; stagger; stun
làm chói tai jar
làm chơi dabble in
làm chùng slacken
làm chủ master ◊ (sự) control; mastery
làm chủ bút edit *newspaper*
làm chủ tọa chair; take the chair
làm chứng testify; witness
làm cứng họng silence
làm dấu chữ thập cross oneself
làm dịu moderate; soften; soothe; alleviate
làm dịu bớt ease

làm dừng lại halt
làm dựng tóc gáy scary, frightening
làm đau hurt; trouble
làm đau đớn play up
làm đau khổ grieve ◊ upset
làm đảo lộn play havoc with
làm đắm shipwreck
làm đất till *soil*
làm đầu have one's hair done; *đi làm đầu* go to the hairdresser
làm đầy lại refill
làm điếc tai deafen
làm điệu bộ mime
làm đóng băng freeze
làm đông lạnh freeze
làm đổ spill; bring down; blow over
làm đỡ soothe
làm được can do ◊ capable
làm đứt knock out *power lines etc*
làm gãy break
làm gãy rắc snap
làm giả forge; falsify ◊ (sự) forgery; falsification; *kẻ/tên/tay làm giả* forger
làm giảm counteract; prejudice
làm giảm nhẹ soften
làm gián đoạn disrupt; interrupt; discontinue ◊ (sự) disruption
làm giãn ra stretch
làm giàu thêm enrich
làm gọn gàng sạch sẽ smarten up
làm hai bản in duplicate
làm hài lòng charm; gratify; *làm hài lòng anh/chị* to your liking
làm hại jeopardize; harm; impair
làm hao mòn sap *energy*
làm hẹp lại taper; take in, make narrower
làm hết khát quench one's thirst ◊ thirst-quenching
làm hết sức mình do one's best
làm hiểu được get through, make

---

oneself understood
làm hiện ra conjure up
làm hoa mắt dazzle
làm hòa hợp harmonize
làm hoang mang mystify
làm hoảng sợ frighten
làm hỏng ruin, spoil; damage;
deface; murder *song etc*; play
havoc with; strain *eyes*; wreck;
write off *car*; goof; screw up
◊ corrupt COMPUT
làm hỏng bét make a hash of
làm hư damage; spoil *child*
làm hư hại damage
làm hư hỏng corrupt; warp
làm im lặng quieten down
làm khéo workmanlike
làm khó chịu annoying ◊ put off;
repel
làm khỏe ra exhilarating
làm khô cứng harden
làm kiệt sức exhaust ◊ exhausting
làm kiệt sức mình burn oneself
out
làm kinh hoảng appall
làm kinh ngạc astonish ◊ amazing
làm kinh tởm disgust; nauseate;
repel
làm lại reconstruct; do over, do
again
làm lan truyền spread
làm lắng dịu defuse *situation*
làm lắng đọng deposit
làm lây infect
làm lật capsize
làm lễ celebrate
làm lễ rửa tội baptize, christen
làm liệt paralyze
làm lo âu trouble, worry
làm lo lắng concern, worry;
perturb ◊ perturbing
làm lóa mắt blind; dazzle
làm lõm dent
làm lộ tẩy telltale

làm lộn xộn mess up; muddle up,
jumble up
làm lợi benefit
làm lúng túng disconcert
làm mạnh lên build up
làm mắc kẹt jam; strand *tourists*
làm mất danh dự bring dishonor
on
làm mất đi lose; shift; take away
làm mất giá trị invalidate
làm mất mặt brushoff; *bị làm mất
mặt* get the brushoff
làm mất tập trung distract
làm mất thể diện discredit
làm mất tin tưởng vào discredit
làm mất tư cách degrade
◊ degrading
làm mẫu pose
làm méo mó distort
làm mẻ chip
làm mê hoặc enthrall
làm mệt tire
làm mệt mỏi tiring, wearing
làm mòn wear (out)
làm mòn dần wear away
làm mờ blur; mist up
làm mù blind
làm mù quáng blind
làm náo loạn riot
làm nản lòng daunt; dismay
◊ demoralizing; frustrating;
unnerving ◊ frustratingly
làm nát squash
làm nền tảng underlie
làm ngạc nhiên amaze, surprise
làm ngạt thở smother
làm ngắn take up, shorten *dress etc*
làm ngập lụt flood
làm ngập nước swamp
làm ngạt thở choke
làm nghẹt clog up
làm nguôi pacify
làm nguôi giận disarming
làm ngượng embarrass

ơ u*r*	y (tin)	ây uh-i	iê i-uh	oa wa	ôi oy	uy wee	ong aong
u (soon)	au a-oo	eo eh-ao	iêu i-yoh	oai wai	ơi u*r*-i	ênh uhng	uyên oo-in
ư (dew)	âu oh	êu ay-oo	iu ew	oe weh	uê way	oc aok	uyêt oo-yit

làm nhạt màu bleach *hair*
làm nhàu crease; crumple
làm nhăn wrinkle
làm nhăn nhó contort
làm nhẵn smooth down
làm nhẹ bớt cushion *blow, fall*
làm nhẹ đi lighten
làm nhiễm độc infect
làm nhiễm trùng infect
làm nhiễu jam
làm nhột (S) tickle
làm nhơ nhuốc tarnish *reputation*
làm nhục disgrace; humiliate;
  shame ◊ (sự) humiliation
làm nhụt chí discourage
làm nổ blow up; explode; detonate;
  burst
làm nổi bật single out; make a
  feature of
làm nứt split
làm om xòm carry on, make a fuss
làm ô nhiễm contaminate, pollute
làm ơn please ◊ can; could ◊ do a
  favor; do a good turn; **làm ơn
  cho ai điều gì** do s.o. a favor;
  **làm ơn cho tôi biết đường tới
  ...** could you tell me the way to ...?;
  **làm ơn cho tôi đi cùng anh/
  chị** please take me with you; **làm
  ơn cho tôi một cốc cà phê?**
  can I have a cup of coffee?
làm ớn put off, repel
làm phát cáu irritate ◊ irritating
làm phấn chấn exhilarating
làm phật lòng displease
làm phẫu thuật undergo surgery
làm phép cưới marry (*of priest*)
làm phép tính cộng add
làm phiền trouble, bother; worry;
  harass ◊ annoying ◊ (sự)
  harassment
làm phong phú enrich
làm phức tạp complicate
làm quá tải overload ELEC

làm quan tâm interest
làm què cripple
làm quen meet; acquaint; **làm quen
  với ...** familiarize o.s. with ...
làm ra vẻ put on *look of regret etc*
làm rạn nứt crack
làm rạng rỡ brighten up
làm ráo nước dry; drain
làm rõ solve
làm rối lên confuse
làm rối loạn disrupt ◊ (sự)
  disruption
làm rối rít make a fuss
làm rối tinh spoil, screw up
làm rối trí muddle, confuse
làm rối tung muddle, mix; get
  tangled up
làm rùm beng make a fuss ◊ (sự)
  hullabaloo
làm rụng strip
làm ruộng work on the land
làm sạch clean; cleanse
làm sáng lên lighten
làm sáng tỏ clarify; clear up;
  enlighten; solve ◊ illuminating
làm sao why; how; **làm sao chúng
  vào được bên trong?** how did
  they get in?
làm sao lãng distract
làm sao nhãng distract ◊ (sự)
  distraction
làm sao vậy? what's wrong?
làm say mê captivate; fascinate
  ◊ charming
làm sẵn prefabricated
làm sinh động jazz up
làm sổ sách do the books
làm sôi nổi enliven; warm up
làm sợ hãi alarm
làm suy đồi corrupt
làm suy yếu undermine; weaken
làm sửng sốt stun, bowl over;
  shock
làm tan băng defrost; de-ice

---

ch (*final*) k	**gh** g	**nh** (*final*) ng	**r** z; (S) r	**x** s	**â** (but)	**i** (tin)
d z; (S) y	**gi** z; (S) y	**ph** f	**th** t	**a** (hat)	**e** (red)	**o** (saw)
đ d	**nh** (onion)	**qu** kw	**tr** ch	**ă** (hard)	**ê** ay	**ô** oh

làm tan biến melt away

làm tan ra melt

làm tàn tật maim

làm tắc block; obstruct; block up, clog up

làm tắc nghẽn block in

làm tăng enhance

làm tê liệt cripple, paralyze *industry etc*

làm thay đổi tín ngưỡng convert

làm thay đổi ý kiến budge

làm thăng bằng stabilize

làm thâm (tím) bruise

làm thất bại defeat; frustrate *plans*

làm thất vọng disappoint, let down ◊ depressing

làm theo follow up

làm theo ý mình have one's (own) way

làm thế nào how

làm thiệt hại (*N*) damage

làm thoáng air *room*

làm thông gió ventilate

làm thủ tục (xuất cảnh) check in (*at airport*)

làm tiêu tan dash, shatter

làm tình make love ◊ sex; *làm tình với* make love to; have sex with

làm tỉnh lại resuscitate; revive; bring around

làm tỉnh táo refresh ◊ refreshing

làm tò mò intrigue

làm toạc split

làm toáng lên make a fuss

làm tôn vẻ đẹp flattering

làm tổn hại damage; poison *relationship*

làm tổn thương strain

làm tốt hơn hẳn excel oneself

làm trầm trọng thêm aggravate

làm trật khớp dislocate; wrench

làm tròn round off

làm trọng tài phân xử arbitrate

làm trung gian hòa giải

intercede; mediate

làm tư self-employed

làm từ thiện do charitable work ◊ (việc) charity

làm tức điên lên infuriating

làm tức giận anger

làm ướt soak

làm ướt sũng drench

làm vấy bẩn stain

làm vênh warp

làm việc work; *làm việc với cương vị là một giáo viên* work as a teacher

làm việc cần cù toil

làm việc miệt mài beaver away

làm việc ở nhà homeworking COM

làm việc quá sức overwork ◊ you're overdoing things

làm việc theo ca shift work

làm việc thong thả take things easy

làm vô hiệu hóa neutralize

làm vỡ break

làm vỡ mộng disillusion

làm vỡ tan break, bust

làm vui amuse

làm vui lòng please

làm vui mắt jazz up

làm vui vẻ brighten up

làm vườn do gardening ◊ (việc) gardening

làm vừa lòng take a liking to

làm xây xát scrape

làm xấu đi disfigure

làm xỉu knock out (*of medicine*)

làm xong finish doing

làm xúc động move, touch; affect, concern

làm xước da graze

làm yên tâm reassure ◊ reassuring

lạm dụng trespass on; abuse ◊ (sự) (sexual) abuse

lạm dụng tình dục abuse (sexually) ◊ (sự) sexual abuse

ơ u*r*	y (tin)	ây uh-i	iê i-uh	oa wa	ôi oy	uy wee	ong aong
u (soon)	au a-oo	eo eh-ao	iêu i-yoh	oai wai	ơi ur-i	ênh uhng	uyên oo-in
ư (dew)	âu oh	êu ay-oo	iu ew	oe weh	uê way	oc aok	uyêt oo-yit

lạm phát inflationary ◊ (sự)
  inflation; *gây ra lạm phát*
  inflationary
lan can handrail
lan dạ hương hyacinth
lan man rambling
lan ra spread
lan rộng pervasive
lan truyền circulate ◊ (sự) spread
làn coil
làn đường lane MOT
làn đường bên phải inside lane
lang bạt drift; *kẻ/tên/tay lang*
  bạt drifter
lang băm quack (*doctor*)
lang thang roam; *kẻ/tên/tay lang*
  thang bum, hobo; *kẻ/tên/tay lang*
  thang cơ nhỡ down-and-out
láng bóng shiny; glossy ◊ (sự)
  shine; gloss
láng giềng neighboring
làng village
lảng tránh evasive
lảng vảng loiter
lãng mạn romantic
lãng phí waste
lanh canh chink
lánh đi make oneself scarce
lành benign MED; tame; recovered,
  healthy; lucky; gentle ◊ heal
lành mạnh healthy; sane;
  wholesome; *không lành mạnh*
  unhealthy
lành nghề skillful
lãnh cảm frigid (*sexually*)
lãnh đạm frosty
lãnh đạo lead ◊ (sự) leadership;
  dưới sự lãnh đạo của anh ấy
  under his leadership
lãnh hải territorial waters
lãnh sự consul
lãnh sự quán consulate
lãnh thổ territory ◊ territorial
lạnh cold; fresh

lạnh buốt bitter
lạnh cứng frozen
lạnh lẽo chilly; impersonal *pej*
  ◊ (sự) chill
lạnh lùng standoffish; chilly
lạnh nhạt distant, aloof ◊ (sự) snub
lao tuberculosis; dart
Lao công chiến trường
  battlefield laborer
lao động labor
lao động chân tay manual labor
lao lên surge forward; *lao lên tấn*
  công lunge at
lao móc harpoon
lao qua vùn vụt speed by
lao tới shoot off; make a dash for
lao vội dash
lao vút, lao vụt tear, race
lao xuống plunge; swoop; *lao*
  xuống vồ swoop down on
láo lie; *nói láo* tell a lie
láo xược insolent
Lào Laos; Lao ◊ Laotian
lảo đảo lurch; sway; totter
lão khoa geriatric
lát pave ◊ slice; moment; *hai lát*
  lườn bò two beef steaks
lát bánh mì nướng toast
lát nữa later, later on; *lát nữa sẽ*
  gặp! see you later!
lau wipe; mop; *lau nước mắt* dry
  one's eyes
lau rửa mop
lau sạch clean up; rub off
láu cá cunning, shrewd
lạy chúa! Christ!; thank God!
lay động move
lắc shake; waggle
lắc lư rock; swing; wiggle ◊ wobbly
lắm much; very (*in negative*
  sentences): *các xe buýt không*
  chạy thường xuyên lắm the
  buses don't go very often
lăn roll; roll over

---

ch (*final*) k	**gh** g	**nh** (*final*) ng	**r** z; (*S*) r	**x** s	**â** (but)	**i** (tin)
d z; (*S*) y	**gi** z; (*S*) y	**ph** f	**th** t	**a** (hat)	**e** (red)	**o** (saw)
đ d	**nh** (o**n**ion)	**qu** kw	**tr** ch	**ă** (hard)	**ê** ay	**ô** oh

lăn bóng bowl
lăn lông lốc head over heels
lăn mình roll over
lăn tăn undulating
lặn dive; set, go down (*of sun*)
lặn có bình khí nén scuba diving
lặn trần skin diving
lặn với bình khí nén go scuba
  diving
lặn xuống submerge
lăng mausoleum; royal tomb
Lăng Chủ Tịch Hồ Chí Minh Ho
  Chi Minh's Mausoleum
lăng mạ insult; abuse ◊ abusive;
  lăng mạ một ai đó call s.o. names
lăng nhăng fool around
  (*sexually*) ◊ promiscuous
lăng tẩm vua chúa Imperial Tombs
lăng xăng bận rộn hustle and
  bustle
lắng dần die down, die away
lắng đọng settle
lắng nghe listen; *anh ấy là*
  người biết lắng nghe he's a
  good listener
lắng xuống wind down; die down
lẳng lơ saucy
lặng calm; serene
lặng đi vì sửng sốt be
  flabbergasted
lặng gió calm
lặng lẽ silent
lắp install; slot in; fit; *lắp X vào Y*
  fix X onto Y
lắp đặt install; set up ◊ (*sự*)
  installation (*of equipment*); *được*
  lắp đặt be up (*of shelves etc*)
lắp ghép vào nhau dock (*of*
  spaceship)
lắp kính glaze ◊ (*sự*) glazing
lắp phim load
lắp ráp assemble; piece together
  ◊ (*sự*) assembly (*of parts*); *được*
  lắp ráp be modular

lặp đi lặp lại frequency
  ◊ repetitive
lặp lại duplicate, repeat ◊ (*sự*)
  repetition
lặt vặt petty ◊ errand
lấc cấc abrupt; offhand
lâm nghiệp forestry
lâm sàng clinical
lâm vào run into, encounter; *lâm*
  vào tình thế khó khăn be in a
  jam
lấm bùn muddy
lầm bầm growl
lầm lẫn slip up
lẩm bẩm mutter
lấn vào encroach on
lần time, occasion; *hai/ba mỗi lần*
  two/three at a time; *lần này* this
  time
lần hồi kiếm sống scrape a living
lần lại retrace
lần lượt in turn; one after another
lần nữa again
lần rút tiền debit
lần soát frisk
lần theo trace
lẩn lút đe dọa stalk
lẩn tránh duck; wriggle out of
lẫn lộn muddle up ◊ mixed feelings
lẫn nhau one another, each other
  ◊ mutual; reciprocal; *họ giúp đỡ*
  lẫn nhau they help each other
lấp fill up; fill in; bury under; *bị*
  lấp dưới be buried under
lấp lánh glitter; shimmer; sparkle;
  twinkle
lập compile
lập dị eccentric
lập hàng rào cách ly cordon off
lập kế hoạch plan ◊ (*sự*) planning
lập kế hoạch chi tiêu budget
lập kế hoạch cho tương lai plan
  ahead
lập pháp legislate ◊ legislative

ơ ur	**y** (tin)	**ây** uh-i	**iê** i-uh	**oa** wa	**ôi** oy	**uy** wee	**ong** aong
u (soon)	**au** a-oo	**eo** eh-ao	**iêu** i-yoh	**oai** wai	**ơi** ur-i	**ênh** uhng	**uyên** oo-in
ư (dew)	**âu** oh	**êu** ay-oo	**iu** ew	**oe** weh	**uê** way	**oc** aok	**uyêt** oo-yit

lập trình program COMPUT
lập trường stance, position
lập tức straightaway, at once
lật turn over
lật đổ overthrow, topple, bring down; **có tính chất lật đổ** subversive
lật lên turn up *collar*
lật ngược turn over, put upside down
lật nhanh flip through
lật nhào turn over (*of vehicle*)
lật úp overturn; **bị lật úp** overturn
lâu long; **lâu năm** confirmed *bachelor etc*
lâu dài permanent; enduring; long-term
lâu đài castle
lâu (lắm) rồi for a long time; **lâu rồi** for years ◊ that was long ago
lầu floor ◊ upstairs
lầu cao nhất top floor
lầu dưới first floor, *Br* ground floor
lầu một second floor, *Br* first floor
Lầu năm góc the Pentagon
lầu sàn first floor, *Br* ground floor
lẩu vegetable and meat soup
lậu illicit
lây lan contagious
lây nhiễm infectious ◊ (sự) infection
lấy take, remove; fetch; **lấy của ai cái gì** take sth away from s.o., get sth away from s.o.; **lấy ra** unpack, take out
lấy bằng sáng chế patent, take out a patent on
lấy bối cảnh set *movie, novel etc*
lấy đi take away; skim off; **lấy đi gì của ai** take sth away from s.o.
lấy hết can đảm pluck up courage
lấy lại regain; get back; reinstate
lấy lại được recover; recoup ◊ (sự) recovery; **không thể lấy lại được** irretrievable
lấy lại quyền sở hữu repossess
lấy làm tiếc sorry
lấy lòng ingratiate oneself with
lấy mất take, steal
lấy tròn round up *figure*
lấy về collect, pick up
lấy xuống take down
lầy lội muddy; swampy
LCCT (= **Lao công chiến trường**) battlefield laborer
le lói glimmer
lẻ retail ◊ odd (*not even*)
lẻ tẻ sporadic
lẽ ra (thì) actually, in fact
lẽ thường common sense
lẹ (*S*) fast, quick; **lẹ lên!** come on! hurry up!
len wool ◊ woolen ◊ force one's way
len qua squeeze through
lén nhìn vào sneak a glance at
lèn vào squeeze in
lẻn steal, slip
lẻn ra slip out, go out
leng keng tinkle
léng phéng play around
leo climb up, go up ◊ (sự) climbing
leo lên scale *rockface*
leo núi mountaineering ◊ climb
leo thang climb; escalate ◊ (sự) escalation
leo xuống climb down, come down
lẽo đẽo theo sau trail, lag behind
lê pear (tree)
lê bước plod; tramp; trudge
lê chân shuffle
lề margin (*of page*)
lề đường curb (*on street*)
lễ festival
lễ chính thức function
lễ cưới wedding
lễ gia tiên ancestor worship
lễ Giáng Sinh Christmas

---

ch (*final*) k	**gh** g	**nh** (*final*) ng	**r** z; (*S*) r	**x** s	**â** (but)	**i** (tin)
d z; (*S*) y	**gi** z; (*S*) y	**ph** f	**th** t	**a** (hat)	**e** (red)	**o** (saw)
đ d	**nh** (onion)	**qu** kw	**tr** ch	**ă** (hard)	**ê** ay	**ô** oh

lễ giới thiệu induction ceremony
lễ hội festival; *những cuộc lễ hội* festivities
lễ khai trương launch(ing) ceremony
lễ kỷ niệm anniversary; commemeration; celebration
lễ mai táng burial
lễ mixa mass REL
lễ nghi ritual
lễ Nô-en Christmas; *vào ngày lễ Nô-en* on Christmas day
lễ Phật ản Buddha's birthday celebration
lễ phép politeness
lễ phục evening dress (*for man*)
lễ phục nam business suit
lễ Phục Sinh Easter; resurrection REL
lễ rửa tội baptism
lễ tân reception
lệ phí fee; toll
lệ phí ngân hàng commission
lệ thuộc vào be subject to
lệ thường routine; *theo lệ thường* as a rule
lệch lop-sided
lệch lạc warped
lên board; get in; get on; go up ◊ up; upward; *lên xe buýt/ xe đạp* get on the bus/one's bike; *lên 10 pao* put on 10 pounds
lên án condemn ◊ (sự) condemnation
lên ảnh đẹp photogenic
lên bờ disembark, go ashore
lên cao climb
lên cân put on weight
lên cơn buồn be beside oneself with grief
lên cơn giận be beside oneself with rage
lên cơn sốt have a temperature
lên danh sách list

lên dây tune *instrument*; wind up *clock*
lên dốc uphill
lên đồng go into a trance
lên được gain, put on *weight*
lên đường set out (*on journey*)
lên gác (*N*) upstairs ◊ go upstairs
lên kịp catch
lên lầu (*S*) upstairs ◊ go upstairs
lên men ferment ◊ (sự) fermentation
lên tàu embark; board
lên tới amount to
lên trên onto
lên xe get on (*to train etc*)
lệnh warrant
lệnh ân xá amnesty
lệnh báo động alert
lệnh cấm ban; prohibition
lệnh chi money order
lệnh giới nghiêm curfew
lệnh hoãn thi hành án reprieve
lệnh khám xét search warrant
lệnh trả tiền banker's order
lệnh trục xuất deportation order
lệnh vĩ mô macro
lều tent
lều bạt lớn marquee
lều bằng gỗ súc log cabin
lều tuyết igloo
lì thickskinned
Li-băng Libyan
Li-Bi Libya
lịch calendar
lịch bay flight schedule
lịch chạy tàu railroad schedule
lịch đại chronological; *theo trình tự lịch đại* in chronological order
lịch sử history ◊ historic; historical
lịch sự polite, courteous; well-mannered; refined; smart ◊ (sự) courtesy; *không lịch sự* have no manners
lịch thiệp diplomatic, tactful;

ơ ur	y (tin)	ây uh-i	iê i-uh	oa wa	ôi oy	uy wee	ong aong
u (soon)	au a-oo	eo eh-ao	iêu i-yoh	oai wai	ơi ur-i	ênh uhng	uyên oo-in
ư (dew)	âu oh	êu ay-oo	iu ew	oe weh	uê way	oc aok	uyêt oo-yit

không lịch thiệp tactless

li-e cork (*material*)

liếc nhìn glance; **liếc nhìn ai/gì** glance at s.o./sth

liếm lick; lap up

liếm môi lick one's lips

liềm sickle

liên bang federation ◊ federal

liên doanh joint venture

liên đoàn confederation

liên hệ associate; relate ◊ (sự) connection, contact; **liên hệ X với Y** relate X to Y

liên hiệp incorporated

liên hiệp công ty corporate

Liên hiệp quốc UN, United Nations

liên hoan festival; party

liên hợp incorporated

liên kết link; **không liên kết** nonaligned; **liên kết với** in association with

liên lạc contact; liaise with ◊ (sự) communication, contact; liaison; **mất liên lạc với ai** lose touch with s.o.

liên lạc được get through TELEC; **không thể liên lạc được** unobtainable TELEC

liên lạc viễn thông telecommunications

liên lạc với nhau communicate

liên miên constant

liên minh league; union; coalition

liên quan involve, concern; be relevant ◊ (sự) relevance; **không liên quan** irrelevant, immaterial; **X có liên quan với Y** X is relative to Y; X is related to Y

liên quan đến concerning

liên quan tới relate to ◊ in connection with; **liên quan tới cái gì?** what does it involve?

liên tiếp consecutive; repeated

◊ in succession

liên tục continual; continuous; successive; uninterrupted *sleep*; unrelenting ◊ perpetually; nonstop ◊ (sự) continuity

liên từ conjunction GRAM

Liên Xô Soviet Union

liền consecutive; continuous; **5 ngày liền** 5 days in a row

liền một lúc all at once

liệt paralysis ◊ be paralyzed; **bị liệt giường** be confined to one's bed

liệt sĩ war dead; war hero

liệt tim heart failure

liều dose ◊ take a risk; venture

liều lượng dosage

liễu willow

liệu (*used to ask questions when wondering about sth*): **liệu 50 đô la có đủ không?** will $50 be enough?

linh cảm hunch; premonition

linh động stretch ◊ flexible; **tôi khá linh động** I'm quite flexible

linh hoạt supple; lively

linh hồn soul; spirit

linh lợi nimble; sprightly

linh mục priest

linh mục nghe xưng tội confessor

linh thiêng sacred

linh tinh miscellaneous

linh tính foreboding

lính bộ binh infantry soldier

lính cứu hỏa fire fighter, fireman

lính đánh thuê mercenary MIL

lính gác guard; sentry

lính mới greenhorn

lính quân dịch draftee

lính thủy đánh bộ marine MIL

lính thường the ranks

lĩnh hội perceive

lĩnh vực area; field; territory; frontier; **đó không phải là lĩnh**

ch (*final*) k	**gh** g	**nh** (*final*) ng	**r** z; (*S*) r	**x** s	**â** (but)	**i** (tin)
d z; (*S*) y	**gi** z; (*S*) y	**ph** f	**th** t	**a** (hat)	**e** (red)	**o** (saw)
đ d	**nh** (onion)	**qu** kw	**tr** ch	**ă** (hard)	**ê** ay	**ô** oh

vực của tôi that's not my field
lĩnh vực khó khăn minefield *fig*
lít liter
lít Anh, lít Mỹ quart
líu: **tiếng nói của cô ấy đã líu nhíu** her speech was slurred
líu lo chirp; warble
lo worried
lo giải quyết see to
lo lắng anxious, worried; apprehensive ◊ bother, worry ◊ care of ◊ (*sự*) anxiety, worry; concern; **không lo lắng về X** be unconcerned about X; **cảm thấy lo lắng về** feel uncomfortable about
lo lắng bồn chồn agitated ◊ (*sự*) agitation
lo liệu see about, look into
lo ngại concerned, anxious; **lo ngại làm gì** be nervous about doing sth; **không lo ngại về** have no qualms about
lo nghĩ preoccupied
lo sốt vó be on tenterhooks
lo sợ jumpy
lo xa foresee ◊ (*sự*) foresight
ló come out, appear
lò oven
lò bếp cooker
lò cao blast furnace
lò đốt rác incinerator
lò đúc foundry
lò luyện kim furnace
lò nấu thủy tinh (glass) furnace
lò nung kiln
lò nướng grill
lò nướng bánh bakery
lò phản ứng hạt nhân nuclear reactor
lò sưởi fire; stove; radiator; fireplace
lò vi sóng microwave (oven)
lò xo spring

lọ jar
lọ muối saltcellar
loa (loud)speaker
loa kèn lily
loa phóng thanh loudspeaker
loài species
loài bò sát reptile
loài có nguy cơ tuyệt chủng endangered species
loài (động vật) có vú mammal
loài gặm nhấm rodent
loài gây hại pest
loài người human race
loại category; denomination; grade EDU; kind, type; variety; elimination ◊ disqualify; eliminate; **loại ... gì?** what kind of ...?, what type of ...?
loại bỏ eliminate; reject; weed out; work off *flab*; condemn *building*, *meat*
loại bỏ caphêin decaffeinated
loại cây tùng bách conifer
loại sang de luxe
loại trừ exclude, rule out; stamp out *violence etc*
loại xoàng second-rate
loạn luân incestuous ◊ (*sự*) incest
loạn thần kinh chức năng neurosis
loạn trí deranged
loang lổ run (*of paint*, *make-up*)
loảng xoảng clang; clatter
loãng thin; watery
loạng choạng wobble; stagger ◊ unsteady
loanh quanh lounge about
loạt spectrum; range; series; volley
loạt đạn burst (of gunfire)
loạt đạt bắn gunfire
loạt soạt rustle
loạt súng chào salute
lọc filter; strain; refine

ơ ur	**y** (tin)	**ây** uh-i	**iê** i-uh	**oa** wa	**ôi** oy	**uy** wee	**ong** aong
u (soon)	**au** a-oo	**eo** eh-ao	**iêu** i-yoh	**oai** wai	**ơi** ur-i	**ênh** uhng	**uyên** oo-in
ư (dew)	**âu** oh	**êu** ay-oo	**iu** ew	**oe** weh	**uê** way	**oc** aok	**uyêt** oo-yit

lọc lõi wordly
lọc sạch purify
lọc trà tea strainer
lọc xọc rattle
lọc xương bone, take the bones out of
loe flare (*in dress*)
lóe lên flicker; ***lóe lên một tia cảm hứng*** have a flash of inspiration
lóe sáng flash; glint
lòe loẹt garish, gaudy; tacky; showy
lõi core
lõm sunken ◊ dent
lon can (*for drinks*)
lọn tóc lock (*of hair*)
lọn tóc xoăn curl
long lanh twinkle
long trọng grave; solemn; state *banquet etc*
lóng ngóng fumble
lòng giblets; lap; bowels
lòng bàn chân sole (*of foot*)
lòng bàn tay palm (*of hand*)
lòng biết ơn gratitude, appreciation
lòng bò tripe
lòng căm thù hatred
lòng đào rare *steak*
lòng đỏ trứng yolk
lòng đường roadway
lòng hiếu thảo filial piety
lòng khoan dung clemency
lòng khòng slouch
lòng mến khách hospitality
lòng mong muốn longing
lòng mong ước yearning
lòng nhân đạo humanity
lòng nhân đức philanthropy
lòng nhân từ mercy
lòng sông riverbed
lòng thương compassion
lòng thương hại pity
lòng tin confidence, trust

lòng tốt goodness; kindness
lòng trắng trứng white (*of egg*)
lòng trung thực honesty
lòng tự trọng ego; pride; self-respect
lòng yêu mến affection
lòng yêu nước patriotism
lỏng liquid; molten ◊ play TECH
lỏng lẻo lax, slack; loose ◊ loosely
lõm dent
lót line (*with material etc*) ◊ mat
lót con chuột mouse mat
lọt ra filter through
lô block; lot; ***một lô hàng gửi*** consignment of goods
lô cuốn roller
lô gíc logic
lô hàng tiết kiệm economy size
lố bịch ludicrous, ridiculous, absurd ◊ (sự) absurdity
lỗ eye (*of needle*)
lỗ chân lông pore
lỗ dòm ở cửa peephole
lỗ đít anus; asshole
lỗ hổng hole; cavity; gap; opening
lỗ khóa keyhole
lỗ mũi nostril
lỗ thông vent
lỗ thủng puncture
lộ ra show; ***nó có lộ ra không?*** does it show?
lộ ra ngoài leak out (*of news*)
lộ rõ apparent
lộ sáng thừa overexpose
lộ trình làm việc round
lôi drag
lôi cuốn attract ◊ manipulative
lôi kéo manipulate; tempt; ***lôi kéo ai làm gì*** tempt s.o. into doing sth; ***lôi kéo X vào Y*** drag X into Y
lôi ra ngoài flush out
lôi thôi disheveled; difficult, troublesome
lối way; manner, style; route

lối bơi crôn crawl (*in swimming*)
lối chơi play SP
lối chơi bài paxiên solitaire
lối đi passageway
lối nói hoa mỹ rhetoric *pej*
lối nói kéo dài giọng drawl
lối nói liến thoắng patter
lối ra exit, way out
lối ra khẩn cấp emergency exit
lối ra vào gateway
lối ra vào phía trước front entrance
lối sống way of life
lối thoát hỏa hoạn fire escape
lối vào entry, way in; entrance, door; access
lối viết case (*of letter*)
lồi ra protrude; bulge
lỗi error; mistake; fault; bug COMPUT; *cảm thấy có lỗi* feel bad about; *có lỗi* be in the wrong; *đó là lỗi của anh/chị* it's your fault
lỗi in sai misprint
lỗi lầm guilt
lỗi ngớ ngẩn blunder
lỗi thiết kế design fault
lỗi thời out-of-date; dated, old-fashioned; obsolete
lội wade; (*S*) swim
lội nước paddle
lốm đốm spotted
lổn nhổn lumpy
lộn ngược upside down ◊ turn upside down
lộn trái turn inside out
lộn xộn messy, untidy; disorderly ◊ mix up, muddle up ◊ (*sự*) disorder; havoc
lông hair (*of animal*)
lông bông flighty
lông chim plumage
lông lá hairy
lông mày eyebrow
lông mi eyelash

lông mu pubic hair
lông thú fur; *bằng lông thú* furry
lông tơ chim down, feathers
lông vũ feather
lồng ấp incubator
lồng chim bird cage
lồng ghép mainstream ◊ (*sự*) mainstreaming
lồng kính incubator
lồng tiếng dub
lộng gió windy
lộng lẫy gorgeous; magnificent
lốp tire (*of car etc*)
lốp dự phòng spare tire
lộp cộp clatter
lộp độp patter
lột bỏ strip
lột da skin *animal etc*
lơ đãng vacant
lơ đếnh wander
lơ là slack; *lơ là không làm gì đó* omit to do sth
lơ lớ speak with a slight accent
lờ đờ bleary-eyed
lờ mờ blur ◊ dim
lở đất landslide
lỡ miss, not be present at
lỡ lời slip of the tongue
lời profit; gain; word; *có lời* pay, be profitable; *chị ấy không nói một lời* she didn't say a word
lời bình luận comment
lời bôi nhọ libel
lời buộc tội accusation
lời ca lyrics
lời cam kết commitment
lời cám ơn thanks
lời cáo phó obituary
lời cảnh cáo warning
lời cầu nguyện prayer
lời cầu nguyện của Chúa Lord's Prayer
lời cầu xin plea
lời chào hỏi greeting

ơ ur	**y** (tin)	**âу** uh-i	**iê** i-uh	**oa** wa	**ôi** oy	**uy** wee	**ong** aong
u (soon)	**au** a-oo	**eo** eh-ao	**iêu** i-yoh	**oai** wai	**ơi** ur-i	**ênh** uhng	**uyên** oo-in
ư (dew)	**âu** oh	**êu** ay-oo	**iu** ew	**oe** weh	**uê** way	**oc** aok	**uyêt** oo-yit

lời chào tạm biệt farewell
lời châm chọc sarcasm
lời chế nhạo jeer, taunt
lời chia buồn condolences
lời chỉ dẫn hint; direction;
  counseling; brief
lời chú giải note
lời chú thích tấm ảnh caption
lời chúc wish; *lời chúc tốt đẹp*
  (kind) regards; *những lời chúc*
  tốt đẹp nhất best wishes
lời chúc mừng congratulations; *gửi*
  cô ấy lời chúc mừng tốt đẹp
  của tôi send her my best wishes
lời chửi rủa curse; swearword
lời dự báo prediction
lời đề nghị proposal, suggestion
lời đề tặng dedication (*in book*)
lời động viên pep talk
lời giải thích chung chung gloss
lời giới thiệu blurb
lời gợi ý hint, pointer
lời hứa promise; *không giữ lời*
  hứa not keep a promise
lời hứa hẹn pledge
lời hứa trung thành Pledge of
  Allegiance
lời kêu gọi appeal
lời khai deposition
lời khen compliment
lời khen ngợi praise
lời khoe khoang boast
lời khuyên advice, counsel; hint;
  recommendation; *nghe theo lời*
  khuyên của ai take s.o.'s advice
lời mở đầu foreword
lời mời invitation
lời nguyền rủa curse, spell
lời nhạt nhẽo platitude
lời nhắn message
lời nhận xét dí dỏm quip
lời nói dối lie
lời nói đầu preface, introduction
lời nói đùa jest

lời nói lém lỉnh wisecrack
lời nói thô tục bad language
lời phản kháng protest
lời than tiếc lament
lời than vãn moan
lời thề oath; vow
lời thỉnh cầu request
lời trích dẫn quotation, quote
  (*from author*)
lời tuyên án sentence LAW; verdict
lời tuyên bố claim, assertion;
  declaration
lời tường thuật commentary
lời vặn lại retort
lời vô nghĩa hokum
lời vu khống slur
lời xin lỗi apology
lời xúc phạm insult
lợi advantage, good; gum (*in*
  mouth); *có lợi cho anh/chị* it's
  to your advantage; *không đem*
  lại lợi lộc ... it doesn't pay to ...
lợi dụng profit from; use *pej*; prey
  on; *lợi dụng từ* cash in on
lợi ích benefit
lợi ích phụ spin-off
lợi nhuận profit
lợi thế advantage
lởm chởm jagged; ragged; rugged
lớn big, large; major; extensive
lớn hết cỡ full-grown
lớn hơn elder
lớn lao enormous
lớn lên grow
lớn nhất supreme
lớn thứ hai second biggest
lớn tiếng vocal
lớn tuổi nhất eldest
lớn vổng lên shoot up
lợn (*N*) pig
lợn nái (*N*) sow (*pig*)
lợn quay (*N*) roast pork
lợn sữa (*N*) sucking pig
lợn thịt (*N*) hog

---

ch (*final*) k	**gh** g	**nh** (*final*) ng	**r** z; (*S*) r	**x** s	**â** (but)	**i** (tin)
d z; (*S*) y	**gi** z; (*S*) y	**ph** f	**th** t	**a** (hat)	**e** (red)	**o** (saw)
đ d	**nh** (onion)	**qu** kw	**tr** ch	**ă** (hard)	**ê** ay	**ô** oh

lớp grade (*in school*); course; class; crop *fig*; layer; strata; coating
lớp bọt head
lớp bồi dưỡng refresher course
lớp cỏ turf
lớp gỗ dán veneer
lớp học buổi tối evening class
lớp học cấp tốc crash course, intensive course
lớp huấn luyện quân sự cho học sinh lớn cadet corps
lớp người trung lưu middle class(es)
lớp nhân trên topping
lớp sơn coat of paint; paintwork
lớp tập huấn workshop
lớp trong lining
lớp váng scum
lớp vải lót lining
lũ trẻ the little ones
lúa rice (*plant*)
lúa mạch barley
lúa mạch đen rye
lúa mì wheat
lúa nước wet rice
lụa silk
lụa tơ tằm silkworm
Luân Đôn London
luân phiên làm do in rotation
luẩn quẩn hang around
luận điệu allegation
luận ra X từ Y infer X from Y
luận văn thesis
luật law
luật cung cầu law of supply and demand
luật đầu tư investment law
luật hình sự criminal law
luật lệ law
luật pháp legislation
luật sư lawyer, attorney; counselor
luật sư bên bị defense lawyer
luật sư bị cáo defense LAW
lúc point, moment ◊ at; in; *đã đến*

lúc ... it is high time ...; *lúc nắng/ mưa* sunny/showery intervals; *tôi sẽ trở về lúc sáu giờ* I'll be back by six; *lúc nóng nhất của mùa hè* the height of summer; *lúc nửa đêm* in the dead of night; *lúc sẩm tối* at nightfall; *lúc tảng sáng* in the early hours of the morning; *vào lúc nửa đêm* at midnight; *vào lúc rỗi rãi* at your leisure
lúc chạng vạng dusk
lúc chập tối twilight
lúc đầu originally; in the first place
lúc đó then, at that time
lúc lắc dangle; swing; wiggle; shake ◊ rattle (*child's*)
lúc nào when
lúc nào cũng all the time; always
lúc này at the moment; presently; just now; *vào lúc này* by now; just now
lúc nhúc swarm
lúc tạm nghỉ intermission, interval
lục địa continent ◊ continental
lục địa Trung Hoa mainland China
lục lọi poke around
lục soát search, comb
lục soát kỹ lưỡng ransack
lục tìm comb
lục tung rummage around
lùi back, back up, reverse; *không lùi bước* stand one's ground
lùi lại back away, draw back; stand back
lùi ra xa back away, cower
lùi về phía sau backward
lùi xe reverse MOT
lúm đồng tiền dimple
lùm group
lún settle (*of building*) ◊ (sự) settlement
lún xuống subside
lùn short *person*

ơ u*r*	**y** (tin)	**ây** uh-i	**iê** i-uh	**oa** wa	**ôi** oy	**uy** wee	**ong** aong
u (soon)	**au** a-oo	**eo** eh-ao	**iêu** i-yoh	**oai** wai	**ơi** ur-i	**ênh** uhng	**uyên** oo-in
ư (dew)	**âu** oh	**êu** ay-oo	**iu** ew	**oe** weh	**uê** way	**oc** aok	**uyêt** oo-yit

lung lay shake; wobble; waggle ◊ unsteady; wobbly

lung tung disorderly; aimless

lúng túng embarrassed; disconcerted ◊ (sự) embarrassment; *bị lúng túng* be in a fix; be at a loss; *lúng túng ghê gớm* acute embarrassment

lùng kiếm hunt

lùng sục scour

lùng thùng baggy

lũng đoạn thị trường corner market

luộc boil

luộc thật chín hard-boiled

luộm thuộm sloppy; slovenly

luôn âm vang haunting

luôn luôn all the time, all along ◊ invariably, always

luồn lách weave

luống bed

luống hoa flowerbed

luồng channel; current; puff

luồng gió mạnh blast

luồng máu bloodstream

luồng nước waterway

lụt flood

luyến tiếc quá khứ nostalgic

luyện practice

luyện để tạo thói quen condition PSYCH ◊ (sự) conditioning

luyện tập drill MIL; train

lứa đẻ litter (*of animals*)

lừa donkey ◊ set up, frame; rip off; *lừa ai làm gì* trick s.o. into doing sth; *lừa X để lấy Y* cheat X out of Y, do X out of Y

lừa bịp con, swindle

lừa dối trick; *lừa dối vợ mình* cheat on one's wife

lừa đảo swindle, screw ◊ fraudulent ◊ (sự) deceit; trickery; fraud; swindle; *kẻ/tên/tay lừa đảo* con man; crook; trickster; fraud

lừa gạt cheat ◊ (sự) set-up

lửa fire; *anh/chị có lửa không?* do you have a light?

lựa chọn select, choose ◊ (sự) alternative; choice; option; *tôi đã không có sự lựa chọn nào khác* I had no other option

lực strength

lực hút gravity PHYS

lực lưỡng burly

lực lượng the forces

lực lượng bảo an security forces

lực lượng dân quân militia

lực lượng đặc biệt của Mỹ US special forces

lực lượng đặc nhiệm task force

lực lượng lao động workforce

lực lượng nòng cốt trung kiên hard core

lực lượng tăng viện reinforcements MIL

lực lượng thúc đẩy driving force

lực lượng vũ trang armed forces

lưng back

lửng lơ noncommittal; sluggish

lược comb

lược bớt trim down, prune

lưới grating; net; mesh

lưới anh sinh xã hội social safety net

lưới bảo vệ grill, grille

lưới đánh cá fishing net

lưới điện grid

lưới sắt wire netting

lười idle

lười biếng lazy

lười nhác indolent

lưỡi blade; tongue

lưỡi câu hook

lưỡi dao cạo razor blade

lưỡi máy lăn cắt cỏ roller blade

lưỡi trai visor

lươn eel

lườn bò steak

---

ch (*final*) k	**gh** g	**nh** (*final*) ng	**r** z; (*S*) r	**x** s	**â** (but) **i** (tin)
d z; (*S*) y	**gi** z; (*S*) y	**ph** f	**th** t	**a** (hat)	**e** (red) **o** (saw)
đ d	**nh** (onion)	**qu** kw	**tr** ch	**ă** (hard)	**ê** ay **ô** oh

lượn lờ loaf around
lượn sóng wavy
lượn vòng circle; wheel
lương khởi điểm starting salary
lương tâm conscience; *có lương tâm tội lỗi* have a guilty conscience
lương thiện straight
lương thực food
lương tối thiểu minimum wage
lường trước anticipate ◊ (sự) anticipation
lưỡng lự về be undecided about
lưỡng tính bisexual
lượng quantity, amount
lượng béo thấp low-fat
lượng ca lo thấp low-calorie
lượng mưa rainfall
lượng nhỏ splash
lướt glide; surf
lướt qua leaf through; skim
lướt sóng surf ◊ (sự) surfing
lướt thuyền (gió) windsurfing, sailboarding
lướt ván buồm sailboard; sailboarding, windsurfing
lướt ván nước waterskiing
lượt turn; time; *tới lượt anh/chị* it's your turn; over to you; *đến lượt lái xe* take a turn at the wheel; *đến lượt tôi* it's my turn; *đến lượt tôi (trả tiền)* this is on me
lượt ăn sitting (*for meals*)
lượt chơi try
lượt đi outgoing
lưu diễn run (*of play*)
lựu đạn grenade
lưu huỳnh sulfur
lưu kho storage
lưu lại stay
lưu loát articulate; fluent ◊ fluently

◊ (sự) fluency; *anh ấy nói tiếng Trung Quốc lưu loát* he speaks fluent Chinese
lưu lượng vận chuyển traffic (*at airport*)
lưu ly forget-me-not
lưu thông circulate; flow
lưu trữ store COMPUT
lưu trữ dữ liệu data storage ◊ store data
lưu trữ trong máy tính computerize
lưu trữ vào hồ sơ file away
lưu vong exile
lưu ý point out; *lưu ý ai tới gì* bring sth to s.o.'s attention
lựu đạn grenade
ly (*S*) cup; glass
ly dị divorced
ly hôn divorce, get divorced ◊ divorced ◊ (sự) divorce; *được ly hôn* get a divorce
ly kỳ thriller
ly thân separate ◊ separated; estranged ◊ (sự) separation
lý do cause, reason; consideration, factor; excuse; *vì lý do đó* that's why; *không vì bất cứ lý do nào* on no account
lý gai gooseberry
lý lẽ case, argument; point; ammunition
lý luận argue; *lý luận rằng ...* argue that ...
lý sự rationalize
lý thuyết theory ◊ theoretical; academic
lý thú stimulating; entertaining
lý trí reason
lý tưởng ideal, perfect
lý tưởng chủ nghĩa idealistic

ơ ur	**y** (tin)	**ây** uh-i	**iê** i-uh	**oa** wa	**ôi** oy	**uy** wee	**ong** aong
u (soon)	**au** a-oo	**eo** eh-ao	**iêu** i-yoh	**oai** wai	**ơi** ur-i	**ênh** uhng	**uyên** oo-in
ư (dew)	**âu** oh	**êu** ay-oo	**iu** ew	**oe** weh	**uê** way	**oc** aok	**uyêt** oo-yit

M

ma ghost; *nơi này có ma ám* this place is haunted
ma cô pimp
ma lanh slick, cunning
ma quỷ ghosts and devils
ma sát rub together; create friction ◊ (*sự*) friction
ma thuật magic ◊ magical
ma túy drugs; narcotic
ma túy trái phép controlled substance
má cheek; mother; (*S*) me
mà but ◊ that, which; who; whose ◊ in order to ◊ (*filler word, for emphasis*): *đây là nơi mà tôi đã ở* this is where I used to live; *đấy mà* there you are (*finding sth*); *có gì mà vội ghê thế?* what's the big rush?
mà cả (*S*) bargain; haggle
.. mà ... cũng không either ... or; *tôi không đi mà chị ấy cũng sẽ không đi* I won't go and she won't go either
mà không without; *chị ấy đã đi mà không nói lời tạm biệt* she left without saying goodbye
mã paper effigy
mã bưu điện zipcode
mã lực horsepower
mã số code; area code
mã thư tín zip code
mã truy cập access code
mã vùng area code
mạ gilt; plate; rice seedling; *gieo mạ* sow rice (seeds)
mạ bạc silver-plated

mác make; mark FIN
Mác Lê(nin) Marxist-Leninist
Mác Xít Marxist
mách report; recommend; suggest
mách lẻo snitch
mách nước advice; tip
mạch pulse; source
mạch đập pulse beat
mạch điện circuit
mạch điện tử làm bằng silic silicon chip
mạch lạc straight; coherent ◊ (*sự*) coherence
mạch máu blood vessel
mạch nước course (*of stream*)
mai spade; shell (*of tortoise*); apricot; plum ◊ tomorrow; *chiều mai* tomorrow afternoon
mai sau later; in the future ◊ future
mái roof; *gà mái* hen
mái bằng fringe
mái chèo oar; paddle
mái hiên eaves
mái vòm dome; vault
mài sharpen
mài nhẵn file
mải be carried away; be absorbed in; *mải việc* be absorbed in one's work
mải mê engrossed in
mải mê nghiên cứu pore over
mãi mãi forever
mại dâm prostitution
Ma-lay-si-a Malaysia ◊ Malaysian
man việt quất cranberry
màn curtain THEA; (*N*) mosquito

---

ch (*final*) k	**gh** g	**nh** (*final*) ng	**r** z; (*S*) r	**x** s	**â** (but)	**i** (tin)
d z; (*S*) y	**gi** z; (*S*) y	**ph** f	**th** t	**a** (hat)	**e** (red)	**o** (saw)
đ d	**nh** (onion)	**qu** kw	**tr** ch	**ă** (hard)	**ê** ay	**ô** oh

net
màn ảnh screen (*in movie theater*)
màn che shade
màn che chắn screen (*protective*)
màn cửa drapes
màn hình screen, display COMPUT;
monitor
màn hình trợ giúp help screen
màn lưới net curtain
màn tinh thể lỏng LCD, liquid
crystal display
màn trướng drapery
mãn hạn end of one's term
mãn kinh menopause
mãn nguyện contented ◊ (**sự**)
contentment; gratification
mãn ý satisfied; satisfied with
mạn area; region
mạn ngược mountain area
mạn thuyền side of the boat
mạn trái port NAUT
mang bring; carry; have with one
◊ gill (*of fish*); **có mang** be
pregnant
mang bệnh have an illness
mang điềm gở sinister
mang được manage *heavy object
etc*
mang lại yield; **mang lại nỗi
nhục cho** bring shame on
mang lên take up, carry up
mang mối ác cảm bear a grudge
mang nhan đề entitled *book*
mang ơn be indebted to
mang tai tiếng get a bad
reputation
mang thai be pregnant
mang theo carry, have with one
máng đổ rác garbage chute
máng nước gutter
màng membrane
màng tai eardrum
mảng large patch
mảng cỏ patch of grass

măng cầu (*N*) soursop
mạng darn ◊ web; network COMPUT;
life; **bỏ mạng** die; lose one's life
mạng chat chat room
mạng che mặt veil
mạng điện wiring
mạng Internet Internet; **trên
mạng Internet** on the Internet
mạng lưới chain; network; **mạng
lưới đường sắt** railroad network
mạng nhện spiderweb, cobweb
mạng vi tính toàn cầu World
Wide Web
manh mối clue
mánh lới gimmick
mành mành blind
mành trúc bamboo blind
mảnh piece; shred; flake ◊ thin;
mảnh gỗ piece of wood
mảnh bánh vụn crumb
mảnh đất plot (of land)
mảnh đất quê hương native land
mảnh giẻ washcloth
mảnh khảnh thin; slight
mảnh vỡ fragment; debris
mảnh vụn splinter; wreckage
mãnh liệt intense, violent ◊ (**sự**)
violence
mạnh strong, hard, powerful
punch; healthy *economy*; high
wind; blinding *light*
mạnh bạo audacious; daring
mạnh khỏe strong; healthy
mạnh lên strengthen
mạnh mẽ forceful; forcible;
drastic; energetic; intense
personality; solid *support*; vivid
imagination
manơcanh mannequin, dummy
mào crest
mào đầu preamble
Mão cat (*in Vietnamese zodiac*)
mạo forge
mạo danh: **kẻ / tên / tay mạo danh**

ơ ur	y (tin)	ây uh-i	iê i-uh	oa wa	ôi oy	uy wee	ong aong
u (soon)	au a-oo	eo eh-ao	iêu i-yoh	oai wai	ơi ur-i	ênh uhng	uyên oo-in
ư (dew)	âu oh	êu ay-oo	iu ew	oe weh	uê way	oc aok	uyêt oo-yit

impostor
mạo hiểm risky ◊ (sự) chance, risk
mạo từ article GRAM
mát fresh; cool ◊ cool down
mát mẻ cool
mát tay skillful
mát tít putty
mát xa massage
mạt chược mah-jong
mạt sát insult
Mát-xơ-cơ-va Moscow
mau quick; fast
mau hiểu quick to understand,
  quick on the uptake
mau lẹ swift; snappy
mau lên! get a move on!
mau phục hồi resilient
máu blood; bloodstream ◊ game,
  willing
máu buồn : *có máu buồn* ticklish
máu cam nosebleed
máu gái : *kẻ/tên/tay máu gái*
  womanizer, wolf
máu ghen jealousy
máu lạnh cold-blooded
máu mê passion for
máu nóng hot-tempered, quick-
  tempered
màu color ◊ in color; *bầu trời màu
  gì?* what color is the sky?
màu be brown
màu chanh limegreen
màu da bò buff
màu da cam orange
màu đen black ◊ blackness
màu hồng pink
màu hung hung đỏ sandy
màu kem cream
màu lục sẫm dark green
màu lục tươi emerald
màu mơ chín apricot
màu mỡ fertile ◊ (sự) fertility
màu nâu brown
màu ngọc lam turquoise
màu nước watercolor
màu phấn nhạt pastel
màu rám nắng tan
màu sắc color; shade
màu tía purple; reddish purple
màu tím violet; purple
màu tím nhạt lilac
màu trắng white
màu vàng yellow; golden
màu xanh blue
màu xanh nước biển navy blue
may lucky ◊ luckily, fortunately
  ◊ run up *clothes*; *thật may anh/
  chị đã ...* it's a good job you ...
may đo made-to-measure; custom-
  made; tailor-made
may mắn luck ◊ fortunate, happy;
  lucky ◊ fortunately, luckily ◊ luck
  out; *được may mắn có* be
  blessed with
may mắn là fortunately
may mắn thay luckily
may mắn tìm thấy happen across
may sẵn ready-made, off the peg
may vá sew ◊ (việc) sewing
máy machine; engine
máy ảnh camera
máy bán hàng tự động slot
  machine, vending machine
máy bán vé ticket machine
máy bay airplane, aircraft
máy bay chiến đấu fighter
  (plane)
máy bay chở hàng freight plane,
  freighter
máy bay oanh tạc bomber
máy bay phản lực jet
máy bay quân sự warplane
máy bay trực thăng helicopter
máy bơm pump
máy cạo râu shaver
máy cát xét cassette player
máy cát xét cá nhân Walkman®
máy chấm công time clock

---

ch (*final*) k	**gh** g	**nh** (*final*) ng	**r** z; (S) r	**x** s	**â** (but)	**i** (tin)
d z; (S) y	**gi** z; (S) y	**ph** f	**th** t	**a** (hat)	**e** (red)	**o** (saw)
đ d	**nh** (onion)	**qu** kw	**tr** ch	**ă** (hard)	**ê** ay	**ô** oh

máy chế biến thực phẩm food processor
máy chiếu phim dương bản slide projector
máy chủ mainframe
máy chủ mạng server
máy chụp ảnh camera
máy chụp ảnh số hóa digital camera
máy chữ typewriter
máy dập ghim staple gun
máy dò detector
máy đánh bạc slot machine
máy đánh bóng sander
máy điện thoại telephone
máy điện thoại không dây cordless phone
máy điện thoại trả lời tự động answer phone
máy điện thoại truyền hình videophone
máy điện toán computer
máy điều hòa nhịp tim pacemaker MED
máy fax fax (machine)
máy gặt đập combine harvester
máy ghi âm tape recorder
máy ghi âm băng từ tape deck
máy ghi âm cát xét cassette recorder
máy gia tốc accelerator (*in physics*)
máy giặt washing machine
máy hát tự động jukebox
máy hô hấp nhân tạo respirator
máy hút bụi vacuum cleaner
máy in printer
máy in đồ thị plotter COMPUT
máy in la de laser printer
máy in phun mực inkjet (printer)
máy in sách báo printing press
máy kéo tractor
máy khâu sewing machine
máy khoan drill

máy lạnh air-conditioner
máy lọc filter
máy móc machinery; engine ◊ mechanical
máy móc thiết bị plant, equipment
máy nghe trộm bug
máy nhánh extension TELEC
máy nhắn tin pager
máy pha cà phê coffee maker
máy phách fax
máy phát transmitter
máy phát điện generator
máy phóng thanh loudspeaker; amplifier
máy photocopy photocopier
máy phô tô photocopier
máy phụ extension TELEC
máy quay đĩa record player
máy quay phim camcorder
máy quay viđêô video camera
máy quay viđêô xách tay camcorder
máy quét hình scanner COMPUT
máy ra-đi-ô radio
máy rút tiền tự động ATM, automated teller machine
máy rửa bát đĩa dishwasher
máy sấy drier
máy sấy tóc hairdrier
máy soi chụp scanner MED
máy stereo cá nhân personal stereo
máy thu receiver
máy thu băng viđêô VCR, video cassette recorder
máy thu hình màu color television
máy thu thanh radio
máy thu tiền cash desk
máy thuyền outboard motor
máy ti vi màu color TV
máy tiện lathe
máy tính computer; calculator

ơ ur	**y** (tin)	**ây** uh-i	**iê** i-uh	**oa** wa
u (soon)	**au** a-oo	**eo** eh-ao	**iêu** i-yoh	**oai** wai
ư (dew)	**âu** oh	**êu** ay-oo	**iu** ew	**oe** weh

ôi oy	**uy** wee	**ong** aong
ơi ur-i	**ênh** uhng	**uyên** oo-in
uê way	**oc** aok	**uyêt** oo-yit

máy tính cá nhân PC, personal computer

máy tính cầm tay pocket calculator

máy tính dùng trong nhà home computer

máy tính nhỏ calculator

máy tính tiền cash register

máy tính tiền đỗ xe (parking) meter

máy tính xách tay laptop, notebook COMPUT

máy trả tiền mặt cash machine

máy trộn thức ăn food mixer

máy trợ thính hearing aid

máy truyền hình television

máy ủi bulldozer

máy vắt quần áo spin-drier

máy vi tính personal computer

máy vi tính riêng lẻ standalone computer

máy vô tuyến television (set)

máy vô tuyến xách tay portable TV

máy xé giấy shredder

máy xén mower

máy xén cỏ lawn mower

máy xúc excavator

mày you (*familiar*)

mày mò tinker with

mắc hook, peg ◊ expensive

mắc áo clothes hanger, coathanger

mắc bẫy be trapped

mắc cỡ ashamed; embarrassed

mắc điện thoại be on the telephone

mắc lỗi go wrong

mắc nạn have an accident; be in difficulties

mắc nợ be in debt

mắc tội charged with; accused of

mắc vào lodge

mắc việc be busy

mặc wear, have on

mặc ấm dress warmly; cover up

mặc cả (*N*) bargain; haggle

mặc cảm complex PSYCH

mặc cảm tự ti inferiority complex

mặc dầu although ◊ in spite of

mặc dù although ◊ despite; *mặc dù có thể thất bại* though it might fail; *mặc dù vậy* even so

mặc đồ ấm vào wrap up

mặc đồ tang wear mourning

mặc kệ leave alone; let alone; ignore

mặc phong phanh scantily clad

mặc quần áo dress, get dressed ◊ (sự) wear

mặc thử try on

mặc thường phục in plain clothes

mặc vào put on

mắm: *nước mắm* fish sauce

mắm cáy crab paste

mắm môi purse one's lips

mắm ruốc shrimp paste

mắm tôm fermented shrimp paste

mặn salty; *có vị mặn* savory

măng bamboo shoots

măng cụt mangosteen

măng tây asparagus

mắng scold

mắng nhiếc chew out

mắt eye

mắt cá chân ankle

mắt gà mờ poor eyesight

mắt hột trachoma

mắt kính lens; eyeglasses

mắt lác cross-eyed

mắt lưới mesh

mắt thâm tím black eye

mắt thường naked eye

mắt xích link

mặt face; surface; side; field; aspect; sphere; *một mặt ... mặt khác* on one hand ... on the other; *mặt tiêu cực* negative aspect; *mặt đối mặt* face to face; *biết*

ch (*final*) k	gh g	nh (*final*) ng	r z; (S) r	x s	â (but)	i (tin)
d z; (S) y	gi z; (S) y	ph f	th t	a (hat)	e (red)	o (saw)
đ d	nh (onion)	qu kw	tr ch	ă (hard)	ê ay	ô oh

mặt know by sight; **trong tầm mắt** within sight of; **ngoài tầm mắt** out of sight

mặt bàn phụ flap

mặt bậc cầu thang tread (*of staircase*)

mặt bất lợi disadvantage, downside

mặt bên side

mặt chia độ scale

mặt dây pendant

mặt dưới bottom

mặt đất ground

mặt đồng hồ dial

mặt đường pavement

mặt hàng chủ yếu staple

mặt hạn chế limitation

mặt hướng về face

mặt mạnh strength

mặt nạ mask

mặt ngoài exterior

mặt nhìn nghiêng profile

mặt nước surface (of the water)

mặt phẳng level surface; plane

mặt sau back, reverse

mặt số dial

mặt tiền façade

mặt trái inside out

mặt trái xoan oval face

mặt trăng moon; **thuộc mặt trăng** lunar

mặt trận front MIL

mặt trời sun

mặt trời lặn sunset

mặt trời mọc sunrise

mặt trước front

mâm (*N*) round tray

mâm xôi raspberry

mầm sprout, shoot

mầm mống germ (*of idea*)

mầm non: **trường mầm non** pre-school

mân mê feel; finger

mẫn cảm sensitive

mận plum; plum tree

mận khô prune

mập fat; corpulent

mập mờ vague; ambiguous

mất lose ◊ missing, lost ◊ (sự) loss

mất bình tĩnh lose one's temper; lose one's cool; get nervous

mất cắp have ... stolen

mất chức lose one's position

mất của cải lost and found

mất danh dự dishonorable ◊ (sự) dishonor

mất dạy ill-bred

mất dần peter out

mất đi go, come out (*of stain etc*)

mất điện blackout ELEC; power cut, power outage

mất độ bóng tarnish

mất giá depreciate; devalue ◊ (sự) depreciation FIN; devaluation

mất hứng lose one's enthusiasm; turn off

mất mát lose ◊ (sự) loss

mất mặt lose face

mất mùa have a bad harvest ◊ (sự) bad harvest

mất ngủ insomnia ◊ sleepless

mất nước dehydrated

mất ổn định unstable ◊ (sự) instability

mất phương hướng disoriented ◊ lose one's bearings

mất quyền fall from power

mất sĩ diện lose face

mất thời gian bother; waste time

mất tích missing

mất tiền lose money ◊ not free of charge

mất tinh thần demoralized

mất tính đàn hồi perish

mất trật tự unruly

mất trinh lose one's virginity

mất trí insane, mental ◊ (sự) insanity

ơ ur	**y** (tin)	**ây** uh-i	**iê** i-uh	**oa** wa	**ôi** oy	**uy** wee	**ong** aong
u (soon)	**au** a-oo	**eo** eh-ao	**iêu** i-yoh	**oai** wai	**ơi** ur-i	**ênh** uhng	**uyên** oo-in
ư (dew)	**âu** oh	**êu** ay-oo	**iu** ew	**oe** weh	**uê** way	**oc** aok	**uyêt** oo-yit

mất trộm: *bị mất trộm* have a robbery

mất vệ sinh unhygienic, insanitary

mất vị trí đứng đầu lose the lead

mật classified *information* ◊ honey; treacle; bile; gall

mật độ density

mật gấu bear gall (*used medicinally*)

mật hoa nectar

mật khẩu password

mật mã code

mật mía molasses

mật ong honey

mâu thuẫn clash, conflict ◊ (sự) contradiction

mâu thuẫn với conflict with, contradict

mầu (S) color

mầu: *phép mầu* miracle; magic

mấu chốt key; clue; *mấu chốt của vấn đề* the key to the matter

mẩu bit, piece; stub

mẩu bánh mì breadcrumbs

mẩu tin item; *một mẩu tin* a bit of news

mẫu sample, specimen; form

mẫu Anh acre

mẫu đăng ký entry form

mẫu đầu tiên prototype

mẫu đơn application form

mẫu giáo nursery; kindergarten

mẫu gương role model

mẫu hình pattern

mẫu in sẵn coupon

mẫu lấy ngẫu nhiên random sample

mẫu máu blood sample

mẫu mực exemplary

mẫu tiêu biểu cross-section

mẫu tử maternal

mẫu xét nghiệm specimen MED, smear

Mậu wood (*in Vietnamese zodiac*)

mậu dịch trade; commerce; store

mây cloud; rattan

mấy how many; how much; what; how ◊ several; *thằng bé này lên mấy?* how old is he, this boy?; *hôm nay là ngày mấy?* what's the date today?; *2 cộng 3 là mấy?* what is 2 and 3?; *mấy giờ rồi?* what's the time?; *mấy khi* not always; seldom; *mấy lần* several times; *mấy ngày qua* the other day

me tamarind

mè nheo nag

mẻ batch; *mẻ cá* catch of fish

mẻ lưới haul

mẽ appearance

mẹ (N) mother ◊ me

mẹ chồng mother-in-law

mẹ đẻ mother; *tiếng mẹ đẻ* mother tongue

mẹ ghẻ, **mẹ kế** stepmother

mẹ kiếp! damn!, shit!

mẹ mìn child kidnapper

mẹ vợ mother-in-law

men enamel; yeast

men răng enamel (*on tooth*)

men rượu yeast

men theo skirt; go along the side of

meo meo miaow

méo be out of shape; *gương mặt méo đi vì đau đớn* face twisted in pain

méo mó warped

mèo cat

mèo con kitten

mèo đực tomcat

mèo lạc stray cat

mèo rừng lynx

Mẽo Yank ◊ Yankie

mẹo trick, knack

mép edge; ledge

mét meter ◊ metric

ch (*final*) k	**gh** g	**nh** (*final*) ng	**r** z; (S) r	**x** s	**â** (but) **i** (tin)
d z; (S) y	**gi** z; (S) y	**ph** f	**th** t	**a** (hat)	**e** (red) **o** (saw)
đ d	**nh** (onion)	**qu** kw	**tr** ch	**ă** (hard)	**ê** ay **ô** oh

mê like; go in for
mê cung maze
mê đắm have a crush on
mê hoặc entranced
mê hồn ravishing
mê ly breathtaking
mê man unconscious; in a coma
mê mẩn spellbound
mê sảng delirious
mê say be nuts about
mê tín superstitious ◊ (sự) superstition
mê tít fall for; be crazy about
mề đay medal
mếch lòng offended; *làm mếch lòng* offend
mêga bai megabyte
Mêhicô Mexico ◊ Mexican
mền nhồi lông eiderdown
mềm soft; limp, floppy; supple; tender *steak* ◊ tenderness (*of steak*)
mềm dẻo springy
mềm đi soften
mềm mại supple
mềm yếu weak (*morally*) ◊ weaken ◊ weakling; (sự) weakness
mến khách friendly, hospitable; *không mến khách* inhospitable
mền (*S*) blanket; rug
mền bông (*S*) quilt, duvet
mênh mông vast; spacious
mệnh đề clause GRAM
mệnh lệnh command, order
mệt tired
mệt chết được dead beat, dead tired
mệt đứt hơi be winded; be pooped
mệt lử worn-out, dog-tired
mệt mỏi tire; *cảm thấy mệt mỏi* be feeling tired; be under the weather; *không mệt mỏi* tireless, untiring; *gây mệt mỏi* tiring

mệt mỏi vì be weighed down with
mệt nặng very sick; seriously ill
mệt nhoài grueling, punishing
mệt nhọc tired; tiring ◊ (sự) tiredness, fatigue
mếu be on the verge of tears
mí mắt eyelid
mì noodles; noodle soup
mì chính glutamate
mì sợi vermicelli
mía sugar cane
mỉa mai ironic(al) ◊ (sự) irony
micrô microphone
miến cellophane noodles
Miến Điện Burma ◊ Burmese
miền zone; area; region
miền bắc north ◊ northern
miền duyên hải coastal region
miền đông east ◊ eastern
miền nam south ◊ southern
miền quê countryside
miền tây west ◊ western
miền trung central
miễn exempt; discharge; *được miễn* be exempt from; be immune; *anh ấy được miễn cho mọi trách nhiệm về ...* he was exonerated of all responsibility for ...; *miễn cho X về Y* excuse X from Y
miễn cưỡng grudge ◊ grudging; reluctant ◊ (sự) reluctance; *miễn cưỡng làm gì* be reluctant to do sth
miễn dịch immune
miễn là so long as
miễn phí free
miễn thuế duty-free, tax-free
miễn trừ immune ◊ (sự) immunity
miễn vào no admittance
miếng bite; mouthful; piece; lump; wad
miếng bịt seal
miếng cắt section

ơ ur	**y** (tin)	**ây** uh-i	**iê** i-uh	**oa** wa	**ôi** oy	**uy** wee	**ong** aong
u (soon)	**au** a-oo	**eo** eh-ao	**iêu** i-yoh	**oai** wai	**ơi** ur-i	**ênh** uhng	**uyên** oo-in
ư (dew)	**âu** oh	**êu** ay-oo	**iu** ew	**oe** weh	**uê** way	**oc** aok	**uyêt** oo-yit

miếng đệm gasket
miếng đệm lót pad
miếng gạc swab MED
miếng lót đĩa ăn place mat
miếng rửa bát đĩa sponge
miếng vá patch (*on clothes*)
miếng vải chắp mảnh patchwork
miệng mouth; brim; rim ◊ oral
miệng kèn mouthpiece (*of
instrument*)
miệng núi lửa crater
miệng vòi nozzle
miệt thị disparaging
miêu tả describe ◊ (*sự*) description;
portrayal
miêu tả sai misrepresent
miêu tả tính cách characterize
miếu temple
miligam milligram
milimét millimeter
mím close
mỉm cười smile; *mỉm cười với*
smile at
mìn mine (*explosive*)
mịn clear, soft *skin*; fluffy
mịn màng delicate
minh họa graphic ◊ illustrate
◊ (*sự*) illustration
minh oan clear, vindicate
mình me ◊ let's ◊ oneself; *theo sự
chủ động của mình* on one's
own initiative
mít jack fruit
mít tinh meeting
mít tinh lớn rally
mó máy meddle; mess around with
mò mẫm tìm grope for
mò ra root out
mò vét drag
mỏ beak; (coal)mine
mỏ đá quarry
mỏ lết đầu dẹt monkey wrench
mỏ neo anchor
mỏ than coalmine

móc catch; clasp
móc nối hitch up
móc túi: *kẻ / tên / tay móc túi*
pickpocket
mọc come up, rise; be up (*of sun*);
grow
mọc bừa bãi run wild
mọc lên shoot up
mọc lên như nấm mushroom
mọc mầm sprout
mọc sum suê flourish
mọc um tùm overgrown
modem modem
moi được extract; *moi được X từ
Y* drag X out of Y
moi hết tiền clean out
moi ra dredge up
mỏi mắt eye strain
mọi every
mọi người everybody; people; *mọi
người khác đều đi cả* everyone
else is going; *mọi người nói ...*
people say ...; *mọi người trong
gia đình tôi* my folk
mọi nơi everywhere
mọi thứ everything
móm toothless ◊ loss
mõm muzzle; snout
món course (*of meal*); *món này
ngon tuyệt* that was delicious
món ăn cooking; dish; food
món ăn ấn định set meal
món ăn kèm side dish
món ăn nhẹ refreshment
món chế biến concoction
món hàng item
món hầm stew
món hời bargain, good buy
món quà gift, present
món quà thưởng bonus
món tiền cả cục lump sum
mòn wear out
mòn dần wear away
mong hope; expect; wait for; *tôi*

ch (*final*) k	**gh** g	**nh** (*final*) ng	**r** z; (*S*) r	**x** s	**â** (but)	**i** (tin)
d z; (*S*) y	**gi** z; (*S*) y	**ph** f	**th** t	**a** (hat)	**e** (red)	**o** (saw)
đ d	**nh** (onion)	**qu** kw	**tr** ch	**ă** (hard)	**ê** ay	**ô** oh

không mong là thế I hope not;
tôi mong là thế I hope so
mong chờ expect ◊ (sự)
expectation
mong đợi bank on; look forward to
◊ expectant
mong mỏi long for; **mong mỏi
làm gì** be longing to do sth
mong muốn wish for; desire ◊ (sự)
desire; **không mong muốn**
undesirable
mong ngóng pine for
móng nail
móng guốc hoof
móng ngựa horseshoe
móng tay fingernail
móng vuốt claw
mỏng thin; fine; flimsy; slim
mỏng manh fragile, flimsy;
remote *possibility*; slender *chance*
mọng nước juicy
mooc-phin morphine
mô tissue ANAT
mô đất clump; hump
môđun module
mô hình model, mock-up; pattern
mô phạm: **người mô phạm**
pedant; **làm ra vẻ mô phạm** be
pedantic
mồ grave; tomb
mồ côi orphan
mồ hôi sweat, perspiration
mổ operate; operate on MED; bite,
peck
mổ ghép gan liver transplant
mổ ghép thận kidney transplant
mổ ghép tim heart transplant
mổ khám nghiệm tử thi autopsy
mổ thịt slaughter
mổ tử thi autopsy
mổ xẻ operation MED
mộ grave; tomb
mộ đạo devout
mốc landmark *also fig*; mold; **bị**

mốc moldy
mốc chuẩn benchmark
mốc meo musty
mộc mạc homely; simple; plain
mộc nhĩ (*N*) wood ears
môi lip; (*N*) ladle
môi sinh environment
môi son red lips
môi trường environment;
atmosphere
môi trường sống habitat
môi trường xung quanh
surroundings
mối *classifier for feelings,
relationships*: **mối ác cảm**
(feeling of) antipathy
mồi bait; boot COMPUT
mồi ngon easy prey
mồi nổ primer; detonator
mỗi each; every ◊ per; **mỗi cái là
1.50$** they're $1.50 each
mỗi khi whenever
mỗi một each
mỗi năm per annum
mỗi người each; everyone,
everybody; **15$ mỗi người** $15
each
mồm mouth
môn *classifier for sports, sciences,
subjects*
môn bóng ball game, baseball
môn chơi game
môn cờ board game
môn đệ pupil; disciple
môn học subject (*of study*)
môn phái sect
môn thi thể thao event SP
mông buttocks, butt; rump
Mông Cổ Mongolia ◊ Mongolian
mông đít bottom, buttocks
mộng joint
mốt fashion, vogue ◊ the day after
tomorrow; **rất mốt** trendy; snazzy;
mốt mới nhất the latest craze;

ơ ur	**y** (tin)	**ây** uh-i	**iê** i-uh	**oa** wa	**ôi** oy	**uy** wee	**ong** aong
u (soon)	**au** a-oo	**eo** eh-ao	**iêu** i-yoh	**oai** wai	**ơi** ur-i	**ênh** uhng	**uyên** oo-in
ư (dew)	**âu** oh	**êu** ay-oo	**iu** ew	**oe** weh	**uê** way	**oc** aok	**uyêt** oo-yit

không còn là mốt nữa be out of fashion

một one; a; either; **một cái như cái này** one like this; **con trai/con gái một** only son/daughter; **giá một cân** price per kilogram; **một cái khác** another one

một cách (*used to form adverbs*) in a ... way; **một cách bí mật** secretly; **một cách cẩn thận** carefully

một cách tàn bạo brutally

một chiều one-way *ticket, street*

một chỗ nào đó somewhere

một chuỗi succession

một chút a little, a bit ◊ some; **một chút ít** just a few; **một chút thôi** just a few

một ít a little, a bit; few ◊ some; **một ít bánh mì** a bit of bread; **một ít vẫn còn hơn không** a little is better than nothing

một khi once; **một khi anh/chị kết thúc** once you have finished

một lần once; **một lần nữa** once again, once more

một loạt a string of

một lúc briefly

một mạch at a stretch

một mặt ..., mặt khác ... on the one hand ..., on the other hand ...

một mình alone; by itself; by myself/yourself etc; on his/my etc own ◊ solitary; solo

một nửa half; halfway

một phần part, partly; partially; **một phần số tiền** some of the money; **một phần ba** third; **một phần hai mươi** twentieth; **một phần mười hai** twelfth; **một phần tư** quarter

một số measure; number ◊ several; some; **một số người nói rằng ...** some people say that ...

một tập hợp assortment

một tí a scrap, a little bit; some

một tràng torrent

một vài a few; some

mơ dream; apricot

mơ hồ ambiguous; vague, hazy

mơ màng daydream ◊ dreamy

mơ mộng dream; **người mơ mộng hão huyền** dreamer

mơ tưởng wishful thinking

mơ ước dream

mở bòng bong be a mess

mở lộn xộn jumble

mở rối tangle

mờ dim, hazy; opaque; **làm cho mờ** tarnish

mờ dần wear away

mờ đi dim (*of lights*); mist over

mờ nhạt faint; fuzzy

mở open; access *file*; draw; remove, take off *lid etc*; be off (*of lid etc*); put on *tape etc*; switch on *TV*, *PC*; turn on *faucet*, *engine*; undo *parcel etc*; unpack; **được mở** be on (*of TV*, *computer etc*)

mở cửa open (*of store*)

mở đài tune in

mở đầu pioneer; foretaste

mở đồ hộp can opener

mở đường cho pave the way for

mở hàng be the first customer of the day

mở kênh tune in

mở khóa unlock

mở khóa phéc mơ tuya unzip

mở lại reopen

mở lớp start a class

mở màn raise the curtain

mở máy start an engine; start up; be a motormouth

mở miệng open one's mouth; begin to speak

mở nắp chai bottle-opener

mở nút uncork

mở nút chai corkscrew
mở ra unscrew; unwrap; unfold; usher in *new era*
mở rộng enlarge, make bigger; expand; broaden; extend ◊ extensive; gaping *hole*; sprawling *city*; wide-open ◊ (*sự*) enlargement; expansion
mở rộng hoạt động branch out, diversify
mở số draw (*in lottery*)
mở tiệc give a banquet; give a party
mở to gape ◊ wide-open
mở to ống kính zoom in on
mỡ fat; grease
mới new, fresh
mới cứng brand-new
mới đắc cử incoming, newly elected
mới đầu at first
mới đây recently, lately, the other day; just now
mới (đây) nhất latest
mới sinh newborn
mới toanh brand-new
mời invite, ask; offer ◊ please; *mời ai đồ uống* buy s.o. a drink; *tôi có thể mời anh/chị ăn một bữa chứ?* can I invite you for a meal?
mời đến call; call back; call in; invite
mời đi chơi ask out
mời vào! come in!
mu bàn chân instep
mù blind
mù chữ illiterate
mù màu color-blind
mù quáng unquestioning
mù tạc mustard
mủ pus
mũ hat
mũ bảo hiểm helmet
mũ bảo hộ crash helmet

mũ bảo vệ helmet
mũ cát cap
mũ chóp cao top hat
mũ chùm skullcap, brimless cap
mũ cối helmet; sun-helmet; Vietnamese army helmet
mũ két cap, hat
mũ không vành cap
mũ lưỡi trai baseball cap
Mũ Nồi Xanh Green Berets MIL
mũ tắm shower cap
mũ trùm đầu hood
mũ tử cung diaphragm (*contraceptive*)
mụ dame
mụ ấy she *pej*
mụ đàn bà broad, dame
mụ La Sát dragon *fig*
mụ mẫm stagnate
mụ phù thủy witch
mụ ta she *pej*
mua buy, purchase; *mua mang về* to go *hamburger etc*; *tôi sẽ mua* I'll take it
mua chuộc bribe
mua được pick up, buy
mua hàng shop; *việc mua hàng* shopping
mua hết buy up
mua lại buy out ◊ secondhand
mua sắm shopping; *đi mua sắm lu bù* go on a shopping spree
mua trả góp installment plan
mua trước book *ticket etc*
múa dance
múa dân gian folk dance
múa dân tộc folk dancing
múa lân unicorn dance
múa rối nước water puppets
múa rồng dragon dance
mùa season
Mùa chay Lent
mùa đông winter ◊ wintry
mùa gặt rice harvest

ơ u*r*	y (tin)	ây uh-i	iê i-uh	oa wa	ôi oy	uy wee	ong aong
u (soon)	au a-oo	eo eh-ao	iêu i-yoh	oai wai	ơi u*r*-i	ênh uhng	uyên oo-in
ư (dew)	âu oh	êu ay-oo	iu ew	oe weh	uê way	oc aok	uyêt oo-yit

mùa hạ summer
mùa hè summer; summer holiday
mùa hội hè the festive season
mùa khô dry season
mùa mưa monsoon season, the rains ◊ rainy
mùa nghỉ vacation time
mùa thu fall, autumn
mùa vắng khách low season, off-season
mùa xuân spring
múc scoop
mục column (*in paper*); decay; plank (*of policy*)
mục đích objective, aim; purpose
mục hỏng rotten
mục nát rot
mục rao vặt classified ad(vertisement); want ad
mục sư pastor
mục thông báo bulletin board
mục tiêu target, goal
mui xe gập hood MOT
múi segment
múi giờ time zone
Mùi goat (*in Vietnamese zodiac*)
mùi smell
mùi hôi stink
mùi hôi thối stench
mùi hơi scent
mùi tây parsley
mùi thơm scent
mùi vị flavor
mủi lòng moved; touched; *không mủi lòng* unmoved
mũi nose; point (*of knife*); toe (*of shoe*) ◊ nasal
mũi đan stitch
mũi hếch snub-nosed
mũi khâu stitch; stiches MED
mũi kim needle
mũi tàu bow (*of ship*)
mũi tên arrow
mũi thuyền prow

mũi tiêm shot, injection
mũm mĩm chubby, plump
mùn cưa sawdust
mụn spot
mụn cóc wart
mụn giộp herpes
mụn nhọt pimple
mùng (*S*) mosquito net
muôi scoop
muối salt
muỗi mosquito
muốn want; *muốn làm gì* want to do sth; *nếu anh/chị muốn* if you want; *không muốn* disinclined; *tôi muốn ...* I would like ...; I would like to ...; *anh/chị có muốn ... không?* would you like to ...?; would you like ...?; *tôi rất muốn ...* I've a good mind to ...; *tôi muốn có ...* I could do with ...; *muốn ... đến chết đi được* be dying to ...
muốn gặp ask for
muộn (*N*) late; *muộn rồi* it's getting late
muộn mằn belated
muỗng (*S*) spoon; ladle
muỗng cà phê (*S*) teaspoon
múp míp stubby
mút suck; *mút ngón tay cái* suck one's thumb
mưa rain; *dưới mưa* in the rain
mưa axít acid rain
mưa dông rainstorm
mưa đá hail
mưa nhiều rainy ◊ it's rainy
mưa phùn drizzle
mưa rào đột ngột cloudburst
mưa tuyết sleet
mưa xối xả be teeming with rain
mửa (*S*) vomit
mức rate
mức cầu demand
mức chuẩn nghèo poverty line
mức độ degree, extent; level; *ở*

---

ch (*final*) k	**gh** g	**nh** (*final*) ng	**r** z; (*S*) r	**x** s	**â** (but) **i** (tin)
d z; (*S*) y	**gi** z; (*S*) y	**ph** f	**th** t	**a** (hat)	**e** (red) **o** (saw)
đ d	**nh** (onion)	**qu** kw	**tr** ch	**ă** (hard)	**ê** ay **ô** oh

một mức độ nào đó in a way
mức giới hạn tín dụng credit limit
mức sâu sắc depth
mức sống standard of living
mức sống chỉ đủ để tồn tại subsistence level
mức thấp low (*in sales*, *statistics*)
mức thấp nhất bottom out
mức tiêu chuẩn pass mark
mức tiêu thụ cao nhất peak consumption
mức tối thiểu minimum
mức trung bình average
mực ink; squid; cuttlefish
mực nước water level
mực nước biển sea level; *trên/ dưới mực nước biển* above/ below sea level
mưng mủ fester
mừng glad
mười ten
mười ba thirteen
mười bảy seventeen
mười bốn fourteen

mười chín nineteen
mười hai twelve
mười lăm fifteen
mười một eleven
mười sáu sixteen
mười tám eighteen
mượn borrow; rent ◊ on loan
mương ditch
mướp loofah
mướp đắng (*N*) bitter melon
mượt soft *material*
mứt candied fruit; conserve; jam
mứt cam marmalade
mứt nhừ marmalade
mưu cầu pursue ◊ (sự) pursuit
mưu đồ intrigue, scheme
mưu lược tactical
mưu mẹo hơn outwit
mưu tính plot
Mỹ United States, America ◊ American
Mỹ La tinh Latin America ◊ Latin American
mỹ phẩm cosmetic
mỹ viện beauty parlor

N

na custard apple
Na Uy Norway ◊ Norwegian
nã pháo shell MIL
nạc lean
nách armpit
nai deer
nài nỉ insist ◊ insistent
nài xin plead with
nam male; south, southerly
nam bán hàng salesman

nam châm magnet
nam hay nữ sex
Nam Mỹ South America ◊ South American
nam nữ bình quyền feminist
nam phát ngôn viên spokesman
Nam Phi South Africa ◊ South African
nam thiếu niên teenage boy
nam tính manhood

ơ ur	**y** (tin)	**ây** uh-i	**iê** i-uh	**oa** wa	**ôi** oy	**uy** wee	**ong** aong
u (soon)	**au** a-oo	**eo** eh-ao	**iêu** i-yoh	**oai** wai	**ơi** ur-i	**ênh** uhng	**uyên** oo-in
ư (dew)	**âu** oh	**êu** ay-oo	**iu** ew	**oe** weh	**uê** way	**oc** aok	**uyêt** oo-yit

nan giải knotty; *vấn đề nan giải của ...* the vexed question of ...

nan hoa spoke (*of wheel*)

nản lòng disheartened

nạn disaster; misfortune; catastrophe

nạn dịch epidemic

nạn đói famine

nạn hối lộ corruption

nạn lụt flooding

nạn mù chữ illiteracy

nạn nhân victim, casualty

nạn nhân vụ hiếp dâm rape victim

nạn quan liêu bureaucracy

nạn thất nghiệp unemployment

nang cyst

nàng young woman ◊ she

nàng dâu daughter-in-law

nàng tiên fairy

nàng tiên nâu drug

nạng crutch

nao núng flinch; *không nao núng* relentless

náo động cause a disturbance; disturb ◊ (sự) disturbance; commotion

náo loạn riot; disturbances; *kẻ/tên/tay náo loạn* rioter

náo nhiệt busy; noisy; boisterous

nào any; which; *anh/chị có cái nào không?* do you have any?

nào đó certain; *một ông S nào đó* a certain Mr S

nào, nào! there, there!

não brain

nạo grate *food* ◊ grater

nạo thai have an abortion; terminate *pregnancy* ◊ (sự) abortion

nạo vét dredge

nạp dữ liệu load *software*

nạp đạn load *gun*

nạp điện charge *battery*

nạp lại recharge

napan napalm

này this; these; *này, các anh* hey, you guys

... này hoặc ... kia either ... or

nảy bounce

nảy lên bounce

nảy ra come up with

nảy sinh arise

nạy push off *lid*; prize open

nặc danh anonymous ◊ anonymity

nặc mùi reek of

năm year; five

năm ánh sáng light year

năm học academic year

năm mới new year

năm mươi fifty

năm nhuận leap year

năm tài chính fiscal year, financial year

nắm hold; pick up *language*, *skill*; catch; wield *power*, *weapon*; *nắm được quyền kiểm soát* be in control of

nắm bắt understand, grasp

nắm chắc have a firm grasp of, master

nắm chặt clasp, clutch, grasp; tighten one's grip on

nắm đấm handle

nắm lấy seize; take hold of

nắm phần đúng be in the right

nắm quyền take over ◊ in power

nắm quyền kiểm soát take over ◊ (sự) takeover

nắm tay fist

nắm tiền wad; *một nắm tiền giấy 100$* a wad of $100 bills

nắm tuyết snowball

nắm vững master ◊ (sự) grasp, mastery

nằm lie; *nằm trong khoảng từ X đến Y* range from X to Y

nằm im dormant *volcano*

---

ch (*final*) k	**gh** g	**nh** (*final*) ng	**r** z; (*S*) r	**x** s	**â** (but)	**i** (tin)
d z; (*S*) y	**gi** z; (*S*) y	**ph** f	**th** t	**a** (hat)	**e** (red)	**o** (saw)
đ d	**nh** (onion)	**qu** kw	**tr** ch	**ă** (hard)	**ê** ay	**ô** oh

nằm liệt giường bedridden
nằm ngang horizontal
nằm nghỉ lie down
nằm ngổn ngang sprawl
nằm ở lie, be situated, be located
nằm xuống lie down
nắn squeeze
nắn điện adapter
nặn form, shape, mold
nặn óc rack one's brains
năng động dynamic
năng khiếu aptitude; flair
năng lượng energy, power
năng lượng hạt nhân nuclear energy
năng lượng mặt trời solar energy
năng lượng nguyên tử atomic energy
năng lực competence; dynamism; *có năng lực* capable, efficient, competent; *tôi không đủ năng lực để xét đoán* I'm not competent to judge; *năng lực tôi có phần cùn đi* I'm a little rusty
năng nổ energetic; dynamic; go-ahead
năng suất productivity; *có năng suất* efficient; productive
nắng sunny
nặng bad; heavy; strong *cheese, smell, accent*; heady *wine* ◊ badly; *nặng ở phần đầu* topheavy
nặng gánh be burdened with; *làm cho X nặng gánh với Y* burden X with Y
nặng nề heavy *loss*; labored *style*
nặng tai hard of hearing
nặng trĩu be weighed down with
nắp cap, top, lid; flap (*of envelope*)
nắp đậy bếp hood (*over cooker*)
nắp đậy ống kính lens cover
nắp trục hubcap
nắp xoáy screw top
nấc hiccup

nấm mushroom
nấm hương dried Chinese mushroom
nấm mèo (*S*) wood ears
nấm mốc mildew
nấm rơm straw mushroom
nấn ná linger
nâng raise
nâng cao improve ◊ (sự) improvement
nâng cấp upgrade
nâng cốc toast (*when drinking*)
nâng giá revalue ◊ (sự) revaluation
nâng giá tiền tệ currency revaluation
nâng hàng pallet
nâng lên lift; heave; scoop up
nấp đằng sau be behind, be responsible for
nâu brown; *nâu vàng nhạt* tan; *nâu nhạt* beige
nâu đá Vietnamese coffee with condensed milk
nấu cook
nấu ăn cook
nấu chảy melt down ◊ molten
nấu kỹ well-done
nấu nướng culinary
nấu quá nhừ overdo ◊ overdone
nấu sẵn ready-made
nẩy lại rebound
né tránh evade, bypass, dodge
nem spring roll
nem cuốn (*N*) summer roll, fresh shrimp roll
nem rán fried spring roll
nem Sài Gòn Saigon spring roll
ném throw; drop *bomb*; *ném túi bụi Y vào X* pelt X with Y
ném bom bomb
ném bóng vào sân throw-in
ném đi throw away
ném phịch slam down

ơ ur	**y** (tin)	**ây** uh-i	**iê** i-uh	**oa** wa	**ôi** oy	**uy** wee	**ong** aong
u (soon)	**au** a-oo	**eo** eh-ao	**iêu** i-yoh	**oai** wai	**ơi** ur-i	**ênh** uhng	**uyên** oo-in
ư (dew)	**âu** oh	**êu** ay-oo	**iu** ew	**oe** weh	**uê** way	**oc** aok	**uyêt** oo-yit

nén compress; bottle up *feelings*; zip up *file*; stuff

nén hương joss stick, incense stick

nén lòng repress one's feelings

nép vào nestle

nẹp răng brace

nét feature

nét bút stroke (*in writing, painting*)

nét chữ handwriting, writing

nét chữ nguệch ngoạc scrawl

nét đặc trưng feature

nét riêng biệt peculiarity

nét ửng đỏ blush

nếm taste

nếm mùi taste *freedom etc*

nếm trải experience

nệm cushion; mattress

nên should ◊ advisable; *anh/chị nên đi khám bác sĩ* you should see a doctor; *bà không nên ..* you shouldn't ...; *cho nên ...* that is why ...

nến candle

nền background; foundation ◊ *classifier for cultural and economic etc institutions*

nền chuyên chính vô sản dictatorship of the proletariat

nền giáo dục education

nền giáo dục trung học secondary education

nền kinh tế economy

nền lò sưởi hearth

nền móng foundations

nền văn hóa culture

Nê-pan Nepal ◊ Nepalese

nếp glutinous rice

nếp gấp fold; pleat

nếp nhàu crease

nếp nhăn wrinkle

nêu raise; *nêu gì lên làm thí dụ* hold sth up as an example; *nêu lên quan điểm* voice an opinion, raise a point

nêu ra bring up *subject*

nếu if; *anh/chị có đồng ý nếu ... không?* is it ok with you if ...?; *nếu không có anh/chị* if it weren't for you, without you; *nếu không* otherwise; *nếu không thì* or else; *nếu tôi hút thuốc thì có làm phiền anh/chị không?* would you mind if I smoked?

Nga Russia ◊ Russian

ngà ivory ◊ tusk

ngà say tipsy

ngả mình recline

ngã fall; *có người ngã kia!* man overboard!

ngã ba fork

Ngã ba Sông Hồng Red River Gorge

ngã gục collapse

ngã lộn nhào fall over

ngã ngũ be settled, concluded; *chưa ngã ngũ* indecisive; *những điều còn chưa ngã ngũ* loose ends

ngã sấp fall flat on one's face

ngã tư crossroads, intersection; junction; square; (*N*) traffic circle

ngã xe fall from a vehicle

ngã xuống fall down

ngạc miệng palate (*in mouth*)

ngạc nhiên amazed; amazing ◊ (*sự*) amazement, surprise

ngai vàng throne

ngái ngủ sleepy

ngại hesitate ◊ hesitancy (*about troubling s.o.*) ◊ lazy

ngàn (*S*) thousand

ngang level, equal; *ngang điểm với ai* draw level with s.o.; *ngang như cua* stubborn as a mule

ngang bằng level

ngang bướng unruly; stubborn; restive

ngang ngạnh defiant

ch (*final*) k	**gh** g	**nh** (*final*) ng	**r** z; (*S*) r	**x** s	**â** (but) **i** (tin)
d z; (*S*) y	**gi** z; (*S*) y	**ph** f	**th** t	**a** (hat)	**e** (red) **o** (saw)
đ d	**nh** (onion)	**qu** kw	**tr** ch	**ă** (hard)	**ê** ay **ô** oh

ngang ngược contrary
ngang qua by, past; ***đi ngang qua*** cross, go across
ngang tầm với be on a par with
ngành line; department (*in university*)
ngành dân chính civil service
ngành dịch vụ service industry
ngành du lịch tourism
ngành hàng hải navigation
ngành hậu cần logistics
ngành nghề business
ngành ngoại giao diplomacy
ngành quảng cáo advertising
ngao large mussel
ngào ngạt strong
ngáp yawn; ***ngáp ngủ*** sleepy
ngạt stuffy
ngạt mũi nasal congestion
ngạt thở suffocate ◊ (sự) suffocation
ngay immediate ◊ directly, right; outright *kill*; promptly; soon; even; ***đi ngủ ngay*** go straight to bed; ***ngay sau ngân hàng/nhà thờ*** immediately after the bank/church; ***ngay trước đó*** shortly before that; ***ngay chỗ này*** just here; ***ngay như*** even if
ngay bây giờ momentarily; right now
ngay cả even
ngay cả .. cũng không not even
ngay chốc lát presently, soon
ngay khi directly, as soon as
ngay lập tức right now, immediately, at once ◊ instant
ngay lúc này right now
ngay phía trước straight ahead
ngay sát vách next-door
ngay tại chỗ on the spot
ngay thẳng upright; ***không ngay thẳng*** crooked, dishonest
ngay tức khắc directly, instantly

ngáy snore ◊ (sự) snoring
ngày day; ***những ngày ấy*** in those days
ngày 31 tháng Chạp New Year's Eve
ngày càng (nhiều) more and more; ***ngày càng nhiều sinh viên/thời gian*** more and more students/time
ngày Chủ Nhật Sunday
ngày cuối tuần weekend
ngày cưới wedding day
Ngày Độc lập Independence Day
Ngày Giải Phóng Liberation Day
ngày giao hàng delivery date
ngày hết hạn expiration date
ngày hôm sau the day after
ngày hội festive ◊ carnival
ngày kia the day after tomorrow; ***một ngày kia*** one day
ngày làm việc work day
ngày lại ngày day by day
ngày lễ public holiday
ngày Lễ Tạ ơn Thanksgiving (Day)
ngày liệt sĩ Memorial Day
ngày lĩnh lương payday
ngày mai tomorrow; ***ngày mai tôi sẽ nói cho anh/chị biết*** I will let you know tomorrow
Ngày mồng một tháng Năm May Day
Ngày mùng một tháng Năm (*S*) May Day
Ngày mùng một tháng Giêng New Year's Day
ngày nay nowadays
ngày nào đó one day; someday; sometime
ngày ngày day in day out
ngày nghỉ day off, holiday
ngày nghỉ lễ (công cộng) public holiday
ngày Nô-en Christmas Day

ơ u*r*	**y** (tin)	**ây** uh-i	**iê** i-uh
u (soon)	**au** a-oo	**eo** eh-ao	**iêu** i-yoh
ư (dew)	**âu** oh	**êu** ay-oo	**iu** ew

oa wa	**ôi** oy	**uy** wee	**ong** aong
oai wai	**ơi** u*r*-i	**ênh** uhng	**uyên** oo-in
oe weh	**uê** way	**oc** aok	**uyêt** oo-yit

Ngày Quốc Khánh National Day
Ngày quốc tế lao động
   International Worker's Day
ngày sinh date of birth
Ngày tết Dương lịch New Year's
   Day (*Western*)
ngày tháng date
ngày thường (trong tuần)
   weekday
ngày trước eve
ngày trước tuần chay Mardi Gras
ngày xưa có một ... once upon a
   time there was ...
ngắc ngứ broken *English etc*
ngăm đen swarthy
ngắm look at, view; contemplate
ngắm cảnh sightseeing
ngăn compartment; car RAIL; box
ngăn cách separate
ngăn cản prevent, stop; deter; put
   off; interfere with *plans*; hold back
   crowds; **ngăn cản ai làm gì**
   prevent s.o. from doing sth;
   không ngăn cản X let X go
   unchecked
ngăn cấm prohibit; bar
ngăn chặn avert; prevent;
   prohibit; foil; contain *floodwaters*;
   stem; stifle *criticism, debate*; **ngăn**
   chặn một gì clamp down on sth;
   ngăn chặn tờ séc stop a check
ngăn chuồng stall (*for horse etc*)
ngăn đá freezing compartment
ngăn để hành lý trunk (*of car*)
ngăn đựng tiền till
ngăn kéo drawer
ngăn nắp neat, tidy; orderly ◊ tidy
   up
ngăn ngừa prevent ◊ (sự)
   prevention
ngăn ra partition off
ngăn trở inhibit
ngắn short, brief
ngắn gọn brisk

ngắn hạn short-term
ngắn ngủi short
ngắn tay short-sleeved
ngắt interrupt, break in; disconnect
ngắt điện circuit breaker
ngắt lời interrupt ◊ (sự)
   interruption
ngâm soak, immerse; recite
ngâm nga hum
ngấm ngầm implicit; insidious
   ◊ lurk (*of doubt*)
ngấm vào sink in
ngầm tacit; underground
ngầm định default COMPUT
ngân hàng bank FIN
ngân hàng máu blood bank
Ngân hàng phát triển Châu Á
   Asian Development Bank
Ngân hàng thế giới World Bank
ngân hàng tiết kiệm savings
   bank
ngân hàng tinh trùng sperm
   bank
ngân quỹ budget
ngân sách budget; **ngân sách có**
   hạn be on a budget
ngân sách quốc phòng defense
   budget
ngần ngại flinch
ngẩn ngơ pine for ◊ distraught
ngập flood; **bị ngập** flooded,
   inundated
ngập đầu: **bị ngập đầu trong** be
   swamped with, be snowed under
   with
ngập đến come up to, reach
ngập mặn salt flat
ngập ngừng hesitate ◊ (sự)
   hesitation ◊ hesitating
   ◊ hesitatingly
ngập nước waterlogged
ngất (đi) faint; pass out
ngấu nghiến voraciously
ngẫu nhiên random

ch (*final*) k	**gh** g	**nh** (*final*) ng	**r** z; (S) r	**x** s	**â** (but)	**i** (tin)
d z; (S) y	**gi** z; (S) y	**ph** f	**th** t	**a** (hat)	**e** (red)	**o** (saw)
đ d	**nh** (onion)	**qu** kw	**tr** ch	**ă** (hard)	**ê** ay	**ô** oh

ngây ngấy sốt feverish

ngây thơ innocent; naive ◊ (sự) innocence

ngấy greasy *food*

nghe listen; listen to; hear; ***nghe đây, chuyện nghiêm túc đấy*** listen, this is serious; ***chuyện ấy nghe ra cũng thú vị*** that sounds interesting; ***không nghe được*** inaudible

nghe lỏm listen in; overhear

nghe nhìn audiovisual

nghe nói về hear about

nghe phong thanh get to hear about

nghe rõ hear, catch

nghe thấy hear

nghe thấy được audible

nghe trộm eavesdrop; intercept *message*

nghẹn ngào gulp, choke

nghèo poor

nghèo nàn slender *income* ◊ (sự) poverty

nghèo xác xơ poverty-stricken

nghề craft, trade, profession ◊ *classifier for jobs, professions*

nghề cá fishing

nghề đóng kịch acting (*in the theater*)

nghề đóng phim acting (*in movies*)

nghề gốm pottery

nghề kỹ sư engineering

nghề làm báo journalism

nghề làm báo điều tra investigative journalism

nghề làm đồ gốm ceramics; pottery

nghề làm vườn horticulture

nghề mộc woodwork

nghề nấu ăn cookery

nghề nghiệp profession; occupation; career

nghề phụ sideline

nghề thợ nề masonry

nghề thủ công craft; handicraft

nghề tự do freelance

nghề xây dựng building trade; construction industry

nghề y tá nursing

nghệ turmeric

nghệ sĩ artist; artistic person

nghệ sĩ bậc thầy virtuoso

nghệ thuật art; the arts ◊ artistic

nghệ thuật biên đạo múa choreography

nghệ thuật điêu khắc sculpture

nghệ thuật in khắc engraving

nghệ thuật nhiếp ảnh photography

nghệ thuật sân khấu drama

nghển cổ crane one's neck

nghi suspect

nghi lễ ceremony ◊ ceremonial

nghi ngại doubtful ◊ doubtfully ◊ (sự) misgivings

nghi ngờ distrust; mistrust; doubt; be suspicious of; question ◊ dubious ◊ (sự) doubt; suspicion; distrust; ***không thể nghi ngờ được*** unquestionably, without doubt

nghi ngờ bản thân doubt oneself ◊ (sự) self-doubt

nghi thức ceremony, ceremonial; formality; ritual; protocol; ***theo nghi thức*** formal

nghỉ rest; be off (*not at work*) ◊ closed; ***đi nghỉ*** take a vacation; ***đi nghỉ ở ...*** go to ... on vacation; ***một ngày/tuần nghỉ làm việc*** take a day/week off; ***nghỉ làm một ngày*** take a day off; ***đang nghỉ lễ*** be on vacation

nghỉ đẻ maternity leave

nghỉ giải lao interval; rest

nghỉ hè summer vacation

ơ u*r*	**y** (tin)	**ây** uh-i	**iê** i-uh	**oa** wa	**ôi** oy	**uy** wee	**ong** aong
u (soon)	**au** a-oo	**eo** eh-ao	**iêu** i-yoh	**oai** wai	**ơi** u*r*-i	**ênh** uhng	**uyên** oo-in
ư (dew)	**âu** oh	**êu** ay-oo	**iu** ew	**oe** weh	**uê** way	**oc** aok	**uyêt** oo-yit

nghỉ mệt have a rest
nghỉ ngơi rest, relax ◊ (sự) rest;
  relaxation; break; respite
nghỉ ốm be on sick leave
nghỉ phép be on leave
nghỉ thi đấu time out
nghỉ việc lay off *workers*
nghỉ xả hơi interval THEA
nghĩ think; *nghĩ gì nói nấy*
  speak one's mind; *anh/chị nghĩ
  thế nào?* what do you think?;
  anh/chị nghĩ gì về điều đó?
  what do you think of it?; *tôi
  không nghĩ vậy* I don't think so;
  tôi không nghĩ thế I guess not;
  tôi nghĩ thế I guess so
nghĩ ngợi brood
nghĩ tốt về be well disposed
  toward
nghĩ vẩn vơ về toy with
nghị lực drive, energy
nghị quyết resolution
nghị sĩ Congressman
nghĩa meaning; sense; *cái đó
  không có nghĩa gì* it doesn't
  make sense; *về một nghĩa nào
  đó* in a sense
nghĩa bóng figurative
nghĩa đen literal
nghĩa địa graveyard
nghĩa trang cemetery
nghĩa vụ quân sự military service
nghĩa xấu pejorative, derogatory
nghịch fiddle with; *nghịch dại
  dột với* fool around with; *nghịch
  vớ vẩn* fiddle around with
nghịch lý paradox ◊ paradoxical
nghiêm cấm strictly forbid ◊ it is
  strictly forbidden
nghiêm khắc severe; stern; strict;
  rigorous ◊ (sự) severity
nghiêm ngặt strict *instructions*,
  rigorous *tests*; stringent *conditions*
  ◊ tighten *controls*; tighten up

nghiêm nghị stuffy *person* ◊ (sự)
  frown
nghiêm trọng bad; serious *illness*,
  damage; nasty *cut*, *disease* ◊ badly
  injured ◊ (sự) severity
nghiêm túc serious; no-nonsense;
  nghiêm túc đấy chứ?
  seriously?; *nghiêm túc dự định*
  seriously intend to
nghiên cứu look at, examine;
  study; research into; read up on
  ◊ (sự) investigation; research;
  study
nghiên cứu sinh graduate, *Br*
  postgraduate
nghiên cứu thị trường market
  research
nghiên cứu và phát triển R&D,
  research and development
nghiên cứu về kinh doanh
  business studies
nghiên cứu về quản lý
  management studies
nghiến chặt clench *teeth*
nghiền mash
nghiện be addicted to, be hooked
  on ◊ (sự) addiction; *gây nghiện*
  be addictive; *nghiện ma túy* be
  on drugs
nghiêng lean, slant ◊ sideways
  ◊ slanting; italic
nghiệp profession
nghìn thousand
ngó look; take care of, look after;
  *tôi có thể ngó xem qua được
  không?* can I have a look
  around?
ngó ngoáy tamper with
ngó sen lotus stalks
ngó theo stare at
ngó trân trân stare
ngò (S) cilantro, coriander
ngõ (N) lane, alley
ngõ cụt blind alley; dead end; cul-

---

ch (*final*) k	**gh** g	**nh** (*final*) ng	**r** z; (S) r	**x** s	**â** (but)	**i** (tin)
d z; (S) y	**gi** z; (S) y	**ph** f	**th** t	**a** (hat)	**e** (red)	**o** (saw)
đ d	**nh** (onion)	**qu** kw	**tr** ch	**ă** (hard)	**ê** ay	**ô** oh

de-sac

ngỏ thông gateway COMPUT

Ngọ horse (*in Vietnamese zodiac*)

ngọ ngoạy wriggle

ngoài aside from; beyond; outside; *ngoài ... ra* besides, aside from

ngoài cao điểm offpeak

ngoài da superficial

ngoài đường biên touch SP

ngoài giờ overtime

ngoài hôn nhân extramarital

ngoài tầm nghe out of earshot

ngoài tầm nhìn out of sight

ngoài tầm tay out of reach

ngoài trời open-air, outdoor ◊ outdoors

ngoại maternal; external

ngoại cảm cold, chill (*caused by cold weather*)

ngoại cỡ outsize

ngoại giao diplomatic ◊ (sự) foreign affairs

ngoại hối foreign exchange

ngoại kiều alien

ngoại lệ exception, one-off

ngoại ngữ foreign language

ngoại nhập foreign, exotic

ngoại ô suburb; outskirts

ngoại quốc foreign

ngoại tệ foreign currency

ngoại tình adulterous ◊ (sự) adultery; *những vụ ngoại tình* extramarital affairs

ngoại trừ apart from

ngoại vi periphery

ngoan behave (oneself) ◊ well-behaved, good; *hãy ngoan nào!* behave (yourself)!

ngoan cố obstinate

ngoan cường stubborn; tenacious; dogged

ngoạn mục spectacular

ngoáy scribble

ngoáy mũi pick one's nose

ngoằn ngoèo zigzag

ngoặt swerve

ngoặt sang curve

ngọc bích jade

Ngọc Hoàng Jade Emperor

ngọc lan magnolia

ngọc quý pearl

ngọc trai pearl

ngoe ngoe cry (*of baby*)

ngoe nguẩy wag *tail*

ngon delicious, beautiful; good *food*; good, sound *sleep*; running well *machine* ◊ soundly *sleep*

ngon miệng delicious ◊ (sự) appetite

ngon nhất best *taste*

ngón chân toe

ngón tay finger

ngón tay cái thumb

ngón (tay) trỏ index finger, forefinger

ngọn blade (*of grass*); top (*of mountain*)

ngọn đồi hill

ngọn lửa flame

ngọng líu slurred

ngọt sweet

ngọt xớt glib, smooth

ngô (N) corn

ngô hạt ngọt (N) sweetcorn

ngộ độc thức ăn food poisoning

ngộ nghĩnh funny

ngộ nghĩnh trơ tráo saucy

ngốc nghếch foolish, stupid

ngôi sao star *also fig*

ngôi sao điện ảnh movie star

ngôi sao nhạc rốc rock star

ngồi sit

ngồi chơi không twiddle one's thumbs

ngồi dậy sit up

ngồi ghé perch

ngồi ghế điện go to the (electric) chair

ơ u-r	**y** (tin)	**ây** uh-i	**iê** i-uh	**oa** wa	**ôi** oy	**uy** wee	**ong** aong
u (soon)	**au** a-oo	**eo** eh-ao	**iêu** i-yoh	**oai** wai	**ơi** u-r-i	**ênh** uhng	**uyên** oo-in
ư (dew)	**âu** oh	**êu** ay-oo	**iu** ew	**oe** weh	**uê** way	**oc** aok	**uyêt** oo-yit

ngồi không idle away
ngồi ngất ngưởng perch
ngồi thẳng lên sit up
ngồi xổm squat (on one's haunches)
ngồi xuống sit down
ngồi yên tại chỗ stay put
ngồm ngoàm chomp ◊ chomping
ngôn ngữ language
ngôn ngữ Ả rập Arabic
ngôn ngữ cử chỉ body language
ngôn ngữ học linguistic
ngôn ngữ ký hiệu sign language
ngốn gulp down
ngốn hết polish off, scoff
ngốn sạch wolf down *food*
ngông cuồng wild *teenager etc*
ngỗng goose
ngột ngạt oppressive, stifling; stuffy *room*
ngớ ngẩn cockeyed
ngờ ngợ vague
ngờ vực suspicious
ngớt subside; ease off
ngu stupid
ngu dốt stupid, thick
ngu đần fool
ngu ngốc stupid, idiotic, dumb ◊ (sự) stupidity; *kẻ/tên/tay ngu ngốc* idiot, ass; *làm điều ngu ngốc* fool around
ngu si brainless
ngu xuẩn stupid ◊ (sự) folly
ngủ sleep; fall asleep ◊ dormant; *đi ngủ* go to bed, turn in; go to sleep; *tôi không thể ngủ được* I couldn't get to sleep; *ngủ với* sleep with, go to bed with
ngủ dậy muộn sleep late
ngủ đông hibernate
ngủ gật snooze
ngủ muộn sleep late
ngủ quá giấc oversleep
ngủ say fast asleep

ngủ thiếp đi fall asleep
ngủ vạ vật sleep rough
ngũ cốc cereal
ngũ vị hương five spices powder
ngụ ý imply
ngụm mouthful; *một ngụm ...* a drink of ...
nguôi dần die down
nguôi đi cool (*of tempers*); *làm ai nguôi đi* cool s.o. down
nguội cool down
nguội lạnh cool (*of interest*)
nguồn source; resource
nguồn cảm hứng inspiration
nguồn dự trữ stock, supplies
nguồn gốc origin, beginning
nguy cơ risk
nguy hại harmful, bad; *gây nguy hại* endanger
nguy hiểm dangerous; hazardous ◊ (sự) danger; hazard; *trong tình trạng nguy hiểm* be in jeopardy
nguy kịch critical MED; life-threatening
nguy nga impressive; magnificent; palatial
ngụy trang camouflage
nguyên original, unchanged
nguyên âm vowel
nguyên bản original
nguyên chất pure; straight up *whiskey*; solid *gold etc* ◊ (sự) purity
nguyên đơn claimant; plaintiff
nguyên liệu materials; raw materials
nguyên lý foundation; principle; *về nguyên lý* in principle; *vì những nguyên lý đạo đức* on principle
nguyên nhân cause
nguyên tắc principle
nguyên tắc đạo đức moral principle
nguyên thể infinitive GRAM

---

ch (*final*) k	**gh** g	**nh** (*final*) ng	**r** z; (*S*) r	**x** s	**â** (but)	**i** (tin)
d z; (*S*) y	**gi** z; (*S*) y	**ph** f	**th** t	**a** (hat)	**e** (red)	**o** (saw)
đ d	**nh** (onion)	**qu** kw	**tr** ch	**ă** (hard)	**ê** ay	**ô** oh

nguyên thủy primitive
nguyên tố element CHEM
nguyên tử atom ◊ atomic
nguyên văn literal
nguyền rủa blaspheme; curse
nguyệt quế laurel
nguyệt thực eclipse of the moon
ngữ pháp grammar ◊ grammatical
ngứa itch; sting ◊ (sự) irritation;
 gây ngứa irritating
ngứa ngáy itch
ngừa thai contraception
ngửa face up; **ngửa hay sấp?**
 heads or tails?; **bơi ngửa**
 backstroke
ngựa horse
ngựa cái mare
ngựa cưỡi horse, mount
ngựa đua racehorse
ngựa đực to colt
ngựa giống stallion
ngựa vằn zebra
ngực bust; chest; bosom; **ngực đàn
 bà** woman's breasts
ngực lép flat-chested
ngực trần topless
ngửi sniff
ngửi hít smell
ngửi thấy smell
ngưng tụ condense
ngừng stop; adjourn; break off;
 ngừng làm gì stop doing sth;
 ngừng đi nào! will you stop that!
ngừng bắn cease-fire; truce
ngừng chống cự succumb
ngừng đập stop (beating)
ngừng hoạt động fail, fold,
 collapse; discontinue
ngừng không thanh toán séc
 stop a check
ngừng kinh doanh shut down
ngừng lại cease ◊ (sự) cessation
ngừng trệ standstill; **trong trạng
 thái ngừng trệ** be at a standstill

ngước nhìn lên look up
ngược inverse
ngược chiều kim đồng hồ
 counterclockwise
ngược dòng upstream
ngược đãi abuse, illtreat; persecute
 ◊ (sự) persecution; maltreatment
ngược lại on the contrary;
 conversely; vice versa ◊ reverse;
 đi ngược lại backpedal *fig*
ngược nhau opposite
người person; people; **người nhà
 tôi** my folk
người Ac-hen-ti-na Argentinian
người Ai cập Egyptian
người Ai-len Irishman
người Anh Briton; the British; the
 English
người anh hùng hero
người Anh-điêng Indian
người Áo Austrian
người Ap-ga-ni-xtăng Afghan
người Ả rập Arab
người Ả-rập Xê út Saudi
người ăn chay vegetarian
người ăn theo dependent
người ăn xin beggar
người âm mưu plotter
người Ấn Độ Indian
người ấy thingumajig, what's-his-
 name
người ẩn dật recluse
người ba hoa chatterbox
người Ba Lan Pole
người bán seller; sales person
người bán báo newsdealer
người bán buôn seller
người bán cá fishmonger
người bán đồ nữ trang jeweler
người bán hàng (sales) clerk
người bán hàng rong street
 hawker
người bán hoa florist
người bán lẻ retailer

ơ u*r*	y (tin)	ây uh-i	iê i-uh	oa wa	ôi oy	uy wee	ong aong
u (soon)	au a-oo	eo eh-ao	iêu i-yoh	oai wai	ơi ur-i	ênh uhng	uyên oo-in
ư (dew)	âu oh	êu ay-oo	iu ew	oe weh	uê way	oc aok	uyêt oo-yit

người bán ở quầy rượu
bartender
người bán sách bookseller
người bán sỉ wholesaler
người bán tạp phẩm grocer
người bán thuốc cigarette vendor
người báo tin informant
người bảo đảm guarantor
người bảo lãnh guarantor
người bảo thủ stick-in-the-mud
người bảo trợ sponsor; patron
người bảo vệ security guard;
protector
người bảo vệ rừng forest ranger
người Bắc Mỹ North American
người Bắc Triều Tiên (North)
Korean
người Bắc Việt Nam North
Vietnamese
người bắn cung archer
người bắn tỉa sniper
người Băng la đét Bangladeshi
người bắt bóng catcher
người bắt chước mimic
người béo phệ fatty, fatso
người bên cạnh neighbor
người bệnh tâm thần psychopath
người bi quan pessimist
người Bỉ Belgian
người bị bắt giữ detainee
người bị động kinh epileptic
người bị giam cầm captive
người bị kết án tù convict
người bị ruồng bỏ outcast
người bị suy nhược thần kinh
nervous wreck
người bị thương injured (people)
người bị tình nghi suspect
người biểu diễn performer
người biểu tình demonstrator,
protester
người bỏ học nửa chừng
(school) dropout
người Bồ Đào Nha Portuguese

người bơi swimmer
người Brazin Brazilian
người buôn bán dealer; vendor
người buôn bán đồ cổ antique
dealer
người buôn bán ma túy pusher
người buôn lậu smuggler
người Bu-tăng Bhutanese
người bủn xỉn miser
người cá nhân chủ nghĩa
individualist
người cải đạo convert
người Canađa Canadian
người cắm trại camper (*person*)
người Cămpuchia Cambodian
người cầm holder (*of passport,
ticket etc*)
người cầm quyền administrator;
ruler
người cần cù plodder
người cấp dưới junior,
subordinate
người cấp thấp hơn inferior
người cấp trên superior
người cầu toàn perfectionist
người cha father
người chạy bộ jogger
người chạy trốn fugitive
người chăn bò cowboy
người chăn ngựa groom
người chấm thi examiner
người châu Á Asian
người châu Âu European
người châu Mỹ La tinh Hispanic
người châu Phi African
người chết dead person; death,
fatality; *những người chết* the
dead
người chi trả payer
người chỉ huy commander
người chỉ trích critic
người chia bài dealer (*in cards*)
người cho donor
người cho máu blood donor

---

ch (*final*) k	**gh** g	**nh** (*final*) ng	**r** z; (*S*) r	**x** s	**â** (but)	**i** (tin)
d z; (*S*) y	**gi** z; (*S*) y	**ph** f	**th** t	**a** (hat)	**e** (red)	**o** (saw)
đ d	**nh** (onion)	**qu** kw	**tr** ch	**ă** (hard)	**ê** ay	**ô** oh

người chống đối dissident
người chồng husband
người chồng sợ vợ henpecked
  husband
người chơi player
người chơi dương cầm pianist
người chơi đàn ghi ta guitarist
người chơi đàn viôlông violinist
người chơi gôn golfer
người chơi lướt ván buồm
  windsurfer
người chơi nghiệp dư amateur
người chơi ten-nít tennis player
người chủ proprietor
người chủ gia đình head of the
  family
người chủ hiệu shopkeeper
người chuyên nghiệp
  professional
người chuyên quyền dictator *fig*
người chứng kiến witness;
  eyewitness
người chứng nhận referee (*for
  job*)
người có holder (*of passport,
  ticket etc*)
người có cảm tình sympathizer
người có tội sinner
người cô đơn loner
người cộng sản Communist
người cộng tác với địch
  collaborator (*with enemy*)
người cung cấp hàng hóa
  supplier
người cung cấp tin (tức)
  informant; informer
người cùng chơi playmate
người cùng làm việc colleague
người cùng phe partner
người cùng thời contemporary
người cuồng tín fanatic
người cưỡi ngựa rider
người cưỡi ngựa đua jockey
người cử tạ weightlifter

người da đen black
người da trắng white
người dạy trainer
người dân subject (*of country*)
người dẫn chỗ usher
người dẫn chương trình host (*of
  TV program*); anchorman
người dẫn đầu pacemaker SP
người Do Thái Jew
người dự thi competitor
người dự tiệc diner
người Đan Mạch Dane
người đánh cá fisherman
người Đài Loan Taiwanese
người đàm phán negotiator
người đã về hưu senior citizen
người đại diện representative
người đại diện công đoàn shop
  steward
người đạp xích lô cyclo rider
người đần độn imbecile
người đầu cơ speculator
người đầu não brains
người đeo ba lô backpacker
người đến thăm caller, visitor
người đi ẩu jaywalker
người đi bộ đường dài hiker,
  walker
người đi chào hàng commercial
  traveler
người đi dạo rambler; stroller
người đi du lịch traveler
người điên madman, lunatic
người điên khùng maniac
người điều hành (tour) operator
người điều khiển (machine)
  operator
người đi nghỉ vacationer
người đi nhờ xe hitchhiker
người đi săn hunter
người đi tham quan sightseer
người đi xe đạp cyclist, rider
người đi xe máy motorcyclist,
  rider

ơ u*r*	**y** (tin)	**ây** uh-i	**iê** i-uh	**oa** wa	**ôi** oy	**uy** wee	**ong** aong
u (soon)	**au** a-oo	**eo** eh-ao	**iêu** i-yoh	**oai** wai	**ơi** ur-i	**ênh** uhng	**uyên** oo-in
ư (dew)	**âu** oh	**êu** ay-oo	**iu** ew	**oe** weh	**uê** way	**oc** aok	**uyêt** oo-yit

người đi xem phim moviegoer
người địa phương local
người định cư emigrant; settler
người đóng góp contributor
người đóng thay double (*in movies*)
người đóng thuế tax payer
người đọc reader
người Đông Nam Á Southeast Asian
người đồng hương (fellow) countryman
người đồng sở hữu part owner
người đồng tính luyến ái gay, homosexual
người đổi mới innovator
người đua ô tô racing driver
người đua xe (máy) hell rider
người đưa tang mourner
người đưa thư courier; mailman
người đưa tin messenger
người được bảo trợ ward
người được đào tạo trainee
người được đề cử nomination, nominee
người được phỏng vấn interviewee
người được thưởng huy chương medalist
người được ủy nhiệm proxy
người được ủy thác trustee
người Đức German
người đứng đầu head
người gác lookout; warden; guard
người gác biển coastguard
người gác cổng janitor
người gác cửa porter
người gác dan guard
người gác đêm night porter
người gây mê anesthetist
người gây phiền hà troublemaker
người ghi được điểm scorer
người ghi tên dự thi entrant

người gian lận cheat
người giao bóng server (*in tennis*)
người giám hộ guardian
người giám sát supervisor
người giả trang transvestite
người giàu rich person; the rich
người giỏi nhất the best
người giống hệt double
người giơ đầu chịu báng scapegoat
người giúp đỡ helper
người giúp việc maid, domestic help
người giữ (record) holder
người giữ kỷ lục record holder
người giữ trật tự bouncer, doorman
người góa vợ widower
người gọi (điện thoại) caller TELEC
người gửi sender
người Hà lan Dutchman; Dutchwoman; the Dutch
người ham mê addict
người hãm tài jinx
người Hàn Quốc (South) Korean
người hàng thịt butcher
người hành hình executioner
người hành hương pilgrim
người hảo tâm benefactor
người hát giọng nữ cao soprano
người hát xẩm blind singer
người hay cả thẹn prude; *thuộc người hay cả thẹn* prudish
người hay cằn nhằn grumbler
người hâm mộ fan; admirer
người hầu maid
người hầu bàn waiter
người hầu bàn nữ waitress
người hòa giải troubleshooter
người hoài nghi cynic; skeptic
người học learner
người học lái xe learner driver
người học nghề apprentice

ch (*final*) k	gh g	nh (*final*) ng	r z; (*S*) r	x s	â (but)	i (tin)
d z; (*S*) y	gi z; (*S*) y	ph f	th t	a (hat)	e (red)	o (saw)
đ d	nh (onion)	qu kw	tr ch	ă (hard)	ê ay	ô oh

người hóm hỉnh wit
người huấn luyện instructor
người Hung-ga-ri Hungarian
người hướng dẫn guide;
  supervisor
người hướng ngoại extrovert
người hướng nội introvert
người Hy Lạp Greek
người Inđônêxia Indonesian
người I-ran Iranian
người I-rắc Iraqi
người Israen Israeli
người kế vị successor
người kể chuyện narrator
người khác giới the opposite sex
người khác thường freak
người khai thác bất động sản
  property developer
người khắt khe puritan
người không biết bơi
  nonswimmer
người không chuyên layman
người không hút thuốc lá
  nonsmoker
người khổng lồ giant
người khờ dại moron
người khuân vác porter
người kích động agitator
người kiểm soát vé ticket
  inspector
người kiểm toán auditor
người Kinh Kinh people (*largest*
  ethnic group in Vietnam)
người kinh doanh bất động sản
  realtor
người kỳ cục crank
người kỳ cựu veteran
người kỳ diệu marvel
người lạ stranger
người lạ mặt foreigner
người lạc lõng misfit
người lạc quan optimist
người lái driver; navigator NAUT
người lái thuyền buồm

yachtsman
người lái xe điện streetcar driver
người lái xe máy motorcyclist
người lái xe ô tô motorist
người lái xe tải teamster, truck
  driver
người lái xe tắc xi cab driver
người láng giềng neighbor
người lang thang bum
người làm chứng witness
người làm công employee
người làm công ăn lương wage
  earner
người làm công tác xã hội social
  worker; welfare worker
người làm nghề tự do freelancer
người làm phim film-maker
người làm quân sư mastermind
người làm trò ảo thuật conjurer
người làm trung gian hòa giải
  mediator
người làm vệ sinh cleaner
người làm việc ở nông trại truck
  farmer
người làm vườn gardener
người lãnh đạo leader; chief
người lao công laborer
người lao động chân tay manual
  worker
người lao động trí óc white-
  collar worker
người Lào Laotian
người lặn diver
người lấp chỗ trống stopgap
người lập dị eccentric; weirdo
người lập trình programmer
người Li-băng Libyan
người lính soldier
người lớn adult, grown-up
người lớn tuổi hơn senior
người lớn tuổi nhất the eldest
người lùn dwarf, midget
người ly hôn divorcee
người Mã lai Malay

ơ u*r*	**y** (tin)	**ây** uh-i	**iê** i-uh	**oa** wa	**ôi** oy	**uy** wee	**ong** aong
u (soon)	**au** a-oo	**eo** eh-ao	**iêu** i-yoh	**oai** wai	**ơi** u*r*-i	**ênh** uhng	**uyên** oo-in
ư (dew)	**âu** oh	**êu** ay-oo	**iu** ew	**oe** weh	**uê** way	**oc** aok	**uyêt** oo-yit

người man rợ savage
người mang mầm bệnh carrier (*of disease*)
người máy robot
người mắc bệnh đái đường diabetic
người mắc bệnh tâm thần phân liệt schizophrenic
người mắc chứng đọc khó dyslexic
người mẫu model; *làm người mẫu* model, work as a model
người mẫu thời trang (fashion) model
người Mêhicô Mexican
người Miến Điện Burmese
người miền Bắc northerner
người môi giới broker
người Mông Cổ Mongolian
người mộng du sleepwalker
người mở đường forerunner
người mới bắt đầu beginner
người mới đến newcomer
người mới tu novice
người mới vào nghề novice
người mua buyer
người mua hàng shopper
người mù blind person; the blind
người Mỹ American
người Mỹ La tinh Latin American
người Na Uy Norwegian
người Nam Mỹ South American
người Nam Phi South African
người nào? which one?
người nào đó somebody; so-and-so
người nấu ăn cook
người Nê-pan Nepalese
người Nga Russian
người ngang hàng equal, peer
người nghèo poor person; the poor
người nghiện addict
người nghiện ma túy drug addict

người nghiện rượu alcoholic
người nghiện thuốc lá smoker
người nghiện thuốc phiện opium smoker
người nghiện trà tea drinker
người ngoài outsider
người ngoại đạo heathen
người ngoại quốc foreigner
người ngồi lê mách lẻo gossip
người ngớ ngẩn nerd
người ngu ngốc imbecile, jerk
người nhái frogman
người nhào lộn tumbler
người nhảy dancer
người nhảy dù parachutist
người nhảy pơ lông giông diver
người nhận addressee; receiver, recipient
người nhận chi trả payee
người nhập cư immigrant
người nhập khẩu importer
người Nhật (Bản) Japanese
người nhút nhát wimp
người Niu-Zi-Lân New Zealander
người nói dối liar
người nói tiếng mẹ đẻ native speaker
người nổi tiếng celebrity
người nộp đơn applicant
người nước ngoài foreigner
người nướng bánh baker
người ở occupant; servant
người ở trọ lodger
người Pakixtan Pakistani
người phao tin đồn nhảm scaremonger
người phác thảo draftsman
người Pháp Frenchman; Frenchwoman; the French
người phát hiện discoverer
người phàm ăn glutton
người phàm tục philistine
người phản đối protester
người phân phối distributor

ch (*final*) k	**gh** g	**nh** (*final*) ng	**r** z; (S) r	**x** s	**â** (but)	**i** (tin)
d z; (S) y	**gi** z; (S) y	**ph** f	**th** t	**a** (hat)	**e** (red)	**o** (saw)
đ d	**nh** (onion)	**qu** kw	**tr** ch	**ă** (hard)	**ê** ay	**ô** oh

người Phần Lan Finn
người phiên dịch interpreter
người phiền phức nuisance
người Phi-líp-pin Filipino
người phỏng vấn interviewer
người phục vụ attendant; valet
người phụ tá assistant
người phụ trách nhà bảo tàng curator
người phương Đông East Asian
người phương Tây Westerner
người quan liêu bureaucrat
người quan sát observer
người quan trọng important person, VIP
người quay phim cameraman
người quá cố the deceased
người quản lý administrator; super, superintendent (*of apartment house*)
người quản lý nhân sự personnel manager
người quảng cáo advertiser
người què (quặt) cripple
người quen acquaintance; contact
người quét dọn cleaner
người ra quyết định decision-maker
người ruột thịt gần nhất next of kin
người rửa bát đĩa dishwasher (*person*)
người san bằng tỷ số equalizer SP
người sáng lập creator, founder
người sáng tác creator
người sáng tạo creator; originator
người sành ăn gourmet
người sành sỏi connoisseur
người sau latter
người say mê enthusiast; fan
người say rượu drunk
người săn đuổi pursuer

người Séc Czech
người Sing-ga-po Singaporean
người soạn diễn văn speech writer
người sống ly hương exile
người sống ngoài lề xã hội dropout (from society)
người sống sót survivor
người sử dụng user
người sử dụng bàn phím keyboarder
người sưu tầm collector
người sửa chữa repairman
người ta you, one; people, they; I; *người ta có thể nói gì/làm gì?* what can one say/do?; *người ta không bao giờ biết được* you never know; *người ta đã bảo rồi mà!* I have already said so!
người tai quái devil
người tài trợ backer
người tạm trú nonresident
người tàn tật disabled person; invalid; the disabled
người tạo mẫu thời trang fashion designer
người tặng donor
người tầm thường mediocrity
người Tây Ban Nha Spaniard
người Tây Phương Westerner
người Tây Tạng Tibetan
người thách đấu challenger
người Thái Lan Thai
người tham gia participant
người tham gia bãi công striker
người thanh tra inspector
người thay đổi tín ngưỡng convert
người thay thế replacement; substitute
người thăm dò ý kiến pollster
người thắng winner
người thắng cuộc winner
người thẩm vấn interrogator

ơ ur	**y** (tin)	**ây** uh-i	**iê** i-uh	**oa** wa	**ôi** oy	**uy** wee	**ong** aong
u (soon)	**au** a-oo	**eo** eh-ao	**iêu** i-yoh	**oai** wai	**ơi** ur-i	**ênh** uhng	**uyên** oo-in
ư (dew)	**âu** oh	**êu** ay-oo	**iu** ew	**oe** weh	**uê** way	**oc** aok	**uyêt** oo-yit

người thất bại loser
người theo chế độ dân chủ democrat
người theo chủ nghĩa hòa bình pacifist
người theo chủ nghĩa khỏa thân nudist
người theo chủ nghĩa Mác Marxist
người theo chủ nghĩa tư bản capitalist
người theo chủ nghĩa xã hội socialist
người theo đạo Lão Taoist
người theo đạo Thiên Chúa La Mã Roman Catholic
người theo đạo Tin lành Protestant
người theo dõi follower (*of TV program*)
người thiên về vật chất materialist
người thiết kế designer
người thiết kế nội thất interior designer
người thích đùa joker
người thích phô trương exhibitionist
người thích tự hành hạ mình masochist
người Thổ Nhĩ Kỳ Turk
người thợ workman
người thu ngân teller (*in bank*)
người thu vé ticket collector
người thua loser
người thuê tenant
người thuộc Đảng Dân chủ Democrat
người thuộc thế giới khác alien
người Thụy Điển Swede
người thuyết giáo preacher
người thừa kế heir
người thừa kế nữ heiress
người thực tế realist

người tị nạn refugee
người tiên phong pioneer
người tiền nhiệm predecessor
người tiêu dùng consumer; end-user
người tình lover
người tình nguyện volunteer
người tóc đỏ redhead
người tổ chức organizer
người tốt nghiệp đại học graduate
người trả tiền payer
người trí thức intellectual
người trình diễn thoát y stripper
người trốn quân dịch draft dodger
người trốn vé stowaway
người trông trẻ baby-sitter; nanny
người trung gian intermediary; middleman; go-between
người Trung Quốc Chinese
người trúng giải prizewinner
người trúng thưởng winner
người trụy lạc pervert
người truyền bá Phúc âm evangelist
người trực tổng đài operator TELEC
người trượt băng (ice-)skater
người trượt tuyết skier
người tuân thủ conformist
người tung hứng juggler
người tuyết snowman
người tư vấn consultant
người tư vấn về quản lý management consultant
người từ thiện philanthropist
người ủ bia brewer
người Úc Australian
người ủng hộ supporter
người vào chung kết finalist
người vận động campaigner
người vẽ drawer (*person*)
người vẽ sơ đồ thiết kế

---

ch (*final*) k	**gh** g	**nh** (*final*) ng	**r** z; (*S*) r	**x** s	**â** (but) **i** (tin)
d z; (*S*) y	**gi** z; (*S*) y	**ph** f	**th** t	**a** (hat)	**e** (red) **o** (saw)
đ d	**nh** (onion)	**qu** kw	**tr** ch	**ă** (hard)	**ê** ay **ô** oh

draftsman
người vẽ tranh minh họa
illustrator
người vi phạm trespasser
người vị thành niên minor
người viết writer
người viết báo chuyên mục
columnist
người viết bài contributor
người viết lời bài hát lyricist
người viết quảng cáo copy-
writer
người viết thư correspondent
người Việt Nam Vietnamese
người vô dụng bum
người vô thần atheist
người vô tích sự good-for-nothing
người vợ wife
người xây dựng builder
người Xcốtlen Scot
người xem onlooker
người xuất bản publisher
người Ý Italian
người yêu boyfriend; girlfriend;
lover
người yêu cầu claimant
người yêu nước patriot
ngưỡng cửa doorstep; threshold; **ở**
ngưỡng cửa của ... be on the
verge of ...
ngượng ngập sheepish
ngượng ngùng embarrassed,
ashamed
nha sĩ dentist
nhà home; house; place; building
◊ *classifier for person in a certain*
occupation and for buildings: **ở**
nhà at home; home; **đến nhà tôi**
go to my place
nhà ăn (N) restaurant
nhà ảo thuật magician
nhà báo journalist
nhà báo thể thao sports
journalist

nhà băng bank
nhà bệnh lý học pathologist
nhà cách mạng revolutionary
nhà cải cách hăng hái do-
gooder
nhà cầu (S) john
nhà chiêm tinh astrologer
nhà chính trị politician
nhà chọc trời skyscraper
nhà chuyên viên expert;
specialist
nhà chức trách the authorities
nhà cửa đất đai property, land
nhà diễn thuyết speaker
nhà di truyền học geneticist
nhà doanh nghiệp entrepreneur
nhà du hành vũ trụ astronaut,
cosmonaut
nhà duy linh spiritualist
nhà dưỡng lão home, institute;
nursing home; rest home
nhà đầu tư investor
nhà để máy bay hangar
nhà để xe garage
nhà địa chất geologist
nhà điêu khắc sculptor
nhà độc tài dictator
nhà ga station
nhà hàng restaurant
nhà hàng hải navigator
nhà hát theater
nhà hóa học chemist
nhà hoạt động activist
nhà khách guesthouse
nhà khảo cổ archeologist
nhà khí tượng meteorologist
nhà kho storehouse, store;
shed
nhà khoa học scientist
nhà khoa học tự nhiên natural
scientist
nhà khoa học về thông tin
information scientist
nhà khối apartment block

ơ ur	**y** (tin)	**ây** uh-i	**iê** i-uh	**oa** wa	**ôi** oy	**uy** wee	**ong** aong
u (soon)	**au** a-oo	**eo** eh-ao	**iêu** i-yoh	**oai** wai	**ơi** ur-i	**ênh** uhng	**uyên** oo-in
ư (dew)	**âu** oh	**êu** ay-oo	**iu** ew	**oe** weh	**uê** way	**oc** aok	**uyêt** oo-yit

nhà kinh tế học economist
nhà kính greenhouse; conservatory
nhà ký túc hostel
nhà làm homemade
nhà lầu apartment
nhà leo núi climber, mountaineer
nhà Lê Le Dynasty
nhà lưu động mobile home, trailer
nhà Lý Ly Dynasty
nhà máy factory, plant
nhà máy bia brewery
nhà máy điện power station
nhà máy điện hạt nhân nuclear power station
nhà máy lọc refinery
nhà máy sản xuất hơi đốt gas works
nhà máy sợi mill
nhà máy tinh chế refinery
nhà máy xay mill
nhà máy xử lý chất thải sewage plant
nhà môi trường học environmentalist
nhà nấu cơm trọ rooming house
nhà nghề professional
nhà nghiên cứu researcher
nhà ngoại giao diplomat
nhà ngôn ngữ học linguist
nhà Nguyễn Nguyen Dynasty
nhà nguyện chapel
nhà nhiếp ảnh photographer
nhà nước state (*part of country*)
nhà ở housing
nhà ở tập thể dormitory
nhà phát minh inventor
nhà phân tâm học psychoanalyst
nhà phẫu thuật tạo hình plastic surgeon
nhà phê bình critic; reviewer
nhà phụ annex
nhà quê provincial; hick
nhà sàn stilt house

nhà sản xuất manufacturer; producer; maker
nhà sinh thái học ecologist
nhà soạn kịch dramatist, playwright
nhà soạn nhạc composer
nhà sư (Buddhist) monk
nhà sử học historian
nhà tài chính financier
nhà tâm lý học psychiatrist
nhà thám hiểm explorer
nhà thiên văn astronomer
nhà thổ brothel
nhà thơ poet
nhà thờ church
nhà thờ lớn cathedral
nhà thuốc pharmacy
nhà thuyền houseboat
nhà thương điên (mental) asylum
nhà tin học computer scientist
nhà toán học mathematician
nhà tranh thatched house
Nhà Trắng White House
nhà Trần Tran Dynasty
nhà trẻ nursery
nhà trí thức intellectual; egghead
nhà trọ boarding house
nhà trọ thanh niên hostel
nhà truyền giáo missionary
nhà tù prison, jail
nhà tư bản capitalist
nhà tư bản công nghiệp industrialist
nhà tự nhiên học naturalist
nhà văn writer
nhà văn châm biếm satirist
nhà văn xoàng hack
nhà vật lý physicist
nhà vật lý trị liệu physiotherapist
nhà vệ sinh rest room, toilet
nhà vệ sinh nam men's room
nhà vệ sinh nữ ladies' room
nhà viết tiểu thuyết novelist
nhà vô địch champion

---

ch (*final*) k	**gh** g	**nh** (*final*) ng	**r** z; (S) r	**x** s	**â** (but)	**i** (tin)
d z; (S) y	**gi** z; (S) y	**ph** f	**th** t	**a** (hat)	**e** (red)	**o** (saw)
đ d	**nh** (onion)	**qu** kw	**tr** ch	**ă** (hard)	**ê** ay	**ô** oh

nhà xác morgue, mortuary
nhà xí (N) john
nhà xuất bản publishing company, publisher
nhà xuất khẩu exporter
nhà xứ pastor's house
nhả release *brake*
nhả côn declutch
nhả đạn liên tục blaze away
nhả khói blow smoke
nhả ra cough up, pay
nhạc music
nhạc blu blues
nhạc công đàn dây string player; string section
nhạc công độc tấu soloist
nhạc cụ (musical) instrument
nhạc dân gian folk music
nhạc đồng quê country music
nhạc hiệu signature tune
nhạc ja jazz
nhạc khí gõ percussion instrument; percussion section
nhạc khí thổi wind instrument; wind section
nhạc kịch opera
nhạc kịch trường opera house
nhạc phát ra loa piped music
nhạc pốp pop (music)
nhạc rap rap MUS
nhạc rốc rock MUS
nhạc sĩ musician
nhạc sĩ sáng tác bài hát songwriter
nhạc trưởng concert master
nhạc viện conservatory
nhai chew
nhai tóp tép munch
nhại impersonate
nhại lại impression ◊ do an impression of
nham hiểm sinister
nhàm corny, hackneyed
nhàm chán humdrum, trite

nhảm nhí naughty *word etc*
nhan sắc looks
nhàn hạ slack
nhàn rỗi unoccupied; *vào lúc **nhàn rỗi*** in an idle moment
nhãn tag, label; longan
nhãn cầu eyeball
nhãn dính sticker
nhãn hiệu brand; label; trademark
nhãn hiệu dẫn đầu brand leader
nhãn hiệu nổi tiếng brand leader
nhãn tên nametag
nhanh quick, fast, rapid; brisk *walk* ◊ soon
nhanh chóng prompt; speedy; meteoric ◊ (sự) rapidity
nhanh lên! be quick!; hurry up!
nhanh nhẹn agile, nimble; brisk
nhanh trí quickwitted ◊ (sự) presence of mind
nhánh cây twig
nhào lộn acrobatics
nhào trộn blend in; knead
nhão soggy
nhạo báng ridicule
nhát chặt caratê karate chop
nhát chém chop
nhát gan cowardly; *kẻ / tên / tay **nhát gan*** coward
nhạt weak; pastel; *hồng / xanh **nhạt*** pale pink / blue
nhạt nhẽo tame *joke etc*
nhau each other ◊ inter...
nhàu crush; wrinkle
nháy mắt ra hiệu wink; *nháy mắt ra hiệu cho ai* wink at s.o.
nhảy dance; jump, leap; hop; *nhảy vọt vào* leap into
nhảy bật lên spring
nhảy cao high jump
nhảy chân sáo skip
nhảy dây skip
nhảy dù parachute; bail out
nhảy đầm disco

ơ u*r*   **y** (tin)   **ây** uh-i   **iê** i-uh   **oa** wa   **ôi** oy   **uy** wee   **ong** aong
u (soon)   **au** a-oo   **eo** eh-ao   **iêu** i-yoh   **oai** wai   **ơi** u*r*-i   **ênh** uhng   **uyên** oo-in
ư (dew)   **âu** oh   **êu** ay-oo   **iu** ew   **oe** weh   **uê** way   **oc** aok   **uyêt** oo-yit

nhảy lao đầu xuống dive
nhảy lên leap, bound
nhảy lộn nhào somersault
nhảy múa dancing; dance
nhảy ngựa gỗ vault
nhảy nhót bounce
nhảy pơ lông giông dive ◊ (sự) diving (*from board*); *động tác nhảy pơ lông giông cao* high diving
nhảy qua jump, leap over
nhảy sào polevault, vault
nhảy xa broad jump, long jump
nhảy xuống dive; leap into
nhạy bén on the ball, alert
nhạy cảm sensitive
nhắc remind; *nhắc nhiều để Y nhớ X* drum X into Y; *nhắc nhở ai điều gì* remind s.o. of sth
nhắc lại repeat
nhắc vở prompt
nhắm close; aim
nhắm lại closed
nhắm thẳng vào pointed *remark*
nhắm vào target; be meant for, be aimed at
nhăn wrinkle
nhăn mặt wince
nhăn nhúm shrivel
nhẵn bóng shiny
nhẵn nhụi smooth
nhặt lên pick up
nhấc take up
nhấc ... lên hoist; pick up
Nhâm virgin land (*in Vietnamese zodiac*)
nhầm mistake; *nhầm X với Y* mistake X for Y
nhầm lẫn confuse, mix up ◊ (sự) confusion, mix-up; *không nhầm lẫn* unerring; *không thể nhầm lẫn được* unmistakable; *nhầm lẫn X với Y* confuse X with Y
nhầm số wrong number

nhân filling (*in sandwich etc*); kernel; (sự) multiplication ◊ multiply
nhân chứng witness
nhân chứng cho bên bị defense witness
nhân công hand
nhân dân the people; *nhân dân Việt Nam* the Vietnamese people; *của nhân dân* of the people, popular
nhân dân tự vệ civilian self-defense
nhân đạo humane; humanitarian
nhân đức benevolent; charitable
nhân loại mankind, man, humanity
nhân lực human resources
nhân nhượng concede; *không nhân nhượng* uncompromising
nhân phẩm human dignity
nhân sâm ginseng
nhân tạo artificial; man-made
nhân thể incidentally
nhân tiện by the way
nhân tố factor
nhân từ benign, merciful
nhân vật character (*in book etc*); personality, celebrity
nhân vật phản diện villain
nhân viên personnel, staff; staffer
nhân viên bán vé booking clerk
nhân viên bắt chó đi lạc dog catcher
nhân viên cứu hộ lifeguard
nhân viên dịch vụ thẩm mỹ beautician
nhân viên đánh máy typist
nhân viên đội kiểm tra ma túy narcotics agent
nhân viên hải quan customs officer
nhân viên kế toán accountant; bookkeeper

ch (*final*) k	**gh** g	**nh** (*final*) ng	**r** z; (*S*) r	**x** s	**â** (but)	**i** (tin)
d z; (*S*) y	**gi** z; (*S*) y	**ph** f	**th** t	**a** (hat)	**e** (red)	**o** (saw)
đ d	**nh** (onion)	**qu** kw	**tr** ch	**ă** (hard)	**ê** ay	**ô** oh

nhân viên khuân vác hành lý bellhop

nhân viên kiểm soát không lưu air-traffic controller

nhân viên làm phòng maid (*in hotel*)

nhân viên lễ tang mortician

nhân viên lễ tân desk clerk, receptionist, room clerk

nhân viên mát xa masseur; masseuse

nhân viên mặt đất ground crew; ground staff (*at airport*)

nhân viên phục vụ steward; maid

nhân viên phục vụ bàn waiter; waitress

nhân viên quầy ba bartender; bar staff

nhân viên tạm thời temp

nhân viên thuế tax inspector

nhân viên thư viện librarian

nhân viên tiếp tân receptionist

nhân viên tổng đài operator

nhân viên trợ giúp y tế paramedic

nhấn click on COMPUT

nhấn mạnh emphasize, stress ◊ (sự) emphasis, stress ◊ emphatic

nhẫn ring

nhẫn cưới wedding ring

nhẫn đính hôn engagement ring

nhẫn nại patient

nhẫn tâm callous, unfeeling

nhận accept; receive

nhận biết perceive; identify

nhận dạng identify ◊ (sự) identification; identity

nhận diện pick out, identify

nhận định judge; opinion ◊ (sự) judgment; verdict

nhận được get, receive; obtain; take out *insurance policy*; *nhận được tin của* hear from

nhận làm take on *job*; take up

offer

nhận làm con nuôi adopt; *việc nhận làm con nuôi* adoption

nhận lại have back

nhận ra know, recognize; distinguish; spot; be conscious of; *có thể nhận ra điều đó nhờ ...* it can be recognized by ...

nhận thấy detect, discern ◊ (sự) acknowledg(e)ment; *không thể nhận thấy được* imperceptible; *nhận thấy gì* become aware of sth

nhận thức be aware of, realize; perceive ◊ (sự) awareness; realization; perception

nhận thức được realize

nhận thức muộn hindsight

nhận tiền ứng trước get money in advance

nhận trách nhiệm accept responsibility for

nhận vào admit

nhận xét observe, remark ◊ (sự) observation, remark; *nhận xét X với vẻ bề ngoài của nó* judge X by appearances

nhận xét dí dỏm quip

nhận xét hóm hỉnh witticism

nhấp nháp sip

nhấp nhô bob

nhập enter, input, key in ◊ (sự) input COMPUT

nhập cư immigrate ◊ (sự) immigration

nhập liệu input

nhập dữ liệu data capture

nhập khẩu import

nhập ngũ enlist

nhập quốc tịch be naturalized; *cô ấy xin nhập quốc tịch Anh* she's applied for British citizenship

nhập vào nhau merge

nhập viện admit

nhất most; first; *đẹp nhất / thú vị*

ơ ur	**y** (tin)	**ây** uh-i	**iê** i-uh	**oa** wa	**ôi** oy	**uy** wee	**ong** aong
u (soon)	**au** a-oo	**eo** eh-ao	**iêu** i-yoh	**oai** wai	**ơi** ur-i	**ênh** uhng	**uyên** oo-in
ư (dew)	**âu** oh	**êu** ay-oo	**iu** ew	**oe** weh	**uê** way	**oc** aok	**uyêt** oo-yit

nhất the most beautiful/the most interesting
nhất là most of all
nhất quán coherent; consistent ◊ (sự) consistency; **không nhất quán** inconsistent
nhất quyết be determined; **nhất quyết cho rằng** be determined that; **tôi nhất quyết không ...** I'm damned if ...
nhất thiết necessarily
nhất trí unanimous ◊ (sự) consensus; **không nhất trí** disagree; **nhất trí về** be unanimous on; **làm cho gì nhất trí với gì** reconcile sth with sth
Nhật (Bản) Japan ◊ Japanese
nhật ký diary; journal
nhật ký hàng hải log
nhật thực eclipse of the sun
nhậu (S) drinking
nhầy nhụa slimy
nhé emphasize; gently persuade
nhẹ gentle, light; mild; minor; slight ◊ lightness
nhẹ người relief; **thật là nhẹ cả người** that's a relief
nhẹ cân underweight
nhẹ dạ credulous
nhẹ nhàng soft ◊ mildly
nhẹ nhõm: cảm thấy nhẹ nhõm be relieved
nhét tuck; tuck in; jam; **nhét X vào trong Y** stuff X into Y
nhếch nhác disheveled; scruffy; **trông anh/chị thật là nhếch nhác!** what a sight you are!
nhện spider
nhỉ isn't it?; aren't you?; don't you?
nhị phân binary
nhích lên từng bước at a crawl
nhiễm contract, develop *illness*; pick up *habit*

nhiễm trùng septic
nhiễm trùng máu blood poisoning
nhiệm kỳ term
nhiệm kỳ tổng thống presidency
nhiệm vụ assignment; brief; mission; duty, task; **đang làm nhiệm vụ** be on duty; **giao nhiệm vụ cho ai** set a task for s.o.
nhiên liệu fuel
nhiệt heat
nhiệt độ temperature
nhiệt đới tropical
nhiệt kế thermometer
nhiệt tâm warmhearted ◊ (sự) zeal
nhiệt tình ◊ enthusiastic ◊ (sự) enthusiasm; warmth
nhiều much; many; ample; heavy *bleeding*; multiple *births* ◊ a good deal, a lot; plenty; a lot of; plenty of ◊ greatly; far; **dễ hơn/tốt hơn rất nhiều** it's a whole lot easier/better; **rất nhiều** a great many, a good many; masses of ◊ very much; **tốt hơn/dễ hơn nhiều** a lot better/easier; **nhiều ơi là nhiều** a hell of a lot; **nhiều thế cơ à?** as much as that?; **nhiều hơn** more; **nhiều hơn thế nữa** more than that; **nhiều khoảng chừng** as much as ...; **không gì nhiều lắm** not a lot; nothing much; not really; not so much
nhiều bụi dusty
nhiều lần many times, over and over again
nhiều màu sắc colorful
nhiều mây cloudy
nhiều mỡ fatty
nhiều nhất the most; **nhiều nhất là** at the most ◊ maximum
nhiều quá too much; too many; so much; so many
nhiều tác dụng versatile
nhiễu interference

nhím hedgehog; porcupine
nhím biển sea urchin
nhìn look; look at, eye; glance
nhìn bề ngoài visually
nhìn căng mắt vào peer at
nhìn chăm chú scan
nhìn chằm chằm gaze, stare;
  nhìn chằm chằm vào gaze at,
  stare at
nhìn chệch ra stray
nhìn đăm đăm stare
nhìn đều cáng leer (*sexual*)
nhìn đi chỗ khác look away
nhìn giận giữ glare at
nhìn gí mắt peer at
nhìn kỹ peer
nhìn lại look back ◊ in retrospect
nhìn lén peek
nhìn lướt nhanh scan
nhìn lướt qua glimpse
nhìn quỷ quyệt leer (*evil*)
nhìn ra give onto
nhìn ra ngoài look out; look out of
nhìn thấy see, catch sight of; catch
  a glimpse of; *tôi không thể nhìn
  thấy* I can't see; *nhìn thấy được
  từ* within sight of
nhìn tổng quát survey
nhìn trộm peep, peek
nhìn vội peep, peek
nhìn xa thấy rộng farsighted
nhìn xuyên qua được see-
  through
nhịn go without *food etc*; repress
  laugh etc; *nhịn thở* hold one's
  breath; *tôi đã không thể nhịn
  cười* I couldn't help laughing;
  làm ơn cố nhịn hút thuốc
  please refrain from smoking
nhíp tweezers
nhịp rhythm; tempo
nhịp đập beat (*of heart*)
nhịp điệu rhythm, beat MUS
nhịp tim heartbeat

nhíu mắt screw up
nho grape; vine
nho khô currant; raisin
nhỏ little, small; slight, minor
  ◊ drip
nhỏ bé puny
nhỏ đầu oil leak
nhỏ giọt drip
nhỏ gọn compact
nhỏ lại dwindle
nhỏ nhất least
nhỏ nhen petty
nhỏ nhoi paltry
nhỏ tí xíu minuscule
nhỏ xíu diminutive
nhòe misty
nhói acute, sharp
nhóm circle; group; party;
  cluster
nhóm ca sĩ vocal group
nhóm dân tộc ethnic group
nhóm đại diện deputation
nhóm đối tượng target group
nhóm máu blood group
nhóm người group of people;
  panel
nhóm người ưu tú nhất elite
nhóm người vận động lobby POL
nhóm nhạc đệm backing group
  MUS
nhóm những người ủng hộ
  following
nhóm phân lập splinter group
nhóm tứ tấu quartet
nhón chân on tippy-toe
nhọt boil
nhô ra emerge; project; protrude
  ◊ prominent *chin*
nhổ extract, take out; pull off; spit
  ◊ (sự) extraction; *cấm khạc nhổ*
  no spitting
nhổ cỏ weed *garden*
nhổ lên pull up
nhổ lông pluck *chicken*

ơ u*r*	**y** (tin)	**ây** uh-i	**iê** i-uh	**oa** wa	**ôi** oy	**uy** wee	**ong** aong
u (soon)	**au** a-oo	**eo** eh-ao	**iêu** i-yoh	**oai** wai	**ơi** u*r*-i	**ênh** uhng	**uyên** oo-in
ư (dew)	**âu** oh	**êu** ay-oo	**iu** ew	**oe** weh	**uê** way	**oc** aok	**uyêt** oo-yit

nhổ neo sail, leave; cast off (*of ship*)
nhổ nước bọt spit
nhổ ra spit out
nhồi stuff *turkey etc*
nhồi máu cơ tim coronary
nhồi nhét cram; pad; clog up
nhồi sọ indoctrinate
nhôm aluminum
nhộn nhịp busy
nhộn nhịp hối hả hustle
nhốt lock in
nhốt ở ngoài lock out; *tôi đã bị nhốt mình ở bên ngoài* I locked myself out
nhơ tainted
nhớ remember; miss; *tôi nhớ anh/ chị lắm* I miss you so; *nhớ gì* bear sth in mind; *nhớ khóa cửa đấy* remember to lock the door
nhớ lại recall, recollect ◊ (sự) recollection ◊ it came back to me; *làm ai nhớ lại ai* remind s.o. of s.o.; *làm ai nhớ lại điều gì* remind s.o. of sth
nhớ nhà be homesick
nhớ ơn grateful
nhờ send for; ask to do a favor ◊ thanks to
nhờ cậy đến fall back on
nhờ ... chuyển c/o, care of; *gửi Joe Hall, nhờ Brown chuyển giúp* Joe Hall, c/o Brown
nhờ có thanks to, through
nhờ một việc ask a favor
nhỡ miss
nhờn greasy
nhớp nháp clammy; sticky
nhớp nhúa sleazy
nhợt light ◊ (sự) lightness
nhợt nhạt very pale, wishy-washy
nhu cầu need, requirement, want
nhũ băng icicle
nhúc nhích budge

nhục hình corporal punishment
nhục nhã disgraceful; dishonorable; humiliating ◊ (sự) disgrace
nhúm pinch
nhún shrug
nhún vai shrug (one's shoulders)
nhung velvet
nhung kẻ corduroy
nhúng dip
nhuốm tinge
nhuộm color; dye; tint
nhuộm màu stain
nhút nhát nervous; retiring; shy
như as; like; such as; *như có phép mầu* like magic; *như pháp luật qui định* as required by law
như cứt crap
như điên like mad; madly
như là as; as though; *như là phương sách cuối cùng* as a last resort
như nhau equal, the same; *anh ấy và tôi cùng nói như nhau* he and I said the same thing; *ngửi/ nhìn như nhau* smell/look the same
như thế such ◊ thus; so; *đàn ông đều như thế cả* men are all the same; *ăn/uống nhiều như thế* eat/drink so much
như thế nào how
như thế này this way
như thường lệ as usual
như trẻ con boyish
như vậy so, like this; *tôi cho là như vậy* I expect so
nhử entice, lure
nhựa sap
nhựa đường tar
nhựa PVC PVC
nhựa ruồi holly
nhựa thông resin
nhức đầu headache ◊ have a

ch (*final*) k	**gh** g	**nh** (*final*) ng	**r** z; (S) r	**x** s	**â** (but)	**i** (tin)
d z; (S) y	**gi** z; (S) y	**ph** f	**th** t	**a** (hat)	**e** (red)	**o** (saw)
đ d	**nh** (onion)	**qu** kw	**tr** ch	**ă** (hard)	**ê** ay	**ô** oh

headache

nhức nhối excruciating

nhưng but; *nhưng như thế thì không công bằng!* but that's not fair!

những some ◊ (*used to form plural nouns*): *những lời chia buồn* condolences; *những người giàu* the rich

những cái ấy they (*things*)

những cái đó them (*things*); those

những cái này these

những điều đó those

những .. đó those

những gì sau đây the following

những .. này these

những người mới cưới newlyweds

những người sống nơi vỉa hè streetpeople

những người thất nghiệp the unemployed

những người vô gia cư the homeless

những thăng trầm ups and downs

những thú vui xác thịt the pleasures of the flesh

những trang vàng yellow pages

những vật khác the others (*things*)

nhược điểm defect, flaw; weakness

nhường đường yield, give way

nhượng bộ back down, yield ◊ (*sự*) concession

ni lông nylon

nĩa fork

niêm phong freeze *bank account*

niềm *classifier for feelings such as joy, trust and faith*

niềm hân hoan jubilation

niềm sung sướng bliss

niềm tin belief, faith; conviction

niềm vui (sướng) pleasure; fun; delight; joy; glee

nín lặng stay silent

nín thinh stay silent

nín thở hold one's breath

nịnh hót flatter ◊ (*sự*) flattery

nịnh nọt butter up

nịt elastic

nịt bít tất garter

nịt vú brassière

nitơ nitrogen

níu lại buttonhole

Niu-Yóoc New York

Niu-Zi-Lân New Zealand

no full up

nó he; she; him; her; it

nóc ridge

nọc độc venom

nói speak; speak to; talk; say; talk to; tell; *tôi đang nói đây* speaking TELEC; *nói về gì?* what's it about?; *ông/bà nói gì?* pardon me?; *nói bậy!* nonsense!; *nói nhảm!* nonsense!

nói chung in general, broadly speaking

nói chuyện talk; give a talk; address; *nói chuyện riêng với ai* have a word with s.o.

nói chuyện phiếm chat; gossip

nói chuyện tầm phào prattle

nói chuyện xã giao mingle (*at party*)

nói dối lie (*tell untruth*)

nói dối vô hại white lie

nói đến mention

nói điên cuồng rave

nói đùa joke; *nói đùa ai* pull s.o.'s leg

nói được rõ ràng express oneself

nói hết finish (talking)

nói huênh hoang talk big

nói huyên thiên yap

nói khàn khàn croak

nói khẽ keep one's voice down

nói không mạc lạc ramble

ơ u*r*	**y** (tin)	**ây** uh-i	**iê** i-uh	**oa** wa	**ôi** oy	**uy** wee	**ong** aong
u (soon)	**au** a-oo	**eo** eh-ao	**iêu** i-yoh	**oai** wai	**ơi** u*r*-i	**ênh** uhng	**uyên** oo-in
ư (dew)	**âu** oh	**êu** ay-oo	**iu** ew	**oe** weh	**uê** way	**oc** aok	**uyêt** oo-yit

nói lại repeat
nói lan man ramble
nói lắp stammer, stutter
nói liến thoắng chatter
nói lí nhí mumble
nói líu nhí slur
nói loanh quanh waffle
nói lời chào tạm biệt với say goodbye to
nói lung tung rant and rave
nói mát allude to
nói năng tản mạn ramble ◊ (sự) rambling
nói nghiêm chỉnh joking apart
nói ngọng lisp; have a speech impediment; have pronunciation problems
nói nhảm nhí talk nonsense
nói nhẹ bớt downplay
nói quanh co beat about the bush
nói ra ý nghĩ của mình think aloud
nói riêng confide ◊ in particular
nói rõ thêm expand on
nói sảng rave
nói thay cho speak for
nói thẳng speak out ◊ plain-spoken
nói thầm whisper
nói thật đấy! honestly!
nói thêm add
nói tiếp talk on
nói to talk loudly; shout
nói to lên speak up
nói toạc make it plain; *nói toạc ra với ai* give s.o. a piece of one's mind
nói trạng brag
nói vấp váp stumble over; stumble over one's words
nói xấu defame ◊ (sự) defamation
nói xen vào chip in
nòi pedigree
non nớt immature

nón conical hat
nóng hot; quick-tempered
nóng hổi red-hot *metal, news*
nóng khó chịu sweltering
nóng lòng be anxious for
nóng nảy petulant
nóng nẩy fiery
nóng như thiêu scorching hot
nóng nực humid
nóng sốt piping hot
nóng tính short-tempered
nòng cốt skeleton; backbone *fig*
nòng nọc tadpole
nô đùa play; *thích nô đùa* frisky
nô lệ slave
nổ blow (*of fuse, tire*); burst; detonate; explode; go off ◊ (sự) explosion
nổ ầm ầm crash (*of thunder*)
nổ bốp pop
nổ đùng đùng boom
nổ lách tách crackle
nổ lốp xe blow-out
nổ ra erupt
nổ súng fire
nổ tung explode, blow up; go bang
nỗ lực strive ◊ (sự) bid, attempt; effort; *nỗ lực để làm gì* make an effort to do sth
nốc gulp down, put away
nốc ao knock out ◊ KO
nôi cradle
nối connect, join ◊ (sự) connection
nối chương trình link up
nối giáo cho giặc collaborate with the enemy
nối lại reconnect; knit together
nối máy connect, put through TELEC
nối mạng on-line; *không nối mạng* off-line; *nối mạng với* go on-line to
nối ngôi succeed, follow
nồi pot
nồi cơm điện (electric) rice

ch (*final*) k	**gh** g	**nh** (*final*) ng	**r** z; (*S*) r	**x** s	**â** (but)	**i** (tin)
d z; (*S*) y	**gi** z; (*S*) y	**ph** f	**th** t	**a** (hat)	**e** (red)	**o** (saw)
đ d	**nh** (onion)	**qu** kw	**tr** ch	**ă** (hard)	**ê** ay	**ô** oh

cooker
nồi hấp steamer
nồi hơi boiler
nổi float; show up, be visible
◊ afloat; in relief
nổi bật stand out, stick out
◊ prominent; striking
nổi bật lên come to the fore
nổi bật nhất predominant
nổi bùng lên flare up
nổi cơn lên be steamed up
nổi cơn thịnh nộ be in a rage
nổi da gà gooseflesh
nổi dậy revolt, uprising
nổi đóa be fuming
nổi giận get worked up; *làm ai*
nổi giận make s.o. angry
nổi gió: *trời nổi gió to* it's
getting windy
nổi khùng lên erupt, fly into a
rage
nổi lên break (*of storm*); get up (*of*
wind)
nổi lên mặt nước surface (*of*
water)
nổi loạn mutiny; rebellion
nổi nóng flare up, get angry
nổi tiếng famous, renowned
◊ become popular, take off ◊ (*sự*)
fame, celebrity; *nổi tiếng tốt*
have a good reputation; *nổi*
tiếng về be famous for; *những*
bài hát/đĩa nổi tiếng hit songs/
records
nổi tiếng xấu disreputable ◊ have
a bad reputation
nổi xung rage
nỗi day dứt qualm
nỗi đau buồn sorrow
nỗi khiếp sợ terror
nỗi luyến tiếc quá khứ nostalgia
nỗi nhục shame
nỗi ô nhục stigma
nỗi sợ hãi phobia

nỗi xúc động feeling
nội paternal
nội (bộ) internal ◊ internally; in-
house
nội các cabinet POL
nội cảm chest cold
nội chiến civil war
nội dung content; contents
nội địa inland; domestic
nội động từ intransitive
nội tại in-house
nội thành inner city; city center
nội thất interior
nón sắt helmet
nôn (*N*) vomit; throw up
nôn nóng impatient ◊ (*sự*)
impatience
nôn ra bring up, vomit
nông (cạn) shallow
nông dân farmer; peasant
nông nghiệp agriculture
◊ agricultural
nông nổi impetuous
nông thôn country ◊ rural; *ở*
nông thôn in the country
nồng nặc overpowering ◊ reek
nồng nhiệt passionate, fervent;
warm *welcome*
nộp give in; hand over
nộp giấy báo thôi việc hand in
one's notice
nộp tiền bảo lãnh bail out LAW
nộp vào pay in
nốt đen quarternote
nốt đỏ spot
nốt giộp blister
nốt nhạc note MUS
nốt ruồi mole (*on skin*)
nơ bướm bow; bow tie
nở hatch out (*of egg*); open; be out
(*of flower*)
nở hoa flower, bloom
nở nang buxom
nở rộng ra dilate

ơ u*r*   **y** (tin)   **ây** uh-i   **iê** i-uh   **oa** wa   **ôi** oy   **uy** wee   **ong** aong
u (soon)   **au** a-oo   **eo** eh-ao   **iêu** i-yoh   **oai** wai   **ơi** ư-i   **ênh** uhng   **uyên** oo-in
ư (dew)   **âu** oh   **êu** ay-oo   **iu** ew   **oe** weh   **uê** way   **oc** aok   **uyêt** oo-yit

nợ due; in the red ◊ owe; *tài khoản của bà ấy ghi nợ 50$* her account was debited with $50; *nợ ai 500$* owe s.o. $500

nợ quốc gia national debt

nơi place; area; part

nơi ăn chỗ nghỉ accommodation; board and lodging

nơi ẩn dật retreat

nơi ẩn náu haven; refuge; hideaway

nơi bán hàng point of sale

nơi bẩn thỉu dump

nơi chốn locality

nơi cư trú asylum POL

nơi để đồ tạp nhạp junkyard

nơi đến destination; arrival

nơi đồn trú garrison

nơi đổ rác dump

nơi gặp gỡ venue

nơi giải đáp thông tin information desk

nơi giữ đồ đạc bị thất lạc lost and found

nơi giữ ô tô bị phạt pound (*for cars*)

nơi hay lui tới haunt

nơi hẹn gặp meeting place, rendez-vous

nơi hỏa táng crematorium

nơi họp chợ marketplace

nơi hội họp meeting place

nơi khác elsewhere

nơi làm việc place of work; workplace

nơi lưu trữ archives

nơi mà where

nơi nào đó somewhere

nơi nghỉ resort

nơi nghỉ ở bờ biển seaside resort

nơi nhận hành lý baggage reclaim

nơi phát thuốc dispensary

nơi rửa ô tô car wash

nơi sinh birthplace

nơi tập kết rendez-vous

nơi thu đổi tiền exchange bureau

nơi trả tiền mua hàng checkout

nơi trông giữ chó kennels

nơi tụ cư melting pot

nơi yên tĩnh oasis *fig*

nới lỏng loosen

nới rộng thêm let out *jacket etc*

nụ bud BOT

nụ cười smile

nụ cười tự mãn smirk

nụ hôn kiss

núi mountain

núi lửa volcano

núm knob

núm vú nipple

nung nấu smolder (*with anger*)

nuôi bring up *child*; feed, support *family*; keep *animals*; cherish *hope etc*

nuôi dưỡng keep *family*; raise *children* ◊ (sự) nurture

nuông chiều indulgent ◊ pamper ◊ (sự) indulgence

nuốt swallow

nuốt hết eat up *fig*

nuốt lời back out

nuốt vội gobble up

núp lurk

nút knot; plug; stopper; (S) button

nút bấm button

nút bông vệ sinh tampon

nút chai cork

nút định giờ time switch

nút kép square knot

nút lại plug *hole*

nút thòng lọng noose

nút tua đi fast forward

nút xoắn twist

nữ female, woman

nữ anh hùng heroine

nữ bác sĩ woman doctor

nữ cảnh sát policewoman

---

ch (*final*) k	**gh** g	**nh** (*final*) ng	**r** z; (S) r	**x** s	**â** (but)	**i** (tin)
d z; (S) y	**gi** z; (S) y	**ph** f	**th** t	**a** (hat)	**e** (red)	**o** (saw)
đ d	**nh** (onion)	**qu** kw	**tr** ch	**ă** (hard)	**ê** ay	**ô** oh

nữ chiêu đãi viên hostess
nữ chiêu đãi viên hàng không air hostess
nữ chúa matriarch
nữ chủ tịch chairwoman
nữ công an policewoman
nữ diễn viên actress
nữ diễn viên ba lê ballerina
nữ hoàng empress; queen
nữ hướng đạo girl guide, girl scout
nữ hướng đạo nhỏ tuổi Brownie
nữ lao công cleaning woman
nữ nghị sĩ Congresswoman
nữ phát ngôn viên spokeswoman
nữ thần goddess
nữ thương gia businesswoman
nữ tính feminine
nữ tu sĩ nun; woman priest
nửa half
nửa buổi: *làm việc nửa buổi* work part-time
nửa chừng halfway
nửa đêm midnight
nửa đường halfway, midway
nửa giá half price
nửa giá vé half fare
nửa giờ half an hour
nửa pao half a pound
nửa tiếng half hour
nữa again; more; any more; else ◊ another; *người nữa* another (person); *người nào đó nữa* somebody else; *ai nữa?* anyone else?; who else?; *không ai nữa* no one else
nức nở sob
nước water; juice; country ◊ *classifier for countries*
nước bọt (*N*) saliva
nước bưởi tây grapefruit juice
nước cam orange juice
nước chanh lemon juice
nước chanh ga lemonade

nước chấm dipping sauce
nước cộng hòa republic
nước da complexion
nước dân chủ democracy; democratic country
nước dừa coconut milk
nước dùng broth, stock
nước đang phát triển developing country
nước đại gallop
nước đi move
nước đóng chai bottled water
nước hầm stock (*for cooking*)
nước hoa perfume, scent
nước hoa xịt perfume spray
nước khoáng mineral water
nước lũ flood, torrent
nước máy running water
nước mắm fish sauce
nước mắt tear; *rơi nước mắt* be in tears
nước men glaze
nước miếng (*S*) saliva
nước ngoài abroad, overseas ◊ foreign
nước ngọt freshwater; soft drink, soda
nước nguội cooled water
nước nhầy mucus
nước nhập khẩu importer, importing country
nước ớt chilli sauce
nước quả juice
nước rửa bát dishwater
nước sạch để uống drinking water
nước sô cô la nóng hot chocolate
nước sốt relish
nước súc miệng mouthwash
nước táo apple juice
nước thơm dịu eau de toilette
nước tiểu urine
nước tinh khiết pure water;

ơ u*r*	**y** (tin)	**ây** uh-i	**iê** i-uh	**oa** wa	**ôi** oy	**uy** wee	**ong** aong
u (soon)	**au** a-oo	**eo** eh-ao	**iêu** i-yoh	**oai** wai	**ơi** u*r*-i	**ênh** uhng	**uyên** oo-in
ư (dew)	**âu** oh	**êu** ay-oo	**iu** ew	**oe** weh	**uê** way	**oc** aok	**uyêt** oo-yit

drinking water
nước tô-níc tonic (water)
nước trái cây (*S*) fruit juice
nước uống (được) drinking
water
nước ướp marinade
nước vôi trắng whitewash
nước xoài mango juice
nước xô đa soda

nước xốt sauce; dip; gravy
nước xuất khẩu exporter,
exporting country
nước xúp vegetable stock
nướng bake; broil, grill
◊ charbroiled ◊ (*sự*) broiler
nướng vỉ barbecue
nứt nẻ chapped
nứt ra split

O

òa khóc burst into tears; break
down
oai nghiêm imposing
oai vệ majestic
oải hương lavender
oát watt
oằn lại buckle
oằn người dưới be weighed down
with
óc brain; mind; intelligence
óc chó walnut (tree)
oi stifling hot

oi bức muggy, sultry
ói (*S*) throw up
om sòm fuss; *đừng có làm om
sòm lên như vậy* don't make
such a fuss
ong bee
ong bắp cày wasp; hornet
ong chúa queen bee
ong nghệ bumblebee
óng ánh glisten
ọp ẹp dilapidated, tumbledown;
shaky

Ô

ô box (*on form*); umbrella; parasol
ô cửa sổ porthole
ô kính window (*of store*)
ô kính cửa hàng shop window
ô kính cửa sổ windowpane

ô nhiễm pollute ◊ polluted ◊ (*sự*)
pollution; *không ô nhiễm*
nonpolluting
ô nhiễm không khí atmospheric
pollution

ch (*final*) k	**gh** g	**nh** (*final*) ng	**r** z; (*S*) r	**x** s	**â** (but)	**i** (tin)
d z; (*S*) y	**gi** z; (*S*) y	**ph** f	**th** t	**a** (hat)	**e** (red)	**o** (saw)
đ d	**nh** (onion)	**qu** kw	**tr** ch	**ă** (hard)	**ê** ay	**ô** oh

ô nhiễm môi trường environmental pollution

ô tô car

ô tô có bộ số tự động automatic

ô tô công ty company car

ô tô cực nhỏ subcompact (*car*)

ô tô đuôi cong hatchback; station wagon

ô tô khách bus

ô tô nhỏ compact

ô vuông square

ổ breeding ground

ổ bánh mì loaf; roll

ổ băng tape drive

ổ bi ball bearing

ổ cắm power point, outlet

ổ đạn cartridge

ổ đề kháng pocket of resistance

ổ đĩa disk drive

ổ đĩa CD-ROM CD-ROM drive

ổ khóa lock

ổ lợn pigpen *fig*

ổ trục bearing (*in machine*)

ốc snail

ốc đảo oasis

ốc sên snail

ôi go bad

ôi khét rancid

ổi guava

ôliu olive (tree)

ôm hold; embrace

ôm ấp cuddle

ôm chặt hug; clasp

ôm ghì embrace

ôm nhau embrace

ốm ill, sick ◊ illness; *bị ốm* fall ill, be taken ill; *ốm nặng vô phương cứu chữa* terminally ill

ôn con brat

ôn hòa mild; moderate ◊ (*sự*) mildness; moderation; *người có quan điểm ôn hòa* moderate POL

ôn lại brush up

ôn tập review

ồn ào noise; uproar ◊ noisy

ổn alright; satisfactory; *cái đó sẽ ổn thôi, đừng lo!* it will be alright, don't worry!; *có gì không ổn chăng?* is something wrong?

ổn định stabilize; freeze *wages* ◊ stable ◊ (*sự*) stability; *không ổn định* unsettled; unstable

ổn định cuộc sống settle down

ông man; Mr; grandad ◊ you (*to a more senior man*); *ông có thể ...?* could you ...?

ông ấy he; him

ông bà grandparents

ông chủ boss

ông chủ quán landlord

ông chủ trọ landlord

ông đồng medium

ông già dad; old man

ông già Nô-en Santa Claus

ông già vợ father-in-law

ông ngoại grandfather (*maternal*)

ông nội grandfather (*paternal*)

Ông Táo Kitchen God

ông trùm tycoon

ông xã husband, hubby

ống stem; tube; drain

ống dẫn pipe

ống điếu pipe

ống hút straw

ống khói chimney; funnel

ống khói cao stack

ống kính zoom lens

ống kính chụp xa telephoto lens

ống mềm hose

ống nghe receiver TELEC; stethoscope

ống nghe đeo tai earphones

ống nghiệm test tube

ống nhòm binoculars

ống nhòm xem ôpêra opera glasses

ống nivô spirit level

ống nói mouthpiece

ơ u*r* | **y** (tin) | **ây** uh-i | **iê** i-uh | **oa** wa | **ôi** oy | **uy** wee | **ong** aong
u (soon) | **au** a-oo | **eo** eh-ao | **iêu** i-yoh | **oai** wai | **ơi** u*r*-i | **ênh** uhng | **uyên** oo-in
ư (dew) | **âu** oh | **êu** ay-oo | **iu** ew | **oe** weh | **uê** way | **oc** aok | **uyêt** oo-yit

ống phun spraygun
ống sáo flute
ống thoát overflow
ống thở snorkel
ống tiêm syringe
ống tiêu recorder MUS

ống tiêu nước drainpipe
ống truyền drip MED
ống xả exhaust; exhaust pipe
ổng (*S*) he
ôpêra opera
ôxít oxide

ơ

ờ well ...
ở at; in; on; to ◊ live; stand; *ở cửa hàng tạp phẩm* at the grocery store; *ở đằng này* / *đằng kia* over here / there; *ở phía bắc* / *nam của ...* to the north / south of ...
ở bất cứ nơi đâu anywhere
ở bất cứ nơi nào wherever
ở bên dưới below
ở bên kia across; beyond
ở bên ngoài outside, outdoors ◊ outer
ở bên trong inside, indoors ◊ inner
ở cấp so sánh comparative
ở chỗ đó over there
ở dưới below, beneath; *ở dưới đất* on the ground
ở đâu where; wherever; *anh* / *chị sinh ở đâu?* where were you born?; *ở đâu vậy?* where is it?
ở đâu đó somewhere
ở đây here; over here
ở đó there; over there
ở được habitable; *không thể ở được* uninhabitable
ở gần nearby

ở lại stay; stay behind; *ở lại đêm* stay the night
ở mức vừa phải moderately
ở ngoài out of
ở ngoài trời in the open air, outdoors
ở ngoại ô suburban
ở nước ngoài abroad
ở phía trước in front ◊ in front of
ở trên aboard; over; on top of; *ở trên đường phố* in the street; *ở trên đỉnh của* on top of
ở trên cao overhead; at the top; *ở trên cao đây* / *đấy* up here / there
ở trong in; inside; *ở trong đây* in here
ở trong nước in my country; home
ở trước mặt in front
ợ belch, burp
ợ nóng heartburn
ơi hey; *ông* / *bà ơi* excuse me
ơn favor; grace; gratitude; *xin làm ơn thôi cho!* do me a favor!
ớn lạnh chill ◊ chilly
ớt chilli (pepper)
ớt ngọt (bell) pepper

---

ch (*final*) k	**gh** g	**nh** (*final*) ng	**r** z; (*S*) r	**x** s	**â** (but)	**i** (tin)
d z; (*S*) y	**gi** z; (*S*) y	**ph** f	**th** t	**a** (hat)	**e** (red)	**o** (saw)
đ d	**nh** (onion)	**qu** kw	**tr** ch	**ă** (hard)	**ê** ay	**ô** oh

P

Pakixtan Pakistan ◊ Pakistani
panen panel
panh pint
pao pound

parasốc bumper
pa-tanh roller skate
pê đê *pej* fag
pênixilin penicillin

PH

pha make *coffee*, *tea*; brew; mix
pha bằng phin percolate
pha len wool mixture
pha lê crystal
pha loãng dilute; make a weak
coffee / tea etc
pha nước uống make a drink; *tôi sẽ pha nước uống cho anh/ chị* I'll fix you a drink
pha nước vào water down
pha trộn blend; mix
pha với đá on the rocks
phá knock down; break *record*; destroy; *không phá vỡ được* unbreakable *record*
phá bung force *door etc*; *phá bung X* force X open
phá đám disturb; spoil; *kẻ/ tên/ tay phá đám* spoilsport
phá đổ demolish, pull down; break down *door*; topple over
phá giá devaluate; slash prices ◊ (sự) devaluation; *phá giá tiền tệ* currency devaluation

phá hoại destroy; sabotage; vandalize ◊ destructive ◊ (sự) destruction; sabotage; *kẻ/ tên/ tay phá hoại* vandal; *kẻ/ tên/ tay phá hoại bãi công* strikebreaker
phá hủy demolish; obliterate ◊ (sự) demolition
phá kỷ lục record-breaking
phá lên cười burst out laughing
phá nổ blast
phá phách rampage
phá ra cười crack up, burst out laughing
phá rối disrupt ◊ (sự) disruption
phá rừng deforestation
phá sản bankrupt; go bankrupt; crash (*of market*) ◊ (sự) bankruptcy; crash; *bị phá sản* bankrupt ◊ go bankrupt, go broke; be ruined
phà ferry
phà chở khách passenger ferry
phà chở xe car ferry
phác họa sketch

ơ u*r*	**y** (tin)	**ây** uh-i	**iê** i-uh	**oa** wa	**ôi** oy	**uy** wee	**ong** aong
u (soon)	**au** a-oo	**eo** eh-ao	**iêu** i-yoh	**oai** wai	**ơi** u*r*-i	**ênh** uhng	**uyên** oo-in
ư (dew)	**âu** oh	**êu** ay-oo	**iu** ew	**oe** weh	**uê** way	**oc** aok	**uyêt** oo-yit

phác thảo outline
phác thảo sơ lược rough draft
phai fade; **phai màu** lose color
phái sect; gender
phái đoàn mission
phái đoàn thương mại trade mission
phái giữa center POL
phái viên envoy
phải have (got) to; must; should ◊ that's right; **tôi phải** I must; **không cần phải thô lỗ** there's no need to be rude
phải chăng reasonable ◊ is it true that ...?; isn't that so?; **phải chăng tôi phải hiểu rằng...?** am I to gather that ...?
phải chết mortal
phải không? is she?; are you? don't they? etc
phải lòng fall in love
phải thế không? is it?; do they? etc; is that so?
phải trái right and left; **biết phải trái** have common sense
phải vậy không? is it?; do they? etc; is that so?
phải xin lỗi owe an apology
phàm tục profane
phạm make mistake; commit error, crime
phạm nhân prisoner
phạm pháp delinquency; law breaking ◊ illegal; **kẻ/tên/tay phạm pháp** delinquent
phạm pháp ở vị thành niên juvenile delinquency
phạm sai lầm put one's foot in it
phạm tội sin; **kẻ/tên/tay phạm tội** criminal, offender; sinner
phạm vi scope; sphere (of activity, interest)
phạm vi ảnh hưởng sphere of influence

phạm vi rộng lớn breadth (of knowledge)
phạm vi xét xử jurisdiction
phán quyết judgment; **quan tòa phán quyết rằng ...** the judge ruled that ...
phán xử sentence (to); be sentenced
phàn nàn complain; bitch ◊ (sự) complaint
phàn nàn về deplore
phản anti-; counter- ◊ betray
phản ánh reflect ◊ (sự) reflection
phản bác contest
phản bác lại counter, retaliate
phản biện rebuttal
phản bội betray; give away; doublecross ◊ (sự) betrayal; **kẻ/tên/tay phản bội** traitor
phản cách mạng counter-revolutionary
phản chiếu mirror, reflect ◊ (sự) reflection; **được phản chiếu trên** be reflected in
phản công (lại) counter; counter-attack
phản đối disapprove of; object to, mind; disagree; object; protest ◊ against ◊ (sự) objection
phản động reactionary
phản kháng ầm ĩ protest ◊ (sự) uproar
phản lại backfire fig
phản lại chính mình give oneself away
phản loạn rebellious ◊ rebel
phản quốc commit treason, betray one's country ◊ (sự) treason
phản tác dụng counterproductive
phản ứng react ◊ (sự) reaction
phản ứng dây chuyền chain reaction
phản ứng dữ dội backlash
phản ứng không tự chủ reflex

ch (final) k	**gh** g	**nh** (final) ng	**r** z; (S) r	**x** s	**â** (but)	**i** (tin)
d z; (S) y	**gi** z; (S) y	**ph** f	**th** t	**a** (hat)	**e** (red)	**o** (saw)
đ d	**nh** (onion)	**qu** kw	**tr** ch	**ă** (hard)	**ê** ay	**ô** oh

reaction
phản ứng phụ side effect
phản xã hội antisocial
phản xạ reflex (action)
phanh (*N*) brake
phanh tay (*N*) parking brake
Phan-xi-pan Fansipan (*highest mountain in Vietnam*)
phao buoy; life belt; crib (*for exam*)
phao cấp cứu life belt
phao câu pope's nose
pháo artillery, guns; firecracker
pháo binh artillery
pháo bông fireworks
pháo đài fort; stronghold *fig*
pháo hạm gunship
pháo hoa fireworks; rocket
pháo kích shell ◊ (sự) shellfire; artillery attack; *bị pháo kích* come under shellfire
pháo sáng flare
pháo thuyền trực thăng helicopter gunship
Pháp France ◊ French
pháp luật law; *không có pháp luật* lawless
pháp lý legal; judicial
phát deliver *parcel etc*; dispense; broadcast; administer *medicine*; break out (*of disease*); smack *bottom* ◊ (sự) delivery; *đang phát* be on (*of program*)
phát âm pronounce ◊ vocal ◊ (sự) pronunciation
phát âm sai mispronounce ◊ (sự) mispronunciation
phát biểu make a speech; state; announce
phát bóng kick off
phát đạt boom; prosper ◊ brisk; booming, flourishing; prosperous
phát điên go mad; *làm cho ai phát điên lên* drive s.o. mad
phát điện generate electricity

phát động put things in motion
phát đơn kiện bring an action against
phát ghen lên với be envious of
phát giác reveal; discover *plot* ◊ (sự) revelation; discovery
phát hành come out (*of book, CD etc*) ◊ (sự) issue; release (*of CD etc*)
phát hiện discover; detect; strike *oil*; dig up, unearth *information* ◊ (sự) detection; discovery
phát hiện mới breakthrough
phát hiện ra find out
phát huy develop *talent, initiative*
phát lại repeat, rebroadcast
phát lại âm reproduce ◊ (sự) reproduction
phát minh invent ◊ (việc) invention
phát ngôn viên spokesperson
phát nhỏ giọt dole out
phát phì put on weight
phát ra release *information*; let out *groan etc*; generate *electricity*; utter *sound*
phát rắm fart
phát sáng luminous
phát sinh derivative
phát súng shot, gunshot
phát tài prosperous
phát thanh broadcast ◊ (sự) broadcasting
phát thanh nhiều buổi serialize
phát thanh viên broadcaster; announcer; newreader
phát tín hiệu báo động raise the alarm
phát to blare out
phát triển develop; expand; grow ◊ (sự) development; growth
phát triển kinh tế xã hội socio-economic development
phát vào đít spank
phát xít fascist

ơ u*r*	**y** (tin)	**ây** uh-i	**iê** i-uh	**oa** wa	**ôi** oy	**uy** wee	**ong** aong
u (soon)	**au** a-oo	**eo** eh-ao	**iêu** i-yoh	**oai** wai	**ơi** u*r*-i	**ênh** uhng	**uyên** oo-in
ư (dew)	**âu** oh	**êu** ay-oo	**iu** ew	**oe** weh	**uê** way	**oc** aok	**uyêt** oo-yit

phạt fine; discipline; penalize
◊ (sự) penalty
phạt giữ lại keep in (*at school*)
phạt roi beat, whip ◊ (sự) beating,
whipping
phẳng level
phẳng lặng calm, serene
phẳng phiu smooth
phẩm cách dignity
phẩm chất quality; virtue; *phẩm
chất của cuộc sống* quality of
life
phân centimeter
phân ban subcommittee
phân biệt distinguish; segregate
◊ (sự) distinction; segregation;
không phân biệt
indiscriminate; *không phân biệt
được* indistinguishable
phân biệt chủng tộc racial
discrimination ◊ racist; *kẻ/tên/tay
phân biệt chủng tộc* racist
phân biệt đối xử differentiate
between ◊ (sự) discrimination
phân biệt đối xử đối với
discriminate against
phân biệt giữa differentiate
between
phân biệt với mark out, set apart;
phân biệt X với Y set X apart from
Y; discriminate between X and Y;
distinguish between X and Y
phân bón fertilizer; manure
phân cấp quản lý decentralize
◊ (sự) decentralization
phân chia allot, assign; share out;
divide; break down *figures* ◊ (sự)
breakdown (*of figures*); *không
thể phân chia được* indivisible
phân công allocate, assign
phân cực polarize
phân hạt nhân split the atom
◊ (sự) nuclear fission
phân loại classify, sort ◊ (sự)

classification
phân phát allocate, distribute;
give out *leaflets etc* ◊ (sự)
distribution, handing out
phân phối distribute ◊ (sự)
distribution
phân số fraction
phân số thập phân decimal
phân súc vật dung
phân tâm học (psycho)analysis
phân tây centimeter
phân tích analyze ◊ (sự) analysis
phân tích chi phí - lợi ích cost-
benefit analysis
phân từ quá khứ past participle
phân tử molecule ◊ molecular
phân vai cast
phân vân waver; hesitate; *phân
vân giữa hai sự lựa chọn*
waver between two alternatives
phân xử arbitrate ◊ (sự) arbitration
phấn chalk; powder (*for face*)
phấn chấn elated ◊ (sự) elation;
nervous energy
phấn hoa pollen
phấn hồng blusher
phấn khích excited ◊ (sự)
excitement
phấn khởi excited
phấn màu crayon
phần bit, part; fraction; quota;
section (*of text, book*); share (*of
inheritance, profits*); helping (*of
food*); movement MUS
phần bổ sung supplement
phần còn lại remainder, the rest
phần cứng hardware COMPUT
phần đầu beginning
phần đầu trang header (*in
document*)
phần đệm accompaniment;
backing MUS
phần hướng ra biển sea front
phần kết epilog

---

ch (*final*) k	**gh** g	**nh** (*final*) ng	**r** z; (*S*) r	**x** s	**â** (but)	**i** (tin)
d z; (*S*) y	**gi** z; (*S*) y	**ph** f	**th** t	**a** (hat)	**e** (red)	**o** (saw)
đ d	**nh** (onion)	**qu** kw	**tr** ch	**ă** (hard)	**ê** ay	**ô** oh

Phần Lan Finland ◊ Finnish
phần lớn most ◊ the bulk
phần lưng back; back part
phần mềm software
phần mềm trọn gói software package
phần mộc woodwork
phần mở đầu opening, beginning
phần mở rộng extension (*to house*)
phần nào partly; *xong rồi chứ? - phần nào* is it finished? - sort of
phần nhạc phim score (*of movie etc*)
phần nhỏ fragment
phần thân trên bodice
phần thưởng award; reward
phần tiếp continuation
phần trả từng kỳ installment
phần trăm percent
phần trên top
phần tư quarter
phần tử cánh hữu right winger POL
phần tử cấp tiến radical; extremist
phần tử diều hâu hawk *fig*
phần tử lật đổ subversive
phần tử phản động reactionary
phần tử phát xít fascist
phần tử xô vanh chauvinist
phần việc stint; *làm phần việc của mình* do one's share of the work
phần xây nề masonry
phẫn nộ indignant ◊ (sự) indignation, outrage; *tôi rất phẫn nộ khi nghe thấy ...* I was outraged to hear ...
phất wave
phất phới flutter
Phật Buddha
Phật giáo Buddhist
Phật giáo thiền phái Zen Buddhism
phẫu thuật surgical ◊ (sự) surgery
phẫu thuật tạo hình plastic surgery
phẫu thuật thẩm mỹ cosmetic surgery
phẫu thuật tim mạch bypass surgery
phe cánh clan
phe đối lập opposition
phe phái in-group
phe vé scalper
phéc mơ tuya zipper, fastener
phép authority; leave; sabbatical
phép chấm câu punctuation
phép chia division MATH
phép chữa bệnh bằng thôi miên hypnotherapy
phép chữa bệnh vi lượng đồng căn homeopathy
phép điều trị treatment
phép điều trị bằng tia X radiotherapy
phép kì diệu miracle
phép lịch sự decency
phép mầu magic; miracle
phép nghỉ ốm sick leave
phép ứng xử lịch sự social niceties
phê bình review; criticize
phê chuẩn sanction
phê phán critical ◊ find fault with
phế liệu scrap
phế phẩm waste product
phế thải waste
phế thải công nghiệp industrial waste
phết spread; spank
phết bơ butter *bread*
phết lên smear
phi công pilot
phi công lái phụ copilot
phi cơ (*S*) airplane
phi đạn (*S*) rocket, missile

ơ ur	**y** (tin)	**ây** uh-i	**iê** i-uh	**oa** wa	**ôi** oy	**uy** wee	**ong** aong
u (soon)	**au** a-oo	**eo** eh-ao	**iêu** i-yoh	**oai** wai	**ơi** ur-i	**ênh** uhng	**uyên** oo-in
ư (dew)	**âu** oh	**êu** ay-oo	**iu** ew	**oe** weh	**uê** way	**oc** aok	**uyêt** oo-yit

phi đội crew (*of aircraft*)
phi hành đoàn flight crew
phi hạt nhân nuclear-free
phi lý illogical, irrational;
  monstrous
phi nước đại gallop
phi pháp illegal
phi thường magnificent;
  superhuman
phi tiêu dart
phi vàng brown (*in cooking*), fry
  to a golden brown
phí bảo hiểm insurance premium
phí phục vụ service charge
phí tổn expense
phỉ hazelnut; hazel (tree)
phía bắc north ◊ northern
phía dưới below; at the bottom of
phía đông east ◊ eastern
phía nam south ◊ southern
phía sau back, rear ◊ behind; *ở
  phía sau xe ô tô* in back of the
  car
phía tây west ◊ western
phía trên above
phía trong inside
phía trước front
phích (nước) (*N*) vacuum flask
phích cắm outlet ELEC; plug; *phích
  cắm hai chạc* a 2-pin plug
phiên bản reproduction
phiên dịch interpret ◊ (sự)
  interpretation
phiên tòa trial; hearing LAW
phiến slab
phiến loạn rebel, revolt; *kẻ/tên/
  tay phiến loạn* rebel
phiến tinh thể chip COMPUT
phiền trouble ◊ troublesome
phiền hà cumbersome
phiền phức troublesome ◊ (sự)
  trouble, bother; annoyance; *thật
  là phiền phức!* what a nuisance!
phiền toái cumbersome

phiêu lưu adventurous ◊ (sự)
  adventure; *thích phiêu lưu*
  adventurous
phiếu coupon, voucher; ticket; card
phiếu giao hàng delivery note
phiếu mua hàng giảm giá
  discount voucher
phiếu mua tặng phẩm token, gift
  token
phiếu phạt đỗ xe parking ticket
phiếu quà tặng gift voucher
phiếu trắng abstention
Phi-líp-pin the Philippines
  ◊ Filipino
phim movie; film
phim ảnh movie
phim chính feature
phim dành cho người lớn adult
  movie
phim dương bản slide PHOT
phim đèn chiếu transparency
  PHOT
phim hài comedy (movie)
phim hoạt hình (animated)
  cartoon
phim khiêu dâm porn movie
phim màu color film
phim nhà làm home movie
phim quay lấy home movie
phim rùng rợn horror movie
phim tài liệu documentary
phim tình yêu romance
phím key COMPUT
phím cách space bar
phím chữ hoa caps lock
phím dịch chuyển shift key
phím enter enter (key), return
phím lùi backspace (key)
phím síp shift key
phím trỏ cursor
phím xóa delete key
phin filter
phình ra bulge ◊ swollen
phỉnh nịnh wheedle; *phỉnh nịnh*

---

ch (*final*) k	**gh** g	**nh** (*final*) ng	**r** z; (*S*) r	**x** s	**â** (but)	**i** (tin)
d z; (*S*) y	**gi** z; (*S*) y	**ph** f	**th** t	**a** (hat)	**e** (red)	**o** (saw)
đ d	**nh** (onion)	**qu** kw	**tr** ch	**ă** (hard)	**ê** ay	**ô** oh

Y để được X wheedle X out of Y
phít foot (*length*)
pho mát cheese
pho mát trắng nhiều kem cream cheese
phó deputy ◊ vice
phó chủ tịch deputy leader; vice president
phó giáo sư associate professor
phó mặc cho be at the mercy of
phó thuyền trưởng mate NAUT
phong bì envelope
phong cách style
phong cách riêng idiosyncrasy
phong cảnh landscape; scenery
phong cầm organ MUS
phong kiến feudal ◊ feudalism
phong lan orchid
phong phú varied; wide *experience* ◊ (sự) wealth of
phong tỏa blockade
phong trào movement
phong trào giải phóng phụ nữ women's lib
phong trào kháng chiến Resistance POL
phong tục custom, tradition
phong vũ biểu barometer
phóng launch; lift off ◊ (sự) blast-off, lift-off
phóng đãng dissolute
phóng đại magnify
phóng khoáng open-minded; liberated
phóng lên rise; *được phóng lên* blast off
phóng nhanh go fast, race along
phóng sự news report
phóng to enlarge, blow up *photograph* ◊ (sự) enlargement, blow-up
phóng túng loose *morals*
phóng viên reporter; correspondent

phóng vù vù zoom
phóng xạ radiation ◊ radioactive
phóng xuống launch
phòng room; department; bureau; ward
phòng ăn dining room
phòng bán vé box office; ticket office
phòng bệnh preventive MED ◊ (sự) prevention MED; room (*in hospital*)
phòng bỏ phiếu voting booth
phòng cách ly isolation ward
phòng cấp cứu accident and emergency
phòng chẩn mạch clinic
phòng cho thuê accommodations
phòng chờ waiting room
phòng chơi lounge
phòng cứu thương accident and emergency
phòng dành cho khách spare room
phòng đánh pun pool hall
phòng để quần áo closet
phòng điều tra các vụ án giết người homicide (department)
phòng đôi double (room)
phòng đợi departure lounge; waiting room
phòng đợi khởi hành departure lounge
phòng đợi lên máy bay departure lounge
phòng đơn single (room)
phòng đứng chờ standing room
phòng ghi âm recording studio
phòng giặt là laundry
phòng giữ mũ áo checkroom (*for coats*)
phòng gửi hành lý (baggage) checkroom
phòng hai giường twin room
phòng hai người double room
phòng học classroom

ơ ur	**y** (tin)	**ây** uh-i	**iê** i-uh	**oa** wa	**ôi** oy	**uy** wee	**ong** aong
u (soon)	**au** a-oo	**eo** eh-ao	**iêu** i-yoh	**oai** wai	**ơi** ur-i	**ênh** uhng	**uyên** oo-in
ư (dew)	**âu** oh	**êu** ay-oo	**iu** ew	**oe** weh	**uê** way	**oc** aok	**uyêt** oo-yit

phòng họp conference room
phòng họp ban giám đốc
boardroom
phòng hội nghị conference room
phòng hướng dẫn information
desk
phòng kép twin room
phòng khách living room, sitting
room
phòng khách sạn hotel room
phòng khám (bệnh) clinic
phòng kho stockroom
phòng làm việc office; study
phòng làm việc của giáo viên
staffroom
phòng làm việc riêng den
phòng lễ tang funeral home
phòng lễ tân reception
phòng lớn hall
phòng mổ operating room
phòng một (người) single (room)
phòng ngủ bedroom
phòng ngủ chính master
bedroom
phòng ngủ dành cho khách
guestroom
phòng ngừa prevent ◊ preventive;
precautionary; **phòng ngừa ai
làm gì** prevent s.o. from doing sth
phòng nhảy disco disco
phòng nhân sự personnel
(department)
phòng tắm bathroom
phòng tập thể dục gymnasium
phòng thay quần áo dressing
room
phòng thể dục thẩm mỹ fitness
center
phòng thí nghiệm lab, laboratory
phòng thính giả auditorium
phòng thông tin information
desk
phòng thông tin du lịch tourist
(information) office

**phòng thu phát các chương
trình truyền hình** television
studio
phòng thủ defensive ◊ defend
◊ (sự) defense
Phòng thương mại Chamber of
Commerce
phòng tiếp tân lobby; reception
phòng tranh (art) gallery
phòng trà tearoom; hostess bar
phòng treo quần áo checkroom
phòng triển lãm hội họa art
gallery
phòng trưng bày showroom
phòng trưng bày nghệ thuật art
gallery
phòng thư lưu general delivery
phòng thử quần áo fitting room
phòng vé ticket office
phòng vệ dân sự (dân vệ)
civilian guard
phòng vệ sinh washroom,
lavatory
phòng vệ sinh nam men's room
phòng vệ sinh nữ ladies' room
phòng xét xử courtroom
phòng xưng tội confessional REL
phỏng đoán guess ◊ (sự)
conjecture, guesswork
phỏng vấn interview
phọt ra gush
phô trương show off, parade
◊ showy; flamboyant; ostentatious;
kẻ/tên/tay phô trương show-off;
không phô trương unobtrusive
phố street
phố chính main street
phố nhỏ side street
phố Wall Wall Street
phổ biến common; general;
widespread; **không phổ biến**
unpopular
phổ biến nhất prevailing
phôi thai embryo

ch (*final*) k	**gh** g	**nh** (*final*) ng	**r** z; (*S*) r	**x** s	**â** (but)	**i** (tin)
d z; (*S*) y	**gi** z; (*S*) y	**ph** f	**th** t	**a** (hat)	**e** (red)	**o** (saw)
đ d	**nh** (onion)	**qu** kw	**tr** ch	**ă** (hard)	**ê** ay	**ô** oh

phối hòa âm harmonize

phối hợp coordinate ◊ (sự) coordination

phổi lung

phồn vinh prosper ◊ prosperous ◊ (sự) prosperity

phông cảnh set; scenery THEA

phông chữ font (*for printing*)

phồng lên flare

phốt phát phosphate

phờ phạc haggard, washed-out

phở noodles; noodle soup; (*slang*) mistress, bit on the side

phơi bày expose

phơi khô dry

phơi nắng bask

phơi ra expose ◊ (sự) exposure; *phơi X ra Y* expose X to Y

phớt lờ ignore; brush off *criticism*

phu khuân vác porter (*in hotel*)

phù dâu bridesmaid

phù hiệu badge

phù hợp correspond ◊ properly ◊ (sự) correspondence; *không phù hợp* incongruous; *phù hợp với* in accordance with, in keeping with, in line with

phù phiếm frivolous

phù rể best man

phủ cover; covered with; draped in

phủ băng freeze over; ice up ◊ icy

phủ cỏ grassy

phủ đầy coat (with)

phủ định negative

phủ giấy dán tường wallpaper

phủ kem trên topped with cream

phủ nhận deny ◊ (sự) denial; *không thể phủ nhận được* undeniable ◊ undeniably

phủ quyết veto

phủ rêu mossy

phụ auxiliary; secondary

phụ âm consonant

phụ bạc treacherous

phụ cận surrounding

phụ đề subtitle

phụ đính enclosure (*with letter*)

phụ kiện add-on

phụ lục appendix

phụ nữ woman

phụ nữ Anh Englishwoman

phụ nữ có chồng married woman

phụ nữ có mang expectant mother

phụ nữ Pháp Frenchwoman

phụ nữ tóc vàng blonde

phụ thuộc dependent ◊ (sự) dependence, dependency; *phụ thuộc vào* be dependent on; *phụ thuộc vào anh/chị* it's up to you

phụ thuộc lẫn nhau interdependent

phụ trách be in charge; be responsible for

phụ trương insert, supplement

phụ tùng thay thế spare

phúc lành blessing REL

phục hồi bring back; retrieve; revive *custom etc*; rehabilitate *criminal etc* ◊ (sự) revival

phục hồi chức năng rehabilitate ◊ (sự) rehabilitation

phục hồi chức vị reinstate ◊ (sự) reinstatement

phục kích ambush

phục vụ serve; attend to *customer* ◊ (sự) service

phục vụ tại phòng room service

phủi brush off

phủi bụi dust

phun spray, squirt; *phun Y lên X* spray X with Y

phun lửa erupt ◊ (sự) eruption

phun ra spout

phung phí spend, blow; fritter away, squander ◊ extravagant ◊ (sự) extravagance

phút minute; *mười lăm phút*

---

fifteen minutes, quarter of an hour

phụt ra spurt

phức tạp complex; complicated ◊ (sự) complication

phương Đông east; Orient, East Asia ◊ Oriental, East Asian

phương nam south

phương pháp method, system; formula; *có phương pháp* methodical, systematic

phương pháp điều trị therapy

phương Tây the West ◊ Western

phương thức mode

phương tiện means; medium; vehicle (*for information etc*)

phương tiện giảng dạy nhìn visual aid

phương tiện giao thông communications; means of transportation

phương tiện thông tin đại chúng mass media, the media

phương tiện thông tin tổng hợp multimedia

phương tiện vận chuyển means of transportation

phương tiện vận chuyển công cộng public transportation

phương trình equation

phường guild; precinct; *công an phường* district police

phượng phoenix

pianô piano

pianô tủ upright (piano)

pigiama pajamas

pin battery

pít-tông piston

politen polyethylene

polixtiren polystyrene

Q

QL (= *Quốc lộ*) main road from north to south

qua across; through; via ◊ spend *time*; cross; go past

qua cơn hiểm nghèo be out of danger

qua đại tây dương transatlantic

qua đêm overnight

qua đi pass, blow over

qua đời pass away ◊ (sự) demise

qua đường by way of; via

qua khỏi survive

qua lại back and forth; *cấm qua lại* no trespassing

qua lại được passable

qua thái bình dương transpacific

qua thống kê statistically

quá extremely; too, excessively ◊ past, after; *quá nặng để vác* too heavy to carry

quá cao excessive *speed*; prohibitive *prices*

quá cảnh in transit

quá chậm overdue

quá cuồng nhiệt wild *party etc*

quá cường điệu gushy

quá dạt dào effusive

quá đắt costly

quá đáng immoderate; excessive; outrageous *prices etc*

---

ch (*final*) k	**gh** g	**nh** (*final*) ng	**r** z; (*S*) r	**x** s	**â** (but)	**i** (tin)
d z; (*S*) y	**gi** z; (*S*) y	**ph** f	**th** t	**a** (hat)	**e** (red)	**o** (saw)
đ d	**nh** (onion)	**qu** kw	**tr** ch	**ă** (hard)	**ê** ay	**ô** oh

quá đắt overpriced

quá độ transitional ◊ be excessive; **ăn/uống quá độ** eat/drink to excess

quá giờ overrun

quá hiếu động hyperactive

quá khắt khe straitlaced

quá khó khăn formidable

quá khứ past

quá kích động hysterical ◊ (sự) hysteria

quá lâu lengthy

quá lo âu neurotic

quá mạnh drastic

quá mức overly ◊ excessive ◊ (sự) excess

quá nhạy cảm hypersensitive

quá nhiều too much; too many ◊ excessive; **quá nhiều cơm** too much rice

quá nhiệt tình với go overboard for

quá quắt exaggerated, excessive; **thật là quá quắt!** that's really too much!

quá rõ ràng glaring

quá say mê be crazy about

quá sớm premature; untimely

quá sợ be overawed by

quá táo bạo presumptuous

quá tỉ mỉ finicky

quá tồi tệ stink

quá trình process

quá trình lớn lên growth

quá trình sinh con childbirth

quá trình tuyển chọn selection process

quá trọng lượng overweight

quà gift, present

quà Nô-en Christmas present

quà tặng gift, present

quả fruit ◊ *classifier for round things*: **quả hồng** persimmon

quả bóng ball

quả bóng chày baseball

quả bóng đá football

quả cầu lông shuttlecock

quả đấm cửa doorknob

quả đất globe

quả địa cầu globe

quả giao bóng service (*in tennis*)

quả nắm cửa knob

quả phạt đền penalty SP

quả phạt góc corner (kick) (*in soccer*)

quả quyết assertive

quả tang: **bắt quả tang** catch red-handed

quả trái backhand

quả tua tassel

quả vôlê volley

quạ crow; raven

quai strap

quai bị mumps

quái: **mày muốn cái quái gì?** what the hell do you want?; **mày đang làm cái quái gì vậy?** what the hell are you doing?

quái dị freak

quái vật monster

quan chức cao cấp dignitary

quan điểm opinion, point of view; view; position; slant; **theo quan điểm của tôi** in my opinion; **quan điểm chính trị của anh ấy là thế nào?** what are his politics?

quan hệ relation; relationship; **có quan hệ bình đẳng/khác biệt** be on the same/a different footing; **có quan hệ đứng đắn** be going steady; **quan hệ giữa tôi với anh/chị là thế nào?** where do I stand with you?; **có quan hệ hữu nghị với ...** be on a friendly footing with ...; **quan hệ kinh doanh/ngoại giao** business/diplomatic relations; **có quan hệ thông gia với X** be

ơ u-r	y (tin)	ây uh-i	iê i-uh	oa wa	ôi oy	uy wee	ong aong
u (soon)	au a-oo	eo eh-ao	iêu i-yoh	oai wai	ơi u-r-i	ênh uhng	uyên oo-in
ư (dew)	âu oh	êu ay-oo	iu ew	oe weh	uê way	oc aok	uyêt oo-yit

connected with X by marriage; *có quan hệ tốt/xấu với ai* be on good/bad terms with s.o.; *có quan hệ với những người có ảnh hưởng* be well connected

quan hệ bừa bãi promiscuous relationships

quan hệ Đông-Tây East-West relations

quan hệ họ hàng relation (*in family*)

quan hệ máu mủ blood relation, blood relative

quan hệ quần chúng PR, public relations

quan hệ thư từ correspondence

quan hệ tình dục intimacy; (sexual) relationship

quan hệ tình dục không an toàn unprotected sex

quan hệ với khách hàng customer relations

quan lại mandarin (*in China*)

quan liêu bureaucratic ◊ (sự) bureaucracy

quan niệm sai lầm misconception

quan sát watch; observe; survey ◊ (sự) observation

quan sát viên observer

quan tài casket, coffin

quan tâm care; care about; consider ◊ interested ◊ (sự) consideration; interest; concern; *không quan tâm đến* with no regard for; *quan tâm tới gì* take an interest in sth

quan trọng big, important; fundamental ◊ (sự) matter; *rất quan trọng* crucial; momentous; *không quan trọng* insignificant; unimportant; *có tầm quan trọng bậc nhất* of prime importance; *quan trọng nhất* dominant, foremost;

paramount

quán joint, place

quán ăn restaurant; inn

quán ăn cạnh đường diner

quán ăn nhẹ snack bar

quán ăn tự phục vụ cafeteria

quán cà phê coffee shop; café

quán dành cho lái xe tải truck stop

quán giải khát café

quán trọ thanh niên youth hostel

quán từ article GRAM

quán từ không xác định indefinite article GRAM

quán từ xác định definite article GRAM

quản gia caretaker; housekeeper

quản lý manage; administer; conduct ◊ (sự) management; administration

quản lý tồi mismanagement

quang cảnh view

quang đãng clear

quang gánh hanging basket

quàng quạc quack

quảng cáo advertisement, ad; commercial; advertising; publicity ◊ advertise; promote; publicize

quảng cáo liên tiếp plug

quảng cáo thổi phồng hype

quảng cáo xen giữa commercial break

quảng trường square

quãng stretch; way; *đó là một quãng đi bộ dài/ngắn đến cơ quan* it's a long/short walk to the office

quanh co indirect *route*; crooked; twisting, winding *roads*; contorted *excuse etc* ◊ stall, play for time; wind (*of path etc*)

quanh đây be about

quanh quẩn around

quanh quẩn gần đây stick

ch (*final*) k	gh g	nh (*final*) ng	r z; (S) r	x s	â (but)	i (tin)
d z; (S) y	gi z; (S) y	ph f	th t	a (hat)	e (red)	o (saw)
đ d	nh (onion)	qu kw	tr ch	ă (hard)	ê ay	ô oh

around
quành bend
quát tháo shout at; bawl out
quạt fan
quạt máy ventilator
quạt tay fan (*handheld*)
quạt trần ceiling fan
quay rotate (*of blades*); spin, turn (*of wheel*); swing; turn around; avert *eyes*; roast *beef* ◊ (sự) rotation
quay chậm slow motion; *được quay chậm* in slow motion
quay cóp copy
quay cuồng whirl; *đầu óc tôi quay cuồng* my head is spinning
quay lại turn around ◊ (sự) action replay
quay lên wind up *window*
quay lui turn back
quay lưng đi turn away
quay lưng lại turn one's back on
quay lưng ra back onto
quay mặt lại turn around
quay ngoắt swing
quay ngược do a U-turn ◊ (sự) U-turn (*in policy etc*)
quay nhanh (lại) spin around
quay phim film, shoot
quay số dial
quay tại hiện trường on location
quay tít whirl
quay tròn revolve; twirl; whirl; wheel around
quay trở lại double back, turn back
quay trượt lại spin around
quay vòng turn
quay xuống wind down *car window*
quăn curl
quăn tít frizzy
quần quại squirm
quặn đau writhe
quăng sling
quẳng dump, dispose of

quặng ore
quặt bend
quân man (*in chess etc*)
quân bài playing card
quân cảnh MP, Military Policeman
quân chủng services MIL
quân cơ hearts
quân địch enemy
quân đoàn corps
quân đoàn thủy quân lục chiến Marine corps
quân đội army, the military; troops
Quân Đội Nhân Dân People's Army
quân J jack (*in cards*)
quân nhảy dù paratrooper
quân nhân serviceman
quân nhân phục viên returnee MIL
quân nhép clubs (*in cards*)
quân phăng teo joker
quân phiến loạn rebel troops
quân phục uniform
quân rô diamonds (*in cards*)
quân sự military
quân tiếp viện reinforcements
quấn wind, wrap
quấn kín envelop
quấn quanh wind
quần pants; slacks
quần áo clothes; clothing; dress
quần áo bình thường casual wear
quần áo bơi swimsuit
quần áo cần giặt laundry, washing
quần áo cần là (*N*) / **ủi** (*S*) ironing
quần áo dành cho trẻ con children's clothes
quần áo dơ laundry (*clothes*)
quần áo đàn bà ladies' wear
quần áo đàn ông menswear
quần áo giặt là laundry
quần áo hóa trang fancy dress

ơ u-r	**y** (tin)	**ây** uh-i	**iê** i-uh	**oa** wa	**ôi** oy	**uy** wee	**ong** aong
u (soon)	**au** a-oo	**eo** eh-ao	**iêu** i-yoh	**oai** wai	**ơi** u-r-i	**ênh** uhng	**uyên** oo-in
ư (dew)	**âu** oh	**êu** ay-oo	**iu** ew	**oe** weh	**uê** way	**oc** aok	**uyêt** oo-yit

quần áo lót underwear; body (suit)

quần áo lót của phụ nữ lingerie

quần áo mốt cao cấp designer clothes

quần áo nam menswear

quần áo ngủ pajamas

quần áo nịt leotard

quần áo phụ nữ ladies' wear

quần áo thể thao tracksuit; jogging suit

quần áo trẻ em children's wear

quần áo vũ trụ spacesuit

quần bó chẽn pantyhose

quần bò jeans, denims

quần chúng extra (*in movie*)

quần chúng nhân dân the masses

quần lót briefs, underpants; panties

quần lót đàn bà panties

quần lót nữ panties

quần nhung kẻ cords

quần nịt pantyhose

quần pigiama pajama pants

quần soóc shorts

quần tắm swimsuit

quần tất pantyhose

quần vợt tennis

quẫn bách be in great difficulties

quẫn trí distraught

quận district; precinct

quất flog, lash

quất mạnh buffet (*of wind*)

quấy rầy bother; badger; pester; disturb; persecute ◊ (sự) disturbance; persecution; *kẻ* / *tên* / *tay quấy rầy* pest; *quấy rầy ai để làm gì* pester s.o. to do sth

quấy rối harass; molest ◊ (sự) harassment; *quấy rối tình dục ai* harass s.o. sexually

quấy rối về tình dục sexually harass ◊ (sự) sexual harassment

quầy bar; booth (*at market, in restaurant etc*); kiosk; counter

quầy bán báo newsstand

quầy bán đồ nhắm snackbar

quầy bán hàng (market) stall

quầy bán sách bookstall

quầy bán sách báo newsstand

quầy cân hành lý check-in

quầy đổi tiền exchange bureau

quầy hàng counter

quầy lễ tân (reception) desk

quầy rượu bar; saloon

quầy sách bookstall

quầy tiếp tân reception (desk)

quầy trả tiền cash desk

quầy văn phòng phẩm stationer's

quầy vé ticket office

quẫy đập thrash about

quẫy rồi used to

quẩy (*N*) fried dough sticks

quen familiar; familiar with; habitual; usual ◊ get used to; *làm cho quen* familiarize; *quen làm gì* be used to doing sth; *quen với* be used to, be accustomed to; *chỉ quen mặt* know by sight; *anh* / *chị có quen ông ta không?* do you know him?; *tôi chưa quen việc* I'm new to the job

quen biết be acquainted with

quen thói habitual

quen thuộc be acquainted ◊ (sự) familiarity

quẹo (*S*) turn

quét scan (in) COMPUT; sweep

quét sạch sweep up; mop up

quét sạch bọn tội phạm clean up

quét vôi trắng whitewash

quẹt (*S*) match

quẹt lửa cigarette lighter

quê village; home; country; countryside ◊ rural; *dân quê* country people; *quê ... ở*

---

ch (*final*) k	**gh** g	**nh** (*final*) ng	**r** z; (*S*) r	**x** s	**â** (but)	**i** (tin)
d z; (*S*) y	**gi** z; (*S*) y	**ph** f	**th** t	**a** (hat)	**e** (red)	**o** (saw)
đ d	**nh** (onion)	**qu** kw	**tr** ch	**ă** (hard)	**ê** ay	**ô** oh

originate from ...

quê gốc originate; *anh ấy quê gốc ở Pháp* originally he comes from France

quê hương home; native village; native country, homeland

quê ngoại mother's village

quê nội father's village

quê quán native country, homeland; native village; home town; country of origin

quế cinnamon

quên forget; *được quên đi* be forgotten, blow over (*of argument*)

quên được get over

quên hết be oblivious of

quên lãng forget; forgotten ◊ (sự) oblivion; *bị rơi vào quên lãng* fall into oblivion

quên mình selfless

qui chế công ty company law

qui định stipulate; designate; provide for

qui hoạch lại redevelop

qui mô size

qui tắc regulation, rule

Quỉ Xa tăng the Devil, Satan

quít mandarin orange; tangerine

quốc ca national anthem

quốc gia nation; state ◊ national

quốc hội assembly POL; parliament ◊ parliamentary; congressional

quốc hội Hoa Kỳ Congress

quốc hữu hóa nationalize

quốc lộ highway; main road from north to south Vietnam

quốc ngữ Vietnamese script

quốc phòng defense

quốc tế international; cosmopolitan ◊ internationally

quốc tịch nationality

quốc vương monarch

quy judge; *quy X cho Y* put X down to Y

quy định stipulate; fix ◊ (sự) stipulation; regulation ◊ fixed; set; *sách/bài quy định* set book/ reading

quy định phạm vi delimit

quy lỗi blame; *quy lỗi cho X về Y* blame X for Y

quy luật law; rule; *quy luật phát triển* law of (social) development

quy mô scale

quy tắc rules; regulations

quy tắc vận hành operating instructions

quy tội accuse; accuse of; charge; charge with

quy trình process

Quý cultivated land (*in Vietnamese zodiac*)

quý precious

quý giá precious, valuable

quý phái noble

quý tộc noble

quý trọng respect, value, prize

quỳ kneel

quỳ xuống be down on one's knees

quỷ Sa tăng Satan

quỷ tha ma bắt mày đi! go to hell!

quỹ fund

quỹ đạo orbit; *đưa gì vào quỹ đạo* send sth into orbit

quỹ đen slush fund

quỹ lương trợ cấp pension fund

quỹ tài trợ foundation, organization

Quỹ Tiền Tệ Quốc Tế International Monetary Fund

quỵ xuống crumple

quyên góp collect; donate ◊ (sự) collection; donation

quyến rũ captivate; seduce ◊ alluring; cute; seductive ◊ (sự) seduction

---

ơ ur	y (tin)	ây uh-i	iê i-uh	oa wa	ôi oy	uy wee	ong aong
u (soon)	au a-oo	eo eh-ao	iêu i-yoh	oai wai	ơi ur-i	ênh uhng	uyên oo-in
ư (dew)	âu oh	êu ay-oo	iu ew	oe weh	uê way	oc aok	uyêt oo-yit

quyền acting, temporary ◊ right; title

quyền Anh boxing

quyền bình đẳng giữa các chủng tộc racial equality

quyền công dân civil rights

quyền đi vào entry

quyền đòi hỏi claim; right

quyền được đi qua right of way

quyền hành authoritative

quyền lực authority, power

quyền miễn trừ ngoại giao diplomatic immunity

quyền nhập cảnh entry

quyền phủ quyết veto

quyền sở hữu ownership

quyền trông nom custody

quyền ủy nhiệm power of attorney

quyền ưu tiên right of way, priority; *được quyền ưu tiên* have priority; *có quyền ưu tiên hơn* take precedence over

quyển volume

quyển anbom album

quyển séc checkbook

quyển vở exercise book

quyết định decide; make up one's mind ◊ decision ◊ decisive; critical

quyết đoán assertive

quyết liệt drastic; intense

quyết tâm resolve ◊ (*sự*) determination; resolution; *quyết tâm làm gì* resolve to do sth

quyết toán sổ sách balance the books

quỵt abscond

quỵt nợ refuse to settle a debt

R

ra out ◊ go out; come out; get out (*of prison*); *ra đây* come here

ra bộ as if ◊ seem

ra đa radar

ra đi come away; go; go away ◊ (*sự*) departure

ra đón go out to meet

ra đời be born; come into being

ra gì: *chẳng ra gì* it's worthless

ra hầu tòa on trial

ra hiệu signal; beckon

ra khỏi get out (*of car etc*); let out; quit COMPUT ◊ out of

ra khỏi chương trình log off

ra làm chứng take the stand

ra lệnh command; dictate (*course of action*); *thích ra lệnh* dictatorial; *ra lệnh (cho) ai làm gì* order s.o. to do sth; tell s.o. to do sth

ra mặt show oneself ◊ openly

ra miệng speak in public

ra mồ hôi perspire

ra mồm speak in public

ra mở cửa answer the door

ra oai show one's teeth

ra phết quite; *hay ra phết* quite good

ra quân deploy troops

ra sức strive

ra tay show what one is made of

ra Tết post Tet celebration ◊ after

ch (*final*) k	gh g	nh (*final*) ng	r z; (*S*) r	x s	â (but)	i (tin)
d z; (*S*) y	gi z; (*S*) y	ph f	th t	a (hat)	e (red)	o (saw)
đ d	nh (onion)	qu kw	tr ch	ă (hard)	ê ay	ô oh

Tet
ra tòa appear LAW ◊ (sự) appearance
ra vào come in and out
ra vẻ e lệ coy
ra vẻ kẻ cả patronizing
ra viện be discharged from the hospital
rã rời weary, exhausted, shattered
rác garbage, trash; litter
rác rưởi waste; garbage ◊ shitty, crap
rách rip, tear; slash
rách nát tattered
rách rưới ragged
rạch slash; score *line* ◊ (sự) incision
rạch mở slit
rái cá otter
rải scatter
rải đá stony
rải lại resurface
rải rác scattered; *rải rắc khắp phòng* be scattered all over the room
rám nắng brown, tanned ◊ tan ◊ (sự) (sun)tan; *có nước da rám nắng* get a (sun)tan
rán (deep-)fry
rán vàng brown (*in cooking*), fry to a golden brown
rạn crack
rạn nứt cracked ◊ (sự) breach, rift
rang roast; *chúng tôi bị rang nóng* we're roasting
ráng sức plug away
ràng buộc binding *agreement* ◊ tie down
rạng đông dawn
rạng rỡ radiant ◊ brightly ◊ (sự) brightness; radiance
rạng sáng daybreak
ranh sly; mischievous ◊ border
ranh con monkey, scoundrel
ranh giới boundary; limit

ranh mãnh sly; clever; wicked *laugh*
rành fluent
rành rành downright *lie*; gross *exaggeration* ◊ distinctly
rành rọt clear; fluent, flowing
rảnh free
rảnh mắt get out of view
rảnh nợ good riddance
rảnh rỗi free; idle
rảnh tay have a rest
rãnh ditch; groove
rãnh nước gutter
rao hàng advertize; shout out one's wares
ráo dry
ráo hoảnh tearless; dry *eyes*
ráo nước dried; *để cho ráo nước* strain *vegetables*
ráo riết remorseless
rào hurdle SP
rào chắn đường roadblock
rào lại fence in ◊ (sự) enclosure
rào quanh enclose
rạp chiếu bóng movie theater
rạp chiếu phim movie theater
rạp hát theater
rạp ôpêra opera house
rạp xi nê movie theater
rát sting
rau vegetable
rau bina spinach
rau bí squash; wax gourd
rau các loại vegetables
rau cần celery
rau cần tây oriental celery
rau cỏ vegetables
rau dền spinach (*Southeast Asian variety*)
rau diếp lettuce
rau húng sweet basil
rau húng cho (N) sweet basil
rau muống water spinach
rau mùi (N) cilantro, coriander

ơ ur	**y** (tin)	**ây** uh-i	**iê** i-uh	**oa** wa	**ôi** oy	**uy** wee	**ong** aong
u (soon)	**au** a-oo	**eo** eh-ao	**iêu** i-yoh	**oai** wai	**ơi** ur-i	**ênh** uhng	**uyên** oo-in
ư (dew)	**âu** oh	**êu** ay-oo	**iu** ew	**oe** weh	**uê** way	**oc** aok	**uyêt** oo-yit

rau răm fragrant knotweed
rau sống salad
rau thơm herbs
ráy tai wax (*in ear*)
rắc sprinkle
rắc rối intricate, involved; troublesome ◊ (*sự*) mess
rằm fifteenth day of the month (*Lunar calendar*)
răn đe deterrent
rắn solid ◊ snake
rắn chắc firm
rắn đuôi kêu rattlesnake
rắn lại solidify
răng tooth ◊ dental; *không có răng* toothless
răng bánh xe cog
răng giả false teeth, dentures
răng hàm molar
răng khôn wisdom tooth
răng nanh fang
răng nọc fang (*of snake*)
răng sữa milk tooth
rằng that; *có tin tiết lộ rằng ...* it has emerged that ...
râm mát shady *spot*, shaded
rậm bushy
rậm rạp dense
rần rần pins and needles
rận louse
rập nổi emboss
rất very; highly, most; tremendously; a lot; *rất cần* badly in need of; *tốt/dễ hơn rất nhiều* so much better/easier; *rất nhiều* very much
rất có thể probable ◊ no doubt, probably
râu beard; bristles; antenna (*of insect*); whiskers; *không có râu* hairless
râu mọc lởm chởm stubble
râu quai nón whiskers
râu sờ feeler

rầu rĩ mope ◊ plaintive
ré squeal
rẻ cheap, inexpensive
rẻ như bèo dirt cheap
rẻ như bùn dirt cheap
rẻ tiền tacky
rẽ (*N*) turn; turn off; *rẽ sang phải* turn to the right, take a right
rẽ đường ngôi part one's hair
rẽ ngoặt branch off
rẽ nước wake (*of ship*)
rẽ ra diverge
rèm che buồng tắm shower curtain
rèm cửa curtain; drapes; shades
ren lace
rèn kỷ luật discipline
reo hò cheer; *những tiếng reo hò sung sướng/khích động* shouts of joy/excitement
reo hò cổ vũ cheer on
reo mừng cheer
rét cold
rét buốt chilled
rét cóng freeze; be freezing
rét ngọt dry cold
rét như cắt piercing cold
rét run tremble with cold
rê bóng dribble SP
rể son-in-law
rễ root
rên groan
rên lên groan
rên rỉ moan
rền roll (*of thunder*)
rền rĩ wail
rệp bug, insect
rêu moss
rêu phủ mossy
rệu rã shaky
rệu rạo shaky, loose; dilapidated
rỉ leak
rỉ ra seep; seep out
ria mép mustache

ch (*final*) k | **gh** g | **nh** (*final*) ng | **r** z; (*S*) r | **x** s | **â** (but) | **i** (tin)
d z; (*S*) y | **gi** z; (*S*) y | **ph** f | **th** t | **a** (hat) | **e** (red) | **o** (saw)
đ d | **nh** (onion) | **qu** kw | **tr** ch | **ă** (hard) | **ê** ay | **ô** oh

riêng private; individual ◊ in private; privately; separately

riêng biệt separate; isolated ◊ individually ◊ (sự) privacy; **riêng biệt của** peculiar to

riêng lẻ individual ◊ standalone (*computer*)

riêng rẽ separately

riêng tư personal; intimate

riêng từng respective

riềng wild ginger

rim poach

rình mò snoop around

rít screech; whizz

rít lên screech; snap (*in speaking*); whistle (*of wind*)

ríu rít gurgle

rìu ax

rìu cán ngắn hatchet

rò leak out; **bị rò** leak ◊ leaky

rò rỉ escape

rò tin leak (*of information*)

rỏ (S) drip

rỏ dầu (S) oil leak

rõ nét clear

rõ nghĩa meaningful

rõ ràng clear, obvious; definite; distinct; coherent; outright *winner* ◊ obviously; distinctly; easily, by far ◊ (sự) clarity; **trở nên rõ ràng là** become clear that

rõ rành rành patently, clearly

rõ rệt marked, definite; pronounced; stark *reminder, contrast*

rọ bịt mõm muzzle

roi whip

rọi shine

rọi sáng shed light on

rón rén creep ◊ stealthy

rong biển seaweed

ròng rọc pulley

rót pour; pour out

rót đầy lại refill

rót vào inject ◊ (sự) injection

rồ dại mad, lunatic ◊ (sự) madness, lunacy

rổ strainer

rôbốt robot

rốc ket (N) rocket

rốc-en-rôn rock 'n' roll

rối bù disheveled

rối loạn troubled ◊ (sự) confusion; chaos; turmoil; disorder MED

rối trí muddled ◊ (sự) muddle; **làm ai rối trí** drive s.o. to distraction

rối tung be a mess

rồi already ◊ (*used to mark a completed action*): **trước đây lâu rồi** long before this; **tôi hiểu rồi** I see; **chắc là 6 giờ rồi** it must be about 6 o'clock; **rồi sẽ biết** time will tell; **chắc bây giờ họ đã tới rồi** they'll surely have arrived by now; **kết thúc rồi** it's over

rồi sao? (S) so what?; what happens next?

rỗi free; **chiều nay anh/chị có rỗi không?** are you free this afternoon?

rốn navel

rộn ràng throb

rống bellow

rống lên bellow

rồng dragon

rồng mây gặp hội golden opportunity

rỗng hollow

rỗng bụng empty stomach

rỗng túi penniless

rộng wide, broad; roomy; **rộng 10m** 10m across

rộng lớn large; extensive *knowledge*; wide *range*

rộng lùng thùng loose *clothes*

rộng lượng generous, not too critical

rộng rãi spacious

ơ u*r*	**y** (tin)	**ây** uh-i	**iê** i-uh	**oa** wa	**ôi** oy	**uy** wee	**ong** aong
u (soon)	**au** a-oo	**eo** eh-ao	**iêu** i-yoh	**oai** wai	**ơi** u*r*-i	**ênh** uhng	**uyên** oo-in
ư (dew)	**âu** oh	**êu** ay-oo	**iu** ew	**oe** weh	**uê** way	**oc** aok	**uyêt** oo-yit

rốt cuộc finally, eventually; **rốt cuộc thì** as it turned out

rơi come down; drop; crash; **rơi đúng vào ngày thứ Ba** it falls on a Tuesday

rơi lộp bộp patter

rơi máy bay plane crash

rơi tõm splash

rơi vỡ come apart, fall to pieces

rơi vỡ loảng xoảng crash

rơi xuống land

rời leave (of bus, plane etc); depart; separate from; move; **không rời nhau** inseparable

rời bỏ desert, abandon ◊ (sự) desertion, abandonment

rời đi leave (of person)

rời khỏi leave; vacate; quit job etc; pull out (of ship)

rời rạc disjointed; scrappy

rời xa nhau dần drift apart

rơm straw

rờn rợn scary, creepy

ru lét roulette

rú roar

rú lên howl; roar

rủ xuống droop; hang down to

rùa turtle; tortoise

rúc hoot

rúc còi hoot

rúc rích giggle

rui nhà rafter

rủi misfortune; **gặp rủi** have bad luck

rủi ro unfortunate ◊ (việc) mishap

rum rum

rúm người lại cringe

run tremble

run lên shiver; thrill

run rẩy shake; quake ◊ shaky

run run shake; quiver ◊ shaky

rung shake; ring

rung chuông chime

rung chuyển shudder

rung động vibrate ◊ (sự) vibration

rung lên quake; shudder; vibrate

rung rinh quiver; tremble

rung rung quaver (of voice)

rung tiếng quaver (of voice)

rùng mình shudder; **ngôi nhà/ anh ấy khiến tôi rùng mình** the house/he gives me the creeps

rùng rợn ghastly; scary; **những điều rùng rợn của chiến tranh** the horrors of war

rụng fall out (of hair); shed leaves

rụng rời shattered, very upset

rụng tóc baldness; hair loss

ruồi fly

ruồng bỏ abandon, desert

ruộng field

ruộng bắp (S) corn field

ruộng bậc thang terraced field

ruộng biền marsh

ruộng đất field; land

ruộng gái hemp field

ruộng lúa ricefield

ruộng ngô (N) corn field

ruộng nho vineyard

ruộng rẫy farm

ruộng sắn cassava field

ruột gut, intestines; lining (of brakes)

ruột bánh mì breadcrumbs

ruột bánh xe (S) inner tube

ruột kết colon ANAT

ruột thừa appendix ANAT

rút get out, take out; draw cash, gun; drop charges, requirement etc; ebb ◊ (sự) withdrawal (of money, troops); **rút dao chĩa vào ai** pull a knife on s.o.

rút cục eventually; **rút cục anh sẽ thích** you'll come to like it, you'll get to like it

rút gọn shorten, condense

rút khỏi drop out; withdraw; pull

---

ch (final) k	**gh** g	**nh** (final) ng	**r** z; (S) r	**x** s	**â** (but)	**i** (tin)
d z; (S) y	**gi** z; (S) y	**ph** f	**th** t	**a** (hat)	**e** (red)	**o** (saw)
đ d	**nh** (onion)	**qu** kw	**tr** ch	**ă** (hard)	**ê** ay	**ô** oh

out; evacuate

rút lại retract, withdraw *statement etc* ◊ (sự) retraction; withdrawal (*of complaint, accusation*)

rút lui retreat; back off; stand down (*in election etc*)

rút ngắn shorten; *rút ngắn một kỳ nghỉ/cuộc họp* cut a vacation/meeting short

rút phích cắm unplug

rút ra take out; extract; pull out

rút thăm draw (*in lottery*)

rút vào bí mật go underground

rút xuống subside

rụt rè coy

ruy băng ribbon

rửa clean, wash; develop

rửa phim film processing

rửa ráy wash up

rửa tội baptize

rực brilliant; sparkling

rực cháy inflamed (with)

rực rỡ splendid; colorful

rực rỡ về màu sắc blaze of color

rừng forest; wood

rừng cây woods

rừng cấm protected forest

rừng nhiệt đới rain forest

rừng rậm jungle

rừng rú forests, woods; jungle ◊ wild

rừng rực blazing; roaring *fire*

rưỡi half; *bây giờ là hai giờ rưỡi* it's half past two

rượu alcohol ◊ alcoholic; *không có rượu* nonalcoholic; *có rượu* strong *drink*; alcoholic

rượu chính vụ vintage (*of wine*)

rượu đếp (*S*) rice wine

rượu mạnh liquor, spirits

rượu mùi liqueur

rượu se-ry sherry

rượu táo cider

rượu trắng Vietnamese rice wine

rượu vang wine (*Western*)

rứt pull *hair, clothes*; *rứt ra* break away

S

sa (silk) gauze; sand ◊ drop; fall; *sa vào tay địch* fall into the hands of the enemy

sa lát salad

sa mạc desert; type of song

sa môn Buddhist priest

sa ngã depraved; debauched; corrupt

sa sả vehement ◊ vehemently

sa sầm darken

sa sẩy suffer a loss; have a miscarriage

sa sỉ luxury

sa sút drop, take a dive ◊ (sự) downfall; comedown

sa thải fire; dismiss ◊ (sự) dismissal; *bị sa thải* be laid off; be fired

sa thạch sandstone

sà lan barge NAUT

sách book

sách bán chạy nhất best-seller

sách báo reading matter

ơ u*r*	**y** (tin)	**ây** uh-i	**iê** i-uh	**oa** wa	**ôi** oy	**uy** wee	**ong** aong
u (soon)	**au** a-oo	**eo** eh-ao	**iêu** i-yoh	**oai** wai	**ơi** u*r*-i	**ênh** uhng	**uyên** oo-in
ư (dew)	**âu** oh	**êu** ay-oo	**iu** ew	**oe** weh	**uê** way	**oc** aok	**uyêt** oo-yit

sách báo khiêu dâm pornography

sách báo xuất bản publication

sách bìa cứng hardback

sách bìa mềm paperback

sách bò cattle stomach

sách bỏ túi paperback; pocketbook

sách chỉ dẫn sử dụng user manual

sách cũ old book; second-hand book

sách dạy guide

sách dạy nấu ăn cookbook

sách dẫn bibliography

sách giáo khoa textbook

sách hướng dẫn guide

sách hướng dẫn du lịch guidebook, travel guide

sách nhiễu extort money from

sách nhỏ brochure

sách Phúc âm Gospel

sách tham khảo reference book

sách tranh ảnh picture book

sách vở books and notebooks ◊ bookish

sạch clean

sạch bong spotless

sạch khô run dry ◊ dried up

sạch mắt nice-looking

sạch nợ get rid of one's debts

sạch sẽ clean; spruce

sạch sẽ chỉnh tề immaculate

sạch trơn cleaned out

sai wrong; false; incorrect ◊ incorrectly; *không thể sai được* infallible

sai bảo give orders; order about

sai biệt difference; discrepancy

sai chính tả misspelt

sai điệu out of tune

sai khớp chân sprain one's ankle

sai lầm mistake ◊ mistaken; misguided; *sai lầm trong việc*

nhận định tình hình an error of judgment

sai phái boss around

sai sót fault; flaw

sai sót của con người human error

sai trái improper

Sài Gòn Saigon

Sài Gòn trước đây old Saigon

sải fathom NAUT

sải bước stride

sải chân stride

sa-lát salad

sa-lát hoa quả fruit salad

sạm nắng weather-beaten

san bằng flatten

san bằng tỷ số even the score

san hô coral

san phẳng flatten

san ủi bulldoze

sán dây tapeworm

sàn floor; deck (*of bus*)

sàn diễn ring (*at circus*)

sàn nhà floor

sản lượng output

sản phẩm product; produce

sản phẩm hàng đầu market leader

sản phẩm làm từ sữa dairy product

sản phẩm phụ by-product, spin-off

sản phẩm thay thế substitute

sản xuất produce; bring out; manufacture; output ◊ (sự) production; manufacture; generation ELEC; *sản xuất tại Việt Nam* made in Vietnam

sản xuất hàng loạt mass-produce ◊ (sự) mass production

sản xuất hợp lý hóa rationalized production

sản xuất lương thực food output

sản xuất nông nghiệp

---

ch (*final*) k	**gh** g	**nh** (*final*) ng	**r** z; (*S*) r	**x** s	**â** (but)	**i** (tin)
d z; (*S*) y	**gi** z; (*S*) y	**ph** f	**th** t	**a** (hat)	**e** (red)	**o** (saw)
đ d	**nh** (onion)	**qu** kw	**tr** ch	**ă** (hard)	**ê** ay	**ô** oh

agricultural production

sạn grit

sang transfer; go over; come over ◊ luxurious; upmarket ◊ fine appearance; *quay ngoắt sang với những người Đảng Dân Chủ* swing to the Democrats

sang chuyển transfer

sang một bên aside

sang phải right

sang trọng luxury; plush; upmarket

sáng bright

sáng bóng shine

sáng chế develop; originate; devise ◊ (sự) development

sáng chói very bright ◊ (sự) brilliance; brightness

sáng kiến initiative ◊ (sự) innovation

sáng lập found, create ◊ (sự) foundation

sáng lập ra found, establish

sáng lên glint

sáng mai in the morning; tomorrow morning

sáng màu fair *hair*

sáng mắt have good eyesight; become aware, realize

sáng nay this morning

sáng ngày mai tomorrow morning

sáng rực glow

sáng suốt clear ◊ wise; discerning

sáng sủa bright; light; intelligent ◊ (sự) brightness; lightness

sáng tác compose; create ◊ (sự) creation

sáng tạo create; originate; think up ◊ creative ◊ (sự) creation

sáng tính intelligent, sharp

sàng sieve ◊ sift

sàng lọc sift

sảng khoái cheerful; elated; refreshed

sánh được compare; match; *không thể sánh được* incomparable

sành điệu sophisticated

sành sỏi discriminating

sành sứ porcelain

sao print off, run off ◊ star ◊ how; why; *không sao* that's alright; never mind; *sao không?* why not?; *sao anh/chị dám như thế!* how dare you!; *sao đấy?* what happened?

sao băng meteor; falling star

sao biển starfish

sao chép copy

sao chổi comet

sao chụp copy, photocopy

sao đĩa mềm backup disk

sao lại reproduce *sounds etc*; run off ◊ (sự) reproduction; *sao lại thế được!* come on!

sao lãng fail in one's duty

sao lưu back up *file* ◊ (sự) backup

sao một tệp make a copy of a file

sao nhãng neglect; *bị sao nhãng* neglected

sao phỏng theo copy

Sao và Sọc Stars and Stripes

sáo blackbird

sáo đá starling

sáo trúc bamboo flute

sào pole

sào đậu perch

sáp wax; ointment

sạp stall; kiosk

sạp báo newspaper kiosk

sạp thuyền deck (*of boat*)

sát close to; attached to ◊ closely

sát bên mình close at hand

sát bên nhau side by side

sát cánh với nhau pull together

sát da skintight ◊ superficial scratch

sát hại kill; murder; assassinate

ơ ur	**y** (tin)	**ây** uh-i	**iê** i-uh	**oa** wa	**ôi** oy	**uy** wee	**ong** aong
u (soon)	**au** a-oo	**eo** eh-ao	**iêu** i-yoh	**oai** wai	**ơi** ur-i	**ênh** uhng	**uyên** oo-in
ư (dew)	**âu** oh	**êu** ay-oo	**iu** ew	**oe** weh	**uê** way	**oc** aok	**uyêt** oo-yit

◊ (sự) killing; murder; assassination
sát nhân murder; homicide
sát nhập merge ◊ (sự) merger
sát nút by a narrow margin
sát vách next-door
sau after; afterward ◊ back; rear; nest ◊ behind; next to (*in comparison*); past; *được thanh toán sau* be paid in arrears; *như sau* as follows; *ở sau* behind; *ở phía sau xe buýt* at the back of the bus; *sau một tuần kể từ ngày mai* a week tomorrow; *lần sau* next time; *tuần sau* next week
sau cùng rearmost ◊ lastly
sau đại học postgraduate
sau đây following ◊ as follows
sau đó next; then; subsequently
sau hết after all; at last ◊ last; latest
sau khi after
sau lưng behind, secretly ◊ at the back
sau này later on
sáu six
sáu mươi sixty
say deep *sleep*; drunk; high (*on drugs*); *làm ai say* get s.o. drunk
say đắm passionate; madly in love; *cô ta yêu say đắm* she's head over heels in love
say gái girl-crazy
say máy bay airsick; *bị say máy bay* get airsick
say mèm drunk out of one's mind, in a drunken stupor
say mê be enthusiastic about, be mad about; be hooked on ◊ compulsive *reading* ◊ (sự) mania, craze; fascination
say nắng heatstroke, sunstroke
say rượu drunk; drunken ◊ get drunk
say sóng seasick; *bị say sóng* get seasick

say sưa drunken; *say sưa bởi/với gì* intoxicated by/with sth
say tàu seasick
say tàu xe travelsick
say thuốc on drugs; high
sắc sharp *knife* ◊ tint, tone; beauty; royal decree
sắc đèo (lưng) knapsack
sắc đẹp feminine beauty
sắc hồng hào color
sắc lệnh decree, order
sắc màu color; shade
sắc nhỏ pocketbook
sắc sáng highlight (*in hair*)
sắc sảo sharp, penetrating *mind, analysis*; incisive
sắc tài beauty and talent
sắc thái coloring, tint; nuance, shade
sặc choke; smell of
sặc sỡ loud, flashy *colors etc*; vivid
săm inner tube; *không có săm* tubeless
săn bắn trái phép poaching
săn bắt hunt
săn đuổi pursue; stalk ◊ (sự) pursuit
săn lùng hunt; chase; *cuộc săn lùng tội phạm* manhunt
săn trộm poach *fish etc*
sắn (N) cassava
sắn có available
sắn lòng ready ◊ readily; *không sắn lòng làm ...* be unwilling to do ...
sắn sàng ready; willing; available; live *ammunition* ◊ stand by ◊ willingly; *sắn sàng làm gì* be disposed to do sth; *trong trạng thái sắn sàng* on standby
sắn sàng hợp tác cooperative
sắp soon; nearly ◊ be about to ◊ arrange, put in order; *sắp có một phát minh* be on the brink

---

ch (*final*) k	**gh** g	**nh** (*final*) ng	**r** z; (*S*) r	**x** s	**â** (but)	**i** (tin)
d z; (*S*) y	**gi** z; (*S*) y	**ph** f	**th** t	**a** (hat)	**e** (red)	**o** (saw)
đ d	**nh** (onion)	**qu** kw	**tr** ch	**ă** (hard)	**ê** ay	**ô** oh

of a discovery; **sắp làm gì** be on the point of doing sth; **sắp muộn rồi** it's getting late

sắp chữ thẳng hàng justify *text*

sắp đặt arrange; lay out ◊ (sự) arrangement; **sắp đặt bàn ăn** set the table

sắp đặt lại rearrange

sắp giao due for delivery

sắp hàng line up, stand in line

sắp sửa be on the point of ◊ before long

sắp theo thứ tự put in order

sắp tiêu vong dying

sắp tới upcoming, forthcoming ◊ before long

sắp xảy ra imminent; impending

sắp xếp arrange, organize; structure *schedule etc*; sort out; sort COMPUT ◊ (sự) organization; **được sắp xếp** be on (*of meeting etc*); **sắp xếp gì lại** put sth away again

sắp xếp hợp lý streamline

sắp xếp lại rearrange, reorganize ◊ (sự) reorganization

sắt iron

sắt vụn scrap metal

sâm ginseng

sâm banh champagne

sâm Cao ly Korean ginseng

sấm thunder

sấm chớp thunder and lightning

sấm sét mưa bão thunderstorm

sầm snap

sẫm dark; deep *color*

sẫm màu dark

sân course SP; court SP; field SP; yard (*of prison etc*)

sân bay airport

sân bay nhỏ airfield

sân bay trên boong flight deck (*on aircraft carrier*)

sân băng ice rink

sân bóng playing field

sân chơi playground

sân chơi bình đẳng level playing field

sân chơi bóng chày ballpark

sân đậu xe parking lot

sân đỗ platform

sân ga track RAIL

sân gôn golf course

sân hiên terrace

sân khấu stage THEA ◊ theatrical

sân nhà home ground; **trên sân nhà** at home SP

sân phơi laundry drying room

sân sau backyard

sân ten-nít tennis court

sân trong courtyard

sân vận động stadium

sân vườn yard (*behind house*)

sần rugged, rough; uneven

sần sùi rugged

sấp face down; **ngửa hay sấp?** heads or tails?

sâu deep, profound ◊ decay (*of teeth*); worm; insect

sâu bọ insect

sâu bướm caterpillar

sâu sắc deep, profound *thinker*; penetrating *analysis*; perceptive *person* ◊ profoundly; **một cách sâu sắc** in depth

sâu thẳm innermost

sâu thêm deepen

sâu xa underlying

sấu alligator; crocodile; *imaginary animal made of stone or bronze in front of temples*

sầu riêng durian; secret sorrow

sấy tóc blow-dry

sẩy thai miscarry MED ◊ (sự) miscarriage

sậy reed

s. CN (= **sau Công Nguyên**) AD

sẻ sparrow ◊ divide

sẽ will, shall; would; **anh/chị sẽ**

ơ ur	**y** (tin)	**ây** uh-i	**iê** i-uh	**oa** wa	**ôi** oy	**uy** wee	**ong** aong
u (soon)	**au** a-oo	**eo** eh-ao	**iêu** i-yoh	**oai** wai	**ơi** ur-i	**ênh** uhng	**uyên** oo-in
ư (dew)	**âu** oh	**êu** ay-oo	**iu** ew	**oe** weh	**uê** way	**oc** aok	**uyêt** oo-yit

có mặt ở đó chứ? will you be there?; *tôi sẽ đưa anh/chị về nhà* I'll take you home; *tôi sẽ giúp nếu có thể* I would help if I could; *không, tôi sẽ làm* no, I'll do it; *sẽ làm gì* be going to do sth; *sẽ là thô lỗ nếu ...* it is rude to ...

sẽ gặp be in for

sẽ sinh be due (*of baby*)

Séc Czech

séc check FIN

séc du lịch traveler's check

séc trả lương pay check

sen lotus

sẹo scar ◊ wrinkled

sét lightning; thunderbolt; *như sét đánh ngang tai* like a bolt from the blue

sên slug

sếp boss

si mê be infatuated with

sĩ diện honor; face; pride; prestige ◊ snobbish, snooty

sĩ quan officer

SIĐA Aids

siêng năng diligent

siết chặt squeeze; tighten; clench ◊ (sự) squeeze

siêu kettle; harpoon ◊ super, great

siêu âm supersonic ◊ (sự) scan, ultrasound

siêu cường superpower

siêu linh psychic

siêu phàm the supernatural

siêu thị supermarket

siêu tự nhiên supernatural

siêu văn bản hypertext

silic silicon

Sing-ga-po Singapore ◊ Singaporean

sinh be born ◊ (sự) birth

sinh ba: *con sinh ba* triplet

sinh con breed ◊ (sự) childbearing

sinh đẻ give birth ◊ (sự) birth; delivery; confinement

sinh đôi: *con sinh đôi* twin

sinh động animated, lively; colorful; graphic ◊ (sự) animation, liveliness; *không sinh động* lifeless

sinh hạ bear *child*

sinh hóa life and death; biochemistry; gross returns

sinh hoạt livelihood; activity

sinh học biology ◊ biological

sinh lãi yield FIN

sinh lời pay off; yield interest

sinh lực energy

sinh nhật birthday

sinh nhật Bác Hồ Ho Chi Minh's Birthday

sinh ra give birth to

sinh ra ung thư carcinogenic

sinh sản reproduce ◊ reproductive ◊ (sự) reproduction

sinh sống settle; live; exist

sinh suất birthrate

sinh thái học ecology

sinh tố vitamin; fresh fruit drink

sinh tư: *đứa trẻ sinh tư* quadruplet

sinh vật being

sinh vật học biology ◊ biological

sinh viên student

sinh viên được học bổng scholar (*awarded a scholarship*)

sinh viên năm thứ nhất freshman

sinh viên tốt nghiệp graduate

sirô ho cough syrup

so dây tune up

so lại droop

so sánh compare ◊ comparative ◊ (sự) comparison; parallel; *không thể so sánh được* there's no comparison; *so sánh X với Y* compare X with Y

so với compared with

ch (*final*) k	**gh** g	**nh** (*final*) ng	**r** z; (*S*) r	**x** s	**â** (but)	**i** (tin)
d z; (*S*) y	**gi** z; (*S*) y	**ph** f	**th** t	**a** (hat)	**e** (red)	**o** (saw)
đ d	**nh** (onion)	**qu** kw	**tr** ch	**ă** (hard)	**ê** ay	**ô** oh

sò oyster; clam

sọ skull

sọ dừa coconut shell

soài mango

soạn write *music*

soạn đồ ra unpack

soạn thảo draft; compile; compose

sóc squirrel

soi light; *soi gương* look at oneself in the mirror; *soi cá* fish using a light

soi chụp scan MED

soi xét scrutinize; examine

sỏi gravel

sỏi mật gallstone

son (bôi) môi lipstick

son phấn make-up; cosmetics; *đời son phấn* life of a prostitute

song still

song ca duo (*singers*)

song mây rattan

song ngữ bilingual

song song parallel

song tấu duo (*instrumentalists*)

sóng wave; frequency

sóng cồn tidal wave

sóng dài long wave

sóng gió stormy

sóng ngắn short wave

sóng trung medium wave

sóng võ surf

sòng bạc casino

sọt basket

sọt đựng giấy lộn wastepaper basket

sô cô la chocolate

sô cô la bạc hà mint

sô cô la bọc hạnh nhân chocolate coated almonds

sô cô la sữa milk chocolate

sô cô la thường plain chocolate

sô vanh chauvinist

số number; gear MOT

số cao high, top MOT

số cao nhất top gear

số chẵn even

số chín nine

số chín mươi ninety

số chuyến bay flight number

số còn lại balance, remainder

số dặm đã đi được mileage

số dư balance (*of bank account*); remainder MATH

số dư tài khoản bank balance

số đăng ký license number; registration number

số đếm được count

số điểm score; *số điểm là bao nhiêu?* what's the score?

số điện thoại phone number

số điện thoại để liên hệ contact number

số đo measurement

số đo cơ thể vital statistics

số đông masses of

số gấp đôi double

số giấy phép license number

số hai của bộ số second gear

số hiệu chuyến bay flight number

số hóa digital

số học arithmetic

số hội viên membership

số ít singular GRAM; *ở dạng số ít* in the singular

số không zero; neutral MOT

số liệu ra data output

số lùi reverse (gear) MOT

số lượng amount; *số lượng cần thiết ...* the required amount of ...; *với số lượng lớn* in bulk

số lượng người vào intake

số lượng nhỏ nhất least

số mã vùng area code

số mệnh destiny

số một one

số mười ten

số mười chín nineteen

ơ ur	**y** (tin)	**ây** uh-i	**iê** i-uh	**oa** wa	**ôi** oy	**uy** wee	**ong** aong
u (soon)	**au** a-oo	**eo** eh-ao	**iêu** i-yoh	**oai** wai	**ơi** ur-i	**ênh** uhng	**uyên** oo-in
ư (dew)	**âu** oh	**êu** ay-oo	**iu** ew	**oe** weh	**uê** way	**oc** aok	**uyêt** oo-yit

số nhận dạng cá nhân PIN, personal identification number
số nhiều plural; *ở số nhiều* in the plural
số nhỏ modesty
số phận fate; fortune
số thu receipts
số tiền sum
số tiền bảo hiểm sum insured
số tiền chi trội overdraft
số tiền được trả lại rebate
số tiền phải trả charge
số tiền phải trả thêm surcharge
số tiền thiếu hụt deficit
số tiền thuê credit
số tiền trả vào tài khoản credit
số tối thiểu minimum
số trang page number
số trúng winning number
số vùng dial code
số xêri serial number
sổ register; book; notebook; account book
sổ cái ledger
sổ đen blacklist
sổ địa chỉ address book
sổ điểm score book
sổ ghi các cuộc hẹn gặp appointments diary
sổ lộ trình logbook
sổ nhập quy cash book, receipts book
sổ nhật ký diary (*business etc*)
sổ tay diary; notebook; planner
sổ tay hướng dẫn handbook
sổ tay hướng dẫn sử dụng instruction manual
sổ tay nhỏ pocketbook, paperback
sổ tiết kiệm savings (bank) book, pass book
sổ tổng kê balance sheet
sổ vé book of tickets
sổ sàng forward *person*

sốc shock; *bị sốc* be in shock
sôi boil
sôi động tumultuous; electric
sôi nổi heated *discussion*; hectic *activity*; vivacious, effervescent *personality*; *không sôi nổi* lowkey; *nói sôi nổi về điều gì* rave about sth
sôi nổi lên warm up
sôi trào boil over
sôi ùng ục rumble
sồi oak (tree); beech
sông river
sông băng glacier
sông biển sea and rivers
sông Cửu Long Mekong River
sông Hồng Red River
sông Hương Perfume River
sông Mê Công Mekong River
sông Ngân Hà Milky Way
sông nhánh tributary
sông núi rivers and mountains; country; motherland
sống live, be alive ◊ raw; *nhạc sống* live music
sống bằng live on, exist on; subsist on
sống chung với nhau cohabit
sống động vivid
sống được make it, survive
sống hoàn lương go straight
sống lâu hơn outlive
sống mũi bridge (*of nose*)
sống qua được survive
sống riêng live apart
sống sót survive ◊ (sự) survival
sống tàu keel
sống theo live up to
sống xả láng live it up
sốt temperature ◊ feverish
sốt cà chua tomato ketchup
sốt phát ban typhus
sốt rét malaria
sốt sắng enthusiastic; obliging

ch (*final*) k	**gh** g	**nh** (*final*) ng	**r** z; (*S*) r	**x** s	**â** (but)	**i** (tin)
d z; (*S*) y	**gi** z; (*S*) y	**ph** f	**th** t	**a** (hat)	**e** (red)	**o** (saw)
đ d	**nh** (onion)	**qu** kw	**tr** ch	**ă** (hard)	**ê** ay	**ô** oh

sốt thương hàn typhoid (fever)

sốt vàng da yellow fever

sơ distant; small; petty ◊ beginning; fiber; Catholic nun ◊ incompletely; **biết sơ sơ** know a little bit (about); have a smattering (of)

sơ bộ preliminary ◊ (sự) first steps

sơ cấp elementary

sơ cứu first aid

sơ đẳng basic

sơ đồ plan

sơ đồ mặt bằng ground plan

sơ lược superficial

sơ sài sketchy; incomplete; careless

sơ suất oversight

sơ tán evacuate

sơ xuất mistake ◊ make a mistake

sơ yếu lý lịch résumé

sờ feel; touch; **cấm sờ** do not touch

sờ soạng fumble about; grope; paw; feel up

sờ thấy feel; **sờ thấy như lụa/vải bông** it feels like silk/cotton

sở department; office; agency

sở chỉ huy headquarters

sở hữu possessive GRAM ◊ (sự) possession; **có tính sở hữu** possessive

sở thích liking; inclination; taste

sở thích riêng hobby

Sở Thuế Internal Revenue Service

sở thú (S) zoo

sở vệ sinh sanitation department

sợ be afraid; be afraid of; fear; **làm cho ... hoảng sợ** give a scare; **làm cho ... sợ phải lánh xa** scare away

sợ hãi be scared of; get cold feet ◊ scary; eerie ◊ (sự) fear; **không sợ hãi** fearless; **sợ hãi đến cực độ** be scared stiff

sợ vợ henpecked

sởi measles

sợi fiber; strand; yarn ◊ *classifier for threads*

sợi chỉ thread

sợi cước bristles

sợi dây string

sợi dây ràng buộc bond

sợi quang fiber optics

sợi thủy tinh fiberglass

sợi tóc hair

sợi tổng hợp synthetic

sớm early; shortly; soon ◊ premature; **sớm hay muộn** sooner or later; **sớm nhất thì bao giờ anh/chị có thể sẵn sàng ra đi?** how soon can you be ready to leave?

sớm phát triển precocious

sơn paint; varnish (*for nails*); lacquer; **sơn còn ướt** wet paint; **sơn màu vàng** painted in yellow

sơn bóng gloss paint; varnish (*for nails*)

sơn bôi móng tay nail varnish, nail polish

sơn phun spray (paint)

sơn quét lại redecorate

sơn tráng men enamel paint

sờn wear out; **bị sờn** frayed

sờn góc dog-eared

sờn mòn worn-out

sờn rách well-worn ◊ (sự) wear (and tear)

stereo stereo

su hào kohlrabi

su sê traditional wedding cake

su su chayote

sủa bark

sủa ăng ẳng yap

suất portion

súc chunk; log; pack ◊ wash; rinse; cleanse

súc miệng gargle

súc sắc dice

ơ u*r*	**y** (tin)	**ây** uh-i	**iê** i-uh	**oa** wa	**ôi** oy	**uy** wee	**ong** aong
u (soon)	**au** a-oo	**eo** eh-ao	**iêu** i-yoh	**oai** wai	**ơi** u*r*-i	**ênh** uhng	**uyên** oo-in
ư (dew)	**âu** oh	**êu** ay-oo	**iu** ew	**oe** weh	**uê** way	**oc** aok	**uyêt** oo-yit

súc thịt joint (*of meat*)

súc tích concise, succinct; choice *phrases*

sục sạo nose about

sục vào swoop on; burst into

sủi bọt effervescent *drink*; frothy *cream*

sủi tăm simmer; bubble

sung sycamore; cluster fig

sung huyết congestion MED

sung sướng delighted ◊ happily

sung sướng mê ly ecstatic

sung sướng vô ngần rapture

sung sức fit (*physically*) ◊ (sự) fitness; *ở thời kỳ sung sức nhất* be in one's prime (*of man*)

sung túc well-off

súng gun

súng cầm tay pistol, revolver

súng cối mortar MIL

súng lục pistol, revolver

súng máy machine gun

súng ngắn pistol

súng phòng không anti-aircraft gun

súng săn hunting gun

súng tay handgun

súng tiểu liên submachine gun

súng trường rifle

súng tự động automatic (weapon)

sùng đạo pious; religious

sủng sốt dazed

suối creek, stream

suôn sẻ smooth

suốt direct ◊ through; throughout; *suốt cuộc đời của cô ấy* all her life; *suốt mùa đông/hè* through the winter/summer; *suốt từ đó* ever since

suốt đời lifelong

súp broth

súp lơ cauliflower

súp lơ xanh broccoli

sụp đổ fall down, collapse; cave in

(*of roof*); crumble (*of civilization*); fall (*of government*) ◊ (sự) fall; doom

sút kém suffer, deteriorate, go downhill

sụt cân lose weight

sụt giá fall in value, take a dive

sụt xuống slump; collapse

suy diễn deductive ◊ (sự) deduction

suy dinh dưỡng malnourished ◊ (sự) malnutrition

suy đoán speculate ◊ (sự) speculation

suy đồi decadent

suy giảm decline; wane

suy kém impaired

suy luận deduce; conclude

suy ngẫm contemplate

suy nghĩ think, reflect ◊ (sự) reflection

suy nghĩ kỹ give careful thought to

suy nghĩ thêm give more thought to

suy nghĩ về think over

suy nhược break down (*mentally*) ◊ (sự) breakdown

suy nhược thần kinh nervous breakdown; *là một người suy nhược thần kinh* be a nervous wreck

suy sụp collapse; crack up; *bị suy sụp* go to pieces

suy sụp tinh thần depressed ◊ (sự) depression

suy tàn decay

suy thoái decline ◊ (sự) downturn

suy tính consider, mull over

suy tính cá nhân personal thoughts

suy vi go downhill ◊ (sự) downfall

suy xét kỹ lưỡng think through

suy xét sâu sắc discerning

---

ch (*final*) k	**gh** g	**nh** (*final*) ng	**r** z; (*S*) r	**x** s	**â** (but)	**i** (tin)
d z; (*S*) y	**gi** z; (*S*) y	**ph** f	**th** t	**a** (hat)	**e** (red)	**o** (saw)
đ d	**nh** (onion)	**qu** kw	**tr** ch	**ă** (hard)	**ê** ay	**ô** oh

suy yếu ailing ◊ weaken

suyễn asthma

suýt nearly; ***suýt bị gì*** narrowly escape sth

suýt nữa almost, nearly; ***suýt nữa thì nguy*** that was a close shave

suýt phát khóc be on the verge of tears

suýt soát narrowly

suỵt! hush!

sư tử lion

sứ china; ambassador; envoy

sứ đoàn diplomatic corps

sứ mệnh mission

sứ quán embassy

sử dụng use; utilize; draw on, make use of; employ; exert *authority*; spend *time* ◊ (sự) use; ***đem X cho Y sử dụng*** put X at Y's disposal

sử dụng bừa bãi abuse

sử dụng nhiều thứ tiếng multilingual

sử dụng quá liều overdose

sử dụng triệt để stretch

sử gia historian

sử học history

sự (*used to form nouns*): ***sự an ninh*** security; ***sự bất bình đẳng*** inequality; ***sự béo nhão*** flab; ***sự tập trung*** concentration

sự cố event; fact

sự đúng giờ punctuality

sự được lòng dân popularity

sự hữu ích usefulness

sự kiện event; occasion; happening; action; ***một sự kiện ngoại giao*** a diplomatic incident

sự kiện hiện nay current events

sự lạm dụng misuse

sự nghiệp career; cause; objective

sự ra đời birth *fig*

sự sáng tạo ra thế giới creation REL

sự sẵn lòng readiness

sự sẵn sàng willingness

sự tăng nhiệt độ khí quyển trái đất global warming

sự thật truth; ***sự thật là*** in fact, as a matter of fact

sự thế situation

sự thụ thai conception (*of child*)

sự tích story; history

sự tống tiền blackmail; extortion

sự treo máy crash COMPUT

sự trinh sát reconnaissance

sự trong lành purity (*of air*)

sự trong trẻo purity (*of voice*)

sự vật thing

sự viêm nhiễm inflammation MED

sự việc matter, affair; business; fact; ***sự việc diễn ra trôi chảy*** it went smoothly

sứa jellyfish

sửa correct ◊ (sự) correction; ***tôi sẽ sửa cho anh/chị*** I'll get it fixed for you; ***không thể sửa được*** incorrigible

sửa bậy tamper with

sửa cho đẹp touch up *photo*

sửa cho thẳng straighten

sửa chữa repair, fix; mend ◊ (việc) repair

sửa chữa lại do up *building etc*

sửa đổi amend, modify; compromise ◊ (sự) amendment, modification

sửa đường road repairs

sửa lại adapt; revise ◊ (việc) adaptation; revision

sửa mới recondition

sửa sang chỉnh tề tidy oneself up

sửa sang lại freshen up

sửa soạn get ready; fix *lunch etc*; ***sửa soạn gì sẵn sàng*** get sth ready

sửa tạm patch up

sữa milk

ơ ur	**y** (tin)	**ây** uh-i	**iê** i-uh	**oa** wa	**ôi** oy	**uy** wee	**ong** aong
u (soon)	**au** a-oo	**eo** eh-ao	**iêu** i-yoh	**oai** wai	**ơi** ur-i	**ênh** uhng	**uyên** oo-in
ư (dew)	**âu** oh	**êu** ay-oo	**iu** ew	**oe** weh	**uê** way	**oc** aok	**uyêt** oo-yit

sữa chua yoghurt
sữa đặc condensed milk
sữa đậu nành soy drink; soy bean milk
sữa không kem skimmed milk
sữa tắm shower gel
sữa trộn milkshake
sức bền bỉ stamina
sức cản của không khí air resistance
sức chịu đựng endurance
sức chứa capacity
sức đề kháng resistance
sức ép pressure, strain; *gây sức ép* pressure; strain; *dùng sức ép đối với ...* bring pressure to bear on ...
sức hấp dẫn appeal, attraction; magnetism
sức hút suction
sức kéo căng strain
sức khỏe health; *giữ sức khoẻ* keep fit
sức lôi kéo appeal, pull
sức lực strength; pressure
sức mạnh force, power; strength
sức mạnh đòn bẩy leverage
sức mạnh tình dục virility
sức mạnh vũ phu brute force

sức quyến rũ glamor
sức sống vigor, vitality
sức thuyết phục conclusiveness; convincingness; forcefulness (*of argument, speaker*)
sức vóc endurance; strength
sưng amiđan tonsillitis
sưng các tuyến bạch hầu glandular fever
sưng lên swell ◊ swollen
sưng phồng swollen and puffy
sưng phù bloated
sừng horn
sửng sốt shocked ◊ (sự) shock
sững sờ stupefy ◊ (sự) dismay
sưởi ấm heat up
sườn side; flank; slope (*of mountain*); spare ribs; chop
sườn đồi hillside
sườn lợn pork ribs
sương dew
sương giá frost
sương khói smog
sương mù fog; mist ◊ foggy; misty
sương mù mỏng haze
sướng delight ◊ gleeful; delightful
sướng cuồng lên delirious
sưu tầm collect, save
Sửu buffalo (*in Vietnamese zodiac*)

T

ta let's ◊ we; us ◊ things Vietnamese ◊ Vietnamese
ta lông tread (*of tire*)
tá dozen
tà low in the sky; setting; magical
tả describe ◊ left

tả được describable; *không thể tả được* indescribable
tả lại describe ◊ (sự) description
tả tơi in tatters
tã (lót) diaper
tạ weight

ch (*final*) k	**gh** g	**nh** (*final*) ng	**r** z; (*S*) r	**x** s	**â** (but)	**i** (tin)
d z; (*S*) y	**gi** z; (*S*) y	**ph** f	**th** t	**a** (hat)	**e** (red)	**o** (saw)
đ d	**nh** (onion)	**qu** kw	**tr** ch	**ă** (hard)	**ê** ay	**ô** oh

tạ ơn Chúa! thank goodness!

tab tab (*in text*)

tác dụng effect; action; *có tác dụng* take effect, tell

tác động effect; impact; *dễ bị tác động* impressionable

tác động phụ side effect

tác giả author

tác giả kịch bản scriptwriter

tác nhân kích thích stimulus

tác phẩm production (*TV program etc*); composition MUS; *những tác phẩm của ...* the works of ...

tác phẩm dự thi entry (*for competition*)

tác phẩm điêu khắc sculpture

tác phẩm đoạt giải winning entry

tác phẩm kinh điển classic

tác phẩm nghệ thuật work of art

tác phẩm văn học literature

tách break up; *tách X khỏi Y* separate X from Y

tách biệt secluded ◊ (sự) seclusion; *ở một nơi tách biệt* at the back of beyond

tách cà phê nhỏ demitasse

tách khỏi break away; distance oneself from

tách ra isolate; separate; come apart

tách riêng isolate, identify; *tách riêng X khỏi Y* keep X separate from Y

tách riêng ra separate

tách rời separate, divorce; pull away; *không thể tách rời* inseparable

tách xa ra khỏi stay away from

tai ear

tai ác perverse. awkward

tai hại disastrous; fatal *error*

tai họa disaster; evil

tai nạn accident

tai nạn giao thông traffic accident

tai nạn ô tô đâm nhau smash, (car) crash

tái underdone

tái bản reprint

tái bút PS, postscript

tái diễn recur

tái diễn đều recurrent

tái đầu tư plow back

tái hôn remarry

tái mét pale

tái nhợt white (*with anger*)

tái phát flare up (*of illness*) ◊ (sự) relapse

tái sinh recycle; be reborn ◊ (sự) recycling; rebirth

tái tạo simulate; recycle ◊ (sự) recycling

tái vũ trang rearm

tái xanh pale

tài knack, ability ◊ talented

tài chính finance ◊ financial; fiscal

tài giỏi talented; competent ◊ (sự) brilliance

tài khoản account; accounts, books; *có tài khoản ở* bank with; *còn tiền trong tài khoản* be in credit

tài khoản chung joint account

tài khoản ngân hàng bank account

tài khoản tiết kiệm savings account

tài khoản tín dụng charge account

tài khoản vãng lai checking account

tài liệu document; documentation; material; information, literature (*promotional*) ◊ documentary

tài liệu lưu trữ archives

tài năng ability, talent; prowess

tài ngoại giao diplomacy, tact

tài sản possessions, property; asset FIN; estate (*of deceased*)

ơ ur	**y** (tin)	**ây** uh-i	**iê** i-uh	**oa** wa	**ôi** oy	**uy** wee	**ong** aong
u (soon)	**au** a-oo	**eo** eh-ao	**iêu** i-yoh	**oai** wai	**ơi** ur-i	**ênh** uhng	**uyên** oo-in
ư (dew)	**âu** oh	**êu** ay-oo	**iu** ew	**oe** weh	**uê** way	**oc** aok	**uyêt** oo-yit

tài sản kế thừa legacy

tài tình clever; ingenious ◊ (sự) ingenuity

tài trí mind, intellect

tài trợ finance, fund, bankroll

tài tử amateur *pej*

tài xế chauffeur

tài xế xe lửa engineer RAIL

tải lên upload

tải trọng load ELEC

tải xuống download

tại at; in; on ◊ due to, because of

tại chỗ live ◊ on the spot

tại đây here

tại nhà: *tại nhà anh/chị* at your house; *tại nhà tôi/anh ấy* at my/his place

tại sao why; *tại sao lại không?* why not?; *tại sao vậy?* why is that?

tam ca trio

tam tấu pianô piano trio

tám eight

tám mươi eighty

tàm tạm passable, so-so

tạm temporary, provisional

tạm biệt bye(-bye); so long

tạm dừng stop; freeze *video* ◊ (sự) pause

tạm đóng cửa close up

tạm giam remand; *bị tạm giam* be in custody; be on remand

tạm hoãn reprieve

tạm nghỉ take a break

tạm ngừng pause

tạm thay thế fill in for

tạm thời temporary, provisional; makeshift ◊ for the time being; temporarily; *làm tạm thời* temp

tạm vừa ý satisfactory *pej*

tan thaw

tan băng thaw (*of frozen food*)

tan biến go (*of pain, doubt, problem etc*)

tan dần die down; wear off

tan đi clear, lift *of mist*

tan ra melt; disintegrate

tan vỡ disintegrate, crumble (*of hopes, marriage etc*) ◊ in ruins; in tatters (*of career etc*); *bị tan vỡ* broken *home*

tán dương glowing *description*

tán đồng endorse; echo

tán lá foliage

tán thành approve; approve of; be in favor of ◊ (sự) approval; *không tán thành* disapprove ◊ unfavorable

tán thành bột pulverize

tán thưởng applause

tán tỉnh make advances; flirt; *kẻ/tên/tay tán tỉnh* flirt

tàn ash

tàn bạo outrageous

tàn dư remnant

tàn lụi die out

tàn nhang freckle

tàn nhẫn cold-blooded, heartless; ruthless, remorseless; merciless ◊ (sự) heartlessness; ruthlessness; *thật thà một cách tàn nhẫn* be brutally frank

tàn nhẫn về mặt tinh thần mental cruelty

tàn phá devastate; strike (*of hurricane*)

tàn sát slaughter, massacre

tàn tạ seedy

tàn tật disabled ◊ (sự) disability; *bị tàn tật* be handicapped

tàn tích hangover

tản nhiệt radiator

tảng block

tảng băng trôi iceberg

tảng đá kê bước stepping stone

tảng đá mòn boulder

tảng sáng small hours

tạnh go away; *trời đã tạnh mưa* it

---

ch (*final*) k	**gh** g	**nh** (*final*) ng	**r** z; (*S*) r	**x** s	**â** (but)	**i** (tin)
d z; (*S*) y	**gi** z; (*S*) y	**ph** f	**th** t	**a** (hat)	**e** (red)	**o** (saw)
đ d	**nh** (onion)	**qu** kw	**tr** ch	**ă** (hard)	**ê** ay	**ô** oh

has stopped raining

tao I; me (*familiar*)

tao nhã refined; elegant

táo apple; jujube; crab apple

táo bạo bold, daring ◊ (*sự*) audacity

táo bón constipation ◊ constipated

táo tây apple

táo Thái Lan Thai apple

tào lao mess around

tào phớ (*N*) bean curd with syrup

tạo provide; create, make

tạo lập establish

tạo nên create

tạo ra generate; produce; create ◊ (*sự*) creation; *tạo ra vấn đề/ mối đe dọa* pose a problem/a threat

táo Tàu Chinese date

tạo thành comprise, constitute, make up; generate (*in linguistics*); make *total*

tạp chí magazine; journal

tạp chí khiêu dâm girlie magazine

tạp chí ra hàng tháng monthly (magazine)

tạp chí xuất bản định kỳ periodical

tát smack, slap; *tát anh ấy vào mặt* slap him in the face

tạt đến drop by

tạt lại chơi come around

tạt qua come by

tạt vào stop off

tạt vào thăm drop in

Tàu China ◊ Chinese

tàu ship; train; streetcar

tàu biển chở du khách cruise liner

tàu cao tốc high-speed train

tàu chiến warship

tàu chở dầu tanker; oil tanker

tàu con thoi space shuttle

tàu di động trên đệm không khí hovercraft

tàu đánh cá fishing boat

tàu điện streetcar

tàu điện ngầm subway RAIL

tàu đổ bộ landing craft

tàu hàng freight train

tàu hỏa train

tàu hỏa tốc hành express

tàu kéo tug

tàu khu trục destroyer

tàu lửa train

tàu lượn glider

tàu ngầm submarine

tàu ngầm hạt nhân nuclear submarine

tàu nhanh high-speed train

tàu phá băng icebreaker

tàu phóng ngư lôi torpedo-boat

tàu quét thủy lôi minesweeper

tàu sân bay aircraft carrier

tàu thăm dò vũ trụ probe (*scientific*)

Tàu Thống Nhất North-South express train

tàu thủy boat; liner; *trên tàu thủy* on board (ship)

tàu thủy chở côngtenơ container ship

tàu thủy chở hàng freighter

tàu tốc hành fast train

tàu vũ trụ rocket; spacecraft, spaceship

tay arm; hand ◊ *classifier for persons, with negative connotations*: *bằng tay* by hand; *tay thô tục* lout

tay áo sleeve; *không có tay áo* sleeveless

tay ga throttle

tay lái (steering) wheel; handlebar

tay lái bên phải right-hand drive

tay nghề workmanship

tay non beginner

ơ ur	**y** (tin)	**ây** uh-i	**iê** i-uh	**oa** wa	**ôi** oy	**uy** wee	**ong** aong
u (soon)	**au** a-oo	**eo** eh-ao	**iêu** i-yoh	**oai** wai	**ơi** ur-i	**ênh** uhng	**uyên** oo-in
ư (dew)	**âu** oh	**êu** ay-oo	**iu** ew	**oe** weh	**uê** way	**oc** aok	**uyêt** oo-yit

tay sai henchman
tay súng shot; *là tay súng giỏi/ kém* be a good/poor shot
tay trong insider
tay trống drummer
tay vịn (hand)rail
tay xách handle
táy máy nghịch monkey about with
tắc block ◊ blocked ◊ (sự) blockage
tắc mạch embolism
tắc nghẽn be backed up (*of traffic*) ◊ (sự) block; obstruction; congestion; gridlock; *bị tắc nghẽn* be jammed
tắc nghẽn giao thông traffic congestion
tắc xi taxi
tăm toothpick
tắm take a shower; have a bath; *cấm tắm* no swimming
tắm bồn take a bath ◊ tub
tắm hơi sauna
tắm nắng sunbathe
tắm rửa have a wash, wash; freshen up
tằm silkworm
tăng increase; boost; put up *prices*; heighten *effect, tension*; revive (*of business*) ◊ (sự) increase, hike (*in prices*); raise (*in salary*)
tăng cường strengthen; intensify; promote, encourage ◊ (sự) boost
tăng dần accumulate ◊ progressive
tăng gấp ba treble
tăng gấp bốn lần quadruple
tăng gấp đôi double
tăng giá rise in value; mark up ◊ (sự) mark-up
tăng giá trị appreciate FIN
tăng lên increase; grow (*of amount, number*); go up (*of prices*); rise (*of temperature, prices*); build up (*of excitement, pressure*); turn up

volume ◊ increasing ◊ (sự) increase, build-up; rise
tăng lên đột ngột surge
tăng thêm increase; deepen (*of crisis etc*); multiply
tăng tốc accelerate ◊ gas pedal
tăng tốc độ gather speed; speed up
tăng tối ta maximize
tăng trưởng nhanh chóng surge
tăng trưởng số không zero growth
tăng vọt rocket, shoot up (*of prices*); spiral; jump ◊ (sự) boom; jump
tặng give; present *award*; donate ◊ (sự) donation; *tặng Y cho X* present X with Y
tặng phẩm present, gift
tặng thưởng award
tắt extinguish; put off, switch off *light, TV*; go out (*of light, fire*); shut down *computer*; blow out (*of candle*); be off; be out
tắt dần die down
tắt mạng go off-line
tắt nghẽn jam; be jammed
tâm đầu ý hợp be on the same wavelength
tâm điểm bull's-eye
tâm động đất epicenter
tâm linh psychic
tâm lý psychological
tâm lý học psychology
tâm thần mental illness
tâm thần học psychiatry
tâm thần phân lập split personality
tâm thần phân liệt schizophrenia ◊ schizophrenic
tâm trạng mood, frame of mind; *có tâm trạng vui vẻ/khó chịu* be in a good/bad mood
tâm trạng căng thẳng stress; *có*

---

ch (*final*) k	**gh** g	**nh** (*final*) ng	**r** z; (S) r	**x** s	**â** (but)	**i** (tin)
d z; (S) y	**gi** z; (S) y	**ph** f	**th** t	**a** (hat)	**e** (red)	**o** (saw)
đ d	**nh** (onion)	**qu** kw	**tr** ch	**ă** (hard)	**ê** ay	**ô** oh

tâm trạng căng thẳng be under stress

tâm trí mind; thoughts

tấm plate, sheet (*of metal, glass*); slab (*of cake etc*) ◊ *classifier for flat things*

tấm bạt che awning

tấm chắn (bảo vệ) shield

tấm che mặt visor

tấm ghép panel

tấm thu năng lượng mặt trời solar panel

tấm ván board; plank

tầm range (*of voice, vision*)

tầm bắn range (*of missile, gun*)

tầm hoạt động range (*of airplane*)

tầm ma nettle

tầm nghe hearing; *trong tầm nghe* within earshot

tầm nhìn visibility

tầm quan trọng emphasis; importance

tầm tay: *trong tầm tay* within reach

tầm thường humble *meal, house*; commonplace; trifling *concerns*

tầm xa long-range

Tân wrought metal (*in Vietnamese zodiac*)

tân new

tân binh recruit MIL

Tân Tây Lan New Zealand

tân tiến nhất ultimate

tấn ton

tấn công attack; strike ◊ (sự) assault, attack; offensive

tần số frequency

tần số cao high-frequency

tận end

tận cùng farthest limit, extreme end; *trong tận cùng* innermost

tận dụng take advantage of; make the most of

tận tâm conscientious

tận tụy devoted ◊ (sự) devotion; *tận tụy với ...* dedicate oneself to ...; *tận tụy với một người* be devoted to a person

tâng bốc flattering

tầng floor, story; *ở tầng dưới* downstairs; *ở tầng trên* upstairs

tầng hầm basement; vaults

tầng lầu floor, story

tầng lớp tier

tầng lớp lao động working-class

tầng lớp thượng lưu upper-class

tầng lớp trên upper-class

tầng lớp trung lưu middle-class

tầng mái penthouse

tầng ong honeycomb

tầng ôdôn ozone layer

tầng thượng upper

tầng trệt first floor

tấp nập busy

tập bản đồ atlas

tập đoàn consortium; corporation; group (of companies)

tập giấy pad (*for writing*)

tập giấy để ghi chép notepad

tập hợp assemble; mass ◊ (sự) set MATH

tập hợp các điều kiện package (*of offers etc*)

tập hợp lại rally around; *tập hợp lại xung quanh ai* rally around s.o.

tập hợp thành nhóm group

tập luyện exercise; take exercise; practice; work out ◊ (sự) exercise; practice; *không tập luyện* be out of practice

tập luyện thể dục do gymnastics ◊ (sự) gymnastics

tập quán custom

tập thể collective

tập thể dục take exercise

tập tin file COMPUT

tập trung centralize; concentrate

ơ ur	**y** (tin)	**ây** uh-i	**iê** i-uh	**oa** wa	**ôi** oy	**uy** wee	**ong** aong
u (soon)	**au** a-oo	**eo** eh-ao	**iêu** i-yoh	**oai** wai	**ơi** ur-i	**ênh** uhng	**uyên** oo-in
ư (dew)	**âu** oh	**êu** ay-oo	**iu** ew	**oe** weh	**uê** way	**oc** aok	**uyêt** oo-yit

◊ intensive ◊ (sự) concentration; **tập trung làm gì** be intent on doing sth; **tập trung tư tưởng vào gì** keep one's mind on sth; **tập trung vào** center on; focus on; zero in on; **tập trung vào gì** concentrate on sth

tập tục practice, custom

tất cả all ◊ altogether; overall; **tất cả chúng tôi** all of us; **tất cả đã thu xếp xong** it's all fixed up

tất cả mọi cái everything

tất dài stocking

tất nhiên of course, certainly, sure ◊ automatically; **tất nhiên là không** of course not, certainly not

tất phải thất bại doomed

tất yếu automatic

tật lác mắt (*N*) squint

tật lé mắt (*S*) squint

tật nguyền handicap

tật nguyền tâm thần mentally handicapped

tật nói lắp stammer

tật nói ngọng lisp

tấu revue

tàu (*S*) vessel; train; streetcar

tẩu thuốc pipe (*to smoke*)

tây west; westerly

Tây ba lô backpacker (*Western tourist*)

Tây Ban Nha Spain ◊ Spanish

tây bắc northwest

tây hóa westernize

tây nam southwest

Tây Phương Western; **các nước Tây Phương** the West

Tây Tạng Tibet ◊ Tibetan

tẩy get out, remove; bleach ◊ eraser, rubber

tẩy chay boycott

tẩy não brainwash ◊ (sự) brainwashing

tẩy sạch come out (*of stain etc*)

tẩy trùng disinfect

tẩy xóa rub out (*with eraser*)

té fall

tẻ ngắt dead *town, bar etc*; drab *streets, clothes*

tẻ nhạt monotonous

téc-mốt thermos flask

tem stamp (*for letter*)

ten-nít tennis

tê cóng numb

tê giác rhinoceros

tê tê tingle

tế bào cell BIO

tế nhị delicate *problem, situation* ◊ (sự) delicacy; **không tế nhị** obvious; tactless

tệ bad

tệ hại bad; harmful; wicked

tệ nạn xã hội social evils; vice

tệ nhất worst

tệ quá terrible

tệ quan liêu red tape

tếch teak

tên name, first name, given name ◊ *classifier for person, with negative connotations*: **anh/chị tên gì?** what's your name?; **tên thô tục** lout

tên cướp bandit

tên cướp có súng gunman

tên đệm middle name

tên gọi tắt diminutive

tên họ thời con gái maiden name

tên họ viết tắt initial

tên khai sinh née

tên khủng bố terrorist

tên lưu manh ruffian

tên lửa missile, rocket

tên lửa đạn đạo ballistic missile

tên lửa điều khiển guided missile

tên người dùng user name

tên nhãn hiệu brand name

tên thánh Christian name

tên tuổi lớn big name

---

ch (*final*) k	**gh** g	**nh** (*final*) ng	**r** z; (*S*) r	**x** s	**â** (but)	**i** (tin)
d z; (*S*) y	**gi** z; (*S*) y	**ph** f	**th** t	**a** (hat)	**e** (red)	**o** (saw)
đ d	**nh** (onion)	**qu** kw	**tr** ch	**ă** (hard)	**ê** ay	**ô** oh

tên vô lại scoundrel
tệp file COMPUT
tệp chỉ đọc read-only file
tệp gửi kèm theo attachment (*to e-mail*)
Tết Vietnamese New Year
tết festival; carnival; plait
Tết Âm Lịch Vietnamese New Year
tết Mậu Thân Tet offensive
Tết Nguyên Đán Lunar New Year
Tết Thanh Minh Ching Ming Festival
Tết Trung Thu Mid-Autumn Festival, Moon Festival
TGĐ (= *Tổng Giám đốc*) CEO
tha let off (*not punish*); *tôi sẽ không tha!* I won't tolerate it!
tha bổng acquit LAW
tha lỗi excuse, forgive
tha thiết anxious; impassioned ◊ dearly
tha thứ forgive; pardon; stand for, tolerate; *không tha thứ được* unforgivable
tha tội absolve *sinners*; pardon LAW
thà rằng rather
thả drop; free, liberate; release ◊ (sự) liberation; release
thả dù parachute
thả neo anchor
thả nổi float FIN
thả rong at large
thả xe freewheel
thả xuống lower
thác nước waterfall
thác phun fountain
thạc sĩ master's (degree)
thạc sĩ Văn chương MA, Master of Arts
thách challenge, defy; *thách X làm Y* dare X to do Y
thách đấu challenge
thách thức challenge
thạch jelly

thạch anh crystal; quartz
thạch lựu pomegranate
thái carve; chop; cut up
Thái Bình Dương Pacific (Ocean); *những nước bên bờ Thái Bình Dương* Pacific Rim countries
thái cực extreme
thái dương temple ANAT
thái độ attitude; manner; gesture (*of friendship etc*)
thái độ hoài nghi cynicism; skepticism
thái độ khiêm nhường humility
thái hạt lựu dice, cut
Thái Lan Thailand ◊ Thai
thái nhỏ shred
thải bỏ discard ◊ (sự) disposal
tham ăn greedy
tham chiến belligerent
tham dự go in for *competition*
tham gia enter *competition*; participate ◊ (sự) involvement, participation
tham gia cuộc đua compete
tham gia quảng cáo endorse *product* ◊ (việc) endorsement (*of product*)
tham gia vào come in on; join in; engage in; take part in; be a party to LAW; *tham gia vào một thỏa thuận* come in on a deal
tham gia vào cuộc bãi công be on strike
tham lam greedy (*for money*) ◊ (sự) greed
tham nhũng corrupt ◊ (sự) corruption
tham quan sightseeing; visit
tham vọng ambition ◊ ambitious
thám báo scout MIL
thám hiểm expedition
thám tử detective
thảm carpet; rug; mat
thảm chùi chân doormat

ơ u*r*	y (tin)	ây uh-i	iê i-uh	oa wa	ôi oy	uy wee	ong aong
u (soon)	au a-oo	eo eh-ao	iêu i-yoh	oai wai	ơi u*r*-i	ênh uhng	uyên oo-in
ư (dew)	âu oh	êu ay-oo	iu ew	oe weh	uê way	oc aok	uyêt oo-yit

thảm hại pathetic, miserable
thảm họa catastrophe
thảm thêu tapestry
than coal
than củi charcoal
than hồng embers
than khóc wail
than phiền complain of MED; nag, go on at
than vãn complain ◊ (sự) complaint
thán từ exclamation
thản nhiên matter-of-fact; impassive; **thản nhiên trước** impervious to
thang ladder
thang đứng stepladder
thang lương salary scale
thang máy elevator; escalator
thang máy bay ramp (*for airplane*)
tháng month
tháng Ba March
tháng Bảy July
tháng Chín September
tháng Giêng January
tháng Hai February
tháng Mười October
tháng Mười hai December
tháng Mười một November
tháng Năm May
tháng Sáu June
tháng Tám August
tháng Tư April
thanh bar (*of iron, chocolate*)
thanh củi stick
thanh lịch elegant
thanh long dragon fruit
thanh lý liquidate ◊ (sự) liquidation
thanh mảnh trim
thanh nẹp splint
thanh ngang crossbar (*of bicycle*)
thanh niên youth

thanh niên mới lớn adolescent
thanh quản larynx
thanh ray rail (*on track*)
thanh thản serene
thanh thiếu niên teenager
thanh toán pay; pay off; settle ◊ (sự) payment; repayment; settlement (*of debt*)
thanh toán để rời khách sạn check out
thanh toán ngay bằng tiền mặt cash down
thanh toán trước pay in advance ◊ (sự) advance payment
thanh tra inspect ◊ (sự) inspection
thanh trừng purge
thánh saint ◊ sacred
thánh đường sanctuary REL
thành citadel
thành công do well; succeed; get on; make it: pull off *deal etc* ◊ successful ◊ (sự) success; hit; **thành công trong việc gì** succeed in doing sth; **việc thành công** success, hit; **không thành công** unsuccessful ◊ unsuccessfully
thành đạt successful
thành hàng một in single file
thành kiến prejudice, bias; **có thành kiến** prejudiced; **làm ai có thành kiến** prejudice s.o.
thành lập establish, set up
thành lũy citadel; rampart
thành ngữ expression, phrase, saying
Thành Nội Royal Citadel
thành phẩm end product
thành phần composition; constituent; ingredient
thành phố city ◊ metropolitan; municipal
thành phố cảng port, seaport
Thành phố Hồ Chí Minh Ho Chi

ch (*final*) k	**gh** g	**nh** (*final*) ng	**r** z; (S) r	**x** s	**â** (but)	**i** (tin)
d z; (S) y	**gi** z; (S) y	**ph** f	**th** t	**a** (hat)	**e** (red)	**o** (saw)
đ d	**nh** (onion)	**qu** kw	**tr** ch	**ă** (hard)	**ê** ay	**ô** oh

Minh City, HCM
thành phố kết nghĩa twin town
thành phố quê hương hometown
thành quách citadel
thành sự thật materialize
thành thạo expert; proficient; accomplished ◊ (sự) proficiency; mastery
thành thật open, honest
thành tích performance; *có thành tích tốt về gì* have a good record for sth
thành tích bất hảo disreputable
thành tố ingredient
thành tựu achievement
thành viên member
thành viên của tổ chức bán quân sự paramilitary
thành viên hội nghị conventioneer
thành viên mới recruit
thao tác maneuver
tháo disconnect; drain *oil etc*; unfix
tháo dỡ dismantle, take down
tháo ngòi nổ defuse *bomb*
tháo ốc unscrew
tháo ra detach; unwind; unravel
tháo rời take to pieces
tháo vát versatile ◊ (sự) versatility
tháo xuống take down (*from shelf*)
thảo draw up *document*
thảo luận discuss, talk over ◊ (sự) discussion
thạo tin be in the know
tháp tower; pagoda
tháp Chàm Cham towers
tháp nhỏ turret (*of castle*)
tháp nhọn spire
tháp pháo turret (*of tank*)
thay change; take over
thay cho instead of; *thay cho ai* substitute for s.o.
thay đổi change, alter; shift; vary; switch ◊ variable ◊ (sự) change,

alteration; shift; variation; inflection (*of voice*) ◊ it varies; *không thể thay đổi* irrevocable; *để thay đổi thói thường* for a change
thay đổi bất thường fluctuate ◊ (sự) fluctuation
thay đổi đề tài change the subject
thay đổi đột ngột switch(over)
thay đổi nhất thời blip
thay đổi ý kiến change one's mind
thay mặt on/in behalf of; *thay mặt tôi/anh ấy* on my/his behalf
thay mặt cho deputize for
thay phiên relieve, take over from; *tôi sẽ thay phiên cầm lái* I'll take a spell at the wheel
thay quần áo change (clothes) ◊ (sự) change of clothes
thay thế replace; displace; stand in for; substitute ◊ (sự) substitution; *X thay thế cho Y* substitute X for Y; *không thể thay thế được* irreplaceable
thay thế cho instead
thay vì in place of
thắc mắc wonder
thăm look around; visit
thăm dò explore; probe; prospect for ◊ tentative ◊ (sự) exploration
thăm dò ý kiến poll, survey
thăn bò steak
thằn lằn lizard
thăng bằng equilibrium; *không thăng bằng* unstable
thăng trầm checkered *career*
thắng beat; win; prevail; (S) brake
thắng cảnh sights
thắng cảnh lịch sử historical site
thắng đậm thrashing SP
thắng lợi triumph; win
thắng lợi long trời lở đất win a landslide victory
thắng tay (S) parking brake

ơ ur	**y** (tin)	**ây** uh-i	**iê** i-uh	**oa** wa	**ôi** oy	**uy** wee	**ong** aong
u (soon)	**au** a-oo	**eo** eh-ao	**iêu** i-yoh	**oai** wai	**ơi** ur-i	**ênh** uhng	**uyên** oo-in
ư (dew)	**âu** oh	**êu** ay-oo	**iu** ew	**oe** weh	**uê** way	**oc** aok	**uyêt** oo-yit

thằng béo fatso
thằng cha he *pej*
thằng dở hơi nut, idiot
thằng hề clown *pej*
thằng ngốc idiot, asshole
thằng ngu (ngốc) prick *pej*
thằng pê đê *pej* fag
thẳng direct; nonstop; straight;
   nhìn thẳng vào mắt ai look s.o.
   straight in the eye; **đi thẳng vào
   vấn đề** get to the point; **đi thẳng
   tới** carry straight on
thẳng đứng bolt upright; erect;
   upright; vertical
thẳng người lên straighten up
thẳng thắn frank, candid; direct;
   outspoken; straight; sporting;
   thẳng thắn mà nói thì ... to be
   honest with you ...
thẳng thừng blunt; point-blank
thẳng về phía trước straight
   ahead
thặng dư surplus
thắp light; **được thắp sáng** be lit
   up; be on (*of light*)
thắt do up; tie
thắt lưng belt; **thắt lưng buộc
   bụng** tighten one's belt *fig*
thắt nút tie; knot; **thắt nút hai dây
   với nhau** tie two ropes together
thâm bruise ◊ insidious; deep
thâm hụt shortfall, deficit
thâm nhập infiltrate; penetrate
   ◊ (**sự**) penetration
thấm dab off; soak up; **không
   thấm nước** showerproof,
   waterproof
thấm khô blot
thấm thía sink in; **phải mất một
   thời gian dài mới thấm thía
   được sự thực** it took a long time
   for the truth to sink in
thầm mentally
thầm kín innermost; ulterior

thầm lặng silent; muted
thẩm đoán estimate, assess
thẩm mỹ esthetic
thẩm mỹ viện beauty salon
thẩm phán judge
thẩm quyền competence; **có thẩm
   quyền** authoritative
thẩm tra screen
thẩm vấn interrogate ◊ (**sự**)
   interrogation
thẩm vấn chéo cross-examine
thậm chí actually; even; **thậm chí
   to hơn** even bigger; **thậm chí
   tôi còn biết anh ấy** actually I
   do know him
Thân monkey (*in Vietnamese
   zodiac*)
thân close; intimate ◊ stalk; stem;
   trunk; **thân với X** be friendly
   with X
thân cây stem
thân chủ client
thân hình figure (*of person*)
thân máy bay fuselage
thân mật friendly; informal,
   familiar (*form of address*) ◊ nicely,
   pleasantly ◊ (**sự**) informality
thân mến dear; **Richard thân
   mến** Dear Richard
thân nhân relative
thân răng crown (*on tooth*)
thân tàu hull
thân thiết intimate ◊ (**sự**)
   intimacy
thân thiết với ... đó be close to
thân thiện amicable, friendly
thân thuộc familiar
thân trục shaft
thân xe bodywork
thần god
thần đồng (child) prodigy
thần giao cách cảm telepathy
thần học theology
thần thánh divine, holy

ch (*final*) k	**gh** g	**nh** (*final*) ng	**r** z; (*S*) r	**x** s	**â** (but)	**i** (tin)
d z; (*S*) y	**gi** z; (*S*) y	**ph** f	**th** t	**a** (hat)	**e** (red)	**o** (saw)
đ d	**nh** (onion)	**qu** kw	**tr** ch	**ă** (hard)	**ê** ay	**ô** oh

thần thoại myth; mythology
◊ mythical
thần tượng idol; icon; heart throb
thần tượng hóa idolize
thận kidney ANAT
thận trọng careful; prudent;
discreet; scrupulous ◊ (sự) caution;
discretion
thấp short; low; flat MUS
thấp bè bè squat
thấp đậm stocky
thấp khớp rheumatism
thấp nhất bottom; rock-bottom;
thấp nhất từ trước tới nay be
at an all-time low
thập kỷ decade
thất bại fall down; fail; go wrong;
break down (*of talks*) ◊ (sự)
breakdown; defeat; failure;
fiasco
thất bại chủ nghĩa defeatist
thất lạc unemployed
thất nghiệp unemployed
thất thường irregular; erratic;
variable
thất vọng disappointed ◊ (sự)
disappointment; *gây thất vọng*
disappointing; *thất vọng của
cuộc sống hiện đại* the
frustrations of modern life
thật real ◊ really ◊ it is, that is; *đây
là không có thật!* this is unreal!;
thật vậy hả? is that so?; *thật
nhiều hơn nữa* a lot more; *thật
vậy sao?* really?; *nóng thật!* so
hot!
thật là so; really; such ◊ how; *thật
là buồn cười!* how funny!; *thật
là đáng buồn!* how sad!; *thật là
không may cho anh/chị!* that
was so unlucky for you!; *thật là
nóng/lạnh* so hot/cold; *thật là
sung sướng được gặp anh/
chị!* great to see you!

thật ra as a matter of fact, indeed
thật sự proper, real; true *friend etc*;
substantive ◊ truly
thật thà on the level
thầu khoán contractor
thầu khoán phụ subcontractor
thấy see; tell *difference*; find
thấy kinh menstruate
thấy trước visualize, envisage
thầy bói fortune-teller
thầy cả high priest
thầy hiệu trưởng principal EDU
thầy thuốc physician
thầy tu monk (*Christian*)
the thé high-pitched; grating;
piercing
thè ra stick out
thẻ counter (*in game*); chip; credit
card
thẻ chứng minh identity card
thẻ điện thoại phonecard
thẻ hội viên membership card
thẻ khóa cửa card key
thẻ lên máy bay boarding card
(*for airplane*)
thẻ lên tàu boarding card (*for
ship*)
thẻ ngân hàng banker's card
thẻ quân nhân dog tag
thẻ ra vào pass
thẻ tín dụng credit card
thèm crave
thèm muốn desire; *là sự thèm
muốn của* be the envy of
thèm thuồng crave ◊ (sự) craving
then bolt
then cửa catch (*on window etc*)
theo follow ◊ according to; *theo
đánh giá của anh ấy* at his
valuation; *theo đồng hồ của
tôi* by my watch; *theo giờ/tấn* by
the hour/ton
theo bản năng instinctive
theo cánh hữu on the right POL

ơ ur	y (tin)	ây uh-i	iê i-uh	oa wa	ôi oy	uy wee	ong aong
u (soon)	au a-oo	eo eh-ao	iêu i-yoh	oai wai	ơi ur-i	ênh uhng	uyên oo-in
ư (dew)	âu oh	êu ay-oo	iu ew	oe weh	uê way	oc aok	uyêt oo-yit

theo chiều kim đồng hồ clockwise

theo chu kỳ periodic

theo chủ nghĩa gia trưởng paternalistic

theo Công giáo Catholic

theo dõi follow; monitor; watch; spy on; *theo dõi được gì* keep track of sth

theo đuổi follow; trail; pursue *career*

theo kịp keep up; keep up with

theo Phật giáo Buddhist

theo sau in the wake of

thép steel

thép không gỉ stainless steel

thép xây dựng structural steel

thét shout

thét lên bellow, shout, yell

thế so, that ◊ (*cushion word*); *tôi nghĩ thế* I guess so; *với tôi thì cũng thế cả thôi* it's all the same to me; *tôi thế nào cũng được* I don't mind; *thế rồi thì sao?* so what?; *thế là xong!* that settles it!; *thế là hết!* that's it!; *thế đấy* that's it; *thế nào?* what?; what about?; how was it?; *thế thôi* no more, that's it

thế bế tắc impasse

thế chấp mortgage

thế cờ bí stalemate

thế đứng stance

thế giới world; *trên toàn thế giới* worldwide

thế giới thứ ba Third World

thế giới vi mô microcosm

thế hệ generation

thế hệ mai sau posterity

thế kỷ century

thế lực thị trường market forces

thế phòng ngự defensive; *ở vào thế phòng ngự* on the defensive

thế tục secular

thề swear; promise; be on oath; *thề làm gì* vow to do sth

thề trước tòa be on oath

thể form

thể bị động passive GRAM

thể chất constitution (*of person*)

thể chế institution

thể chủ động active GRAM

thể dục gymnastics

thể dục chạy bộ jog; jogging

thể dục hít đất push-up

thể dục nhịp điệu aerobics

thể điều kiện conditional GRAM

thể hiện depict; show *interest, emotion*; display COMPUT; come out (*of results*) ◊ (*sự*) show, display

thể lực physique

thể mệnh lệnh imperative GRAM

thể thao sport ◊ sporting

thể thao mùa đông winter sports

thể thao tàu lượn gliding

thể xác physical

thêm more; additional, extra; *thêm chút nữa* a little more; *thêm một cái nữa* another one (*thing*); *thêm một người nữa* another one (*person*)

thêm gia vị flavor

thêm nữa further

thêm vào add; eke out ◊ in addition; in addition to; *phần thêm vào phải trả tiền* optional extras

thềm ga platform

thết treat; *đây là tôi thết* it's my treat; *thết đãi ai gì* treat s.o. to sth

thêu embroider

thêu dệt embroider *fig*

thêu dệt thêm embellish

thêu thùa embroidery; needlework

thi take *exam etc*

thi đấu play *opponent*; fight; *đội Mỹ thi đấu với đội Brazin* America against Brazil

---

ch (*final*) k	**gh** g	**nh** (*final*) ng	**r** z; (*S*) r	**x** s	**â** (but)	**i** (tin)
đ z; (*S*) y	**gi** z; (*S*) y	**ph** f	**th** t	**a** (hat)	**e** (red)	**o** (saw)
đ d	**nh** (onion)	**qu** kw	**tr** ch	**ă** (hard)	**ê** ay	**ô** oh

thi đậu (*S*) pass an exam
thi đố quiz
thi đỗ pass an exam
thi đua với emulate
thi hài remains
thi hành carry out
thi ném đĩa discus (*event*)
thi trượt fail
thi vấn đáp oral exam
thi vị poetic
thí dụ example; **thí dụ như** for example
thí nghiệm experiment
thí sinh candidate
thì (*grammatical word used in conditions and to express effect*): **không bao lâu thì chuông điện thoại reo** the phone rang soon after; **5 tuần thì quá lâu** 5 weeks is too long; **anh/chị muốn lấy cái nào thì lấy** take any one you like; **anh ấy vừa mới bước vào phòng thì ...** scarcely had he entered the room when ...; **một cách thẳng thắn thì nó không đáng phải như vậy** frankly, it's not worth it; **nếu không thì ...!** or else ...! ; **thì đã sao nào?** so what?
thì giờ time
... thì sao? how about ...?
thì thầm whisper; murmur
thị giác visual; **một trí nhớ thị giác tốt** a good visual memory
thị lực eyesight, sight, vision; **thị lực suy kém** visually impaired
thị phần market share
thị thực visa
thị thực nhập cảnh entry visa
thị thực xuất cảnh exit visa
thị tộc clan
thị trấn town
thị trấn tỉnh lẻ hick town
thị trường market

thị trường chứng khoán stock market; securities market
thị trường chứng khoán sụt giá stockmarket crash
thị trường đầu cơ bull market
thị trường kỳ hạn futures market
thị trường mục tiêu target market
thị trường tiền tệ money market
thị trường toàn cầu global market
thị trưởng mayor
thị xã town
thìa (*N*) spoon; spoonful
thìa cà phê (*N*) teaspoon
thìa uống trà (*N*) teaspoon
thìa xúp (*N*) soup spoon
thích like; enjoy ◊ maple; **rất thích** adore, love; **thích làm gì** like to do sth
thích đáng decent *salary etc*; due *care etc*; relevant *information*
thích giao du sociable
thích hơn prefer ◊ (sự) preference; **thích chờ đợi hơn** prefer to wait; **thích làm gì hơn** prefer to do sth; **thích X hơn Y** prefer X to Y; **hoặc anh/chị thích ... hơn?** or would you rather ...?
thích hợp appropriate; suitable; fitting
thích nghi adapt; acclimate, acclimatize
thích nhất favorite
thích thú enjoy ◊ (sự) amusement; enjoyment; fondness ◊ with amusement
thích ứng readjust
thiếc tin
thiên heaven; bias ◊ be inclined
Thiên chúa giáo Catholic
thiên đường paradise
thiên hướng inclination; vocation; **có thiên hướng làm gì** be inclined to do sth

---

ơ ur	**y** (tin)	**ây** uh-i	**iê** i-uh	**oa** wa	**ôi** oy	**uy** wee	**ong** aong
u (soon)	**au** a-oo	**eo** eh-ao	**iêu** i-yoh	**oai** wai	**ơi** ur-i	**ênh** uhng	**uyên** oo-in
ư (dew)	**âu** oh	**êu** ay-oo	**iu** ew	**oe** weh	**uê** way	**oc** aok	**uyêt** oo-yit

thiên nga swan

thiên nhiên natural

thiên niên kỷ millennium

thiên sử thi epic

thiên tai natural disaster

thiên tài genius; giant *fig*; *một trong những thiên tài vĩ đại của thế kỷ này* one of the great minds of this century

thiên thạch meteorite

thiên văn học astronomy

thiên vị biased, one-sided

thiến castrate

thiển cận shortsighted *fig*

thiện chí goodwill; *có thiện chí* favorable

thiện ý favor

thiếp (mừng) card

thiếp mừng Nô-en Christmas card

thiết bị equipment; appliance, device; facilities; fittings

thiết bị báo động khi có trộm burglar alarm

thiết bị cố định fixture

thiết bị đầu cuối terminal COMPUT

thiết bị đo nồng độ rượu Breathalyzer®, breath analyzer

thiết bị giảm sốc shock absorber

thiết bị giữ độ ẩm humidifier

thiết bị hiện hình visual display unit

thiết bị lái steering

thiết bị lái tự động autopilot

thiết bị ngoại vi peripheral COMPUT

thiết bị sưởi heater

thiết bị truyền lực cho bánh trước front-wheel drive

thiết kế design; plan

thiết kế bằng vi tính - chế tạo bằng vi tính CAD-CAM

thiết kế nội thất interior design

thiết lập institute

thiết tha eager

thiết thực practical; down-to-earth; hard-headed

thiết yếu essential, vital

thiệt hại damage

thiêu cháy gut

thiêu hủy wipe out

thiêu trụi burn down

thiếu absence ◊ lack, be short of; be wanting in ◊ missing; *thiếu gì* void of sth

thiếu ăn underfed

thiếu cân đối disproportionate

thiếu hụt shortage

thiếu khả năng unable ◊ (sự) inability

thiếu kinh nghiệm inexperienced

thiếu máu anemia

thiếu năng lực incompetent ◊ (sự) incompetence

thiếu người làm short-staffed

thiếu nhân sự short-staffed

thiếu nhân viên understaffed

thiếu nhiệt tình half-hearted

thiếu niên teenager; teenage girl

thiếu sót defect; *có thiếu sót* defective

thiếu suy nghĩ off the cuff

thiếu tá major MIL

thiếu tế nhị indelicate

thiếu thận trọng indiscreet; inconsiderate; reckless ◊ (sự) indiscretion; inconsiderateness; recklessness

thiếu thốn deprived

thiếu tôn trọng disrespectful ◊ (sự) disrespect

thiếu tự tin insecure ◊ (sự) insecurity

thiếu xây dựng destructive

thiếu số minority

Thìn dragon (*in Vietnamese zodiac*)

thính acute

ch (*final*) k	**gh** g	**nh** (*final*) ng	**r** z; (*S*) r	**x** s	**â** (but)	**i** (tin)
d z; (*S*) y	**gi** z; (*S*) y	**ph** f	**th** t	**a** (hat)	**e** (red)	**o** (saw)
đ d	**nh** (onion)	**qu** kw	**tr** ch	**ă** (hard)	**ê** ay	**ô** oh

thính giả listener; audience

thính giác hearing

thình lình suddenly

thình thịch dull

thỉnh thoảng now and again, now and then ◊ occasional

thịnh soạn hearty *meal*

thịnh vượng thrive ◊ (sự) prosperity

thịt meat; flesh

thịt ba chỉ belly of pork

thịt băm ground meat

thịt băm viên meatball

thịt bê veal

thịt bò beef

thịt bò băm viên beefburger

thịt chó dog meat

thịt cừu mutton

thịt cừu non lamb

thịt đi eliminate *opponent*

thịt đỏ red meat

thịt gà chicken

thịt gà vịt poultry

thịt heo (*S*) pork

thịt lợn (*N*) pork

thịt mông bò rumpsteak

thịt nai venison

thịt nguội cold cuts

thịt nướng barbecue

thịt quay roast

thịt rừng game

thịt thăn fillet

thịt thăn bò sirloin

thịt thỏ rabbit

thịt trắng white meat

thịt viên meatball

thiu stale

thiu hỏng rot ◊ rotten

thiu thối bad, rotten

thoa bóp massage

thò ra protrude

thỏ rabbit

thỏ cái doe (*of rabbit*)

thỏ rừng hare

thỏa đáng adequate, satisfactory; decent *sleep*; **điều này là chưa thỏa đáng** this is not satisfactory; **không thỏa đáng** inadequate; unsatisfactory

thỏa hiệp compromise

thỏa mãn satisfactory, alright ◊ satisfy ◊ (sự) fulfillment; indulgence; satisfaction; **cảm thấy thỏa mãn** feel fulfilled; **cái đó đã làm anh/chị thỏa mãn chưa?** is that to your satisfaction?; **thỏa mãn vì điều gì** get satisfaction out of sth

thỏa thích gì indulge in sth

thỏa thuận agree ◊ pact ◊ (sự) agreement, deal, bargain; settlement, payment; **thỏa thuận dứt khoá** clinch a deal

thoái hóa degenerate

thoải mái comfortable; relaxed, easy-going *person*; **không thoải mái** uncomfortable; uneasy

thoải mái đi relax, lighten up

thoáng khí airy

thoáng nhìn thấy glimpse, catch a fleeting glimpse of

thoáng qua momentary ◊ momentarily

thoát tội get off (*not be punished*)

thoát vị hernia

thoát y strip

thoạt tiên to begin with

thoăn thoắt springy

thóc rice (*with husks*)

thóc mách nosy

thọc lét (*S*) tickle

thọc mạnh jab

thói cao ngạo của đàn ông machismo

thói côn đồ hooliganism

thói đạo đức giả hypocrisy

thói nghiện rượu drinking

thói phàm ăn gluttony

thói quen habit; *theo thói quen của anh ấy* as was his custom

thói xấu vice

thỏi ingot

thon thả slim; slender; *làm cho người thon thả* slim, be slimming

thô coarse; raw *sugar, iron*

thô bạo rough, violent

thô lỗ rude, vulgar ◊ (sự) rudeness

thô ráp rough

thô sơ crude, rudimentary

thô tục crude, vulgar; *kẻ/tên/tay thô tục* lout

thổ dân native

thổ lộ pour out

thổ ngữ vernacular

Thổ Nhĩ Kỳ Turkey ◊ Turkish

thôi no longer; *chỉ có thế thôi, xin cám ơn* that's all, thanks

thôi cái đó đi! cut that out!

thôi đi! that'll do!

thôi miên hypnotize ◊ (sự) hypnosis

thôi thúc compel ◊ (sự) compulsion

thôi việc quit ◊ (sự) departure

thối decay

thối rữa decompose

thổi blow

thổi bong bóng blow bubbles

thổi căng blow up

thổi cuốn đi blow

thổi phồng exaggerate

thổi tắt blow out

thôn hamlet

thôn tính annex

thông pine (tree), fir; cone

thông báo announce; circulate *memo etc*; notify *authorities* ◊ (sự) announcement; statement; notice; circular; *thông báo cho ai về cái gì* keep s.o. in the picture; *thông báo ai kịp thời* keep s.o. posted; *thông báo trước bốn*

tuần four weeks' notice; *thông báo tường tận cho X về Y* brief X on Y

thông báo hướng dẫn du lịch tourist information

thông báo lỗi error message

thông cảm sympathetic ◊ (sự) sympathy

thông cảm với sympathize with

thông dịch translate; interpret ◊ translator; interpreter

thông điệp message (*of book etc*)

thông gió ventilation

thông lệ practice; *theo thông lệ thì ...* it is customary to ...

thông minh clever, intelligent; brilliant *idea* ◊ (sự) brains, intelligence

thông ngôn interpreter

thông qua adopt; carry *proposal*; pass, approve; *việc thông qua* adoption

Thông Tấn Xã Việt Nam Vietnam News Agency

thông thái wise ◊ (sự) wisdom

thông thuộc be conversant with

thông thường normal, regular; conventional, customary ◊ usually

thông tin information; *có nhiều thông tin* informative

thông tin phản hồi feedback

thông tục colloquial

thống đốc governor

thống kê statistical

thống nhất unify ◊ (sự) unification; unity

thống nhất lại reunite ◊ (sự) reunification

thống trị dominate ◊ (sự) domination, sway

thốt ra blurt out

thơ verse

thơ ca poetry

thơ ca cho trẻ nhỏ nursery rhyme

ch (*final*) k	**gh** g	**nh** (*final*) ng	**r** z; (*S*) r	**x** s	**â** (but)	**i** (tin)
d z; (*S*) y	**gi** z; (*S*) y	**ph** f	**th** t	**a** (hat)	**e** (red)	**o** (saw)
đ d	**nh** (onion)	**qu** kw	**tr** ch	**ă** (hard)	**ê** ay	**ô** oh

thờ grain
thờ cúng worship
thờ cúng ông bà ancestor
  worship
thờ ơ indifferent; apathetic ◊ (sự)
  indifference
thờ tổ tiên ancestor worship
thở breathe ◊ (sự) breathing
thở dài sigh; *thở dài khoan
  khoái* heave a sigh of relief
thở gấp breathless ◊ (sự)
  breathlessness ◊ be out of breath
thở hổn hển gasp; pant; be out of
  breath
thở khò khè wheeze
thở phì phì snort
thở ra breathe; breathe out
thợ cắt tóc barber
thợ cơ khí mechanic
thợ điện electrician
thợ đồng hồ watchmaker
thợ gốm potter
thợ hàn welder
thợ in printer
thợ khóa locksmith
thợ kim hoàn jeweler; goldsmith
thợ làm đầu hairdresser
thợ lắp kính glazier
thợ lắp ráp fitter
thợ may tailor
thợ may quần áo nữ dressmaker
thợ máy mechanic; engineer NAUT
thợ mỏ miner
thợ mộc carpenter; joiner
thợ nề bricklayer; mason
thợ ống cống plumber
thợ ống nước plumber
thợ rèn blacksmith
thợ sơn decorator; painter
thợ sửa giày shoe repairer
thợ thủ công artisan, craftsman
thời time; tense GRAM
thời biểu schedule; *đúng với thời
  biểu* be on schedule; *chậm so*

với thời biểu be behind schedule
thời chiến wartime
thời đại age, era; *đó là một dấu
  hiệu của thời đại* it's a sign of
  the times
thời điểm hòa vốn break-even
  point
thời gian time; duration; spell
thời gian bảo hành guarantee
  period
thời gian bay flight time
thời gian biểu timetable, schedule
thời gian chờ đợi wait
thời gian được nghỉ leave
thời gian làm thử trial period
thời gian nghỉ ốm sick leave
thời gian nghỉ trưa lunch break
thời gian ngừng họp recess
thời gian quản chế probation LAW
thời gian rảnh rỗi leisure (time)
thời gian rỗi spare time
**thời gian thanh toán để rời
  khách sạn** checkout time
thời gian thử nghiệm trial period
thời gian thử thách probation
  period (*in job*)
thời gian thực real time
thời gian thực hiện timescale
thời gian trôi qua the passage of
  time
thời gian truy cập thông tin
  access time
thời gian vô tận eternity
thời giờ rảnh rỗi leisure (time)
thời hạn time limit
thời hạn cuối cùng deadline
thời hiện tại present GRAM
thời hoàn thành perfect GRAM
thời học sinh school days
thời khóa biểu schedule
thời kỳ period, patch
thời kỳ dưỡng bệnh
  convalescence
thời kỳ đầu early *Picasso etc*

ơ u*r*	**y** (tin)	**ây** uh-i	**iê** i-uh	**oa** wa	**ôi** oy	**uy** wee	**ong** aong
u (soon)	**au** a-oo	**eo** eh-ao	**iêu** i-yoh	**oai** wai	**ơi** u*r*-i	**ênh** uhng	**uyên** oo-in
ư (dew)	**âu** oh	**êu** ay-oo	**iu** ew	**oe** weh	**uê** way	**oc** aok	**uyêt** oo-yit

thời kỳ huấn luyện training
period

thời kỳ mãn kinh menopause

thời kỳ mùa xuân springtime

thời kỳ nhịn ăn fast (*not eating*)

thời kỳ suy sụp slump

thời kỳ trứng nước infancy

thời nay present-day

thời quá khứ past tense GRAM

thời quá khứ chưa hoàn thành
imperfect GRAM

thời sung túc time of plenty

thời sự topical ◊ (sự) current
events

thời thanh niên adolescence

thời thơ ấu childhood

thời thượng fashionable

thời tiền sử prehistoric

thời tiết weather

thời tiết nóng heat

thời trang style, fashion
◊ fashionable

thời Trung cổ Middle Ages
◊ medieval

thời tương lai future GRAM

thời vàng son heyday

thơm fragrant ◊ (*S*) pineapple

thơm ngon gorgeous; luscious

thớt bếp burner

thu record (*on tape etc*); remove
◊ (sự) reception (*for radio etc*);
recording; removal; *thu một
chương trình TV vào băng
viđêô* video a TV program

thu ẩn túy unadulterated,
absolute

thu dọn clear away, clear up

thu được poll *votes*

thu gom collect

thu gọn compress

thu góp raise *money*

thu hoạch reap ◊ (việc) harvest

thu hồi revoke

thu hút attract; *thu hút sự chú ý*

của ai catch s.o.'s eye; *bị thu
hút vào ...* be absorbed in ...

thu lượm collect

thu mình lại withdrawn, shy

thu nhập income; revenue

thu nhập khả dụng disposable
income

thu nhỏ lại miniature

thu thập build up, accumulate;
gather

thu xếp arrange, fix up; *anh/chị
đã thu xếp như thế nào với
anh ấy?* how did you leave
things with him?; *thu xếp tốt
đẹp mọi việc* put things right

thu xếp cho arrange for

thú beast

thú con cub

thú nhận admit, confess ◊ (sự)
admission; *thú nhận điểm yếu về
gì* confess to a weakness for sth; *tôi
xin thú nhận là tôi không biết* I
confess I don't know; *thú nhận với
ai* confess to s.o.

thú tội confess (*to police*); plead
guilty ◊ (sự) confession

thú vị lovely, nice; enjoyable;
interesting; welcome *change, sight
etc*; *đó là một điều thú vị thực
sự* it was a real treat

thú vui ban đêm nightlife

thù địch hostile ◊ (sự) antagonism,
hostility

thù ghét hate ◊ (sự) ill will

thù hận hate ◊ (sự) animosity

thù oán rancorous ◊ (sự) rancor

thủ công handicrafts

thủ dâm masturbate ◊ (sự)
masturbation

thủ đoạn maneuver ◊ scheming

thủ đoạn làm tiền racket

thủ đô capital (*of country*);
metropolis

Thủ hiến premier (*in Australia*)

ch (*final*) k	**gh** g	**nh** (*final*) ng	**r** z; (*S*) r	**x** s	**â** (but)	**i** (tin)
d z; (*S*) y	**gi** z; (*S*) y	**ph** f	**th** t	**a** (hat)	**e** (red)	**o** (saw)
đ d	**nh** (onion)	**qu** kw	**tr** ch	**ă** (hard)	**ê** ay	**ô** oh

thủ môn goalkeeper
thủ phạm culprit
thủ pháo hand-grenade
thủ quỹ cashier; treasurer
thủ thuật cắt bỏ dạ con hysterectomy
thủ tục procedure; formality; *đó chỉ là một thủ tục thôi* it's just a formality
thủ tướng prime minister
thụ cầm harp
thụ động passive
thụ thai conceive
thụ tinh fertilize
thụ tinh nhân tạo artificial insemination
thua lose
thua đậm massacre
thua lỗ make a loss ◊ (sự) loss
thua thiệt loss; *bị thua thiệt* lose out
thuần chủng thoroughbred
thuần hoá domesticate; tame
thuần khiết platonic
thuận lợi merit, advantage; *điều kiện thuận lợi* favorable conditions
thuận tay phải right-handed
thuận tay trái left-handed
thuận tiện convenient ◊ (sự) convenience; *làm cho thuận tiện* facilitate
thuận và chống pros and cons
thuật chiêm tinh astrology
thuật khắc axít etching
thuật ngữ terminology
thuật ngữ chuyên môn technicality
thuật viết chữ calligraphy
thúc bách: *bị thúc bách về* be pushed for
thúc đẩy advance *knowledge, cause etc*; motivate *person*; promote, stimulate *growth, demand* ◊ (sự)

impetus
thúc ép push, urge; *bị thúc ép làm gì* be under pressure to do sth
thúc ép đòi press for
thúc giục rush; hustle
thuê rent; hire, book; lease
thuê miễn phí rent-free
thuê mua trả góp lease purchase
thuê riêng charter
thuế tax; duty; tariff
thuế quan Customs
thuế thu nhập income tax
thung lũng valley
Thung lũng sông Hồng Red River Valley
thùng box; case; drum; barrel; bucket
thùng chứa to (storage) bin
thùng gỗ lớn crate
thùng nhỏ keg
thùng rác garbage can, trashcan
thùng thư (bưu điện) mailbox
thùng xe trunk (*of car*)
thuốc drug MED; medication; remedy; cigarette
thuốc an thần sedative, tranquilizer
thuốc bắc traditional medicine
thuốc bổ tonic MED
thuốc bôi lotion
thuốc bôi mi mắt mascara
thuốc cao dán adhesive plaster
thuốc chống côn trùng insect repellent
thuốc chữa rắn cắn snake bite antidote
thuốc dán Bandaid®
thuốc đạn suppository
thuốc đánh bóng polish
thuốc độc poison
thuốc đuổi côn trùng repellent
thuốc gây mê anesthetic
thuốc giải độc antidote
thuốc giảm đau painkiller

ơ ur	**y** (tin)	**ây** uh-i	**iê** i-uh	**oa** wa	**ôi** oy	**uy** wee	**ong** aong
u (soon)	**au** a-oo	**eo** eh-ao	**iêu** i-yoh	**oai** wai	**ơi** ur-i	**ênh** uhng	**uyên** oo-in
ư (dew)	**âu** oh	**êu** ay-oo	**iu** ew	**oe** weh	**uê** way	**oc** aok	**uyêt** oo-yit

thuốc ho cough medicine
thuốc hỗn hợp mixture MED
thuốc kháng sinh (N) antibiotic
thuốc lá cigarette; tobacco
thuốc lá sợi tobacco
thuốc lào tobacco (*for water pipe*)
thuốc màu paint
thuốc men drug
thuốc mỡ ointment
thuốc ngừa sâu bọ cắn insect repellent
thuốc ngừa thai (contraceptive) pill
thuốc nhuận tràng laxative
thuốc nhuộm dye; stain
thuốc nhuộm tóc hair dye
thuốc nổ dynamite *fig*
thuốc phiện opium
thuốc rửa sơn bôi móng tay nail polish remover
thuốc sát trùng antiseptic
thuốc súng gunpowder
thuốc tẩy gỉ rust remover
thuốc tẩy (trắng) bleach
thuốc tẩy vết bẩn stain remover
thuốc trị đau painkiller
thuốc trợ giúp thụ thai fertility drug
thuốc trụ sinh (S) antibiotic
thuốc trừ sâu insecticide; pesticide
thuốc uống medicine
thuốc viên ngừa thai (contraceptive) pill
thuốc xịt spray
thuộc belonging to ◊ (*used to form adjectives*): **thuộc phía bắc** northern
thuộc cánh tả left-wing
thuộc da tan *leather*
thuộc dòng dõi descent
thuộc địa colony
thuộc lòng know by heart
thuộc tính attribute
thuộc về belong to

thụt withdraw; take in; go in; **thụt vào đầu dòng** indent a line
thụt lùi retrograde
thủy ... hydro...
thủy đậu chicken pox
thủy điện hydroelectric
thủy lực hydraulic
thủy ngân mercury, quicksilver
thủy thủ sailor, seaman ◊ seafaring
thủy tinh glass
thủy tinh thể lens ANAT
thủy triều tide; **thủy triều lên/ xuống** the tide is in/out
thủy triều ở mức thấp nhất low tide
Thụy Điển Sweden ◊ Swedish
Thụy Sĩ Switzerland ◊ Swiss
thuyền boat, craft
thuyền buồm sailboat; yacht; sailing ship; yachting
thuyền cao tốc speedboat
thuyền chèo rowboat
thuyền có mái chèo rowboat
thuyền cứu đắm lifeboat
thuyền đánh lưới rà trawler
thuyền máy motorboat
thuyền nhân boat people
thuyền tam bản sampan
thuyền thể thao yacht
thuyền trưởng captain, master, skipper
thuyết cấp tiến radicalism
thuyết duy linh spiritualism
thuyết giáo preach, moralize
thuyết giảng preach *sermon*
thuyết phục persuade; convince ◊ (sự) persuasion; **thuyết phục ai làm gì** persuade s.o. to do sth; talk s.o. into doing sth
thuyết tiên định predestination
thư letter
thư báo memo
thư bảo đảm registered letter
thư giãn relax

---

ch (*final*) k	**gh** g	**nh** (*final*) ng	**r** z; (S) r	**x** s	**â** (but)	**i** (tin)
d z; (S) y	**gi** z; (S) y	**ph** f	**th** t	**a** (hat)	**e** (red)	**o** (saw)
đ d	**nh** (onion)	**qu** kw	**tr** ch	**ă** (hard)	**ê** ay	**ô** oh

thư giới thiệu recommendation
thư ký secretary; clerk ◊ secretarial
thư mục bibliography; folder, directory COMPUT
thư phát nhanh express letter
thư thả easy, relaxed
thư thường surface mail
thư tín dụng letter of credit
thư tình love letter
thư từ mail; correspondence
thư từ quảng cáo junk mail
thư viện library
thứ day; type; minor; *cung Rê thứ* in D minor
thứ Ba Tuesday
thứ ba third
thứ ba mươi thirtieth
thứ Bảy Saturday
thứ bảy seventh
thứ bảy mươi seventieth
thứ bốn fourth
thứ bốn mươi fortieth
thứ chín ninth
thứ chín mươi ninetieth
thứ Hai Monday
thứ hai second
thứ hai mươi twentieth
thứ một nghìn thousandth
thứ một trăm hundredth
thứ một tỷ billionth
thứ mười tenth
thứ mười ba thirteenth
thứ mười bảy seventeenth
thứ mười bốn fourteenth
thứ mười chín nineteenth
thứ mười hai twelfth
thứ mười lăm fifteenth
thứ mười một eleventh
thứ mười sáu sixteenth
thứ mười tám eighteenth
thứ Năm Thursday
thứ năm fifth
thứ năm mươi fiftieth
thứ nhất first

thứ nhất là firstly
thứ nhì second best
thứ Sáu Friday
thứ sáu sixth
thứ sáu mươi sixtieth
thứ Sáu tuần Thánh Good Friday
thứ tám eighth
thứ tám mươi eightieth
thứ Tư Wednesday
thứ tự order; *theo thứ tự chữ cái* alphabetical; in alphabetical order
thứ yếu secondary, peripheral
thử try ◊ mock *exams etc*
thử làm qua dabble in
thử mùi experiment with
thử nghiệm test; trial (*of equipment*) ◊ try out; *đem thử nghiệm gì* have sth on trial; *thử nghiệm trên* experiment on; *thử nghiệm với* experiment with
thử nghiệm thăm dò exploratory
thử thách test ◊ (*sự*) ordeal; test
thử thách gay go acid test
thử xem check out *new bar etc*
thưa thin ◊ *polite word used when addressing people*
thưa bà ma'am
thưa ngài sir; Dear Sir
thưa ông excuse me, sir
thưa quí ngài gentlemen; Dear Sirs
thưa thớt scattered; sparse *growth*
thừa excess; redundant; *đã có thừa 5 cái* there were 5 to spare
thừa kế inherit ◊ (*sự*) inheritance
thừa nhận acknowledge; concede ◊ (*sự*) acknowledg(e)ment
thức awake ◊ stay up
thức ăn food
thức ăn đông lạnh frozen food
thức ăn gia súc fodder
thức ăn thường ngày diet; staple diet
thức ăn tự nhiên health food
thức chờ wait up

ơ ur	**y** (tin)	**ây** uh-i	**iê** i-uh	**oa** wa	**ôi** oy	**uy** wee	**ong** aong
u (soon)	**au** a-oo	**eo** eh-ao	**iêu** i-yoh	**oai** wai	**ơi** ur-i	**ênh** uhng	**uyên** oo-in
ư (dew)	**âu** oh	**êu** ay-oo	**iu** ew	**oe** weh	**uê** way	**oc** aok	**uyêt** oo-yit

thức dậy wake
thức khuya sit up, wait up
thức thời trendy
thực real; true; net *price etc*
thực dân colonial
thực dụng pragmatic
thực đơn menu
thực hành practical; hands-on ◊ (sự) practice
thực hiện carry out, perform; execute; fulfill; implement ◊ (sự) execution (*of plan*); fulfillment (*of contract etc*); realization (*of goal etc*)
thực hiện đúng theo abide by
thực hiện được realize *dreams etc*
thực nghiệm experimental
thực sự actual; real ◊ actually; really; **thực sự nhiều** very much indeed
thực tế down-to-earth, practical; realistic ◊ reality; **trên thực tế** in practice, in reality; **không thực tế** impractical; unrealistic
thực tế là in fact, as a matter of fact
thực thi enforce
thực tiễn practical
thực vật plant
thực vật học botany ◊ botanical
thước ruler
thước Anh yard (*measurement*)
thước dây tape measure
thước đo yardstick; barometer *fig*
thước gấp rule (*for measuring*)
thước kẻ pointer (*for teacher*)
thương wound; gash; sore ◊ feel sorry (or); be fond of
thương cảm commiserate; feel sorry (for); **tôi thấy thương cảm cho cô ấy** I feel sorry for her
thương gia businessman
thương hại pity; take pity on
thương mại business; commerce;

trade ◊ commercial
thương mại hóa commercialize
thương mến loving
thương nhân trader, merchant
thương tâm heartrending
thương tích injury
thương tiếc lament, mourn; mourn for, grieve for
thương trường marketplace
thương vong casualty
thường usual; mediocre, average; prevailing *wind* ◊ usually, normally; often ◊ compensate
thường kỳ regular
thường lệ regular; routine; usual; **xin cho như thường lệ** the usual, please
thường lui tới frequent *bar etc*
thường phục civilian clothes
thường xuân ivy
thường xuyên frequent; perpetual *interruptions etc*; permanent *job, employee, address* ◊ frequently ◊ (sự) frequency; **các xe buýt không chạy thường xuyên lắm** the buses don't go very often
thưởng recompense, reward; tip *waiter etc*
thưởng thức appreciate, savor ◊ (sự) appreciation
Thượng Đế The Supreme Being
thượng đỉnh summit (*of powers*)
thượng lưu high; upper
thượng nghị sĩ senator
thượng viện senate
ti tit; boob
ti tiện shoddy
ti vi TV; **trên ti vi** on TV
Tí snake (*in Vietnamese Zodiac*)
tí little; **to hơn tí** a little bigger
tí nữa in a minute
tí xíu tiny ◊ a little bit
tỉ giá hối đoái exchange rate
tỉ giá lãi suất hàng năm APR,

ch (*final*) k	**gh** g	**nh** (*final*) ng	**r** z; (*S*) r	**x** s	**â** (but)	**i** (tin)
d z; (*S*) y	**gi** z; (*S*) y	**ph** f	**th** t	**a** (hat)	**e** (red)	**o** (saw)
đ d	**nh** (onion)	**qu** kw	**tr** ch	**ă** (hard)	**ê** ay	**ô** oh

annual percentage rate

tỉ lệ rate; proportion

tỉ lệ đổi tiền exchange rate

tỉ lệ sinh đẻ birth rate

tỉ mỉ elaborate; meticulous; minute; *đến từng chi tiết tỉ mỉ* in minute detail

tỉ số 40 đều deuce

tia jet (*of water*); ray

tia chớp lightning

tia hy vọng glimmer of hope

tia la de laser beam

tia lửa spark

tia sáng le lói glimmer

tia sáng lóe glint

tia sáng yếu ớt gleam

tía tô red perilla, red beefsteak leaf

tỉa prune *plant*; pluck *eyebrows*

tích chứa collect

tích cực active; positive; meaningful

tích cực hoạt động active

tích lại run up *debts etc*

tích lũy accumulate

tích trữ hoard; stock up on

tịch thu confiscate

tíc-tắc tick

tiếc regret; *thật là tiếc!* hard luck!

tiệc party

tiệc chia tay leaving party

tiệc đứng buffet

tiệc hóa trang fancy-dress party

tiệc lớn banquet

tiệc mừng nhà mới housewarming (party)

tiệc trà tea ceremony

tiêm inject ◊ (việc) injection MED; *con ngựa đã được tiêm chất kích thích* the horse was doped

tiêm chủng inoculate ◊ (sự) inoculation

tiêm ngừa (*N*) vaccinate ◊ (sự) vaccination; *được tiêm ngừa phòng* be vaccinated against

tiềm năng potential

tiềm thức subconscious (mind) ◊ unconscious

tiệm (*S*) store

tiệm ăn (*S*) restaurant

tiệm bán giày dép (*S*) shoe store

tiệm bánh mì (*S*) bakery

tiệm đồ ăn nhanh (*S*) fast-food restaurant

tiệm giặt khô (*S*) dry-cleaner

tiệm hớt tóc (*S*) barbershop

tiên đoán prophesy

tiên lượng bệnh prognosis

tiên nghiệm transcendental

tiên phong pioneering

tiên tiến advanced; élite

tiên tiến nhất state-of-the-art

tiên tri prophesy ◊ (sự) prophecy

tiến bộ progress, come on, get on ◊ progressive *policy, person* ◊ (sự) progress

tiến đánh close in

tiến hành carry on, conduct; set up *inquiry*; stage *demonstration*; wage *war*; take place; *việc tiến hành* institution, setting up; *đang được tiến hành* be in progress, be under way

tiến hành cuộc bãi công go on strike

tiến hóa evolve ◊ (sự) evolution

tiến lên advance MIL; move up ◊ (sự) advance

tiến sĩ doctor (*of philosophy etc*)

tiến sĩ Triết học PhD, Doctor of Philosophy

tiến tới progress

tiến triển progress, come along; evolve; work out (*of relationship*); unwind (*of story*)

tiến về phía make for

tiền money

tiền án criminal record

tiền bản quyền tác giả royalty

ơ u*r*   y (tin)   ây uh-i   iê i-uh   oa wa   ôi oy   uy wee   ong aong

u (soon)   au a-oo   eo eh-ao   iêu i-yoh   oai wai   ơi u*r*-i   ênh uhng   uyên oo-in

ư (dew)   âu oh   êu ay-oo   iu ew   oe weh   uê way   oc aok   uyêt oo-yit

tiền bảnh sterling
tiền bảo kê protection money
tiền bảo lãnh bail
tiền bồi thường compensation, damages
tiền bớt discount
tiền cấp dưỡng alimony
tiền chiến prewar
tiền chi vặt petty cash
tiền cho vay loan
tiền chu cấp allowance; maintenance
tiền chuộc ransom
tiền chuyên chở freight (costs)
tiền cứ outpost
tiền đánh cuộc bet, stake
tiền đạo forward SP
tiền đặt cọc deposit, down payment
tiền đầu tư investment
tiền được cuộc winnings
tiền giả dud, counterfeit bill
tiền giấy bank bill
tiền góp kitty
tiền hoa hồng commission
tiền hoàn lại refund
tiền lãi cổ phần dividend
tiền lại quả bribe, kickback
tiền lẻ (small) change
tiền lệ precedent
tiền lời returns
tiền lương salary; wages; pay
tiền mặt cash
tiền nhà rent
tiền nội trợ housekeeping money
tiền nợ quá hạn arrears
tiền pao pound sterling
tiền phạt fine
tiền phạt vi phạm tốc độ speeding fine
tiền puốc boa tip
tiền sản antenatal
tiền sảnh lobby
tiền tài trợ grant

tiền tạm ứng advance
tiền tệ currency ◊ monetary
tiền thân forerunner
tiền thu được proceeds
tiền thu nhập earnings
tiền thù lao fee
tiền thuê rent
tiền thưởng bonus; reward; tip
tiền thừa trả lại change
tiền tiết kiệm savings
tiền tố prefix
tiền trả fee
tiền trả công remuneration
tiền trả trước retainer FIN
tiền trợ cấp allowance; subsidy; welfare; *được cấp tiền trợ cấp* be on welfare
tiền trợ cấp xã hội welfare check
tiền vào cửa entrance fee
tiền vay của ngân hàng bank loan
tiền vé fare
tiền vé trả thêm excess fare
tiền vệ quarterback
tiền vốn capital FIN
tiền xe fare
tiễn see off; *tiễn ai về nhà* see s.o. home
tiện (lợi) handy, convenient; advantageous
tiện nghi comfort; convenience ◊ comfortable
tiếng language; sound; hour; *tiếng ầm ĩ* din, racket
tiếng Anh English
tiếng Ba Lan Polish
tiếng Bắc Kinh Mandarin
tiếng Bồ Đào Nha Portuguese
tiếng Cămpuchia Cambodian
tiếng chuông ring
tiếng cười laugh ◊ laughter; *tiếng cười phá lên* roars of laughter; *tiếng cười rúc rích* chuckle; giggle

ch (*final*) k	**gh** g	**nh** (*final*) ng	**r** z; (*S*) r	**x** s	**â** (but)	**i** (tin)
d z; (*S*) y	**gi** z; (*S*) y	**ph** f	**th** t	**a** (hat)	**e** (red)	**o** (saw)
đ d	**nh** (onion)	**qu** kw	**tr** ch	**ă** (hard)	**ê** ay	**ô** oh

tiếng Đan Mạch Danish
tiếng địa phương dialect
tiếng địa phương Đài Loan
  Taiwanese
tiếng động noise
tiếng Đức German
tiếng Hà lan Dutch
tiếng Hàn Korean
tiếng Hung Hungarian
tiếng Hy Lạp Greek
tiếng khàn khàn croak
tiếng lóng slang
tiếng Mã lai Malay
tiếng mẹ đẻ mother tongue,
  native language
tiếng Miến Điện Burmese
tiếng Mỹ American English
tiếng Na Uy Norwegian
tiếng Nga Russian
tiếng ngân vang ring (*of voice*)
tiếng Nhật Japanese
tiếng nói voice
tiếng nói lí nhí mumble
tiếng nổ crash (*of thunder etc*)
tiếng Phần Lan Finnish
tiếng Pháp French
tiếng Quan Thoại Mandarin
tiếng Quảng Đông Cantonese
tiếng sấm thunder
tiếng sập mạnh bang
tiếng Séc Czech
tiếng tăm (public) image
tiếng Tây Ban Nha Spanish
tiếng Tây Tạng Tibetan
tiếng Thái Lan Thai
tiếng Thổ Nhĩ Kỳ Turkish
tiếng Thụy Điển Swedish
tiếng Triều Tiên Korean
tiếng Trung Quốc Chinese
tiếng ù ù drone
tiếng vang echo
tiếng Việt Vietnamese
tiếng vo ve buzz
tiếng vỗ tay applause

tiếng xấu notoriety; bad
  reputation; *có tiếng xấu*
  notorious
tiếng Ý Italian
tiếp cận approach; have access to
  ◊ (sự) access
tiếp diễn progress
tiếp đãi entertain
tiếp đất ground ELEC
tiếp giáp border
tiếp giáp với border on
tiếp ký countersign
tiếp nhận go down (*of suggestion
  etc*)
tiếp nhiên liệu refuel
tiếp nối follow
tiếp phát relay TV, RAD
tiếp quản take over
tiếp sau next
tiếp theo following, subsequent
tiếp theo sau follow in the wake of
tiếp thị marketing
tiếp thức ăn serve up
tiếp tục carry on, continue, go on
  ◊ persistently ◊ (sự) continuation;
  persistence; *tiếp tục không nản
  lòng* carry on undaunted
tiếp tục lại renew ◊ (sự) renewal
tiếp xúc approach; have access to
  ◊ (sự) access (*to one's children*);
  exposure (*to radiation*); *tiếp xúc
  với* make overtures to,
  approach
tiếp xúc thăm dò approach;
  propose ◊ (sự) approach; proposal
tiết kiệm economy, saving
  ◊ economical ◊ economize;
  economize on; save *time, money*
tiết kiệm năng lượng energy-
  saving
tiết kiệm thời gian timesaving
tiết lộ reveal, disclose; unfold
  ◊ (sự) disclosure; *có tin tiết lộ
  rằng ...* it has emerged that ...

ơ ur	**y** (tin)	**ây** uh-i	**iê** i-uh	**oa** wa	**ôi** oy	**uy** wee	**ong** aong
u (soon)	**au** a-oo	**eo** eh-ao	**iêu** i-yoh	**oai** wai	**ơi** ur-i	**ênh** uhng	**uyên** oo-in
ư (dew)	**âu** oh	**êu** ay-oo	**iu** ew	**oe** weh	**uê** way	**oc** aok	**uyêt** oo-yit

tiết mục act, turn (*in vaudeville*)
tiết mục biểu diễn trên dây high wire
tiết ra secrete ◊ (sự) secretion
tiêu pepper
tiêu biểu characteristic; representative
tiêu biểu cho characterize
tiêu chuẩn norm, standard; criterion; *dưới mức tiêu chuẩn* substandard
tiêu chuẩn hóa standardize
tiêu cực negative; passive *resistance*
tiêu diệt exterminate
tiêu diệt các loài gây hại pest control
tiêu dùng consume ◊ (sự) consumption
tiêu đề letterhead
tiêu đi drain away
tiêu điểm focus; *ở trong tiêu điểm* be in focus; *ở ngoài tiêu điểm* be out of focus
tiêu điều stark
tiêu hóa digest ◊ (sự) digestion
tiêu huyền sycamore
tiêu khiển amuse ◊ (sự) amusement, distraction
tiêu nước drain ◊ (sự) drainage
tiêu sài spend
tiêu tan evaporate
tiêu thụ consume
tiểu sử biography; life history
tiểu thuyết novel; fiction
tiểu thuyết tình yêu romance
tim heart ◊ cardiac
tim đập nhanh palpitations
tim ngừng đập cardiac arrest
tìm search; look for; *tìm việc làm* be seeking employment, be job hunting
tìm cách gạ gẫm make a pass at
tìm được dig out
tìm được cách ... manage to ...
tìm hiểu explore; find out; *tìm hiểu chắc chắn rằng ...* make sure that ...
tìm kiếm look; look for, search for ◊ (sự) search
tìm lại được retrieve
tìm ra work out *solution*
tìm thấy trace; track down; unearth
tìm tòi seek
tin believe ◊ news; *tin có ma* believe in ghosts; *có tin đồn là anh ấy đang ở Hồng Kông* he is reported to be in Hong Kong; *không thể tin được* unbelievable; inconceivable; *theo tin đồn* by hearsay; *tin vào* believe in; count on
tin cậy trust ◊ (sự) reliance, trust
tin cậy được trusted
tin chắc be certain ◊ (sự) certainty
tin chắn believe in, be confident about ◊ (sự) confidence
tin đồn rumor; *có tin đồn rằng ...* it is rumored that ...
tin giật gân sensation
tin học computing; computer science
tin học hóa computerize
tin là attach *importance*
Tin Lành Protestant; Christianity
tin mật dope
tin người trustful, trusting
tin sốt dẻo scoop
tin thể thao sports news
tin tưởng confident ◊ (sự) trust, confidence
tin tưởng vào look to, rely on; *tôi tin tưởng vào anh/chị* I trust you; *tin tưởng vào gì* confident of sth
tin tức news; *có tin tức gì về ... không?* is there any word from ...?
tin tức nội bộ inside information

ch (*final*) k	**gh** g	**nh** (*final*) ng	**r** z; (S) r	**x** s	**â** (but)	**i** (tin)
d z; (S) y	**gi** z; (S) y	**ph** f	**th** t	**a** (hat)	**e** (red)	**o** (saw)
đ d	**nh** (onion)	**qu** kw	**tr** ch	**ă** (hard)	**ê** ay	**ô** oh

tin tức tình báo intelligence
tin tức trang nhất front page news
tín dụng credit
tín đồ believer REL
tín đồ Cơ đốc Christian
tín đồ đạo Phật Buddhist
tín đồ Thanh giáo Puritan
tín đồ Thiên chúa giáo Catholic
tín hiệu signal
tín hiệu bận busy signal
tín hiệu cấp cứu distress signal
tín hiệu giao thông stoplight
tín ngưỡng belief
tín nhiệm have confidence in
  ◊ **(sự)** credibility
tinh chế refine
tinh dịch semen; sperm
tinh hoàn testicle
tinh khiết pure
tinh nghịch mischievous
tinh nhuệ élite
tinh tế subtle; fine *distinction etc*;
  polished *performance*
tinh thần mental; spiritual
  ◊ morale; spirit
tinh thần đồng đội team spirit
tinh thần tận tụy dedication
tinh tinh chimpanzee
tinh trùng sperm
tinh vi sophisticated
tinh xảo skillful
tinh ý observant
tính count; calculate; charge *sum*
  ◊ streak (*of meanness etc*)
tính bài ngoại xenophobia
tính bạo dâm sadism
tính bền vững sustainability
tính bi quan pessimism
tính cách character, personality
tính cao thượng nobility
tính cần cù industriousness
tính cấp bách urgency
tính cẩu thả negligence

tính chất gay go hardness
tính chất kỳ lạ peculiarity
tính chất tầm thường mediocrity
tính chín chắn maturity
tính chính trực integrity
tính chính xác accuracy
tính cộng addition MATH
tính cơ động mobility
tính dữ dội intensity; violence
tính đa dạng diversity; versatility
tính đàn hồi elasticity
tính đàn ông masculinity
tính đáng tin cậy reliability
tính đến accommodate; make
  allowances for; take into account;
  count; qualify
tính độc đáo originality, freshness
tính gợi tình eroticism
tính hài hước sense of humor
tính hào phóng generosity
tính hèn nhát cowardice
tính hiệu quả efficiency
tính hợp lý rationality; validity
tính hợp pháp legality
tính khiêm tốn modesty
tính khí temperament, nature
tính khí thất thường moody,
  temperamental
tính không dứt khoát
  indecisiveness
tính không trung thực
  dishonesty
tính kiên nhẫn patience
tính kiên trì perseverance;
  persistence
tính lầm miscalculate
tính long trọng splendor
tính lười nhác indolence
tính mịn màng delicacy
tính mới lạ novelty
tính nam nhi virility
tính năng động dynamism
tính ngay thẳng candor
tính nghiêm khắc rigor

ơ ur	**y** (tin)	**ây** uh-i	**iê** i-uh	**oa** wa	**ôi** oy	**uy** wee	**ong** aong
u (soon)	**au** a-oo	**eo** eh-ao	**iêu** i-yoh	**oai** wai	**ơi** ur-i	**ênh** uhng	**uyên** oo-in
ư (dew)	**âu** oh	**êu** ay-oo	**iu** ew	**oe** weh	**uê** way	**oc** aok	**uyêt** oo-yit

tính ngoan cố obstinacy
tính nhẩm mental arithmetic
tính nhân multiplication
tính nhút nhát shyness
tính phóng xạ radioactivity
tính sai be wrong, be out
tính sáng tạo enterprise
tính sôi nổi vivacity
tính tế nhị delicacy (*of problem*)
tính tham ăn greed
tính thận trọng prudence
tính thêm add on
tính thiêng liêng sanctity
tính thực tế realism
tính tiền vào charge, put on an account
tính tiết kiệm thrift
tính toán figure out ◊ (sự) calculation ◊ calculating
tính toán mức trung bình average out
tính toán sai miscalculate ◊ (sự) miscalculation
tính tổng số add up, total
tính trái đạo đức immorality
tình trạng kiệt lực exhaustion
tính trung bình average
tính trung lập neutrality POL
tính tư lợi self-interest
tính từ adjective
tính tự phụ conceit, vanity
tính tương hợp compatibility
tính vĩnh cửu eternity
tính vô tư detachment
tính xác thực authenticity
tình báo công nghiệp industrial espionage
tình bạn friendship; comradeship; companionship
tình cảm sentiment ◊ sentimental; emotional
tình cảm dấm dớ slush
tình cảm mạnh mẽ passion
tình cờ incidental; casual ◊ by

accident ◊ (sự) chance
tình cờ gặp run across, run into
tình cờ thấy come across
tình cờ tìm ra stumble across
tình cờ tìm thấy run across
tình dục sex ◊ sexual; *có quan hệ tình dục* intimate
tình dục khác giới heterosexual, straight
tình đoàn kết solidarity
tình hình situation; *tình hình đang được cải thiện* things are looking up
tình huống căng thẳng tension
tình nghi suspect; *bị tình nghi* suspected
tình nguyện voluntary ◊ volunteer
tình người: *có tình người* caring
tình nhân mistress
tình thế khó khăn jam, predicament
tình thế khó xử embarrassing situation; *đặt ai vào tình thế khó xử* put s.o. on the spot
tình thế tiến thoái lưỡng nan dilemma; *ở vào tình thế tiến thoái lưỡng nan* be in a dilemma
tình tiết giảm nhẹ mitigating circumstances
tình trạng condition, state
tình trạng bất an unrest
tình trạng bẩn thỉu squalor
tình trạng bị giam cầm captivity
tình trạng bị sa thải lay-off; being laid off
tình trạng bối rối perplexity
tình trạng buồn chán depression
tình trạng già yếu senility
tình trạng khẩn cấp emergency; state of emergency
tình trạng khoẻ mạnh well-being
tình trạng không ổn định instability
tình trạng không rõ ràng

---

ch (*final*) k	**gh** g	**nh** (*final*) ng	**r** z; (*S*) r	**x** s	**â** (but) **i** (tin)
d z; (*S*) y	**gi** z; (*S*) y	**ph** f	**th** t	**a** (hat)	**e** (red) **o** (saw)
đ d	**nh** (onion)	**qu** kw	**tr** ch	**ă** (hard)	**ê** ay **ô** oh

uncertainty

tình trạng kiệt sức exhaustion

tình trạng lộn xộn muddle

tình trạng mục hỏng decay

tình trạng sẵn sàng readiness

tình trạng sâu răng tooth decay

tình trạng suy tàn decay

tình trạng suy thoái depression; recession

tình trạng sức khỏe condition (*of health*)

tình trạng thất nghiệp unemployment

tình trạng thị trường không chấp nhận market resistance

tình trạng thiết quân luật martial law

tình trạng trì trệ bottleneck

tình trạng vô chính phủ anarchy

tình trạng vỡ nợ bankruptcy

tình trạng yếu kém weakness

tình yêu love

tỉnh province; county ◊ provincial

tỉnh khô dry

tỉnh lại bring around, bring to; come around, come to, regain consciousness

tỉnh rượu sober up

tỉnh táo wide-awake; alert; lucid ◊ (sự) sanity

tỉnh trưởng governor

tĩnh (điện) static (electricity)

tĩnh lặng still, quiet

tịnh net *weight*

tiu nghỉu crestfallen

ti vi TV; *trên ti vi* on TV

TLĐLĐVN (= *Tổng liên đoàn lao động Việt Nam*) Vietnam Workers' Confederation

to big, large; heavy *rain*; loud *voice*

to béo corpulent

to khỏe hefty

to lắm enormous

to lớn enormous, huge

tò mò curious, inquisitive ◊ (sự) curiosity; *tôi tò mò muốn biết ...* I would be intrigued to know ...

to nặng bulky

to như thật lifesized

to tiếng loud

tỏ ra ăn năn penitent

tỏ ra láu cá với get smart with

tỏ ra tôn trọng show respect to

tỏ ra xuất sắc excel

tỏ ý khen ngợi complimentary

toa compartment, car RAIL

toa ăn dining car

toa cáp cable car

toa giường nằm couchette

toa hành khách car

toa hành lý baggage car

toa hút thuốc smoking car

toa ngủ sleeping car

toa thuốc (*S*) prescription

toa trần freight car

toa xe lửa car RAIL

toa xe lửa có giường ngủ sleeping car

toa xe trần wagon

tòa án court LAW; courthouse; tribunal

tòa án quân sự court martial

Tòa án Quốc tế International Court of Justice

Tòa án tối cao High Court

tòa đại sứ embassy

tòa lãnh sứ consulate

tòa nhà building; premises; *trong tòa nhà* on the premises

tòa thị chích town hall

tòa thị chính city hall

tỏa radiate; give off

tỏa khói smoke

tỏa ra emit ◊ (sự) emission

toạc (ra) split

toán math; team; party, group

toán học mathematics ◊ mathematical

ơ u*r*	**y** (tin)	**ây** uh-i	**iê** i-uh	**oa** wa	**ôi** oy	**uy** wee	**ong** aong
u (soon)	**au** a-oo	**eo** eh-ao	**iêu** i-yoh	**oai** wai	**ơi** u*r*-i	**ênh** uhng	**uyên** oo-in
ư (dew)	**âu** oh	**êu** ay-oo	**iu** ew	**oe** weh	**uê** way	**oc** aok	**uyêt** oo-yit

toàn bộ whole; comprehensive; entire ◊ across the board
toàn bộ cử tri electorate
toàn cảnh panorama ◊ panoramic
toàn cầu global
toàn diện exhaustive
toàn năng all-round
toàn tập collected; *Hồ Chí Minh toàn tập* the complete works of Ho Chi Minh
toàn thể global ◊ univerally
toát mồ hôi sweat
tóc hair
tóc bạc gray-haired; *bắt đầu có tóc bạc* be going gray
tóc cắt bồng bob
tóc đuôi ngựa ponytail
tóc húi cua crew cut
tóc mai sideburn
tóc tết plait
tóc vàng blond
tỏi garlic
tỏi tây leek
tóm lại briefly, in a nutshell; to sum up
tóm lại ... là boil down to; be the bottom line
tóm tắt summarize; abridge ◊ (sự) round-up (*of news*)
tòng phạm accessory, accomplice
tô bowl; *tô xúp* a bowl of soup
Tô Cách Lan Scotland ◊ Scottish
tô điểm embellish, trim
tô đựng xúp soup bowl
tố cáo report; denounce; *tố cáo một người với cảnh sát* report a person to the police
tố giác expose ◊ (sự) exposure
Tổ chức các nước xuất khẩu dầu lửa OPEC, Organization of Petroleum Exporting Countries
tổ nest
tổ chức organize; throw *party* ◊ (sự) organization

Tổ chức hiệp ước Bắc Đại tây dương NATO, North Atlantic Treaty Organization
Tổ chức Hòa bình Mỹ Peace Corps
tổ chức khủng bố terrorist organization
Tổ chức Lao Động quốc tế ILO, International Labor Organization
tổ chức lại reorganize ◊ (việc) reorganization
tổ chức từ thiện charity
Tổ chức y tế thế giới WHO, World Health Organization
tổ khúc suite MUS
tổ ong beehive
tổ quốc home (*country*)
tổ tiên ancestor
tốc độ speed; rate; *với tốc độ này* at this rate
tốc độ tiết kiệm nhiên liệu cruising speed
tốc hành express
tốc ký shorthand
tôi I; me ◊ my
tối dark
tối cao supreme
tối đa maximum ◊ at (the) most
tối đa là at the outside
tối hậu thư ultimatum
tối lại darken
tối mai tomorrow night
tối mật top secret
tối nay this evening, tonight
tối tăm dim, gloomy
tối thiểu minimum ◊ minimal
tối ưu optimum
tồi bad, poor ◊ poorly, badly
tồi đi worsen
tồi nhất worst
tồi tàn shabby
tồi tệ lousy, rotten; run-down; unsavory
tồi tệ nhất worst

---

ch (*final*) k	**gh** g	**nh** (*final*) ng	**r** z; (*S*) r	**x** s	**â** (but)	**i** (tin)
d z; (*S*) y	**gi** z; (*S*) y	**ph** f	**th** t	**a** (hat)	**e** (red)	**o** (saw)
đ d	**nh** (onion)	**qu** kw	**tr** ch	**ă** (hard)	**ê** ay	**ô** oh

tội crime
tội ác chiến tranh war crime
tội cố ý gây hỏa hoạn arson
tội giết người homicide
tội hiếp dâm rape
tội khai man perjury
tội lỗi guilt LAW; sin ◊ sinful
tội nghiệp pathetic; poor,
　unfortunate; *tội nghiệp Lan!*
　poor old Lan!; *thật tội nghiệp!*
　poor bastard!
tội phạm crime ◊ criminal
tội phạm chiến tranh war
　criminal
tội phạm hung dữ thug
Tô-ky-ô Tokyo
tôm shrimp
tôm he *type of crayfish*
tôm hùm lobster
tôn giáo religion ◊ religious
tôn múi corrugated iron
tôn sùng revere
tôn thờ worship
tôn trọng respect
tốn nhiều thời gian time-
　consuming
tồn tại exist ◊ (sự) being, existence;
　survival
tổn hại damage; harm
tổn thương hurt, wound; *dễ bị tổn*
　thương vulnerable
tống cổ ra khỏi throw out
tống khứ get rid of
tống ... ra eject
tống tiền extort money from; *kẻ/*
　tên/ tay tống tiền blackmailer
tổng gross FIN; sum
Tổng Công ty Bưu Chính Viễn
　Thông Vietnam Post and
　Telecommunications
tổng cộng total
Tổng cục Hải quan Customs
　Department
tổng diễn tập dress rehearsal

tổng doanh số hàng bán ra
　sales figures
tổng đài switchboard
tổng đài địa phương local
　exchange
tổng đài điện thoại operator
tổng giám đốc CEO, Chief
　Executive Officer
tổng hợp assortment
Tổng liên đoàn lao động Việt
　Nam Vietnam Workers'
　Confederation
tổng quát generally
tổng sản lượng quốc gia GNP,
　gross national product
tổng sản lượng trong nước GDP,
　gross domestic product
tổng số total
tổng số là work out to; *tổng số là*
　ba three in all
tổng số phát hành circulation (*of*
　newspaper)
tổng số tiền amount
tổng thống president
　◊ presidential
Tổng Thư Ký Secretary General
Tổng tuyển cử general election
tổng tư lệnh commander-in-chief
tổng vệ sinh spring-cleaning
tông-đơ clippers
tốt good; sound *business*; well-made
　◊ well; nicely
tốt bụng kind
tốt đẹp beautiful
tốt đối với be good for
tốt hơn better; superior, better
　quality; *tốt hơn cho chúng tôi*
　all the better for us; *tốt hơn là tôi*
　không nên I'd really better not
tốt lắm alright
tốt mã good-looking
tốt nghiệp qualify
tốt nghiệp đại học graduate
　◊ (sự) graduation

ơ ur	**y** (tin)	**ây** uh-i	**iê** i-uh	**oa** wa	**ôi** oy	**uy** wee	**ong** aong
u (soon)	**au** a-oo	**eo** eh-ao	**iêu** i-yoh	**oai** wai	**ơi** ur-i	**ênh** uhng	**uyên** oo-in
ư (dew)	**âu** oh	**êu** ay-oo	**iu** ew	**oe** weh	**uê** way	**oc** aok	**uyêt** oo-yit

tốt nhất best; the best; **tốt nhất nếu ...** it would be best if ...

tốt nhất là preferably

tột đỉnh peak

tột độ extreme

tơ (lụa) silk

tờ sheet (of paper)

tờ báo newspaper

tờ đơn form

tờ giấy bạc bill

tờ khai form

tờ quyết toán balance sheet

tờ rơi leaflet

tới arrive; get in (*of train, plane*); reach ◊ next; **tới bênh vực ai** come to s.o.'s defense; **tới thành phố** hit town; **tuần tới** next week

tới gần draw near

tới nơi arrive ◊ (sự) arrival

tới tấp in quick succession

tời hoist

tởm disgust; be sick of

tra look up; refer to

tra cứu consult

tra dầu oil

tra dầu mỡ lubricate ◊ (sự) lubrication

tra hỏi grill

tra tấn torture

trà (*S*) tea

trà chanh (*S*) lemon tea

trà dược thảo (*S*) herb(al) tea

trà xanh (*S*) green tea

trả pay

trả bằng tiền mặt pay (in) cash

trả công payment ◊ remunerate

trả đũa retaliate, hit back; get even with ◊ (sự) reprisal, retaliation

trả giá pay for; bid (*at auction*) ◊ (sự) bargaining; **với sự trả giá bằng sức khoẻ của anh ấy** at the expense of his health

trả hết redeem; pay in full

trả hết nợ pay up

trả lại return; give back; take back; repay ◊ (sự) return; refund; **trả lại X cho Y** give X back to Y

trả lời answer, reply; **trả lời điện thoại** answer the telephone

trả lương pay

trả nợ pay back

trả quá cao overpaid

trả thêm be extra, cost extra ◊ supplement, extra charge

trả thù pay back; take one's revenge ◊ (sự) revenge; vengeance

trả tiền pay; pay for; put down deposit ◊ payment; **do công ty trả tiền** at the company's expense

trả tiền công payment

trả tiền mặt cash payment ◊ pay cash

trả tiền trước cash in advance

trả trước advance

trác táng debauched ◊ (sự) debauchery

trách reproach

trách mắng tick off, reprimand ◊ (sự) reproach

trách móc tell off

trách nhiệm accountability; commitment; responsibility; duty; **có tinh thần trách nhiệm** responsible

trai oyster

trai tân virgin (*male*)

trái left ◊ against, contrary to ◊ (*used for negative adjectives*) in..., un...

trái cây (*S*) fruit

trái đạo đức immoral

trái đất earth, world; **của trái đất** terrestrial

trái luật wrongful

trái ngược contrary, opposite; **trái ngược với ai đó** be alien to s.o.

trái ngược nhau contrasting; contradictory

---

ch (*final*) k	**gh** g	**nh** (*final*) ng	**r** z; (*S*) r	**x** s	**â** (but)	**i** (tin)
d z; (*S*) y	**gi** z; (*S*) y	**ph** f	**th** t	**a** (hat)	**e** (red)	**o** (saw)
đ d	**nh** (onion)	**qu** kw	**tr** ch	**ă** (hard)	**ê** ay	**ô** oh

trái phiếu thượng hạng gilts

trái tim đeo cổ locket

trái với run counter to ◊ contrary to; as opposed to; **trái với bản chất** go against the grain; **trái với pháp luật** against the law

trải spread; **trải đệm giường** make the beds; **trải dài từ X đến Y** stretch from X to Y

trải qua experience, go through; undergo; **trải qua một ca mổ ruột thừa** have an operation for appendicitis

trải ra unfold, unroll

trải rộng ra stretch

trại camp

trại chăn nuôi ranch

trại giam prison; **đưa trả ai về trại giam** remand s.o. in custody

trại mồ côi orphanage

trại tị nạn refugee camp

trạm stop; station

trạm bán xăng gas station

trạm công tác work station

trạm cuối cùng (*S*) terminal, terminus

trạm điện thoại công cộng phone booth

trạm đổ xăng filling station

trạm kiểm soát checkpoint

trạm kiểm soát nhập cảnh passport control

trạm kiểm tra ở trường đua checkpoint

trạm sân bay air terminal

trạm sửa chữa repair shop

trạm thu lệ phí cầu đường toll booth

trạm vũ trụ space station

trạm xăng filling station

trạm xăng dầu service station

trạm xe buýt bus stop

trạm y tế địa phương local health unit

trán forehead, brow

tràn overflow, spill over ◊ sieve; strainer

tràn đầy sức sống be cheerful, be full of beans

tràn ngập fill up; **tràn ngập bởi** be overrun with; **khánh du lịch tràn ngập thành phố** tourists take over the town

tràn qua bờ flood its banks, overflow

tràn ra run over

tràn vào overrun; **ánh nắng tràn vào gian buồng** sunlight streamed into the room

trang page

trang bị equip

trang bị đồ đạc furnish

trang bị máy tính computerize

trang bị vũ khí arm

trang điểm make up, put make-up on; **không trang điểm** unmade-up

trang hoàng decorate

trang nhã elegant ◊ (*sự*) style; elegance

trang nhất front page

trang phục costume

trang thể thao sports page

trang tranh chuyện vui comics

trang trại farm

trang trí decorate ◊ (*sự*) decoration ◊ decorative

trang trí lộng lẫy ornate

trang trí nhỏ charm

trang trọng formal

trang web web page

tráng develop *film*; rinse ◊ (*sự*) developing (*of film*)

tráng lệ splendid

tráng miệng dessert

tràng giang đại hải long-winded

trảng heath

trạng *used to describe states,*

ơ ur	**y** (tin)	**ây** uh-i	**iê** i-uh	**oa** wa	**ôi** oy	**uy** wee	**ong** aong
u (soon)	**au** a-oo	**eo** eh-ao	**iêu** i-yoh	**oai** wai	**ơi** ur-i	**ênh** uhng	**uyên** oo-in
ư (dew)	**âu** oh	**êu** ay-oo	**iu** ew	**oe** weh	**uê** way	**oc** aok	**uyêt** oo-yit

situations, appearances; **trạng bối rối** perplexity

trạng thái state

trạng thái bị kích thích nervousness

trạng thái bình thường normality

trạng thái đơn độc solitude

trạng thái mê ly ecstasy

trạng thái phởn phơ euphoria

trạng thái tỉnh táo consciousness MED

trạng từ adverb

tranh ảnh tài tử pin-up

tranh biếm họa caricature; cartoon

tranh cãi argument ◊ argue

tranh chấp dispute

tranh cử contest *leadership etc* ◊ (sự) clash

tranh ghép mảnh mosaic

tranh in khắc engraving

tranh in to poster

tranh khắc gỗ woodcut print

tranh khỏa thân nude

tranh lụa silk painting

tranh luận debate; controversy; **tranh luận với** reason with; **gây ra tranh luận** controversial

tranh luận triệt để thrash out

tranh minh họa illustration

tranh phong cảnh landscape

tranh sơn dầu oil painting

tranh sơn mài lacquer painting

tranh thủ: tranh thủ ăn grab a bite to eat; **tranh thủ chợp mắt** grab some sleep

tranh vui comic strip

tránh avoid; dodge; ward off; shun; keep off *subject etc* ◊ (sự) evasion; **không thể tránh được** inescapable; inevitable; unavoidable

tránh mặt avoid meeting

tránh nhiệm liability

tránh thụ thai be on the pill ◊ (sự) birth control

tránh xa steer clear of; keep away

trao đổi exchange; trade ◊ (sự) exchange; flow (*of information*); **trao đổi kinh nghiệm** share experiences

trao đổi hàng hóa barter

trao đổi thư từ correspond

trao đổi ý kiến consult, discuss

tráo mắt stare (at)

trào shed

trào lưu trend, tendency

trát daub; plaster; **trát đầy** be plastered with

trát đòi hầu toà subpoena; summons

trau chuốt polish

trau dồi cultivate; sharpen *skills*

trăm hundred

trằn trọc: qua một đêm trằn trọc have a restless night

trăng moon; **đêm trăng** moonlit night

trăng non new moon

trăng tròn full moon

trắng white; blank *tape*; fair

trắng nhạt off-white

trắng trợn blatant

trâm hairpin

trâm cài áo brooch

trầm bass; deep, low

trầm ngâm muse ◊ pensive

trầm tích deposit (*mineral*)

trầm trọng critical, serious; **ốm trầm trọng** critically ill

trầm tư meditate ◊ thoughtful ◊ (sự) meditation

trân trọng treasure

trấn lột mug ◊ (sự) mugging; **kẻ/tên/tay trấn lột** mugger

trấn tĩnh calm down

trấn tĩnh lại compose oneself

---

ch (*final*) k	**gh** g	**nh** (*final*) ng	**r** z; (S) r	**x** s	**â** (but)	**i** (tin)
d z; (S) y	**gi** z; (S) y	**ph** f	**th** t	**a** (hat)	**e** (red)	**o** (saw)
đ d	**nh** (onion)	**qu** kw	**tr** ch	**ă** (hard)	**ê** ay	**ô** oh

trần naked; bare ◊ poach *bằng mắt trần* to the naked eye
trần nhà ceiling
trần như nhộng stark naked
trần thế earthly
trần truồng naked, in the nude
trần trụi bare
trận game; spell, period (*of weather*); bout MED; battle
trận bão tuyết dữ dội blizzard
trận chung kết final SP
trận cười điên dại hysterics
trận đánh battle; combat
trận đánh đôi doubles
trận đánh đôi nam nữ mixed doubles
trận đánh đơn singles
trận đấu match; bout
trận đấu hòa draw, tie
trận đấu lại replay
trận đấu quyền Anh boxing match
trận đấu quyết định decider
trận đấu trên sân nhà home game
trận đấu vật wrestle
trận đòn beating, hiding
trận động đất (earth)quake
trận giao chiến engagement MIL
trận hòa tie SP
trận mưa đá dữ dội hailstorm
trận mưa lớn deluge
trận mưa rào shower
trận thủy chiến naval battle
trận tuyết lở avalanche
trận tứ kết quarter-final
trật mắt cá chân twist one's ankle
trật tự order; *theo trật tự* in sequence; *không trật tự ngăn nắp* out of order, not in sequence
trâu buffalo
trâu Ấn Độ water buffalo
trâu non thiến steer, bullock
trấu husk (*of rice*)

trầu betel
tr. CN (= *trước Công Nguyên*) BC
tre bamboo
trẻ young; *cô ấy trẻ hơn tôi mười tuổi* she is ten years my junior
trẻ bụi đời urchin
trẻ con child *pej*; infant; youngster ◊ infantile, juvenile *pej*
trẻ em child
trẻ hơn junior
trẻ mồ côi orphan
trẻ sơ sinh baby
trẻ trung youthful
treo hang; suspend; put up *poster, leaflet*; *bị treo* crash COMPUT; *còn để treo* be pending
treo cổ hang *person*
treo cổ lên hang, string up
trèo climb; go up; mount; scramble
trèo lên climb; go up *hill, stairs*
trèo núi climb
trèo xuống climb down
trẹo đĩa khớp slipped disc
trề môi pout
trễ (*S*) late, tardy; *bị trễ* be delayed
trên on; above; up ◊ upper; *trên bàn/tường* on the table/wall; *trên bờ* on shore; *trên 10,000* upward of 10, 000; *trên đài phát thanh* on the radio; *trên xe buýt/tàu hỏa* on the bus/train; *một trên mười* one in ten
trên cao high up
trên danh nghĩa nominal
trên đay above
trên đó up there
trên gác (*N*) upstairs
trên kia up there
trên lầu (*S*) upstairs
trêu chọc goad; kid; tease
trí nhớ memory; *có trí nhớ tốt/tồi* have a good/bad memory
trí thông minh intelligence

ơ ur	**y** (tin)	**ây** uh-i	**iê** i-uh	**oa** wa	**ôi** oy	**uy** wee	**ong** aong
u (soon)	**au** a-oo	**eo** eh-ao	**iêu** i-yoh	**oai** wai	**ơi** ur-i	**ênh** uhng	**uyên** oo-in
ư (dew)	**âu** oh	**êu** ay-oo	**iu** ew	**oe** weh	**uê** way	**oc** aok	**uyêt** oo-yit

trí thức intellectual; highbrow

trí tuệ intellect ◊ intellectual; mental

trí tuệ nhân tạo artificial intelligence

trí tưởng tượng imagination; *không có trí tưởng tượng* unimaginative

trì hoãn defer, postpone; stall

trì trệ stagnant; *ở vào trạng thái trì trệ* be in the doldrums

trĩ piles MED

trị handle, control

trị giá be worth

trị liệu therapeutic

trị vì reign, rule

trích dẫn quote; *trích dẫn tác giả* quote from an author

trích đoạn quảng cáo trailer (*of movie*)

triển lãm exhibit ◊ (sự) exhibition

triển vọng prospect; prospects

triết gia philosopher

triết học philosophy ◊ philosophical

triết lý philosophy

triệt bỏ eliminate, root out ◊ (sự) elimination

triệt để radical

triệt sản sterilize

triều đại dynasty; reign

triều lên high tide

Triều Tiên Korea ◊ Korean

triều xuống low tide

triệu million

triệu chứng symptom MED; *những triệu chứng trong lúc cai nghiện* withdrawal symptoms

triệu dụng call up COMPUT

triệu phú millionaire

triệu tập call; convene; summon

trinh tiết virginity

trình hand in

trình báo report

trình bày lay out; set out; demonstrate ◊ (sự) demo, demonstration (*of video, machine etc*); presentation (*to audience*); *trình bày bài giảng* give a lecture

trình bầy format

Trình Chọn chooser COMPUT

trình diễn mẫu model

trình diễn perform, play ◊ (sự) rendering

trình diễn buổi chiều matinée

trình diễn thoát y strip show

trình diễn xiếc circus

trình diện report

trình duyệt browser

trình độ cao advanced

trìu mến affectionate; fond; warm ◊ affectionately ◊ (sự) warmth

tro ash

tro cốt ashes

tro tàn ashes

trò ảo thuật magic (*tricks*)

trò bịp bluff; trick

trò bịp bẩn thỉu dirty trick

trò chơi amusements; game; play

trò chơi bau-linh bowling

trò chơi bi-a billiards

trò chơi bi-da snooker

trò chơi chắp hình jigsaw (puzzle)

trò chơi cò quay roulette

trò chơi đố puzzle

trò chơi khăm hoax; practical joke

trò chơi lắp hình jigsaw (puzzle)

trò chơi ô chữ crossword (puzzle)

trò chơi pun pool (*game*)

trò chơi trên máy tính computer game

trò chơi viđêô video game

trò chuyện talk

trò cờ bạc gambling

trò cười laughing stock

trò đánh lạc hướng diversion

trò đùa practical joke

ch (*final*) k	**gh** g	**nh** (*final*) ng	**r** z; (*S*) r	**x** s	**â** (but)	**i** (tin)
d z; (*S*) y	**gi** z; (*S*) y	**ph** f	**th** t	**a** (hat)	**e** (red)	**o** (saw)
đ d	**nh** (onion)	**qu** kw	**tr** ch	**ă** (hard)	**ê** ay	**ô** oh

trò đùa tinh nghịch prank
trò giả tạo pose, pretense
trò giải trí amusement, entertainment
trò giải trí trong chuyến bay in-flight entertainment
trò hấp dẫn draw, attraction
trò hề farce; mockery
trò khôi hài gag, joke
trò lặt vặt trifle, triviality
trò lừa đảo scam
trò may rủi gamble
trò mua vui cabaret
trò nguy hiểm stunt
trò quảng cáo stunt
trò tinh nghịch mischief
trò ú tim hide-and-seek
trọ tại board at
tróc ra peel
trọc hairless
trói tie up
trói buộc bind, tie
tròn round
tròn số in round figures
trọn vẹn whole, integral; full-length
trong during; for (*time*); in; inside, within; over a period of; among ◊ inner; clear; *trong ba ngày/hai giờ* for three days/two hours; *trong nhà* in the house; *trong suốt cuộc đời tôi* in my lifetime; *trong hai giờ* in two hours; *trong quá khứ* in the past; *trong một thời gian* for a while
trong chuyến bay in-flight
trong khi while; *trong khi tôi vắng mặt* during my absence, while I was absent
trong khi chờ đợi pending
trong khoảng between (*time*); *trong khoảng cách gần có thể đi bộ* be within walking distance
trong lành pure
trong lòng bowels

trong lúc in; while; in the course of; *trong lúc đang qua đường* in crossing the road; *trong lúc đó* in the meantime
trong nhà domestic; indoor ◊ indoors
trong nội bộ in-house
trong nước domestic, internal
trong phạm vi within; *trong phạm vi quyền hạn của tôi* within my power
trong sáng pure ◊ (sự) clarity (*of sound*); purity (*moral*); *không trong sáng* impure
trong sạch clear
trong số among(st); *5 trong số 10* 5 out of 10
trong suốt transparent
trong thâm tâm inward ◊ inwardly, privately
trong thời gian over; during
trong trẻo pure
trong trường hợp ... in case ...; *trong trường hợp đó* in that case; *trong trường hợp khẩn cấp* in an emergency; *trong trường hợp xấu nhất* if the worst comes to worst
trong vắt clear
trong vòng within; inside of; *trong vòng hai giờ* inside of 2 hours
tròng mắt iris
tròng trành lurch, roll
trọng âm accent; stress
trọng lượng weight
trọng tài referee; umpire ◊ (sự) arbitration
trọng tài biên linesman
trọng tội felony
trọng trách responsible
trổ ra bulge
trổ hoa blossom
trôi chảy flow; *một cách trôi chảy* without problems, smoothly

---

ơ u*r*	**y** (tin)	**ây** uh-i	**iê** i-uh	**oa** wa	**ôi** oy	**uy** wee	**ong** aong
u (soon)	**au** a-oo	**eo** eh-ao	**iêu** i-yoh	**oai** wai	**ơi** ur-i	**ênh** uhng	**uyên** oo-in
ư (dew)	**âu** oh	**êu** ay-oo	**iu** ew	**oe** weh	**uê** way	**oc** aok	**uyêt** oo-yit

trôi giạt drift
trôi nhanh fly past
trôi qua pass, go by; elapse
trôi sạch flush
trôi vùn vụt whizz by
trội dominant
trội hơn surpass; outdo
trội hơn hẳn predominate
trộm furtive ◊ steal ◊ burglary; robbery; **kẻ/tên/tay trộm** burglar; robber; thief
trộm cắp theft
trốn đi elope
trốn học play truant, play hooky
trốn thoát escape; break away; elude ◊ (sự) escape
trốn tránh shirk; run away; **đang trốn tránh** be in hiding
trốn vé stow away
trộn combine; mix; toss *salad*
trộn lẫn mingle
trông expect
trông hộ keep an eye on
trông mong rely on; depend on
trông ngon miệng nice to eat
trông nom take care of, look after; care for
trông ra look onto
trông trẻ baby-sit
trông xuống overlook
trống free, unoccupied; male ◊ drum
trống đồng bronze drum
trống không empty ◊ (sự) emptiness
trống rỗng bare
trống trải bleak; open
trống vắng empty ◊ (sự) emptiness
trồng grow; plant ◊ filling (*in tooth*)
trồng trọt cultivate ◊ (sự) cultivation
trồng trọt được arable
trơ tráo shameless; fresh; saucy ◊ (sự) shamelessness; nerve

trơ trọi bare
trở buồm tack
trở cờ turn traitor
trở lại return; go back, date back; retrace; **trở lại năm 1935** back in 1935
trở lại vị trí trước đây make a comeback
trở lại yên tĩnh settle down
trở lực setback
trở mình toss and turn; turn over
trở mùi rancid
trở nên become, get, go; **trở nên chua/lạnh** it has turned sour/cold; **trở nên già/mệt** grow old/tired; **trở nên hoảng hốt** panic
trở nên bình tĩnh calm down
trở nên chín chắn mature; mellow
trở nên cuồng nhiệt go wild
trở nên cứng rắn harden
trở nên dữ dội intensify
trở nên điên khùng go berserk
trở nên điên loạn become hysterical
trở nên hoạt bát blossom
trở nên im lặng quieten down
trở nên kẹt seize up
trở nên khá hơn be on the mend
trở nên lăng mạ become abusive
trở nên nổi danh make a name for oneself
trở nên phấn chấn perk up
trở nên phổ biến catch on, become popular
trở nên quen get used to; **trở nên quen với ai/gì** get used to s.o./sth
trở nên rộng hơn fill out; widen
trở nên tiều tụy go to seed (*of person*)
trở nên tồi tàn go to seed (*of district*)
trở nên tốt hơn improve, pick up
trở nên xấu đi go wrong

ch (*final*) k	**gh** g	**nh** (*final*) ng	**r** z; (*S*) r	**x** s	**â** (but)	**i** (tin)
d z; (*S*) y	**gi** z; (*S*) y	**ph** f	**th** t	**a** (hat)	**e** (red)	**o** (saw)
đ d	**nh** (onion)	**qu** kw	**tr** ch	**ă** (hard)	**ê** ay	**ô** oh

trở nên xấu hơn worsen
trở nên yên tĩnh calm down, quieten down
trở ngại obstacle
trở thành become; *trở thành bạn* become friends
trở thành mốt be in vogue
trở thành sự thật come true
trở thành tin quan trọng make the headlines
trở về return; go back; get back; come back ◊ (sự) return
trở về nhà homeward (*to own house*) ◊ (sự) homecoming; *ta trở về nhà nhé?* what about heading home?
trở về nước homeward (*to own country*)
trợ cấp pension
trợ cấp cho subsidize
trợ giúp stake; finance
trợ giúp kỹ thuật technical assistance
trợ giúp tiền bail out
trợ lý đạo diễn assistant director
trợ lý giám đốc assistant director; assistant manager
trợ lý nghiên cứu research assistant
trợ lý riêng personal assistant
Trời God
trời heaven; sky ◊ it (*used in expressions about the weather*): *trời băng giá* it's freezing; *trời đang mưa* it's raining; *trời lạnh* it's cold; *trời nắng* it's sunny; *nếu trời không mưa* if the rain keeps off
trời đất! good heavens!
trời ơi! (oh) dear!, dear me!; good heavens!
trời quang đãng clear up (*of weather*)
trơn plain; slick; slippery
tru lên whine

trú shelter
trù dập pick on
trù tính plan
trụ cột gia đình breadwinner
trụ sở chính head office
trúc bamboo
trục axle; hub
trục cán rolling pin
trục quay crankshaft
trục trặc malfunction; misfire; play up; go wrong ◊ (sự) malfunction; hitch; *xe ô tô có gì trục trặc* there is something wrong with the car; *không có trục trặc* trouble-free; *không có trục trặc gì* without a hitch
trục xuất deport; expel ◊ (sự) deportation; expulsion
trung average; mid ◊ center
trung bình medium ◊ average, middling ◊ on average
trung cấp intermediate
trung đoàn regiment
trung đội platoon
Trung Đông Middle East
trung gian hòa giải mediate ◊ (sự) mediation
trung hòa neutralize
trung lập neutral
Trung Quốc China ◊ Chinese
trung sĩ sergeant
trung tâm center; focus; heart ◊ central; main; core
trung tâm buôn bán plaza, shopping mall
trung tâm điều khiển control center
trung tâm giải trí leisure center
trung tâm hội nghị convention center
trung tâm thành phố city center, downtown
trung tâm thể thao leisure center
trung tâm thị xã town center,

ơ ur   y (tin)   ây uh-i   iê i-uh   oa wa   ôi oy   uy wee   ong aong
u (soon)   au a-oo   eo eh-ao   iêu i-yoh   oai wai   ơi ur-i   ênh uhng   uyên oo-in
ư (dew)   âu oh   êu ay-oo   iu ew   oe weh   uê way   oc aok   uyêt oo-yit

downtown

trung tâm thương mại shopping mall, shopping center

trung thành loyal, faithful, constant; *không trung thành* disloyal, untrue; *trung thành với ai* be loyal to s.o., stick by s.o.; *trung thành với đối tác của mình* be faithful to one's partner

trung thực truthful; *không trung thực* dishonest; questionable

trung úy lieutenant

trung ương central

trúng đậm make a killing

trúng giải prizewinning

trúng số độc đắc hit the jackpot

trùng giờ clash

trùng khớp ngẫu nhiên coincide ◊ (sự) coincidence

trùng tu renovate; restore ◊ (việc) renovation; restoration

trùng với conflict

trút pour; pour out; *trời mưa như trút* it's pouring (with rain)

trút hết empty; give vent to

trút lên đầu take it out on

truy cập access; connect to COMPUT

truy nã chase; *anh ấy đang bị công an truy nã* he is wanted by the police

truy nhập từ xa remote access

truy tặng award posthumously ◊ (sự) posthumous award

truy tố indict; prosecute ◊ (sự) prosecution LAW

trụy lạc perverted ◊ (sự) perversion

truyền transmit, beam; flow ◊ (sự) transmission

truyền bá spread

truyền đạt communicate

truyền đạt được come across (*of idea, humor*)

truyền đi spread

truyền hình broadcast; televise ◊ (sự) broadcasting

truyền hình cáp cable (TV)

truyền hình vệ tinh satellite television

truyền lại hand down

truyền lực drive TECH

truyền máu give a blood transfusion ◊ (sự) blood transfusion

truyền thông communications

truyền thống tradition ◊ traditional; *theo truyền thống* traditionally

truyền thuyết legend

truyện story, tale

truyện ngắn short story

truyện thần tiên fairy tale

truyện tranh comic; comic book

truyện trinh thám detective novel; mystery

trừ subtract, take away ◊ minus; except; *trừ tôi ra khỏi việc này* leave me out of this

trừ bỏ cut out, eliminate

trừ khi except that

trừ phi unless; except

trừ tiệt eradicate

trực giác intuition

trực hệ direct

trực tiếp direct; firsthand

trưng bày display, exhibit, show ◊ (sự) exhibition; *được trưng bày* be on show, be on display

trưng cầu canvass

trưng cầu dân ý referendum

trưng đèn illuminate

trứng egg

trứng cá muối caviar

trứng chần poached egg

trứng ốp lết omelet

trứng rán fried egg

trứng trưng scrambled eggs

trừng phạt punish ◊ (sự)

ch (*final*) k	**gh** g	**nh** (*final*) ng	**r** z; (*S*) r	**x** s	**â** (but)	**i** (tin)
d z; (*S*) y	**gi** z; (*S*) y	**ph** f	**th** t	**a** (hat)	**e** (red)	**o** (saw)
đ d	**nh** (onion)	**qu** kw	**tr** ch	**ă** (hard)	**ê** ay	**ô** oh

punishment; penalty

trừng phạt kinh tế economic sanction

trừng phạt tử hình capital punishment

trước before; by, no later than; in front of ◊ front; last, preceding; previous; prior; former ◊ in advance; first; beforehand; prior to; *hai ngày trước* 2 days ago; *người trước* the former; *trước 6 giờ một chút* a little before 6; *không trước thứ Sáu* not until Friday; *trước đó đã lâu* long before then

trước đây before; previously; ago ◊ old; past; *trước đây lâu rồi* long ago

trước đó preceding

trước hết first; first of all; in the first place; to begin with

trước hôn nhân premarital

trước khi before

trước khi đẻ prenatal

trước khi nộp thuế pre-tax

trước kia formerly; *hiện nay tôi không làm việc tại đó, song trước kia thì có* I don't work there now, but I used to

trước mắt in the short run

trước mặt in the presence of

trường school

trường cao đẳng college

trường công public school

trường dạy lái xe driving school

trường dạy thiết kế design school

trường đại học university, school

trường đấu arena

trường đua course

trường đua ngựa racecourse

trường học school

trường học buổi tối night school

trường hợp case, instance; *trong bất cứ trường hợp nào* at all

events; *trường hợp đắn đo* a borderline case

trường hợp mổ đẻ Cesarean

trường mẫu giáo nursery school

trường nội trú boarding school

trường thoại speech (*in play*)

trường thương nghiệp business school

trường tiểu học elementary school

trường trung học high (school)

trưởng: *khóa Đô trưởng* in (the key of) C major

trưởng ban nghi thức master of ceremonies

trưởng đoàn head of the delegation

trưởng phi đội captain

trưởng tàu conductor (*on train*)

trưởng thành grow up; *ở lứa tuổi chưa trưởng thành* underage

trưởng thành thực sự full-grown

trượt fail; miss; skid; slide; slip

trượt băng skate ◊ skating

trượt băng nghệ thuật figure skating

trượt chân lose one's footing ◊ (sự) slip (*on ice*)

trượt nước waterski ◊ waterskiing

trượt pa-tanh skate ◊ skating

trượt tuyết ski ◊ skiing

trượt vỏ chuối flunk

trượt xuống drop, slide

trừu tượng abstract

TTK (= *Tổng Thư Ký*) Secretary General

TTXVN (= *Thông Tấn Xã Việt Nam*) Vietnam News Agency

tu sĩ monk

tu từ học rhetoric

tu viện convent; monastery ◊ monastic

tù prison; imprisonment; *trong tù*

ơ ur	y (tin)	ây uh-i	iê i-uh	oa wa	ôi oy	uy wee	ong aong
u (soon)	au a-oo	eo eh-ao	iêu i-yoh	oai wai	ơi ur-i	ênh uhng	uyên oo-in
ư (dew)	âu oh	êu ay-oo	iu ew	oe weh	uê way	oc aok	uyêt oo-yit

be in prison; **bị kết án 15 năm tù** be sentenced to 15 years imprisonment

tù binh prisoner of war

tù đọng stagnant

tù nhân prisoner

tù trưởng chief

tủ cabinet; closet

tủ búp-phê sideboard

tủ đá freezer

tủ để bát đĩa dresser (*in kitchen*)

tủ đựng hồ sơ file cabinet

tủ đựng quần áo closet

tủ hoặc bàn có ngăn kéo chest of drawers

tủ khóa locker (*for baggage etc*)

tủ kính glass case

tủ kính cửa hàng shop window

tủ kính trưng bày display cabinet

tủ lạnh fridge, icebox

tủ ngăn nhỏ có khóa locker

tủ quần áo closet (*for clothes*)

tủ quần áo lớn walk-in closet

tủ sách bookcase

tụ tập collect; congregate

tua bin turbine

tua đi fast forward

tua lại rewind

tuân lệnh obey; **không tuân lệnh** disobey

tuân theo comply; comply with; conform; keep to; obey ◊ obedient ◊ (sự) obedience; compliance; **không tuân theo** defy; disobey

tuân thủ adhere to

tuần week; round (*of drinks*)

tuần báo weekly (*magazine*)

tuần biển lifeguard

tuần hành march

tuần hoàn circulate ◊ (sự) circulation (*of blood*)

Tuần lễ Thánh Holy Week

tuần tra patrol; **việc tuần tra**

patrol; **đang tuần tra** be on patrol

tuần trăng mật honeymoon

Tuất dog (*in Vietnamese zodiac*)

tục lệ convention, tradition

tục ngữ proverb, saying

tục tĩu coarse, vulgar; obscene; bawdy, smutty

tui (S) I (*formal*)

túi bag; pocket

túi áo pocket

túi bên trong inside pocket

túi cóc backpack

túi du lịch travel bag

túi để đồ carrier bag

túi đựng đồ trang điểm vanity case

túi đựng hàng carrier bag

túi giấy paper bag

túi hông hip pocket

túi mật gall bladder

túi ngủ sleeping bag

túi nhỏ pouch

túi ni lông plastic bag

túi quần pocket

túi sách đeo vai schoolbag

túi sau quần hip pocket

túi xách hàng carrier bag

túm lấy seize

túm tụm với nhau huddle together

tụm lại với nhau huddle together

tụm quanh cluster

tung toss; throw up; **tung đồng xu** toss a coin

tung bay fly

tung hứng juggle

tung ra launch

túng be short of

túng thiếu needy

tuổi age; **tôi 15 tuổi** I'm 15; **ở tuổi 18** at the age of 18

tuổi dậy thì puberty

tuổi già old age

---

ch (*final*) k	**gh** g	**nh** (*final*) ng	**r** z; (S) r	**x** s	**â** (but)	**i** (tin)
d z; (S) y	**gi** z; (S) y	**ph** f	**th** t	**a** (hat)	**e** (red)	**o** (saw)
đ d	**nh** (onion)	**qu** kw	**tr** ch	**ă** (hard)	**ê** ay	**ô** oh

tuổi mới lớn adolescent

tuổi thanh thiếu niên teenage; *ở tuổi thanh thiếu niên* be in one's teens

tuổi thanh xuân teens; *đến tuổi thanh xuân* reach one's teens

tuổi thọ life

tuổi thọ trung bình life expectancy

tuổi trẻ youth

tuổi trung niên middle-aged

tuổi trưởng thành maturity; manhood

tuổi về hưu retirement age

tuồng (Central Vietnamese) classical opera; (Central Vietnamese) folk opera

tuột tay khỏi lose one's hold on

túp lều hut; shack

tút carton

tụt take down *pants*; take off *shoes*

tụt lại sau be behind; lag behind

tụt lùi fall behind (*in studies*)

tụt xuống plummet, plunge

tụt xuống thấp slip (*of quality etc*)

tuy là although, though

tuy nhiên however, though; nevertheless ◊ yet; *tuy nhiên vẫn chưa kết thúc* it's not finished though

tuy rằng although, though

tuy thế nonetheless

tuy vậy however

tùy depend; *cái đó còn tùy* that depends; *tùy anh/chị!* suit yourself!; it's up to you; *tùy anh/chị thôi* please yourself

tùy biến customize

tùy nghi di tản evacuate flexibly

tùy theo according to

tùy tiện arbitrary; casual, offhand

tùy ý anh/chị at your discretion

tuyên án pass sentence

tuyên bố declare; state; pronounce; proclaim; make a statement; bring in (*verdict*); *tuyên bố một người vô tội/có tội* find a person innocent/guilty

tuyên chiến declare war ◊ (sự) declaration of war

tuyên thệ swear in *witness*

tuyên truyền make propaganda ◊ (sự) propaganda

tuyến gland; route

tuyến bạch cầu lymph gland

tuyến đường route

tuyến đường sắt railroad

tuyến giáp thyroid (gland)

tuyến phòng ngự defense line

tuyến tính linear

tuyển take on *staff*

tuyển chọn select ◊ (sự) selection

tuyển dụng employ, hire; *anh ấy được tuyển dụng làm ...* he's employed as a ...

tuyển mộ enlist; recruit ◊ (sự) recruitment

tuyển sinh enrolment

tuyển thủ thay thế substitute SP

tuyển thủ trong trận chung kết finalist

tuyết snow

tuyết rơi snow; *có tuyết rơi* snowy

tuyết tan slush

tuyệt great, excellent

tuyệt chủng die out ◊ extinct ◊ (sự) extinction

tuyệt diệu tremendous

tuyệt đẹp exquisite; gorgeous

tuyệt đối absolute

tuyệt hảo perfect ◊ (sự) perfection

tuyệt trần amazing

tuyệt vọng despair; desperation ◊ desperate; hopeless; *một cách tuyệt vọng* in despair

tuyệt vời fantastic, marvelous; great, super; *đẹp tuyệt vời*

ơ ur	**y** (tin)	**ây** uh-i	**iê** i-uh	**oa** wa	**ôi** oy	**uy** wee	**ong** aong
u (soon)	**au** a-oo	**eo** eh-ao	**iêu** i-yoh	**oai** wai	**ơi** ur-i	**ênh** uhng	**uyên** oo-in
ư (dew)	**âu** oh	**êu** ay-oo	**iu** ew	**oe** weh	**uê** way	**oc** aok	**uyêt** oo-yit

stunningly beautiful

tuýp tube

tư private

tư bản capitalist

tư cách mold; *với tư cách là ...* in the capacity of ...

tư cách công dân citizenship

tư cách hội viên membership

tư cách làm cha paternity

tư cách lăng nhăng promiscuous behavior

tư duy thought

tư ích personal benefit

tư lập privately owned

tư liệu means; data

tư liệu sản xuất means of production

tư lợi personal interests

tư nhân private ◊ privately

tư pháp justice; private law

tư sản private property

tư sắc beauty, elegance

tư thế position; posture; dignity

tư thế đĩnh đạc poise

tư trào line of thought

tư tưởng idea; thought

tư tưởng rộng rãi broadmindedness

tư tưởng trọng nam khinh nữ sexist attitude

từ word; term ◊ from (*in time, space*); since; *tôi từ ... tới* I am from ..., I come from ...; *từ ... trở lên* from ... onward; *từ ... đến* from ... to; *từ 10 đến 15 người* from 10 to 15 people; *từ 9 giờ đến 5 giờ* from 9 to 5 (o'clock); *từ nay giờ trở đi* from now on; *từ tuần trước* since last week; *từ đó tôi không còn gặp anh ấy nữa* I haven't seen him since

từ bỏ discard; disown; jettison; renounce; break away

từ bỏ cố gắng give up

từ căn root (*of word*)

từ chối deny; refuse; turn down ◊ (sự) denial; refusal; *từ chối không làm gì* refuse to do sth; *trả lời từ chối* answer in the negative

từ chối không cho withhold

từ chuyên môn jargon

từ chức resign; step down ◊ (sự) resignation

từ cực magnetic pole

từ đa tiết polysyllabic word

từ đầu from the beginning, from scratch ◊ prefix

từ điển dictionary

từ điển bách khoa encyclopedia

từ điển cụm từ và thành ngữ phrasebook

từ điển song ngữ bilingual dictionary

từ đó since

từ đồng nghĩa synonym

từ khi since

từ loại part of speech

từ nghi vấn interrogative GRAM

từ nguồn trực tiếp at first hand

từ thiện charitable; philanthropic

từ tượng thanh onomatopoeic words

từ xa in the distance

tử hình death penalty; *bị kết án tử hình* sentenced to death

tử sĩ dead soldier (*in Vietnamese People's Army*)

tử tế good-natured; kind, kindly; proper; decent ◊ (sự) kindness; decency; *tử tế đối với ai* be kind toward s.o.; *thật tử tế quá* that's very kind

tử tế tốt bụng neighborly

tử thi corpse, cadaver

tử vì đạo: *người tử vì đạo* martyr REL

tử vong fatality; mortality

ch (*final*) k	**gh** g	**nh** (*final*) ng	**r** z; (S) r	**x** s	**â** (but)	**i** (tin)
d z; (S) y	**gi** z; (S) y	**ph** f	**th** t	**a** (hat)	**e** (red)	**o** (saw)
đ d	**nh** (onion)	**qu** kw	**tr** ch	**ă** (hard)	**ê** ay	**ô** oh

tự self
tự anh ấy himself
tự buộc tội incriminate oneself
tự cắt vào cổ tay slash one's wrists
tự chị ấy herself
tự cho mình là đúng self-righteous
tự chọn elective, optional
tự chủ collected, calm ◊ (sự) self-control
tự chủ được control oneself; *không tự chủ được* lose control of oneself
tự do free; permissive ◊ (sự) liberty, freedom; latitude; *được tự do* be at liberty, be at large
tự do báo chí freedom of the press
tự do ngôn luận free speech, freedom of speech
tự đề cao pushy
tự động automatic
tự động hóa automate; *việc tự động hóa* automation
tự hạn chế mình control oneself
tự hào proud ◊ (sự) pride; *tự hào về* be proud of; pride oneself on
tự họ by themselves
tự hỏi wonder
tự khẳng định mình assert oneself
tự kiềm chế restrain oneself
tự kỷ trung tâm egocentric
tự làm hại mình compromise oneself
tự làm khổ mình distress oneself
tự làm lấy DIY, do-it-yourself
tự lo liệu lấy fend for oneself
tự lực self-reliant; *không thể tự lực* helpless
tự mãn self-satisfied, smug; complacent ◊ (sự) smugness; complacency

tự mình oneself; yourself; yourselves etc ◊ by oneself/herself/himself etc
tự nguyện of one's own accord
tự nhận (là) profess ◊ self-confessed
tự nhiên nature ◊ natural ◊ naturally
tự nó itself
tự phát spontaneous
tự phụ conceited
tự phục vụ self-service
tự quản autonomous ◊ (sự) autonomy
tự rạch cổ tay slash one's wrists
tự sửa chữa do-it-yourself
tự thiêu burn oneself to death
tự thỏa mãn indulge
tự thú nhận self-confessed
tự tin confident, self-assured ◊ (sự) assurance, self-confidence
tự tôi myself
tự trọng proud
tự tử kill oneself, commit suicide ◊ (sự) suicide
tự vệ defend oneself ◊ (sự) self-defense; *không có khả năng tự vệ* defenseless
tựa đầu headrest
tức cười comical
tức điên lên furious; *làm ai tức điên lên* infuriate s.o.
tức giận angry, mad ◊ (sự) anger; *tức giận với ai* be angry with s.o.
tức thật! blast!
tức thì immediately
từng ever ◊ (*indicates perfect tense*): *chị ấy là người từng trải* she has been around
từng bước một step by step
từng cái một one by one (*of things*)
từng người một one by one (*of people*)

ơ ur	y (tin)	ây uh-i	iê i-uh	oa wa	ôi oy	uy wee	ong aong
u (soon)	au a-oo	eo eh-ao	iêu i-yoh	oai wai	ơi ur-i	ênh uhng	uyên oo-in
ư (dew)	âu oh	êu ay-oo	iu ew	oe weh	uê way	oc aok	uyêt oo-yit

từng phần một piecemeal
từng quý một quarterly
từng trải experienced ◊ (sự) experience
tước strip; take away; *tước X khỏi Y* deprive X of Y
tước bỏ Y của X divest X of Y, strip X of Y
tước quyền thừa kế disinherit
tước vũ khí disarm ◊ (sự) disarmament
tươi bright; crisp; fresh *fruit, meat*
tươi cười beam, smile
tươi ngon fresh ◊ (sự) freshness
tươi tỉnh brighten
tưới irrigate ◊ (sự) irrigation
tưới nước water
tươm tất decent
tương đối comparative; relative ◊ comparatively; relatively
tương đương corresponding; comparable; equivalent; *tương đương với* be equivalent to; be tantamount to; correspond to
tương hợp compatible; *không tương hợp* incompatible
tương lai future; prospective; *trong tương lai* in future
tương ớt chilli sauce
tương phản contrast
tương tác interactive ◊ (sự) interaction
tương thích interface ◊ compatible COMPUT
tương tự similar; analog COMPUT ◊ (sự) analogy; parallel
tương ứng correspond ◊ corresponding; *một cách*

tương ứng respectively
tương xứng match; correspond ◊ matching; *sự không tương xứng* mismatch
tướng general MIL
tường wall
tường tận thorough; complete; *biết tường tận gì* know sth inside out
tường thuật report
tưởng nhớ: để tưởng nhớ tới in memory of
tưởng niệm commemorate ◊ (sự) memorial
tưởng tượng imagine, conceive of ◊ imaginary; *không thể tưởng tượng được* unimaginable; *khó mà tưởng tượng nổi!* it boggles the mind!; *đó hoàn toàn do anh tưởng tượng* it's all in your mind
tưởng tượng ra dream up
tượng statue
tượng Nữ thần Tự do Statue of Liberty
tượng thần idol
tượng trưng represent ◊ (sự) symbol
tượng trưng cho symbolize
tước đoạt Y của X divest X of Y
Tý rat (*in Vietnamese zodiac*)
tỷ billion
tỷ giá rate
tỷ lệ percentage; proportion; scale
tỷ lệ phần trăm percentage
tỷ lệ sinh đẻ birthrate
tỷ lệ tử vong mortality
tỷ số thắng par (*in golf*)
Tỵ snake (*in Vietnamese zodiac*)

ch (*final*) k	**gh** g	**nh** (*final*) ng	**r** z; (S) r	**x** s	**â** (but)	**i** (tin)
d z; (S) y	**gi** z; (S) y	**ph** f	**th** t	**a** (hat)	**e** (red)	**o** (saw)
đ d	**nh** (onion)	**qu** kw	**tr** ch	**ă** (hard)	**ê** ay	**ô** oh

U

u ám bleak; dull, overcast
u buồn gloomy ◊ (sự) gloom
u sầu gloomy; melancholy; somber
ù té chạy bolt, run off
ủ brew
ủ ấm muffle up
ủ chăn tuck in; *ủ chăn cho ai*
tuck s.o. up in bed
ủ rũ glum; morose; sullen
UBND (= *Ủy Ban Nhân Dân*)
People's Committee
Úc Australia ◊ Australian
uể oải lethargic
ủi (*S*) iron, press
ủi quần áo (*S*) ironing
ùn đống stack up, pile up ◊ (sự)
backlog
ùn lại build up
ùn ùn kéo ra khỏi stream out of
ùn ùn kéo vào stream into
ủn ỉn grunt
ung dung laidback, leisurely
ung thư cancer
ung thư phổi lung cancer
ùng ục gurgle
ủng hộ back, support, be behind;
defend; endorse; uphold, vindicate;
second *motion* ◊ for, in favor of
◊ (sự) endorsement; support; *tôi*
ủng hộ ý kiến I am for the idea
ủng hộ mạnh mẽ champion *cause*
ủng hộ việc bảo vệ môi trường
green, environmentally friendly
uốn cong bend
uốn éo swing
uốn khúc twist; wind; zigzag
◊ winding

uốn lượn bend
uốn sóng perm
uốn ván tetanus
uốn xoăn curl
uống drink; *đi uống một chầu*
go for a drink
uống được drinkable
uống hết drink; drink up
uống một hơi hết down, swallow
uống nốt drink up
uống rượu drink (alcohol)
◊ drinking; *tôi không uống*
rượu I don't drink
uống thuốc take medicine
úp mở với mess around
uran uranium
uy lực power; *có uy lực* powerful,
potent
uy nghi majestic
uy thế supremacy
uy tín prestige; reputation; *có uy*
tín prestigious; reputable
ủy ban committee, commission
Ủy Ban Nhân Dân People's
Committee
ủy mị sentimental; corny, sloppy
ủy nhiệm authorize; commission
◊ (sự) authority, proxy
ủy thác mandate; trust FIN
ủy viên công tố public prosecutor
ủy viên công tố quận DA, district
attorney
ủy viên hội đồng councilor;
councilman
ủy viên quản trị executive
uyên bác scholarly ◊ (sự)
scholarship

ơ ur	y (tin)	ây uh-i	iê i-uh	oa wa	ôi oy	uy wee	ong aong
u (soon)	au a-oo	eo eh-ao	iêu i-yoh	oai wai	ơi ur-i	ênh uhng	uyên oo-in
ư (dew)	âu oh	êu ay-oo	iu ew	oe weh	uê way	oc aok	uyêt oo-yit

uyển chuyển graceful
uyển ngữ euphemism
uýt ki whiskey
ưa nhìn good-looking
ưa thích take to, like; *được ưa thích* (*nhất*) favorite
ức chế uptight, inhibited ◊ (sự) inhibition
ứng biến improvise
ứng cử run (*in election*) ◊ (sự) candidacy; *ứng cử Tổng thống* run for President
ứng cử viên candidate
ứng dụng application COMPUT
ứng xử behave ◊ (sự) behavior; *các phép ứng xử lịch sự* social niceties
ửng đỏ flush, go red
ửng hồng glow

ước wish; desire
ước chừng estimate
ước đoán judge, estimate
ước mong wish
ước tính estimate
ườn ra sprawl
ương ngạnh headstrong
ướp marinate
ướp lạnh cool; chill; refrigerate ◊ iced
ướp xác embalm
ướt wet
ướt đẫm soaked
ướt sũng dripping (wet); *bị ướt sũng* get drenched; be wet through
ưu đãi preferential
ưu thế advantage
ưu tiên prioritize

V

va bump
va chạm knock; impact; contact
va li suitcase
va mạnh bang
va nhẹ brush against
va vào nhau collide
vá patch
và and; *và thêm cả* as well as, in addition to; *và vân vân* and so forth, and so on
vả (pear) fig
vả lại besides
vác carry; hump; manhandle
vách đá cliff
vách đá dựng đứng crag
vách ngăn partition, screen

vạch line
vạch chéo slash (*in punctuation*)
vạch mặt expose
vạch quân hàm stripe
vạch ra map out
vạch rõ point to
vạch trần expose
vácxin vaccine
vai part, role; shoulder; *có ... đóng vai chính* feature
vai diễn portrayal
vai hề clown
vai trò role
vài few, not many; several; some
vải cloth, fabric, material, textile; lychee

---

ch (*final*) k	**gh** g	**nh** (*final*) ng	**r** z; (*S*) r	**x** s	**â** (but) **i** (tin)
d z; (*S*) y	**gi** z; (*S*) y	**ph** f	**th** t	**a** (hat)	**e** (red) **o** (saw)
đ d	**nh** (onion)	**qu** kw	**tr** ch	**ă** (hard)	**ê** ay **ô** oh

vải bạt canvas
vải băng bó bandage
vải bò denim
vải bông cotton
vải ca rô check (*pattern*)
vải lanh linen
vải nhựa tarpaulin
vải poliexte polyester
vãi scatter
van valve; choke MOT
van của động cơ xăng choke MOT
van điều tiết không khí choke MOT
van nài implore
van tiết lưu throttle
ván game (*in tennis*)
ván bập bênh seesaw
ván buồm sailboard, windsurfer
ván lướt sóng surfboard
ván nhún springboard
ván sàn floorboard
ván trượt skateboard
ván trượt tuyết ski
vãn hồi hòa bình restore peace
vãn khách off-season
vạn năng all-purpose
vang wine
vang dội reverberate ◊ resounding
vang lại echo
vang lên go off (*of alarm*)
vang sủi tăm sparkling wine
vang trắng white wine
vang xa carry
vàng yellow; blond; gold
vàng da jaundice
vàng hoe yellow; blond; gold
vành brim; rim
vani vanilla
vào in; for; at; on ◊ incoming *tide* ◊ arrive ◊ entry *vào buổi chiều* in the afternoon; *vào buổi sáng* in the morning; *vào buổi tối* in the evening; *vào lúc 5 giờ* at 5

o'clock; *vào buổi trưa* at noon; *vào năm 1999* in 1999; *vào ngày mùng 1 ...* on the 1st of ...; *vào quãng thời gian này ngày mai* by this time tomorrow; *vào ga* arrive at the station; *vào đây* come in here; *vào miễn phí* admission free
vào chương trình log on; log on to
vào cua corner (*of car*, *driver*)
vào cửa entrance; admission
vào giai đoạn cuối terminal
vào hùa bắt nạt gang up on
vào khoảng around, roughly
vào khớp engage TECH
vào trong inside ◊ into
vạt tab
vay borrow
váy skirt
váy cưới gown
váy dài dress; gown
váy lót underskirt
váy mini, váy ngắn miniskirt
vảy scale (*on fish*) ◊ sprinkle
vảy da scab
văn bản text; *bằng văn bản* in writing
văn bia epitaph
văn cảnh context
văn hóa culture ◊ cultural
văn học literature ◊ literary
Văn Miếu Temple of Literature
văn minh civilization
văn phong writing
văn phong báo chí journalism
văn phòng office
văn phòng du lịch travel agency
văn xuôi prose
vắn tắt brief
vằn stripe; *có vằn* striped
vặn turn; twist
vặn bớt turn down *heating*
vặn chặt screw; *vặn chặt X vào Y*

ơ u*r* y (tin) ây uh-i iê i-uh oa wa ôi oy uy wee ong aong
u (soon) au a-oo eo eh-ao iêu i-yoh oai wai ơi u*r*-i ênh uhng uyên oo-in
ư (dew) âu oh êu ay-oo iu ew oe weh uê way oc aok uyêt oo-yit

screw X to Y
vặn hỏi quiz
vặn lại retort
vặn lên turn up *volume, TV*
vặn nhỏ turn down *volume, TV*
vặn vẹo contort
vặn vít screwdriver
vắng mặt absent ◊ be away ◊ (sự) absence
vắng tanh deserted
vắt squeeze
vắt chéo chân cross one's legs
vắt khô spin-dry
vắt kiệt squeeze dry
vắt nước wring out
vắt sữa milk
vặt trifling
vân vân and so on
vấn đề problem, catch; trouble; issue, matter, question; **vấn đề là** the point is
vần rhyme
vần với nhau rhyme
vẫn remain ◊ still; **họ vẫn là cha mẹ tôi** they are still my parents; **vẫn độc thân** still single
vẫn còn hold out ◊ still, yet; **vẫn còn cách xa** it's a long way off
vẫn tiếp tục ngắt lời keep (on) interrupting
vận chuyển transport ◊ (sự) transportation
vận động campaign; maneuver
vận động quảng cáo promotion COM
vận động viên bóng chày baseball player; batter
vận động viên chạy runner
vận động viên chạy nước rút sprinter
vận động viên chạy vượt rào hurdler
vận động viên điền kinh athlete
vận động viên đua thuyền sailor

vận động viên nam sportsman
vận động viên nhảy jumper
vận động viên nữ sportswoman
vận động viên về thứ nhì runner-up
vận hành function; operate, work; **vận hành bằng** be powered by
vận may good luck, fortune
vận rủi bad luck
vận tải đường bộ haulage
vận tải đường thủy shipping
vận tốc velocity
vâng (*N*) yes
vâng lời obey; **không vâng lời** disobey ◊ disobedient
vầng hào quang halo
vấp stumble, trip; trip up; stub; **làm cho ai vấp** trip s.o. up; **vấp ngón chân** stub one's toe
vấp ngã trip up, fall
vấp phải stumble over
vất vả plod along, plod on ◊ strenuous; painful; **vất vả mới đạt đủ điểm** scrape through
vật thing, item; wrestling ◊ wrestle
vật áp cuối the last but one
vật bồi thường recompense
vật chạm khắc carving
vật chất matter PHYS ◊ wordly, material
vật chống support
vật chở load
vật chướng mắt eyesore
vật chướng ngại hurdle, obstacle; stumbling block
vật dụng điện khí electrical appliances
vật đệm buffer; padding
vật được gửi kèm theo inclosure
vật được yêu thích nhất favorite
vật hại mùa màng vermin
vật hiếm rarity
vật hóa thạch fossil

---

ch (*final*) k	**gh** g	**nh** (*final*) ng	**r** z; (*S*) r	**x** s	**â** (but)	**i** (tin)
d z; (*S*) y	**gi** z; (*S*) y	**ph** f	**th** t	**a** (hat)	**e** (red)	**o** (saw)
đ d	**nh** (onion)	**qu** kw	**tr** ch	**ă** (hard)	**ê** ay	**ô** oh

vật hối lộ bribe
vật khảm inlay
vật kỳ diệu marvel
vật kỳ quái monstrosity
vật kỷ niệm memento, souvenir
vật lai hybrid
vật lấp chỗ trống stopgap
vật liệu material, substance
vật lộn battle, struggle; grapple with
vật lý hạt nhân nuclear physics
vật lý học physics
vật lý trị liệu physiotherapy
vật mang mầm bệnh carrier (*of disease*)
vật mua purchase
vật nặng burden
vật ném missile
vật nuôi pet
vật nuôi trong nhà domestic animal
vật quý giá gem *fig*
vật sở hữu possession; property
vật tế thần sacrifice
vật thay thế replacement
vật thí nghiệm guinea pig *fig*
vật thưởng recompense
vật trang trí decoration
vật trưng bày exhibit
vật tương đương equivalent
vây fin (*of fish*)
vây bắt raid
vây chặn seal off
vây hãm besiege ◊ (sự) siege
vây quanh mob *pop star etc*
vây ráp raid
vấy bẩn dirty; stain
vẩy splash
vẫy wag; waggle; **vẫy ai** wave to s.o.; **vẫy xe đi nhờ** thumb a ride
vẫy tay wave
vậy so; **tôi nghĩ là vậy** I think so; **vậy à?** really?; **vậy đấy** that's it; **vậy thì sao?** so what?; **vậy thì**

then (*deducing*); **vậy thì tôi đã để nó ở đâu?** now then, where did I put it?
ve áo lapel
ve vẩy wag
vé ticket; fare; **vé đã bán hết** sold out
vé để trống open ticket
vé đi one-way ticket
vé khứ hồi round trip ticket
vé tập thể group/party ticket
vé xe fare
vẻ seem; appear to
vẻ bề ngoài appearance, look; trappings; veneer
vẻ cau có scowl
vẻ duyên dáng elegance; grace
vẻ đẹp beauty
vẻ giận dữ edge
vẻ hồng hào glow
vẻ lộng lẫy magnificence
vẻ mặt expression
vẻ ngoài façade
vẻ nhăn nhó grimace
vẻ thanh lịch elegance
vẻ tráng lệ splendor
vẻ vang glorious
vẻ xanh xao pallor
vẽ draw; trace; paint ◊ drawing
vẽ chân dung portray
vẽ theo tỷ lệ scale drawing
vecmut vermouth
vécni varnish
ven edge; fringe
ven biển coastal
véo nip, pinch
vét mop up
vẹt parrot; (*N*) mangrove
về get in, come home; go back ◊ about; regarding; as regards ◊ (*used to form adjectives and adverbs*); **về nhà** go home
về căn bản substantially
về cơ bản basically, essentially

ơ u*r*	**y** (tin)	**ây** uh-i	**iê** i-uh	**oa** wa	**ôi** oy	**uy** wee	**ong** aong
u (soon)	**au** a-oo	**eo** eh-ao	**iêu** i-yoh	**oai** wai	**ơi** ur-i	**ênh** uhng	**uyên** oo-in
ư (dew)	**âu** oh	**êu** ay-oo	**iu** ew	**oe** weh	**uê** way	**oc** aok	**uyêt** oo-yit

về đêm nightly ◊ at nighttime, in the nighttime

về đích come in (*in race*)

về giáo dục educational

về hướng đông-nam southeast

về hưu retire ◊ retired ◊ (*sự*) retirement

về lại go back; come back; get back

về lâu dài in the long run

về mặt di truyền genetically

về mặt kinh tế economically

về mặt kỹ thuật technically

về mặt lý thuyết in theory

về mặt này in this regard

về mặt tâm lý psychologically

về môi trường environmental

về nước go home (*to country*) ◊ (*sự*) homecoming

về phần as for

về phần tôi personally

về phe on the side of; *tôi đứng về phe anh/chị* I'm on your side

về phía toward; *về phía bắc* north, northward; *về phía nam của ...* to the south of ...

về phía sau backward

về phía trước forward; onward

về quản lý managerial

về quê go home (*to town, part of country*) ◊ (*sự*) homecoming

về sinh thái ecological

về số không in neutral

về thể xác physically

về trước ago, before

về việc about

vệ sinh hygiene; toilet ◊ hygienic; sanitary; *không vệ sinh* unsanitary

vệ sinh cá nhân personal hygiene

vệ sĩ bodyguard; escort

vệ tinh satellite

vệ tinh liên lạc communications satellite

vênh bent, curved; swell-headed

vênh lên warp

vênh mặt look proud, look full of oneself

vênh vang pompous

vểnh ra protrude, stick out

vểnh tai prick up one's ears

vết mark; blot; smear; trail; *làm có vết* mark, stain

vết bánh xe rut (*in road*)

vết bẩn dirt, filth; smudge; stain

vết bỏng burn

vết cắn bite

vết cắt cut

vết cháy burn

vết dầu loang slick

vết đứt cut

vết khía notch

vết lõm dent

vết nứt split

vết rách rip, tear; slash

vết rạn crack

vết sẹo scar

vết thâm bruise

vết thâm tím bruise

vết thương wound; gash; sore

vết thương từ phát đạn gunshot wound

vết toạc split

vết xước scratch

vệt blotch; dab; streak

vi điện tử microelectronics

vi khuẩn bacteria

vi mạch integrated circuit; microchip

vi phạm break, contravene, violate ◊ (*sự*) breach; violation

vi phạm hợp đồng be in breach of contract ◊ (*sự*) breach of contract

vi phạm nhẹ misdemeanor

vi phạm tốc độ speed ◊ (*sự*) speeding

vi phim microfilm

vi rút virus ◊ viral

ch (*final*) k	**gh** g	**nh** (*final*) ng	**r** z; (S) r	**x** s	**â** (but) **i** (tin)
d z; (S) y	**gi** z; (S) y	**ph** f	**th** t	**a** (hat)	**e** (red) **o** (saw)
đ d	**nh** (onion)	**qu** kw	**tr** ch	**ă** (hard)	**ê** ay **ô** oh

vi trùng germ

ví wallet; pocketbook; billfold

ví dụ instance, example; *ví dụ như*, *cho vì dụ* for instance

ví xách tay purse

vì because, as; because of, due to; out of (*cause*); with (*cause*); *vì quá đắt* because it was too expensive; *vì anh/chị* for your sake; *vì tôi* for my sake; *vì lợi ích của* for the sake of; *vì ghen tức/tò mò* out of jealousy/curiosity

vì lý do on account of

vì sao (mà) why

vì thế therefore

vì vậy accordingly; so; therefore

vỉ nướng barbecue

vĩ bow MUS

vĩ bạch cue (*for actor etc*)

vĩ đại great *composer, writer* ◊ (sự) greatness

vĩ độ latitude

vĩ tố ending GRAM

vĩ tuyến parallel (*in geography*)

vị taste

vị giác taste

vị khách guest; visitor

vị tha altruistic, selfless

vị thành niên juvenile

vị thành niên phạm pháp juvenile delinquent

vị thần deity

vị trí place; position; post

vị trí cuối cùng bottom

vị trí đứng đầu top

vị trí hợp lệ onside

vị trí web web site

vỉa seam (*of ore*)

vỉa hè sidewalk

viđêô video

việc affair; concern; job; work ◊ (*used to form nouns of action*): *đấy không phải việc của anh/chị!* mind your own business!;

việc này cần phải rất cẩn thận this job requires great care; *việc này chẳng có hại gì nếu ...* it wouldn't do any harm to ...; *không việc gí* it doesn't matter; *có việc gì vậy?* what's up? *việc gì đã xảy ra thế?* what has happened?

việc khoán piecework

việc làm employment; job; *không có việc làm* out of work

việc làm có trả lương paid employment

việc làm giả forgery

việc làm phi pháp malpractice

việc lặt vặt errand

việc ngoại giao foreign affairs

việc phi thường coup

việc vặt chore

việc xảy ra occurrence

viêm gan hepatitis

viêm kết mạc conjunctivitis

viêm khớp arthritis

viêm màng não meningitis

viêm phế quản bronchitis

viêm phổi pneumonia

viêm ruột thừa appendicitis

viêm thanh quản laryngitis

viêm xoang sinusitis

viên tablet; sweet; bullet; brick; jewel

viên đá nhỏ ice cube

viên đạn bullet

viên đạn bọc đường sugar-coated bullets (*losing one's ideals because of the attraction of material well-being*)

viên đạn nhỏ pellet

viên ngậm lozenge

viên ngậm chống ho throat lozenge

viên ngọc lục bảo emerald

viên ngọc quý gem, jewel (*person*)

viên ngọt sweetener

ơ ur y (tin) ây uh-i iê i-uh oa wa ôi oy uy wee ong aong
u (soon) au a-oo eo eh-ao iêu i-yoh oai wai ơi ur-i ênh uhng uyên oo-in
ư (dew) âu oh êu ay-oo iu ew oe weh uê way oc aok uyêt oo-yit

viên nhỏ pellet
viên thanh tra surveyor
viên thuốc pill
viên thuốc ngủ sleeping pill
viên vitamin vitamin pill
viền cổ neckline
viễn cảnh prospect; outlook; scenario
viễn dương seagoing
Viễn Đông Far East
viễn thị farsighted, long-sighted
viện bảo tàng museum
viện điều dưỡng sanitarium
viện hàn lâm academy
viện trợ aid
viết write; make out *list, check*; ***một vở kịch do ... viết*** a play by ...; ***viết vài dòng cho*** drop a line to
viết bài contribute (*to magazine etc*)
viết chữ in hoa print (*in block capitals*)
viết đúng chính tả spell
viết hoa capital (letter)
viết lại rewrite
viết ngoáy scribble
viết nguệch ngoạc scrawl, scribble
viết sai chính tả misspell
viết tay handwritten
viết tắt abbreviate ◊ (sự) abbreviation; *là chữ viết tắt của* stand for, represent
viết thư write
viết văn write ◊ (sự) writing
Việt Cộng Viet Cong
Việt Cộng nằm vùng Viet Cong secret agent
Việt Kiều Overseas Vietnamese
Việt Nam Vietnam ◊ Vietnamese
việt vị offside SP
vinh dự honor; *thật là một vinh dự được ...* it was an honor to …
vinh quang glorious ◊ (sự) glory

vĩnh cửu eternal
vĩnh viễn permanent; eternal ◊ permanently; for keeps
vịnh bay; gulf
Vịnh Bắc Bộ Gulf of Tonkin
Vịnh Hạ long Halong Bay
Vịnh Thái Lan Gulf of Thailand
visa visa
vịt duck
vịt cái duck (*female*)
vitamin vitamin
VNPT Vietnam Post and Telecommunications
vo tròn screw up *piece of paper etc*
vò nhàu rumple
vỏ husk; peel; shell; *ra khỏi cái vỏ của mình* come out of one's shell
vỏ bánh crust; pastry
vỏ bọc cover; housing TECH
vỏ kem ốc quế cone
vỏ trứng eggshell
vỏ xe tire
võ caratê karate
võ đài ring
võ giu đô judo
võ sĩ fighter, boxer
võ sĩ hạng trung middleweight
võ sĩ quyền Anh boxer
võ sư martial arts instructor
võ thuật martial arts
vóc dáng build (*of person*)
voi elephant
vòi faucet; jet; spout; trunk (*elephant's*)
vòi tắm shower
vòm arch
vòng round (*of competition*)
vòng cổ collar
vòng cuộn coil
vòng cung circle
vòng đeo chìa khóa keyring
vòng đeo tay bracelet
vòng đệm washer (*for faucet etc*)
vòng đua circuit, lap

ch (*final*) k	**gh** g	**nh** (*final*) ng	**r** z; (*S*) r	**x** s	**â** (but)	**i** (tin)
d z; (*S*) y	**gi** z; (*S*) y	**ph** f	**th** t	**a** (hat)	**e** (red)	**o** (saw)
đ d	**nh** (onion)	**qu** kw	**tr** ch	**ă** (hard)	**ê** ay	**ô** oh

vòng eo waistline
vòng gỗ hoop
vòng hoa garland; wreath
vòng kéo ring-pull
vòng kiềng bandy
vòng loại preliminary
vòng ngoài perimeter
vòng ngực bust; chest
vòng quanh around (*in circle*)
◊ circular
vòng quay spin, turn; revolution;
rev; *vòng quay/phút* revs per
minute
vòng quay chuyển phim
carousel (*for slides*)
vòng quay ngựa gỗ carousel,
merry-go-round
vòng tay bracelet
vòng tròn ring, circle
vòng vo circular
võng hammock
võng xuống sag
vọoc langur
vô ...less; un... ◊ (*S*) enter
vô bổ pointless
vô chủ unattended
vô cơ inorganic
vô cớ unprovoked
vô cùng deep ◊ enormously
vô danh unknown; *kẻ/tên/tay vô*
danh nonentity
vô dụng useless; ineffectual
vô duyên misfire
vô địch unbeatable, invincible
vô điều kiện unconditional
vô gia cư homeless; *làm ai trở*
nên vô gia cư make s.o.
homeless
vô giá priceless; invaluable;
inestimable
vô giá trị worthless
vô hại harmless; inoffensive
vô hạn infinite, unlimited
vô hình invisible

vô học uneducated
vô ích useless; futile; *những cố*
gắng của họ đều là vô ích
their efforts were in vain; *thật là*
vô ích nếu cứ cố there's no
point in trying
vô lại worthless; *kẻ/tên/tay vô lại*
rogue
vô lễ impolite; irreverent
vô liêm sỉ shameless
vô lương tâm unprincipled,
unscrupulous
vô lý absurd, preposterous,
ridiculous; unreasonable ◊ (sự)
absurdity; *vô lý, dễ thôi!*
nonsense, it's easy!
vô nghĩa nonsense ◊ meaningless;
senseless
vô nhân đạo inhuman
vô ơn ungrateful
vô phương kế be at one's wits'
end
vô sản proletarian; havenots
vô sinh infertile, sterile ◊ (sự)
infertility
vô số countless, innumerable
vô sự unscathed
vô tác dụng idle
vô tâm inattentive
vô tận inexhaustible; unlimited
◊ (sự) infinity
vô thời hạn permanent;
indefinitely
vô thức automatic; unconscious
vô tính neuter
vô tình insensitive; involuntary
◊ (sự) insensitivity
vô tổ chức disorganized
vô tội innocent LAW ◊ (sự)
innocence
vô trách nhiệm irresponsible
vô tri ignorant
vô tri vô giác inanimate
vô trùng antiseptic; sterile

ơ u*r*	y (tin)	ây uh-i	iê i-uh	oa wa	ôi oy	uy wee	ong aong
u (soon)	au a-oo	eo eh-ao	iêu i-yoh	oai wai	ơi ur-i	ênh uhng	uyên oo-in
ư (dew)	âu oh	êu ay-oo	iu ew	oe weh	uê way	oc aok	uyêt oo-yit

vô tuyến television; **trên vô tuyến** on television

vô tuyến điện radio; **bằng vô tuyến điện** by radio

vô tuyến truyền hình television

vô tư impartial; detached; light-hearted ◊ (sự) detachment; impartiality

vô tư lự carefree, happy-go-lucky

vô vị tasteless; bland; boring

vô ý unintentionally

vồ pounce

vồ hết snap up

vồ vập lap up

vỗ clap; flap

vỗ ầm ầm crash

vỗ cánh flutter

vỗ nhẹ lap ◊ pat

vỗ tay clap

vỗ tay hoan nghênh applaud

vôi lime

vội rush, hurry; **đang vội** be in a rush; **có gì mà vội ghê thế?** what's the big rush?

vội kết luận jump to conclusions

vội vàng hasty; snap; cursory ◊ (sự) hurry, haste

vội vã rush, be in a hurry ◊ (sự) rush

vôn volt

vốn (start-up) capital ◊ used to; **tôi vốn thích/biết anh ấy** I used to like/know him

vốn chung pool, common fund

vốn cổ phần equity

vốn dự trữ reserve capital

vốn đăng ký registered capital

vốn đầu tư stake

vốn đầu tư nước ngoài foreign investment capital

vốn đầu tư trực tiếp direct investment capital

vốn lưu động liquid asset

vốn pháp định legal capital

vốn quý asset

vốn trái khoán debenture capital

vốn từ vocabulary

vốtca vodka

vớ (S) sock

vớ được clean up (*on stock market etc*)

vớ vẩn trivial; nonsensical

vờ vịt playact

vở hài kịch ngắn sketch THEA

vở kịch play, drama

vở nhạc kịch musical

vở nháp sketchbook

vỡ dig up; rupture; break (*of boy's voice*); **không vỡ được** unbreakable

vỡ loảng xoảng crash, smash

vỡ mộng disenchanted ◊ (sự) disillusionment

vỡ nát smashed

vỡ nợ bankrupt ◊ go bankrupt

vỡ tan shatter, smash

vỡ tan tành total *car*

vỡ vụn crumble; splinter ◊ broken, in pieces

vợ wife

vợ bé concubine

vợ cả first wife

vợ chồng married

vợ chưa cưới fiancée

vợ con wife and child(ren)

vợ cũ ex (*former wife*)

vợ không cưới xin common law wife

với with; at; in; on; **với cung cách này** at this rate; **với tốc độ 150 dặm/giờ** at 150 mph; **với hai con số** in double figures; **với một tốc độ dữ dội** at a furious pace; **với qui mô lớn hơn/nhỏ hơn** on a larger/smaller scale

với điều kiện là on condition that, provided (that); on the understanding that

---

với giá for; at; in exchange for; *với giá 10 đô la* at 10 dollars

với nhau together

với tay reach out

vợt racket; bat

vợt ten-nít tennis racket

VTV (= *Việt Nam Ti Vi*) Vietnamese Television

vu cáo slander

vú breast; tit

vú giả pacifier (*for baby*)

vú sữa mamey apple

vũ dân tộc folk dance

vũ hội dance

vũ hội ở trường prom, school dance

vũ khí weapon, arms; armaments; *có vũ khí* armed

vũ khí hạt nhân nuclear weapons

vũ lực force

vũ trụ universe

vũ trường dance hall

vụ case; crop; *vụ lúa mì/khoai tây* the wheat/potato crop

vụ ám sát assassination

vụ án case; trial

vụ bê bối scandal

vụ cướp hijack; holdup, raid; robbery

vụ cướp có vũ khí armed robbery

vụ đánh lộn brawl

vụ đâm ô tô car crash

vụ đụng xe car crash

vụ gặt (lúa) rice harvest

vụ giết người murder

vụ hỏa hoạn blaze, fire

vụ kiện case LAW

vụ làm ăn deal; transaction

vụ làm ăn tiếp repeat business

vụ lợi mercenary *attitude etc*

vụ nổ blast, explosion

vụ rơi máy bay plane crash

vụ trấn lột mugging

vụ trộm burglary, robbery

vụ xì căng đan scandal

vụ xử án court case

vua king

vui amusing; enjoyable; happy ◊ fun

vui chơi pleasure; play; *tạm biệt, vui chơi thoả thích nhé!* bye, have fun!

vui đùa enjoy oneself; *hãy vui đùa thỏa thích!* enjoy yourselves!

vui lên đi! cheer up!

vui lòng: *rất vui lòng* with pleasure

vui mắt pleasing

vui mừng glad

vui mừng khôn xiết overjoyed

vui nhộn entertaining; lively; *thật là vui nhộn* it was fun

vui sướng gleeful

vui thích enjoy oneself; have fun ◊ (sự) fun, enjoyment, pleasure

vui tính good-humored; hearty

vui vẻ cheerful; genial; buoyant; merry ◊ gladly ◊ enjoy oneself

vùi đầu vào bury oneself in

vụn vặt fragmentary

vung brandish

vung tiền splash out

vùng district; region; stretch; zone

vùng áp thấp low, low pressure area, depression

vùng Bắc cực Arctic

vùng cát lún quicksand

vùng cấm restricted area MIL

vùng cấm bay no-fly zone

vùng có chung múi giờ time zone

vùng có thiên tai disaster area

vùng đặc cư reservation

vùng đất thấp lowlands

vùng hoang vu the wilds; wilderness

vùng hông haunch

vùng lân cận vicinity; *vùng lân cận của ...* in the vicinity of ...; *ở*

ơ u*r*	**y** (tin)	**ây** uh-i	**iê** i-uh	**oa** wa	**ôi** oy	**uy** wee	**ong** aong
u (soon)	**au** a-oo	**eo** eh-ao	**iêu** i-yoh	**oai** wai	**ơi** ur-i	**ênh** uhng	**uyên** oo-in
ư (dew)	**âu** oh	**êu** ay-oo	**iu** ew	**oe** weh	**uê** way	**oc** aok	**uyêt** oo-yit

vùng lân cận nhất in the immediate neighborhood
vùng mở rộng sprawl
vùng Nam cực Antarctic
vùng nhiệt đới tropics
vùng nội địa interior
vùng nông thôn countryside
vùng rộng lớn expanse
vũng pool
vũng nhỏ puddle
vụng trộm sneaky
vụng về clumsy, awkward; inept ◊ (sự) clumsiness
vuông square; *dặm / thước Anh vuông* square mile/yard
vuông góc perpendicular; *vuông góc với* at right-angles to
vuốt claw ◊ stroke
vuốt phẳng smooth out
vuốt thon taper
vuốt ve caress, fondle, pet ◊ (sự) caress
vụt mạnh wallop
vừa fit ◊ medium *steak* ◊ just, only; *vừa khít* it's a tight fit; *vừa vặn* it's a good fit; *vừa ... vừa* both ... and ...
vừa đủ barely, only just
vừa khớp fit
vừa mới hardly, scarcely; just; just now; only just; *tôi vừa mới định rời khỏi khi ...* I was just about to leave when ...; *tôi vừa mới trông thấy cô ấy* I've just seen her
vừa phải moderate
vừa qua just gone; *tuần vừa qua* last week
vừa tới be through, have arrived
vừa ý fulfilling; satisfactory; *cái này chưa được vừa ý* this is not satisfactory
vữa mortar; plaster
vực thẳm abyss
vững steady, stable; *làm cho vững* strengthen; steady
vững chắc solid; strong
vững tin convinced
vững vàng secure, confident; *không vững vàng* insecure
vươn vai stretch
vườn garden
vườn bách thảo botanical garden
vườn bách thú zoo
vườn cây ăn quả orchard
vườn hoa garden
vườn quốc gia national park
vườn thú (*N*) zoo
vườn trẻ kindergarten
vườn ươm nursery (*for plants*)
vương quốc empire; kingdom
Vương quốc Anh UK, United Kingdom
vướng: *bị vướng mắc vào* become entangled in (*in love affair*); *bị vướng vào* become entangled in (*in rope*)
vượt pass, overtake; travel
vượt lên pass, overtake
vượt ngục break out (*of prisoners*)
vượt qua overcome; get over; negotiate; exceed; pass ◊ beyond; in excess of; *chúng ta đã vượt qua được điều tệ hại nhất* we're over the worst; *không thể vượt qua* insurmountable
vứt throw out
vứt bỏ dispose of; jettison ◊ (sự) disposal
vứt đi throw away, chuck out
vvv (= *và vân vân*) etc

ch (*final*) k	**gh** g	**nh** (*final*) ng	**r** z; (*S*) r	**x** s	**â** (but)	**i** (tin)
d z; (*S*) y	**gi** z; (*S*) y	**ph** f	**th** t	**a** (hat)	**e** (red)	**o** (saw)
đ d	**nh** (onion)	**qu** kw	**tr** ch	**ă** (hard)	**ê** ay	**ô** oh

X

xa distant, far away ◊ far; **còn xa** it's a long way off; **ở xa** far away

xa hoa expensive ◊ (sự) luxury

xa hơn farther; **xa hơn 2 dặm nữa** 2 miles further (on); **xa hơn nữa** further; beyond

xa lạ alien

xa lạ với Mỹ un-American

xa lánh: **làm cho xa lánh** alienate

xa lộ giữa các bang interstate

xa nhất furthest, farthest

xa phia sapphire

xa tanh satin

xa xỉ phẩm luxury goods

xa xôi outlying, remote

xa xưa distant, remote

xà beam; crossbar

xà bông (S) soap

xà bông rửa chén đĩa (S) dishwashing liquid

xà cừ mother-of-pearl

xà lách salad

xà lách cải bắp coleslaw

xà lách cải xoong watercress salad

xà lim cell (*for prisoner*)

xà ngang crossbar (*of goal*)

xà phòng soap ◊ soapy

xà phòng cạo râu shaving soap

xà phòng rửa bát đĩa (N) dishwashing liquid

xà treo trapeze

xả lemon grass

xả nước rinse

xã giao social relations; social etiquette; **tính xã giao** sociable disposition

xã hội society ◊ social

xã hội chủ nghĩa socialist

xã hội học sociology

xã hội thượng lưu high society

xã hội tiêu dùng consumer society

xã luận editorial

xạ thủ archer

xác corpse

xác chết (dead) body ◊ lifeless

xác định define; determine; **không xác định** erratic; indeterminate

xác định địa điểm site, locate

xác định phạm vi delimit

xác định rõ pinpoint

xác định số lượng quantify

xác định vị trí locate; **việc xác định vị trí** location

xác lập setup

xác minh establish; verify; vouch for ◊ (sự) verification

xác nhận back up, support; bear out, confirm ◊ (sự) confirmation

xác ô tô wreck (*of car*)

xác tàu wreck (*of ship*)

xác thịt flesh; body

xác thực solid

xách carry

xách tay portable

xài spend

xài dòng use

xám gray

xám xịt dingy

xanh blue; green

xanh biển navy blue

xanh da trời sky blue

xanh lá cây green

ơ ur	y (tin)	ây uh-i	iê i-uh	oa wa	ôi oy	uy wee	ong aong
u (soon)	au a-oo	eo eh-ao	iêu i-yoh	oai wai	ơi ur-i	ênh uhng	uyên oo-in
ư (dew)	âu oh	êu ay-oo	iu ew	oe weh	uê way	oc aok	uyêt oo-yit

xanh nước biển navy blue

xanh xao pasty; sickly; wan

xao xuyến flutter

xáo bài shuffle *cards*

xáo động turbulent ◊ (sự) turbulence; *bị xáo động* disturbed

xáo trộn upheaval

xào stir-fry

xảo quyệt crafty, cunning, devious

xát rub

xay grind *coffee, meat*

xảy ra happen, occur; come about; go on

xảy ra đồng thời coincide

xắc bag

xắc mắc fond of finding fault, carping

xắc nhỏ overnight bag

xắc tay purse, pocketbook

xắc xói sneering

xắn roll up; tuck up

xắn lên turn up

xăng gas

xăng dầu gas(oline)

xăng ti-mét centimeter

xắp đặt contrive, arrange

xắp đặt cho trật tự order

xấc láo impertinent ◊ (sự) impertinence

xâm lược invade ◊ (sự) aggression; invasion

xâm nhập intrude; trespass on ◊ (sự) intrusion; *kẻ / tên / tay xâm nhập* intruder

xâm phạm trespass; encroach on; violate ◊ (sự) violation

xấp xỉ in the vicinity of; *xấp xỉ 40 tuổi* be pushing 40

xập tiệm close down ◊ (sự) closure; demise

xâu chuỗi hạt thread *beads*

xâu kim thread *needle*

xấu bad; foul; homely

xấu đi descend; deteriorate

xấu hổ be ashamed of; squirm ◊ (sự) shame; *anh / chị phải biết xấu hổ chứ* you should be ashamed of yourself

xấu hơn worse

xấu tính ill-natured

xấu xa evil

xấu xí ugly

xây build

xây dựng construct; build up; erect; found ◊ (sự) building (*activity*), construction ◊ constructive; *đang được xây dựng* be under construction; *được xây dựng* be up, be built

xây dựng lại rebuild; reconstruct

xây dựng luật pháp legislation

xây đắp form *friendship etc*

xây đập dam *river*

Xcốt Scotch

Xcốtlen Scotland ◊ Scottish

xe vehicle ◊ spin *cotton etc*

xe buýt bus

xe buýt nội thành city bus

xe buýt tốc hành express bus

xe ca (long-distance) bus

xe cắm trại motor home

xe cấp cứu ambulance

xe cho thuê rental car

xe chở tù patrol wagon

xe có hiệu suất cao performance car

xe cọ traffic; vehicles

xe con thoi shuttlebus

xe cút kít wheelbarrow

xe cứu hỏa fire truck, fire engine

xe cứu thương ambulance

xe đạp bicycle, bike

xe đạp ba bánh tricycle

xe đạp địa hình mountain bike

xe đạp hai chỗ ngồi tandem

xe đẩy stroller (*for baby*); cart

xe đẩy hành lý baggage cart

ch (*final*) k	**gh** g	**nh** (*final*) ng	**r** z; (*S*) r	**x** s	**â** (but)	**i** (tin)
d z; (*S*) y	**gi** z; (*S*) y	**ph** f	**th** t	**a** (hat)	**e** (red)	**o** (saw)
đ d	**nh** (onion)	**qu** kw	**tr** ch	**ă** (hard)	**ê** ay	**ô** oh

xe đẩy trẻ con baby carriage, buggy
xe điện streetcar
xe điện bánh hơi trolleycar
xe đò (*S*) (long-distance) bus
xe đua racing car; sportscar
xe gắn máy motor vehicle; moped; motorbike
xe giao hàng delivery van
xe gíp jeep
xe hẩy scooter
xe hòm sedan
xe honđa (*S*) motorbike
xe hơi car
xe hư break down
xe khách bus
xe lái bên trái left-hand drive
xe lam lambretta (*three-wheeled transport*)
xe lăn wheelchair
xe li-mô-din limousine, limo
xe lửa train; *bằng xe lửa* by train
xe lửa chở hàng freight train
xe máy motorcycle, bike; *đi xe máy* bike
xe moóc trailer
xe mô tô motorbike
xe nâng forklift (truck)
xe ngựa cart
xe ô tô auto(mobile)
xe ôm motorbike taxi
xe scutơ scooter
xe tải truck; van
xe tải nhỏ pick-up (truck)
xe tang hearse
xe tắc xi cab
xe tăng tank MIL
xe thiết giáp armored vehicle
xe thuê rental car
xe trượt tuyết toboggan, sled(ge)
xe tuần tra patrol car
xe vận tải truck
xe vét-pa motorscooter
xe xà lun sedan

xé tear
xé bỏ tear up
xé mở tear open
xé nát mangle
xé tan tear up
xé toạc rip
xéc set (*in tennis*)
xem look at; see; view; watch; *xem vô tuyến* watch television; *xem ai/ gì như là* look on s.o./sth as; *tôi có thể xem được không?* can I have a look?; *xem này!* look!
xem lại run through
xem lướt browse; look through; *xem lướt hết quyển sách* browse through a book
xem ra sound, seem; *xem ra đó là một ý hay* that sounds like a good idea
xem thường look down on; put down, belittle
xem xét check; check on; look over; consider; view ◊ (*sự*) consideration; check
xem xét đầy đủ think through
xem xét kỹ sift through; weigh up
xem xét kỹ càng study
xem xét kỹ lưỡng overhaul; scrutinize ◊ (*sự*) scrutiny; *được đưa ra xem xét kỹ lưỡng* come under scrutiny
xem xét lại reconsider; review; *việc xem xét lại* review; *đang được xem xét lại* it is under review
xen nhau alternate
xen vào put in, insert
xén mow
xẻng shovel
xentimet centimeter
xéo go away; *xéo đi!* beat it!
xèo xèo sizzle
xét đoán judge
xét nghiệm test
xét nghiệm máu blood test

ơ u*r*	**y** (tin)	**ây** uh-i	**iê** i-uh	**oa** wa	**ôi** oy	**uy** wee	**ong** aong
u (soon)	**au** a-oo	**eo** eh-ao	**iêu** i-yoh	**oai** wai	**ơi** u*r*-i	**ênh** uhng	**uyên** oo-in
ư (dew)	**âu** oh	**êu** ay-oo	**iu** ew	**oe** weh	**uê** way	**oc** aok	**uyêt** oo-yit

xét thấy seeing (that)

xét xử try; judge LAW

xê dịch shift, move

xếch slanting

xếp pack

xếp ... chồng lên nhau stack

xếp chữ typeset

xếp gọn stow

xếp hàng line up

xếp hạng rate, rank

xếp hành lý pack

xếp loại grade

xếp ... thành đống heap up

xếp vào chương trình schedule

xếp vào hồ sơ file

xếp xen kẽ stagger

xi đánh giày shoe polish

xi măng cement

xi nê (ma) movie theater; cinema

xi nhan indicate (*when driving*)

xí nghiệp enterprise

xì dầu soy sauce

xì gà cigar

Xịa CIA agent

xích chain; ***xích X vào Y*** chain X to Y

xích đạo equator

xích lại gần snuggle up to

xích lô cyclo, pedicab, trishaw

xích mích friction

xích tâm bội tinh Purple Heart

xiếc circus

xiếc nhào lộn acrobat

xiết chặt press

xiêu vẹo crooked

xilanh cylinder

xin apply for; put in for; beg; cadge, bum *cigarette etc* ◊ please, (*used to make polite requests*): ***xin anh/ chị đóng cửa lại*** would you close the door, please?; ***xin anh/ chị nói với cô ấy là ...?*** would you please tell her that ...?; ***xin phép ông/bà*** excuse me

xin cám ơn thank you, thanks

xin chào how do you do?; hello

xin chúc mừng! congratulations!

xin đừng ... please do not ...

xin kính chào quí vị ... welcome to ...

xin lỗi apologize ◊ excuse me ◊ sorry; (***tôi***) ***xin lỗi!*** (I'm) sorry!; ***xin lỗi, anh/chị nói sao?*** I beg your pardon?, pardon me?; ***xin lỗi anh/chị*** I beg your pardon

xin mời not at all!; please do; ***xin mời ngồi*** please take a seat

xỉn matt

xinh pretty, good-looking

xinh đẹp cute

xinh xắn pretty; quaint

xinh xinh cute, pretty

xirô syrup

xoa apply, dab on

xoa bóp massage

xóa erase; delete; zap COMPUT

xóa bảng eraser

xóa bỏ cross off, cross out; delete; stamp out *disease*; write off *debt* ◊ (sự) deletion, eradication

xóa bỏ tệ phân biệt chủng tộc desegregate

xóa đi blot out

xóa hết wipe out

xóa sạch obliterate; take out *stain*

xóa tan remove ◊ (sự) removal

xõa xuống come to, reach; hang

xoài mango

xoàng mediocre, indifferent; bad

xoay spin; swivel

xoay quanh pivot

xoay sở manage, cope

xoay sở được get by (*financially*)

xoay tít whirl

xoay xoay twiddle

xoay xở wangle

xoay xở được cope; cope with

xoay xở làm contrive to do

---

ch (*final*) k	**gh** g	**nh** (*final*) ng	**r** z; (S) r	**x** s	**â** (but)	**i** (tin)
d z; (S) y	**gi** z; (S) y	**ph** f	**th** t	**a** (hat)	**e** (red)	**o** (saw)
đ d	**nh** (onion)	**qu** kw	**tr** ch	**ă** (hard)	**ê** ay	**ô** oh

xoáy sneak, steal ◊ rip-off

xoáy nước whirlpool

xoáy trộm: *kẻ / tên / tay xoáy trộm* scrounger

xoăn curly

xoăn tít fuzzy

xoắn twist ◊ curly

xoắn trôn ốc wind (*of staircase etc*)

xóc bumpy

xoi mói pry; *xoi mói vào* pry into

xói mòn erode ◊ (sự) erosion

xóm hamlet

xong finish; *xin làm xong vào ngày thứ Hai* please get it done for Monday

xót sting

xô bucket ◊ push

xô đẩy shove

xô thơm sage (*herb*)

xổ số raffle

xộc dash, rush; *xộc vào phòng* burst into a room

xôi (*N*) steamed glutinous rice

xối xả torrential

xông khói smoke *bacon etc*

xông lên tấn công charge, attack

xoong saucepan

xốp porous

xốp như bông fluffy

xốt cà chua catsup

xốt mayone mayonnaise

xốt táo apple sauce

xới vấn đề brainstorm ◊ (việc) brainstorming

xteroit steroids

xu cent; *không có xu nào* broke, without a red cent

xu chiêng brassière

xu hướng tendency, trend

xu nịnh slimy

xu thời jump on the bandwagon

xua brush (off)

xua đi shoo away

xua đuổi scare away

xua tan disperse

xua tan sự e ngại break the ice *fig*

xuân sắc youth and beauty; prime; *ở thời kỳ xuân sắc* be in one's prime

xuất export COMPUT

xuất bản publish, bring out ◊ (sự) publication; edition ◊ (việc) publishing

xuất hiện appear; come along, show up; enter THEA ◊ (sự) appearance

xuất hiện trên sân khấu entrance THEA

xuất huyết hemorrhage

xuất khẩu export

xuất phát depart

xuất phát từ stem from; *xuất phát từ cái này nên ...* it follows from this that ...

xuất sắc excellent, brilliant, outstanding; eminent; top ◊ (sự) excellence ◊ excel; shine; *xuất sắc về* excel at

xuất trình show

xúc scoop

xúc động be thrilled ◊ emotional ◊ (sự) thrill; *gây xúc động* thrilling; *gây xúc động mạnh* sensational

xúc giác touch

xúc phạm insult, offend; hurt; outrage ◊ derogatory; stinging ◊ (sự) insult

xúc tiến promote *idea, area etc* ◊ (sự) promotion (*of idea etc*)

xúc tu tentacle

xúc xích sausage

xuềnh xoàng dowdy

xui xẻo ill-fated

xúi giục egg on

xúi quẩy jinx

ơ ur	**y** (tin)	**ây** uh-i	**iê** i-uh	**oa** wa	**ôi** oy	**uy** wee	**ong** aong
u (soon)	**au** a-oo	**eo** eh-ao	**iêu** i-yoh	**oai** wai	**ơi** ur-i	**ênh** uhng	**uyên** oo-in
ư (dew)	**âu** oh	**êu** ay-oo	**iu** ew	**oe** weh	**uê** way	**oc** aok	**uyêt** oo-yit

xung đột clash; conflict; gang warfare

xung quanh around

xủng xoẻng clink

xuống descend; fall; get down; go down; come down; get off; slide ◊ descent ◊ downward ◊ down; *xuống miền Nam* down south

xuống cấp downgrade

xuống cầu thang downstairs

xuống dốc downhill

xuống máy bay disembark

xuống tàu embark

xuống thang climb down *fig*

xuống thấp sink

xuống tới điểm thấp nhất reach rock-bottom

xuống xe get out; get off

xuồng canoe; dinghy

xuồng hơi dinghy

xuồng máy motorboat

xuồng phao dinghy

xúp soup

xuyên qua penetrate ◊ (sự) penetration

xuyên tạc distort

xuyên thấu piercing

xuyên thủng pierce

xứ Wales Wales ◊ Welsh

xử judge; *một vụ án xử sai* miscarriage of justice; *xử sự một cách ngốc nghếch* make a fool of oneself

xử lý process; treat; handle *case etc*; crack, solve

xử lý dữ liệu data processing ◊ process data

xử lý dữ liệu điện tử EDP, electronic data processing

xử lý sai mishandle

xử lý thẳng tay crackdown

xử lý văn bản word processing

xử tử execute *criminal* ◊ (sự) execution

xử tử bằng ghế điện be electrocuted

xưng hô address *person*

xưng tội confess REL ◊ (sự) confession; *xưng tội với* confess to

xứng đáng fit, worthy ◊ (sự) merit; *không xứng đáng* undeserved ◊ beneath (*in status, value*); *xứng đáng với* be worthy of, deserve

xước scratch

xương bone

xương bánh chè kneecap

xương cá fishbone

xương đòn collarbone

xương gò má cheekbone

xương rồng cactus

xương sống spine ◊ spinal

xương sống cùng base of the spine

xương sụn gristle

xương sườn rib

xương vai shoulder blade

xương xẩu gnarled

xưởng workshop

xưởng chế tạo manufacturing plant

xưởng đóng tàu shipyard

xưởng đúc gang ironworks

xưởng gốm pottery

xưởng lắp ráp assembly plant

xưởng phim (film) studio

xưởng sửa chữa ô tô garage

xưởng sửa chữa và đóng tàu dockyard

xưởng truyền hình (TV) studio

xưởng vẽ studio (*artist's*)

---

ch (*final*) k	**gh** g	**nh** (*final*) ng	**r** z; (*S*) r	**x** s	**â** (but)	**i** (tin)
d z; (*S*) y	**gi** z; (*S*) y	**ph** f	**th** t	**a** (hat)	**e** (red)	**o** (saw)
đ d	**nh** (onion)	**qu** kw	**tr** ch	**ă** (hard)	**ê** ay	**ô** oh

YZ

y học medicine
y khoa medical
y tá nurse
y tá nam male nurse
y tá thực tập student nurse
y tế medical
Ý Italy ◊ Italian
ý idea; intention; meaning; *thôi được, chúng ta sẽ làm theo ý của anh/chị* OK, we'll do it your way; *không có ý* unintentional; *ý anh/chị muốn nói gì?* what do you mean?
ý chí will(power)
ý chính gist
ý định intention; *với ý định* with a view to; *tôi không hề có ý định ...* I have no intention of ...
ý kiến thought, idea; sentiment, opinion; *ý kiến hay đấy!* good idea!; *không có ý kiến!* no comment!
ý kiến bất chợt brainwave
ý kiến chuyên gia expert advice
ý kiến tư vấn consultancy
ý nghĩ notion; *ý nghĩ thuần túy* the very thought
ý nghĩ bất chợt inspiration
ý nghĩa sense, point; significance; *điều đó có ý nghĩa gì với anh/chị không?* doesn't it mean anything to you?
ý niệm idea
ý thích đột ngột whim
ý thức consciousness, awareness; *không ý thức được về* be unaware of; *làm ai có ý thức về*

gì educate s.o. about sth, make s.o. aware of sth; *không có ý thức về* be unconscious of
yếm dãi bib
yên still; *hãy yên nào!* keep still!
yên ả quiet
yên bình tranquil
yên đèo pillion
yên nào! quiet
yên ngựa saddle (*for horse*)
yên ổn secure *job* ◊ (sự) security
yên tâm secure ◊ (sự) security (*of beliefs etc*)
yên tĩnh calm, peaceful ◊ (sự) silence; quiet; *thích yên tĩnh* peaceable, peace-loving
yên xe saddle (*for bike*)
yến mạch oats
yêu love; be in love; *yêu ai một cách mãnh liệt* fall violently in love with s.o.
yêu cầu demand, call for; insist on; request, ask for ◊ (sự) demand; requirement; *theo yêu cầu* on request; *yêu cầu ai ...* ask s.o. for ...; *yêu cầu ai làm gì* ask s.o. to do sth; *bài vở không đạt yêu cầu* this is not satisfactory
yêu chiều dote on
yêu mến fond ◊ (sự) fondness
yêu như điên madly in love
yêu nước patriotic
yêu quí, yêu quý dear; beloved; darling; *con yêu quý* my love (*to child*)
yêu say mê be madly in love
yêu thương cherish

ơ u*r*	**y** (tin)	**ây** uh-i	**iê** i-uh	**oa** wa	**ôi** oy	**uy** wee	**ong** aong
u (soon)	**au** a-oo	**eo** eh-ao	**iêu** i-yoh	**oai** wai	**ơi** ur-i	**ênh** uhng	**uyên** oo-in
ư (dew)	**âu** oh	**êu** ay-oo	**iu** ew	**oe** weh	**uê** way	**oc** aok	**uyêt** oo-yit

yếu weak; delicate; bad ◊ weakling

yếu dần peter out

yếu đi weaken; flag, tire; die down

yếu đuối infirm ◊ (sự) infirmity

yếu kém weak

yếu mệt floppy

yếu ớt feeble, frail; puny ◊ (sự) delicacy

yếu tố element, part; factor; **yếu tố thúc đẩy** impetus; motivational factor

zê-rô zero

---

ch (*final*) k	**gh** g	**nh** (*final*) ng	**r** z; (*S*) r	**x** s	**â** (but)	**i** (tin)
d z; (*S*) y	**gi** z; (*S*) y	**ph** f	**th** t	**a** (hat)	**e** (red)	**o** (saw)
đ d	**nh** (onion)	**qu** kw	**tr** ch	**ă** (hard)	**ê** ay	**ô** oh

Activity & Reference Section

The following section contains two parts to help you in your learning:

Games and puzzles to help you learn to use this dictionary and practice your Vietnamese language skills. You'll learn about the different features of this dictionary and how to look something up effectively.

Basic words and expressions to reinforce your learning and help you master the basics.

Using Your Dictionary

Using a bilingual Vietnamese-English dictionary is important if you are learning to speak, read or write Vietnamese. Unfortunately, if you don't understand the symbols in your dictionary or the structure of the entries, you'll make mistakes.

What kind of mistakes? Think of some of the words you know in English that sound or look alike. For example, think about the word *tip*. How many meanings can you think of for the word *tip*? Try to list at least three:

a. _____

b. _____

c. _____

Now look up *tip* in the English part of the dictionary. There are several Vietnamese words that correspond to the single English word *tip*. Some of these Vietnamese words are listed below in scrambled form.

Unscramble the jumbled Vietnamese words, then draw a line connecting each Vietnamese word or expression with the appropriate Vietnamese meaning.

Vietnamese Jumble	*English meanings*
1. ĐNHỈ	**a.** money left for a waiter
2. CHMÁ CƯỚN	**b.** to give a tip
3. NÈTI NGTHƯỞ	**c.** summit
4. UĐÀ	**d.** piece of advice
5. THNGƯỞ	**e.** the end of a pointed object

With so many Vietnamese words to choose from, each meaning something different, you must be careful to choose the right one to fit the context of your translation. Using the wrong word can make it hard for people to understand you. Imagine the confusing sentences you would make if you never looked beyond the first translation.

If you choose the wrong meaning, you simply won't be understood. Mistakes like these are easy to avoid once you know what to look for when using your dictionary. The following pages will review the structure of your dictionary and show you how to pick the right word when you use it. Read the tips and guidelines, then complete the puzzles and exercises to practice what you have learned.

Identifying Headwords

If you are looking for a single English word in the dictionary, you simply look for that word's location in alphabetical order. However, if you are looking for a phrase, or an object that is described by several words, you will have to decide which word to look up.

In English, two-word terms are listed by their first word. So-called phrasal verbs are found in a block under the main verb. The phrasal verbs *go ahead*, *go back*, *go off*, *go on*, *go out*, and *go up* are all found in a block after *go*.

In contrast with English words, in Vietnamese compound words, the position of the main word varies. However, in this dictionary, two-, three-, and four-word terms are listed by the first word in the term — which is not necessarily the main word.

For example, the main word in both **khách hàng** (*customer*) and **du khách** (*tourist*) is **khách**. However, **khách hàng** is listed under **khách**, and **du khách** can be found in the dictionary under **du**.

Find the following words and phrases in your dictionary. Identify the word that you look up to find each term. Then, try to find all of the headwords in the word-search puzzle on the next page.

1. military academy
2. be in shock
3. break in
4. dog catcher
5. bring up
6. string s.o. along
7. be in jeopardy
8. get to know s.o.

9. that's a relief
10. take advantage of
11. hệ thống miễn dịch
12. máy chụp ảnh
13. sách hướng dẫn du lịch
14. nét đặc trưng
15. tài ngoại giao
16. học sinh

t	a	d	é	v	e	k	b	á	n	g	h	i	ệ	p
s	a	p	i	e	g	h	b	r	e	a	k	g	a	t
i	r	d	o	n	é	t	r	y	i	l	i	p	a	n
k	o	n	v	e	a	k	g	u	t	n	i	g	h	s
v	ệ	b	r	a	s	s	t	r	i	n	g	á	c	h
e	t	à	i	u	n	i	c	h	r	o	o	m	i	m
k	e	e	t	r	a	t	e	d	e	n	g	é	l	i
d	o	g	g	y	e	r	a	t	l	o	a	m	a	l
f	r	o	n	e	d	ệ	n	g	i	d	s	á	t	i
s	ệ	u	s	h	t	r	ọ	k	e	l	p	y	o	t
i	s	ọ	h	p	o	k	r	i	f	á	d	u	l	a
v	á	t	o	n	h	ọ	c	e	r	t	v	i	u	r
u	c	o	c	p	e	r	j	e	o	p	a	r	d	y
s	h	b	k	s	t	r	n	g	h	i	e	u	l	u
n	g	ọ	y	u	t	é	r	h	ệ	g	n	a	r	s

Alphabetization

The entries in the Vietnamese-English part of this dictionary are listed first in alphabetical order, and next in tonal order, as Vietnamese is a tonal language. If words begin with the same letter or letters, they are alphabetized from A to Y using the first letter in each word. Words that appear with exactly same letter or letters are arranged by tone markings, from the first to the sixth tone.

The Vietnamese alphabet:

A a   Ă ă   Â â   B b   C c   D d   Đ đ   E e   Ê ê   G g   H h   I i
K k   L l   M m   N n   O o   Ô ô   Ơ ơ   P p   Q q   R r   S s   T t
U u   Ư ư   V v   X x   Y y

The Vietnamese tones:

1. mid-level tone   unmarked   [a]

2. high rising tone   acute   [á]

3. low falling tone   grave   [à]

4. low-rising tone   hook   [ả]

5. rising glottalized tone   tilde   [ã]

6. falling glottalized tone   dot below   [ạ]

Activity 1: Practice alphabetizing the following Vietnamese words. Put the words in each row in order as they would appear in the dictionary.

1. ba, bả, bà, bã	
2. có, cỏ, cọ, co	
3. cả, ca, cá, cà	
4. bạn, bán, bàn, ban, bản	
5. nghi, nghì, nghĩ, nghị	

Now unscramble the bold letters to reveal a message in Vietnamese.

  C   h   ___ ___   ___ ___ ___ !

Activity 2: Practice alphabetizing the following Vietnamese words. Rewrite them in alphabetical order in the space below.

thư ký	đi	học tập	mẹ
mặt	tay	ghi	cô
đầu	du lịch	tai	bác sĩ
chân	đứng	bố	giáo viên
y tá	dùng	ông nội	thử xem
mắt	dừng	bà	
kể	uống	viết	

Find the English equivalent for each of the above words using your dictionary. Group the words that are related to the same topic, then try to guess the theme of each group:

Activity 3: Let's try a more complex alphabetization practice. Put the following words in alphabetical order, using the space provided below.

phát t**à**i	**đ**a số
s**a** mạc	m**ệ**t mỏi
làm v**i**ệc	mã**i** mãi
hiệ**n** nay	qua**n** hệ
hi**ế**n pháp	tì**m** kiếm

Fill in the blanks with the letters in bold, using the order that they appear in the alphabetized words.

<u> H </u>   <u> ã </u>   <u> y </u>   __ __ __   __ __ __ __   __ __ __ !

Running Heads

Running heads are the words printed in blue at the top of each page. The running head on the left tells you the first headword on the left-hand page. The running head on the right tells you the last headword on the right-hand page. All the words that fall in alphabetical order between the two running heads appear on those two dictionary pages.

Look up the running head on the page where each headword appears, and write it in the space provided. Then unscramble the jumbled running heads and match them with what you wrote.

Headword	Running head	Jumbled running head
1. bay	BÃO	a. YAT ONN
2. cơm	_____	b. HỚUGN YÂT MAN
3. dễ	_____	c. ÚC ÓCS
4. điểm	_____	d. AG PÉX
5. ga đến	_____	e. AR IĐ
6. in	_____	f. OBÃ
7. kết quả	_____	g. ÈV ÊMĐ
8. làm chủ	_____	h. NGỐ IÓN
9. ô tô	_____	i. ÁUD ÂNV YAT
10. phóng viên	_____	j. LMÀ HCMẠ
11. táo	_____	k. ÒNGPH ỌHC
12. về nước	_____	l. CÁKH

Sudoku

The following activity uses words from the dictionary in a Sudoku-style puzzle. In Sudoku puzzles, the numbers 1 to 4 are used to fill in grids. All digits from 1 to 4 must appear, but cannot be repeated, in each square, row, and column.

In the following puzzles, you are given a set of words for each part of the grid. Instead of using numbers, we've given you words with different numbers of terms in them. Vietnamese words can be made up of a number of different terms, from just one to more than five. Each section of the puzzle contains one 1-term word, one 2-term word, one 3-term word, and one 4-term word. Arrange the words within the square so that, in the whole puzzle, each column and row contains only one of each kind of word.

Hint: If one of the words given in the puzzle contains 1 term, then you know that no other 1-term words can be put in that row or column of the grid. Use the process of elimination to figure out where the other words can go.

After you've completed the puzzle, look up the words in your dictionary. The words in each section all pertain to the same topic; see if you can guess the topic for each group of words.

Puzzle 1

Section 1

mua (1 term), **cửa hàng** (2 terms), cửa hàng sách (3 terms),
cửa hàng bách hóa (4 terms)

Section 2

người, đứa trẻ, **thanh thiếu niên**, người đã về hưu

Section 3

mũ, **áo váy**, khăn quàng cổ, áo tắm hai mảnh

Section 4

chuyến, máy bay, **đi du lịch**, chuyến bay quốc tế

cửa hàng	**cửa hàng bách hóa**		
			áo váy
thanh thiếu niên			
		chuyến	**đi du lịch**

Puzzle 2

Section 1

nước, nước Úc, nước Việt Nam, nước Tây Ban Nha

Section 2

sách, người viết, phi tiểu thuyết, khoa học viễn tưởng

Section 3

báo, tin tức, phát thanh viên, sự kiện hiện nay

Section 4

ăn, thức ăn, bánh quy giòn, bánh nướng có nhân

nước			
		sự kiện hiện nay	
	phi tiểu thuyết		
			thức ăn

Puzzle 3

Section 1

thức, buổi sáng, **bữa ăn sáng**, đồng hồ báo thức

Section 2

công, công chuyện, ban đồng nghiệp, thời hạn cuối cùng

Section 3

phim, đạo diễn, nghề đóng phim, giao cho đóng vai

Section 4

hát, **nhạc sĩ**, **vở nhạc kịch**, chỉ huy dàn nhạc

bữa ăn sáng			**phim**
			vở nhạc kịch
công			**nhạc sĩ**

Crossword puzzles

Vietnamese grammar is quite simple when compared to English. There are no verb conjugations, no plurals, and no articles. At the elementary level, Vietnamese has a sentence order similar to English (subject-verb-object).

Use your dictionary to look up the words in bold and complete the clues below. The correct answers will fit into the crossword puzzles.

VERBS

ACROSS

1. What do you **think** of it?
   Anh _____ gì về điều đó?

3. He has nothing to **eat**.
   Anh ấy không có gì _____ cả.

5. The boy **runs** like a hare.
   Cậu bé _____ thục mạng.

7. I **help** my mom cook.
   Tôi _____ mẹ nấu cơm.

9. He never **drinks** tea.
   Nó không khi nào _____ trà.

11. She likes to **watch** television.
    Chị ấy thích _____ ti vi.

13. He can **play** the piano.
    Anh ấy có thể _____ pianô.

15. Can I **bring** a friend?
    Tôi _____ người bạn theo có được không?

17. He can't **speak** Vietnamese.
    Anh ấy không _____ tiếng Việt được.

DOWN

2. I **study** Vietnamese.
   Tôi _____ tiếng Việt.

4. **Look** at the blackboard!
   Hãy _____ lên bảng!

6. The director's staff will **meet** tomorrow.
   Ban giám đốc sẽ _____ vào ngày mai.

8. I **love** my family.
   Tôi _____ gia đình.

10. My mom likes to **listen** to music.
    Mẹ tôi thích _____ nhạc.

12. He usually **writes down** what his boss says.
    Anh ấy thường _____ ra những gì ông chủ nói.

13. **Choose** the one you like best!
    Hãy _____ cái anh thích nhất!

14. Money can't **buy** happiness.
    Tiền bạc không thể _____ được hạnh phúc!

NOUNS

ACROSS

1. Do you like to read **books**?
   Anh có thích đọc _____ không?

3. There are four **bedrooms** in this house.
   Ngôi nhà này có 4 _____ ngủ.

5. Do you have **lemon** juice?
   Anh có nước _____ không?

7. He was waiting for her in the **rain**.
   Anh ta đợi cô ấy dưới _____.

9. Sorry, I don't have **time**.
   Xin lỗi, tôi không có _____.

11. I love **music**.
    Tôi yêu _____.

13. My **house** is close by here.
    _____ tôi ở gần đây.

15. We eat our foods using **chopsticks**.
    Chúng tôi ăn cơm bằng _____.

DOWN

2. They met at a **coffee** shop.
   Họ gặp nhau ở một quán _____.

4. Those **flowers** are beautiful.
   Những đóa _____ này đẹp quá.

6. There were many **people** there.
   Có nhiều _____ ở đó.

8. What is the **meaning** of this word?
   Chữ này có _____ là gì?

10. What **medication** did you have?
    Anh đã dùng _____ gì rồi?

12. She has a lot of **money**.
    Cô ấy có rất nhiều _____.

14. What **day** is today?
    Hôm nay là _____ mấy?

ADJECTIVES

ACROSS

1. This color is too **dark**.
   Màu này _____ quá.

3. He runs very **fast**.
   Nó chạy rất _____

5. Many **poor** people live in that area.
   Nhiều người _____ sống ở khu vực đó.

7. I'm very **glad** to see you.
   Rất _____ được gặp anh.

9. This car drives so **slow**.
   Chiếc xe này chạy _____ quá.

11. She sings very **well**.
    Cô ấy hát rất _____.

DOWN

1. She is very **smart**.
   Cô ấy rất _____.

2. Vietnamese foods are very **delicious**.
   Món ăn Việt Nam rất _____.

3. There are **many** students in this class.
   Lớp này có _____ sinh viên.

4. His house is very **clean**.
   Nhà anh ấy rất _____.

6. This room is really **cool**.
   Phòng này rất _____.

9. This curry is too **hot**.
   Cà ri này _____ quá.

Answer Key

Using Your Dictionary

a-c. *Answers will vary.*

1. c	**4.** a
2. d	**5.** e
3. a	**6.** b

Identifying Headwords

1. military	**9.** relief
2. shock	**10.** advantage
3. break	**11.** hệ
4. dog	**12.** máy
5. bring	**13.** sách
6. string	**14.** nét
7. jeopardy	**15.** tài
8. get	**16.** học

```
t  a  d  é  v  e  k  b  á  n  g  h  i  ệ  p
s  a  p  i  e  g  h  b  r  e  a  k  g  a  t
i  r  d  o  n  é  t  r  y  i  l  i  p  a  n
k  o  n  v  e  a  k  g  u  t  n  i  g  h  s
v  ệ  b  r  a  s  s  t  r  i  n  g  á  c  h
e  t  à  i  u  n  i  c  h  r  o  o  m  i  m
k  e  e  t  r  a  t  e  d  e  n  g  é  l  i
d  o  g  g  y  e  r  a  t  l  o  a  m  a  l
f  r  o  n  e  d  ệ  n  g  i  d  s  á  t  i
s  ệ  u  s  h  t  r  ọ  k  e  l  p  y  o  t
i  s  ọ  h  p  o  k  r  i  f  á  d  u  l  a
v  á  t  o  n  h  ọ  c  e  r  t  v  i  u  r
u  c  o  c  p  e  r  j  e  o  p  a  r  d  y
s  h  b  k  s  t  r  n  g  h  i  e  u  l  u
n  g  ọ  y  u  t  é  r  h  ệ  g  n  a  r  s
```

Alphabetization Practice

Activity 1

1. ba, bà, bả, bã
2. co, có, cỏ, cọ
3. ca, cá, cà, cả

4. ban, bán, bàn, bản, bạn
5. nghi, nghỉ, nghĩ, nghị

C h à o   a n h !   (Hello/Good bye!)

Activity 2

bà	học tập
bác sĩ	kể
bố	mắt
chân	mặt
cô	mẹ
du lịch	ông nội
dùng	tai
dừng	tay
đầu	thư ký
đi	thử xem
đứng	uống
giáo viên	viết
ghi	y tá

Topics:

body : chân (foot), mắt (eye), mặt (face), tai (ear) , tay (hand), đầu (head)

family : bà (grandma), bố (father), cô (aunt), mẹ (mother), ông nội (grandfather)

occupations : bác sĩ (doctor), thư ký (secretary), giáo viên (teacher), y tá (nurse)

actions : ghi (write down), học tập (study), kể (tell), du lịch (travel), dùng (use), dừng (stop), đi (go), đứng (stand), thử xem (check out), uống (drink), viết (write)

Activity 3

đa số	m**ệ**t mỏi
hi**ế**n pháp	phát **t**ài
hiệ**n** nay	qua**n** hệ
làm **v**iệc	s**a** mạc
mã**i** mãi	t**ì**m kiếm

H ã y **đ ế n** **V i ệ t** **N a m** !   (Let's come to Vietnam!)

Running Heads

	Headword	Running head	Jumbled running head
1.	bay	BÃO	a. YAT ONN
2.	cơm	CÚ SỐC	b. HƯỚGN YÂT MAN
3.	dễ	DẤU VÂN TAY	c. ÚC ỐCS
4.	điểm	ĐI RA	d. AG PÉX
5.	ga đến	GA XÉP	e. AR IĐ
6.	in	HƯỚNG TÂY NAM	f. OBÃ
7.	kết quả	KHÁC	g. ÈV ÊMĐ
8.	làm chủ	LÀM CHẬM	h. NGỐ IÓN
9.	ô tô	ỐNG NÓI	i. ÁUD ÂNV YAT
10.	phóng viên	PHÒNG HỌC	j. LMÀ HCMẬ
11.	táo	TAY NON	k. ÒNGPH ỌHC
12.	về nước	VỀ ĐÊM	l. CÁKH

Sudoku

Puzzle 1

cửa hàng	cửa hàng bách hóa	khăn quàng cổ	mũ
mua	cửa hàng sách	áo tắm hai mảnh	áo váy
thanh thiếu niên	người	máy bay	chuyến bay quốc tế
người đã về hưu	đứa trẻ	chuyến	đi du lịch

Word groups
Section 1—shopping: buy, store, book store, antique store
Section 2—people: person, child, teenager, senior citizen
Section 3—clothing: hat, dress, scarf, bikini
Section 4—travel: journey, plane, travel, international flight

Puzzle 2

nước	nước Tây Ban Nha	tin tức	phát thanh viên
nước Việt Nam	nước Úc	sự kiện hiện nay	báo
người viết	phi tiểu thuyết	ăn	bánh nướng có nhân
khoa học viễn tưởng	sách	bánh quy giòn	thức ăn

Word groups
Section 1—countries: country, Australia, Vietnam, Spain
Section 2—books: book, writer, nonfiction, science fiction
Section 3—news: newspaper, news, newscaster, current events
Section 4—food: eat, food, cracker, pie

Puzzle 3

bữa ăn sáng	đồng hồ báo thức	đạo diễn	phim
buổi sáng	thức	nghề đóng phim	giao cho đóng vai
thời hạn cuối cùng	công chuyện	hát	vở nhạc kịch
công	bạn đồng nghiệp	chỉ huy dàn nhạc	nhạc sĩ

Word groups

Section 1—morning: awake, morning, breakfast, alarm clock

Section 2—work: work, business, colleague, deadline

Section 3—movies: movie, director, acting, cast

Section 4—music: sing, musician, musical, conductor

Crossword Puzzles

Verbs

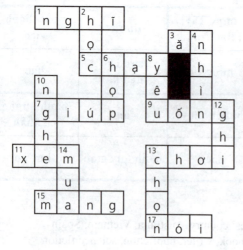

Nouns

Adjectives

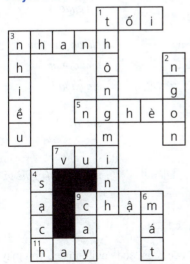

BASIC VIETNAMESE PHRASES

Essential

Yes.	Có	*ko*

This is is used in response to a Yes/No question.

Correct.	Đúng	*dóog*

This is used to confirm a statement.

No.	Không	*kog*

This is used in response to a Yes/No question.

Incorrect.	Sai	*shai*

This is used to contradict a statement.

Okay.	Vâng	*vag*
Please.	Vui lòng	*voo-i lòg*
Thank you.	Cám ơn.	*kám urn*
Thank you very much.	Cám ơn rất nhiều.	*kám urn rát nì-yoh*

Greetings

Hello!/Hi! Good morning/afternoon.	Xin chào.	*sin chao*
Good night.	Chúc ngủ ngon.	*chóok gỏo gon*
Good-bye.	Tạm biệt.	*tam bi-uht*
Excuse me! (*getting attention*)	Xin chú ý!	*sin chóo í*
Excuse me. (*May I get past?*) Excuse me!/Sorry!	Xin lỗi	*sin lõi*
Don't mention it. Never mind.	Không sao, không hề gì.	*kog shao, kog hè gì*

Communication Difficulties

Depending on the circumstance, occasion, and environment, you may have to vary the personal pronoun to reflect your personality, education standings, level of respect, and the relationship between you and the person you are talking to.

Here we use the safest and simplest form of 'I' ('tôi') and 'you' ('bạn').

Do you speak English?	Bạn nói tiếng Anh được không?	*ban nói tí-uhg an dew-urk kog*
Does anyone here speak English?	Có ai ở đây biết tiếng Anh không?	*kó ai ửr dai bí-uht tí-uhg an kog*
I don't speak (much) Vietnamese.	Tôi không nói được tiếng Việt (nhiều lắm).	*Ttoi kog nói dew-urk tí-uhg vi-uht (nì-yoh lám)*
Could you speak more slowly?	Bạn có thể nói chậm hơn không?	*ban kó tẻ nói cham hurn kog*
Could you repeat that?	Bạn có thể nhắc lại không?	*ban kó tẻ nák lai kog*
Excuse me? [Pardon me?]	Xin lỗi, bạn nhắc lại được không?	*sin lõi, ban nák lai dew-urk kog*
Please write it down.	Vui lòng viết ra điều đó.	*voo-i lòg ví-uht ra dì-yoh do*
Can you translate this for me?	Bạn có thể dịch điều này cho tôi không?	*ban kó tẻ zik dì-yoh này cho toi kog*
What does this/that mean?	Điều này/đó nghĩa là gì?	*dì-yoh này/dó gĩ-a là gì*
Please point to the phrase in the book.	Vui lòng chỉ cụm từ đó ở trong sách.	*voo-i lòg chỉ koom tòor dó ửr trog shák*
I understand.	Tôi hiểu rồi.	*toi hỉ-yoh rồi*
I don't understand.	Tôi không hiểu.	*Toi kog hỉ-yoh*
Do you understand?	Bạn có hiểu không?	*Ban kó hỉ-yoh kog*

Where?

Where is it?	Ở đâu?	*ửr doh*
Where are you going?	Bạn đang đi đâu?	*ban dag di doh*
at the meeting place [point]	tại nơi [điểm] gặp mặt/ họp	*tai nur-i [di-uhm] gap mat/hop*
away from me	cách xa tôi	*kák sa toi*
downstairs	dưới cầu thang	*zéw-ur-i kàh tag*
from the U.S. here (to here)	từ Mỹ sang đây (đến đây)	*tòor Mĩ shag dai (dén dai)*

in the car	ở trong xe	*ur trog se*
in Ho Chi Minh city	tại thành phố Hồ Chí Minh	*tai tàn fố Hò Kí Min*
inside/near the bank	trong/gần ngân hàng	*trog/gàn gan hag*
next to the post office	cạnh bưu điện	*kan bur-ew di-uhn*
opposite the market	đối diện chợ	*dói zi-uhn chur*
on the left/right	bên trái/phải	*ben trái/fải*
there (to there) to the hotel	ở đó (từ đó) đến khách sạn	*ừr dó (tòor dó) dén kák shan*
towards Doc Lap palace	hướng đến dinh Độc Lập	*héw-urg dén zin Dok Lap*
outside the cafe	bên ngoài quán cà phê	*ben gwài kwán kà fe*
up to the traffic lights	không quá cột đèn giao thông	*kog kwá kot dèn jao tog*
upstairs	trên cầu thang	*tren kòh tag*

When ...?

When does the museum open?	Khi nào thì bảo tàng mở cửa?	*ki nào tì bảo tàg mủr kủr-a*
When does the train arrive?	Khi nào thì tàu đến?	*ki nào tì tàu dén*
10 minutes ago	cách đây 10 phút	*kák dai mew-ur-i fóot*
after lunch	sau bữa trưa	*sha-oo bữr-a trur-a*
always	luôn luôn	*loorn loorn*
around midnight	khoảng nửa đêm	*kwảg nủr-a dem*
at 7 o'clock	lúc 7 giờ	*lóok bảy jùr*
before Friday	trước ngày thứ Sáu	*tréw-urk gày tóor shá-oo*
by tomorrow	đến ngày mai	*dén gày mai*
early	sớm	*shúrm*
every week	hàng tuần	*hàg too-ùhn*
for 2 hours	trong 2 tiếng	*trog hi tí-uhg*

from 9 a.m. to 6 p.m.	từ 9 giờ sáng đến 6 giờ tối	*tòor kin jùr shág dén sa-oo jùr tói*
immediately	ngay lập tức	*gay lap tóork*
in 20 minutes	trong 20 phút	*trog hi mew-ur-i fóot*
never	không bao giờ	*kog bao jùr*
not yet now	chưa phải lúc này	*chur-a fãi lóok này*
often	thường	*tèw-urg*
on March 8	vào ngày 8 tháng Ba	*và-o gày tám tág Ba*
on weekdays	vào các ngày trong tuần	*vào kák gày trog too-ùhn*
sometimes	thinh thoảng	*tin twảg*
soon	sớm	*shúrm*
then	sau đó	*sha-oo dó*
within 2 days	trong vòng 2 ngày	*trog vòg hi gày*

What Sort of ...?

I'd like	Tôi muốn	*toi móorn*
something …	thứ gì đó/cái gì đó ...	*tóor gì dó/kái gì dó...*
It's …	Nó .	*nó*
beautiful/ugly*	thật đẹp/thật xấu	*tat dep/tat sóh*
better/worse*	thật tốt hơn/thật tồi hơn	*tat tót hurn/tat tòi hurn*
big/small*	thật lớn/thật nhỏ	*tat lúrn/tat nỏ*
cheap/expensive*	thật rẻ/thật đắt	*tat rẻ/tat dát*
clean/dirty*	thật sạch/thật bẩn	*tat shak/tat bản*
dark/light (color)*	thật tối/thật sáng	*tat tói/tat shág*
delicious/revolting*	thật ngon/thật khó nuốt	*tat gon/tat kó nóort*
easy/difficult*	thật dễ/thật khó	*tat zẽ/tat kó*
empty/full*	thật đói/thật no	*tat dói/tat no*
good/bad*	thật tốt/thật xấu	*tat tót/tat sóh*
heavy/light*	thật nặng/thật nhẹ	*tat nag/tat ne*
hot/warm/cold*	thật nóng/thật ấm/thật lạnh	*tat nóg/tat ám/tat lan*

narrow/wide*	thật hẹp/thật rộng	*tat hep/tat rog*
old/new*	thật cũ/thật mới	*tat kõo/tat múr-i*
open/shut*	thật thoáng/thật kín	*tat twág/tat kín*
pleasant, nice/ unpleasant*	thật dễ chịu/thật khó chịu	*tat zẽ kew/tat kó kew*
quick/slow*	thật nhanh/thật chậm	*tat nan/tat kam*
quiet/noisy*	thật yên tĩnh/thật ồn ào	*tat i-uhn tĩn/tat òn à-o*
right/wrong	đúng/sai	*dóog/shai*
tall/small*	thật cao/thật nhỏ	*tat kao/tat nỏ*
vacant/occupied*	thật lơ đãng/thật bận rộn	*tat lur dãg/tat ban ron*
young/old*	thật trẻ/thật già	*tat trẻ/tat zà*

*When used with 'it's...'

Why?

Why is that?/Why not?	Vì sao?/Vì sao không?	*Vì sha-o?/Vì sha-o kog?*
It's because of the weather.	Do thời tiết, tại thời tiết	*Zo tùr-i tí-uht, tai tùr-i tí-uht*
It's because I'm in a hurry.	Do tôi vội quá, tại tôi vội quá	*Zo toi voi kwá, tai toi voi kwá*
I don't know why.	Tôi không biết lý do.	*Toi kog bí-uht lízo.*

How Much/Many?

How much is that?	Bao nhiêu tiền?	*Bao ni-yoh tì-uhn?*
How many are there?	Có bao nhiêu cái?	*Kó bao ni-yoh ká-i?*
1/2/3	một/hai/ba	*mot/hai/ba*
4/5	bốn/năm	*bón/nam*
none	không	*kog*
about 100 dollars	khoảng 100 đôla Mỹ	*kwảg mot tram dola mĩ*
a little	một ít	*mot ít*
a lot of milk	nhiều sữa	*nì-yoh shũr-a*
enough	vừa đủ	*vùr-a dỏo*

few/a few of them	vài/một vài	vài/mot vài
more than that	nhiều hơn thế	nì-yoh hurn té
less than that	ít hơn thế	ít hurn té
much more	nhiều hơn nhiều	nì-yoh hurn nì-yoh
nothing else	không gì khác	kog gì kák
too much	quá nhiều	kwá nì-yoh

Who?/Which?

Who's there?	Ai đó?	a-i dóù
It's me!	Tôi đây!	toi day
It's us!	Chúng tôi đây!	chóog toi day
someone/no one	người nào đó/không ai	gèw-ur-i nà-o dó/kog a-i
Which one do you want?	Bạn muốn cái nào?	ban móorn ká-i nào
this one/that one	cái này/kia	ká-i này/kia
one like that	một cái như thế	mot ká-i noor té
not that one	không phải cái đó	kog fải ká-i dó
something	thứ gì đó/cái gì đó	tóor gì dó/ká-i gì dó
nothing	không gì cả	kog gì kả
none	không	kog

Whose?

Whose is that?	Cái đó của ai?	ká-i dó kỏo-a ai?
It's …	Nó là...	nó là...
mine/ours/yours/ yours (pl)	của tôi/của chúng tôi/ của bạn/của các bạn	kỏo-a toi/kỏo-a chóog toi/kỏo-a ban/kỏo-a kák ban
his/hers/theirs	của anh ấy/của cô ấy/ của họ	kỏo-a an áy/kỏo-a ko áy/ kỏo-a ho
It's ... turn.	Đến lượt ...	dén lew-urt...
his/her/their	anh ấy/cô ấy/họ	an áy/ko áy/ho

How?

How would you like to pay?	Bạn muốn thanh toán như thế nào?	*ban móorn tan twán noor té nào*
by credit card	bằng thẻ tín dụng	*bàg tẻ tín zoog*
with cash	tiền mặt	*tì-uhn mat*
How are you getting here?	Bạn đến đó bằng cách nào?	*ban dén đó bàg kák nào*
by car/by bus/by train	bằng ôtô/bằng xe buýt/ bằng tàu hỏa	*bàg oto/bàg se búit/bàg tà-oo hwả*
on foot	đi bộ	*di bo*
quickly	một cách nhanh chóng	*mot kák nan chóg*
slowly	một cách chậm chạp	*mot kák cham chap*
too fast	quá nhanh	*kwá nan*
very	rất	*rát*
with a friend	với bạn bè	*vúr-i ban bè*
without a passport	không có hộ chiếu	*kog kó ho chí-yoh*

Is It …?/Are There …?

Is it …?	Có … không?	*kó … kog*
Is it free?	Có rỗi không?	*kó rõi kog*
It isn't ready.	Chưa sẵn sàng.	*chur-a shãn shàg*
Is/Are there …?	Có … không?	*kó … kog*
Is there a shower in the room?	Có phòng tắm vòi hoa sen trong phòng không?	*kó fòg tám vòi hwa shen trog fòg kog*
Are there buses into town?	Có xe buýt trong thành phố không?	*kó se búit trog tàn fó kog*
There is a good restaurant near here.	Có một nhà hàng ngon gần đây.	*ko mot nà hàg gon gàn day*
There aren't any towels in my room.	Không có bất kỳ khăn tắm nào trong phòng tôi.	*kog kó bát kì kan tám nào trog fòg toi*
Here it is/they are.	Đây rồi.	*dai ròi*
There it is/they are.	Kia rồi.	*kia ròi*

Can/May?

Can I have …?	Tôi có thể lấy … không?	*toi kó tẻ láy …. kog*
May we have …?	Chúng tôi có thể lấy … không?	*chóog toi kó tẻ láy … kog*
May I speak to …?	Tôi có thể nói chuyện với … không?	*toi ko tẻ nói choo-in vúr-i … kog*
Can you tell me …?	Bạn có thể cho tôi biết … không?	*ban kó tẻ cho toi bí-uht … kog*
Can you help me?	Bạn có thể giúp tôi không?	*ban kó tẻ jóop toi kog*
Can you direct me to …?	Bạn có thể chỉ tôi đến … không?	*ban kó tẻ chỉ toi dén … kog*
I can't help you.	Tôi không thể giúp bạn được.	*toi kog tẻ jóop ban dew-urk*

What Do You Want?

I'd like …	Tôi muốn ...	*toi móorn ...*
Could I have …?	Tôi có thể lấy ... không?	*toi kó tẻ láy ... kog*
We'd like …	Chúng tôi muốn ...	*chóog toi móorn ...*
Give me …	Đưa cho tôi ...	*dur-a cho toi ...*
I'm looking for …	Tôi đang tìm ...	*toi dag tìm ...*
I need to …	Tôi cần ...	*toi kàn ...*
go to …	đi đến ...	*di dén ...*
find …	tìm ...	*tìm ...*
see …	thấy ...	*táy ...*
speak to …	nói chuyện với...	*nó-i choo-in vúr-i...*

Other Useful Words

fortunately	may mắn	*may mán*
hopefully	hy vọng	*hi vog*
of course	dĩ nhiên	*zĩ ni-uhn*
perhaps/possibly	có lẽ/có thể	*kó lẽ/kó tẻ*

| probably | chắc là | *chák là* |
| unfortunately | không may | *kog may* |

Exclamations

At last!	Rốt cuộc/Cuối cùng!	*rót koork/kóori kòog*
Go on.	Tiếp tục.	*tí-uhp took*
I don't mind.	1. Vâng, xin mời.	*vag, sin mùr-i*

For example, to reply to an invitation of having something (like a mug of beer, etc) in a party.

| | 2. Không sao đâu. | *kog shao doh* |

Used in general, similar to 'Don't mention it'.

No way!	Không thể nào!	*kog tẻ nà-o*
Really?	Thật chứ?	*tat chóor*
Nonsense!	Nói bậy/Vô lý!	*nói bay/Vo lí*
That's enough.	Đủ rồi.	*dỏo rò-i*
That's true.	Đó là sự thật.	*dó là shoor tat*
How are things?	Mọi việc thế nào?	*moi vi-uhk té nào*
Fine, thank you.	Vẫn tốt, cám ơn.	*vãn tót, kám urn*
It's …	No	*nó*
terrific/great	Thật tuyệt vời	*tat too-it vùr-i*
fine/okay	Tốt	*tót*
not bad	không tệ lắm	*kog te lám*
not good	không tốt lắm	*kog tót lám*
terrible	thật tồi tệ	*tat tòi te*

Introductions

When you walk down the street, it is not surprising to see the locals smiling at you in a friendly way. A smile is your best gesture in expressing goodwill in Vietnam. It's important to constantly practice humility and tolerance in heated situations.

| Hello, we haven't met. | Xin chào, chúng ta chưa gặp nhau. | *sin chào, chóog ta chur-a gap na-oo* |
| My name is … | Tên tôi là ... | *ten toi là ...* |

May I introduce …?	Tôi có thể giới thiệu … không?	*toi ko tẻ júr-i ti-yoh … kog*
Pleased to meet you.	Rất vui được làm quen.	*rát voo-i dew-urk làm kwen*
What's your name?	Tên bạn là gì?	*ten ban là gì*
What's your full name? *(polite form)*	Tên đầy đủ của bạn là gì?	*ten dày dỏo kỏo-a ban là gì*
How are you?	Bạn khỏe không?	*ban kwẻh kog*
Fine, thanks. And you?	Vẫn khỏe, cám ơn. Còn bạn?	*vãn kwẻh kám urn kòn ban*

Where Are You From?

Where do you come from?	Bạn từ đâu đến?	*ban tòor doh dén*
Where were you born?	Bạn sinh ra ở đâu?	*ban shin ra ủr doh*
I'm from …	Tôi đến từ …	*toi dén tòor …*
Australia	Úc	*óok*
Britain	Anh	*an*
Canada	Canada	*kanada*
England	Anh	*an*
Ireland	Ireland	*ai len*
Japan	Nhật Bản	*nat bản*
Korea	Triều Tiên	*trì-yoh ti-uhn*
Scotland	Scotland	*s-cót-len*
the United States	Mỹ	*mĩ*
Vietnam	Việt Nam	*vi-uht nam*
Wales	xứ Wales	*sóor goo-ew*
Where do you live?	Bạn sống ở đâu?	*ban shóg ủr doh*
What part of … are you from?	Bạn đến từ khu vực nào của … ?	*ban dén tòor koo voork nào kỏo-a …*
We come here every year.	Chúng tôi đến đây hàng năm.	*chóog toi dén day hàg nam*

It's my/our first visit.	Đây là chuyến thăm đầu tiên của tôi/chúng tôi.	*day là choo-ín tam dòh ti-uhn kỏo-a toi/chóog toi*
Have you ever been to …?	Bạn đã bao giờ đến … chưa?	*ban dã bao jùr dén … chur-a*
the U.K./the U.S.	vương quốc Anh/Mỹ	*vew-urg kwók an/mi*
Do you like it here?	Bạn có thích ở đây không?	*ban kó tík ủr day kog*
What do you think of the …?	Bạn nghĩ thế nào về … ?	*ban gĩ té nào vè …*
I love the … here.	Tôi thích … ở đây.	*toi tík … ủr day*
I don't really like the … here.	Tôi không thích … ở đây lắm.	*toi kog tík … ủr day lám*
food/people	thức ăn/con người	*tóork an/kon gèw-ur-i*

Who Are You With?

Who are you with?	Bạn đi với ai?	*ban di vúr-i a-i*
I'm on my own.	Tôi đi một mình.	*toi di mot mìn*
I'm with a friend.	Tôi đi với bạn.	*toi di vúr-i ban*
I'm with my …	Tôi đi với … tôi.	*toi di vúr-i … toi*
husband/wife	chồng/vợ	*chòg/vur*
family	gia đình	*za dìn*
children/parents	con/bố mẹ	*kon/bó me*
boyfriend/girlfriend	bạn trai/bạn gái	*ban trai/ban gá-i*
father/son	cha/con trai	*cha/kon trai*
mother/daughter	mẹ/con gái	*me/kon gá-i*
brother/uncle	anh (em) trai/bác (chú, cậu)	*an (em) trai/bák (chóo, koh)*

* *A younger brother is 'em trai'. An older brother is 'anh trai'*

| sister/aunt | chị (em) gái/dì (cô, mợ) | *chi (em) gá-i/zì (ko, mur)* |

* *A younger sister is 'em gái'. An older sister is 'chị gái'*

What's your son's/ wife's name?	Tên con trai/vợ bạn là gì?	*ten kon trai/vur ban là gì*
Are you married?	Bạn kết hôn chưa?	*ban két hon chur-a*
I'm …	Tôi …	*toi …*
married/single	đã kết hôn/độc thân	*dã két hon/dok tan*
divorced/separated	đã ly hôn/ly thân	*dã li hon/li tan*
engaged	đã đính hôn	*dã dín hon*
We live together.	Chúng tôi sống với nhau.	*chóog toi shóg vúr-i na-oo*
Do you have any children?	Bạn có con cái chưa?	*ban kó kon ká-i chur-a*
I have two boys and a girl.	Tôi có hai cháu trai và một bé gái.	*toi kó hai chá-oo trai và mot bé gá-i*
How old are they?	Chúng lên mấy tuổi rồi?	*chóog len máy tỏor-i rồi*
They're 10 and 12.	Chúng lên 10 và 12.	*chóog len mèw-ur-i và mèw-ur-I hai*

What Do You Do?

What do you do?	Bạn làm nghề gì?	*ban làm gè gì*
What are you studying?	Bạn đang học gì?	*ban dag hok gì*
I'm studying ...	Tôi đang học ...	*toi dag hok …*
I'm in …	Tôi …	*toi …*
business	kinh doanh	*kin zwan*
engineering	(là/học nghề) kỹ sư	*(là/hok gè) kĩ shoor*
retail	buôn bán lẻ	*boorn bán lẻ*
sales	bán hàng	*bán hàg*
Who do you work for …?	Bạn làm việc cho ai?	*ban làm vi-uhk cho ai*
I work for …	Tôi làm việc cho ...	*toi làm vi-uhk cho …*
I'm (a/an) …	Tôi là ...	*toi là …*

accountant	kế toán	ké twán
housewife	nội trợ	noi trur
student	sinh viên	shin vi-uhn
I'm retired.	Tôi đã nghỉ hưu.	toi dã gỉ hur-ew
I'm self-employed.	Tôi tự làm chủ.	toi toor làm chỏo
I'm between jobs.	Tôi thất nghiệp.	toi tát gi-uhp
What are your interests/hobbies?	Sở thích/thói quen của bạn là gì?	shủr tik/tói kwen kỏo-a ban là gì
I like …	Tôi thích ...	toi tík ...
music	âm nhạc	am nak
reading	đọc sách	dok shák
sports	thể thao	tẻ tao
I play …	Tôi chơi ...	toi chur-i ...
Would you like to play …?	Bạn muốn chơi ... không?	ban móorn chur-i ... kog
cards	bài	bài
chess	cờ vua	kùr voo-a
I'd like …	Tôi muốn	toi móorn
Do you have …?	Bạn có ... không?	ban kó ... kog
How much is that?	Giá bao nhiêu?	zá bao ni-yoh
Thank you.	Cám ơn.	kám urn

Finding a Place to Eat

Can you recommend a good restaurant?	Bạn có thể giới thiệu một nhà hàng ngon không?	ban kó tẻ júr-i ti-yoh mot nà hàg gon kog?
Is there a … near here?	Có ... gần đây không?	kó ... gàn day kog
traditional local	nhà hàng địa phương	nà hàg dia few-urg tròo-in
restaurant	truyền thống	tóg
Vietnamese restaurant	nhà hàng Việt Nam	nà hàg Vi-uht Nam
seafood restaurant	nhà hàng hải sản	nà hàg hả-i shản

Italian restaurant	nhà hàng Ý	*nà hàg í*
inexpensive restaurant	quán ăn bình dân	*kwán an bìn zan*
Japanese restaurant	nhà hàng Nhật	*nà hàg Nat*
vegetarian restaurant	tiệm ăn chay	*ti-uhm an chay*
Where can I find a(n) …?	Tôi có thể tìm … ở đâu?	*toi kó tẻ tim … ủr doh*
burger stand	quán thịt băm viên	*kwán tit bam vi-uhn*
café	quán cà phê	*kwán kà fe*
restaurant	nhà hàng	*nà hàg*
fast-food restaurant	quán ăn nhanh	*kwán an nan*
ice-cream parlor	quán kem	*kwán kem*
pizzeria	hiệu bánh pizza	*hi-yoh bán pizza*
steak house	quán thịt nướng	*kwán tit néw-urg*

Ordering

Waiter!/Waitress!	Bồi bàn!	*bòi bàn*
May I see the wine list, please?	Vui lòng cho tôi xem danh sách rượu?	*voo-i lòg cho toi sem zan shák rew-uru*
Do you have a set menu?	Ở đây có thực đơn cố định không?	*ủr day kó toork durn kó din kog*
Can you recommend some typical local dishes?	Bạn có thể giới thiệu một số món ăn địa phương đặc trưng không?	*ban kó tẻ júr-i ti-yoh mot shó món an dia few-urg dak troorg kog*
Could you tell me what … is?	Bạn có thể cho tôi biết … là gì không?	*ban kó tẻ cho toi bí-uht … là gì kog*
What's in it?	Trong đó có gì?	*trog dó kó gì*
What kind of … do you have?	Bạn có loại … nào?	*ban kó lwại … nà-o*
I'd like …	Tôi muốn …	*toi móorn …*
I'll have...	Tôi sẽ dùng …	*toi shẽ zòog …*
a bottle/glass/carafe of …	một chai/cốc/bình …	*mot chai/kók/bìn …*

Complaints

I don't have a/any ….	Tôi không có một/bất kỳ … nào	*toi kog kó mot/bát kì … nào*
knife/fork/spoon	con dao/cái nĩa/chiếc thìa	*kon zao/ká-i nĩ-a/chí-uhk tì-a*
chopsticks	đôi đũa	*doi dõo-a*
There must be some mistake.	Chắc phải có nhầm lẫn.	*chák fải kó nàm lãn*
That's not what I ordered.	Đó không phải là món tôi yêu cầu.	*dó kog fải là món toi i-uhu kòh*
I asked for …	Tôi muốn gặp …	*toi móorn gap …*
I can't eat this.	Tôi không thể nuốt được món này.	*toi kog tẻ nóort dew-urk món này*
The meat is …	Thịt …	*tit …*
overdone/underdone	quá chín/chưa chín	*kwá chín/kur-a chín*
too tough	quá dai	*kwá zai*
This is too …	Cái này quá...	*Ká-i này kwá...*
bitter/sour	đắng/chua	*dág/choo-a*
The food is cold.	Thức ăn nguội rồi.	*tóork an goori rò-i*
This isn't fresh/clean.	Đồ không tươi/sạch.	*dò kog tew-ur-i/shak*
How much longer will our food be?	Còn bao lâu nữa thì thức ăn của chúng tôi mới được mang ra?	*kòn bao loh nữr-a tì tóork an kỏo-a chóog toi múr-i dew-urk mag ra*
We can't wait any longer.	Chúng tôi không thể chờ thêm nữa.	*chóog toi kog tẻ chòr tem nữr-a*
We're leaving.	Chúng tôi đi đây.	*chóog toi di day*
I'd like to speak to the head waiter/manager.	Tôi muốn nói chuyện với bồi bàn trưởng/người quản lý.	*toi móorn nói choo-in vúr-i bò-i ban trẻw-urg/gèw-ur-i kwản lí*

Services

clinic	phòng khám	fòg kám
dentist	nha sĩ	na shĩ
doctor	bác sĩ	bák shĩ
dry cleaner	giặt khô	zat ko
hairdresser/barber	làm đầu/cắt tóc	làm dòh/kát tók
hospital	bệnh viện	ben vi-uhn
laundromat	giặt tự động	zat toor dog
optician	kính mắt	kín mát
police station	đồn công an	dòn kog an
post office	bưu điện	bur-ew di-uhn
travel agency	đại lý du lịch	dai lí zoo lik

Opening Hours

In major cities, local stores are usually open from early morning to late at night. Most of them operate on the weekends too. Department stores are normally open from 8 a.m. to 9:30 p.m., seven days a week.

When does the... open/shut?	... mở cửa/đóng cửa khi nào?	... mủr kủr-a/dóg kủr-a ki nà-o
Are you open in the evening?	Bạn mở cửa vào buổi tối không?	ban mủr kủr-a và-o bỏor-i tói kog
Do you close for lunch?	Bạn đóng cửa nghỉ trưa không?	ban dóg kủr-a gỉ trur-a kog
Where is the...	... ở đâu	... ủr doh
cashier [cash desk]	thu ngân	too gan
escalator	thang cuốn	tag kóorn
elevator [lift]	thang máy	tag máy
store directory [guide]	danh mục hàng hóa	zan mook hàg hwá
first [ground] floor	tầng trệt	tàg tret
second [first] floor	tầng một	tàg mot
Where's the... department?	Cửa hàng ... ở đâu?	kủr-a hàg ... ủr doh

Service

Can you help me?	Bạn có thể giúp tôi không?	ban kó tẻ jóop toi kog
I'm looking for…	Tôi đang tìm...	toi dag tìm...
I'm just browsing.	Tôi chỉ nhìn qua.	toi chỉ nìn kwa
It's my turn.	Đến lượt tôi.	dén lew-urt toi
Do you have any…?	Bạn có bất kỳ ... không?	ban kó bát kì ... kog
I'd like to buy…	Tôi muốn mua...	toi móorn moo-a...
Could you show me...?	Bạn có thể chỉ cho tôi ... không?	ban kó tẻ chỉ cho toi ... kog
How much is this/that?	Giá cái này/kia bao nhiêu?	zá ká-i này/kia bao ni-yoh
That's all, thanks.	Đó là tất cả. Cám ơn.	dó là tát ka kám urn

Preference

I want something…	Tôi muốn một cái gì đó...	toi móorn mot ká-i gì dó...
It must be…	Nó phải ...	nó fải ...
big/small	lớn/nhỏ	lúrn/nỏ
cheap/expensive	rẻ/đắt	rẻ/dát
dark/light (color)	tối/sáng	tói/shág
light/heavy	nhẹ/nặng	ne/nag
oval/round/square	hình bầu dục/tròn/vuông	hìn bòh zook/tròn/voorg
genuine/imitation	chân thật/mô phỏng	chan tat/mo fỏg
I don't want anything too expensive.	Tôi không muốn bất kỳ cái gì quá đắt.	toi kog móorn bát kì ká-i gi kwá dát
Do you have anything…?	Bạn có bất kỳ cái nào ... ?	ban kó bát kì ká-i nà-o ...
larger/smaller	lớn hơn/nhỏ hơn	lúrn hurn/nỏ hurn
better quality/cheaper	tốt hơn/rẻ hơn	tót hurn/rẻ hurn
around … dong.	Trong vòng ... đồng.	trog vòg ... dòg

Can you show me…?	Bạn có thể cho tôi xem … ?	*ban kó tẻ cho toi sem …*
that/this one	cái kia/cái này	*ká-i kia/ká-i này*
these/those ones	những cái này/những cái kia	*nõorg kái này/nõorg ká-i ki-a*
the one in the window/display case	cái trong cửa sổ/hộp trưng bày	*ká-i trog kửr-a shỏ/hop troorg bày*

Paying

The preferred method of payment in Vietnam is cash. In major cities, credit cards are accepted in all tourist areas. A 5% commission is charged on credit card purchases.

To get a better rate of exchange, it is best to cash in traveler's cheques at a bank, even though they are also accepted at the currency exchange counters of hotels and stores in Vietnam.

Where do I pay?	Tôi thanh toán ở đâu?	*toi tan twán ửr doh*
How much is that?	Bao nhiêu tiền?	*bao ni-yoh tì-uhn*
Could you write it down, please?	Xin hãy viết xuống.	*sin hãy ví-uht sóorg*
Do you accept traveler's checks?	Ở đây có chấp nhận séc du lịch không?	*ửr day kó cháp nan shék zoo lik kog*
I'll pay…	Tôi sẽ trả …	*toi shẽ trả …*
with cash	bằng tiền mặt	*bàg tì-uhn mat*
by credit card	bằng thẻ tín dụng	*bàg tẻ tín zoog*
I don't have any smaller change.	Tôi không có tiền lẻ nhỏ hơn.	*toi kog kó tì-uhn lẻ nỏ hurn*
Sorry, I don't have enough money.	Xin lỗi, tôi không đủ tiền.	*sin lỗi, toi kog dỏo tì-uhn*

Tourist Information

The Tourism Information Technology Centre provides a wealth of information, including free maps, brochures, tour itineraries and travel advice. You can reach them at 844-9437072 or titc@vietnamesetourism.com. Major hotels and travel agencies will also be able to provide tourist information as well.

Where's the tourist office?	Văn phòng du lịch ở đâu?	van fòg zoo lik ử doh
What are the main points of interest?	Những điểm du lịch chính là gì?	nõorg die-uhm zoo lik chín là gì
We're here for …	Chúng tôi ở đây trong ...	chóog toi ử dai trog ...
only a few hours	chỉ vài giờ	chỉ và-i jừr
a day	một ngày	mot gày
a week	một tuần	mot tòo-uhn
Can you recommend …?	Bạn có thể giới thiệu ... không?	ban kó tẻ júr-i ti-yoh ... kog
a sightseeing tour	chuyến đi ngắm cảnh	choo-ín di gám kản
an excursion	chuyến tham quan	choo-ín tam kwan
a boat trip	chuyến dạo chơi bằng thuyền	choo-ín zao chur-i bàg too-ìn
Do you have any information on …?	Bạn có thông tin gì về ... không?	ban kó tog tin gì vè ... kog
Are there any trips to …?	Có chuyến đi nào đến ... không?	kó choo-ín di nà-o dén ... kog

Sights

All government tourist offices will give you free local maps and plenty of useful tourist information. Service varies with private travel agencies.

Where is the …?	... ở đâu?	... ử doh
abbey	tu viện	too vi-uhn
art gallery	triển lãm nghệ thuật	trĩ-uhn lãm ge too-uht
battleground	chiến trường	chí-uhn trèw-urg
botanical garden	vườn bách thảo	vèw-urn bák tả-o
castle	lâu đài	loh dà-i
cathedral	thánh đường	tán dèw-urg
cemetery	nghĩa trang	gĩ-a trag
church	nhà thờ	nà tùr
downtown area	khu buôn bán	koo boorn bán
fountain	vòi phun nước	vò-i foon new-úrk

market	chợ	chur
(war) memorial	đài tưởng niệm (chiến tranh)	dà-i tew-ửrg ni-uhm (chí-uhn tran)
monastery (Buddhist/Taoist)	tu viện (đạo Phật/đạo Lão)	too vi-uhn (dao fat/dao lã-o)
museum	bảo tàng	bả-o tàg
old town	phố cổ	fố kỏ
opera house	nhà hát lớn	nà hát lúrn
palace	cung điện	koog di-uhn
park	công viên	kog vi-uhn
parliament building	tòa nhà quốc hội	twà nà kwók hoi
ruins	tàn tích	tàn tík
shopping area	khu mua sắm	koo moo-a shám
statue	tượng	tew-urg
theater	nhà hát	nà hát
tower	tháp	táp
town hall	ủy ban thành phố	ỏo-i ban tàn fố
viewpoint	điểm nhìn	di-uhm nìn
Can you show me on the map?	Bạn có thể chỉ vị trí của tôi trên bản đồ không?	ban kó tẻ chỉ vi trí kỏo-a toi tren bản dò kog?

Music/Concerts

Where's the concert hall?	Phòng hòa nhạc ở đâu?	fòg hwà nak ủr doh
Which orchestra/band is playing?	Dàn nhạc/ban nhạc nào đang chơi?	zàn nak/ban nak nà-o dag chur-i
What are they playing?	Họ đang chơi bản gì?	ho dag chur-i bản gì
Who is the conductor/soloist?	Nhạc trưởng/nghệ sĩ độc tấu là ai?	nak trẻw-urg/ge shĩ dok tóh là a-i
Who is the support band?	Ban nhạc đệm là ai?	ban nak dem là a-i
I really like …	Tôi thực sự thích …	toi toork shoor tík …

folk music/country music	nhạc dân gian/nhạc đồng quê	nak zan jan/nak dòg kwe
jazz	nhạc jazz	nak jazz
music of the '60s	nhạc những năm 60	nak nõorg nam sá-oo mew-ur-i
pop/rock music	nhạc pop/rock	nak pop/rók
soul music	nhạc soul	nak soul
Have you ever heard of her/him?	Bạn đã từng nghe nghệ sĩ ấy chưa?	ban dã toorg ge ge shĩ áy kur-a
Are they popular?	Họ nổi tiếng không?	ho nỏi tí-uhg kog

Nightlife

What is there to do in the evenings?	Vào buổi tối có thể làm gì?	và-o bỏori tói kó tẻ làm gì
Can you recommend a …?	Bạn có thể giới thiệu một ...?	ban kó tẻ júr-i ti-yoh mot ...
Is there a … in town?	Có ... trong thành phố không?	kó ... trog tàn fố kog
bar/restaurant	quán rượu/nhà hàng	kwán rew-uru/nà hàg
casino	sòng bạc	shòg bak
discotheque	sàn nhảy	shàn nảy
gay club	câu lạc bộ đồng giới	koh lak bo dòg júr-i
nightclub	câu lạc bộ đêm	koh lak bo dem
What type of music do they play?	Họ chơi loại nhạc gì thế?	ho chur-i lwai nak gì té
How do I get there?	Tôi đến đó như thế nào?	toi dén dó noor té nà-o

Days

Monday	thứ Hai	tóor hai
Tuesday	thứ Ba	tóor ba
Wednesday	thứ Tư	tóor toor
Thursday	thứ Năm	tóor nam

Friday	thứ Sáu	*tóor shá-oo*
Saturday	thứ Bảy	*tóor bảy*
Sunday	Chủ nhật	*chỏo nat*

Months

January	tháng Một/tháng Giêng	*tág mot/tág jeg*
February	tháng Hai	*tág hai*
March	tháng Ba	*tág ba*
April	tháng Tư	*tág yoor*
May	tháng Năm	*tág nam*
June	tháng Sáu	*tág shá-oo*
July	tháng Bảy	*tág bảy*
August	tháng Tám	*tág tám*
September	tháng Chín	*tág chín*
October	tháng Mười	*tág mèw-ur-i*
November	tháng Mười Một	*tág mèw-ur-i mot*
December	tháng Mười Hai/tháng Chạp	*tág mèw-ur-i hai/tág chap*

Dates

It's...	Hôm nay là ...	*hom nay là ...*
July 10	ngày 10 tháng Bảy	*gày mèw-ur-i tág bảy*
Tuesday, March 1	thứ Ba ngày 1 tháng Ba	*tóor Ba gày mot tág ba*
yesterday*	đó là ngày hôm qua	*dó là gày hom kwa*
today*	đó là hôm nay	*dó là hom nay*
tomorrow*	đó là ngày mai	*dó là gày ma-i*
this.../last...	... này/trước	*... này/tréw-urk*
next week	tuần sau	*tòo-uhn sha-oo*
every month/year	hàng tháng/năm	*hàg tág/nam*
on [at] the weekend	vào cuối tuần	*và-o kóori tòo-uhn*
*When used with 'it's...'		

Seasons

spring	mùa xuân	*mòo-a soo-uhn*
summer	mùa hè/mùa hạ	*mòo-a hè/moo-a ha*
fall [autumn]	mùa thu	*mòo-a too*
winter	mùa đông	*mòo-a dog*
in spring	vào mùa xuân	*và-o mòo-a soo-uhn*
during the summer	trong mùa hè	*trog mòo-a hè*

A

a, **an** ◊ (*with một and classifier*): **~ book about Hanoi** một quyển sách về Hà Nội; **he rented ~ car** anh ấy thuê một chiếc ô tô; **is that an antique?** đó có phải là một thứ đồ cổ không?; **can I have ~ beer?** cho tôi xin một cốc bia; **five men and ~ woman** năm người đàn ông và một người đàn bà ◊ (*classifier without một*): **do you have ~ map?** anh/chị có bản đồ không?; **I don't have ~ map** tôi không có bản đồ ◊ (*no equivalent in Vietnamese*): **I'm ~ student** tôi là học sinh; **I have ~ headache** tôi đau đầu; **~ cousin of mine** anh chị em họ của tôi ◊ (*per*) một, mỗi; **$50 ~ ride** 50$ đi một lần; **$15 ~ night** 15$ một đêm

abalone bào ngư

abandon *object* bỏ; *person* bỏ rơi; *car* bỏ lại; *plan* bỏ dở

abbreviate viết tắt

abbreviation chữ viết tắt

abdomen bụng

abdominal bụng

abduct bắt cóc

♦**abide by** thực hiện đúng theo

ability khả năng; (*talent*) tài năng

ablaze bốc cháy

able (*skillful*) lành nghề; **be ~ to** có thể … được; **I wasn't ~ to see/ hear** tôi không thể nhìn thấy/ nghe được

abnormal không bình thường

aboard 1 *prep ship, plane* ở trên **2** *adv*: **be ~** (*on ship, plane*) ở trên; **go ~** (*onto ship, plane*) đi lên

abolish hủy bỏ

abort *v/t mission, rocket launch* bỏ;

COMPUT: *program* bỏ dở

abortion sự nạo thai; **have an ~** nạo thai

about 1 *prep* (*concerning*) về; **what's it ~?** (*book, movie*) nói về gì? **2** *adv* (*roughly*) khoảng; **~ 50** khoảng 50; **be ~ to do sth** sắp sửa làm gì

above 1 *prep* (*higher than*) cao hơn; (*more than*) hơn; **~ all** trước hết là **2** *adv* phía trên; **on the floor ~** ở tầng trên

above-mentioned đã nêu trên

abrasion chỗ bị trầy da

abrasive *personality* khắc nghiệt

abridge tóm tắt

abroad *live* ở nước ngoài; *go* ra nước ngoài

abrupt *departure* bất ngờ; *manner* lắc cấc

abscess áp xe

absence (*of person*) sự vắng mặt; (*lack*) thiếu

absent *adj* vắng mặt

absent-minded đãng trí

absolute *power* tuyệt đối; *idiot, mess* hoàn toàn

absolutely (*completely*) hoàn toàn; **~ not!** chắc chắn là không!; **do you agree? – ~** anh/chị đồng ý chứ? – hoàn toàn đồng ý

absolve *sinners* tha tội

absorb (*of plant, sand*) hút; **~ed in …** bị thu hút vào …

absorbent chất hút ẩm

absorbent cotton bông gòn

abstain (*from voting*) bỏ phiếu trắng

abstention (*in voting*) phiếu trắng

abstract *adj* trừu tượng

absurd *idea, suggestion* vô lý; *appearance* lố bịch

absurdity sự vô lý; (*of appearance*) sự lố bịch

abundance sự dồi dào

abundant dồi dào

abuse[1] *n* (*insults*) sự lăng mạ; (*sexual*) sự lạm dụng tình dục; (*of thing*) sử dụng bừa bãi

abuse[2] *v/t* (*physically*) ngược đãi; (*verbally*) lăng mạ; (*sexually*) lạm dụng tình dục

abusive *language* lăng mạ; **become ~** trở nên lăng mạ

abysmal (*very bad: grade*) rất xấu; *spelling* thật tồi

abyss vực thẳm

academic 1 *n* giảng viên **2** *adj studies, interests* lý thuyết; *person* thông thái; **the ~ year** năm học

academy học viện; (*society to advance arts or sciences*) viện hàn lâm

accelerate 1 *v/i* tăng tốc **2** *v/t production* đẩy nhanh

acceleration (*of car*) khả năng tăng tốc

accelerator chân ga; PHYS máy gia tốc

accent (*when speaking*) giọng nói; (*on printed character*) dấu; (*emphasis*) trọng âm

accentuate nhấn mạnh

accept 1 *v/t offer, suggestion, present* nhận; *behavior, conditions* chấp nhận **2** *v/i* chấp nhận

acceptable có thể chấp nhận được

acceptance sự chấp nhận

access 1 *n* (*to building*) lối vào; (*to secrets*) sự tiếp cận; (*to one's children*) sự tiếp xúc; **have ~ to** *computer* được truy cập; *child* được tiếp xúc; *secrets* được tiếp cận **2** *v/t* mở; COMPUT truy cập

access code COMPUT mã truy cập

accessible *house* có thể tới được; *information, objects* có thể sử dụng được

accessory (*for wearing*) những đồ phụ tùng trang phục; LAW tòng phạm

access road đường phụ

access time COMPUT thời gian truy cập thông tin

accident tai nạn; **by ~** tình cờ

accidental bất ngờ

acclimate, acclimatize *v/t* thích nghi

accommodate cung cấp nơi ở; *special requirements* tính đến

accommodations phòng cho thuê

accompaniment MUS phần đệm

accompany đi cùng; MUS đệm

accomplice tòng phạm

accomplish *task, goal* hoàn thành

accomplished thành thạo

accord: **of one's own ~** tự nguyện

accordance: **in ~ with** phù hợp với

according: **~ to** theo

accordingly (*consequently*) vì vậy; (*appropriately*) một cách phù hợp

account *n* (*financial*) tài khoản; (*report*) bản báo cáo; (*description*) sự miêu tả; **give an ~ of** cung cấp một bản báo cáo về; **on no ~** không vì bất cứ lý do nào; **on ~ of** vì lý do; **take ... into ~**, **take ~ of ...** tính đến ...

♦ **account for** (*explain*) giải thích nguyên nhân; (*make up, constitute*) chiếm

accountability trách nhiệm

accountable: **be held ~** chịu trách nhiệm

accountant nhân viên kế toán

accounts kế toán

accumulate 1 *v/t evidence* thu thập; *wealth* tích lũy **2** *v/i* tăng dần

accuracy tính chính xác

accurate chính xác

---

ch (*final*) k	**gh** g	**nh** (*final*) ng	**r** z; (*S*) r	**x** s	**â** (but)	**i** (tin)
d z; (*S*) y	**gi** z; (*S*) y	**ph** f	**th** t	**a** (hat)	**e** (red)	**o** (saw)
đ d	**nh** (onion)	**qu** kw	**tr** ch	**ă** (hard)	**ê** ay	**ô** oh

accusation sự buộc tội; (*public*) lời buộc tội

accuse buộc tội; *he ~d me of lying* anh ấy đã buộc tội tôi nói dối; *be ~d of ...* LAW bị buộc tội vì …

accused: *the ~* LAW bị cáo

accustom: *be/get ~ed to* quen với

ace (*in cards*) con át; (*in tennis: shot*) cú giao bóng thắng điểm

ache 1 *n* sự đau **2** *v/i* đau nhức

achieve đạt được

achievement (*of ambition*) sự đạt được; (*thing achieved*) thành tựu

acid *n* axít

acid rain mưa axít

acid test *fig* thử thách gay go

acknowledge (*admit*) thừa nhận; *receipt* báo cho biết đã nhận được

acknowledg(e)ment (*of truth of sth etc*) sự thừa nhận; (*of receipt*) giấy báo cho biết đã nhận được

acoustics (*science*) âm học; (*of room*) độ vang âm

acquaint: *be ~ed with person* làm quen với biết; *author* quen thuộc với

acquaintance (*person*) người quen

acquire *skill, knowledge, property* đạt được

acquisitive hám lợi

acquit LAW tha bổng

acre mẫu Anh

acrobat diễn viên nhào lộn

acrobatics động tác nhào lộn

across 1 *prep* ◊ (*on other side of: of the sea, table etc*) ở bên kia; *it's ~ the road from the hotel* ở bên kia đường của khách sạn; *she shouted from ~ the street* cô ấy gọi to từ bên kia đường ◊ (*to other side of: of the sea etc*) qua; *walk ~ the street* đi qua phố **2** *adv* (*to other side*) qua; *10m ~* rộng 10m

act 1 *v/i* THEA diễn (kịch); (*pretend*) đóng giả; *~ as* đóng vai **2** *n* (*deed*) hành động; (*of play*) hồi; (*in vaudeville*) tiết mục; (*pretense*) sự giả bộ; (*law*) đạo luật

acting 1 *n* (*performance*) sự diễn xuất; (*occupation: in theater*) nghề đóng kịch; (*in movies*) nghề đóng phim **2** *adj* (*temporary*) quyền

action hành động; (*of movie*) sự kiện; *out of ~* (*not functioning*) không hoạt động nữa; *take ~* hành động; *bring an ~ against* LAW phát đơn kiện

action replay TV sự quay lại

active tích cực hoạt động; *party member* tích cực; GRAM thể chủ động

activist POL nhà hoạt động

activity (*being busy*) sự náo nhiệt; (*pastime, thing to do*) hoạt động

actor diễn viên

actress nữ diễn viên

actual thực sự

actually (*in fact, to tell the truth*) thực sự; (*surprised*) thậm chí; *~ I do know him* (*stressing converse*) thậm chí tôi còn biết anh ấy

acupuncture châm cứu

acute *pain* nhói; *sense* thính; *~ embarrassment* lúng túng ghê gớm

ad quảng cáo

adapt 1 *v/t* (*for stage, TV etc*) chuyển thể; *machine* sửa lại **2** *v/i* (*of person*) thích nghi

adaptable *person, plant* có khả năng thích nghi; *vehicle etc* có thể sử dụng vào nhiều việc

adaptation (*of play etc*) bản phóng tác

adapter (*electrical*) bộ nắn điện, a-đáp-tơ

add 1 *v/t* MATH cộng; (*say*) nói thêm; *comment* bình luận thêm;

ơ ur	y (tin)	ây uh-i	iê i-uh	oa wa	ôi oy	uy wee	ong aong
u (soon)	au a-oo	eo eh-ao	iêu i-yoh	oai wai	ơi ur-i	ênh uhng	uyên oo-in
ư (dew)	âu oh	êu ay-oo	iu ew	oe weh	uê way	oc aok	uyêt oo-yit

sugar, *salt etc* thêm vào **2** *v/i (of person)* làm phép tính cộng

♦ **add on** *15% etc* tính thêm

♦ **add up 1** *v/t* tính tổng số **2** *v/i fig* có lý

addict *(on drugs)* người nghiện; *(of TV etc)* người ham mê

addicted: *be ~ to also fig* nghiện

addiction *(to drugs)* sự nghiện; *(to TV, chocolate etc)* sự ham thích

addictive: *be ~ also fig* gây nghiện

addition MATH tính cộng; *(to list, company etc)* bổ sung; *in ~* thêm vào; *in ~ to* thêm vào

additional thêm

additive chất phụ gia

add-on phụ kiện

address 1 *n* địa chỉ; **form of** *~* cách xưng hô **2** *v/t letter* đề địa chỉ; *audience* nói chuyện; *person* xưng hô

address book sổ địa chỉ

addressee người nhận

adequate đầy đủ; *(satisfactory)* thỏa đáng

♦ **adhere to** *surface* dính vào; *rules* tuân thủ

adhesive dính

adhesive plaster thuốc cao dán

adhesive tape băng dính

adjacent gần kề

adjective tính từ

adjoining kề bên

adjourn *v/i (of court)* hoãn; *(of meeting)* ngừng

adjust *v/t* điều chỉnh

adjustable có thể điều chỉnh được

administer *medicine* phát; *company* quản lý; *country* cai trị

administration công việc hành chính; *(of company)* sự quản lý; *(of country)* sự cai trị; *(government)* chính quyền

administrative hành chính

administrator *(of company)* người quản lý; *(in government)* người cầm quyền

admirable đáng khâm phục

admiral đô đốc hải quân

admiration sự khâm phục

admire khâm phục

admirer người hâm mộ

admissible có thể chấp nhận

admission *(confession)* sự thú nhận; *~ free* vào cửa miễn phí

admit *(to a place)* cho vào; *(to school)* nhận vào; *(to hospital)* nhập viện; *(to organization)* kết nạp; *(confess)* thú nhận; *(accept)* công nhận

admittance: *no ~* miễn vào

adolescence thời thanh niên

adolescent 1 *n* thanh niên mới lớn **2** *adj* tuổi mới lớn

adopt *child* nhận ... làm con nuôi; *plan, policy* thông qua

adoption *(of child)* việc nhận làm con nuôi; *(of plan, policy)* việc thông qua

adorable *person* rất đáng yêu; *thing* rất hấp dẫn

adore *person* rất yêu quý; *chocolate etc* rất thích

adult 1 *n (person)* người lớn; *(animal)* con vật đã lớn **2** *adj* người lớn; *~ movie* phim dành cho người lớn

adultery sự ngoại tình

advance 1 *n (sum of money)* tiền tạm ứng; *(in science etc)* bước tiến; MIL sự tiến lên; *in ~* trước; **get some money in** *~* nhận tiền ứng trước; **make** *~s (progress)* có tiến bộ; *(to woman)* tán tỉnh **2** *v/i* MIL tiến lên; *~ a long way (make progress)* có những bước tiến dài **3** *v/t theory* đưa ra; *sum of money* trả trước; *human knowledge, a*

ch *(final)* k	gh g	nh *(final)* ng	r z; *(S)* r	x s	â *(but)*	i *(tin)*
d z; *(S)* y	gi z; *(S)* y	ph f	th t	a *(hat)*	e *(red)*	o *(saw)*
đ d	nh *(onion)*	qu kw	tr ch	ă *(hard)*	ê ay	ô oh

cause thúc đẩy

advance booking sự đăng ký trước để giữ chỗ

advanced *country* tiên tiến; *level* cao; *learner* trình độ cao

advance payment sự thanh toán trước

advantage lợi thế; *it's to your ~* nó có lợi cho anh/chị; *take ~ of opportunity etc* tận dụng

advantageous có lợi

adventure sự phiêu lưu

adventurous *person* thích phiêu lưu; *policy* đầy phiêu lưu

adverb trạng từ

adversary (*in contest*) đối thủ; (*in battle*) kẻ thù

advertise *v/t & v/i* quảng cáo

advertisement quảng cáo

advertiser người quảng cáo

advertising quảng cáo; (*industry*) ngành quảng cáo

advertising agency hãng quảng cáo

advice lời khuyên; *take s.o.'s ~* nghe theo lời khuyên của ai

advisable nên

advise *person* khuyên bảo; *government* khuyến cáo; *caution etc* khuyên; *~ s.o. to …* khuyên ai nên …

adviser cố vấn

aerial (*antenna*) ăng ten

aerial photograph ảnh chụp từ trên không

aerobics thể dục nhịp điệu

aerodynamic theo kiểu khí động lực

aeronautical hàng không

aeroplane *Br* máy bay

aerosol bình xịt

aerospace industry công nghiệp hàng không vũ trụ

affair (*matter*) việc; (*business*) công việc; (*love ~*) chuyện tình; *have an ~ with* dan díu với

affect (*influence*) ảnh hưởng; (*concern*) làm xúc động

affection lòng yêu mến

affectionate trìu mến

affinity (*attraction*) sự hấp dẫn; (*close resemblance*) sự giống nhau

affirmative: *answer in the ~* trả lời đồng ý

affluent giàu có; *~ society* xã hội thịnh vượng

afford (*financially*) có đủ tiền

Afghan 1 *adj* Áp-ga-ni-xtăng **2** *n* người Áp-ga-ni-xtăng

Afghanistan nước Áp-ga-ni-xtăng

afloat *boat* nổi

afraid: *be ~* sợ; *be ~ of* (*cats, upsetting person etc*) sợ; *I'm ~* (*expressing regret*) tôi e rằng; *I'm ~ so* tôi e rằng thế; *I'm ~ not* tôi e rằng không

Africa châu Phi

African 1 *adj* châu Phi **2** *n* người châu Phi

after 1 *prep* (*in order, time*) sau; (*in position*) đằng sau; *~ all* sau hết; *~ that* sau đó; *it's ten ~ two* hai giờ mười phút **2** *adv* sau; *the day ~* ngày hôm sau

afternoon buổi chiều; *in the ~* vào buổi chiều; *this ~* chiều nay; *good ~* (*to older man*) chào ông; (*to older woman*) chào bà; (*to younger man, same age*) chào anh; (*to younger woman, same age*) chào chị

after sales service dịch vụ bảo hành; **aftershave** nước hoa dùng sau khi cạo râu; **aftertaste** dư vị

afterward sau

again lại

against *lean* dựa vào; (*hostile toward*) chống lại; *America ~*

ơ u·r	**y** (tin)	**ây** uh-i	**iê** i-uh	**oa** wa	**ôi** oy	**uy** wee	**ong** aong
u (soon)	**au** a-oo	**eo** eh-ao	**iêu** i-yoh	**oai** wai	**ơi** ur-i	**ênh** uhng	**uyên** oo-in
ư (dew)	**âu** oh	**êu** ay-oo	**iu** ew	**oe** weh	**uê** way	**oc** aok	**uyêt** oo-yit

Brazil SP đội Mỹ thi đấu với đội Brazin; **I'm ~ the idea** tôi chống lại ý kiến ấy; **what do you have ~ her?** anh/chị có điều gì chống lại cô ta?; **~ the law** trái với pháp luật

age 1 *n* (*of person*, *object*) tuổi; (*era*) thời đại; **at the ~ of** vào thời đại …; **under ~** dưới tuổi trưởng thành; **she's five years of ~** cô bé lên năm tuổi **2** *v/i* già đi

agency (*business*, *organization*) hãng

agenda chương trình nghị sự; **on the ~** trong chương trình nghị sự

agent đại diện

Agent Orange chất độc màu da cam

aggravate làm trầm trọng thêm; (*annoy*) chọc tức

aggression sự xâm lược

aggressive hung hăng; (*dynamic*) năng nổ

aggressor kẻ xâm lược; **foreign ~s** giặc ngoại xâm

agile nhanh nhẹn

agitated lo lắng bồn chồn

agitation sự lo lắng bồn chồn

agitator người kích động

ago: **2 days ~** hai ngày trước; **long ~** từ đây lâu rồi; **how long ~?** cách đây bao lâu rồi?

agonizing *pain* khổ sở

agony sự đau đớn cực độ

agree 1 *v/i* đồng ý; (*of figures*, *accounts*) khớp; (*reach agreement*) thỏa thuận; **I ~** tôi đồng ý; **I don't ~** tôi không đồng ý; **it doesn't ~ with me** (*of food*) cái này không thích hợp với tôi **2** *v/t price* thỏa thuận; **~ that something should be done** đồng ý rằng cần phải làm gì đó

agreeable (*pleasant*) dễ chịu; **be ~**

(*in agreement*) đồng ý

agreement (*consent*) sự đồng ý; (*contract*) hợp đồng; **reach ~ on** đạt được thỏa thuận về

agricultural nông nghiệp

agriculture nông nghiệp

ahead: **be ~ of** dẫn đầu; **plan ~** lập kế hoạch cho tương lai

aid 1 *n* (*help*) sự giúp đỡ; (*money*) viện trợ **2** *v/t* giúp đỡ

Aids bệnh AIDS, bệnh SIĐA

aid worker nhân viên làm công tác viện trợ phát triển

ailing *economy* suy yếu

aim 1 *n* (*in shooting*) cú nhắm; (*objective*) mục đích **2** *v/i* (*in shooting*) nhắm; **~ at doing sth**, **~ to do sth** cố gắng làm gì **3** *v/t*: **be ~ed at** (*of remark etc*) nhằm vào; (*of guns*) chĩa vào

air 1 *n* không khí; **by ~** *travel* bằng đường hàng không; *send mail* bằng máy bay; **in the open** ở ngoài trời; **on the ~** RAD, TV đang phát **2** *v/t room* làm thoáng; *fig*: *views* bộc lộ

airbase căn cứ không quân; **Air Cavalry** kỵ binh bay; **air-conditioned** có điều hòa nhiệt độ; **air-conditioner** máy lạnh; **air-conditioning** điều hòa nhiệt độ; **aircraft** máy bay; **aircraft carrier** tàu sân bay; **air cylinder** bộ đồ lặn; **airfield** sân bay nhỏ; **air force** không quân; **air hostess** nữ chiêu đãi viên hàng không; **air letter** thư giấy hàng không; **airline** hãng hàng không; **airmail**: **by ~** bằng máy bay; **airplane** máy bay; **air pollution** sự ô nhiễm không khí; **airport** sân bay; **airsick**: **get ~** bị say máy bay; **airspace** không phận; **air terminal** trạm sân bay; **airtight** *container* kín hơi; **air**

ch (*final*) k	**gh** g	**nh** (*final*) ng	**r** z; (*S*) r	**x** s	**â** (but) **i** (tin)
d z; (*S*) y	**gi** z; (*S*) y	**ph** f	**th** t	**a** (hat)	**e** (red) **o** (saw)
đ d	**nh** (onion)	**qu** kw	**tr** ch	**ă** (hard)	**ê** ay **ô** oh

traffic không lưu; **air-traffic control** kiểm soát không lưu; **air-traffic controller** nhân viên kiểm soát không lưu

airy *room* thoáng khí; *attitude* không thực tế

aisle lối đi

aisle seat chỗ ngồi bên lối đi

alarm 1 *n* báo động; *raise the ~* phát tín hiệu báo động **2** *v/t* làm sợ hãi

alarm clock đồng hồ báo thức

album (*for photographs*) quyển anbom; (*record*) đĩa hát

alcohol rượu

alcoholic 1 *n* người nghiện rượu **2** *adj* có rượu

alert 1 *n* (*signal*) lệnh báo động; *be on the ~* cảnh giác **2** *v/t* báo trước **3** *adj* tỉnh táo

alibi *n* chứng cớ ngoại phạm

alien 1 *n* (*foreigner*) ngoại kiều; (*from space*) người thuộc thế giới khác **2** *adj* xa lạ; *be ~ to s.o.* trái ngược với ai đó

alienate làm cho xa lánh

alight *adj* bốc cháy

alike 1 *adj*: *be ~* giống nhau **2** *adv*: *young and old ~* già cũng như trẻ

alimony tiền cấp dưỡng

alive: *be ~* còn sống

all 1 *adj* tất cả; *we ~ agree* tất cả chúng tôi đều đồng ý; *~ Vietnamese students* tất cả học sinh Việt Nam; *~ the time* lúc nào cũng **2** *pron* tất cả; *~ of us* tất cả chúng tôi; *he ate ~ of it* anh ấy đã ăn hết tất cả; *that's ~, thanks* đủ rồi, cám ơn; *for ~ I care* tôi bất cần; *for ~ I know* tôi chỉ biết rằng **3** *adv*: *~ at once* (*at the same time*) cùng một lúc; (*suddenly*) đột nhiên; *~ but* (*except*) tất cả…

trừ; (*nearly*) gần như; *~ the better* càng tốt; *they're not at ~ alike* họ không giống nhau chút nào; *not at ~!* (*you're welcome*) không dám!; (*no way*) không chút nào; *two ~* (*in score*) hai đều

allegation luận điệu

alleged bị cho là

allergic: *be ~ to …* dị ứng với …

allergy dị ứng

alleviate làm dịu

alley ngõ (*N*), hẻm (*S*)

alliance sự liên minh

alligator cá sấu Mỹ

allocate *tasks* phân công; *funds* cấp; *tickets, seats* phân phát

allot phân chia

allow (*permit*) cho phép; (*calculate for*) để ra; *be ~ed to* được phép; *it's not ~ed* không được phép; *~ s.o. to do sth* cho phép ai làm gì

♦ **allow for** kể cả

allowance (*money*) tiền trợ cấp; (*pocket money*) tiền chu cấp; *make ~s* (*for thing, weather etc*) tính đến; (*for person*) chiếu cố

alloy hợp kim

all-purpose vạn năng; **all-round** chung; *athlete* toàn năng; **all-time**: *be at an ~ low* thấp nhất từ trước tới nay

♦ **allude to** ám chỉ

alluring quyến rũ

all-wheel drive xe lái bằng bốn bánh

ally *n* đồng minh

almond (*tree*) cây hạnh đào; (*nut*) hạt hạnh nhân

almost gần như

alone một mình

along 1 *prep* (*moving forward*) đi dọc theo; (*situated beside*) dọc theo **2** *adv* cùng đi; *~ with* cùng

ơ ur	**y** (tin)	**ây** uh-i	**iê** i-uh	**oa** wa	**ôi** oy	**uy** wee	**ong** aong
u (soon)	**au** a-oo	**eo** eh-ao	**iêu** i-yoh	**oai** wai	**ơi** ur-i	**ênh** uhng	**uyên** oo-in
ư (dew)	**âu** oh	**êu** ay-oo	**iu** ew	**oe** weh	**uê** way	**oc** aok	**uyêt** oo-yit

với; *all* ~ (*all the time*) luôn luôn

aloud : *read* ~ đọc to; *think* ~ nói ra
ý nghĩ của mình

alphabet bảng chữ cái

alphabetical theo thứ tự chữ cái

already đã… rồi; *I* ~ *saw that*
movie tôi đã xem phim này rồi

alright (*satisfactory*) được như ý;
(*well*) khỏe; *that's* ~ (*doesn't*
matter) không sao; (*when s.o. says*
thank you) không có gì; (*is quite*
good) được lắm; *I'm* ~ (*not hurt*)
tôi không sao; (*have got enough*)
tôi đủ rồi; ~, *that's enough!* tốt
lắm, thế này đủ rồi!

also cũng

altar bàn thờ

alter *v/t* thay đổi

alteration sự thay đổi

alternate **1** *v/i* xen nhau **2** *adj*: *on* ~
Mondays vào mỗi hai tuần thứ
Hai

alternating current dòng điện
xoay chiều

alternative **1** *n* sự lựa chọn; *there's*
no ~ không có sự lựa chọn **2** *adj*
khác; ~ *solution* giải pháp khác

alternatively hoặc

although mặc dù

altitude (*of plane, mountain, city*)
độ cao

altogether (*completely*) hoàn toàn;
(*in all*) tất cả

altruistic vị tha

aluminum nhôm

always lúc nào cũng, luôn luôn; *it*
is ~ *raining here* ở đây trời mưa
luôn

a.m. : *at 7.00*~ vào lúc 7 giờ sáng

amalgamate *v/i* (*of companies*) hợp
nhất

amateur *n* (*unskilled*) tài tử; SP
người chơi nghiệp dư

amaze làm ngạc nhiên

amazed ngạc nhiên

amazement sự ngạc nhiên

amazing (*surprising*) làm kinh
ngạc; (*very good*) tuyệt vời

ambassador đại sứ

amber : *at* ~ lúc đèn đổi màu vàng

ambiguous mơ hồ

ambition tham vọng

ambitious đầy tham vọng

ambulance xe cấp cứu

ambush **1** *n* cuộc phục kích **2** *v/t*
phục kích

amend sửa đổi

amendment sự sửa đổi

amends : *make* ~ đền bù

amenities tiện nghi

America (*USA*) nước Mỹ;
(*continent*) châu Mỹ

American **1** *n* người Mỹ **2** *adj* Mỹ;
~ *English* tiếng Mỹ; ~ *national*
kiểu Mỹ

amiable hòa nhã

amicable thân thiện

ammunition đạn dược; *fig* lý lẽ

amnesty *n* (*for prisoners*) lệnh ân
xá

among (*st*) (*in the group of*) trong
số; (*in the middle of*) giữa

amount số lượng; (*sum of money*)
tổng số tiền

♦ **amount to** lên tới; *it doesn't* ~
much! đó chẳng thấm vào đâu!

ample *supplies, food* đầy đủ; *money*
nhiều; *bosom* đồ sộ

amplifier bộ khuếch đại

amplify *sound* khuếch đại

amputate cắt bỏ

amuse (*make laugh etc*) làm vui;
(*entertain*) giải trí

amusement (*merriment*) sự thích
thú; (*entertainment*) trò giải trí; ~*s*
(*games*) trò chơi; *to our great* ~
chúng tôi rất buồn cười

amusement park khu vui chơi giải

ch (*final*) k	**gh** g	**nh** (*final*) ng	**r** z; (*S*) r	**x** s	**â** (but) **i** (tin)
d z; (*S*) y	**gi** z; (*S*) y	**ph** f	**th** t	**a** (hat)	**e** (red) **o** (saw)
đ d	**nh** (onion)	**qu** kw	**tr** ch	**ă** (hard)	**ê** ay **ô** oh

trí

amusing vui

anabolic steroid xteroit tổng hợp

analog COMPUT tương tự

analogy sự tương tự

analysis sự phân tích; PSYCH phân tâm học

analyze phân tích

anarchy POL tình trạng vô chính phủ; *fig* sự hỗn loạn

anatomy khoa giải phẫu

ancestor tổ tiên

ancestor worship thờ cúng ông bà

anchor NAUT **1** *n* mỏ neo **2** *v/i* thả neo

anchorman TV người dẫn chương trình

ancient *adj* cổ

and ◊ và; *2 ~ 2 is 4* 2 cộng 2 bằng 4 ◊: *faster ~ faster* ngày càng nhanh ◊ (*consequence*): *do that ~ you'll regret it* làm đi rồi anh/chị sẽ hối hận

anemia bệnh thiếu máu

anemic : *be ~* bị thiếu máu

anesthetic *n* thuốc gây mê

anesthetist người gây mê

anger **1** *n* sự tức giận **2** *v/t* làm tức giận

angina chứng đau thắt ngực

angle *n* góc

angry tức giận; *be ~ with s.o.* tức giận với ai

anguish nỗi đau đớn

animal động vật

animated sinh động

animated cartoon phim hoạt hình

animation (*liveliness*) sự sinh động; (*art of making movie*) kỹ thuật làm phim hoạt hình

animosity sự thù hận

ankle mắt cá chân

annex **1** *n* (*building*) nhà phụ **2** *v/t state* thôn tính

anniversary lễ kỷ niệm hàng năm; (*of death*) giỗ chạp

announce thông báo

announcement thông báo

announcer TV, RAD phát thanh viên

annoy làm bực mình; *be ~ed* bực mình

annoyance (*anger*) sự bực mình; (*nuisance*) cái phiền phức

annoying làm phiền

annual *adj* (*once a year*) hàng năm; (*of a year*) của một năm

annul *marriage* hủy bỏ

anonymous *person* giấu tên; *letter* không ký tên; *an ~ poem* một bài thơ nặc danh

anorexia chứng biếng ăn

anorexic : *be ~* chứng biếng ăn

another **1** *adj* (*different*) khác; (*additional*) nữa **2** *pron* (*different one: thing*) cái khác; (*different one: person*) người khác; (*additional one: thing*) cái nữa; (*additional one: person*) người nữa; *one* ~ lẫn nhau

answer **1** *n* (*to letter, person, question*) sự trả lời; (*to problem*) cách giải đáp **2** *v/t letter, person, question* trả lời; *~ the door* ra mở cửa; *~ the telephone* trả lời điện thoại

♦**answer back** *v/t & v/i* cãi lại

♦**answer for** *one's actions* chịu trách nhiệm về; *person* bảo đảm

answer phone máy điện thoại trả lời tự động

ant con kiến

antagonism sự thù địch

Antarctic *n* vùng Nam cực

antenatal *classes* tiền sản; *~ clinic* phòng khám trước khi để thai

antenna (*of insect*) râu; (*for TV*) ăng ten

anti-aircraft gun súng phòng không

ơ ur	**y** (tin)	**ây** uh-i	**iê** i-uh	**oa** wa	**ôi** oy	**uy** wee	**ong** aong
u (soon)	**au** a-oo	**eo** eh-ao	**iêu** i-yoh	**oai** wai	**ơi** ur-i	**ênh** uhng	**uyên** oo-in
ư (dew)	**âu** oh	**êu** ay-oo	**iu** ew	**oe** weh	**uê** way	**oc** aok	**uyêt** oo-yit

antibiotic n thuốc kháng sinh (N), thuốc trụ sinh (S)

antibody kháng thể

anticipate dự tính

anticipation sự lường trước

antidote thuốc giải độc; ~ *for snake bites* thuốc chữa rắn cắn

anti-drugs unit đội phòng chống ma túy

antifreeze hóa chất chống đông

antipathy mối ác cảm

antiquated cổ lỗ

antique n đồ cổ

antique dealer người buôn bán đồ cổ

antiseptic 1 *adj* ointment, cream diệt khuẩn; *bandage* vô trùng **2** *n* thuốc sát trùng

antisocial *tendencies* phản xã hội; (*not friendly*) khó gần

antivirus program COMPUT chương trình chống virút

anxiety sự lo lắng

anxious lo lắng; (*eager*) tha thiết; *be ~ for ...* (*for news etc*) nóng lòng ...

any 1 *adj* ◊ (*no equivalent*): *are there ~ diskettes?* có đĩa mềm không?; *is there ~ bread?* có bánh mì không? ◊ (*emphatic*) nào; *have you ~ idea at all?* anh/chị có ý kiến nào không?; *take ~ one you like* anh/chị muốn lấy cái nào cũng được **2** *pron* cái nào; *do you have ~?* anh/chị có cái gì không?; *there isn't/aren't ~ left* không còn lại cái nào; *~ of them could be guilty* bất cứ ai trong bọn họ đều có thể phạm tội **3** *adv*: *is that ~ easier?* thế có dễ hơn chút nào không?; *I don't like it ~ more* tôi không còn thích nữa

anybody ai; *was ~ at home?* đã có ai ở nhà lúc đó không?; *~ could do that* (*emphatic*) ai cũng có thể làm được; *there wasn't ~ there* đã không có ai ở đó

anyhow dù sao đi nữa

anyone → *anybody*

anything cái gì; (*with negatives*) gì; *~ will do* (*emphatic*) cái gì cũng được; *I didn't hear ~* tôi chẳng nghe thấy gì cả; *~ but* cái gì cũng được trừ; *~ else?* còn gì nữa không?

anyway → *anyhow*

anywhere đâu; *he won't go ~ without me* anh ấy sẽ không đi đâu nếu không có tôi; *I can't find it ~* (*emphatic*) tôi tìm đâu cũng không thấy

apart (*in distance*) cách nhau; *live ~* (*of people*) sống riêng; *~ from* (*excepting*) ngoại trừ; (*in addition to*) ngoài ... ra

apartment căn hộ

apartment block dãy nhà lầu

apathetic thờ ơ

ape n khỉ không đuôi

aperture PHOT độ mở

apologize xin lỗi

apology lời xin lỗi

apostrophe dấu lược

appall làm kinh hoảng

appalling behavior, language etc kinh khủng

apparatus dụng cụ

apparent lộ rõ; *become ~ that ...* trở nên rõ ràng là …

apparently hình như

appeal 1 n (*charm*) sức hấp dẫn; (*for funds etc*) lời kêu gọi; LAW sự chống án **2** *v/i* LAW chống án

♦**appeal for** kêu gọi

♦**appeal to** (*be attractive to*) hấp dẫn

appear (*in movie, of new product*) xuất hiện; (*in court*) ra tòa; (*look,*

ch (*final*) k	gh g	nh (*final*) ng	r z; (S) r	x s	â (but)	i (tin)
d z; (S) y	gi z; (S) y	ph f	th t	a (hat)	e (red)	o (saw)
đ d	nh (onion)	qu kw	tr ch	ă (hard)	ê ay	ô oh

seem) có vẻ; *it ~s that ...* có vẻ như ...

appearance (*arrival, in movie etc*) sự xuất hiện; (*in court*) sự ra tòa; (*look*) vẻ bề ngoài; *put in an ~* có mặt

appendicitis bệnh viêm ruột thừa

appendix MED ruột thừa; (*of book etc*) phụ lục

appetite sự ngon miệng; *fig* sự ham thích; *sexual ~* ham muốn tình dục

appetizer (*food*) món khai vị; (*drink*) rượu khai vị

appetizing hấp dẫn

applaud 1 *v/i* vỗ tay hoan nghênh **2** *v/t* vỗ tay hoan nghênh; *fig* khen ngợi

applause tiếng vỗ tay; (*praise*) tán thưởng

apple quả táo

apple pie bánh táo

apple sauce nước xốt táo

appliance thiết bị; (*household*) đồ dùng

applicable áp dụng được

applicant người nộp đơn

application (*for job, passport, visa, university etc*) đơn xin

application form mẫu đơn

apply 1 *v/t* áp dụng; *ointment* bôi **2** *v/i* (*of rule, law*) áp dụng

♦**apply for** *job, passport, university* xin

♦**apply to** (*contact*) liên hệ; (*affect*) áp dụng

appoint (*to position*) bổ nhiệm

appointment (*to position*) sự bổ nhiệm; (*meeting*) sự hẹn gặp

appointments diary sổ ghi các cuộc hẹn gặp

appreciate 1 *v/t advice, kindness* đánh giá cao; *good wine, music* thưởng thức; (*be grateful for*) biết

ơn; (*acknowledge*) hiểu; *thanks, I ~ it* cám ơn, tôi rất cảm kích **2** *v/i* FIN tăng giá trị

appreciation (*of kindness etc*) lòng biết ơn; (*of music etc*) sự thưởng thức

apprehensive lo lắng

apprentice người học nghề

approach 1 *n* sự đến gần; (*proposal*) sự tiếp xúc thăm dò; (*to problem*) cách tiếp cận **2** *v/t* (*get near to*) đến gần; (*contact*) tiếp xúc; *problem* tiếp cận

approachable *person* dễ gần

appropriate *adj* thích hợp

approval sự tán thành

approve *v/t & v/i* tán thành

♦**approve of** tán thành

approximate *adj* khoảng chừng

approximately khoảng

APR (*= annual percentage rate*) tỉ giá lãi suất hàng năm

apricot (*tree*) quả mơ; (*fruit*) cây mơ; (*color*) màu mơ chín

apricot blossom hoa mơ

April tháng Tư

apt *remark* thích hợp; *be ~ to ...* có khả năng ...

aptitude năng khiếu

aqualung bộ đồ lặn

aquarium bể cá

aquatic dưới nước

Arab 1 *adj* Ả rập **2** *n* người Ả rập

Arabic 1 *adj* Ả rập **2** *n* ngôn ngữ Ả rập

arable trồng trọt được

arbitrary tùy tiện

arbitrate *v/i* làm trọng tài phân xử

arbitration sự phân xử

arcade (*with slot machines*) phòng có đặt các máy trò chơi

arch *n* vòm

archeologist nhà khảo cổ

archeology khảo cổ học

ơ ur	y (tin)	ây uh-i	iê i-uh	oa wa	ôi oy	uy wee	ong aong
u (soon)	au a-oo	eo eh-ao	iêu i-yoh	oai wai	ơi ur-i	ênh uhng	uyên oo-in
ư (dew)	âu oh	êu ay-oo	iu ew	oe weh	uê way	oc aok	uyêt oo-yit

archer MIL người bắn cung; SP xạ thủ

architect kiến trúc sư

architecture khoa kiến trúc

archives (*place*) nơi lưu trữ; (*documents*) tài liệu lưu trữ

archway cổng tò vò

Arctic *n* vùng Bắc cực

ardent hăng hái

area (*region*) khu vực; (*of activity, job, study etc*) lĩnh vực; (*square meters etc*) diện tích

area code TELEC mã vùng

arena SP trường đấu

Argentina nước Ác-hen-ti-na

Argentinian 1 *adj* Ac-hen-ti-na **2** *n* người Ac-hen-ti-na

arguably có thể biện luận là

argue 1 *v/i* (*quarrel*) cãi nhau; (*reason*) lý luận **2** *v/t:* ~ *that* lý luận đi

argument (*quarrel*) sự cãi nhau; (*reasoning*) sự tranh luận

argumentative hay lý sự

arid *land* khô cằn

arise (*of situation, problem*) nảy sinh

arithmetic số học

arm¹ *n* (*of person*) cánh tay; (*of chair*) tay

arm² *v/t* trang bị vũ khí

armaments vũ khí

armchair ghế bành

armed có vũ khí

armed forces các lực lượng vũ trang

armed robbery vụ cướp có vũ khí

armor áo giáp

armored vehicle xe thiết giáp

armpit nách

arms (*weapons*) vũ khí

army quân đội

aroma hương vị, mùi thơm

around 1 *prep* (*in circle*) vòng quanh; (*roughly*) vào khoảng; *it's ~ the corner* chỉ gần đây thôi **2** *adv* (*in the area*) quanh quẩn; (*encircling*) bao quanh; *be ~* (*somewhere near*) ở quanh đây; *he lives ~ here* anh ấy ở quanh đây; *walk ~* đi loanh quanh; *she has been ~* (*has traveled a lot, is experienced*) chị ấy là người từng trải; *there are a lot of people ~* có rất nhiều người ở quanh đây

arouse khơi gợi; (*sexually*) kích thích tình dục

arrange (*put in order*) sắp đặt; *furniture* sắp xếp; *music* cải biên; *meeting, party etc* thu xếp; *time and place* thỏa thuận; *~ flowers* cắm hoa; *I've ~d to meet her* tôi đã thu xếp để gặp cô ta

♦ **arrange for** thu xếp cho

arrangement (*plan*) kế hoạch; (*agreement*) sự thỏa thuận; (*layout: of furniture etc*) sự sắp đặt; (*of music*) sự cải biên; *flower ~* cách cắm hoa

arrears tiền nợ quá hạn; *be in ~* (*of person*) chậm trả; *be paid in ~* được thanh toán sau

arrest 1 *n* sự bắt giữ; *be under ~* bị bắt giữ **2** *v/t* bắt giữ

arrival sự tới nơi; *~s* (*at airport*) ga đến

arrive đến

♦ **arrive at** *place* đến; *decision etc* đạt tới

arrogance sự kiêu ngạo

arrogant kiêu ngạo

arrow mũi tên

arson tội cố ý gây hỏa hoạn

art nghệ thuật; *the ~s* mỹ thuật; *~s degree* bằng cử nhân văn chương

arterial road con đường huyết mạch

artery ANAT động mạch

art gallery phòng trưng bày nghệ thuật

arthritis bệnh viêm khớp

article (*item*) đồ; (*in newspaper*) bài báo; (*section*) điều khoản; GRAM mạo từ

articulate *adj essay etc* lưu loát; *person* ăn nói lưu loát

artificial *leather, flowers, hand* giả; *light* nhân tạo; (*not sincere*) giả tạo

artificial intelligence trí tuệ nhân tạo

artillery (*guns*) pháo; (*section of the army*) pháo binh

artisan thợ thủ công

artist (*painter*) họa sĩ; (*artistic person*) nghệ sĩ

artistic *skills* nghệ thuật

as 1 *conj* ◊ (*while, when*) trong khi; ~ *I was leaving, the phone rang* đang khi tôi đi ra thì chuông điện thoại reo ◊ (*because*) vì; *I didn't go ~ I wasn't feeling well* tôi đã không đi vì tôi cảm thấy không được khỏe; ◊ (*like*) như; ~ *I said ...* như tôi đã nói...; ~ *if* cứ như là; ~ *usual* như thường lệ; ~ *necessary* khi cần 2 *adv* bằng; ~ *high/pretty/etc ~ ...* cao/xinh/vv bằng ...; ~ *much ~ that?* nhiều thế cơ à? 3 *prep* như là; ~ *a child* khi còn là đứa trẻ; *work ~ a teacher/translator* làm việc như là một giáo viên/biên dịch; ~ *for* về phần; ~ *Hamlet* như Hamlét

asap (= *as soon as possible*) càng sớm càng tốt

ASEAN (= *Association of South East Asian Nations*) Hiệp hội các quốc gia Đông Nam Á

ash (*from cigarette*) tàn; (*from volcano*) tro; ~*es* (*of fire*) tro tàn; (*after cremation*) tro cốt

ashamed ngượng ngùng; *be ~ of* xấu hổ; *you should be ~ of yourself* anh/chị phải thấy xấu hổ về bản thân mình

ash can hộp tro

ashore trên đất liền; *go ~* lên bờ

ashtray cái gạt tàn

Asia châu Á

Asian 1 *adj* châu Á 2 *n* người châu Á

Asian Development Bank Ngân hàng phát triển châu Á

aside sang một bên; ~ *from* ngoài

ask 1 *v/t person* hỏi; (*invite*) mời; ~ *a question* đặt câu hỏi; ~ *a favor* nhờ một việc; *can I ~ you something?* (*ask a question*) tôi hỏi anh/chị ti chuyện được không?; ~ *s.o. for ...* yêu cầu ai ...; ~ *s.o. to do sth* yêu cầu ai làm gì; ~ *s.o. about sth* hỏi ai về gì 2 *v/i* hỏi

♦ **ask after** *person* hỏi thăm

♦ **ask for** yêu cầu; *person* muốn gặp

♦ **ask out** (*for a drink, night out*) mời đi chơi

asking price giá đặt bán

asleep: *be (fast) ~* đang ngủ say; *fall ~* ngủ thiếp đi

asparagus măng tây

aspect khía cạnh

aspirin aspirin

ass[1] F (*idiot*) kẻ ngu ngốc

ass[2] V (*backside*) mông đít

assassin tên sát nhân

assassinate ám sát

assassination vụ ám sát

assault 1 *n* MIL sự tấn công; (*sexual*) sự cưỡng hiếp; LAW sự hành hung 2 *v/t* hành hung

assemble 1 *v/t parts* lắp ráp 2 *v/i* (*of people*) tập hợp

assembly (*of parts*) sự lắp ráp; POL

ơ u*r*	y (tin)	ây uh-i	iê i-uh	oa wa	ôi oy	uy wee	ong aong
u (soon)	au a-oo	eo eh-ao	iêu i-yoh	oai wai	ơi u*r*-i	ênh uhng	uyên oo-in
ư (dew)	âu oh	êu ay-oo	iu ew	oe weh	uê way	oc aok	uyêt oo-yit

Quốc hội

assembly line dây chuyền lắp ráp

assembly plant xưởng lắp ráp

assent *v/i* đồng ý, tán thành

assert: ~ *oneself* tự khẳng định mình

assertive *person* quyết đoán; *tone* quả quyết

assess *situation*, *value* đánh giá

asset FIN tài sản; *fig* vốn quý

asshole ∨ lỗ đít; (*idiot*) thằng ngốc

assign *person* phân công; *thing* phân chia

assignment (*task*) nhiệm vụ; EDU bài làm

assimilate *v/t information* hấp thụ; *person into group* đồng hóa

assist giúp đỡ

assistance sự giúp đỡ

assistant (*helper*) người phụ tá

assistant director trợ lý giám đốc; (*of movie*) trợ lý đạo diễn

assistant manager trợ lý giám đốc

associate 1 *v/t* liên hệ **2** *v/i*: ~ *with* giao du với **3** *n* đồng sự

associate professor phó giáo sư

association hiệp hội; *in ~ with* liên kết với

assortment (*of books*, *CDs*) một bộ; (*of food*) tổng hợp; (*of people*) một tập hợp

assume (*suppose*) cho rằng; *power* đảm nhiệm

assumption giả định

assurance sự cam đoan; (*confidence*) sự tự tin

assure (*reassure*) cam đoan

assured (*confident*) tự tin

asterisk dấu hoa thị

asthma bệnh hen

astonish làm kinh ngạc; *be ~ed* kinh ngạc

astonishing rất ngạc nhiên, kinh

ngạc

astonishment sự kinh ngạc

astrologer nhà chiêm tinh

astrology thuật chiêm tinh

astronaut nhà du hành vũ trụ

astronomer nhà thiên văn

astronomical *sum*, *price* rất cao

astronomy thiên văn học

asylum (*mental*) nhà thương điên; (*political*) nơi ẩn nấp

at (*with places*) ở; ~ *the cleaner's* ở chỗ người quét dọn; ~ *Joe's* ở chỗ Joe; ~ *the door* ở cửa; ~ *10 dollars* với giá 10 đô la; ~ *the age of 18* ở tuổi 18; ~ *5 o'clock* vào lúc 5 giờ; ~ *150 mph* với tốc độ 150 dặm/giờ; *be good*/*bad ~ sth* giỏi/dở về gì

atheist *n* người vô thần

athlete nhà điền kinh

athletic điền kinh; (*physically strong*) rất thể thao

athletics điền kinh

Atlantic *n* Đại Tây Dương

atlas tập bản đồ

ATM (=*automated teller machine*) máy rút tiền tự động

atmosphere (*of earth*) khí quyển; (*ambience*) không khí

atmospheric pollution sự ô nhiễm không khí

atom nguyên tử

atom bomb bom nguyên tử

atomic nguyên tử

atomic energy năng lượng nguyên tử

atomic waste chất thải nguyên tử

atomizer bình xịt

atrocious rất tồi; *smell* khó chịu

atrocity hành động tàn ác

attach gắn; *importance* coi; *be ~ed to* (*fond of*) gắn bó với

attachment (*to e-mail*) tệp gửi kèm theo

ch (*final*) k	**gh** g	**nh** (*final*) ng	**r** z; (*S*) r	**x** s	**â** (but)	**i** (tin)
d z; (*S*) y	**gi** z; (*S*) y	**ph** f	**th** t	**a** (hat)	**e** (red)	**o** (saw)
đ d	**nh** (onion)	**qu** kw	**tr** ch	**ă** (hard)	**ê** ay	**ô** oh

attack 1 *n* sự tấn công; (*verbal*) sự công kích **2** *v/t* tấn công; (*verbally*) công kích

attempt *n & v/t* cố gắng

attend (*be present at*) đến dự; (*go regularly to*) đi đến

♦ **attend to** giải quyết; *customer* phục vụ

attendance sự có mặt

attendant (*in museum*) người phục vụ

attention sự chú ý; **bring sth to s.o.'s ~** lưu ý ai tới gì; **your ~ please** xin chú ý; **pay ~** hãy chú ý

attentive *listener* chăm chú

attic gác mái

attitude thái độ

attn (= **for the attention of**) gửi tới

attorney (*lawyer*) luật sư; **power of ~** quyền ủy nhiệm

attract thu hút; *attention* lôi cuốn; **be ~ed to s.o.** bị ai thu hút

attraction sự hấp dẫn; (*romantic*) sức hấp dẫn

attractive hấp dẫn

attribute[1] *v/t*: **~ sth to ...** cho gì là do ...; *poem etc* cho gì là của ...

attribute[2] *n* thuộc tính

auction 1 *n* cuộc bán đấu giá **2** *v/t* bán đấu giá

♦ **auction off** đem bán đấu giá

audacious *plan* táo bạo

audacity sự táo bạo

audible nghe thấy được

audience (*in theater, at show, TV*) khán giả

audio *adj* (thuộc) âm thanh

audiovisual nghe nhìn

audit 1 *n* sự kiểm toán **2** *v/t* kiểm toán; *course* đến nghe

audition 1 *n* buổi diễn thử **2** *v/i* diễn thử

auditor người kiểm toán

auditorium (*of theater etc*) phòng thính giả

August tháng Tám

August Revolution Cách mạng Tháng Tám

aunt (*maternal*) dì; (*paternal*) cô

austere *interior, style* đơn sơ; *person, face* khắc khổ

austerity (*economic*) khắc khổ

Australasia nước Úc và các đảo lân cận

Australia nước Úc

Australian 1 *adj* Úc **2** *n* người Úc

Austria nước Áo

Austrian 1 *adj* Áo **2** *n* người Áo

authentic đích thực

authenticity tính xác thực

author (*of story, novel, text*) tác giả

authoritative (*reliable*) có thẩm quyền; *person, manner* quyền hành

authority quyền lực; (*permission*) phép; **be an ~ on ...** là chuyên gia về ...; **the authorities** nhà chức trách

authorize cho phép; **be ~d to ...** được phép ...

autistic bị bệnh tự kỷ

auto *n* xe ô tô

autobiography bản tự truyện

autograph *n* chữ ký lưu niệm

automate tự động hóa

automatic 1 *adj machine* tự động; *action, thought* vô thức; *promotion etc* tất yếu **2** *n* (*gun*) súng tự động; (*car*) ô tô có bộ số tự động

automatically *close* một cách tự động; *fine, punish, follow* tất nhiên

automation việc tự động hóa

automobile xe ô tô

automobile industry công nghiệp sản xuất xe ô tô

autonomy sự tự quản

autopilot thiết bị lái tự động

ơ ur	y (tin)	ây uh-i	iê i-uh	oa wa	ôi oy	uy wee	ong aong
u (soon)	au a-oo	eo eh-ao	iêu i-yoh	oai wai	ơi ur-i	ênh uhng	uyên oo-in
ư (dew)	âu oh	êu ay-oo	iu ew	oe weh	uê way	oc aok	uyêt oo-yit

autopsy mổ khám nghiệm tử thi
auxiliary *adj* phụ
available sẵn có; *person* sẵn sàng
avalanche trận tuyết lở
avenue đại lộ; *fig* con đường
average 1 *adj* trung bình; (*ordinary*) bình thường; (*of mediocre quality*) thường **2** *n* mức trung bình; *above/below ~* trên/dưới mức trung bình; *on ~* trung bình **3** *v/t* tính trung bình
♦ **average out** *v/t* tính toán mức trung bình
♦ **average out at** tính trung bình là
aversion : *have an ~ to* ghét
avert *one's eyes* quay; *crisis* ngăn chặn
aviation hàng không
avid háo hức
avocado quả bơ
avoid tránh
awake *adj* thức; *it's keeping me ~* cái đó làm tôi thức giấc
award 1 *n* (*prize*) phần thưởng

2 *v/t* tặng thưởng; *damages* thưởng
aware : *be ~ of sth* có ý thức về gì; *become ~ of sth* nhận thấy gì
awareness sự nhận thức
away : *be ~* (*traveling, sick etc*) vắng mặt; *walk/run ~* đi/chạy khỏi; *look ~* nhìn đi chỗ khác; *it's 2 miles ~* cách đây 2 dặm; *Christmas is still 6 weeks ~* còn cách 6 tuần mới tới lễ Giáng Sinh; *take sth ~ from s.o.* lấy cái gì của ai đó; *put sth ~* cất đi gì đó
away game SP cuộc đấu ở sân khách
awesome F (*terrific*) cực kỳ
awful kinh khủng
awkward (*clumsy*) vụng về; (*difficult*) gây khó khăn; (*embarrassing*) lúng túng; *feel ~* cảm thấy lúng túng
awning tấm bạt che
ax 1 *n* cái rìu **2** *v/t project, budget, job etc* cắt bớt
axle trục

B

BA (= *Bachelor of Arts*) cử nhân văn chương
baby *n* trẻ sơ sinh
baby carriage xe đẩy trẻ con; **baby-sit** trông trẻ; **baby-sitter** người trông trẻ
bachelor người đàn ông độc thân
back 1 *n* (*of person, clothes, chair*) lưng; (*of car, bus, house*) phía sau; (*of paper*) mặt sau; (*of book, drawer*) cuối; SP hậu vệ; *in ~ ở*

đằng sau nhà; *in the ~ of the car* ở phía sau xe ô tô; *at the ~ of the bus* ở phía sau xe buýt; *~ to front* đằng sau ra đằng trước; *at the ~ of beyond* ở một nơi tách biệt **2** *adj wheels, legs, seat, door etc* sau; *~ road* đường phụ **3** *adv*: *please move/stand ~* xin hãy xê ra/đứng lùi lại; *2 meters ~ from the edge* lùi cách mét 2m; *~ in 1935* trở lại năm 1935; *give X ~ to Y* trả lại X

ch (*final*) k	gh g	nh (*final*) ng	r z; (S) r	x s	â (but)	i (tin)
đ z; (S) y	gi z; (S) y	ph f	th t	a (hat)	e (red)	o (saw)
đ d	nh (onion)	qu kw	tr ch	ă (hard)	ê ay	ô oh

cho Y; *she'll be ~ tomorrow* cô ấy sẽ trở lại vào ngày mai; *when are you coming ~?* khi nào anh sẽ trở về?; *take sth ~ to the store* (*because unsatisfactory*) mang gì trả lại cho cửa hàng; *they wrote/ phoned ~* họ đã viết thư hồi âm/điện thoại lại; *he hit me ~* anh ấy đánh trả lại tôi 4 *v/t* (*support*) ủng hộ; *car* lùi; *horse* đánh cá tiền 5 *v/i* (*of driver*) lùi

♦ **back away** lùi lại
♦ **back down** nhượng bộ
♦ **back off** rút lui
♦ **back onto** quay lưng ra
♦ **back out** (*of commitment*) nuốt lời
♦ **back up** 1 *v/t* (*support*) xác nhận; *claim, argument* chứng minh; *file* sao lưu; *be backed up* (*of traffic*) tắc nghẽn 2 *v/i* (*in car*) lùi

back burner: *put sth on the ~* gác gì lại; **backdate** có giá trị từ trước đó; **backdoor** cửa sau
backer người tài trợ
backfire *v/i fig* phản lại;
background (*of painting, picture*) nền; (*of person*) lai lịch; (*of situation*) bối cảnh; **backhand** *n* (*in tennis*) cú ve, quả trái
backing (*support*) sự hỗ trợ; MUS phần đệm
backing group MUS nhóm nhạc đệm
backlash phản ứng dữ dội; **backlog** sự ùn đống; **backpack** 1 *n* ba lô 2 *v/i* đi du lịch ba lô;
backpacker người đeo ba lô; (*Western tourist*) Tây ba lô;
backpedal *fig* đi ngược lại;
backspace (key) (phím) lùi;
backstairs cầu thang sau;
backstroke SP bơi ngửa
backup (*support*) hỗ trợ; COMPUT

sự sao lưu; *take a ~* COMPUT làm một bản sao
backup disk COMPUT sao đĩa mềm
backward 1 *adj child* chậm phát triển; *society* lạc hậu; *glance* về phía sau 2 *adv* giật lùi, lùi về phía sau
backyard *also fig* sân sau; *the not in my ~ syndrome* hội chứng "không phải ở chỗ tôi"
bacon (*smoked*) thịt lợn xông khói (*N*), thịt heo xông khói (*S*); (*salted*) thịt lợn muối (*N*), thịt heo muối (*S*)
bacteria vi khuẩn
bad *news, manner, person, day* xấu; *pay, management* tồi; *spelling* dở; *smell, mood etc* khó chịu; *cold, headache etc* nặng; *mistake, accident* nghiêm trọng; (*rotten*) thiu thối; *it's not ~* không đến nỗi nào; *that's really too ~* (*shame*) thật đáng tiếc; *feel ~ about* (*guilty*) cảm thấy có lỗi; *be ~ at* kém; *be ~ for s.o.* (*for health etc*) có hại cho ai; *Friday's ~, how about Thursday?* thứ Sáu là ngày xấu, vậy thứ Năm thì sao?
bad debt món nợ không có hy vọng được trả lại
badge phù hiệu
badger *v/t* quấy rầy
bad language lời nói thô tục
badly *injured, damaged* nặng; *behaved* tồi; *~ in need of* rất cần; *I did really ~ in the exam* tôi làm bài dở thật trong kỳ thi; *he ~ needs a haircut/rest* anh ấy rất cần sự cắt tóc/nghỉ ngơi; *he is ~ off* (*poor*) anh ấy lâm cảnh nghèo khổ
badminton cầu lông, vũ cầu
baffle làm bối rối; *be ~d* bối rối
baffling *mystery* bí ẩn; *software etc*

ơ ur   y (tin)   ây uh-i   iê i-uh   oa wa   ôi oy   uy wee   ong aong
u (soon)   au a-oo   eo eh-ao   iêu i-yoh   oai wai   ơi ur-i   ênh uhng   uyên oo-in
ư (dew)   âu oh   êu ay-oo   iu ew   oe weh   uê way   oc aok   uyêt oo-yit

khó hiểu

bag (*plastic, paper, for traveling*)
túi; (*for school*) cặp sách;
(*woman's purse*) xắc

baggage hành lý

baggage car RAIL toa hành lý;
baggage cart xe đẩy hành lý;
baggage check kiểm tra hành lý;
baggage reclaim nơi nhận hành
lý

baggy lùng thùng

bail *n* LAW sự bảo lãnh; (*money*)
tiền bảo lãnh; **on ~** được tại
ngoại hậu tra

♦ **bail out 1** *v/t* LAW nộp tiền bảo
lãnh; *fig* trợ giúp tiền **2** *v/i* (*from
airplane*) nhảy dù

bait *n* mồi

bake *v/t* nướng

baked potato khoai tây nướng

baker người nướng, bán bánh

bakery tiệm bánh mì (*S*), hiệu
bánh mì (*N*)

balance 1 *n* sự cân bằng;
(*remainder*) số còn lại; (*of bank
account*) số dư **2** *v/t* đặt thăng
bằng; **~ the books** quyết toán sổ
sách **3** *v/i* (*of object*) đặt thăng
bằng; (*of person*) đứng thăng bằng;
(*of accounts*) cân bằng

balanced (*fair*) công bằng; *diet* cân
đối; *personality* cân bằng

balance of payments cán cân
thanh toán; **balance of trade** cán
cân mậu dịch; **balance sheet** tờ
quyết toán

balcony (*of house, theater*) ban
công (*N*), bao lơn (*S*)

bald *man* hói; **he's going ~** anh ấy
đã bắt đầu hói

ball quả bóng; **on the ~** *fig* nhạy
bén; **play ~** *fig* hợp tác; **the ~'s in
his court** *fig* đã đến lượt anh ấy
phải lên tiếng

ball bearing ổ bi

ballerina nữ diễn viên ba lê

ballet ba lê

ballet dancer diễn viên ba lê

ball game môn bóng; (*baseball*)
môn bóng chày; **that's a different
~** đó là một tình thế khác

ballistic missile tên lửa đạn đạo

balloon (*child's*) quả bóng bay;
(*for flight*) khinh khí cầu

ballot 1 *n* lá phiếu **2** *v/t members*
cho bỏ phiếu kín

ballot box hòm phiếu

ballpark (*baseball*) sân chơi bóng
chày; **be in the right ~** *fig* đúng
hướng; **ballpark figure** số liệu
tương đối; **ballpoint (pen)** bút bi

balls ∨ hòn dái; (*courage*) can đảm;
Br (*nonsense*) điều nhảm nhí

bamboo cây tre

bamboo bed chõng tre

bamboo shoots măng

ban 1 *n* lệnh cấm **2** *v/t* cấm

banana quả chuối

band ban nhạc; (*pop*) ban nhạc
pốp; (*strip of metal*) đai; (*for hair
etc*) dải băng

bandage 1 *n* vải băng bó **2** *v/t* băng
bó

Band-Aid® cao dán

bandit tên cướp

bandwagon: jump on the ~ xu thời

bandy *legs* vòng kiềng

bang 1 *n* (*noise*) tiếng sập mạnh;
(*blow*) cú va mạnh **2** *v/t door*
đóng sầm; (*hit*) đập vào **3** *v/i*
đóng sầm

Bangladesh nước Băng la đét

Bangladeshi 1 *adj* Băng la đét **2** *n*
người Băng la đét

banjo đàn ban jô

bank[1] (*of river*) bờ

bank[2] **1** *n* FIN ngân hàng **2** *v/i*: **~
with** có tài khoản ở **3** *v/t money*

ch (*final*) k	**gh** g	**nh** (*final*) ng	**r** z; (*S*) r	**x** s	**â** (b**u**t)	**i** (t**i**n)
d z; (*S*) y	**gi** z; (*S*) y	**ph** f	**th** t	**a** (h**a**t)	**e** (r**e**d)	**o** (s**a**w)
đ d	**nh** (o**ni**on)	**qu** kw	**tr** ch	**ă** (h**a**rd)	**ê** ay	**ô** oh

gửi tiền vào ngân hàng

♦**bank on** mong đợi; ***don't ~ it*** đừng quá hy vọng

bank account tài khoản ngân hàng; **bank balance** số quyết toán tài khoản; **bank bill** giấy bạc ngân hàng

banker chủ ngân hàng

banker's card thẻ ngân hàng

banker's order lệnh trả tiền

bank loan tiền vay của ngân hàng; **bank manager** giám đốc ngân hàng; **bank rate** lãi suất ngân hàng; **bankroll** *v/t* tài trợ

bankrupt 1 *adj person* bị vỡ nợ; *company* bị phá sản; ***go ~*** (*of person*) bị vỡ nợ; (*of company*) bị phá sản **2** *v/t person* vỡ nợ; *company* phá sản

bankruptcy (*for person*) tình trạng vỡ nợ; (*for company*) sự phá sản

bank statement bản báo cáo ngân hàng

banner biểu ngữ

banns công bố hôn nhân ở nhà thờ

banquet tiệc lớn

banter *n* câu nói bông đùa

banyan tree cây đa

baptism lễ rửa tội

baptize làm lễ rửa tội; ***she was ~d Mary*** cô bé được đặt tên thánh là Mary

bar¹ (*of iron, chocolate*) thanh; (*for drinks*) quầy rượu; (*counter*) quầy; ***a ~ of soap*** một bánh xà phòng; ***be behind ~s*** trong tù

bar² *v/t* ngăn cấm

bar³ *prep* (*except*) trừ

barbecue 1 *n* (*meal*) bữa ăn thịt nướng; (*party*) bữa tiệc nướng thịt ngoài trời; (*equipment*) vỉ nướng **2** *v/t* nướng vỉ

barbed wire dây thép gai

barber thợ cắt tóc

bar code mã số kẻ sọc trên hàng hóa

bare *adj* (*naked*) trần; *room* trống rỗng; *hillside etc* trơ trọi; *floor* trần trụi

barefoot: ***be ~*** chân không

bare-headed đầu trần

barely (*only just*) vừa đủ; ***we ~ had time to catch the train*** chúng tôi chỉ vừa có đủ thời gian để kịp lên tàu

bargain 1 *n* (*deal*) sự thỏa thuận; (*good buy*) món hời; ***it's a ~!*** (*deal*) thật là một món hời! **2** *v/i* mặc cả (*N*), mà cả (*S*)

♦**bargain for** (*expect*) dự tính

barge *n* NAUT sà lan

bark¹ 1 *n* (*of dog*) tiếng sủa **2** *v/i* sủa

bark² (*of tree*) bóc vỏ

barley lúa mạch

barn kho thóc

barometer phong vũ biểu; *fig* thước đo

barracks MIL doanh trại

barrel (*container*) thùng

barren *land* cằn cỗi

barrette cái kẹp tóc

barricade *n* chiến lũy

barrier *also fig* hàng rào; ***language*** ~ hàng rào ngôn ngữ

bartender nhân viên quầy ba

barter 1 *n* sự trao đổi hàng hóa **2** *v/t* đổi chác

base 1 *n* (*bottom*) chân; (*center*) bản doanh; MIL căn cứ; ***~ of the spine*** xương sống cùng **2** *v/t* dựa vào; ***~ X on Y*** dựa X vào Y; ***be ~d in*** (*in city, country*) ở

baseball (*ball*) quả bóng chày; (*game*) môn bóng chày

baseball bat chày vụt bóng; **baseball cap** mũ lưỡi trai; **baseball player** cầu thủ bóng

---

ơ ur	**y** (tin)	**ây** uh-i	**iê** i-uh	**oa** wa	**ôi** oy	**uy** wee	**ong** aong
u (soon)	**au** a-oo	**eo** eh-ao	**iêu** i-yoh	**oai** wai	**ơi** ur-i	**ênh** uhng	**uyên** oo-in
ư (dew)	**âu** oh	**êu** ay-oo	**iu** ew	**oe** weh	**uê** way	**oc** aok	**uyêt** oo-yit

chày

basement (*of house*, *store*) tầng hầm

base rate FIN lãi suất gốc

basic *idea*, *salary etc* cơ bản; (*elementary*) sơ đẳng; (*simple*, *unsophisticated*) đơn giản

basically về cơ bản

basics: **the ~** những cái cơ bản; **get down to ~** đi vào những vấn đề thiết yếu

basin (*for washing*) bồn rửa

basis (*of relationship*, *argument etc*) cơ sở; **on the ~ of this information** trên cơ sở thông tin này

bask phơi nắng

basket giỏ; (*in basketball*) giỏ lưới

basketball bóng rổ; (*ball*) quả bóng rổ

bass 1 *n* (*part*) bè trầm; (*singer*) giọng nam trầm; **double ~** (*instrument*) đàn công bát **2** *adj* trầm

bastard con hoang; F đồ đểu; **poor ~** F thật tội nghiệp

bat¹ 1 *n* (*for baseball*) chày vụt bóng; (*for table tennis*) vợt **2** *v/i* (*in baseball*) đánh gậy

bat²: **he didn't ~ an eyelid** anh ấy thản nhiên như không

bat³ (*animal*) con dơi

batch *n* (*of students*, *data*) đợt; (*of bread*, *products*) mẻ

bath *n* bồn tắm; **have a ~**, **take a ~** tắm

bathe *v/i* (*have a bath*) tắm

bath mat thảm hút nước; **bathrobe** áo choàng tắm; **bathroom** buồng tắm; (*toilet*) buồng vệ sinh; **bath towel** khăn tắm; **bathtub** bồn tắm

batter¹ *n* (*for cakes*) bột nhào; (*for fish etc*) bột tẩm

batter² *n* (*in baseball*) vận động

viên bóng chày

battery pin; MOT bộ ác quy

battle 1 *n* trận đánh; *fig* cuộc đấu tranh **2** *v/i* (*against illness etc*) vật lộn, đấu tranh

battlefield, **battleground** chiến trường

bawdy tục tĩu

bawl (*shout*) la hét; (*weep*) kêu khóc

♦**bawl out** *v/t* F quát tháo

bay (*inlet*) vịnh

bay window cửa sổ lồi

be ◊ (*with nouns*) là; (*negative*) không phải là; **I am a doctor** tôi là bác sĩ; **she is Australian** cô ấy là người Úc; **I'm not a doctor** tôi không phải là bác sĩ ◊ (*with adjectives*: *be is not translated*): **I'm tired** tôi mệt; **she is beautiful** cô ấy đẹp; **I'm not tired** tôi không mệt; **I'm 15** tôi 15 tuổi; **was she there?** cô ấy có ở đấy không?; **it's me** tôi đây; **how much is/are ...?** ... giá là bao nhiêu?; **there is**, **there are** có ◊ (*imperative*) hãy; (*negative*) đừng; **~ careful** hãy cẩn thận; **don't ~ sad** đừng buồn ◊ (*di*, *đến*; **has the mailman been?** người đưa thư đã đi chưa?; **I've never been to Vietnam** tôi chưa bao giờ đến Việt Nam; **I've been here for hours** tôi ở đây đã hàng giờ rồi; **I'll be back by six** tôi sẽ trở về lúc sáu giờ ◊ (*tags*) phải không?; **that's right, isn't it?** đúng đấy, phải không?; **she's Chinese, isn't she?** cô ta là người Trung Quốc, phải không? ◊ (*auxiliary*) đang; **I am thinking** tôi đang nghĩ; **he is running** anh ấy đang chạy; **you're ~ing silly** anh/chị đang làm trò ngớ ngẩn; **he was crying** anh ấy đang khóc

ch (*final*) k	**gh** g	**nh** (*final*) ng	**r** z; (*S*) r	**x** s	**â** (but)	**i** (tin)
d z; (*S*) y	**gi** z; (*S*) y	**ph** f	**th** t	**a** (hat)	**e** (red)	**o** (saw)
đ d	**nh** (onion)	**qu** kw	**tr** ch	**ă** (hard)	**ê** ay	**ô** oh

◊ (*obligation*) cần phải; **you are to do what I tell you** anh/chị cần phải làm những gì tôi bảo; **I was to tell you this** tôi cần phải nói với anh/chị điều này; **you were not to tell anyone** anh/chị không được nói với ai ◊ (*passive: especially with negative sense*) bị; **he was killed** (*by s.o. else*) anh ấy đã bị giết; (*in a collision*) bị đụng xe chết; (*run over*) bị xe cán chết ◊ (*passive: especially with positive sense*) được; **they have been sold** chúng đã được bán; **the house was built** ngôi nhà đã được xây dựng

♦ **be in for** *surprise*, *trouble etc* sẽ gặp

beach bờ biển

beachwear đồ tắm biển

beads chuỗi hạt

beak mỏ

beaker (*for drinking*) cốc

be-all: **the ~ and end-all** phần quan trọng

beam 1 *n* (*in ceiling etc*) xà **2** *v/i* (*smile*) tươi cười **3** *v/t* (*transmit*) truyền

beans đậu; **coffee** ~ hạt cà phê; **be full of** ~ tràn đầy sức sống

beansprouts giá

bear[1] (*animal*) con gấu

bear[2] **1** *v/t weight* chịu được; *costs* chịu; (*tolerate*) chịu đựng; *child* sinh hạ **2** *v/i*: **bring pressure to ~ on ...** dùng sức ép đối với ...

♦ **bear out** (*confirm*) xác nhận

bearable chịu đựng được

beard râu

bearing (*in machine*) ổ trục; **that has no ~ on the case** cái đó chẳng liên quan gì đến trường hợp này

beast con thú

beat 1 *n* (*of heart*) nhịp đập; (*of music*) nhịp điệu **2** *v/i* (*of heart*, *rain*) đập; ~ **about the bush** nói quanh co **3** *v/t* (*in competition*) thắng; (*hit*) đánh đập; (*pound*) đập; ~ **it!** F xéo đi!; **it ~s me** F tôi không hiểu

♦ **beat up** đánh đập

beaten: **off the ~ track** ở một nơi biệt lập ít người đi lại

beating (*physical*) trận đòn

beat-up F cũ nát

beautician nhân viên làm đẹp

beautiful *woman*, *house*, *day* đẹp; *meal* ngon; *vacation* tốt đẹp; *story*, *movie* hay; **thanks, that's just ~!** (*food*) cám ơn, rất ngon

beautifully *cooked*, *done* rất tốt; *simple* rất

beauty (*of woman*, *sunset*) vẻ đẹp

beauty parlor mỹ viện

♦ **beaver away** làm việc miệt mài

because vì; ~ **it was too expensive** vì quá đắt; ~ **of** vì

beckon *v/i* ra hiệu

become *warmer*, *clearer*, *evident etc* trở nên; *doctor*, *priest etc* trở thành; **what's ~ of her?** cô ấy đã ra sao rồi?

bed cái giường; (*of flowers*) luống; (*of sea*, *river*) đáy; **go to** ~ đi ngủ; **he's still in** ~ anh ấy vẫn còn ở trên giường; **go to ~ with ...** ngủ với ...; **make the** ~ làm giường

bedclothes bộ đồ trải giường

bedding bộ đồ trải giường

bedridden nằm liệt giường; **bedroom** phòng ngủ; **bedspread** khăn phủ giường; **bedtime** giờ đi ngủ

bee con ong

beech cây sồi

beef 1 *n* thịt bò; F (*complaint*) sự than vãn **2** *v/i* F (*complain*) than

ơ ur	**y** (tin)	**ây** uh-i	**iê** i-uh	**oa** wa **ôi** oy **uy** wee **ong** aong
u (soon)	**au** a-oo	**eo** eh-ao	**iêu** i-yoh	**oai** wai **ơi** ur-i **ênh** uhng **uyên** oo-in
ư (dew)	**âu** oh	**êu** ay-oo	**iu** ew	**oe** weh **uê** way **oc** aok **uyêt** oo-yit

văn

♦**beef up** F tăng cường

beefburger thịt bò băm viên, bơ gơ

beehive tổ ong

beeline: *make a ~ for* sà ngay tới

beep 1 *n* tiếng bíp bíp **2** *v/i* kêu bíp bíp **3** *v/t* (*call on pager*) gọi máy nhắn tin

beeper máy nhắn tin

beer bia

beetle bọ cánh cứng

before 1 *prep* (*in time, order, position*) trước; *~ Tuesday* trước thứ Ba **2** *adv* trước đây; *the week/ day ~* tuần/hôm trước **3** *conj* trước khi; *~ you leave* trước khi anh/chị đi

beforehand trước

beg 1 *v/i* ăn xin **2** *v/t*: *~ s.o. to ...* khẩn cầu ai …

beggar người ăn xin

begin 1 *v/i* bắt đầu; *to ~ with* (*at first*) trước hết; (*in the first place*) thoạt tiên **2** *v/t* bắt đầu

beginner người mới bắt đầu

beginner driver người học lái xe

beginning phần đầu; (*origin*) nguồn gốc

behalf: *on/in ~ of* thay mặt; *on my/ his ~* thay mặt tôi/anh ấy

behave *v/i* cư xử; *~ (oneself)* (*of children*) ngoan; *~ (yourself)!* hãy ngoan nào!

behavior cách cư xử

behind 1 *prep* (*in position*) sau; (*in progress*) kém; (*in order*) ở sau; *be ~ ...* (*responsible for*) nấp đằng sau …; (*support*) ủng hộ **2** *adv* (*at the back*) đằng sau; *be ~ with sth* chậm trễ trong việc gì

Beijing Bắc Kinh

being (*existence*) sự tồn tại; (*creature*) sinh vật

belated muộn mằn

belch 1 *n* tiếng ợ **2** *v/i* ợ

Belgian 1 *adj* Bỉ **2** *n* người Bỉ

Belgium nước Bỉ

belief niềm tin; (*religious*) tín ngưỡng

believe tin

♦**believe in** tin vào; *ghosts* tin có

believer REL tín đồ; *fig* người tin tưởng

bell chuông

bellhop nhân viên khuân vác hành lý

belligerent *adj* hiếu chiến; (*engaged in war*) tham chiến

bellow 1 *n* (*of person*) tiếng thét; (*of bull*) tiếng rống **2** *v/i* (*of person*) thét lên; (*of bull*) rống lên

belly bụng

bellyache *v/i* F cần nhằn

belong: *where does this ~?* cái này để ở đâu?; *I don't ~ here* tôi không thích hợp với nơi đây

♦**belong to** thuộc về, của; *club, organization* là thành viên; *that CD belongs to me* đĩa CD này là của tôi

belongings của cải

beloved *adj* yêu quý

below 1 *prep* dưới **2** *adv* ở dưới; (*in text*) ở bên dưới; *see ~* xem bên dưới; *10 degrees ~* âm 10 độ

belt thắt lưng; *tighten one's ~ fig* thắt lưng buộc bụng

bench (*seat*) ghế dài; (*work~*) bàn thợ

benchmark dấu làm chuẩn

bend 1 *n* chỗ rẽ **2** *v/t* gập **3** *v/i* (*of road*) quặt; (*of river*) uốn lượn; (*of pipe*) uốn cong; (*of person*) cúi

♦**bend down** cúi xuống

bender F: *go on a ~* đi nhậu say sưa

beneath 1 *prep* ở dưới; (*in status, value*) không xứng đáng **2** *adv* ở

ch (*final*) k	**gh** g	**nh** (*final*) ng	**r** z; (*S*) r	**x** s	**â** (but)	**i** (tin)
d z; (*S*) y	**gi** z; (*S*) y	**ph** f	**th** t	**a** (hat)	**e** (red)	**o** (saw)
đ d	**nh** (onion)	**qu** kw	**tr** ch	**ă** (hard)	**ê** ay	**ô** oh

dưới

benefactor người hảo tâm

beneficial có lợi

benefit 1 *n* lợi ích **2** *v/t* làm lợi **3** *v/i* được lợi

benevolent nhân đức

benign nhân từ; MED lành

bequeath di tặng; *fig* để lại

bereaved 1 *adj* bị mất người thân **2** *n*: **the ~** người bị mất thân nhân

berry quả mọng

berserk: **go ~** trở nên điên khùng

berth (*for sleeping*) giường ngủ; (*for ship*) chỗ thả neo; **give s.o. a wide ~** giữ khoảng cách với ai

beside bên cạnh; **be ~ oneself with rage** / **grief** cơn giận xung thiên / sầu khổ; **that's ~ the point** không có gì liên quan tới

besides 1 *adv* hơn nữa, vả lại **2** *prep* (*apart from*) ngoài ... ra

best 1 *adj* tốt nhất; (*Vietnamese often prefers a more specific word than 'best', so for example the 'best price' may translate as the 'highest* / *lowest price'*): *food*, *meal* ngon nhất; (*in quality*) *hotel*, *restaurant*, *train service*, *model* khá nhất; (*most skilled*, *most able*) *craftsman*, *student*, *doctor* giỏi nhất; *speaker* hay nhất; (*~ made*) *movie*, *book* hay nhất; (*strongest*) *runner*, *boxer* khỏe nhất; (*most valid*) *reason* chính đáng nhất; (*most enjoyable*) *party*, *vacation* vui nhất; (*most suitable*) *color* hợp nhất **2** *adv* tốt nhất; *like* nhiều nhất; *dressed* đẹp nhất; **it would be ~ if ...** tốt nhất nếu ...; **I like her ~** tôi thích cô ấy nhất **3** *n*: **do one's ~** làm hết sức mình; **make the ~ of** cố gắng cứu vãn; **all the ~!** chúc mọi sự tốt lành!

best before date hạn sử dụng; **best man** (*at wedding*) phù rể; **best-seller** sách bán chạy nhất

bet 1 *n* sự đánh cuộc; (*money wagered*) tiền đánh cuộc **2** *v/t* & *v/i* đánh cuộc; **I ~ that ...** (*reckon*) tôi chắc chắn rằng ...; **you ~!** chắc chắn!

betel trầu; **chew ~** ăn trầu

betray phản bội

betrayal sự phản bội

better tốt hơn; (*Vietnamese often prefers a more specific word than 'better', so for example a 'better price' may translate as a 'higher* / *lower price'*): *food*, *meal* ngon hơn; (*in quality*) *hotel*, *restaurant*, *train service*, *model* khá hơn; (*more skilled*, *able*) *craftsman*, *student*, *doctor* giỏi hơn; *speaker* hay hơn; (*~ made*) *movie*, *book* hay hơn; (*stronger*) *runner*, *boxer* khỏe hơn; (*more valid*) *reason* chính đáng hơn; (*more enjoyable*) *party*, *vacation* vui hơn; (*more suitable*) *color* hợp hơn; **get ~** (*improve*) trở nên tốt hơn; (*in health*) đã đỡ hơn; **he's ~** (*in health*) anh ấy đã đỡ hơn; **you look ~ today** anh / chị trông khá hơn hôm nay; **that's ~, now you're getting it!** thế thì đỡ hơn, anh / chị đã nắm được rồi đấy! **2** *adv* tốt hơn; *sing*, *dance* hay hơn; *like* hơn; **you'd ~ ask permission** anh / chị nên xin phép thì hay hơn; **I'd really ~ not** tôi thật sự không nên thì hơn; **all the ~ for us** càng tốt hơn cho chúng tôi

better-off *adj* khá khẩm hơn

between giữa; (*in time*) trong khoảng; **I'll meet you ~ 5 and 5.30** tôi sẽ gặp anh / chị trong khoảng thời gian từ 5 đến 5 giờ

ơ ur	y (tin)	ây uh-i	iê i-uh	oa wa	ôi oy	uy wee	ong aong
u (soon)	au a-oo	eo eh-ao	iêu i-yoh	oai wai	ơi ur-i	ênh uhng	uyên oo-in
ư (dew)	âu oh	êu ay-oo	iu ew	oe weh	uê way	oc aok	uyêt oo-yit

30; **~ *you and me*** giữa anh/chị và tôi

beverage *fml* đồ uống

beware: **~ *of*** coi chừng

bewilder làm bối rối

beyond 1 *prep* (*in space*) ở bên kia; (*outside the range of*) vượt quá; ***it's ~ me*** (*don't understand*) ngoài tầm hiểu biết của tôi; (*can't do it*) ngoài khả năng tôi **2** *adv* xa hơn nữa

Bhutan nước Bu-tăng

Bhutanese 1 *adj* Bu-tăng **2** *n* người Bu-tăng

bias *n* (*against*) sự thành kiến; (*in favor of*) sự thiên về

bias(s)ed thiên vị

bib (*for baby*) yếm dãi

Bible kinh thánh

bibliography thư mục

biceps bắp tay

bicker cãi cọ

bicycle *n* xe đạp

bid 1 *n* (*at auction*) sự đặt giá; (*attempt*) sự nỗ lực **2** *v/i* (*at auction*) đấu giá

biennial *adj* hai năm một lần

big 1 *adj* lớn; (*long: word*) dài; (*important*) quan trọng; ***my ~ brother/sister*** anh/chị tôi; **~ *name*** vang danh **2** *adv*: ***talk ~*** nói huênh hoang

bigamist (*man*) người hai chồng; (*woman*) người hai vợ

big-headed kiêu ngạo

bike 1 *n* xe đạp; (*motor~*) xe máy **2** *v/i* đi xe đạp; (*by motor~*) đi xe máy

bikini bộ áo tắm hai mảnh, bikini

bilingual song ngữ

bill 1 *n* (*invoice*) hóa đơn; (*money*) tờ giấy bạc; POL bản dự thảo luật; (*poster*) áp phích **2** *v/t* (*invoice*) gửi hóa đơn

billboard bảng dán quảng cáo

billfold ví tiền

billiards trò chơi bi-a

billion tỷ

billionth *adj* thứ một tỷ

bill of exchange giấy báo trả tiền

bill of sale hóa đơn

bin (*for storage*) thùng chứa to

binary nhị phân

bind *v/t* (*connect*) gắn bó; (*tie*) trói buộc; (LAW: *oblige*) bắt buộc

binder (*for papers*) bìa

binding 1 *adj* *agreement, promise* ràng buộc **2** *n* (*of book*) bìa sách

binoculars ống nhòm

biodegradable có thể thối rữa được

biography tiểu sử

biological sinh học; **~ *parents*** cha mẹ đẻ; **~ *detergent*** chất tẩy sinh học

biology sinh vật học

biotechnology kỹ thuật sinh học

bird chim

bird of prey chim săn mồi

bird sanctuary khu bảo tồn chim

birth (*of child*) sự sinh đẻ; (*labor*) sự đẻ; *fig* (*of country etc*) sự ra đời; ***give ~ to*** *child* sinh ra; ***date of ~*** ngày sinh

birth certificate giấy khai sinh; **birth control** sự hạn chế sinh đẻ; **birthday** sinh nhật; ***happy ~!*** chúc mừng sinh nhật!; **birthplace** nơi sinh; **birthrate** tỷ lệ sinh đẻ

biscuit (*cracker*) bánh quy giòn

bisexual 1 *adj* lưỡng tính **2** *n* kẻ lưỡng tính

bishop giám mục

bit *n* (*piece: of wood, string etc*) mẩu; (*part of a whole*) phần; COMPUT đơn vị thông tin; ***a ~*** (*a little*) một ít; (*a little while*) một chút; (*rather*) hơi; ***a ~ faster*** nhanh hơn tí; ***a ~ of bread*** một ít

---

ch (*final*) k	**gh** g	**nh** (*final*) ng	**r** z; (*S*) r	**x** s	**â** (but) **i** (tin)
d z; (*S*) y	**gi** z; (*S*) y	**ph** f	**th** t	**a** (hat)	**e** (red) **o** (saw)
đ d	**nh** (onion)	**qu** kw	**tr** ch	**ă** (hard)	**ê** ay **ô** oh

bánh mì; *a* ~ *of news* một mẩu
tin; ~ *by* ~ dần dần; *I'll be there
in a* ~ tôi sẽ sớm có mặt ở đó
bitch 1 *n* (*dog*) chó cái; F (*woman*)
con mụ **2** *v/i* F (*complain*) phàn
nàn
bitchy F *person, remark* độc ác
bite 1 *n* vết cắn; (*of food*) miếng;
get a ~ (*of angler*) cắn câu; *let's
have a* ~ *to eat* hãy ăn chút gì đã
2 *v/t* cắn; (*of mosquito, flea*) đốt
3 *v/i* cắn; (*of mosquito, flea*) đốt;
(*of fish*) cắn câu
bitter *taste* đắng; *person, comment,
tone* chua cay; *failure* cay đắng;
wind lạnh buốt; *argument* gay gắt
bitterly *cold* buốt; *smile* chua chát;
weep thảm thiết
black 1 *adj* đen; *person* da đen; *fig*
(*gloomy*) đen tối **2** *n* (*color*) màu
đen; (*person*) người da đen; *in the*
~ FIN có tiền ở tài khoản ngân
hàng
♦**black out** *v/i* (*lose
consciousness*) ngất đi
blackberry quả mâm xôi;
blackbird chim hét; **blackboard**
bảng đen; **black box** hộp đen;
black economy kinh doanh chui
blacken *person's name* bôi nhọ
black eye mắt thâm tím; **black ice**
lớp băng mỏng; **blacklist 1** *n* sổ
đen **2** *v/t* ghi tên vào sổ đen;
blackmail 1 *n* (*demanding money*)
sự tống tiền; (*using threats*) sự hăm
dọa; *emotional* ~ sự hăm dọa
bằng tình cảm **2** *v/t*: *they are
~ing him* họ đang hăm dọa anh
ấy; ~ *s.o. into doing sth* hăm dọa
ai để buộc họ làm gì; **blackmailer**
(*who demands money*) kẻ tống
tiền; (*who threatens*) kẻ hăm dọa;
black market chợ đen
blackness độ đen

blackout ELEC sự mất điện; MED sự
choáng ngất
blacksmith thợ rèn
bladder bàng quang
blade (*of knife, sword*) lưỡi; (*of
helicopter*) cánh quạt; (*of grass*)
ngọn
blame 1 *n* sự khiển trách;
(*responsibility*) sự chịu trách
nhiệm **2** *v/t* chê trách; ~ *X for Y*
quy lỗi cho X về Y
bland *smile, food* nhạt; *answer* vô vị
blank 1 *adj* (*not written on*) để
trắng; *tape* trắng; *look* đờ đẫn **2** *n*
(*empty space*) chỗ trống; *my
mind's a* ~ đầu óc tôi trống rỗng
blank check chi phiếu không gạch
blanket *n* chăn (*N*), mền (*S*); *a* ~ *of
...* fig một lớp ...
blare *v/i* kêu ầm ĩ
♦**blare out 1** *v/i* kêu ầm ĩ **2** *v/t*
phát to
blaspheme *v/i* báng bổ
blast 1 *n* (*explosion*) vụ nổ; (*gust*)
luồng gió mạnh **2** *v/t* phá nổ; ~*!* F
tức thật!
♦**blast off** (*of rocket*) được phóng
lên
blast furnace lò cao
blast-off sự phóng
blatant trắng trợn
blaze 1 *n* (*fire*) vụ hỏa hoạn; *a* ~ *of
color* sự rực rỡ về màu sắc **2** *v/i*
(*of fire*) cháy sáng rực
♦**blaze away** (*with gun*) nhả đạn
liên tục
bleach 1 *n* thuốc tẩy trắng **2** *v/t*
hair làm nhạt màu
bleak *countryside* trống trải;
weather ảm đạm; *future* u ám
bleary-eyed mắt lờ đờ
bleat *v/i* (*of sheep*) kêu be be
bleed 1 *v/i* chảy máu **2** *v/t* fig chảy
máu

ơ u*r*	y (tin)	ây uh-i	iê i-uh	oa wa	ôi oy	uy wee	ong aong
u (soon)	au a-oo	eo eh-ao	iêu i-yoh	oai wai	ơi ur-i	ênh uhng	uyên oo-in
ư (dew)	âu oh	êu ay-oo	iu ew	oe weh	uê way	oc aok	uyêt oo-yit

bleeding *n* sự chảy máu

bleep 1 *n* tiếng kêu bíp bíp **2** *v/i* kêu bíp bíp

bleeper thiết bị phát ra tiếng bíp bíp

blemish 1 *n* vết nhơ **2** *v/t reputation* làm ô uế

blend 1 *n* sự pha trộn **2** *v/t* pha trộn

♦ **blend in 1** *v/i* ăn nhập **2** *v/t* (*in cooking*) nhào trộn

blender (*machine*) máy nghiền nát lỏng thực phẩm

bless ban phúc; (*God*) ~ *you!* Chúa ban phước cho anh/chị!; ~ *you* (*to children*) cơm cá, (*nothing said to adults*); *be ~ed with ...* được may mắn có ...

blessing REL phúc lành; *fig* (*approval*) sự chấp thuận

blind 1 *adj* mù; *corner* cụt; ~ *to* không hay biết **2** *n*: *the* ~ người mù **3** *v/t* làm mù; (*dazzle*) làm lóa mắt; *fig* (*of love etc*) làm mù quáng

blind alley ngõ cụt (*N*); **blind date** *cuộc gặp gỡ được xắp xếp cho những người chưa quen biết nhau*; **blindfold 1** *n* sự bịt mắt **2** *v/t* bịt mắt **3** *adv*: *I could do it* ~ cái đó thì bịt mắt tôi cũng làm được

blinding *light* mạnh; *headache* nặng

blind spot (*in road*) điểm mù; *fig* (*in abilities etc*) môn học yếu kém

blink *v/i* (*of light*, *person*) chớp mắt; ~ *back one's tears* cầm nước mắt

blip (*on radar screen*) điểm sáng trên màn hình ra đa; *fig* sự thay đổi nhất thời

bliss niềm sung sướng

blister 1 *n* nốt giộp **2** *v/i* bị giộp

blizzard trận bão tuyết dữ dội

bloated sưng phù

blob (*of liquid*) giọt

bloc POL khối

block 1 *n* (*of ice*, *stone etc*) tảng; (*in*

town) khu nhà lớn; (*of shares*) lô; (*blockage*) sự tắc nghẽn **2** *v/t road*, *traffic*, *drain* làm tắc; *view* làm cản

♦ **block in** (*with vehicle*) làm tắc nghẽn

♦ **block out** *light* làm cản

♦ **block up** *v/t sink etc* làm tắc

blockade 1 *n* sự phong tỏa **2** *v/t* phong tỏa

blockage sự tắc nghẽn

blockbuster (*movie*) một bộ phim nổi tiếng; (*book*) một tác phẩm nổi tiếng

block letters chữ hoa

blond *adj* vàng

blonde *n* (*woman*) phụ nữ tóc vàng

blood máu; *in cold* ~ một cách tàn nhẫn

blood bank ngân hàng máu; **blood donor** người cho máu; **blood group** nhóm máu

bloodless *coup*, *revolution* không có đổ máu

blood poisoning nhiễm trùng máu; **blood pressure** huyết áp; **blood relation**, **blood relative** quan hệ máu mủ, họ hàng ruột thịt; **blood sample** mẫu máu; **bloodshed** sự đổ máu; **bloodshot** đỏ ngầu; **bloodstain** bị vấy máu; **bloodstream** luồng máu; **blood test** xét nghiệm máu; **blood transfusion** sự truyền máu; **blood vessel** mạch máu

bloody *hands*, *battle etc* đẫm máu

bloody mary vốt ca pha với nước cà chua

bloom 1 *n* bông hoa; *in full* ~ đang nở rộ **2** *v/i* nở hoa; *fig* hưng thịnh

blossom 1 *n* chùm hoa **2** *v/i* trổ hoa; *fig* trở nên hoạt bát

blot 1 *n* vết; *a* ~ *on the landscape* cái làm mất vẻ đẹp chung **2** *v/t* (*dry*) thấm khô

---

ch (*final*) k	**gh** g	**nh** (*final*) ng	**r** z; (*S*) r	**x** s	**â** (but) **i** (tin)
đ z; (*S*) y	**gi** z; (*S*) y	**ph** f	**th** t	**a** (hat)	**e** (red) **o** (saw)
đ d	**nh** (onion)	**qu** kw	**tr** ch	**ă** (hard)	**ê** ay **ô** oh

◆**blot out** *memory* xóa đi; *sun* che mờ

blotch vệt

blotchy có vệt

blouse áo choàng

blow[1] *n* đòn; **this dealt our plans a ~** kế hoạch chúng ta bị giáng một đòn

blow[2] **1** *v/t* (*of wind*) thổi cuốn đi; *whistle* thổi; F (*spend*) phung phí; F *opportunity* bỏ lỡ; **~ one's smoke** hỉ mũi; **~ one's nose** nhả khói **2** *v/i* (*of wind, whistle, person etc*) thổi; (*of fuse, tire*) nổ

◆**blow off 1** *v/t* thổi bay **2** *v/i* bị thổi bay

◆**blow out 1** *v/t candle* thổi tắt **2** *v/i* (*of candle*) tắt

◆**blow over 1** *v/t* làm đổ **2** *v/i* (*topple*) đổ; (*of storm*) qua đi; (*of argument*) được quên đi

◆**blow up 1** *v/t* (*with explosives*) làm nổ; *balloon* thổi căng; *photograph* phóng to **2** *v/i* nổ tung; F (*become angry*) nổi nóng

blow-dry *v/t* sấy tóc; **blow-out** (*of tire*) nổ lốp xe; F (*big meal*) bữa chén no say; **blow-up** (*of photo*) sự phóng to

blue 1 *adj* xanh da trời; *movie* khiêu dâm **2** *n* màu xanh

blue chip cổ phần của các công ty lớn; **blue-collar worker** công nhân; **blueprint** bản thiết kế; *fig* (*plan*) kế hoạch

blues MUS nhạc blu; **have the ~** cảm thấy buồn chán

blues singer ca sĩ hát điệu blu

bluff 1 *n* (*deception*) trò bịp **2** *v/i* bịp

blunder 1 *n* lỗi ngớ ngẩn **2** *v/i* phạm sai lầm ngớ ngẩn

blunt *adj pencil, knife* cùn; *person* thẳng thừng

bluntly *speak* một cách thẳng thừng

blur 1 *n* lờ mờ **2** *v/t* làm mờ

blurb (*on book*) lời giới thiệu

◆**blurt out** thốt ra

blush 1 *n* nét ửng đỏ **2** *v/i* đỏ mặt

blusher (*cosmetic*) phấn hồng

BO (= **body odor**) mùi mồ hôi người

board 1 *n* (*of wood etc*) tấm ván; (*for game*) bàn cờ; (*for notices*) bảng; **~** (**of directors**) ban giám đốc; **on ~** (*plane*) trên máy bay; (*ship*) trên tàu thủy; (*train*) trên tàu hỏa; **take on ~** *comments etc* ghi nhận; (*fully realize truth of*) nhận thức được; **across the ~** toàn bộ **2** *v/t airplane etc* lên

◆**board up** bịt kín bằng ván

◆**board with** ở trọ tại

board and lodging ăn và ở trọ

boarder khách trọ; EDU học sinh nội trú

board game môn cờ

boarding card (*for plane*) thẻ lên máy bay; (*for ship*) thẻ lên tàu; **boarding house** nhà trọ; **boarding pass** (*for ship*) thẻ lên tàu; (*for plane*) thẻ lên máy bay; **boarding school** trường nội trú

board meeting cuộc họp ban giám đốc; **board room** phòng họp ban giám đốc; **boardwalk** lối đi dạo lát bằng ván

boast 1 *n* lời khoe khoang **2** *v/i* khoe khoang

boat tàu thủy; (*small, for leisure*) thuyền; **go by ~** đi bằng tàu thủy

boat people thuyền nhân

boat race cuộc đua thuyền

bob[1] (*haircut*) kiểu tóc cắt bồng

bob[2] *v/i* (*of boat etc*) nhấp nhô

◆**bob up** xuất hiện đột ngột

bobsled, bobsleigh xe trượt băng

bodice phần thân trên

bodily 1 *adj* của cơ thể **2** *adv eject*

ơ ur	y (tin)	ây uh-i	iê i-uh	oa wa	ôi oy	uy wee	ong aong
u (soon)	au a-oo	eo eh-ao	iêu i-yoh	oai wai	ơi ur-i	ênh uhng	uyên oo-in
ư (dew)	âu oh	êu ay-oo	iu ew	oe weh	uê way	oc aok	uyêt oo-yit

bằng vũ lực

body cơ thể; (*dead*) xác chết; ~ *of water* khối nước; ~ (*suit*) (*undergarment*) bộ quần áo lót

bodyguard vệ sĩ; **body language** ngôn ngữ cử chỉ; **body odor** mùi mồ hôi người; **body shop** MOT xưởng sửa chữa thân xe; **bodywork** MOT thân xe

boggle: *it ~s the mind!* khó mà tưởng tượng nổi!

bogus *doctor etc* dởm; *argument etc* giả

boil[1] *n* nhọt

boil[2] **1** *v/t liquid* đun sôi; *egg, vegetables* luộc **2** *v/i* đun sôi

♦**boil down to** tóm lại ... là; *it boils down to a question of money* chung quy vẫn là vấn đề tiền bạc

♦**boil over** (*of milk etc*) sôi trào

boiled rice cơm

boiler nồi hơi

boisterous náo nhiệt

bold 1 *adj* táo bạo **2** *n* (*print*) sự in đậm; *in ~* in đậm

bolster *v/t confidence* củng cố

bolt 1 *n* (*on door*) cái then; (*of lightning*) ánh chớp; *like a ~ from the blue* như sét đánh ngang tai **2** *adv*: ~ *upright* thẳng đứng **3** *v/t* (*fix with bolts*) bắt bu lông; *door* cài then **4** *v/i* (*run off*) chạy lồng lên; (*of prisoner*) ù té chạy

bomb 1 *n* bom **2** *v/t* MIL ném bom; (*of terrorists*) đánh bom

bombard: ~ *with questions* hỏi dồn dập

bomb attack sự tấn công bằng bom

bomber (*airplane*) máy bay oanh tạc; (*terrorist*) kẻ đặt bom

bomber jacket áo vét phi công

bomb scare cơn hoảng sợ bị bom

bond 1 *n* (*tie*) sợi dây ràng buộc;

FIN công trái **2** *v/i* (*of glue*) gắn chặt

bone 1 *n* xương **2** *v/t meat, fish* lọc xương

bonfire đống lửa ngoài trời

bonsai cây bon sai

bonus (*money*) tiền thưởng; (*something extra*) món quà thưởng

boo 1 *n* tiếng la ó **2** *v/t actor, speaker* la ó phản đối **3** *v/i* la ó

book 1 *n* sách; ~ *of matches* diêm giấy **2** *v/t* (*reserve*) đặt chỗ trước; (*rent*) thuê; (*of policeman*) ghi tên phạt **3** *v/i* (*reserve*) đặt chỗ trước

bookcase tủ sách

booked up *hotel, restaurant, flight* đặt hết chỗ; *I'm ~ all next week* tôi bận hết cả tuần sau

bookie F người đánh cá ngựa thuê

booking (*reservation*) sự đặt chỗ

booking clerk nhân viên bán vé

bookkeeper kế toán viên

bookkeeping kế toán

booklet cuốn sách mỏng

bookmaker người đánh cá ngựa thuê

books (*accounts*) tài khoản; *do the ~* làm sổ sách

bookseller người bán sách; **bookstall** quầy sách; **bookstore** cửa hàng sách

boom[1] **1** *n* sự bùng nổ; *the post-war baby ~* sự bùng nổ sinh đẻ sau chiến tranh **2** *v/i* (*of business*) phát đạt

boom[2] *n* (*noise*) tiếng nổ đùng đùng; (*in trade etc*) sự tăng vọt

boonies F: *out in the ~* nơi xa xôi hẻo lánh

boost 1 *n* (*to sales, confidence*) sự tăng cường; (*encouragement*) khích lệ; (*to economy*) sự hỗ trợ **2** *v/t production, sales, prices* làm tăng; *confidence, morale* khích lệ

ch (*final*) k	**gh** g	**nh** (*final*) ng	**r** z; (*S*) r	**x** s	**â** (but) **i** (tin)
d z; (*S*) y	**gi** z; (*S*) y	**ph** f	**th** t	**a** (hat)	**e** (red) **o** (saw)
đ d	**nh** (onion)	**qu** kw	**tr** ch	**ă** (hard)	**ê** ay **ô** oh

boot *n* giày ống

♦ **boot out** F tống cổ ra khỏi

♦ **boot up** *v/t & v/i* COMPUT khởi động

booth (*at market, fair, in restaurant*) quầy

booze *n* F rượu

booze-up F bữa uống say sưa

border 1 *n* (*between countries*) biên giới; (*edge*) đường viền **2** *v/t* country, river tiếp giáp

♦ **border on** country tiếp giáp với; (*be almost*) gần như là

borderline: *a ~ case* một trường hợp cần sự đắn đo

bore[1] *v/t* hole khoan

bore[2] **1** *n* (*person*) người nói chuyện dài dòng và nhạt nhẽo **2** *v/t* làm buồn, làm chán

bored buồn, chán; *be ~* buồn, chán

boredom tình trạng buồn, chán

boring buồn tẻ

born: *be ~* sinh; *be ~ blind/deaf* mù/điếc bẩm sinh; *where were you ~?* anh/chị sinh ở đâu?; *be a ~ teacher* là một thầy giáo bẩm sinh

borrow money, food vay; object, word, person mượn

bosom (*of woman*) bộ ngực

boss (*male*) ông chủ; (*female*) bà chủ

♦ **boss around** sai phái

bossy hống hách

botanical thực vật học; *~ garden* vườn bách thảo

botany thực vật học

botch *v/t* làm hỏng

both 1 *adj & pron* cả hai; *I know ~* (*of the*) *brothers* tôi biết cả hai anh em; *~* (*of the*) *brothers were there* cả hai anh em đều ở đó; *~ of them* cả hai **2** *adv*: *~ ... and ...* cả ... lẫn; vừa ... vừa; *is it*

business or pleasure? – ~ công tác hay đi chơi? – cả hai

bother 1 *n* sự phiền phức; *it's no ~* không có gì **2** *v/t* (*disturb*) làm phiền; person working quấy rầy; (*worry*) lo lắng **3** *v/i* mất thời gian; *don't ~!* (*you needn't do it*) đừng bận tâm; *you needn't have ~ed* lẽ ra anh/chị không cần bận tâm

bottle 1 *n* chai; (*for baby*) bình sữa **2** *v/t* đóng chai

♦ **bottle up** feelings nén

bottle bank thùng đựng vỏ chai

bottled water nước đóng chai

bottleneck *n* (*in road*) chỗ hay bị tắc nghẽn; (*in production*) tình trạng trì trệ

bottle-opener cái mở nắp chai

bottom 1 *adj* vị trí cuối cùng, thấp nhất **2** *n* (*on the inside*) đáy; (*of hill*) chân; (*of pile*) dưới cùng; (*underside*) mặt dưới; (*of street, garden, page etc*) cuối; (*buttocks*) mông đít; *at the ~ of the screen* ở dưới màn ảnh

♦ **bottom out** mức thấp nhất

bottom line *fig* (*financial outcome*) kết quả cuối cùng; (*the real issue*) điều cốt yếu

boulder tảng đá mòn

bounce 1 *v/t* ball đập **2** *v/i* (*of ball*) nảy lên, nảy; (*on sofa etc*) nhảy nhót; (*of rain etc*) đập; (*of check*) bị trả lại

bouncer người giữ trật tự

bound[1]: *be ~ to do sth* (*sure to*) chắc chắn làm gì; (*obliged to*) buộc phải làm gì

bound[2]: *be ~ for* (*of ship*) đi về hướng

bound[3] **1** *n* (*jump*) sự nhảy lên **2** *v/i* chạy nhảy

boundary ranh giới

boundless sea, space bao la;

ơ u*r*   **y** (tin)   **ây** uh-i   **iê** i-uh   **oa** wa   **ôi** oy   **uy** wee   **ong** aong
u (soon)   **au** a-oo   **eo** eh-ao   **iêu** i-yoh   **oai** wai   **ơi** ur-i   **ênh** uhng   **uyên** oo-in
ư (dew)   **âu** oh   **êu** ay-oo   **iu** ew   **oe** weh   **uê** way   **oc** aok   **uyêt** oo-yit

kindness, enthusiasm vô hạn
bouquet (*flowers*) bó hoa; (*of wine*) hương vị
bourbon rượu uýt ki ngô
bout MED trận; (*in boxing*) trận đấu; *a ~ of flu* một trận cúm
boutique tiệm bán quần áo thời trang
bow[1] **1** *n* (*as greeting*) cái cúi chào **2** *v/i* cúi chào **3** *v/t head* cúi
bow[2] (*knot*) nơ bướm; MUS vĩ
bow[3] (*of ship*) mũi tàu
bowels lòng
bowl[1] (*container*) chậu; (*for rice, soup*) chén (*S*), bát (*N*)
bowl[2] *n* (*in tenpins*) quả bóng ki; (*in lawn bowls*) quả bóng gỗ
♦**bowl over** *fig* làm sửng sốt
bowling alley bãi chơi ki
bow tie cà vạt nơ bướm
box[1] *n* (*small, cardboard*) hộp; (*large, crate*) thùng; (*on form*) ô
box[2] *v/i* đánh bốc
boxer võ sĩ quyền Anh
boxing môn quyền Anh
boxing match trận đấu quyền Anh
box office chỗ bán vé
boy cậu bé; (*older, young man*) chàng trai; (*son*) con trai
boycott 1 *n* sự tẩy chay **2** *v/t* tẩy chay
boyfriend bạn trai; (*lover*) người yêu
boyish như trẻ con
boyscout hướng đạo sinh
bra nịt vú, xu chiêng
brace (*on teeth*) nẹp răng
bracelet vòng tay
bracket (*for shelf*) giá đỡ; (*in text*) dấu ngoặc
brag *v/i* khoác lác
braid *n* (*in hair*) bím tóc; (*trimming*) dải viền
braille chữ nổi, hệ thống chữ Bray

brain não, óc
brainless F ngu si
brains (*intelligence*) sự thông minh; (*person*) người đầu não
brainstorm → *brainwave*;
brainstorming gom góp ý kiến;
brain surgeon bác sĩ phẫu thuật não; **brainwash** tẩy não;
brainwashing sự tẩy não;
brainwave (*brilliant idea*) ý kiến bất chợt
brainy F thông minh
brake 1 *n* cái phanh (*N*), cái thắng (*S*); *fig* sự hạn chế **2** *v/i* đạp phanh
brake light đèn đạp phanh
brake pedal bàn đạp phanh
branch *n* (*of tree*) cành cây; (*of bank, company*) chi nhánh
♦**branch off** (*of road*) rẽ ngoặt
♦**branch out** (*diversify*) mở rộng hoạt động
brand 1 *n* (*of product*) nhãn hiệu **2** *v/t*: *be ~ed a liar* bị quy là kẻ nói dối
brand image nhãn uy tín sản phẩm
brandish vung
brand leader nhãn hiệu dẫn đầu;
brand loyalty sự trung thành với nhãn hiệu; **brand name** tên nhãn hiệu; **brand-new** mới toanh
brandy rượu cô nhắc
brass (*alloy*) đồng thau
brass band đội kèn đồng
brassière nịt vú, xu chiêng
brat *pej* ôn con
bravado làm ra vẻ can đảm
brave *adj* can đảm
bravery sự can đảm
brawl 1 *n* vụ đánh lộn **2** *v/i* đánh lộn
brawny (*strong*) khỏe mạnh
Brazil nước Brazin
Brazilian 1 *adj* Brazin **2** *n* người Brazin

ch (*final*) k	**gh** g	**nh** (*final*) ng	**r** z; (*S*) r	**x** s	**â** (but) **i** (tin)
d z; (*S*) y	**gi** z; (*S*) y	**ph** f	**th** t	**a** (hat)	**e** (red) **o** (saw)
đ d	**nh** (onion)	**qu** kw	**tr** ch	**ă** (hard)	**ê** ay **ô** oh

breach (*violation*) sự vi phạm; (*in party*) sự rạn nứt

breach of contract LAW sự vi phạm hợp đồng

bread *n* bánh mì

breadcrumbs (*for cooking*) ruột bánh mì; (*for bird*) mẩu bánh mì

breadth (*of road etc*) bề rộng; (*of knowledge etc*) phạm vi rộng lớn

breadwinner trụ cột gia đình

break 1 *n* (*in bone etc*) sự gãy; (*rest*) nghỉ ngơi; (*in relationship*) sự chấm dứt quan hệ; **give s.o. a ~** (*opportunity*) cho ai cơ hội; **take a ~** tạm nghỉ; **without a ~** *work, travel* không ngừng **2** *v/t machine* làm hư; *toy, glass, egg etc* làm vỡ; *stick, arm, leg* làm gãy; *rules, law* vi phạm; *news* báo; *record* phá; **~ a promise** không giữ lời hứa **3** *v/i* (*of machine, device, toy*) bị hỏng; (*of china, glass, egg etc*) bị vỡ; (*of stick, leg etc*) bị gãy; (*of news*) báo; (*of storm*) nổi lên; (*of boy's voice*) vỡ

◆**break away** *v/i* (*escape*) trốn thoát; (*from family, tradition*) từ bỏ; (*from organization*) tách khỏi

◆**break down 1** *v/i* (*of vehicle, machine*) bị hỏng; (*of talks*) thất bại; (*in tears*) òa khóc; (*mentally*) suy nhược **2** *v/t door* phá đổ; *figures* phân chia

◆**break even** COM hòa vốn

◆**break in** (*interrupt*) ngắt; (*of burglar*) đột nhập

◆**break off 1** *v/t branch, chocolate etc* bẻ; *relationship* cắt đứt; **they've broken it off** họ đã chia tay nhau **2** *v/i* (*stop*) ngừng

◆**break out** (*start up*) bùng nổ; (*of disease*) phát; (*of prisoners*) vượt ngục; **he broke out in a rash** anh ấy bỗng phát ban

◆**break up 1** *v/t* (*into component parts*) tách; *fight* chấm dứt **2** *v/i* (*of ice*) tan; (*of couple*) chấm dứt quan hệ; (*of band, meeting*) giải tán

breakable dễ vỡ

breakage đồ vật bị vỡ

breakdown (*of vehicle, machine*) sự hỏng hóc; (*of talks*) sự thất bại; (*nervous ~*) sự suy nhược; (*of figures*) sự phân chia

break-even point thời điểm hòa vốn

breakfast *n* bữa ăn sáng; **have ~** ăn sáng

break-in sự đột nhập

breakthrough (*in plan, negotiations*) bước đột phá mới; (*in science, technology*) phát hiện mới

breakup (*of marriage, partnership*) sự chấm dứt

breast (*of woman*) ngực; (*boob*) vú

breastfeed *v/t* bú bằng sữa mẹ

breaststroke kiểu bơi ếch

breath hơi thở; **be out of ~** thở hổn hển; **take a deep ~** hít một hơi dài

Breathalyzer®, breath analyzer thiết bị đo nồng độ rượu

breathe 1 *v/i* thở **2** *v/t* thở ra

◆**breathe in 1** *v/i* thở vào **2** *v/t* hít

◆**breathe out** *v/i* thở ra

breathing sự thở

breathless hết hơi

breathlessness sự thở gấp

breathtaking *view* ngoạn mục; *beauty, good looks* tuyệt vời

breed 1 *n* giống **2** *v/t* gây giống; *fig* gây ra **3** *v/i* (*of animals*) sinh con

breeding (*of animals, plants*) sự sinh sản

breeding ground *fig* ổ

breeze cơn gió nhẹ

brew 1 *v/t beer* ủ; *tea* pha **2** *v/i* (*of storm*) kéo đến; (*of trouble*) âm ỉ

brewer người ủ bia

ơ *ur*	**y** (tin)	**ây** uh-i	**iê** i-uh	**oa** wa	**ôi** oy	**uy** wee	**ong** aong
u (soon)	**au** a-oo	**eo** eh-ao	**iêu** i-yoh	**oai** wai	**ơi** ur-i	**ênh** uhng	**uyên** oo-in
ư (dew)	**âu** oh	**êu** ay-oo	**iu** ew	**oe** weh	**uê** way	**oc** aok	**uyêt** oo-yit

brewery nhà máy bia
bribe 1 *n* vật hối lộ **2** *v/t official etc* hối lộ; *child* mua chuộc
bribery sự ăn hối lộ
brick gạch
bricklayer thợ nề
bride cô dâu
bridegroom chú rể
bridesmaid phù dâu
bridge¹ 1 *n* cái cầu; (*of nose*) sống mũi; (*of ship*) đài chỉ huy **2** *v/t:* ~ **the gap** giảm khoảng cách
bridge² (*card game*) bài brít
brief¹ *adj* ngắn, vắn tắt
brief² 1 *n* (*mission*) lời chỉ dẫn **2** *v/t:* ~ **X on Y** thông báo tường tận cho X về Y
briefcase cái cặp
briefing lời chỉ dẫn tường tận
briefly (*for a short period of time*) một lúc; (*in a few words*) một cách ngắn gọn; (*to sum up*) tóm lại
briefs (*for women, men*) quần lót
bright *color, light* sáng; *smile* tươi; *future, prospect* sáng sủa; (*sunny*) sáng sủa; (*intelligent*) thông minh
brighten (*of face, person*) tươi tỉnh
♦**brighten up 1** *v/t* (*make brighter*) làm rạng rỡ; (*make cheerful*) làm vui vẻ **2** *v/i* (*of weather*) đẹp dần
brightly *smile, shine* rạng rỡ; ~ *colored flags* những lá cờ màu sắc rực rỡ
brightness (*of weather*) sự sáng sủa; (*of smile*) sự rạng rỡ; (*intelligence*) sự thông minh
brilliance (*of person*) sự tài giỏi; (*of color*) sự sáng chói
brilliant *sunshine etc* chói lọi; (*very good*) xuất sắc; (*very intelligent*) rất tài giỏi; *idea* rất hay
brim (*of container*) miệng; (*of hat*) vành
brimful đầy ắp

bring *object* mang; *person* đưa; (*create: peace, happiness, misery*) đem lại; ~ *it here, will you* anh/chị hãy mang lại đây; *can I* ~ *a friend?* tôi mang người bạn theo có được không?
♦**bring about** dẫn tới
♦**bring around** (*from a faint*) làm tỉnh lại; (*persuade*) thuyết phục
♦**bring back** (*return*) trả lại; (*reintroduce*) phục hồi, đưa về lại; *memories* gợi lại
♦**bring down** *fence, tree* làm đổ; *government* lật đổ; *bird, airplane, price etc* hạ; *inflation* giảm
♦**bring in** *interest, income* đem lại; *legislation* đưa ra; *verdict* tuyên bố; (*involve*) cho tham gia vào
♦**bring out** *book* xuất bản; *video, CD etc* sản xuất
♦**bring to** (*from a faint*) làm tỉnh lại
♦**bring up** *child* nuôi; *subject* nêu ra; (*vomit*) nôn ra
brink (*edge*) bờ; *be on the* ~ *of financial ruin* bên bờ vực sâu của sự phá sản; *be on the* ~ *of a discovery* rất gần phát hiện cái gì
brisk *person* nhanh nhẹn; *walk* nhanh; *voice* ngắn gọn; *trade* đắt hàng
bristles (*on chin*) râu; (*of brush*) sợi cước
bristling: *be* ~ *with* đầy
Britain nước Anh
British 1 *adj* Anh **2** *n: the* ~ người Anh
Briton người Anh
brittle *adj* giòn
broach *subject* đề cập
broad 1 *adj* rộng; (*general*) khái quát; *in* ~ *daylight* giữa ban ngày ban mặt **2** *n* F (*woman*) mụ đàn bà
broadcast 1 *n* RAD chương trình phát thanh; TV chương trình

ch (*final*) k   **gh** g   **nh** (*final*) ng   **r** z; (S) r   **x** s   **â** (but)   **i** (tin)
d z; (S) y   **gi** z; (S) y   **ph** f   **th** t   **a** (hat)   **e** (red)   **o** (saw)
đ d   **nh** (onion)   **qu** kw   **tr** ch   **ă** (hard)   **ê** ay   **ô** oh

truyền hình **2** *v/t* RAD phát thanh; TV truyền hình

broadcaster phát thanh viên

broadcasting RAD sự phát thanh; TV sự truyền hình

broaden 1 *v/i* được mở rộng **2** *v/t* mở rộng

broadjump môn nhảy xa

broadly: ~ *speaking* nói chung

broadmindedness tư tưởng rộng rãi

broccoli súp lơ xanh

brochure sách nhỏ

broil *v/t* nướng

broiler (*on stove*) sự nướng

broke F (*temporarily*) không có xu nào; (*long term*) khánh kiệt; *go* ~ (*go bankrupt*) bị phá sản

broken *adj machine etc* bị hỏng; *glass, window* bị vỡ; *neck, arm* bị gãy; *home* bị tan vỡ; *marriage* bị thất bại; *English* ngắc ngứ

broken-hearted nát gan

broker người môi giới

bronchitis viêm phế quản

bronze *n* (*metal*) đồng thanh; ~ *drum* trống đồng

brooch trâm cài áo

brood *v/i* (*of person*) nghĩ ngợi

broom cái chổi

broth (*soup*) xúp; (*stock*) nước hầm

brothel nhà chứa

brother (*elder*) anh trai; (*younger*) em trai; *they're* ~*s* họ là anh em trai; ~*s and sisters* anh em trai và chị em gái

brother-in-law (*older, on wife's side*) anh vợ; (*older, on husband's side*) anh chồng; (*older, on sister's side*) anh rể; (*younger, on sister's side*) em rể; (*younger, on wife's side*) em vợ; (*younger, on husband's side*) em chồng

brotherly như anh em

brow (*forehead*) trán; (*of hill*) đỉnh đồi

browbeat hăm dọa

brown 1 *n* màu nâu **2** *adj* nâu; (*tanned*) rám nắng **3** *v/t* (*in cooking*) phi vàng **4** *v/i* (*in cooking*) được rán vàng

brownbag: ~ *it* F mang theo bữa trưa

Brownie nữ hướng đạo nhỏ tuổi

brownie (*cake*) bánh sô cô la hạnh nhân

Brownie points: *earn* ~ giành được điểm tốt

brown-nose *v/t* F bợ đít

browse (*in store*) xem lướt; ~ *through a book* đọc lướt một quyển sách

browser COMPUT chương trình duyệt

bruise 1 *n* vết thâm tím; (*on fruit*) vết thâm **2** *v/t* làm thâm tím; *fruit* làm thâm **3** *v/i* bị thâm tím; (*of fruit*) bị thâm

bruising *adj fig* đau lòng

brunch bữa ăn nửa buổi

brunette người đàn bà tóc nâu

brunt: *bear the* ~ *of ...* (*of disaster, fighting etc*) gánh chịu hậu quả xấu nhất của ...

brush 1 *n* bàn chải; (*conflict*) cuộc đụng độ **2** *v/t teeth* đánh (*N*), chải (*S*); *jacket, hair* chải; *floor* cọ; (*touch lightly*) chạm nhẹ; (*remove*) gạt, xua

♦ **brush against** *thing* chạm phải; *person* va nhẹ

♦ **brush aside** (*pay no attention to*) gạt qua một bên

♦ **brush off** phủi; *criticism* phớt lờ

♦ **brush up** ôn lại

brushoff F sự làm mất mặt; *get the* ~ bị làm mất mặt

brusque cộc lốc

ơ u*r*	y (tin)	ây uh-i	iê i-uh	oa wa	ôi oy	uy wee	ong aong
u (soon)	au a-oo	eo eh-ao	iêu i-yoh	oai wai	ơi u*r*-i	ênh uhng	uyên oo-in
ư (dew)	âu oh	êu ay-oo	iu ew	oe weh	uê way	oc aok	uyêt oo-yit

Brussels sprouts cải Bruxen
brutal hung ác, tàn nhẫn
brutality sự hung ác, sự tàn nhẫn
brutally một cách tàn bạo; *be ~ frank* thật thà một cách tàn nhẫn
brute kẻ cục súc
brute force sức mạnh vũ phu
bubble *n* (*in champagne etc*) bọt tăm; *blow ~s* thổi bong bóng
bubble gum kẹo cao su thổi bóng
buck[1] *n* F (*dollar*) đô
buck[2] *v/i* (*of horse*) nhảy chụm bốn vó
buck[3]: *pass the ~* đùn trách nhiệm
bucket *n* xô
buckle[1] **1** *n* khóa **2** *v/t belt* cài khóa
buckle[2] *v/i* (*of wood*) cong lại; (*of metal*) oằn lại
bud *n* BOT nụ
Buddha Đức Phật
Buddhism đạo Phật
Buddhist 1 *adj* Phật giáo **2** *n* tín đồ đạo Phật
Buddhist monk nhà sư
buddy F bạn thân; (*form of address*) bạn
budge 1 *v/t* đẩy; (*make reconsider*) làm thay đổi ý kiến **2** *v/i* nhúc nhích; (*change one's mind*) thay đổi ý kiến
budgerigar chim vẹt đuôi dài
budget 1 *n* ngân sách; (*of a family*) ngân quỹ; *be on a ~* ngân sách có hạn **2** *v/i* lập kế hoạch chi tiêu
♦**budget for** dành dụm tiền cho
buff[1] *adj color* màu da bò
buff[2]: *a movie/jazz ~* một người mê phim/nhạc jazz
buffalo con trâu; (*in Vietnamese zodiac*) Sửu
buffer RAIL vật đệm; COMPUT bộ đệm; *fig* vật đệm
buffet[1] *n* (*meal*) tiệc đứng
buffet[2] *v/t* (*of wind*) quất mạnh

bug 1 *n* (*insect*) con rệp; (*virus*) bệnh do virút gây ra; (*spying device*) máy nghe trộm; COMPUT lỗi **2** *v/t room, telephone* đặt máy nghe trộm; F (*annoy*) làm bực mình
buggy (*for baby*) xe đẩy trẻ con
build 1 *n* (*of person*) vóc dáng **2** *v/t* xây
♦**build up 1** *v/t strength* làm mạnh lên; *relationship* xây dựng; *collection* thu thập **2** *v/i* (*of dirt, silt*) chồng chất; (*of excitement, pressure etc*) tăng lên
builder thợ xây cất
building tòa nhà; (*activity*) sự xây dựng
building site khu đang xây dựng
building trade nghề xây cất
build-up (*accumulation*) sự tăng lên; (*publicity*) quảng cáo
built-in gắn sẵn
built-up area khu đông nhà cửa
bulb BOT củ; (*light ~*) bóng đèn
bulge 1 *n* chỗ phình ra **2** *v/i* (*of pocket, wall*) phình ra; (*of eyes*) lồi ra
bulk phần lớn; *in ~* với số lượng lớn
bulky *parcel* cồng kềnh; *sweater* to nặng
bull (*animal*) con bò đực
bulldoze (*demolish*) san ủi; *~ X into doing Y fig* ép buộc X làm Y
bulldozer máy ủi
bullet viên đạn
bulletin bản tin
bulletin board (*on wall*) bảng tin thông báo; COMPUT mục thông báo
bullet-proof chống đạn
bull market FIN thị trường đầu cơ
bull's-eye tâm điểm; *hit the ~* bắn trúng tâm
bullshit *n & v/i* V nói láo

ch (*final*) k	**gh** g	**nh** (*final*) ng	**r** z; (S) r	**x** s	**â** (but)	**i** (tin)
d z; (S) y	**gi** z; (S) y	**ph** f	**th** t	**a** (hat)	**e** (red)	**o** (saw)
đ d	**nh** (onion)	**qu** kw	**tr** ch	**ă** (hard)	**ê** ay	**ô** oh

bully 1 *n* kẻ du côn; (*child*) kẻ hay bắt nạt **2** *v/t* bắt nạt

bum F **1** *n* (*tramp*) người lang thang; (*worthless person*) người vô dụng **2** *adj* (*useless*) vô giá trị **3** *v/t* cigarette etc xin

♦**bum around** F (*travel*) đi lang thang; (*be lazy*) không làm gì cả

bumblebee ong nghệ

bump 1 *n* (*swelling*) chỗ sưng; (*in road*) chỗ gồ ghề; *get a ~ on the head* bị cục u trên đầu **2** *v/t* va

♦**bump into** table đâm vào; (*meet*) chạm trán

♦**bump off** F (*murder*) giết

♦**bump up** F prices tăng

bumper *n* MOT cái parasốc

bumpy xóc

bun (*hairstyle*) búi tóc; (*for eating*) bánh mì ngọt

bunch (*of people*) nhóm; *a ~ of flowers* một bó hoa; *a ~ of grapes* một chùm nho; *thanks a ~* (*ironic*) thật cám ơn quá

bundle *n* (*of clothes*) chồng; (*of wood*) bó

♦**bundle up 1** *v/t* bó lại **2** *v/i* (*dress warmly*) mặc ấm

bungle *v/t* làm hỏng

bunk giường ngủ

bunk beds đôi giường tầng

buoy *n* phao

buoyant mood vui vẻ; economy đang lên

burden 1 *n* vật nặng; *fig* gánh nặng **2** *v/t*: *~ X with Y* làm cho X nặng gánh với Y

bureau (*chest of drawers*) bàn làm việc; (*government department*) cục; (*office*) phòng

bureaucracy (*red tape*) sự quan liêu; (*system*) bộ máy quan liêu

bureaucrat người quan liêu

bureaucratic quan liêu

burger bánh mì kẹp thịt, bơ gơ

burglar kẻ trộm

burglar alarm thiết bị báo động khi có trộm

burglarize ăn trộm

burglary vụ trộm

burial lễ mai táng

burly lực lưỡng

Burma nước Miến Điện

Burmese 1 *adj* Miến Điện **2** *n* (*person*) người Miến Điện; (*language*) tiếng Miến Điện

burn 1 *n* vết bỏng **2** *v/t* đốt; toast, meat làm cháy; (*of sun*) cháy nắng; (*use*) đun **3** *v/i* cháy; (*get sunburnt*) bỏng nắng

♦**burn down 1** *v/t* thiêu trụi **2** *v/i* cháy trụi

♦**burn out**: *burn oneself out* làm kiệt sức mình; *a burned-out car* một chiếc ô tô bị cháy trụi

burner (*on cooker*) thớt bếp

burp 1 *n* cái ợ **2** *v/i* ợ **3** *v/t* baby vỗ cho hết trớ

burst 1 *n* (*in water pipe*) chỗ vỡ; (*of gunfire*) loạt đạn; *in a ~ of energy* dốc sức **2** *adj* tire căng **3** *v/t* balloon làm nổ **4** *v/i* (*of balloon, tire*) nổ; *~ into a room* xộc vào phòng; *~ out laughing* phá lên cười

bury person, animal chôn; (*conceal*) chôn giấu; *be buried under* (*covered by*) bị chôn vùi; *~ oneself in work* vùi đầu vào công việc

bus 1 *n* xe buýt **2** *v/t* đi xe buýt

busboy anh hầu bàn phụ

bush (*plant*) bụi cây; (*land*) đất hoang

bushed F (*tired*) rất mệt

bushy beard rậm

business (*trade, company*) kinh doanh; (*work*) công việc; (*sector*) ngành nghề; (*affair, matter*) sự

ơ ur	y (tin)	ây uh-i	iê i-uh	oa wa	ôi oy	uy wee	ong aong
u (soon)	au a-oo	eo eh-ao	iêu i-yoh	oai wai	ơi ur-i	ênh uhng	uyên oo-in
ư (dew)	âu oh	êu ay-oo	iu ew	oe weh	uê way	oc aok	uyêt oo-yit

việc; (*as subject of study*) thương mại; **on ~** đi công tác; ***that's none of your ~!*** đấy không ăn nhằm gì đến anh/chị!

business card danh thiếp;

business class hạng sang, hạng business; **business hours** giờ làm việc; **businesslike** (*efficient*) có hiệu quả; **business lunch** bàn công việc qua bữa ăn trưa; **businessman** thương gia; **business meeting** họp bàn công việc; **business school** trường thương nghiệp; **business studies** sự nghiên cứu về kinh doanh; **business suit** bộ lễ phục nam; **business trip** chuyến đi công tác; **businesswoman** nữ thương gia

bus station bến xe buý

bus stop trạm xe buýt

bust[1] *n* (*of woman*) ngực, vòng ngực

bust[2] F **1** *adj* (*broken*) bị vỡ tan; ***go ~*** bị phá sản **2** *v/t* làm vỡ tan

♦**bustle around** bận rộn

bust-up F chia tay nhau

busty có bộ ngực to

busy 1 *adj day*, *life*, *person* bận rộn; *street* náo nhiệt; *store, restaurant*, (*making money*) nhộn nhịp; (*full of people*) tấp nập; TELEC bận; ***be ~ doing sth*** đang bận làm gì **2** *v/t:* **~ oneself with** bận rộn với

busybody kẻ lắm chuyện

busy signal tín hiệu báo bận

but 1 *conj* ◊ mà; ***it's not me ~ my father you want*** người anh/chị cần gặp không phải là tôi mà là cha tôi; **~ then** (***again***) (*on the other hand*) hơn nữa ◊ (*expressing protest, surprise*) nhưng; **~ you promised!** nhưng anh/chị đã hứa!; **~ that's not fair!** nhưng như thế

thì không công bằng! **2** *prep*: **all ~ him** tất cả trừ anh ấy; **the last ~ one** (*person*) người áp cuối; (*thing*) vật áp cuối; **~ for you** nếu không vì anh/chị; **nothing ~ the best** không gì ngoài cái tốt nhất

butcher người hàng thịt; (*murderer*) đồ tể

butt 1 *n* (*of cigarette*) đầu mẩu thuốc lá; (*of joke*) đích làm trò cười; F (*buttocks*) mông **2** *v/t* húc đầu; (*of goat, bull*) húc

♦**butt in** ngắt lời

butter 1 *n* bơ **2** *v/t* phết bơ

♦**butter up** F nịnh nọt

butterfly (*insect*) con bướm

buttocks mông

button 1 *n* khuy (*N*), nút (*S*); (*on machine*) nút bấm; (*badge*) huy hiệu **2** *v/t* cài khuy

♦**button up** cài khuy lại

buttonhole 1 *n* (*in suit*) khuyết áo **2** *v/t* níu lại

buxom nở nang

buy *v/t* mua; **can I ~ you a drink?** tôi có thể mua cho anh/chị cái gì uống chứ?; **$50 doesn't ~ much** 50$ không mua được gì nhiều lắm

♦**buy off** (*bribe*) đút lót

♦**buy out** COM mua lại

♦**buy up** mua hết

buyer người mua; (*for department store*) người mua hàng vào

buzz 1 *n* (*of insect*) tiếng vo ve; F (*thrill*) thích thú **2** *v/i* (*of insect*) kêu vo ve; (*with buzzer*) bấm chuông **3** *v/t* (*with buzzer*) bấm chuông gọi

♦**buzz off** F cút đi

buzzer chuông

by 1 *prep* ◊ (*showing agent, result*) bởi, do; **he was hit ~ a car** anh ấy đã bị ô tô đâm; **it was translated ~ ...** do ... dịch; **a play ~ ...** một vở

ch (*final*) k	**gh** g	**nh** (*final*) ng	**r** z; (*S*) r	**x** s	**â** (but)	**i** (tin)
d z; (*S*) y	**gi** z; (*S*) y	**ph** f	**th** t	**a** (hat)	**e** (red)	**o** (saw)
đ d	**nh** (onion)	**qu** kw	**tr** ch	**ă** (hard)	**ê** ay	**ô** oh

kịch do ... viết; **be shocked** ~ sửng sốt bởi ◊ (*next to*) bên cạnh; (*near*) bên; **side ~ side** bên cạnh nhau ◊ (*no later than*) trước; ~ **this time tomorrow** ngày mai vào lúc này ◊ (*past*) ngang qua; **we drove ~ the ...** chúng tôi lái xe ngang qua ... ◊ (*mode of transport*) bằng; ~ **bus** / **train** bằng xe buýt / tàu hỏa ◊ (*according to*) theo; ~ **my watch** theo đồng hồ của tôi; ~ **the hour** / **ton** theo giờ / tấn ◊: ~ **day** / **night** vào ban ngày / đêm; ~ **oneself** một mình ◊ (*measurement*): **he won ~ a couple of minutes** anh ấy đã thắng trước vài phút; **2 ~ 4** 2 nhân 4 **2** *adv*: ~ **and** ~ (*soon*) chẳng bao lâu

bye(-bye) chào, tạm biệt

bygone: **let ~s be ~s** đừng nhắc tới chuyện cũ

bypass 1 *n* (*road*) đường vòng; MED đường dẫn máu phụ trong phẫu thuật tim mạch **2** *v/t* né tránh

bypass surgery phẫu thuật tim mạch

by-product sản phẩm phụ

bystander người ngoài cuộc

byte bai

byword: **be a ~ for** điển hình cho

C

cab (*taxi*) tắc xi; (*of truck*) ca bin

cabaret trò mua vui

cabbage cải bắp

cab driver lái tắc xi

cabin buồng lái

cabin crew phi đội

cabinet (*drinks, medicine* ~) tủ; POL nội các

cable (*of electrical appliance, for securing*) dây cáp; ~ (**TV**) truyền hình cáp

cable car toa cáp

cable television → **cable**

cab stand bến xe tắc xi

cactus cây xương rồng

cadaver tử thi

CAD-CAM thiết kế bằng vi tính, chế tạo bằng vi tính

caddie 1 *n* (*in golf*) người vác gậy cho người chơi gôn **2** *v/i*: ~ **for** vác gậy gôn cho

cadet sĩ quan đào tạo

cadge: ~ **X from Y** gạ gẫm xin X của Y

café quán giải khát, quán cà phê

cafeteria quán ăn tự phục vụ

caffeine caphêin

cage (*for bird*) lồng; (*for lion*) chuồng

cagey kín đáo

cahoots: **be in ~ with** cấu kết với

cake 1 *n* bánh ngọt; **be a piece of ~** *fig* dễ như chơi **2** *v/i* (*of blood*) khô cứng lại; **his shoes were ~d with mud** giày nó phủ đầy bùn đóng thành bánh

calcium canxi

calculate (*work out*) có ý định; (*in arithmetic*) tính

calculating *adj* tính toán

ơ ur	**y** (tin)	**ây** uh-i	**iê** i-uh	**oa** wa	**ôi** oy	**uy** wee	**ong** aong
u (soon)	**au** a-oo	**eo** eh-ao	**iêu** i-yoh	**oai** wai	**ơi** ur-i	**ênh** uhng	**uyên** oo-in
ư (dew)	**âu** oh	**êu** ay-oo	**iu** ew	**oe** weh	**uê** way	**oc** aok	**uyêt** oo-yit

calculation sự tính toán

calculator máy tính

calendar lịch

calf[1] (*young cow*) con bê

calf[2] (*of leg*) bụng chân, bắp chân

caliber (*of gun*) cỡ; *a man of his ~* một người đàn ông có năng lực như anh ấy

call 1 *n* (*phone~*) việc gọi điện thoại; (*shout*) tiếng kêu; (*demand*) yêu cầu; *there's a ~ for you* có điện thoại cho anh/chị **2** *v/t* (*on phone*) gọi điện thoại; (*summon: manager, doctor*) mời đến; *the kids* gọi; *meeting, person for interview* triệu tập; (*describe as*) gọi; (*shout*) kêu gào; *what have they ~ed the baby?* họ đặt tên cho đứa bé là gì?; *but we ~ him Tom* nhưng chúng tôi gọi nó là Tom; *~ s.o. names* lăng mạ một ai đó **3** *v/i* (*on phone*) gọi điện thoại; (*shout*) kêu; (*visit*) đến thăm

♦ **call at** (*stop at: of person, train*) dừng lại

♦ **call back 1** *v/t* (*on phone*) gọi lại; (*summon*) mời đến **2** *v/i* (*on phone*) gọi lại; (*make another visit*) đến thăm lại

♦ **call for** (*collect: person*) đến tìm; *sth* đến lấy; (*demand*) yêu cầu; (*require*) đòi hỏi; *celebration* cần phải

♦ **call in 1** *v/t* (*summon*) mời đến **2** *v/i* (*phone*) gọi về

♦ **call off** (*cancel*) đình lại

♦ **call on** (*urge*) đòi; (*visit*) đi thăm

♦ **call out** (*shout*) kêu gào; (*summon*) kêu gọi

♦ **call up** *v/t* (*on phone*) gọi; COMPUT triệu dụng

caller (*on phone*) người gọi; (*visitor*) người đến thăm

call girl gái điếm, gái đĩ (*S*) (*hẹn gặp qua điện thoại*)

calligraphy thuật viết chữ

callous *person, attitude, act* nhẫn tâm

calm 1 *adj sea* lặng; *weather* lặng gió; *person* bình tĩnh **2** *n* (*of countryside*) sự yên tĩnh; (*of person*) sự bình tĩnh **3** *v/t*: → **calm down**

♦ **calm down 1** *v/t* trấn tĩnh **2** *v/i* (*of sea*) lại êm lặng; (*of weather*) lại lặng gió; (*of person*) trở nên bình tĩnh; (*of situation*) trở nên yên tĩnh

calorie calo

Cambodia nước Cămpuchia

Cambodian 1 *adj* (thuộc) Cămpuchia **2** *n* (*person*) người Cămpuchia

camcorder máy quay viđêô xách tay

camera máy ảnh; (*film, video, television ~*) máy quay phim

cameraman người quay phim

camouflage 1 *n* sự ngụy trang **2** *v/t* ngụy trang

camp 1 *n* trại **2** *v/i* cắm trại

campaign 1 *n* cuộc vận động **2** *v/i* vận động

campaigner người vận động

camper (*person*) người cắm trại; (*vehicle*) xe cắm trại

camp ground địa điểm cắm trại

camping sự cắm trại

campsite địa điểm cắm trại

campus khuôn viên đại học

can[1] ◊ (*ability*) có thể, được; *~ you hear me?* anh/chị có thể nghe tôi nói gì không?; *~ you speak French?* anh/chị nói được tiếng Pháp chứ?; *~ he call me back?* anh ấy có thể gọi điện thoại lại cho tôi không?; *I'll do it as fast as I ~* tôi sẽ cố gắng hết sức làm cho nhanh; *~ I help you?* tôi có

ch (*final*) k	**gh** g	**nh** (*final*) ng	**r** z; (*S*) r	**x** s	**â** (but)	**i** (tin)
d z; (*S*) y	**gi** z; (*S*) y	**ph** f	**th** t	**a** (hat)	**e** (red)	**o** (saw)
đ d	**nh** (onion)	**qu** kw	**tr** ch	**ă** (hard)	**ê** ay	**ô** oh

thể giúp anh/chị điều gì không?;
~ *you help me?* anh/chị giúp tôi
có được không? ◊ (*with negatives*)
không thể; *I can't see* tôi không
thể nhìn thấy; *that can't be right*
điều đó không thể đúng được ◊
(*permission*) có thể; **~ *I use your***
phone? tôi dùng điện thoại của
anh/chị có được không?; **~ *I have***
a beer? cho tôi xin một cốc bia;
could I have a beer? xin cho tôi
một cốc bia

can² **1** *n* (*for drinks*) lon; (*for soup,*
pork, vegetables, paint etc) hộp
2 *v/t* (*put in ~*) đóng hộp

Canada nước Canađa

Canadian 1 *adj* (thuộc) Canađa **2** *n*
người Canađa

canal (*waterway*) kênh

canary chim hoàng yến

cancel *meeting, vacation, flight,*
train bãi bỏ; *appointment,*
reservation đình hoãn

cancellation (*of meeting, vacation,*
flight, train) sự bãi bỏ; (*of booking,*
performance, plane ticket) việc bỏ
không mua vé

cancer bệnh ung thư

candid *opinion, statement, person*
thẳng thắn

candidacy sự ứng cử

candidate (*for position*) ứng cử
viên; (*in exam*) thí sinh

candied fruit mứt

candle cái nến, đèn cầy (*S*)

candlestick giá nến

candor tính ngay thẳng

candy cái kẹo

cannabis cây gai dầu

canned *fruit, tomatoes* đóng hộp;
(*recorded*) ghi âm

cannibalize: ~ *a car* tháo xe hỏng
để dùng vào xe khác

cannot → *can¹*

canoe xuồng

can opener cái mở đồ hộp

can't → *can¹*

canteen (*in factory*) căng tin

Cantonese *adj* Quang Đông

canvas (*for painting*) bức vẽ sơn
dầu; (*material*) vải bạt

canvass 1 *v/t* (*seek opinion of*)
trưng cầu **2** *v/i* POL đi vận động

canyon hẻm núi

Caodaism đạo Cao Đài

cap (*hat*) mũ kết; (*of bottle, jar,*
pen, lens) nắp

capability (*of person, military*) khả
năng

capable (*efficient*) có năng lực; **be**
~ *of* có khả năng; ***he was ~ of***
murder hắn có khả năng giết
người

capacity (*of container, elevator,*
building, stadium, oil tank) sức
chứa; (*of car engine, factory*) công
suất; (*ability*) khả năng; **in *my ~***
as ... với tư cách của tôi là ...

capacity crowd chật ních

capital *n* (*of country*) thủ đô; (~
letter) chữ hoa; (*money*) tiền vốn

capital gains tax thuế lợi tức

capitalism chủ nghĩa tư bản

capitalist 1 *adj system, society* tư
bản **2** *n* người theo chủ nghĩa tư
bản; (*businessman*) nhà tư bản

capital letter chữ hoa

capital punishment trừng phạt tử
hình

capitulate đầu hàng

capsize 1 *v/i* bị lật **2** *v/t* làm lật

capsule (*of medicine*) bao con
nhộng; (*space ~*) *khoang sống và*
làm việc của nhà phi hành trên
tàu vũ trụ

captain *n* (*of ship*) thuyền trưởng;
(*of aircraft*) trưởng phi đội; (*of*
team) đội trưởng

ơ ur	y (tin)	ây uh-i	iê i-uh	oa wa	ôi oy	uy wee	ong aong
u (soon)	au a-oo	eo eh-ao	iêu i-yoh	oai wai	ơi ur-i	ênh uhng	uyên oo-in
ư (dew)	âu oh	êu ay-oo	iu ew	oe weh	uê way	oc aok	uyêt oo-yit

caption *n* lời chú thích tấm ảnh

captivate (*of scenery*) làm say mê; (*of beautiful girl*) quyến rũ

captive (*person*) người bị giam cầm; (*animal*) con vật bị nhốt

captivity tình trạng bị giam cầm

capture 1 *n* (*of city*) sự chiếm đóng; (*of criminal*) sự bắt giữ; (*of animal*) sự bắt **2** *v/t person, animal* bắt; *city, building* chiếm đóng; (*win: market share*) giành được; (*portray*) nắm bắt được

car xe ô tô (*N*), xe hơi (*S*); (*of train*) toa xe lửa; **by ~** bằng xe ô tô (*N*); bằng xe hơi (*S*)

carafe bình nước hoặc rượu

carat cara

carbohydrate hydrat cacbon; (*food*) chứa hydrat cacbon

carbonated *drink* có ga

carbon monoxide cacbon monoxyt

carbureter, carburetor bộ chế hòa khí, cacbuaratơ

carcinogen chất sinh ung thư

carcinogenic sinh ra ung thư

card (*to mark special occasion*) thiếp mừng; (*post~*) bưu thiếp; (*business ~*) danh thiếp; (*playing ~*) con bài

cardboard các tông

cardiac *unit, massage, failure* tim

cardiac arrest tim ngừng đập

cardigan áo len đan

card index bộ phiếu thư mục

card key thẻ chìa khóa

care 1 *n* (*of baby, pet, elderly, sick person*) sự chăm sóc; (*medical ~*) sự điều trị; (*worry*) sự lo lắng; **~ of ...** (*on envelope*) nhờ ... chuyển; **take ~** (*be cautious*) cẩn thận; **take ~** (*of yourself*)! (*goodbye*) cẩn thận nhé!; **take ~ of** (*look after: baby, dog, house*

trông nom; (*deal with*) chịu trách nhiệm về; (*handle*) **with ~!** (*on label*) hãy mang vác cẩn thận! **2** *v/i* quan tâm; **I don't ~** tôi bất cần; **I couldn't ~ less** tôi không thể quan tâm ít hơn

♦ **care about** quan tâm

♦ **care for** (*look after*) trông nom; (*like, be fond of*) thích; **would you ~ ...?** anh/chị có muốn ... không?

career (*profession*) nghề nghiệp; (*path through life*) sự nghiệp

carefree vô tư lự

careful (*cautious*) cẩn thận; (*about how to break the news etc*) thận trọng; (*thorough*) kỹ lưỡng; *worker* cẩn thận; (*be*) **~!** hãy cẩn thận!

carefully (*with caution*) một cách cẩn thận; *worked-out etc* một cách chu đáo

careless cẩu thả; **you are so ~!** anh/chị cẩu thả quá!

caress 1 *n* sự vuốt ve **2** *v/t* vuốt ve

caretaker quản gia

careworn chăm lo kiệt quệ

cargo hàng hóa vận tải

caricature *n* tranh biếm họa

caring *adj* giàu lòng thương

carnage sự tàn sát

carnation cây cẩm chướng

carnival ngày hội

carol *n* bài hát mừng Nô-en

carousel (*at airport*) băng chuyền hành lý; (*for slide projector*) vòng quay chuyển phim; (*merry-go-round*) vòng quay ngựa gỗ

carp (*fish*) cá chép

carpenter thợ mộc

carpet tấm thảm

carpool 1 *n* sự đi xe chung **2** *v/i* đi xe chung

car port mái che ô tô

car rental chỗ thuê xe hơi

carrier (*company*) công ty vận

ch (*final*) k	**gh** g	**nh** (*final*) ng	**r** z; (*S*) r	**x** s	**â** (but)	**i** (tin)
d z; (*S*) y	**gi** z; (*S*) y	**ph** f	**th** t	**a** (hat)	**e** (red)	**o** (saw)
đ d	**nh** (onion)	**qu** kw	**tr** ch	**ă** (hard)	**ê** ay	**ô** oh

chuyển; (*of disease: person*) người mang mầm bệnh; (*animal*) vật mang mầm bệnh

carrot củ cà rốt

carry 1 *v/t* (*of person: in hand*) xách; (*on back or shoulder*) vác; (*of two people*) khiêng; (*in arms*) bế; (*from a place to another*) chuyển; (*have on one's person*) mang theo; (*of pregnant woman*) có mang; *disease* mang; (*of ship, plane, bus etc*) chở; *proposal* thông qua; **get carried away** bị kích động **2** *v/i* (*of sound*) vang xa

♦ **carry on 1** *v/i* (*continue*) tiếp tục; (*make a fuss*) làm om xòm; (*have an affair*) dan díu **2** *v/t* (*conduct*) tiến hành

♦ **carry out** *survey etc* thực hiện; *orders etc* thi hành

cart xe ngựa

cartel các-ten

carton (*for storage, transport*) hộp các-tông; (*for milk, eggs etc*) hộp; (*of cigarettes*) tút

cartoon (*in newspaper, magazine*) tranh biếm họa; (*on TV, movie*) phim hoạt hình

cartridge (*for gun*) ổ đạn

carve *meat* thái; *wood* khắc

carving (*figure*) vật chạm khắc

car wash nơi rửa ô tô

case[1] (*container: for glasses, jewel, pencil*) hộp; (*of Scotch, wine*) thùng; *Br* (*suitcase*) va li; **glass ~** (*in museum etc*) tủ kính

case[2] *n* (*instance*) trường hợp; (*argument*) lý lẽ; (*for police, mystery*) vụ; MED ca; LAW vụ kiện; **in ~ ...** trong trường hợp ...; **in any ~** bất luận thế nào; **in that ~** trong trường hợp đó

case history MED bệnh án

cash 1 *n* tiền mặt; **~ down** thanh

toán ngay bằng tiền mặt; **pay (in) ~** trả bằng tiền mặt; **~ in advance** trả tiền trước **2** *v/t*: **~ a check** đổi séc lấy tiền mặt

♦ **cash in on** lợi dụng

cash cow con bò sữa; **cash desk** quầy trả tiền; **cash discount** giảm giá nếu trả bằng tiền mặt; **cash flow** chênh lệch thu chi

cashier *n* (*in store etc*) thủ quỹ

cash machine máy lấy tiền

cashmere *adj coat, sweater* bằng len ca-sơ-mia

cash register máy tính tiền

casino sòng bạc

casket (*coffin*) quan tài

cassava củ sắn (*N*), khoai mì (*S*)

cassette băng cát xét

cassette player máy cát xét

cassette recorder máy ghi âm cát xét

cast 1 *n* (*of play*) dàn diễn viên; (*in a mold*) khuôn đúc; **take a ~ of the footprints** lấy khuôn mẫu những dấu chân **2** *v/t doubt, suspicion* gieo; *metal* đúc; *play* phân vai; *actor* giao cho đóng vai

♦ **cast off** *v/i* (*of ship*) nhổ neo

caste đẳng cấp

caster (*on chair etc*) bánh xe nhỏ

cast iron *n* gang

cast-iron *adj* làm bằng gang

castle lâu đài

castor → **caster**

castrate thiến

casual (*chance*) tình cờ; (*offhand*) tùy tiện; (*not formal*) bình thường; (*not permanent*) không thường xuyên

casualty thương vong; *fig* nạn nhân

casual wear thường phục

cat con mèo; (*in Vietnamese zodiac*) Mão

catalog *n* bộ danh mục

ơ ur	**y** (tin)	**ây** uh-i	**iê** i-uh	**oa** wa	**ôi** oy	**uy** wee	**ong** aong
u (soon)	**au** a-oo	**eo** eh-ao	**iêu** i-yoh	**oai** wai	**ơi** ur-i	**ênh** uhng	**uyên** oo-in
ư (dew)	**âu** oh	**êu** ay-oo	**iu** ew	**oe** weh	**uê** way	**oc** aok	**uyêt** oo-yit

catalyst *fig* chất xúc tác, vật xúc tác

catastrophe thảm họa

catch 1 *n* (*sport*) sự bắt bóng; (*of fish*) sự đánh cá; (*on door, window*) then cửa; (*on box*) cái móc; (*problem, snag*) vấn đề; **a very small ~** (*of fish*) một mẻ cá ít **2** *v/t* ball etc bắt; (*get on: bus, train*) đón; (*not miss: bus, train*) lên kịp; *fish with rod* câu; *fish with net* đánh; (*in order to speak to*) kịp nói chuyện; (*hear*) nghe rõ; *illness* bị; **the dog caught a cookie in its mouth** con chó ngoạm chiếc bánh trong mồm; **~ (a) cold** bị cảm lạnh; **~ s.o.'s eye** (*of person, object*) thu hút sự chú ý của ai; **~ sight of, ~ a glimpse of** nhìn thấy; **~ X doing Y** bắt quả tang X làm Y

♦ **catch on** (*become popular*) trở nên phổ biến; (*understand*) nắm được

♦ **catch up** *v/i* đuổi kịp

♦ **catch up on** bù lại

catch-22: **it's a ~ situation** đó là một tình huống khó xử

catcher (*in baseball*) người bắt bóng

catching *also fig* dễ lây

catchy *tune* dễ nhớ

category loại

♦ **cater for** (*meet the needs of*) phục vụ; (*provide food for*) cung cấp thức ăn

caterer người cung cấp thức ăn

caterpillar *insect* sâu bướm

cathedral nhà thờ lớn

Catholic 1 *adj* Thiên chúa giáo **2** *n* tín đồ Thiên chúa giáo

Catholicism đạo Thiên chúa

catsup xốt cà chua

cattle con bò

catty hằn học

cauliflower súp lơ

cause 1 *n* nguyên nhân; (*grounds*) lý do; (*of movment etc*) sự nghiệp **2** *v/t* gây ra

caution 1 *n* (*carefulness*) sự thận trọng; **~ is advised** cần phải thận trọng **2** *v/t* (*warn*) báo trước

cautious cẩn thận

cave hang động

♦ **cave in** (*of roof*) sụp đổ

caviar trứng cá muối

cavity lỗ hổng

cc 1 *n* bản sao **2** *v/t letter* gửi bản sao

CD (= **compact disc**) đĩa compact

CD-ROM CD-ROM, bộ nhớ chỉ đọc trên đĩa compact

CD-ROM drive ổ đĩa CD-ROM

cease 1 *v/i* chấm dứt **2** *v/t* ngừng

ceasefire ngừng bắn

ceiling (*of room*) trần nhà; (*limit*) giới hạn cao nhất

celebrate 1 *v/i* ăn mừng **2** *v/t* kỷ niệm; (*observe*) làm lễ

celebrated *author, conductor, poet etc* nổi tiếng; **be ~ for** nổi tiếng về

celebration lễ kỷ niệm

celebrity (*person*) người nổi tiếng; (*fame*) sự nổi tiếng

celery cần tây

Celestial Stems can

cell (*for prisoner*) xà lim; BIO tế bào

cellar (*under house*) hầm chứa; (*for wine storage*) hầm rượu

cello đàn xenlô

cellophane giấy bóng kính

cellophane noodles miến

cellphone, cellular phone điện thoại vô tuyến

Celsius *adj* độ bách phân

cement 1 *n* xi măng **2** *v/t bricks* gắn bằng xi măng; *friendship* củng cố

cemetery nghĩa trang

censor *v/t book, play, movie* kiểm

---

ch (*final*) k	**gh** g	**nh** (*final*) ng	**r** z; (*S*) r	**x** s	**â** (but)	**i** (tin)
d z; (*S*) y	**gi** z; (*S*) y	**ph** f	**th** t	**a** (hat)	**e** (red)	**o** (saw)
đ d	**nh** (onion)	**qu** kw	**tr** ch	**ă** (hard)	**ê** ay	**ô** oh

duyệt

censorship việc kiểm duyệt

cent đồng xu

centennial kỷ niệm 100 năm

center 1 *n* (*of room, table*) giữa; (*of city, building*) trung tâm; POL phái giữa; *in the ~ of* ở vào trung tâm của **2** *v/t* (*put in the middle*) đặt vào giữa

♦ **center on** tập trung vào

centigrade *adj*: *10 degrees ~* 10 độ C

centimeter xentimet, phân

central trung tâm; (*main*) chính; *~ France* miền trung nước Pháp; *be ~ to sth* là phần quan trọng nhất của gì

Central Committee of Overseas Vietnamese Ban Việt Kiều Trung Ương

central heating hệ thống sưởi trung tâm

centralize *decision-making* tập trung

central locking MOT khóa chốt cửa trung tâm

central processing unit bộ xử lý trung tâm

century thế kỷ

CEO (= *Chief Executive Officer*) tổng giám đốc

ceramic *adj* đồ gốm

ceramics (*objects*) đồ gốm; (*art*) nghề làm đồ gốm

cereal (*grain, food*) ngũ cốc

ceremonial 1 *adj* nghi lễ **2** *n* nghi thức

ceremony (*event*) nghi lễ; (*ritual*) nghi thức

certain (*sure*) chắc chắn; (*particular*) nào đó; *it's ~ that ...* chắc chắn là ...; *a ~ Mr S* một ông S nào đó; *make ~* để biết chắc; *know/say for ~* biết/nói đích xác

certainly (*definitely*) dứt khoát; (*of course*) tất nhiên; *~ not!* tất nhiên là không!

certainty (*confidence*) sự tin chắc; (*inevitability*) điều chắc chắn; *it's a ~* đó là điều chắc chắn

certificate (*qualification*) bằng; (*official paper*) giấy chứng nhận

certified public accountant kế toán viên có chứng nhận

certify chứng nhận

Cesarean *n* mổ xê-da

cessation sự ngừng lại

c/f (= *cost and freight*) giá chi phí và vận chuyển

CFC (= *chlorofluorocarbon*) khí CFC

chain 1 *n* (*for animal, anchor, bicycle*) dây xích; (*jewelry*) dây chuyền; (*of stores, hotels*) mạng lưới **2** *v/t*: *~ X to Y* xích X vào Y

chain reaction phản ứng dây chuyền; **chain smoke** hút thuốc liên tục; **chain smoker** người hút thuốc liên tục; **chain store** chi nhánh cửa hàng

chair 1 *n* ghế; (*arm~*) ghế bành; (*at university*) giáo sư; *the ~* (*electric ~*) ghế điện; (*at meeting*) chủ tọa; *go to the ~* lên ngồi ghế điện; *take the ~* làm chủ tọa **2** *v/t meeting* làm chủ tọa

chairman chủ tịch; **chairperson** chủ tịch; **chairwoman** nữ chủ tịch

chalk (*for writing*) phấn; (*in soil*) đá phấn

challenge 1 *n* (*difficulty*) sự thách thức; (*in competition*) thách đấu **2** *v/t* (*defy*) thách; (*to race, game*) thách đấu; (*to debate*) thách thức; (*call into question*) đưa ra tranh cãi

challenger người thách đấu

challenging *job, undertaking* có tính kích thích

ơ ur	**y** (tin)	**ây** uh-i	**iê** i-uh	**oa** wa	**ôi** oy	**uy** wee	**ong** aong
u (soon)	**au** a-oo	**eo** eh-ao	**iêu** i-yoh	**oai** wai	**ơi** ur-i	**ênh** uhng	**uyên** oo-in
ư (dew)	**âu** oh	**êu** ay-oo	**iu** ew	**oe** weh	**uê** way	**oc** aok	**uyêt** oo-yit

Cham Chàm

chambermaid (*in hotel*) cô hầu phòng

Chamber of Commerce Phòng thương mại

chamois leather da thuộc

champagne rượu sâm banh

Champa Kingdom Vương quốc Chàm

champion 1 *n* SP nhà vô địch; (*of cause*) chiến sĩ đấu tranh **2** *v/t cause* ủng hộ mạnh mẽ

championship (*event*) giải vô địch; (*title*) chức vô địch

Cham towers tháp Chàm

chance (*possibility*) khả năng; (*opportunity*) cơ hội; (*risk*) sự mạo hiểm; (*luck*) sự tình cờ; **by ~** do tình cờ; **take a ~** đánh liều; **I'm not taking any ~s** tôi không liều lĩnh chút nào

chandelier đèn chùm

change 1 *n* (*alteration: to plan, idea, script*) sự thay đổi; (*in society, climate, condition*) sự biến chuyển; (*small coins*) tiền lẻ; (*from purchase*) tiền thừa trả lại; **for a ~** khác với ngày thường; **a ~ of clothes** sự thay quần áo **2** *v/t* (*alter*) thay đổi; *bank bill* đổi tiền; (*replace*) thay; *trains, planes* chuyển; *one's clothes* thay **3** *v/i* thay đổi; (*put on different clothes*) thay; (*take different train, bus*) chuyển

channel (*on TV, radio*) đài kênh; (*waterway*) luồng

chant 1 *n* bài hát **2** *v/i* REL xướng; (*sing*) hát; (*of demonstrators etc*) hô

chaos sự hỗn loạn

chaotic hỗn loạn

chapel nhà nguyện

chapped nứt nẻ

chapter (*of book*) chương; (*of organization*) chi nhánh

character (*nature*) cá tính; (*person*) tính cách; (*in book, play*) nhân vật; (*personality*) đặc sắc; (*in writing*) chữ viết; **he's a real ~** anh ấy quả là có chí khí

characteristic 1 *n* đặc điểm **2** *adj* tiêu biểu

characterize (*be typical of*) tiêu biểu cho; (*describe*) miêu tả tính cách

charbroiled nướng

charcoal (*for barbecue*) than củi; (*for drawing*) chì than

charge 1 *n* (*fee*) số tiền phải trả; LAW sự buộc tội; **free of ~** không phải trả tiền; **will that be cash or ~?** cái đó sẽ trả tiền hay ghi sổ?; **be in ~** phụ trách; **take ~** chịu trách nhiệm điều hành **2** *v/t sum of money* tính; (*put on account*) tính tiền vào; LAW buộc tội; *battery* nạp điện **3** *v/i* (*attack*) xông lên tấn công

charge account tài khoản tín dụng

charge card thẻ tín dụng

charisma tài lôi cuốn quần chúng

charitable *institution, donation* từ thiện; *person* nhân đức

charity (*assistance*) việc làm từ thiện; (*organization*) tổ chức từ thiện

charm 1 *n* (*appealing quality*) sự duyên dáng; (*on bracelet etc*) trang trí nhỏ **2** *v/t* làm hài lòng

charming làm say mê

charred *wood* bị cháy xém

chart (*diagram*) biểu đồ; (*map: for sea*) hải đồ; (*for airplane*) bản đồ; **the ~s** MUS danh mục những đĩa nhạc pop bán chạy nhất trong tuần

charter *v/t* thuê riêng

ch (*final*) k	**gh** g	**nh** (*final*) ng	**r** z; (*S*) r	**x** s	**â** (but) **i** (tin)
d z; (*S*) y	**gi** z; (*S*) y	**ph** f	**th** t	**a** (hat)	**e** (red) **o** (saw)
đ d	**nh** (onion)	**qu** kw	**tr** ch	**ă** (hard)	**ê** ay **ô** oh

charter flight chuyến bay bằng máy bay thuê

chase 1 *n* sự truy nã **2** *v/t* đuổi theo

♦ **chase away** đuổi đi

chaser (*drink*) đồ uống tiếp theo một đồ uống khác

chassis (*of car*) khung gầm

chat 1 *n* chuyện phiếm **2** *v/i* nói chuyện phiếm

chatter 1 *n* cuộc nói chuyện huyên thuyên **2** *v/i* (*talk*) nói liến thoắng; (*of teeth*) đánh lập cập

chatterbox người thích nói chuyện

chatty *person* thích nói chuyện phiếm; *letter* đông dài

chauffeur *n* tài xế

chauvinist (*male ~*) phần tử xô vanh

cheap *adj* (*inexpensive*) rẻ; (*nasty*) hèn hạ; (*mean*) bủn xỉn

cheat 1 *n* (*person*) người gian lận **2** *v/t* lừa gạt; *~ X out of Y* lừa X để lấy Y **3** *v/i* (*in exam, cards etc*) gian lận; *~ on one's wife* lừa dối vợ mình

check[1] **1** *adj shirt* ca rô **2** *n* vải ca rô

check[2] FIN séc; (*in restaurant etc*) hoá đơn; *~ please* xin cho hóa đơn

check[3] **1** *n* (*to verify sth*) cuộc kiểm tra; *keep in ~, hold in ~* kiềm chế; *keep a ~ on* kiểm tra **2** *v/t* (*verify*) xem xét; *machinery* kiểm tra; (*restrain*) kiềm chế; (*stop*) dừng đột ngột; (*with a ~mark*) dấu kiểm tra; *coat, package etc* gửi áo mũ hoặc túi **3** *v/i* xem xét; *~ for* kiểm tra

♦ **check in** (*at airport*) làm thủ tục (xuất cảnh); (*at hotel*) ghi tên thuê phòng

♦ **check off** đánh dấu kiểm tra

♦ **check on** xem xét

♦ **check out 1** *v/i* (*of hotel*) thanh toán để rời khách sạn **2** *v/t* (*look into*) điều tra; *club, restaurant etc* thử xem

♦ **check up on** điều tra

♦ **check with** (*of person*) hỏi xem; (*tally: of information*) khớp với

checkbook quyển séc

checked *material* kẻ ca rô

checkerboard bàn cờ đam

checkered *pattern* họa tiết nhiều ô vuông; *career* thăng trầm

checkers cờ đam

check-in (counter) bàn ghi tên đi máy bay

checking account tài khoản vãng lai

check-in time giờ ghi tên đi máy bay

checklist bản kê các khoản; **checkmark** dấu kiểm tra; **checkmate** *n* chiếu hết; **checkout** (*in supermarket*) nơi trả tiền mua hàng; **checkout time** (*from hotel*) thời gian thanh toán để rời khách sạn; **checkpoint** (*military, police*) trạm kiểm soát; (*in race etc*) trạm kiểm tra ở trường đua; **checkroom** (*for coats*) phòng giữ mũ áo; (*for baggage*) phòng gửi hành lý; **checkup** (*medical*) cuộc kiểm tra sức khỏe; (*dental*) khám răng

cheek má

cheekbone xương gò má

cheer 1 *n* tiếng reo mừng; *~s!* (*toast*) chúc sức khoẻ! **2** *v/t* hoan hô **3** *v/i* reo hò

♦ **cheer on** reo hò cổ vũ

♦ **cheer up 1** *v/i* vui lên; *~!* vui lên đi! **2** *v/t* làm cho vui lên

cheerful *person, mood, smile* vui vẻ

cheering tiếng hoan hô

cheerleader người dẫn đầu hoan hô

ơ ur	y (tin)	ây uh-i	iê i-uh	oa wa	ôi oy	uy wee	ong aong
u (soon)	au a-oo	eo eh-ao	iêu i-yoh	oai wai	ơi ur-i	ênh uhng	uyên oo-in
ư (dew)	âu oh	êu ay-oo	iu ew	oe weh	uê way	oc aok	uyêt oo-yit

cheese pho mát

cheeseburger pho mát bọc thịt băm

cheesecake bánh pho mát

chef bếp trưởng

chemical *n & adj* hóa chất

chemical warfare chiến tranh hóa học

chemist nhà hóa học

chemistry môn hóa học; *fig* sự hấp dẫn tình dục

chemotherapy hóa học liệu pháp

cherish *garden, homeland* yêu thương; *memory* ấp ủ trong lòng; *hope, illusion* nuôi

cherry (*fruit*) quả anh đào; (*tree*) cây anh đào

cherry blossom hoa anh đào

chess môn đánh cờ

chessboard bàn cờ

chest (*of person*) ngực; (*tool ~*) hòm

chestnut hạt dẻ; (*tree*) cây hạt dẻ

chest of drawers tủ hoặc bàn có ngăn kéo

chew *v/t* nhai; (*of dog, rats*) gặm; *~ betel* ăn trầu

♦ **chew out** F mắng nhiếc

chewing gum kẹo cao su

chick gà con; F (*girl*) cô gái

chicken 1 *n* con gà; (*food*) món thịt gà; F kẻ nhát gan **2** *adj* F (*cowardly*) nhát gan

♦ **chicken out** F rút lui vì nhát

chickenfeed F số tiền nhỏ mọn

chicken pox bệnh thủy đậu

chief 1 *n* (*head*) người lãnh đạo; (*of tribe*) tù trưởng **2** *adj* chủ yếu

chiefly chủ yếu là

chilblain chỗ phát cước

child đứa trẻ; *pej* trẻ con; *she's their only ~* cô ấy là đứa con duy nhất của họ; *is this your ~?* đây có phải là con của anh/chị

không?; *children's literature / program* văn học/chương trình thiếu nhi

childbirth quá trình sinh con

childhood thời thơ ấu

childish *pej* con nít

childless không có con

childlike hồn nhiên

chill 1 *n* (*in air*) sự lạnh lẽo; (*illness*) sự cảm lạnh **2** *v/t wine* ướp lạnh

chilli (**pepper**) quả ớt

chilli sauce nước ớt

chilly *weather* lạnh lẽo; *welcome* lạnh lùng; *I'm ~* tôi thấy ớn lạnh

chime *v/i* (*of clock*) đánh chuông điểm giờ; (*of doorbell etc*) rung chuông

chimney ống khói

chimpanzee con tinh tinh

chin cằm

China nước Trung Quốc

china đồ sứ; (*material*) bằng sứ

Chinese 1 *adj* Trung Quốc **2** *n* (*language*) tiếng Trung Quốc; (*person*) người Trung Quốc

Chinese character chữ Trung Quốc; **Chinese domination** Bắc thuộc; **Chinese script** chữ Hán, chữ Tàu

chink (*gap*) khe hở; (*sound*) tiếng lanh canh

chip 1 *n* (*fragment*) mảnh vỡ; (*damage*) chỗ vỡ mẻ; (*in gambling*) thẻ; COMPUT phiến tinh thể; (*potato*) *~s* khoai tây rán **2** *v/t* (*damage*) làm mẻ

♦ **chip in** (*interrupt*) nói xen vào; (*with money*) góp tiền vào

chiropractor người làm nghề chữa xoa bóp

chirp *v/i* líu lo

chisel *n* cái đục

chivalrous hào hoa phong nhã

chlorine clo

---

ch (*final*) k	**gh** g	**nh** (*final*) ng	**r** z; (*S*) r	**x** s	**â** (but)	**i** (tin)
d z; (*S*) y	**gi** z; (*S*) y	**ph** f	**th** t	**a** (hat)	**e** (red)	**o** (saw)
đ d	**nh** (onion)	**qu** kw	**tr** ch	**ă** (hard)	**ê** ay	**ô** oh

chockfull chật ních

chocolate sô cô la; *hot* ~ nước sô cô la nóng

chocolate cake bánh sô cô la

choice 1 *n* sự lựa chọn; (*selection*) các loại để chọn; (*preference*) sự lựa chọn tuỳ thích; *I had no* ~ tôi không có sự lựa chọn **2** *adj* (*top quality: fruits*) có chất lượng ngon; *phrases* súc tích

choir đội hợp xướng

choke 1 *n* MOT van điều tiết không khí **2** *v/i* hóc ngạt; *he ~d on a bone* anh ấy hóc xương ngạt thở **3** *v/t* làm ngạt thở

cholesterol colextêrôn

choose 1 *v/t* chọn **2** *v/i* chọn lựa

choosey F (*about food*) cầu kỳ; (*about friends*) kỹ tính

chop 1 *n* (*with ax*) nhát chém; (*meat*) miếng sườn **2** *v/t* wood chặt; *meat, vegetables* thái

♦ **chop down** *tree* đốn

chopper (*tool*) dao bầu; F (*helicopter*) máy bay trực thăng

chopsticks đũa

chord MUS hợp âm

chore việc vặt

choreographer biên đạo múa

choreography nghệ thuật biên đạo múa

chorus (*singers*) dàn hợp xướng; (*of song*) đoạn đồng ca

Christ Chúa Giê-su; ~! F lạy Chúa!

christen làm lễ rửa tội

Christian 1 *n* tín đồ Cơ đốc **2** *adj* Cơ đốc; *attitude* tư tưởng Cơ đốc

Christianity đạo Cơ đốc

Christian name tên

Christmas lễ Nô-en, Giáng Sinh; *at* ~ vào lễ Nô-en; *Merry* ~! chúc Nô-en vui vẻ!

Christmas card thiếp mừng Nô-en; **Christmas Day** ngày Nô-en;

Christmas Eve đêm Nô-en;

Christmas present quà Nô-en;

Christmas tree cây Nô-en

chrome, chromium crom

chronic kinh niên

chronological lịch đại; *in* ~ *order* theo trình tự lịch đại

chrysanthemum hoa cúc

chubby *child* mũm mĩm

chuck *v/t* F ném

♦ **chuck out** *object* vứt đi; *person* đuổi đi

chuckle 1 *n* tiếng cười rúc rích **2** *v/i* cười rúc rích

chunk (*of bread*) khoanh; (*of meat*) súc; (*of wood*) khúc

chu nom chữ Nôm

church nhà thờ

chute (*slide in playground etc*) cầu trượt; (*for garbage*) máng đổ rác

CIA (= *Central Intelligence Agency*) CIA, cơ quan tình báo trung ương Mỹ

cider rượu táo

CIF (= *cost insurance freight*) giá CIF, chi phí, bảo hiểm và vận chuyển

cigar xì gà

cigarette thuốc lá

cinema (*as institution*) điện ảnh; *Br* (*building*) rạp chiếu bóng, rạp xi nê

cinnamon quế

circle 1 *n* hình tròn; (*group: of friends*) nhóm; (*business, political* ~) giới; *sitting in a* ~ ngồi thành vòng tròn **2** *v/t* (*draw* ~ *around*) khoanh tròn **3** *v/i* (*of plane, bird*) lượn vòng

circuit (*electrical*) mạch điện; (*lap*) vòng đua

circuit board bảng mạch điện

circuit breaker cái ngắt điện

circular 1 *n* (*giving information*)

ơ ur	**y** (tin)	**ây** uh-i	**iê** i-uh	**oa** wa	**ôi** oy	**uy** wee	**ong** aong
u (soon)	**au** a-oo	**eo** eh-ao	**iêu** i-yoh	**oai** wai	**ơi** ur-i	**ênh** uhng	**uyên** oo-in
ư (dew)	**âu** oh	**êu** ay-oo	**iu** ew	**oe** weh	**uê** way	**oc** aok	**uyêt** oo-yit

thông báo **2** *adj* bed, pond hình tròn; *tour* vòng quanh; *argument* vòng vo

circulate 1 *v/i* (of blood) tuần hoàn; (of news, rumor) lan truyền; (of air) lưu thông **2** *v/t* memo thông báo

circulation BIO sự tuần hoàn; (of newspaper, magazine) tổng số phát hành

circumference đường tròn

circumflex dấu mũ

circumstances hoàn cảnh; (financial) tình hình; **under no ~** dù trong hoàn cảnh nào; **under no ~ should the child be left unattended** dù trong hoàn cảnh nào cũng không được bỏ mặc đứa bé; **under the ~** trong hoàn cảnh như vậy

circus (group of performers) đoàn xiếc; (performance) buổi trình diễn xiếc

cistern bể chứa nước

citizen công dân; (of town) dân

citizenship tư cách công dân; **she's applied for American ~** cô ấy xin nhập quốc tịch Mỹ

city thành phố; **~ center** trung tâm thành phố; **~ hall** tòa thị chính

civic *adj* pride, responsibilities công dân

civil (as opposed to military) dân sự; (polite) lịch sự; **~ disobedience** bất tuân luật pháp

civil engineer kỹ sư công chính

civilian 1 *n* dân thường **2** *adj*: **~ clothes** thường phục

civilization văn minh

civilize person khai hoá

civil rights quyền công dân; **civil servant** công chức; **civil service** ngành dân chính; **civil war** nội chiến

claim 1 *n* (request) sự đòi hỏi; (right) quyền đòi hỏi; (assertion) lời tuyên bố **2** *v/t* (ask for as a right) đòi hỏi; (for damages) đòi bồi thường; (assert) khẳng định; lost property đòi nhận lại; **they have ~ed responsibility for the attack** họ tuyên bố chịu trách nhiệm về cuộc tấn công

claimant người yêu cầu; LAW nguyên đơn

clam con trai

♦ **clam up** F câm như hến

clammy hands nhớp nháp; weather ẩm ướt

clamor *n* (noise) tiếng ồn ào; (outcry) tiếng la hét

♦ **clamor for** la hét đòi

clamp 1 *n* (fastener) cái kẹp **2** *v/t* (fasten) kẹp chặt

♦ **clamp down** kiểm soát chặt chẽ hơn

♦ **clamp down on** ngăn chặn một

clan thị tộc; (close group) phe cánh

clandestine bí mật

clang 1 *n* tiếng loảng xoảng **2** *v/i* loảng xoảng

clap 1 *v/t* one's hands vỗ **2** *v/i* (applaud) vỗ tay

clarify statement làm sáng tỏ

clarinet kèn clarinét

clarity (of sound) sự trong sáng; (of explanation) sự rõ ràng

clash 1 *n* (argument) sự tranh cãi; (of personalities) mâu thuẫn; (fight) xung đột **2** *v/i* (fight) đánh nhau; (of colors) không hòa hợp; (of opinions) bất đồng sâu sắc; (of events) trùng giờ

clasp 1 *n* (fastener) cái móc **2** *v/t* (in hand) nắm chặt; (embrace) ôm chặt

class *n* (lesson) giờ học; (category) hạng; (social) giai cấp; **we were**

---

ch (final) k	**gh** g	**nh** (final) ng	**r** z; (S) r	**x** s	**â** (but)	**i** (tin)
d z; (S) y	**gi** z; (S) y	**ph** f	**th** t	**a** (hat)	**e** (red)	**o** (saw)
đ d	**nh** (onion)	**qu** kw	**tr** ch	**ă** (hard)	**ê** ay	**ô** oh

in the same ~ at school ở trường chúng tôi học cùng một lớp; *the ~ of 1988* khóa tốt nghiệp năm 1988

classic 1 *adj* (*typical*) điển hình; (*definitive*) cuối cùng **2** *n* tác phẩm kinh điển

classical *music* cổ điển

classical opera tuồng

classification (*act*) sự phân loại; (*category*) loại

classified *information* mật

classified ad(**vertisement**) mục rao vặt

classifier từ phân loại

classify (*categorize*) phân loại

classmate bạn cùng lớp; **classroom** phòng học; **class warfare** đấu tranh giai cấp

classy F sang trọng

clatter 1 *n* (*of boots*) tiếng lộp cộp; (*of broken glass*) tiếng loảng xoảng **2** *v/i* chạy rầm rầm

clause (*in agreement*) điều khoản; GRAM mệnh đề

claustrophobia chứng sợ chỗ kín

claw 1 *n* (*of cat, bird*) vuốt; (*of crab, lobster*) càng; (*of woman*) móng vuốt **2** *v/t* (*scratch*) cào

clay đất sét

clean 1 *adj* sạch **2** *adv* F (*completely*) hoàn toàn **3** *v/t* làm cho sạch; *teeth, shoes* đánh; *house, room* dọn sạch; *car, hands, face* rửa; *clothes* giặt tẩy; *have sth ~ed* làm sạch gì

♦ **clean out** *room, closet* dọn sạch; *fig* moi hết tiền

♦ **clean up 1** *v/t* dọn sạch; *fig: city* quét sạch bọn tội phạm **2** *v/i* dọn sạch; (*wash*) lau sạch; (*on stock market etc*) vớ được

cleaner (*male, female*) người làm vệ sinh; *dry-~* tiệm giặt khô

cleaning woman nữ lao công

cleanse (*skin*) làm sạch

cleanser (*for skin*) chất làm sạch

clear 1 *adj voice* trong; *photograph, vision* rõ nét; *thinker* sáng suốt; (*easy to understand*) dễ hiểu; (*obvious*) hiển nhiên; *weather, sky* quang đãng; *water* trong vắt; *skin* mịn; *conscience* trong sạch; *I'm not ~ about it* tôi chưa được rõ về cái đó; *I didn't make myself ~* tôi đã nói không được rõ **2** *adv* một cách rõ ràng; *stand ~ of* đứng tránh xa; *steer ~ of* tránh xa **3** *v/t roads, table* dọn sạch; (*acquit*) minh oan; (*authorize*) cho phép; (*earn*) kiếm được; *~ one's throat* hắng giọng **4** *v/i* (*of sky*) quang đãng; (*of mist*) tan đi

♦ **clear away** *v/t* thu dọn

♦ **clear off** *v/i* (*of thief etc*) chuồn ngay; *~!* cút đi!

♦ **clear out 1** *v/t closet* dọn sạch **2** *v/i* đi khỏi

♦ **clear up 1** *v/i* thu dọn; (*of weather*) trời quang đãng; (*of illness, rash*) biến đi **2** *v/t* (*tidy*) dọn sạch; *mystery, problem* làm sáng tỏ

clearance (*space*) khoảng trống; (*authorization*) giấy phép

clearance sale sự bán thanh lý

clearly (*with clarity*) một cách rõ ràng; (*evidently*) hiển nhiên

clemency lòng khoan dung

clench *teeth* nghiến chặt; *fist* siết chặt

clergy giới tăng lữ

clergyman giáo sĩ

clerk (*administrative*) thư ký; (*in store*) người bán hàng

clever *person, animal* thông minh; *idea* hay; *gadget, device* tài tình

click 1 *n* COMPUT sự bấm (con chuột) **2** *v/i* bấm lách cách

---

ơ ur	y (tin)	ây uh-i	iê i-uh	oa wa	ôi oy	uy wee	ong aong
u (soon)	au a-oo	eo eh-ao	iêu i-yoh	oai wai	ơi ur-i	ênh uhng	uyên oo-in
ư (dew)	âu oh	êu ay-oo	iu ew	oe weh	uê way	oc aok	uyêt oo-yit

♦ **click on** COMPUT nhấn

client (*of lawyer*) thân chủ; (*customer*) khách hàng

cliff vách đá

climate khí hậu; *fig* (*political ~*) không khí

climax *n* đỉnh điểm

climb 1 *n* (*up mountain*) sự leo trèo **2** *v/t* leo trèo **3** *v/i* leo trèo; (*up mountain*) leo núi; (*of plane*) lên cao; *fig* (*of inflation etc*) leo thang

♦ **climb down** (*from tree, ladder*) trèo xuống; *fig* xuống thang

climber (*of mountain*) người leo núi; (*social ~*) kẻ bon chen

clinch: **~ a deal** thỏa thuận dứt khoát

cling (*of clothes*) bó sát

♦ **cling to** (*of child*) bám chặt lấy; *ideas, tradition* bám lấy

clingfilm giấy nhựa dính

clingy *child, boyfriend* bám lẵng nhẵng

clinic phòng khám bệnh

clinical *training, symptoms* lâm sàng

clink 1 *n* (*of glasses*) tiếng lách cách **2** *v/i* (*of coins*) xủng xoẻng

clip¹ 1 *n* (*fastener*) cái kẹp **2** *v/t* kẹp vào; **~ X to Y** kẹp X vào Y

clip² 1 *n* (*extract*) đoạn trích ngắn **2** *v/t hair, hedge, grass* cắt tỉa

clipboard bìa kẹp hồ sơ

clippers (*for hair*) tông-đơ; (*for nails*) bấm móng tay; (*for gardening*) kéo xén

clipping (*from newspaper*) bài báo cắt ra

clock đồng hồ

clock radio đài có kèm đồng hồ báo thức; **clockwise** theo chiều kim đồng hồ; **clockwork** bộ máy đồng hồ; *it went like* **~** sự việc diễn ra trôi chảy

♦ **clog up 1** *v/i* bị tắc **2** *v/t drain* làm tắc; *nose* làm nghẹt

close¹ 1 *adj friend* thân; *relative* gần; **~ resemblance** giống nhau như hệt **2** *adv* gần; **~ at hand** sát bên mình; **~ by** gần; **be ~ to s.o.** (*emotionally*) thân thiết với ai đó

close² 1 *v/t door, window, drawer* đóng; *eyes* nhắm; *mouth* mím; (*permanently: business*) đóng cửa **2** *v/i* (*of door, store*) đóng cửa; (*of eyes*) nhắm; (*of business: permanently*) đóng cửa hẳn

♦ **close down 1** *v/t* đóng cửa **2** *v/i* (*permanently*) đóng cửa hẳn

♦ **close in** *v/i* (*of rebel troops*) tiến đánh; (*of fog*) bao phủ

♦ **close up 1** *v/t building* tạm đóng cửa **2** *v/i* (*move closer*) nhích lại gần hơn

closed *store* đóng cửa; *eyes* nhắm lại

closed-circuit television hệ thống truyền hình cáp

closely *listen, watch* chăm chú; *cooperate* chặt chẽ

closet tủ; (*for clothes*) tủ quần áo

close-up PHOT cận cảnh

closing time giờ đóng cửa

closure (*permanent*) việc đóng cửa; (*of store*) sự đóng cửa

clot 1 *n* (*of blood*) cục đông **2** *v/i* (*of blood*) đông lại

cloth (*fabric*) vải; (*for kitchen*) khăn lau; (*for cleaning etc*) giẻ lau

clothes quần áo

clothes brush bàn chải quần áo

clothes hanger mắc áo

clothing quần áo

cloud *n* mây; *a* **~** *of smoke/dust* đám khói/bụi

♦ **cloud over** (*of sky*) phủ mây

cloudburst mưa rào đột ngột

cloudy u ám

ch (*final*) k	**gh** g	**nh** (*final*) ng	**r** z; (*S*) r	**x** s	**â** (but)	**i** (tin)
d z; (*S*) y	**gi** z; (*S*) y	**ph** f	**th** t	**a** (hat)	**e** (red)	**o** (saw)
đ d	**nh** (onion)	**qu** kw	**tr** ch	**ă** (hard)	**ê** ay	**ô** oh

clout *n fig* (*influence*) ảnh hưởng

clown (*in circus*) vai hề; (*joker*) anh hề; *pej* thằng hề

club *n* (*weapon*) dùi cui; (*golf iron*) gậy; (*organization*) câu lạc bộ

clubs (*in cards*) quân nhép

clue manh mối; **I haven't a ~** F tôi hoàn toàn mù tịt

clued-up F am hiểu

clump *n* (*of earth*) mô đất; (*of plants*) khóm cây

clumsiness sự vụng về

clumsy *person* vụng về

cluster 1 *n* (*of people, houses*) nhóm; (*of trees*) cụm **2** *v/i* (*of people*) tụm quanh; (*of houses*) bao quanh

clutch 1 *n* MOT côn **2** *v/t s.o.'s hand* nắm chặt

♦ **clutch at** cố túm lấy

co. (= **Company**) công ty

c/o (= **care of**) nhờ ... chuyển; **Joe Hall, ~ Brown** gửi Joe Hall, nhờ Brown chuyển giúp

coach 1 *n* SP huấn luyện viên; (*singing, drama ~*) giáo viên **2** *v/t* huấn luyện; *singers, actors* đào tạo

coagulate (*of blood*) đông lại

coal than

coalition sự liên minh

coalmine mỏ than

coarse *skin, fabric* thô; *hair* cứng; (*vulgar*) tục tĩu

coast *n* bờ biển; **at the ~** ở bờ biển

coastal *fisheries, waters* ven biển

coastguard đội gác biển; (*person*) người gác biển

coastline bờ biển

coat 1 *n* áo vét; (*over~*) áo khoác; (*of animal*) bộ lông; (*of paint etc*) lớp **2** *v/t* (*with dust, paint*) phủ đầy; **chocolate ~ed almonds** sô cô la bọc hạnh nhân

coathanger mắc áo

coating (*of dust, chocolate*) lớp

coax dỗ dành; **~ s.o. to do sth** dỗ dành ai làm gì

cobweb mạng nhện

cocaine cocain

cock *n* (*chicken*) con gà trống; (*any male bird*) con chim trống; (*in Vietnamese zodiac*) Dậu

cockeyed *idea etc* ngớ ngẩn

cock fight chọi gà

cockpit (*of plane*) khoang lái

cockroach con gián

cocktail rượu cốc-tay

cocoa (*plant*) cây ca-cao; (*drink*) ca-cao

coconut (*food*) dừa

coconut palm cây dừa

COD (= **collect on delivery**) thanh toán tiền khi giao hàng

cod cá thu

coddle *sick person, child* chiều chuộng

code *n* mật mã

coeducational giáo dục hỗn hợp

coerce ép

coexist chung sống

coexistence sự chung sống

coffee cà phê

coffee break giờ giải lao có cà phê; **coffee maker** máy pha cà phê; **coffee pot** bình cà phê; **coffee shop** quán cà phê; **coffee table** bàn thấp nhỏ

coffin *Br* quan tài

cog răng bánh xe

cognac rượu cô nhắc

cogwheel bánh răng

cohabit sống chung với nhau

coherent *analysis, description, argument* rõ ràng; *speech* mạch lạc

coil 1 *n* (*of rope, barbed wire*) cuộn; (*of smoke*) làn; (*of snake*) vòng cuộn **2** *v/t* cuộn; **~** (**up**) cuộn tròn

coin *n* đồng tiền

ơ ur	**y** (tin)	**ây** uh-i	**iê** i-uh	**oa** wa	**ôi** oy	**uy** wee	**ong** aong
u (soon)	**au** a-oo	**eo** eh-ao	**iêu** i-yoh	**oai** wai	**ơi** ur-i	**ênh** uhng	**uyên** oo-in
ư (dew)	**âu** oh	**êu** ay-oo	**iu** ew	**oe** weh	**uê** way	**oc** aok	**uyêt** oo-yit

coincide (*of events*) xảy ra đồng thời

coincidence sự trùng khớp ngẫu nhiên

Coke® cô ca (cô la)

cold 1 *adj* lạnh; **I'm** (**feeling**) ~ tôi thấy lạnh; **it's** ~ trời lạnh; **in** ~ **blood** một cách tàn nhẫn; **get** ~ **feet** *fig* ớn nhất **2** *n* sự lạnh lẽo; (*illness*) sự cảm lạnh; **I have a** ~ tôi bị cảm lạnh

cold-blooded máu lạnh; *fig* tàn nhẫn; **cold cuts** món thịt nguội; **cold sore** bệnh hecpet môi; **Cold War** chiến tranh lạnh

coleslaw món xà lách cải bắp

colic cơn đau bụng

collaborate cộng tác

collaboration sự cộng tác

collaborator (*with enemy*) kẻ tiếp tay; (*in writing book etc*) cộng tác viên

collapse (*of floor, roof, building*) sự đổ sập; (*of person*) sự ngã gục

collapsible *seat, umbrella* có thể gấp gọn

collar (*of shirt, jacket*) cổ áo; (*of dog, cat*) vòng cổ

collarbone xương đòn

colleague bạn đồng nghiệp

collect 1 *v/t person* đón; (*suit etc: from cleaner's*) lấy về; (*as hobby*) sưu tầm; (*clothes etc: for charity*) quyên góp; *one's belongings* thu lượm; *wood for fire* gom; *rainwater* tích chứa **2** *v/i* (*gather together*) tụ tập **3** *adv*: **call** ~ cú điện thoại mà người nhận phải trả tiền

collect call cú điện thoại mà người nhận phải trả tiền

collected *works, poems etc* toàn tập; *person* tự chủ

collection bộ sưu tầm; (*designer* ~) bộ sưu tập; (*in church*) sự quyên góp

collective *decision* tập thể; *assets* chung

collective bargaining sự thương lượng tập thể

collector (*as hobby*) người sưu tầm

college trường cao đẳng

collide (*of cars, people*) va vào nhau

collision sự va chạm

colloquial *word, expression* thông tục

colon (*punctuation*) dấu hai chấm; ANAT ruột kết

colonel đại tá

colonial *adj* thực dân

colonize *country* chiếm làm thuộc địa

colony thuộc địa

color 1 *n* màu sắc; (*in cheeks*) sắc hồng hào; **what** ~ **is the sky?** bầu trời màu gì?; **in** ~ (*of movie etc*) màu; ~**s** MIL lá cờ **2** *v/t one's hair* nhuộm **3** *v/i* (*blush*) đỏ mặt

color-blind mù màu

colored *adj person* da màu

color-fast không biến màu

colorful nhiều màu sắc; *character, life, story* sinh động

coloring (*of hair, eyes, skin*) sự tô màu

color photograph ảnh màu; **color scheme** sự bố trí màu sắc; **color TV** máy ti vi màu

colt ngựa đực tơ

column (*of figures*) cột; (*of people*) hàng; (*architectural*) cột trụ; (*of text*) cột báo; (*newspaper feature*) mục

columnist người viết báo chuyên mục

coma sự hôn mê

comb 1 *n* cái lược **2** *v/t* chải; *area* lục soát; *newspaper etc* lục tìm

combat 1 *n* trận đánh **2** *v/t*

ch (*final*) k	**gh** g	**nh** (*final*) ng	**r** z; (*S*) r	**x** s	**â** (b**u**t)	**i** (t**i**n)
d z; (*S*) y	**gi** z; (*S*) y	**ph** f	**th** t	**a** (h**a**t)	**e** (r**e**d)	**o** (s**a**w)
đ d	**nh** (**o**ni**o**n)	**qu** kw	**tr** ch	**ă** (h**a**rd)	**ê** ay	**ô** oh

unemployment, inflation, apathy etc đấu tranh chống

combination (*of factors*) sự kết hợp; (*of safe*) khóa bí mật

combine 1 *v/t ingredients* trộn; *business with pleasure* kết hợp **2** *v/i* (*of chemical elements*) kết hợp

combine harvester máy gặt đập

combustible (*inflammable*) bén lửa

combustion sự cháy

come (*towards speaker, listener*) đến; (*of train, bus*) đến; *you'll ~ to like it* rút cục anh/chị sẽ thích nó; *how ~?* F sao vậy?

♦ **come about** (*happen*) xảy ra

♦ **come across 1** *v/t* (*find*) tình cờ thấy **2** *v/i* (*of idea, humor*) truyền đạt được; *she comes across as ...* cô ta gây ấn tượng như ...

♦ **come along** (*come too*) đi cùng; (*turn up: of bus, man*) đến; (*turn up: of job*) xuất hiện; (*progress*) tiến triển

♦ **come apart** (*break*) tách ra; (*fall into pieces*) vỡ mát

♦ **come around** (*to s.o.'s home*) tạt lại chơi; (*regain consciousness*) tỉnh lại

♦ **come away** (*leave*) rời đi; (*of button etc*) bung ra

♦ **come back** trở về; *it came back to me* nhớ lại

♦ **come by 1** *v/i* tạt qua **2** *v/t* (*acquire*) kiếm được; (*receive*) bị

♦ **come down** *v/i* (*from tree, ledge*) xuống; (*in price, amount etc*) giảm; (*of rain, snow*) rơi; *he came down the stairs* anh ấy đi xuống thang

♦ **come for** (*attack*) tấn công; (*collect: thing*) đến lấy; (*collect: person*) đến đón

♦ **come forward** (*present oneself*) đứng ra

♦ **come from** từ ... đến; *I ~ from New York* tôi từ Niu-Yóoc đến

♦ **come in** (*of person*) đi vào; (*in race*) về đích; (*of train*) tới; (*of tide*) dâng lên; *~!* mời vào!

♦ **come in for** là mục tiêu của; *~ criticism* là mục tiêu của sự chỉ trích

♦ **come in on** tham gia vào; *~ a deal* tham gia vào một thỏa thuận

♦ **come off** (*of handle etc*) rời ra

♦ **come on** (*progress: of painting, garden, baby*) tiến triển; (*of work, study*) tiến bộ; *~!* đi đi!; (*in disbelief*) sao lại thế được!

♦ **come out** (*of person*) đi ra khỏi; (*of sun*) hiện ra; (*of results*) thể hiện; (*of records, books*) phát hành; (*of stain*) tẩy sạch

♦ **come to 1** *v/t place* đi tới; (*of hair*) xòa xuống; (*of dress*) rủ xuống; (*of water*) ngập đến; *that comes to $70* tất cả là 70 đô la **2** *v/i* (*regain consciousness*) tỉnh lại

♦ **come up** đi lên; (*of sun*) mọc; *something has ~* có chuyện gì đã xảy ra

♦ **come up with** *new idea etc* nảy ra

comeback: *make a ~* (*of singer, actor, fashion*) trở lại vị trí trước đây

comedian diễn viên hài; *pej* thằng ngốc

comedown sự sa sút

comedy (*play*) hài kịch; (*movie*) phim hài

comet sao chổi

comeuppance: *he'll get his ~* anh ấy sẽ bị trừng phạt đích đáng

comfort 1 *n* tiện nghi; (*consolation*) sự an ủi **2** *v/t* an ủi

comfortable *chair, house, room* thoải mái; (*financially*) sung túc; *be ~* (*of person*) dễ chịu

ơ u*r*	y (tin)	ây uh-i	iê i-uh	oa wa	ôi oy	uy wee	ong aong
u (soon)	au a-oo	eo eh-ao	iêu i-yoh	oai wai	ơi ur-i	ênh uhng	uyên oo-in
ư (dew)	âu oh	êu ay-oo	iu ew	oe weh	uê way	oc aok	uyêt oo-yit

comic 1 *n* (*to read*) truyện bằng tranh **2** *adj* hài hước
comical tức cười
comic book cuốn truyện bằng tranh
comics trang tranh chuyện vui
comma dấu phẩy
command 1 *n* (*order*) mệnh lệnh **2** *v/t* (*order*) ra lệnh; (*have authority over*) chỉ huy
commander sĩ quan chỉ huy
commander-in-chief tổng tư lệnh
commemorate (*of statue, memorial etc*) tưởng niệm; *victory etc* kỷ niệm
commemoration (*ceremony*) lễ kỷ niệm; *in ~ of* để kỷ niệm
commence *v/t & v/i* bắt đầu
comment 1 *n* lời bình luận; *no ~!* không có ý kiến! **2** *v/i* bình luận
commentary lời tường thuật
commentator bình luận viên
commerce thương mại
commercial 1 *adj firm, bank, college* thương mại; (*profitable*) có lãi **2** *n* (*advertisement*) quảng cáo
commercial break quảng cáo xen giữa
commercialize *v/t* thương mại hóa
commercial traveler người đi chào hàng
commiserate thương cảm
commission 1 *n* (*payment*) tiền hoa hồng; (*job*) công việc; (*committee*) ủy ban **2** *v/t* (*for job*) ủy nhiệm
commit *crime, error* phạm; *funds* cam kết; *~ oneself* (*on sth*) cam kết (gì)
commitment (*in professional relationship*) lời cam kết; (*responsibility*) điều ràng buộc
committee ủy ban
commodity FIN hàng hóa

common (*not rare*) phổ biến; (*shared*) chung; *in ~* chung; *have sth in ~ with s.o.* có gì chung với ai
common law wife vợ không cưới xin; **commonplace** *adj pej* tầm thường; **common sense** lẽ thường
commotion (*noisy disturbance*) sự náo động
communal *land, facilities* công cộng; *kitchen* chung
communal house đình
communicate 1 *v/i* (*have contact*) liên lạc với nhau; (*make self understood*) biểu đạt **2** *v/t idea, intentions* truyền đạt
communication sự liên lạc; (*in relationship*) sự giao tiếp
communications truyền thông; (*in travel*) phương tiện giao thông
communications satellite vệ tinh liên lạc
communicative *person* cởi mở
Communism chủ nghĩa cộng sản
Communist 1 *adj* cộng sản **2** *n* người cộng sản
Communist Party Đảng Cộng Sản
community cộng đồng
commute 1 *v/i* đi làm xa **2** *v/t* LAW giảm án
commuter người đi làm xa
commuter traffic xe cộ của những người đi làm xa
commuter train tàu hỏa chở những người đi làm xa
compact 1 *adj apartment, vehicle, build* nhỏ gọn **2** *n* MOT ô tô nhỏ
compact disc đĩa CD
companion bạn
companionship tình bạn
company (*business organization*) công ty; (*companionship*) sự bầu bạn; (*guests*) khách; *ballet ~* đoàn

ch (*final*) k **gh** g **nh** (*final*) ng **r** z; (S) r **x** s **â** (but) **i** (tin)
d z; (S) y **gi** z; (S) y **ph** f **th** t **a** (hat) **e** (red) **o** (saw)
đ d **nh** (onion) **qu** kw **tr** ch **ă** (hard) **ê** ay **ô** oh

ba lê; *theater* ~ đoàn kịch; *be good*/*bad* ~ là bạn tốt/xấu; *keep s.o.* ~ bầu bạn ai

company car ô tô công ty

company law qui chế công ty

comparable (*which can be compared*) có thể so sánh được; (*similar*) tương đương

comparative 1 *adj* (*relative*) tương đối; (*involving comparison*) so sánh; GRAM ở cấp so sánh **2** *n* GRAM cấp so sánh

comparatively tương đối

compare 1 *v/t* so sánh; ~ *X with Y* so sánh X với Y; ~*d with ...* so với ... **2** *v/i* sánh; *how does it ~ with ...?* sánh với ... thì thế nào?

comparison sự so sánh; *in ~ with sth*/*s.o.* so với gì/ai; *there's no ~* không thể so sánh được

compartment ngăn; RAIL toa

compass la bàn; (*for geometry*) (chiếc) com pa

compassion lòng thương

compassionate động lòng thương

compatibility tính tương hợp

compatible *people* hợp; *blood types*, *lifestyles* tương hợp; COMPUT tương thích; *we're not* ~ chúng tôi không hợp nhau

compel bắt buộc

compelling *argument* có sức thuyết phục; *movie*, *book* hấp dẫn

compensate 1 *v/t* (*with money*) đền bù **2** *v/i* bồi thường; ~ *for* bù đắp cho

compensation (*money*) bồi thường; (*reward*) cái bù đắp lại; (*comfort*) sự khuây khỏa

compete cạnh tranh; (*take part*) tham gia cuộc đua; ~ *for sth* đua tranh để giành lấy gì

competence năng lực

competent *person* có năng lực; *I'm*

not ~ *to judge* tôi không đủ năng lực để xét đoán

competition (*contest*) cuộc thi; SP cuộc thi đấu; (*competing*) sự cạnh tranh; (*competitors*) những người cạnh tranh; *in ~ with* cạnh tranh với; *the government wants to encourage* ~ chính phủ muốn khuyến khích sự cạnh tranh

competitive *profession*, *skiing* đua tranh; *price*, *offer* có thể cạnh tranh được

competitor (*in contest*) người dự thi; COM công ty cạnh tranh

compile *dictionary* biên soạn; *list* lập

complacency sự tự mãn

complacent *smile*, *manner*, *tone of voice* tự mãn

complain *v/i* kêu ca; (*to store*, *manager*) phàn nàn; ~ *of* MED than phiền

complaint điều phàn nàn; MED bệnh; *submit a formal* ~ đệ đơn kiện

complement *v/t* bổ sung; *they* ~ *each other* họ bổ sung cho nhau

complementary bổ sung

complete 1 *adj* (*total*) hoàn toàn; (*full*) đầy đủ; (*finished*) hoàn thành; *the* ~ *works of Shakespeare* Shakespeare toàn tập **2** *v/t* (*finish*) hoàn thành; *form* điền vào

completely hoàn toàn

completion sự hoàn thành

complex 1 *adj situation*, *person*, *system* phức tạp **2** *n* PSYCH mặc cảm; (*of buildings*) khu liên hợp

complexion (*facial*) nước da

compliance sự tuân theo

complicate làm phức tạp

complicated phức tạp

complication sự phức tạp; ~*s* MED

ơ ur	**y** (tin)	**ây** uh-i	**iê** i-uh	**oa** wa	**ôi** oy	**uy** wee	**ong** aong
u (soon)	**au** a-oo	**eo** eh-ao	**iêu** i-yoh	**oai** wai	**ơi** ur-i	**ênh** uhng	**uyên** oo-in
ư (dew)	**âu** oh	**êu** ay-oo	**iu** ew	**oe** weh	**uê** way	**oc** aok	**uyêt** oo-yit

biến chứng

compliment 1 *n* lời khen **2** *v/t* khen

complimentary tỏ ý khen ngợi; (*free*) biếu tặng; (*in restaurant, hotel*) biếu

compliments slip danh thiếp chào hỏi

comply tuân theo; **~ with** tuân theo

component *n* bộ phận cấu thành

compose *v/t* (*make up*) tạo thành; (*with abstracts*) hình thành; MUS sáng tác; **be ~d of** gồm có; **~ oneself** trấn tĩnh lại

composed (*calm*) bình tĩnh

composer MUS nhà soạn nhạc

composition (*make-up*) thành phần; MUS tác phẩm; (*essay*) bài luận

composure sự bình tĩnh

compound *n* CHEM hợp chất

compound interest lãi gộp

comprehend (*understand*) hiểu

comprehension sự hiểu

comprehensive (*full*) toàn bộ

comprehensive insurance bảo hiểm toàn diện

compress 1 *n* MED gạc **2** *v/t air, gas* nén; *information* thu gọn

comprise (*be composed of*) gồm có; (*make up*) tạo thành; **be ~d of** gồm có

compromise 1 *n* sự thỏa hiệp **2** *v/i* thỏa hiệp **3** *v/t one's principles* sửa đổi; (*jeopardize*) làm hại; **~ oneself** tự làm hại mình

compulsion PSYCH sự thôi thúc

compulsive *behavior* đam mê; *reading* say mê

compulsory *subject* bắt buộc; **~ education** giáo dục bắt buộc

computer máy tính; **have sth on ~** có gì trên máy tính

computer-controlled được điều khiển bằng máy tính

computer game trò chơi trên máy tính

computerize *workplace* trang bị máy tính; *information* lưu trữ trong máy tính; *process* tin học hóa

computer literate: **be ~** biết sử dụng máy tính; **computer science** môn tin học; **computer scientist** nhà tin học

computing tin học

comrade (*friend*) bạn; POL đồng chí

comradeship tình bạn

con F **1** *n* trò bịp bợm **2** *v/t* lừa bịp

conceal *evidence, truth, letter* che giấu; **~ed door** cửa khuất kín

concede *v/t* (*admit*) thừa nhận

conceit tính tự phụ

conceited tự phụ

conceivable (*believable*) có thể hiểu được; (*imaginable*) có thể tưởng tượng được

conceive *v/i* (*of woman*) thụ thai; **~ of** (*imagine*) tưởng tượng

concentrate 1 *v/i* tập trung; **~ on sth** tập trung vào gì **2** *v/t attention, energies* tập trung

concentrated *juice etc* cô đặc

concentration sự tập trung

concept khái niệm

conception (*of child*) sự thụ thai

concern 1 *n* (*anxiety*) sự lo lắng; (*care*) mối quan tâm; (*business*) việc; (*company*) doanh nghiệp **2** *v/t* (*involve*) liên quan; (*worry*) làm lo lắng; **~ oneself with sth** bận tâm đến gì

concerned (*anxious*) lo ngại; (*caring*) chăm lo; (*involved*) có liên quan; **as far as I'm ~** đối với tôi

concerning *prep* liên quan đến

concert buổi hòa nhạc

concerted (*joint*) có phối hợp

---

ch (*final*) k	**gh** g	**nh** (*final*) ng	**r** z; (S) r	**x** s	**â** (but)	**i** (tin)
d z; (S) y	**gi** z; (S) y	**ph** f	**th** t	**a** (hat)	**e** (red)	**o** (saw)
đ d	**nh** (onion)	**qu** kw	**tr** ch	**ă** (hard)	**ê** ay	**ô** oh

concert master nhạc trưởng

concerto bản công xéc tô

concession (*giving in*) sự nhượng bộ

conciliatory *gesture, remark, smile* hòa giải

concise súc tích

conclude 1 *v/t* (*deduce*) kết luận; (*end*) kết thúc; **~ X from Y** từ Y rút ra kết luận về X **2** *v/i* kết thúc

conclusion (*deduction*) sự kết luận; (*end*) sự kết thúc; **in ~** cuối cùng

conclusive *proof, evidence* có sức thuyết phục

concoct *meal* chế biến; *drink* pha chế; *excuse, story* bịa ra

concoction (*food*) món chế biến; (*drink*) đồ uống pha chế

concrete[1] *adj* (*not abstract*) cụ thể

concrete[2] *n* bê tông

concur *v/i* đồng tình

concussion chấn thương não

condemn *action* lên án; *building, meat* loại bỏ; (*doom*) buộc phải làm

condemnation (*of action*) sự lên án

condensation (*on walls, windows*) hơi nước ngưng tụ

condense 1 *v/t* (*make shorter*) rút gọn **2** *v/i* (*of steam*) ngưng tụ

condensed milk sữa đặc

condescend: *he ~ed to speak to me* anh ấy hạ cố nói chuyện với tôi

condescending (*patronizing*) kẻ cả

condition 1 *n* (*state*) tình trạng; (*of health*) tình trạng sức khỏe; (*illness*) bệnh; (*requirement, term*) điều kiện; **~s** (*circumstances*) hoàn cảnh; **on ~ that ...** với điều kiện là ... **2** *v/t* PSYCH: **be ~ed to believe that ...** được luyện để tin

rằng điều ...

conditional 1 *adj acceptance* có điều kiện; **payment of the money is ~ on ...** việc thanh toán tuỳ thuộc vào việc ... **2** *n* GRAM thể điều kiện

conditioner (*for hair*) dầu dưỡng tóc; (*for fabric*) chất làm mềm vải

conditioning PSYCH sự luyện để tạo thói quen

condo căn hộ

condolences lời chia buồn

condom bao cao su

condominium căn hộ

condone *mistake* bỏ qua; *crime* dung túng

conducive: **~ to** dẫn đến

conduct 1 *n* (*behavior*) hạnh kiểm; (*management*) sự quản lý **2** *v/t survey, experiment, investigation* tiến hành; *business* quản lý; *visitors* hướng dẫn; ELEC dẫn; MUS chỉ huy; **~ oneself** cư xử

conducted tour cuộc đi thăm có hướng dẫn

conductor MUS chỉ huy dàn nhạc; (*on train*) trưởng tàu

cone (*in geometry*) hình nón; (*for ice cream*) vỏ kem ốc quế; (*of pine tree*) quả thông; (*on highway*) biển báo thi công

confectioner chủ hiệu bánh kẹo

confectioners' sugar đường mịn

confectionery (*candy*) bánh kẹo

confederation liên đoàn

confer 1 *v/t* (*bestow*) ban **2** *v/i* (*discuss*) hội ý

conference hội nghị

conference room phòng họp

confess 1 *v/t sin, guilt, crime* thú nhận; **I ~ I don't know** tôi xin thú nhận là tôi không biết **2** *v/i* thú nhận; REL xưng tội; (*to police*) thú tội; **~ to s.o.** thú nhận với ai; REL

ơ ur	y (tin)	ây uh-i	iê i-uh	oa wa	ôi oy	uy wee	ong aong
u (soon)	au a-oo	eo eh-ao	iêu i-yoh	oai wai	ơi ur-i	ênh uhng	uyên oo-in
ư (dew)	âu oh	êu ay-oo	iu ew	oe weh	uê way	oc aok	uyêt oo-yit

xưng tội với ai; **~ to a weakness for sth** thú nhận điểm yếu về gì

confession sự thú tội; REL sự xưng tội

confessional REL phòng xưng tội

confessor REL linh mục nghe xưng tội

confide 1 *v/t* nói riêng **2** *v/i* giãi bày; **~ in s.o.** giãi bày với ai

confidence (*assurance*) sự tin chắc; (*trust*) lòng tin; (*secret*) chuyện riêng; **in ~** như là một bí mật

confident (*self-assured*) tự tin; (*convinced*) tin tưởng; **~ of sth** tin tưởng vào gì

confidential *information*, *files*, *letters* bí mật

confine (*imprison*) giam hãm; (*restrict*) giới hạn; **be ~d to one's bed** bị liệt giường

confined *space* bó hẹp

confinement (*imprisonment*) sự giam hãm; MED sự sinh đẻ

confirm *v/t* *arrangement*, *flight*, *reports* khẳng định; *fear* tăng thêm

confirmation (*of theory, statement*) sự khẳng định, sự xác nhận; (*of fear*) sự tăng thêm

confirmed (*inveterate*) lâu năm

confiscate tịch thu

conflict 1 *n* (*disagreement*) sự bất đồng; (*clash*) mâu thuẫn; (*war*) xung đột **2** *v/i* (*of dates, events*) trùng với; (*go against*) mâu thuẫn

conform tuân theo; (*of product*) đúng với; **~ to government standards** đúng với tiêu chuẩn Nhà nước

conformist *n* người tuân thủ

confront *fear*, *difficulty*, *danger* đương đầu; (*tackle*) nói; **~ s.o. with s.o./sth** buộc ai phải đối mặt với ai/gì

confrontation sự đối đầu

Confucianism đạo Khổng, Khổng giáo

Confucius Đức Khổng Tử

confuse *matters* làm rối lên; (*mix up*) nhầm lẫn; **~ s.o.** (*muddle*) làm ai bối rối; **~ X with Y** nhầm lẫn X với Y

confused *person* bối rối; *situation*, *account*, *speech* không rõ ràng

confusing *message*, *person* khó hiểu

confusion (*chaos*) sự rối loạn; (*mistake*) sự nhầm lẫn; (*embarrassment*) sự bối rối

congeal (*of blood, fat*) đông đặc

congenial (*pleasant*) dễ chịu

congenital MED bẩm sinh

congested *roads* đông nghịt

congestion (*on roads*) sự tắc nghẽn; (*in chest*) chứng sung huyết; **nasal ~** chứng ngạt mũi; **traffic ~** sự tắc nghẽn giao thông

congratulate chúc mừng

congratulations những lời chúc mừng; **~!** xin chúc mừng!; **~ on ...** chúc mừng nhân dịp …

congregate (*gather*) tụ tập

congregation REL giáo đoàn

congress (*conference*) đại hội; **Congress** (*of US*) quốc hội (Hoa Kỳ)

Congressional quốc hội

Congressman nghị sĩ

Congresswoman nữ nghị sĩ

conical hat nón

conifer loại cây tùng bách

conjecture *n* (*speculation*) sự phỏng đoán

conjugate *v/t* GRAM chia động từ

conjunction GRAM liên từ; **in ~ with** cùng với

conjunctivitis viêm kết mạc

♦ **conjure up** (*produce*) làm hiện ra; (*evoke*) gợi lên

conjurer, conjuror (*magician*)

---

ch (*final*) k	**gh** g	**nh** (*final*) ng	**r** z; (*S*) r	**x** s	**â** (but)	**i** (tin)
đ z; (*S*) y	**gi** z; (*S*) y	**ph** f	**th** t	**a** (hat)	**e** (red)	**o** (saw)
đ d	**nh** (onion)	**qu** kw	**tr** ch	**ă** (hard)	**ê** ay	**ô** oh

người làm trò ảo thuật

conjuring tricks những trò ảo thuật

con man kẻ lừa đảo

connect (*join*) nối; TELEC nối máy; (*link*) dính líu; (*to power supply*) cắm

connected: *be well ~* có quan hệ với những người có ảnh hưởng; *be ~ with ...* có liên quan ...; *be ~ with X by marriage* có quan hệ thông gia với X

connecting flight chuyến bay chuyển tiếp

connection (*in wiring*) sự nối; (*link*) mối liên hệ; (*when traveling*) chuyến nối tiếp; (*personal contact*) chỗ thân quen; *in ~ with ...* liên quan tới ...

connoisseur người sành sỏi

conquer chinh phục; *fig: fear etc* chế ngự

conqueror người chinh phục; (*negative connotations*) tay chinh phục

conquest (*of territory*) cuộc chinh phục

conscience lương tâm; *it has been on my ~* tôi cảm thấy lương tâm day dứt

conscientious *worker, pupil, attitude* tận tâm; *piece of work* chu đáo

conscientious objector người chống quân dịch vì đạo lý

conscious *adj* có ý thức; MED hồi tỉnh; *be ~ of ...* nhận ra ...

consciousness (*awareness*) ý thức; MED trạng thái tỉnh táo; *lose ~* bất tỉnh; *regain ~* tỉnh lại

consecutive liên tiếp

consensus sự nhất trí

consent 1 *n* sự đồng ý **2** *v/i* đồng ý

consequence (*result*) hậu quả

consequently (*therefore*) do đó

conservation (*preservation*) sự bảo tồn

conservationist *n* người bảo tồn môi trường

conservative *adj* (*conventional*) bảo thủ; *clothes* cổ hủ; *estimate* dè dặt

conservatory (*for plants*) nhà kính; MUS nhạc viện

conserve 1 *n* (*jam*) mứt **2** *v/t energy, strength* giữ gìn

consider (*regard*) coi như; (*show regard for*) quan tâm đến; (*think about*) xem xét; *it is ~ed to be ...* nó được coi như là ...

considerable đáng kể

considerably đáng kể

considerate (*thoughtful*) chu đáo

consideration (*thought*) sự xem xét; (*thoughtfulness, concern*) sự quan tâm; (*factor*) lý do; *take X into ~* tính đến X

consignment COM lô hàng; *a ~ of goods* một lô hàng gửi

♦ **consist of** gồm có

consistency (*texture*) độ đậm đặc; (*unchangingness*) sự nhất quán

consistent (*unchanging*) nhất quán

consolation sự an ủi

console *v/t* an ủi

consonant *n* GRAM phụ âm

consortium tập đoàn

conspicuous dễ nhận thấy

conspiracy âm mưu

conspire âm mưu

constant (*continuous*) không cạn kiệt; *pain* liên miên; *speed, value* không thay đổi; *friend* trung thành

consternation sự kinh hoàng

constipated táo bón

constipation chứng táo bón

constituent *n* (*component*) thành phần

ơ u*r*	**y** (tin)	**ây** uh-i	**iê** i-uh	**oa** wa	**ôi** oy	**uy** wee	**ong** aong
u (soon)	**au** a-oo	**eo** eh-ao	**iêu** i-yoh	**oai** wai	**ơi** ur-i	**ênh** uhng	**uyên** oo-in
ư (dew)	**âu** oh	**êu** ay-oo	**iu** ew	**oe** weh	**uê** way	**oc** aok	**uyêt** oo-yit

constitute (*account for*) tạo thành; (*represent*) là

constitution POL hiến pháp; (*of person*) thể chất

constitutional *adj* POL hiến pháp

constraint (*restriction*) sự hạn chế; (*strong pressure*) sự ép buộc

construct *v/t building etc* xây dựng

construction (*of building etc*) việc xây dựng; (*building etc*) kiến trúc; (*trade*) xây dựng; *under ~* đang được xây dựng

construction industry công nghiệp xây dựng; **construction site** địa điểm xây dựng; **construction worker** công nhân xây dựng

constructive có tính chất xây dựng

consul lãnh sự

consulate tòa lãnh sự

consult (*seek the advice of*) hỏi ý kiến; (*discuss*) trao đổi ý kiến; *dictionary* tra cứu

consultancy (*company*) công ty tư vấn; (*advice*) ý kiến tư vấn

consultant (*adviser*) người tư vấn

consultation sự hỏi ý kiến; (*meeting for consulting*) cuộc hội đàm

consume (*eat*) ăn hết; (*drink*) uống hết; (*use*) tiêu dùng

consumer (*purchaser*) người tiêu dùng

consumer confidence lòng tin người tiêu dùng; **consumer goods** hàng tiêu dùng; **consumer society** xã hội tiêu dùng

consumption (*of energy, food etc*) sự tiêu dùng

contact 1 *n* (*person*) người quen; (*communication*) sự liên lạc; (*physical*) sự va chạm; *keep in ~ with X* giữ liên hệ với X **2** *v/t* liên lạc

contact lens kính áp trong

contact number số điện thoại để liên hệ

contagious lây lan; *fig: laughter, fear* dễ lây lan

contain *tears, laughter* kìm nén; *floodwaters* ngăn chặn; *it ~ed my camera* nó chứa đựng máy ảnh của tôi; *~ oneself* kìm nén mình

container (*box*) hộp chứa; (*bottle*) bình chứa; COM côngtenơ

container ship tàu thủy chở côngtenơ

contaminate làm ô nhiễm

contamination sự gây ô nhiễm

contemplate *v/t* (*look at*) ngắm; (*think about*) suy ngẫm; (*envisage*) dự tính

contemporary 1 *adj art, design, cinema etc* hiện đại **2** *n* người cùng thời

contempt sự khinh bỉ; *be beneath ~* hoàn toàn đáng khinh

contemptible đáng khinh

contemptuous *person, smile* khinh khỉnh; *remark* khinh bỉ

♦ **contend for** đua tranh để giành ...

♦ **contend with** đương đầu với

contender đối thủ

content[1] *n* nội dung

content[2] **1** *adj* hài lòng **2** *v/t: ~ one-self with ...* tạm bằng lòng với ...

contented *person, smile* mãn nguyện

contention (*assertion*) sự khẳng định; *be in ~ for ...* đua tranh để giành ...

contentment sự mãn nguyện

contents (*of house, bag etc*) đồ chứa bên trong; (*of letter*) nội dung

contest[1] (*competition*) cuộc thi; (*struggle, for power*) cuộc đấu tranh

ch (*final*) k	**gh** g	**nh** (*final*) ng	**r** z; (S) r	**x** s	**â** (but)	**i** (tin)
d z; (S) y	**gi** z; (S) y	**ph** f	**th** t	**a** (hat)	**e** (red)	**o** (saw)
đ d	**nh** (onion)	**qu** kw	**tr** ch	**ă** (hard)	**ê** ay	**ô** oh

contest² *leadership etc* tranh cử; *will* không thừa nhận; *statement, point etc* phản bác

contestant đấu thủ

context văn cảnh; ***look at X in ~ / out of ~*** (*circumstances*) nhìn X trong bối cảnh / ngoài bối cảnh của

continent *n* lục địa

continental lục địa

contingency việc bất ngờ

continual *interruptions, complaints* liên tục

continuation (*of story*) phần tiếp; (*continuing*) sự tiếp tục

continue 1 *v/t* tiếp tục; ***to be ~d*** còn tiếp **2** *v/i* tiếp tục

continuity sự liên tục

continuous liên tục

contort *face* làm nhăn nhó; *body* vặn vẹo

contorted *explanation, excuse* quanh co

contour đường men quanh

contraception sự ngừa thai

contraceptive *n* (*device*) dụng cụ ngừa thai; (*pill*) thuốc ngừa thai

contract¹ *n* hợp đồng

contract² **1** *v/i* (*shrink*) co lại **2** *v/t illness* nhiễm

contractor thầu khoán

contractual hợp đồng

contradict (*of facts, evidence etc*) mâu thuẫn với; (*argue with*) cãi lại

contradiction sự mâu thuẫn; (*action of contradicting*) sự cãi lại

contradictory *account* trái ngược nhau

contraption F dụng cụ kì cục

contrary¹ **1** *adj* trái ngược; ***~ to ...*** trái với ... **2** *n* điều ngược lại; ***on the ~*** ngược lại

contrary² (*perverse*) ngang ngược

contrast 1 *n* sự tương phản **2** *v/t*
đối chiếu **3** *v/i* tương phản

contrasting *colors, personalities, views* trái ngược nhau

contravene *law, regulations* vi phạm

contribute 1 *v/i* (*with money, material, time*) đóng góp; (*to magazine, paper*) viết bài; (*to discussion*) góp ý kiến; ***~ to*** (*help to cause*) góp phần gây ra **2** *v/t money, time, suggestion* đóng góp

contribution (*money, time, effort*) sự đóng góp; (*to debate*) sự góp ý kiến; (*to magazine*) bài viết

contributor (*of money*) người đóng góp; (*to magazine*) người viết bài

contrive (*arrange*) xắp đặt; ***~ to do sth*** xoay xở làm gì

control 1 *n* (*of country, organization*) sự kiểm soát; (*of emotion*) sự kiểm chế; (*in ball game, sport*) sự làm chủ; ***be in ~ of ...*** nắm được quyền kiểm soát ...; ***bring X under ~*** chế ngự được X; ***get out of ~*** (*of fire, inflation*) không kiểm soát được; (*of vehicle*) không làm chủ được; ***lose ~ of ...*** không điều khiển được; ***lose ~ of oneself*** không tự chủ được; ***the situation is under ~*** kiểm soát được tình hình; ***circumstances beyond our ~*** tình huống vượt ra ngoài sự kiểm soát của chúng tôi; ***~s*** (*of aircraft, vehicle*) bộ điều chỉnh; (*restrictions*) sự kiểm soát **2** *v/t* (*govern, regulate*) điều khiển; *temper* kiểm chế; (*restrict*) kiểm soát; ***~ oneself*** (*not get angry, emotional*) tự chủ được; (*not overeat etc*) tự hạn chế mình

control center trung tâm điều khiển

control freak F kẻ hay chỉ đạo

controlled substance ma túy trái

ơ ur	y (tin)	ây uh-i	iê i-uh	oa wa	ôi oy	uy wee	ong aong
u (soon)	au a-oo	eo eh-ao	iêu i-yoh	oai wai	ơi ur-i	ênh uhng	uyên oo-in
ư (dew)	âu oh	êu ay-oo	iu ew	oe weh	uê way	oc aok	uyêt oo-yit

phép

controlling interest FIN số lãi to

control panel bảng điều khiển

control tower đài điều khiển

controversial gây ra tranh luận

controversy cuộc tranh luận

convalesce dưỡng bệnh

convalescence thời kỳ dưỡng bệnh

convene *v/t meeting* triệu tập

convenience (*of having sth,
location*) sự thuận tiện; *at your/
my ~* vào lúc thuận tiện cho anh/
cho tôi; *all modern ~s* mọi tiện
nghi hiện đại

convenience food (*canned*) đồ hộp;
(*frozen*) đồ đông lạnh

convenience store cửa hàng tạp
hóa

convenient thuận tiện

convent tu viện

convention (*tradition*) tục lệ;
(*conference*) hội nghị

conventional thông thường

convention center trung tâm hội
nghị

conventioneer thành viên hội nghị

conversant: *be ~ with ...* thông
thuộc ...

conversation cuộc đàm thoại

conversational đàm thoại

converse *n* (*opposite*) điều ngược
lại

conversely ngược lại

conversion sự chuyển đổi; *house
~s* việc cải tạo nhà cửa

conversion table bảng chuyển đổi

convert **1** *n* người cải đạo **2** *v/t*
chuyển đổi; *house, room etc* cải
tạo; *person* làm thay đổi tín
ngưỡng

convertible *n* (*car*) ô tô bỏ mui
được

convey *message, news, wishes etc*
chuyển; *impression, opinion,*

feeling diễn tả; (*carry*) chuyển

conveyor belt băng tải

convict **1** *n* người bị kết án tù **2** *v/t*
LAW kết án; *~ X of Y* kết án X về
tội Y

conviction LAW sự kết án; (*belief*)
niềm tin vững chắc

convince thuyết phục

convinced vững tin

convincing có sức thuyết phục

convivial *person* dễ chan hòa; *meal*
thân mật

convoy (*of ships*) đoàn tàu thủy;
(*of vehicles*) đoàn xe; *in ~* đi
thành đoàn

convulsion MED cơn co giật

cook **1** *n* người nấu ăn; (*in
restaurant, hotel*) đầu bếp **2** *v/t*
nấu; *a ~ed meal* một bữa ăn nóng
3 *v/i* nấu ăn

cookbook sách dạy nấu ăn

cookery nghề nấu ăn

cookie bánh bích qui

cooking (*food*) sự nấu nướng

cool **1** *n* F: *keep one's ~* giữ bình
tĩnh; *lose one's ~* mất bình tĩnh
2 *adj weather, breeze* mát mẻ;
drink mát; (*calm*) bình tĩnh;
(*unfriendly*) lạnh nhạt; F (*great*)
tuyệt **3** *v/i* (*of food*) ướp lạnh; (*of
tempers*) nguôi đi; (*of interest*)
nguội lạnh **4** *v/t* F: *~ it!* hãy bình
tĩnh!

♦**cool down** **1** *v/i* (*of sth hot*)
nguội; (*of weather*) mát; (*of
tempers*) bình tĩnh; (*of person:
because angry*) bình tĩnh lại; (*of
person: because hot*) làm cho mát
2 *v/t drink* làm cho mát; *cool s.o.
down* fig làm ai nguôi đi

cooperate hợp tác

cooperation sự hợp tác

cooperative **1** *n* COM hợp tác xã
2 *adj* COM hợp tác; (*helpful*) sẵn

---

ch (*final*) k	**gh** g	**nh** (*final*) ng	**r** z; (*S*) r	**x** s	**â** (but) **i** (tin)
d z; (*S*) y	**gi** z; (*S*) y	**ph** f	**th** t	**a** (hat)	**e** (red) **o** (saw)
đ d	**nh** (onion)	**qu** kw	**tr** ch	**ă** (hard)	**ê** ay **ô** oh

sàng hợp tác

coordinate *activities* phối hợp

coordination (*of activities, body*) sự phối hợp

cop F cớm

cope (*manage*) xoay xở được; ~ **with ...** xoay xở được ...; *problems, difficulties, misfortune* đối phó với ...

copier (*machine*) máy photocopy

copilot phụ tá phi công

copious *notes* rất nhiều; *tears* chan hòa

copper *n* (*metal*) đồng

copy 1 *n* (*duplicate, imitation*) bản sao; (*photocopy*) bản sao chụp; (*of book*) bản; (*of record, CD*) đĩa sao; (*written material*) bản thảo; *make a ~ of a file* COMPUT sao một tệp **2** *v/t* (*imitate: of person*) bắt chước; (*of manufacturer*) sao phỏng theo; (*duplicate*) sao chép; (*photocopy*) sao chụp; (*in writing*) ghi chép lại; (*in order to cheat*) quay cóp

copy cat F đồ hay bắt chước; **copycat crime** tội phạm bắt chước; **copyright** *n* bản quyền; **copy-writer** (*in advertising*) người viết quảng cáo

coral san hô

cord (*string*) dây thừng nhỏ; (*cable*) dây

cordial *adj* thân mật

cordless phone máy điện thoại không dây

cordon (*of police*) hàng rào cảnh sát

♦**cordon off** lập hàng rào cách ly

cords (*pants*) quần nhung kẻ

corduroy nhung kẻ

core 1 *n* (*of apple, pear*) lõi; (*of problem*) cốt lõi; (*of organization, party*) hạt nhân **2** *adj issue, meaning* trung tâm

cork (*in bottle*) nút chai; (*material*) bằng li-e

corkscrew cái mở nút chai

corn ngô (*N*), bắp (*S*)

corner 1 *n* (*of letter, table, street etc*) góc; (*bend: on road*) chỗ quẹo; (*in soccer*) quả phạt góc; *in the ~* ở trong góc; *on the ~* (*of street*) ở góc phố **2** *v/t person* dồn vào chân tường; *~ the market* lũng đoạn thị trường **3** *v/i* (*of driver, car*) vào cua

corner kick (*in soccer*) quả phạt góc

cornstarch bột ngô (*N*), bột bắp (*S*)

corny F *joke* nhàm; *pej* (*sentimental*) ủy mị

coronary 1 *adj* hình vành; *~ arteries* động mạch vành **2** *n* nhồi máu cơ tim

coroner chức giảo nghiệm

corporal *n* hạ sĩ

corporal punishment nhục hình

corporate *responsibility, action, law* đoàn thể; *strategy, finances* liên hiệp công ty; *~ image* hình tượng hợp nhất; *sense of ~ loyalty* ý thức trung thành với đoàn thể

corporation (*business*) tập đoàn

corps MIL quân đoàn; *Marine ~* quân đoàn thủy quân lục chiến; *cadet ~* thiếu sinh quân; *diplomatic ~* đoàn ngoại giao

corpse tử thi

corpulent to béo

corpuscle huyết cầu

corral *n* bãi quây ngựa

correct 1 *adj* chính xác; *behavior* đứng đắn **2** *v/t* sửa; *homework* chấm bài

correction (*mark on paper*) chỗ sửa; (*action*) sự sửa

correspond (*match*) tương ứng; (*write letters*) trao đổi thư từ; *~ to*

ơ ur	y (tin)	ây uh-i	iê i-uh	oa wa	ôi oy	uy wee	ong aong
u (soon)	au a-oo	eo eh-ao	iêu i-yoh	oai wai	ơi ur-i	ênh uhng	uyên oo-in
ư (dew)	âu oh	êu ay-oo	iu ew	oe weh	uê way	oc aok	uyêt oo-yit

... tương đương với ...; **~ with ...** phù hợp với ...

correspondence (*matching*) sự phù hợp; (*letters*) thư từ; (*exchange of letters*) quan hệ thư từ

correspondent (*letter writer*) người viết thư; (*reporter*) phóng viên

corresponding (*equivalent*) tương ứng

corridor (*in building*) hành lang

corroborate *statement, views* chứng thực

corrode *v/t & v/i* ăn mòn

corrosion sự ăn mòn

corrugated cardboard bìa làn sóng

corrugated iron tôn múi

corrupt 1 *adj pej* tham nhũng; (*depraved*) đồi bại; COMPUT làm hỏng **2** *v/t morals* làm suy đồi; *youth* làm hư hỏng; (*bribe*) hối lộ

corruption sự tham nhũng; (*depravity*) sự đồi bại

cosmetic *adj* mỹ phẩm; *fig: change* bề ngoài

cosmetics mỹ phẩm

cosmetic surgeon bác sĩ phẫu thuật thẩm mỹ

cosmetic surgery phẫu thuật thẩm mỹ

cosmonaut nhà du hành vũ trụ

cosmopolitan *city* quốc tế

cost 1 *n* giá cả; *fig* giá phải trả **2** *v/t* giá tiền là; *time* phải trả giá bằng; FIN: *proposal, project* chi phí; *it ~ them ...* giá tiền họ phải trả là ...; *how much does it ~?* cái đó giá bao nhiêu?; *it ~ me my health* cái đó làm tôi phải hao tổn sức khoẻ

cost and freight COM giá chi phí và vận chuyển; **cost-conscious** có ý thức về sự hao phí; **cost-effective** có lãi; **cost, insurance and freight** COM giá chi phí, bảo hiểm và vận chuyển

costly *mistake* đắt đỏ

cost of living giá sinh hoạt

cost price giá vốn

costume (*for actor*) trang phục

costume jewelry đồ nữ trang giả

cot (*for camping*) giường bạt

cotton 1 *n* vải bông **2** *adj* bằng vải bông

♦ **cotton on** F hiểu

♦ **cotton on to** F hiểu

♦ **cotton to** F cảm thấy thích

cotton candy kẹo bông

couch *n* đi văng

couchette giường, cu set

couch potato kẻ biếng nhác

cough 1 *n* sự ho; (*sound*) tiếng ho; (*illness*) chứng ho; (*to get attention*) tiếng e hèm **2** *v/i* ho; (*to get attention*) e hèm

♦ **cough up 1** *v/t blood etc* khạc ra; F *money* nhả ra **2** *v/i* F (*pay*) nhả tiền ra trả

cough medicine, cough syrup thuốc ho, sirô ho

could ◊ (*polite request*): **~ I have my key?** tôi lấy chìa khóa của tôi được không?; **~ you help me?** anh/chị có thể giúp tôi được không? ◊ (*possibility*): **this ~ be our bus** đây có thể là xe buýt của chúng ta; **you ~ be right** có thể là anh/chị đúng; **I ~n't say for sure** tôi không dám chắc; **he ~ have got lost** anh ấy có thể đã bị lạc ◊ (*indignation*): **you ~ have warned me!** đáng lẽ anh/chị nên báo tôi trước!

council (*assembly*) hội đồng

councilman ủy viên hội đồng

councilor ủy viên hội đồng

counsel 1 *n* (*advice*) lời khuyên; (*lawyer*) luật sư **2** *v/t course of action* khuyên bảo; *person* chỉ dẫn

---

ch (*final*) k	**gh** g	**nh** (*final*) ng	**r** z; (S) r	**x** s	**â** (but)	**i** (tin)
d z; (S) y	**gi** z; (S) y	**ph** f	**th** t	**a** (hat)	**e** (red)	**o** (saw)
đ d	**nh** (onion)	**qu** kw	**tr** ch	**ă** (hard)	**ê** ay	**ô** oh

counseling lời chỉ dẫn

counselor (*adviser*) cố vấn; LAW luật sư

count 1 *n* (*number arrived at*) số đếm được; (*action*) sự đếm; (*in boxing*) đếm số; ***keep ~ of ...*** đếm được ...; ***lose ~ of ...*** không đếm được ...; ***at the last ~*** vào lần đếm cuối cùng **2** *v/i* (*to ten etc*) đếm; (*calculate*) tính; (*be important*) có giá trị; (*qualify*) tính đến **3** *v/t* (*~ up*) đếm; (*include*) tính

♦ **count on** trông cậy vào

countdown đếm lùi

countenance *v/t* chấp thuận

counter¹ (*in store*, *café*) quầy hàng; (*in game*) thẻ

counter² **1** *v/t* critics, *propaganda* phản công lại; *effects of drug* chống lại **2** *v/i* (*retaliate*) phản bác lại

counter³: ***run ~ to ...*** trái với ...

counteract effect, *influence* làm giảm; **counter-attack 1** *n* cuộc phản công **2** *v/i* phản công; **counterbalance** sự đối trọng; **counterclockwise** ngược chiều kim đồng hồ; **counterespionage** hoạt động phản gián

counterfeit 1 *v/t* làm giả **2** *adj* money, *jewels*, *bank bill* giả

counterintelligence cơ quan phản gián; **counterpart**: ***my ~ in your company*** người giữ chức vụ tương đương trong công ty anh/ chị; **counterproductive** phản tác dụng; **countersign** *v/t* tiếp ký

countless vô số

country (*nation*) nước; (*as opposed to town*) nông thôn; ***in the ~*** ở nông thôn

country and western MUS nhạc đồng quê

countryman (*fellow ~*) người đồng hương

countryside vùng nông thôn

county hạt, tỉnh

coup POL cuộc đảo chính; *fig* việc phi thường

couple (*married*) cặp vợ chồng; (*man and woman*) đôi nam nữ; (*two people*) cặp; ***just a ~*** (*a few*) một chút ít; ***a ~ of ... people***, *things* hai …

coupon (*form*) mẫu in sẵn; (*voucher*) phiếu

courage sự dũng cảm

courageous decision, act, person dũng cảm

courier (*messenger*) người đưa thư; (*with tourist party*) hướng dẫn viên du lịch

course *n* (*series of lessons*) khóa học; (*part of meal*) món; (*of ship*, *plane*) hướng; (*for golf*, *skiing*) sân; (*for horse race*) trường đua; (*for running*) đường chạy; ***of ~*** (*certainly*) tất nhiên; (*naturally*) đương nhiên; ***of ~ not*** tất nhiên là không; ***~ of action*** đường lối hành động; ***~ of treatment*** đợt điều trị; ***in the ~ of ...*** trong lúc ...

court *n* LAW tòa án; SP sân; ***take X to ~*** kiện X lên tòa án

court case vụ xử án

courteous lịch sự

courtesy sự lịch sự

courthouse tòa án; **court martial 1** *n* tòa án quân sự **2** *v/t* xét xử ở tòa án quân sự; **court order** lệnh tòa án; **courtroom** phòng xét xử; **courtyard** sân trong

cousin (*older male*) anh họ; (*older female*) chị họ; (*younger*) em họ

cove (*small bay*) vịnh nhỏ

cover 1 *n* (*protective*) vỏ bọc; (*of book*, *magazine*) bìa; (*for bed*) ga phủ giường; (*shelter*) chỗ ẩn nấp;

ơ u*r*	**y** (tin)	**ây** uh-i	**iê** i-uh	**oa** wa	**ôi** oy	**uy** wee	**ong** aong
u (soon)	**au** a-oo	**eo** eh-ao	**iêu** i-yoh	**oai** wai	**ơi** ur-i	**ênh** uhng	**uyên** oo-in
ư (dew)	**âu** oh	**êu** ay-oo	**iu** ew	**oe** weh	**uê** way	**oc** aok	**uyêt** oo-yit

(*shelter from rain*) chỗ trú; (*insurance*) bảo hiểm **2** *v/t* che phủ; (*with chocolate*) phủ một lớp; (*in blood, mud*) đầy; (*of insurance policy*) bảo hiểm; *distance* đi được; (*of journalist*) theo dõi đưa tin

♦ **cover up 1** *v/t* mặc ấm; *crime, scandal* che giấu **2** *v/i fig* che giấu; **~ for X** bao che cho X

coverage (*by media*) việc đưa tin

covering letter thư phụ giải

covert bí mật

coverup (*of crime*) sự che giấu

cow *n* bò cái

coward kẻ hèn nhát

cowardice tính hèn nhát

cowardly hèn nhát

cowboy người chăn bò

cower lùi ra xa

coy (*evasive*) rụt rè; (*flirtatious*) ra vẻ e lệ

cozy *chair, feeling* thoải mái; *room, house* ấm cúng

CPU (= *central processing unit*) bộ xử lý trung tâm

crab *n* con cua

crack 1 *n* (*in wall, ceiling, cup etc*) vết rạn; (*joke*) câu đùa hóm hỉnh **2** *v/t cup, glass* làm rạn nứt; *nut* kẹp vỡ; *code* giải; ℱ (*solve*) xử lý; **~ a joke** nói đùa **3** *v/i* rạn; **get ~ing** ℱ (*set to work*) bắt tay vào làm ngay

♦ **crack down on** xử lý nghiêm ngặt hơn

♦ **crack up** *v/i* (*have breakdown*) suy sụp; ℱ (*laugh*) phá ra cười

crackdown xử lý thẳng tay

cracked *cup, glass* rạn nứt

cracker (*to eat*) bánh quy giòn

crackle *v/i* (*of fire*) nổ lách tách

cradle *n* (*for baby*) cái nôi

craft[1] NAUT thuyền

craft[2] (*skill*) nghề thủ công; (*trade*) nghề

craftsman thợ thủ công

crafty xảo quyệt

crag (*rock*) vách đá dựng đứng

cram *v/t* nhồi nhét

cramp chuột rút

cramped *room, apartment* chật hẹp

cramps (*stomach ~*) cơn đau quặn

cranberry quả man việt quất

crane 1 *n* (*machine*) cần trục **2** *v/t*: **~ one's neck** nghển cổ

crank *n* (*strange person*) người kỳ cục; **health-food ~** người câu nệ về thức ăn

crankshaft trục quay

cranky (*bad-tempered*) cáu kỉnh; (*strange*) kỳ cục

crap ∨ **1** *n* cứt; (*bad quality goods, work*) như cứt; *don't talk ~!* đừng có nói tầm bậy! **2** *v/i* đi ỉa

crash 1 *n* (*of dishes*) tiếng vỡ loảng xoảng; (*of thunder*) tiếng nổ; COM sự phá sản; COMPUT sự treo máy; *car/plane ~* vụ đâm ô tô/rơi máy bay **2** *v/i* (*of waves*) vỗ ầm ầm; (*of vase, dishes*) rơi vỡ loảng xoảng; (*of thunder*) nổ ầm ầm; (*of car*) đâm; (*of plane*) rơi; (COM: *of market*) phá sản; COMPUT bị treo; ℱ (*sleep*) ngủ **3** *v/t car* đâm vỡ

♦ **crash out** ℱ (*fall asleep*) ngủ

crash course lớp học cấp tốc; **crash diet** chế độ ăn kiêng tăng cường; **crash helmet** mũ lái mô tô; **crash landing** sự hạ cánh khẩn cấp

crate (*packing case*) thùng gỗ lớn

crater (*of volcano*) miệng núi lửa

crave *food* thèm; *affection, attention* khao khát; *forgiveness* cầu khẩn

craving (*for food*) sự thèm thuồng; (*for attention, affection etc*) sự khao khát

crawl 1 *n* (*in swimming*) lối bơi crôn; **at a ~** (*very slowly*) nhích

ch (*final*) k	**gh** g	**nh** (*final*) ng	**r** z; (*S*) r	**x** s	**â** (but)	**i** (tin)
d z; (*S*) y	**gi** z; (*S*) y	**ph** f	**th** t	**a** (hat)	**e** (red)	**o** (saw)
đ d	**nh** (onion)	**qu** kw	**tr** ch	**ă** (hard)	**ê** ay	**ô** oh

lên từng bước **2** *v/i* (*on floor*) bò; (*move slowly*) đi như trườn

♦ **crawl with** *people* đầy nhóc; ***the city is crawling with tourists*** thành phố đầy nhóc khách du lịch; ***the ground was crawling with ants*** sàn lúc nhúc những kiến

crayon (*pencil*) bút chì màu; (*chalk*) phấn màu

craze sự say mê; ***the latest*** ~ mốt mới nhất

crazy *adj* điên rồ; ***be*** ~ ***about ...*** quá say mê ...

creak 1 *n* tiếng kêu cót két **2** *v/i* kêu cót két

cream 1 *n* (*for skin, coffee, cake*) kem; (*color*) màu kem **2** *adj* màu kem

cream cheese pho mát trắng nhiều kem

creamer (*pitcher*) bình đựng kem; (*for coffee*) bột kem

creamy (*with lots of cream*) nhiều kem

crease 1 *n* (*accidental*) nếp nhàu; (*deliberate*) đường li **2** *v/t* (*accidentally*) làm nhàu

create 1 *v/t* (*cause*) gây ra; (*make*) tạo ra **2** *v/i* (*be creative*) sáng tạo

creation (*something created*) sáng tạo; (*of job, market etc*) sự tạo ra; (*of poets, artists*) sự sáng tác; REL sự tạo ra thế giới

creative sáng tạo

creator người sáng tạo; (*author*) người sáng tác; (*founder*) người sáng lập; ***the Creator*** REL Đấng Tạo hóa

creature (*animal*) con vật; (*person*) kẻ

credibility (*of person*) sự tín nhiệm; (*of story*) sự đáng tin

credible *witness, statement, report* đáng tin cậy

credit 1 *n* FIN bán chịu; (*use of* ~ *cards*) tín dụng; (*honor*) sự khen ngợi; (*payment received*) số tiền trả vào tài khoản; ~**s and debits** bên có và bên nợ; ***be in*** ~ có tiền trong tài khoản; ***get the*** ~ ***for X*** nhận được sự khen ngợi về X **2** *v/t* (*believe*) tin; ~ ***an amount to an account*** ghi một khoản tiền vào tài khoản

creditable *performance, mark* đáng khen

credit card thẻ tín dụng

credit limit (*of credit card*) mức giới hạn tín dụng

creditor chủ nợ

creditworthy *company, individual* có khả năng thanh toán

credulous nhẹ dạ

creed (*beliefs*) sự tín ngưỡng

creek (*stream*) suối

creep 1 *n pej* kẻ nịnh **2** *v/i* (*of person*) rón rén; (*of water*) dâng lên từ từ

creeper BOT cây leo

creeps F: ***the house/he gives me the*** ~ ngôi nhà/anh ấy khiến tôi rùng mình

creepy F *house* sởn tóc gáy; *person* kỳ quái

cremate hỏa táng

cremation sự hỏa táng

crematorium nơi hỏa táng

crescent *n* (*shape*) hình lưỡi liềm

crest (*of hill*) đỉnh; (*of bird*) mào

crestfallen tiu nghỉu

crevice khe hở

crew *n* (*of ship*) đoàn thủy thủ; (*of aircraft*) phi đội; (*of repairmen etc*) đội; (*group of people*) nhóm người

crew cut kiểu tóc húi cua

crew neck kiểu cổ tròn

crib *n* (*for baby*) giường cũi

crick: ~ ***in the neck*** bị vẹo cổ

ơ ur	**y** (tin)	**ây** uh-i	**iê** i-uh	**oa** wa	**ôi** oy	**uy** wee	**ong** aong
u (soon)	**au** a-oo	**eo** eh-ao	**iêu** i-yoh	**oai** wai	**ơi** ur-i	**ênh** uhng	**uyên** oo-in
ư (dew)	**âu** oh	**êu** ay-oo	**iu** ew	**oe** weh	**uê** way	**oc** aok	**uyêt** oo-yit

cricket (*insect*) con dế
crime (*offense*) tội; (*criminal activity*) tội phạm; (*shameful act*) điều đáng xấu hổ, hành động ngu ngốc; *war* ~ tội ác chiến tranh
criminal 1 *n* kẻ phạm tội; *war* ~ tội phạm chiến tranh **2** *adj* (*relating to crime*) tội phạm; (*shameful*) đáng xấu hổ; ~ *law* luật hình sự
crimson *adj* đỏ thẫm
cringe rúm người lại
cripple 1 *n* người què **2** *v/t person* làm què; *country, economy, industry* làm tê liệt
crisis (*financial, political*) cuộc khủng hoảng
crisp *adj weather, air* khô lạnh; *lettuce* tươi; *bacon, toast, apple* giòn; *new shirt, bills* mới cứng
criterion (*standard*) tiêu chuẩn
critic người chỉ trích; (*in music, theater, literature*) nhà phê bình
critical (*making criticisms*) phê phán; (*serious*) trầm trọng; *moment etc* quyết định; MED nguy kịch
critically *speak etc* một cách chỉ trích; ~ *ill* ốm trầm trọng
criticism sự chỉ trích
criticize *v/t* chỉ trích
croak 1 *n* (*of frog*) tiếng kêu ồm ộp; (*of person*) tiếng khàn khàn **2** *v/i* (*of frog*) kêu ồm ộp; (*of person*) nói khàn khàn
crockery đĩa chén bằng sành
crocodile cá sấu
crony F chiến hữu
crook *n* (*dishonest*) kẻ lừa đảo
crooked *streets* quanh co; *branch* cong queo; *table* xiêu vẹo; (*dishonest*) không ngay thẳng
crop 1 *n* vụ; *fig* lớp; *the wheat / potato* ~ vụ lúa mì / khoai tây **2** *v/t hair* cắt ngắn; *photo* cắt mép
♦ **crop up** (*at work etc*) bất ngờ

xảy ra; (*in conversation*) bất ngờ nhắc đến
cross 1 *adj* (*angry*) cáu **2** *n* (*X*) dấu chữ thập; (*Christian symbol*) cây thánh giá **3** *v/t* (*go across*) đi ngang qua; ~ *oneself* REL làm dấu chữ thập; ~ *one's legs* vắt chéo chân; *keep one's fingers* ~*ed* cầu mong; *it never* ~*ed my mind* chưa bao giờ tôi nghĩ đến **4** *v/i* (*go across*) đi ngang qua đường; (*of lines*) cắt ngang qua nhau
♦ **cross off**, **cross out** xóa bỏ
crossbar (*of goal*) xà ngang; (*of bicycle*) thanh ngang; (*in high jump*) xà
cross-country (**skiing**) (môn trượt tuyết) đường trường
cross-examine LAW sự cật vấn
cross-eyed lác mắt
crossing NAUT chuyến vượt biển
crossroads ngã tư; **cross-section** (*of people*) mẫu tiêu biểu; **crosswalk** đèn hiệu qua đường; **crossword** (**puzzle**) trò chơi ô chữ
crouch *v/i* co mình lại; ~ *down* cúi xuống
crow *n* (*bird*) con quạ; *as the* ~ *flies* theo đường chim bay
crowd *n* đám đông; (*at sports event*) khán giả
crowded đông người
crown 1 *n* (*on tooth*) thân răng **2** *v/t tooth* bịt răng
crucial rất quan trọng
crude 1 *adj* (*vulgar*) thô tục; (*unsophisticated*) thô sơ **2** *n*: ~ (**oil**) dầu thô
cruel *person, joke* độc ác
cruelty sự độc ác
cruise 1 *n* chuyến dạo chơi trên biển bằng tàu thủy **2** *v/i* (*in ship*) đi dạo biển bằng tàu; (*of car*) đi

ch (*final*) k	gh g	nh (*final*) ng	r z; (*S*) r	x s	â (but)	i (tin)
d z; (*S*) y	gi z; (*S*) y	ph f	th t	a (hat)	e (red)	o (saw)
đ d	nh (onion)	qu kw	tr ch	ă (hard)	ê ay	ô oh

ở tốc độ vừa phải; (*of plane*) bay ở tốc độ vừa phải

cruise liner tàu biển chở du khách

cruising speed (*of vehicle*) tốc độ đều vừa; *fig* (*of project*) tốc độ triển khai bình thường

crumb mảnh bánh vụn

crumble 1 *v/t* bóp vụn **2** *v/i* (*of bread, stonework*) vỡ vụn; *fig* (*of opposition, hopes, marriage etc*) tan vỡ; (*of civilization*) sụp đổ

crumple 1 *v/t* (*crease*) làm nhàu **2** *v/i* (*collapse*) quỵ xuống

crunch 1 *n* F: **when it comes to the ~** khi đến thời điểm quyết định **2** *v/i* (*of gravel*) kêu lạo xạo

crusade *n fig* chiến dịch vận động

crush 1 *n* (*crowd*) đám đông chen chúc; **have a ~ on** mê đắm **2** *v/t* đè; (*crease*) làm nhàu; **they were ~ed to death** họ đều bị đè chết **3** *v/i* (*crease*) nhàu

crust (*on bread*) vỏ bánh

crutch (*for injured person*) cái nạng

cry 1 *n* (*call*) tiếng kêu; **have a ~** khóc **2** *v/t* (*call*) kêu **3** *v/i* (*weep*) khóc

♦ **cry out 1** *v/t* kêu to **2** *v/i* kêu lên

♦ **cry out for** (*need*) đòi hỏi

crystal (*mineral*) thạch anh; (*glass*) pha lê

crystallize *v/t & v/i* kết tinh

cub thú con

Cuba nước Cu Ba

Cuban 1 *adj* Cu Ba **2** *n* người Cu Ba

cube (*shape*) hình lập phương

cubic khối

cubic capacity TECH dung tích xi lanh

cubicle (*changing room*) buồng nhỏ thay quần áo

Cu Chi Tunnels địa đạo Củ Chi

cucumber quả dưa chuột

cuddle 1 *n* sự ôm ấp **2** *v/t* ôm ấp

cuddly *kitten etc* được cưng chiều; (*liking cuddles*) thích được nâng niu

cue *n* (*for actor etc*) vĩ bạch; (*for pool*) gậy chọc bi-a

cuff 1 *n* (*of shirt*) cổ tay áo; (*of pants*) gấu vén; (*blow*) cái bạt tai; **off the ~** *speech* không được chuẩn bị trước; *joke, remark* thiếu suy nghĩ **2** *v/t* (*hit*) bạt tai

cuff link khuy măng sét

cul-de-sac ngõ cụt (*N*)

culinary nấu nướng

♦ **culminate in** dẫn đến

culmination đỉnh cao nhất

culprit thủ phạm

cult (*sect*) giáo phái

cultivate *land* trồng trọt; *person* trau dồi

cultivated *person* có học thức

cultivated land (*in Vietnamese zodiac*) Quý

cultivation (*of land*) sự trồng trọt

cultural văn hoá

culture *n* (*artistic*) văn hóa; (*of a country*) nền văn hóa

cultured (*cultivated*) có văn hóa

culture shock cú sốc văn hóa

cumbersome *package* cồng kềnh; *administrative procedures* phiền hà

cunning 1 *n* sự xảo quyệt **2** *adj* xảo quyệt

cup *n* chén (*N*), ly (*S*); (*trophy*) cúp; **paper ~** cốc; **a ~ of tea** một chén trà

cupboard tủ

curable có thể chữa khỏi

curator (*of museum*) người phụ trách nhà bảo tàng

curb 1 *n* (*of street*) lề đường; (*on powers etc*) sự kiểm soát **2** *v/t* *anger* kiềm chế; *inflation* kiểm soát

curdle *v/i* (*of milk*) đóng thành cục

ơ ur	y (tin)	ây uh-i	iê i-uh	oa wa	ôi oy	uy wee	ong aong
u (soon)	au a-oo	eo eh-ao	iêu i-yoh	oai wai	ơi ur-i	ênh uhng	uyên oo-in
ư (dew)	âu oh	êu ay-oo	iu ew	oe weh	uê way	oc aok	uyêt oo-yit

cure 1 *n* MED sự điều trị **2** *v/t* MED chữa khỏi; *meat, fish* bảo quản

curfew MIL lệnh giới nghiêm

curiosity (*inquisitiveness*) sự tò mò

curious (*inquisitive*) tò mò; (*strange*) kỳ lạ

curiously (*inquisitively*) một cách tò mò; (*strangely*) một cách kỳ lạ; **~ enough** điều kỳ lạ là

curl 1 *n* (*in hair*) lọn tóc xoăn; (*of smoke*) làn khói cuộn tròn **2** *v/t hair* uốn xoăn; (*wind*) cuốn **3** *v/i* (*of hair*) quăn; (*of leaf, paper etc*) cuộn lại

♦ **curl up** cuộn tròn

curly *hair, tail* xoăn

currant (*dried fruit*) nho khô

currency (*money*) tiền tệ; **foreign ~** ngoại tệ

current 1 *n* (*in sea, river etc*) dòng nước; ELEC dòng điện; (*of air*) luồng **2** *adj* (*present*) hiện nay

current affairs, current events thời sự, sự kiện hiện nay

current affairs program chương trình thời sự

currently hiện nay

curriculum chương trình giảng dạy

curse 1 *n* (*spell*) lời nguyền rủa; (*swearword*) lời chửi rủa **2** *v/t* nguyền rủa; (*swear at*) chửi rủa **3** *v/i* (*swear*) chửi rủa

cursor COMPUT con trỏ

cursory vội vàng

curt *person, answer, letter* cộc lốc

curtail *speech, trip* cắt ngắn; *spending* giảm bớt

curtain (*at window, door*) rèm cửa; THEA màn

curve 1 *n* đường cong **2** *v/i* (*bend*) ngoặt sang

cushion 1 *n* (*for couch*) gối đệm **2** *v/t blow, fall* làm nhẹ bớt

custard món sữa trứng

custody (*of children*) quyền trông nom; **in ~** LAW bị tạm giam

custom (*tradition*) phong tục; **as was his ~** theo thói quen của anh ấy

customary thông thường; **it is ~ to ...** theo thông lệ thì …

customer khách hàng

customer relations quan hệ với khách hàng

custom-made đặt làm; *clothes* đặt may

customs hải quan

customs clearance giấy phép hải quan; **Customs Department** Tổng cục Hải quan; **customs inspection** sự kiểm tra hải quan; **customs officer** nhân viên hải quan

cut 1 *n* (*with knife, scissors*) sự cắt; (*injury*) vết đứt; (*of garment*) kiểu cắt may; (*of hair*) kiểu cắt tóc; **more ~s in education** thêm cắt giảm trong chi phí giáo dục; **my hair needs a ~** tôi cần phải cắt tóc **2** *v/t* cắt; *hours* giảm; **get one's hair ~** cắt tóc

♦ **cut back 1** *v/i* (*in costs*) cắt giảm chi tiêu **2** *v/t employees* giảm

♦ **cut down 1** *v/t tree* chặt **2** *v/i* (*in smoking etc*) giảm bớt

♦ **cut down on** *smoking etc* giảm bớt

♦ **cut off** (*with knife, scissors etc*) cắt đứt; (*isolate*) biệt lập; TELEC cắt điện thoại; **we were ~** chúng tôi bị cắt điện thoại

♦ **cut out** (*with scissors*) cắt; (*eliminate*) trừ bỏ; **cut that out!** F thôi cái đó đi!; **be ~ for X** hợp với X

♦ **cut up** *v/t meat etc* thái

cutback sự cắt giảm

ch (*final*) k	**gh** g	**nh** (*final*) ng	**r** z; (S) r	**x** s	**â** (but)	**i** (tin)
d z; (S) y	**gi** z; (S) y	**ph** f	**th** t	**a** (hat)	**c** (red)	**o** (saw)
đ d	**nh** (onion)	**qu** kw	**tr** ch	**ă** (hard)	**ê** ay	**ô** oh

cute (*pretty*) xinh đẹp; (*sexually attractive*) quyến rũ; (*smart, clever*) ranh mãnh
cuticle biểu bì
cut-price bán hạ giá
cut-throat *competition* gay gắt
cutting 1 *n* (*from newspaper etc*) bài báo cắt ra **2** *adj remark* cay độc
cyberspace khoảng không gian liên lạc giữa các máy vi tính
cycle 1 *n* (*bicycle*) xe đạp; (*series of events*) chu kỳ **2** *v/i* (*ride bicycle*) đi xe đạp

cycling sự đi xe đạp
cyclist người đi xe đạp
cyclo xích lô
cyclo rider người đạp xích lô
cylinder (*container*) hình trụ; (*in engine*) xilanh
cylindrical có hình trụ
cynic người hoài nghi
cynical hoài nghi
cynicism thái độ hoài nghi
cyst nang
Czech 1 *adj* Séc; **the ~ Republic** nước cộng hòa Séc **2** *n* (*person*) người Séc; (*language*) tiếng Séc

D

DA (= *District Attorney*) ủy viên công tố quận
dab *n* (*of paint etc*) vệt
♦ **dab off** thấm
♦ **dab on** xoa
♦ **dabble in** (*for short time*) thử làm qua; (*in amateurish way*) làm chơi; *pej* học đòi
dad ba (*S*), bố (*N*)
dagger dao găm
daily 1 *n* (*paper*) nhật báo **2** *adj* hàng ngày
dainty dễ thương
dairy products các sản phẩm làm từ sữa
dais bục
dam 1 *n* (*for water*) đập nước **2** *v/t river* xây đập
damage 1 *n* thiệt hại; *fig* (*to reputation etc*) sự tổn hại **2** *v/t* làm hư hại; *fig* (*reputation etc*)

làm tổn hại
damages LAW tiền bồi thường
damaging có hại
dame F (*woman*) mụ
damn 1 *interj* F mẹ kiếp! **2** *n* F: **I don't give a ~!** tôi đếch cần! **3** *adj* F chết tiệt; **it's a ~ nuisance** thật là phiền phức **4** *adv* F quá **5** *v/t* (*condemn*) chỉ trích; **~ it!** F chết rồi!; **I'm ~ed if ...** F tôi sẽ bị trời nếu ...
damned → **damn** *adj, adv*
damp *building, room, cloth* ẩm
dampen làm ẩm
dance 1 *n* (*art form*) điệu múa; (*movements and steps*) điệu nhảy; (*social event*) vũ hội; (*act of dancing*) sự nhảy múa **2** *v/i* nhảy; (*as art form*) múa; **would you like to ~?** anh/chị có muốn nhảy không?

ơ ur	**y** (tin)	**ây** uh-i	**iê** i-uh	**oa** wa	**ôi** oy	**uy** wee	**ong** aong
u (soon)	**au** a-oo	**eo** eh-ao	**iêu** i-yoh	**oai** wai	**ơi** ur-i	**ênh** uhng	**uyên** oo-in
ư (dew)	**âu** oh	**êu** ay-oo	**iu** ew	**oe** weh	**uê** way	**oc** aok	**uyêt** oo-yit

dancer người nhảy; (*performer*) diễn viên múa

dancing nhảy múa

dandruff gàu

Dane người Đan Mạch

danger sự nguy hiểm; *out of ~* (*of patient*) đã qua cơn hiểm nghèo

dangerous nguy hiểm

dangle 1 *v/t* lúc lắc **2** *v/i* đung đưa

Danish 1 *adj* Đan Mạch **2** *n* (*language*) tiếng Đan Mạch

Danish (**pastry**) kiểu Đan Mạch

dare 1 *v/i* dám; *~ to do sth* dám làm gì; *how ~ you!* thật là quá quắt! **2** *v/t*: *~ X to do Y* thách X làm Y

daring *adj* táo bạo

dark 1 *n* bóng tối; *after ~* sau khi mặt trời lặn; *keep s.o. in the ~* *fig* hoàn toàn bưng bít ai **2** *adj room, night* tối; *hair, eyes, color* sẫm; *clothes* sẫm màu; *~ green / blue* màu lục / lam sẫm

darken (*of sky*) tối lại

dark glasses kính râm

darkness bóng tối

darling 1 *n* (*man to woman*) em yêu; (*woman to man*) anh yêu **2** *adj* yêu quý

darn[1] 1 *n* (*mend*) chỗ mạng **2** *v/t* (*mend*) mạng

darn[2], darned → *damn adj, adv*

dart 1 *n* (*for throwing*) phi tiêu **2** *v/i* lao

dash 1 *n* (*punctuation*) gạch ngang; (*small amount*) chút ít; (MOT: *dashboard*) bảng đồng hồ; *a ~ of brandy* chút ít rượu cô nhắc; *make a ~ for* lao tới **2** *v/i* lao vội; *I must ~* tôi phải đi ngay **3** *v/t hopes* làm tiêu tan

♦ **dash off 1** *v/i* đông **2** *v/t* (*write quickly*) viết nhanh

dashboard bảng đồng hồ

data dữ liệu

database cơ sở dữ liệu; **data capture** sự nhập dữ liệu; **data processing** sự xử lý dữ liệu; **data protection** sự bảo vệ dữ liệu; **data storage** sự lưu trữ dữ liệu

date[1] (*fruit*) quả chà là

date[2] 1 *n* ngày tháng; (*meeting*) cuộc hẹn gặp; (*person*) bồ; *what's the ~ today?* hôm nay ngày mấy?; *out of ~ clothes* lỗi thời; *passport* hết hạn; *up to ~ information* cập nhật; *style* hiện đại **2** *v/t letter, check* ghi ngày tháng; (*go out with*) hẹn hò; *that ~s you* điều ấy xác định tuổi anh / chị

dated lỗi thời

daub *v/t* trát

daughter con gái

daughter-in-law con dâu

daunt *v/t* làm nản lòng

dawdle dềnh dàng

dawn 1 *n* rạng đông; *fig* (*of new age*) buổi bình minh **2** *v/i*: *it ~ed on me that ...* tôi đã vỡ lẽ …

day ngày; *what ~ is it today?* hôm nay là ngày thứ mấy?; *~ off* ngày nghỉ; *by ~* ban ngày; *~ by ~* ngày lại ngày; *the ~ after* hôm sau; *the ~ after tomorrow* ngày kia; *the ~ before* hôm trước; *the ~ before yesterday* hôm kia; *~ in ~ out* ngày ngày; *in those ~s* những ngày ấy; *one ~* ngày nào đó; *the other ~* (*recently*) hôm nọ; *let's call it a ~!* hãy dừng thôi!

daybreak rạng sáng; **daydream 1** *n* sự mơ màng **2** *v/i* mơ màng; **daylight** ánh sáng ban ngày; **daytime**: *in the ~* vào ban ngày; **day trip** chuyến đi trong ngày

daze *n*: *in a ~* ở trạng thái bàng hoàng

ch (*final*) k	gh g	nh (*final*) ng	r z; (S) r	x s	â (but)	i (tin)
d z; (S) y	gi z; (S) y	ph f	th t	a (hat)	e (red)	o (saw)
đ d	nh (onion)	qu kw	tr ch	ă (hard)	ê ay	ô oh

dazed (*by good*, *bad news*) sửng sốt; (*by a blow*) choáng váng

dazzle *v/t* (*of light*) hoa mắt; *fig* làm hoa mắt

dead 1 *adj* chết; *battery* hết điện; *phone* không hoạt động; *flashlight*, *light bulb* hỏng; F (*place*) tẻ ngắt **2** *adv* F (*very*) cực kỳ; **~ beat**, **~ tired** mệt lử, mệt chết được; **that's ~ right** trúng phong phóc **3** *n*: **the ~** (*~ people*) những người chết; **in the ~ of night** lúc nửa đêm

deaden *pain*, *sound* giảm bớt

dead end (*street*) ngõ cụt (*N*); **dead-end job** việc làm không có triển vọng; **dead heat** sự đạt đích đồng thời; **deadline** thời hạn cuối cùng; **deadlock** *n* (*in talks*) sự bế tắc

deadly *adj* (*fatal*) chết người; F (*boring*) chán ngắt

deaf điếc

deaf-and-dumb câm và điếc

deafen làm điếc tai

deafening chói tai

deafness chứng điếc

deal 1 *n* sự thỏa thuận; **it's a ~!** (*we have reached an agreement*) thế là xong!; (*it's a promise*) được rồi, đồng ý!; **a good ~** (*bargain*) món hời; (*a lot*) nhiều; **a great ~ of** (*lots*) rất nhiều **2** *v/t cards* chia; **~ a blow to** giáng một đòn

♦ **deal in** (*trade in*) buôn bán

♦ **deal out** *cards* chia

♦ **deal with** (*handle*) giải quyết; (*do business with*) giao thiệp với

dealer (*merchant*) người buôn bán; (*drug ~*) kẻ bán ma túy; (*in card game*) người chia bài

dealing (*drug ~*) việc buôn bán ma túy

dealings (*business*) sự giao dịch

dean (*of college*) chủ nhiệm khoa

dear *adj* yêu quí; (*expensive*) đắt; **Dear Sir** thưa ngài; **Dear Richard**/**Margaret** Richard/ Margaret thân mến; (*oh*) **~!**, **~ me!** trời ơi!, trời đất!

dearly *love* tha thiết

death cái chết; (*fatality*) người chết; **sentenced to ~** bị kết án tử hình

death penalty án tử hình

death toll tổng số người chết

debatable có thể bàn cãi

debate 1 *n also* POL cuộc tranh luận **2** *v/i* tranh luận; (*think about*) cân nhắc **3** *v/t* bàn cãi về

debauchery sự trác táng

debit 1 *n* (*sum withdrawn*) lần rút tiền; (*in accountancy*) khoản nợ **2** *v/t account*, *amount* ghi nợ; **her account was ~ed with $50** tài khoản của bà ấy ghi nợ 50$; **~ $50 against my account** ghi 50$ nợ vào tài khoản của tôi

debris mảnh vỡ

debt khoản nợ; **be in ~** (*financially*) mắc nợ

debtor con nợ

debug *room* tháo máy nghe trộm; COMPUT gỡ lỗi

début *n* buổi xuất hiện lần đầu tiên

decade thập kỷ

decadent suy đồi

decaffeinated đã loại bỏ caphêin

decanter (*for wine*) bình rượu

decapitate chém đầu

decay 1 *n* (*of wood*) tình trạng mục hỏng; (*of civilization*) tình trạng suy tàn; (*of teeth*) tình trạng sâu; (*in teeth*) chỗ bị sâu; (*in wood*) chỗ bị mục **2** *v/i* (*of teeth*) bị sâu; (*of wood*) bị mục; (*of plant*) thối; (*of civilization*) suy tàn

deceased: **the ~** người quá cố

ơ ur	**y** (tin)	**ây** uh-i	**iê** i-uh	**oa** wa	**ôi** oy	**uy** wee	**ong** aong
u (soon)	**au** a-oo	**eo** eh-ao	**iêu** i-yoh	**oai** wai	**ơi** ur-i	**ênh** uhng	**uyên** oo-in
ư (dew)	**âu** oh	**êu** ay-oo	**iu** ew	**oe** weh	**uê** way	**oc** aok	**uyêt** oo-yit

deceit sự lừa đảo
deceitful dối trá
deceive đánh lừa
December tháng Mười hai
decency phép lịch sự; *he had the ~ to ...* anh ấy đã tỏ ra có lịch sự mà ...
decent *person* đứng đắn; *salary, price* thích đáng; *meal* tươm tất; *sleep* thỏa đáng; *(adequately dressed)* ăn vận tươm tất
decentralize *administration* phân cấp quản lý
deception sự lừa gạt
deceptive dễ gây lầm lẫn
deceptively: *it looks ~ simple* trông thì có vẻ dễ
decibel đêxiben
decide 1 *v/t (make up one's mind, conclude)* quyết định; *(settle)* giải quyết 2 *v/i* quyết định; *you ~* anh/chị quyết định đi
decided *(definite)* rõ ràng
decider *(match etc)* trận đấu quyết định
decimal *n* phân số thập phân
decimal point dấu phẩy thập phân
decimate hủy diệt nhiều
decipher *handwriting* giải đoán; *code* giải mã
decision sự quyết định; *(conclusion)* sự kết luận; *come to a ~* đi đến sự quyết định
decision-maker người ra quyết định
decisive dứt khoát; *(crucial)* quyết định
deck *(of ship)* boong; *(of bus)* sàn; *(of cards)* cỗ bài
deckchair ghế xếp
declaration *(statement)* lời tuyên bố; *(of independence)* bản tuyên ngôn; *~ of war* sự tuyên chiến
declare *(state), war etc* tuyên bố;

(at customs) khai
decline 1 *n (fall)* sự giảm sút; *(in health)* sự suy giảm 2 *v/t invitation* khước từ; *~ to comment/accept* từ chối bình luận/chấp nhận 3 *v/i (refuse)* khước từ; *(decrease)* giảm sút; *(of health)* suy giảm
declutch nhả côn
decode giải mã
decompose thối rữa
décor cách trang trí
decorate *(with paint, paper)* trang trí; *(adorn)* trang hoàng; *soldier* gắn huy chương
decoration *(paint, paper)* đồ trang trí; *(ornament)* vật trang trí
decorative trang trí
decorator thợ trang trí
decoy *n (bird, model duck etc)* con mồi; *(person)* cò mồi
decrease 1 *n* sự giảm bớt 2 *v/t & v/i* giảm
dedicate *book etc* đề tặng; *~ oneself to ... (to God)* hiến thân cho ...; *(to job)* tận tụy với ...
dedication *(in book)* lời đề tặng; *(to cause, work)* tinh thần tận tụy
deduce suy luận
deduct: *~ X from Y* khấu X vào Y
deduction *(from salary)* sự khấu trừ; *(conclusion)* kết quả suy luận
deed *n (act)* hành động; LAW chứng thư
deep *hole, water, shelf* sâu; *sleep* say; *trouble* vô cùng; *voice* trầm; *color* sẫm; *thinker* sâu sắc
deepen 1 *v/t* đào sâu thêm 2 *v/i* sâu thêm; *(of crisis, mystery)* tăng thêm
deep freeze *n* sự đông lạnh
deep-frozen food thức ăn đông lạnh
deep-fry rán
deer con hươu
deface *book, poster, wall* xóa lủi

ch *(final)* k	**gh** g	**nh** *(final)* ng	**r** z; *(S)* r	**x** s	**â** (but)	**i** (tin)
d z; *(S)* y	**gi** z; *(S)* y	**ph** f	**th** t	**a** (hat)	**e** (red)	**o** (saw)
đ d	**nh** (onion)	**qu** kw	**tr** ch	**ă** (hard)	**ê** ay	**ô** oh

defamation sự nói xấu

defamatory nói xấu

default *adj* COMPUT ngầm định

defeat 1 *n* thất bại; (*action of ~ing*) sự đánh bại; (*being ~ed*) sự thất bại **2** *v/t* đánh bại; (*of task, problem*) làm thất bại

defeatist *adj attitude* thất bại chủ nghĩa

defect *n* nhược điểm; (*sth missing*) thiếu sót

defective có khuyết điểm

defend bảo vệ; *cause* bênh vực; (*stand by*) ủng hộ; (*justify*) biện hộ; LAW bào chữa; *~ oneself* tự vệ

defendant bên bị; (*in criminal case*) bị cáo

defense sự bảo vệ; MIL quốc phòng; SP hàng hậu vệ; LAW luật sư bị cáo; (*justification*) sự biện hộ; (*of cause*) sự bênh vực; *come to s.o.'s ~* bênh vực ai

defense budget POL ngân sách quốc phòng

defense lawyer luật sư bên bị

defenseless không có khả năng tự vệ

defense player SP hậu vệ; **Defense Secretary** POL Bộ trưởng Quốc phòng; **defense witness** LAW nhân chứng cho bên bị

defensive 1 *n*: *on the ~* ở vào thế phòng ngự; *go on the ~* chuyển sang phòng ngự **2** *adj weaponry, person* phòng thủ

defer *v/t* (*postpone*) trì hoãn

deference sự tôn trọng

deferential biết tôn trọng

defiance sự thách thức; *in ~ of* không đếm xỉa tới

defiant ngang ngạnh

deficiency (*lack*) sự thiếu hụt

deficient: *be ~ in ...* thiếu

deficit số tiền thiếu hụt

define *word* định nghĩa; *objective* xác định

definite *date, time* đích xác; *answer, improvement* rõ ràng; (*certain*) chắc chắn; *are you ~ about that?* anh/chị có chắc chắn về chuyện ấy không?; *nothing ~ has been arranged* chưa có gì sắp đặt rõ ràng

definite article quán từ xác định

definitely chắc chắn

definition (*of word*) sự định nghĩa; (*of objective*) sự định rõ

definitive *biography, performance* cuối cùng

deflect *ball, blow* đi chệch; *criticism* làm chệch hướng; (*from course of action*) làm cho đi chệch; *be ~ed from* (*from course of action*) bị kéo chệch khỏi

deforestation phá rừng

deform làm biến dạng

deformity sự dị dạng

defraud lừa

defrost *v/t food, fridge* làm tan băng

deft khéo léo

defuse *bomb* tháo ngòi nổ; *situation, hostility* làm lắng dịu

defy *parent, teacher, order etc* không tuân theo; *government, law* coi thường

degenerate *v/i* (*of morals*) thoái hóa; *~ into* chuyển thành

degrade làm mất tư cách

degrading *position, work* làm mất tư cách

degree (*from university*) bằng đại học; (*of temperature, angle, latitude*) độ; (*amount*) mức độ; *by ~s* dần dần; *get one's ~* tốt nghiệp đại học

dehydrated mất nước

de-ice làm tan băng

de-icer (*spray*) chất phòng băng

ơ u*r*	**y** (tin)	**ây** uh-i	**iê** i-uh	**oa** wa	**ôi** oy	**uy** wee	**ong** aong
u (soon)	**au** a-oo	**eo** eh-ao	**iêu** i-yoh	**oai** wai	**ơi** u*r*-i	**ênh** uhng	**uyên** oo-in
ư (dew)	**âu** oh	**êu** ay-oo	**iu** ew	**oe** weh	**uê** way	**oc** aok	**uyêt** oo-yit

deign: ~ *to ...* hạ cố ...

deity vị thần

dejected chán nản

delay 1 *n* sự chậm trễ **2** *v/t*
(*postpone*) hoãn lại; **be ~ed** (*be
late*) bị chậm **3** *v/i* chậm trễ

delegate 1 *n* đại biểu **2** *v/t task*
giao phó; *person* cử làm đại diện

delegation (*of task*) sự giao phó;
(*people*) đoàn đại biểu

delete xóa bỏ

deletion (*act*) sự xóa bỏ; (*that
deleted*) chỗ xóa bỏ

deli → *delicatessen*

deliberate¹ *adj* có chủ tâm

deliberate² *v/i* cân nhắc

deliberately cố ý

delicacy (*of fabric*) tính mịn màng;
(*of problem*) tính tế nhị; (*of health*)
sự yếu ớt; (*tact*) sự tế nhị; (*food*)
cao lương mỹ vị

delicate *fabric* mịn màng; *problem*
tế nhị; *health* yếu

delicatessen cửa hàng bán đồ ăn
đặc sản làm sẵn

delicious ngon; *that was ~* món
này ngon tuyệt

delight *n* niềm vui sướng

delighted sung sướng

delightful *evening* thú vị; *person*
đáng yêu

delimit quy định phạm vi

delinquent *n* kẻ phạm pháp

delirious MED mê sảng; (*ecstatic*)
sướng cuồng lên

deliver *parcel, letter* phát; *goods*
giao; *message* chuyển; *baby* đẻ; ~
a speech đọc một bài diễn văn

delivery (*of goods*) sự giao; (*of
mail*) sự phát; (*of baby*) sự sinh đẻ

delivery date ngày giao hàng;
delivery note phiếu giao hàng;
delivery van xe giao hàng

delta đồng bằng

delude đánh lừa; *you're deluding
yourself* anh/chị đang tự dối mình

deluge 1 *n* (*heavy rainfall*) trận
mưa lớn; *fig* (*of letters etc*) đợt thư
tới tấp **2** *v/t fig* dồn tới tấp

delusion ảo tưởng; (*state of being
deluded*) sự bị đánh lừa

de luxe loại sang

demand 1 *n* yêu cầu; COM mức cầu;
the law of supply and ~ luật cung
cầu; *in ~* được cần đến **2** *v/t* yêu
cầu; (*require*) đòi hỏi

demanding *job* đòi hỏi nhiều nỗ
lực; *boss, employer* khắt khe

demented điên, điên cuồng

demise qua đời; *fig* sự xập tiệm

demitasse tách cà phê nhỏ

demo (*protest*) cuộc biểu tình; (*of
video etc*) sự trình bày

democracy (*system*) chế độ dân
chủ; (*country*) nước dân chủ

democrat người theo chế độ dân
chủ; *Democrat* POL người thuộc
Đảng Dân chủ

democratic dân chủ

demo disk đĩa trình bày

demolish *building* phá hủy;
argument đập tan

demolition (*of building*) sự phá
hủy; (*of argument*) sự đập tan

demon con quỉ

demonstrate 1 *v/t* (*prove*) chứng
minh; (*display*) trình bày **2** *v/i*
(*politically*) biểu tình

demonstration (*show*) sự chứng
minh; (*protest*) cuộc biểu tình; (*of
machine*) sự trình bày

demonstrative: *be ~* dễ biểu lộ
tình cảm

demonstrator (*protester*) người
biểu tình

demoralized làm nản lòng

demoralizing làm nản lòng

den (*study*) phòng làm việc riêng

---

ch (*final*) k	**gh** g	**nh** (*final*) ng	**r** z; (*S*) r	**x** s	**â** (but) **i** (tin)
d z; (*S*) y	**gi** z; (*S*) y	**ph** f	**th** t	**a** (hat)	**e** (red) **o** (saw)
đ d	**nh** (onion)	**qu** kw	**tr** ch	**ă** (hard)	**ê** ay **ô** oh

denial (*of rumor, accusation*) sự phủ nhận; (*of request*) từ chối
denim vải bò
denims (*jeans*) quần bò
Denmark nước Đan Mạch
denomination (*of money*) loại; (*religious*) giáo phái
dense *smoke, fog, crowd* dày đặc; *foliage* rậm rạp; (*stupid*) đần độn
densely: ~ *populated* đông dân cư
density (*of population*) mật độ
dent 1 *n* vết lõm **2** *v/t* làm lõm
dental *treatment* răng
dentist nha sĩ
dentures răng giả
Denver boot cái khóa kẹp bánh xe
deny *charge, rumor* phủ nhận; *right, request* từ chối
deodorant chất khử mùi
depart khởi hành; ~ *from* (*deviate from*) đi chệch
department (*of company*) phòng; (*of university*) khoa; (*of government*) Bộ; (*of store*) gian hàng
Department of Defense Bộ Quốc phòng; **Department of State** Bộ Ngoại giao; **Department of the Interior** Bộ Nội vụ; **department store** cửa hàng bách hóa
departure (*leaving*) sự ra đi; (*of train, bus*) sự khởi hành; (*of person from job*) sự thôi việc; (*deviation*) sự chệch hướng; *a new* ~ (*for government, organization, actor, artist etc*) một sự chuyển hướng mới
departure lounge phòng đợi khởi hành
departure time giờ khởi hành
depend: *that ~s* cái đó còn tùy; *it ~s on the weather* tùy thuộc vào thời tiết; *I ~ on you* tôi trông cậy vào anh/chị

dependable đáng tin cậy
dependence, dependency sự phụ thuộc
dependent 1 *n* người ăn theo **2** *adj*: *be ~ on s.o. / sth* phụ thuộc vào ai/gì
depict (*in painting, writing*) thể hiện
deplorable đáng trách
deplore phàn nàn về
deport trục xuất
deportation sự trục xuất
deportation order lệnh trục xuất
deposit 1 *n* (*in bank*) khoản tiền gửi; (*of mineral*) trầm tích; (*on purchase*) tiền đặt cọc **2** *v/t money* gửi; (*put down*) để; *silt, mud* làm lắng đọng
deposition LAW lời khai
depot (*train station*) ga; (*bus station*) bến xe buýt; (*for storage*) kho
depreciate *v/i* FIN mất giá
depreciation FIN sự mất giá
depress *person* gây buồn chán
depressed *person* buồn chán
depressing làm thất vọng
depression MED sự suy sụp tinh thần; (*economic*) tình trạng suy thoái; (*meteorological*) vùng áp thấp
deprive: ~ *X of Y* tước X khỏi Y
deprived *child, area* thiếu thốn
depth (*of water, hole, shelf*) chiều sâu; (*of voice*) độ trầm; (*of color*) độ sẫm; (*of thought*) mức sâu sắc; *in* ~ (*thoroughly*) một cách sâu sắc; *in the ~s of winter* giữa mùa đông; *be out of one's* ~ (*in water*) ở chỗ nước sâu ngập đầu; *fig* (*in discussion etc*) không thể hiểu chút gì
deputation nhóm đại diện
♦**deputize for** thay mặt cho
deputy phó
deputy leader phó chủ tịch

ơ ur	**y** (tin)	**ây** uh-i	**iê** i-uh	**oa** wa	**ôi** oy	**uy** wee	**ong** aong
u (soon)	**au** a-oo	**eo** eh-ao	**iêu** i-yoh	**oai** wai	**ơi** ur-i	**ênh** uhng	**uyên** oo-in
ư (dew)	**âu** oh	**êu** ay-oo	**iu** ew	**oe** weh	**uê** way	**oc** aok	**uyêt** oo-yit

derail: *be ~ed* (*of train*) bị trật bánh
deranged loạn trí
derelict *adj* hoang vắng
deride chế giễu
derision sự chế giễu
derisive *remarks, laughter* chế giễu
derisory *amount, salary* không nghĩa lý gì
derivative (*not original*) phát sinh
derive *v/t* (*obtain*) có được; *be ~d from* (*of word*) bắt nguồn từ
derogatory *remark* xúc phạm; *term* theo nghĩa xấu
descend 1 *v/t* xuống; *be ~ed from* là dòng dõi của ... 2 *v/i* (*of airplane*) xuống; (*of hill, road*) dốc xuống; (*of mood*) xấu đi; (*of darkness*) buông xuống
descendant con cháu
descent (*from mountain*) xuống; (*of airplane*) hạ xuống; (*ancestry*) thuộc dòng dõi; *of Chinese ~* gốc Trung Quốc
describe miêu tả; *~ X as Y* coi X như Y
description sự miêu tả; (*of criminal*) sự tả lại
desegregate xóa bỏ tệ phân biệt chủng tộc
desert[1] *n* sa mạc; *fig* bãi sa mạc
desert[2] 1 *v/t* (*abandon*) rời bỏ 2 *v/i* (*of soldier*) đào ngũ
deserted vắng tanh
deserter MIL kẻ đào ngũ
desertion (*abandonment*) sự rời bỏ; MIL sự đào ngũ
deserve đáng được
design 1 *n* (*subject*) môn thiết kế; (*of particular object*) thiết kế; (*drawing*) bản thiết kế; (*pattern*) họa tiết 2 *v/t* thiết kế; *not ~ed for heavy use* không nhằm dùng cho các việc nặng
designate *v/t person* chỉ định; *area*

qui định
designer người thiết kế
designer clothes quần áo mốt cao cấp
design fault lỗi thiết kế
design school trường dạy thiết kế
desirable đáng mong muốn
desire *n* (*wish*) sự mong muốn; (*sexual*) sự thèm muốn
desk (*in home, office*) bàn làm việc; (*in classroom*) bàn học sinh; (*in hotel*) quầy lễ tân
desk clerk nhân viên lễ tân
desktop publishing kỹ thuật chế bản điện tử
desolate *adj place* hoang vắng
despair 1 *n* sự tuyệt vọng; *in ~* một cách tuyệt vọng 2 *v/i* tuyệt vọng; *~ of* hết hy vọng
desperate *person, action, letter* tuyệt vọng; *situation, illness* hết sức nghiêm trọng; *be ~ for a drink/cigarette* cần ghê gớm một cốc rượu/điếu thuốc
desperation sự tuyệt vọng; *an act of ~* một hành động tuyệt vọng
despise coi khinh
despite mặc dù
despondent chán nản
despot kẻ bạo chúa
dessert món tráng miệng
destination nơi đến
destiny số mệnh
destitute cơ cực
destroy phá hoại
destroyer (*boat*) tàu khu trục
destruction sự phá hoại
destructive *power* phá hoại; *criticism* thiếu xây dựng; *child* thích phá phách
detach tháo ra
detachable có thể tháo ra
detached (*objective*) vô tư
detachment (*objectivity*) tính vô tư

ch (*final*) k	**gh** g	**nh** (*final*) ng	**r** z; (*S*) r	**x** s	**â** (but)	**i** (tin)
d z; (*S*) y	**gi** z; (*S*) y	**ph** f	**th** t	**a** (hat)	**e** (red)	**o** (saw)
đ d	**nh** (onion)	**qu** kw	**tr** ch	**ă** (hard)	**ê** ay	**ô** oh

detail *n* (*small point, piece of information*) chi tiết; (*irrelevancy*) chi tiết vụn vặt; *in ~* một cách chi tiết

detailed chi tiết

detain (*hold back*) giữ lại; (*as prisoner*) bắt giữ

detainee người bị bắt giữ

detect nhận thấy; (*of device*) phát hiện

detection (*of criminal, smoke etc*) sự phát hiện

detective (*police officer*) thám tử

detective novel truyện trinh thám

detector máy dò

détente POL sự hòa hoãn

detention (*imprisonment*) sự giam giữ

deter ngăn cản; *~ X from doing Y* ngăn cản X khỏi làm Y

detergent chất tẩy

deteriorate xấu đi

determination (*resolution*) quyết tâm

determine (*establish*) xác định

determined *look, attitude* kiên quyết; *~ to do sth* nhất quyết làm gì; *be ~ that* nhất quyết cho rằng

deterrent 1 *n* sự răn đe 2 *adj weapons, measures* răn đe

detest ghét

detonate 1 *v/t* làm nổ 2 *v/i* nổ

detour *n* đường vòng; (*diversion*) đường tránh

♦ **detract from** (*lessen the value of*) giảm giá trị; (*diminish*) giảm bớt

detriment: *to the ~ of* có hại cho

detrimental có hại

deuce (*in tennis*) tỉ số 40 đều

devaluation (*of currency*) sự mất giá

devalue *currency* mất giá

devastate *crops, countryside, city* tàn phá; *fig: person* làm choáng váng

devastating gây choáng váng

develop 1 *v/t film* tráng; *land, site* khai thác; *activity, business* phát triển; (*originate*) sáng chế; (*improve on*) hoàn thiện; *illness, cold* nhiễm 2 *v/i* (*grow*) phát triển

developer (*of property*) công ty khai thác nhà cửa

developing country nước đang phát triển

development (*of film*) sự tráng; (*of land, site*) sự khai thác; (*of business, country*) sự phát triển; (*event*) diễn biến; (*origination*) sự sáng chế; (*improving*) sự hoàn thiện

device (*tool*) dụng cụ

devil (*wicked person*) người tai quái; *the Devil* Quỉ Xa tăng

devious (*sly*) xảo quyệt

devise sáng chế

devoid: *~ of* hoàn toàn không có

devote *time, effort, money* cống hiến

devoted *son etc* tận tụy; *be ~ to a person* tận tụy với một người

devotion sự tận tụy

devour *food* ăn nghiến ngấu; *book* đọc nghiến ngấu

devout mộ đạo

dew sương

dexterity sự khéo léo; *manual ~* sự khéo tay

diabetes bệnh đái đường

diabetic 1 *n* người mắc bệnh đái đường 2 *adj foods* của người mắc bệnh đái đường

diagonal *adj*: *~ line* đường chéo

diagram biểu đồ

dial 1 *n* (*of clock*) mặt đồng hồ; (*of meter*) mặt số 2 *v/t & v/i* TELEC quay số

dialect tiếng địa phương

dialog cuộc đối thoại

ơ ur	y (tin)	ây uh-i	iê i-uh	oa wa	ôi oy	uy wee	ong aong
u (soon)	au a-oo	eo eh-ao	iêu i-yoh	oai wai	ơi ur-i	ênh uhng	uyên oo-in
ư (dew)	âu oh	êu ay-oo	iu ew	oe weh	uê way	oc aok	uyêt oo-yit

dial tone tín hiệu quay số

diameter đường kính

diametrically: ~ *opposed* đối chọi hoàn toàn

diamond kim cương; (*in cards*) quân rô; (*shape*) hình thoi

diaper tã lót

diaphragm ANAT cơ hoành; (*contraceptive*) mũ tử cung

diarrhea bệnh ỉa chảy

diary (*for thoughts*) nhật ký; (*for appointments*) sổ tay

dice 1 *n* con súc sắc **2** *v/t* (*cut*) thái hạt lựu

dictate *v/t letter*, *novel* đọc cho viết; *course of action* ra lệnh

dictation việc đọc cho viết; (*test*) bài chính tả

dictator POL nhà độc tài; *fig* người chuyên quyền

dictatorial *tone of voice* hách dịch; *person* thích ra lệnh; *powers* độc tài

dictatorship chính thể độc tài; ~ *of the proletariat* nền chuyên chính vô sản

dictionary từ điển

die chết; ~ *of cancer* / *Aids* chết vì ung thư / SIĐA; *I'm dying to know* tôi muốn biết đến chết đi được

♦ **die away** (*of noise*) lắng dần

♦ **die down** (*of noise*) lắng dần; (*of storm*) tan dần; (*of fire*) tắt dần; (*of excitement*) nguôi dần

♦ **die out** (*of custom*) tàn lụi; (*of species*) tuyệt chủng

diesel (*fuel*) dầu điêđen, dầu nhớt (S)

diet 1 *n* (*regular food*) thức ăn thường ngày; (*for losing weight, health reasons*) chế độ ăn kiêng **2** *v/i* (*to lose weight*) ăn kiêng

differ (*be different*) khác nhau; (*disagree*) bất đồng

difference sự khác nhau; (*disagreement*) sự bất hòa; *it doesn't make any* ~ (*doesn't change anything*) điều đó không ảnh hưởng gì cả; (*doesn't matter*) điều đó không có gì quan trọng

different (*dissimilar, distinct*) khác nhau; (*other*) khác; ~ *from* khác với

differentiate: ~ *between things* phân biệt giữa; *people* phân biệt đối xử

differently khác

difficult khó; *person* khó khăn

difficulty khó khăn; *with* ~ một cách khó khăn

dig 1 *v/t* đào **2** *v/i*: *it was ~ging into me* cái ấy chọc vào tôi

♦ **dig out** (*find*) tìm được

♦ **dig up** đào bới; *land* vỡ; *information* phát hiện

digest *v/t food* tiêu hóa; *information* hiểu rõ

digestible *food* có thể tiêu hóa được

digestion sự tiêu hóa

digit (*number*) chữ số; *a 4-~ number* một số gồm 4 chữ số

digital hiện số, số hóa

dignified *manner*, *voice* đường hoàng; *person* có phẩm cách

dignitary quan chức cao cấp

dignity (*of person*) phẩm cách; (*of manner*) đường hoàng; *human* ~ nhân phẩm

digress lạc đề

digression sự lạc đề

dike (*wall*) con đê

dilapidated ọp ẹp

dilate (*of nostrils*) nở rộng ra; (*of pupils*) giãn ra

dilemma tình thế tiến thoái lưỡng nan; *be in a* ~ ở vào tình thế tiến thoái lưỡng nan

---

ch (*final*) k	**gh** g	**nh** (*final*) ng	**r** z; (S) r	**x** s	**â** (but)	**i** (tin)
d z; (S) y	**gi** z; (S) y	**ph** f	**th** t	**a** (hat)	**e** (red)	**o** (saw)
đ d	**nh** (onion)	**qu** kw	**tr** ch	**ă** (hard)	**ê** ay	**ô** oh

diligent siêng năng

dilute v/t pha loãng

dim 1 adj room, light lờ mờ; outline mờ; (stupid) ngu ngốc; prospects tối tăm **2** v/t: ~ **the headlights** giảm sáng đèn pha **3** v/i (of lights) mờ đi

dime đồng mười xu

dimension (measurement) kích thước

diminish 1 v/t giảm bớt **2** v/i giảm

diminutive 1 n tên gọi tắt **2** adj (tiny) nhỏ xíu

dimple (in cheeks) lúm đồng tiền

din n tiếng ầm ĩ

dine ăn bữa chính

diner (person) người dự tiệc; (restaurant) quán ăn cạnh đường

dinghy xuồng

dingy atmosphere xám xịt; (dirty) bẩn

dining car toa ăn; **dining room** phòng ăn; **dining table** bàn ăn

dinner (in the evening) bữa ăn tối; (at midday) bữa ăn trưa; (gathering) bữa tiệc

dinner guest khách dự tiệc; **dinner jacket** áo xmốckinh; **dinner party** bữa tiệc liên hoan

dinosaur khổng long

dip 1 n (swim) sự bơi một loáng; (for food) nước xốt; (in road) chỗ dốc xuống **2** v/t nhúng; ~ **the headlights** hạ thấp đèn pha **3** v/i (of road) dốc xuống

diploma bằng

diplomacy ngành ngoại giao; (tact) tài ngoại giao

diplomat nhà ngoại giao

diplomatic ngoại giao; (tactful) lịch thiệp

dire khủng khiếp; (extreme) cực kỳ

direct 1 adj trực tiếp; flight thẳng; train suốt; (blunt) thẳng thắn;

family connection trực hệ **2** v/t (to a place) chỉ đường; play, movie đạo diễn; attention hướng

direct current ELEC dòng điện một chiều

direction hướng; (of movie, play) công việc đạo diễn; (to a place) sự chỉ đường; (for use, medicine) lời chỉ dẫn; ~**s** (instructions) chỉ dẫn

directly 1 adv (straight) thẳng; (soon) ngay; (immediately) ngay tức khắc **2** conj ngay khi

director (of company) giám đốc; (of play, movie) đạo diễn

directory danh mục; TELEC danh bạ; COMPUT thư mục

dirt vết bẩn

dirt cheap rẻ như bèo

dirty 1 adj bẩn; (pornographic) bẩn thỉu **2** v/t vấy bẩn

dirty trick trò bịp bẩn thỉu

disability sự tàn tật

disabled 1 n: **the** ~ người tàn tật **2** adj tàn tật

disadvantage (drawback) sự bất lợi; **be at a** ~ ở vào thế bất lợi

disadvantaged bị thiệt thòi

disadvantageous bất lợi

disagree (of person) không đồng ý

♦ **disagree with** (of person) không đồng ý với; (of food) không hợp

disagreeable đáng ghét

disagreement sự bất đồng; (argument) sự bất hòa

disappear biến mất; (run away) biệt tăm

disappearance sự biến mất

disappoint làm thất vọng

disappointed thất vọng

disappointing gây thất vọng

disappointment sự thất vọng

disapproval sự không tán thành

disapprove không tán thành; ~ **of** phản đối

ơ ur	**y** (tin)	**ây** uh-i	**iê** i-uh	**oa** wa	**ôi** oy	**uy** wee	**ong** aong
u (soon)	**au** a-oo	**eo** eh-ao	**iêu** i-yoh	**oai** wai	**ơi** u-r-i	**ênh** uhng	**uyên** oo-in
ư (dew)	**âu** oh	**êu** ay-oo	**iu** ew	**oe** weh	**uê** way	**oc** aok	**uyêt** oo-yit

disarm 1 *v/t robber, militia* tước vũ khí **2** *v/i (of country)* giải trừ quân bị

disarmament *(of militia)* sự tước vũ khí; *(of country)* sự giải trừ quân bị

disarming làm nguôi giận

disaster tai họa; *natural* ~ thiên tai

disaster area vùng có thiên tai; *fig (person)* kẻ bậy bạ chuyên gây tai họa

disastrous tai hại; *(causing a disaster)* gây tai họa

disbelief: in ~ hoài nghi

disc *(CD)* đĩa

discard thải bỏ; *fig: boyfriend, theory* từ bỏ

discern *(see)* nhận ra; *fig (detect)* nhận thấy

discernible có thể nhận thấy

discerning suy xét sâu sắc

discharge 1 *n (from hospital)* sự cho ra viện; *(from army)* sự cho giải ngũ **2** *v/t (from hospital)* cho ra viện; *(from army)* cho giải ngũ; *(from job)* cho thôi việc

disciple REL môn đồ; *fig* học trò

disciplinary kỷ luật

discipline 1 *n* kỷ luật **2** *v/t (punish)* phạt; *employee* rèn kỷ luật

disc jockey bình luận viên chương trình ca nhạc của Đài hoặc Vô tuyến

disclaim không nhận

disclose tiết lộ

disclosure *(of information, name)* sự tiết lộ; *(about scandal etc)* điều tiết lộ

disco phòng nhảy disco

discolor làm bạc màu

discomfort *(pain, embarrassment)* sự khó chịu

disconcert làm lúng túng

disconcerted lúng túng

disconnect tháo; *appliance, telephone* ngắt

disconsolate buồn chán

discontent sự bất mãn

discontented bất mãn

discontinue *product* làm gián đoạn; *bus, train service* ngừng hoạt động; *magazine* không ra nữa

discord MUS sự không hòa âm; *(in relations)* sự bất hòa

discotheque phòng nhảy disco

discount 1 *n* tiền bớt **2** *v/t goods* giảm giá; *theory* không để ý đến

discourage *(dishearten)* làm nhụt chí; ~ *s.o. from doing sth (dissuade)* khuyên ngăn ai không nên làm gì

discover phát hiện

discoverer người phát hiện

discovery *(act of discovering)* sự phát hiện; *(thing discovered)* phát kiến

discredit *v/t person* làm mất thể diện; *theory* làm mất tin tưởng vào

discreet *person* thận trọng

discrepancy sự không nhất quán

discretion sự thận trọng; *use your* ~ anh/chị hãy tự quyết định lấy; *at your* ~ tùy ý anh/chị

discriminate: ~ *against* phân biệt đối xử đối với; ~ *between X and Y* phân biệt X với Y

discriminating sành sỏi

discrimination *(sexual, racial etc)* sự phân biệt đối xử, sự kỳ thị

discus *(event)* cuộc thi ném đĩa; *(object)* đĩa

discuss thảo luận; *(of article)* bàn về

discussion cuộc thảo luận

disease bệnh

disembark *v/i (from plane)* xuống máy bay; *(from ship)* lên bờ

disenchanted: ~ *with* vỡ mộng

---

ch *(final)* k	**gh** g	**nh** *(final)* ng	**r** z; *(S)* r	**x** s	**â** (but)	**i** (tin)
d z; *(S)* y	**gi** z; *(S)* y	**ph** f	**th** t	**a** (hat)	**e** (red)	**o** (saw)
đ d	**nh** (onion)	**qu** kw	**tr** ch	**ă** (hard)	**ê** ay	**ô** oh

về ...

disengage gỡ

disentangle gỡ

disfigure *person* làm biến dạng; *landscape* làm xấu đi

disgrace 1 *n* sự nhục nhã; *it's a ~* thật đáng hổ thẹn; *in ~* bị ghét bỏ **2** *v/t* làm nhục

disgraceful *behavior, situation* nhục nhã

disgruntled bất bình

disguise 1 *n* đồ cải trang **2** *v/t voice, handwriting* giả; *fear, anxiety* che giấu; *~ oneself as* cải trang làm; *he was ~d as* anh ấy cải trang làm

disgust 1 *n* sự kinh tởm **2** *v/t* làm kinh tởm

disgusting *habit, smell, food* kinh tởm; *it is ~ that ...* thật là kinh tởm khi mà ...

dish (*part of meal*) món ăn; (*container*) đĩa

dishcloth khăn lau bát đĩa

disheartened nản lòng

disheartening đáng nản lòng

disheveled *hair* rối bù; *clothes* lôi thôi; *person* nhếch nhác

dishonest không trung thực

dishonesty tính không trung thực

dishonor *n* sự mất danh dự; *bring ~ on* làm mất danh dự

dishonorable nhục nhã

dishwasher (*person*) người rửa bát đĩa; (*machine*) máy rửa bát đĩa

dishwashing liquid xà phòng rửa bát đĩa

dishwater nước rửa bát

disillusion *v/t* làm vỡ mộng

disillusionment sự vỡ mộng

disinclined không muốn

disinfect *wound, surgical instrument* tẩy trùng

disinfectant chất tẩy trùng

disinherit tước quyền thừa kế

disintegrate tan ra; (*of marriage*) tan vỡ; (*of building*) đổ nát

disinterested (*unbiased*) không thiên vị

disjointed rời rạc

disk (*shape*) hình tròn dẹt; COMPUT đĩa; *on ~* trên đĩa

disk drive COMPUT ổ đĩa

diskette đĩa mềm

dislike 1 *n* sự ghét **2** *v/t* ghét

dislocate *shoulder* làm trật khớp

dislodge làm bật ra

disloyal không trung thành

disloyalty sự không trung thành

dismal *weather* ảm đạm; *news, prospect* đáng buồn; (*person: sad*) buồn nản; (*person: negative*) tiêu cực; *failure* thảm hại

dismantle *object* tháo dỡ; *organization* giải tán

dismay 1 *n* (*alarm*) sự sững sờ; (*disappointment*) sự chưng hửng **2** *v/t* (*disappoint*) chưng hửng

dismiss *employee* đuổi việc; *suggestion* bác bỏ; *idea, thought, possibility* gạt bỏ

dismissal (*of employee*) sự sa thải

disobedience (*of child*) sự không vâng lời; (*of soldier*) sự không tuân lệnh

disobedient *child* không vâng lời

disobey *parent* không vâng lời; *superior officer* không tuân lệnh; *order* không tuân theo

disorder (*untidiness*) sự lộn xộn; (*unrest*) cuộc bạo loạn; MED sự rối loạn

disorderly *room, desk* lộn xộn, hỗn loạn

disorganized vô tổ chức

disoriented mất phương hướng

disown từ bỏ

disparaging miệt thị

ơ ur	**y** (tin)	**ây** uh-i	**iê** i-uh	**oa** wa	**ôi** oy	**uy** wee	**ong** aong
u (soon)	**au** a-oo	**eo** eh-ao	**iêu** i-yoh	**oai** wai	**ơi** ur-i	**ênh** uhng	**uyên** oo-in
ư (dew)	**âu** oh	**êu** ay-oo	**iu** ew	**oe** weh	**uê** way	**oc** aok	**uyêt** oo-yit

disparity sự chênh lệch

dispassionate (*objective*) không thiên vị

dispatch *v/t* (*send*) gửi đi

dispensary (*in pharmacy*) nơi phát thuốc

dispense: ~ **with** không cần đến

disperse 1 *v/t mist, clouds* xua tan; *crowd* giải tán 2 *v/i* (*of crowd*) giải tán; (*of mist*) tan đi

displace (*supplant*) thay thế

display 1 *n* (*of paintings, photographs*) cuộc trưng bày; (*of emotion*) sự biểu lộ; (*in store window*) cách trưng bày; COMPUT màn hình; **be on** ~ (*at exhibition*) được trưng bày; (*be for sale*) được bày bán 2 *v/t emotion* biểu lộ; (*at exhibition*) trưng bày; (*for sale*) bày bán; COMPUT thể hiện

display cabinet (*in museum, store*) tủ kính trưng bày

displease làm phật lòng

displeasure sự bực mình

disposable dùng một lần; ~ **income** thu nhập khả dụng

disposal sự vứt bỏ; (*of pollutants, nuclear waste*) sự thải bỏ; **I am at your** ~ tôi sẵn sàng để anh/chị sai bảo; **put X at Y's** ~ đem X cho Y sai bảo

dispose: ~ **of** vứt bỏ

disposed: **be** ~ **to do sth** (*willing*) sẵn sàng làm gì; **be well** ~ **toward ...** nghĩ tốt về ...

disposition (*nature*) tính khí

disproportionate thiếu cân đối

disprove bác bỏ

dispute 1 *n* sự bàn cãi; (*between two countries, industrial*) sự tranh chấp 2 *v/t* bàn cãi; (*fight over*) tranh chấp

disqualify loại

disregard 1 *n* sự không để ý 2 *v/t* không để ý đến

disrepair: **in a state of** ~ trong tình trạng hư nát

disreputable *person* thành tích bất hảo; *area* nổi tiếng xấu

disrespect sự thiếu tôn trọng

disrespectful thiếu tôn trọng

disrupt *traffic* làm gián đoạn; *meeting, class* làm rối loạn; (*intentionally*) phá rối

disruption (*of traffic*) sự làm gián đoạn; (*of meeting, class*) sự làm rối loạn; (*intentional*) sự phá rối

disruptive gây rối

dissatisfaction sự bất mãn

dissatisfied không hài lòng

dissension sự bất đồng

dissent 1 *n* sự bất đồng quan điểm 2 *v/i*: ~ **from** bất đồng quan điểm với

dissident *n* người chống đối

dissimilar khác nhau

dissociate: ~ **oneself from** tách khỏi

dissolute phóng đãng

dissolve *v/t & v/i* (*of substance*) hòa tan

dissuade khuyên can; ~ **X from doing Y** khuyên can X không làm Y

distance 1 *n* khoảng cách; **in the** ~ từ xa 2 *v/t*: ~ **oneself from** tách khỏi

distant *place, relative* xa; *time* xa xưa; *fig* (*aloof*) lạnh nhạt

distaste sự không thích

distasteful khó chịu

distinct (*clear*) rõ ràng; (*different*) khác nhau; ~ **from** khác với

distinction (*differentiation*) sự phân biệt; (*difference*) sự khác biệt; **hotel**/**product of** ~ khách sạn/sản phẩm nổi tiếng

distinctive dễ phân biệt

---

ch (*final*) k	**gh** g	**nh** (*final*) ng	**r** z; (*S*) r	**x** s	**â** (but)	**i** (tin)
d z; (*S*) y	**gi** z; (*S*) y	**ph** f	**th** t	**a** (hat)	**e** (red)	**o** (saw)
đ d	**nh** (onion)	**qu** kw	**tr** ch	**ă** (hard)	**ê** ay	**ô** oh

distinctly (*clearly*) rõ ràng; (*decidedly*) rành rành

distinguish (*see*) nhận ra; **~ between X and Y** phân biệt X với Y

distinguished (*famous*) xuất sắc; (*dignified*) đàng hoàng

distort *sound, vision* làm méo mó; *statement, fact* xuyên tạc

distract *person* làm mất tập trung; *attention* làm sao lãng

distracted (*worried*) hốt hoảng

distraction (*of attention*) sự làm sao nhãng; (*amusement*) sự tiêu khiển; **drive s.o. to ~** làm ai rối trí

distraught quẫn trí

distress 1 *n* (*mental suffering*) sự khổ não; (*physical pain*) sự kiệt sức; **in ~** (*ship, aircraft*) trong cảnh hiểm nguy **2** *v/t* (*upset*) làm buồn khổ; **~ oneself** tự làm khổ mình

distressing đau buồn

distress signal tín hiệu cấp cứu

distribute phân phát; *wealth,* COM phân phối

distribution (*handing out*) sự phân phát; (*of wealth*), COM sự phân phối

distribution arrangement COM kế hoạch phân phối

distributor (*person*) người phân phối; (*company*) công ty phân phối; MOT bộ phân phối

district (*area*) vùng; (*administrative unit of a country*) huyện; (*administrative unit of a town*) quận

district attorney ủy viên công tố quận

distrust 1 *n* sự nghi ngờ **2** *v/t* nghi ngờ

disturb (*interrupt*) quấy rầy; (*upset*) gây lo ngại; **do not ~** không làm ồn

disturbance (*interruption*) sự quấy

rầy; **~s** cuộc náo loạn

disturbed (*concerned, worried*) băn khoăn; (*mentally*) bị xáo động

disturbing gây lo ngại

disused bỏ không dùng nữa

ditch 1 *n* (*in fields*) mương; (*at roadside*) rãnh **2** *v/t* F (*get rid of*) bỏ

dive 1 *n* sự nhảy lao đầu xuống; (*underwater*) sự lặn; (*of plane*) sự bổ nhào; F (*bar etc*) nơi bất hảo; **take a ~** (*of dollar etc*) sụt giá; (*of morale*) sa sút **2** *v/i* nhảy xuống; (*underwater*) lặn; (*of plane*) bổ nhào

diver (*off board*) người nhảy pơ lông giông; (*underwater*) người lặn

diverge rẽ ra

diverse đa dạng

diversification COM sự đa dạng hóa

diversify *v/i* COM đa dạng hóa

diversion (*for traffic*) đường tránh; (*to distract attention*) trò đánh lạc hướng

diversity tính đa dạng

divert *traffic* đổi hướng; *attention* đánh lạc hướng

divest: ~ X of Y (*of money, power*) tước đoạt Y của X; (*of authority, rights*) tước bỏ Y của X

divide chia; *fig: country, family* chia cắt; *party, government* chia rẽ

dividend FIN tiền lãi cổ phần; **pay ~s** *fig* đem lại hiệu quả

divine REL thần thánh; F tuyệt trần

diving (*from board*) sự nhảy pơ lông giông; **scuba ~** sự lặn với bình khí nén

diving board cầu nhảy

divisible chia hết

division MATH phép chia; (*split: in party etc*) sự chia rẽ; (*splitting into parts*) sự chia cắt; (*of company*) bộ phận

---

ơ ur	y (tin)	ây uh-i	iê i-uh	oa wa	ôi oy	uy wee	ong aong
u (soon)	au a-oo	eo eh-ao	iêu i-yoh	oai wai	ơi ur-i	ênh uhng	uyên oo-in
ư (dew)	âu oh	êu ay-oo	iu ew	oe weh	uê way	oc aok	uyêt oo-yit

divorce 1 *n* sự ly hôn; ***get a ~*** làm thủ tục ly hôn **2** *v/t husband, wife* ly hôn; *science from religion etc* tách rời **3** *v/i* ly hôn

divorced đã ly hôn; ***get ~*** ly hôn

divorcee người ly hôn

divulge tiết lộ

DIY (= *do-it-yourself*) tự làm lấy

dizzy: ***feel ~*** cảm thấy choáng váng

DNA (= *deoxyribonucleic acid*) AND, cấu tử cơ bản của tế bào di truyền

do 1 *v/t* làm; *French, chemistry* học; *100mph etc* chạy; ***~ one's hair*** chải đầu; ***what are you ~ing tonight?*** tối nay anh/chị làm gì?; ***I don't know what to ~*** tôi không biết phải làm gì nữa; ***no, I'll ~ it*** không, tôi sẽ làm; ***~ it right now!*** làm ngay lập tức!; ***have you done this before?*** anh/chị đã từng làm việc này bao giờ chưa?; ***have one's hair done*** đi làm tóc **2** *v/i* (*be suitable, enough*) cũng được, được; ***will this one ~?*** cái này được chứ?; ***how is the business ~ing?*** công việc làm ăn ra sao?; ***that will ~!*** (*stop that*) thôi đi!; (*that's sufficient*) thôi đủ rồi!; ***~ well*** (*of person*) thành công; ***well done!*** (*congratulations!*) hoan hô!; ***how ~ you ~*** xin chào **3** *auxiliary*: ***~ you know him?*** anh/chị có quen ông ta không?; ***I don't know*** tôi không biết; ***~ you like New York? – yes I ~*** anh/chị có thích Niu-Yóoc không? – có, tôi có thích; ***he works hard, doesn't he?*** anh ấy chịu khó làm việc, phải thế không?; ***don't you believe me?*** anh/chị không tin tôi hay sao?; ***you ~ believe me, don't you?*** anh/chị có tin tôi, phải thế

không?; ***you don't know the answer, ~ you? – no, I don't*** anh/chị không biết câu trả lời, phải thế không? – vâng, tôi không biết ◊ (*to express the past*) đã; ***I didn't know*** tôi đã không biết ◊ (*with imperatives*) hãy; (*with negative*) đừng; ***~ be quick*** hãy nhanh lên; ***don't say that!*** đừng nói thế!

♦ **do away with** (*scrap*) hủy bỏ

♦ **do in** F: ***I'm done in*** tôi kiệt sức rồi

♦ **do out of**: ***do X out of Y*** lừa X để lấy Y

♦ **do up** *building, street* sửa chữa lại; (*fasten*) cài; *laces* thắt

♦ **do with**: ***I could ~ ...*** (*would like*) tôi muốn có ...; ***this room could ~ new drapes*** (*needs*) căn phòng này cần có bộ rèm cửa mới; ***he won't have anything to ~ it*** (*won't get involved*) anh ấy chẳng dính vào chuyện ấy làm gì

♦ **do without 1** *v/i* chịu thiếu **2** *v/t* không cần đến

docile *person, animal* dễ bảo

dock[1] **1** *n* NAUT bến tàu **2** *v/i* (*of ship*) cập bến; (*of spaceship*) lắp ghép vào nhau

dock[2] LAW ghế bị cáo

dockyard xưởng sửa chữa và đóng tàu

doctor *n* MED bác sĩ; (*of philosophy etc*) tiến sĩ

doctorate học vị tiến sĩ

doctrine học thuyết

docudrama kịch tài liệu

document *n* tài liệu

documentary 1 *adj* tài liệu **2** *n* (*movie*) phim tài liệu; (*program*) chương trình tài liệu

documentation (*documents*) tài liệu; (*act of documenting*) sự chứng minh bằng tài liệu

ch (*final*) k	**gh** g	**nh** (*final*) ng	**r** z; (*S*) r	**x** s	**â** (but)	**i** (tin)
d z; (*S*) y	**gi** z; (*S*) y	**ph** f	**th** t	**a** (hat)	**e** (red)	**o** (saw)
đ d	**nh** (onion)	**qu** kw	**tr** ch	**ă** (hard)	**ê** ay	**ô** oh

dodge *v/t blow* tránh; *person, issue, question* né tránh

doe (*deer*) hươu cái; (*rabbit*) thỏ cái

dog 1 *n* con chó; (*wild ~*) chó rừng; (*in Vietnamese zodiac*) Tuất **2** *v/t* (*of bad luck*) bám riết

dog catcher nhân viên bắt chó đi lạc

dog-eared *book* sờn góc

dogged *person, determination* ngoan cường

doggie (*children's language*) con cún

doggy bag túi đựng thức ăn thừa

doghouse: *be in the ~* bị hờn ghét; *be in the ~ with the administration* bị chính quyền trù ghét

dogma giáo điều

dogmatic giáo điều

dog meat thịt chó

do-gooder nhà cải cách hăng hái

dog tag MIL thẻ quân nhân

dog-tired mệt lử

do-it-yourself tự làm lấy

doldrums: *be in the ~* (*of economy*) ở vào trạng thái trì trệ; (*of person*) ở trong trạng thái chán nản

♦ **dole out** phát nhỏ giọt

doll (*toy*) con búp bê; F (*woman*) con búp bê

♦ **doll up** F: *get dolled up* ăn vận thật diện

dollar đô la

dollop *n* chút

dolphin cá heo

dome (*of building*) mái vòm

domestic *adj chores* trong nhà; *bliss* trong gia đình; *news, policy, unrest* trong nước

domestic animal vật nuôi trong nhà; (*for agriculture*) gia súc

domesticate *animal* thuần hóa; *be*

~d (*of person*) quen làm công việc nội trợ

domestic flight chuyến bay trong nước

dominant quan trọng nhất; *member* có thế lực nhất; BIO trội

dominate chi phối; *landscape* cao vượt lên trên

domination sự thống trị

domineering độc đoán

donate *money, books* tặng; *time* cống hiến; MED cho

donation (*act of donating*) sự quyên góp; (*contribution*) đồ quyên góp; (*of time*) sự cống hiến; (*of toys, books*) sự tặng; MED sự cho

dong FIN đồng

donkey con lừa

donor (*of money*) người tặng; MED người cho

donut bánh rán

doom *n* (*fate*) sự bạc phận; (*ruin*) sự sụp đổ; (*death*) sự chết

doomed *project* tất phải thất bại; *we are ~* (*bound to fail*) chúng ta chắc chắc sẽ thất bại; (*going to die*) chúng ta sắp đến ngày tận số rồi; *the ~ ship* chiếc tàu sắp sửa chìm; *the ~ plane* chiếc máy bay sắp sửa rơi

door cửa; (*entrance*) lối vào; *there's someone at the ~* có ai ngoài cửa

doorbell chuông cửa; **doorknob** quả đấm cửa; **doorman** nhân viên gác cửa; **doormat** thảm chùi chân; **doorstep** ngưỡng cửa; **doorway** cửa vào

dope 1 *n* (*drugs*) chất ma túy; (*idiot*) đồ ngốc; (*information*) tin mật **2** *v/t*: *the horse was ~d* con ngựa đã được tiêm chất kích thích

dormant *plant* ngủ; *volcano* nằm im

dormitory nhà ở tập thể

ơ ur	**y** (tin)	**ây** uh-i	**iê** i-uh	**oa** wa	**ôi** oy	**uy** wee	**ong** aong
u (soon)	**au** a-oo	**eo** eh-ao	**iêu** i-yoh	**oai** wai	**ơi** ur-i	**ênh** uhng	**uyên** oo-in
ư (dew)	**âu** oh	**êu** ay-oo	**iu** ew	**oe** weh	**uê** way	**oc** aok	**uyêt** oo-yit

dosage liều lượng

dose *n* liều

dot *n* (*also in e-mail address*) chấm; (*in writing*) dấu chấm; **on the ~** (*exactly*) đúng

♦ **dote on** yêu chiều

dotted line dòng chấm chấm

double 1 *n* (*amount*) số gấp đôi; (*person*) người giống hệt; (*of movie star*) người đóng thay; (*room*) phòng đôi **2** *adj* (*twice as much*) gấp đôi; *sink, oven* đôi; *doors* hai lần; **~ Scotch** ly uýt ki đôi; **a ~ layer of insulation** hai lớp vật liệu cách ly; **in ~ figures** với hai con số **3** *adv* gấp đôi **4** *v/t* tăng gấp đôi; (*fold*) gấp làm đôi **5** *v/i* tăng gấp đôi

♦ **double back** *v/i* (*go back*) quay trở lại

♦ **double up** (*in pain*) gập người lại; (*share room*) chung phòng

double bass đàn công bát; **double bed** giường đôi; **double-breasted** cài chéo; **doublecheck** *v/t & v/i* kiểm tra kỹ; **double chin** cằm có ngấn; **doublecross** *v/t* phản bội; **double glazing** kính hai lớp; **doublepark** *v/i* đỗ xe cạnh xe khác; **double-quick: in ~ time** hết sức nhanh; **double room** phòng đôi

doubles (*in tennis*) trận đánh đôi; **mixed ~** trận đánh đôi nam nữ

doubt 1 *n* sự nghi ngờ; (*uncertainty*) sự không chắc chắn; **be in ~** không tin tưởng; **no ~** (*probably*) rất có thể **2** *v/t* nghi ngờ

doubtful *remark, look* đáng ngờ; **be ~** (*of person*) nghi ngại; **it is ~ whether ...** không chắc rằng ...

doubtfully nghi ngại

doubtless chắc chắn

dough bột nhào; F (*money*) xu

doughnut bánh rán

dove chim bồ câu; *fig* người chủ trương hòa bình

dowdy xuềnh xoàng

Dow Jones Average chỉ số Dow Jones

down¹ *n* (*feathers*) lông tơ chim

down² **1** *adv* (*downward, onto the ground*) xuống; **shoot ~** bắn rơi; **be ~ on one's knees** quỳ xuống; **~ there** ở dưới kia; **cut ~** chặt xuống; **fall ~** ngã xuống; **die ~** (*of noise*) lắng xuống; **$200 ~** (*as deposit*) đặt cọc 200 đô la; **~ south** xuống miền Nam; **be ~** (*of price, rate, numbers*) giảm; (*not working*) không chạy; F (*depressed*) chán nản **2** *prep* xuống; (*along*) dọc theo; **he came ~ the steps** anh ấy đi xuống thềm; **he walks ~ the street** anh ấy đi bộ xuống phố; **there's a market ~ this street** phố này có cái chợ **3** *v/t* (*swallow*) uống cạn một hơi; (*destroy*) bắn rơi

down-and-out *n* kẻ lang thang cơ nhỡ; **downcast** (*dejected*) chán nản; **downfall** sự sa sút; (*of politician*) sự suy vi; **downgrade** *v/t* xuống cấp; *employee* giáng cấp; **downhearted** chán nản; **downhill** *adv* xuống dốc; **go ~** *fig* sút kém; **downhill skiing** môn trượt tuyết xuống dốc; **download** COMPUT tải xuống; **downmarket** *adj* phục vụ khách ít tiền; **down payment** tiền đặt cọc; **downplay** nói nhẹ bớt; **downright 1** *adv* *dangerous, stupid etc* hết sức **2** *adj* *lie* rành rành; *idiot* thuần túy; **downside** (*disadvantage*) mặt bất lợi; **downsize 1** *v/t car* giảm kích thước; *company* giảm biên chế **2** *v/i* (*of company*) giảm biên chế;

---

ch (*final*) k	**gh** g	**nh** (*final*) ng	**r** z; (*S*) r	**x** s	**â** (but)	**i** (tin)
d z; (*S*) y	**gi** z; (*S*) y	**ph** f	**th** t	**a** (hat)	**e** (red)	**o** (saw)
đ d	**nh** (onion)	**qu** kw	**tr** ch	**ă** (hard)	**ê** ay	**ô** oh

downstairs 1 *adj* ở tầng dưới **2** *adv* (*down the stairs*) xuống cầu thang; (*on a lower floor*) ở tầng dưới; **down-to-earth** *approach* thiết thực; *person* thực tế; **down-town 1** *adj* ở trung tâm thành phố **2** *adv* (*in the center*) ở khu trung tâm thành phố; **go** ~ tới khu trung tâm thành phố; **downturn** (*in economy*) sự suy thoái

downward 1 *adj glance* xuống; *trend* đi xuống **2** *adv look* xuống; *revise* theo hướng giảm bớt

doze 1 *n* sự chợp mắt **2** *v/i* chợp mắt

♦ **doze off** chợp mắt

dozen tá; ~**s of ...** hàng tá ...

drab tẻ ngắt

draft 1 *n* (*of air*) chỗ gió lùa; (*of document*) bản thảo; MIL chế độ quân dịch; ~ (**beer**), **beer on** ~ bia tươi **2** *v/t document* soạn thảo; MIL bắt quân dịch

draft beer bia hơi

draft dodger người trốn quân dịch

draftee lính quân dịch

draftsman người vẽ sơ đồ thiết kế; (*of plan*) người phác thảo

drafty có gió lùa

drag 1 *n*: **it's a** ~ **having to ...** thật khó chịu nếu phải ...; **he's a** ~ chán hắn quá đi; **the main** ~ F đường phố chính; **in** ~ ăn vận như đàn bà **2** *v/t* (*pull*) kéo; *person* lôi; (*search: canal etc*) mò vét; ~ **X into Y** (*involve*) lôi kéo X vào Y; ~ **X out of Y** (*get information from*) moi được X từ Y **3** *v/i* (*of time*) kéo dài; (*of movie*) kéo dài lê thê

♦ **drag away**: **drag oneself away from the TV** tự bắt mình rời khỏi TV

♦ **drag in** (*into conversation*) cố đưa vào

♦ **drag on** (*last long time*) kéo dài

♦ **drag out** (*prolong*) kéo dài

♦ **drag up** (*mention*) chêm vào

dragon con rồng; *fig* mụ La Sát; (*in Vietnamese zodiac*) Thìn

dragon dance múa rồng

dragonfly chuồn chuồn

drain 1 *n* (*pipe*) đường ống; (*under street*) cống; **a** ~ **on resources** một việc làm tiêu hao nguồn tiền **2** *v/t water, vegetables* chắt nước; *oil* tháo; *land* tiêu nước; *glass, tank* làm cạn; ~ **s.o.** (*exhaust*) làm ai kiệt quệ **3** *v/i* (*of dishes*) làm ráo nước

♦ **drain away** (*of liquid*) tiêu đi

♦ **drain off** *water* tiêu đi

drainage (*drains*) hệ thống thoát nước; (*of water from soil*) sự tiêu nước

drainpipe ống tiêu nước

drama (*art form*) nghệ thuật sân khấu; (*excitement*) kịch tính; (*play: on TV*) vở kịch

dramatic kịch; (*exciting*) đầy kịch tính; *gesture* cường điệu

dramatist nhà soạn kịch

dramatization (*play*) sự chuyển thành kịch

dramatize *story* chuyển thành kịch; *fig* cường điệu

drape *v/t cloth, coat* choàng; ~**d in** (*covered with*) phủ

drapery màn trướng

drapes rèm cửa

drastic (*extreme*) quá mạnh; *measures* quyết liệt; *change* mạnh mẽ

draw 1 *n* (*in match, competition*) trận đấu hòa; (*in lottery*) sự mở số; (*attraction*) trò hấp dẫn **2** *v/t picture, map* vẽ; *cart, curtain, person* kéo; (*in lottery*) mở; *gun, knife* rút; (*attract*) thu hút; (*lead*) kéo;

ơ ur	**y** (tin)	**ây** uh-i	**iê** i-uh	**oa** wa	**ôi** oy	**uy** wee
u (soon)	**au** a-oo	**eo** eh-ao	**iêu** i-yoh	**oai** wai	**ơi** ur-i	**ênh** uhng
ư (dew)	**âu** oh	**êu** ay-oo	**iu** ew	**oe** weh	**uê** way	**oc** aok

ong aong		
uyên oo-in		
uyêt oo-yit		

(*from bank account*) rút; **~ a knife on s.o.** rút dao chĩa vào ai **3** *v/i* hấp dẫn; (*in match, competition*) hòa tỉ số; **~ near** tới gần

♦**draw back 1** *v/i* (*recoil*) lùi lại **2** *v/t* (*pull back*) kéo lại

♦**draw on 1** *v/i* (*approach*) đến gần **2** *v/t* (*make use of*) sử dụng

♦**draw out** *v/t* billfold, *money* rút ra

♦**draw up 1** *v/t* document thảo; *chair* kéo **2** *v/i* (*of vehicle*) dừng bánh

drawback điều bất lợi

drawer[1] (*of desk etc*) ngăn kéo

drawer[2] (*person*) người vẽ

drawing (*picture*) bức vẽ; (*act*) môn họa

drawing board bàn vẽ; **go back to the ~** bắt tay làm lại từ đầu

drawl *n* lối nói kéo dài giọng

dread *v/t* rất sợ

dreadful (*horrifying*) khủng khiếp; (*unpleasant*) khó chịu; *pity* hết sức

dreadfully (*extremely*) rất; *behave* một cách rất khó chịu

dream 1 *n* giấc mơ **2** *adj* house etc đẹp như mơ **3** *v/t* mơ; (*day~*) mơ ước **4** *v/i* mơ mộng; (*day~*) mơ ước; **~ about s.o.** mơ thấy ai

♦**dream up** tưởng tượng ra

dreamer (*day~*) kẻ mơ mộng hão huyền

dreamy voice, *look* mơ màng

dreary chán ngấy

dredge harbor, *canal* nạo vét

♦**dredge up** *fig* moi ra

dregs (*of coffee*) bã; **the ~ of society** cặn bã xã hội

drench *v/t* làm ướt sũng; **get ~ed** bị ướt sũng

dress 1 *n* (*for woman*) váy dài; (*clothing*) quần áo; **~ sense** cách ăn vận **2** *v/t* person mặc quần áo; *wound* băng bó; **get ~ed** mặc quần áo **3** *v/i* (*get ~ed*) mặc quần

áo; (*well, in black etc*) ăn mặc

♦**dress up** *v/i* ăn mặc thật diện; (*wear a disguise*) ăn mặc cải trang; **~ as** cải trang làm

dress circle ban công tầng một ở nhà hát

dresser (*dressing table*) bàn trang điểm; (*in kitchen*) tủ để bát đĩa

dressing (*for salad*) dầu dấm trộn; (*for wound*) bông băng

dressing room (*in theater*) phòng diễn viên thay quần áo

dressing table bàn trang điểm

dressmaker thợ may quần áo nữ

dress rehearsal buổi tổng diễn tập

dressy diện ngất trời

dribble *v/i* (*of person, baby*) chảy nước dãi; (*of liquid*) chảy nhỏ giọt; SP rê bóng

dried fruit etc khô

drier (*for drying clothes*) máy sấy

drift 1 *n* (*of snow*) đống **2** *v/i* (*of snow*) dồn thành đống; (*of ship*) trôi giạt; (*go off course: of ship*) chạy chệch hướng; (*of plane*) bay chệch hướng; (*of person*) lang bạt

♦**drift apart** (*of couple*) rời xa nhau dần

drifter kẻ lang bạt

drill 1 *n* (*tool*) máy khoan; (*exercise*) bài tập; MIL sự luyện tập **2** *v/t* hole khoan **3** *v/i* (*for oil*) khoan; MIL luyện tập

drilling rig (*platform*) dàn khoan

drily remark một cách châm biếm

drink 1 *n* đồ uống; **a ~ of ...** một ngụm ...; **go for a ~** đi uống một chầu **2** *v/t* uống **3** *v/i* uống; (*consume alcohol*) uống rượu; **I don't ~** tôi không uống rượu

♦**drink up 1** *v/i* (*finish drink*) uống nốt **2** *v/t* (*drink completely*) uống hết

drinkable uống được

---

ch (*final*) k	gh g	nh (*final*) ng	r z; (S) r	x s	â (but)	i (tin)
d z; (S) y	gi z; (S) y	ph f	th t	a (hat)	e (red)	o (saw)
đ d	nh (onion)	qu kw	tr ch	ă (hard)	ê ay	ô oh

drinker người nghiện rượu

drinking (*of alcohol*) uống rượu, nhậu (*S*)

drinking water nước sạch để uống

drip 1 *n* (*liquid*) giọt; MED ống truyền **2** *v/i* nhỏ giọt

dripdry phơi không cần vắt

dripping: **~** (**wet**) ướt sũng

drive 1 *n* chặng lái xe; (*outing*) cuộc đi chơi bằng xe hơi; (*energy*) nghị lực; COMPUT ổ đĩa; (*campaign*) cuộc vận động; **go for a ~ in the car** lái một chặng; **left-/right-hand ~** MOT có tay lái bên trái/bên phải **2** *v/t vehicle* lái; (*own*) có; (*take in car*) lái xe đưa; TECH truyền lực; **that noise/he is driving me mad** tiếng động ấy/hắn ta làm tôi phát điên **3** *v/i* lái xe

♦ **drive at**: **what are you driving at?** anh/chị định lái đến chuyện gì thế?

♦ **drive away 1** *v/t* đưa đi bằng xe hơi; (*chase off*) đuổi **2** *v/i* lái xe bỏ đi

♦ **drive in** *v/t nail* đóng

♦ **drive off** → **drive away**

drive-in *n* (*movie theater*) bãi chiếu bóng phục vụ khách ngồi trong ô tô

driver (*of car*, *truck*) người lái

driver's license bằng lái

driveway đường lái xe vào nhà

driving 1 *n* (*way of ~*) cách lái xe; (*ability*) sự lái xe **2** *adj rain* đập mạnh

driving force lực lượng thúc đẩy; **driving instructor** người dạy lái xe; **driving lesson** bài học lái xe; **driving school** trường dạy lái xe; **driving test** cuộc thi lấy bằng lái xe

drizzle *n* & *v/i* mưa phùn

drone *n* (*noise*) tiếng ù ù

droop *v/i* (*of head*) gục xuống; (*of shoulders*) so lại; (*of plant*, *flower*) rũ xuống

drop 1 *n* (*of rain*) giọt; (*small amount*) chút ít; (*in price*, *temperature*, *number*) sự giảm **2** *v/t* (*accidentally*) đánh rơi; (*deliberately*) thả; (*stop seeing*) bỏ rơi; *charges*, *demand etc* rút; (*give up*) bỏ; (*from team*) gạt ra khỏi; **~ s.o.** (*from car*) cho ai xuống xe; **~ a line to** viết vài dòng cho **3** *v/i* rơi; (*decline*) giảm; (*of wind*) bớt

♦ **drop in** (*visit*) tạt vào thăm

♦ **drop off 1** *v/t* cho ... xuống xe; (*deliver*) giao **2** *v/i* (*fall asleep*) ngủ thiếp đi; (*decline*) giảm

♦ **drop out** (*withdraw*) rút khỏi; (*of school*) bỏ học nửa chừng

dropout (*from school*) người bỏ học nửa chừng; (*from society*) người sống ngoài lề xã hội

drops (*for eyes*) những giọt thuốc

drought hạn hán

drown 1 *v/i* chết đuối **2** *v/t person* dìm chết; *sound* át; **be ~ed** chết đuối

drowsy cảm thấy buồn ngủ

drudgery công việc nhàm chán

drug 1 *n* MED thuốc; (*illegal*) chất ma túy; **~s** ma túy; **be on ~s** nghiện ma túy **2** *v/t* đánh thuốc mê

drug addict người nghiện ma túy

drug dealer kẻ buôn bán ma túy

druggist dược sĩ

drugstore cửa hàng dược phẩm

drug trafficking sự buôn lậu ma túy

drum *n* MUS cái trống; (*in Western or ethnic music*) trống; (*container*) thùng; **be on ~s** chơi ở bộ gõ

♦ **drum into**: **drum X into Y** nhắc

ơ u*r*	y (tin)	ây uh-i	iê i-uh	oa wa	ôi oy	uy wee	ong aong
u (soon)	au a-oo	eo eh-ao	iêu i-yoh	oai wai	ơi u*r*-i	ênh uhng	uyên oo-in
ư (dew)	âu oh	êu ay-oo	iu ew	oe weh	uê way	oc aok	uyêt oo-yit

nhiều để Y nhớ X

♦ **drum up**: ~ *support* cổ động

drummer tay trống

drumstick MUS dùi trống; (*of poultry*) món chân gà vịt quay

drunk 1 *n* người say rượu **2** *adj* say rượu; **get** ~ uống say rượu; **get s.o.** ~ làm ai say

drunk driving lái xe khi say rượu

drunken *voices, laughter* say rượu; *party* say sưa

dry 1 *adj* khô; *wine* chát; (*ironic*) tỉnh khô; (*where alcohol is banned*) cấm rượu **2** *v/t* phơi khô; *dishes* làm ráo nước; ~ **one's eyes** lau nước mắt **3** *v/i* khô

♦ **dry out** (*of alcoholic*) chữa bệnh nghiện rượu

♦ **dry up** (*of river*) khô cạn; (*be quiet*) ngừng nói chuyện

dry-clean *v/t* giặt khô

dry-cleaner (*place*) cửa hàng giặt khô

dry-cleaning (*clothes*) đồ giặt khô

dryer (*for drying clothes*) máy sấy

dry season mùa khô

DTP (= *desktop publishing*) kỹ thuật chế bản điện tử

dual kép

dub *movie* lồng tiếng

dubious đáng ngờ; (*having doubts*) nghi ngờ

duck 1 *n* con vịt; (*female*) con vịt cái **2** *v/i* chúi xuống **3** *v/t one's head* chúi; *question* lẩn tránh

dud *n* (*false bill*) tiền giả

due (*owed*) nợ; *payment, rent etc* đến kỳ hạn; (*proper*) thích đáng; **be** ~ (*expected: of train*) sẽ phải đến; (*of baby*) sẽ sinh; **be** ~ **to do sth** sẽ phải làm gì; ~ **to** (*because of*) vì; **be** ~ **to** (*be caused by*) là do; **in** ~ **course** vào lúc thích hợp

dull *weather* u ám; *sound* thình thịch;

pain âm ỉ; (*boring*) chán ngắt

duly (*as expected*) đúng như dự định; (*properly*) một cách thích đáng

dumb (*mute*) câm; (*stupid*) ngu ngốc

dummy (*imitation*) đồ dởm

dump 1 *n* (*for garbage*) nơi đổ rác; F (*unpleasant place*) nơi bẩn thỉu **2** *v/t* (*put down*) bỏ; (*dispose of*) quẳng; *toxic waste, nuclear waste* đổ

dumpling (*sweet*) bánh nướng nhân hoa quả; (*savory*) bánh hấp

dune đụn cát

dung phân súc vật

dungarees áo quần vải thô

dunk *biscuit* nhúng

duo (MUS: *instrumental*) song tấu; (*singing*) song ca

duplex (**apartment**) căn hộ hai tầng

duplicate 1 *n* bản sao; **in** ~ làm hai bản **2** *v/t* (*copy*) làm bản sao; (*repeat*) lặp lại

duplicate key chìa khóa thứ hai

durable *material* bền; *relationship* bền vững

duration thời gian

duress: **under** ~ dưới sự ép buộc

durian sầu riêng

during trong; ~ **my absence** trong khi tôi vắng mặt

dusk lúc chạng vạng

dust 1 *n* bụi **2** *v/t* phủi bụi; ~ **X with Y** (*sprinkle*) rắc Y lên X

dust cover (*for furniture*) tấm vải phủ; (*for book*) bìa bọc ngoài

duster (*cloth*) khăn lau

dust jacket (*of book*) bìa bọc ngoài

dustpan cái hót rác

dusty bụi bặm

Dutch 1 *adj* Hà lan; **go** ~ cùng góp

---

ch (*final*) k	**gh** g	**nh** (*final*) ng	**r** z; (*S*) r	**x** s	**â** (but)	**i** (tin)
d z; (*S*) y	**gi** z; (*S*) y	**ph** f	**th** t	**a** (hat)	**e** (red)	**o** (saw)
đ d	**nh** (onion)	**qu** kw	**tr** ch	**ă** (hard)	**ê** ay	**ô** oh

tiền trả **2** *n* (*language*) tiếng Hà lan; **the ~** người Hà lan

duty trách nhiệm; (*task*) nhiệm vụ; (*on goods*) thuế; **be on ~** đang làm nhiệm vụ; **be off ~** nghỉ giờ làm

duty-free 1 *adj* miễn thuế **2** *n* hàng miễn thuế

duty-free shop cửa hàng miễn thuế

dwarf 1 *n* người lùn; (*in fairy stories*) chú lùn **2** *v/t*: **~ s.o.**/**sth** làm ai/gì có vẻ nhỏ đi

♦ **dwell on** (*keep thinking about*)

day đi day lại

dwindle nhỏ lại

dye 1 *n* thuốc nhuộm **2** *v/t* nhuộm

dying *person* hấp hối; *industry*, *tradition* sắp tiêu vong

dynamic *person* năng động

dynamism (*of person*) tính năng động; (*energy*) năng lực

dynamite *n* đinamít; *fig* thuốc nổ

dynamo TECH đinamô

dynasty triều đại

dyslexia chứng đọc khó

dyslexic 1 *adj* mắc chứng đọc khó **2** *n* người mắc chứng đọc khó

E

each 1 *adj* mỗi **2** *adv* mỗi một; **they're \$1.50 ~** mỗi cái là 1.50\$ **3** *pron* (*people*) mỗi người; (*things*) mỗi cái; **~ other** lẫn nhau; **they help ~ other** họ giúp đỡ lẫn nhau; **we don't like ~ other** chúng tôi không thích nhau

eager thiết tha

eager beaver F người quá hăng hái

eagerly hăm hở

eagerness sự hăm hở

eagle chim đại bàng

ear[1] (*of person, animal*) tai

ear[2] (*of corn, wheat*) bông

earache đau tai

eardrum màng tai

early 1 *adj hours, October, stages* đầu; (*ahead of time*) sớm; *vegetables, varieties of potato* đầu mùa; *music, Picasso etc* thời kỳ đầu; (*in the near future*) sớm; **an ~**

riser người hay dậy sớm; **in the ~ hours of the morning** lúc tảng sáng **2** *adv* sớm

early bird (*who arrives early*) người đến sớm; (*who gets up early*) người dậy sớm

earmark: **~ sth for sth** dành gì cho gì

earn kiếm được; *holiday, drink etc* được hưởng; *respect* giành được

earnest nghiêm túc; **in ~** nghiêm túc

earnings (*of person*) tiền thu nhập; (*of company*) khoản thu

earphones ống nghe đeo tai; **ear-piercing** *adj* inh tai; **earring** khuyên tai; **earshot**: **within ~** trong tầm nghe; **out of ~** ngoài tầm nghe

earth (*soil*) đất; (*world, planet*) trái đất; **where on ~ ...?** ... ở đâu thế

ơ ur	**y** (tin)	**ây** uh-i	**iê** i-uh	**oa** wa	**ôi** oy	**uy** wee	**ong** aong
u (soon)	**au** a-oo	**eo** eh-ao	**iêu** i-yoh	**oai** wai	**ơi** ur-i	**ênh** uhng	**uyên** oo-in
ư (dew)	**âu** oh	**êu** ay-oo	**iu** ew	**oe** weh	**uê** way	**oc** aok	**uyêt** oo-yit

nhỉ?

earthenware *n* đồ đất nung

earthly trần thế; *it's no ~ use ...* hoàn toàn vô ích …

Earthly stems chi, địa chi

earthquake động đất

earth-shattering gây chấn động

ease 1 *n* (*lack of difficulty*) sự dễ dàng; *be at* (*one's*) ~ ở trạng thái dễ chịu; *feel at* ~ cảm thấy dễ chịu; *feel ill at* ~ cảm thấy bối rối **2** *v/t pain* làm dịu; *it would ~ my mind if ...* tôi sẽ đỡ lo nếu … **3** *v/i* (*of pain*) dịu bớt

♦ **ease off 1** *v/t* (*remove: cap of bottle*) nới ra; *boot* nới bỏ **2** *v/i* (*of pain*) dịu bớt; (*of rain*) ngớt

easel khung vẽ

easily (*with ease*) một cách dễ dàng; (*by far*) rõ ràng

east 1 *n* phía đông; *East-West relations* quan hệ Đông-Tây **2** *adj* đông **3** *adv travel* hướng đông

East Asia phương Đông; **East Asian 1** *adj* phương Đông **2** *n* người phương Đông; **East China Sea** Biển Đông

Easter lễ Phục sinh

Easter egg trứng lễ Phục sinh

easterly *wind, direction* đông

eastern miền đông; (*Oriental*) phương Đông

Easterner người miền đông (nước Mỹ)

eastward về phía đông

easy (*not hard*) dễ dàng; (*relaxed*) thư thả; *take things* ~ (*slow down*) làm việc thong thả; *take it ~!* (*calm down*) hãy bình tĩnh!

easy chair ghế bành

easy-going thoải mái

eat *v/t & v/i* ăn

♦ **eat out** đi ăn ngoài

♦ **eat up** *food* ăn hết; *fig* nuốt hết

eatable ăn được

eaves mái hiên

eavesdrop nghe trộm

ebb *v/i* (*of tide*) rút

♦ **ebb away** *fig* (*of courage, strength*) giảm sút

ebb tide thủy triều xuống

eccentric 1 *adj* lập dị **2** *n* người lập dị

echo 1 *n* tiếng vang **2** *v/i* vang lại **3** *v/t words* nhắc lại; *views* tán đồng

eclipse 1 *n* (*of sun*) nhật thực; (*of moon*) nguyệt thực **2** *v/t fig* át hẳn

ecological về sinh thái

ecological balance cân bằng sinh thái

ecologically friendly không làm hại đến môi trường

ecologist nhà sinh thái học

ecology sinh thái học

economic về kinh tế

economical (*cheap, thrifty*) tiết kiệm

economically (*in terms of economics*) về mặt kinh tế; (*thriftily*) một cách tiết kiệm

economics (*science*) kinh tế học; (*financial aspects*) khía cạnh kinh tế

economist nhà kinh tế học

economize tiết kiệm

♦ **economize on** tiết kiệm

economy (*of a country*) nền kinh tế; (*saving*) tiết kiệm

economy class hạng rẻ nhất; **economy drive** sự cố gắng tiết kiệm; **economy size** lô hàng tiết kiệm

ecosystem hệ sinh thái

ecotourism du lịch sinh thái

ecstasy trạng thái mê ly

ecstatic sung sướng mê ly

eczema bệnh chàm bội nhiễm

ch (*final*) k	**gh** g	**nh** (*final*) ng	**r** z; (*S*) r	**x** s	**â** (but)	**i** (tin)
d z; (*S*) y	**gi** z; (*S*) y	**ph** f	**th** t	**a** (hat)	**e** (red)	**o** (saw)
đ d	**nh** (onion)	**qu** kw	**tr** ch	**ă** (hard)	**ê** ay	**ô** oh

edge 1 *n* (*of knife*) lưỡi; (*of table, seat*) mép; (*of lawn, road*) ven; (*of cliff*) gờ; (*in voice*) vẻ giận dữ; **on ~** (*nervous*) căng thẳng **2** *v/t* được viền **3** *v/i* (*move slowly*) lách

edgewise: **I couldn't get a word in ~** tôi không thể lời chen một lời

edgy căng thẳng

edible ăn được

edit *text*, *book*, *movie* biên tập; *newspaper* làm chủ bút

edition xuất bản

editor (*of text*, *book*, *TV*, *program*, *movie*) biên tập viên; (*of newspaper*) chủ bút; **sports/ political ~** biên tập viên thể thao/ chính trị

editorial 1 *adj* biên tập **2** *n* xã luận

EDP (= *electronic data processing*) xử lý dữ liệu điện tử

educate *child* giáo dục; **~ s.o. about sth** làm ai có ý thức về gì

educated *person* có trình độ giáo dục

education nền giáo dục

educational *publishing*, *psychologist etc* về giáo dục; (*informative*) có tính giáo dục

eel con lươn

eerie *place*, *feeling* bí hiểm; *scream* sợ hãi

effect *n* tác động; **take ~** (*of medicine*, *drug*) có tác dụng; **come into ~** (*of law*) có hiệu lực

effective (*efficient*) có hiệu quả; (*striking*) gây ấn tượng sâu sắc; **~ May 1** bắt đầu từ mồng 1 tháng Năm

effeminate giống như đàn bà

effervescent sủi bọt; *personality* sôi nổi

efficiency (*of person*, *machine*) tính hiệu quả

efficient *person* có năng lực;

machine, *method* có năng suất

efficiently có hiệu quả

effort (*struggle*) sự nỗ lực; (*attempt*) cố gắng; **make an ~ to do sth** nỗ lực để làm gì

effortless dễ dàng

effrontery sự xấc láo

effusive quá dạt dào

e.g. thí dụ

egalitarian *adj* bình đẳng

egg trứng

♦ **egg on** xúi giục

eggcup chén nhỏ đựng trứng luộc; **egghead** F nhà trí thức; **eggplant** cà tím; **eggshell** vỏ trứng

ego PSYCH cái tôi; (*self-esteem*) lòng tự trọng

egocentric tự kỷ trung tâm

Egypt nước Ai cập

Egyptian 1 *adj* Ai cập **2** *n* người Ai cập

eiderdown (*quilt*) mền nhồi lông

eight tám

eighteen mười tám

eighteenth *adj* thứ mười tám

eighth *adj* thứ tám

eightieth *adj* thứ tám mươi

eighty tám mươi

either 1 *adj* ... này hoặc ... kia; (*both*) cả hai; **there are trees on ~ side of the road** có cây ở cả hai bên đường **2** *pron* (*one of two*) một trong hai; **I don't like ~ of them** (*people*, *things*) tôi không thích cả hai **3** *adv* cũng không; **I won't go ~** tôi cũng sẽ không đi **4** *conj* ◊: **~ ... or ...** hoặc ... hoặc ...; **she's either French or Spanish** cô ấy hoặc là người Pháp hoặc là người Tây Ban Nha ◊ (*with negative*) ... mà cũng không; **I haven't seen ~ my mother or my sister for a long time** tôi không có gặp mẹ tôi mà

ơ u-r	y (tin)	ây uh-i	iê i-uh	oa wa	ôi oy	uy wee	ong aong
u (soon)	au a-oo	eo eh-ao	iêu i-yoh	oai wai	ơi ur-i	ênh uhng	uyên oo-in
ư (dew)	âu oh	êu ay-oo	iu ew	oe weh	uê way	oc aok	uyêt oo-yit

cũng không gặp chị tôi đã lâu lắm rồi

eject 1 *v/t*: **~ sth** đẩy gì ra; **~ s.o.** tống ai ra **2** *v/i* (*from plane*) bật dù nhảy ra

♦ **eke out** thêm vào

el (*elevated railroad*) đường sắt nền cao

elaborate 1 *adj scheme*, *preparations* tỉ mỉ; *embroidery* công phu **2** *v/i* chi tiết hóa

elapse trôi qua

elastic 1 *adj* đàn hồi **2** *n* sự đàn hồi

elastic band dây cao su

elasticity tính đàn hồi

elasticized có dây chun

elated phấn chấn

elation sự phấn chấn

elbow 1 *n* khuỷu tay **2** *v/t* huých khuỷu tay; **~ out of the way** huých khuỷu tay để chen

elder 1 *adj* lớn hơn; **~ brother**/ **daughter** anh/con gái lớn **2** *n* người nhiều tuổi hơn; (*of village*) già làng

elderly *parents* già

eldest 1 *adj* lớn tuổi nhất **2** *n*: **the ~** người lớn tuổi nhất

elect *v/t* bầu cử; **~ to ...** quyết định ...

elected được bầu ra

election cuộc bầu cử

election campaign cuộc vận động

election day ngày bầu cử

elective *subjects* tự chọn; *surgery* không cấp thiết

elector cử tri

electoral system chế độ bầu cử

electorate toàn bộ cử tri

electric điện; *fig* sôi động

electrical điện

electric blanket chăn điện (*N*), mềm điện (*S*)

electric chair ghế điện

electrician thợ điện

electricity điện

electrify *railroad line, fence* điện khí hóa; *fig* kích thích

electrocute: **be ~d** (*accidentally*) bị điện giật chết; (*in electric chair*) xử tử bằng ghế điện

electrode điện cực

electron điện tử

electronic điện tử

electronic data processing xử lý dữ liệu điện tử

electronic mail e-mail

electronics (*science*) điện tử học

elegance (*of woman, dress*) vẻ thanh lịch; (*of room, building*) vẻ duyên dáng

elegant *woman, dress* thanh lịch; *piece of furniture* duyên dáng

element (*part*) yếu tố; CHEM nguyên tố

elementary (*rudimentary*) sơ cấp

elementary school trường tiểu học

elementary teacher giáo viên tiểu học

elephant con voi

elevate *mind, morals* nâng cao

elevated railroad đường sắt xây trên các trụ cao

elevation (*altitude*) độ cao

elevator thang máy

eleven mười một

eleventh *adj* thứ mười một; **at the ~ hour** vào phút cuối cùng

eligible có đủ tư cách

eligible bachelor một đám sáng giá

eliminate (*get rid of*) triệt bỏ; (*rule out*) loại bỏ; (*kill*) khử; **be ~d** (*from competition*) bị loại

elimination (*from competition*) sự loại; (*of poverty*) sự triệt bỏ; (*murder*) sự sát hại

élite 1 *n* nhóm người ưu tú nhất

---

ch (*final*) k	**gh** g	**nh** (*final*) ng	**r** z; (*S*) r	**x** s	**â** (but) **i** (tin)
d z; (*S*) y	**gi** z; (*S*) y	**ph** f	**th** t	**a** (hat)	**e** (red) **o** (saw)
đ d	**nh** (onion)	**qu** kw	**tr** ch	**ă** (hard)	**ê** ay **ô** oh

2 *adj school* tiên tiến; *regiment* tinh nhuệ

elk nai an-xet

ellipse hình trái xoan

elm cây du

elope trốn đi

eloquence sự hùng biện

eloquent hùng hồn

eloquently một cách hùng hồn

else: *anything ~?* còn gì khác nữa không?; *if you've got nothing ~ to do* nếu anh/chị không còn gì khác nữa để làm; *no one ~* không còn ai khác nữa; *everyone ~ is going* mọi người khác đều đi cả; *who ~ was there?* còn ai khác ở đấy?; *someone ~* người nào đó nữa; *something ~* cái gì đó nữa; *let's go somewhere ~* chúng ta hãy đi nơi nào khác đi; *or ~ ...* (*otherwise, threatening*) nếu không thì ...

elsewhere (*in a different place*) ở nơi khác; (*to a different place*) đến một nơi khác

elude (*escape*) trốn thoát; (*avoid*) tránh; *her name ~s me* tôi quên mất tên của cô ấy

elusive (*difficult to find*) khó tìm thấy

emaciated gầy mòn

e-mail 1 *n* e-mail **2** *v/t person* gửi e-mail; *text* gửi bằng e-mail

e-mail address địa chỉ e-mail

emancipated *woman* được giải phóng

emancipation sự giải phóng

embalm ướp xác

embankment (*of river*) đê; RAIL đường đắp cao

embargo *n* cấm vận

embark lên tàu

♦ **embark on** *explanation* bắt đầu; *adventure* dấn thân

embarrass làm ngượng; *government* gây khó khăn cho

embarrassed (*because shy, ashamed*) ngượng ngùng; (*because disconcerted, not knowing how to react*) lúng túng

embarrassing *personal question etc* gây ngượng ngùng; *incident* gây lúng túng; *situation* khó khăn

embarrassment sự xấu hổ; (*being disconcerted*) sự lúng túng

embassy đại sứ quán

embellish *drawing, room* tô điểm; *story* thêu dệt thêm

embers than hồng

embezzle biển thủ

embezzlement sự biển thủ

embitter làm cay đắng

emblem biểu tượng

embodiment hiện thân

embody hiện thân cho

embolism sự tắc mạch

emboss *metal, paper, fabric* rập nổi

embrace 1 *n* cái ôm **2** *v/t* (*hug*) ôm ghì; (*take in*) bao gồm **3** *v/i* (*of two people*) ôm nhau

embroider thêu; *fig* thêu dệt

embroidery (*needlework*) việc thêu thùa; *a beautiful piece of ~* một tấm thêu đẹp

embryo phôi thai

emerald (*precious stone*) ngọc lục bảo; (*color*) màu lục tươi

emerge (*appear*) nhô ra; *it has ~d that ...* có tin tiết lộ rằng ...

emergency tình trạng khẩn cấp; *in an ~* trong trường hợp khẩn cấp

emergency exit lối ra khẩn cấp

emergency landing sự hạ cánh khẩn cấp

emigrant *n* người di cư

emigrate di cư

emigration sự di cư

eminent xuất sắc

ơ u*r*	y (tin)	ây uh-i	iê i-uh	oa wa	ôi oy	uy wee	ong aong
u (soon)	au a-oo	eo eh-ao	iêu i-yoh	oai wai	ơi ur-i	ênh uhng	uyên oo-in
ư (dew)	âu oh	êu ay-oo	iu ew	oe weh	uê way	oc aok	uyêt oo-yit

eminently cực kỳ

emission (*of gases*) sự tỏa ra

emotion cảm xúc

emotional *problems*, *development* tình cảm; (*full of emotion*) xúc động

empathize: ~ **with** đồng cảm với

emperor hoàng đế

emphasis (*on syllable*) sự nhấn mạnh; (*on productivity etc*) tầm quan trọng

emphasize nhấn mạnh

emphatic dứt khoát, nhấn mạnh

empire đế chế; *fig* vương quốc

employ tuyển dụng; (*use*) sử dụng; **he's ~ed as a ...** anh ấy được tuyển dụng làm ...

employee người làm công

employer (*person*) chủ; (*company*) chủ nhân

employment việc làm; (*work*) công việc; **be seeking** ~ tìm việc làm

employment agency sở tìm việc

empress nữ hoàng

emptiness sự trống không; *fig* sự trống vắng

empty 1 *adj box*, *drawer*, *bottle*, *hands* trống không; *room*, *street*, *bus* trống vắng; *promises* hão huyền **2** *v/t drawer*, *pockets* trút hết; *glass*, *bottle* đổ hết **3** *v/i* (*of room*, *street*) trống vắng

emulate thi đua với

enable cho phép

enact *law* ban hành; THEA biểu diễn

enamel *n* men; (*on tooth*) men răng; ~ **paint** sơn tráng men

enc (= **enclosure(s)**) phụ đính

enchanting *smile*, *village*, *person* làm say mê

encircle bao vây

encl (= **enclosure(s)**) phụ đính

enclose (*in letter*) kèm theo; *area* bao quanh; **please find ~d ...** kèm theo đây là ...

enclosure (*with letter*) phụ đính

encore *n* (*song*) bản hát lại; (*dance*) bản múa lại; (*on instrument*) bản chơi lại

encounter 1 *n* cuộc chạm trán **2** *v/t person* chạm trán; *problem*, *resistance* đương đầu

encourage khuyến khích

encouragement sự khuyến khích

encouraging *news*, *report*, *smile* đầy khích lệ

♦ **encroach on** *land*, *time* lấn vào; *rights* xâm phạm

encyclopedia từ điển bách khoa

end 1 *n* (*extremity*) cuối; (*conclusion*) kết thúc; (*purpose*) mục đích; **in the** ~ cuối cùng; **for hours on** ~ hàng giờ liền; **stand sth on** ~ dựng gì thẳng lên; **at the ~ of the month** vào cuối tháng; **at the ~ of July** vào cuối tháng Bảy; **put an ~ to** chấm dứt **2** *v/t career*, *meeting*, *meal etc* kết thúc; *relationship* chấm dứt **3** *v/i* kết thúc

♦ **end up** cuối cùng phải

endanger gây nguy hại

endangered species loài có nguy cơ tuyệt chủng

endearing *smile*, *behavior* dễ mến

endeavor *n & v/t* cố gắng

ending (*of book*, *play*) kết cục; GRAM vĩ tố

endless bất tận

endorse *check* viết tên vào mặt sau; *candidacy* ủng hộ; *product* tham gia quảng cáo

endorsement (*of check*) việc ghi tên mặt sau; (*of candidacy*) sự ủng hộ; (*of product*) việc tham gia quảng cáo

---

ch (*final*) k	**gh** g	**nh** (*final*) ng	**r** z; (*S*) r	**x** s	**â** (but)	**i** (tin)
d z; (*S*) y	**gi** z; (*S*) y	**ph** f	**th** t	**a** (hat)	**e** (red)	**o** (saw)
đ d	**nh** (onion)	**qu** kw	**tr** ch	**ă** (hard)	**ê** ay	**ô** oh

end product thành phẩm

end result kết quả cuối cùng

endurance sức chịu đựng

endure 1 *v/t hardship* chịu đựng **2** *v/i* (*last*) kéo dài

enduring lâu dài

end-user người tiêu dùng

enemy kẻ thù; (*in war*) quân địch

energetic năng nổ; *fig: measures* mạnh mẽ

energy (*gas, electricity etc*) năng lượng; (*of person*) sinh lực

energy-saving *device* tiết kiệm năng lượng

enforce thực thi

engage 1 *v/t* (*hire*) tuyển dụng **2** *v/i* TECH vào khớp

♦ **engage in** tham gia vào

engaged (*to be married*) đính hôn; *get* ~ đính hôn

engagement (*appointment*) cuộc hẹn; (*to be married*) sự đính hôn; MIL trận giao chiến

engagement ring nhẫn đính hôn

engaging *smile, person* quyến rũ

engine (*of car, plane, ship*) động cơ

engineer 1 *n* kỹ sư; NAUT thợ máy; RAIL tài xế xe lửa **2** *v/t fig: meeting etc* sắp đặt

engineering khoa công trình; (*science*) nghề kỹ sư

England nước Anh

English 1 *adj* Anh **2** *n* (*language*) tiếng Anh; *in* ~ bằng tiếng Anh; *the* ~ người Anh

Englishman đàn ông Anh

Englishwoman phụ nữ Anh

engrave (*on metal, stone*) khắc

engraving (*drawing*) tranh in khắc; (*design*) nghệ thuật in khắc

engrossed: ~ *in* mải mê

engulf bao trùm

enhance làm tăng

enigma điều bí hiểm

enigmatic *smile, person* khó hiểu

enjoy thích; ~ (*your meal*)! chúc ăn ngon miệng!; ~ *oneself* vui thích; ~ *yourselves!* hãy vui đùa thỏa thích!

enjoyable thú vị

enjoyment niềm vui thích

enlarge *room, garden, document* mở rộng; *photo* phóng to

enlargement (*of room, garden*) sự mở rộng; (*of photo*) sự phóng to

enlighten (*educate*) khai sáng; (*inform*) làm sáng tỏ

enlist 1 *v/i* MIL nhập ngũ **2** *v/t* tuyển mộ; ~ *the help of ...* giành được sự giúp đỡ của ...

enliven làm sôi nổi

enormity (*of crime*) sự dã man; (*of task*) sự lớn lao

enormous *house, statue, amount* đồ sộ; *success* to lớn; *satisfaction, patience* hết sức

enormously vô cùng

enough 1 *adj* đủ **2** *pron* đủ; *will $50 be ~?* liệu 50 đô la có đủ không?; *I've had ~!* tôi đã chán ngấy rồi!; *that's ~, calm down!* đủ rồi, yên đi nào! **3** *adv* đủ; *strangely* ~ thật kỳ lạ

enquire, enquiry → *inquire, inquiry*

enraged giận điên lên

enrich *vocabulary, nation* làm giàu thêm; *mind, life* làm phong phú

enroll *v/i* đăng ký

enrolment việc tuyển sinh

ensure đảm bảo

entail đòi hỏi

entangle: *become ~d in* (*in rope*) bị vướng vào; (*in love affair*) bị vướng mắc vào

enter 1 *v/t room, house* bước vào; *competition* đăng ký tham gia; (*write down*) ghi; COMPUT nhập; ~

ơ ur	**y** (tin)	**ây** uh-i	**iê** i-uh	**oa** wa	**ôi** oy	**uy** wee	**ong** aong
u (soon)	**au** a-oo	**eo** eh-ao	**iêu** i-yoh	**oai** wai	**ơi** ur-i	**ênh** uhng	**uyên** oo-in
ư (dew)	**âu** oh	**êu** ay-oo	**iu** ew	**oe** weh	**uê** way	**oc** aok	**uyêt** oo-yit

s.o. for sth *person, horse in race* đăng ký ai tham gia vào gì **2** *v/i* đi vào; THEA xuất hiện; (*in competition*) tham gia **3** *n* COMPUT phím enter

enterprise (*initiative*) tính sáng tạo; (*venture*) xí nghiệp

enterprising *person* có óc sáng tạo

entertain 1 *v/t* (*amuse*) giải trí; (*consider: idea*) xem xét **2** *v/i* (*have guests*) tiếp đãi

entertainer diễn viên làm trò vui

entertaining *adj* vui nhộn

entertainment sự giải trí; (*performance*) buổi biểu diễn

enthrall làm mê hoặc; **an ~ing performance** buổi biểu diễn rất hấp dẫn

enthusiasm nhiệt tình

enthusiast người say mê

enthusiastic nhiệt tình

entice nhử

entire toàn bộ

entirely hoàn toàn, triệt để

entitle: **~ s.o. to do sth** cho ai quyền được làm gì; **be ~d to do sth** được quyền làm gì

entitled *book* mang nhan đề

entrance *n* (*doorway*) lối vào; (*fact of entering*) sự đi vào; THEA sự xuất hiện trên sân khấu; (*admission*) sự vào cửa

entranced mê hoặc

entrance fee tiền vào cửa

entrant người ghi tên dự thi

entrenched *attitudes* cố hữu

entrepreneur nhà doanh nghiệp

entrepreneurial kinh doanh

entrust: **~ X with Y**, **~ Y to X** giao phó Y cho X

entry (*way in*) lối vào; (*admission*: *to building*) quyền đi vào; (*to country*) quyền nhập cảnh; (*for competition*) sự ghi tên thi đấu; (*for poetry, painting competition*) tác phẩm dự thi; (*in diary, accounts*) sự ghi vào; **no ~** cấm vào

entry form mẫu đăng ký

entry visa thị thực nhập cảnh

envelop (*in blanket*) quấn kín; (*in snow*) bao phủ

envelope phong bì, bì thư (*S*)

enviable *reputation, position* đáng thèm muốn

envious *person, glance* ghen tị; **be ~ of s.o.** phát ghen lên với ai

environment (*nature*) môi sinh; (*surroundings*) môi trường

environmental *concerns, considerations* về môi trường

environmentalist nhà môi trường học

environmentally friendly không làm hại đến môi trường

environmental pollution sự ô nhiễm môi trường

environmental protection sự bảo vệ môi trường

environs khu ngoại ô

envisage thấy trước; *new world* dự kiến

envoy phái viên

envy 1 *n* sự ghen tị; **be the ~ of** là sự thèm muốn của **2** *v/t* ghen tị; **~ s.o. sth** ghen tị với ai về điều gì

epic 1 *n* (*book*) anh hùng ca; (*movie*) thiên sử thi **2** *adj journey* kỳ vĩ; **a task of ~ proportions** một nhiệm vụ vĩ đại

epicenter tâm động đất

epidemic bệnh dịch; *fig* nạn dịch

epilepsy bệnh động kinh

epileptic *n* người bị động kinh

epileptic fit cơn động kinh

epilog phần kết

episode (*of story, soap opera*) đoạn; (*happening*) giao đoạn

---

ch (*final*) k	**gh** g	**nh** (*final*) ng	**r** z; (*S*) r	**x** s	**â** (but)	**i** (tin)
d z; (*S*) y	**gi** z; (*S*) y	**ph** f	**th** t	**a** (hat)	**e** (red)	**o** (saw)
đ d	**nh** (onion)	**qu** kw	**tr** ch	**ă** (hard)	**ê** ay	**ô** oh

epitaph văn bia

epoch thời đại

epoch-making cực kỳ quan trọng

equal 1 *adj portions, amounts, pay* bằng nhau; *intelligence, work, opportunity* như nhau; *be ~ to* (*a task*) đủ sức để **2** *n* (*person in status*) người ngang hàng; (*person in quality*) người ngang tài sức; **X is the ~ of Y** (*in status*) X ngang hàng với Y **3** *v/t* (*in numbers*) bằng; (*be as good as*) ngang với

equality bình đẳng

equalize 1 *v/t pressure* cân bằng **2** *v/i* SP san bằng tỷ số

equalizer SP người san bằng tỷ số

equally (*divide*) đều nhau; *responsible, intelligent* như nhau; *~, ...* cũng tương tự như vậy ...

equate: *~ X with Y* coi X ngang với Y

equation MATH phương trình

equator xích đạo

equilibrium thăng bằng

equinox điểm phân

equip trang bị; *he's not ~ped to handle it fig* anh ấy không được trang bị vốn kinh nghiệm để xử lý việc đó

equipment thiết bị

equity COM vốn cổ phần

equivalent 1 *adj* tương đương; *be ~ to* tương đương với **2** *n* vật tương đương

era kỷ nguyên

eradicate *poverty, disease* trừ tiệt

erase xóa

eraser cái tẩy; (*for blackboard*) cái xóa bảng

erect 1 *adj* thẳng đứng **2** *v/t building* xây dựng; *statue, tent* dựng

erection (*of building etc*) việc xây dựng; (*of penis*) cương cứng

erode xói mòn

erosion sự xói mòn

erotic *dance, novel, person* gợi tình

eroticism tính gợi tình

errand việc lặt vặt; *run ~s* chạy việc vặt

erratic *driver* không đáng tin cậy; *performance, behavior* thất thường; *course of ship* không xác định

error lỗi; *in ~* do nhầm lẫn; *an ~ of judgment* sai lầm trong việc nhận định tình hình

error message COMPUT thông báo lỗi

erupt (*of volcano*) phun lửa; (*of violence*) nổ ra; (*of person*) nổi khùng lên

eruption (*of volcano*) sự phun lửa; (*of violence*) sự bùng nổ

escalate (*of war, tense situation*) leo thang

escalation (*of war, tension*) sự leo thang

escalator cầu thang tự động

escape 1 *n* (*of prisoner, animal*) sự trốn thoát; (*of gas*) sự rò rỉ; *he had a narrow ~* (*from death*) anh ấy đã suýt chết; (*from arrest*) anh ấy suýt bị tóm **2** *v/i* (*of prisoner, animal*) trốn thoát; (*of gas*) rò rỉ **3** *v/t: the word ~s me* tôi quên bẵng mất cái từ

escape chute băng trượt thoát hiểm

escort 1 *n* (*person*) vệ sĩ; (*guard*) đội hộ tống **2** *v/t* (*socially*) đưa đi; (*act as guard to*) hộ tống

especial → *special*

especially đặc biệt là

espionage gián điệp; *industrial ~* tình báo công nghiệp

essay *n* bài tiểu luận

essential *adj* thiết yếu

essentially về cơ bản

establish *company* thành lập;

ơ u*r*	y (tin)	ây uh-i	iê i-uh	oa wa	ôi oy	uy wee	ong aong
u (soon)	au a-oo	eo eh-ao	iêu i-yoh	oai wai	ơi u*r*-i	ênh uhng	uyên oo-in
ư (dew)	âu oh	êu ay-oo	iu ew	oe weh	uê way	oc aok	uyêt oo-yit

(*create*) tạo lập; (*determine*) xác minh; **~ oneself as** ổn định vững vàng như một

establishment (*firm, store etc*) cơ sở; **the Establishment** giới quyền uy

estate (*area of land*) điền trang; (*possessions of dead person*) tài sản

esthetic thẩm mỹ

estimate 1 *n* sự ước tính; FIN sự đánh giá **2** *v/t* ước tính

estimation: he has gone up/down in my ~ anh ấy được tôi coi trọng nhiều hơn/ít hơn; **in my ~** (*opinion*) theo sự đánh giá của tôi

estranged *wife, husband* ly thân

estuary cửa sông

ETA (= **estimated time of arrival**) giờ đến ước chừng

etching (*art*) thuật khắc axít; (*copy*) bản khắc axít

eternal vĩnh cửu

eternity tính vĩnh cửu; *fig* thời gian vô tận

ethical đạo đức

ethics đạo lý; (*subject*) đạo đức học

ethnic dân tộc

ethnic group nhóm dân tộc

ethnic minority dân tộc thiểu số

euphemism uyển ngữ

euphoria trạng thái phởn phơ

Europe châu Âu

European 1 *adj* châu Âu **2** *n* người châu Âu

euthanasia sự làm chết không đau đớn

evacuate (*clear people from*) sơ tán; (*leave*) rút khỏi

evade *question, person* né tránh

evaluate đánh giá

evaluation sự đánh giá

evangelist người truyền bá Phúc âm

evaporate (*of water*) bốc hơi; (*of confidence*) tiêu tan

evasion sự tránh

evasive lẩn tránh

eve (*day before*) ngày trước

even 1 *adj* (*regular*) đều; (*level*) bằng phẳng; *number* số chẵn; **get ~ with ...** trả đũa ... **2** *adv* thậm chí; **~ bigger/better** thậm chí to hơn/tốt hơn; **not ~** ngay cả … cũng không; **~ so** mặc dù vậy; **~ if** dù cho **3** *v/t*: **~ the score** san bằng tỷ số

evening buổi tối; **in the ~** vào buổi tối; **this ~** tối nay; **good ~** chào anh/chị

evening classes những lớp học buổi tối; **evening dress** (*for woman*) quần áo dạ hội; (*for man*) lễ phục; **evening paper** báo buổi chiều

evenly (*regularly*) đều

event sự kiện; SP môn thi thể thao; **at all ~s** trong bất cứ trường hợp nào

eventful đầy những sự kiện

eventual cuối cùng

eventually rút cục là

ever *adv* bao giờ; (*in past tense questions*) đã bao giờ; (*in past tense negatives*) chưa bao giờ; **nothing like this has ~ happened before** trước đây chưa bao giờ có chuyện như vậy xảy ra; **if you ~ meet him ...** nếu có bao giờ anh/chị gặp anh ấy …; **have you ~ been to ...?** anh/chị đã có bao giờ đi ... chưa?; **I haven't ~ been there** tôi chưa bao giờ đến đó; **for ~** mãi mãi; **~ since** suốt từ đó

evergreen *n* cây xanh mãi

everlasting vĩnh viễn

every mỗi; **~ day/month/year** hàng ngày/tháng/năm; **~ other day** mỗi

ch (*final*) k	**gh** g	**nh** (*final*) ng	**r** z; (*S*) r	**x** s	**â** (but)	**i** (tin)
d z; (*S*) y	**gi** z; (*S*) y	**ph** f	**th** t	**a** (hat)	**e** (red)	**o** (saw)
đ d	**nh** (onion)	**qu** kw	**tr** ch	**ă** (hard)	**ê** ay	**ô** oh

hai ngày; **~ *now and then*** thỉnh thoảng

everybody mọi người

everyday hàng ngày

everyone mọi người

everything tất cả mọi cái

everywhere mọi nơi; (*wherever*) khắp mọi nơi

evict đuổi khỏi

evidence (*signs*) dấu hiệu; LAW bằng chứng; *give* **~** đưa ra bằng chứng

evident rõ ràng

evidently (*clearly*) rõ ràng là; (*apparently*) hiển nhiên là

evil 1 *adj* xấu xa **2** *n* cái xấu; (*wicked thing*) tai họa

evoke *image* gợi nên

evolution sự tiến hóa

evolve *v/i* (*of animals*) tiến hóa; (*develop*) tiến triển

ewe con cừu cái

ex- (*former*) cựu

ex *n* F (*former wife*) vợ cũ; (*former husband*) chồng cũ

exact *adj* chính xác

exactly đúng; **~!** đúng thế!; *not* **~** không hẳn là như thế

exaggerate 1 *v/t* thổi phồng **2** *v/i* cường điệu

exaggeration sự cường điệu

exam cuộc thi; *take an* **~** dự thi; *pass*/*fail an* **~** đỗ /trượt cuộc thi

examination (*of facts etc*) sự kiểm tra; (*of patient*) sự khám bệnh; EDU kỳ thi

examine (*study*) kiểm tra; *patient* khám; EDU: *students* kiểm

examiner EDU người chấm thi

example thí dụ; *for* **~** thí dụ như; *set a good*/*bad* **~** nêu gương tốt/ xấu

exasperated bực tức

excavate *v/t* (*dig*) đào; (*of*

archeologist) khai quật

excavation sự khai quật

excavator (*machine*) máy xúc

exceed (*be more than, go beyond*) vượt quá

exceedingly cực kỳ

excel 1 *v/i* tỏ ra xuất sắc; **~** *at* xuất sắc về **2** *v/t*: **~** *oneself* làm tốt hơn hẳn

excellence sự xuất sắc

excellent xuất sắc

except trừ; **~** *for* chỉ trừ; **~** *that* trừ khi

exception ngoại lệ; *with the* **~** *of* chỉ trừ; *take* **~** *to* phản đối

exceptional (*very good*) hiếm có; (*special*) khác thường

exceptionally (*extremely*) hết sức

excerpt đoạn trích

excess 1 *n* sự quá mức; *eat*/*drink to* **~** ăn/uống quá độ; *in* **~** *of* vượt quá **2** *adj* thừa

excess baggage hành lý quá mức qui định

excess fare tiền vé trả thêm

excessive *profits, amounts of fat* quá nhiều; *speed* quá cao

exchange 1 *n* (*of views, information*) sự trao đổi; (*between schools*) chuyến đi thăm trao đổi; *in* **~** để đổi lấy; *in* **~** *for* để đổi lấy **2** *v/t* (*in store*) đổi; *addresses* trao đổi; *currency* đổi tiền; **~** *X for Y* đổi X lấy Y

exchange rate FIN tỉ giá hối đoái

excitable dễ bị kích động

excite (*make enthusiastic*) gây phấn khích

excited phấn khởi; *get* **~** bị kích động; *get* **~** *about sth* bị kích động do điều gì

excitement sự phấn khích

exciting đầy hứng thú

exclaim kêu to

ơ ur	**y** (tin)	**ây** uh-i	**iê** i-uh	**oa** wa	**ôi** oy	**uy** wee	**ong** aong
u (soon)	**au** a-oo	**eo** eh-ao	**iêu** i-yoh	**oai** wai	**ơi** ur-i	**ênh** uhng	**uyên** oo-in
ư (dew)	**âu** oh	**êu** ay-oo	**iu** ew	**oe** weh	**uê** way	**oc** aok	**uyêt** oo-yit

exclamation thán từ
exclamation point dấu chấm than
exclude (*not include, bar*) gạt ra; *possibility* loại trừ
excluding không kể
exclusive *hotel, restaurant* đặc biệt; *rights, interview* dành riêng
excruciating *pain* nhức nhối
excursion cuộc đi chơi
excuse **1** *n* lý do **2** *v/t* (*forgive*) tha lỗi; (*allow to leave*) cho phép đi ra; **~ X from Y** miễn cho X về Y; **~ me** (*to get attention*) xin lỗi; (*to get past*) xin phép anh/chị; (*interrupting s.o.*) tha lỗi cho tôi
execute *criminal* xử tử; *plan* thực hiện
execution (*of criminal*) sự xử tử; (*of plan*) sự thực hiện
executioner người hành hình
executive *n* (*in business*) ủy viên quản trị
executive briefcase tài liệu
executive washroom phòng vệ sinh của các ủy viên quản trị
exemplary mẫu mực
exempt: be ~ from được miễn
exercise **1** *n* (*physical*) sự tập luyện; EDU bài tập; MIL diễn tập; **take ~** tập thể dục **2** *v/t muscle, one's dog* tập luyện; *caution, restraint etc* biểu hiện **3** *v/i* tập luyện
exercise book EDU quyển vở
exert *authority* sử dụng; **~ oneself** gắng sức
exertion sự gắng sức
exhale thở ra
exhaust **1** *n* (*fumes*) khói; (*pipe*) ống xả **2** *v/t* (*tire*) làm kiệt sức; (*use up*) làm cạn kiệt; *patience* dốc hết
exhausted (*tired*) kiệt sức
exhaust fumes khói thải

exhausting làm kiệt sức
exhaustion tình trạng kiệt sức
exhaustive *list, account* toàn diện
exhaust pipe ống xả
exhibit **1** *n* (*in exhibition*) vật trưng bày **2** *v/t* (*of gallery*) trưng bày; (*of artist*) triển lãm; (*give evidence of*) biểu lộ
exhibition cuộc triển lãm; (*of behavior, emotion*) sự biểu lộ; (*of skill*) cuộc biểu diễn
exhibitionist người thích phô trương; (*who exposes himself*) người bị bệnh thích phô bày bộ phận sinh dục ra trước mọi người
exhilarating *climate* làm khỏe ra; *experience, news* làm phấn chấn
exile **1** *n* sự lưu vong; (*person*) người sống ly hương **2** *v/t* đầy ải
exist tồn tại; **~ on** sống bằng
existence sự tồn tại; (*life*) cuộc sống; **in ~** (*of instruments, paintings, organization etc*) còn tồn tại; (*of ancient trees etc*) vẫn còn sống; **come into ~** (*of organization, state*) bắt đầu tồn tại
existing hiện nay
exit *n* (*way out*) lối ra; (*from highway*) chỗ rẽ; THEA sự đi vào
exit visa thị thực xuất cảnh
exonerate giải tội cho; **he was ~d of all responsibility for ...** anh ấy được miễn cho mọi trách nhiệm về ...
exorbitant cắt cổ
exotic *place* kỳ thú; *flowers, style* ngoại nhập; *person* đặc biệt
expand **1** *v/t market, area of search* mở rộng **2** *v/i* (*of city, business*) phát triển; (*of population*) gia tăng; (*of metal*) giãn nở
♦ **expand on** nói rõ thêm
expanse (*of desert, sea*) vùng rộng lớn

ch (*final*) k	**gh** g	**nh** (*final*) ng	**r** z; (*S*) r	**x** s	**â** (but)	**i** (tin)
d z; (*S*) y	**gi** z; (*S*) y	**ph** f	**th** t	**a** (hat)	**e** (red)	**o** (saw)
đ d	**nh** (onion)	**qu** kw	**tr** ch	**ă** (hard)	**ê** ay	**ô** oh

expansion (*of business*, *city*) sự mở rộng; (*of population*) sự gia tăng; (*of metal*) sự giãn nở

expect 1 *v/t* mong chờ; *baby* có mang; (*suppose*) cho rằng; (*demand*) yêu cầu **2** *v/i*: *be ~ing* (*be pregnant*) có mang; *I ~ so* tôi cho là như vậy

expectant *crowd*, *spectators*, *silence* mong đợi

expectant mother phụ nữ có mang

expectation sự mong chờ; *~s* (*demands*) những yêu cầu

expedient *n* cách thức

expedition cuộc thám hiểm; (*group*) đoàn thám hiểm; *shopping ~* cuộc đi mua hàng

expel (*from school*, *club*) đuổi; *diplomat* trục xuất

expend *energy* dùng

expendable *person* có thể hy sinh

expenditure sự chi tiêu

expense phí tổn; *at the company's ~* do công ty trả tiền; *a joke at my ~* trò cười chế giễu tôi; *at the ~ of his health* với sự trả giá bằng sức khoẻ của anh ấy

expense account bản tính các khoản chi tiêu

expenses các khoản chi tiêu

expensive đắt tiền; *lifestyle* xa hoa

experience 1 *n* (*event*) sự từng trải; (*in life*, *particular field*) kinh nghiệm **2** *v/t* *pain*, *pleasure* nếm trải; *problem*, *difficulty* trải qua

experienced có kinh nghiệm

experiment 1 *n* thí nghiệm **2** *v/i* thí nghiệm; *~ on animals* thử nghiệm trên; *~ with drugs* thử mùi; *new software etc* thử nghiệm với

experimental thực nghiệm

expert 1 *adj* thành thạo; *~ advice* ý kiến chuyên gia **2** *n* chuyên gia

expertise kỹ năng

expiration sự hết hạn

expiration date ngày hết hạn

expire (*of passport*, *contract*) hết hạn

expiry sự hết hạn

expiry date ngày hết hạn

explain *v/t & v/i* giải thích

explanation sự giải thích

explicit *instructions* rất rõ ràng

explicitly *state* một cách rõ ràng; *forbid* dứt khoát

explode 1 *v/i* (*of bomb*) nổ tung **2** *v/t* *bomb* làm nổ, cho nổ

exploit[1] *n* kỳ công

exploit[2] *v/t* *person* bóc lột; *resources* khai thác

exploitation (*of person*) sự bóc lột

exploration cuộc thăm dò

exploratory *surgery* thử nghiệm thăm dò

explore *country etc* thăm dò; *possibility* tìm hiểu

explorer nhà thám hiểm; *one of the great ~s* một trong những nhà thám hiểm vĩ đại

explosion sự nổ; (*in population*) sự bùng nổ

explosive *n* chất nổ

export 1 *n* (*action*) sự xuất khẩu; (*item*) hàng xuất khẩu **2** *v/t* *goods* xuất khẩu; COMPUT xuất

export campaign chiến dịch đẩy mạnh xuất khẩu

exporter (*person*) nhà xuất khẩu; (*company*) công ty xuất khẩu; (*country*) nước xuất khẩu

expose (*uncover*) phơi bày; *scandal* vạch trần; *person* vạch mặt; *~ X to Y* (*to sunlight*, *cold etc*) phơi X ra Y; *be ~d to* (*to radiation*, *new ideas*) bị tiếp xúc với

exposure sự phơi ra; (*to radiation*) sự tiếp xúc; MED ngoại cảm nặng; (*of dishonest behavior*) sự tố giác;

ơ u̇r	y (tin)	ây uh-i	iê i-uh	oa wa	ôi oy	uy wee	ong aong
u (soon)	au a-oo	eo eh-ao	iêu i-yoh	oai wai	ơi ur-i	ênh uhng	uyên oo-in
ư (dew)	âu oh	êu ay-oo	iu ew	oe weh	uê way	oc aok	uyêt oo-yit

PHOT kiểu ảnh

express 1 *adj* (*fast*) tốc hành; (*explicit*) rõ ràng **2** *n* (*train*) tàu hỏa tốc hành; (*bus*) xe buýt tốc hành **3** *v/t* bày tỏ; ~ *oneself* (*emotionally*) biểu hiện; ~ *oneself well/clearly* diễn đạt tốt/rõ ràng

express elevator thang máy cao tốc

expression (*voiced*) sự bày tỏ; (*on face*) vẻ mặt; (*phrase*) thành ngữ; (*expressiveness*) sự biểu cảm

expressive *face*, *gesture* diễn cảm

expressly (*explicitly*) một cách dứt khoát; *he does it ~ to annoy me* (*deliberately*) anh ấy làm thế là cốt để chọc tức tôi

expressway đường cao tốc

expulsion (*from school*) sự đuổi; (*of diplomat*) sự trục xuất

exquisite (*beautiful*) tuyệt đẹp

extend 1 *v/t* mở rộng; *runway*, *path* kéo dài; *contract*, *visa* gia hạn; *thanks*, *congratulations* bày tỏ **2** *v/i* (*of garden etc*) mở rộng

extension (*to house*) phần mở rộng; (*of contract*, *visa*) sự gia hạn; TELEC máy phụ

extension cable dây cáp nối

extensive *work*, *damage*, *grounds* lớn; *knowledge* rộng lớn; *search* mở rộng

extent mức độ; *to such an ~ that* đến mức mà; *to a certain ~* ở một mức nào đó

exterior 1 *adj* bên ngoài **2** *n* (*of building*) mặt ngoài; (*of person*) bề ngoài

exterminate *vermin* tiêu diệt; *race* hủy diệt

external (*outside*) bên ngoài

extinct *species* tuyệt chủng

extinction (*of species*) sự tuyệt chủng

extinguish *fire* dập tắt; *cigarette* tắt

extinguisher bình chữa cháy

extort ~ *money from s.o.* tống tiền ai

extortion sự tống tiền

extortionate *price* cắt cổ

extra 1 *n* (*additional thing*) cái thêm vào; (*in movie*) quần chúng **2** *adj* thêm; *be ~* (*cost more*) trả thêm **3** *adv* hết sức

extra charge món tiền phải trả thêm

extract[1] *n* đoạn trích

extract[2] *v/t* rút ra; *oil* ép; *coal* khai thác; *tooth* nhổ; *information* moi được

extraction (*of oil*, *coal*) sự ép; (*of tooth*) sự nhổ

extradite dẫn độ

extradition sự dẫn độ

extradition treaty hiệp định dẫn độ

extramarital ngoài hôn nhân; ~ *affairs* những vụ ngoại tình

extraordinarily một cách lạ thường

extraordinary *person*, *story*, *intelligence etc* lạ thường, khác thường

extravagance sự phung phí

extravagant (*with money*) phung phí

extreme 1 *n* thái cực **2** *adj* tột độ; *views* cực đoan

extremely cực kỳ

extremist *n* phần tử cực đoan

extricate gỡ ra

extrovert *n* người hướng ngoại

exuberant hớn hở

exult hân hoan

eye 1 *n* mắt; (*of needle*) lỗ; *keep an ~ on* (*look after*) trông hộ; (*monitor*) chăm chú theo dõi **2** *v/t* nhìn

eyeball nhãn cầu; **eyebrow** lông

ch (*final*) k	**gh** g	**nh** (*final*) ng	**r** z; (S) r	**x** s	**â** (but)	**i** (tin)
d z; (S) y	**gi** z; (S) y	**ph** f	**th** t	**a** (hat)	**e** (red)	**o** (saw)
đ d	**nh** (onion)	**qu** kw	**tr** ch	**ă** (hard)	**ê** ay	**ô** oh

mày; **eyeglasses** kính đeo mắt; **eyelash** lông mi; **eyelid** mí mắt; **eyeliner** bút kẻ mi mắt; **eyeshadow** chất bôi mí mắt;

eyesight thị lực; **eyesore** vật chướng mắt; **eye strain** sự mỏi mắt; **eyewitness** người chứng kiến

F

F (= *Fahrenheit*) độ F (= thang nhiệt độ hệ Fahrenheit)
fabric (*material*) vải
fabulous tuyệt cú mèo
façade (*of building*) mặt tiền; (*of person*) vẻ ngoài
face 1 *n* mặt; **~ to** ~ mặt đối mặt; *lose* ~ mất mặt **2** *v/t person, the sea* mặt hướng về
face cloth khăn mặt; **facelift** sửa mặt; **face value**: *take X at* ~ chấp nhận giá trị bề ngoài của X
facilitate tạo điều kiện thuận tiện
facilities những tiện nghi
fact sự việc; *in* ~, *as a matter of* ~ sự thật là, thực tế là
factor nhân tố
factory nhà máy
faculty (*hearing etc*) khả năng; (*at university*) khoa
fade *v/i* (*of colors*) phai
faded *color, jeans* bạc màu
fag *pej* F (*homosexual*) thằng pê đê
Fahrenheit Fahrenheit
fail 1 *v/i* thất bại **2** *v/t exam* trượt
failure sự thất bại
faint 1 *adj line, smile* nửa cười; *difference* không đáng kể **2** *v/i* ngất đi
fair¹ *n* (*fun~*) chợ phiên; COM hội chợ

fair² *adj hair* sáng màu; *complexion* trắng; (*just*) công bằng; *it's not* ~ điều đó là không công bằng
fairly *treat* công bằng; (*quite*) khá
fairness (*of treatment*) sự công bằng
fairy nàng tiên
fairy tale truyện thần tiên
faith niềm tin; REL tôn giáo
faithful trung thành; *be* ~ *to one's partner* trung thành với đối tác của mình
fake 1 *n* đồ giả **2** *adj* giả
fall¹ 1 *v/i* (*of person*) ngã; (*of government*) sụp đổ; (*of prices, temperature, exchange rate*) giảm; (*of night*) xuống; *it* ~*s on a Tuesday* rơi đúng vào ngày thứ Ba; ~ *ill* bị ốm **2** *n* (*of person*) cú ngã; (*of government, minister*) sự sụp đổ; *he had a nasty* ~ anh ấy bị một cú ngã nguy hiểm
♦**fall back on** nhờ cậy đến
♦**fall down** (*of person*) thất bại; (*of wall, building*) sụp đổ; *he fell down on the job* anh ấy đã thất bại trong công việc
♦**fall for** (*fall in love with*) mê tít; (*be deceived by*) bị lừa
♦**fall out** (*of hair*) rụng; (*argue*) cãi nhau

ơ ur	y (tin)	ây uh-i	iê i-uh	oa wa	ôi oy	uy wee	ong aong
u (soon)	au a-oo	eo eh-ao	iêu i-yoh	oai wai	ơi ur-i	ênh uhng	uyên oo-in
ư (dew)	âu oh	êu ay-oo	iu ew	oe weh	uê way	oc aok	uyêt oo-yit

♦ **fall over** ngã lộn nhào

♦ **fall through** (*of plans*) hỏng

fall² *n* (*autumn*) mùa thu

falling star sao băng

fallout bụi phóng xạ

false sai

false teeth răng giả

falsify *accounts*, *records* làm giả

fame danh tiếng

familiar *adj* (*intimate*) thân thiện; *form of address* thân mật; *be ~ with X* quen với X

familiarity (*with subject etc*) sự quen thuộc

familiarize làm cho quen; *~ oneself with ...* làm quen với ...

family gia đình

family doctor bác sĩ gia đình; **family name** họ; **family planning** kế hoạch hóa gia đình

famine nạn đói

famous nổi tiếng; *be ~ for ...* nổi tiếng về ...

fan¹ *n* (*supporter*) người say mê

fan² **1** *n* (*for cooling*: *electric*, *handheld*) quạt **2** *v/t*: *~ oneself* tự quạt

fanatic người cuồng tín

fanatical cuồng tín

fan belt MOT dây kéo quạt

fancy dress quần áo hóa trang

fancy-dress party tiệc hóa trang

fang (*of tiger etc*) răng nanh; (*of snake*) răng nọc

fanny pack bao đeo thắt lưng

Fansipan Phan-xi-pan

fantastic (*very good*) tuyệt vô cùng; (*very big*) rất lớn

fantasy sự ảo tưởng

far *adv* xa; (*much*) nhiều; *it's ~ faster* nhanh hơn nhiều; *~ away* xa; *how ~ is it to ...?* đến ... thì là bao xa?; *as ~ as the corner/hotel* đến tận góc/khách sạn; *as ~ as I*

know theo sự hiểu biết của tôi; *you've gone too ~* (*in behavior*) anh/chị đã đi quá xa; *so ~ so good* mọi việc vẫn tốt đẹp

farce (*ridiculous goings-on*) trò hề

fare *n* (*for travel*) tiền vé

Far East Viễn Đông

farewell *n* lời chào tạm biệt

farewell party tiệc chia tay

farfetched cường điệu

farm *n* trang trại

farmer chủ trại; (*peasant*) nông dân

farmhouse nhà của chủ trại

farmworker công nhân trang trại

farsighted nhìn xa thấy rộng; (*optically*) viễn thị

fart F **1** *n* phát rắm **2** *v/i* đánh rắm (*N*), địt (*S*)

farther *adv* xa hơn (nữa); *we can't go any ~* chúng ta không thể đi xa hơn nữa

farthest *travel etc* xa nhất

fascinate *v/t* làm say mê; *be ~d by ...* bị say mê bởi ...

fascinating hấp dẫn

fascination (*with subject*) sự say mê

fascism chủ nghĩa phát xít

fascist **1** *n* phần tử phát xít **2** *adj* phát xít

fashion *n* kiểu dáng; (*manner*) cách; *in ~* hợp thời trang; *out of ~* không hợp thời trang

fashionable *clothes*, *person* đúng mốt; *idea* thời thượng

fashion-conscious quan tâm về ăn mặc đúng mốt

fashion designer người vẽ kiểu quần áo thời trang

fast¹ **1** *adj* nhanh, lẹ (*S*); *be ~* (*of clock*) chạy nhanh **2** *adv* nhanh; *stuck ~* dính chặt; *~ asleep* ngủ say

fast² *n* (*not eating*) thời kỳ nhịn ăn

---

ch (*final*) k	**gh** g	**nh** (*final*) ng	**r** z; (*S*) r	**x** s	**â** (but) **i** (tin)
d z; (*S*) y	**gi** z; (*S*) y	**ph** f	**th** t	**a** (hat)	**e** (red) **o** (saw)
đ d	**nh** (onion)	**qu** kw	**tr** ch	**ă** (hard)	**ê** ay **ô** oh

fasten 1 *v/t lid* đậy chặt; *dress* cài chặt; *window* đóng chặt; **~ X onto Y** *(onto dress)* cài chặt X vào Y; *(onto machine)* vặn chặt X vào Y **2** *v/i (of dress etc)* cài khuy

fastener *(for dress)* phéc mơ tuya; *(for lid)* cái chốt

fast food đồ ăn nhanh; **fast-food restaurant** cửa hàng ăn nhanh; **fast forward 1** *n (on video etc)* nút tua đi **2** *v/i* tua đi; **fast lane** *(on road)* tuyến cao tốc; **fast train** tàu tốc hành

fat 1 *adj person*, *stomach* béo **2** *n (on meat)* mỡ

fatal *illness* chết người; *error* tai hại

fatality tử vong; **amazingly there were no fatalities** đáng ngạc nhiên là không có tử vong

fatally: **~ injured** bị tử thương

fate định mệnh

father *n* bố *(N)*, ba *(S)*

fatherhood cương vị làm bố

father-in-law *(of wife)* bố vợ; *(of husband)* bố chồng

fatherly như cha

fathom *n* NAUT sải

fatigue *n* sự mệt nhọc

fatso F thằng béo

fatty 1 *adj* nhiều mỡ **2** *n* F *(person)* thằng béo

faucet vòi

fault *n (defect)* sai sót; **it's your ~** đó là lỗi của anh/chị; **find ~ with ...** chê trách ...

faultless *person*, *performance* hoàn hảo

faulty *goods* hỏng

favor *n* thiện ý; **in ~ of ...** ủng hộ ...; **be in ~ of ...** tán thành ...; **do s.o. a ~** chiếu cố ai; **do me a ~!** *(don't be stupid)* xin làm ơn thôi đi!

favorable *reply etc* có thiện chí; **~ conditions** *(for investment etc)* điều kiện thuận lợi

favorite 1 *n (person)* người được yêu thích nhất; *(thing)* vật được yêu thích nhất; *(food)* món ăn được ưa thích nhất **2** *adj* được ưa thích nhất

fax 1 *n (document)* fax; *(machine)* máy fax; **send X by ~** gửi X bằng fax **2** *v/t* gửi fax; **~ X to Y** fax X cho Y

FBI (= **Federal Bureau of Investigation**) FBI, Cục điều tra Liên Bang

fear 1 *n* sự sợ hãi **2** *v/t* sợ

fearless can đảm

feasibility study sự nghiên cứu tính khả thi

feasible khả thi

feast *n* bữa tiệc

feat kỳ công

feather lông vũ

feature 1 *n (on face)* nét; *(of city, building, plan, style)* nét đặc trưng; *(article in paper)* bài chuyên đề; *(movie)* phim chính; **make a ~ of ...** làm nổi bật ... **2** *v/t (of movie)* có ... đóng vai chính; **a movie featuring Depardieu** một bộ phim có Depardieu đóng vai chính

February tháng Hai

federal liên bang

federation liên bang

fed up *adj* F chán ngấy; **be ~ with ...** chán ngấy với ...

fee *(of lawyer, doctor etc)* tiền thù lao; *(for entrance, membership)* lệ phí

feeble *person*, *attempt*, *laugh* yếu ớt

feed *v/t family* nuôi; *(give food to)* cho ăn

feedback thông tin phản hồi; **we don't get any ~ from our partner** chúng ta không có thông tin phản

ơ ur	y (tin)	ây uh-i	iê i-uh	oa wa	ôi oy	uy wee	ong aong
u (soon)	au a-oo	eo eh-ao	iêu i-yoh	oai wai	ơi ur-i	ênh uhng	uyên oo-in
ư (dew)	âu oh	êu ay-oo	iu ew	oe weh	uê way	oc aok	uyêt oo-yit

hồi nào từ phía đối tác của chúng ta

feel 1 *v/t* (*touch*) sờ; (*sense*) cảm thấy; *pain, pleasure, sensation* cảm thấy; (*think*) nghĩ **2** *v/i* (*of cloth etc*) sờ thấy; *it ~s like silk / cotton* có cảm giác như sờ lụa / vải bông; *your hand ~s hot / cold* bàn tay anh / chị sờ thấy nóng / lạnh; *I ~ hungry / tired* tôi cảm thấy đói / mệt; *how are you ~ing today?* hôm nay anh / chị cảm thấy thế nào?; *how does it ~ to be rich?* trở thành giàu có thì có cảm giác thế nào nhỉ?; *do you ~ like a drink / meal?* anh / chị có muốn uống / ăn cơm không?; *I ~ like going / staying* tôi thấy muốn đi / ở lại; *I don't ~ like it* tôi cảm thấy không muốn

♦ **feel up** (*sexually*) sờ soạng
♦ **feel up to** cảm thấy có thể

feeler (*of insect*) râu sờ

feelgood factor sự việc làm phấn chấn tinh thần

feeling (*of happiness, sensation*) cảm giác; (*emotion*) nỗi xúc động; *what are your ~s about it?* (*opinion*) anh / chị nghĩ thế nào về việc đó?; *I have mixed ~s about him* tôi có những cảm giác lẫn lộn về anh ta

fellow *n* (*man*) anh chàng

fellow citizen đồng bào; **fellow countryman** người đồng hương; **fellow man** đồng loại

felony trọng tội

felt *n* dạ

felt tip, felt-tip(ped) pen đầu bịt dạ, bút dạ

female 1 *adj animal, plant* cái; *person* nữ **2** *n* (*of animals*) con cái; (*of plants*) cây cái; (*woman*) nữ; *pej* (*woman*) con mụ

feminine 1 *adj qualities* nữ tính; *color, grace* của phụ nữ; GRAM giống cái; *she's very ~* cô ấy rất nữ tính **2** *n* GRAM giống cái

feminism thuyết nam nữ bình quyền

feminist 1 *n* người ủng hộ thuyết nam nữ bình quyền **2** *adj group, ideas* nam nữ bình quyền

fence *n* hàng rào
♦ **fence in** *land* rào lại

fencing SP môn đấu kiếm

fend: ~ for oneself tự lo liệu lấy

fender MOT cái chắn bùn

ferment¹ *v/i liquid* lên men

ferment² *n* (*unrest*) sự náo động

fermentation sự lên men

fern cây dương xỉ

ferocious hung dữ

ferry *n* phà

fertile *soil* màu mỡ; *woman, animal* có khả năng sinh sản

fertility (*of soil*) sự màu mỡ; (*of woman, animal*) khả năng sinh sản

fertility drug thuốc trợ giúp thụ thai

fertilize *v/t ovum* thụ tinh

fertilizer (*for soil*) phân bón

fervent *admirer* nồng nhiệt

fester *v/i* (*of wound*) mưng mủ

festival lễ hội; (*arts event*) liên hoan

festive *mood, decoration* ngày hội; *the ~ season* mùa hội hè

festivities những cuộc lễ hội

fetch *person* đón; *thing* lấy; *price* bán được

fetus bào thai

feud *n* mối hận thù

feudal phong kiến

feudalism chế độ phong kiến

fever cơn sốt

feverish sốt; *fig: excitement* cuồng nhiệt

ch (*final*) k	**gh** g	**nh** (*final*) ng	**r** z; (*S*) r	**x** s	**â** (but)	**i** (tin)
d z; (*S*) y	**gi** z; (*S*) y	**ph** f	**th** t	**a** (hat)	**e** (red)	**o** (saw)
đ d	**nh** (onion)	**qu** kw	**tr** ch	**ă** (hard)	**ê** ay	**ô** oh

few 1 *adj* (*not many*) vài; *a ~* (*things*) một vài; *quite a ~*, *a good ~* (*a lot*) khá nhiều 2 *pron* (*not many*) một ít; *a ~* (*some*) một vài; *quite a ~*, *a good ~* (*a lot*) khá nhiều

fewer *adj* ít hơn; *~ than ...* ít hơn ...

fiancé chồng chưa cưới

fiancée vợ chưa cưới

fiasco sự thất bại

fib *n* chuyện bịa

fiber *n* sợi

fiberglass *n* sợi thủy tinh; **fiber optic** bằng sợi quang; **fiber optics** sợi quang

fickle *person*, *lover* hay thay đổi

fiction (*novels*) tiểu thuyết; (*made-up story*) chuyện bịa

fictitious *character*, *event* hư cấu

fiddle 1 *n* F (*violin*) đàn viôlông 2 *v/i*: *~ with ...* nghịch ...; *~ (around) with ...* nghịch vớ vẩn ... 3 *v/t accounts*, *results* giả mạo

fidelity (*of lover*) sự chung thủy

fidget *v/i* cựa quậy

field *n* cánh đồng; (SP: *ground*) sân; (*competitors in race*) các đấu thủ; (*of research*, *knowledge etc*) lĩnh vực; *that's not my ~* đó không phải là lĩnh vực của tôi

field events các môn điền kinh trên sân bãi

fierce *animal* hung dữ; *wind*, *storm* dữ dội; *temper*, *person* nóng nẩy

fifteen mười lăm

fifteenth *adj* thứ mười lăm

fifth *adj* thứ năm

fiftieth *adj* thứ năm mươi

fifty năm mươi

fifty-fifty *adv* chia làm đôi, bằng nhau

fig quả vả

fight 1 *n* (*brawl*) đánh nhau; (*argument*) cãi nhau; (*in war*) trận chiến; *fig* (*for survival*) đấu tranh; (*for championship etc*) cuộc thi; (*in boxing*) cuộc thi đấu 2 *v/t enemy*, *person* chiến đấu; (*in boxing*) thi đấu; *disease*, *injustice* chống lại 3 *v/i* (*of drunks*, *schoolkids etc*) đánh nhau; (*of soldiers*) chiến đấu; (*argue*) cãi nhau; *fig* (*struggle*) đấu tranh

♦**fight for** *one's rights*, *cause* đấu tranh vì

fighter (*warrior*) chiến binh; (*airplane*) máy bay chiến đấu; (*boxer*) võ sĩ; *she's a ~* cô ấy là một con người kiên cường

figurative *use of word* nghĩa bóng; *art* hình tượng

figure 1 *n* (*digit*) con số; (*of person*) thân hình; (*form*, *shape*) hình bóng; (*symbol*) hình vẽ 2 *v/t* F (*think*) nghĩ

♦**figure on** F (*plan*) dự tính

♦**figure out** (*understand*) hiểu; (*calculate*) tính toán

figure skating trượt băng nghệ thuật

file¹ 1 *n* (*of documents*) kẹp hồ sơ; COMPUT tệp 2 *v/t documents* xếp vào hồ sơ

♦**file away** *documents* lưu trữ vào hồ sơ

file² 1 *n* (*for wood*) mài nhẵn; (*for fingernails*) giũa 2 *v/t*: *~ one's teeth* cà răng

file cabinet tủ đựng hồ sơ

file manager COMPUT hệ quản lý tệp dữ liệu

filial impiety sự bất hiếu

filial piety sự hiếu thảo

Filipino 1 *adj* Phi-líp-pin, Phi luật Tân 2 *n* người Phi-líp-pin, người Phi luật Tân

fill 1 *v/t glass*, *crate* đổ đầy 2 *n*: *eat one's ~* ăn no hết mức

ơ ur	**y** (tin)	**ây** uh-i	**iê** i-uh	**oa** wa	**ôi** oy	**uy** wee	**ong** aong
u (soon)	**au** a-oo	**eo** eh-ao	**iêu** i-yoh	**oai** wai	**ơi** ur-i	**ênh** uhng	**uyên** oo-in
ư (dew)	**âu** oh	**êu** ay-oo	**iu** ew	**oe** weh	**uê** way	**oc** aok	**uyêt** oo-yit

♦ **fill in** *form* điền vào; *hole* bịt lại

♦ **fill in for** tạm thay thế

♦ **fill out 1** *v/t form* trở nên rộng hơn **2** *v/i* (*get fatter*) béo ra

♦ **fill up 1** *v/t* đổ ngập **2** *v/i* (*of stadium, theater*) tràn ngập

fillet *n* (*fish*) cá nạc; (*meat*) thịt thăn

fillet steak miếng thịt thăn

filling 1 *n* (*in sandwich*) nhân; (*in tooth*) hàn răng **2** *adj*: **it's very ~** gây cảm giác đầy bụng

filling station trạm xăng

film 1 *n* (*for camera*) phim; (*movie*) phim ảnh **2** *v/t person, event* quay phim

film-maker người làm phim

film star ngôi sao điện ảnh

filter 1 *n* (*for coffee*) phin; (*for oil*) máy lọc **2** *v/t coffee, liquid* lọc

♦ **filter through** (*of news reports*) lọt ra

filter tip (*cigarette*) đầu lọc

filth (*mud etc*) vết bẩn

filthy (*dirty*) bẩn thỉu; (*vulgar*) tục tĩu

fin (*of fish*) vây

final 1 *adj also decision* cuối cùng **2** *n* SP trận chung kết

finalist người vào chung kết

finalize *plans, design* hoàn tất

finally cuối cùng; (*at last*) rốt cuộc

finance 1 *n* tài chính **2** *v/t program, project* tài trợ

financial *matters, policy, magazine* tài chính

financial year năm tài chính

financier nhà tài chính

find *v/t* thấy; **I'm trying to ~ ...** tôi đang tìm ...; **if you ~ it too hot / cold** nếu anh/chị thấy quá nóng/ lạnh; **~ a person innocent / guilty** LAW tuyên bố một người vô tội/ có tội

♦ **find out 1** *v/t* (*discover*) phát

hiện ra **2** *v/i* (*inquire*) tìm hiểu; (*discover*) phát hiện ra

fine[1] *adj day, city* đẹp; *weather* tốt; *wine* ngon; *performance* hay; *distinction* tinh tế; *hair* mỏng; **how's that? – that's ~** thấy thế nào? – tốt đấy; **that's ~ by me** đối với tôi thì tốt thôi; **how are you? – ~** anh/chị có khỏe không? – tôi khỏe

fine[2] *n* (*penalty*) tiền phạt

finger *n* ngón tay

fingernail móng tay; **fingerprint** *n* dấu tay; **fingertip** đầu mút ngón tay; **have X at one's ~s** *knowledge, skills* biết rõ X như lòng bàn tay

finicky *person* cầu kỳ; *design, pattern* quá tỉ mỉ

finish 1 *v/t course, meal* ăn xong; *drink* uống xong; *book* đọc xong; *race* về đích; **~ doing sth** làm xong gì **2** *v/i* (*of person talking, movie, work*) kết thúc; (*of person talking*) nói hết; (*of movie*) chiếu hết; (*of work*) làm xong **3** *n* (*of product*) sự hoàn thiện; (*of race*) đích

♦ **finish off** *v/t drink, meal, work* kết thúc xong

♦ **finish up** *v/t food* ăn nốt; **he finished up liking it / living there** cuối cùng thì anh ấy thích cái đó/ sống ở đó

♦ **finish with** *boyfriend etc* chấm dứt quan hệ với

finish line đường kẻ của đích

Finland nước Phần Lan

Finn người Phần Lan

Finnish 1 *adj* Phần Lan **2** *n* (*language*) tiếng Phần Lan

fir cây thông

fire 1 *n* (*in grate, in room*) lửa; (*electric, gas*) lò sưởi; (*blaze*) đám cháy; (*bonfire, campfire etc*) đống

ch (*final*) k	**gh** g	**nh** (*final*) ng	**r** z; (*S*) r	**x** s	**â** (but) **i** (tin)
d z; (*S*) y	**gi** z; (*S*) y	**ph** f	**th** t	**a** (hat)	**e** (red) **o** (saw)
đ d	**nh** (onion)	**qu** kw	**tr** ch	**ă** (hard)	**ê** ay **ô** oh

lửa; *be on* ~ bị cháy; *catch* ~ bắt lửa; *set X on* ~, *set* ~ *to X* làm cho X cháy lên, đốt cháy X **2** *v/i* (*shoot*) nổ súng **3** *v/t* F (*dismiss*) đuổi việc; *be ~d* bị sa thải

fire alarm còi báo cháy; **firearm** súng; **fire department** đội cứu hỏa; **fire engine** xe cứu hỏa; **fire escape** lối thoát hỏa hoạn; **fire extinguisher** bình chữa cháy; **fire fighter, fireman** lính cứu hỏa; **fireplace** lò sưởi; **fire truck** xe cứu hỏa; **firewood** củi; **fireworks** (*display*) pháo hoa

firm¹ *adj grip, handshake* chặt; *flesh, muscles* rắn chắc; *voice* cương quyết; *decision* dứt khoát; *a ~ deal* một thỏa thuận chắc chắn

firm² *n* COM hãng

first 1 *adj* đầu tiên, thứ nhất; *who's ~ please?* xin cho biết ai là người đầu tiên? **2** *n* (*person*) người đầu tiên **3** *adv arrive, finish* đầu tiên; (*beforehand*) trước hết; *~ of all* (*for one reason*) trước hết; *at* ~ thoạt đầu

first aid việc sơ cứu; **first-aid box, first-aid kit** bộ dụng cụ sơ cứu; **first-born** *adj* đầu lòng; **first-class 1** *adj ticket, compartment* hạng nhất; (*very good*) hàng đầu **2** *adv travel* hạng nhất; **first floor** tầng trệt; **firsthand** *adj experience* trực tiếp; **first lady** phu nhân tổng thống

firstly (*in listing reasons*) thứ nhất là

first name tên

first-rate tốt nhất

fiscal *policy, measures* tài chính

fish 1 *n* cá **2** *v/i* câu cá

fishbone xương cá

fisherman người đánh cá

fishing nghề cá

fishing boat tàu đánh cá; **fishing line** dây câu; **fishing rod** cần câu

fishmonger người bán cá; **fish sauce** nước mắm; **fish stick** lát cá tẩm bột

fishy F (*suspicious*) ám muội

fist nắm tay

fit¹ *n* MED cơn; *a ~ of rage / jealousy* cơn thịnh nộ / ghen

fit² *adj* (*physically*) khoẻ mạnh; (*morally*) xứng đáng; *keep* ~ giữ sức khoẻ

fit³ 1 *v/t clothes* vừa; *attach* lắp **2** *v/i* (*of clothes*) vừa; (*of piece of furniture etc*) vừa khớp **3** *n* sự vừa khớp; *it's a good* ~ vừa vặn; *it's a tight* ~ vừa khít

♦ **fit in** (*of person in group*) hòa hợp; *it fits in with our plans* cái đó ăn khớp với các kế hoạch của chúng ta

fitful *sleep* chập chờn

fitness (*physical*) sự sung sức

fitness center phòng thể dục thẩm mỹ

fitted kitchen nhà bếp có trang bị cố định

fitter *n* (*in factory*) thợ lắp ráp

fitting *adj position, memorial* thích hợp

fittings thiết bị

five năm

fix 1 *n* (*solution*) giải pháp; *be in a* ~ F bị lúng túng **2** *v/t* (*attach*) đóng chặt; (*repair*) sửa chữa; (*arrange: meeting etc*) bố trí; *lunch* sửa soạn; (*dishonestly: match etc*) mua chuộc; *~ X onto Y* (*with glue, screws etc*) lắp X vào Y; *I'll ~ you a drink* tôi sẽ pha nước giải khát cho anh / chị

♦ **fix up** *meeting* thu xếp; *it's all fixed up* tất cả đã thu xếp xong

fixed (*in one position*) cố định; *timescale, exchange rate* đã được ấn định

---

ơ ur	y (tin)	ây uh-i	iê i-uh	oa wa	ôi oy	uy wee	ong aong
u (soon)	au a-oo	eo eh-ao	iêu i-yoh	oai wai	ơi ur-i	ênh uhng	uyên oo-in
ư (dew)	âu oh	êu ay-oo	iu ew	oe weh	uê way	oc aok	uyêt oo-yit

fixture (*in room*) thiết bị cố định

flab (*on body*) sự béo nhão

flabbergast: be ~ed F lặng đi vì sửng sốt

flabby *muscles, stomach* béo nhão

flag¹ *n* lá cờ

flag² *v/i* (*tire*) yếu đi

flair (*talent*) năng khiếu; ***have a natural ~ for*** có năng khiếu tự nhiên về

flake *n* (*of snow*) bông; (*of plaster, skin*) mảnh

♦ **flake off** *v/i* (*of plaster, paint, dead skin*) bong ra

flaky *skin, paint* bị bong ra

flaky pastry bột nhào cắt lát

flamboyant *personality* phô trương

flame *n* ngọn lửa

flammable dễ cháy

flan bánh bông lan

flank 1 *n* (*of horse etc*), MIL sườn **2** *v/t* kèm hai bên; ***be ~ed by ...*** (*of person*) có ... đi kèm hai bên; (*of building*) có ... xây ở hai bên cạnh

flap 1 *n* (*of envelope, pocket*) nắp; (*of table*) mặt bàn phụ; ***be in a ~*** F bị bối rối **2** *v/t wings* vỗ **3** *v/i* (*of flag etc*) bay phần phật; F (*panic*) bối rối

flare 1 *n* (*distress signal*) pháo sáng; (*in dress*) loe **2** *v/t nostrils* phồng lên

♦ **flare up** (*of violence*) nổi bùng lên; (*of illness, rash*) tái phát; (*of fire*) cháy bùng lên; (*get very angry*) nổi nóng

flash 1 *n* (*of light*) ánh chớp sáng; PHOT đèn nháy; ***in a ~*** F ngay tức khắc; ***have a ~ of inspiration*** loé lên một tia cảm hứng; ***~ of lightning*** ánh chớp **2** *v/i* (*of light*) lóe sáng **3** *v/t headlights* chớp sáng

flashback *n* (*in movie*) cảnh hồi tưởng

flashbulb bóng đèn nháy

flasher MOT đèn báo

flashlight đèn pin; PHOT đèn nháy

flashy *color, tie, clothes* sặc sỡ

flask bình thót cổ

flat 1 *adj surface, land* bằng phẳng; *beer* hả hơi; *battery* hết điện; *tire* bị xịt hơi; *shoes* đế dẹt; *sound, tone* đều đều; ***and that's ~*** F và dứt khoát là như vậy **2** *adv* MUS thấp; ***~ out*** *work, run, drive* hết tốc lực

flat-chested ngực lép

flat rate giá đồng hạng

flatten *v/t land, road* san phẳng; (*by bombing, demolition*) san bằng

flatter *v/t* nịnh hót

flattering *comments* tâng bốc; *color, clothes* làm tôn vẻ đẹp

flattery sự nịnh hót

flavor 1 *n* mùi vị **2** *v/t food* thêm gia vị

flavoring đồ gia vị

flaw *n* (*in system, plan, novel, logic*) sai sót; (*in s.o.'s character*) nhược điểm

flawless *beauty, complexion, French etc* hoàn hảo

flea bọ chét

flee *v/i* chạy trốn

fleet *n* NAUT hạm đội; (*of taxis, trucks*) đoàn xe

fleeting *visit etc* chớp nhoáng; ***catch a ~ glimpse of*** thoáng nhìn thấy

flesh thịt; (*of fruit*) cùi; ***meet/see a person in the ~*** gặp/nhìn thấy một người bằng xương bằng thịt; ***the pleasures of the ~*** những thú vui xác thịt

flex *v/t muscles* gập lại

flexible *arrangement, working hours* linh động; *material* dẻo; ***I'm quite ~*** (*about arrangements, timing*) tôi khá linh động

ch (*final*) k	**gh** g	**nh** (*final*) ng	**r** z; (*S*) r	**x** s	**â** (but)	**i** (tin)
d z; (*S*) y	**gi** z; (*S*) y	**ph** f	**th** t	**a** (hat)	**e** (red)	**o** (saw)
đ d	**nh** (onion)	**qu** kw	**tr** ch	**ă** (hard)	**ê** ay	**ô** oh

flick *v/t tail* ngoe nguẩy; *he ~ed a fly off his hand* anh ấy phủi con ruồi khỏi bàn tay mình; *she ~ed her hair out of her eyes* cô ấy gạt tóc ra khỏi mắt mình

♦ **flick through** *book, magazine* giở lướt

flicker *v/i (of light, candle, computer screen)* lóe lên

flies *(on pants)* cửa quần

flight *(in airplane)* chuyến bay; *(flying)* sự bay; *(fleeing)* cuộc chạy trốn; *~ (of stairs)* cầu thang

flight crew phi hành đoàn; **flight deck** *(on aircraft carrier)* sân bay trên boong; *(in airplane)* buồng lái; **flight number** số hiệu chuyến bay; **flight path** đường bay; **flight recorder** hộp đen; **flight time** *(departure)* giờ bay; *(duration)* thời gian bay

flighty lông bông

flimsy *structure, furniture* mỏng manh; *dress, material* mỏng; *excuse* hời hợt

flinch ngần ngại

fling *v/t* ném; *~ oneself into a chair* ngồi phịch xuống ghế; *she flung herself into his arms* cô ấy lao người vào vòng tay anh ấy

♦ **flip through** *book, magazine* lật nhanh

flipper *(for swimming)* chân nhái

flirt **1** *v/i* tán tỉnh **2** *n* kẻ tán tỉnh

flirtatious *girl, man, look* hay tán tỉnh

float *v/i* nổi; FIN thả nổi

flock *n (of sheep)* đàn

flog *v/t (whip)* quất

flood **1** *n* nước lũ **2** *v/t (of river)* làm ngập lụt; *~ its banks (of river)* tràn qua bờ

flooding nạn lụt

floodlight *n* đèn pha

floor *n (of room)* sàn nhà; *(story)* tầng; *(of ocean)* đáy

floorboard ván sàn; **floor cloth** giẻ lau nhà; **floor lamp** đèn cây

flop **1** *v/i* đổ xuống; F *(fail)* thất bại **2** *n* F *(failure)* sự thất bại

floppy *adj (not stiff)* mềm; *(weak)* yếu mệt

floppy (disk) đĩa mềm

florist người bán hoa

flour bột mì

flourish *v/i (of plants)* mọc sum suê; *(of business, civilization etc)* phát triển

flourishing *business, trade* phát đạt

flow **1** *v/i (of river)* chảy; *(of electric current)* truyền; *(of traffic)* lưu thông; *(of work)* trôi chảy **2** *n (of river)* dòng chảy; *(of information, ideas)* sự trao đổi

flowchart biểu đồ phát triển

flower **1** *n* hoa **2** *v/i (of plants)* nở hoa

flowerbed luống hoa

flowerpot chậu hoa

flowery *pattern* có hình hoa; *style of writing* hoa mỹ

flu bệnh cúm

fluctuate *v/i* thay đổi bất thường

fluctuation sự thay đổi bất thường

fluency *(in a language)* sự lưu loát

fluent *adj speaker, writer* lưu loát; *he speaks ~ Vietnamese* anh ấy nói tiếng Việt lưu loát

fluently *speak, write* lưu loát

fluff: *a bit of ~ (material)* một ít nùi bông

fluffy *adj material, hair* mịn; *clouds* xốp như bông; *~ toy* đồ chơi mịn

fluid *n (in body)* chất lỏng; *(for brakes)* dầu

flunk *v/t* F *subject* trượt vỏ chuối

fluorescent huỳnh quang; *~ light* đèn nê ông

ơ ur	y (tin)	ây uh-i	iê i-uh	oa wa	ôi oy	uy wee	ong aong
u (soon)	au a-oo	eo eh-ao	iêu i-yoh	oai wai	ơi ur-i	ênh uhng	uyên oo-in
ư (dew)	âu oh	êu ay-oo	iu ew	oe weh	uê way	oc aok	uyêt oo-yit

flush 1 *v/t toilet* giật nước; **~ X down the toilet** giật nước cho X trôi xuống hố xí **2** *v/i (of toilet)* trôi sạch; *(go red in the face)* ửng đỏ **3** *adj (level)* ngang bằng; **be ~ with ...** ngang bằng với ...

♦**flush away** *(down toilet)* giật nước cho trôi đi

♦**flush out** *rebels etc* lôi ra ngoài

fluster *v/t* bối rối; **get ~ed** bị bối rối

flute ống sáo

flutter *v/i (of bird, wings)* vỗ cánh; *(of flag)* phất phới; *(of heart)* xao xuyến

fly¹ *n (insect)* con ruồi

fly² *n (on pants)* cửa quần

fly³ 1 *v/i (of bird, airplane)* bay; *(in airplane)* đi máy bay; *(of flag)* tung bay; *(rush)* lao vụt; **~ into a rage** nổi khùng lên **2** *v/t airplane* lái; *airline* đi máy bay; *(transport by air)* vận chuyển bằng máy bay

♦**fly away** *(of bird, airplane)* bay đi

♦**fly back** *v/i (travel back)* bay về

♦**fly in 1** *v/i (of passengers)* chở bằng máy bay **2** *v/t supplies etc* vận chuyển bằng máy bay

♦**fly off** *(of hat etc)* bay tuột khỏi

♦**fly out** *v/i* bay đi

♦**fly past** *(in formation)* bay diễu hành; *(of time)* trôi nhanh

flying *n* đi máy bay

foam *n (on liquid)* bọt

foam rubber cao su bọt

FOB (= **free on board**) giao hàng ở cảng dỡ hàng

focus *n* PHOT tiêu điểm; *(of attention)* trung tâm; **be in ~ / out of ~** PHOT ở trong tiêu điểm/ở ngoài tiêu điểm

♦**focus on** *problem, issue* tập trung vào; PHOT chỉnh tiêu điểm vào

fodder thức ăn gia súc

fog sương mù

foggy có sương mù

foil¹ *n (silver ~ etc)* lá

foil² *v/t (thwart)* ngăn chặn

fold 1 *v/t paper etc* gấp; **~ one's arms** khoanh tay **2** *v/i (of business)* ngừng hoạt động **3** *n (in cloth etc)* nếp gấp

♦**fold up 1** *v/t* gấp lại **2** *v/i (of chair, table)* gấp

folder *(for documents)* bìa kẹp; COMPUT thư mục

folding gấp; **~ chair** ghế gấp

foliage tán lá

folk *(people)* người; **my ~** *(family)* người nhà tôi; **come in, ~s** F vào đi các cậu

folk dance múa dân gian; **folk music** nhạc dân gian; **folk singer** ca sĩ dân gian; **folk song** dân ca

follow 1 *v/t person, road, guidelines* theo; *TV series, news* theo dõi; *(understand)* hiểu rõ; **~ me** hãy theo tôi **2** *v/i* đi theo; *(logically)* tiếp nối; **it ~s from this that ...** xuất phát từ cái này nên ...; **as ~s** như sau

♦**follow up** *v/t letter, inquiry* tiếp theo

follower *(of politician, football team etc)* người ủng hộ; *(of TV program)* người theo dõi

following 1 *adj pages, points* sau đây; **~ day/night** ngày/đêm hôm sau **2** *n (people)* nhóm người ủng hộ; **the ~** những gì sau đây

follow-up meeting cuộc họp tiếp sau

follow-up visit *(to doctor etc)* cuộc thăm tiếp theo

folly *(madness)* sự ngu xuẩn

fond *(loving)* yêu mến; *memory* trìu mến; **be ~ of** thích

fondle *v/t* vuốt ve

fondness *(for parents, sister etc)* sự

ch *(final)* k	**gh** g	**nh** *(final)* ng	**r** z; (S) r	**x** s	**â** (but)	**i** (tin)
d z; (S) y	**gi** z; (S) y	**ph** f	**th** t	**a** (hat)	**e** (red)	**o** (saw)
đ d	**nh** (onion)	**qu** kw	**tr** ch	**ă** (hard)	**ê** ay	**ô** oh

yêu mến; (*for wine, food etc*) sự yêu thích

font (*for printing*) nét chữ

food thức ăn; (*cuisine, cooking*) món ăn; **French / Vietnamese ~** món ăn Pháp / Việt Nam

food freak F người sành ăn; **food mixer** máy trộn thức ăn; **food poisoning** ngộ độc thức ăn

fool *n* ngu đần; **make a ~ of oneself** xử sự một cách ngốc nghếch

♦ **fool around** làm điều ngu ngốc; (*sexually*) lăng nhăng

♦ **fool around with** *knife, drill etc* nghịch dại dột với

foolish *person, thing to do* khờ dại

foolproof *system* đáng tin cậy

foot (*of person, animal*) chân; (*measurement*) phít; **on ~** đi bộ; **at the ~ of the page** ở cuối trang; **at the ~ of the hill** ở chân đồi; **put one's ~ in it** F phạm sai lầm

football (*American-style*) bóng đá kiểu Mỹ; (*soccer*) bóng đá; (*ball*) quả bóng đá; **football player** (*American-style*) cầu thủ bóng đá kiểu Mỹ; (*soccer*) cầu thủ bóng đá; **footbridge** cầu cho người đi bộ; **foothills** dãy đồi phía dưới

footing (*basis*) cơ sở; **lose one's ~** trượt chân; **be on the same / a different ~** có quan hệ bình đẳng / khác biệt; **be on a friendly ~ with ...** có quan hệ hữu nghị với …

footlights dãy đèn sàn sân khấu; **footnote** chú thích cuối trang; **footpath** đường mòn; **footprint** dấu chân; **footstep** bước chân; **follow in s.o.'s ~s** (*professionally*) theo cùng nghề với ai; **footwear** giày dép

for ◊ cho; **clothes ~ children** quần áo dành cho trẻ con; **here's a letter ~ you** đây là bức thư gửi cho anh / chị; **this is ~ you** đây là cho anh / chị; **what is there ~ lunch?** bữa trưa có gì ăn nhỉ?; **the steak is ~ me** miếng thịt nướng này là của tôi; **it's too big / small ~ you** đối với anh / chị thì là quá to / nhỏ ◊ (*purpose*) để; **what is this ~?** cái này để làm gì?; **what ~?** để làm gì? ◊ (*destination etc*) đi; **a train ~ ...** tàu hỏa đi ... ◊ (*time*) trong; **~ three days / two hours** trong ba ngày / hai giờ; **please get it done ~ Monday** xin làm xong cái đó vào ngày thứ Hai ◊ (*distance*) được; **I walked ~ a mile** tôi đã đi được một dặm; **it stretches ~ 100 miles** trải dài ra một trăm dặm ◊ (*in favor of*) ủng hộ; **I am ~ the idea** tôi ủng hộ ý kiến ◊ (*instead of, in behalf of*) giúp cho; **let me do that ~ you** để tôi làm hộ anh / chị; **we are agents ~ ...** chúng tôi là đại lý của ... ◊ (*in exchange for*) với giá; **I bought it ~ $25** tôi đã mua nó với giá 25$; **how much did you sell it ~?** anh / chị đã bán nó với giá bao nhiêu?

forbid cấm; **~ X to do Y** cấm X không được làm Y

forbidden bị cấm; **smoking / parking ~** cấm hút thuốc / đỗ xe

forbidding *person, tone, prospect* gớm guốc

force 1 *n* (*violence*) vũ lực; (*of explosion, wind, punch*) sức mạnh; **come into ~** (*of law etc*) có hiệu lực; **the ~s** MIL lực lượng vũ trang **2** *v/t door, lock* phá bung; **~ X to do Y** bắt ép X phải làm Y; **~ X open** phá bung X

forced *laugh, smile* gượng ép; *confession* bị ép buộc

forced landing sự hạ cánh khẩn

cấp

forceful *argument, speaker* có sức thuyết phục; *character* mạnh mẽ

forceps fóoc xép

forcible *entry* bằng sức mạnh; *argument* mạnh mẽ

ford *n* chỗ sông cạn

fore: *come to the* ~ nổi bật lên

foreboding linh tính; **forecast 1** *n* sự dự báo; (*of weather*) sự dự báo thời tiết **2** *v/t* dự báo; **forecourt** (*of garage*) sân trước trạm xăng; **forefathers** tổ tiên; **forefinger** ngón trỏ; **foregone**: *that's a ~ conclusion* đó là kết quả đã được dự đoán trước; **foreground** cận cảnh; **forehand** (*in tennis*) cú đập; **forehead** trán

foreign nước ngoài

foreign affairs việc ngoại giao

foreign currency ngoại tệ

foreigner người nước ngoài

foreign exchange ngoại hối; **foreign language** ngoại ngữ; **Foreign Office** *Br* Bộ Ngoại Giao; **foreign policy** chính sách đối ngoại; **Foreign Secretary** *Br* bộ trưởng Bộ Ngoại Giao

foreman đốc công; LAW chủ tịch ban hội thẩm; **foremost** quan trọng nhất; **forerunner** (*person*) người mở đường; (*of modern diesel engine etc*) tiền thân; **foresee** *v/t* dự đoán; **foreseeable** có thể dự đoán trước; *in the ~ future* trong tương lai gần đây; **foresight** sự lo xa

forest rừng

forestry lâm nghiệp

foretaste sự mở đầu

foretell đoán trước

forever mãi mãi

foreword lời mở đầu

forfeit *v/t right, privilege etc* bị mất

forge *v/t* (*counterfeit*) làm giả; *signature* giả

forger (*of counterfeit money*) kẻ làm giả

forgery (*of bank bill etc*) việc làm giả; (*document, painting*) đồ giả

forget quên

forgetful *person* hay quên

forget-me-not (*flower*) hoa lưu ly

forgive *v/t & v/i* tha thứ

forgiveness sự khoan dung

fork *n* cái nĩa; (*in road*) ngã ba

♦**fork out** *v/i* F (*pay*) trả tiền

forklift (**truck**) xe nâng

form 1 *n* (*shape*) hình thức; (*document*) tờ khai **2** *v/t* (*in clay etc*) nặn; *friendship* xây đắp; *opinion* hình thành; *past tense etc* hình thái **3** *v/i* (*take shape, develop*) hình thành

formal *language, word, behavior* trang trọng; *dress, reception* theo nghi thức; *recognition etc* chính thức

formality (*being formal*) nghi thức; (*procedure*) thủ tục; *it's just a ~* chỉ làm cho có lệ thôi

formally *adv speak, behave* một cách trang trọng; *accepted, recognized* một cách chính thức

format 1 *v/t diskette* định khuôn dạng; *document* trình bầy **2** *n* (*size: of magazine, paper etc*) khổ; (*make-up: of program*) sự định khuôn dạng

formation (*of s.o.'s character*) sự hình thành; (*of past tense etc*) sự cấu tạo; (*of airplanes*) đội hình

formative *influence* định hình; *in his ~ years* những năm hình thành tính cách của anh ấy

former 1 *adj* trước **2** *n*: *the ~* (*of things*) cái trước; (*of people*) người trước

---

ch (*final*) k	**gh** g	**nh** (*final*) ng	**r** z; (*S*) r	**x** s	**â** (but)	**i** (tin)
d z; (*S*) y	**gi** z; (*S*) y	**ph** f	**th** t	**a** (hat)	**e** (red)	**o** (saw)
đ d	**nh** (onion)	**qu** kw	**tr** ch	**ă** (hard)	**ê** ay	**ô** oh

formerly trước kia

formidable *opponent, personality* đáng gờm; *task* quá khó khăn

formula MATH, CHEM công thức; (*for success etc*) phương pháp

formulate (*express*) diễn đạt

fort MIL pháo đài

forth : *back and* ~ đi tới đi lui; *and so* ~ và vân vân

forthcoming (*future*) sắp tới; *personality* cởi mở

fortieth *adj* thứ bốn mươi

fortnight *Br* hai tuần

fortress MIL pháo đài lớn

fortunate may mắn

fortunately may mắn là

fortune (*luck*) vận may; (*lot of money*) gia tài lớn

fortune-teller thầy bói

forty bốn mươi

forward **1** *adv walk, move, drive* về phía trước **2** *adj pej: person* sỗ sàng **3** *n* SP tiền đạo **4** *v/t letter* gửi chuyển tiếp

forwarding agent COM đại lý vận chuyển hàng hóa

fossil hóa thạch

foster child con nuôi tạm

foster parents cha mẹ đỡ đầu

foul 1 *n* SP cú phạm lỗi **2** *adj smell, taste* hôi thối; *weather* xấu **3** *v/t* SP chơi xấu

found *v/t school etc* sáng lập

foundation (*of theory etc*) nguyên lý; (*organization*) quỹ tài trợ; (*basis*) cơ sở

foundations (*of building*) nền móng

founder *n* (*of institution, club, company*) người sáng lập

foundry lò đúc

fountain đài phun nước

four bốn

four-star *adj hotel etc* bốn sao

fourteen mười bốn

fourteenth *adj* thứ mười bốn

fourth *adj* thứ bốn

fowl gà vịt

fox *n* con cáo

fraction chút ít; MATH phần số

fracture 1 *n* sự gãy **2** *v/t* gãy

fragile mỏng manh

fragment (*of vase etc*) mảnh vỡ; (*of story, conversation*) phần nhỏ

fragmentary vụn vặt

fragrance hương thơm

fragrant thơm

frail yếu ớt

frame 1 *n* (*of picture, window, bicycle*) khung; (*of eyeglasses*) gọng; ~ *of mind* tâm trạng **2** *v/t picture* đóng khung; F *person* ghép tội oan

framework (*for new novel*) cốt truyện; (*for peace agreement etc*) khuôn khổ

France nước Pháp

frank *person, discussion* thẳng thắn

frankly một cách thẳng thắn; ~, *it's not worth it* thành thực mà nói, nó không đáng đâu

frantic *search, preparations* dữ dội

fraternal anh em

fraud sự lừa đảo; (*person*) kẻ lừa đảo

fraudulent *claims* lừa đảo

frayed *cuffs* bị sờn

freak 1 *n* (*unusual event*) biến cố bất thường; (*two-headed person, animal etc*) quái dị; F (*strange person*) người khác thường; *movie/jazz* ~ (*fanatic*) người mê phim ảnh/nhạc jazz **2** *adj wind, storm etc* dữ dội khác thường

freckle tàn nhang

free 1 *adj* (*at liberty*) tự do; (*no cost*) miễn phí; *room, table* trống; *are you* ~ *this afternoon?* chiều

---

ơ ur	y (tin)	ây uh-i	iê i-uh	oa wa	ôi oy	uy wee	ong aong
u (soon)	au a-oo	eo eh-ao	iêu i-yoh	oai wai	ơi ur-i	ênh uhng	uyên oo-in
ư (dew)	âu oh	êu ay-oo	iu ew	oe weh	uê way	oc aok	uyêt oo-yit

nay anh/chị có rỗi không?; *~ and easy* thoải mái; *for ~* (*travel*, *get sth*) miễn phí **2** *v/t prisoners* thả

freebie F quà tặng

freedom tự do

freedom of the press tự do báo chí

free kick (*in soccer*) đá phạt trực tiếp; **freelance 1** *adj worker*, *journalist*, *contributor* theo nghề tự do **2** *adv work* theo nghề tự do; **freelancer** người làm nghề tự do; **free market economy** kinh tế thị trường tự do; **free sample** hàng mẫu miễn phí; **free speech** tự do ngôn luận; **freeway** đường cao tốc; **freewheel** *v/i* (*on bicycle*) thả xe

freeze 1 *v/t river etc* làm đóng băng; *food* làm đông lạnh; *wages* hạn định; *bank account* niêm phong; *video* tạm dừng **2** *v/i* (*of water*) đóng băng

♦ **freeze over** (*of river*) phủ băng

freezer tủ đá

freezing 1 *adj temperatures*, *wind*, *day* băng giá; **it's ~ out here** ở ngoài này giá lạnh hết sức; **it's ~ (cold)** (*of weather*, *water*) lạnh như băng giá; **I'm ~ (cold)** tôi đang bị rét cóng **2** *n* điểm đông lạnh; **10 below ~** 10 độ dưới điểm đông

freezing compartment ngăn đá

freezing point điểm đông lạnh

freight *n* hàng hóa chuyên chở; (*costs*) tiền chuyên chở

freight car (*on train*) toa trần

freighter (*ship*) tàu thủy chở hàng; (*airplane*) máy bay chở hàng

freight train xe lửa chở hàng

French 1 *adj* Pháp **2** *n* (*language*) tiếng Pháp; **the ~** người Pháp

French doors cửa kính dài; **French fries** khoai tây rán; **Frenchman**

đàn ông Pháp; **Frenchwoman** phụ nữ Pháp

frequency sự lặp đi lặp lại, sự thường xuyên; (*of radio*) tần số

frequent[1] *adj* thường xuyên; **how ~ are the trains?** tàu hỏa có đi thường xuyên lắm không?

frequent[2] *v/t bar* thường lui tới

frequently thường xuyên

fresh *fruit*, *meat etc* tươi; *weather* khá lạnh; *wind* lạnh; (*new*) mới; (*impertinent*) hỗn xược; **make a ~ start** bắt đầu lại từ đầu

♦ **freshen up 1** *v/i* tắm rửa **2** *v/t room*, *paintwork* sửa sang lại

freshman sinh viên năm thứ nhất

freshness (*of fruit*, *meat*) sự tươi ngon; (*of style*, *approach*) tính độc đáo; (*of climate*) sự mát lạnh

freshwater *adj* nước ngọt

fret *v/i* lo lắng

friction PHYS sự ma sát; (*between people*) sự xích mích

friction tape băng cách điện

Friday thứ Sáu

fridge tủ lạnh

fried egg trứng rán; **fried potatoes** khoai tây rán; **fried rice** cơm rang; **fried spring roll** nem rán

friend bạn; **make ~s** (*of one person*) kết bạn; (*of two people*) trở thành bạn; **make ~s with X** kết bạn với X

friendly *adj smile*, *meeting*, *person* thân mật; *restaurant*, *hotel* mến khách; (*easy to use*) dễ sử dụng; **be ~ with X** (*be friends*) thân với X

friendship tình bạn

fries khoai tây rán

fright sự hoảng sợ; **give X a ~** làm cho X hoảng sợ

frighten *v/t* làm hoảng sợ; **be ~ed** hoảng sợ; **don't be ~ed** đừng hoảng sợ; **be ~ed of** sợ

---

ch (*final*) k	**gh** g	**nh** (*final*) ng	**r** z; (*S*) r	**x** s	**â** (but)	**i** (tin)
d z; (*S*) y	**gi** z; (*S*) y	**ph** f	**th** t	**a** (hat)	**e** (red)	**o** (saw)
đ d	**nh** (onion)	**qu** kw	**tr** ch	**ă** (hard)	**ê** ay	**ô** oh

frightening *noise, person, prospect* dễ sợ

frigid (*sexually*) lãnh cảm

frill (*on dress etc*) diềm xếp nếp; (*fancy extra*) chi phí thêm

fringe (*on dress, curtains etc*) diềm tua; (*in hair*) mái bằng; (*of society*) bên lề; (*of city*) ven

frisk *v/t* lần soát

frisky *puppy etc* thích nô đùa

♦ **fritter away** *time, fortune* phung phí

frivolous *person, pleasures* phù phiếm

frizzy *hair* quăn tít

frog con ếch

frogman người nhái

from ◊ (*in time*) từ; **~ 9 to 5** (**o'clock**) từ 9 giờ đến 5 giờ; **~ the 18th century** từ thế kỷ thứ 18; **~ today on** từ hôm nay trở đi; **~ next Tuesday** từ thứ Ba sau ◊ (*in space*) từ; **~ here to there** từ đây đến đó; **we drove here ~ Hanoi** chúng tôi lái xe từ Hà Nội đến đây ◊ (*origin*) của; **a letter ~ Jo** một bức thư của Jo; **a gift ~ the management** một tặng phẩm của ban quản trị; **it doesn't say who it's ~** không có ghi rõ cái này là do ai gửi; **I am ~ New Jersey** tôi từ New Jersey tới; **made ~ bananas** làm bằng chuối ◊ (*because of*) do; **tired ~ the journey** mệt mỏi do chuyến đi; **it's ~ overeating** là do ăn quá nhiều

front 1 *n* (*of building*) mặt trước; (*of book*) bìa trước; (*cover organization*) bình phong; MIL mặt trận; (*of weather*) frông, phía trước; **in ~** ở phía trước; **in ~ of** ở phía trước; **at the ~** ở đằng trước; **at the ~ of** ở đằng trước **2** *adj*

wheel, seat trước **3** *v/t TV program* giới thiệu

front cover bìa trước; **front door** cửa trước; **front entrance** lối ra vào phía trước

frontier biên giới; *fig* (*of knowledge, science*) lĩnh vực

front page (*of newspaper*) trang nhất; **front page news** tin tức trang nhất; **front row** hàng thứ nhất; **front seat passenger** (*in car*) hành khách ghế trên; **front-wheel drive** thiết bị truyền lực cho bánh trước

frost *n* sương giá

frosted glass kính mờ

frosting (*on cake*) kem trứng

frosty *weather* có sương giá; *fig* (*welcome*) lãnh đạm

froth bọt

frothy *cream etc* sủi bọt

frown 1 *n* sự nghiêm nghị **2** *v/i* cau mày

frozen *feet etc* lạnh cứng; *wastes of Siberia* băng giá; *food* đông lạnh; **I'm ~** F tôi bị tê cóng

frozen food thức ăn đông lạnh

fruit trái cây (*S*), hoa quả (*N*); (*individual*) quả; *fig* kết quả; **what is this ~?** quả này là quả gì?

fruitful *talks etc* có nhiều kết quả

fruit juice nước trái cây (*S*), nước hoa quả (*N*)

fruit salad sa-lát hoa quả

frustrate *v/t person* cản trở; *plans* làm thất bại

frustrated *look, sigh* chán nản

frustrating làm nản lòng

frustratingly *slow, hard* làm nản lòng

frustration sự bực mình; *sexual ~* sự không thỏa mãn về tình dục; **the ~s of modern life** sự thất vọng của cuộc sống hiện đại

---

ơ ur	**y** (tin)	**ây** uh-i	**iê** i-uh	**oa** wa	**ôi** oy	**uy** wee	**ong** aong
u (soon)	**au** a-oo	**eo** eh-ao	**iêu** i-yoh	**oai** wai	**ơi** ur-i	**ênh** uhng	**uyên** oo-in
ư (dew)	**âu** oh	**êu** ay-oo	**iu** ew	**oe** weh	**uê** way	**oc** aok	**uyêt** oo-yit

fry *v/t* rán; (*stir-~*) xào
frying pan chảo
fuck *v/t* V đéo; *~!* đéo mẹ!; *~ him/ that!* đéo mẹ nó!
♦**fuck off** V cút đi; *~!* cút đi!
fucking V **1** *adj* chết tiệt **2** *adv hot, brilliant* đéo chịu được; *don't be ~ stupid!* đừng có ngu!
fuel *n* nhiên liệu
fugitive *n* người chạy trốn
fulfill *v/t* thực hiện; *feel ~ed* (*in job, life*) cảm thấy thỏa mãn
fulfilling *job* vừa ý
fulfillment (*of contract etc*) sự thực hiện; (*moral, spiritual*) sự thỏa mãn
full *bottle, diskette* đầy; *hotel, bus* đầy khách; *account, report* đầy đủ; *schedule* kín; *day* bận; *~ of* (*of water, tourists, errors etc*) đầy; *~ up* (*of hotel etc*) hết chỗ; (*with food*) no; *pay in ~* trả hết; *have a ~ life* có một cuộc sống đầy ý nghĩa
full board bao cả phòng và ăn uống;**full coverage** (*insurance*) bảo hiểm toàn diện;**full-grown** *adult* trưởng thành thực sự; *animal* lớn hết cỡ;**full-length** *dress* dài chấm gót; *movie* trọn vẹn;**full moon** trăng tròn;**full-time 1** *adj worker, job* cả buổi **2** *adv work* cả buổi
fully *booked* hết sạch; *understand, explain, recovered* hoàn toàn, hẳn; *describe* đầy đủ
fumble *v/t ball etc* lóng ngóng
♦**fumble around** sờ soạng
fume : *be fuming* F (*be very angry*) nổi đóa
fumes (*from vehicles, machines*) khói; (*chemical*) khí
fun sự vui thích; *it was great ~* thật là vui; *bye, have ~!* tạm biệt, vui chơi thỏa thích nhé!; *for*

~ để làm trò vui; *make ~ of* (*of person, decision etc*) giễu cợt
function 1 *n* chức năng; (*reception etc*) buổi lễ chính thức **2** *v/i* (*of machine etc*) vận hành; *~ as* dùng như
fund 1 *n* quỹ **2** *v/t project etc* tài trợ
fundamental (*basic*) cơ bản; (*substantial*) quan trọng; (*crucial*) chủ yếu
fundamentally *different, altered* một cách cơ bản
funeral đám tang
funeral home phòng lễ tang
funfair hội chợ giải trí
funicular (railway) đường sắt leo núi
funnel *n* (*of ship*) ống khói
funnily (*oddly*) kỳ lạ; (*comically*) khôi hài; *~ enough* thật là kỳ lạ
funny (*comical*) buồn cười; (*odd*) lạ lùng
fur lông thú
furious (*angry*) giận dữ; *at a ~ pace* với một tốc độ dữ dội
furnace (*for metal*) lò luyện kim; (*for glass*) lò nấu thủy tinh
furnish *room* trang bị đồ đạc; (*supply*) cung cấp
furniture đồ đạc; *a piece of ~* một món đồ
furry *animal* bằng lông thú
further 1 *adj* (*additional*) thêm nữa; (*more distant*) xa hơn nữa; *until ~ notice* cho tới khi có thông báo mới; *have you anything ~ to say?* anh/chị có điều gì nói thêm nữa không? **2** *adv walk, drive* xa hơn nữa; *~, I want to say ...* hơn nữa, tôi muốn nói rằng ...; *2 miles ~* (*on*) xa hơn 2 dặm nữa **3** *v/t cause etc* thúc đẩy
furthest *adj & adv* xa nhất
furtive *glance* trộm

ch (*final*) k	**gh** g	**nh** (*final*) ng	**r** z; (*S*) r	**x** s		**â** (but)	**i** (tin)
d z; (*S*) y	**gi** z; (*S*) y	**ph** f	**th** t	**a** (hat)		**e** (red)	**o** (saw)
đ d	**nh** (onion)	**qu** kw	**tr** ch	**ă** (hard)		**ê** ay	**ô** oh

fury (*anger*) cơn cuồng nộ
fuse ELEC **1** *n* cầu chì **2** *v/i* đứt cầu chì **3** *v/t* hàn nối
fusebox hộp cầu chì
fuselage thân máy bay
fuse wire dây chì
fusion đúc hợp
fuss *n* sự ầm ĩ; **make a ~** (*complain*) làm ầm ĩ; (*behave in exaggerated way*) làm rối rít; **make a ~ of** (*be very attentive to*) chăm sóc quá mức

fussy *person* cầu kỳ; *design etc* kiểu cách; **be a ~ eater** là một người ăn rất cầu kỳ
futile vô ích
future *n* tương lai; GRAM thì tương lai; **in ~** trong tương lai
futures FIN hợp đồng kỳ hạn
futures market FIN thị trường kỳ hạn
futuristic *design* rất hiện đại
fuzzy *hair* xoăn tít; (*out of focus*) mờ nhạt

G

gadget đồ dùng
gag 1 *n* cái banh miệng; (*joke*) trò khôi hài **2** *v/t person, the press* bịt miệng
gain *v/t* (*acquire*) đạt được; **~ speed** đạt được tốc độ; **~ 10 pounds** lên 10 pao
gale cơn bão
gallant ga-lăng
gall bladder túi mật
gallery (*for art*) phòng tranh; (*in theater*) hạng chuồng gà
galley (*on ship*) bếp
gallon galông
gallop *v/i* phi nước đại
gallows giá treo cổ
gallstone sỏi mật
gamble vi đánh cờ bạc; **~ on sth** đánh cuộc gì
gambler con bạc
gambling trò cờ bạc
game *n* (*sport*) môn chơi; (*children's*) trò chơi; (*in tennis*) ván

gang (*criminal*) băng cướp
♦**gang up on** vào hùa bắt nạt
gangster kẻ cướp, găng xtơ
gangway cầu tàu
gap (*in wall*) lỗ hổng; (*in life history*) sự gián đoạn; (*for parking, in list*) khoảng trống; (*in time, conversation*) chỗ ngắt quãng; (*between two people's characters*) sự khác nhau
gape *v/i* (*of person*) há hốc mồm nhìn; (*of hole*) mở to
♦**gape at** há hốc mồm nhìn
gaping *hole* mở rộng
garage (*for parking*) nhà để xe; (*for repairs*) xưởng sửa chữa ô tô
garbage rác; (*poor quality item*) đồ bỏ đi; (*nonsense*) điều vô nghĩa
garbage can thùng rác
garden vườn
gardener người làm vườn
gardening công việc làm vườn
gargle *v/i* súc miệng

ơ ur	y (tin)	ây uh-i	iê i-uh	oa wa	ôi oy	uy wee	ong aong
u (soon)	au a-oo	eo eh-ao	iêu i-yoh	oai wai	ơi ur-i	ênh uhng	uyên oo-in
ư (dew)	âu oh	êu ay-oo	iu ew	oe weh	uê way	oc aok	uyêt oo-yit

garish lòe loẹt
garland n vòng hoa
garlic tỏi
garment áo quần
garnish v/t bày biện
garrison n (troops) đơn vị đồn trú; (place) nơi đồn trú
garter nịt bít tất
gas n chất khí; (for heating, cooking) ga; (gasoline) xăng dầu
gash n vết thương
gasket miếng đệm
gasoline xăng dầu
gasp 1 n sự thở hổn hển 2 v/i (with exhaustion) thở hổn hển; (with surprise, pleasure) há hốc mồm; ~ **for breath** thở hổn hển
gas pedal bộ tăng tốc; **gas pump** bơm ga; **gas station** trạm bán xăng; **gas works** nhà máy sản xuất hơi đốt
gate (of house, castle) cổng; (at airport) cửa
gatecrash không mời mà đến
gateway lối ra vào; fig cửa ngõ
gather 1 v/t facts, information thu thập; **am I to ~ that ...?** phải chăng tôi phải hiểu rằng …?; ~ **speed** tăng tốc độ 2 v/i (understand) hiểu
♦ **gather up** possessions thu thập
gathering n (group of people) cuộc hội họp
gaudy lòe loẹt
gauge 1 n đồng hồ đo 2 v/t đo
gaunt face hốc hác
gauze (of cotton) gạc; (of silk) sa
gay 1 n (homosexual) người đồng tính luyến ái 2 adj men, club đồng tính luyến ái
gaze 1 n cái nhìn chằm chằm 2 v/i nhìn chằm chằm
♦ **gaze at** nhìn chằm chằm vào
GB (= Great Britain) nước Anh

GDP (= gross domestic product) tổng sản lượng trong nước
gear n (equipment) dụng cụ; (in vehicles) số
gear lever, **gear shift** cần sang số
gecko con cắc kè
gel n (for hair, shower) dầu
gem (precious stone) đá quý; fig (book etc) vật quý giá; (person) viên ngọc quý
gender GRAM giống; (sex) giới tính
gene gien; **it's in his ~s** có sẵn trong gien của anh ấy
general 1 n (in army) tướng; **in ~** nói chung 2 adj (overall, miscellaneous) chung; (widespread) phổ biến
general election Tổng tuyển cử
generalization sự khái quát; **that's a ~** đó là một sự khái quát hóa
generalize khái quát hóa
generally nói chung
generate (create) tạo ra; electricity phát ra; (in linguistics) tạo thành
generation thế hệ; (of electricity) sự sản xuất
generation gap khoảng cách thế hệ
generator ELEC máy phát điện
generosity (with money) tính hào phóng
generous (with money) hào phóng; (not too critical) rộng lượng; portion etc dồi dào
genetic di truyền
genetically về mặt di truyền
genetic engineering kỹ thuật gen
genetic fingerprint dấu vân tay liên quan tới di truyền
geneticist nhà di truyền học
genetics di truyền học
genial person, company vui vẻ
genitals cơ quan sinh dục
genius thiên tài

ch (final) k	**gh** g	**nh** (final) ng	**r** z; (S) r	**x** s	**â** (but) **i** (tin)
đ z; (S) y	**gi** z; (S) y	**ph** f	**th** t	**a** (hat)	**e** (red) **o** (saw)
đ d	**nh** (onion)	**qu** kw	**tr** ch	**ă** (hard)	**ê** ay **ô** oh

gentle *person, voice, touch* dịu dàng; *breeze* nhẹ

gentleman người đàn ông hào hoa phong nhã

gents (*toilet*) phòng vệ sinh nam

genuine (*real*) đích thực; (*sincere*) chân thật

geographical *features* địa lý

geography địa lý

geological địa chất

geologist nhà địa chất

geology địa chất

geometric(al) hình học

geometry hình học

geriatric *n & adj* lão khoa

germ vi trùng; (*of idea etc*) mầm mống

German 1 *adj* Đức **2** *n* (*person*) người Đức; (*language*) tiếng Đức

Germany nước Đức

germ warfare chiến tranh vi trùng

gesticulate khoa tay múa chân

gesture *n* (*with hand*) cử chỉ; *fig* (*of friendship*) thái độ

get *v/t* (*obtain*) lấy; (*buy*) mua được; (*fetch*) kiếm; (*receive: letter*) nhận được; (*receive: knowledge, respect etc*) giành được; (*catch: bus, train etc*) đón; (*understand*) hiểu được; ~ *going* (*leave*) đi ◊ (*become*) trở nên; *things are ~ting serious* sự việc trở nên trầm trọng; *he's ~ting old* anh ấy già đi; *I'm ~ting tired* tôi thấy mệt ◊ (*causative*): ~ *sth done* (*do oneself*) làm gì; (*have s.o. else do sth*) đi làm gì; ~ *one's hair cut* đi tiệm cắt tóc; ~ *sth ready* chuẩn bị gì; ~ *the car/TV fixed* (*by s.o. else*) mang xe/TV cho người ta sửa; *I'll ~ it sorted out for you* (*by oneself*) tôi sẽ giải quyết cho anh/chị; *I'll ~ it done by tomorrow night* (*by s.o. else or by oneself*)

việc sẽ được giải quyết xong xuôi trước tối mai; ~ *s.o. to do sth* thuyết phục ai làm gì ◊ (*have opportunity*): ~ *to do sth* có cơ hội làm gì; *I didn't ~ to meet him* tôi đã không có dịp gặp anh ấy; *did you ~ to visit the temple?* anh/chị đã có dịp đi thăm đền không? ◊: *have got* (*possess*) có; *I've got three tickets* tôi có ba vé; *have you got enough time?* anh/chị có đủ thời giờ không?; *I haven't got time* tôi không có thời giờ ◊: *have got to* phải; *I have got to study* tôi phải học; *I don't want to, but I've got to* tôi không muốn …, nhưng tôi phải … ◊: ~ *to know s.o.* làm quen với ai

♦**get along** (*progress*) có tiến bộ; (*come to party etc*) tới; (*with s.o.*) ăn ý

♦**get around** (*travel*) đi du lịch nhiều chỗ; (*be mobile*) đi lại

♦**get at** (*criticize*) chỉ trích; (*imply, mean*) hàm ý

♦**get away 1** *v/i* (*leave*) đi khỏi **2** *v/t*: *get sth away from s.o.* lấy gì ra khỏi ai

♦**get away with**: *I'll let you ~ it this time* lần này thì tôi tha cho anh/chị

♦**get back 1** *v/i* (*return*) trở về; *I'll ~ to you on that* tôi sẽ trả lời anh/chị về việc đó **2** *v/t* (*obtain again*) lấy lại

♦**get by** (*pass*) đi qua; (*financially*) xoay sở được

♦**get down 1** *v/i* (*from ladder etc*) xuống; (*duck etc*) cúi xuống **2** *v/t* (*depress*) làm chán nản

♦**get down to** (*start: work*) bắt đầu; (*reach: real facts*) đạt tới

♦**get in 1** *v/i* (*arrive: of train, plane*) tới; (*come home*) về; (*to*

ơ ur	y (tin)	ây uh-i	iê i-uh	oa wa	ôi oy	uy wee	ong aong
u (soon)	au a-oo	eo eh-ao	iêu i-yoh	oai wai	ơi ur-i	ênh uhng	uyên oo-in
ư (dew)	âu oh	êu ay-oo	iu ew	oe weh	uê way	oc aok	uyêt oo-yit

car) lên; *how did they ~?* (*of thieves, snakes etc*) làm sao chúng vào được bên trong? **2** *v/t* (*to suitcase etc*) nhét vào

♦**get off 1** *v/i* (*from bus etc*) xuống; (*finish work*) kết thúc; (*not be punished*) thoát tội **2** *v/t* (*remove: lid, top etc*) mở; (*remove: clothes, hat etc*) cởi; *~ the grass!* hãy ra khỏi đám cỏ!

♦**get off with:** *~ a small fine* chỉ bị phạt một món tiền nhỏ

♦**get on 1** *v/i* (*to bike, bus, train*) lên; (*make progress*) tiến bộ; (*succeed*) thành công; (*be friendly with*) hòa thuận; (*advance: of time*) trở nên muộn; (*become old*) già đi; *it's getting on* (*getting late*) muộn rồi; *he's getting on* anh ấy già đi; *he's getting on for 50* anh ấy xấp xỉ 50 **2** *v/t: ~ the bus/one's bike* lên xe buýt/xe đạp; *get one's hat on* đội mũ; *I can't get these pants on* tôi không thể kéo chiếc quần này lên

♦**get out 1** *v/i* (*from car etc*) ra khỏi; (*of prison*) ra; *~!* cút đi!; *let's ~ of here* chúng ta hãy ra khỏi nơi đây; *I don't ~ much these days* dạo này tôi không ra khỏi nhà mấy **2** *v/t* (*extract: nail, something jammed*) rút; (*remove: stain*) tẩy; (*pull out: gun, pen*) rút ra

♦**get over** *fence, disappointment etc* vượt qua; *lover etc* quên được

♦**get over with:** *let's get it over with* chúng ta hãy làm cho xong đi

♦**get through** (*on telephone*) liên lạc được; (*make oneself understood*) làm hiểu được

♦**get to** (*arrive*) tới; *when we got to Hanoi* khi chúng tôi đến Hà Nội

♦**get up 1** *v/i* (*in morning*) dậy; (*from chair etc*) đứng dậy; (*of wind*) nổi lên **2** *v/t hill etc* trèo lên

getaway (*from robbery*) sự bỏ trốn

getaway car chiếc ô tô dùng để chạy trốn

get-together cuộc họp mặt

ghastly *experience, murder* rùng rợn; *mistake, color* kinh khủng

gherkin dưa chuột nhỏ

ghetto *pej* khu nhà ổ chuột

ghost ma

ghostly giống như ma

GI lính Mỹ

giant 1 *n* người khổng lồ; *fig* thiên tài **2** *adj* khổng lồ

giblets lòng

giddiness cảm giác chóng mặt

giddy chóng mặt

gift (*present*) quà tặng

gifted có năng khiếu

giftwrap gói quà

gigabyte COMPUT gigabai

gigantic cực lớn

giggle 1 *v/i* cười rúc rích **2** *n* tiếng cười rúc rích

gill (*of fish*) mang

gilt *n* mạ; *~s* FIN trái phiếu thượng hạng

gimmick mánh lới

gin rượu gin; *~ and tonic* rượu gin pha tônic

ginger 1 *n* (*spice*) gừng **2** *adj Br hair* vàng hoe; *cat* vàng

gingerbread bánh gừng

ginseng củ nhân sâm

gipsy dân di gan

giraffe hươu cao cổ

girder *n* dầm

girl (*child*) bé gái; (*young woman*) cô gái

girlfriend (*of boy, girl*) bạn gái

girl guide nữ hướng đạo

girlie magazine tạp chí khiêu dâm

ch (*final*) k	**gh** g	**nh** (*final*) ng	**r** z; (*S*) r	**x** s	**â** (but) **i** (tin)
d z; (*S*) y	**gi** z; (*S*) y	**ph** f	**th** t	**a** (hat)	**e** (red) **o** (saw)
đ d	**nh** (onion)	**qu** kw	**tr** ch	**ă** (hard)	**ê** ay **ô** oh

girl scout nữ hướng đạo

gist ý chính

give (*hand over*) đưa; *present* tặng;
(*supply: electricity etc*) cung cấp;
~ *a talk* thuyết trình; ~ *a lecture*
giảng bài; ~ *a cry* kêu lên một
tiếng; ~ *a groan* kêu rên; ~ *her
my love* chuyển tới cô ấy lời
chào hỏi của tôi

♦ **give away** *present* cho không;
(*betray*) phản bội; *give oneself
away* phản lại chính mình

♦ **give back** trả lại

♦ **give in 1** *v/i* (*surrender*) đầu
hàng **2** *v/t* (*hand in*) nộp

♦ **give off** *smell, fumes* tỏa ra

♦ **give onto** (*overlook*) nhìn ra

♦ **give out 1** *v/t leaflets etc* phân
phát **2** *v/i* (*of supplies*) cạn hết

♦ **give up 1** *v/t smoking etc* bỏ; *give
oneself up to the police* đầu thú
cảnh sát **2** *v/i* (*cease habit*) cai;
(*stop making effort*) buông tay

♦ **give way** (*of bridge etc*) đổ

given name tên

glacier sông băng

glad vui mừng

gladly vui vẻ

glamor sức quyến rũ

glamorous đầy quyến rũ

glance 1 *n* cái liếc nhìn **2** *v/i* liếc
nhìn; ~ *at s.o. /sth* liếc nhìn ai / gì

gland tuyến

glandular fever chứng sưng các
tuyến bạch hầu

glare 1 *n* (*of sun, headlights*) ánh
chói **2** *v/i* (*of sun, headlights*)
chiếu sáng chói

♦ **glare at** nhìn giận giữ

glaring *adj mistake* quá rõ ràng

glass (*material*) thủy tinh; (*for
drink*) cốc

glasses (*eyeglasses*) kính

glaze *n* nước men

♦ **glaze over** (*of eyes*) đờ đẫn

glazed *expression* đờ đẫn

glazier thợ lắp kính

glazing sự lắp kính

gleam 1 *n* tia sáng yếu ớt **2** *v/i* ánh
lên

glee niềm vui sướng

gleeful vui sướng

glib ngọt xớt

glide (*of bird, plane*) bay liệng; (*on
casters*) lướt

glider tàu lượn

gliding *n* (*sport*) môn thể thao tàu
lượn

glimmer 1 *n* (*of light*) tia sáng le
lói; ~ *of hope* tia hy vọng **2** *v/i* le
lói

glimpse 1 *n* cái nhìn lướt qua;
catch a ~ of thoáng nhìn thấy
2 *v/t* thoáng nhìn thấy

glint 1 *n* tia sáng lóe **2** *v/i* (*of light*)
lóe sáng; (*of eyes*) sáng lên

glisten *v/i* óng ánh

glitter *v/i* lấp lánh

glitterati các ngôi sao hàng đầu

gloat *v/i* hả hê; ~ *over ...* hả hê
trước ...

global (*worldwide*) toàn cầu;
(*without exceptions*) toàn thể

global economy kinh tế toàn cầu;
global market thị trường toàn
cầu; **global warming** sự tăng
nhiệt độ khí quyển trái đất

globe (*the earth*) quả đất; (*model of
earth*) quả địa cầu

gloom (*darkness*) bóng tối lờ mờ;
(*mood*) sự u buồn

gloomy *room* tối tăm; *mood, person*
u sầu

glorious *weather, day* đẹp; *victory*
vẻ vang

glory *n* sự vinh quang

gloss *n* (*shine*) sự láng bóng;
(*general explanation*) lời giải

ơ u*r*	y (tin)	ây uh-i	iê i-uh	oa wa	ôi oy	uy wee	ong aong
u (soon)	**au** a-oo	**eo** eh-ao	**iêu** i-yoh	**oai** wai	**ơi** ur-i	**ênh** uhng	**uyên** oo-in
ư (dew)	**âu** oh	**êu** ay-oo	**iu** ew	**oe** weh	**uê** way	**oc** aok	**uyêt** oo-yit

thích chung chung
glossary bảng chú giải thuật ngữ
gloss paint sơn bóng
glossy 1 *adj paper* bóng loáng **2** *n*
(*magazine*) hào nhoáng
glove găng tay
glow 1 *n* (*of light*, *fire*) ánh sáng
mờ đục; (*in cheeks*) vẻ hồng hào
2 *v/i* (*of light*) sáng rực; (*of fire*)
cháy rực; (*of cheeks*) ửng hồng
glowing *description* tán dương
glue 1 *n* keo dán **2** *v/t* dán; **~ X to Y**
dán X vào Y
glum ủ rũ
glutinous rice gạo nếp
glutinous rice cake bánh nếp
glutton người phàm ăn
gluttony thói phàm ăn
GMT (= **Greenwich Mean Time**)
giờ quốc tế GMT
gnarled *branch*, *hands* xương xẩu
gnaw *v/t bone* gặm
GNP (= **gross national product**)
tổng sản lượng quốc gia
go 1 *n*: **on the ~** bận rộn **2** *v/i* đi;
(*leave: of train*) khởi hành; (*leave:
of airplane*) cất cánh; (*leave: of
people*) ra đi; (*work*, *function*)
chạy; (*become*) trở nên; (*come out:
of stain etc*) mất đi; (*cease: of pain
etc*) tan biến; (*match: of colors etc*)
hợp nhau; **~ shopping**/**jogging** đi
mua hàng/chạy bộ; **I must be
~ing** tôi cần phải đi; **let's ~!**
chúng ta hãy đi!; **~ for a walk** đi
dạo; **~ to bed** đi ngủ; **~ to school**
đi học; **how's the work ~ing?**
công việc tiến triển như thế nào
rồi?; **they're ~ing for $50** (*being
sold at*) chúng được bán với giá
50$; **hamburger to ~** bánh kẹp
thịt băm viên mua mang về; **be
all gone** (*finished*) đã hết; **be ~ing
to do sth** sẽ làm gì

♦ **go ahead** (*and do sth*) cứ làm
♦ **go ahead with** *plans etc* tiến
hành với
♦ **go along with** *suggestion* đồng ý
với
♦ **go at** (*attack*) tấn công
♦ **go away** (*of person*) ra đi; (*of
rain*) tạnh; (*of pain*, *clouds*) biến
mất
♦ **go back** (*return*) trở về; (*date
back*) trở lại; **we ~ a long way**
chúng tôi biết nhau đã từ lâu rồi;
~ to sleep đi ngủ lại
♦ **go by** (*of car*, *people*) đi qua; (*of
time*) trôi qua
♦ **go down** đi xuống; (*of sun*) lặn; (*of
ship*) đắm chìm; (*of swelling*) bớt
đi; (*of suggestion etc*) tiếp nhận
♦ **go for** (*attack*) tấn công; (*like*)
thích
♦ **go in** (*to room*, *house*) đi vào; (*of
the sun*) khuất; (*fit: of part etc*)
khớp với
♦ **go in for** *competition*, *race* tham
dự; (*like*) mê
♦ **go off 1** *v/i* (*leave*) ra đi; (*of
bomb*) nổ; (*of gun*) được bắn ra;
(*of alarm*) vang lên; (*of milk etc*)
ôi **2** *v/t* (*stop liking*) chán
♦ **go on** (*continue*) tiếp tục;
(*happen*) xảy ra; **~, do it!**
(*encouraging*) cứ làm đi!; **what's
going on?** có chuyện gì xảy ra
thế?
♦ **go on at** (*nag*) than phiền
♦ **go out** (*of person*) đi ra khỏi; (*of
light*, *fire*) tắt
♦ **go over** *v/t* (*check*) kiểm tra
♦ **go through** *v/t illness*, *hard times*
trải qua; (*check*) kiểm tra; (*read
through*) đọc hết
♦ **go under** *v/i* (*sink*) chìm; (*of
company*) phá sản
♦ **go up** (*climb*) trèo; (*climb:

ch (*final*) k	**gh** g	**nh** (*final*) ng	**r** z; (*S*) r	**x** s	**â** (but)	**i** (tin)
d z; (*S*) y	**gi** z; (*S*) y	**ph** f	**th** t	**a** (hat)	**e** (red)	**o** (saw)
đ d	**nh** (onion)	**qu** kw	**tr** ch	**ă** (hard)	**ê** ay	**ô** oh

mountain) leo; (*of prices*) tăng lên

♦ **go without 1** *v/t food etc* nhịn **2** *v/i* chịu nhịn

goad *v/t* trêu chọc

go-ahead 1 *n* sự cho phép; **get the** **~** nhận được sự cho phép **2** *adj* (*enterprising, dynamic*) năng nổ

goal (*sport: target*) khung thành; (*sport: point*) điểm; (*objective*) mục tiêu

goalkeeper thủ môn

goalpost cột gôn

goat con dê; (*in Vietnamese zodiac*) Mùi

♦ **gobble up** nuốt vội

go-between người trung gian

god thần; **God** Chúa trời; **thank** **God!** F lạy Chúa!; **oh God!** F trời ơi!

goddess nữ thần

godforsaken *place, town* khỉ ho cò gáy

goggles kính bảo hộ

going *adj price etc* hiện tại; **~** **concern** ngành kinh doanh đang phát đạt

goings-on sự cố

gold *n & adj* vàng

golden *sky, hair* màu vàng; **~** **handshake** món tiền thưởng về hưu; **~ wedding anniversary** đám cưới vàng

goldfish cá vàng; **gold medal** huy chương vàng; **goldsmith** thợ kim hoàn

golf môn đánh gôn

golf club (*organization*) câu lạc bộ đánh gôn; (*stick*) gậy đánh gôn

golf course sân gôn

golfer người chơi gôn

gong cái cồng

good tốt; (*Vietnamese often prefers a more specific word than 'good', so for example a 'good price' may*

translate as a 'high / low price'): *food, meal* ngon; (*in quality*) *hotel, restaurant, train service, model* khá; (*skilled, able*) *craftsman, student, doctor* giỏi; *speaker* hay; (*well-behaved*) *child* ngoan; (*well made*) *movie, book* hay; (*strong*) *runner, boxer* khỏe; (*valid*) *reason* chính đáng; (*enjoyable*) *party,vacation* vui; (*suitable*) *color* hợp; **a ~ many** khá nhiều; **be ~ at ...** giỏi về ...; **be ~ for s.o.** tốt cho ai; **~!, let's** **go** tốt!, chúng ta đi

goodbye chào; **say ~ to s.o.** nói lời chào tạm biệt với ai

good-for-nothing *n* người vô tích sự; **Good Friday** thứ Sáu tuần Thánh; **good-humored** vui tính; **good-looking** *man* đẹp trai; *woman* đẹp gái; **good-natured** hòa nhã

goodness (*moral*) lòng tốt; (*of fruit etc*) chất bổ; **thank ~!** tạ ơn Chúa!

goods COM hàng hóa

goodwill thiện chí; COM danh tiếng

goody-goody *n*: **he's such a ~** hắn ta ra vẻ tốt bụng

gooey dính nhớp nháp

goof *v/i* F làm hỏng

goose con ngỗng

gooseberry quả lý gai

goosebumps, gooseflesh nổi da gà

gorge 1 *n* (*in mountains*) hẻm núi **2** *v/t* ăn nhồi nhét; **~ oneself on** **sth** ăn nhồi nhét gì

gorgeous *weather* tuyệt vời; *dress* lộng lẫy; *woman, hair* tuyệt đẹp; *smell* thơm ngon

gorilla con gôrila, con khỉ đột

Gospel (*in Bible*) sách Phúc âm

gossip 1 *n* chuyện tầm phào; *pej* chuyện ngồi lê mách lẻo; (*person*) người ngồi lê mách lẻo **2** *v/i* nói

ơ ur	**y** (tin)	**ây** uh-i	**iê** i-uh	**oa** wa	**ôi** oy	**uy** wee	**ong** aong
u (soon)	**au** a-oo	**eo** eh-ao	**iêu** i-yoh	**oai** wai	**ơi** ur-i	**ênh** uhng	**uyên** oo-in
ư (dew)	**âu** oh	**êu** ay-oo	**iu** ew	**oe** weh	**uê** way	**oc** aok	**uyêt** oo-yit

chuyện phiếm

govern *country* cai trị

government chính phủ; (*strong*, *weak etc*) sự cai quản

governor (*of province*) tỉnh trưởng; (*of state in the USA*) thống đốc

gown (*long dress*) váy dài; (*wedding dress*) váy cưới; (*academic, of judge*) áo thụng; (*of surgeon*) áo choàng

grab *v/t* chộp lấy; ~ *a bite to eat* tranh thủ ăn; ~ *some sleep* tranh thủ ngủ

grace (*quality*) vẻ duyên dáng

graceful *person* duyên dáng; *movement* uyển chuyển

gracious *person* tử tế; *style*, *living* hào hiệp; *good ~!* trời ơi!

grade **1** *n* (*quality*) chất lượng; EDU (*in exam*) loại; (*class*) lớp **2** *v/t* xếp loại

grade crossing RAIL chỗ chắn tàu

gradient độ dốc

gradual dần dần

gradually dần dần

graduate **1** *n* nghiên cứu sinh **2** *adj* sau đại học

graduation sự tốt nghiệp đại học

graffiti grafitô

graft *n* BOT cành ghép; MED sự cấy ghép; (*corruption*) sự hối lộ

grain (*of rice, sand, salt etc*) hạt; (*in wood*) thở; *go against the* ~ trái với bản chất

gram gam

grammar ngữ pháp

grammatical ngữ pháp

grand **1** *adj* (*big*) lớn; F (*very good*) tuyệt diệu **2** *n* F (*$1000*) một nghìn đô

grandchild cháu; **granddad** ông; **granddaughter** cháu gái

grandeur sự hùng vĩ

grandfather (*paternal*) ông nội; (*maternal*) ông ngoại; **grandma** bà; **grandmother** (*paternal*) bà nội; (*maternal*) bà ngoại; **grandpa** ông; **grandparents** ông bà; **grand piano** đàn pianô cánh dơi; **grandson** cháu trai; **grandstand** khán đài

granite đá granit

granny bà

grant **1** *n* (*money*) tiền tài trợ; (*for university, school*) học bổng **2** *v/t* *wish, peace* ban cho; *visa* cấp; *request* chấp nhận; *take s.o./sth for ~ed* lợi dụng ai/điều gì

granule (*of sugar, salt etc*) hạt

grape quả nho

grapefruit quả bưởi tây; **grapefruit juice** nước bưởi tây; **grapevine**: *hear sth through the* ~ nghe đồn về gì

graph đồ thị

graphic **1** *adj* (*vivid*) sinh động **2** *n* COMPUT minh họa

graphics COMPUT đồ họa

♦**grapple with** *attacker* ghì chặt; *problem etc* vật lộn

grasp **1** *n* (*physical*) sự nắm chặt; (*mental*) sự nắm vững **2** *v/t* (*physically*) nắm chặt; (*understand*) hiểu

grass cỏ

grasshopper con châu chấu; **grass widow** người đàn bà vắng chồng; **grass widower** người đàn ông vắng vợ

grassy phủ cỏ

grate¹ *n* (*metal*) chấn song

grate² **1** *v/t* (*in cooking*) nạo **2** *v/i* (*of sounds*) kêu ken két

grateful biết ơn; *be ~ to s.o.* biết ơn ai

grater cái nạo

gratification sự mãn nguyện

ch (*final*) k	**gh** g	**nh** (*final*) ng	**r** z; (*S*) r	**x** s	**â** (but)	**i** (tin)
d z; (*S*) y	**gi** z; (*S*) y	**ph** f	**th** t	**a** (hat)	**e** (red)	**o** (saw)
đ d	**nh** (onion)	**qu** kw	**tr** ch	**ă** (hard)	**ê** ay	**ô** oh

gratify làm hài lòng

grating 1 *n* lưới **2** *adj sound* ken két; *voice* the thé

gratitude lòng biết ơn

gratuity tiền thưởng

grave¹ *n* mộ

grave² *adj error* nghiêm trọng; *face, voice* long trọng

gravel *n* sỏi

gravestone bia mộ

graveyard nghĩa địa

gravity PHYS lực hút

gravy (*in cooking*) nước xốt

gray *adj* xám; *be going* ~ bắt đầu có tóc bạc

gray-haired tóc bạc

grayhound chó đua

graze¹ *v/i* (*of cow, horse etc*) gặm cỏ

graze² 1 *v/t arm etc* làm xước da **2** *n* chỗ xước da

grease mỡ

greasy *food* béo ngậy; *hair, skin, plate* nhờn

great rất lớn; *composer, writer* vĩ đại; F (*very good*) tuyệt vời; *how was it? – ~* thế nào đấy? – tuyệt; *~ to see you!* thật là sung sướng được gặp anh/chị!

Great Britain nước Anh; **great-grandchild** chắt; **great-grandfather** cụ ông; **great-grandmother** cụ bà

greatly *admire, appreciate etc* rất; *improved, changed, increased etc* nhiều

greatness sự vĩ đại

Greece nước Hy Lạp

greed (*for food*) tính tham ăn; (*for money etc*) sự tham lam

greedy (*for food*) tham ăn; (*for money*) tham lam

Greek 1 *adj* Hy Lạp **2** *n* người Hy Lạp; (*language*) tiếng Hy Lạp

green xanh lá cây; (*environmentally*) ủng hộ việc bảo vệ môi trường

Green Beret Mũ Nồi Xanh;

greenhorn F lính mới;

greenhouse nhà kính;

greenhouse effect hiệu ứng nhà kính; **greenhouse gas** khí ô nhiễm; **green party** đảng Xanh;

green tea chè xanh (*N*), trà xanh (*S*)

greet chào hỏi

greeting lời chào hỏi

grenade lựu đạn

grid chấn song; (*network of electricity supply*) lưới điện

gridiron SP *sân đá bóng ở Mỹ*

gridlock (*in traffic*) sự tắc nghẽn

grief nỗi đau khổ

grievance điều phàn nàn

grieve làm đau khổ; *~ for s.o.* thương tiếc ai

grill 1 *n* (*on window etc*) lưới bảo vệ; *Br* (*for cooking*) lò nướng **2** *v/t* (*interrogate*) tra hỏi; *Br food* nướng

grille lưới bảo vệ

grim *look, face* hầm hầm; *prospect, future* buồn chán

grimace *n* vẻ nhăn nhó

grime bụi bẩn

grimy đầy bụi

grin 1 *n* cái cười toe toét **2** *v/i* cười toe toét

grind *v/t coffee, meat* xay

grip 1 *n* (*on rope etc*) sự nắm chặt; *be losing one's* ~ không kiểm soát được tình huống **2** *v/t* nắm chặt

gristle xương sụn

grit *n* (*dirt*) sạn; (*for roads*) đá mạt

groan 1 *n* tiếng rên **2** *v/i* rên lên

grocer người bán hàng tạp phẩm

groceries hàng tạp phẩm

grocery store cửa hàng tạp phẩm

ơ ur	y (tin)	ây uh-i	iê i-uh	oa wa	ôi oy	uy wee	ong aong
u (soon)	au a-oo	eo eh-ao	iêu i-yoh	oai wai	ơi ur-i	ênh uhng	uyên oo-in
ư (dew)	âu oh	êu ay-oo	iu ew	oe weh	uê way	oc aok	uyêt oo-yit

groin bụng dưới

groom 1 *n* (*for bride*) chú rể; (*for horse*) người chăn ngựa **2** *v/t horse* chải lông; (*train, prepare*) huấn luyện; *well ~ed* (*in appearance*) ăn mặc chỉnh tề

groove *n* rãnh

grope 1 *v/i* (*in the dark*) dò dẫm **2** *v/t* (*sexually*) sờ soạng

♦ **grope for** *door handle, right word* mò mẫm tìm

gross *adj* (*coarse, vulgar*) thô lỗ; *exaggeration* rành rành; FIN tổng; *~ domestic product* tổng sản lượng trong nước; *~ national product* tổng sản lượng quốc gia

ground 1 *n* mặt đất; (*reason*) lý do; ELEC sự tiếp đất; *on the ~* ở dưới đất **2** *v/t* ELEC tiếp đất

ground control bộ phận điều khiển ở mặt đất

ground crew nhân viên mặt đất

groundless không có cơ sở

ground meat thịt băm; **groundnut** lạc (N), đậu phộng (S); **ground plan** sơ đồ mặt bằng; **ground staff** SP nhân viên bảo quản sân bãi; (*at airport*) nhân viên mặt đất; **groundwork** công việc chuẩn bị cơ bản

group 1 *n* (*of people*) nhóm; (*companies*) tập đoàn; (*of trees*) lùm **2** *v/t* tập hợp thành nhóm

grow 1 *v/i* (*of child, animal*) lớn lên; (*of plants*) mọc; (*of hair, beard*) dài ra; (*of number, amount*) tăng lên; (*of business*) phát triển; *~ old / tired* (*become*) trở nên già / mệt **2** *v/t flowers* trồng

♦ **grow up** (*of person*) trưởng thành; (*of city*) phát triển; *~!* phải người lớn lên chứ!

growl 1 *n* (*of dog*) tiếng gầm gừ; (*of person*) tiếng lầm bầm **2** *v/i* (*of dog*) gầm gừ; (*of person*) lầm bầm

grown-up *n & adj* người lớn

growth (*of person*) quá trình lớn lên; (*of company*) sự phát triển; (*increase*) sự gia tăng; MED khối u

grub (*of insect*) ấu trùng

grubby bẩn thỉu

grudge 1 *n* mối bực tức; *bear a ~* mang mối ác cảm **2** *v/t* miễn cưỡng; *~ s.o. sth* cảm thấy bực tức với ai về gì

grudging miễn cưỡng

grueling *climb* mệt nhoài; *task* rất khó khăn

gruff cục cằn

grumble *v/i* càn nhằn

grumbler người hay càn nhằn

grunt 1 *n* (*of pig*) tiếng ủn ỉn; (*of person*) tiếng càn nhằn **2** *v/i* (*of pig*) kêu ủn ỉn; (*of person*) càn nhằn

guarantee 1 *n* sự bảo hành; (*promise*) sự bảo đảm; *~ period* thời gian bảo hành **2** *v/t* (*ensure*) bảo đảm; *product* bảo hành; *~ sth against sth* bảo hành gì chống gì

guarantor người bảo đảm; LAW người bảo lãnh

guard 1 *n* người canh gác; MIL lính gác; (*in prison*) người gác; *security ~* nhân viên bảo vệ; *be on one's ~ against* cảnh giác để phòng chống lại **2** *v/t* canh gác

♦ **guard against** coi chừng

guarded *reply* thận trọng

guardian LAW người giám hộ

guerrilla du kích

guess 1 *n* sự đoán **2** *v/t answer* đoán; *I ~ so* tôi nghĩ thế; *I ~ not* tôi không nghĩ thế **2** *v/i* đoán

guesswork sự phỏng đoán

guest khách

guesthouse nhà khách

ch (*final*) k	**gh** g	**nh** (*final*) ng	**r** z; (*S*) r	**x** s	**â** (but)	**i** (tin)
d z; (*S*) y	**gi** z; (*S*) y	**ph** f	**th** t	**a** (hat)	**e** (red)	**o** (saw)
đ d	**nh** (onion)	**qu** kw	**tr** ch	**ă** (hard)	**ê** ay	**ô** oh

guestroom phòng ngủ dành cho khách

guffaw 1 *n* kiểu cười ha hả **2** *v/i* cười ha hả

guidance sự hướng dẫn

guide 1 *n* (*person*) người hướng dẫn; (*book*) sách hướng dẫn **2** *v/t* dẫn

guidebook (*for travel*) sách hướng dẫn du lịch

guided missile tên lửa điều khiển

guided tour (*of city etc*) chuyến du lịch có hướng dẫn; (*in museum, art gallery*) cuộc đi thăm có hướng dẫn

guidelines đường lối chỉ đạo

guilt LAW tội lỗi; (*moral responsibility*) lỗi lầm; (*guilty feeling*) cảm giác tội lỗi

guilty LAW có tội; (*responsible*) đáng trách; *smile* như có lỗi; **have a ~ conscience** có lương tâm tội lỗi

guinea pig chuột lang; *fig* vật thí nghiệm

guitar đàn ghi ta

guitarist người chơi đàn ghi ta

gulf vịnh; *fig* hố ngăn cách

Gulf of Thailand Vịnh Thái Lan

Gulf of Tonkin Vịnh Bắc Bộ

gull con hải âu

gullet (*throat*) cổ họng

gullible cả tin

gulp 1 *n* (*of water etc*) ngụm **2** *v/i* (*with emotion*) nghẹn ngào

♦**gulp down** *drink* nốc; *breakfast, food* ngốn

gum[1] (*in mouth*) lợi

gum[2] *n* (*glue*) keo; (*chewing ~*) kẹo cao su

gun súng

♦**gun down** bắn gục

gunfire loạt đạt bắn; **gunman** tên cướp có súng; **gunpowder** thuốc súng; **gunship** pháo hạm; (*helicopter*) pháo thuyền trực thăng; **gunshot** phát súng; **gunshot wound** vết thương từ phát đạn

gurgle *v/i* (*of baby*) ríu rít; (*of drain*) ùng ục

gush *v/i* (*of liquid*) phọt ra

gushy F (*enthusiastic*) quá cường điệu

gust *n* cơn gió mạnh đột ngột

gusty *weather* có gió thổi mạnh; **~ wind** gió thổi mạnh

gut 1 *n* ruột; F (*stomach*) bụng; **~s** F (*courage*) sự can đảm **2** *v/t* (*of fire*) thiêu cháy

gutter (*on sidewalk*) rãnh nước; (*on roof*) máng nước

guy F anh chàng; **hey, you ~s** này, các anh

gym (*place: at sports club, in school*) phòng tập thể dục

gymnasium phòng tập thể dục

gymnast huấn luyện viên thể dục

gymnastics sự tập luyện thể dục

gynecologist bác sĩ phụ khoa

gypsy dân di gan

ơ ur	y (tin)	ây uh-i	iê i-uh	oa wa	ôi oy	uy wee	ong aong
u (soon)	au a-oo	eo eh-ao	iêu i-yoh	oai wai	ơi ur-i	ênh uhng	uyên oo-in
ư (dew)	âu oh	êu ay-oo	iu ew	oe weh	uê way	oc aok	uyêt oo-yit

H

habit thói quen
habitable có thể ở được
habitat môi trường sống
habitual quen thói; ~ **smoker**/
 drinker người thường xuyên hút
 thuốc/uống rượu
hack *n* (*poor writer*) nhà văn xoàng
hacker COMPUT *người tìm cách
 lấy dữ liệu máy tính mà không
 được phép*
hackneyed nhàm
haggard phờ phạc
haggle mặc cả (*N*), mà cả (*S*)
hail *n* mưa đá
hailstorm trận mưa đá dữ dội
hair tóc; (*single*) sợi tóc; (*of cat,
 dog etc*) lông
hairbrush bàn chải tóc; **haircut**
 (*style*) kiểu cắt tóc; (*cutting*) sự
 cắt tóc; **hairdo** kiểu làm đầu;
 hairdresser thợ làm đầu; **at the ~**
 ở hiệu làm đầu; **hairdrier,**
 hairdryer máy sấy tóc
hairless *animal* không có lông;
 head trọc; *chin* không có râu
hairpin cái trâm; **hairpin curve** chỗ
 cua rất gấp; **hair-raising** làm
 dựng tóc gáy; **hair remover** kem
 làm rụng lông; **hair-splitting** *n* chẻ
 sợi tóc làm tư; **hairstyle** kiểu tóc
hairy *arm* lông lá; *animal* có lông; F
 (*frightening*) làm dựng tóc gáy
Hai Van Pass đèo Hải Vân
half 1 *n* một nửa; ~ *past ten*, ~ *after
 ten* mười giờ rưỡi; ~ *an hour* nửa
 giờ; ~ *a pound* nửa pao **2** *adj* nửa
 3 *adv* một nửa

half-hearted thiếu nhiệt tình; **half
 time** *n* SP giờ nghỉ giữa hai hiệp;
 halfway 1 *adj stage*, *point* nửa
 chừng **2** *adv* (*in distance*) nửa
 đường; (*in work*, *time*) một nửa
hall (*large room*) phòng lớn;
 (*hallway in house*) hành lang cửa
 vào
halo vầng hào quang
Halong Bay vịnh Hạ long
halt 1 *v/i* dừng lại **2** *v/t* làm dừng
 lại **3** *n* sự tạm dừng; RAIL ga xếp;
 come to a ~ tạm dừng lại
halve *v/t apple* chia đôi; *costs,
 effort, time* giảm một nửa
ham (*meat*) giăm bông
hamburger bánh mì kẹp nhân thịt
 bò, hamburger
hamlet xóm, ấp
hammer 1 *n* cái búa **2** *v/i* đập ầm
 ầm; ~ *at the door* đập cửa ầm ầm
hammock cái võng
hamper[1] *n* (*for food*) giỏ mây
hamper[2] *v/t* (*obstruct*) cản trở
hamster chuột hang
hand *n* bàn tay; (*of clock*) kim;
 (*worker*) nhân công; **at ~**, **to ~** ở
 kề bên; **at first ~** từ nguồn trực
 tiếp; **by ~** bằng tay; **delivered by
 ~** đưa tay; **written by ~** viết tay;
 on the one ~ ..., **on the other ~**
 một mặt ..., mặt khác ...; **in ~**
 (*being done*) đang được giải
 quyết; **on your right ~** bên phải
 anh/chị; **~s off!** đừng mó vào!; **~s
 up!** giơ tay lên!; **change ~s**
 (*ownership*) thay đổi chủ

♦ **hand down** truyền lại

♦ **hand in** trình

♦ **hand on** chuyển

♦ **hand out** phân phát

♦ **hand over** nộp

handbag *Br* cái xắc tay; **hand baggage** hành lý xách tay; **handbook** sổ tay hướng dẫn; **handbrake** *Br* phanh tay (*N*), thắng tay (*S*); **handcuffs** còng số tám

handicap *n* (*disability*) tật nguyền; (*disadvantage*) điều bất lợi

handicapped (*physically*) bị tàn tật; ~ *by lack of funds* bị thiệt thòi vì thiếu tiền

handicraft nghề thủ công

handiwork công trình làm bằng tay

handkerchief khăn tay

handle 1 *n* (*on door*) nắm đấm; (*on suitcase*) tay xách; (*of knife*) cán **2** *v/t goods* buôn bán; *case, deal* xử lý; (*control*) trị; *let me ~ this* để việc này cho tôi

handlebars ghi đông

hand luggage hành lý xách tay; **handmade** làm bằng tay; **handrail** lan can; **handshake** cái bắt tay

hands-off không can dự, đứng ngoài

handsome đẹp; *a ~ man* một người đẹp trai

hands-on *experience* thực hành; *he's a ~ manager* anh ấy là một người quản lý thực dụng

handwriting nét chữ

handwritten viết tay

handy *tool, device* tiện lợi; *it might come in* ~ cái ấy có lúc được việc đấy

hang 1 *v/t picture* treo; *person* treo cổ **2** *v/i* (*of dress, washing*) treo; (*of hair*) xõa xuống **3** *n*: *get the ~*

of sth hiểu gì

♦ **hang around** luẩn quẩn

♦ **hang on** *v/i* (*wait*) chờ; ~ *a minute!* đợi tí đã!

♦ **hang on to** (*keep*) giữ

♦ **hang up** *v/i* TELEC đặt ống nghe xuống

hangar nhà để máy bay

hanger (*for clothes*) cái mắc áo

hang glider (*person*) vận động viên môn bay lượn hình cánh diều; (*device*) khung hình cánh diều trong môn bay lượn

hanging basket (*for shoulder pole*) quang gánh

hangover đau đầu; (*legacy*) tàn tích

♦ **hanker after** khao khát

hankie, hanky F khăn tay

Hanoi Hà Nội

haphazard bừa bãi

happen xảy ra; *if you ~ to see him* nếu anh/chị tình cờ gặp hắn; *what has ~ed to you?* có chuyện gì xảy ra với anh/chị thế?

♦ **happen across** may mắn tìm thấy

happening sự kiện

happily sung sướng; (*luckily*) may mắn

happiness niềm hạnh phúc

happy may mắn

happy-go-lucky vô tư lự

harass *enemy* quấy rối; *neighbors* làm phiền; ~ *s.o. sexually* quấy rối ai về tình dục

harassed mệt mỏi, căng thẳng

harassment (*of the enemy*) sự quấy rối; (*from boss, police*) sự làm phiền; *sexual* ~ sự quấy rối về tình dục

harbor 1 *n* cảng **2** *v/t criminal* chứa chấp; *grudge* ấp ủ

hard *material* cứng; *punch* mạnh; (*difficult*) gay go; *facts, evidence*

ơ ur	**y** (tin)	**ây** uh-i	**iê** i-uh	**oa** wa	**ôi** oy	**uy** wee	**ong** aong
u (soon)	**au** a-oo	**eo** eh-ao	**iêu** i-yoh	**oai** wai	**ơi** ur-i	**ênh** uhng	**uyên** oo-in
ư (dew)	**âu** oh	**êu** ay-oo	**iu** ew	**oe** weh	**uê** way	**oc** aok	**uyêt** oo-yit

không thể chối cãi; **~ of hearing** nặng tai

hardback sách bìa cứng; **hard-boiled** *egg* luộc thật chín; **hard copy** bản in ra giấy; **hard core** *n* lực lượng nòng cốt trung kiên; **hard currency** đồng tiền mạnh; **hard disk** đĩa cứng

harden 1 *v/t glue etc* làm khô cứng **2** *v/i* (*of glue*) khô cứng; (*of attitude*) trở nên cứng rắn

hardheaded thiết thực

hardliner kẻ theo đường lối cứng rắn

hardly (*barely*) vừa mới; **I can ~ hear** tôi hầu như không nghe được; **there was ~ anyone there** hầu như không có ai ở đó

hardness (*of steel*) độ cứng rắn; (*difficulty*) tính chất gay go

hard sell kiểu bán hàng ép buộc

hardship sự khó khăn

hard-up hết tiền; **hardware** (*household goods*) đồ ngũ kim; COMPUT phần cứng; **hardware store** cửa hàng ngũ kim; **hard-working** cần cù

hardy có sức chịu đựng

hare thỏ rừng

harm 1 *n* sự tổn hại; **it wouldn't do any ~ to ...** chẳng hại gì ... **2** *v/t* làm hại

harmful có hại

harmless vô hại

harmonious *colors* hài hòa; *relationship* hòa thuận; *sounds* du dương

harmonize *notes* phối hòa âm; *ideas* làm hòa hợp

harmony MUS hòa âm; (*in relationship etc*) sự hòa hợp

harp thụ cầm

♦**harp on about** F lải nhải về

harpoon *n* cây lao móc

harsh *criticism*, *words* khắc nghiệt; *color*, *light* chói mắt

harvest *n* việc thu hoạch

hash: **make a ~ of** F làm hỏng bét

hash browns khoai tây rán

hashish ha sít

haste sự vội vàng

hasty vội vàng

hat cái mũ

hatch *n* (*for serving food*) ô cửa; (*on ship*) cửa hầm hàng

♦**hatch out** *v/i* (*of eggs*) nở

hatchback ô tô đuôi cong

hatchet rìu cán ngắn

hate 1 *n* sự căm ghét **2** *v/t* căm ghét

hatred lòng căm thù

haughty cao ngạo

haul 1 *n* (*of fish*) mẻ lưới **2** *v/t* (*pull*) kéo; **~ oneself up** cố rướn lên

haulage vận tải đường bộ

haulage company công ty vận tải đường bộ

haulier công ty vận tải đường bộ

haunch (*of person*) vùng hông; **squat on one's ~es** ngồi xổm

haunt 1 *v/t* hay lui tới; **this place is ~ed** nơi này có ma ám **2** *n* nơi hay lui tới

haunting *tune* luôn âm vang

have ◊ (*own*) có; **I ~ a house in ...** tôi có một căn nhà ở ...; **do you ~ any family?** anh/chị có người thân nào không?; **I ~ a headache** tôi bị đau đầu ◊ *breakfast*, *lunch* ăn ◊: **can I ~ ...?** xin cho tôi ...; **can I ~ more time?** xin cho tôi thêm thời giờ được không?; **can I ~ a cup of coffee?** làm ơn cho tôi một cốc cà phê; **do you ~?** (*request*) anh/chị có ... không? ◊: **~ (got) to** phải; **I ~ (got) to speak with him** tôi phải nói chuyện với anh ấy; **do you ~ to take your passport?** có phải

---

ch (*final*) k	**gh** g	**nh** (*final*) ng	**r** z; (*S*) r	**x** s	**â** (but)	**i** (tin)
d z; (*S*) y	**gi** z; (*S*) y	**ph** f	**th** t	**a** (hat)	**e** (red)	**o** (saw)
đ d	**nh** (onion)	**qu** kw	**tr** ch	**ă** (hard)	**ê** ay	**ô** oh

mang theo hộ chiếu không? ◊
(*causative*): **~ sth done** (*by oneself*) tự làm gì; (*by s.o. else*) đi làm việc gì; **I had my hair cut** tôi đã đi cắt tóc; **can you ~ someone repair it?** anh/chị có thể nhờ ai đó sửa không?; **I'll ~ it done by this evening** (*by myself or by s.o. else*) việc sẽ được giải quyết xong xuôi tối nay ◊ (*past auxiliary*) đã; **I ~ come** tôi đã tới; **~ you seen her?** anh/chị có thấy cô ấy không?

♦ **have back** lấy lại; **when can I have it back?** bao giờ thì tôi có thể lấy lại?

♦ **have on** (*wear*) mặc; (*have planned*) dự định; **do you have anything on for tonight?** tối nay anh/chị có dự định làm gì không?

haven *fig* nơi ẩn náu

havoc (*chaos*) sự lộn xộn; **play ~ with** (*with schedule etc*) làm đảo lộn; (*with digestive system*) làm hỏng

hawk diều hâu; *fig* phần tử diều hâu

hay cỏ khô

hay fever chứng dị ứng phấn hoa

hazard *n* mối nguy hiểm

hazard lights MOT đèn nháy báo hiểm

hazardous nguy hiểm

haze sương mù mỏng

hazel (*tree*) cây phỉ

hazelnut quả phỉ

hazy *view*, *image* mờ; *memories* mơ hồ; **I'm a bit ~ about it** tôi hơi mơ hồ về chuyện này

HCM (= **Ho Chi Minh City**) Thành phố Hồ Chí Minh

he ◊ anh ấy; (*older or respected man*) ông ấy, ổng (*S*), ảnh(*S*); (*child*) nó; (*informal or pejorative*) hắn ◊ (*omission of pronoun*:

informal use): **where's Nam? – he's gone** Nam đâu? – đi rồi

head 1 *n* đầu; (*of department, company, government*) người đứng đầu; (*of school*) hiệu trưởng; (*on beer*) lớp bọt; (*of line, queue, nail*) đầu; **~ of the delegation** trưởng đoàn; **the ~ of the family** người chủ gia đình; **$15 a ~** 15$ mỗi người; **~s or tails?** ngửa hay sấp?; **at the ~ of the list** đứng đầu danh sách; **~ over heels** *fall* lăn lông lốc; **she's ~ over heels in love** cô ta yêu say đắm; **lose one's ~** (*go crazy*) mất bình tĩnh **2** *v/t delegation* dẫn đầu; *department* đứng đầu; *ball* đánh đầu

headache chứng đau đầu

header (*in soccer*) cú đánh đầu; (*in document*) phần đầu trang

headhunter COM công ty có nhiệm vụ tìm và tuyển dụng những nhân viên giỏi

heading (*in list*) đề mục

headlamp, headlight đèn pha; **headline** (*in newspaper*) đề mục; **make the ~s** trở thành tin quan trọng; **headlong** *adv fall* đâm đầu xuống; **headmaster** thầy hiệu trưởng; **headmistress** cô hiệu trưởng; **head office** (*of company*) trụ sở chính; **head-on** *adv & adj crash* đâm đầu vào nhau; **headphones** bộ tai nghe; **headquarters** (*of party*) cơ quan đầu não; (*of army*) sở chỉ huy; **headrest** cái tựa đầu; **headroom** (*for vehicle under bridge*) khoảng trống phía trên nóc của một chiếc xe; (*in car*) độ cao của trần xe; **headscarf** khăn trùm đầu; **headstrong** ương ngạnh; **head waiter** bồi bàn trưởng; **headwind** gió ngược

ơ ur	y (tin)	ây uh-i	iê i-uh	oa wa	ôi oy	uy wee	ong aong
u (soon)	au a-oo	eo eh-ao	iêu i-yoh	oai wai	ơi ur-i	ênh uhng	uyên oo-in
ư (dew)	âu oh	êu ay-oo	iu ew	oe weh	uê way	oc aok	uyêt oo-yit

heady *drink*, *wine etc* nặng

heal 1 *v/t* chữa lành **2** *v/i* lành

health sức khỏe; *your ~!* chúc sức khoẻ!

health club câu lạc bộ dưỡng sinh; **health food** thức ăn tự nhiên; **health food store** cửa hàng thức ăn tự nhiên; **health insurance** bảo hiểm y tế; **health resort** khu an dưỡng

healthy *person* khỏe mạnh; *food*, *lifestyle* lành mạnh; *economy* mạnh

heap *n* đống

♦ **heap up** *v/t* xếp thành đống; **heap sand up** vun cát thành đống

hear nghe thấy

♦ **hear about** nghe nói về

♦ **hear from** *(have news from)* nhận được tin của

hearing thính giác; LAW phiên tòa; *within ~* trong tầm nghe; *out of ~* ngoài tầm nghe

hearing aid máy trợ thính

hearsay: *by ~* theo tin đồn

hearse xe tang

heart tim; *(of problem)* cốt lõi; *(of city, organization)* trung tâm; *know sth by ~* thuộc lòng gì

heart attack cơn suy tim; **heartbeat** nhịp tim; **heartbreaking** đau lòng; **heartburn** chứng ợ nóng; **heart failure** chứng liệt tim; **heartfelt** *sympathy* chân thành

hearth nền lò sưởi

heartless tàn nhẫn

heartrending *plea*, *sight* thương tâm

hearts *(in cards)* quân cơ

heart throb F thần tượng

heart transplant sự ghép tim

hearty *meal* thịnh soạn; *person* vui tính; *a ~ appetite* ăn uống ngon miệng

heat *n* hơi nóng; *(hot weather)* thời tiết nóng

♦ **heat up** *room* sưởi ấm; *food* hâm nóng

heated *discussion* sôi nổi; *~ swimming pool* bể bơi nước ấm

heater lò sưởi

heath trảng

heathen *n* người ngoại đạo

heating hệ thống sưởi

heat-resistant chịu nhiệt; **heatstroke** sự say nắng; **heatwave** đợt nóng

heave *v/t (lift)* nâng lên

heaven trời; *~ and hell* thiên đường và địa ngục; *good ~s!* trời ơi!

Heavenly Stems can

heavy *object*, *smoker*, *accent*, *cold* nặng; *rain* to; *traffic* dày đặc; *food* khó tiêu; *loss* nặng nề; *bleeding* nhiều

heavy-duty bền

heavyweight SP hạng nặng

heckle *v/t* hỏi vặn vẹo

hectic bề bộn

hedge *n* hàng rào

hedgehog con nhím

heed chú ý đến; *pay ~ to ...* chú ý đến …

heel gót

heel bar thợ sửa giày

hefty *person* to khỏe; *weight*, *suitcase* nặng

height chiều cao; *(of airplane)* độ cao; *the ~ of summer* lúc nóng nhất của mùa hè

heighten *effect*, *tension* tăng

heir người thừa kế

heiress người thừa kế nữ

helicopter máy bay trực thăng

helicopter gunship pháo thuyền trực thăng

hell địa ngục; *what the ~ are you doing?* F mày đang làm cái quái gì vậy?; *what the ~ do you want?*

ch *(final)* k	gh g	nh *(final)* ng	r z; *(S)* r	x s	â *(but)*	i *(tin)*
d z; *(S)* y	gi z; *(S)* y	ph f	th t	a *(hat)*	e *(red)*	o *(saw)*
đ d	nh *(onion)*	qu kw	tr ch	ă *(hard)*	ê ay	ô oh

F mày muốn cái quái gì?; *go to ~!*
F quỷ tha ma bắt mày đi!; *a ~ of
a lot* F nhiều ơi là nhiều; *a ~ of a
nice guy* F thật đáng mặt là một
chàng trai
hello xin chào; TELEC a lô
helm NAUT bánh lái
helmet mũ bảo hộ; (*soldier's*) mũ
cối
help 1 *n* sự giúp đỡ; *~!* cứu tôi với!
2 *v/t* giúp; *please ~ yourself!* (*to
food*) xin cứ tự nhiên!; *I can't ~ it*
tôi không thể làm khác hơn; *I
couldn't ~ laughing* tôi đã không
thể nhịn cười
helper người giúp đỡ
helpful hữu ích
helping (*of food*) phần
helpless (*unable to cope*) không
thể tự lực; (*powerless*) bất lực
help screen COMPUT màn hình trợ
giúp
hem *n* (*of dress etc*) gấu
hemisphere bán cầu
hemorrhage 1 *n* chứng xuất huyết
2 *v/i* xuất huyết
hemp cây gai dầu
hen gà mái
henchman *pej* tay sai
henpecked sợ vợ; *~ husband* người
chồng sợ vợ
hepatitis bệnh viêm gan
her 1 *adj* (của) chị ấy; (*of younger
woman*) (của) cô ấy; (*of older or
respected woman*) (của) bà ấy; (*of
little girl*) (của) nó; (*emphatic*) của
chị ấy *etc*; *~ ticket* vé (của) cô
ấy; *she hurt ~ leg* cô ấy bị đau
chân; *she lost ~ ticket* cô ấy đánh
mất vé **2** *pron* chị ấy; (*younger*)
cô ấy; (*older or respected woman*)
bà ấy; (*little girl*) nó; *I know ~* tôi
quen chị ấy; *this is for ~* cái này
là để cho cô ấy

herb cỏ
herb(al) tea trà dược thảo
herd *n* đàn
here live, work ở đây; *come* đây;
over ~ ở đây; *in ~* ở trong này;
~'s to you! (*as toast*) chúc mừng
anh/chị!; *~ you are* (*giving sth*)
đây anh/chị; *~ we are!* (*finding
sth*) đây rồi!
hereditary *disease* di truyền
heritage di sản
hermit ẩn sĩ
hernia MED chứng thoát vị
hero người anh hùng
heroic anh hùng
heroin hê rô in, bạch phiến
heroine nữ anh hùng
heron con diệc
herpes bệnh mụn giộp
herring cá trích
hers của chị ấy; *a cousin of ~* anh
chị em họ của chị ấy, chính cô ấy;
→ *her*
herself tự chị ấy; *she hurt ~* chị ấy
tự làm mình đau; *by ~* tự mình;
→ *her*
hesitate ngập ngừng
hesitation sự ngập ngừng
heterosexual *adj* tình dục khác
giới
heyday thời vàng son
hi chào
hibernate ngủ đông
hiccup *n* nấc; (*minor problem*) sự
trục trặc; *have the ~s* có nấc
hick *pej* F nhà quê
hick town *pej* F thị trấn tỉnh lẻ
hidden *meaning* ẩn; *treasure* giấu
kín
hide[1] **1** *v/t* giấu **2** *v/i* ẩn nấp
hide[2] *n* (*of animal*) da sống
hide-and-seek trò ú tim
hideaway nơi ẩn náu
hideous crime, face, person ghê

ơ ur	y (tin)	ây uh-i	iê i-uh	oa wa	ôi oy	uy wee	ong aong
u (soon)	au a-oo	eo eh-ao	iêu i-yoh	oai wai	ơi ur-i	ênh uhng	uyên oo-in
ư (dew)	âu oh	êu ay-oo	iu ew	oe weh	uê way	oc aok	uyêt oo-yit

tởm; *weather* kinh khủng

hiding[1] (*beating*) trận đòn

hiding[2]: *be in* ~ đang trốn tránh; *go into* ~ giấu mình

hiding place chỗ nấp

hierarchy hệ thống cấp bậc

hi-fi bộ dàn hai phai

high 1 *adj* cao; *wind* mạnh; *society* thượng lưu; (*on drugs*) say; *have a* ~ *opinion of s.o.* đánh giá cao về ai; *it is* ~ *time ...* đã đến lúc … **2** *n* MOT số cao; (*in statistics*) đỉnh cao; EDU trường trung học **3** *adv* cao; *that's as* ~ *as we can go* đó là mức cao nhất chúng tôi có thể đưa ra; ~ *in the sky* tít trên trời cao

highbrow *adj* trí thức; **highchair** ghế cao (cho trẻ nhỏ); **highclass** cao cấp; **High Court** Tòa án tối cao; **high diving** động tác nhảy pơ lông giông cao; **high-frequency** tần số cao; **high-grade** chất lượng cao; **high-handed** cậy quyền; **high-heeled** cao gót; **high jump** môn nhảy cao; **high-level** cấp cao; **high life** cuộc sống xa hoa; **highlight 1** *n* (*main event*) sự kiện chủ chốt; (*in hair*) sắc sáng **2** *v/t* (*with pen*), COMPUT đánh dấu; **highlighter** (*pen*) bút đánh dấu

highly *desirable, likely* rất; *be* ~ *paid* được trả lương cao; *think* ~ *of s.o.* coi trọng ai

high performance *drill, battery* hiệu suất cao; **high-pitched** *voice* the thé; *note* cao; **high point** (*of life, program*) đỉnh cao; **high-powered** *engine* công suất lớn; *intellectual, salesman* đầy năng lực; **high pressure 1** *n* (*weather*) áp suất cao **2** *adj* TECH áp suất cao; *salesman* hay ép; *job, lifestyle* căng thẳng; **high priest** thầy cả; **high rising**

tone dấu sắc; **high school** trường trung học; **high society** xã hội thượng lưu; **high-speed train** tàu cao tốc; **high-strung** dễ bị kích động; **high-tech** *n & adj* kỹ nghệ tiên tiến; **high technology** kỹ nghệ tiên tiến; **high-tension** *cable* cao thế; **high tide** thủy triều lên cao; **high water** thủy triều lên cao; **highway** quốc lộ; **high wire** tiết mục biểu diễn trên dây

hijack 1 *v/t plane, bus* cướp **2** *n* (*of plane, bus*) vụ cướp

hijacker (*of plane, bus*) kẻ cướp

hike[1] **1** *n* cuộc đi bộ đường dài **2** *v/i* đi bộ

hike[2] *n* (*in prices*) sự tăng

hiker người đi bộ đường dài

hilarious rất vui nhộn

hill đồi; (*slope*) dốc

hillbilly *pej* F dân quê; **hillside** sườn đồi; **hilltop** đỉnh đồi; **hilltribe** dân tộc miền núi

hilly có nhiều đồi

hilt cán

him anh ấy; (*older or respected man*) ông ấy, ổng (*S*); (*child*) nó; (*informal or pejorative*) hắn; *I know* ~ tôi biết anh ấy; *this is for* ~ cái này cho anh ấy; → *he*

Himalayas Hy-ma-lay-a

himself chính anh ấy; *he hurt* ~ anh ấy tự làm mình đau; *by* ~ tự mình; → *he*

hinder cản trở

hindrance điều cản trở

hindsight sự nhận thức muộn; *with* ~ nhìn lại sự việc sau đó

hinge *n* bản lề

hint (*clue*) lời chỉ dẫn; (*piece of advice*) lời khuyên; (*implied suggestion*) lời gợi ý; (*of sadness etc*) dấu hiệu; (*of red etc*) dấu vết

hip hông

ch (*final*) k	**gh** g	**nh** (*final*) ng	**r** z; (*S*) r	**x** s	**â** (but)	**i** (tin)
d z; (*S*) y	**gi** z; (*S*) y	**ph** f	**th** t	**a** (hat)	**e** (red)	**o** (saw)
đ d	**nh** (onion)	**qu** kw	**tr** ch	**ă** (hard)	**ê** ay	**ô** oh

hip pocket túi hông
hippopotamus con hà mã
hire *v/t* thuê
his 1 *adj* (của) anh ấy; (*emphatic*) của anh ấy; ~ *ticket* vé (của) anh ấy; *he hurt* ~ *leg* anh ấy bị đau chân; *he lost* ~ *ticket* anh ấy đánh mất vé **2** *pron* của anh ấy; *it's* ~ cái này là của anh ấy; *a cousin of* ~ anh chị em họ của anh ấy
Hispanic 1 *n* (*from Latin America*) người châu Mỹ La tinh **2** *adj* châu Mỹ La tinh
hiss *v/i* (*of snake*) kêu xì xì; (*of audience*) huýt sáo chê
historian nhà sử học
historic lịch sử
historical lịch sử
history lịch sử
hit 1 *v/t* đánh; *ball* đập; (*collide with*) đâm vào; *he was* ~ *by a bullet* anh ấy bị trúng một viên đạn; *it suddenly* ~ *me* (*I realized*) tôi bất thần nhận thấy; ~ *town* (*arrive*) tới thành phố **2** *n* (*blow*) cú đánh; (*success*) việc thành công **3** *adj*: ~ *songs*/*records* những bài hát/đĩa nổi tiếng
♦ **hit back** trả đũa
♦ **hit on** *idea* chợt nghĩ ra
♦ **hit out at** (*criticize*) công kích tới tấp
hit-and-run: ~ *accident* đụng rồi bỏ chạy; ~ *driver* kẻ đụng rồi bỏ chạy
hitch 1 *n* (*problem*) trục trặc; *without a* ~ không có gì trục trặc **2** *v/t* buộc; ~ *sth to sth* buộc gì vào gì; ~ *a ride* đi nhờ một chuyến **3** *v/i* (*hitchhike*) đi nhờ xe
♦ **hitch up** *wagon, trailer* móc nối
hitchhike đi nhờ xe; **hitchhiker** người đi nhờ xe; **hitchhiking** sự đi nhờ xe

hi-tech *n & adj* kỹ nghệ tiên tiến
hitlist danh sách đối tượng; **hitman** kẻ giết người thuê; **hit-or-miss** được chăng hay chớ; **hit squad** đội đặc nhiệm
HIV HIV
hive (*for bees*) tổ ong
♦ **hive off** *v/t* (COM: *separate off*) tách ra
HIV-positive HIV dương tính
hoard 1 *n* chỗ cất giữ **2** *v/t* tích trữ
hoarse khàn
hoax *n* trò chơi khăm
hobble *v/i* đi khập khiễng
hobby sở thích riêng
hobo kẻ lang thang; (*migrant worker*) thợ làm rong
Ho Chi Minh (City) Thành phố Hồ Chí Minh; **Ho Chi Minh's Birthday** sinh nhật Bác Hồ; **Ho Chi Minh's Mausoleum** Lăng Chủ Tịch Hồ Chí Minh; **Ho Chi Minh Trail** Đường mòn Hồ Chí Minh
hockey (*ice* ~) khúc côn cầu trên băng
hog *n* (*pig*) lợn thịt
hoist 1 *n* tời **2** *v/t* (*lift*) nhấc lên; *flag* kéo lên
hokum (*nonsense*) lời vô nghĩa; (*sentimental stuff*) chuyện vớ vẩn
hold 1 *v/t* (*in hands*) ôm; *hand* nắm; *shelf etc* đỡ; *disk drive etc* giữ; *passport, license* có; *prisoner, suspect* bắt giữ; (*contain*) chứa được; *job, post, course* giữ; ~ *one's breath* nín thở; *he can* ~ *his drink* anh ấy uống nhiều mà vẫn tỉnh táo; ~ *s.o. responsible* coi ai là người phải chịu trách nhiệm; ~ *that ...* (*believe, maintain*) nhất định cho rằng ...; ~ *the line* TELEC cầm máy chờ **2** *n* (*in ship*) khoang hàng; (*in plane*) khoang hành lý;

ơ u*r*	y (tin)	ây uh-i	iê i-uh	oa wa	ôi oy	uy wee	ong aong
u (soon)	au a-oo	eo eh-ao	iêu i-yoh	oai wai	ơi u-*r-i*	ênh uhng	uyên oo-in
ư (dew)	âu oh	êu ay-oo	iu ew	oe weh	uê way	oc aok	uyêt oo-yit

(*on reality*) sự bám víu; ***take ~ of sth*** nắm lấy gì; ***lose one's ~ on sth*** (*on rope*) tuột tay khỏi gì

♦ **hold against**: **hold X against Y** vì X mà giận Y

♦ **hold back 1** *v/t crowds* ngăn cản; *facts, information* giữ kín **2** *v/i* (*not tell all*) giữ miệng

♦ **hold on** *v/i* (*wait*) chờ; TELEC giữ máy; ***now ~ a minute!*** này, đợi tí đã !

♦ **hold on to** (*keep*) giữ lại; *belief* kiên trì

♦ **hold out 1** *v/t hand* đưa ra; *prospect* đưa ra **2** *v/i* (*of supplies*) vẫn còn; (*of trapped miners etc*) chịu đựng được

♦ **hold up** *v/t hand* giơ lên; *bank etc* cướp; (*make late*) làm chậm lại; ***hold sth up as an example*** nêu gì lên làm thí dụ

♦ **hold with** (*approve of*) tán thành

holder (*container*) chỗ đựng; (*of passport, ticket etc*) người cầm; (*of record*) người giữ

holding company công ty cổ phần mẹ

holdup (*robbery*) vụ cướp; (*delay*) sự chậm trễ

hole lỗ hổng

holiday (*single day*) ngày nghỉ; (*period*) kỳ nghỉ; ***take a ~*** đi nghỉ

Holland nước Hà lan

hollow *object* rỗng; *cheeks* hõm; *promise* hão

holly cây nhựa ruồi

holocaust sự hủy diệt

hologram kỹ thuật tạo ảnh ba chiều

holster bao súng ngắn

holy thần thánh

Holy Spirit Đức Thánh Thần

Holy Week Tuần lễ Thánh

home 1 *n* nhà; (*native country*) tổ quốc; (*town, part of country*) quê hương; (*for old people*) nhà dưỡng lão; ***at ~*** (*in my house*) ở nhà; (*in my country*) ở trong nước; SP trên sân nhà; ***make oneself at ~*** cứ tự nhiên như ở nhà; ***at ~ and abroad*** ở trong nước và ngoài nước **2** *adv* ở nhà; (*in own country*) ở trong nước; (*in own town, part of country*) ở quê hương; ***go ~*** về nhà; (*to own country*) về nước; (*to town, part of country*) về quê

home address địa chỉ nơi ở; **homecoming** sự trở về nhà; (*to town, part of country*) sự về quê; (*to country*) sự về nước; **home computer** máy tính dùng trong nhà; **home game** trận đấu trên sân nhà

homeless 1 *adj* vô gia cư **2** *n*: **the ~** những người vô gia cư

homeloving tính thích quanh quẩn ở nhà

homely (*homeloving*) tính thích cuộc sống gia đình; (*not good-looking*) xấu

homemade nhà làm

home movie phim nhà làm

homeopathy phép chữa bệnh vi lượng đồng căn

homesick: **be ~** nhớ nhà

home town thành phố quê hương

homeward *adv* (*to own house*) trở về nhà; (*to own country*) trở về nước

homework (*from school*) bài tập về nhà làm

homeworking COM làm ở nhà

homicide (*crime*) tội giết người; (*police department*) phòng điều tra các vụ án giết người

homograph từ cùng chữ

homophobia sự căm ghét những kẻ đồng tính luyến ái

---

ch (*final*) k	**gh** g	**nh** (*final*) ng	**r** z; (*S*) r	**x** s	**â** (but)	**i** (tin)
d z; (*S*) y	**gi** z; (*S*) y	**ph** f	**th** t	**a** (hat)	**e** (red)	**o** (saw)
đ d	**nh** (onion)	**qu** kw	**tr** ch	**ă** (hard)	**ê** ay	**ô** oh

homosexual 1 *adj* đồng tính luyến ái **2** *n* kẻ đồng tính luyến ái

honest thành thực

honestly thành thực

honesty lòng trung thực

honey mật ong; F (*to woman*) em yêu; (*to man*) anh yêu

honeycomb tầng ong

honeymoon *n* tuần trăng mật

Hong Kong Hồng Kông

honk *v/t* horn bấm còi

honor 1 *n* danh dự; *it was an ~ to ...* thật là một vinh dự được ... **2** *v/t* tỏ lòng kính trọng

honorable chính trực

honorific kính cẩn

hood (*over head*) mũ trùm đầu; (*over cooker*) nắp đậy bếp; MOT mui xe gập; (*gangster*) kẻ cướp

hoodlum (*gangster*) kẻ cướp

hoof móng guốc

hook *n* (*to hang clothes on*) cái mắc; (*for fishing*) lưỡi câu; *off the ~* TELEC bỏ ống nghe ra khỏi máy

hooked: *be ~ on s.o. / sth* say mê ai / gì; *be ~ on sth* (*on drugs*) nghiện gì

hooker F gái điếm

hooky: *play ~* trốn học, kẻ côn đồ

hooliganism thói côn đồ

hoop (*of wood, metal*) đai; (*child's toy*) vòng gỗ

hoot 1 *v/t* horn rúc **2** *v/i* (*of car*) rúc còi; (*of owl*) kêu

hop[1] *n* (*plant*) cây hublông

hop[2] *v/i* nhảy

hope 1 *n* niềm hy vọng; *there's no ~ of that* không hy vọng gì vào đó **2** *v/i* hy vọng; *~ for sth* hy vọng vào gì; *I ~ so* tôi mong là thế; *I ~ not* tôi không mong là thế **3** *v/t*: *I ~ you like it* tôi hy vọng anh / chị thích nó

hopeful (*promising*) đầy hứa hẹn;

feel ~ that ... cảm thấy có hy vọng là ...

hopefully *say, wait* một cách đầy hy vọng; (*I / we hope*) hy vọng rằng

hopeless *position, propect* tuyệt vọng; (*useless: person*) không có năng lực

horizon đường chân trời

horizontal nằm ngang

hormone hoóc môn

horn (*of animal*) cái sừng; MOT còi

hornet ong bắp cày

horn-rimmed spectacles kính gọng sừng

horny F (*sexually*) bị kích dục

horoscope lá số tử vi

horrible khủng khiếp

horrify: *I was horrified* tôi hoảng lên

horrifying *experience, idea, prices* đáng sợ

horror sự ghê rợn; *the ~s of war* những điều rùng rợn của chiến tranh

horror movie phim rùng rợn

hors d'oeuvre món khai vị

horse con ngựa; (*in Vietnamese zodiac*) Ngọ

horseback: *on ~* cưỡi trên lưng ngựa; **horse chestnut** (*tree*) cây dẻ ngựa; (*nut*) hạt dẻ ngựa; **horsepower** mã lực; **horse race** cuộc đua ngựa; **horseshoe** móng ngựa

horticulture nghề làm vườn

hose *n* ống mềm

hospice bệnh viện dành cho những bệnh nhân ở giai đoạn cuối

hospitable mến khách

hospital bệnh viện; *go into the ~* đi bệnh viện

hospitality lòng mến khách

host *n* (*at party, reception*) chủ nhà; (*of TV program*) người dẫn

ơ ur	y (tin)	ây uh-i	iê i-uh	oa wa	ôi oy	uy wee	ong aong
u (soon)	au a-oo	eo eh-ao	iêu i-yoh	oai wai	ơi ur-i	ênh uhng	uyên oo-in
ư (dew)	âu oh	êu ay-oo	iu ew	oe weh	uê way	oc aok	uyêt oo-yit

chương trình

hostage con tin; *be taken* ~ bị bắt làm con tin

hostage taker kẻ bắt giữ con tin

hostel (*for students*) nhà ký túc; (*youth* ~) nhà trọ thanh niên

hostess (*at party, reception*) bà chủ nhà; (*on airplane, in bar*) nữ chiêu đãi viên

hostile *attitude, speech etc* thù địch; *troops* địch

hostility (*of attitude*) sự thù địch; *hostilities* chiến sự

hot *weather, water, food* nóng; (*spicy*) cay; F (*good*) có khiếu; *I'm* ~ tôi cảm thấy nóng

hot dog bánh mì kẹp xúc xích

hotel khách sạn

hotplate bảng hâm nhiệt

hot spot (*military, political*) điểm nóng

hour giờ

hourly *adj*: *there's an* ~ *bus* mỗi giờ có một chuyến xe buýt; *at* ~ *intervals* hàng giờ

house *n* nhà; *at your* ~ tại nhà anh/chị

houseboat nhà thuyền; **housebreaking** đập cửa vào nhà; **household** hộ; **household name** cái tên quen thuộc; **house husband** ông chồng nội trợ; **housekeeper** quản gia; **housekeeping** (*activity*) công việc nội trợ; (*money*) tiền nội trợ; **House of Representatives** Hạ nghị viện; **housewarming (party)** tiệc mừng nhà mới; **housewife** bà nội trợ; **housework** công việc nhà cửa

housing nhà cửa; TECH vỏ bọc

housing conditions hoàn cảnh nhà cửa

hovel căn nhà tồi tàn

hover bay lượn

hovercraft tàu di động trên đệm không khí

how như thế nào; ~ *does it switch on?* nó bật như thế nào?; ~ *are you?* anh/chị có khoẻ không?; ~ *about ...?* anh/chị có thích …?; ~ *about going for a meal?* đi ăn hàng chứ?; ~ *much?* bao nhiêu?; ~ *much is it?* bao nhiêu tiền?; ~ *many?* bao nhiêu?; ~ *often?* có thường không?; ~ *funny!* thật là buồn cười!; ~ *sad!* thật là buồn!

however tuy nhiên; ~ *rich/small they are* dù họ có giàu có/nhỏ bé đến đâu đi nữa

howl *v/i* (*of dog*) hú; (*in pain, with laughter*) rú lên

hub (*of wheel*) trục

hubcap nắp trục

♦**huddle together** tụm lại với nhau

hue màu sắc

huff: *be in a* ~ đang trong cơn giận dữ

hug *v/t* ôm chặt

huge *building, tree, difference* to lớn; *debt, sum of money* rất lớn

hull NAUT thân tàu

hullabaloo (*noise*) tiếng huyên náo; (*fuss*) sự làm rùm beng

hum 1 *v/t song, tune* ngâm nga **2** *v/i* (*of person*) ngâm nga; (*of machine*) kêu ù ù

human 1 *n* con người **2** *adj* của con người; ~ *error* sự sai lầm của con người

human being con người

human chess cờ người

humane nhân đạo

humanitarian nhân đạo

humanity (*human beings*) nhân loại; (*of attitude etc*) lòng nhân đạo

human race loài người

human resources nhân lực
humble *attitude, person* khiêm tốn; *origins* hèn kém; *meal, house* tầm thường
humdrum nhàm chán
humid ẩm
humidifier thiết bị giữ độ ẩm
humidity độ ẩm; **90%** ~ độ ẩm 90%
humiliate làm nhục
humiliating nhục nhã
humiliation (*humiliating*) sự làm nhục; (*being humiliated*) sự bị làm nhục
humility thái độ khiêm nhường
humor (*comical*) sự hài hước; (*mood*) tâm trạng; **sense of** ~ tính hài hước
humorous hài hước
hump 1 *n* (*of camel, person*) cái bướu; (*on road*) mô đất **2** *v/t* (*carry*) vác
hunch (*idea*) linh cảm
hundred trăm
hundredth *adj* thứ một trăm
hundredweight một phần hai mươi của một tấn
Hungarian 1 *adj* Hung-ga-ri **2** *n* (*person*) người Hung-ga-ri (*language*) tiếng Hung-ga-ri
Hungary nước Hung-ga-ri
hunger *n* sự đói
hung-over chuếnh choáng
hungry đói; **I'm** ~ tôi thấy đói
hunk: **great** ~ F (*man*) người đàn ông lực lưỡng
hunky-dory F tốt đẹp
hunt 1 *n* (*for animals*) sự săn bắt; (*for a new leader, missing child etc*) sự lùng kiếm **2** *v/t animal* săn bắt
♦ **hunt for** tìm kiếm
hunter người đi săn
hunting sự đi săn
hurdle SP rào; *fig* (*obstacle*) vật chướng ngại

hurdler SP vận động viên chạy vượt rào
hurdles SP môn chạy vượt rào
hurl *stones* ném; *insults* gào thét
hurray hoan hô
hurricane cơn bão
hurried gấp
hurry 1 *n* sự vội vàng; **be in a** ~ vội vã **2** *v/i* gấp lên
♦ **hurry up 1** *v/i* gấp lên; ~! nhanh lên! (*N*), lẹ lên! (*S*) **2** *v/t* giục
hurt 1 *v/i* bị đau; **does it** ~**?** có đau không? **2** *v/t* (*physically*) làm đau; (*emotionally*) xúc phạm
husband người chồng
hush *n* sự im lặng; ~! suỵt!
♦ **hush up** *scandal etc* bưng bít
husk (*of peanuts*) vỏ; (*of rice*) trấu
husky *adj* khàn khàn
hustle 1 *n* sự nhộn nhịp hối hả; ~ **and bustle** sự lăng xăng bận rộn **2** *v/t person* thúc giục
hut túp lều
hyacinth cây lan dạ hương
hybrid (*plant*) cây lai; (*animal*) vật lai
hydrant: **fire** ~ *van lấy nước để chữa cháy*
hydraulic thủy lực
hydro ... thủy ...
hydroelectric thủy điện
hydrofoil (*boat*) tàu thủy trượt trên mặt nước
hydrogen hyđrô
hydrogen bomb bom khinh khí
hygiene vệ sinh
hygienic vệ sinh
hymn bài thánh ca
hype *n* quảng cáo thổi phồng
hyperactive quá hiếu động;
hypermarket siêu thị lớn;
hypersensitive quá nhạy cảm;
hypertension chứng huyết áp cao; **hypertext** COMPUT siêu văn

ơ ur	**y** (tin)	**ây** uh-i	**iê** i-uh	**oa** wa	**ôi** oy	**uy** wee	**ong** aong
u (soon)	**au** a-oo	**eo** eh-ao	**iêu** i-yoh	**oai** wai	**ơi** ur-i	**ênh** uhng	**uyên** oo-in
ư (dew)	**âu** oh	**êu** ay-oo	**iu** ew	**oe** weh	**uê** way	**oc** aok	**uyêt** oo-yit

bản

hyphen dấu nối

hypnosis sự thôi miên

hypnotherapy phép chữa bệnh bằng thôi miên

hypnotize thôi miên

hypochondriac *n* chứng nghi bệnh

hypocrisy thói đạo đức giả

hypocrite kẻ đạo đức giả

hypocritical đạo đức giả

hypothesis giả thuyết

hypothetical có tính chất giả thuyết

hysterectomy thủ thuật cắt bỏ dạ con

hysteria sự quá kích động

hysterical *person* bị cuồng loạn; *laugh* điên loạn; (*very funny*) hết sức buồn cười; ***become*** ~ trở nên điên loạn

hysterics cơn cuồng loạn; (*laughter*) trận cười điên dại

I

I tôi, tui (*S*); (*informal*) tớ; (*speaking to one's parents*) con; (*female to younger brother or sister or member of the younger generation*) chị; (*male to younger brother or sister or member of the younger generation*) anh; (*to one's older brother or sister or member of an older generation*) em; (*mother to her children*) mẹ (*N*), má (*S*); (*father to his children*) bố (*N*), ba (*S*); (*young person to friend of same generation*) tao; (*informal to same generation*) mình, tớ ◊ (*omission of pronoun: informal use*): ***where is he? – ~ don't know*** anh ấy đâu? – không biết

ice (*in drink*) đá; (*on road*) băng; ***break the*** ~ *fig* xua tan sự e ngại

♦ **ice up** (*of engine, wings*) phủ băng

iceberg tảng băng trôi; **icebox** tủ lạnh; **icebreaker** (*ship*) tàu phá băng; **ice cream** kem; **ice-cream parlor** hiệu kem; **ice cube** viên đá nhỏ

iced *drink* ướp lạnh

iced coffee cà phê đá

ice hockey hốc cây trên băng

ice rink sân băng

icicle nhũ băng

icon (*cultural*) thần tượng; COMPUT biểu tượng

icy *road, surface* phủ băng; *welcome* lạnh nhạt

idea ý kiến; ***good*** ~! ý kiến hay đấy!; ***I have no*** ~ tôi không biết; ***it's not a good*** ~ ***to ...*** không nên …

ideal *adj* (*perfect*) lý tưởng

idealistic lý tưởng chủ nghĩa

identical giống hệt; ~ ***twins*** cặp sinh đôi giống nhau như đúc

identification sự nhận dạng; (*papers etc*) giấy chứng minh

identify *thing* nhận biết; *person* nhận dạng

identity (*of person*) nhận dạng; ***their sense of national*** ~ ý thức đồng nhất dân tộc của họ; ***the***

---

ch (*final*) k	**gh** g	**nh** (*final*) ng	**r** z; (*S*) r	**x** s	**â** (but)	**i** (tin)
d z; (*S*) y	**gi** z; (*S*) y	**ph** f	**th** t	**a** (hat)	**e** (red)	**o** (saw)
đ d	**nh** (onion)	**qu** kw	**tr** ch	**ă** (hard)	**ê** ay	**ô** oh

building has its own distinct ~
tòa nhà có đặc tính riêng biệt
của nó; ~ *card* thẻ chứng minh

ideological hệ tư tưởng

ideology hệ tư tưởng

idiom (*saying*) thành ngữ

idiomatic: *she speaks fluent and* ~
French cô ấy nói tiếng Pháp lưu
loát và rất Pháp

idiosyncrasy phong cách riêng

idiot kẻ ngu ngốc

idiotic ngu ngốc

idle 1 *adj person* lười; *threat* vô tác
dụng; *machinery* để không; *in an* ~
moment vào lúc nhàn rỗi **2** *v/i*
(*of engine*) chạy không tải

♦ **idle away** *the time etc* ngồi không;
~ *the hours watching TV* ngồi
không hàng giờ liền xem vô
tuyến

idol (*statue of a deity*) tượng thần;
(*movie star etc*) thần tượng

idolize thần tượng hóa

idyllic bình dị

if *conj* (*on condition*) nếu; (*whether*)
có ... không; ~ *you have finished
eating* ... nếu anh/chị đã ăn xong
...; *do you know* ~ *he's married?*
anh/chị có biết anh ấy đã có gia
đình rồi hay không?

igloo lều tuyết

ignite *v/t* đốt

ignition (*in car*) hệ thống đánh lửa;
~ *key* chìa khóa công tắc

ignorance sự không hiểu biết

ignorant không hiểu biết; (*rude*)
khiếm nhã

ignore phớt lờ; COMPUT bỏ qua

ill ốm; *fall* ~, *be taken* ~ bị ốm

illegal phi pháp

illegible khó đọc

illegitimate (*against the law*) bất
hợp pháp; *an* ~ *child* con ngoài
giá thú

ill-fated xui xẻo

illicit *copy*, *import* lậu; *relationship*,
pleasure bất chính

illiterate (*unable to read or write*)
mù chữ; (*ignorant*) không hiểu
biết

ill-mannered bất lịch sự

ill-natured xấu tính

illness sự đau ốm

illogical phi lý

ill-tempered cáu kỉnh

illtreat ngược đãi

illuminate *building etc* trưng đèn

illuminating *remarks etc* làm sáng
tỏ

illusion ảo tưởng

illustrate (*with picture, examples*)
minh họa

illustration (*picture*) tranh minh
họa; (*with examples*) sự minh họa

illustrator người vẽ tranh minh họa

ill will sự thù ghét

ILO (= *International Labor
Organization*) Tổ chức Lao Động
quốc tế

image (*picture*) hình ảnh; (*of
politician, company*) tiếng tăm;
be the ~ *of s.o.* giống y hệt ai

image-conscious quan tâm tới
tiếng tăm của mình

imaginable có thể tưởng tượng
được; *the biggest/smallest size* ~
cỡ lớn nhất/bé nhất có thể tượng
tượng được

imaginary tưởng tượng

imagination trí tưởng tượng; *it's all
in your* ~ toàn là trong trí tưởng
tượng của anh/chị

imaginative giàu tưởng tượng

imagine tưởng tượng; *I can just* ~ *it*
tôi có thể tưởng tượng được điều
đó; *you're imagining things* anh/
chị giàu óc tưởng tượng

imbecile người đần độn; *pej* F

ơ u*r*	**y** (tin)	**ây** uh-i	**iê** i-uh	**oa** wa	**ôi** oy	**uy** wee	**ong** aong
u (soon)	**au** a-oo	**eo** eh-ao	**iêu** i-yoh	**oai** wai	**ơi** u*r*-i	**ênh** uhng	**uyên** oo-in
ư (dew)	**âu** oh	**êu** ay-oo	**iu** ew	**oe** weh	**uê** way	**oc** aok	**uyêt** oo-yit

người ngu ngốc

IMF (= *International Monetary Fund*) IMF

imitate bắt chước

imitation (*copying*) sự bắt chước; (*something copied*) đồ giả; ~ **leather** da giả

immaculate *clothes, person* sạch sẽ chỉnh tề

immaterial (*not relevant*) không liên quan gì

immature non nớt

immediate (*in time*) ngay; **the ~ family** gia đình gần gũi nhất; **in the ~ neighborhood** ở vùng lân cận nhất

immediately ngay lập tức; ~ **after the bank**/**church** ngay sau ngân hàng/nhà thờ

immense cực kỳ lớn

immerse (*in liquid etc*) ngâm; ~ **oneself in** đắm mình vào

immersion heater *dụng cụ đun nóng bằng điện đặt trong thùng đun nước*

immigrant *n* người nhập cư

immigrate nhập cư

immigration (*act*) sự nhập cư; (*government office*) Cơ quan nhập cư

imminent sắp xảy ra

immobilize *person* làm bất động; *factory* làm không hoạt động được; *car* làm không chuyển động được

immoderate quá đáng

immoral trái đạo đức

immorality tính trái đạo đức

immortal *soul* bất tử; *phrase, words* bất hủ

immortality sự bất tử

immune (*to illness, infection*) miễn dịch; (*from ruling, requirement*) được miễn

immune system MED hệ thống miễn dịch

immunity (*to infection*) khả năng miễn dịch; (*from ruling*) sự miễn trừ; **diplomatic ~** quyền miễn trừ ngoại giao

impact *n* (*of meteorite, vehicle etc*) sự va chạm; (*of new manager etc*) ảnh hưởng; (*effect*) tác động

impair làm hại

impaired bị suy kém

impartial vô tư

impassable *road* không thể đi được

impasse (*in negotiations etc*) thế bế tắc

impassioned *speech, plea* tha thiết

impassive thản nhiên

impatience sự nôn nóng

impatient nôn nóng

impatiently một cách nôn nóng

impeccable *turnout, English etc* hoàn hảo

impeccably *dressed, pronounce, speak* một cách hoàn hảo

impede cản trở

impediment (*in speech*) khuyết tật

impending sắp xảy ra

impenetrable *jungle, fortress* không thể vào được; *mind, mystery* không thể hiểu được

imperative 1 *adj* cấp bách **2** *n* GRAM thể mệnh lệnh

imperceptible không thể nhận thấy được

imperfect 1 *adj* không hoàn hảo **2** *n* GRAM thời quá khứ chưa hoàn thành

imperial hoàng đế

impersonal *pej* lạnh lẽo

impersonate (*as a joke*) nhại; (*illegally*) đóng giả

impertinence sự xấc láo

impertinent xấc láo

ch (*final*) k	**gh** g	**nh** (*final*) ng	**r** z; (*S*) r	**x** s	**â** (but)	**i** (tin)
d z; (*S*) y	**gi** z; (*S*) y	**ph** f	**th** t	**a** (hat)	**e** (red)	**o** (saw)
đ d	**nh** (onion)	**qu** kw	**tr** ch	**ă** (hard)	**ê** ay	**ô** oh

imperturbable điềm tĩnh

impervious: ~ *to* thản nhiên trước

impetuous nông nổi

impetus (*of campaign etc*) sự thúc đẩy

implement 1 *n* công cụ **2** *v/t measures etc* thực hiện

implicate: ~ *s.o. in sth* làm ai dính líu vào gì

implication (*act of involving*) sự dính líu; (*what is implied*) hàm ý

implicit ngấm ngầm; (*absolute*) tuyệt đối

implore van nài

imply ngụ ý

impolite vô lễ

import 1 *n* sự nhập khẩu **2** *v/t* nhập khẩu

importance tầm quan trọng

important quan trọng

importer (*person*) người nhập khẩu; (*company*) công ty nhập khẩu; (*country*) nước nhập khẩu

impose: ~ *a tax* đánh thuế; ~ *oneself on s.o.* buộc ai phải chấp nhận sự có mặt của mình

imposing oai nghiêm

impossibility điều không thể làm được

impossible không thể được; (*hopeless*) tuyệt vọng; *person* rất khó chịu đựng nổi

impostor kẻ mạo danh

impotence sự bất lực

impotent bất lực

impoverished bị nghèo đi

impractical *suggestion* không thực tế; *he is very* ~ anh ta rất vụng tay

impress gây ấn tượng; *be ~ed by s.o.* / *sth* bị gây ấn tượng bởi ai / gì

impression (*idea, feeling*) cảm tưởng; (*strong effect*) ấn tượng; (*impersonation*) nhại lại; *make a*

good / *bad* ~ *on s.o.* gây ấn tượng tốt / xấu đối với ai; *I get the* ~ *that ...* tôi có cảm giác rằng …

impressionable dễ bị tác động

impressive *piece of work* gây ấn tượng mạnh; *building* nguy nga

imprint *n* (*of credit card*) sự in

imprison giam cầm

imprisonment sự giam cầm; *be sentenced to 15 years* ~ bị kết án 15 năm tù

improbable *story* không chắc có thực

improper *behavior* sai trái

improve 1 *v/t work, relations* cải thiện; *skills, English* nâng cao **2** *v/i* trở nên tốt hơn

improvement sự cải thiện; (*in skills, English*) sự nâng cao

improvise *v/i* ứng biến

impudent hỗn xược

impulse sự bốc đồng; *do sth on an* ~ làm gì khi bốc đồng; ~ *buy* đồ mua bất chợt

impulsive hấp tấp

impunity: *with* ~ không bị trừng phạt

impure *thoughts* không trong sáng; *substance* có tạp chất

in 1 *prep* ◊ (*location, position*) ở; ~ *Washington* / *Vietnam* ở Washington / Việt Nam; *wounded* ~ *the leg* / *arm* bị thương ở chân / cánh tay ◊ (*inside, within*) trong; ~ *the box* trong hộp; *put it* ~ *your pocket* cho nó vào túi anh / chị ◊ (*during a period of time*) vào; ~ *1999* vào năm 1999; ~ *the morning* vào buổi sáng; ~ *the summer* vào mùa hè; ~ *August* vào tháng Tám; *I'll be back* ~ *two hours* sau hai tiếng nữa tôi sẽ quay lại; *I haven't seen him* ~ *two years* đã hai năm tôi không

ơ u r	y (tin)	ây uh-i	iê i-uh	oa wa	ôi oy	uy wee	ong aong
u (soon)	au a-oo	eo eh-ao	iêu i-yoh	oai wai	ơi ur-i	ênh uhng	uyên oo-in
ư (dew)	âu oh	êu ay-oo	iu ew	oe weh	uê way	oc aok	uyêt oo-yit

có gặp anh ấy ◊ (*medium, means, color*) bằng; ~ *English / Vietnamese* bằng tiếng Anh / Việt; ~ *a loud voice* bằng giọng nói to; ~ *his style* theo phong cách của anh ấy; *dressed ~ yellow* mặc màu vàng; *painted ~ yellow* sơn màu vàng ◊ (*while*) trong lúc; ~ *crossing the road* trong lúc đang qua đường; ~ *agreeing to this* (*by virtue of*) vì đã đồng ý với cái đó ◊: ~ *his novel* trong cuốn tiểu thuyết của anh ấy; ~ *Faulkner* trong các tác phẩm của Faulkner ◊: *three ~ all* tổng số là ba; *one ~ ten* một trong mười **2** *adv* (*at home, in the building etc*) có nhà; (*arrived: train*) tới; (*within a particular area*) ở trong; *is the CD ~?* có đĩa CD ở trong máy không?; ~ *here* ở trong đây **3** *adj* (*fashionable, popular*) đang thịnh hành

inability sự thiếu khả năng
inaccessible không thể vào được
inaccurate không chính xác
inactive không hoạt động
inadequate không thỏa đáng
inadvisable (*unwise*) không nên
inanimate vô tri vô giác
inapplicable không thể áp dụng được
inappropriate không thích hợp
inarticulate *person* lủng củng
inattentive không chú ý
inaudible không nghe được
inaugural *speech* khai mạc
inaugurate khánh thành
inborn bẩm sinh
inbreeding sự giao phối nội dòng
inc. (= *incorporated*) liên hợp
incalculable *damage* không thể tính được
incapable (*helpless*) không tự lực

được; *be ~ of doing sth* không có khả năng làm gì
incendiary device bom cháy
incense[1] *n* hương
incense[2] *v/t:* ~ *s.o.* làm ai nổi giận
incentive sự khích lệ
incessant không ngừng
incessantly không ngừng
incest sự loạn luân
inch *n* insơ
incident: *a diplomatic ~* một sự kiện ngoại giao; *a border ~* một cuộc đụng độ ở biên giới
incidental (*chance*) tình cờ; ~ *expenses* những chi phí phụ
incidentally (*by the way*) nhân thể
incinerator (*for garbage*) lò đốt rác
incision (*cut*) sự rạch
incisive *mind, analysis* sắc sảo
incite kích động; ~ *s.o. to do sth* kích động ai làm gì
inclination (*liking*) sở thích; (*tendency*) thiên hướng
incline: *be ~d to do sth* có thiên hướng làm gì
inclose → *enclose*
inclosure → *enclosure*
include bao gồm
including *prep* kể cả
inclusive 1 *adj price* bao gồm tất cả **2** *prep:* ~ *of* bao gồm cả **3** *adv* kể cả; *from Monday to Thursday* ~ từ thứ Hai cho tới hết thứ Năm
incoherent không mạch lạc
income thu nhập
income tax thuế thu nhập
incoming *flight, phonecall, mail* đến; *tide* vào; *president* mới đắc cử
incomparable không thể sánh được
incompatibility sự không tương hợp
incompatible không tương hợp
incompetence sự thiếu năng lực

ch (*final*) k	**gh** g	**nh** (*final*) ng	**r** z; (*S*) r	**x** s	**â** (but)	**i** (tin)
d z; (*S*) y	**gi** z; (*S*) y	**ph** f	**th** t	**a** (hat)	**e** (red)	**o** (saw)
đ d	**nh** (onion)	**qu** kw	**tr** ch	**ă** (hard)	**ê** ay	**ô** oh

incompetent thiếu năng lực
incomplete không đầy đủ
incomprehensible không thể hiểu
được
inconceivable không thể tưởng
tượng được
inconclusive không đi đến kết
luận
incongruous không phù hợp
inconsiderate thiếu thận trọng
inconsistent không nhất quán
inconsolable không gì khuyên giải
được
inconspicuous kín đáo
inconvenience *n* sự bất tiện
inconvenient bất tiện
incorporate bao gồm
incorporated COM liên hợp
incorrect không đúng, sai
incorrectly sai, không đúng
incorrigible không thể sửa được
increase **1** *v/t* tăng **2** *v/i* tăng lên
3 *n* sự tăng lên
increasing tăng lên
increasingly càng ngày càng; *it's ~
important to be able to
understand Japanese* việc hiểu
được tiếng Nhật càng ngày càng
trở nên quan trọng
incredible (*amazing*) khó tin
incriminate buộc tội; *~ oneself* tự
buộc tội
in-crowd phe phái
incubator (*for chicks*) lồng ấp; (*for
babies*) lồng kính
incur gánh chịu
incurable không thể chữa được
indebted: *be ~ to s.o.* mang ơn ai
indecent không đứng đắn
indecisive không dứt khoát
indecisiveness tính không dứt
khoát
indeed (*in fact*) thật ra; (*agreeing*)
đúng thế; *very much ~* thực sự

nhiều
indefinable không thể định nghĩa
được
indefinite *period, length* không hạn
định; *~ article* GRAM quán từ
không xác định
indefinitely *stay, reside* không hạn
định
indelicate thiếu tế nhị
indent **1** *n* (*in text*) chỗ thụt vào
2 *v/t*: *~ a line* thụt vào đầu dòng
independence độc lập
Independence Day (*in America*)
Ngày Độc lập
independent độc lập
independently một cách độc lập; *~
of* độc lập với
indescribable không thể tả được
indescribably không thể tả được
indestructible *friendship etc* bền
vững; *toys etc* bền
indeterminate không xác định
index *n* (*for book*) bảng chú dẫn
index card phiếu thư mục
index finger ngón tay trỏ
India nước Ấn Độ
Indian **1** *adj* Ấn Độ **2** *n* người Ấn
Độ; (*American*) người Anh-điêng
Indian summer *thời kỳ ấm nắng
ráo vào cuối thu*
indicate **1** *v/t* (*show*) chỉ ra; (*be a
sign of*) báo hiệu **2** *v/i* (*when
driving*) đánh đèn xi nhan
indication dấu hiệu
indicator (*on car*) đèn xi nhan
indict truy tố
indifference sự thờ ơ
indifferent thờ ơ; (*mediocre*) xoàng
indigestible khó tiêu
indigestion chứng khó tiêu
indignant phẫn nộ
indignation sự phẫn nộ
indirect *route* quanh co; *accusation,
criticism* gián tiếp

ơ u*r*	y (tin)	ây uh-i	iê i-uh	oa wa	ôi oy	uy wee	ong aong
u (soon)	au a-oo	eo eh-ao	iêu i-yoh	oai wai	ơi u*r*-i	ênh uhng	uyên oo-in
ư (dew)	âu oh	êu ay-oo	iu ew	oe weh	uê way	oc aok	uyêt oo-yit

indirectly một cách gián tiếp
indiscreet không kín đáo
indiscretion (*act*) sự thiếu thận trọng
indiscriminate không phân biệt
indispensable không thể thiếu được
indisposed (*not well*) khó ở
indisputable không thể chối cãi được
indisputably không thể chối cãi được
indistinct không rõ ràng
indistinguishable không phân biệt được
individual 1 *n* (*person*) cá nhân **2** *adj* (*separate*) riêng lẻ; (*personal*) riêng
individualist *n* người cá nhân chủ nghĩa
individually riêng biệt
indivisible không thể phân chia được
Indochina Đông dương
Indochinese *adj* Đông dương
indoctrinate nhồi sọ
indolence tính lười nhác
indolent lười nhác
Indonesia nước Inđônêxia
Indonesian 1 *adj* Inđônêxia **2** *n* (*person*) người Inđônêxia
indoor trong nhà
indoors ở trong nhà
indorse *check* ký hậu; *driver's license* ghi phạt; (*give approval to*) tán đồng
induction ceremony buổi lễ giới thiệu
indulge 1 *v/t* (*oneself, one's tastes*) tự thỏa mãn **2** *v/i*: ~ *in sth* thích gì
indulgence (*of tastes, appetite etc*) sự thỏa mãn; (*laxity*) sự nuông chiều

indulgent (*not strict enough*) nuông chiều
industrial công nghiệp; ~ *action* bãi công
industrial dispute *sự bất đồng giữa công nhân và ban quản đốc*
industrialist nhà tư bản công nghiệp
industrialize *v/t & v/i* công nghiệp hóa
industrial park khu công nghiệp
industrial waste phế thải công nghiệp
industrious cần cù
industry công nghiệp
ineffective không có hiệu quả
ineffectual *person* vô dụng
inefficient *person* kém năng lực; *system* kém hiệu quả
ineligible không đủ tiêu chuẩn
inept vụng về
inequality sự bất bình đẳng
inescapable không thể tránh được
inestimable *worth*, *value* vô giá
inevitable không thể tránh được; *with the ~ Coca-Cola machine in the corner* với cái máy bán Coca-Cola quen thuộc ở góc phòng
inevitably chắc chắn
inexcusable không thể bào chữa được
inexhaustible *person* không thể kiệt sức; *supply* vô tận
inexpensive không đắt
inexperienced thiếu kinh nghiệm
inexplicable không thể giải thích được
inexpressible *joy* không thể tả được
infallible không thể sai được
infamous khét tiếng
infancy (*of person*) thời thơ ấu; (*of state, institution*) thời kỳ trứng nước

ch (*final*) k	gh g	nh (*final*) ng	r z; (S) r	x s	â (but)	i (tin)
d z; (S) y	gi z; (S) y	ph f	th t	a (hat)	e (red)	o (saw)
đ d	nh (onion)	qu kw	tr ch	ă (hard)	ê ay	ô oh

infant trẻ con
infantile *pej* trẻ con
infantry bộ binh
infantry soldier lính bộ binh
infatuated: *be ~ with s.o.* si mê ai
infect *wound* làm nhiễm trùng; *(of person)* làm lây; *food, water* làm nhiễm độc; *become ~ed (of person)* bị nhiễm
infected *wound* bị nhiễm trùng
infection *(of a disease)* sự lây nhiễm
infectious *disease* lây nhiễm; *fig: laughter* dễ lây
infer: *~ X from Y* luận ra X từ Y
inferior 1 *adj quality, workmanship* kém hơn 2 *n (in rank, company)* người cấp thấp hơn
inferiority *(in quality)* sự kém hơn
inferiority complex mặc cảm tự ti
infertile *plant, soil* cằn cỗi; *woman* vô sinh
infertility *(of plant, soil)* sự cằn cỗi; *(of woman)* sự vô sinh
infidelity sự không chung thủy
infiltrate *v/t* thâm nhập
infinite vô hạn
infinitive nguyên thể
infinity sự vô tận
infirm yếu đuối
infirmary bệnh xá
infirmity sự yếu đuối
inflame kích thích
inflammable dễ cháy
inflammation MED sự viêm nhiễm
inflatable *dinghy* có thể bơm căng
inflate *v/t tire, dinghy* bơm căng; *economy* gây lạm phát
inflation sự lạm phát
inflationary *(of inflation)* lạm phát; *(causing inflation)* gây ra lạm phát
inflection *(of voice)* sự thay đổi
inflexible *attitude, person* cứng nhắc
inflict: *~ X on Y punishment* giáng X cho Y; *suffering, wound, hardship* gây X cho Y
in-flight trong chuyến bay; *~ entertainment* trò giải trí trong chuyến bay
influence 1 *n* ảnh hưởng; *be a good/bad ~ on s.o.* có ảnh hưởng tốt/xấu đối với ai 2 *v/t s.o.'s thinking, decision* ảnh hưởng đến
influential có ảnh hưởng
influenza bệnh cúm
inform 1 *v/t* báo tin; *~ X of Y* báo tin cho X về Y; *please keep me ~ed* xin thường xuyên báo cho tôi biết 2 *v/i* báo tin; *~ on s.o.* khai báo về ai
informal *meeting, agreement* không chính thức; *dress* không theo nghi thức; *conversation, form of address* thân mật
informality *(of meeting, agreement)* sự không chính thức; *(of dress)* sự không theo nghi thức; *(of conversation, form of address)* sự thân mật
informant người cung cấp tin tức
information thông tin
information science công nghệ thông tin; **information scientist** nhà khoa học về thông tin; **information technology** công nghệ thông tin
informative giàu tính cách thông tin
informer người chỉ điểm
infra-red *adj* hồng ngoại
infrastructure cơ sở hạ tầng
infrequent không thường xuyên
infuriate: *~ s.o.* làm ai tức điên lên
infuriating làm tức điên lên
infuse *v/i (of tea, herbs)* hãm
infusion *(of tea, herbs)* sự hãm
ingenious tài tình
ingenuity sự tài tình

ơ ur	y (tin)	ây uh-i	iê i-uh	oa wa	ôi oy	uy wee	ong aong
u (soon)	au a-oo	eo eh-ao	iêu i-yoh	oai wai	ơi ur-i	ênh uhng	uyên oo-in
ư (dew)	âu oh	êu ay-oo	iu ew	oe weh	uê way	oc aok	uyêt oo-yit

ingot thỏi

ingratiate: ~ *oneself with s.o.* lấy lòng ai

ingratitude sự bội ơn

ingredient (*in food*) thành phần; *fig* (*for success*) thành tố

inhabit cư trú

inhabitable có thể ở được

inhabitant cư dân

inhale 1 *v/t* hít **2** *v/i* (*when smoking*) hít khói

inhaler bình xông

inherit thừa kế

inheritance sự thừa kế

inhibit *growth, conversation etc* ngăn trở

inhibited bị ức chế

inhibition sự ức chế

inhospitable *city, people* không mến khách; *climate* không dễ chịu

in-house 1 *adj team, company* trong nội bộ; *facilities* nội tại **2** *adv work* nội bộ

inhuman vô nhân đạo

initial 1 *adj* ban đầu **2** *n* tên họ viết tắt **3** *v/t* (*write initials on*) ký tắt

initially ban đầu

initiate *v/t* khởi đầu

initiation sự khởi đầu

initiative sáng kiến; *do sth on one's own* ~ làm gì theo sự chủ động của mình

inject *medicine* tiêm; *drug* chích; *fuel* bơm; *capital* rót vào

injection MED việc tiêm; (*of fuel*) sự bơm; (*of capital*) sự rót vào

injure làm bị thương

injured 1 *adj leg* bị thương; *feelings* bị tổn thương **2** *n*: *the* ~ những người bị thương

injury thương tích

injustice sự bất công

ink mực

inkjet (**printer**) máy in phun mực

inland nội địa

in-laws (*wife's family*) họ hàng bên vợ; (*husband's family*) họ hàng bên chồng

inlay *n* vật khảm

inlet (*of sea*) vịnh nhỏ; (*in machine*) đường dẫn vào

inmate (*of prison*) bạn tù; (*of mental hospital*) người cùng nằm viện

inn nhà trọ

innate bẩm sinh

inner *thoughts* thầm kín; *courtyard, ear* trong

inner city nội thành

innermost trong tận cùng

inner tube săm

innocence (*of child etc*) sự ngây thơ; LAW sự vô tội

innocent *child etc* ngây thơ; LAW vô tội

innovation sự đổi mới

innovative đổi mới

innovator người đổi mới

innumerable vô số

inoculate tiêm chủng

inoculation sự tiêm chủng

inoffensive vô hại

inorganic vô cơ

in-patient bệnh nhân nội trú

input 1 *n* (*into project etc*) sự đưa vào; COMPUT sự nhập **2** *v/t* (*into project*) đưa vào; COMPUT nhập

input port COMPUT cổng vào

inquest cuộc điều tra

inquire hỏi thăm; ~ *into sth* điều tra về gì

inquiry câu hỏi

inquisitive tò mò

insane điên rồ

insanitary mất vệ sinh

insanity sự mất trí

insatiable không bao giờ thỏa mãn

inscription dòng chữ ghi

ch (*final*) k	**gh** g	**nh** (*final*) ng	**r** z; (*S*) r	**x** s	**â** (but) **i** (tin)
d z; (*S*) y	**gi** z; (*S*) y	**ph** f	**th** t	**a** (hat)	**e** (red) **o** (saw)
đ d	**nh** (onion)	**qu** kw	**tr** ch	**ă** (hard)	**ê** ay **ô** oh

inscrutable bí hiểm

insect côn trùng; (*caterpillar, butterfly etc*) sâu bọ

insecticide thuốc trừ sâu

insect repellent thuốc chống côn trùng

insecure *job etc* bấp bênh; *person* không có lòng tự tin

insecurity (*psychological*) sự thiếu tự tin

insensitive vô tình

insensitivity sự vô tình

inseparable *two issues* không thể tách rời; *two people* không rời nhau

insert 1 *n* (*in magazine etc*) phụ trương **2** *v/t* đưa vào; *~ X into Y* đưa X vào Y

insertion (*act*) sự đưa vào

inside 1 *n* (*of house, box*) phía trong; (*of road*) *phần đường bên trong sát lề đường*; *somebody on the ~* tay trong; *~ out* mặt trái; *turn sth ~ out* lộn trái gì; *know sth ~ out* biết tường tận gì **2** *prep* bên trong; *~ the house* bên trong ngôi nhà; *~ of 2 hours* trong vòng hai giờ **3** *adv stay, remain* ở bên trong; *go, carry* vào trong; *we went ~* chúng tôi đã đi vào trong **4** *adj* bên trong; *~ information* tin tức nội bộ; *~ lane* SP đường chạy bên trong; (*on road*) làn đường bên phải; *~ pocket* túi bên trong

insider tay trong

insider trading FIN *việc giao dịch mà chỉ những người có liên quan mới biết*

insides bụng

insidious *disease* âm ỉ; *means, effects* ngấm ngầm

insight sự hiểu biết sâu sắc

insignificant *person, problem* không quan trọng; *amount* không đáng kể

insincere không chân thành

insincerity sự không chân thành

insinuate (*imply*) ám chỉ

insist khăng khăng một mực; *please keep it, I ~* xin hãy giữ lại, tôi xin anh/chị

♦ **insist on** yêu cầu

insistent khăng khăng một mực

insolent láo xược

insoluble *problem* không thể giải quyết được; *substance* không tan được

insolvent không trả được nợ

insomnia chứng mất ngủ

inspect *work, tickets, baggage* kiểm tra; *building, factory, school* thanh tra

inspection (*of work, tickets, baggage*) sự kiểm tra; (*of building, factory, school*) sự thanh tra

inspector (*in factory*) người thanh tra

inspiration nguồn cảm hứng; (*very good idea*) ý nghĩ bất chợt

inspire (*cause: respect etc*) gây ra; *be ~d by s.o.*/*sth* bị ai/gì truyền cảm hứng

instability (*of character, economy*) tình trạng không ổn định

install *computer, telephones* lắp đặt; *software* cài đặt

installation (*of new equipment*) sự lắp đặt; (*of software*) sự cài đặt; *military ~* căn cứ quân sự

installment (*of story, TV drama etc*) kỳ; (*payment*) phần trả từng kỳ

installment plan sự mua trả góp

instance (*example*) ví dụ; *for ~* ví dụ như

instant 1 *adj* ngay lập tức **2** *n* chốc lát; *in an ~* trong chốc lát

instantaneous ngay tức khắc

instant coffee cà phê pha liền

ơ u*r*	**y** (tin)	**ây** uh-i	**iê** i-uh	**oa** wa	**ôi** oy	**uy** wee	**ong** aong
u (soon)	**au** a-oo	**eo** eh-ao	**iêu** i-yoh	**oai** wai	**ơi** ur-i	**ênh** uhng	**uyên** oo-in
ư (dew)	**âu** oh	**êu** ay-oo	**iu** ew	**oe** weh	**uê** way	**oc** aok	**uyêt** oo-yit

instantly ngay tức khắc
instead thay thế cho; **~ of** thay cho
instep mu bàn chân
instinct bản năng
instinctive theo bản năng
institute 1 *n* học viện; (*home for elderly*) nhà dưỡng lão; (*home for mentally ill*) nhà thương điên **2** *v/t new law* thiết lập; *inquiry* tiến hành
institution (*governmental*) thể chế; (*sth traditional*) phong tục; (*setting up*) việc tiến hành
instruct (*order*) chỉ thị; (*teach*) dạy; **~ X to do Y** (*order*) chỉ thị cho X làm Y
instruction manual sổ tay hướng dẫn sử dụng
instructions (*directions*) hướng dẫn; **~ for use** hướng dẫn sử dụng
instructive chỉ dạy
instructor (*for sports*) huấn luyện viên; MIL người huấn luyện
instrument MUS nhạc cụ; (*gadget, tool*) dụng cụ
insubordinate bất trị
insufficient không đủ
insulate ELEC cách điện; (*against cold*) cách nhiệt
insulation ELEC sự cách điện; (*material*) chất cách điện; (*against cold*) sự cách nhiệt
insulin insulin
insult 1 *n* sự xúc phạm; (*spoken*) lời xúc phạm **2** *v/t* xúc phạm
insurance bảo hiểm; (*means of protection*) biện pháp bảo đảm an toàn
insurance company công ty bảo hiểm
insurance policy hợp đồng bảo hiểm
insure bảo hiểm
insured: **be ~** được bảo hiểm
insurmountable không thể vượt qua

intact (*not damaged*) còn nguyên vẹn
intake (*of college etc*) số lượng người vào
integrate *v/t* hòa nhập
integrated circuit vi mạch
integrity (*honesty*) tính chính trực
intellect trí tuệ
intellectual 1 *adj* trí tuệ **2** *n* người trí thức
intelligence trí thông minh; (*news*) tin tức tình báo
intelligence service cơ quan tình báo
intelligent thông minh
intelligible dễ hiểu
intend dự định; **~ to do sth** dự định làm gì; **that's not what I ~ed** ý tôi không phải là thế
intense *sensation, pleasure* mãnh liệt; *heat, pressure* dữ dội; *personality* dễ xúc cảm mạnh mẽ; *concentration* dữ lắm
intensify 1 *v/t effect, pressure* tăng cường **2** *v/i* (*of pain*) tăng lên; (*of fighting*) trở nên dữ dội
intensity (*of sensation*) tính mãnh liệt; (*of heat, pain, fighting*) tính dữ dội
intensive *study, training* cấp tốc; *treatment* tập trung; *preparation, search* kỹ lưỡng
intensive care unit bộ phận theo dõi tăng cường
intensive course (*of study*) lớp học cấp tốc
intent: **be ~ on doing sth** (*determined to do*) kiên quyết làm gì; (*concentrating on*) tập trung làm gì
intention ý định; **I have no ~ of ...** (*refuse to*) tôi không hề có ý định ...

ch (*final*) k	**gh** g	**nh** (*final*) ng	**r** z; (*S*) r	**x** s	**â** (but)	**i** (tin)
d z; (*S*) y	**gi** z; (*S*) y	**ph** f	**th** t	**a** (hat)	**e** (red)	**o** (saw)
đ d	**nh** (onion)	**qu** kw	**tr** ch	**ă** (hard)	**ê** ay	**ô** oh

intentional cố ý

intentionally một cách cố ý

interaction (*between people, departments*) sự hợp tác; CHEM sự tương tác

interactive tương tác

intercede làm trung gian hòa giải

intercept *ball* chặn; *message* nghe trộm; *missile* đánh chặn

interchange *n* (*of highways*) ngã tư xa lộ

interchangeable có thể thay thế cho nhau

intercom (*in office, ship*) hệ thống thông tin nội bộ; (*for front door*) intercom

intercourse (*sexual*) sự giao hợp

interdependent phụ thuộc lẫn nhau

interest **1** *n* sự quan tâm; (*financial*) lãi; *take an ~ in sth* quan tâm tới gì **2** *v/t* làm quan tâm; *does that offer ~ you?* anh/chị có thích đề nghị đó không?

interested quan tâm; *be ~ in sth* quan tâm tới gì; *thanks, but I'm not ~* thôi cám ơn, xin cho tôi miễn

interesting thú vị

interest rate lãi suất

interface **1** *n* COMPUT giao diện; *fig* điểm giao nhau **2** *v/i* tương thích

interfere can thiệp

♦ **interfere with** *controls* động vào; *plans* ngăn cản

interference sự can thiệp; (*on radio*) nhiễu

interior **1** *adj* bên trong **2** *n* (*of house*) nội thất; (*of country*) vùng nội địa; *Department of the Interior* Bộ Nội vụ

interior decorator người trang trí nội thất; **interior design** thiết kế nội thất; **interior designer** người

thiết kế nội thất

interlude (*at theater, concert*) giờ nghỉ giải lao; (*period*) khoảng thời gian

intermediary *n* người trung gian

intermediate *adj stage* giữa; *level, course* trung cấp

intermission (*in theater*) lúc tạm nghỉ

intern *v/t* giam giữ

internal *measurements* bên trong; *trade* trong nước; (*within organization*) nội bộ

internal combustion engine động cơ đốt trong

internally (*in body*) bên trong; (*within organization*) nội bộ

Internal Revenue Service Sở Thuế

international *adj* quốc tế

International Court of Justice Tòa án Quốc tế

internationally quốc tế

International Monetary Fund Quỹ Tiền Tệ Quốc Tế

International Worker's Day Ngày quốc tế lao động

Internet mạng Internet; *on the ~* trên mạng Internet

internist bác sĩ nội khoa

interpret **1** *v/t* (*linguistically*) dịch; *piece of music* diễn tấu; *comment* giải thích **2** *v/i* phiên dịch

interpretation (*linguistic*) sự phiên dịch; (*of piece of music*) cách diễn tấu; (*of meaning*) cách giải thích

interpreter người phiên dịch

interrelated *facts* có liên quan tới nhau

interrogate thẩm vấn

interrogation cuộc thẩm vấn

interrogative *n* GRAM từ nghi vấn

interrogator người thẩm vấn

interrupt **1** *v/t speaker* ngắt lời;

ơ ur	y (tin)	ây uh-i	iê i-uh	oa wa	ôi oy	uy wee	ong aong
u (soon)	au a-oo	eo eh-ao	iêu i-yoh	oai wai	ơi ur-i	ênh uhng	uyên oo-in
ư (dew)	âu oh	êu ay-oo	iu ew	oe weh	uê way	oc aok	uyêt oo-yit

trade, program làm gián đoạn
2 *v/i* ngắt lời

interruption (*of process, event etc*)
sự gián đoạn; (*of speaker*) sự ngắt
lời

intersect *v/t & v/i* cắt nhau

intersection (*crossroads*) ngã tư

interstate 1 *n* xa lộ giữa các bang
2 *adj* giữa các bang

interval (*in space*) khoảng cách; (*in
time*) khoảng giữa; (*in theater, at
concert*) lúc tạm nghỉ; *sunny/
showery ~s* lúc nắng/mưa

intervene (*of person, police etc*) can
thiệp

intervention sự can thiệp

interview 1 *n* (*on TV, in paper, for
job*) cuộc phỏng vấn **2** *v/t* (*on TV,
for paper, for job*) phỏng vấn

interviewee (*on TV, for job*) người
được phỏng vấn

interviewer (*on TV, for paper, for
job*) người phỏng vấn

intestine ruột

intimacy (*of friendship*) sự thân
thiết; (*sexual*) mối quan hệ tình
dục

intimate *adj friend* thân; (*sexually*)
có quan hệ tình dục; *thoughts*
riêng tư

intimidate đe dọa

intimidation sự đe dọa

into vào trong; *he put it ~ his
suitcase* anh ấy đút nó vào trong
va li của mình; *translate ~
English* dịch sang tiếng Anh; *be ~
sth* F (*like*) mê gì; (*be involved
with*) bị lôi cuốn vào gì; *when
you're ~ the job* khi anh/chị quen
với công việc

intolerable không thể chịu đựng
nổi

intolerant không dung thứ được

intoxicated (*drunk*) say; *~ by/with*

sth say sưa bởi/với gì

intransitive nội động từ

intravenous trong tĩnh mạch

intrepid gan dạ

intricate rắc rối

intrigue 1 *n* mưu đồ **2** *v/t* làm tò
mò; *I would be ~d to know ...* tôi
tò mò muốn biết ...

intriguing hấp dẫn

introduce giới thiệu; *new technique
etc* đưa vào áp dụng; *may I ~ ...?*
cho phép tôi giới thiệu ...

introduction (*to person, sport, new
food etc*) sự giới thiệu; (*in book*)
lời nói đầu; (*of new techniques
etc*) sự đưa vào áp dụng

introvert *n* người hướng nội

intrude *v/i* xâm nhập

intruder kẻ xâm nhập

intrusion sự xâm nhập

intuition trực giác

invade xâm lược

invalid[1] *adj* không có căn cứ

invalid[2] *n* MED người tàn tật

invalidate *claim, theory* làm mất
giá trị

invaluable *help, contributor* vô giá

invariably (*always*) luôn luôn

invasion sự xâm lược

invent phát minh

invention (*act*) sự phát minh; (*sth
invented*) phát minh

inventive sáng tạo

inventor nhà phát minh

inventory bảng kiểm kê

inverse *adj order* ngược

invert đảo ngược

invertebrate *n* động vật không
xương sống

inverted commas dấu ngoặc kép

invest *v/t & v/i* đầu tư

investigate điều tra

investigation (*of crime*) sự điều tra;
(*in science*) sự nghiên cứu

ch (*final*) k	**gh** g	**nh** (*final*) ng	**r** z; (*S*) r	**x** s	**â** (but)	**i** (tin)
d z; (*S*) y	**gi** z; (*S*) y	**ph** f	**th** t	**a** (hat)	**e** (red)	**o** (saw)
đ d	**nh** (onion)	**qu** kw	**tr** ch	**ă** (hard)	**ê** ay	**ô** oh

investigative journalism nghề làm báo điều tra

investment (*act*) sự đầu tư; (*sum*) khoản tiền đầu tư; *foreign ~ capital* vốn đầu tư nước ngoài

investment law luật đầu tư

investor nhà đầu tư

invigorating *climate* có lợi cho sức khỏe

invincible vô địch

invisible vô hình

invitation (*act*) lời mời; (*card*) giấy mời

invite mời; *can I ~ you for a meal?* tôi có thể mời anh/chị ăn một bữa chứ?

invoice 1 *n* hóa đơn **2** *v/t customer* gửi hóa đơn

involuntary không có ý định

involve *hard work, expense* đòi hỏi; (*concern*) liên quan; *what does it ~?* có liên quan tới những gì?; *get ~d with sth* bị lôi cuốn vào gì; *get ~d with s.o.* (*emotionally, romantically*) dính líu với ai

involved (*complex*) rắc rối

involvement (*in a project etc*) sự tham gia; (*in a crime, accident*) sự dính líu

invulnerable *person* không thể bị thương được; *fortifications* không thể bị tấn công được

inward 1 *adj feeling, smile, thoughts* trong thâm tâm; *direction* đi vào trong **2** *adv* bên trong

inwardly trong thâm tâm

iodine iốt

IOU (= *I owe you*) giấy nợ

IQ (= *intelligence quotient*) chỉ số thông minh

Iran nước Iran

Iranian 1 *adj* Iran **2** *n* (*person*) người Iran (*language*) tiếng Iran

Iraq nước Irắc

Iraqi 1 *adj* Irắc **2** *n* (*person*) người Irắc

Ireland nước Ai-len

iris (*of eye*) tròng mắt; (*flower*) hoa diên vĩ

Irish *adj* Ai-len

Irishman người Ai-len

Irishwoman người (đàn bà) Ai-len

iron 1 *n* (*substance*) sắt; (*for clothes*) bàn là (*N*), bàn ủi (*S*) **2** *v/t shirts etc* là (*N*), ủi (*S*)

ironic(al) mỉa mai

ironing việc là (*N*)/ủi (*S*); (*clothes to iron*) quần áo cần là (*N*)/ủi (*S*); *do the ~* là (*N*)/ủi (*S*) quần áo

ironing board cầu là

ironworks xưởng đúc gang

irony sự mỉa mai

irrational phi lý

irreconcilable *people* không thể hòa giải được; *positions* không thể hòa hợp được

irrecoverable không thể lấy lại được

irregular *intervals, sizes* không đều; *behavior* thất thường

irrelevant không liên quan

irreparable *loss, damage etc* không thể bù đắp được

irreplaceable *object, person* không thể thay thế được

irrepressible *sense of humor* không nén được; *person* không thể kiềm chế được

irreproachable không thể chê trách được

irresistible không thể cưỡng lại được

irrespective: *~ of* bất kể

irresponsible vô trách nhiệm

irretrievable không thể lấy lại được

irreverent vô lễ

irrevocable không thể thay đổi

ơ ur	y (tin)	ây uh-i	iê i-uh	oa wa	ôi oy	uy wee	ong aong
u (soon)	au a-oo	eo eh-ao	iêu i-yoh	oai wai	ơi ur-i	ênh uhng	uyên oo-in
ư (dew)	âu oh	êu ay-oo	iu ew	oe weh	uê way	oc aok	uyêt oo-yit

irrigate tưới
irrigation sự tưới
irrigation canal kênh tưới nước
irritable cáu kỉnh
irritate làm phát cáu
irritating *person, attitude etc* làm phát cáu; *mosquito bite etc* gây ngứa
irritation (*anger*) cơn cáu giận; (*of skin*) sự ngứa
Islam đạo Hồi
Islamic đạo Hồi
island đảo
islander dân sống ở đảo
isolate (*separate*) tách ra; (*cut off*) cô lập; (*identify*) tách riêng
isolated *house etc* biệt lập; *occurrence* riêng biệt
isolation (*of a region*) sự cách biệt; **in** ~ một cách riêng biệt
isolation ward phòng cách ly
ISP (= **Internet service provider**) công ty cung cấp dịch vụ Internet
Israel nước Do thái
Israeli **1** *adj* Do thái **2** *n* (*person*) người Do thái
issue **1** *n* (*matter*) vấn đề; (*of magazine*) sự phát hành; **the point at** ~ điểm đang được tranh luận; **take** ~ **with s.o.** đặt vấn đề với ai **2** *v/t supplies, coins, passport* cấp phát; *warning* công bố
IT (= **information technology**) công nghệ thông tin
it ◊ (*not translated*): ~**'s raining** trời đang mưa; **I'll do** ~ tôi sẽ làm ◊ (*as pronoun*) nó; **what color is** ~? – ~ **is red** màu gì? – màu đỏ ◊ (*as subject to identify a person*) đấy; ~**'s me**/**him** là tôi đấy/anh ấy đấy; ~**'s Charlie here** TELEC Charlie đang nói đây; ~**'s your turn** tới lượt anh/chị đấy; **that's** ~! (*that's right*) đúng rồi!; (*finished*) thế là hết!; (*annoyed*) được rồi!
Italian **1** *adj* Ý **2** *n* (*person*) người Ý; (*language*) tiếng Ý
italic *adj* nghiêng
italics chữ in nghiêng
Italy nước Ý
itch **1** *n* sự ngứa ngáy **2** *v/i* ngứa
item (*of news*) mẫu tin; (*on agenda, in accounts*) khoản mục; (*on shopping list*) món hàng; (*thing*) vật
itemize *invoice* ghi thành từng khoản
itinerary hành trình
its (*of animal, object*) của nó
itself tự nó; **the dog hurt** ~ con chó tự nó làm đau; **by** ~ (*alone*) một mình; (*automatically*) một cách tự động
ivory (*substance*) ngà
ivy cây thường xuân

---

ch (*final*) k	**gh** g	**nh** (*final*) ng	**r** z; (*S*) r	**x** s	**â** (but)	**i** (tin)
d z; (*S*) y	**gi** z; (*S*) y	**ph** f	**th** t	**a** (hat)	**e** (red)	**o** (saw)
đ d	**nh** (onion)	**qu** kw	**tr** ch	**ă** (hard)	**ê** ay	**ô** oh

J

jab *v/t* thọc mạnh

jack *n* MOT cái kích; (*in cards*) quân J

♦**jack up** MOT kích lên

jacket (*coat*) áo vét; (*of suit*) áo vét tông; (*of book*) bìa rời

jacket potato khoai tây nướng cả vỏ

jack fruit quả mít

jack-knife *v/i* gẫy gập

jackpot (*in lottery*) giải độc đắc; (*in quiz show*) giải đặc biệt; *hit the ~* trúng số độc đắc

jade *n* ngọc bích

Jade Emperor Ngọc Hoàng

jagged *edge* lởm chởm; *coastline* gồ ghề

jail *n* nhà tù

jam¹ mứt

jam² **1** *n* (*in traffic*) sự tắt nghẽn; (*in machine*) sự kẹt máy; F (*difficulty*) tình thế khó khăn; *be in a ~* F lâm vào tình thế khó khăn **2** *v/t* (*ram*) nhét; (*cause to stick*) làm mắc kẹt; *broadcast* làm nhiễu; *be ~med* (*of roads*) bị tắc nghẽn; (*of door, window*) bị kẹt **3** *v/i* (*stick*) bị mắc kẹt; (*squeeze*) bị nhồi nhét

jam-packed chật ních

janitor người gác cổng

January tháng Giêng

Japan nước Nhật

Japanese **1** *adj* Nhật **2** *n* người Nhật; (*language*) tiếng Nhật

jar¹ *n* (*container*) lọ

jar² *v/i* (*of noise*) làm chói tai; *the noise ~red on his ears* tiếng động làm chói tai anh ấy

jargon từ chuyên môn

jasmine hoa nhài (*N*), hoa lài (*S*)

jaundice bệnh vàng da

jaw *n* hàm

jaywalker người đi ẩu

jaywalking sự đi ẩu

jazz nhạc ja

♦**jazz up** F *place, party etc* làm sinh động; *dress* làm vui mắt

jealous ghen tuông; *be ~ of* ghen tuông với ...

jealousy sự ghen tuông

jeans quần bò

jeep xe gíp

jeer **1** *n* lời chế nhạo **2** *v/i* cười chế nhạo; *they ~ed at him because ...* chúng chế nhạo anh ấy bởi vì …

jelly thạch

jelly bean kẹo dẻo

jellyfish con sứa

jeopardize làm nguy hại

jeopardy: *be in ~* trong tình trạng nguy hiểm

jerk¹ **1** *n* cái giật mạnh **2** *v/t* giật mạnh

jerk² F (*person*) người ngu ngốc

jerky *movement* giật giật

jest **1** *n* lời nói đùa; *in ~* đùa giỡn **2** *v/i* đùa giỡn

Jesus Chúa Giê-su

jet **1** *n* (*of water*) tia; (*nozzle*) vòi; (*airplane*) máy bay phản lực **2** *v/i* (*travel*) đi bằng máy bay phản lực

jet-black đen nhánh; **jet engine** động cơ phản lực; **jetlag** sự mệt

ơ ur	**y** (tin)	**ây** uh-i	**iê** i-uh	**oa** wa	**ôi** oy	**uy** wee	**ong** aong
u (soon)	**au** a-oo	**eo** eh-ao	**iêu** i-yoh	**oai** wai	**ơi** ur-i	**ênh** uhng	**uyên** oo-in
ư (dew)	**âu** oh	**êu** ay-oo	**iu** ew	**oe** weh	**uê** way	**oc** aok	**uyêt** oo-yit

mỗi do chênh lệch giờ khi bay từ vùng này sang vùng khác

jettison vứt bỏ; *fig* từ bỏ

jetty đê chắn sóng

Jew người Do Thái

jewel (*precious stone*) đá quý; *fig* (*person*) viên ngọc quý; **~s** (*jewelry*) đồ nữ trang

jeweler (*who sells*) người bán đồ nữ trang; (*who makes*) thợ kim hoàn

jewelry đồ nữ trang

Jewish Do Thái

jiffy: **in a ~** F trong chốc lát

jigsaw (puzzle) trò chơi chắp hình

jilt bỏ rơi

jingle 1 *n* (*song*) bài hát quảng cáo cho một sản phẩm trên đài, ti-vi **2** *v/i* (*of keys*, *coins*) kêu leng keng

jinx (*person*) người hãm tài; (*bad luck*) sự xúi quẩy; **there's a ~ on this project** có một sự xúi quẩy trong dự án này

jitters: **get the ~** F cảm thấy bồn chồn

jittery F bồn chồn

job (*employment*) việc làm; (*task*) việc; **out of a ~** thất nghiệp; **it's a good ~ you ...** thật là may anh/ chị đã …; **you'll have a ~** (*it'll be difficult*) anh/chị sẽ gặp khó khăn

job description bản miêu tả việc làm

job hunt: **be job hunting** tìm việc làm

jobless thất nghiệp

job satisfaction sự hài lòng về việc làm

jockey *n* người cưỡi ngựa đua

jog 1 *n* thể dục chạy bộ; **go for a ~** chạy bộ **2** *v/i* (*as exercise*) chạy bộ **3** *v/t* elbow *etc* hích nhẹ; **~ one's memory** giúp ai nhớ lại gì

jogger (*person*) người chạy bộ; (*shoe*) giày tập chạy

jogging môn thể dục chạy bộ; **go ~** chạy bộ

jogging suit bộ quần áo thể thao

john F (*toilet*) nhà xí (*N*), nhà cầu (*S*)

join 1 *n* chỗ nối **2** *v/i* (*of roads*, *rivers*) gặp nhau; (*become a member*) gia nhập **3** *v/t* (*connect*) nối; *person* đến gặp; *club*, *organization*, *company* gia nhập; (*of road*) giao

♦**join in** tham gia vào

joiner thợ mộc

joint 1 *n* ANAT khớp; (*in woodwork*) mộng; (*of meat*) súc thịt; F (*place*) quán; (*of cannabis*) điếu cần sa **2** *adj* (*shared*) chung

joint account tài khoản chung; **joint-stock company** công ty cổ phần; **joint venture** liên doanh

joke 1 *n* (*story*) chuyện đùa; (*practical ~*) trò chơi khăm; **play a ~ on s.o.** đùa xỏ ai; **it's no ~** đó không phải là chuyện đùa **2** *v/i* (*pretend*) nói đùa; (*have a ~*) kể chuyện đùa

joker (*person*) người thích đùa; *pej* gã; (*in cards*) quân phăng teo

joking: **~ apart** nói nghiêm chỉnh

jokingly một cách đùa bỡn

jolly vui nhộn

jolt 1 *n* (*jerk*) cái giật mạnh **2** *v/t* (*push*) đẩy mạnh

joss stick nén hương

jostle *v/t* chen lấn

♦**jot down** ghi nhanh

journal (*magazine*) tạp chí; (*diary*) nhật ký

journalism (*writing*) văn phong báo chí; (*trade*) nghề làm báo

journalist nhà báo

journey *n* chuyến đi

joy niềm vui sướng

jubilant hân hoan

ch (*final*) k	**gh** g	**nh** (*final*) ng	**r** z; (*S*) r	**x** s	**â** (but) **i** (tin)
d z; (*S*) y	**gi** z; (*S*) y	**ph** f	**th** t	**a** (hat)	**e** (red) **o** (saw)
đ d	**nh** (onion)	**qu** kw	**tr** ch	**ă** (hard)	**ê** ay **ô** oh

jubilation niềm hân hoan

judge 1 *n* LAW thẩm phán; (*in competition*) giám khảo **2** *v/t* LAW xét xử; (*estimate*) ước đoán; (*criticize*) xét đoán; *competition* làm giám khảo

judgment LAW phán quyết; (*opinion*) ý kiến; (*good sense*) khả năng suy xét

judicial pháp lý

judicious sáng suốt

judo võ giu đô, nhu đạo

juggle tung hứng; *fig* sắp xếp

juggler người tung hứng

juice (*of fruit*) nước quả

juicy mọng nước; *news, gossip* lý thú

jukebox máy hát tự động

July tháng Bảy

jumble *n* mớ lộn xộn

♦ **jumble up** làm lộn xộn

jump 1 *n* cú nhảy; (*increase*) sự tăng vọt; **give a ~** (*of surprise*) làm giật mình **2** *v/i* nhảy; (*in surprise*) giật mình; (*increase*) tăng vọt; **~ to one's feet** bật dậy; **~ to conclusions** vội kết luận **3** *v/t fence etc* nhảy qua; F (*attack*) tấn công bất thần

♦ **jump at** *opportunity* chộp ngay lấy

jumper SP vận động viên nhảy; (*animal*) con vật nhảy

jumpy hay giật mình

junction (*of roads*) ngã tư

June tháng Sáu

jungle rừng rậm

junior 1 *adj* (*subordinate*) cấp dưới; (*younger*) trẻ hơn **2** *n* (*in rank*) người cấp dưới; **she is ten years my ~** cô ấy trẻ hơn tôi mười tuổi

junk¹ đồ đồng nát

junk² (*boat*) ghe buồm

junk food đồ ăn tạp nhạp

junkie dân nghiện

junk mail thư từ tạp nhạp

junkyard nơi để đồ tạp nhạp

jurisdiction LAW phạm vi xét xử

juror hội thẩm

jury ban hội thẩm; (*in contest*) ban giám khảo

just 1 *adj law* công bằng; *war, cause* chính đáng **2** *adv* (*barely*) vừa mới; (*exactly*) đúng; (*only*) chỉ; *I ~ want to talk to you* tôi chỉ muốn nói chuyện với anh/chị thôi; *I've ~ seen her* tôi vừa mới trông thấy cô ấy; **~ about** (*almost*) hầu như; *I was ~ about to leave when ...* tôi vừa mới định rời khỏi khi …; **~ like that** (*abruptly*) đột ngột; (*exactly like that*) đúng như thế; **~ now** (*a few moments ago*) vừa mới; (*at the moment*) đúng vào lúc này; **~ you wait!** liệu hồn anh/chị đấy!; **~ be quiet!** hãy im đi!

justice công bằng; (*of cause*) công lý

justifiable chính đáng, hợp lý

justifiably một cách chính đáng

justification sự biện hộ

justify biện hộ; *text* sắp chữ thẳng hàng

justly (*fairly*) một cách công bằng; (*rightly*) một cách đúng đắn

♦ **jut out** *v/i* nhô ra

juvenile 1 *adj* vị thành niên; *pej* trẻ con **2** *n fml* vị thành niên

juvenile delinquency sự phạm pháp ở vị thành niên

juvenile delinquent vị thành niên phạm pháp

ơ ur	**y** (tin)	**ây** uh-i	**iê** i-uh	**oa** wa	**ôi** oy	**uy** wee	**ong** aong
u (soon)	**au** a-oo	**eo** eh-ao	**iêu** i-yoh	**oai** wai	**ơi** ur-i	**ênh** uhng	**uyên** oo-in
ư (dew)	**âu** oh	**êu** ay-oo	**iu** ew	**oe** weh	**uê** way	**oc** aok	**uyêt** oo-yit

K

k (= *kilobyte*) k, kilôbai
karate võ caratê, không thủ đạo
karate chop nhát chặt caratê
keel *n* NAUT sống tàu
keen (*intense*) quyết liệt; *Br*
(*enthusiastic*) nhiệt tình
keep 1 *n* (*maintenance*) cái nuôi
thân; *for ~s* F vĩnh viễn **2** *v/t*
(*retain*) giữ; (*detain*) giữ lại; (*store*)
để; *family* nuôi dưỡng; *animals*
nuôi; *~ a promise* giữ lời hứa; *~
s.o. waiting* làm ai phải đợi; *~ ...
to oneself* (*not tell*) giữ kín …; *~
X from Y* giữ kín X không cho Y
biết; *~ (on) trying* tiếp tục cố
gắng; *~ (on) interrupting* liên tục
ngắt lời **3** *v/i* (*remain*) giữ; (*of
food*) giữ được
♦ **keep away 1** *v/i* tránh xa; *~ from
s.o. / sth* tránh xa ai / gì **2** *v/t*: *keep
the children away* cho bọn trẻ
tránh xa
♦ **keep back** *v/t information* giấu;
keep the tears back cầm nước
mắt; *keep the floodwaters back*
chặn lại dòng nước lũ
♦ **keep down** *v/t costs, inflation etc*
giữ không cho tăng; *he can't
keep anything down food* anh ấy
nôn hết tất cả; *keep one's voice
down* nói khẽ; *keep the noise
down* bớt ồn
♦ **keep in** (*in hospital*) giữ lại; (*in
school*) phạt giữ lại
♦ **keep off 1** *v/t food, drink etc*
kiêng; *subject etc* tránh; *~ the
grass!* hãy tránh xa bãi cỏ! **2** *v/i*:

if the rain keeps off nếu trời
không mưa
♦ **keep out** *v/i* không đi vào; (*not
get involved*) không dính vào; *~!*
(*as sign*) cấm vào!
♦ **keep to** *path* bám theo; *rules*
tuân theo
♦ **keep up 1** *v/i* (*when walking,
running etc*) theo kịp; *~ with* theo
kịp; (*stay in touch with*) giữ quan
hệ với **2** *v/t pace, payments* duy
trì; (*support*) giữ vững
keeping: *in ~ with* phù hợp với
keg thùng nhỏ
kennel chuồng chó
kennels nơi trông giữ chó
kernel nhân
kerosene dầu hỏa
ketchup (nước) xốt cà chua
kettle ấm đun nước
key 1 *n* (*to door, drawer*) chìa
khóa; (*on computer, piano etc*)
phím; MUS khóa **2** *adj* (*vital*) chủ
chốt **3** *v/t* COMPUT phím
♦ **key in** *data* đánh vào
keyboard COMPUT, MUS bàn phím;
keyboarder COMPUT người sử
dụng bàn phím; **keycard** chìa
khóa
keyed-up (*tense*) bồn chồn
keyhole lỗ khóa; **keynote speech**
bài đề dẫn; **keyring** vòng đeo
chìa khóa
Khmer (*person*) người Khơ-mé;
(*language*) tiếng Khơ-me
Khmer Rouge Khơ-me đỏ
kick 1 *n* cú đá; F (*thrill*) cảm giác

ch (*final*) k	**gh** g	**nh** (*final*) ng	**r** z; (*S*) r	**x** s	**â** (but)	**i** (tin)
d z; (*S*) y	**gi** z; (*S*) y	**ph** f	**th** t	**a** (hat)	**e** (red)	**o** (saw)
đ d	**nh** (onion)	**qu** kw	**tr** ch	**ă** (hard)	**ê** ay	**ô** oh

kích thích; (*just*) **for ~s** ꜰ (chỉ) vì
muốn có cảm giác kích thích
2 *v/t* đá; ꜰ (*habit*) cai **3** *v/i* đá

♦ **kick around** *v/t ball* đá loanh
quanh; (*treat harshly*) đối xử tàn
ác; ꜰ (*discuss*) bàn luận

♦ **kick in** ꜰ **1** *v/t money* đóng góp
2 *v/i* (*of boiler etc*) khởi động

♦ **kick off** *v/i* (*sport*) phát bóng; ꜰ
(*start*) bắt đầu

♦ **kick out** *v/t* đuổi ra; **be kicked
out of the company**/**army** bị đuổi
khỏi công ty/quân đội

♦ **kick up**: **~ a fuss** làm toáng lên

kickback ꜰ (*bribe*) tiền lại quả

kickoff (*sport*) cú phát bóng

kid ꜰ **1** *n* (*child*) đứa trẻ; **~ brother**/
~ sister em trai/em gái **2** *v/t* trêu
chọc **3** *v/i* trêu chọc; **I was only
~ding** tôi chỉ đùa thôi

kidder ꜰ người nói đùa

kidnap bắt cóc

kidnap(p)er kẻ bắt cóc

kidnap(p)ing sự bắt cóc

kidney ᴀɴᴀᴛ quả thận; (*food*) quả
bầu dục

kill *v/t also time* giết; *plant* làm
chết; **be ~ed in an accident** bị
chết trong một tai nạn; **~ oneself**
tự tử

killer (*murderer*) kẻ giết người;
(*cause of death*) làm chết người

killing sự giết người; **make a ~**
(*lots of money*) trúng đậm

killingly: **~ funny** ꜰ cực kỳ buồn cười

kiln lò nung

kilo cân (*N*), ký (*S*)

kilobyte kilôbai; **kilogram**
kilôgam; **kilometer** kilômét

kimono áo ki-mô-nô

kind¹ *adj* tử tế

kind² *n* loại; **what ~ of ...?** loại ...
gì?; **all ~s of people** đủ các loại
người; **nothing of the ~** hoàn toàn

không phải vậy; **~ of sad**/**strange**
ꜰ hơi buồn/lạ kỳ

kindergarten vườn trẻ

kind-hearted tốt bụng

kindly 1 *adj* tử tế **2** *adv* một cách tử
tế; (*please*) làm ơn

kindness sự tử tế

king vua

kingdom vương quốc

king-size(d) ꜰ cỡ lớn

Kinh people người Kinh

kink (*in hose etc*) chỗ xoắn

kinky ꜰ kỳ quái

kiosk quầy

kiss 1 *n* cái hôn **2** *v/t* hôn **3** *v/i* hôn
nhau

kit (*equipment*) bộ dụng cụ; (*for
assembly*) bộ đồ lắp ráp

kitchen bếp

Kitchen God Ông Táo

kite (*toy*) cái diều

kitten mèo con

kitty (*money*) tiền góp

klutz ꜰ (*clumsy person*) kẻ hậu đậu

knack (*ability*) tài; (*trick*) mẹo;
there's a special ~ to it phải đặc
biệt khéo tay mới làm được

knead *dough* nhào trộn

knee *n* đầu gối

kneecap *n* xương bánh chè

kneel quỳ

knick-knacks đồ trang trí lặt vặt

knife 1 *n* con dao **2** *v/t* đâm

knit *v/t & v/i* đan

♦ **knit together** (*of broken bone*)
nối lại

knitting (*sth being knitted*) đồ đan;
(*activity*) việc đan

knitwear quần áo đan

knob (*on door*) quả nắm cửa; (*on
drawer*) núm

knock 1 *n* (*on door*) tiếng gõ;
(*blow*) cái va chạm **2** *v/t* (*hit*)
đập; *door* gõ; ꜰ (*criticize*) chỉ trích

ơ ur	y (tin)	ây uh-i	iê i-uh	oa wa	ôi oy	uy wee	ong aong
u (soon)	au a-oo	eo eh-ao	iêu i-yoh	oai wai	ơi ur-i	ênh uhng	uyên oo-in
ư (dew)	âu oh	êu ay-oo	iu ew	oe weh	uê way	oc aok	uyêt oo-yit

3 *v/i* (*on the door*) gõ
♦ **knock around 1** *v/t* (*beat*) đánh đập **2** *v/i* F (*travel*) đi đây đó
♦ **knock down** (*of car*) đụng ngã; *object, building etc* phá; F (*reduce the price of*) hạ giá
♦ **knock out** (*make unconscious*) đánh ngất; (*in boxing*) nốc ao; (*of medicine*) làm xỉu; *power lines etc* làm đứt
♦ **knock over** đánh đổ; (*of car*) đụng ngã
knockdown: *a ~ price* một giá thấp hơn
knockout *n* (*in boxing*) cú đo ván
knot 1 *n* cái nút; (*tangle*) chỗ rối **2** *v/t* thắt nút
knotty *problem* nan giải
know 1 *v/i* biết; (*recognize*) nhận ra **2** *v/i* biết; *I don't ~* tôi không biết; *yes, I ~* vâng, tôi biết **3** *n*: *be in the ~* thạo tin
knowhow bí quyết
knowing hiểu biết
knowingly (*wittingly*) chủ ý; *smile etc* một cách hiểu biết

know-it-all F *kẻ tự cho mình biết mọi việc trên đời*
knowledge kiến thức; *to the best of my ~* theo như tôi biết; *have a good ~ of ...* có kiến thức sâu rộng về ...
knowledgeable am hiểu
knuckle khớp đốt ngón tay
♦ **knuckle down** bắt tay vào việc
♦ **knuckle under** chịu thua
KO cú nốc ao
Korea nước Triều Tiên; (*South*) nước Nam Triều Tiên; (*North*) nước Bắc Triều Tiên
Korean 1 *adj* (*South*) Nam Triều Tiên; (*North*) Bắc Triều Tiên **2** *n* (*South*) người Nam Triều Tiên; (*North*) người Bắc Triều Tiên; (*language in the North*) tiếng Bắc Triều Tiên; (*language in the South*) tiếng Nam Triều Tiên
kosher REL *phục vụ ăn kiêng của người Do Thái*; F *chính đáng*
kudos danh vọng

L

lab (*room*) phòng thí nghiệm
label 1 *n* nhãn hiệu **2** *v/t baggage* dán nhãn
labor *n* (*work*) lao động; (*in pregnancy*) sự đẻ; *be in ~* đang đẻ
laboratory phòng thí nghiệm
laboratory technician kỹ thuật viên phòng thí nghiệm
labored *style, speech* nặng nề
laborer người lao công

laborious *task* khó khăn
labor union công đoàn
labor ward khu sản phụ
lace *n* (*material*) ren; (*for shoe*) dây buộc
♦ **lace up** *shoes* buộc dây
lack 1 *n* sự thiếu **2** *v/t* thiếu **3** *v/i*: *be ~ing* còn thiếu
lacquer *n* (*for hair*) keo xịt tóc
lacquer painting tranh sơn mài

---

ch (*final*) k	**gh** g	**nh** (*final*) ng	**r** z; (*S*) r	**x** s	**â** (but)	**i** (tin)
d z; (*S*) y	**gi** z; (*S*) y	**ph** f	**th** t	**a** (hat)	**e** (red)	**o** (saw)
đ d	**nh** (onion)	**qu** kw	**tr** ch	**ă** (hard)	**ê** ay	**ô** oh

lacquerware hàng sơn mài

lad chàng trai

ladder cái thang

laden chất đầy

ladies' (room) phòng vệ sinh nữ

ladle *n* cái môi

lady (*young woman*) cô; (*older woman*) bà

ladybug con bọ rùa

lag *v/t pipes* bọc bằng chất liệu cách nhiệt

♦**lag behind** tụt lại sau

lager la de

lagoon hồ mặn

laidback ung dung

lake hồ

lamb (*animal*) cừu non; (*meat*) thịt cừu non

lame *person* khập khiễng; *excuse* không đủ sức thuyết phục

lament 1 *n* lời than tiếc **2** *v/t* thương tiếc

lamentable đáng tiếc

laminated dát mỏng

lamp đèn

lamppost cột đèn

lampshade chụp đèn

land 1 *n* đất; (*shore*) đất liền; (*country*) đất nước; **by ~** bằng đường bộ; **on ~** trên đất liền; **work on the ~** (*as farmer*) làm ruộng **2** *v/t airplane* hạ cánh; *job* giành được **3** *v/i* (*of airplane*) đổ bộ; (*of ball, sth thrown*) rơi xuống

landing (*of airplane*) sự hạ cánh; (*top of staircase*) đầu cầu thang

landing field bãi hạ cánh; **landing gear** bộ bánh máy bay; **landing strip** bãi hạ cánh

landlady (*of bar*) bà chủ quán; (*of hostel etc*) bà chủ trọ

landlord (*of bar*) ông chủ quán; (*of hostel etc*) ông chủ trọ

landmark *also fig* mốc

land owner địa chủ

landscape 1 *n* phong cảnh; (*painting*) tranh phong cảnh **2** *adv print* khổ ngang

landslide sự lở đất

landslide victory thắng lợi long trời lở đất

lane (*in country*) đường làng; (*alley*) ngõ (*N*), hẻm (*S*); MOT làn đường

language ngôn ngữ; (*of a particular country*) tiếng; **English is his native ~** tiếng Anh là tiếng mẹ đẻ của anh ấy

langur con voọc

lank *hair* thẳng

lanky *person* khẳng khiu

lantern đèn lồng

Lao 1 *adj* Lào **2** *n* (*language*) tiếng Lào

Laos nước Lào

Laotian 1 *adj* Lào **2** *n* (*person*) người Lào

lap¹ *n* (*of track*) vòng đua

lap² *n* (*of water*) vỗ nhẹ

♦**lap up** *milk* liếm; *flattery* vồ vập

lap³ *n* (*of person*) lòng

lapel ve áo

laptop COMPUT máy tính xách tay

larceny sự ăn cắp

larder cái chạn

large *building, sum of money etc* lớn; *country* rộng lớn; *hands, head etc* to; **at ~** (*of criminal*) còn tự do; (*of wild animal*) thả rong

largely (*mainly*) chủ yếu là

lark (*bird*) chim sơn ca

larva ấu trùng

laryngitis viêm thanh quản

larynx thanh quản

laser la de

laser beam tia la de

laser printer máy in la de

lash¹ *v/t* (*with whip*) quất

♦**lash down** (*with rope*) buộc chặt

ơ ur	y (tin)	ây uh-i	iê i-uh	oa wa	ôi oy	uy wee	ong aong
u (soon)	au a-oo	eo eh-ao	iêu i-yoh	oai wai	ơi ur-i	ênh uhng	uyên oo-in
ư (dew)	âu oh	êu ay-oo	iu ew	oe weh	uê way	oc aok	uyêt oo-yit

lash² *n* (*eyelash*) lông mi
last¹ *adj* (*in series*) cuối cùng; (*preceding*) trước; **~ but one** áp cuối; **~ night** đêm qua; **~ but not least** cuối cùng nhưng không kém phần quan trọng; **at ~** cuối cùng
last² *v/i* (*of good weather, relationship etc*) kéo dài; (*of food*) để lâu
lastly sau cùng
latch *n* cài then
late trễ (*S*), muộn (*N*); **it's getting ~** sắp muộn rồi; **of ~** mới đây; **the ~ 19th/20th century** cuối thế kỷ 19/20
lately mới đây
latent fire (*heavenly stem*) Đinh
later *adv* lát nữa; **see you ~!** lát nữa sẽ gặp!; **~ on** (*shortly afterward*) lát nữa; (*at a time in the future*) sau này
latest *news, developments* mới nhất; *girlfriend* mới đây nhất
lathe máy tiện
lather (*from soap*) bọt; (*sweat*) mồ hôi
Latin America Mỹ La tinh
Latin American 1 *adj* Mỹ La tinh **2** *n* người Mỹ La tinh
latitude (*geographical*) vĩ độ; (*freedom*) tự do
latter *n* (*person*) người sau; (*thing*) cái sau
laugh 1 *n* tiếng cười; **it was a ~** thật là vui nhộn **2** *v/i* cười
♦ **laugh at** (*mock*) cười nhạo
laughing stock: **make oneself a ~** biến mình thành trò cười; **become a ~** trở thành trò cười
laughter tiếng cười
launch 1 *n* (*boat*) phóng xuống; (*of rocket, ship*) phóng; (*of product*) đưa ra **2** *v/t rocket, ship* phóng; *new product* tung ra

launch(ing) ceremony lễ khai trương
launch(ing) pad bệ phóng
launder giặt là
laundromat hiệu giặt tự động
laundry (*place*) phòng giặt là; (*clothes*) quần áo giặt là; **get one's ~ done** đưa quần áo cho người ta giặt là
laurel cây nguyệt quế
lavatory phòng vệ sinh
lavender (*plant*) cây oải hương; (*flower*) hoa oải hương
lavish *adj* hậu hĩnh
law luật lệ; (*as a subject of study*) luật; (*body of ~s*) pháp luật; **against the ~** trái với pháp luật; **forbidden by ~** luật cấm
law court tòa án
lawful hợp pháp
lawless không có pháp luật
lawn bãi cỏ
lawn mower máy xén cỏ
lawsuit việc kiện cáo
lawyer luật sư
lax lỏng lẻo
laxative *n* thuốc nhuận tràng
lay *v/t* (*put down*) đặt; *eggs* để; V (*sexually*) đéo
♦ **lay into** (*attack*) tấn công
♦ **lay off** *workers* nghỉ việc
♦ **lay on** (*provide*) cung cấp
♦ **lay out** *objects* sắp đặt; *page* trình bày
layabout *Br* người vô công rỗi nghề
layer *n* lớp
layman người không chuyên
layout (*of text, page*) cách trình bày; (*of building, rooms*) cách bố trí
♦ **laze around** nghỉ ngơi; *pej* chả làm gì
lazy *person* lười biếng; *day* chơi không

ch (*final*) k	gh g	nh (*final*) ng	r z; (*S*) r	x s	â (but)	i (tin)
d z; (*S*) y	gi z; (*S*) y	ph f	th t	a (hat)	e (red)	o (saw)
đ d	nh (onion)	qu kw	tr ch	ă (hard)	ê ay	ô oh

lb (= **pound(s)**) pao, 450 gam

LCD (= **liquid crystal display**) màn tinh thể lỏng

lead¹ 1 *v/t procession, race* dẫn đầu; *company, team* lãnh đạo; (*guide, take*) dẫn **2** *v/i* (*in race, competition*) dẫn đầu; (*provide leadership*) lãnh đạo; *a street ~ing off the square* một con phố bắt đầu từ quảng trường; *where is this ~ing?* điều này dẫn tới đâu? **3** *n* (*in race*) sự dẫn đầu; *be in the ~* đứng đầu; *take the ~* đạt vị trí đứng đầu; *lose the ~* mất vị trí đứng đầu

♦ **lead on** (*go in front*) đi trước

♦ **lead up to** dẫn tới

lead² *n* (*for dog*) dây dắt

lead³ *n* (*electric cable*) dây điện

lead⁴ *n* (*metal*) chì

leader người lãnh đạo

leadership (*of party etc*) sự lãnh đạo; *under his ~* dưới sự lãnh đạo của anh ấy

leadership contest cuộc đấu tranh quyền lãnh đạo

leadership skills khả năng lãnh đạo

lead-free *gas* không có chì

leading *runner* dẫn đầu; *company, product* hàng đầu

leading-edge *adj company, technology* hàng đầu

leaf lá cây

♦ **leaf through** lướt qua

leaflet tờ rời

league liên minh

leak 1 *n* sự rỉ; (*of information*) sự rò tin **2** *v/i* bị rò

♦ **leak out** (*of air, gas*) rò; (*of news*) lộ ra ngoài

leaky *pipe, boat* bị rò

lean¹ 1 *v/i* (*be at an angle*) nghiêng; *~ against sth* dựa vào gì **2** *v/t* dựa; *~ sth against sth* dựa gì vào gì

lean² *adj meat* nạc

leap 1 *n* sự nhảy; *a great ~ forward* bước nhảy vọt lớn **2** *v/i*: *~ over* nhảy qua; *~ into* nhảy vọt vào

leap year năm nhuận

learn học; *~ how to do sth* học làm gì

learner người học

learning *n* (*knowledge*) kiến thức; (*act*) sự học

learning curve: *be on the ~* học hỏi

lease 1 *n* hợp đồng thuê **2** *v/t* (*of owner*) cho thuê; (*of taker*) thuê

♦ **lease out** *apartment, equipment* cho thuê

lease purchase thuê mua trả góp

leash *n* (*for dog*) dây dắt

least 1 *adj* (*slightest*) nhỏ nhất **2** *adv* ít nhất **3** *n* số lượng nhỏ nhất; *not in the ~ surprised / disappointed* hoàn toàn không ngạc nhiên / thất vọng chút nào; *at ~* ít nhất

leather 1 *n* da thuộc **2** *adj* da

leave 1 *n* (*vacation*) thời gian được nghỉ; *on ~* nghỉ phép **2** *v/t city, place* rời khỏi; *person, husband, wife* bỏ; *food on plate* bỏ lại; *scar, memory* để lại; (*forget, leave behind*) bỏ quên; *let's ~ things as they are* chúng ta hãy để nguyên sự việc; *how did you ~ things with him?* anh / chị đã thu xếp như thế nào với anh ấy?; *~ s.o. / sth alone* (*not touch*) để yên ai / gì; *~ alone* (*not interfere with*) không dính vào; (*not damage*) không đụng tới; *be left* còn lại; *there is nothing left* không còn gì nữa **3** *v/i* (*of person*) rời đi; (*of plane, train, bus*) rời

♦ **leave behind** (*intentionally*) để lại; (*forget*) để quên

---

ơ ur	y (tin)	ây uh-i	iê i-uh	oa wa	ôi oy	uy wee	ong aong
u (soon)	au a-oo	eo eh-ao	iêu i-yoh	oai wai	ơi ur-i	ênh uhng	uyên oo-in
ư (dew)	âu oh	êu ay-oo	iu ew	oe weh	uê way	oc aok	uyêt oo-yit

♦**leave on** *hat*, *coat* để nguyên; *TV*, *computer* không tắt

♦**leave out** *word*, *figure* bỏ sót; (*not put away*) để lại; **leave me out of this** trừ tôi ra khỏi việc này

leaving party tiệc chia tay

lecture 1 *n* bài giảng **2** *v/i* (*at university*) giảng bài

lecture hall hội trường

lecturer giảng viên

LED (= **light-emitting diode**) đi ốt phát sáng

ledge mép

ledger COM sổ cái

Le Dynasty nhà Lê

leech con đỉa

leek tỏi tây

leer *n* (*sexual*) cái nhìn đểu cáng; (*evil*) cái nhìn quỷ quyệt

left 1 *adj* trái; POL cánh tả **2** *n* POL cánh tả; **on/to the ~** bên trái; **on the ~ of sth** bên trái của gì **3** *adv* *turn*, *look* bên trái

left-hand *side*, *bend* bên trái; **left-hand drive** xe lái bên trái; **left-handed** thuận tay trái; **left-overs** (*food*) đồ ăn thừa; **left-wing** POL thuộc cánh tả

leg chân; **pull s.o.'s ~** giễu cợt ai

legacy tài sản kế thừa

legal (*allowed*) hợp pháp; (*relating to the law*) pháp lý

legal adviser cố vấn pháp lý

legality tính hợp pháp

legalize hợp pháp hóa

legend truyền thuyết

legendary (*famous*) nổi tiếng

legible dễ đọc

legislate lập pháp

legislation (*laws*) luật pháp; (*passing of laws*) xây dựng luật pháp

legislative *powers*, *assembly* lập pháp

legislature POL cơ quan lập pháp

legitimate hợp pháp

leg room chỗ duỗi chân

leisure thời gian rảnh rỗi; **at your ~** vào lúc rỗi rãi

leisure center trung tâm giải trí

leisurely *pace* ung dung

leisure time thời giờ rảnh rỗi

lemon quả chanh

lemonade nước chanh ga

lemon grass xả; **lemon juice** nước chanh; **lemon tea** chè chanh (*N*), trà chanh (*S*)

lend: **~ s.o. sth** cho ai vay gì

length chiều dài; (*piece*: *of material etc*) đoạn; **at ~** *describe*, *explain* dài dòng; (*eventually*) rốt cuộc

lengthen *sleeve etc* hạ; *contract* kéo dài

lengthy *speech* dài dòng; *stay* quá lâu

lenient khoan dung

lens (*of eyeglasses*) mắt kính; (*contact ~*) kính đeo vào con ngươi; (*of camera*) kính; ANAT thủy tinh thể

lens cover (*of camera*) nắp đậy ống kính

Lent Mùa chay

lentil đậu lăng-til

lentil soup xúp đậu lăng-til

leopard con báo

leotard quần áo nịt

lesbian 1 *n* đồng tính luyến ái nữ **2** *adj* đồng tính nữ

less: *eat/talk* **~** ăn/nói ít hơn; **~ interesting/serious** kém thú vị/nghiêm trọng; **it cost ~** đỡ tốn hơn; **~ than $200** chưa đến 200$

lesson bài học

let *v/t* (*allow*) để cho; **~ s.o. do sth** để ai làm gì; **~ me go!** hãy để cho tôi đi!; **~ him come in!** hãy để cho anh ấy vào!; **~'s go/stay**

ch (*final*) k	**gh** g	**nh** (*final*) ng	**r** z; (*S*) r	**x** s	**â** (but) **i** (tin)
d z; (*S*) y	**gi** z; (*S*) y	**ph** f	**th** t	**a** (hat)	**e** (red) **o** (saw)
đ d	**nh** (onion)	**qu** kw	**tr** ch	**ă** (hard)	**ê** ay **ô** oh

chúng ta hãy đi/ở lại thôi; **~'s not argue** chúng ta hãy thôi không tranh cãi nữa; **~ alone** (*not even*) còn nói gì đến; **~ go of sth** (*of rope, handle*) buông gì ra

♦ **let down** *hair* bỏ xõa; *blinds* bỏ xuống; (*disappoint*) làm thất vọng; *dress, pants* hạ gấu

♦ **let in** (*to house*) cho vào

♦ **let off** (*not punish*) tha; (*from car*) cho xuống

♦ **let out** (*of room, building*) ra khỏi; *jacket etc* nới rộng thêm; *groan, yell* phát ra

♦ **let up** *v/i* (*stop*) ngừng

lethal làm chết người

lethargic uể oải

letter (*of alphabet*) chữ; (*in mail*) thư

letterhead (*heading*) tiêu đề; (*headed paper*) giấy có tiêu đề

letter of credit COM thư tín dụng

lettuce rau diếp

letup: **without a ~** không nghỉ

leukemia bệnh bạch cầu

level 1 *adj field, surface* phẳng; (*in competition, scores*) ngang bằng; **draw ~ with s.o.** ngang điểm với ai **2** *n* (*on scale, in hierarchy*) cấp; (*amount, quantity*) mức độ; **on the ~** (*on level ground*) trên mặt phẳng; F (*honest*) thật thà

level-headed bình tĩnh

lever 1 *n* đòn bẩy **2** *v/t* bẩy; **~ sth open** bẩy nắp gì

leverage PHYS sức mạnh đòn bẩy; (*influence*) ảnh hưởng

levy *v/t*: **~ taxes** đánh thuế

lewd dâm đãng

liability (*responsibility*) tránh nhiệm; (*likeliness*) khả năng xảy ra

liability insurance bảo hiểm trách nhiệm dân sự

liable (*answerable*) chịu trách nhiệm; **be ~ to** (*likely to*) có khả năng

♦ **liaise with** liên lạc

liaison (*contacts*) sự liên lạc

liar người nói dối

libel 1 *n* lời bôi nhọ **2** *v/t* bôi nhọ

liberal *adj* (*broad-minded*) khoáng đạt; (*generous: portion etc*) hào phóng; POL đảng viên đảng Tự do

liberate *prisoner etc* thả; *occupied country* giải phóng

liberated *woman* phóng khoáng

liberation giải phóng

Liberation Day Ngày Giải Phóng

liberty sự tự do; **at ~** (*prisoner etc*) được tự do; **be at ~ to do sth** được phép làm gì

librarian nhân viên thư viện

library thư viện

Libya nước Li-Bi

Libyan 1 *adj* Li-băng **2** *n* người Li-băng

license 1 *n* giấy phép **2** *v/t* cấp giấy phép; **be ~d** được cấp giấy phép

license number số giấy phép; (*vehicle number*) số đăng ký

license plate (*of car*) biển đăng ký

lick 1 *n* cái liếm **2** *v/t* liếm; **~ one's lips** liếm môi

licking: **get a ~** F (*defeat*) thất bại

licorice cam thảo

lid nắp

lie¹ 1 *n* (*untruth*) lời nói dối **2** *v/i* nói dối

lie² *v/i* (*of person, object*) nằm; (*be situated*) nằm ở

♦ **lie down** nằm nghỉ

lie-in: **have a ~** ngủ muộn

lieutenant trung úy

life (*of person*) đời sống; (*of machine*) tuổi thọ; **all her ~** suốt cuộc đời của cô ấy; **that's ~!** đời là thế đấy!

ơ u*r*	y (*tin*)	ây uh-i	iê i-uh	oa wa	ôi oy	uy wee	ong aong
u (*soon*)	au a-oo	eo eh-ao	iêu i-yoh	oai wai	ơi u*r*-i	ênh uhng	uyên oo-in
ư (dew)	âu oh	êu ay-oo	iu ew	oe weh	uê way	oc aok	uyêt oo-yit

life belt phao cấp cứu;**lifeboat**
thuyền cứu đắm;**life expectancy**
tuổi thọ trung bình;**lifeguard**
người cứu đắm;**life history** tiểu
sử;**life insurance** bảo hiểm nhân
mạng;**life jacket** áo phao

lifeless *body* chết; *personality,*
town, party không sinh động

lifelike giống như thật;**lifelong** suốt
đời;**life preserver** (*for swimmer*)
áo cứu đắm;**life-saving** *adj*
medical equipment, drug cấp cứu;
lifesized to như thật;**life-**
threatening nguy kịch;**lifetime**
cuộc đời; *in my* ~ trong cuộc đời
tôi

lift 1 *v/t* nâng lên **2** *v/i* (*of fog*) tan
đi **3** *n* (*in car*) sự đi nhờ; *Br*
(*elevator*) thang máy; *give s.o. a*
~ cho ai đi nhờ xe

♦ **lift off** *v/i* (*of rocket*) phóng
liftoff (*of rocket*) sự phóng
ligament dây chằng
light[1] *n* ánh sáng; (*lamp*) đèn; *in*
the ~ *of* bởi vì; *have you got a ~?*
anh/chị có lửa không? **2** *v/t fire,*
cigarette châm; (*illuminate*) chiếu
sáng **3** *adj* (*not dark*) sáng sủa
light[2] **1** *adj* (*not heavy*) nhẹ **2** *adv*:
travel ~ du lịch gọn nhẹ

♦ **light up 1** *v/t* (*illuminate*) chiếu
sáng **2** *v/i* (*start to smoke*) bắt
đầu hút
light bulb bóng đèn
lighted fire (*heavenly stem*) Bính
lighten[1] *v/t color* làm sáng lên
lighten[2] *v/t load* làm nhẹ đi

♦ **lighten up** (*of person*) thoải mái
đi
lighter (*for cigarettes*) bật lửa
light-headed (*dizzy*) choáng váng;
light-hearted vô tư;**lighthouse**
hải đăng
lighting ánh sáng

lightly *touch* một cách nhẹ nhàng;
get off ~ bị phạt nhẹ
lightness[1] (*of room*) sự sáng sủa;
(*of color*) sự nhợt
lightness[2] (*in weight*) nhẹ
lightning tia chớp
lightning conductor cột thu lôi
light pen bút quang điện;
lightweight (*in boxing*) hạng nhẹ;
light year năm ánh sáng
likable dễ thương
like[1] **1** *prep* giống; (*as*) như; *be ~*
s.o. (*in looks*) giống ai đó; *be ~*
sth (*in appearance, make-up*)
giống gì đó; (*in character*) như ai
vậy; *what is she ~?* cô ấy như
thế nào?; *it's not ~ him* (*not his*
character) tính cách của anh ấy
không phải là như thế; *one ~ this*
một cái như cái này; *do it ~ this*
làm như thế này **2** *conj* F (*as*)
như; ~ *I said* như tôi đã nói
like[2] *v/t* thích; *I ~ it* tôi thích; *I ~*
her tôi thích cô ấy; *I would ~ ...*
tôi muốn ...; *I would ~ to ...* tôi
muốn ...; *would you ~ ...?* anh/
chị có muốn ... không?; *would*
you ~ to ...? anh/chị có muốn ...
không?; ~ *to do sth* thích làm gì;
if you ~ nếu anh/chị muốn
likeable dễ thương
likelihood khả năng; *in all* ~ hoàn
toàn có khả năng
likely (*probable*) có thể; *not ~!*
không đời nào!
likeness (*resemblance*) sự giống
nhau
liking: *to your* ~ làm hài lòng anh/
chị; *take a ~ to s.o.* thích ai
lilac (*flower*) hoa đinh tử hương;
(*color*) màu tím nhạt
lily hoa loa kèn
lily of the valley cây hoa chuông
limb chi

---

ch (*final*) k	**gh** g	**nh** (*final*) ng	**r** z; (*S*) r	**x** s	**â** (but) **i** (tin)
d z; (*S*) y	**gi** z; (*S*) y	**ph** f	**th** t	**a** (hat)	**e** (red) **o** (saw)
đ d	**nh** (onion)	**qu** kw	**tr** ch	**ă** (hard)	**ê** ay **ô** oh

lime[1] (*fruit*, *tree*) chanh cốm
lime[2] (*substance*) vôi
limegreen màu chanh; **limelight** : *be in the ~* được mọi người chú ý;
limestone đá vôi
limit 1 *n* (*of s.o.'s land*) ranh giới; (*of s.o.'s endurance, patience*) giới hạn; *within ~s* trong giới hạn; *off ~s* không được lui tới; *that's the ~!* thật là quá lắm! **2** *v/t* giới hạn
limitation mặt hạn chế
limited company *Br* công ty hữu hạn
limo, **limousine** xe li-mô-din
limp[1] *adj arm, material* mềm; *feel ~* cảm thấy mệt lịm
limp[2] *n* sự đi khập khiễng; *he has a ~* anh ấy có tật đi khập khiễng
line[1] *n* (*on paper, road*) vạch; TELEC đường dây; (*of people, trees etc*) dãy; (*standing in ~*) hàng; (*of text*) dòng chữ; (*of business*) ngành; *the ~ is busy* đường dây đang bận; *hold the ~* cầm máy đợi; *draw the ~ at sth* từ chối không làm gì; *~ of inquiry* đường lối tìm hiểu; *~ of reasoning* hướng lập luận; *stand in ~* đứng trong hàng; *in ~ with ...* (*conforming with*) phù hợp với ...; *he's out of ~* (*not doing the proper thing*) anh ấy không làm đúng thủ tục
line[2] *v/t* (*with material*) lót
♦ **line up** *v/i* xếp hàng
linen (*material*) vải lanh; (*sheets etc*) đồ lanh
liner (*ship*) tàu thủy
linesman SP trọng tài biên
linger (*of person*) nấn ná; (*of pain*) kéo dài
lingerie quần áo lót của phụ nữ
linguist (*good at foreign languages*) người biết nhiều thứ tiếng; (*who studies linguistics*) nhà ngôn ngữ học
linguistic ngôn ngữ học
lining (*of clothes*) lớp vải lót; (*of pipe*) lớp trong; (*of brakes*) ruột
link 1 *n* (*connection*) mối liên kết; (*in chain*) mắt xích **2** *v/t* liên kết
♦ **link up** *v/i* ghép lại; TV nối chương trình
lion con sư tử
lip môi
lipread *v/i* hiểu theo mấp máy môi
lipstick son bôi môi
liqueur rượu mùi
liquid 1 *n* chất lỏng **2** *adj* lỏng
liquidation sự thanh lý; *go into ~* vỡ nợ
liquidity khả năng thanh toán tiền mặt
liquor rượu mạnh
liquor store cửa hàng rượu
lisp 1 *n* tật nói ngọng **2** *v/i* nói ngọng
list 1 *n* danh sách **2** *v/t* lên danh sách
listen lắng nghe
♦ **listen in** nghe lỏm
♦ **listen to** *radio, person* nghe
listener (*to radio*) thính giả; *he's a good ~* anh ấy là người lắng nghe
listings magazine *tạp chí đăng danh mục các chương trình phát thanh và truyền hình*
listless bơ phờ
liter lít
literacy sự biết chữ
literacy campaign chiến dịch xóa nạn mù chữ
literal *sense* nghĩa đen; *translation* nguyên văn
literary văn học
literate : *be ~* biết chữ
literature tác phẩm văn học; (*promotional*) tài liệu
litter rác; (*of animal*) lứa đẻ

ơ u*r*	y (tin)	ây uh-i	iê i-uh	oa wa	ôi oy	uy wee	ong aong
u (soon)	au a-oo	eo eh-ao	iêu i-yoh	oai wai	ơi ur-i	ênh uhng	uyên oo-in
ư (dew)	âu oh	êu ay-oo	iu ew	oe weh	uê way	oc aok	uyêt oo-yit

little 1 *adj town*, *bowl*, *house* nhỏ;
pain, *change* ít; **the ~ ones** những
đứa nhỏ **2** *n*: **a ~** một ít; (*with
reference to time*) một chút; **a ~
bread** một ít bánh mì; **a ~ is
better than nothing** một ít còn hơn
không; **that's the ~ I know** đó là
chút ít những gì tôi biết **3** *adv*: **~
by ~** dần dần; **a ~ bigger** to hơn tí;
a ~ before 6 trước 6 giờ một chút

live¹ *v/i* (*reside*) ở; (*be alive*) sống
♦ **live on 1** *v/t rice*, *bread* sống bằng
2 *v/i* (*continue living*) còn sống
♦ **live up: live it up** sống xả láng
♦ **live up to** sống theo
♦ **live with** (*with person*) sống với
live² *adj broadcast* tại chỗ;
ammunition sẵn sàng
livelihood (*means of living*) sinh kế
lively *person* sôi nổi; *party*, *music*,
city vui nhộn
liver MED, (*food*) gan
livestock gia súc
livid (*angry*) giận điên lên
living 1 *adj* (*not dead*) còn sống **2** *n*
sự kiếm sống; **earn one's ~** kiếm
sống; **standard of ~** mức sống
living room phòng khách
lizard con thằn lằn
load 1 *n* vật chở; ELEC tải trọng; **~s
of** F hàng đống **2** *v/t car*, *truck*
chất; *camera* lắp phim; *gun* nạp
đạn; COMPUT: *software* nạp dữ
liệu; **~ sth onto sth** chất gì lên gì
loaded F (*very rich*) rất giàu;
(*drunk*) khướt
loaf: a ~ of bread một ổ bánh mì
♦ **loaf around** lượn lờ
loafer (*shoe*) giày đế phẳng
loan 1 *n* tiền cho vay; **on ~** mượn
2 *v/t*: **~ s.o. sth** cho ai vay gì
loathe rất ghét
lobby (*in hotel*) phòng tiếp tân; (*in
theater*) tiền sảnh; POL nhóm

người vận động
lobster tôm hùm
local 1 *adj* địa phương; **I'm not ~**
tôi không phải người địa phương
2 *n* (*person*) dân địa phương
local anesthetic gây tê cục bộ;
local call TELEC điện thoại trong
vùng; **local government** chính
quyền địa phương
locality nơi chốn
locally *live*, *work* địa phương
local produce sản phẩm địa
phương
local time giờ địa phương
locate *new factory etc* đặt; (*identify
position of*) xác định vị trí; **be ~d**
nằm ở
location (*siting*) địa điểm;
(*identifying position of*) việc xác
định vị trí; **on ~** *movie* quay tại
hiện trường
lock¹ (*of hair*) lọn tóc
lock² 1 *n* (*on door*) ổ khóa **2** *v/t
door* khóa; **~ sth in position** khóa
chốt gì
♦ **lock away** cất giữ
♦ **lock in** *person* nhốt
♦ **lock out** (*of house*) bị khóa ở
ngoài cửa; **I locked myself out** tôi
bị khóa ngoài cửa
♦ **lock up** (*in prison*) giam
locker tủ ngăn nhỏ có khóa
locket trái tim đeo cổ
locksmith thợ khóa
locust con châu chấu
lodge 1 *v/t*: **~ a complaint** đệ đơn
kiện **2** *v/i* (*of bullet*, *ball etc*) mắc
vào
lodger người ở trọ
loft (*attic*) gác mái
lofty *tree*, *mountain*, *building etc*
cao ngất; *ideals* cao quý
log (*wood*) khúc củi; (*driver's ~*) sổ
lộ trình; (*captain's ~*) nhật ký hàng

ch (*final*) k	**gh** g	**nh** (*final*) ng	**r** z; (*S*) r	**x** s	**â** (but)	**i** (tin)
d z; (*S*) y	**gi** z; (*S*) y	**ph** f	**th** t	**a** (hat)	**e** (red)	**o** (saw)
đ d	**nh** (onion)	**qu** kw	**tr** ch	**ă** (hard)	**ê** ay	**ô** oh

hải; (*written record*) sự ghi chép

♦ **log off** COMPUT ra khỏi chương trình

♦ **log on** COMPUT vào chương trình

♦ **log on to** COMPUT vào chương trình

logbook (*driver's ~*) sổ lộ trình; (*captain's ~*) nhật ký hàng hải

log cabin lều bằng gỗ súc

logic lô gíc

logical *argument, conclusion, mind* hợp với lô gíc; *person* hợp lý

logistics ngành hậu cần

logo biểu tượng

loiter lảng vảng

lollipop kẹo tăm

London Luân Đôn

loneliness (*of person*) cảnh cô đơn; (*of place*) hẻo lánh

lonely *person* cô đơn; *place* hẻo lánh

loner người cô đơn

long¹ 1 *adj* dài; *it's a ~ way* xa lắm **2** *adv* lâu; *don't be ~* đừng có lâu nhé; *5 weeks is too ~* 5 tuần thì quá lâu; *will it take ~?* có lâu lắm không?; *for a ~ time* lâu lắm; *that was ~ ago* đã lâu rồi; *~ before then* trước đó đã lâu; *before ~* sắp sửa; *we can't wait any ~er* chúng tôi không thể chờ lâu hơn nữa; *he no ~er works here* anh ấy không còn làm ở đây nữa; *so ~ as* (*provided*) miễn là; *so ~!* tạm biệt!

long² *v/i: ~ for sth* mong mỏi gì; *be ~ing to do sth* mong mỏi làm gì

longan quả nhãn

long-distance *adj phonecall, flight* đường dài; *race* đường trường

longing *n* lòng mong muốn

longitude kinh độ

long jump môn nhảy xa; **long-range** *missile* tầm xa; *forecast* dài

ngày; **long-sighted** viễn thị; **long-sleeved** dài tay; **long-standing** đã có từ lâu đời; **long-term** *adj effects, plans, relationship etc* lâu dài; *contract* dài hạn; **long wave** sóng dài

loo *Br* F nhà xí (*N*), nhà cầu (*S*)

look 1 *n* (*appearance*) bề ngoài; (*glance*) cái nhìn; *give s.o. / sth a ~* nhìn ai / gì; *have a ~ at sth* (*examine*) kiểm tra gì; *can I have a ~?* tôi xem có được không?; *can I have a ~ around?* (*in store etc*) tôi chỉ nhìn thôi có được không?; *~s* (*beauty*) nhan sắc **2** *v/i* nhìn; (*search*) tìm kiếm; (*seem*) có vẻ; *you ~ tired / different* anh / chị có vẻ mệt mỏi / khác đi

♦ **look after** trông nom

♦ **look around** *museum, city* thăm

♦ **look at** nhìn; (*examine*) nghiên cứu; (*consider*) nhìn

♦ **look back** nhìn lại

♦ **look down on** xem thường

♦ **look for** tìm kiếm

♦ **look forward to** mong đợi

♦ **look in on** (*visit*) ghé qua

♦ **look into** (*investigate*) điều tra

♦ **look on 1** *v/i* (*watch*) đứng xem **2** *v/t: ~ s.o. / sth as* (*consider*) xem ai / gì như là

♦ **look onto** *garden, street* trông ra

♦ **look out** *v/i* (*of window etc*) nhìn ra ngoài; (*pay attention*) cẩn thận; *~!* hãy cẩn thận!

♦ **look out for** (*try to find*) tìm kiếm; (*be on guard against*) đề phòng

♦ **look out of** *window* nhìn ra ngoài

♦ **look over** *house, translation* xem xét

♦ **look through** *magazine, notes* xem lướt

♦ **look to** (*rely on*) tin tưởng vào

ơ ur	y (tin)	ây uh-i	iê i-uh	oa wa	ôi oy	uy wee	ong aong
u (soon)	au a-oo	eo eh-ao	iêu i-yoh	oai wai	ơi ur-i	ênh uhng	uyên oo-in
ư (dew)	âu oh	êu ay-oo	iu ew	oe weh	uê way	oc aok	uyêt oo-yit

♦ **look up 1** *v/i* (*from paper etc*) ngước nhìn lên; (*improve*) được cải thiện; **things are looking up** tình hình đang được cải thiện **2** *v/t* *word, phone number* tra; (*visit*) đến thăm

♦ **look up to** (*respect*) kính trọng

lookout (*person*) người gác; **be on the ~ for ...** (*guard against*) để phòng ...

♦ **loom up** hiện ra lờ mờ

loony F **1** *n* người điên **2** *adj* điên rồ

loop *n* hình thắt nút

loophole (*in law etc*) kẽ hở

loose *connection, wire, button* lỏng lẻo; *clothes* rộng lùng thùng; *morals* phóng túng; *wording* không chặt chẽ; **~ change** tiền lẻ; **~ ends** (*of problem, discussion*) những điều còn chưa ngã ngũ

loosely *tied* lỏng lẻo; *worded* không chặt chẽ

loosen *collar, knot* nới lỏng

loot 1 *n* chiến lợi phẩm **2** *v/i* cướp bóc

looter kẻ cướp bóc

♦ **lop off** cắt tỉa

lop-sided lệch

Lord (*God*) Chúa trời; **~'s Prayer** lời cầu nguyện của Chúa

lorry *Br* xe tải

lose 1 *v/t object* mất; *match* thua **2** *v/i* SP thua; (*of clock*) chạy chậm; **I'm lost** tôi bị lạc; **get lost!** F biến đi!

♦ **lose out** bị thua thiệt

loser SP người thua; (*in life*) người thất bại

loss sự mất; (*in business*) sự thua lỗ; **make a ~** thua lỗ; **be at a ~** bị lúng túng

lost đã mất

lost-and-found (**office**) nơi giữ đồ đạc bị thất lạc

lot ◊: **a ~**, **~s** nhiều; **a ~ of**, **~s of** nhiều; **a ~ of beer** nhiều bia; **a ~ easier** dễ hơn nhiều ◊: **a ~** (*with verbs*) rất (*before Vietnamese verb*), lắm (*after Vietnamese verb*); *like, love, hate etc* nhiều (*after Vietnamese verb*); **it costs a ~** rất đắt; **I really like it a ~** tôi thực tình rất thích; **I didn't understand a ~** tôi hiểu không nhiều lắm; **do you still travel a ~?** anh/chị vẫn hay đi du lịch nhiều chứ?

lotion (*medicine*) thuốc bôi; (*beauty product*) kem

lotus cây sen

lotus flower hoa sen

loud *music, voice, noise* ầm ĩ; *color* sặc sỡ

loudspeaker (*at station*) loa phóng thanh; (*for stereo*) loa

lounge (*in hotel*) phòng chơi

♦ **lounge around** loanh quanh

louse con rận

lousy *meal, vacation etc* tồi tệ; **I feel ~** tôi cảm thấy không được khỏe

lout kẻ thô tục

lovable đáng yêu

love 1 *n* tình yêu; (*in tennis*) không; **be in ~** yêu; **fall in ~** phải lòng; **make ~** làm tình; **my ~** (*to female*) em yêu; (*to male*) anh yêu; (*to child*) cưng **2** *v/t person, country* yêu; *wine, food etc* rất thích; **~ to do sth** rất thích làm gì

love affair chuyện tình; **love letter** thư tình; **lovelife** cuộc sống tình yêu

lovely *face, person* đáng yêu; *color, hair, weather* đẹp; *tune, character* hay; *vacation* thú vị; *meal* ngon; **we had a ~ time** chúng tôi đã vui chơi thỏa thích

lover người yêu

loving *adj* giàu lòng thương mến

ch (*final*) k	**gh** g	**nh** (*final*) ng	**r** z; (*S*) r	**x** s	**â** (but)	**i** (tin)
d z; (*S*) y	**gi** z; (*S*) y	**ph** f	**th** t	**a** (hat)	**e** (red)	**o** (saw)
đ d	**nh** (onion)	**qu** kw	**tr** ch	**ă** (hard)	**ê** ay	**ô** oh

low 1 *adj bridge*, *wall*, *salary*, *price*
thấp; *voice* trầm; *quality* kém; *be*
feeling ~ cảm thấy buồn nản; *be*
~ *on gas*/*tea* đã cạn ga/chè **2** *n*
(*in weather*) vùng áp thấp; (*in*
sales, statistics) mức thấp

low broken tone dấu nặng;
lowbrow *adj* kém học thức; **low-**
calorie lượng ca lo thấp; **low**
constricted tone dấu nặng; **low-**
cut *dress* cổ trễ

lower (*to the ground*) thả xuống;
flag, hem hạ; *pressure, price* giảm

low falling tone dấu huyền; **low-fat**
lượng béo thấp; **lowkey**
presentation, speech không sôi nổi;
approach dè dặt; **lowlands** vùng
đất thấp; **low-pressure area**
vùng áp thấp; **low rising tone** dấu
hỏi; **low season** mùa vắng khách;
low tide thủy triều xuống

loyal trung thành

lozenge (*shape*) hình thoi; (*tablet*)
viên ngậm

Ltd (= *limited*) hữu hạn

lubricant dầu nhờn

lubricate tra dầu mỡ

lubrication sự tra dầu mỡ

lucid (*clear*) rõ ràng; (*sane*) tỉnh táo

luck sự may mắn; *bad* ~ vận rủi;
hard ~! thật là không may!; *good*
~ vận may; *good* ~! chúc may
mắn!

♦**luck out** F may mắn

luckily may mắn thay

lucky *person, day, number* may,
may mắn; *you were* ~ anh/chị
thật may mắn; *he's* ~ *to be alive*
anh ấy thật may là đã sống sót;
that's ~! thật là may!

ludicrous lố bịch

luggage hành lý

lukewarm *water* âm ấm; *reception*
hờ hững

lull 1 *n* (*in storm*, *fighting*,
conversation) khoảng thời gian
yên tĩnh **2** *v/t*: ~ *s.o. into a false*
sense of security xoa dịu ai bằng
một cảm giác an toàn giả tạo

lullaby bài hát ru

lumbago chứng đau lưng

lumber *n* (*timber*) gỗ xẻ

luminous phát sáng

lump (*of sugar*) miếng; (*swelling*)
cái bướu

♦**lump together** gộp lại

lump sum món tiền cả cục

lumpy lổn nhổn

lunacy sự rồ dại

lunar thuộc mặt trăng

lunar calendar âm lịch; **lunar**
eclipse nguyệt thực; **Lunar New**
Year Tết Nguyên Đán

lunatic *n* kẻ điên rồ

lunch bữa trưa; *have* ~ ăn trưa

lunch box hộp đựng thức ăn trưa;
lunch break thời gian nghỉ trưa;
lunch hour giờ nghỉ ăn trưa;
lunchtime giờ ăn trưa

lung phổi

lung cancer ung thư phổi

♦**lunge at** lao lên tấn công

lurch *v/i* (*of person*) lảo đảo; (*of*
ship etc) tròng trành

lure 1 *n* sức hấp dẫn **2** *v/t* nhử

lurid *color* sáng chói; *details* khủng
khiếp

lurk (*of person*) núp; (*of doubt*)
ngấm ngầm

luscious *fruit* thơm ngon; *dessert*
hấp dẫn; (*sexy*) khêu gợi

lust *n* sự ham muốn nhục dục

luxurious sang trọng

luxury 1 *n* sự xa hoa **2** *adj* sang
trọng

lychee quả vải

Ly Dynasty nhà Lý

lymph gland tuyến bạch cầu

ơ u*r*	**y** (tin)	**ây** uh-i	**iê** i-uh	**oa** wa	**ôi** oy	**uy** wee	**ong** aong
u (soon)	**au** a-oo	**eo** eh-ao	**iêu** i-yoh	**oai** wai	**ơi** ur-i	**ênh** uhng	**uyên** oo-in
ư (dew)	**âu** oh	**êu** ay-oo	**iu** ew	**oe** weh	**uê** way	**oc** aok	**uyêt** oo-yit

lynch hành hình kiểu lin sơ
lynx mèo rừng

lyricist người viết lời bài ca
lyrics lời ca

M

MA (= *Master of Arts*) thạc sĩ Văn
chương
ma'am thưa bà
machine *n & v/t* máy
machine gun *n* súng máy
machine-readable có thể đọc được
bằng máy
machinery (*machines*) máy móc
machismo thói cao ngạo của đàn
ông
macho cao ngạo đàn ông
mackintosh áo mưa
macro COMPUT lệnh vĩ mô
mad (*insane*) điên; (*angry*) tức
giận; *be ~ about* (*very
enthusiastic*) say mê; *drive s.o. ~*
làm cho ai phát điên lên; *go ~*
(*become insane*) phát điên; (*with
enthusiasm*) trở nên cuồng nhiệt;
like ~ run, work như điên
madden (*infuriate*) chọc tức
maddening làm bực mình
made-to-measure may đo
madhouse *fig* chợ vỡ
madly như điên; *~ in love* yêu như
điên
madman người điên
madness chứng điên; (*folly*) sự
điên rồ
Mafia: *the ~* bọn maphia
magazine (*printed*) tạp chí
maggot con giòi
magic 1 *n* ma thuật; (*tricks*) trò ảo

thuật; *like ~* như có phép mầu
2 *adj* phép mầu
magical *powers* ma thuật; *moment*
kỳ diệu
magician (*performer*) nhà ảo thuật
magic spell câu phù chú
magic trick trò ảo thuật
magnanimous hào hiệp
magnet nam châm
magnetic có từ tính; *fig*:
personality có sức hấp dẫn
magnetism (*of person*) sức hấp dẫn
magnificence vẻ lộng lẫy
magnificent (*beautiful*) lộng lẫy;
(*impressive*) phi thường; *building*
nguy nga
magnify phóng đại
magnifying glass kính lúp
magnitude tầm lớn
magnolia hoa ngọc lan
mah-jong mạt chược
maid (*servant*) người hầu; (*in
hotel*) cô hầu phòng
maiden name tên họ thời con gái
maiden voyage chuyến vượt biển
đầu tiên
mail 1 *n* thư từ; *put sth in the ~* bỏ
gì vào thùng thư bưu điện **2** *v/t*
letter gửi qua bưu điện
mailbox (*in street*) thùng thư bưu
điện; (*of house*), COMPUT hộp thư
mailing list danh sách nhận ấn
phẩm

ch (*final*) k	gh g	nh (*final*) ng	r z; (S) r	x s	â (but)	i (tin)
d z; (S) y	gi z; (S) y	ph f	th t	a (hat)	e (red)	o (saw)
đ d	nh (onion)	qu kw	tr ch	ă (hard)	ê ay	ô oh

mailman người đưa thư; **mail-order catalog** catalô để đặt hàng qua bưu điện; **mail-order firm** công ty nhận đặt hàng qua bưu điện

maim làm tàn tật

main adj chính

mainframe máy chủ; **mainland** đất liền; **on the ~** trên đất liền; **mainland China** lục địa Trung Hoa

mainly chủ yếu

main road đường chính

main street phố chính

maintain peace, law and order etc duy trì; pace, speed giữ; machine, house bảo quản; family nuôi dưỡng; innocence, guilt khẳng định; **~ that** khẳng định rằng

maintenance (of machine, house) sự bảo quản; (money) tiền chu cấp; (of law and order) sự duy trì

majestic person oai vệ; scenery hùng vĩ; ship uy nghi

major 1 adj (significant) lớn; **a ~ operation** MED một ca đại phẫu; **in C ~** MUS khóa Đô trưởng **2** n MIL thiếu tá

♦**major in** chuyên về môn

majority đa số; POL đa số phiếu; **be in the ~** chiếm đa số

make 1 n (brand) kiểu **2** v/t làm; coffee, tea pha; dress cắt may; table, chair etc đóng; noise gây ra; movie dựng; (manufacture) chế tạo; (earn) kiếm được; MATH bằng; (total) tạo thành; **~ the bed** dọn giường; **~ a speech** phát biểu; **~ a statement** tuyên bố; **~ a decision** quyết định; **~ a telephone call** gọi điện thoại; **made in Vietnam** sản xuất tại Việt Nam; **~ s.o. do sth** (force to) bắt buộc ai làm gì; (cause to) làm cho ai làm gì; **you can't ~**

me do it! anh /chị không thể bắt tôi làm điều đó!; **~ s.o. happy / angry** làm cho ai sung sướng / tức giận; **~ it** (catch bus, train) đến kịp; (come) đến dự; (succeed) thành công; (survive) sống được; **what time do you ~ it?** đồng hồ của anh / chị là mấy giờ?; **~ believe** giả vờ; **~ do with** đành chịu; **what do you ~ of it?** anh / chị thấy thế nào?

♦**make for** (go toward) tiến về phía

♦**make off** chuồn đi

♦**make off with** (steal) cuỗm đi

♦**make out** v/t list, check viết; (see) nhìn thấy; (imply) ngụ ý; **~ a check** viết séc

♦**make over:** **make X over to Y** chuyển nhượng X cho Y

♦**make up 1** v/i (of woman) trang điểm; (of actor) hóa trang; (after quarrel) dàn hòa **2** v/t story, excuse bịa; face trang điểm; actor hóa trang; (constitute) cấu tạo; **be made up of** được cấu tạo bởi; **~ one's mind** quyết định; **make it up** (after quarrel) dàn hòa

♦**make up for** đền bù

make-believe n sự giả vờ

maker nhà sản xuất

makeshift adj tạm thời

make-up (cosmetics) đồ trang điểm

maladjusted thất thường về tâm lý

malaria bệnh sốt rét

Malay (language) tiếng Mã lai; (person) người Mã lai

Malaysia nước Malaysia, nước Mã lai

Malaysian adj Malaysia, Mã lai

male 1 adj (masculine) nam; animal, fish đực; bird trống **2** n (man) đàn ông; (animal, fish) con đực; (bird) trống

male chauvinist (pig) (con lợn) sô

ơ ur	y (tin)	ây uh-i	iê i-uh	oa wa	ôi oy	uy wee	ong aong
u (soon)	au a-oo	eo eh-ao	iêu i-yoh	oai wai	ơi ur-i	ênh uhng	uyên oo-in
ư (dew)	âu oh	êu ay-oo	iu ew	oe weh	uê way	oc aok	uyêt oo-yit

vanh

male nurse y tá nam
malevolent ác tâm
malfunction 1 *n* sự trục trặc **2** *v/i* trục trặc
malice sự ác tâm
malicious ác tâm
malignant *tumor* ác tính
mall (*shopping* ~) khu vực buôn bán
malnutrition sự suy dinh dưỡng
malpractice việc làm phi pháp
maltreat ngược đãi
maltreatment sự ngược đãi
mammal loài (động vật) có vú
mammoth *adj* (*enormous*) khổng lồ
man *n* đàn ông; (*human being*) con người; (*humanity*) nhân loại; (*in chess, checkers*) quân
manage 1 *v/t business, money* quản lý; *suitcase, heavy object etc* mang được; ~ **to ...** tìm được cách ... **2** *v/i* (*cope, get by*) xoay sở; *can you ~ (to do it) by yourself?* anh/chị có thể tự làm được không?
manageable *size etc* có thể làm được; *it's not* ~ cái đó không thể làm được
management (*managing*) sự quản lý; (*managers*) ban quản trị; *under his* ~ dưới sự điều hành của ông ấy
management buyout việc ban quản trị công ty mua lại hết các cổ phần để trở thành chủ công ty;**management consultant** người tư vấn về quản lý;**management studies** môn nghiên cứu về quản lý;**management team** đội quản lý
manager giám đốc
managerial về quản lý
managing director giám đốc điều hành
Mandarin (*language*) tiếng Quan

thoại
mandarin (*in China*) quan lại
mandarin orange quả quít
mandate (*authority*) sự ủy thác; (*task*) nhiệm vụ
mandatory bắt buộc
mane (*of horse*) bờm
maneuver 1 *n* thao tác; *fig* thủ đoạn **2** *v/t vehicle* điều khiển; *fig* vận động
mangle *v/t* (*crush*) xé nát
mango quả xoài
mangrove cây vẹt (*N*), cây đước (*S*)
manhandle *person* cư xử thô bạo; *object* vác
manhood (*maturity*) tuổi trưởng thành; (*virility*) nam tính
man-hour giờ công
manhunt cuộc săn lùng tội phạm
mania (*craze*) sự say mê
maniac người điên khùng
manicure *n* cắt sửa móng tay
manifest 1 *adj* rõ ràng **2** *v/t* bày tỏ; ~ *itself* hiện ra
manipulate *person* lôi kéo; *bones* điều khiển
manipulation (*of person, bones*) sự điều khiển
manipulative lôi cuốn
mankind nhân loại, loài người
manly có vẻ đàn ông
man-made nhân tạo
mannequin manơcanh
manner (*of doing something*) cách; (*attitude*) thái độ
manners : *good/bad* ~ cách cư sử tốt/xấu; *have no* ~ không lịch sự
manpower nhân sự
mansion dinh thự
mantelpiece ,**mantelshelf** bệ lò sưởi
manual 1 *adj*: ~ *labor* lao động chân tay **2** *n* (*book*) sách chỉ dẫn sử dụng

ch (*final*) k	**gh** g	**nh** (*final*) ng	**r** z; (*S*) r	**x** s	**â** (but)	**i** (tin)
d z; (*S*) y	**gi** z; (*S*) y	**ph** f	**th** t	**a** (hat)	**e** (red)	**o** (saw)
đ d	**nh** (onion)	**qu** kw	**tr** ch	**ă** (hard)	**ê** ay	**ô** oh

manual dexterity chân tay khéo léo

manual worker người lao động chân tay

manufacture 1 *n* sự sản xuất **2** *v/t* sản xuất

manufacturer nhà sản xuất

manufacturing industry công nghiệp sản xuất

manure phân bón

manuscript bản thảo

many 1 *adj* nhiều; **~ times** nhiều lần; **not ~ taxis** không nhiều xe tắc xi; **too ~ problems / beers** quá nhiều vấn đề / bia **2** *pron* nhiều; **a great ~, a good ~** rất nhiều; **how ~ do you need?** anh / chị cần bao nhiêu?

map *n* bản đồ

♦ **map out** vạch ra

maple (*tree*) cây thích; (*wood*) gỗ thích

mar làm hỏng

marathon (*race*) cuộc đua ma ra tông

marble (*material*) cẩm thạch

March tháng Ba

march 1 *n* MIL cuộc hành quân; (*ceremonial*) cuộc diễu hành; (*demonstration*) cuộc tuần hành **2** *v/i* MIL hành quân; (*ceremonially*) diễu hành; (*in protest*) tuần hành

Mardi Gras ngày trước tuần chay

mare ngựa cái

margarine bơ thực vật

margin (*of page*) lề; (COM: *profit ~*) lãi ròng; **by a narrow ~** sát nút

marginal (*slight*) nhỏ

marginally (*slightly*) đôi chút

marihuana, marijuana cần sa

marina bến thuyền

marinade *n* nước ướp

marinate ướp

marine 1 *adj* biển **2** *n* MIL lính thủy đánh bộ, thủy quân lục chiến (*S*)

marital hôn nhân

maritime hàng hải

mark 1 *n* (*stain*) vết; (*sign, token*) biểu hiện; (*trace*) dấu hiệu; EDU điểm; **leave one's ~** để lại ấn tượng **2** *v/t* (*stain*) làm có vết; EDU chấm điểm; (*indicate*) đánh dấu, ghi; (*commemorate*) kỷ niệm **3** *v/i* (*of fabric*) bị vết

♦ **mark down** *goods* giảm giá

♦ **mark out** (*with a line etc*) kẻ đường ranh; *fig* (*set apart*) phân biệt với

♦ **mark up** *price* tăng giá

marked (*definite*) rõ rệt

marker (*highlighter*) bút đánh dấu

market 1 *n* chợ; (*for particular commodity*) thị trường; **stock ~** thị trường chứng khoán; **on the ~** được đưa ra bán **2** *v/t* (*sell*) bán; (*promote*) chào hàng

market economy kinh tế thị trường

market forces thế lực thị trường

marketing sự tiếp thị

market leader (*product*) sản phẩm hàng đầu; (*company*) công ty hàng đầu; **marketplace** (*in town*) nơi họp chợ; (*for commodities*) thương trường; **market research** sự nghiên cứu thị trường; **market share** thị phần

mark-up sự tăng giá

marmalade mứt cam

marquee lều bạt lớn

marriage hôn nhân; (*event*) đám cưới

marriage certificate giấy đăng ký kết hôn

marriage counselor cố vấn về hôn nhân

married vợ chồng; **~ man** đàn ông

ơ u*r*	y (tin)	ây uh-i	iê i-uh	oa wa	ôi oy	uy wee	ong aong
u (soon)	au a-oo	eo eh-ao	iêu i-yoh	oai wai	ơi u*r*-i	ênh uhng	uyên oo-in
ư (dew)	âu oh	êu ay-oo	iu ew	oe weh	uê way	oc aok	uyêt oo-yit

có vợ; **~ *woman*** phụ nữ có chồng; ***be ~ to ...*** kết hôn với ...

marry kết hôn; (*of priest*) làm phép cưới; ***get married*** cưới

marsh đầm lầy

marshal *n* (*police officer*) cảnh sát trưởng; (*official*) quan chức phụ trách nghi lễ

marshy đầm lầy

martial arts võ thuật; **martial arts instructor** võ sư; **martial law** tình trạng thiết quân luật

martyr *n* REL kẻ tử vì đạo; *fig* người chịu hy sinh, đau khổ

martyred đau khổ

marvel *n* (*person*) người kỳ diệu; (*thing*) vật kỳ diệu

♦ **marvel at** kinh ngạc trước

marvelous tuyệt vời

Marxism chủ nghĩa Mác

Marxism-Leninism chủ nghĩa Mác Lênin

Marxist 1 *adj* Mác Xít **2** *n* người theo chủ nghĩa Mác

mascara thuốc bôi mi mắt

mascot biểu tượng may mắn

masculine *adj* đàn ông

masculinity (*virility*) tính đàn ông

mash *v/t* nghiền

mashed potatoes khoai tây nghiền

mask 1 *n* mặt nạ **2** *v/t feelings* che giấu

masochism sự thích tự hành hạ bản thân; (*sexual*) sự thống dâm

masochist người thích tự hành hạ mình; (*sexual*) kẻ thống dâm

mason thợ nề

masonry (*stonework*) phần xây nề; (*craft*) nghề thợ nề

masquerade 1 *n fig* sự giả vờ **2** *v/i*: **~ as** giả danh là

mass¹ 1 *n* (*great amount*) khối; **the ~es** quần chúng nhân dân; **~es of** rất nhiều, số đông **2** *v/i* tập hợp

mass² REL lễ mixa

massacre 1 *n* cuộc tàn sát; F (*in sport*) sự thua đậm **2** *v/t* F (*in sport*) đè bẹp

massage 1 *n* sự xoa bóp, mát xa **2** *v/t* xoa bóp, mát xa; *figures* điều chỉnh

massage parlor hiệu mát xa

masseur, masseuse nhân viên mát xa

massive rất lớn

mass media phương tiện thông tin đại chúng; **mass-produce** sản xuất hàng loạt; **mass production** sự sản xuất hàng loạt

mast (*of ship*) cột buồm; (*for radio signal*) cột ăng ten

master 1 *n* (*of dog*) chủ; (*of ship*) thuyền trưởng; **be a ~ of** là bậc thầy ở môn **2** *v/t skill, language* nắm vững; *situation* làm chủ

master bedroom phòng ngủ chính

master key chìa cái

masterly bậc thầy

mastermind 1 *n* người làm quân sư **2** *v/t fig* đạo diễn; **Master of Arts** thạc sĩ Văn chương; **master of ceremonies** trưởng ban nghi thức; **masterpiece** kiệt tác; **master's (degree)** (bằng) thạc sĩ

mastery sự thành thạo

masturbate thủ dâm

mat *n* (*for floor*) tấm thảm; (*for table*) tấm lót

match¹ (*for cigarette*) diêm (*N*), quẹt (*S*)

match² 1 *n* (*competition*) trận đấu; **be no ~ for s.o.** không phải là đối thủ của ai; **meet one's ~** gặp kỳ phùng địch thủ **2** *v/t* (*be the same as*) tương xứng; (*equal*) sánh được **3** *v/i* (*of colors, patterns*) tương xứng

ch (*final*) k	**gh** g	**nh** (*final*) ng	**r** z; (*S*) r	**x** s	**â** (but)	**i** (tin)
d z; (*S*) y	**gi** z; (*S*) y	**ph** f	**th** t	**a** (hat)	**e** (red)	**o** (saw)
đ d	**nh** (onion)	**qu** kw	**tr** ch	**ă** (hard)	**ê** ay	**ô** oh

matchbox hộp diêm (*N*), hộp quẹt (*S*)

matching *adj* tương xứng

mate 1 *n* (*of animal*: *female*) con cái; (*male*) con đực; NAUT phó thuyền trưởng **2** *v/i* kết đôi

material 1 *n* (*fabric*) vải; (*substance*) vật liệu **2** *adj* vật chất

materialism chủ nghĩa vật chất

materialist người thiên về vật chất

materialize (*appear*) hiện ra; (*become a reality*) thành sự thật

materials nguyên liệu

maternal *love*, *feelings* mẫu tử; *relatives* ngoại

maternity chức năng làm mẹ

maternity dress áo váy bầu; **maternity leave** nghỉ đẻ; **maternity ward** khu sản

math toán

mathematical *calculations*, *formula* toán học; *mind*, *person* có khiếu về toán

mathematician nhà toán học

mathematics toán; (*subject*) toán học

matinée cuộc trình diễn buổi chiều

matriarch nữ chúa

matrimony hôn nhân

matt xỉn

matter 1 *n* (*affair*) sự việc; PHYS vật chất; *it's rather a serious ~* đây là một sự việc khá nghiêm trọng; *as a ~ of course* là điều tất nhiên; *as a ~ of fact* thật ra; *what's the ~?* chuyện gì vậy?; *no ~ what she says* bất kể bà ấy nói gì **2** *v/i* quan trọng; *it doesn't ~* không có vấn đề gì

matter-of-fact thản nhiên

mattress đệm

mature 1 *adj* chín chắn **2** *v/i* (*of person*) trở nên chín chắn; (*of insurance policy etc*) đến hạn thanh toán

maturity (*adulthood*) tuổi trưởng thành; (*in behavior*, *attitude*) tính chín chắn

maximize tăng tối ta

maximum *n* & *adj* tối đa

May tháng Năm

may ◊ (*possibility*, *permission*) có thể; *it ~ rain* trời có thể mưa; *you ~ be right* có thể anh/chị đúng; *it ~ not happen* điều đó có thể sẽ không xảy ra; *~ I help/smoke?* tôi có thể giúp/hút thuốc không?; *you ~ if you like* được, nếu anh/chị muốn ◊ (*wishing*, *hoping*) chúc; *~ you both be very happy* chúc hai người thật hạnh phúc

maybe có thể

May Day Ngày mồng 1 tháng Năm, Ngày mùng 1 tháng Năm (*S*)

mayo, mayonnaise xốt mayone

mayor thị trưởng

maze mê cung

MB (= *megabyte*) mêga bai

MBA (= *Master of Business Administration*) cử nhân quản lý kinh doanh

MBO → *management buyout*

MD (= *Doctor of Medicine*) bác sĩ y khoa

me tôi, tui (*S*); (*speaking to one's parents*) con; (*female to younger brother or sister or member of the younger generation*) chị; (*male to younger brother or sister or member of the younger generation*) anh; (*to older brother or sister or member of an older generation*) em; (*mother to her children*) mẹ (*N*), má (*S*); (*father to his children*) bố (*N*), ba (*S*); (*young person to friend of same generation*) tao; (*informal to same generation*) mình; *it's ~* tôi đây; *he knows ~* anh ấy biết tôi;

ơ u*r*	**y** (tin)	**ây** uh-i	**iê** i-uh	**oa** wa	**ôi** oy	**uy** wee	**ong** aong
u (soon)	**au** a-oo	**eo** eh-ao	**iêu** i-yoh	**oai** wai	**ơi** ur-i	**ênh** uhng	**uyên** oo-in
ư (dew)	**âu** oh	**êu** ay-oo	**iu** ew	**oe** weh	**uê** way	**oc** aok	**uyêt** oo-yit

that's for ~ cái đó là cho tôi

meadow đồng cỏ

meager *amount, salary* ít ỏi; *meal* đạm bạc

meal bữa ăn

mealtime giờ ăn

mean[1] (*with money*) bủn xỉn; (*nasty*) hèn hạ

mean[2] **1** *v/t* (*intend*) có ý; (*signify*) có nghĩa; ~ *to do sth* có ý định làm gì; *be ~t for* dự định cho; (*of remark*) nhằm vào **2** *v/i*: ~ *well* có ý tốt; *doesn't it* ~ *anything to you?* (*doesn't it matter?*) điều đó có ý nghĩa gì đối với anh/chị không?

meaning (*of word*) nghĩa

meaningful (*comprehensible*) rõ nghĩa; (*constructive*) tích cực; *glance* đầy ý nghĩa

meaningless *sentence, gesture etc* vô nghĩa

means (*financial*) phương tiện; (*way*) cách; ~ *of transportation* phương tiện giao thông; *by all* ~ (*certainly*) tất nhiên; *by no* ~ *rich/poor* không giàu/nghèo tí nào; *by* ~ *of* bằng cách

meantime: *in the* ~ trong lúc đó

measles bệnh sởi

measure 1 *n* (*step*) biện pháp; (*certain amount*) một số **2** *v/t* đo **3** *v/i* đo được

♦**measure out** *sugar, flour etc* chia ra

♦**measure up to** *certain standard* đo được; *expectations* đạt được

measurement (*action*) sự đo lường; (*of person*) số đo; (*of room etc*) kích thước; *system of* ~ hệ thống đo lường

meat thịt

meatball thịt viên

meatloaf ổ bánh thịt

mechanic thợ cơ khí

mechanical *device, gesture* máy móc

mechanically bằng máy; *do sth* một cách máy móc

mechanism bộ phận máy

mechanize cơ khí hóa

medal huy chương

medalist người được thưởng huy chương

meddle (*interfere*) can thiệp; (*tinker*) mó máy

media: *the* ~ phương tiện thông tin đại chúng

media hype *quảng cáo rùm beng của các phương tiện thông tin đại chúng*

median strip giải phân cách

mediate làm trung gian hòa giải

mediation sự trung gian hòa giải

mediator người làm trung gian hòa giải

medical 1 *adj school, profession* y khoa; *treatment, insurance* y tế; ~ *history* bệnh sử **2** *n* khám sức khỏe

medical certificate giấy khám sức khỏe

Medicare chế độ bảo hiểm y tế của nhà nước Mỹ

medicated có pha thuốc

medication thuốc

medicinal: *for* ~ *purposes* dùng để chữa bệnh; ~ *herbs* dược thảo

medicine (*science*) y học; (*medication*) thuốc uống

medieval thời Trung cổ

mediocre thường; *performance* xoàng

mediocrity (*of work etc*) tính chất tầm thường; (*person*) người tầm thường

meditate trầm tư

meditation sự trầm tư

ch (*final*) k	**gh** g	**nh** (*final*) ng	**r** z; (*S*) r	**x** s	**â** (but)	**i** (tin)
d z; (*S*) y	**gi** z; (*S*) y	**ph** f	**th** t	**a** (hat)	**e** (red)	**o** (saw)
đ d	**nh** (onion)	**qu** kw	**tr** ch	**ă** (hard)	**ê** ay	**ô** oh

medium 1 *adj* (*average*) trung bình;
steak vừa **2** *n* (*in size*) trung bình;
(*vehicle*) phương tiện; (*female
spiritualist*) cô đồng; (*male
spiritualist*) ông đồng
medium-sized cỡ trung bình
medium wave RAD sóng trung
medley (*assortment*) sự hỗn hợp
meek hiền lành
meet 1 *v/t* gặp; (*be introduced to*)
làm quen; (*collect*) đi đón; (*in
competition*) gặp; (*satisfy*) đáp
ứng; *their eyes met* mắt họ chạm
nhau **2** *v/i* gặp; (*of committee etc*)
họp; *have you two met?* (*know
each other*) các anh/chị đã gặp
nhau chưa? **3** *n* SP cuộc thi
♦ **meet with** *person* gặp mặt;
opposition gặp phải; *approval etc*
giành được
meeting (*by arrangement, of
committee*) cuộc họp; (*by chance*)
cuộc gặp gỡ; *he's in a ~* anh ấy
đang họp
meeting place nơi hội họp
megabyte COMPUT mêga bai
Mekong Delta Đồng bằng sông
Cửu Long, Đồng bằng sông Mê
Kông
Mekong River sông Cửu Long,
sông Mê Kông
melancholy *adj* u sầu
mellow 1 *adj* êm dịu **2** *v/i* (*of
person*) trở nên chín chắn
melodious du dương
melodramatic cường điệu
melody giai điệu
melon quả dưa
melt 1 *v/i* tan ra **2** *v/t* làm tan ra
♦ **melt away** *fig* làm tan biến
♦ **melt down** *metal* nấu chảy
melting pot *fig* nơi tụ cư
member (*of family, club,
organization*) thành viên; (*of

plant family) chi; *~ of Congress*
hạ nghị sĩ
membership tư cách hội viên;
(*number of members*) số hội viên
membership card thẻ hội viên
membrane màng
memento vật kỷ niệm
memo thư báo
memoirs hồi ký
memorable đáng ghi nhớ
memorial 1 *adj* tưởng niệm **2** *n* đài
tưởng niệm
Memorial Day ngày liệt sĩ
memorize học thuộc
memory (*recollection*) ký ức;
(*power of recollection*) trí nhớ;
COMPUT bộ nhớ; *have a good/bad
~* có trí nhớ tốt/tồi; *in ~ of* để
tưởng nhớ tới
menace 1 *n* (*threat*) sự đe dọa;
(*person*) mối đe dọa **2** *v/t* đe dọa
menacing dọa nạt
mend 1 *v/t* sửa chữa **2** *n*: *be on the
~* (*after illness*) trở nên khá hơn
menial *adj* giản đơn
meningitis viêm màng não
menopause thời kỳ mãn kinh
men's room phòng vệ sinh nam
menstruate thấy kinh
menstruation kinh nguyệt
mental *ability, powers* trí tuệ;
health tinh thần; F (*crazy*) mất trí
mental arithmetic tính nhẩm;
mental cruelty sự tàn nhẫn về
mặt tinh thần; **mental hospital**
bệnh viện tâm thần; **mental
illness** bệnh tâm thần
mentality cách suy nghĩ
mentally (*in one's mind*) thầm; *~
handicapped* tật nguyền tâm
thần; *~ ill* bị bệnh tâm thần
mention 1 *n* sự đề cập **2** *v/t* đề cập;
don't ~ it có gì đâu
mentor *n* cố vấn dày kinh nghiệm

ơ ur	**y** (tin)	**ây** uh-i	**iê** i-uh	**oa** wa	**ôi** oy	**uy** wee	**ong** aong
u (soon)	**au** a-oo	**eo** eh-ao	**iêu** i-yoh	**oai** wai	**ơi** ur-i	**ênh** uhng	**uyên** oo-in
ư (dew)	**âu** oh	**êu** ay-oo	**iu** ew	**oe** weh	**uê** way	**oc** aok	**uyêt** oo-yit

menu (*for food*) thực đơn; COMPUT danh mục

mercenary 1 *adj* vụ lợi **2** *n* MIL lính đánh thuê

merchandise hàng hóa

merchant thương nhân

merciful nhân từ

mercifully (*thankfully*) may mắn

merciless tàn nhẫn

mercury (*chemical*) thủy ngân

mercy lòng nhân từ; *be at s.o.'s ~* phó mặc cho ai

mere *adj* chỉ là

merely chỉ

merge *v/i* (*of two lines etc*) nhập vào nhau; (*of companies*) sát nhập

merger COM sự sát nhập

merit 1 *n* (*worth*) sự xứng đáng; (*positive attributes*) giá trị; (*advantage*) thuận lợi **2** *v/t* đáng được

merry vui vẻ; *Merry Christmas!* chúc Giáng Sinh vui vẻ!

merry-go-round vòng quay ngựa gỗ

mesh *n* (*of net*) tấm lưới; (*measure of density*) mắt lưới

mess *n* (*untidiness*) sự bừa bãi; (*trouble*) sự rắc rối; *be a ~* (*of room, desk*) bừa bộn; (*of hair*) rối tung; (*of situation, s.o.'s life*) mở bòng bong

♦ **mess around 1** *v/i* tào lao **2** *v/t person* úp mở với

♦ **mess around with** (*interfere with*) mó máy; *~ s.o.* (*have an affair*) tằng tịu với ai

♦ **mess up** *room, papers* làm lộn xộn; *task, plans, marriage* làm hỏng

message lời nhắn; (*of movie, book*) thông điệp

messenger (*courier*) người đưa tin

messy *room* bừa bộn; *person* bừa bãi; *job* lộn xộn; *divorce, situation*

không dễ chịu

metabolism sự chuyển hóa

metal 1 *n* kim loại; (*in Vietnamese zodiac*) Canh **2** *adj* bằng kim loại

metallic kim loại, như kim loại

meteor sao băng

meteoric *fig* nhanh chóng

meteorite thiên thạch

meteorological khí tượng

meteorologist nhà khí tượng

meteorology khí tượng học

meter[1] (*for measuring*) đồng hồ đo; (*parking ~*) máy tính tiền đỗ xe

meter[2] (*unit of length*) mét

method phương pháp

methodical *search* có phương pháp; *person* cẩn thận

methodically một cách có phương pháp

meticulous tỉ mỉ

metric mét

metropolis thủ đô

metropolitan *adj* thành phố

mew → *miaow*

Mexican 1 *adj* Mêhicô **2** *n* người Mêhicô

Mexico nước Mêhicô

mezzanine (**floor**) gác lửng

miaow 1 *n* tiếng mèo kêu meo meo **2** *v/i* meo meo

mickey mouse *adj pej* F *course, qualification* không có giá trị

microchip vi mạch; **microcosm** thế giới vi mô; **microelectronics** vi điện tử; **microfilm** vi phim; **microphone** micrô; **microprocessor** bộ vi xử lý; **microscope** kính hiển vi; **microscopic** cực nhỏ; **microwave** (*oven*) lò vi sóng

midair: *in ~* ở giữa không trung

Mid-Autumn Festival Tết Trung Thu

ch (*final*) k	**gh** g	**nh** (*final*) ng	**r** z; (*S*) r	**x** s	**â** (*but*)	**i** (tin)
d z; (*S*) y	**gi** z; (*S*) y	**ph** f	**th** t	**a** (hat)	**e** (red)	**o** (saw)
đ d	**nh** (onion)	**qu** kw	**tr** ch	**ă** (hard)	**ê** ay	**ô** oh

midday buổi trưa

middle 1 *adj* giữa **2** *n* giữa; *in the ~ of* (*floor, room*) ở giữa; (*period of time*) vào giữa; *be in the ~ of doing sth* đang làm gì

middle-aged tuổi trung niên; **Middle Ages** thời Trung cổ; **middle-class** *adj* tầng lớp trung lưu; **middle class(es)** lớp người trung lưu; **Middle East** Trung Đông; **middleman** người trung gian; **middle name** tên đệm; **middleweight** *n* (*boxer*) võ sĩ hạng trung

middling trung bình

midget 1 *adj* (*very small*) rất nhỏ **2** *n* (*small person*) người lùn

mid-level tone dấu ngang; **midnight** nửa đêm; *at ~* vào lúc nửa đêm; **midsummer** giữa mùa hè; **midway** (*in distance*) nửa đường; (*in time*) giữa buổi; **midweek** *adv* giữa tuần; **Midwest** vùng Trung tây; **midwife** hộ sinh; **midwinter** giữa mùa đông

might[1] có thể; *I ~ be late* tôi có thể sẽ đến muộn; *it ~ rain* trời có thể sẽ mưa; *it ~ never happen* điều đó có thể sẽ không bao giờ xảy ra; *I ~ have lost it* (*maybe I did*) có thể tôi đã đánh mất nó; (*I didn't but it would have been possible*) tôi đã có thể đánh mất nó; *he ~ have left* anh ấy có thể đã đi; *you ~ as well spend the night here* anh/chị có thể nghỉ đêm tại đây; *you ~ have told me!* lẽ ra anh/chị nên nói với tôi!

might[2] *n* (*power*) sức mạnh

mighty 1 *adj army, ruler* hùng mạnh; *blow* mạnh **2** *adv* F (*extremely*) hết sức

migraine chứng đau nửa đầu

migrant worker công nhân di cư

migrate (*of person*) di cư; (*of bird*) di trú

migration (*of people*) sự di cư; (*of birds*) di trú

mike micrô, máy vi âm

mild *weather* ôn hòa; *cheese* nhẹ; *person, voice* dịu dàng; *curry* ít cay

mildew nấm mốc

mildly (*gently*) nhẹ nhàng; (*slightly*) nhẹ

mildness (*of weather*) sự ôn hòa; (*of person, voice*) sự dịu dàng

mile dặm; *~s better/easier* F khá hơn/dễ hơn rất nhiều

mileage số dặm đã đi được

milestone (*important event*) sự kiện quan trọng

militant 1 *adj* chiến đấu **2** *n* chiến sĩ

military 1 *adj* quân sự **2** *n*: *the ~* quân đội

military academy học viện quân sự

military service nghĩa vụ quân sự

militia lực lượng dân quân

milk 1 *n* sữa **2** *v/t* vắt sữa

milk chocolate sô cô la sữa

milk shake sữa trộn

mill *n* (*for grain*) nhà máy xay; (*for textiles*) nhà máy sợi

♦**mill around** đi loanh quanh

millennium thiên niên kỷ

milligram miligam

millimeter milimét

million triệu

millionaire triệu phú

millionth *adj* thứ một triệu

mime *v/t* làm điệu bộ

mimic 1 *n* (*person*) người bắt chước **2** *v/t* bắt chước

mince *v/t* băm nhỏ

mincemeat (*fruit*) nhân quả băm; (*meat*) thịt băm

mince pie bánh có nhân quả băm

mind 1 *n* (*thoughts*) tâm trí; (*brain*)

ơ u*r*	y (tin)	ây uh-i	iê i-uh	oa wa	ôi oy	uy wee	ong aong
u (soon)	au a-oo	eo eh-ao	iêu i-yoh	oai wai	ơi u*r*-i	ênh uhng	uyên oo-in
ư (dew)	âu oh	êu ay-oo	iu ew	oe weh	uê way	oc aok	uyêt oo-yit

đầu óc; (*intellect*) tài trí; *it's all in your* ~ đó hoàn toàn do anh tưởng tượng; *be out of one's* ~ bị mất trí; *bear sth in* ~ nhớ gì; *I've a good* ~ *to ...* tôi rất muốn ...; *change one's* ~ thay đổi ý kiến; *it didn't enter my* ~ tôi không hề có ý nghĩ rằng; *give s.o. a piece of one's* ~ nói toẹt ra với ai; *make up one's* ~ quyết định; *have sth on one's* ~ có gì làm bận tâm; *keep one's* ~ *on sth* tập trung tư tưởng vào gì; *one of the great* ~*s of this century* một trong những thiên tài vĩ đại của thế kỷ này **2** *v/t* (*look after*) trông nom; (*object to*) phản đối; (*heed*) chú ý tới; *I don't* ~ *what we do* tôi thế nào cũng được; *do you* ~ *if I smoke?* tôi hút thuốc không làm phiền anh/chị chứ?; *would you* ~ *opening the window?* anh/chị vui lòng mở giúp cửa sổ?; ~ *the step!* chú ý bậc thềm!; ~ *your own business!* không liên can gì đến anh/chị! **3** *v/i*: ~*!* (*be careful*) cẩn thận đấy!; *never* ~*!* không sao!; *I don't* ~ tôi thế nào cũng được

mind-boggling đáng kinh ngạc
mindless *violence* điên rồ
mine[1] *pron* của tôi; *a friend of* ~ một người bạn của tôi; → *me*
mine[2] **1** *n* (*for coal etc*) mỏ **2** *v/i* (*for coal etc*) đào; ~ *for* khai thác
mine[3] **1** *n* (*explosive*) mìn **2** *v/t* đặt mìn
minefield MIL bãi mìn; *fig* lĩnh vực khó khăn
miner thợ mỏ
mineral *n* khoáng sản
mineral water nước khoáng
minesweeper NAUT tàu quét thủy lôi

mingle *v/i* (*of sounds, smells*) trộn lẫn; (*at party*) nói chuyện xã giao
mini (*skirt*) mini, ngắn
miniature *adj* (*tiny*) bé xíu; (*smaller version of*) thu nhỏ lại
minibus xe buýt nhỏ
minimal tối thiểu
minimize giảm đến mức tối thiểu; (*downplay*) đánh giá thấp
minimum 1 *adj* tối thiểu **2** *n* (*quantity*) số tối thiểu; (*degree*) mức tối thiểu
minimum wage lương tối thiểu
mining sự khai thác mỏ
miniskirt váy mini, váy ngắn
minister POL bộ trưởng; REL mục sư
ministerial bộ trưởng
ministry POL bộ
Ministry of Agriculture and Rural Development Bộ Nông nghiệp và phát triển nông thôn; **Ministry of Culture and Information** Bộ Văn hóa – Thông tin; **Ministry of Education and Training** Bộ Giáo dục và Đào tạo; **Ministry of Finance** Bộ Tài chính; **Ministry of Foreign Affairs** Bộ Ngoại giao; **Ministry of Industry** Bộ Công nghiệp; **Ministry of Public Health** Bộ Y tế; **Ministry of Science, Technology and Environment** Bộ Khoa học Kỹ thuật và Môi trường; **Ministry of Trade** Bộ Thương mại; **Ministry of Transport and Communications** Bộ Giao thông
mink (*fur*) da lông chồn; (*coat*) áo lông chồn
minor 1 *adj* nhỏ; *injury* nhẹ; *in D* ~ MUS cung Rê thứ **2** *n* LAW người vị thành niên
minority thiểu số; *be in the* ~ bị thiểu số
mint *n* (*herb*) bạc hà; (*chocolate*) sô

ch (*final*) k	**gh** g	**nh** (*final*) ng	**r** z; (S) r	**x** s	**â** (but)	**i** (tin)
d z; (S) y	**gi** z; (S) y	**ph** f	**th** t	**a** (hat)	**e** (red)	**o** (saw)
đ d	**nh** (onion)	**qu** kw	**tr** ch	**ă** (hard)	**ê** ay	**ô** oh

cô la bạc hà; (*hard candy*) kẹo bạc hà

minus 1 *n* (~ *sign*) dấu trừ **2** *prep* MATH trừ; **~ 4 degrees** âm 4 độ

minuscule nhỏ tí xíu

minute[1] *n* (*of time*) phút; *in a ~* (*soon*) tí nữa; *just a ~* (*wait*) đợi một chút; (*in indignation*) khoan hẳng!

minute[2] *adj* (*tiny*) cực nhỏ; (*detailed*) tỉ mỉ; *in ~ detail* đến từng chi tiết tỉ mỉ

minutely (*in detail*) một cách tỉ mỉ

minutes (*of meeting*) biên bản

miracle phép kì diệu

miraculous kì diệu

miraculously kì diệu thay

mirage ảo ảnh

mirror 1 *n* gương; MOT gương hậu **2** *v/t* phản chiếu

misanthropist kẻ hận đời

misapprehension: *be under a ~* hiểu lầm

misbehave cư xử xấu

misbehavior sự cư xử xấu

miscalculate 1 *v/t* tính toán sai **2** *v/i* tính lầm

miscalculation sự tính toán sai

miscarriage MED sự sẩy thai; **~ of justice** một vụ án xử sai

miscarry (*of plan*) thất bại

miscellaneous linh tinh

mischief (*naughtiness*) trò tinh nghịch

mischievous (*naughty*) tinh nghịch; (*malicious*) ác ý

misconception quan niệm sai lầm

misconduct hành vi sai trái

misconstrue hiểu lầm

misdemeanor vi phạm nhẹ

miser người bủn xỉn

miserable (*unhappy*) khổ sở; *weather* khốn nạn; *performance* thảm hại

miserly *person* keo kiệt; *amount* ít ỏi

misery (*unhappiness*) sự khổ sở; (*wretchedness*) sự khốn khổ

misfire (*of joke*) vô duyên; (*of scheme*) trục trặc

misfit (*in society*) người lạc lõng

misfortune nỗi bất hạnh

misgivings sự nghi ngại

misguided *attempt*, *plan* sai lầm; *person* dại dột

mishandle xử lý sai

mishap việc rủi ro

misinterpret hiểu sai; (*from one language to another*) dịch sai

misinterpretation sự hiểu lầm; (*of language*) dịch sai

misjudge *person*, *situation* đánh giá sai

mislay để thất lạc

mislead đánh lừa

misleading giả dối

mismanage quản lý tồi

mismanagement sự quản lý tồi

mismatch (*in figures*, *descriptions*) sự không khớp; (*of people*) sự không tương xứng

misplaced *loyalty*, *enthusiasm* không đúng chỗ

misprint *n* lỗi in sai

mispronounce phát âm sai

mispronunciation sự phát âm sai

misread *word*, *figures* đọc sai; *situation* hiểu sai

misrepresent miêu tả sai

miss[1]: *Miss Smith* cô Smith

miss[2] **1** *n* SP sự trượt; *give sth a ~ meeting*, *party etc* không đi dự **2** *v/t* (*not hit*) chệch; (*not meet*) không gặp; (*emotionally*) nhớ; *bus*, *train*, *plane* nhỡ; (*not notice*) không nhận thấy; (*not be present at*) lỡ; *you just ~ed him* (*he's just gone*) anh ấy chỉ vừa đi **3** *v/i* trượt

ơ ur	y (tin)	ây uh-i	iê i-uh	oa wa	ôi oy	uy wee	ong aong
u (soon)	au a-oo	eo eh-ao	iêu i-yoh	oai wai	ơi ur-i	ênh uhng	uyên oo-in
ư (dew)	âu oh	êu ay-oo	iu ew	oe weh	uê way	oc aok	uyêt oo-yit

misshapen dị dạng

missile (*object*) vật ném; (*rocket*) tên lửa

missing mất; *child, plane* mất tích; **be ~** bị mất; (*of child, plane*) bị mất tích

mission (*task*) sứ mệnh; (*delegation*) phái đoàn

missionary *n* REL nhà truyền giáo

misspell viết sai chính tả

mist sương mù

♦ **mist over** (*of eyes*) mờ đi

♦ **mist up** (*of mirror, window*) làm mờ

mistake 1 *n* lỗi; (*error of judgment*) sai lầm; **make a ~** phạm lỗi; **by ~** do sơ suất **2** *v/t* nhầm; **~ X for Y** nhầm X với Y

mistaken: be ~ bị nhầm lẫn

mister → **Mr**

mistress (*lover*) tình nhân; (*of servant, dog*) bà chủ

mistrust 1 *n* sự nghi ngờ **2** *v/t* nghi ngờ

misty *weather* sương mù; *eyes* nhòe; *color* mờ

misunderstand hiểu lầm

misunderstanding sự hiểu lầm; (*disagreement*) sự bất đồng

misuse 1 *n* sự lạm dụng **2** *v/t* dùng sai

mitigating circumstances tình tiết giảm nhẹ

mitt (*in baseball*) găng bắt bóng

mitten găng tay liền ngón

mix 1 *n* (*mixture*) sự pha trộn; (*in cooking*) hỗn hợp; (*cooking: ready to use*) bột đã trộn sẵn **2** *v/t* *cement, ingredients* trộn; *drink, color* pha **3** *v/i* (*socially*) hòa nhập

♦ **mix up** (*confuse*) nhầm lẫn; (*muddle up*) lộn xộn; **mix X up with Y** nhầm X với Y; **be mixed up** (*emotionally*) bị bối rối; (*of*

figures, papers) bị lộn xộn; **be mixed up in** dính líu; **get mixed up with** giao du với

♦ **mix with** (*associate with*) giao thiệp với

mixed *feelings, reactions, reviews* lẫn lộn

mixed marriage sự kết hôn khác chủng tộc

mixer (*food processor*) máy trộn thức ăn; (*drink*) đồ uống dùng để pha với rượu; **she's a good ~** cô ấy là người giỏi hòa đồng

mixture (*substance*) hỗn hợp; (*combination*) sự hỗn hợp; (*medicine*) thuốc hỗn hợp

mix-up sự nhầm lẫn

moan 1 *n* (*of pain*) tiếng rên rỉ; (*complaint*) lời than văn **2** *v/i* (*in pain*) rên rỉ; (*complain*) than văn

mob 1 *n* đám đông **2** *v/t* vây quanh

mobile 1 *adj person* đi lại; (*that can be moved*) di động **2** *n* (*for decoration*) vật trang trí treo dây, chuyển động được

mobile home nhà lưu động

mobile phone *Br* điện thoại vô tuyến

mobility sự đi lại; (*with means of transportation*) tính cơ động

mobster kẻ cướp

mock 1 *adj* (*imitation*) giả; (*feigned*) giả vờ; (*for practice*) thử **2** *v/t* chế nhạo

mockery (*derision*) sự chế nhạo; (*travesty*) trò hề

mock-up (*model*) mô hình

mode (*form*) phương thức; COMPUT chế độ

model 1 *adj employee, husband* gương mẫu; *boat, plane* mô hình **2** *n* (*miniature*) mô hình; (*pattern*) khuôn mẫu; (*fashion ~*) người mẫu thời trang; (*for artist,*

ch (*final*) k	**gh** g	**nh** (*final*) ng	**r** z; (*S*) r	**x** s	**â** (but) **i** (tin)
d z; (*S*) y	**gi** z; (*S*) y	**ph** f	**th** t	**a** (hat)	**e** (red) **o** (saw)
đ d	**nh** (onion)	**qu** kw	**tr** ch	**ă** (hard)	**ê** ay **ô** oh

photographer) người mẫu **3** *v/t* trình diễn mẫu **4** *v/i* (*for designer, artist, photographer*) làm người mẫu

modem modem

moderate 1 *adj* vừa phải; POL ôn hòa **2** *n* POL người có quan điểm ôn hòa **3** *v/t tone of voice* làm dịu; *speed* làm giảm bớt **4** *v/i* (*of storm, wind*) dịu đi; (*of speed*) giảm đi

moderately ở mức vừa phải

moderation (*restraint*) sự kiềm chế; *in ~* một cách điều độ

modern hiện đại

modernization sự hiện đại hóa

modernize *v/t & v/i* hiện đại hóa

modest *house, apartment* giản dị; (*small*) nhỏ; (*not conceited*) khiêm tốn

modesty (*of house, apartment*) sự giản dị; (*of wage, improvement*) số nhỏ; (*lack of conceit*) tính khiêm tốn

modification sự sửa đổi

modify sửa đổi

modular *furniture* được lắp ráp

module môđun; (*space ~*) khoang

moist ẩm

moisten làm ẩm

moisture (*in air*) hơi ẩm; (*in soil*) độ ẩm

moisturizer (*for skin*) kem chống khô da

molar răng hàm

molasses mật mía

mold[1] *n* (*on food*) mốc

mold[2] **1** *n* (*for clay*) khuôn **2** *v/t clay etc* nặn; *character, person* tư cách

moldy *food* bị mốc

mole (*on skin*) nốt ruồi

molecular phân tử

molecule phân tử

molest *child, woman* quấy rối

mollycoddle nâng niu chiều

chuộng

molten *lead* nấu chảy; *lava* lỏng

mom F mẹ

moment lát; *at the ~* lúc này; *for the ~* tạm thời

momentarily (*for a moment*) thoáng qua; (*in a moment*) ngay bây giờ

momentary thoáng qua

momentous rất quan trọng

momentum đà

monarch quốc vương

monastery tu viện

monastic tu viện

Monday thứ Hai

monetary tiền tệ

money tiền

money-lender kẻ cho vay lãi; **money market** thị trường tiền tệ; **money order** lệnh chi

Mongolia nước Mông Cổ

Mongolian 1 *adj* Mông Cổ **2** *n* người Mông Cổ

mongrel chó lai

monitor 1 *n* COMPUT màn hình **2** *v/t* theo dõi

monk (*Buddhist*) nhà sư; (*Christian*) thầy tu

monkey con khỉ; F (*child*) ranh con; (*in Vietnamese zodiac*) Thân

♦ **monkey around with** F táy máy nghịch

monkey wrench mỏ lết đầu dẹt

monogram *n* kiểu chữ lồng

monogrammed có chữ lồng

monolog độc thoại

monopolize giữ độc quyền; *fig* chiếm độc quyền

monopoly sự độc quyền

monosodium glutamate bột ngọt

monotonous *voice* đều đều; (*boring*) tẻ nhạt

monotony sự đơn điệu

monsoon gió mùa

monsoon season mùa mưa

monster *n* quái vật; (*person*) con quỷ độc ác

monstrosity vật kỳ quái

monstrous (*like a monster*) kỳ quái; (*enormous*) khổng lồ; (*unacceptable*) phi lý

month tháng

monthly 1 *adj & adv* hàng tháng **2** *n* (*magazine*) tạp chí ra hàng tháng

monument đài kỷ niệm

mood (*frame of mind*) tâm trạng; (*of meeting, country*) bầu không khí; *bad* ~ cơn bực tức; *be in a good*/*bad* ~ có tâm trạng vui vẻ / khó chịu; *be in the* ~ *for ...* cảm thấy thích ...

moody (*changeable*) tính khí thất thường; (*bad-tempered*) cáu kỉnh

moon *n* mặt trăng

moon cake bánh trung thu; **Moon Festival** Tết Trung Thu; **moonlight 1** *n* ánh trăng **2** *v/i* F làm đêm ngoài giờ; **moonlit**: *a* ~ *night* một đêm trăng

moor *v/t boat* bỏ neo

moorings nơi thả neo

moose nai sừng tấm

mop 1 *n* (*for floor*) cán lau nhà; (*for dishes*) miếng rửa bát đĩa **2** *v/t floor* lau rửa; *eyes, face* lau

♦ **mop up** vét; MIL quét sạch

mope rầu rĩ

moral 1 *adj* đạo đức; *person, behavior* có đạo đức **2** *n* (*of story*) bài học; ~*s* đạo đức

morale tinh thần

morality đạo đức

morbid bệnh hoạn

more 1 *adj* (*greater: number, amount*) nhiều hơn; (*additional: number, amount*) thêm; *he has* ~ *money than me* anh ấy có nhiều

tiền hơn tôi; ~ *tea?* thêm trà nữa chứ?; ~ *and* ~ *students*/*time* ngày càng nhiều sinh viên/thời gian **2** *adv* hơn; ~ *important* quan trọng hơn; ~ *often* thường xuyên hơn; ~ *and* ~ (*in increasing numbers*) ngày càng nhiều; (*increasingly*) ngày càng; ~ *or less* (*approximately*) khoảng chừng; (*almost*) hầu như; *once* ~ một lần nữa; ~ *than* hơn; *I don't live there any* ~ tôi không còn sống ở đó nữa **3** *pron* thêm; *do you want some* ~*?* anh/chị có muốn thêm nữa không?; *a little* ~ thêm chút nữa

moreover hơn nữa

morgue nhà xác

morning buổi sáng; *in the* ~ buổi sáng; *it's four o'clock in the* ~*!* bây giờ là bốn giờ sáng!; *in the* ~ (*tomorrow*) sáng mai; *this* ~ sáng nay; *tomorrow* ~ sáng mai; *good* ~ xin chào anh/chị

moron người khờ dại

morose ủ rũ

morphine mooc-phin

morsel: *a* ~ *of* một miếng

mortal 1 *adj* phải chết; ~ *blow* đòn chí mạng; ~ *enemy* kẻ tử thù **2** *n* con người

mortality tử vong; (*death rate*) tỷ lệ tử vong

mortar[1] MIL súng cối

mortar[2] (*cement*) vữa

mortgage 1 *n* sự thế chấp **2** *v/t* thế chấp

mortician nhân viên lễ tang

mortuary nhà xác

mosaic tranh ghép mảnh

Moscow Mát-xơ-cơ-va

mosquito con muỗi

mosquito coil hương muỗi

mosquito net cái màn (*N*), cái

ch (*final*) k	gh g	nh (*final*) ng	r z; (S) r	x s	â (but)	i (tin)
d z; (S) y	gi z; (S) y	ph f	th t	a (hat)	e (red)	o (saw)
đ d	nh (onion)	qu kw	tr ch	ă (hard)	ê ay	ô oh

mùng (S)

moss rêu

mossy phủ rêu

most 1 *adj* hầu hết; **~ people would agree** hầu hết mọi người đồng ý **2** *adv* ◊ nhất; **the ~ beautiful** / **interesting** đẹp nhất/thú vị nhất; **that's the one I like** (**the**) **~** đó là cái tôi thích nhất; **~ of all** nhất là ◊ (*very*) rất; **~ interesting** rất thú vị **3** *pron* (*majority*) phần lớn; **the ~ I can tell you** đó là những gì tôi có thể nói với anh/chị; **at** (**the**) **~** tối đa; **make the ~ of** tận dụng

mostly hầu hết

motel *khách sạn ven đường dành cho khách có xe hơi*

moth bướm đêm

mother 1 *n* mẹ (*N*), má (*S*) **2** *v/t* chăm sóc như người mẹ

motherboard COMPUT bảng mạch mẹ;**motherhood** chức năng làm mẹ;**mother-in-law** (*wife's mother*) mẹ vợ; (*husband's mother*) mẹ chồng

motherly của người mẹ

mother-of-pearl xà cừ;**Mother's Day** ngày lễ của các bà mẹ; **mother tongue** tiếng mẹ đẻ

motif họa tiết

motion 1 *n* (*movement*) sự chuyển động; (*proposal*) bản kiến nghị; **set things in ~** phát động **2** *v/t*: **he ~ed me forward** anh ấy ra hiệu cho tôi bước tới

motionless bất động

motivate *person* thúc đẩy

motivation động cơ

motive động cơ

motor *n* động cơ

motorbike xe máy, xe honđa (S); **motorbike taxi** xe ôm;**motorboat** xuồng máy;**motorcade** đoàn xe

hộ tống;**motorcycle** xe máy, xe honđa (S);**motorcyclist** người lái xe máy;**motor home** (*camper van*) xe cắm trại

motorist người lái xe ô tô

motorscooter xe vét pa

motor vehicle xe gắn máy

motto khẩu hiệu

mound (*hillock*) gò; (*in baseball*) vị trí ném bóng; (*pile*) đống

mount 1 *n* (*mountain*) núi; (*horse*) ngựa cưỡi **2** *v/t steps* trèo; *horse, bicycle* cưỡi; *campaign* tổ chức; *photo* dán; *painting* đóng khung **3** *v/i* tăng lên

♦**mount up** chồng chất

mountain núi

mountain bike xe đạp địa hình

mountaineer nhà leo núi

mountaineering leo núi

mountainous có nhiều núi

mourn 1 *v/t* thương tiếc **2** *v/i*: **~ for** thương tiếc

mourner người đưa tang

mournful buồn thảm

mourning để tang; **be in ~** để tang; **wear ~** mặc đồ tang

mouse chuột; COMPUT con chuột

mouse mat COMPUT tấm lót con chuột

mouth *n* (*of person*) miệng; (*of river*) cửa sông

mouthful (*of food*) miếng; (*drink*) ngụm

mouthorgan kèn ácmônica; **mouthpiece** (*of instrument*) miệng kèn; (*spokesperson*) ống nói;**mouthwash** nước súc miệng; **mouthwatering** làm chảy nước miếng

move 1 *n* (*in chess, checkers*) nước đi; (*step, action*) bước đi; (*change of house*) sự chuyển nhà; **get a ~ on!** mau lên!; **don't make a ~!** đừng

ơ u r	**y** (tin)	**ây** uh-i	**iê** i-uh	**oa** wa	**ôi** oy	**uy** wee	**ong** aong
u (soon)	**au** a-oo	**eo** eh-ao	**iêu** i-yoh	**oai** wai	**ơi** ur-i	**ênh** uhng	**uyên** oo-in
ư (dew)	**âu** oh	**êu** ay-oo	**iu** ew	**oe** weh	**uê** way	**oc** aok	**uyêt** oo-yit

động đậy! **2** v/t object, (transfer) chuyển; (change position) di chuyển; fingers, toes cử động; (emotionally) làm xúc động **3** v/i (change position) cử động; (of leaves, tree) lay động; (from one point of view to another) chuyển sang; (transfer) chuyển; ~ **house** dọn nhà

♦ **move around** (in room) đi lại; (from house to house) chuyển chỗ ở

♦ **move away** đi khỏi; (move house) dọn nhà

♦ **move in** chuyển tới

♦ **move on** (to another town) chuyển chỗ ở; (to another job) chuyển nghề; (to another subject) chuyển chủ đề

♦ **move out** (of house) dọn nhà đi; (of area) đi khỏi

♦ **move up** (in league) tiến lên; (make room) dịch ra

movement sự cử động; (organization) phong trào; MUS phần

movers những người chuyên giúp chuyển nhà

movie phim; **go to a ~ / the ~s** đi xem phim

moviegoer người đi xem phim; **movie star** ngôi sao điện ảnh; **movie theater** rạp chiếu phim

moving (which can move) chuyển động; (emotionally) cảm động

mow grass xén

♦ **mow down** làm chết hàng loạt

mower (machine) máy xén

MP (= **Military Policeman**) quân cảnh

mph (= **miles per hour**) dặm mỗi giờ

Mr ông

Mrs bà

Ms bà

much 1 adj nhiều; **there's not ~ difference** không có sự khác nhau nhiều lắm; **is there ~ damage?** có nhiều hư hại lắm không?; **as ~ ... as ...** bằng; **I gave as ~ money as you did** tôi đã cho tiền nhiều bằng anh/chị **2** adv nhiều; **that's ~ better** thế thì khá hơn nhiều; **~ easier** dễ hơn nhiều; **very ~** rất nhiều; **thanks very ~** cảm ơn rất nhiều; **too ~** quá nhiều; **as ~ as ...** (up to) nhiều khoảng chừng; **I thought as ~** tôi nghĩ thế; **do you like it? – not ~** anh/chị có thích không? – không thích lắm **3** pron nhiều; **nothing ~** không gì nhiều lắm

muck (dirt) đồ dơ bẩn

mucus nước nhầy

mud bùn

muddle 1 n (mess) tình trạng lộn xộn; (confusion) sự rối trí **2** v/t (confuse) làm rối trí; (mix) làm rối tung

♦ **muddle up** (put into a mess) làm lộn xộn; (confuse) lẫn lộn

muddy adj lầy lội, lấm bùn

muffin bánh nướng xốp

muffle bót nghẹt

♦ **muffle up** v/i ủ ấm

muffler MOT cái giảm âm; (scarf) khăn quàng

mug¹ n (for tea, coffee) cái cốc; F (face) cái mặt

mug² v/t (attack) trấn lột

mugger kẻ trấn lột

mugging vụ trấn lột

muggy oi bức

mule (animal) con la; (slipper) dép lê

♦ **mull over** suy tính

multilingual sử dụng nhiều thứ tiếng

ch (final) k	**gh** g	**nh** (final) ng	**r** z; (S) r	**x** s	**â** (but)	**i** (tin)
d z; (S) y	**gi** z; (S) y	**ph** f	**th** t	**a** (hat)	**e** (red)	**o** (saw)
đ d	**nh** (onion)	**qu** kw	**tr** ch	**ă** (hard)	**ê** ay	**ô** oh

multimedia *n* các phương tiện thông tin tổng hợp

multinational 1 *adj* đa quốc gia **2** *n* COM công ty đa quốc gia

multiple *adj* nhiều

multiplication (*of cells etc*) sự nhân; (*in arithmetic*) tính nhân

multiply 1 *v/t* nhân **2** *v/i* tăng thêm

mumble 1 *n* tiếng nói lí nhí **2** *v/t & v/i* nói lí nhí

mumps bệnh quai bị

munch *v/t & v/i* nhai tóp tép

municipal thành phố

mural *n* bức tranh tường

murder 1 *n* vụ giết người **2** *v/t person* giết chết; *song* làm hỏng

murderer kẻ giết người

murderous *rage, look* đầy sát khí

murmur 1 *n* tiếng thì thầm **2** *v/t* thì thầm

muscle cơ bắp

muscular *pain, strain* cơ bắp; *person* có bắp thịt nở nang

muse *v/i* trầm ngâm

museum viện bảo tàng

mushroom 1 *n* nấm **2** *v/i* mọc lên như nấm

music âm nhạc; (*in written form*) bản nhạc

musical 1 *adj* âm nhạc; *person* giỏi nhạc; *voice* du dương **2** *n* vở nhạc kịch

musical instrument nhạc cụ

musician nhạc sĩ

mussel con trai

must ◊ (*necessity*) phải; *I ~ be on time* tôi phải đúng giờ; *I ~* tôi phải ◊ (*with negative*) không được;

I ~n't be late tôi không được muộn ◊ (*probability*) chắc là; *it ~ be about 6 o'clock* chắc là khoảng 6 giờ rồi; *they ~ have arrived by now* chắc bây giờ họ đã tới rồi

mustache ria mép

mustard mù tạc

musty mốc meo

mute *adj animal* câm lặng

muted *color* dịu; *criticism etc* ngầm

mutilate cắt

mutiny 1 *n* cuộc nổi loạn **2** *v/i* nổi loạn

mutter *v/t & v/i* lẩm bẩm

mutton thịt cừu

mutual *admiration, affection* lẫn nhau; (*common to both*) chung

muzzle 1 *n* (*of animal*) mõm; (*for dog*) rọ bịt mõm **2** *v/t*: *~ the press* bịp miệng báo chí

my (của) tôi, (*S*) (của) tui; (*emphatic*) của tôi; *~ ticket* vé (của) tôi; *I hurt ~ leg* tôi đau chân; *I lost ~ ticket* tôi đánh mất vé; → *me*

myopic cận thị; *pej* thiển cận

myself chính tôi; *I hurt ~* tôi tự mình làm đau; *by ~* một mình; → *me*

mysterious bí ẩn

mysteriously thật kỳ lạ

mystery điều bí ẩn; (*type of fiction*) truyện trinh thám

mystify làm hoang mang

myth thần thoại; *fig* chuyện hoang đường

mythical thần thoại

mythology thần thoại, truyện

ơ u*r*	**y** (tin)	**ây** uh-i	**iê** i-uh	**oa** wa	**ôi** oy	**uy** wee	**ong** aong
u (soon)	**au** a-oo	**eo** eh-ao	**iêu** i-yoh	**oai** wai	**ơi** u*r*-i	**ênh** uhng	**uyên** oo-in
ư (dew)	**âu** oh	**êu** ay-oo	**iu** ew	**oe** weh	**uê** way	**oc** aok	**uyêt** oo-yit

N

nab (*take for oneself*) lấy
nag 1 *v/i* (*of person*) cần nhằn **2** *v/t*
cần nhằn; **~ s.o. to do sth** cần
nhằn ai để làm gì
nagging *person* hay cần nhằn;
doubt, pain dai dẳng
nail (*for wood*) cái đinh; (*on finger,
toe*) móng
nail clippers cái bấm móng tay;
nail file cái giũa móng tay; **nail
polish** sơn bôi móng tay; **nail
polish remover** thuốc rửa sơn bôi
móng tay; **nail scissors** kéo sửa
móng tay; **nail varnish** sơn bôi
móng tay
naive ngây thơ
naked trần truồng; **to the ~ eye**
bằng mắt trần
name 1 *n* tên; **what's your ~?** anh/
chị tên gì?; **call s.o. ~s** đặt tên
chế nhạo ai; **make a ~ for
oneself** trở nên nổi danh **2** *v/t* đặt
tên
♦ **name for**: **name s.o. for s.o.** đặt
tên ai theo tên ai
namely đó là
namesake người trùng tên họ
nametag (*on clothing etc*) nhãn tên
nanny *n* người trông trẻ
nap *n* giấc chợp mắt; **have a ~**
chợp mắt
napalm napan
nape: **~ of the neck** gáy
napkin (*table*) khăn ăn; (*sanitary*)
băng vệ sinh
narcissus hoa thuỷ tiên
narcotic *n* ma túy

narcotics agent nhân viên đội
kiểm tra ma túy
narrate kể chuyện
narration (*telling*) sự kể chuyện
narrative 1 *n* (*story*) chuyện kể
2 *adj poem, style* dưới dạng kể
chuyện
narrator người kể chuyện
narrow *street, bed etc* hẹp; *views,
mind* hẹp hòi; *victory* chật vật
narrowly *win* suýt soát; **~ escape
sth** suýt bị gì
narrow-minded hẹp hòi
nasal *voice* mũi
nasty *person, thing to say* độc ác;
smell, weather khó chịu; *cut,
wound, disease* nghiêm trọng
nation quốc gia
national 1 *adj security, issue,
institution* quốc gia; *pride* dân tộc
2 *n* công dân
national anthem quốc ca; **National
Day** Ngày Quốc Khánh; **national
debt** nợ quốc gia
nationalism chủ nghĩa dân tộc
nationality quốc tịch
nationalize *industry etc* quốc hữu
hóa
national park vườn quốc gia
native 1 *adj* quê hương; **~ land/city**
mảnh đất/thành phố quê hương; **~
language** tiếng mẹ đẻ **2** *n*
(*person*) dân bản xứ; (*tribesman*)
thổ dân
native country đất nước quê hương
native speaker người nói tiếng mẹ
đẻ

ch (*final*) k	**gh** g	**nh** (*final*) ng	**r** z; (*S*) r	**x** s	**â** (but) **i** (tin)
d z; (*S*) y	**gi** z; (*S*) y	**ph** f	**th** t	**a** (hat)	**e** (red) **o** (saw)
đ d	**nh** (onion)	**qu** kw	**tr** ch	**ă** (hard)	**ê** ay **ô** oh

NATO (= *North Atlantic Treaty Organization*) khối Nato

natural *resources, forces* thiên nhiên; *death, flavor* tự nhiên; (*obvious: conclusion, thing to think*) đương nhiên; *a ~ blonde* một cô gái có mái tóc vàng tự nhiên

natural gas khí tự nhiên

naturalist *n* nhà tự nhiên học

naturalize: *become ~d* nhập quốc tịch

naturally (*of course*) tất nhiên; *behave, speak* tự nhiên; (*by nature*) bẩm sinh

natural science khoa học tự nhiên

natural scientist nhà khoa học tự nhiên

nature (*natural world*) tự nhiên; (*of person, problem*) bản chất

nature reserve khu bảo tồn thiên nhiên

naughty *child* hư; *photograph, word etc* nhảm nhí

nausea sự buồn nôn

nauseate làm buồn nôn; *fig* (*disgust*) làm kinh tởm

nauseating *smell, taste, person* kinh tởm

nauseous: *feel ~* cảm thấy buồn nôn

nautical hàng hải

nautical mile hải lý

naval *power, officer, victory* hải quân; *a ~ battle* trận thủy chiến

naval base căn cứ hải quân

navel rốn

navigable *river* tàu bè đi lại được

navigate *v/i* (*in ship, airplane*) làm hoa tiêu; (*in car*) dẫn đường; COMPUT chuyển

navigation (*in ship, airplane*) hoa tiêu; (*in car*) sự dẫn đường; (*skills*) ngành hàng hải

navigator (*in airplane*) hoa tiêu;

(*in ship*) người lái; (*naval explorer*) nhà hàng hải; (*in car*) người dẫn đường

navy *n* hải quân

navy blue 1 *n* màu xanh nước biển **2** *adj* xanh nước biển

near 1 *adv* gần **2** *prep* gần; *~ the bank* gần ngân hàng; *do you go ~ the bank?* anh/chị có tới gần ngân hàng không? **3** *adj* gần; *the ~est bus stop* bến xe buýt gần nhất; *in the ~ future* trong một tương lai gần đây

nearby *adv live* ở gần

nearly sắp

near-sighted cận thị

neat *room, desk* ngăn nắp; *person* gọn gàng; *whiskey* nguyên chất; *solution* hữu hiệu; F (*terrific*) hay

necessarily nhất thiết

necessary cần thiết; *it is ~ to ...* cần thiết phải ...

necessitate đòi hỏi

necessity (*being necessary*) sự cần thiết; (*something necessary*) điều cần thiết

neck cổ

necklace (*of gold, silver etc*) dây chuyền; (*beads*) chuỗi hạt; **neckline** (*of dress*) viền cổ; **necktie** cà vạt

née tên khai sinh

need 1 *n* nhu cầu; *if ~ be* nếu cần thiết; *in ~* có nhu cầu; *be in ~ of sth* cần gì; *there's no ~ to be rude/upset* không cần phải thô lỗ/lo ngại **2** *v/t* cần; *you'll ~ to buy one* anh/chị sẽ cần phải mua một cái; *you don't ~ to wait* anh/chị không cần phải đợi; *I ~ to talk to you* tôi cần phải nói chuyện với anh/chị; *~ I say more?* tôi cần phải nói thêm gì nữa không?

needle (*for sewing*) kim khâu; (*for*

ơ ur	y (tin)	ây uh-i	iê i-uh	oa wa	ôi oy	uy wee	ong aong
u (soon)	au a-oo	eo eh-ao	iêu i-yoh	oai wai	ơi ur-i	ênh uhng	uyên oo-in
ư (dew)	âu oh	êu ay-oo	iu ew	oe weh	uê way	oc aok	uyêt oo-yit

injection) kim tiêm; (*on dial*) kim chỉ số

needlework công việc may vá

needy túng thiếu

negative 1 *adj verb, sentence* phủ định; *attitude, person* tiêu cực; ELEC âm **2** *n*: **answer in the ~** trả lời từ chối

neglect 1 *n* sự sao nhãng **2** *v/t garden, one's health* sao nhãng; **~ to do sth** quên làm gì

neglected *gardens* bị sao nhãng; *author* bị quên lãng; **feel ~** cảm thấy bị bỏ mặc

negligence tính cẩu thả

negligent cẩu thả

negligible *quantity, amount* không đáng kể

negotiable *salary, contract* có thể thương lượng

negotiate 1 *v/i* đàm phán **2** *v/t deal, settlement* đàm phán; *obstacles* vượt qua; *bend in road* đi qua

negotiation cuộc đàm phán

negotiator người đàm phán

Negro *n* người da đen

neigh *v/i* hí

neighbor người láng giềng; (*at table etc*) người bên cạnh

neighborhood (*district*) khu phố; (*people*) hàng xóm; **in the ~ of ...** *fig* khoảng chừng …

neighboring *house, state* láng giềng

neighborly tử tế tốt bụng

neither 1 *adj* cả hai … đều không; **~ answer is correct** cả hai câu trả lời đều không đúng **2** *pron* (*of two things*) cả hai cái đều không; (*of two people*) cả hai người đều không; **~ of them could help** cả hai người đều không thể giúp được **3** *adv*: **~ ... nor ...** không … cũng không; **the hotel is ~ new nor old** khách sạn không mới

cũng không cũ; **~ Jane nor Sally knew where it was** cả Jane lẫn Sally đều không biết nó ở đâu **4** *conj*: **~ do I, me ~** tôi cũng thế

neon light (*illumination*) ánh sáng nêông; (*equipment*) đèn nêông

Nepal nước Nê-pan

Nepalese 1 *adj* Nê-pan **2** *n* (*person*) người Nê-pan

nephew cháu trai

nerd F người ngớ ngẩn

nerve ANAT dây thần kinh; (*courage*) sự can đảm; (*impudence*) sự trơ tráo; **it's bad for my ~s** điều đó làm tôi căng thẳng thần kinh; **get on s.o.'s ~s** làm ai bực mình

nerve-racking căng thẳng

nervous *person* nhút nhát; *twitch* dây thần kinh; **be ~ about doing sth** lo ngại làm điều gì

nervous breakdown sự suy nhược thần kinh

nervous energy phấn chấn

nervousness sự bồn chồn lo lắng

nervous wreck người bị suy nhược thần kinh

nervy (*fresh*) trơ tráo

nest *n* tổ

nestle nép vào

net¹ lưới; **fishing ~** lưới đánh cá

net² *adj price, amount* thực; *weight* tịnh

net curtain màn lưới

net profit lãi ròng

nettle *n* cây tầm ma

network (*of contacts, cells*) mạng lưới; COMPUT mạng

neurologist bác sĩ thần kinh

neurosis chứng loạn thần kinh chức năng

neurotic *adj* (*excessively anxious*) quá lo âu; (*obsessive*) ám ảnh

neuter *v/t animal* vô tính

neutral 1 *adj country* trung lập; **~**

ch (*final*) k	gh g	nh (*final*) ng	r z; (S) r	x s	â (but)	i (tin)
d z; (S) y	gi z; (S) y	ph f	th t	a (hat)	e (red)	o (saw)
đ d	nh (onion)	qu kw	tr ch	ă (hard)	ê ay	ô oh

color màu nhã **2** *n* (*gear*) số không; *in* ~ về số không

neutrality POL tính trung lập

neutralize *poison*, *drug etc* trung hòa; *threat* làm vô hiệu hóa

never không bao giờ; (*up to now*) chưa bao giờ; *you're* ~ *going to believe this* anh/chị sẽ không bao giờ tin điều này; *I have* ~ *eaten dog* tôi chưa bao giờ ăn thịt chó; *you* ~ *promised, did you?* anh/chị không có hứa hẹn phải không?

never-ending không bao giờ chấm dứt

nevertheless tuy nhiên

new mới; *this system is still* ~ *to me* hệ thống này vẫn còn mới đối với tôi; *I'm* ~ *to the job* tôi chưa quen việc; *that's nothing* ~ cái đó không có gì là mới cả

newborn *adj* mới sinh

newcomer người mới đến

newly (*recently*) mới đây

newlyweds những người mới cưới

new moon trăng non

news tin tức; *that's* ~ *to me* đó là tin mới đối với tôi

news agency hãng thông tấn; **newscaster** TV phát thanh viên; **newsdealer** người bán báo; **news flash** bản tin đặc biệt; **newspaper** báo; **newsreader** TV *etc* phát thanh viên; **news report** phóng sự; **newsstand** quầy bán sách báo; **newsvendor** người bán báo

New Year năm mới; (*Vietnamese*) Tết; *Happy* ~*!* chúc mừng năm mới!; **New Year's Day** Ngày tết Dương lịch; **New Year's Eve** đêm Giao Thừa; **New York** Niu-Yóoc; **New Zealand** nước Niu-Zi-Lân; **New Zealander** người Niu-Zi-Lân

next 1 *adj* (*in time*) tới; (*in space*) tiếp sau; *the* ~ *week* / *month he came back again* tuần/tháng tới anh ấy lại trở về; *who's* ~*?* ai là người tiếp sau? **2** *adv* sau đó; ~ *to* (*beside*) bên cạnh; (*in comparison with*) sau

next-door 1 *adj neighbor* sát vách **2** *adv live* ngay sát vách

next of kin người ruột thịt gần nhất

Nguyen Du Nguyễn Du

nibble *v/t* gặm

nice *person*, *weather etc* dễ chịu; *party*, *vacation etc* thú vị; *house*, *hair etc* đẹp; *meal*, *food* ngon; *be* ~ *to your sister* hãy xử đẹp với chị/em; *that's very* ~ *of you* anh/chị tốt quá

nicely *written*, *presented* tốt; (*pleasantly*) thân mật

niceties: *social* ~ các phép ứng xử lịch sự

niche (*in market*) cơ hội làm ăn; (*suitable position*) công việc vừa ý

nickel kền; (*coin*) đồng năm xu

nickname *n* biệt hiệu

niece cháu gái

niggardly *adj amount* ít ỏi; *person* keo kiệt

night đêm; *tomorrow* ~ đêm mai; *11 o'clock at* ~ 11 giờ đêm; *travel by* ~ đi đêm; *during the* ~ trong đêm; *stay the* ~ ở lại đêm; *a room for 2/3* ~*s* một phòng ngủ 2/3 đêm; *work* ~*s* làm đêm; *good* ~ chúc ngủ ngon; *in the middle of the* ~ vào giữa đêm

nightcap (*drink*) chén rượu uống trước khi đi ngủ; **nightclub** hộp đêm; **nightdress** áo ngủ đàn bà; **nightfall**: *at* ~ lúc sẩm tối; **night flight** chuyến bay đêm; **nightgown** áo ngủ đàn bà

ơ u*r*	y (tin)	ây uh-i	iê i-uh	oa wa	ôi oy	uy wee	ong aong
u (soon)	au a-oo	eo eh-ao	iêu i-yoh	oai wai	ơi u*r*-i	ênh uhng	uyên oo-in
ư (dew)	âu oh	êu ay-oo	iu ew	oe weh	uê way	oc aok	uyêt oo-yit

nightingale chim sơn ca

nightlife thú vui ban đêm

nightly 1 *adj* về đêm **2** *adv* đêm đêm

nightmare cơn ác mộng; *fig* hãi hùng

night porter người gác đêm; **night school** trường học buổi tối; **night shift** ca đêm; **nightshirt** áo ngủ nam; **nightspot** câu lạc bộ ban đêm; **nighttime**: *at ~*, *in the ~* về đêm

nimble nhanh nhẹn; *mind* linh lợi

nine chín

nineteen mười chín

nineteenth *adj* thứ mười chín

ninetieth *adj* thứ chín mươi

ninety chín mươi

ninth *adj* thứ chín

nip *n* (*pinch*) cái véo; (*bite*) cái cắn

nipple núm vú

nitrogen nitơ

no 1 *adv* ◊ không; *do you understand? – ~* anh/chị có hiểu không? – không ◊ (*using 'yes', ie yes that is right*) vâng; *you don't know the answer, do you? – ~, I don't* anh/chị không biết câu trả lời, phải không? – vâng, tôi không biết **2** *adj* không có; *there's ~ coffee/tea* không có cà phê/chè; *I have ~ family/money* tôi không có gia đình/tiền bạc; *I'm ~ linguist* tôi không phải là nhà ngôn ngữ; *~ smoking/parking* cấm hút thuốc/đỗ xe

nobility (*quality*) tính cao thượng; (*class*) giới quý tộc

noble *adj person* quý tộc; *gesture* quý phái

nobody không ai; *~ knows* không ai biết; *there was ~ at home* không có ai ở nhà

nod 1 *n* cái gật đầu **2** *v/i* gật đầu

♦**nod off** (*go to sleep*) gà gật

no-fly zone vùng cấm bay

no-hoper người không làm nên trò trống gì

noise (*sound*) tiếng động; (*loud, unpleasant*) tiếng ồn ào

noisy ồn ào

nomad du dân

nomadic du cư

nominal *amount* trên danh nghĩa

nominate (*appoint*) bổ nhiệm; *~ s.o. for a post* (*propose*) đề cử ai vào chức vụ

nomination (*appointment*) sự bổ nhiệm; (*proposal*) sự đề cử; (*person proposed*) người được đề cử

nominee người được đề cử

non ... không

nonalcoholic không có rượu

nonaligned không liên kết

nonchalant hờ hững

noncommissioned officer hạ sĩ quan

noncommittal *person, response* lửng lơ

nondescript khó tả

none: *~ of the students* không một sinh viên nào; *~ of the chocolate* không một sô cô la nào; *there is/are ~ left* không còn nữa

nonentity kẻ vô danh

nonetheless tuy thế

nonexistent không có thực; **nonfiction** phi tiểu thuyết; **non(in)flammable** không dễ bắt lửa; **noninterference**, **nonintervention** sự không can thiệp; **non-iron** *shirt* không cần là ủi

no-no: *that's a ~* F đó là điều cấm kỵ

no-nonsense *approach* nghiêm túc

nonpayment sự không trả tiền;

ch (*final*) k	**gh** g	**nh** (*final*) ng	**r** z; (S) r	**x** s	**â** (but)	**i** (tin)
d z; (S) y	**gi** z; (S) y	**ph** f	**th** t	**a** (hat)	**e** (red)	**o** (saw)
đ d	**nh** (onion)	**qu** kw	**tr** ch	**ă** (hard)	**ê** ay	**ô** oh

nonpolluting không ô nhiễm;
nonresident *n* (*in hotel*) khách
vãng lai; (*in country*) người tạm
trú; **nonreturnable** không hoàn lại
nonsense vô nghĩa; *don't talk ~*
đừng nói bậy bạ; *~, it's easy!* vô
lý, dễ thôi!
nonskid *tires* giảm độ trượt; **nonslip**
surface chống trơn; **nonsmoker**
(*person*) người không hút thuốc
lá; **nonstandard** không chuẩn;
nonstick *pan* chống dính; **nonstop**
1 *adj flight* thẳng; *chatter* liên tục;
train chạy suốt; *a ~ train to Hanoi*
chuyến tàu chạy suốt Hà Nội
2 *adv fly*, *travel* thẳng; *chatter*,
argue liên tục; **nonswimmer**
người không biết bơi; **nonunion**
adj không thuộc công đoàn;
nonviolence không bạo lực;
nonviolent không bạo động
noodles phở; (*wheat flour*) mì; (*rice
flour*) bún
noodle soup (canh) phở
nook góc nhỏ
noon buổi trưa; *at ~* vào buổi trưa
no-one → *nobody*
noose nút thòng lọng
nor cũng không; *~ do I* tôi cũng
không
norm tiêu chuẩn
normal *temperature*, *speed*, *person*,
behavior bình thường; *time*, *place*,
position thông thường
normality trạng thái bình thường
normalize *relationships* bình
thường hóa
normally (*usually*) thường; (*in a
normal way*) bình thường
north 1 *n* phía bắc; *to the ~ of* phía
bắc của **2** *adj* phía bắc **3** *adv
travel* về phía bắc; *~ of* phía bắc
của
North America Bắc Mỹ; **North**

American 1 *adj* Bắc Mỹ **2** *n* người
Bắc Mỹ; **northeast** *n* đông bắc
northerly *adj* từ phía bắc
northerner người miền Bắc
North Korea nước Bắc Triều Tiên;
North Korean 1 *adj* Bắc Triều
Tiên **2** *n* người Bắc Triều Tiên;
North Pole Bắc cực; **North
Vietnam** nước Bắc Việt; **North
Vietnamese 1** *adj* Bắc Việt **2** *n*
người Bắc Việt
northward *travel* về phía bắc
northwest *n* tây bắc
Norway nước Na Uy
Norwegian 1 *adj* Na Uy **2** *n*
(*person*) người Na Uy; (*language*)
tiếng Na Uy
nose mũi; *it was right under my ~!*
nó ở ngay trước mũi tôi!
♦ **nose around** sục sạo
nosebleed sự chảy máu cam
nostalgia nỗi luyến tiếc quá khứ
nostalgic luyến tiếc quá khứ
nostril lỗ mũi
nosy thóc mách
not ◊ không; *I don't know* tôi
không biết; *he didn't help* anh ấy
đã không giúp đỡ; *I'm ~ tired* tôi
không mệt; *~ for me, thanks* tôi
thôi, cám ơn; *~ a lot* không nhiều
lắm; *it's ~ ready* chưa xong ◊
(*with* là, *pronouns*, *adverbs*)
không phải; *~ this one, that one*
không phải cái này, cái kia kìa; *~
now, I'm busy* không phải bây
giờ, tôi đang bận; *~ there* không
phải chỗ đó; *~ like that* không
phải như vậy; *~ before Tuesday* /
next week không phải trước thứ
Ba/tuần tới; *I am ~ American* tôi
không phải là người Mỹ ◊ (*with
imperatives*): *don't do that!*
(*forbidding*) không được làm
thế!; (*advising*) đừng làm thế!

ơ ur	y (tin)	ây uh-i	iê i-uh	oa wa	ôi oy	uy wee	ong aong
u (soon)	au a-oo	eo eh-ao	iêu i-yoh	oai wai	ơi ur-i	ênh uhng	uyên oo-in
ư (dew)	âu oh	êu ay-oo	iu ew	oe weh	uê way	oc aok	uyêt oo-yit

notable đáng chú ý

notary công chứng viên

notch *n* vết khía

note *n* (*short letter*) bức thư ngắn; MUS nốt nhạc; (*memo to self*) sự ghi chép; (*comment on text*) lời chú giải; **take ~s** ghi chép; **take ~ of sth** để ý tới gì

♦ **note down** ghi chép

notebook sổ tay; COMPUT máy tính xách tay

noted (*famous*) nổi tiếng

notepad tập giấy để ghi chép

notepaper giấy viết thư

nothing không có gì; **~ but** không có gì ngoài; **~ much** không nhiều lắm; **for ~** (*for free*) không mất tiền; (*with no reward*) không công; (*for no reason*) không vì cái gì; **I'd like ~ better** không gì làm tôi vui hơn; **there's ~ left** không còn gì nữa; **what did you do? – ~** anh/chị đã làm gì? – không làm gì cả; **~ for me, thanks** cám ơn tôi không cần gì

notice 1 *n* (*on bulletin board, in street, newspaper*) thông báo; (*advance warning*) sự báo trước; (*to leave job*) giấy báo nghỉ việc; (*to leave house*) giấy báo chuyển nhà; **at short ~** lời báo trước gấp gáp; **until further ~** cho tới khi có thông báo mới; **give s.o. his/her ~** (*to quit job*) báo trước cho ai đó phải thôi việc; (*to leave house*) báo trước cho ai đó phải chuyển nhà; **hand in one's ~** (*to employer*) nộp giấy báo thôi việc; **four weeks' ~** thông báo trước bốn tuần; **take ~ of s.o./sth** để ý tới ai/gì; **take no ~ of s.o./sth** không để ý tới ai/gì 2 *v/t* để ý

noticeable đáng chú ý

notify thông báo

notion ý nghĩ

notions (*articles for sewing*) đồ khâu vá

notorious có tiếng xấu

nougat kẹo nuga

noun danh từ

nourishing có nhiều dinh dưỡng

nourishment chất dinh dưỡng

novel *n* tiểu thuyết

novelist nhà viết tiểu thuyết

novelty (*being novel*) tính mới lạ; (*sth novel*) cái mới lạ

November tháng Mười một

novice (*beginner*) người mới vào nghề; REL người mới tu

now bây giờ; **~ and again, ~ and then** thỉnh thoảng; **by ~** vào lúc này; **from ~ on** từ bây giờ trở đi; **right ~** ngay lập tức; **just ~** (*at this moment*) vào lúc này; (*a little while ago*) lúc nãy; **~, ~!** thôi đi!; **~, where did I put it?** vậy thì tôi đã để nó ở đâu?

nowadays ngày nay

nowhere không một nơi nào; **~ to be seen** không thấy ở đâu cả; **it's ~ near finished** còn lâu mới xong

nozzle miệng vòi

nuclear hạt nhân

nuclear energy năng lượng hạt nhân; **nuclear fission** sự phân hạt nhân; **nuclear-free** phi hạt nhân; **nuclear physics** vật lý hạt nhân; **nuclear power** năng lượng hạt nhân; **nuclear power station** nhà máy điện hạt nhân; **nuclear reactor** lò phản ứng hạt nhân; **nuclear waste** chất thải hạt nhân; **nuclear weapons** vũ khí hạt nhân

nude 1 *adj* khỏa thân 2 *n* (*painting*) tranh khỏa thân; **in the ~** trần truồng

nudge *v/t* huých

ch (*final*) k	**gh** g	**nh** (*final*) ng	**r** z; (*S*) r	**x** s	**â** (but)	**i** (tin)
d z; (*S*) y	**gi** z; (*S*) y	**ph** f	**th** t	**a** (hat)	**e** (red)	**o** (saw)
đ d	**nh** (onion)	**qu** kw	**tr** ch	**ă** (hard)	**ê** ay	**ô** oh

nudist *n* người theo chủ nghĩa khỏa thân

nuisance (*person*) người phiền phức; (*thing*) điều phiền phức; ***make a ~ of oneself*** làm bực mình mọi người; ***what a ~!*** thật là phiền phức!

nuke *v/t* phá hủy bằng bom nguyên tử

null and void không có giá trị

numb (*with cold*) tê cóng; (*emotionally*) chết lặng đi

number 1 *n* (*figure*) con số; (*quantity*) một số; (*of hotel room, house, phone ~ etc*) số **2** *v/t* (*put a number on*) đánh số

numeral chữ số

numerate biết làm các phép tính

numerous rất nhiều

nun nữ tu sĩ

nurse *n* y tá

nursery (*for children*) nhà trẻ; (*for plants*) vườn ươm

nursery rhyme thơ ca cho trẻ nhỏ; **nursery school** trường mẫu giáo; **nursery school teacher** giáo viên mẫu giáo

nursing nghề y tá

nursing home (*for old people*) nhà dưỡng lão

nut hạt (*N*), hột (*S*); (*for bolt*) đai ốc; **~s** F (*testicles*) hòn dái

nutcrackers cái kẹp hạt

nutrient chất dinh dưỡng

nutrition sự dinh dưỡng

nutritious có chất dinh dưỡng

nuts *adj* F (*crazy*) gàn dở; ***be ~ about s.o.*** mê say ai

nutshell: ***in a ~*** tóm lại

nutty F (*crazy*) gàn dở

nylon 1 *n* ni lông **2** *adj* bằng ni lông

O

oak (*tree*) cây sồi; (*wood*) gỗ sồi

oar mái chèo

oasis ốc đảo; *fig* nơi yên tĩnh

oath LAW lời thề; (*swearword*) câu chửi thề; ***be on ~*** thề (trước tòa)

oats yến mạch

obedience sự tuân theo

obedient tuân theo

obey vâng lời; *law* tuân lệnh

obituary *n* lời cáo phó

object¹ *n* (*thing*) đồ vật; (*aim*) mục đích; GRAM bổ ngữ

object² *v/i* phản đối

♦ **object to** phản đối

objection sự phản đối

objectionable (*unpleasant*) khó chịu

objective 1 *adj* khách quan **2** *n* mục đích

obligation sự bắt buộc; ***be under an ~ to s.o.*** chịu ơn ai

obligatory bắt buộc

oblige: ***much ~d!*** cảm ơn anh/chị!

obliging sốt sắng

oblique 1 *adj reference* bóng gió **2** *n* (*in punctuation*) dấu chéo

obliterate *city* phá hủy; *memory* xóa sạch

ơ u*r*	y (tin)	ây uh-i	iê i-uh	oa wa	ôi oy	uy wee	ong aong
u (soon)	au a-oo	eo eh-ao	iêu i-yoh	oai wai	ơi u*r*-i	ênh uhng	uyên oo-in
ư (dew)	âu oh	êu ay-oo	iu ew	oe weh	uê way	oc aok	uyêt oo-yit

oblivion (*being forgotten*) sự quên lãng; **fall into** ~ bị rơi vào quên lãng

oblivious: **be ~ of sth** quên hết gì

oblong *adj* hình chữ nhật

obnoxious *adj person* rất đáng ghét; *smell* rất thối

obscene *words*, *gestures* tục tĩu; *salary*, *poverty* ghê tởm

obscure (*hard to see*) che khuất; (*hard to understand*) khó hiểu; (*little known*) ít người biết đến

observance (*of festival*) sự duy trì

observant tinh ý

observation (*of nature*, *stars*) sự quan sát; (*comment*) nhận xét

observatory đài thiên văn

observe quan sát

observer (*of human nature etc*) người quan sát; (*at conference*, *elections*) quan sát viên

obsess: **be ~ed with** bị ám ảnh bởi

obsession nỗi ám ảnh

obsessive *person*, *behavior* bị ám ảnh

obsolete lỗi thời

obstacle (*physical*) vật chướng ngại; (*to progress etc*) trở ngại

obstetrician bác sĩ sản khoa

obstinacy tính ngoan cố

obstinate ngoan cố

obstruct *road*, *passage* làm tắc; *investigation*, *police* cản trở

obstruction (*on road etc*) sự tắc nghẽn

obstructive *behavior*, *tactics* cản trở

obtain nhận được

obtainable *products* kiếm được

obvious hiển nhiên; (*not subtle*) không tế nhị

obviously rõ ràng; **~!** hiển nhiên!

occasion dịp; (*special ~*) sự kiện; **on this** ~ nhân dịp này

occasional thỉnh thoảng

occasionally thỉnh thoảng

occult 1 *adj* huyền bí **2** *n*: **the ~** những điều huyền bí

occupant (*of vehicle*) hành khách; (*of building*) người ở; **illegal ~** người ở bất hợp pháp

occupation (*job*) nghề nghiệp; (*of country*) sự chiếm đóng

occupy *one's time*, *mind* chiếm; *position in company* giữ; *country* chiếm đóng

occur (*happen*) xảy ra; **it ~red to me that ...** tôi chợt nảy ra ý nghĩ là ...

occurrence việc xảy ra

ocean đại dương

o'clock: **at five/six ~** lúc năm/sáu giờ

October tháng Mười

octopus con bạch tuộc

odd (*strange*) kỳ lạ; (*not even*) lẻ; **the ~ one out** bị lẻ ra; **50 ~** 50 có lẻ

odds: **be at ~ with ...** xung đột với …

odds and ends (*objects*) những đồ lặt vặt; (*things to do*) những việc phải làm

odometer đồng hồ đo dặm

odor mùi

of ◊ (*possession*) của; **the works ~ Dickens** những tác phẩm của Dickens ◊ (*not translated*): **the color ~ the car** màu xe; **at the foot ~ the hill** ở chân đồi ◊ (*time*): **five/ten minutes ~ twelve** 12 giờ kém năm/mười phút ◊ (*cause*): **die ~ cancer/a heart attack** chết vì ung thư/đau tim đột ngột ◊: **love ~ money/adventure** thích tiền bạc/phiêu lưu; **~ the three this is ...** trong số ba cái cái này là …

off 1 *prep*: **~ the main road** (*away*

ch (*final*) k	**gh** g	**nh** (*final*) ng	**r** z; (*S*) r	**x** s	**â** (but)	**i** (tin)
d z; (*S*) y	**gi** z; (*S*) y	**ph** f	**th** t	**a** (hat)	**e** (red)	**o** (saw)
đ d	**nh** (onion)	**qu** kw	**tr** ch	**ă** (hard)	**ê** ay	**ô** oh

from) gần đường cái; (*leading off*) từ đường cái rẽ vào; *$20 ~ the price* giảm giá 20$; *he's ~ his food* anh ấy ăn không thấy ngon miệng **2** *adv*: *be ~* (*of light, TV, machine*) tắt; (*of brake*) nhả; (*of lid, top*) mở; (*not at work*) nghỉ; (*canceled*) bị hủy bỏ; *we're ~ tomorrow* (*leaving*) ngày mai chúng tôi sẽ đi; *I'm ~ to New York* tôi đi Niu-Yóoc; *he still had his pants ~* anh ấy còn chưa mặc quần; *take a day ~* nghỉ làm một ngày; *it's 3 miles ~* cách xa 3 dặm; *it's a long way ~* (*in distance*) vẫn còn cách xa; (*in future*) còn xa; *drive ~* lái đi; *walk ~* đi khỏi **3** *adj*: *the ~ switch* công tắc tắt

offend *v/t* (*insult*) xúc phạm

offender LAW kẻ phạm tội

offense LAW hành động phạm pháp

offensive 1 *adj behavior, remark, smell* khó chịu **2** *n* (MIL: *attack*) cuộc tấn công; *go onto the ~* tấn công

offer 1 *n* đề nghị **2** *v/t* cung cấp; *can I ~ you a drink?* tôi có thể mời anh/chị uống được không?

offerings đồ cúng; *make ~* cúng

offhand *adj attitude* lắc cắc

office (*building*) văn phòng; (*room*) phòng làm việc; (*position*) chức vụ

office block khối văn phòng

office hours giờ làm việc

officer MIL sĩ quan; (*in police*) cảnh sát

official 1 *adj organization, statement* chính thức **2** *n* công chức

officially (*strictly speaking*) một cách chính thức

off-line *adj working, input* không nối mạng; *go ~* tắt mạng; **off-**

peak *rates, season* ngoài cao điểm; **off-season 1** *adj rates, vacation* văn khách **2** *n* mùa văn khách; **offset** *v/t losses, disadvantage* bù đắp; **offside 1** *adj wheel etc* phía gần tâm đường nhất **2** *adv* SP việt vị; **offspring** con; **off-white** *adj* trắng nhạt

often thường; *I don't see her so ~ these days* dạo này tôi không thường gặp cô ấy; *how ~ do you go there?* cách bao lâu anh/chị lại đi tới đó?; *the buses don't go very ~* các xe buýt không chạy thường xuyên lắm

oil 1 *n* (*for machine, food, skin*) dầu **2** *v/t hinges, bearings* tra dầu

oil company công ty dầu lửa; **oil painting** tranh sơn dầu; **oil rig** giàn khoan dầu; **oil tanker** tàu chở dầu; **oil well** giếng dầu

oily *hands, rag* đầy dầu

ointment thuốc mỡ

ok đồng ý; *can I? – ~* được chứ? – được; *is it ~ with you if ...?* anh/chị có đồng ý không nếu ...?; *that's ~ by me* tôi đồng ý; *are you ~?* (*well, not hurt*) anh/chị không sao chứ?; *are you ~ for Friday?* thứ Sáu đối với anh/chị thì được chứ ?; *he's ~* (*is a good guy*) anh ấy hiền thôi; *is this bus ~ for ...?* xe buýt này có đi ... không?

old *person* già; *vehicle, custom, joke* cũ; *building* cổ; (*previous*) trước đây; *how ~ is he?* anh ấy bao nhiêu tuổi?; *he's getting ~* anh ấy đã bắt đầu già rồi

old age tuổi già

old-fashioned lỗi thời; *word* cổ

olive (*fruit*) quả ôliu; (*tree*) cây ôliu

olive oil dầu ôliu

Olympic Games Đại hội thể thao Ôlimpích

ơ ur	y (tin)	ây uh-i	iê i-uh	oa wa	ôi oy	uy wee	ong aong
u (soon)	au a-oo	eo eh-ao	iêu i-yoh	oai wai	ơi ur-i	ênh uhng	uyên oo-in
ư (dew)	âu oh	êu ay-oo	iu ew	oe weh	uê way	oc aok	uyêt oo-yit

omelet trứng ốp lết, trứng tráng

ominous đe dọa

omission (*act*) sự gạt bỏ; (*that omitted*) cái bị bỏ sót

omit gạt bỏ; ~ *to do sth* lơ là không làm gì đó

on 1 *prep* trên; ~ *the table / wall* trên bàn/tường; ~ *the bus / train* trên xe buýt/tàu hỏa; ~ *the street* ở trên đường phố; ~ *TV / the radio* trên vô tuyến/đài; ~ *Sunday* vào ngày Chủ Nhật; ~ *the 1st of ...* vào ngày mồng 1 ...; *this is* ~ *me* (*I'm paying*) tôi khao anh/chị; ~ *his arrival / departure* khi anh ấy đến/ra đi **2** *adv*: *be* ~ (*of light*) được thắp sáng; (*of TV, computer etc*) được mở; (*of brake*) được nhấc; (*of lid, top*) được đậy; (*of TV program*) được phát; (*of meeting etc: be scheduled to happen*) được xắp xếp; *what's* ~ *tonight?* (*on TV etc*) tối nay có chương trình gì?; (*what's planned?*) tối nay có dự định gì không?; *he sat there with his jacket* ~ anh ấy ngồi đó với chiếc áo vét trên mình; *you're* ~ (*I accept your offer etc*) đồng ý, được; ~ *you go* (*go ahead*) cứ đi; *walk* ~ đi tiếp; *talk* ~ nói tiếp; *and so* ~ và vân vân ...; ~ *and* ~ *talk etc* tràng giang đại hải **3** *adj*: *the* ~ *switch* công tắc bật

once 1 *adv* (*one time, formerly*) một lần; ~ *again*, ~ *more* một lần nữa; *at* ~ (*immediately*) ngay lập tức; *all at* ~ (*suddenly*) đột nhiên; (*all*) *at* ~ (*together*) cùng một lúc; ~ *upon a time there was ...* ngày xửa ngày xưa có một ... **2** *conj* một khi; ~ *you have finished* một khi anh/chị kết thúc

one 1 *n* (*number*) một **2** *adj* một; ~ *day* một ngày kia **3** *pron* một cái;

I'll buy ~ tôi sẽ mua một cái; *can I try* ~*?* tôi thử một cái được không?; *which* ~*?* (*person*) người nào?; (*thing*) cái nào?; ~ *by* ~ *enter, deal with things* từng cái một; *enter, deal with people* từng người một; ~ *another* lẫn nhau; *the little* ~*s* lũ trẻ **4** *personal pron* ai, người ta; *what can* ~ *say / do?* biết nói gì/làm gì đây?

one-off *n* (*unique event, person*) có một không hai; (*exception*) ngoại lệ

one-parent family gia đình chỉ có cha hoặc mẹ

oneself chính mình; *do sth by* ~ làm gì một mình

one-sided *discussion* thiên vị; *fight* chênh lệch; **one-way street** đường phố một chiều; **one-way ticket** vé đi

onion củ hành

on-line *adj* nối mạng; *go* ~ *to* nối mạng với

on-line service COMPUT dịch vụ trên mạng

onlooker người xem

only 1 *adv* chỉ; *not* ~ *X but also Y* không chỉ X mà lại còn cả Y; ~ *just* vừa mới **2** *adj* duy nhất; ~ *son / daughter* con trai/con gái một

onset sự bắt đầu

onside *adv* SP ở vị trí hợp lệ

onto lên trên; *put sth* ~ *sth* để gì lên trên gì

onward về phía trước; *from ...* ~ từ ... trở lên

ooze 1 *v/i* (*of liquid, mud*) chảy ra **2** *v/t*: *he* ~*s charm* anh ấy duyên dáng vô cùng

opaque *glass* mờ

OPEC (= *Organization of Petroleum Exporting Countries*)

---

ch (*final*) k	**gh** g	**nh** (*final*) ng	**r** z; (S) r	**x** s	**â** (but)	**i** (tin)
d z; (S) y	**gi** z; (S) y	**ph** f	**th** t	**a** (hat)	**e** (red)	**o** (saw)
đ d	**nh** (onion)	**qu** kw	**tr** ch	**ă** (hard)	**ê** ay	**ô** oh

Tổ chức các nước xuất khẩu dầu lửa

open 1 *adj door*, *store*, *book*, *computer file*, *bank account* mở; *flower* nở; (*honest*, *frank*) thành thật; *relationship* cởi mở; *countryside* trống trải; **in the ~ air** ở ngoài trời **2** *v/t door*, *store*, *bottle*, *book*, *file*, *bank account etc* mở; *meeting* khai mạc **3** *v/i* (*of door*, *store*) mở; (*of flower*) nở

♦ **open up** *v/i* (*of person*) cởi mở hơn

open-air *adj meeting*, *concert*, *pool* ngoài trời; **open door policy** chính sách mở cửa; **open-ended** *contract etc* bỏ ngỏ

opening (*in wall etc*) lỗ hổng; (*beginning: of movie*, *novel etc*) phần mở đầu; (*job going*) chỗ còn trống

openly (*honestly*, *frankly*) thẳng thắn

open-minded phóng khoáng; **open plan office** văn phòng không có vách ngăn; **open ticket** vé để trống

opera nhạc kịch, ôpêra

opera glasses ống nhòm xem ôpêra; **opera house** rạp ôpêra; **opera singer** ca sĩ ôpêra

operate 1 *v/i* (*of company*, *airline*, *bus service*) hoạt động; (*of machine*) chạy; MED mổ **2** *v/t machine* vận hành

♦ **operate on** MED mổ

operating instructions những quy tắc vận hành; **operating room** MED phòng mổ; **operating system** COMPUT hệ điều hành

operation MED ca mổ; (*of machine*) sự hoạt động; **~s** (*of company*) hoạt động; **need an ~** MED cần phải mổ; **have an ~ for**

appendicitis làm một ca mổ ruột thừa

operator TELEC người trực tổng đài; (*of machine*) người điều khiển; (*tour ~*) hãng điều hành du lịch

ophthalmologist bác sĩ khoa mắt

opinion quan điểm; **in my ~** theo quan điểm của tôi

opium thuốc phiện

opponent đối thủ

opportunity cơ hội

oppose chống đối; **be ~d to ...** chống đối ...; **as ~d to ...** trái với ...

opposite 1 *adj side of road*, *end of town* đối diện; *direction*, *views*, *characters* ngược nhau; *meaning* đối lập; **the ~ sex** người khác giới **2** *n* cái trái ngược

opposition (*to plan*) sự chống đối; *Br* POL phe đối lập

oppress *the people* đàn áp

oppressive *rule*, *dictator* đàn áp; *weather* ngột ngạt

optical illusion ảo giác

optician chuyên viên nhãn khoa

optimism sự lạc quan

optimist người lạc quan

optimistic lạc quan

optimum 1 *adj* tối ưu **2** *n* điều kiện tốt nhất

option sự lựa chọn; **you have the ~ of taking early retirement** anh/ chị có sự lựa chọn nghỉ hưu sớm; **I had no other ~** tôi đã không có sự lựa chọn nào khác

optional tự chọn

optional extras phần thêm vào phải trả tiền

or hay, hoặc; (*in questions*) hay; (*with negatives*) cũng không; **he can't see ~ hear** anh ấy không thấy cũng không nghe được; **~**

ơ u*r*	**y** (tin)	**ây** uh-i	**iê** i-uh	**oa** wa	**ôi** oy	**uy** wee	**ong** aong
u (soon)	**au** a-oo	**eo** eh-ao	**iêu** i-yoh	**oai** wai	**ơi** u*r*-i	**ênh** uhng	**uyên** oo-in
ư (dew)	**âu** oh	**êu** ay-oo	**iu** ew	**oe** weh	**uê** way	**oc** aok	**uyêt** oo-yit

else! nếu không thì ...!
oral *hygiene* miệng; *sex* bằng đường miệng; ~ **exam** thi vấn đáp
orange 1 *adj* (*color*) màu da cam **2** *n* (*fruit*) quả cam
orangeade nước hơi cam
orange juice nước cam
orator diễn giả
orbit 1 *n* (*of earth*) quỹ đạo; **send sth into** ~ đưa gì vào quỹ đạo **2** *v/t the earth* bay vào quỹ đạo
orchard vườn cây ăn quả
orchestra dàn nhạc
orchid (*plant*) cây phong lan; (*flower*) hoa phong lan
ordeal sự thử thách
order 1 *n* (*command*) mệnh lệnh; (*sequence*) thứ tự; (*being well arranged*) trật tự; (*for goods*) đơn đặt hàng; (*in restaurant*) đặt món ăn; **in** ~ **to** để mà; **out of** ~ (*not functioning*) hỏng; (*not in sequence*) không trật tự ngăn nắp **2** *v/t* (*put in sequence, proper layout*) xắp đặt cho trật tự; *goods* đặt; *meal* gọi; ~ **s.o. to do sth** ra lệnh cho ai làm gì **3** *v/i* (*in restaurant*) gọi món ăn
orderly 1 *adj lifestyle* ngăn nắp **2** *n* (*in hospital*) hộ lý
ordinary bình thường
ore quặng
organ ANAT cơ quan; MUS đàn oóc, phong cầm
organic *food, fertilizer* hữu cơ
organism cơ thể
organization (*company, group*) tổ chức; (*organizing*) sự tổ chức; (*of data, one's life*) sự sắp xếp
organize *conference, people* tổ chức; *data, one's life* sắp xếp
organizer (*person*) người tổ chức
orgasm sự cực khoái
Orient phương Đông

orient *v/t* (*direct*) định hướng; ~ **oneself** (*get bearings*) định hướng
Oriental 1 *adj* phương Đông **2** *n* người phương Đông
origin nguồn gốc; *idea/person of* **Chinese** ~ ý niệm/con người gốc Trung Quốc
original 1 *adj* (*not copied*) gốc; *idea, book etc* độc đáo; (*first*) đầu tiên **2** *n* (*painting etc*) nguyên bản
originality tính độc đáo
originally lúc đầu; ~ **he comes from France** anh ấy quê gốc ở Pháp
originate 1 *v/t scheme, idea* sáng tạo **2** *v/i* (*of idea, belief*) bắt nguồn; (*of family*) quê ở
originator (*of scheme etc*) người sáng tạo; **he's not an** ~ anh ấy không phải là con người sáng tạo
ornament *n* đồ trang trí
ornamental để trang trí
ornate *style, architecture* trang trí lộng lẫy
orphan *n* trẻ mồ côi
orphanage trại mồ côi
orthopedic chỉnh hình
ostentatious phô trương
other 1 *adj* khác; **the** ~ **day** (*recently*) mấy ngày qua; **every** ~ **day/person** mỗi hai ngày/người **2** *n* kia; **the** ~**s** (*people*) những người khác; (*things*) những vật khác; **he raised one arm, then the** ~ anh ấy giơ một tay lên và sau đó giơ nốt tay kia
otherwise nếu không thì, kẻo (*S*); (*differently*) khác
otter con rái cá
ought: *I* ~ **to know** tôi nên biết; *you* ~ **to have done it** đáng lẽ anh/chị đã làm rồi thì phải
ounce ao xơ
our (*của*) chúng tôi; (*including*

ch (*final*) k	**gh** g	**nh** (*final*) ng	**r** z; (*S*) r	**x** s	**â** (but) **i** (tin)
d z; (*S*) y	**gi** z; (*S*) y	**ph** f	**th** t	**a** (hat)	**e** (red) **o** (saw)
đ d	**nh** (onion)	**qu** kw	**tr** ch	**ă** (hard)	**ê** ay **ô** oh

listeners) (của) chúng ta; (*informal including listeners*) (của) chúng mình; (*very informal excluding listeners*) (của) chúng tao; (*emphatic*) của chúng tôi; **~ tickets** những cái vé của chúng tôi; **we lost ~ tickets** chúng tôi đã đánh mất vé

ours của chúng tôi; (*including listeners*) của chúng ta; (*informal including listeners*) của chúng mình; (*very informal excluding listeners*) của chúng tao; **a friend of ~** một người bạn của chúng tôi

ourselves bản thân chúng tôi; **by ~** tự mình

oust (*from office*) gạt ra

out: **be ~** (*of light, fire*) đã tắt; (*of flower*) đã nở; (*of sun*) đã ló; (*not at home, not in building*) đi vắng; (*of calculations*) tính sai; (*be published*) đã được xuất bản; (*of secret*) đã bị lộ; (*no longer in competition*) bị loại; (*no longer in fashion*) không còn là mốt nữa; **~ here in Dallas** ở Dallas; **he's ~ in the garden** anh ấy đang ở trong vườn; (*get*) **~!** hãy cút đi!; (*get*) **~ of my room!** hãy cút khỏi phòng tôi!; **that's ~!** (*out of the question*) không được!; **he's ~ to win** (*fully intending to*) mục đích của anh ấy là để thắng

outboard motor máy thuyền

outbreak (*of violence, war*) sự bùng nổ

outburst (*emotional*) cơn (bột phát)

outcast người bị ruồng bỏ

outcome kết quả

outcry sự phản đối mạnh mẽ

outdated lỗi thời; *equipment* lạc hậu

outdo trội hơn

outdoor *activities, life* ngoài trời;

toilet bên ngoài

outdoors *adv* ở bên ngoài; (*in the open air*) ở ngoài trời

outer *wall etc* ở bên ngoài

outer space khoảng không gian

outfit (*clothes*) bộ đồ; (*company, organization*) tổ chức

outgoing *flight* lượt đi; *personality* cởi mở

outgrow *old ideas* bỏ

outing (*trip*) cuộc đi chơi

outlet (*of pipe*) chỗ thoát; (*for sales*) đại lý; ELEC phích cắm

outline 1 *n* (*of person, building etc*) hình dáng; (*of plan, novel*) đề cương **2** *v/t plans etc* phác thảo

outlive sống lâu hơn

outlook (*prospects*) viễn cảnh

outlying *areas* xa xôi

outnumber đông hơn; **they were ~ed** họ bị đa số áp đảo; MIL đông hơn

out of ◊ (*motion*) ra khỏi; **run ~ the house** chạy ra khỏi nhà ◊ (*position*) ở ngoài; **20 miles ~ Hue** cách Hue 20 dặm ◊ (*cause*) vì; **~ jealousy** vì ghen tức; **~ curiosity** vì tò mò ◊ (*without*) không còn; **we're ~ gas/beer** chúng tôi không còn ga/bia ◊ (*from a group*) trong (số); **5 ~ 10** 5 trong số 10

out-of-date lỗi thời

out-of-the-way ◊ xa

outperform hiệu suất cao hơn

output 1 *n* (*of factory*) sản lượng; COMPUT thông tin do máy tính đưa ra; **data ~** số liệu ra **2** *v/t* (*produce*) sản xuất

outrage 1 *n* (*feeling*) sự phẫn nộ; (*act*) hành động tàn bạo **2** *v/t* xúc phạm; **I was ~d to hear ...** tôi rất phẫn nộ khi nghe thấy ...

outrageous *acts* tàn bạo; *prices* quá đáng

ơ ur	y (tin)	ây uh-i	iê i-uh	oa wa	ôi oy	uy wee	ong aong
u (soon)	au a-oo	eo eh-ao	iêu i-yoh	oai wai	ơi ur-i	ênh uhng	uyên oo-in
ư (dew)	âu oh	êu ay-oo	iu ew	oe weh	uê way	oc aok	uyêt oo-yit

outright 1 *adj winner* rõ ràng **2** *adv win* hoàn toàn; *kill* ngay

outrun (*run faster than*) chạy nhanh hơn; (*run for longer than*) chạy xa hơn

outset sự bắt đầu; *from the* ~ từ đầu

outside 1 *adj surface, wall, lane* bên ngoài **2** *adv sit* ở bên ngoài; *go* ~ đi ra ngoài **3** *prep* bên ngoài; (*apart from*) ngoài **4** *n* (*of building, suitcase etc*) bên ngoài; *at the* ~ tối đa là

outside broadcast chương trình thu, quay ngoài studiô chính

outsider (*person outside a group*) người ngoài; (*in race, contest*) người ít có khả năng thắng; (*horse etc*) con vật ít có khả năng thắng

outsize *adj clothing* ngoại cỡ

outskirts ngoại ô

outspoken thẳng thắn

outstanding *success, quality, writer, athlete* xuất sắc; FIN: *invoice, sums* chưa được thanh toán

outward *adj appearance* bên ngoài; ~ *journey* chuyến đi xa nhà

outwardly bên ngoài

outweigh (*be more important than*) quan trọng hơn

outwit mưu mẹo hơn

oval *adj mirror, stadium etc* hình bầu dục; *face* hình trái xoan

ovary buồng trứng

oven lò

over 1 *prep* (*above*) ở trên; (*across*) bên kia; (*more than*) hơn; (*during*) trong thời gian; *travel all* ~ *Vietnam* đi khắp Việt Nam; *you find them all* ~ *Vietnam* anh/chị sẽ thấy trên khắp Việt Nam; *let's talk* ~ *a drink*/*meal* chúng ta hãy nói chuyện trong khi uống/ăn; *we're* ~ *the worst* chúng ta đã vượt qua được điều tệ hại nhất **2** *adv*: *be* ~ (*finished*) kết thúc; (*of relationship*) chấm dứt; (*of rain*) đã tạnh; (*left*) còn lại; ~ *to you* (*your turn*) tới lượt anh/chị; ~ *in Europe* ở bên châu Âu; ~ *here*/*there* ở đằng này/đằng kia; *it hurts all* ~ đau khắp mọi chỗ; *painted white all* ~ khắp nơi đều sơn màu trắng; *it's all* ~ mọi sự đều đã kết thúc; ~ *and again* nhiều lần; *do sth* ~ *again* làm gì lại

overall 1 *adj length* toàn bộ **2** *adv* (*in total*) tất cả

overawe: *be* ~*d by s.o.*/*sth* quá sợ ai/gì

overboard: *man* ~! có người ngã kìa!; *go* ~ *for s.o.*/*sth* quá nhiệt tình với ai/gì

overcast *day, sky* u ám

overcharge *v/t customer* bán quá đắt

overcoat áo khoác

overcome *difficulties, shyness* vượt qua; *be* ~ *by emotion* mất tự chủ do bị xúc động mạnh

overcrowded đông nghịt

overdo (*exaggerate*) cường điệu; (*in cooking*) nấu quá nhừ; *you're* ~*ing things* anh/chị làm quá trớn

overdone *meat* bị nấu quá nhừ

overdose *n* sử dụng quá liều

overdraft số tiền chi trội; *have an* ~ bị chi trội

overdraw *account* chi trội; *be $800* ~*n* đã rút quá mức đến 800$

overdrive MOT hệ thống tăng tốc

overdue *apology, alteration* quá hạn

overestimate *abilities, value* đánh giá quá cao

overexpose *photograph* lộ sáng thừa

ch (*final*) k	**gh** g	**nh** (*final*) ng	**r** z; (*S*) r	**x** s	**â** (but)	**i** (tin)
d z; (*S*) y	**gi** z; (*S*) y	**ph** f	**th** t	**a** (hat)	**e** (red)	**o** (saw)
đ d	**nh** (onion)	**qu** kw	**tr** ch	**ă** (hard)	**ê** ay	**ô** oh

overflow 1 *n* (*pipe*) ống thoát 2 *v/i* (*of water*) chảy tràn

overgrown *garden* mọc um tùm; **he's an ~ baby** anh ấy là một đứa trẻ lớn quá nhanh

overhaul *v/t engine* đại tu; *plans* xem xét kỹ lưỡng

overhead 1 *adj lights, railroad* ở trên cao 2 *n* FIN chi phí chung

overhear nghe lỏm

overjoyed vui mừng khôn xiết

overland *adj & adv travel* bằng đường bộ

overlap *v/i* (*of tiles etc*) gối lên nhau; (*of periods of time*) chồng chéo lên nhau; (*of theories*) trùng nhau

overload *v/t vehicle* quá tải; ELEC làm quá tải

overlook (*of tall building etc*) trông xuống; (*not see*) bỏ xót; (*ignore*) bỏ qua

overly quá mức; **not ~ ...** không ... quá

overnight *adv stay, travel* qua đêm

overnight bag xắc nhỏ

overpaid trả quá cao

overpass cầu dẫn

overpower *v/t* (*physically*) áp đảo

overpowering *smell* nồng nặc; *sense of guilt* nặng nề

overpriced quá đắt

overrated được đánh giá quá cao

overrule *decision* bác bỏ

overrun *country* tràn vào; *time* quá giờ; **be ~ with** tràn ngập bởi

overseas 1 *adv* ở nước ngoài 2 *adj* nước ngoài

Overseas Vietnamese Việt Kiều

oversee giám sát

oversight sơ suất

oversleep ngủ quá giấc

overtake (*in work, development*) vượt lên; *Br* MOT vượt

overthrow lật đổ

overtime 1 *n* giờ làm thêm; (*in sport*) hiệp phụ 2 *adv work* ngoài giờ

overture MUS khúc dạo đầu; **make ~s to** gợi ý với

overturn 1 *v/t vehicle, object* lật úp; *government* lật đổ 2 *v/i* (*of vehicle*) bị lật úp

overweight quá trọng lượng

overwhelm (*with work, emotion*) chìm ngập; **be ~ed by** (*by response*) rất cảm kích bởi

overwork 1 *n* sự làm việc quá sức 2 *v/i* làm việc quá sức 3 *v/t* bắt làm việc quá sức

owe *v/t* nợ; **~ s.o. $500** nợ ai 500$; **~ s.o. an apology** phải xin lỗi ai; **how much do I ~ you?** tôi nợ anh/chị bao nhiêu?

owing to do

owl con cú

own[1] *v/t* (*possess*) có

own[2] 1 *adj* của riêng mình 2 *pron*: **a car/an apartment of my ~** ô tô/ căn hộ riêng của tôi; **on my/his ~** một mình

♦**own up** thú nhận

owner chủ nhân

ownership quyền sở hữu

ox bò thiến

oxide ôxít

oxygen khí ôxy

oyster con sò

ozone khí ôđôn

ozone layer tầng ôđôn

ơ ur	y (tin)	ây uh-i	iê i-uh	oa wa	ôi oy	uy wee	ong aong
u (soon)	au a-oo	eo eh-ao	iêu i-yoh	oai wai	ơi ur-i	ênh uhng	uyên oo-in
ư (dew)	âu oh	êu ay-oo	iu ew	oe weh	uê way	oc aok	uyêt oo-yit

P

pace 1 *n* (*step*) bước chân; (*speed*) tốc độ **2** *v/i*: **~ up and down** đi đi lại lại

pacemaker MED máy điều hòa nhịp tim; SP người dẫn đầu

Pacific: **the ~ (Ocean)** Thái Bình Dương

Pacific Rim: **the ~** Bờ Thái Bình Dương; **~ countries** những nước bên Bờ Thái Bình Dương

pacifier (*for baby*) vú giả

pacifism chủ nghĩa hòa bình

pacifist *n* người theo chủ nghĩa hòa bình

pacify làm nguôi

pack 1 *n* (*back~*) ba lô; (*of cereal, food*) hộp; (*of cigarettes*) bao; (*of cards*) cỗ bài **2** *v/t* *bag, goods, groceries* đóng gói; *item of clothing etc* xếp **3** *v/i* xếp hành lý

package 1 *n* (*parcel*) bưu kiện; (*of offers etc*) tập hợp các điều kiện **2** *v/t* (*in packs*) đóng gói; (*for promotion*) chương trình quảng cáo hoàn chỉnh

package deal (*for vacation*) chi phí trọn gói

package tour chuyến đi trọn gói

packaging (*of product*) bao bì; (*of rock star etc*) chương trình quảng cáo hoàn chỉnh

packed (*crowded*) chật ních

packet gói

pact (*between people*) thỏa thuận; (*between countries*) hiệp ước

pad¹ 1 *n* (*piece of cloth etc*) miếng đệm lót; (*for writing*) tập giấy **2** *v/t* (*with material*) đệm lót; *speech, report* nhồi nhét

pad² *v/i* (*move quietly*) bước nhẹ chân

padded *jacket, shoulders* có độn

padding (*material*) vật đệm; (*in speech etc*) chỗ nhồi nhét thêm

paddle¹ 1 *n* (*for canoe*) mái chèo **2** *v/i* (*in canoe*) chèo xuồng

paddle² *v/i* (*in water*) lội nước

paddock (*for horses*) bãi để ngựa; (*at racetrack*) bãi tập hợp ngựa

paddy field cánh đồng lúa

padlock 1 *n* cái khóa móc **2** *v/t* *gate* khóa móc; **~ X to Y** khóa móc X vào Y

page¹ *n* (*of book etc*) trang; **~ number** số trang

page² *v/t* (*call*) gọi

pager máy nhắn tin

pagoda chùa

paid employment việc làm có trả lương

pail cái xô

pain sự đau đớn; (*mental*) sự đau khổ; **be in ~** bị đau; **take ~s to ...** rất cố gắng ...; **he/she's a ~ in the neck** F anh/chị ấy là đồ của nợ; **it's a ~ in the neck** F thật là của nợ

painful *arm, leg etc* đau; (*distressing*) đau buồn; (*laborious*) vất vả

painfully (*extremely, acutely*) quá

painkiller thuốc giảm đau

painless không đau

painstaking *work* khó nhọc; *worker* chịu khó

---

ch (*final*) k	**gh** g	**nh** (*final*) ng	**r** z; (*S*) r	**x** s	**â** (but)	**i** (tin)
d z; (*S*) y	**gi** z; (*S*) y	**ph** f	**th** t	**a** (hat)	**e** (red)	**o** (saw)
đ d	**nh** (onion)	**qu** kw	**tr** ch	**ă** (hard)	**ê** ay	**ô** oh

paint 1 *n* (*for wall, car*) sơn; (*for artist*) thuốc màu **2** *v/t wall etc* sơn; *picture* vẽ **3** *v/i* (*as art form*) vẽ
paintbrush (*for wall, ceiling etc*) chổi quét sơn; (*of artist*) bút vẽ
painter (*decorator*) thợ sơn; (*artist*) họa sĩ
painting (*activity*) hội họa; (*picture*) bức họa
paintwork lớp sơn
pair đôi; *a ~ of shoes/sandals* một đôi giày/dép; *a ~ of scissors/ pants* một cái kéo/quần
pajama jacket áo pigiama
pajama pants quần pigiama
pajamas bộ pigiama, bộ quần áo ngủ
Pakistan nước Pakixtan
Pakistani 1 *adj* Pakixtan **2** *n* người Pakixtan
pal F (*friend*) bạn; *hey ~, got a light?* mày ơi, có lửa không?
palace cung điện
palate khẩu vị
palatial nguy nga
pale *person* tái xanh; *~ pink/blue* hồng/xanh nhạt
pallet tấm nâng hàng
pallor vẻ xanh xao
palm[1] (*of hand*) lòng bàn tay
palm[2] (*tree*) cây cọ
palpitations MED tim đập nhanh
paltry nhỏ nhoi
pamper nuông chiều
pamphlet cuốn sách mỏng
pan 1 *n* (*for cooking*) chảo **2** *v/t* F (*criticize*) chỉ trích gay gắt
♦ **pan out** (*develop*) diễn biến
pancake bánh kếp
panda gấu trúc
pandemonium sự náo động
pane (*of glass*) tấm kính cửa sổ
panel (*section*) tấm ghép, panen; (*people*) nhóm người

paneling các tấm ghép
panhandle *v/i* F ăn xin
panic 1 *n* sự hoảng loạn **2** *v/i* hoảng sợ; *don't ~!* đừng có hoảng lên!
panic buying FIN *sự mua vội* (*trong lúc hoang mang*); **panic selling** FIN *sự bán vội* (*trong lúc hoang mang*); **panic-stricken** hoảng sợ
panorama toàn cảnh
panoramic *view* toàn cảnh
pansy (*flower*) hoa bướm
pant *v/i* thở hổn hển
panties quần lót nữ
pants chiếc quần; *a pair of ~* một chiếc quần
pantyhose quần tất
papaya quả đu đủ
paper 1 *n* (*material*) giấy; (*news~*) báo; (*wall~*) giấy dán tường; (*academic*) báo cáo khoa học; (*examination ~*) bài thi; *~s* (*documents, identity ~s*) giấy tờ; *a piece of* ~ một tờ giấy **2** *adj* bằng giấy **3** *v/t room, walls* dán giấy tường
paperback sách bìa mềm; **paper bag** túi giấy; **paper clip** cái kẹp giấy; **paper cup** cốc giấy; **paper effigy** mã; **paperwork** công việc giấy tờ
par (*in golf*) tỷ số thắng; *be on a ~ with* (*be considered as equal*) coi ngang với; (*be of equal quality*) ngang tầm với; *feel below* ~ cảm thấy không được khỏe
Paracel Islands Đảo Hoàng Sa
parachute 1 *n* cái dù **2** *v/i* nhảy dù **3** *v/t troops, supplies* thả dù
parachutist người nhảy dù
parade 1 *n* (*procession*) cuộc diễu hành; MIL cuộc duyệt binh **2** *v/i* diễu hành; (*not in ceremony*) diễu lên diễu xuống **3** *v/t knowledge, new car* phô trương

---

ơ ur	y (tin)	ây uh-i	iê i-uh	oa wa	ôi oy	uy wee	ong aong
u (soon)	au a-oo	eo eh-ao	iêu i-yoh	oai wai	ơi ur-i	ênh uhng	uyên oo-in
ư (dew)	âu oh	êu ay-oo	iu ew	oe weh	uê way	oc aok	uyêt oo-yit

paradise thiên đường
paradox nghịch lý
paradoxical nghịch lý
paradoxically một cách nghịch lý
paragraph đoạn
parallel 1 *n* đường song song; (*of latitude*) vĩ tuyến; *fig* (*comparison*) sự so sánh; (*similarity*) sự tương tự; ***do two things in*** ~ làm hai việc song song **2** *adj line* song song; *fig* đồng thời; ~ *sentences* câu đối **3** *v/t* (*match*) giống
paralysis chứng liệt
paralyze làm liệt; *fig* làm đờ người; (*of strike*) làm tê liệt
paramedic nhân viên trợ giúp y tế
parameter giới hạn
paramilitary 1 *adj* bán quân sự **2** *n* thành viên của tổ chức bán quân sự
paramount quan trọng nhất; ***be*** ~ là điều quan trọng hơn cả
paranoia bệnh hoang tưởng
paranoid bị hoang tưởng
paraphernalia đồ phụ tùng linh tinh
paraphrase *v/t* diễn giải ngắn gọn
paraplegic *n* bị liệt hai chân
parasite ký sinh; *fig* kẻ ăn bám
parasol cái ô (*N*), cái dù (*S*)
paratrooper quân nhảy dù
parcel *n* (*in the mail*) bưu kiện; (*bundle*) gói
♦ **parcel up** gói lại
parch *v/t* khô cháy; ***be ~ed*** (*of person*) khát cháy họng
pardon 1 *n* LAW sự giải tội; ***I beg your ~?*** (*what did you say?*) xin lỗi, anh/chị nói sao?; ***I beg your ~*** (*I'm sorry*) xin lỗi anh/chị **2** *v/t* tha thứ; LAW tha tội; ~ ***me?*** xin lỗi, anh/chị nói sao?
pare (*peel*) gọt vỏ
parental cha mẹ

parent company công ty mẹ
parents cha mẹ
parent-teacher association hội nhà giáo và phụ huynh học sinh
park[1] (*area*) công viên
park[2] MOT **1** *v/t* đỗ, đậu (*S*) **2** *v/i* đỗ xe, đậu xe (*S*)
parka áo ấm viền lông thú có mũ
parking MOT sự đỗ xe, sự đậu xe (*S*); ***no*** ~ cấm đỗ xe, cấm đậu xe (*S*)
parking brake phanh tay (*N*), thắng tay (*S*); **parking garage** nhà để xe có nhiều tầng; **parking lot** bãi đỗ xe; **parking meter** đồng hồ đỗ xe; **parking place** chỗ đỗ xe; **parking ticket** (*fine*) phiếu phạt đỗ xe
parliament quốc hội
parliamentary quốc hội
parole 1 *n* lời cam kết; ***be on*** ~ được thả vì đã cam kết **2** *v/t* thả theo lời cam kết
parrot *n* con vẹt
parsley cây mùi tây
part 1 *n* (*portion, section*) phần; (*area*) nơi; (*of machine*) bộ phận; (*in play, movie*) vai; MUS bè; (*in hair*) đường ngôi; ***take*** ~ ***in*** tham gia vào **2** *adv* (*partly*) một phần **3** *v/i* chia tay **4** *v/t*: ~ ***one's hair*** rẽ đường ngôi
♦ **part with** bỏ đi
part exchange *mua theo cách các thêm tiền*; ***take sth in*** ~ mua gì theo cách các thêm tiền
partial (*incomplete*) một phần; ***be*** ~ ***to*** thiên vị
partially một phần
participant người tham gia
participate tham gia; ~ ***in sth*** tham gia vào gì
participation sự tham gia
particle PHYS hạt; (*small amount*)

ch (*final*) k	**gh** g	**nh** (*final*) ng	**r** z; (*S*) r	**x** s	**â** (but)	**i** (tin)
d z; (*S*) y	**gi** z; (*S*) y	**ph** f	**th** t	**a** (hat)	**e** (red)	**o** (saw)
đ d	**nh** (onion)	**qu** kw	**tr** ch	**ă** (hard)	**ê** ay	**ô** oh

một chút

particular (*specific, special*) đặc biệt; (*fussy*) cầu kỳ; *in ~* nói riêng

particularly đặc biệt

parting (*of people*) sự chia tay

partition 1 *n* (*screen*) vách ngăn; (*of country*) sự chia cắt **2** *v/t country* chia cắt

♦**partition off** ngăn ra

partly phần nào

partner COM đối tác; (*in relationship*) bạn đời; (*dancing*) bạn nhảy; (*colleague*) cộng sự; SP người cùng phe

partnership COM, (*in particular activity*) sự cộng tác

part of speech từ loại; **part owner** người đồng sở hữu; **part-time** *adj & adv work* nửa buổi

party 1 *n* (*celebration*) tiệc; POL đảng; (*group of people*) nhóm; *be a ~ to sth* tham gia vào gì **2** *v/i* F chơi bời

pass 1 *n* (*for getting into a place*) thẻ ra vào; SP sự chuyền bóng; (*in mountains*) đèo; *make a ~ at* tìm cách gạ gẫm **2** *v/t* (*hand*) chuyền; (*go past*) đi qua; (*in car, overtake, go beyond*) vượt qua; (*approve*) thông qua; SP chuyền; *~ an exam* thi đỗ, thi đậu (*S*); *~ sentence* LAW tuyên án; *~ the time* cho qua thời giờ **3** *v/i* (*of time*) trôi qua; (*in exam*) đỗ, đậu (*S*); SP chuyền bóng; (*go away*) qua đi

♦**pass around** chuyền tay

♦**pass away** (*die*) qua đời

♦**pass by 1** *v/t* (*go past*) đi qua **2** *v/i* (*go past*) đi qua; (*of time*) trôi qua

♦**pass on 1** *v/t information, book* chuyển; *costs, savings* chuyển sang **2** *v/i* (*die*) qua đời

♦**pass out** (*faint*) ngất đi

♦**pass through** *town* ghé qua

♦**pass up** *opportunity* khước từ

passable *road* qua lại được; (*acceptable*) tàm tạm

passage (*corridor*) hành lang; (*from poem, book*) đoạn trích; *the ~ of time* thời gian trôi qua

passageway lối đi

passenger hành khách

passenger seat ghế hành khách

passer-by khách qua đường

passion (*emotion*) tình cảm mạnh mẽ; (*sexual desire*) sự đam mê; (*fervor*) hăng say

passionate *lover* say đắm; (*fervent*) nồng nhiệt

passive 1 *adj* thụ động; *resistance* tiêu cực **2** *n* GRAM thể bị động; *in the ~* ở thể bị động

pass mark mức tiêu chuẩn; **passport** hộ chiếu; **passport control** trạm kiểm soát nhập cảnh; **password** mật khẩu

past 1 *adj* (*former*) quá khứ, trước đây; *the ~ few days* mấy ngày qua; *that's all ~ now* nay thì mọi sự đã qua đi **2** *n* quá khứ; *in the ~* trong quá khứ **3** *prep* (*in time*) quá; (*in position*) sau; *it's half ~ two* bây giờ là hai giờ rưỡi **4** *adv*: *run/walk ~* chạy/đi qua

paste 1 *n* (*adhesive*) hồ dán **2** *v/t* (*stick*) dán

pastel 1 *n* (*color*) màu phấn nhạt **2** *adj* nhạt

pastime sự giải trí

pastor cha sở

past participle phân từ quá khứ

pastrami thịt bò hun khói tẩm gia vị

pastry (*for uncooked pie*) vỏ bánh; (*small cake*) bánh nướng

past tense thời quá khứ

pasty *adj complexion* xanh xao

pat 1 *n* cái vỗ nhẹ; *give s.o. a ~ on*

ơ u r	**y** (tin)	**ây** uh-i	**iê** i-uh	**oa** wa	**ôi** oy	**uy** wee	**ong** aong
u (soon)	**au** a-oo	**eo** eh-ao	**iêu** i-yoh	**oai** wai	**ơi** ur-i	**ênh** uhng	**uyên** oo-in
ư (dew)	**âu** oh	**êu** ay-oo	**iu** ew	**oe** weh	**uê** way	**oc** aok	**uyêt** oo-yit

the back *fig* khen ngợi ai **2** *v/t* vỗ nhẹ

patch 1 *n* (*on clothing*) miếng vá; (*period of time*) thời kỳ; (*area*) mảng; *be not a ~ on* F kém **2** *v/t clothing* vá

♦**patch up** (*repair temporarily*) sửa tạm; *quarrel* dàn xếp

patchwork 1 *n* (*needlework*) miếng vải chắp mảnh **2** *adj quilt* chắp nhiều mảnh

patchy *quality, work, performance* chắp vá

patent 1 *adj* (*obvious*) rõ ràng **2** *n* (*for invention*) bằng sáng chế **3** *v/t invention* lấy bằng sáng chế

patent leather da sơn

patently (*clearly*) rõ rành rành

paternal *relative* họ nội; *pride, love etc* của người cha; *~ grandmother/grandfather* bà/ông nội

paternalism chủ nghĩa gia trưởng

paternalistic theo chủ nghĩa gia trưởng

paternity tư cách làm cha

path con đường nhỏ; *fig* con đường

pathetic (*invoking pity*) tội nghiệp; F (*very bad*) thảm hại

pathological bệnh hoạn

pathologist nhà bệnh lý học

pathology bệnh lý học

patience tính kiên nhẫn

patient 1 *n* bệnh nhân **2** *adj* nhẫn nại; *just be ~!* hãy kiên nhẫn nào!

patiently một cách kiên nhẫn

patio hiên hè

patriot người yêu nước

patriotic yêu nước

patriotism lòng yêu nước

patrol 1 *n* việc tuần tra; *be on ~* đang tuần tra **2** *v/t streets, border* tuần tra

patrol car xe tuần tra; **patrolman**

cảnh sát tuần tra; **patrol wagon** xe chở tù

patron (*of store*) khách hàng quen; (*of movie house etc*) khách xem; (*of artist, charity etc*) người bảo trợ

patronize *person* đối xử kẻ cả

patronizing ra vẻ kẻ cả

patter 1 *n* (*of rain etc*) tiếng lộp độp; F (*of salesman*) lối nói liến thoắng **2** *v/i* rơi lộp bộp

pattern *n* (*on wallpaper, fabric*) hoa văn; (*for knitting, sewing*) kiểu; (*model*) mô hình; (*in behavior, events*) mẫu hình

patterned có hoa văn

paunch bụng phệ

pause 1 *n* sự tạm ngừng **2** *v/i* tạm ngừng **3** *v/t tape* tạm ngừng

pave lát; *~ the way for* *fig* mở đường cho ...

pavement (*roadway*) lề đường

paving stone đá lát

paw 1 *n* (*of animal*) chân; F (*hand*) bàn tay **2** *v/t* F sờ soạng

pawn¹ *n* (*in chess*) con tốt; *fig* con tốt đen

pawn² *v/t* cầm cố

pawnbroker chủ hiệu cầm đồ

pawnshop hiệu cầm đồ

pay 1 *n* tiền lương; *in the ~ of* ăn lương của **2** *v/t employee* trả lương; *sum* trả; *check* thanh toán; *~ attention* lắng nghe; *~ s.o. a compliment* khen ngợi ai **3** *v/i* trả tiền; (*be profitable*) có lời; *it doesn't ~ to ...* không đem lại lợi lộc ...; *~ for purchase* trả tiền; *you'll ~ for this!* *fig* anh/chị sẽ phải trả giá về việc này!

♦**pay back** *person, loan* trả nợ; (*get revenge on*) trả thù

♦**pay in** (*to bank*) nộp vào

♦**pay off 1** *v/t debt* thanh toán; *corrupt official* đút lót **2** *v/i* (*be*

ch (*final*) k	**gh** g	**nh** (*final*) ng	**r** z; (*S*) r	**x** s	**â** (but) **i** (tin)
d z; (*S*) y	**gi** z; (*S*) y	**ph** f	**th** t	**a** (hat)	**e** (red) **o** (saw)
đ d	**nh** (onion)	**qu** kw	**tr** ch	**ă** (hard)	**ê** ay **ô** oh

profitable) sinh lời

♦ **pay up** trả hết nợ

payable phải trả

pay check séc trả lương

payday ngày lĩnh lương

payee người nhận chi trả

pay envelope phong bì tiền lương

payer người chi trả

payment (*of check*) sự thanh toán; (*money*) trả tiền công

pay phone điện thoại công cộng

payroll (*money*) bảng lương; (*employees*) số nhân viên của một công ty; **be on the ~** có tên trên bảng lương

PC (= *personal computer*) máy tính cá nhân; (= *politically correct*) nhằm tránh làm xúc phạm tới bất cứ nhóm người đặc biệt nào trong xã hội

pea đậu hạt

peace (*not war*) hòa bình; (*quietness*) sự yên tĩnh

peaceable *person* thích yên tĩnh

Peace Corps Tổ chức Hòa bình Mỹ

peaceful yên tĩnh; (*nonviolent*) hòa bình

peacefully một cách thanh thản

peach (*fruit*) quả đào; (*tree*) cây đào

peach blossom hoa đào

peacock con công

pea hen con công mái

peak **1** *n* (*of mountain*) đỉnh núi; (*mountain*) núi; *fig* tột đỉnh; (*in time*) cao điểm **2** *v/i* đạt tới điểm cao nhất

peak consumption mức tiêu thụ cao nhất

peak hours những giờ cao điểm

peanut lạc (*N*), đậu phộng (*S*); **get paid ~s** F bị trả đồng lương mạt; **that's ~s to him** F cái đó đối với

anh ấy thì không thấm vào đâu

peanut butter bơ lạc

pear (*fruit*) quả lê; (*tree*) cây lê

pearl ngọc trai; *fig* ngọc quý

peasant nông dân

pebble đá cuội

pecan quả hồ đào Pêcan

peck **1** *n* (*bite*) cái mổ; (*kiss*) cái hôn vội **2** *v/t* (*bite*) mổ; (*kiss*) hôn vội

peculiar (*strange*) kỳ lạ; **~ to** (*special*) riêng biệt của

peculiarity (*strangeness*) tính chất kỳ lạ; (*special feature*) nét riêng biệt

pedal **1** *n* (*of bike*) bàn đạp **2** *v/i* (*turn ~s*) đạp; (*cycle*) đạp xe

pedantic ra vẻ mô phạm

pedestal (*for statue*) bệ

pedestrian *n* khách bộ hành

pedestrian precinct khu vực dành riêng cho người đi bộ

pediatrician bác sĩ nhi khoa

pediatrics nhi khoa

pedicab xích lô

pedigree **1** *n* nòi; (*of person*) dòng dõi **2** *adj* có nòi

pee *v/i* F đái, tiểu

peek **1** *n* cái nhìn vội **2** *v/i* nhìn lén

peel **1** *n* vỏ **2** *v/t fruit, vegetables* gọt vỏ **3** *v/i* (*of nose, shoulders*) tróc ra; (*of paint*) bong ra

peep → **peek**

peephole lỗ dòm ở cửa

peer[1] *n* (*equal*) người ngang hàng; (*in age*) bạn cùng lứa tuổi

peer[2] *v/i* nhìn kỹ; **~ through the mist** nhìn chăm chú qua sương mù; **~ at** *sth close up* nhìn gí mắt vào; (*in dark*) nhìn căng mắt vào

peeved F cáu kỉnh

peg *n* (*for hat, coat*) cái mắc; (*for tent*) cọc buộc lều; **off the ~** may sẵn

---

ơ ur	**y** (tin)	**ây** uh-i	**iê** i-uh	**oa** wa	**ôi** oy	**uy** wee	**ong** aong
u (soon)	**au** a-oo	**eo** eh-ao	**iêu** i-yoh	**oai** wai	**ơi** ur-i	**ênh** uhng	**uyên** oo-in
ư (dew)	**âu** oh	**êu** ay-oo	**iu** ew	**oe** weh	**uê** way	**oc** aok	**uyêt** oo-yit

pejorative có nghĩa xấu

pellet viên nhỏ; (*bullet*) viên đạn nhỏ

pelt 1 *v/t:* **~ X with Y** ném túi bụi Y vào X **2** *v/i:* **they ~ed along the road** chúng phóng nhanh dọc theo đường; **it's ~ing down with rain** trời mưa như trút

pelvis khung chậu

pen[1] *n* (*ballpoint ~*) bút bi; (*fountain ~*) bút máy

pen[2] (*enclosure*) bãi nhốt

pen[3] F (*penitentiary*) nhà tù

penalize phạt

penalty sự phạt; SP quả phạt đền

penalty area SP khu phạt đền

penalty clause điều khoản phạt

pencil bút chì

pencil sharpener cái gọt bút chì

pendant (*necklace*) mặt dây

pending 1 *prep* trong khi chờ đợi **2** *adj:* **be ~** (*awaiting a decision*) còn để treo; (*about to happen*) sắp xảy ra

penetrate *skin, defenses* xuyên qua; *market* thâm nhập

penetrating *stare* sắc sảo; *sound* the thé; *analysis* sâu sắc

penetration (*of defenses, skin*) sự xuyên qua; (*of market*) sự thâm nhập

pen friend bạn trên thư từ

penicillin pênixilin

peninsula bán đảo

penis dương vật

penitence sự ăn năn

penitent *adj* tỏ ra ăn năn

penitentiary nhà tù

pen name bút danh

pennant cờ đuôi nheo

penniless không một xu dính túi

penpal bạn trên thư từ

pension trợ cấp

♦ **pension off** cho về hưu

pension fund quỹ lương trợ cấp

pension scheme chế độ đóng trợ cấp

pensive trầm ngâm

Pentagon : **the ~** Lầu năm góc

penthouse tầng mái

pent-up dồn nén

penultimate áp chót

people người; (*in general*) mọi người; (*race, tribe*) dân tộc; **the ~** nhân dân; **the Vietnamese ~** nhân dân Việt Nam; **~ say ...** người ta nói ...; **there were 15 ~** đã có 15 người

People's Army Quân Đội Nhân Dân; **People's Committee** Ủy Ban Nhân Dân; **People's Newspaper** báo Nhân Dân

pepper (*spice*) hạt tiêu; (*vegetable*) ớt ngọt

peppermint (*candy*) kẹo bạc hà; (*flavoring*) hương vị bạc hà

pep talk lời động viên

per mỗi

per annum mỗi năm

perceive (*with senses*) nhận biết; (*view, interpret*) lĩnh hội

percent phần trăm; **10 ~** 10 phần trăm

percentage (*of sums*) tỷ lệ phần trăm; (*of groups, people etc*) tỷ lệ

perceptible có thể nhận thấy được

perceptibly có thể nhận thấy được

perception (*through senses*) sự cảm nhận; (*of situation*) sự nhận thức; (*insight*) sự hiểu biết

perceptive *person, remark* sâu sắc

perch 1 *n* (*for bird*) sào đậu **2** *v/i* (*of bird*) đậu; (*on edge of seat etc*) ngồi ghé; (*on high stool etc*) ngồi ngất ngưởng

percolate *v/i* (*of coffee*) pha bằng phin

percolator bình pha cà phê

ch (*final*) k	**gh** g	**nh** (*final*) ng	**r** z; (*S*) r	**x** s	**â** (but)	**i** (tin)
d z; (*S*) y	**gi** z; (*S*) y	**ph** f	**th** t	**a** (hat)	**e** (red)	**o** (saw)
đ d	**nh** (onion)	**qu** kw	**tr** ch	**ă** (hard)	**ê** ay	**ô** oh

percussion bộ gõ

percussion instrument nhạc khí gõ

perfect 1 *n* GRAM thời hoàn thành **2** *adj* hoàn hảo; (*ideal*) lý tưởng **3** *v/t* hoàn thiện

perfection sự tuyệt hảo; *to* ~ một cách hoàn hảo

perfectionist *n* người cầu toàn

perfectly một cách hoàn hảo; (*totally*) hoàn toàn

perforated *line* đục lỗ

perforations đường đục lỗ

perform 1 *v/t* (*carry out*) thực hiện; (*of actor, musician etc*) trình diễn **2** *v/i* (*of actor, musician, dancer*) trình diễn; (*of machine*) hoạt động

performance (*by actor, musician etc*) buổi trình diễn; (*of employee, company etc*) thành tích; (*by machine*) hiệu suất

performance car xe có hiệu suất cao

performer người biểu diễn

perfume (*for woman*) nước hoa; (*of flower*) hương thơm

perfunctory chiếu lệ

perhaps có lẽ

peril hiểm họa

perilous đầy nguy hiểm

perimeter (*of circle*) chu vi; (*of camp etc*) vòng ngoài

perimeter fence hàng rào vòng ngoài

period (*time*) thời kỳ; (*menstruation*) hành kinh; (*punctuation mark*) dấu chấm câu; *I don't want to, ~!* tôi không muốn, chấm hết!

periodic theo chu kỳ

periodical *n* tạp chí xuất bản định kỳ

periodically một cách định kỳ

peripheral 1 *adj* (*not crucial*) thứ yếu **2** *n* COMPUT thiết bị ngoại vi

periphery ngoại vi

perish (*of rubber*) mất tính đàn hồi; (*of person*) bỏ mạng

perishable *adj food* dễ ôi thiu

perjure: ~ *oneself* khai man

perjury tội khai man

perk *n* (*of job*) bổng lộc

♦**perk up 1** *v/t* làm cho vui vẻ **2** *v/i* trở nên phấn chấn

perky (*cheerful*) phấn chấn

perm 1 *n* lối uốn sóng **2** *v/t* uốn sóng

permanent *adj* lâu dài; *employee, address* thường xuyên; *damage etc* vĩnh viễn

permanently *reside etc* một cách lâu dài; *damaged etc* vĩnh viễn

permissible chấp nhận được

permission sự cho phép

permissive *parents* dễ dãi; *society* tự do

permit 1 *n* giấy phép **2** *v/t* cho phép; ~ *X to do Y* cho phép X làm Y

perpendicular *adj* vuông góc

perpetual không ngừng

perpetually liên tục

perpetuate làm cho bất diệt

perplex làm bối rối

perplexed bối rối

perplexity tình trạng bối rối

persecute ngược đãi; (*of the press etc*) quấy rầy

persecution sự ngược đãi; (*by the press etc*) sự quấy rầy

perseverance tính kiên trì

persevere kiên trì

persist (*continue*) dai dẳng; (*not give up*) kiên trì; ~ *in doing sth* khăng khăng làm gì

persistence (*perseverance*) tính kiên trì; (*continuation*) sự tiếp tục

persistent *person, questions* kiên

ơ ur	y (tin)	ây uh-i	iê i-uh	oa wa	ôi oy	uy wee	ong aong
u (soon)	au a-oo	eo eh-ao	iêu i-yoh	oai wai	ơi ur-i	ênh uhng	uyên oo-in
ư (dew)	âu oh	êu ay-oo	iu ew	oe weh	uê way	oc aok	uyêt oo-yit

trì; *rain* dai dẳng
persistently (*continually*) tiếp tục
person người; **in** ~ đích thân
personal (*private*) cá nhân; *life,*
phonecall riêng tư; (*relating to a*
particular individual), *belongings*
dành riêng; **don't make ~**
remarks đừng nhận xét mang
tính cá nhân
personal assistant trợ lý riêng;
personal computer máy tính cá
nhân; **personal hygiene** vệ sinh
cá nhân
personality tính cách; (*celebrity*)
nhân vật
personally (*for my part*) về phần
tôi; (*in person*) đích thân; *know* bản
thân; **don't take it** ~ đừng cho
rằng cái đó nhằm chĩa vào mình
personal pronoun đại từ chỉ ngôi
personal stereo máy stereo cá
nhân
personnel (*employees*) nhân viên;
(*department*) phòng nhân sự
personnel manager người quản lý
nhân sự
perspiration mồ hôi; (*sweating*) sự
đổ mồ hôi
perspire đổ mồ hôi
persuade *person* thuyết phục; ~
s.o. to do sth thuyết phục ai làm
gì
persuasion sự thuyết phục
persuasive có sức thuyết phục
pertinent thích đáng
perturb làm lo lắng
perturbing làm lo lắng
pervasive *influence, ideas etc* lan
rộng
perverse (*awkward*) tai ác
perversion (*sexual*) sự trụy lạc
pervert *n* (*sexual*) người trụy lạc
pessimism tính bi quan
pessimist người bi quan

pessimistic bi quan
pest loài gây hại; F kẻ quấy rầy
pest control việc tiêu diệt các loài
gây hại
pester quấy rầy; ~ **s.o. to do sth**
quấy rầy ai để làm gì
pesticide thuốc trừ sâu
pet 1 *n* (*animal*) vật nuôi; (*favorite*)
con cưng **2** *adj* (*favorite*) được ưa
thích **3** *v/t animal* vuốt ve **4** *v/i* (*of*
couple) âu yếm
petal cánh hoa
♦**peter out** yếu dần; (*of path*) mất
dần
petite nhỏ nhắn
petition *n* kiến nghị
petrified hoảng sợ
petrify làm khiếp sợ
petrochemical chất hóa dầu
petroleum dầu mỏ
petty *person, behavior* nhỏ nhen;
details, problem lặt vặt
petty cash tiền chi vặt
petulant nóng nảy
pew ghế dài có tựa
pewter hợp kim thiếc
pharmaceutical dược
pharmaceuticals dược phẩm
pharmacist (*in store*) dược sĩ
pharmacy (*store*) hiệu thuốc
phase giai đoạn
♦**phase in** đưa vào từng bước
♦**phase out** hủy bỏ từng bước
PhD (= **Doctor of Philosophy**) tiến
sĩ Triết học
phenomenal kỳ lạ
phenomenally một cách kỳ lạ
phenomenon hiện tượng
philanthropic từ thiện
philanthropist người từ thiện
philanthropy lòng nhân đức
Philippines: **the** ~ nước Phi-líp-pin
philistine *n* người phàm tục
philosopher triết gia

ch (*final*) k	**gh** g	**nh** (*final*) ng	**r** z; (*S*) r	**x** s	**â** (but)	**i** (tin)
d z; (*S*) y	**gi** z; (*S*) y	**ph** f	**th** t	**a** (hat)	**e** (red)	**o** (saw)
đ d	**nh** (onion)	**qu** kw	**tr** ch	**ă** (hard)	**ê** ay	**ô** oh

philosophical theo triết học;
attitude tự an ủi
philosophy triết học; (*personal*)
triết lý
phobia nỗi sợ hãi
phoenix phượng
phone 1 *n* điện thoại **2** *v/t & v/i* gọi
điện thoại
phone book danh bạ điện thoại;
phone booth trạm điện thoại
công cộng; **phonecall** cú điện
thoại; **phone number** số điện
thoại
phon(e)y *adj* giả
phosphate phốt phát
photo *n* bức ảnh
photo album anbom ảnh;
photocopier máy phô tô;
photocopy 1 *n* bản sao chụp **2** *v/t*
sao chụp
photogenic *person* ăn ảnh; *view etc*
lên ảnh đẹp
photograph 1 *n* bức ảnh **2** *v/t* chụp
ảnh
photographer nhà nhiếp ảnh
photography (*skill*) nghệ thuật
nhiếp ảnh; (*action*) sự chụp ảnh
phrase 1 *n* cụm từ; (*saying*) thành
ngữ **2** *v/t* diễn đạt bằng lời
phrasebook từ điển cụm từ và
thành ngữ
physical 1 *adj* (*relating to the
body*) (thuộc) cơ thể; *attraction*
thể xác **2** *n* MED khám sức khỏe
physical handicap tật nguyền cơ
thể
physically thể xác
physician thầy thuốc
physicist nhà vật lý
physics vật lý học
physiotherapist nhà vật lý trị liệu
physiotherapy vật lý trị liệu
physique thể lực
pianist người chơi dương cầm

piano dương cầm, pianô
pick 1 *n*: *take your ~* anh/chị cứ
chọn đi **2** *v/t* (*choose*) chọn;
flowers, fruit hái; *~ one's nose*
cạy rỉ mũi **3** *v/i*: *~ and choose*
kén chọn
♦**pick at**: *~ one's food* gảy từng tí
một
♦**pick on** (*treat unfairly*) trù dập;
(*select*) chọn
♦**pick out** (*identify*) nhận diện
♦**pick up 1** *v/t* nhấc ... lên; (*from
ground*) nhặt ... lên; (*collect:
people*) đón; (*collect: things*) lấy về;
(*in car*) cho ... đi nhờ; (*in sexual
sense*) bắt bồ; *language, skill* nắm;
habit, illness nhiễm; (*buy*) mua
được; *criminal* bắt **2** *v/i* (*improve*)
trở nên tốt hơn; (*of weather*) đẹp
lên
picket 1 *n* (*of strikers*) người đứng
cản **2** *v/t*: *they ~ed the factory* họ
đứng cản trước nhà máy
picket fence hàng rào cọc nhọn
picket line hàng người đứng cản
pickle *v/t* dầm giấm
pickles dưa
pickpocket kẻ móc túi
pick-up (truck) xe tải nhỏ
picky F kén cá chọn canh
picnic 1 *n* píc níc **2** *v/i* đi píc níc
picture 1 *n* (*photo*) bức ảnh (N),
bức hình (S); (*painting*) bức họa;
(*illustration*) tranh minh họa;
(*movie*) bộ phim; *keep s.o. in the
~* thông báo cho ai về gì **2** *v/t*
hình dung
picture book sách tranh ảnh
picture postcard bưu thiếp có ảnh
picturesque đẹp như tranh
pie bánh nướng có nhân
piece mảnh; (*in board game*) con; *a
~ of bread* mẩu bánh mì; *a ~ of
advice* một lời khuyên; *go to ~s*

ơ ur	**y** (tin)	**ây** uh-i	**iê** i-uh	**oa** wa	**ôi** oy	**uy** wee	**ong** aong
u (soon)	**au** a-oo	**eo** eh-ao	**iêu** i-yoh	**oai** wai	**ơi** ur-i	**ênh** uhng	**uyên** oo-in
ư (dew)	**âu** oh	**êu** ay-oo	**iu** ew	**oe** weh	**uê** way	**oc** aok	**uyêt** oo-yit

bị suy sụp; *take to ~s* tháo rời

♦ **piece together** *broken plate* lắp ráp; *facts, evidence* chắp lại

piecemeal *adv* từng phần một

piecework *n* việc khoán

pierce (*penetrate*) xuyên thủng; *ears* bấm lỗ

piercing *noise* the thé; *eyes* xuyên thấu; *wind* buốt thấu xương

pig con lợn (*N*), con heo (*S*); (*unpleasant person*) đồ con lợn; (*in Vietnamese zodiac*) Hợi

pigeon chim bồ câu

pigheaded bướng bỉnh

pigpen chuồng lợn; *fig* ổ lợn; **pigskin** da lợn; **pigtail** bím tóc đuôi sam

pile đống; *a ~ of work* một đống việc

♦ **pile up 1** *v/i* (*of work, bills*) chất đống **2** *v/t* chất đống

piles MED bệnh trĩ

pile-up MOT *vụ có nhiều xe đâm vào nhau*

pilfering sự ăn cắp vặt

pilgrim người hành hương

pilgrimage cuộc hành hương

pill viên thuốc; *the ~* thuốc tránh thai; *be on the ~* dùng thuốc tránh thai

pillar cột

pillion (*of motorbike*) yên đèo

pillow gối

pillowcase, pillowslip áo gối

pilot 1 *n* (*of airplane*) phi công **2** *v/t airplane* lái

pilot plant xưởng thí điểm

pilot scheme kế hoạch thí điểm

pimp *n* chủ chứa

pimple mụn nhọt

PIN (= *personal identification number*) số nhận dạng cá nhân

pin 1 *n* (*for sewing*) đinh ghim; (*in bowling*) con ky; (*badge*) huy hiệu; *a 2-~ plug* ELEC phích cắm hai chạc **2** *v/t* (*hold down*) ghìm chặt; (*attach*) ghim

♦ **pin down**: *pin s.o. down to a date* buộc ai phải đồng ý với một ngày cụ thể

♦ **pin up** *notice* ghim lên

pincers cái kìm; *a pair of ~* một chiếc kìm

pinch 1 *n* cái véo; (*of salt, sugar etc*) nhúm; *at a ~* khi cần thiết **2** *v/t* véo **3** *v/i* (*of shoes*) bó chặt

pine[1] *n* (*tree*) cây thông; (*wood*) gỗ thông

pine[2] *v/i*: *~ for* mong ngóng

pineapple quả dứa (*N*), quả thơm (*S*)

ping 1 *n* tiếng keng **2** *v/i* kêu keng

ping-pong bóng bàn

pink (*color*) màu hồng

pinnacle *fig* đỉnh cao nhất

pinpoint xác định rõ; **pins and needles** cảm giác rần rần; **pinstripe** *adj* kẻ sọc nhỏ

pint panh

pin-up (**girl/boy**) tranh ảnh tài tử

pioneer 1 *n fig* người tiên phong **2** *v/t* mở đầu

pioneering *adj work* tiên phong

pious sùng đạo

pip *n* (*of fruit*) hột

pipe 1 *n* (*for smoking*) tẩu thuốc; (*for water, gas, sewage*) ống dẫn **2** *v/t* đặt ống dẫn

♦ **pipe down** bớt ồn ào

piped music nhạc phát ra loa

pipeline đường ống dẫn; *in the ~* sắp xảy ra

piping hot nóng sốt

pirate *v/t software* in lậu

piss F **1** *v/i* (*urinate*) đi đái **2** *n Br*: *take the ~* chế nhạo

pissed F (*annoyed*) bực bội; *Br* (*drunk*) say mèm

pistol súng lục
piston pít-tông
pit n (hole) hố; (coalmine) mỏ than; (in fruit) hột
pitch¹ n MUS độ cao
pitch² 1 v/i (in baseball) ném bóng 2 v/t tent dựng; ball ném
pitch-black đen như mực
pitcher¹ (baseball player) cầu thủ ném bóng
pitcher² (container) bình
piteous đáng thương
pitfall chỗ bẫy
pith (of citrus fruit) cùi
pitiful sight đáng thương; excuse, attempt đáng khinh
pitiless độc ác, nhẫn tâm
pittance tiền thù lao rẻ mạt
pity 1 n lòng thương hại; it's a ~ that ... đáng tiếc là ...; what a ~! thật đáng tiếc!; take ~ on thấy thương hại 2 v/t person thương hại
pivot v/i xoay quanh
pizza bánh piza
placard áp phích
place 1 n nơi; (bar, restaurant) nơi; (apartment, house) nhà; (in book) đoạn; (in race, competition) vị trí; (seat) chỗ ngồi; at my/his ~ tại nhà tôi/anh ấy; in ~ of thay thế; feel out of ~ cảm thấy lạc lõng; take ~ được tiến hành; in the first ~ (firstly) trước hết; (in the beginning) lúc đầu 2 v/t (put) đặt; (identify) nhận ra; ~ an order đặt hàng
place mat miếng lót đĩa ăn
placid trầm tĩnh
plague 1 n bệnh dịch 2 v/t (bother) quấy rầy
plain¹ n đồng bằng
plain² 1 adj (clear, obvious) rõ ràng; (not fancy) đơn giản; (not pretty)

bình thường; (not patterned) trơn; (blunt) thẳng thắn; ~ chocolate sô cô la thường 2 adv hoàn toàn; it's ~ crazy thật hoàn toàn điên rồ
plain clothes: in ~ mặc thường phục
plainly (clearly) rõ ràng; (bluntly) thẳng thắn; (simply) đơn giản
plain-spoken nói thẳng
plaintiff nguyên đơn
plaintive rầu rĩ
plait 1 n (in hair) tóc tết 2 v/t hair tết
plan 1 n (project, intention) kế hoạch; (drawing) sơ đồ 2 v/t (prepare) chuẩn bị; (design) thiết kế; ~ to do sth dự kiến làm gì 3 v/i trù tính
plane¹ n (airplane) máy bay
plane² n (tool) cái bào
planet hành tinh
plank (of wood) tấm ván; fig (of policy) mục
planning sự lập kế hoạch; at the ~ stage ở giai đoạn lập kế hoạch
plant¹ 1 n thực vật 2 v/t trồng
plant² n (factory) nhà máy; (equipment) máy móc thiết bị
plantation đồn điền
plaque¹ (on wall) tấm biển
plaque² (on teeth) bựa răng
plaster 1 n (on wall, ceiling) vữa 2 v/t wall, ceiling trát; be ~ed with make-up trát đầy; posters etc dán đầy
plaster cast khuôn bó bột
plastic 1 n chất dẻo 2 adj (made of ~) bằng chất dẻo
plastic bag túi nilông; **plastic money** thẻ tín dụng; **plastic surgeon** nhà phẫu thuật tạo hình; **plastic surgery** phẫu thuật tạo hình
plate n (for food) đĩa; (sheet of metal) tấm

ơ ur | y (tin) | ây uh-i | iê i-uh | oa wa | ôi oy | uy wee | ong aong
u (soon) | au a-oo | eo eh-ao | iêu i-yoh | oai wai | ơi ur-i | ênh uhng | uyên oo-in
ư (dew) | âu oh | êu ay-oo | iu ew | oe weh | uê way | oc aok | uyêt oo-yit

plateau cao nguyên
platform (*stage*) bục; (*of railroad station*) thềm ga; *fig* (*political*) cương lĩnh
platinum 1 *n* bạch kim 2 *adj* bằng bạch kim
platitude lời nhạt nhẽo
platonic *relationship* thuần khiết
platoon (*of soldiers*) trung đội
platter (*for meat, fish*) đĩa lớn
plausible có thể tin được
play 1 *n* (*in theater, on TV*) vở kịch; (*of children*) trò chơi; (*activity*) sự vui chơi; TECH lỏng; SP lối chơi 2 *v/i also* MUS, SP chơi 3 *v/t instrument, music, game* chơi; *opponent* thi đấu; (*perform: Macbeth etc*) trình diễn; *particular role* đóng vai; ~ *a joke on* chơi khăm
♦ **play around** (*be unfaithful*) léng phéng
♦ **play down** làm giảm tính quan trọng
♦ **play up** (*of machine*) trục trặc; (*of child*) gây rắc rối; (*of tooth, bad back etc*) làm đau đớn
playact vở vịt; **playback** quay lại; **playboy** kẻ ăn chơi
player MUS, SP người chơi; (*actor*) diễn viên
playful *punch etc* hay đùa
playground sân chơi
playing card quân bài
playing field sân bóng
playmate bạn cùng chơi
playwright nhà soạn kịch
plaza (*for shopping*) trung tâm buôn bán
plea *n* lời cầu xin
plead *v/i*: ~ *for* cầu xin; ~ *guilty* thú tội; ~ *not guilty* chối tội; ~ *with* nài xin
pleasant dễ chịu; *meal* ngon

please 1 *adv* làm ơn; ~ *take me with you* làm ơn cho tôi đi cùng anh/chị; *can I have a coffee, ~?* xin vui lòng cho tôi một cốc cà phê; *more tea? – yes, ~* dùng thêm chè chứ? – vâng, xin anh/chị; ~ *do* (*go ahead*) xin mời 2 *v/t* làm vui lòng; ~ *yourself* tùy anh/chị thôi
pleased hài lòng; ~ *to meet you* hân hạnh được gặp anh/chị
pleasing *sound* dễ chịu; *sight, design* vui mắt; *it is ~ that ...* thật dễ chịu ...
pleasure (*happiness, satisfaction*) niềm vui thích; (*as opposed to work*) vui chơi; (*delight*) niềm vui sướng; *it's a ~* (*you're welcome*) không dám; *with ~* rất vui lòng
pleat *n* (*in skirt*) nếp gấp
pledge 1 *n* (*promise*) lời hứa hẹn; *Pledge of Allegiance* lời hứa trung thành 2 *v/t* (*promise*) hứa hẹn
plentiful *supply* dồi dào; *fruit, hotels etc* rất nhiều
plenty (*abundance*) nhiều; ~ *of* nhiều; *that's ~* đủ rồi; *there's ~ for everyone* có thừa đủ cho mọi người; *a time of ~* thời sung túc
pliable dễ uốn
pliers cái kìm; *a pair of ~* một đôi kìm
plight cảnh ngộ khốn khó
plod *v/i* (*walk*) lê bước
♦ **plod along, plod on** (*with a job*) vất vả
plodder (*at work, school*) người cần cù
plot[1] *n* (*land*) mảnh đất
plot[2] 1 *n* (*conspiracy*) âm mưu; (*of novel*) cốt truyện 2 *v/t* mưu tính 3 *v/i* âm mưu
plotter người âm mưu; COMPUT

ch (final) k	gh g	nh (final) ng	r z; (S) r	x s	â (but)	i (tin)
d z; (S) y	gi z; (S) y	ph f	th t	a (hat)	e (red)	o (saw)
đ d	nh (onion)	qu kw	tr ch	ă (hard)	ê ay	ô oh

máy in đồ thị

plow 1 *n* cái cày 2 *v/t & v/i* cày

♦ **plow back** *profits* tái đầu tư

pluck *v/t eyebrows* tỉa; *chicken* nhổ lông

♦ **pluck up**: ~ *courage* lấy hết can đảm

plug 1 *n* (*for sink, bath*) cái nút; (*electrical*) phích cắm; (*spark* ~) bugi; (*for new book etc*) bài quảng cáo 2 *v/t hole* nút lại; *new book etc* quảng cáo liên tiếp

♦ **plug away** F ráng sức

♦ **plug in** *v/t* cắm phích

plum 1 *n* (*fruit*) quả mận; (*tree*) cây mận 2 *adj job etc* béo bở

plumage bộ lông chim

plumb *adj* thẳng đứng

plumber thợ ống nước

plumbing (*pipes*) hệ thống ống nước

plummet (*of airplane*) rơi nhanh; (*of share prices*) tụt xuống

plump *adj person* bụ bẫm; *chicken* béo mẫm

♦ **plump for** chọn

plunge 1 *n* cú lao xuống; (*in prices*) sự tụt xuống; **take the** ~ làm liều; (*get married*) nhắm mắt làm liều 2 *v/i* lao xuống; (*of prices*) tụt xuống 3 *v/t knife* đâm; **the city was ~d into darkness** thành phố chìm trong bóng tối; **the news ~d him into despair** tin tức làm anh ấy đâm ra tuyệt vọng

plunging: ~ **neckline** cổ khoét sâu

plural *adj & n* số nhiều

plus 1 *prep* cộng với 2 *adj* hơn; **$500** ~ hơn 500$ 3 *n* (*symbol*) dấu cộng; (*advantage*) ưu thế 4 *conj* (*moreover, in addition*) hơn nữa

plush sang trọng

plywood gỗ dán

p.m. chiều

pneumatic đầy không khí

pneumatic drill khoan hơi

pneumonia viêm phổi

poach[1] *v/t* (*cook*) rim

poach[2] *v/i* (*hunt*) săn trộm

poached egg trứng chần

poaching (*hunting*) sự săn trộm

PO Box hộp thư bưu điện

pocket 1 *n* túi; **line one's own ~s** kiếm tiền một cách bất chính; **be out of** ~ làm mất tiền toi 2 *adj* (*miniature*) bé nhỏ 3 *v/t* đút túi

pocketbook (*purse*) sắc nhỏ; (*billfold*) ví; (*book*) sổ tay nhỏ; **pocket calculator** máy tính cầm tay; **pocketknife** dao nhíp

podium bục

poem bài thơ

poet nhà thơ

poetic *person* như thi sĩ; *description* thi vị

poetry thơ ca

poignant đau lòng

point 1 *n* (*of pencil*) đầu; (*of knife*) mũi; (*in competition, exam*) điểm; (*purpose*) mục đích; (*meaning*) ý nghĩa; (*moment*) lúc; (*in argument, discussion*) lý lẽ; (*in decimals*) chấm; **beside the** ~ không thích hợp; **be on the** ~ **of** sắp làm gì; **get to the** ~ đi thẳng vào vấn đề; **the** ~ **is ...** vấn đề là ...; **there's no** ~ **in waiting** / **trying** không ích gì mà chờ đợi / thử 2 *v/i* chỉ (tay) 3 *v/t gun* chĩa

♦ **point at** (*with finger*) chỉ tay vào

♦ **point out** *sights* chỉ ra; *advantages etc* lưu ý

♦ **point to** (*with finger*) chỉ về; *fig* (*indicate*) vạch rõ

point-blank 1 *adj refusal, denial* thẳng thừng; **at ~ range** ở cự ly rất gần 2 *adv refuse, deny* một cách thẳng thừng

ơ u r	**y** (tin)	**ây** uh-i	**iê** i-uh	**oa** wa	**ôi** oy	**uy** wee	**ong** aong
u (soon)	**au** a-oo	**eo** eh-ao	**iêu** i-yoh	**oai** wai	**ơi** u-i	**ênh** uhng	**uyên** oo-in
ư (dew)	**âu** oh	**êu** ay-oo	**iu** ew	**oe** weh	**uê** way	**oc** aok	**uyêt** oo-yit

pointed *remark etc* nhằm thẳng vào

pointer (*for teacher*) thước kẻ; (*hint*) lời gợi ý; (*sign, indication*) dấu hiệu

pointless vô bổ; **it's ~ trying** làm gì cho tốn hơi sức

point of sale (*place*) nơi bán hàng; (*promotional material*) đồ quảng cáo

point of view quan điểm

poise tư thế đĩnh đạc

poised *person* đĩnh đạc

poison 1 *n* thuốc độc **2** *v/t person* đầu độc; *animal, water, land* đánh thuốc độc; *relationship* làm tổn hại

poisonous *snake, spider* có nọc độc; *plant* có chất độc hại

poke 1 *n* cú hích **2** *v/t* (*prod*) đẩy; (*in the ribs*) hích; (*stick: gun*) dí; ~ **fun at** chế giễu; ~ **one's nose into** gí mũi vào

♦ **poke around** lục lọi

poker (*card game*) bài xì

poky (*cramped*) chật chội

Poland nước Ba Lan

polarize *v/t* phân cực

Pole người Ba Lan

pole[1] (*to push a boat*) sào; (*for support*) cột

pole[2] (*of earth*) cực

polevault (*event*) môn nhảy sào

police *n* công an, cảnh sát

policeman công an, cảnh sát; **police state** chế độ dùi cui; **police station** đồn công an, đồn cảnh sát; **policewoman** nữ công an, nữ cảnh sát

policy[1] (*of government, company*) chính sách

policy[2] (*insurance ~*) hợp đồng

polio bệnh bại liệt

Polish 1 *adj* Ba Lan **2** *n* tiếng Ba Lan

polish 1 *n* (*product*) thuốc đánh bóng; **shoe** ~ xi đánh giày **2** *v/t* đánh bóng; *speech* trau chuốt

♦ **polish off** *food* ngốn hết

♦ **polish up** *skill* hoàn thiện

polished *performance* tinh tế

polite lịch sự

politely một cách lịch sự

politeness sự lễ phép

political chính trị

politically correct nhằm tránh làm xúc phạm tới bất cứ nhóm người đặc biệt nào trong xã hội

politician nhà chính trị

politics việc chính trị; **what are his ~?** quan điểm chính trị của anh ấy là thế nào?

poll 1 *n* (*survey*) cuộc thăm dò ý kiến; **the ~s** (*election*) cuộc bầu cử; **go to the ~s** (*vote*) đi bầu cử **2** *v/t people* thăm dò ý kiến; *votes* thu được

pollen phấn hoa

pollen count chỉ số phấn hoa

polling booth phòng bỏ phiếu

pollster người thăm dò ý kiến

pollutant chất ô nhiễm

pollute làm ô nhiễm

pollution sự ô nhiễm

polo neck (*sweater*) cổ lọ

polo shirt áo sơ mi cổ lọ

polyester vải poliexte

polyethylene politen

polystyrene polixtiren

polyunsaturated *không có khả năng sinh côlextêrôn*

pomegranate quả thạch lựu

pompous *speech* khoa trương; *person* vênh vang

pond ao

ponder *v/i* cân nhắc

pony giống ngựa pony

ponytail tóc đuôi ngựa

poodle chó xù

pool[1] (*swimming ~*) bể bơi; (*of*

ch (*final*) k	**gh** g	**nh** (*final*) ng	**r** z; (S) r	**x** s	**â** (but)	**i** (tin)
d z; (S) y	**gi** z; (S) y	**ph** f	**th** t	**a** (hat)	**e** (red)	**o** (saw)
đ d	**nh** (onion)	**qu** kw	**tr** ch	**ă** (hard)	**ê** ay	**ô** oh

water, blood) vũng

pool² (*game*) trò chơi pun

pool³ 1 *n* (*common fund*) vốn chung **2** *v/t resources* góp chung

pool hall phòng đánh pun

pool table bàn đánh pun

pooped F mệt đứt hơi

poor 1 *adj* (*not wealthy*) nghèo; (*not good*) kém; (*unfortunate*) tội nghiệp; *be in ~ health* bị ốm yếu; *~ old Tony!* tội nghiệp Tony! **2** *n*: *the ~* người nghèo

poorly 1 *adv* tồi **2** *adj* (*unwell*) không được khỏe

pop¹ 1 *n* (*noise*) tiếng nổ bốp **2** *v/i* (*of cork, popcorn*) nổ bốp; (*of balloon*) nổ tung **3** *v/t cork* mở đánh bốp; *balloon* làm nổ

pop² *n & adj* MUS nhạc pốp

pop³ F (*father*) bố

♦ **pop up** *v/i* (*appear suddenly*) bất ngờ xuất hiện

popcorn bỏng ngô

Pope giáo hoàng

poppy cây anh túc

Popsicle® kem que

pop song bài hát nhạc pốp

popular được nhiều người ưa thích; *belief* phổ biến; *support* của nhân dân

popularity sự được lòng dân

popular opera chèo

populate cư trú

population dân số

porcelain 1 *n* đồ sứ **2** *adj* bằng sứ

porch hiên

porcupine con nhím

pore (*of skin*) lỗ chân lông

♦ **pore over** mải mê nghiên cứu

pork thịt lợn (*N*), thịt heo (*S*)

porn *n* khiêu dâm

porn(o) *adj* khiêu dâm

pornographic khiêu dâm

pornography sự khiêu dâm;

(*books, movies*) sách báo khiêu dâm

porous xốp

port¹ *n* (*town*) thành phố cảng; (*area*) cảng

port² *adj* (*left-hand*) mạn trái

portable 1 *adj* xách tay **2** *n* COMPUT máy tính xách tay; (*TV set*) máy ti- vi xách tay

porter người khuân vác; (*doorman*) người gác cửa

porthole NAUT ô cửa sổ

portion *n* phần; (*of food*) suất

portrait 1 *n* (*painting, photograph*) chân dung; (*depiction*) sự miêu tả **2** *adv print* khổ dọc

portray (*of artist*) vẽ chân dung; (*of photograph*) chụp chân dung; (*of actor*) diễn tả; (*of author*) miêu tả

portrayal (*by actor*) sự diễn tả; (*by author*) sự miêu tả

Portugal nước Bồ Đào Nha

Portuguese 1 *adj* Bồ Đào Nha **2** *n* (*person*) người Bồ Đào Nha; (*language*) tiếng Bồ Đào Nha

pose 1 *n* (*pretense*) trò giả tạo **2** *v/i* (*for artist, photographer*) làm mẫu; *~ as* giả danh **3** *v/t*: *~ a problem / a threat* tạo ra vấn đề / mối đe dọa

position 1 *n* (*location, in competition, military*) vị trí; (*stance*) tư thế; (*point of view*) quan điểm; (*situation*) hoàn cảnh; (*job*) chỗ làm; (*status*) địa vị **2** *v/t* bố trí

positive *attitude* lạc quan; *response* tích cực; *medical test* dương tính; GRAM ở dạng nguyên; ELEC dương; *be ~* (*sure*) chắc chắn

positively (*decidedly*) rõ ràng; (*definitely*) chắc chắn

possess có

possession (*ownership*) sự sở hữu; (*thing owned*) vật sở hữu; *~s* tài sản

---

ơ u r	y (tin)	ây uh-i	iê i-uh	oa wa	ôi oy	uy wee	ong aong
u (soon)	au a-oo	eo eh-ao	iêu i-yoh	oai wai	ơi ur-i	ênh uhng	uyên oo-in
ư (dew)	âu oh	êu ay-oo	iu ew	oe weh	uê way	oc aok	uyêt oo-yit

possessive *child* ích kỷ; *parent, partner* có tính sở hữu; GRAM sở hữu

possibility khả năng

possible có thể; *the shortest / quickest ~ ...* ... ngắn nhất / nhanh nhất có thể được; *the best ~ ...* ... tốt nhất có thể được

possibly có thể; *that can't ~ be right* điều đó không thể nào đúng được; *could you ~ tell me ...?* anh / chị có thể nói cho tôi biết ...

post[1] **1** *n* (*of wood, metal*) cột **2** *v/t notice* dán; *profits* công bố; *keep s.o. ~ed* thông báo kịp thời

post[2] **1** *n* (*place of duty*) vị trí **2** *v/t soldier, employee* bổ nhiệm; *guards* bố trí

postage bưu phí

postal bưu điện

postcard bưu thiếp

postdate để lùi ngày tháng

poster (*advertising*) áp phích; (*for decoration*) tranh in to

posterior *n hum* (*buttocks*) mông đít

posterity thế hệ mai sau

postgraduate 1 *n* nghiên cứu sinh **2** *adj* sau đại học

posthumous: *~ novel* cuốn tiểu thuyết xuất bản sau khi tác giả qua đời; *~ award* sự truy tặng; *~ baby* đứa bé sinh ra sau khi bố chết

posting (*assignment*) việc bổ nhiệm

postmark dấu bưu điện

postmortem khám nghiệm tử thi

post office bưu điện

postpone hoãn lại

postponement sự hoãn lại

posture *n* tư thế

postwar hậu chiến

pot[1] (*for cooking in*) nồi; (*for*

coffee, tea) bình; (*for plant*) chậu

pot[2] F (*marijuana*) cần sa

potato khoai tây

potato chips khoai tây chiên

potent *drug, medicine* hiệu nghiệm; *weapon* có uy lực

potential 1 *adj* tiềm năng **2** *n* khả năng

potentially có khả năng

potter *n* thợ gốm

pottery (*activity*) nghề gốm; (*items*) đồ gốm; (*place*) xưởng gốm

potty *n* (*for baby*) bô

pouch (*bag*) túi nhỏ; (*of ammunition, mailman*) bao

poultry (*birds*) gà vịt; (*meat*) thịt gà vịt

pounce *v/i* (*of animal*) vồ; *fig* chộp

pound[1] *n* (*weight*) pao

pound[2] (*for strays*) chỗ nhốt mèo chó lạc; (*for cars*) nơi giữ ô tô bị phạt

pound[3] *v/i* (*of heart*) đập thình thịch; *~ on* (*hammer on*) đập mạnh

pound sterling bảng Anh

pour 1 *v/t liquid* rót **2** *v/i* chảy; *it's ~ing* (*with rain*) trời mưa như trút

♦ **pour out** *liquid* rót; *troubles* thổ lộ

pout *v/i* trề môi

poverty sự nghèo nàn

poverty-stricken nghèo xác xơ

powder 1 *n* bột; (*for face*) phấn **2** *v/t face* đánh phấn

powder room phòng vệ sinh nữ

power 1 *n* (*strength*) sức mạnh; (*authority*) quyền lực; (*energy*) năng lượng; (*electricity*) điện; *in ~* POL nắm quyền; *fall from ~* POL mất quyền **2** *v/t*: *be ~ed by* vận hành bằng

power-assisted có trợ lực

power cut sự mất điện

powerful *blow* mạnh; *drug, detergent* có công hiệu; *country* hùng mạnh;

ch (*final*) k	**gh** g	**nh** (*final*) ng	**r** z; (*S*) r	**x** s	**â** (but)	**i** (tin)
d z; (*S*) y	**gi** z; (*S*) y	**ph** f	**th** t	**a** (hat)	**e** (red)	**o** (saw)
đ d	**nh** (onion)	**qu** kw	**tr** ch	**ă** (hard)	**ê** ay	**ô** oh

person, *union* có quyền hành; *car*,
engine có công suất lớn

powerless bất lực; **be ~ to ...**
không có khả năng ...

power line dây điện; **power outage**
sự mất điện; **power station** nhà
máy điện; **power steering** cơ cấu
lái bằng điện; **power unit** bộ phát
điện năng

PR (= **public relations**) quan hệ
quần chúng

practical *experience* thực tiễn; *work*
thực hành; *person* thực tế;
(*functional*) thiết thực

practical joke trò chơi khăm

practically *behave*, *think* một cách
thực tế; (*almost*) hầu như

practice 1 *n* sự thực hành, sự tập
luyện; (*rehearsal*) buổi diễn tập;
(*custom*) tập tục; (*in work life*)
thông lệ; **in ~** (*in reality*) trên
thực tế; **be out of** ~ không tập
luyện **2** *v/i* tập luyện **3** *v/t* luyện;
law, *medicine* hành nghề

pragmatic thực dụng

pragmatism chủ nghĩa thực dụng

prairie đồng cỏ

praise 1 *n* lời khen ngợi **2** *v/t* khen
ngợi

praiseworthy đáng ca ngợi

prank trò đùa tinh nghịch

prattle *v/i* nói chuyện tầm phào

pray cầu nguyện

prayer lời cầu nguyện

preach 1 *v/i* (*in church*) giảng đạo;
(*moralize*) thuyết giáo **2** *v/t*
sermon thuyết giảng

preacher người thuyết giáo

precarious *situation*, *future*, *living*
bấp bênh

precariously *stand* chênh vênh;
balance bấp bênh

precaution sự đề phòng

precautionary *measure* phòng ngừa

precede *v/t* (*in time*) có trước;
(*walk in front of*) đi trước

precedence: **take ~** có quyền ưu
tiên; **take ~ over ...** có quyền ưu
tiên hơn ...

precedent tiền lệ

preceding *week* trước đó; *chapter*
trước

precinct (*district*) quận

precious *gems* quý; *possession*,
commodity quý giá

precipitate *v/t crisis* đẩy nhanh

précis *n* bản tóm tắt

precise đúng

precisely (*in time*) đúng; *know*, *tell*
etc chính xác

precision sự chính xác

precocious *child* sớm phát triển

preconceived *idea* định trước

precondition điều kiện tiên quyết

predator (*animal*) dã thú

predecessor (*in job*) người tiền
nhiệm; (*machine*) kiểu dáng trước

predestination thuyết tiên định

predicament tình thế khó khăn

predict dự đoán

predictable có thể dự đoán được

prediction lời dự báo

predominant nổi bật nhất

predominantly chủ yếu là

predominate trội hơn hẳn

prefabricated làm sẵn

preface *n* lời nói đầu

prefer: **~ X** thích X hơn; **~ X to Y**
thích X hơn Y; **~ to do sth** thích
làm gì hơn; **~ to wait** thích chờ
đợi hơn

preferable hợp hơn; **be ~ to** hợp
hơn

preferably tốt nhất là

preference sự thích hơn; **do you
have any ~?** anh/chị thích gì hơn?

preferential ưu đãi

prefix tiền tố

ơ ur	**y** (tin)	**ây** uh-i	**iê** i-uh	**oa** wa	**ôi** oy	**uy** wee	**ong** aong
u (soon)	**au** a-oo	**eo** eh-ao	**iêu** i-yoh	**oai** wai	**ơi** ur-i	**ênh** uhng	**uyên** oo-in
ư (dew)	**âu** oh	**êu** ay-oo	**iu** ew	**oe** weh	**uê** way	**oc** aok	**uyêt** oo-yit

pregnancy sự có thai; (*period*) kỳ thai nghén

pregnant có thai

prehistoric thời tiền sử; *fig* cổ lỗ sĩ

prejudice 1 *n* sự thành kiến **2** *v/t chances* làm giảm; **~ s.o.** làm ai có thành kiến

prejudiced có thành kiến

preliminary *adj* sơ bộ; (*competition*) vòng loại

premarital trước hôn nhân

premature *senility*, *death* sớm; *baby* đẻ non; *decision* quá sớm

premeditated dự tính trước

premier *n* POL thủ tướng; (*in Australia*) thủ hiến

première *n* (*of movie*) buổi chiếu đầu tiên; (*of play*) buổi công diễn đầu tiên

premises (*house*, *building etc*) tòa nhà; **on the ~** trong tòa nhà

premium *n*: **insurance ~** phí bảo hiểm

premonition linh cảm

prenatal trước khi đẻ

preoccupied lo nghĩ

preparation (*act*) sự chuẩn bị; **in ~ for** để chuẩn bị cho; **~s** công việc chuẩn bị

prepare 1 *v/t* chuẩn bị; **be ~d to do sth** (*willing*) sẵn sàng làm việc gì **2** *v/i* chuẩn bị

preposition giới từ

preposterous vô lý

prerequisite điều kiện tiên quyết

prescribe (*of doctor*) kê đơn; *rest* chỉ định

prescription MED đơn thuốc (*N*), toa thuốc (*S*)

presence sự có mặt; **in the ~ of** trước mặt

presence of mind sự nhanh trí

present¹ 1 *adj* (*current*) hiện nay; **be ~** có mặt **2** *n*: **the ~** hiện tại;

GRAM thời hiện tại; **at ~** lúc này

present² 1 *n* (*gift*) quà tặng **2** *v/t award*, *bouquet* tặng; *program* giới thiệu; **~ X with Y**, **~ Y to X** tặng Y cho X

presentation (*to audience*) sự trình bày

present-day thời nay

presently (*at the moment*) lúc này; (*soon*) sau chốc lát

preservation sự giữ gìn

preservative *n* chất bảo quản

preserve 1 *n* (*domain*) lĩnh vực **2** *v/t standards*, *peace etc* giữ gìn; *wood*, *food* bảo quản

preside *v/i* (*at meeting*) chủ trì; **~ over** *meeting* điều khiển

presidency (*office*) chức tổng thống; (*term*) nhiệm kỳ tổng thống

president POL tổng thống; (*of communist country*, *company*, *organization*) chủ tịch; (*of club*, *cooperative etc*) chủ nhiệm

presidential tổng thống, chủ tịch

press 1 *n*: **the ~** báo chí **2** *v/t button* ấn; (*urge*) thúc ép; (*squeeze*) xiết chặt; *grapes*, *olives* ép; *clothes* là (*N*), ủi (*S*) **3** *v/i*: **~ for** thúc ép đòi

press conference cuộc họp báo

pressing *adj need*, *concern* cấp bách; *business* gấp

pressure 1 *n* (*of water*) áp lực; (*force*) sức lực; (*of work*, *demands*) sức ép; **be under ~** chịu sức ép căng thẳng; **be under ~ to do sth** bị thúc ép làm gì **2** *v/t* gây sức ép

prestige uy tín

prestigious có uy tín

presumably có lẽ

presume cho là; **~ to do sth** dám làm gì

presumption (*of innocence*, *guilt*) giả định

presumptuous quá táo bạo

ch (*final*) k	**gh** g	**nh** (*final*) ng	**r** z; (*S*) r	**x** s	**â** (but)	**i** (tin)
d z; (*S*) y	**gi** z; (*S*) y	**ph** f	**th** t	**a** (hat)	**e** (red)	**o** (saw)
đ d	**nh** (onion)	**qu** kw	**tr** ch	**ă** (hard)	**ê** ay	**ô** oh

pre-tax trước khi nộp thuế

pretend v/t & v/i giả vờ, giả đò (S)

pretense sự giả vờ; *a ~ of friendship* sự kết bạn hờ

pretentious *person, restaurant* kiêu kỳ; *movie, book* khoa trương

pretext cớ

pretty 1 *adj* xinh xắn **2** *adv* (*quite*) khá

prevail (*triumph*) thắng

prevailing *wind* thường; *opinion* phổ biến nhất

prevent *epidemic, riot* ngăn chặn; *marriage* ngăn cản; *colds* ngăn ngừa; *~ s.o. (from) doing sth* (*of crowds, person*) ngăn cản ai làm gì; (*of accident etc*) phòng ngừa ai làm gì

prevention (*of crime, cruelty*) sự ngăn ngừa; MED sự phòng bệnh

preventive *medicine* phòng bệnh; *measure* phòng ngừa

preview *n* (*of movie, exhibition*) sự duyệt trước

previous trước

previously trước đây

prewar tiền chiến

prey *n* con mồi

♦**prey on** bắt làm mồi; *fig* (*of conman etc*) lợi dụng

price 1 *n* giá **2** *v/t* COM đặt giá

priceless vô giá

price war chiến tranh giá cả

prick[1] **1** *n* (*pain*) sự đau nhói **2** *v/t* (*jab*) châm

prick[2] *n* ∨ (*penis*) con cặc, buồi (*N*); (*person*) thằng ngu ngốc

♦**prick up**: *~ one's ears* (*of dog*) vểnh tai; (*of person*) giỏng tai

prickle (*on plant*) gai

prickly *plant* có gai; *beard* như gai đâm; (*irritable*) dễ cáu

pride 1 *n* (*in person, achievement*) sự hãnh diện; (*self-respect*) lòng tự trọng **2** *v/t*: *~ oneself on* tự hào về

priest linh mục

primarily chủ yếu

primary 1 *adj* hàng đầu **2** *n* POL hội nghị chọn ứng cử viên

prime 1 *n*: *be in one's ~* (*of man*) ở thời kỳ sung sức nhất; (*of woman*) ở thời kỳ xuân sắc **2** *adj example, reason* quan trọng nhất; *of ~ importance* có tầm quan trọng bậc nhất

prime minister thủ tướng

prime time TV giờ cao điểm

primitive nguyên thủy; *conditions* đơn sơ

prince hoàng tử

princess công chúa

principal 1 *adj* chính **2** *n* (*of school*) hiệu trưởng

principally chủ yếu

principle (*moral*) nguyên tắc đạo đức; (*rule*) nguyên lý; *on ~* vì những nguyên lý đạo đức; *in ~* về nguyên lý

print 1 *n* (*in book, newspaper etc*) chữ in; (*photograph*) ảnh in; *the book is out of ~* cuốn sách đã hết xuất bản **2** *v/t book, newspaper* in; (*publish*) đăng; (*using block capitals*) viết chữ in hoa

♦**print out** in ra

printed matter ấn phẩm

printer (*person*) thợ in; (*owner of firm*) chủ nhà in; (*machine*) máy in

printing press máy in sách báo

printout bản in

prior 1 *adj* trước **2** *prep*: *~ to* trước

prioritize (*put in order of priority*) ưu tiên; (*give priority to*) dành ưu tiên cho

priority điều ưu tiên; *have ~* được quyền ưu tiên

prison nhà tù

prisoner tù nhân; *take s.o. ~* bắt

ơ u-r	y (tin)	ây uh-i	iê i-uh	oa wa	ôi oy	uy wee	ong aong
u (soon)	au a-oo	eo eh-ao	iêu i-yoh	oai wai	ơi u-r-i	ênh uhng	uyên oo-in
ư (dew)	âu oh	êu ay-oo	iu ew	oe weh	uê way	oc aok	uyêt oo-yit

ai tù nhân

prisoner of war tù binh

privacy (*in a room*, *place*) sự riêng biệt; (*from public attention*) đời sống riêng tư

private 1 *adj* riêng; *room*, *patient* tư nhân **2** *n* MIL binh nhì; **in ~** riêng

private enterprise kinh doanh tư nhân

privately (*in private*) riêng; *funded*, *owned* tư nhân; (*inwardly*) trong thâm tâm

private property tư sản

private sector khu vực tư nhân

privilege (*special treatment*) đặc quyền; (*honor*) đặc ân

privileged có đặc quyền; (*honored*) được vinh dự

prize 1 *n* giải thưởng **2** *v/t* (*value*, *respect*) quý trọng

prizewinner người trúng giải

prizewinning trúng giải

pro¹ *n*: **the ~s and cons** thuận và chống

pro² → **professional**

pro³: **be ~ ...** (*in favor of*) ủng hộ ...

probability khả năng có thể xảy ra

probable rất có thể

probably hầu như chắc chắn

probation (*in job*) thời gian thử thách; LAW thời gian quản chế

probation officer nhân viên giám sát tù treo

probation period (*in job*) thời gian thử thách

probe 1 *n* (*investigation*) cuộc điều tra; (*scientific*) tàu thăm dò vũ trụ **2** *v/t* dò; (*investigate*) thăm dò; *situation* điều tra

problem vấn đề; **no ~** không có vấn đề gì

procedure thủ tục

proceed 1 *v/i* (*go: of people*) đi; (*of work etc*) tiến triển **2** *v/t*: **~ to do**

sth chuyển sang làm gì

proceedings (*events*) nghi thức

proceeds tiền thu được

process 1 *n* quá trình, quy trình; **in the ~** (*while doing it*) trong khi đang làm **2** *v/t food*, *raw materials* chế biến; *data* xử lý; *application etc* giải quyết

procession (*ceremonial*) đám rước; (*steady flow*) đoàn người

processor COMPUT bộ xử lý; **food ~** máy chế biến thực phẩm

proclaim tuyên bố

prod 1 *n* cú chọc **2** *v/t* chọc

prodigy: (**child**) **~** thần đồng

produce 1 *n* sản phẩm **2** *v/t commodity* sản xuất; (*of cow, hen etc*) cho; *agreement, result* đạt được; *response* tạo ra; (*take out*) *gun, $100 bill* rút ra; *play* dàn dựng; *movie, TV program* sản xuất

producer (*of commodity, movie etc*) nhà sản xuất; (*of play*) đạo diễn

product sản phẩm; (*result*) kết quả

production (*action of producing*) việc sản xuất; (*things produced*) sản lượng; (*of play*) sự dàn dựng; (*of movie, TV program*) sự sản xuất; (*play, TV program*) tác phẩm; (*movie*) bộ phim

production capacity công suất

production costs chi phí sản xuất

productive có năng suất; *meeting* hữu ích

productivity năng suất

profane *language* phàm tục

profess tự nhận là

profession nghề nghiệp

professional 1 *adj* (*not amateur*) chuyên nghiệp; *advice, help* của người chuyên nghiệp; *piece of work* có tay nghề; **turn ~** chuyển sang chuyên nghiệp **2** *n* (*doctor, lawyer etc*) người chuyên nghiệp;

---

ch (*final*) k	**gh** g	**nh** (*final*) ng	**r** z; (*S*) r	**x** s	**â** (but) **i** (tin)
d z; (*S*) y	**gi** z; (*S*) y	**ph** f	**th** t	**a** (hat)	**e** (red) **o** (saw)
đ d	**nh** (onion)	**qu** kw	**tr** ch	**ă** (hard)	**ê** ay **ô** oh

(*not an amateur*) tay nhà nghề

professionally *play sport* chuyên nghiệp; (*well, skillfully*) thành thạo

professor giáo sư

proficiency sự thành thạo

proficient thành thạo

profile (*of face*) mặt nhìn nghiêng; (*description*) bản miêu tả

profit 1 *n* lợi nhuận **2** *v/i*: **~ by, ~ from** có lợi từ; *pej* lợi dụng

profitability sự có lợi

profitable có lợi

profit margin lãi ròng

profound *effect* sâu sắc; *knowledge, thought* sâu

profoundly sâu sắc

prognosis (*medical*) tiên lượng bệnh; (*forecast*) sự dự đoán

program 1 *n also* COMPUT, TV chương trình; (*in theater*) tờ chương trình biểu diễn **2** *v/t* COMPUT lập trình

programmer COMPUT người lập trình

progress 1 *n* sự tiến bộ; ***make ~*** (*of patient*) có tiến bộ; (*of building*) tiến triển; **in ~** đang được tiến hành **2** *v/i* (*advance in time*) tiếp diễn; (*move on*) tiến tới; (*make progress*) có tiến bộ; ***how is the work ~ing?*** công việc tiến triển như thế nào rồi?

progressive *adj* (*enlightened*) tiến bộ; (*which progresses*) tăng dần

progressively dần dần từng nấc

prohibit (*forbid*) ngăn cấm; (*prevent*) ngăn chặn

prohibition (*act of forbidding*) sự cấm; (*ban on*) lệnh cấm; ***Prohibition*** luật cấm nấu và bán rượu ở Mỹ thời kỳ 1920-1933

prohibitive *prices* quá cao

project[1] *n* (*plan*) đề án; (*undertaking*) dự án; EDU sự học;

(*housing area*) khu nhà rẻ tiền

project[2] **1** *v/t figures, sales* dự kiến; *movie* chiếu **2** *v/i* (*stick out*) nhô ra

projection (*forecast*) sự dự đoán

projector: *slide ~* máy chiếu phim dương bản

prolific *writer, artist* sáng tác nhiều

prolong kéo dài

prom (*school dance*) buổi vũ hội ở trường

prominent *nose* gồ; *chin* nhô ra; (*significant*) nổi bật

promiscuity (*sexual*) sự chung chạ bừa bãi

promiscuous chung chạ bừa bãi

promise 1 *n* lời hứa; (*potential*) hứa hẹn **2** *v/t* hứa; **~ to ...** hứa là ...; **~ X one's support** hứa với X là sẽ ủng hộ; **~ to do sth** hứa làm gì; **~ X a bicycle** hứa với X là sẽ cho xe đạp **3** *v/i* hứa

promising *actor, future* đầy hứa hẹn; *weather* có triển vọng

promote *employee* đề bạt; (*encourage, foster*) tăng cường; *growth* thúc đẩy; *idea, scheme, region, area* xúc tiến; COM: *product, record* quảng cáo

promoter (*of sports event*) người bảo trợ

promotion (*of employee*) sự đề bạt; (*of scheme, idea*) sự xúc tiến; COM sự vận động quảng cáo

prompt 1 *adj* (*on time*) đúng giờ; (*speedy*) nhanh chóng **2** *adv*: **at two o'clock ~** vào lúc 2 giờ đúng **3** *v/t* (*cause*) gợi lên; *actor* nhắc vở **4** *n* COMPUT dấu chờ lệnh

promptly (*on time*) đúng giờ; (*immediately*) ngay

prone: **be ~ to** dễ bị

pronoun đại từ

pronounce *word* phát âm; (*declare*) tuyên bố

ơ u-r	y (tin)	ây uh-i	iê i-uh	oa wa	ôi oy	uy wee	ong aong
u (soon)	au a-oo	eo eh-ao	iêu i-yoh	oai wai	ơi ur-i	ênh uhng	uyên oo-in
ư (dew)	âu oh	êu ay-oo	iu ew	oe weh	uê way	oc aok	uyêt oo-yit

pronounced *accent* rõ rệt; *views* dứt khoát

pronunciation sự cách phát âm

proof *n* bằng chứng; *(of book)* bản in thử

prop 1 *v/t* dựa **2** *n* *(in theater)* đạo cụ

♦ **prop up** đỡ; *regime* hỗ trợ

propaganda sự tuyên truyền

propel đẩy đi

propellant *(in aerosol)* đẩy

propeller *(of boat)* chân vịt

proper *(real)* thật sự; *(correct)* đúng; *(fitting)* thích hợp

properly *behave*, *eat* đúng mực; *work* chuẩn; *(fittingly)* phù hợp

property tài sản; *(things owned)* vật sở hữu; *(land)* nhà cửa đất đai

property developer *(company)* công ty khai thác bất động sản; *(person)* người khai thác bất động sản

prophecy sự tiên tri

prophesy tiên đoán

proportion *(ratio)* tỷ lệ; **~s** *(dimensions)* kích thước

proportional cân xứng

proposal *(suggestion)* lời đề nghị; *(of marriage)* sự cầu hôn

propose 1 *v/t* *(suggest)* đề nghị; *(plan)* dự định **2** *v/i* *(make offer of marriage)* cầu hôn

proposition 1 *n* lời đề nghị **2** *v/t* *woman* gạ gẫm ăn nằm

proprietor người chủ

prose văn xuôi

prosecute *v/t* LAW truy tố

prosecution LAW sự truy tố; *(lawyers)* bên nguyên

prosecutor công tố viên

prospect 1 *n* *(chance, likelihood)* triển vọng; *(thought of something in the future)* viễn cảnh; **~s** triển vọng **2** *v/i:* **~ for** *gold* thăm dò

prospective tương lai

prosper *(of person, business)* phát đạt; *(of city)* phồn vinh

prosperity sự phồn vinh

prosperous *person, business* phát đạt; *city* phồn vinh

prostitute *n* gái điếm; ***male ~*** đĩ đực

prostitution *(profession)* nghề mại dâm

prostrate: ***be ~ with grief*** kiệt sức

protect bảo vệ

protected forest rừng được bảo vệ, rừng cấm

protection sự bảo vệ

protection money tiền bảo hộ

protective *mother* che chở; *clothing, equipment* bảo hộ

protector người bảo vệ

protein chất đạm, prôtêin

protest 1 *n* lời phản kháng; *(demonstration)* cuộc biểu tình phản đối **2** *v/t* phản đối **3** *v/i* phản đối; *(demonstrate)* biểu tình phản đối

Protestant 1 *n* người theo đạo Tin lành **2** *adj* của đạo Tin lành

protester người phản đối

protocol nghi thức

prototype mẫu đầu tiên

protracted kéo dài

protrude *v/i* *(of eyes)* lồi ra; *(of ears)* vểnh ra; *(of chin)* nhô ra; *(of object)* thò ra

proud tự hào; *(independent)* tự trọng; ***be ~ of*** tự hào về

proudly một cách tự hào

prove chứng minh

proverb tục ngữ

provide *money, food, shelter* cung cấp; *opportunity* tạo; **~ Y to X**, **~ X with Y** cung cấp Y cho X; **~d** **(that)** *(on condition that)* với điều kiện là

ch *(final)* k	**gh** g	**nh** *(final)* ng	**r** z; *(S)* r	**x** s	**â** *(but)*	**i** *(tin)*
d z; *(S)* y	**gi** z; *(S)* y	**ph** f	**th** t	**a** *(hat)*	**e** *(red)*	**o** *(saw)*
đ d	**nh** *(onion)*	**qu** kw	**tr** ch	**ă** *(hard)*	**ê** ay	**ô** oh

♦**provide for** *family* chu cấp đầy đủ; (*of law etc*) qui định

province tỉnh

provincial *city* tỉnh; *pej: attitude* nhà quê

provision (*supply*) sự cung cấp; (*of law, contract*) điều khoản

provisional tạm thời

proviso điều kiện

provocation sự khiêu khích

provocative khiêu khích; (*sexually*) khêu gợi

provoke (*cause*) gây ra; (*annoy*) chọc tức

prow NAUT mũi thuyền

prowess tài năng

prowl *v/i* (*of tiger etc*) đi lảng vảng kiếm mồi; (*of burglar*) đi lảng vảng rình mò

prowler kẻ đi lảng vảng

proximity sự gần

proxy (*authority*) sự ủy nhiệm; (*person*) người được ủy nhiệm

prude người cả thẹn

prudence tính thận trọng

prudent thận trọng

prudish thuộc người hay cả thẹn

prune¹ *n* mận khô

prune² *v/t plant* tỉa; *fig: expenditure, labor force* cắt giảm; *essay* lược bớt

pry xoi mói

♦**pry into** xoi mói vào

PS (= *postscript*) tái bút

pseudonym bút danh

psychiatric (thuộc) bệnh tâm thần

psychiatrist bác sĩ tâm thần

psychiatry tâm thần học

psychic *adj research* (thuộc) tâm linh; *person* siêu linh

psychoanalysis phân tâm học

psychoanalyst nhà phân tâm học

psychoanalyze phân tích tâm lý

psychological *development* tâm lý; *method, research* tâm lý học

psychologically về mặt tâm lý

psychologist nhà tâm lý học

psychology tâm lý học

psychopath người bệnh tâm thần

puberty tuổi dậy thì

pubic hair lông mu

public 1 *adj proposal, support, opinion* của công chúng; *image* đối với xã hội; *humiliation* công khai; *library, meeting* công cộng **2** *n:* **the ~** dân chúng; **in ~** giữa công chúng

publication (*of book, report*) sự xuất bản; (*by newspaper*) sự công bố; (*book, newspaper*) sách báo xuất bản

publicity sự quảng cáo

publicize quảng cáo

publicly một cách công khai

public prosecutor công tố viên; **public relations** công tác quần chúng; **public school** trường công; **public sector** khu vực Nhà nước

publish *book, newspaper* xuất bản; *story, photographs, biography* đăng

publisher (*person*) người xuất bản; (*company*) nhà xuất bản

publishing công việc xuất bản

publishing company nhà xuất bản

puddle *n* vũng nhỏ

puff 1 *n* (*of wind, smoke*) luồng **2** *v/i* (*pant*) thở hổn hển; **~ on a cigarette** hút từng hơi ngắn

puffy *eyes, face* sưng phồng

pull 1 *n* (*on rope*) sự kéo; F (*appeal*) sức lôi kéo; F (*influence*) ảnh hưởng **2** *v/t* (*drag*) kéo; (*tug*) giật; *tooth* nhổ; *muscle* kéo căng **3** *v/i* kéo

♦**pull apart** (*separate*) tách ra

♦**pull away** *v/t* tách rời

♦**pull down** (*lower*) kéo thấp; (*demolish*) phá đổ

♦ **pull in** *v/i* (*of bus*) tới; **~ to the**

station vào ga

♦ **pull off** *leaves etc* nhổ; *clothes* cởi; F *deal etc* thành công

♦ **pull out 1** *v/t gun etc* rút ra; *person from water etc* kéo lên; *troops* rút khỏi **2** *v/i* (*of agreement, competition*), MIL rút khỏi; (*of ship*) rời khỏi

♦ **pull through** (*from an illness*) bình phục lại

♦ **pull together 1** *v/i* (*cooperate*) sát cánh với nhau **2** *v/t*: **pull oneself together** giữ bình tĩnh

♦ **pull up 1** *v/t* (*raise*) kéo lên; *plant, weeds* nhổ lên **2** *v/i* (*of car etc*) dừng lại

pulley cái ròng rọc

pulp bột nghiền; (*for paper-making*) bột giấy

pulpit bục giảng kinh

pulsate (*of heart, rhythm*) đập

pulse mạch

pulverize tán thành bột

pump 1 *n* (*machine*) máy bơm; (*gas ~*) cái bơm **2** *v/t* bơm

♦ **pump up** bơm

pumpkin quả bí ngô

pun sự chơi chữ

punch 1 *n* (*blow*) cú đấm; (*implement*) cái giùi lỗ **2** *v/t* (*with fist*) đấm; *hole* khoan; *ticket* bấm

punch line điểm nút

punctual đúng giờ

punctuality sự đúng giờ

punctually đúng giờ

punctuate *text* chấm câu

punctuation phép chấm câu

punctuation mark dấu chấm

puncture 1 *n* lỗ thủng **2** *v/t* đâm thủng

pungent *smell* hăng; *taste* cay

punish *person* trừng phạt

punishing *pace, schedule* mệt nhoài

punishment sự trừng phạt;

(*method*) hình phạt

puny (*small*) nhỏ bé; (*weak*) yếu ớt

pup (*dog*) chó con

pupil[1] (*of eye*) con ngươi

pupil[2] (*student*) học sinh; (*of artist, musician*) môn đệ

puppet con rối; *fig* bù nhìn

puppet government chính phủ bù nhìn

puppy chó con

purchase[1] *n* (*action*) sự mua; (*object*) vật mua **2** *v/t* mua

purchase[2] (*grip*) chỗ bám

purchaser người mua

pure *silk, wool* nguyên chất; *air* trong lành; *water* tinh khiết; *white etc* hoàn toàn; *sound* trong trẻo; (*morally*) trong sáng

purely đơn thuần

purge 1 *n* (*of political party*) sự thanh trừng **2** *v/t* thanh trừng

purify *water* lọc sạch

puritan REL tín đồ Thanh giáo; (*moral*) người khắt khe về đạo đức

puritanical khắt khe

purity (*of ore*) sự nguyên chất; (*of air*) sự trong lành; (*of voice*) sự trong trẻo; (*moral*) sự trong sáng

purple *adj* màu tía

Purple Heart MIL xích tâm bội tinh

purpose (*aim, object*) mục đích; **on ~** cố tình

purposeful kiên quyết

purposely cố ý

purr *v/i* (*of cat*) kêu rừ rừ

purse *n* (*pocketbook*) ví xách tay

pursue *v/t person* săn đuổi; *career* theo đuổi; *course of action* tiếp tục

pursuer người săn đuổi

pursuit (*chase*) sự săn đuổi; (*of happiness etc*) sự mưu cầu; (*activity*) hoạt động; **those in ~** những người đang săn đuổi

ch (*final*) k	**gh** g	**nh** (*final*) ng	**r** z; (*S*) r	**x** s	**â** (but) **i** (tin)
d z; (*S*) y	**gi** z; (*S*) y	**ph** f	**th** t	**a** (hat)	**e** (red) **o** (saw)
đ d	**nh** (onion)	**qu** kw	**tr** ch	**ă** (hard)	**ê** ay **ô** oh

pus mủ

push 1 *n* (*shove*) sự đẩy; (*of button*) sự bấm **2** *v/t* (*shove*) đẩy; *button* bấm; (*pressure, urge*) thúc ép; *drugs* bán; **be ~ed for money** túng tiền; **be ~ed for time** thì giờ thúc bách; **be ~ing 40** xấp xỉ 40 tuổi **3** *v/i* đẩy

♦ **push along** *cart etc* đẩy
♦ **push away** đẩy ra
♦ **push off 1** *v/t lid* nạy **2** *v/i* (*leave*) đi khỏi; **~!** cút đi!
♦ **push on** *v/i* (*continue*) tiếp tục
♦ **push up** *prices* đẩy lên

push-button: **a ~ phone** máy điện thoại bấm nút

pusher (*of drugs*) người bán ma túy lậu

push-up môn thể dục hít đất

pushy F tự đề cao

puss, pussy (**cat**) con mèo

put để; **~ a question** đưa ra câu hỏi; **~ the cost at ...** ước chừng giá là ...

♦ **put aside** *money* dành dụm; *work* gạt sang một bên
♦ **put away** (*in closet etc*) cất đi; (*in prison*) cho vào tù; (*in mental home*) cho vào nhà thương điên; (*consume*) nốc; *money* dành dụm; *animal* giết
♦ **put back** (*replace*) để lại
♦ **put by** *money* dành dụm
♦ **put down** đặt ... xuống; *deposit* trả tiền; *rebellion* đàn áp; (*belittle*: *person*) xem thường; (*in writing*) ghi; **put one's foot down** (*in car*) tăng tốc; (*be firm*) kiên quyết; **put**

X down to Y (*attribute*) quy X cho Y
♦ **put forward** *idea etc* đề xuất
♦ **put in** xen vào; *time* làm; *request, claim* đệ trình
♦ **put in for** xin
♦ **put off** *light, radio, TV* tắt; (*postpone*) hoãn; (*deter*) ngăn cản; (*repel*) làm khó chịu; **put X off Y** làm X cạch Y
♦ **put on** *light, radio, TV* bật; *tape, music* mở; *jacket* mặc vào; *eyeglasses* đeo vào; *shoes* đi vào; *make-up* đánh; (*perform*) trình diễn; *accent* giả vờ; *look of regret etc* làm ra vẻ; **~ the brake** đạp phanh; **~ weight** lên cân; **she's just putting it on** (*pretending*) cô ta chỉ giả vờ thôi
♦ **put out** *hand* chìa ra; *fire* dập tắt; *light* tắt
♦ **put through** (*on phone*) nối máy
♦ **put together** (*assemble*) lắp ráp; (*organize*) tổ chức
♦ **put up** *v/t person* cho ở nhờ; *fence etc* dựng; *building* xây dựng; *prices* tăng; *poster, notice* dán; *money* cung cấp; **put your hand up!** giơ tay lên!; **~ for sale** đưa ra bán
♦ **put up with** (*tolerate*) chịu đựng

putty mát tít

puzzle 1 *n* (*mystery*) điều bí ẩn; (*game*) trò chơi đố; (*jigsaw ~*) trò chơi lắp hình; (*crossword ~*) trò chơi ô chữ **2** *v/t* làm bối rối

puzzling gây bối rối

PVC nhựa PVC

pylon cột điện cao thế

ơ ur	y (tin)	ây uh-i	iê i-uh	oa wa	ôi oy	uy wee	ong aong
u (soon)	au a-oo	eo eh-ao	iêu i-yoh	oai wai	ơi ur-i	ênh uhng	uyên oo-in
ư (dew)	âu oh	êu ay-oo	iu ew	oe weh	uê way	oc aok	uyêt oo-yit

Q

quack¹ 1 *n* (*of duck*) tiếng quàng quạc **2** *v/i* kêu quàng quạc

quack² F (*bad doctor*) lang băm

quadrangle (*figure*) hình tứ giác; (*courtyard*) sân trong

quadruped động vật bốn chân

quadruple *v/i* tăng gấp bốn lần

quadruplets bốn đứa trẻ sinh tư

quaint (*pretty*) xinh xắn; (*slightly eccentric*) kỳ lạ

quake 1 *n* (*earthquake*) trận động đất **2** *v/i* (*of earth*) rung lên; (*with fear*) run rẩy

qualification (*from university etc*) bằng cấp; (*of remark etc*) sự dè dặt; **have the right ~s for a job** có khả năng chuyên môn phù hợp với công việc

qualified *doctor, engineer etc* có trình độ chuyên môn; (*restricted*) hạn chế; **I am not ~ to judge** tôi không đủ tư cách để xét đoán

qualify 1 *v/t remark etc* hạn chế; **~ s.o. to do sth** (*of degree, course etc*) làm ai có đủ tư cách để làm gì; **this degree qualifies you to teach in all schools** bằng này làm cho anh/chị có đủ tư cách để giảng dạy ở tất cả các trường **2** *v/i* (*get degree etc*) tốt nghiệp; (*in competition*) có đủ điều kiện; **our team has qualified for the semi-final** đội chúng tôi đã có đủ điều kiện vào bán kết; **that doesn't ~ as …** điều này không được coi như là …

quality (*of goods etc*) chất lượng; (*characteristic*) đức tính

quality control (*activity*) việc kiểm tra chất lượng; (*department*) bộ phận kiểm tra chất lượng

qualm nỗi day dứt; **have no ~s about …** không bị day dứt về …

quantify xác định số lượng

quantity lượng

quarantine *n* sự cách ly

quarrel 1 *n* sự cãi nhau **2** *v/i* cãi nhau

quarrelsome hay sinh sự

quarry (*for mining*) mỏ đá

quart lít Mỹ

quarter 1 *n* một phần tư; (*25 cents*) đồng 25 xen; (*part of town*) khu phố; **a ~ of an hour** mười lăm phút; **a ~ to 5** 5 giờ kém 15; **~ past 5** 5 giờ 15 **2** *v/t* chia tư

quarterback SP tiền vệ

quarterfinal trận tứ kết;

quarterfinalist đấu thủ vào vòng tứ kết

quarterly 1 *adj* hàng quý **2** *adv* từng quý một

quarternote MUS nốt đen

quarters MIL doanh trại

quartet MUS nhóm tứ tấu

quartz thạch anh

quaver 1 *n* (*in voice*) sự rung tiếng **2** *v/i* (*of voice*) rung rung

queen nữ hoàng; (*king's wife*) hoàng hậu

queen bee ong chúa

queer (*peculiar*) kỳ cục

quench *flames* dập tắt; **~ one's thirst** giải khát

ch (*final*) k	**gh** g	**nh** (*final*) ng	**r** z; (*S*) r	**x** s	**â** (but)	**i** (tin)
d z; (*S*) y	**gi** z; (*S*) y	**ph** f	**th** t	**a** (hat)	**e** (red)	**o** (saw)
đ d	**nh** (onion)	**qu** kw	**tr** ch	**ă** (hard)	**ê** ay	**ô** oh

query 1 *n* câu hỏi **2** *v/t* (*express doubt about*) nghi ngờ; (*check*) kiểm tra lại; **~ X with Y** kiểm tra lại X với Y

question 1 *n* câu hỏi; (*matter*) vấn đề; **in ~** (*being talked about*) đang được nói đến; (*in doubt*) bị nghi ngờ; **it's a ~ of money / time** đây là vấn đề tiền bạc / thời gian; **that's out of the ~** điều đó không thể được **2** *v/t person* hỏi; LAW chất vấn; (*doubt*) nghi ngờ

questionable *honesty* đáng ngờ; *figures, statement* không trung thực

questioning *look, tone* dò xét

question mark dấu chấm hỏi

questionnaire bản câu hỏi

quick nhanh, lẹ (*S*); **be ~!** nhanh lên!; **let's have a ~ drink** hãy làm nhanh một cốc; **can I have a ~ look?** tôi có thể xem nhanh được không?; **that was ~!** thật là nhanh!

quicksand vùng cát lún; **quicksilver** thủy ngân; **quick-tempered** máu nóng; **quick-witted** nhanh trí

quiet *voice, music, life* êm ả; *engine* êm; *street, town* yên tĩnh; **keep ~ about sth** giữ kín điều gì; **~!** im nào!

♦ **quieten down 1** *v/t children, class* làm im lặng **2** *v/i* (*of children*) trở nên im lặng; (*of political situation*) trở nên yên tĩnh

quilt (*on bed*) mền bông (*S*), chăn bông (*N*)

quinine ký ninh

quip 1 *n* (*remark*) lời nhận xét dí dỏm **2** *v/i* nhận xét dí dỏm

quirky kỳ cục

quit 1 *v/t place, job etc* rời khỏi; **~ doing sth** ngừng làm gì **2** *v/i* (*leave job*) thôi việc; COMPUT ra khỏi

quite (*fairly*) khá; (*completely*) hẳn; **not ~ ready** chưa xong hẳn; **I didn't ~ understand** tôi không hiểu hẳn; **is that right? – not ~** điều đó có đúng không? – không đúng hẳn; **~!** đúng thế!; **~ a lot** khá nhiều; **it was ~ a surprise / change** một sự ngạc nhiên hết sức / thay đổi lớn lao

quits: **be ~ with s.o.** hết nợ nần với ai

quiver *v/i* (*of leaf*) rung rinh; (*of voice, hand*) run run

quiz 1 *n* cuộc thi đố **2** *v/t* vặn hỏi

quiz program chương trình thi đố

quota (*share*) phần; (*limited numbers allowed*) hạn ngạch

quotation (*from author*) lời trích dẫn; (*price*) bản báo giá; **give X a ~ for Y** đưa cho X bản báo giá về Y

quotation marks dấu ngoặc kép

quote 1 *n* (*from author*) lời trích dẫn; (*price*) bản báo giá; (*quotation mark*) dấu ngoặc kép **2** *v/t text* trích dẫn; *price* định giá **3** *v/i*: **~ from an author** trích dẫn tác giả

ơ u*r*	y (tin)	ây uh-i	iê i-uh	oa wa	ôi oy	uy wee	ong aong
u (soon)	au a-oo	eo eh-ao	iêu i-yoh	oai wai	ơi u*r*-i	ênh uhng	uyên oo-in
ư (dew)	âu oh	êu ay-oo	iu ew	oe weh	uê way	oc aok	uyêt oo-yit

R

rabbit con thỏ; (*food*) thịt thỏ
rabies bệnh dại
raccoon gấu trúc Mỹ
race[1] *n* (*of people*) chủng tộc
race[2] **1** SP cuộc đua; *the ~s*
(*horse ~s*) kỳ đua ngựa **2** *v/i* (*run
fast*) chạy nhanh; SP đua; *he ~d
through his meal/work* hắn ăn/
làm thật nhanh **3** *v/t*: *I'll ~ you* tôi
sẽ đua với anh/chị; *I'll ~ you over
a mile* tôi sẽ đua với anh/chị một
dặm
racecourse trường đua ngựa;
racehorse ngựa đua; **racetrack**
đường đua
racial chủng tộc; *~ equality* quyền
bình đẳng giữa các chủng tộc
racing cuộc đua
racing car xe đua
racing driver người đua ôtô
racism chủ nghĩa phân biệt chủng
tộc
racist 1 *n* kẻ phân biệt chủng tộc
2 *adj* phân biệt chủng tộc
rack 1 *n* (*for parking bikes*) giá để
xe đạp; (*for bags on train*) giá gác;
(*for CDs*) giá **2** *v/t*: *~ one's
brains* nặn óc
racket[1] SP vợt
racket[2] (*noise*) tiếng ầm ĩ; (*criminal
activity*) thủ đoạn làm tiền
radar ra đa
radiant *smile, appearance* rạng rỡ
radiate *v/i* (*of heat, light*) tỏa
radiation PHYS phóng xạ
radiator (*in room*) lò sưởi; (*in car*)
bộ tản nhiệt

radical 1 *adj treatment, changes*
triệt để; *difference, error* cơ bản;
POL: *views* cấp tiến **2** *n* POL phần
tử cấp tiến
radicalism POL thuyết cấp tiến
radically hoàn toàn
radio đài; (*means of
communication*) vô tuyến điện; *on
the ~* trên đài phát thanh; *by ~*
bằng vô tuyến điện
radioactive phóng xạ; **radioactivity**
tính phóng xạ; **radio alarm** đài
báo thức; **radio station** đài phát
thanh; **radio taxi** xe tắc xi có liên
lạc vô tuyến; **radiotherapy** phép
điều trị bằng tia X
radius bán kính
raffle *n* cuộc xổ số
raft bè
rafter rui nhà
rag (*for cleaning etc*) giẻ
rage 1 *n* cơn thịnh nộ; *be in a ~* nổi
cơn thịnh nộ; *all the ~* được hâm
mộ nhất **2** *v/i* (*of person*) nổi
xung; (*of storm*) hoành hành dữ
dội
ragged *edge* lởm chởm;
appearance, clothes rách rưới
raid 1 *n* (*by troops*) cuộc đột kích;
(*by police*) cuộc vây bắt; (*by
robbers*) vụ cướp; FIN mưu toan
của một công ty nhằm mua phần
lớn cổ phần của một công ty khác
để dành quyền kiểm soát nó **2** *v/t*
(*of troops*) đột kích; (*of police*) vây
ráp; (*of robbers*) cướp
raider (*on bank etc*) kẻ cướp

---

rail (*on track*) thanh ray; (*hand~*) tay vịn; (*for towel*) thanh mắc khăn tắm; **by ~** bằng xe lửa

railings (*around park etc*) hàng rào

railroad đường xe lửa

railroad station ga xe lửa

rain 1 *n* mưa; *in the ~* dưới mưa; *the ~s* mùa mưa **2** *v/i* mưa; *it's ~ing* trời đang mưa

rainbow cầu vồng; **raincheck: can I take a ~ on that?** việc này tôi hẹn đến lần sau được không?; **raincoat** áo mưa; **raindrop** giọt mưa; **rainfall** lượng mưa; **rain forest** rừng nhiệt đới; **rainstorm** mưa dông

rainy nhiều mưa; *it's ~* trời mưa nhiều

rainy season mùa mưa

raise 1 *n* (*in salary*) sự tăng **2** *v/t shelf etc* dựng lên; *offer* tăng lên; *children* nuôi dưỡng; *question* nêu; *money* thu góp

raisin nho khô

rake *n* (*for garden*) cái cào

rally *n* (*meeting, reunion*) cuộc mít tinh lớn; MOT cuộc đua ô tô đường trường; (*in tennis*) loạt đánh qua lại

♦ **rally around 1** *v/i* tập hợp lại **2** *v/t*: **~ s.o.** tập hợp lại xung quanh ai

RAM (= *random access memory*) RAM, bộ nhớ truy nhập ngẫu nhiên

ram 1 *n* cừu đực **2** *v/t ship, car* đâm vào

ramble 1 *n* (*walk*) cuộc đi dạo **2** *v/i* (*walk*) đi dạo; (*when speaking*) nói lan man; (*talk incoherently*) nói không mạch lạc

rambler (*walker*) người đi dạo

rambling 1 *n* (*walking*) cuộc đi dạo; (*in speech*) sự nói năng lan man

2 *adj speech* lan man

rambutan quả chôm chôm

ramp (*for airplane passengers*) thang máy bay; (*for raising vehicle*) cầu dốc

rampage sự hoành hành; **go on the ~** hoành hành đập phá

rampart thành lũy

ramshackle hư nát

ranch trại chăn nuôi

rancher chủ trại chăn nuôi

ranchhand công nhân làm việc tại trại

rancid *butter* trở mùi; *smell* ôi khét

rancor sự thù oán

R & D (= *research and development*) sự nghiên cứu và phát triển

random 1 *adj* ngẫu nhiên; **~ sample** mẫu lấy ngẫu nhiên **2** *n*: **at ~** bừa

range 1 *n* (*of products*) loạt; (*of missile, gun*) tầm bắn; (*of voice, vision*) tầm; (*of airplane*) tầm hoạt động; (*of mountains*) dãy **2** *v/i*: **~ from X to Y** nằm trong khoảng từ X đến Y

ranger (*forest ~*) người bảo vệ rừng; MIL biệt kích

rank 1 *n* cấp bậc; *the ~s* MIL lính thường **2** *v/t* xếp hạng

♦ **rank among** đứng vào hạng

ransack lục soát kỹ lưỡng

ransom *n* tiền chuộc; **hold s.o. to ~** bắt giữ ai để đòi tiền chuộc

rant: **~ and rave** nói lung tung

rap 1 *n* (*at door etc*) tiếng gõ khẽ; MUS nhạc rap **2** *v/t table etc* đập khẽ

♦ **rap at** *window etc* gõ

rape 1 *n* sự hiếp dâm **2** *v/t* hiếp dâm

rape victim nạn nhân vụ hiếp dâm

rapid nhanh

ơ u*r*	y (tin)	ây uh-i	iê i-uh	oa wa	ôi oy	uy wee	ong aong
u (soon)	au a-oo	eo eh-ao	iêu i-yoh	oai wai	ơi u*r*-i	ênh uhng	uyên oo-in
ư (dew)	âu oh	êu ay-oo	iu ew	oe weh	uê way	oc aok	uyêt oo-yit

rapidity sự nhanh chóng

rapids ghềnh

rapist kẻ hiếp dâm

rapture sự sung sướng vô ngần

rapturous *welcome, applause* rất nồng nhiệt

rare hiếm có; *steak* lòng đào

rarely hiếm khi

rarity (*unusual thing*) vật hiếm

rascal đứa trẻ tinh quái

rash¹ *n* MED chỗ phát ban

rash² *adj action, behavior* hấp tấp

raspberry (*fruit*) quả mâm xôi

rat *n* chuột; (*in Vietnamese zodiac*) Tý

rate 1 *n* (*of exchange*) tỷ giá; (*of pay*) mức; (*price*) giá; (*speed*) tốc độ; *the annual birth/death ~* tỷ lệ sinh đẻ/tử vong hàng năm; *~ of interest* FIN lãi suất; *at this ~* (*at this speed*) với tốc độ này; (*carrying on like this*) với cung cách này **2** *v/t* (*consider, rank*) xếp hạng

rather (*quite, fairly*) khá; *I would ~ stay here* tôi thích ở lại đây hơn; *or would you ~ ...?* hoặc anh/chị thích … hơn?

ration 1 *n* khẩu phần **2** *v/t supplies* định khẩu phần

rational *decision, argument* hợp lý; *person* biết điều

rationality tính hợp lý

rationalization (*of production etc*) sự hợp lý hóa

rationalize 1 *v/t production, company* hợp lý hóa; *emotions, one's actions etc* biện bạch **2** *v/i* lý sự

rat race sự vật lộn vì cuộc sống

rattan (*plant*) cây mây; (*material*) sợi mây

rattle 1 *n* (*noise*) tiếng lách cách; (*toy*) cái lúc lắc **2** *v/t chains etc* làm kêu lách cách **3** *v/i* (*of chains etc*) kêu lách cách; (*of crates*) lọc xọc

♦ **rattle off** *poem, list of names* đọc liến thoắng

rattlesnake rắn đuôi kêu

ravage: *~d by war* bị chiến tranh tàn phá

rave *v/i* (*talk deliriously*) nói sảng; (*talk wildly*) nói điên cuồng; *~ about sth* (*speak with great enthusiasm*) nói say mê về điều gì; (*write with great enthusiasm*) viết say mê về điều gì

raven con quạ

ravenous *appetite* đói cồn cào

ravine hẻm núi

raving: *~ mad* điên hẳn

ravishing mê hồn

raw *meat, vegetable* sống; *sugar, iron* thô

raw materials (*for production*) nguyên liệu

ray tia; *a ~ of hope* một tia hy vọng

razor dao cạo

razor blade lưỡi dao cạo

re COM về

reach 1 *n*: *within ~* (*objects*) trong tầm tay; (*stores, bus station*) dễ đi tới; *out of ~* ngoài tầm tay **2** *v/t city etc* tới; (*go as far as*) dài tới; *decision, agreement, conclusion* đạt tới

♦ **reach out** với tay

react phản ứng

reaction sự phản ứng

reactionary POL **1** *n* phần tử phản động **2** *adj* phản động

reactor (*nuclear*) lò phản ứng hạt nhân

read 1 *v/t also* COMPUT đọc **2** *v/i* đọc; *~ to s.o.* đọc cho ai nghe

♦ **read out** *v/t* (*aloud*) đọc to

♦ **read up on** nghiên cứu về

readable *handwriting* có thể đọc

---

ch (*final*) k	**gh** g	**nh** (*final*) ng	**r** z; (*S*) r	**x** s	**â** (but)	**i** (tin)
d z; (*S*) y	**gi** z; (*S*) y	**ph** f	**th** t	**a** (hat)	**e** (red)	**o** (saw)
đ d	**nh** (onion)	**qu** kw	**tr** ch	**ă** (hard)	**ê** ay	**ô** oh

được

reader (*person*) người đọc

readily *admit, agree* sẵn lòng

readiness (*for action*) tình trạng sẵn sàng; (*willingness*) sự sẵn lòng

reading (*activity*) sự đọc sách báo; (*from meter etc*) sự ghi số

reading matter sách báo

readjust 1 *v/t equipment, controls* điều chỉnh 2 *v/i* (*to conditions*) thích ứng

read-only file COMPUT tệp chỉ đọc

read-only memory COMPUT bộ nhớ chỉ đọc

ready (*prepared*) sẵn sàng; (*willing*) sẵn lòng; **get** (**oneself**) **~** chuẩn bị sẵn sàng; **get sth ~** sửa soạn gì sẵn sàng

ready-made *stew etc* nấu sẵn; *suit, curtains* may sẵn; *solution* có sẵn

ready-to-wear may sẵn

real thật; (*for emphasis*) thật sự; **he's a ~ genius** anh ấy là một thiên tài thật sự

real estate bất động sản

real estate agent người kinh doanh bất động sản

realism tính thực tế

realist người thực tế

realistic thực tế

reality thực tế

realization (*of goal, dream etc*) sự thực hiện; (*awareness*) sự nhận thức

realize *v/t truth, importance etc* nhận thức được; *goal, dream etc* thực hiện được; FIN bán được; **I ~ now that ...** bây giờ tôi hiểu ra rằng ...

really thực sự; **~?** thực vậy sao?; **not ~** (*not much*) không nhiều lắm

real time *n* COMPUT thời gian thực

real-time *adj* COMPUT thời gian thực

realtor người kinh doanh bất động

sản

reap thu hoạch

reappear lại hiện ra

rear 1 *n* phía sau 2 *adj legs, wheels, lights* sau 3 *v/t livestock* chăn nuôi

rearm *v/t & v/i* tái vũ trang

rearmost sau cùng

rearrange *flowers etc* cắm lại; *furniture etc* sắp xếp lại; *schedule, meetings* sắp đặt lại

rear-view mirror gương chiếu hậu

reason 1 *n* (*faculty*) lý trí; (*cause*) lý do 2 *v/i*: **~ with s.o.** tranh luận với ai

reasonable *behavior* hợp lý; *person* biết điều; *price, quality* phải chăng; **a ~ number of people** khá nhiều người

reasonably *act, behave* hợp lý; (*quite*) khá

reassure làm yên tâm

reassuring làm yên tâm

rebate (*money back*) số tiền được trả lại

rebel *n* kẻ phiến loạn; **~ troops** quân phiến loạn

rebellion cuộc nổi loạn

rebellious bất trị

rebound *v/i* (*of ball etc*) nẩy lại

rebuff *n* sự cự tuyệt

rebuild xây dựng lại

rebuke *v/t* khiển trách

recall *v/t ambassador* gọi về; (*remember*) nhớ lại

recapture 1 *n* MIL sự chiếm lại 2 *v/t criminal, animal* bắt lại; *town, position* chiếm lại

receding: **he has a ~ hairline** anh ấy bị hói trán

receipt (*for goods*) giấy biên nhận; **acknowledge ~ of sth** báo đã nhận được gì; **~s** FIN số thu

receive nhận được

receiver (*of letter*) người nhận;

ơ ur	y (tin)	ây uh-i	iê i-uh	oa wa	ôi oy	uy wee	ong aong
u (soon)	au a-oo	eo eh-ao	iêu i-yoh	oai wai	ơi ur-i	ênh uhng	uyên oo-in
ư (dew)	âu oh	êu ay-oo	iu ew	oe weh	uê way	oc aok	uyêt oo-yit

TELEC ống nghe; (*for radio*) máy thu

receivership: *be in ~* dưới sự kiểm soát của người quản lý tài sản

recent gần đây

recently gần đây

reception (*in hotel, company*) phòng lễ tân; (*formal party*) cuộc chiêu đãi; (*welcome*) sự đón tiếp; (*for radio, mobile phone*) sự thu

reception desk quầy lễ tân

receptionist nhân viên lễ tân

receptive: *be ~ to sth* dễ tiếp thu điều gì

recess (*in wall etc*) hốc; EDU giờ giải lao; (*of parliament*) thời gian ngừng họp

recession (*economic*) tình trạng suy thoái

recharge *battery* nạp lại

recipe công thức nấu nướng

recipient (*of payment, parcel etc*) người nhận

reciprocal lẫn nhau

recital MUS cuộc biểu diễn độc tấu

recite *poem* ngâm; *details, facts* kể lại

reckless thiếu thận trọng

reckon (*think, consider*) cho rằng

♦ **reckon with**: *have s.o. / sth to ~* cần phải tính đến ai / gì

reclaim *land from sea* khai khẩn

recline *v/i* ngả mình

recluse người ẩn dật

recognition (*of state, s.o.'s achievements*) sự công nhận; *changed beyond ~* biến đổi đến nỗi không nhận ra được nữa

recognizable có thể nhận ra

recognize *person, voice, tune, symptoms* nhận ra; POL: *state* công nhận; *it can be ~d by ...* có thể nhận ra điều đó nhờ ...

recollect nhớ lại

recollection sự nhớ lại; *~s* kỷ niệm

recommend *person, hotel, book etc* giới thiệu; (*advise*) khuyên

recommendation lời khuyên; (*by employer, referee*) thư giới thiệu

recompense 1 *n* (*reward*) vật thưởng; LAW vật bồi thường **2** *v/t* (*reward*) thưởng; LAW bồi thường

reconcile *people* hòa giải; *differences* điều hòa; *~ sth with sth* làm gì cho nhất trí với gì; *~ oneself to ...* cam chịu ...; *be ~d* (*of two people*) hòa giải

reconciliation (*of people, differences*) sự hòa giải; (*of differences*) sự điều hòa

recondition sửa mới

reconnaissance MIL sự trinh sát

reconsider *v/t & v/i* xem xét lại

reconstruct *city* xây dựng lại; *one's life* làm lại; *crime* diễn lại

record 1 *n* MUS đĩa hát; SP *etc*, (*in database*) kỷ lục; (*written document etc*) hồ sơ; *~s* hồ sơ; *say sth off the ~* nói điều gì một cách không chính thức; *have a criminal ~* có tiền án; *have a good ~ for sth* có thành tích tốt về gì **2** *v/t* (*on tape etc*) thu

record-breaking phá kỷ lục

recorder MUS ống tiêu

record holder người giữ kỷ lục

recording sự ghi âm

recording studio phòng ghi âm

record player máy quay đĩa

recoup *financial losses* lấy lại được

recover 1 *v/t sth lost, stolen goods, composure* lấy lại được **2** *v/i* (*from illness*) bình phục

recovery (*of sth lost, stolen goods*) sự lấy lại lại được; (*from illness*) sự bình phục; *he has made a good ~* anh ấy đã bình phục nhiều

recreation sự giải trí

ch (*final*) k	**gh** g	**nh** (*final*) ng	**r** z; (*S*) r	**x** s	**â** (but)	**i** (tin)
d z; (*S*) y	**gi** z; (*S*) y	**ph** f	**th** t	**a** (hat)	**e** (red)	**o** (saw)
đ d	**nh** (onion)	**qu** kw	**tr** ch	**ă** (hard)	**ê** ay	**ô** oh

recruit 1 *n* MIL tân binh; (*to company*) thành viên mới **2** *v/t new staff* tuyển mộ

recruitment sự tuyển mộ

recruitment drive cuộc vận động tuyển mộ

rectangle hình chữ nhật

rectangular hình chữ nhật

recuperate hồi phục

recur tái diễn

recurrent tái diễn đều

recycle tái sinh

recycling sự tái sinh

red 1 *adj* đỏ; *hair* hung đỏ **2** *n*: **in the ~** nợ

Red Cross Hội Chữ thập đỏ, Hội Hồng thập tự (*S*)

redden *v/i* (*blush*) đỏ mặt

redecorate *v/t* trang trí lại

redeem *debt* trả hết

redeeming: **~ feature** điều bù lại

redevelop *part of town* qui hoạch lại

red-handed: **catch s.o. ~** bắt quả tang ai; **redhead** người tóc đỏ; **red-hot** đỏ rực; *enthusiasm, passion* nồng nhiệt; *story, news* nóng hổi; **red light** (*at traffic light*) đèn đỏ; **red light district** khu làng chơi; **red meat** thịt đỏ; **redneck** *tầng lớp công nhân có quan điểm chính trị phản động*; **red pepper** ớt ngọt đỏ; **Red River** sông Hồng; **Red River Delta** châu thổ sông Hồng; **Red River Gorge** Ngã ba sông Hồng; **red tape** tệ quan liêu

reduce giảm

reduction sự giảm

redundancy *Br* (*at work*) tình trạng bị sa thải; **there were many redundancies** có nhiều công nhân bị sa thải

redundant (*unnecessary*) thừa; **be made ~** *Br* (*at work*) bị sa thải

reed BOT sậy

reef (*in sea*) đá ngầm

reef knot nút kép

reek *v/i* nồng nặc; **~ of ...** nặc mùi …

reel *n* (*of film, thread*) cuộn

refer *v/t*: **~ a decision / problem to s.o.** chuyển một quyết định / vấn đề đến ai xử lý

♦ **refer to** (*allude to*) ám chỉ; *dictionary etc* tra

referee SP trọng tài; (*for job*) người chứng nhận

reference (*allusion*) sự ám chỉ; (*for job*) giấy chứng nhận; (*~ number*) ký hiệu; **with ~ to** về

reference book sách tham khảo

referendum cuộc trưng cầu dân ý

refill *v/t glass* rót đầy lại; *tank* làm đầy lại

refine *sugar* tinh chế; *oil* lọc; *technique* cải tiến

refined *manners* tao nhã; *language* lịch sự

refinery (*for oil*) nhà máy lọc; (*for sugar*) nhà máy tinh chế

reflation sự phục hồi hệ thống tiền tệ

reflect 1 *v/t light* phản chiếu; **be ~ed in ...** phản chiếu trên ... **2** *v/i* (*think*) suy nghĩ

reflection (*in water, glass*) sự phản chiếu; (*consideration*) sự suy nghĩ

reflex (*in body*) phản xạ

reflex reaction phản ứng không tự chủ

reform 1 *n* sự cải cách **2** *v/t* cải cách

refrain[1] *v/i* kiềm chế; **please ~ from smoking** làm ơn cố nhịn hút thuốc

refrain[2] *n* (*in song, poem*) điệp khúc

refresh *person* làm tỉnh táo; **feel ~ed** cảm thấy tỉnh táo lại

---

ơ u r	**y** (tin)	**ây** uh-i	**iê** i-uh	**oa** wa	**ôi** oy	**uy** wee	**ong** aong
u (soon)	**au** a-oo	**eo** eh-ao	**iêu** i-yoh	**oai** wai	**ơi** ur-i	**ênh** uhng	**uyên** oo-in
ư (dew)	**âu** oh	**êu** ay-oo	**iu** ew	**oe** weh	**uê** way	**oc** aok	**uyêt** oo-yit

refresher course lớp bồi dưỡng
refreshing *drink* làm tỉnh táo, thú vị
refreshments các món ăn nhẹ
refrigerate ướp lạnh
refrigerator tủ lạnh
refuel *v/t & v/i airplane* tiếp nhiên liệu
refuge nơi ẩn náu; *take* ~ (*from storm etc*) ẩn náu
refugee người tị nạn
refugee camp trại tị nạn
refund 1 *n* tiền hoàn lại **2** *v/t* hoàn lại
refusal sự từ chối
refuse *v/t* từ chối; ~ *to do sth* từ chối không làm gì
regain *control, lost territory, the lead* lấy lại
regard 1 *n*: *have great* ~ *for s.o.* rất kính trọng ai; *in this* ~ về mặt này; *with* ~ *to* về; (*kind*) ~*s* lời chúc tốt đẹp; *please give my* ~*s to Lan* xin gửi lời chào của tôi tới Lan; *with no* ~ *for ...* không quan tâm đến ... **2** *v/t*: ~ *s.o. / sth as s.o. / sth* coi ai/gì như ai/gì; *as* ~*s ...* về ...
regarding về
regardless bất chấp; ~ *of* bất chấp
regime chế độ
regiment *n* trung đoàn
region (*of country, city*) vùng; *in the* ~ *of* (*approximately*) khoảng
regional khu vực
register 1 *n* sổ **2** *v/t birth, death, vehicle* đăng ký; *letter* gửi đảm bảo; *emotion* biểu lộ; *send a letter* ~*ed* gửi bức thư đảm bảo **3** *v/i* (*at university, for a course*) ghi tên; (*with police*) đăng ký
registered letter thư bảo đảm
registration (*at university, for course*) việc ghi tên
regret 1 *v/t* hối tiếc; *I* ~ *that I*

cannot help tôi lấy làm tiếc là tôi không thể giúp đỡ; *it is to be* ~*ted that ...* điều đáng tiếc là ... **2** *n* sự hối tiếc
regrettable đáng tiếc
regrettably thật đáng tiếc là
regular 1 *adj flights* thường kỳ; *intervals, pattern, shape* đều đặn; *habits* thường lệ; *soldier, army* chính quy; *situation* hợp thức; (*normal, ordinary*) thông thường **2** *n* (*in bar etc*) khách thường xuyên
regulate điều chỉnh
regulation (*rule*) qui tắc
rehabilitate *ex-criminal* phục hồi; *disabled* phục hồi chức năng
rehearsal sự diễn tập
rehearse *v/t & v/i* diễn tập
reign 1 *n* triều đại **2** *v/i* trị vì
reimburse hoàn lại
rein dây cương
reincarnation sự hiện thân, sự đầu thai
reinforce *structure, beliefs* củng cố
reinforced concrete bê tông cốt sắt
reinforcements MIL quân tiếp viện
reinstate *person in office* phục hồi chức vị; *paragraph in text* lấy lại
reject *v/t proposal, request* bác bỏ; *goods, applicant* loại bỏ
rejection sự bác bỏ
relapse *n* MED sự tái phát; *have a* ~ bị cơn tái phát
relate 1 *v/t* liên hệ; ~ *X to Y* liên hệ X với Y **2** *v/i*: ~ *to ...* (*be connected with*) liên quan tới; *he doesn't* ~ *to people* anh ấy không hòa hợp được với mọi người
related (*by family*) có họ hàng; *events, ideas etc* có liên quan
relation (*in family*) quan hệ họ hàng; (*connection*) mối quan hệ;

ch (*final*) k	gh g	nh (*final*) ng	r z; (*S*) r	x s	â (but)	i (tin)
đ z; (*S*) y	gi z; (*S*) y	ph f	th t	a (hat)	e (red)	o (saw)
đ d	nh (onion)	qu kw	tr ch	ă (hard)	ê ay	ô oh

business/**diplomatic** ~**s** quan hệ kinh doanh/ngoại giao

relationship (*connection*) mối quan hệ; (*sexual*) quan hệ tình dục

relative 1 *n* thân thuộc **2** *adj* tương đối; **X is ~ to Y** X có liên quan với Y

relatively tương đối

relax 1 *v/i* thư giãn; ~**!, don't get angry** thôi nguôi đi!, đừng có giận **2** *v/t muscle* thư giãn; *pace of work* giảm

relaxation sự nghỉ ngơi

relay 1 *v/t message* chuyển tiếp; *radio, TV signals* tiếp phát **2** *n*: ~ (**race**) cuộc đua tiếp sức

release 1 *n* (*from prison*) sự thả; (*of CD etc*) sự phát hành **2** *v/t prisoner* thả; *parking brake* nhả; *information* phát ra; *bomb* ném; ~ **s.o. from a promise** miễn cho ai khỏi phải thực hiện một lời hứa

relent bớt nghiêm khắc

relentless (*determined*) không nao núng; *rain etc* không ngớt

relevance sự liên quan

relevant có liên quan

reliability tính đáng tin cậy

reliable đáng tin cậy

reliably một cách đáng tin cậy; **I am ~ informed that ...** tôi được thông báo từ một nguồn tin đáng tin cậy rằng …

reliance sự tin cậy; ~ **on s.o.**/**sth** sự tin cậy vào ai/gì

relic di vật

relief sự khuây khỏa; **that's a ~** thật là nhẹ cả người; **in ~** (*in art*) nổi

relieve *pressure, pain* giảm bớt; (*take over from*) thay phiên; **be ~d** (*at news etc*) cảm thấy nhẹ nhõm

religion tôn giáo

religious tôn giáo; **a very ~ person** một người rất sùng đạo

religiously (*conscientiously*) một cách cẩn thận

relish 1 *n* (*sauce*) nước sốt **2** *v/t idea, prospect* thích thú

relive *the past, an event* hồi tưởng

relocate *v/i* (*of business, employee*) di chuyển

reluctance sự miễn cưỡng

reluctant miễn cưỡng; **be ~ to do sth** miễn cưỡng làm gì

reluctantly một cách miễn cưỡng

♦**rely on** dựa vào; ~ **s.o. to do sth** dựa vào ai để làm gì

remain (*be left*) còn lại; (*stay*) ở lại

remainder (*rest*) phần còn lại; MATH số dư

remains (*of body*) thi hài

remand 1 *v/t*: ~ **s.o. in custody** đưa trả ai về trại giam **2** *n*: **be on ~** bị tạm giam

remark 1 *n* sự nhận xét **2** *v/t* nhận xét

remarkable đáng chú ý

remarkably đặc biệt

remarry *v/i* tái hôn

remedy *n* (*method of treatment*) cách điều trị; (*medicine*) thuốc; *fig* biện pháp khắc phục

remember 1 *v/t* nhớ; ~ **to lock the door** nhớ khóa cửa đấy; ~ **me to her** chuyển giúp tôi lời chào cô ấy **2** *v/i* nhớ; **I don't ~** tôi không nhớ

remind: ~ **s.o. of sth** (*bring to their attention*) nhắc nhở ai điều gì; (*make think of*) làm ai nhớ lại điều gì; ~ **s.o. of s.o.** làm ai nhớ lại ai

reminder điều nhắc nhở; COM (*for payment*) giấy nhắc trả tiền

reminisce hồi tưởng

reminiscent: **be ~ of sth** gợi nhớ lại điều gì

remnant (*of old city etc*) dấu tích;

ơ ur	y (tin)	ây uh-i	iê i-uh	oa wa	ôi oy	uy wee	ong aong
u (soon)	au a-oo	eo eh-ao	iêu i-yoh	oai wai	ơi ur-i	ênh uhng	uyên oo-in
ư (dew)	âu oh	êu ay-oo	iu ew	oe weh	uê way	oc aok	uyêt oo-yit

(*of old custom*) tàn dư

remorse sự hối hận

remorseless *person* tàn nhẫn; *pace, demands* ráo riết

remote *village* xa xôi; *possibility, connection* mỏng manh; (*aloof*) hờ hững; *ancestor* xa xưa

remote access COMPUT truy nhập từ xa

remote control điều khiển từ xa

remotely *related, connected* rất ít; *just ~ possible* chỉ hơi có chút ít khả năng

removal (*of garbage*) sự dọn dẹp; (*of demonstrators*) sự giải tán; (*of tumor etc*) sự cắt bỏ; (*of lid*) sự mở; (*of clothes*) sự cởi; (*of doubt*) sự xóa tan

remove *feet, hand etc* thu; *dishes, garbage* dọn; *demonstrators* giải tán; *tumor, organ* cắt bỏ; *top, lid* mở; *clothes, shoes, hat etc* cởi; *doubt, suspicion* xóa tan

remuneration tiền trả công

remunerative được trả hậu

rename đặt tên mới

render *service* đáp lại; *~ s.o. homeless* làm ai trở nên vô gia cư

rendering (*of piece of music*) trình diễn

rendez-vous (*place*) nơi hẹn gặp; (*meeting*) cuộc hẹn; MIL nơi tập kết

renew *contract, license* gia hạn; *discussions* tiếp tục lại; *feel ~ed* cảm thấy hồi phục

renewal (*of contract etc*) sự gia hạn; (*of discussions*) sự tiếp tục lại

renounce *v/t title, rights* từ bỏ

renovate trùng tu

renovation việc trùng tu

renovation policy chính sách đổi mới

renown danh tiếng

renowned nổi tiếng

rent 1 *n* tiền thuê; *for ~* cho thuê **2** *v/t apartment, car, equipment* thuê; (*~ out*) cho thuê

rental (*money paid*) số tiền thuê

rental agreement hợp đồng thuê

rental car xe cho thuê

rent-free *adv* thuê miễn phí

reopen 1 *v/t business, store, negotiations* mở lại; LAW: *case* bắt đầu lại **2** *v/i* (*of theater etc*) khai diễn lại

reorganization (*of business*) việc tổ chức lại; (*of room, schedule*) sự sắp xếp lại

reorganize *business* tổ chức lại; *room, schedule* sắp xếp lại

rep COM đại diện

repaint sơn lại

repair 1 *v/t* sửa chữa **2** *n* việc sửa chữa; *in a good / bad state of ~* trong tình trạng tốt / xấu

repairman người sửa chữa

repatriate hồi hương

repay *money* trả lại; *person* đền đáp

repayment sự trả lại

repeal *v/t law* hủy bỏ

repeat 1 *v/t sth said* nhắc lại; *word, performance, experience* lặp lại; *am I ~ing myself?* tôi lặp đi lặp lại chăng? **2** *v/i* nhắc lại; *I ~, do not touch it* tôi nhắc lại: đừng đụng vào đó **3** *n* (*TV program etc*) chương trình phát lại

repeat business COM vụ làm ăn tiếp

repeated *occasions, requests* liên tiếp

repeat order COM đơn đặt hàng tiếp

repel *v/t invaders, attack* đẩy lùi; *insects* đuổi; (*disgust*) làm kinh tởm

repellent 1 *n* (*insect ~*) thuốc đuổi

ch (*final*) k	**gh** g	**nh** (*final*) ng	**r** z; (*S*) r	**x** s	**â** (but) **i** (tin)
d z; (*S*) y	**gi** z; (*S*) y	**ph** f	**th** t	**a** (hat)	**e** (red) **o** (saw)
đ d	**nh** (onion)	**qu** kw	**tr** ch	**ă** (hard)	**ê** ay **ô** oh

côn trùng **2** *adj* kinh tởm

repent ăn năn

repercussions hậu quả

repetition (*of word, event etc*) sự lặp lại; (*repeating things*) điều lặp lại

repetitive lặp đi lặp lại

replace (*put back*) đặt lại; (*take the place of*) thay thế

replacement (*person*) người thay thế; (*thing*) vật thay thế

replacement part bộ phận thay thế

replay 1 *n* (*recording*) đoạn quay chậm; (*match*) trận đấu lại **2** *v/t match* đấu lại

replica bản sao

reply 1 *n* sự trả lời **2** *v/t & v/i* trả lời

report 1 *n* (*account*) bản báo cáo; (*by journalist*) bài tường thuật **2** *v/t facts* tường thuật; (*to authorities*) trình báo; **~ one's findings to s.o.** báo cáo với ai các phát hiện của mình; **~ a person to the police** tố cáo một người với cảnh sát; **he is ~ed to be in Hong Kong** có tin đồn là anh ấy đang ở Hồng Kông **3** *v/i* (*of journalist*) đưa tin; (*present oneself*) trình diện

♦ **report to** (*in business*) chịu trách nhiệm trước …

report card EDU bản thành tích học tập

reporter phóng viên

repossess COM lấy lại quyền sở hữu

reprehensible đáng khiển trách

represent (*act for*) đại diện cho; (*of images in painting etc*) tượng trưng

representative 1 *n* người đại diện; COM đại diện; POL đại biểu **2** *adj* (*typical*) tiêu biểu

repress *revolt* đàn áp; *feelings, natural urges* ghìm nén; *laugh* nhịn

repression POL cuộc đàn áp

repressive POL đàn áp

reprieve 1 *n* LAW lệnh hoãn thi hành án; *fig* sự tạm hoãn **2** *v/t prisoner* hoãn thi hành án

reprimand *v/t* khiển trách

reprint 1 *n* sự tái bản **2** *v/t* tái bản

reprisal sự trả đũa; **take ~s** trả đũa

reproach 1 *n* sự trách mắng; **be beyond ~** không thể chê trách **2** *v/t* trách

reproachful có ý chê trách

reproduce 1 *v/t atmosphere, mood* làm sống lại **2** *v/i* BIO sinh sản

reproduction BIO sự sinh sản; (*of sound*) sự phát lại âm; (*of images*) sự sao lại; (*piece of furniture*) mô phỏng

reproductive BIO sinh sản

reptile loài bò sát

republic nước cộng hòa

republican 1 *n* người theo đảng cộng hòa; **Republican** đảng viên đảng Cộng hòa **2** *adj* cộng hòa

repudiate (*deny*) bác bỏ

repulsive ghê tởm

reputable có uy tín

reputation danh tiếng; **have a good/bad ~** nổi tiếng tốt/xấu

request 1 *n* lời thỉnh cầu; **on ~** theo yêu cầu **2** *v/t* yêu cầu

require (*need*) cần đến; **it ~s great care** cần phải rất cẩn thận; **as ~d by law** như pháp luật qui định; **guests are ~d to …** đề nghị các vị khách …

required (*necessary*) cần thiết; **the ~ amount of …** số lượng cần thiết …; **it is ~ reading** bắt buộc phải đọc

requirement (*need*) nhu cầu; (*condition*) yêu cầu

reroute *airplane etc* đổi lộ trình

rerun *tape* chạy lại

rescue 1 *n* sự cứu; **come to s.o.'s**

ơ ur	y (tin)	ây uh-i	iê i-uh	oa wa	ôi oy	uy wee	ong aong
u (soon)	au a-oo	eo eh-ao	iêu i-yoh	oai wai	ơi ur-i	ênh uhng	uyên oo-in
ư (dew)	âu oh	êu ay-oo	iu ew	oe weh	uê way	oc aok	uyêt oo-yit

~ cứu ai **2** *v/t* cứu
rescue party đội cấp cứu
research *n* sự nghiên cứu
♦**research into** nghiên cứu về
research and development sự nghiên cứu và phát triển
research assistant trợ lý nghiên cứu
researcher nhà nghiên cứu
research project dự án nghiên cứu
resemblance sự giống nhau
resemble giống
resent bực tức
resentful bực tức
resentment sự bực tức
reservation (*of room, table*) sự đặt trước; (*mental*) điều dè dặt; (*special area*) vùng đặc cư; **I have a ~** tôi có đặt chỗ trước
reserve 1 *n* (*store*) sự dự trữ; (*aloofness*) sự dè dặt; SP cầu thủ dự bị; **~s** FIN dự trữ; **keep sth in ~** dự trữ gì **2** *v/t seat, table* đặt trước; *judgment* giữ lại
reserved *person, manner* dè dặt; *table, seat* được đặt trước
reservoir (*for water*) hồ chứa
reside cư trú
residence (*house etc*) dinh thự; (*stay*) cư trú
residence permit giấy phép cư trú
resident 1 *n* (*in town, district, street*) cư dân; (*in hotel*) khách trọ **2** *adj* (*living in a building*) cư dân
residential *district* cư dân
residue cặn
resign 1 *v/t position* từ chức; **~ oneself to** cam chịu **2** *v/i* (*from job*) từ chức
resignation (*from job*) sự từ chức; (*mental*) sự cam chịu
resigned cam chịu; **we have become ~ to the fact that ...** chúng tôi đành cam chịu là ...

resilient *personality* mau phục hồi; *material* đàn hồi
resin nhựa thông
resist 1 *v/t enemy, s.o.'s advances, new measures* chống lại; *temptation* cưỡng lại **2** *v/i* chống cự
resistance (*to enemy*) sự chống cự; (*to new laws*) sự chống đối; (*to disease, heat etc*) sức đề kháng; ELEC điện trở; **the Resistance** POL phong trào kháng chiến; **air ~** sức cản của không khí; **market ~** tình trạng thị trường không chấp nhận
resistant *material* bền; **~ to heat/ rust** chịu nhiệt/không gỉ
resolute kiên quyết
resolution (*decision*) nghị quyết; (*determination*) quyết tâm; (*of problem*) giải pháp; (*of image*) độ phân giải
resolve *problem, doubts etc* giải quyết; **~ to do sth** quyết tâm làm gì
resort *n* (*place*) nơi nghỉ; **as a last ~** như là phương sách cuối cùng
resounding *success, victory* vang dội
resource nguồn
resourceful cơ trí
respect 1 *n* (*for people*) sự kính trọng; (*considerateness*) sự tôn trọng; **show ~ to** tỏ ra tôn trọng; **with ~ to** đối với; **in this/that ~** về mặt này/kia; **in many ~s** về nhiều điểm; **pay one's last ~s to s.o.** đến chào vĩnh biệt ai **2** *v/t person, s.o.'s opinion, privacy, law* tôn trọng
respectable đứng đắn
respectful kính cẩn
respectfully kính cẩn
respective riêng từng; **they each returned to their ~ countries** bọn họ ai trở về nước người ấy

ch (*final*) k	**gh** g	**nh** (*final*) ng	**r** z; (*S*) r	**x** s	**â** (but)	**i** (tin)
d z; (*S*) y	**gi** z; (*S*) y	**ph** f	**th** t	**a** (hat)	**e** (red)	**o** (saw)
đ d	**nh** (onion)	**qu** kw	**tr** ch	**ă** (hard)	**ê** ay	**ô** oh

respectively theo thứ tự đã nói

respiration sự hô hấp

respirator MED máy hô hấp nhân tạo

respite nghỉ ngơi; *without* ~ không ngừng

respond (*answer*) trả lời; (*react*) đáp lại; ~ *to* *treatment* đáp ứng

response (*answer*) câu trả lời; (*reaction*) phản ứng

responsibility trách nhiệm; *accept* ~ *for* chịu trách nhiệm; *a job with more* ~ một việc làm với nhiều trách nhiệm hơn

responsible (*to blame*) chịu trách nhiệm; (*liable, for children, production etc*) phải chịu trách nhiệm; (*trustworthy, showing seriousness*) có tinh thần trách nhiệm; (*involving responsibility*: *job*) đầy trọng trách

responsive *audience* nhiệt tình; *brakes* ăn

rest[1] **1** *n* sự nghỉ ngơi; *I need a* ~ cần sự nghỉ ngơi **2** *v/i* nghỉ; ~ *on ...* (*be based on*) dựa trên ...; (*lean against*) dựa vào ...; *it all* ~*s with him* mọi sự đều tùy thuộc vào anh ấy **3** *v/t* (*lean, balance etc*) dựa

rest[2] *n*: *the* ~ phần còn lại

restaurant tiệm ăn

restaurant car toa ăn

rest cure sự chữa bệnh bằng nghỉ ngơi

rest home nhà dưỡng lão

restless hiếu động; *have a* ~ *night* qua một đêm trằn trọc

restoration việc trùng tu

restore *building etc* trùng tu

restrain *dog, troops* ghìm giữ; *emotions* kiềm chế; ~ *oneself* tự kiềm chế

restraint (*moderation*) sự kiềm chế

restrict hạn chế; *I'll* ~ *myself to ...* tôi sẽ tự giới hạn chỉ ...

restricted *view* hạn chế; *sense* hẹp

restricted area MIL vùng cấm

restriction hạn chế

rest room nhà vệ sinh

result *n* kết quả; *as a* ~ *of this* do đó

♦**result from** là kết quả của

♦**result in** dẫn đến

resume *v/t* lại tiếp tục

résumé (*of career*) sơ yếu lý lịch

resurface 1 *v/t road* rải lại **2** *v/i* (*reappear*) lại xuất hiện

resurrection REL sự phục sinh

resuscitate làm tỉnh lại

retail 1 *adv* lẻ **2** *v/i* bán lẻ; ~ *at ...* bán lẻ với giá ...

retailer người bán lẻ

retail price giá bán lẻ

retain giữ lại

retainer FIN tiền trả trước

retaliate trả đũa

retaliation sự trả đũa

retarded (*mentally*) chậm phát triển

retire *v/i* (*from work*) về hưu

retired về hưu

retirement sự về hưu

retirement age tuổi về hưu

retiring (*shy*) nhút nhát

retort 1 *n* lời vặn lại **2** *v/i* vặn lại

retrace *footsteps* trở lại

retract *v/t claws, undercarriage* co lại; *statement* rút lại

retreat 1 *v/i* MIL, (*in discussion etc*) rút lui **2** *n* MIL cuộc rút lui; (*place*) nơi ẩn dật

retrieve tìm lại được

retriever (*dog*) chó tha mồi

retroactive *law etc* có hiệu lực trở về trước

retrograde *move, decision* thụt lùi

retrospect : *in* ~ nhìn lại việc đã

ơ ur	y (tin)	ây uh-i	iê i-uh	oa wa	ôi oy	uy wee	ong aong
u (soon)	au a-oo	eo eh-ao	iêu i-yoh	oai wai	ơi ur-i	ênh uhng	uyên oo-in
ư (dew)	âu oh	êu ay-oo	iu ew	oe weh	uê way	oc aok	uyêt oo-yit

qua

retrospective *n* cuộc triển lãm quá khứ sáng tác

return 1 *n* (*coming back, going back*) sự trở về; (*giving back*) sự trả lại; COMPUT phím enter; (*in tennis*) cú đánh trả; **by ~** (**of post**) bằng chuyến thư tới; **~s** (*profit*) tiền lời; **many happy ~s** (**of the day**) chúc mừng sinh nhật **2** *v/t* (*give back*) trả lại; (*put back*) để lại; *favor, invitation* đáp lại **3** *v/i* (*go back, come back*) trở về; (*of good times, doubts etc*) trở lại

returnee quân nhân phục viên

return flight chuyến bay trở về

return journey chuyến về

reunification sự thống nhất lại

reunion cuộc họp mặt

reunite *v/t old friends* đoàn tụ; *country* thống nhất lại

reusable dùng lại được

reuse dùng lại

rev *n* vòng quay; **~s per minute** vòng quay/phút

♦**rev up** *v/t engine* cho quay nhanh

revaluation (*of currency*) sự nâng giá

reveal (*make visible*) để lộ ra; (*make known*) tiết lộ

revealing *remark* bộc lộ; *dress* hở hang

revelation sự phát giác

revenge *n* sự trả thù; **take one's ~** trả thù

revenue thu nhập

reverberate (*of sound*) vang dội

revere tôn sùng

Reverend Đức cha

reverent cung kính

reverse 1 *adj sequence* ngược lại **2** *n* (*opposite*) điều trái ngược; (*back*) mặt sau; MOT số lùi **3** *v/t sequence* đảo ngược; *vehicle* lùi

4 *v/i* MOT lùi xe

review 1 *n* (*of book, movie*) bài phê bình; (*of troops*) cuộc duyệt binh; (*of situation etc*) việc xem xét lại **2** *v/t book, movie* phê bình; *troops* duyệt; *situation etc* xem xét lại; (*for exam*) ôn tập

reviewer (*of book, movie*) nhà phê bình

revise *v/t opinion, text* sửa lại

revision (*of opinion, text*) việc sửa lại

revisionism POL chủ nghĩa xét lại

revival (*of custom, old style etc, patient*) sự phục hồi

revive 1 *v/t custom, old style etc* phục hồi; *patient* làm tỉnh lại **2** *v/i* (*of business, exchange rate etc*) tăng

revoke *license* thu hồi; *law* hủy bỏ

revolt 1 *n* cuộc nổi dậy **2** *v/i* nổi dậy

revolting (*disgusting*) ghê tởm

revolution POL *etc* cuộc cách mạng; (*turn*) vòng quay

revolutionary 1 *n* POL nhà cách mạng **2** *adj* cách mạng

revolutionize cách mạng hóa

revolve *v/i* quay tròn

revolver súng lục

revolving door cửa quay

revue THEA tấu

revulsion sự ghê sợ

reward 1 *n* (*financial*) tiền thưởng; (*benefit derived*) phần thưởng **2** *v/t* (*financially*) thưởng

rewarding *experience* bổ ích

rewind *v/t film, tape* quay lại

rewrite *v/t* viết lại

rhetoric tu từ học; *pej* lối nói hoa mỹ

rheumatism bệnh thấp khớp

rhinoceros con tê giác

rhubarb cây đại hoàng

rhyme 1 *n* vần **2** *v/i* vần với nhau;

~ with ... vần với ...
rhythm nhịp điệu; *(of breathing, heartbeat)* nhịp
rib xương sườn
ribbon *(in hair, for parcel)* dải ruy băng; *(for typewriter)* ruy băng
rice *(plant)* cây lúa; *(uncooked)* gạo; *(with husks)* thóc; **boiled ~** cơm; **fried ~** cơm rang
rice bowl bát ăn cơm (*N*), chén ăn cơm (*S*); **rice cooker** *(electric)* nồi cơm điện; **ricefield** ruộng lúa; **rice noodles** bún; **rice wine** rượu lậu (*N*), rượu đế (*S*)
rich 1 *adj* *(wealthy)* giàu; *food* béo bổ **2** *n*: **the ~** những người giàu
rid: **get ~ of** tống khứ
riddle *(puzzle)* câu đố; *(mystery)* bí ẩn
ride 1 *n* *(on horse)* cuộc cưỡi ngựa; *(in vehicle)* cuộc đi xe; *(journey)* chuyến đi xe; **do you want a ~ into town?** anh/chị có muốn đi nhờ xe vào thành phố không? **2** *v/t horse, bike* đi **3** *v/i* *(on horse)* cưỡi ngựa; *(in vehicle)* đi xe; **I ~ to school by bike** tôi đi đến trường bằng xe đạp
rider *(on horse)* người cưỡi ngựa; *(on bike)* người đi xe đạp; *(on motorbike)* người đi xe máy
ridge *(raised strip)* đường gờ; *(of mountain)* đường sống núi; *(of roof)* nóc
ridicule 1 *n* sự nhạo báng **2** *v/t* nhạo báng
ridiculous lố bịch, tức cười; *price* vô lý
ridiculously *expensive, easy etc* một cách vô lý
riding *(on horseback)* cưỡi ngựa
rifle *n* súng trường
rift *(in earth)* đường nứt; *(in party etc)* sự rạn nứt

rig 1 *n* *(oil ~)* dàn khoan; *(truck)* xe tải **2** *v/t elections* gian lận
right 1 *adj* *(correct, proper, just)* đúng; *(suitable)* thích hợp; *(not left)* bên phải; **be ~** *(of answer, person)* đúng; *(of clock)* chạy đúng; **that's ~!** đúng thế!; **put things ~** thu xếp tốt đẹp mọi việc; → **alright 2** *adv* *(directly)* ngay; *(correctly)* đúng; *(completely)* hẳn; *(not left)* sang phải; **~ now** *(immediately)* ngay bây giờ; *(at the moment)* ngay lúc này **3** *n* *(civil, legal etc)* quyền; *(not left)* bên phải; POL cánh hữu; **on the ~** ở bên phải; POL theo cánh hữu; **turn to the ~, take a ~** rẽ sang phải; **be in the ~** nắm phần đúng; **know ~ from wrong** biết cái đúng cái sai
right-angle góc vuông; **at ~s to ...** vuông góc với ...
rightful *heir, owner etc* hợp pháp
right-hand *adj* bên phải; **on the ~ side** ở bên phải; **right-hand drive** MOT tay lái bên phải; **right-handed** thuận tay phải; **right-hand man** cánh tay phải; **right of way** *(in traffic)* quyền ưu tiên; *(across land)* quyền được đi qua; **right wing** *n* POL cánh hữu; SP hữu biên; **right-wing** *adj* POL cánh hữu; **right-winger** POL phần tử cánh hữu; **right-wing extremism** POL chủ nghĩa cực đoan cánh hữu
rigid *material* cứng; *principles, attitude* cứng nhắc
rigor *(of discipline)* tính nghiêm khắc; **the ~s of the winter** tính khắc nghiệt của mùa đông
rigorous *discipline* nghiêm khắc; *tests, analysis* nghiêm ngặt
rim *(of wheel)* vành; *(of cup)* miệng; *(of eyeglasses)* gọng
ring¹ *n* *(circle)* vòng tròn; *(on*

ơ ur	y (tin)	ây uh-i	iê i-uh	oa wa	ôi oy	uy wee	ong aong
u (soon)	au a-oo	eo eh-ao	iêu i-yoh	oai wai	ơi ur-i	ênh uhng	uyên oo-in
ư (dew)	âu oh	êu ay-oo	iu ew	oe weh	uê way	oc aok	uyêt oo-yit

finger) chiếc nhẫn; (*in boxing*) võ
đài; (*at circus*) sàn diễn

ring² **1** *n* (*of bell*) tiếng chuông; (*of
voice*) tiếng ngân vang **2** *v/t bell*
rung **3** *v/i* (*of bell*) rung; ***please ~
for attention*** xin vui lòng bấm
chuông để được phục vụ

ringleader đầu sỏ

ring-pull vòng kéo

rink sân băng

rinse 1 *n* (*for hair color*) thuốc
nhuộm tóc **2** *v/t clothes* giũ; *dishes*
tráng; *hair* xả nước

riot 1 *n* sự náo loạn **2** *v/i* làm náo
loạn

rioter kẻ náo loạn

riot police cảnh sát chống bạo loạn

rip 1 *n* (*in cloth etc*) vết rách **2** *v/t
cloth etc* xé toạc; ***~ sth open*** xé
mở gì

♦ **rip off** F *customers* chém (đắt);
(*cheat*) lừa

ripe *fruit* chín

ripen *v/i* (*of fruit*) chín

ripeness (*of fruit*) sự chín

rip-off *n* F xoáy; ***it's a ~*** thật là giá
cắt cổ

ripple (*on water*) làn sóng lăn tăn

rise 1 *v/i* (*from chair etc*) đứng
dậy; (*of sun*) mọc; (*of rocket*)
phóng lên; (*of price, temperature*)
tăng lên; (*of water level*) dâng lên
2 *n* (*in price, temperature, salary*)
sự tăng lên; (*in water level*) sự
dâng lên

risk 1 *n* nguy cơ; ***take a ~*** liều **2** *v/t*
đánh liều; ***let's ~ it*** ta hãy liều
một phen

risky mạo hiểm

ritual 1 *n* nghi thức **2** *adj* lễ nghi

rival 1 *n* đối thủ **2** *v/t* đua tranh với;
I can't ~ that tôi không thể làm
tốt hơn thế

rivalry sự đua tranh

river sông

riverbed lòng sông

riverside bờ sông

rivet 1 *n* đinh tán **2** *v/t* ghép bằng
đinh tán; ***~ sth to sth*** ghép gì với
gì bằng đinh tán

road con đường; ***it's just down the
~*** chỉ ở dưới đường kia kìa

roadblock rào chắn đường; **road
hog** kẻ lái xe bạt mạng; **road
holding** (*of vehicle*) khả năng
bám đường; **road map** bản đồ lái
xe; **road repairs** công việc sửa
đường; **roadside** : ***at the ~*** bên lề
đường; **roadsign** biển báo;
roadway lòng đường; **road work**
(*for boxers etc*) tập chạy trên
đường; **roadworthy** đủ điều kiện
an toàn để chạy trên đường

roam *v/i* lang thang

roar 1 *n* (*of person, engine, lion*)
tiếng gầm; (*of engine*) tiếng rú;
(*of traffic*) tiếng ầm ầm; ***~s of
laughter*** tiếng cười phá lên **2** *v/i*
(*of engine*) rú lên; (*of lion, person*)
gầm lên; ***~ with laughter*** cười phá
lên

roast 1 *n* (*of beef etc*) món thịt
quay **2** *v/t beef etc* quay; *coffee
beans, peanuts, chestnuts etc* rang
3 *v/i* (*of food*) quay; (*of coffee
beans, peanuts, chestnuts etc*) được
rang; ***we're ~ing*** F chúng tôi nóng
như bị rang

roast beef món bò quay

roast pork món lợn quay (*N*), món
heo quay (*S*)

rob *bank* cướp; *person* ăn trộm; ***I've
been ~bed*** tôi bị cướp

robber kẻ cướp; (*burglar*) kẻ trộm

robbery vụ cướp; (*burglary*) vụ
trộm

robe (*of judge, priest*) áo choàng;
(*bath~*) áo choàng mặc trong nhà

ch (*final*) k	**gh** g	**nh** (*final*) ng	**r** z; (*S*) r	**x** s	**â** (but)	**i** (tin)
d z; (*S*) y	**gi** z; (*S*) y	**ph** f	**th** t	**a** (hat)	**e** (red)	**o** (saw)
đ d	**nh** (onion)	**qu** kw	**tr** ch	**ă** (hard)	**ê** ay	**ô** oh

robin chim cổ đỏ

robot người máy, rôbốt

robust *person, health* cường tráng; *material, structure* kiên cố

rock 1 *n (small stone)* hòn đá; *(in sea)* khối đá; MUS nhạc rốc; **on the ~s** *drink* pha với đá; *marriage* gặp khó khăn lớn **2** *v/t baby, cradle* đu đưa; *(surprise)* làm ... sửng sốt **3** *v/i (on chair)* đu đưa; *(of boat)* lắc lư

rock bottom : reach ~ xuống tới điểm thấp nhất

rock-bottom *prices* thấp nhất

rocket 1 *n* tàu vũ trụ; *(firework)* pháo hoa **2** *v/i (of prices)* tăng vọt

rocking chair ghế xích đu

rock 'n' roll rốc-en-rôn

rock star ngôi sao nhạc rốc

rocky *beach, path* đá lổn nhổn

rod *(stick)* cái gậy; *(for fishing)* cái cần

rodent loài gặm nhấm

rogue kẻ vô lại

role *(in play, movie)* vai; *(in company etc)* vai trò

role model mẫu gương

roll 1 *n (bread)* ổ bánh mì; *(of film)* cuộn; *(of thunder)* tiếng rền; *(list, register)* danh sách **2** *v/i (of ball etc)* lăn; *(of boat)* tròng trành **3** *v/t: ~ sth into a ball* cuộn tròn gì; *~ sth along the ground* lăn gì trên mặt đất

♦ **roll over 1** *v/i* lăn mình **2** *v/t person, object* lăn; *(renew, extend)* gia hạn

♦ **roll up 1** *v/t sleeves* xắn **2** *v/i* F *(arrive)* tới

roll call điểm danh

roller *(for hair)* lô cuốn

roller blade *n* lưỡi máy lăn cắt cỏ

roller skate *n* pa-tanh

rolling pin trục cán

ROM (= *read only memory*) ROM, bộ nhớ chỉ đọc

Roman Catholic 1 *n* người theo đạo Thiên Chúa La Mã **2** *adj* đạo Thiên Chúa La Mã

romance *(affair)* chuyện tình; *(novel)* tình truyện; *(movie)* phim tình yêu

romantic *adj* lãng mạn

roof mái

roof rack MOT cái giá mui xe

room phòng; *(space)* chỗ; **there's no ~ for ...** không có chỗ cho ...

room clerk nhân viên lễ tân; **roommate** bạn cùng phòng; **room service** hầu phòng

roomy *house etc* rộng rãi; *clothes* rộng

root rễ; *(of word)* gốc từ; **~s** *(of person)* gốc rễ

♦ **root out** *(get rid of)* triệt bỏ; *(find)* mò ra

rope dây thừng

♦ **rope off** chăng dây

rose BOT hoa hồng; *(pink)* màu hồng

rostrum diễn đàn

rosy *cheeks* đỏ hồng; *future* tốt đẹp

rot 1 *n (in wood)* sự mục nát; *(in teeth)* sự bị sâu **2** *v/i (of food)* thiu hỏng; *(of wood)* mục nát; *(of teeth)* sâu

rota bảng phân công

rotate *v/i (of blades, earth)* quay

rotation *(around the sun etc)* sự quay; **do sth in ~** luân phiên làm gì

rotten *food* thiu hỏng; *wood etc* mục hỏng; *trick, thing to do* đồi bại; *weather, luck* tồi tệ

rough 1 *adj surface* gồ ghề; *hands, skin* thô ráp; *voice* khàn; *(violent)* thô bạo; *crossing* gian nan; *seas* động; *(approximate)* đại khái; **~**

ơ u**r**	y (tin)	ây uh-i	iê i-uh	oa wa	ôi oy	uy wee	ong aong
u (soon)	au a-oo	eo eh-ao	iêu i-yoh	oai wai	ơi ur-i	ênh uhng	uyên oo-in
ư (dew)	âu oh	êu ay-oo	iu ew	oe weh	uê way	oc aok	uyêt oo-yit

draft phác thảo sơ lược **2** *adv*: **sleep** ~ ngủ vạ vật **3** *n* (*in golf*) phần sân gồ ghề **4** *v/t*: ~ *it* tạm thời thiếu thốn

roughage (*in food*) chất xơ

roughly (*approximately*) khoảng

roulette cò quay, ru lét

round 1 *adj* tròn; *in ~ figures* số tròn **2** *n* (*of mailman*) lộ trình làm việc; (*of doctor*) sự đi tua; (*of toast*) khoanh; (*of drinks*) tuần; (*of competition*) vòng; (*in boxing match*) hiệp **3** *v/t corner* đi vòng quanh **4** *adv*, *prep* → *around*

♦ **round off** *edges* làm tròn; *meeting*, *night out* kết thúc

♦ **round up** *figure* lấy tròn; *suspects*, *criminals* bắt giữ

roundabout *adj route*, *way of saying sth* quanh co; **round trip** khứ hồi; **round trip ticket** vé khứ hồi; **round-up** (*of cattle*) sự dồn lại; (*of suspects*, *criminals*) sự bắt giữ; (*of news*) sự tóm tắt

rouse (*from sleep*) đánh thức; *interest*, *emotions* kích động

rousing *speech*, *finale* kích động

route *n* tuyến đường

routine 1 *adj* thường lệ **2** *n* lệ thường; *as a matter of* ~ theo lệ thường

row[1] (*line*) hàng; **5 days in a** ~ 5 ngày liền

row[2] **1** *v/t boat* chèo **2** *v/i* chèo thuyền

row[3] *n Br* (*quarrel*) cuộc cãi lộn; (*noise*) sự huyên náo

rowboat thuyền chèo

rowdy ồn ào và lộn xộn

row house nhà dãy

royal *adj palace*, *visit* hoàng gia

royal opera ôpêra hoàng gia

royalty (*royal persons*) hoàng tộc; (*on book*, *recording*) tiền bản quyền tác giả

rub *v/t* xát

♦ **rub down** (*to clean*) đánh nhẵn

♦ **rub off 1** *v/t dirt* lau sạch; *paint etc* cạo bỏ **2** *v/i*: *it rubs off on you* điều đó ảnh hưởng tới anh / chị

♦ **rub out** (*with eraser*) tẩy xóa

rubber 1 *n* cao su; (*eraser*) cái tẩy **2** *adj* cao su

rubber tree cây cao su

rubbish *Br* rác rưởi; (*poor quality item*) đồ bỏ đi; (*nonsense*) chuyện nhảm nhí; *don't talk ~!* đừng nói nhảm nhí!

rubble gạch đá vụn

ruby (*jewel*) hồng ngọc

rucksack ba lô

rudder (*of boat*) bánh lái; (*of plane*) đuôi lái

ruddy *complexion* hồng hào

rude thô lỗ; *it is ~ to ...* là điều bất lịch sự ...; *I didn't mean to be* ~ tôi không có ý khiếm nhã

rudeness sự thô lỗ

rudimentary *skills*, *knowledge* sơ đẳng; (*not sophisticated*) thô sơ

rudiments những điều sơ đẳng

ruffian tên lưu manh

ruffle 1 *n* (*on dress*) diềm xếp nếp **2** *v/t hair* làm bù; *person* làm bối rối; *get ~d* (*confused*) bối rối

rug (*carpet*) tấm thảm; (*blanket*) tấm mền

rugged *coastline*, *cliffs* lởm chởm; *face* sần sùi; *resistance* kiên quyết

ruin 1 *n* sự đổ nát; ~*s* di tích; *in ~s* (*of city*, *building*) đổ nát; (*of plans*, *marriage*) tan vỡ **2** *v/t party*, *birthday*, *vacation*, *plan* làm hỏng; *reputation* hủy hoại; *be ~ed* (*financially*) bị phá sản

rule 1 *n* (*of club*, *game*) qui tắc; (*of monarch*) sự trị vì; (*for measuring*) thước gấp; *a country under*

ch (*final*) k	**gh** g	**nh** (*final*) ng	**r** z; (*S*) r	**x** s	**â** (but) **i** (tin)
đ z; (*S*) y	**gi** z; (*S*) y	**ph** f	**th** t	**a** (hat)	**e** (red) **o** (saw)
đ d	**nh** (onion)	**qu** kw	**tr** ch	**ă** (hard)	**ê** ay **ô** oh

French ~ một nước dưới quyền cai trị của Pháp; ***as a*** ~ theo lệ thường **2** *v/t country* cai trị; ***the judge ~d that ...*** quan tòa phán quyết rằng ... **3** *v/i (of monarch)* trị vì

♦ **rule out** loại trừ

ruler (*for measuring*) cái thước; (*of state*) người cầm quyền

ruling 1 *n* quyết định **2** *adj party* cầm quyền

rum (*drink*) rượu rum

rumble *v/i (of stomach)* sôi ùng ục; (*of train in tunnel*) chạy rầm rầm

♦ **rummage around** lục tung

rummage sale cuộc bán đồ cũ để quyên tiền từ thiện

rumor 1 *n* tin đồn **2** *v/t*: ***it is ~ed that ...*** có tin đồn rằng …

rump (*of animal*) mông

rumple *clothes, paper* vò nhàu

rumpsteak thịt mông bò

run 1 *n (on foot)* sự chạy; (*in pantyhose*) khe hở do sót mũi; (THEA: *of play*) đợt lưu diễn; ***go for a*** ~ (*for exercise*) chạy một chặng; ***make a*** ~ ***for it*** bỏ chạy; ***a criminal on the*** ~ một tên tội phạm đang chạy trốn; ***in the short*** ~ trước mắt; ***in the long*** ~ về lâu dài; ***a*** ~ ***on the dollar*** một sự đổ xô mua đô la **2** *v/i (of person, animal, engine, machine, software, trains etc)* chạy; (*of river*) chảy; (*of paint, make-up*) loang lổ; (*of nose, eyes, tap*) chảy nước; (*of play*) lưu diễn; (*in election*) ứng cử; ~ ***for President*** ứng cử Tổng thống **3** *v/t race, mile* chạy; *business, hotel, project etc* điều hành; *software* cho chạy; *car* có; ***he ran his eye down the page*** anh ấy đọc lướt qua trang giấy

♦ **run across** (*meet*) tình cờ gặp;

(*find*) tình cờ tìm thấy

♦ **run away** bỏ chạy

♦ **run down 1** *v/t (knock down)* đâm ngã; (*criticize*) chê bai; *stocks* giảm bớt **2** *v/i (of battery)* hết điện

♦ **run into** (*meet*) tình cờ gặp; *difficulties* lâm vào

♦ **run off 1** *v/i* bỏ chạy **2** *v/t (print off)* sao lại

♦ **run out** (*of contract, time*) hết hạn; (*of supplies*) cạn kiệt

♦ **run out of** *time, patience, supplies* hết; ***I ran out of gas*** tôi đã cạn xăng

♦ **run over 1** *v/t (knock down)* chẹt phải; ***can we*** ~ ***over the details again?*** chúng ta có thể xem qua các chi tiết lần nữa không? **2** *v/i (of water etc)* tràn ra

♦ **run through** (*rehearse, go over*) xem lại

♦ **run up** *v/t debts, large bill* tích lại; *clothes* may

run-down *person* kiệt sức; *part of town, building* tồi tệ

rung (*of ladder*) bậc

runner (*athlete*) nhà chạy đua

runner-up (*team*) đội về thứ nhì; (*person*) người về thứ nhì

running 1 *n* SP cuộc chạy đua; (*of business*) sự điều hành **2** *adj*: ***for two days*** ~ trong hai ngày liền

running water (*supply*) nước máy

runny *jam, sauce* loãng; ***have a*** ~ ***nose*** bị sổ mũi

run-up SP chạy lấy đà; ***in the*** ~ ***to Christmas*** trong thời gian sắp tới Nô-En

runway đường băng

rupture 1 *n (in pipe)* sự vỡ tung; (*in relations*) sự vỡ vụn **2** *v/i (of pipe etc)* vỡ tung

rural nông thôn

rush 1 *n* sự vội vã; ***do sth in a*** ~

ơ ur	y (tin)	ây uh-i	iê i-uh	oa wa	ôi oy	uy wee	ong aong
u (soon)	au a-oo	eo eh-ao	iêu i-yoh	oai wai	ơi ur-i	ênh uhng	uyên oo-in
ư (dew)	âu oh	êu ay-oo	iu ew	oe weh	uê way	oc aok	uyêt oo-yit

làm vội gì; **be in a ~** đang vội;
what's the big ~? có gì mà vội
ghê thế? **2** *v/t person* thúc giục;
meal ăn vội vã; **~ s.o. to the
hospital** cấp tốc đưa ai tới bệnh
viện **3** *v/i* vội vã
rush hour giờ cao điểm
Russia nước Nga
Russian 1 *adj* Nga **2** *n* người Nga;
(*language*) tiếng Nga
rust 1 *n* gỉ **2** *v/i* bị gỉ
rustle 1 *n* (*of silk, leaves*) tiếng
loạt soạt **2** *v/i* (*of silk, leaves*) kêu
loạt soạt

♦**rustle up** F *meal* sửa soạn nhanh
rust-proof *adj* không gỉ
rust remover thuốc tẩy gỉ
rusty gỉ; *French, math etc* cùn đi;
I'm a little ~ năng lực tôi có phần
cùn đi
rut (*in road*) vết bánh xe; **be in a ~**
fig trong sự buồn tẻ
ruthless tàn nhẫn
ruthlessness sự tàn nhẫn
rye lúa mạch đen
rye bread bánh mì lúa mạch đen

S

sabbatical *n* (*of academic*) phép
sabotage 1 *n* sự phá hoại **2** *v/t* phá
hoại
saccharin đường sacarin
sachet (*of shampoo, cream etc*) gói
sack 1 *n* bao tải **2** *v/t* F sa thải
sacred *building, place* linh thiêng;
music thánh
sacrifice 1 *n* (*act*) sự hy sinh;
(*person, animal sacrificed*) vật tế
thần; **make ~s** *fig* hy sinh **2** *v/t*
cúng tế; *fig: one's freedom etc* hy
sinh
sad *person, face, song* buồn; *state of
affairs* tồi tệ
saddle *n* (*on horse*) yên ngựa; (*on
bike*) yên xe
sadism tính bạo dâm
sadist kẻ bạo dâm
sadistic bạo dâm
sadly *look, sing etc* một cách buồn
bã; (*regrettably*) đáng buồn là

sadness sự buồn rầu
safe 1 *adj* (*not dangerous, not in
danger*) an toàn; *driver* thận trọng;
investment, prediction chắc chắn
2 *n* két sắt
safeguard 1 *n* cái bảo đảm; **as a ~
against** là cái bảo đảm để chống
lại **2** *v/t* bảo vệ
safekeeping : give sth to s.o. for ~
giao gì cho ai bảo quản an toàn
safely *arrive* một cách an toàn;
complete tests etc một cách trôi
chảy; *drive* một cách thận trọng;
assume một cách chắc chắn; **they
will be ~ looked after** họ sẽ được
chăm sóc an toàn
safety (*of equipment, wiring, home,
public*) sự an toàn; (*of investment,
prediction*) sự chắc chắn; **be in ~**
được an toàn
safety-conscious có ý thức an
toàn; **safety first** an toàn trên

---

ch (*final*) k	**gh** g	**nh** (*final*) ng	**r** z; (*S*) r	**x** s	**â** (but) **i** (tin)
d z; (*S*) y	**gi** z; (*S*) y	**ph** f	**th** t	**a** (hat)	**e** (red) **o** (saw)
đ d	**nh** (onion)	**qu** kw	**tr** ch	**ă** (hard)	**ê** ay **ô** oh

hết; **safety pin** ghim băng

sag 1 *n* (*in ceiling etc*) chỗ lõm **2** *v/i* (*of ceiling, rope*) võng xuống; (*of output, tempo*) giảm

sage (*herb*) cây xô thơm

Saigon Sài Gòn

Saigon spring roll nem Sài Gòn, chả giò

sail 1 *n* cánh buồm; (*trip*) chuyến đi bằng thuyền buồm; **go for a ~** đi bằng thuyền buồm **2** *v/t yacht* lái **3** *v/i* lái thuyền; (*depart*) nhổ neo

sailboard 1 *n* ván buồm **2** *v/i* lướt ván buồm; **sailboarding** môn lướt ván buồm; **sailboat** thuyền buồm

sailing SP đi thuyền buồm

sailing ship thuyền buồm

sailor thủy thủ; SP vận động viên đua thuyền; **be a good/bad ~** là người ít bị/hay bị say sóng

saint thánh

sake: **for my ~** vì tôi; **for your ~** vì anh/chị; **for the ~ of** vì lợi ích của

salad xà lách

salad dressing dầu giấm

salary tiền lương

salary scale thang lương

sale sự bán; (*reduced prices*) sự bán hạ giá; **for ~** (*sign*) để bán; **be on ~** được bày bán; (*at reduced prices*) được bày bán với giá hạ

sales (*department*) bộ phận bán hàng

sales clerk (*in store*) người bán hàng; **sales figures** tổng doanh số hàng bán ra; **salesman** người bán hàng; **sales manager** giám đốc bộ phận bán hàng; **sales meeting** hội nghị về bán hàng

saliva nước bọt (*N*), nước miếng (*S*)

salmon cá hồi

saloon (*bar*) quầy rượu; *Br* MOT xe hòm

salt muối

saltcellar lọ muối

salt flat ngập mặn

salty mặn

salutary *experience* bổ ích

salute 1 *n* (*greeting*) sự chào; (*firing of guns*) loạt súng chào; **take the ~** chào đáp lễ **2** *v/t & v/i* chào

salvage *v/t* (*from wreck*) cứu hộ

salvation REL sự cứu rỗi linh hồn

Salvation Army Đội quân Cứu tế

same 1 *adj* (*identical*) cùng chung; (*similar*) giống nhau **2** *pron* như nhau; **he and I said the ~** anh ấy và tôi đều nói như nhau; **Happy New Year – the ~ to you** Chúc mừng năm mới – cũng xin chúc anh/chị như vậy; **he's not the ~ any more** anh ấy không còn như ngày nào nữa; **all the ~** dù sao đi nữa; **men are all the ~** đàn ông đều như thế cả; **it's all the ~ to me** với tôi thì cũng thế cả thôi **3** *adv*: **smell/look/sound the ~** ngửi/nhìn/nghe như nhau

sampan thuyền tam bản

sample *n* mẫu

sanction 1 *n* (*approval*) sự đồng ý; (*penalty*) sự trừng phạt **2** *v/t* (*approve*) phê chuẩn

sanctity tính thiêng liêng

sanctuary REL thánh đường; (*for wild animals*) khu bảo tồn

sand 1 *n* cát **2** *v/t* (*with sandpaper*) đánh giấy ráp

sandal dép

sandbag bao cát; **sandblast** phun cát; **sand dune** đụn cát

sander (*tool*) máy đánh bóng

sandpaper 1 *n* giấy ráp (*N*), giấy nhám (*S*) **2** *v/t* đánh giấy ráp; **sandpit** hố cát; **sandstone** sa thạch

sandwich 1 *n* bánh xăng đuých

ơ u*r*   y (tin)   ây uh-i   iê i-uh   oa wa   ôi oy   uy wee   ong aong
u (soon)   au a-oo   eo eh-ao   iêu i-yoh   oai wai   ơi u*r*-i   ênh uhng   uyên oo-in
ư (dew)   âu oh   êu ay-oo   iu ew   oe weh   uê way   oc aok   uyêt oo-yit

2 *v/t*: **be ~ed between two ...** bị kẹp giữa hai ...

sandy *beach*, *soil* có cát; *hair* màu hung hung đỏ

sane lành mạnh

sanitarium viện điều dưỡng

sanitary *conditions*, *installations* vệ sinh

sanitary napkin băng vệ sinh

sanitation (*sanitary installations*) các hệ thống vệ sinh; (*removal of waste*) công tác vệ sinh

sanitation department sở vệ sinh

sanity sự tỉnh táo

Santa Claus ông già Nô-en

sap 1 *n* (*in tree*) nhựa cây **2** *v/t s.o.'s energy* làm hao mòn

sapphire *n* (*jewel*) xa phia

sarcasm lời châm chọc

sarcastic châm chọc

sardine cá mòi

sash (*around waist*) khăn thắt lưng; (*over shoulder*) băng quàng vai; (*in window*) khung cửa trượt

Satan quỷ Sa tăng

satellite vệ tinh

satellite dish chảo vệ tinh

satellite TV truyền hình vệ tinh

satin xa tanh

satire sự châm biếm

satirical châm biếm

satirist nhà văn châm biếm

satisfaction sự thỏa mãn; **get ~ out of sth** được sự thỏa mãn về điều gì; **a feeling of ~** một cảm giác thỏa mãn; **is that to your ~?** anh/chị thấy vừa ý chứ?

satisfactory *performance* đáng hài lòng; *explanation* thỏa đáng; *state of affairs* vừa ý; (*just good enough*) tạm vừa ý; **this is not ~** (*of student's performance*) bài vở không đạt yêu cầu; (*of authorities' explanation*) điều

này là chưa thỏa đáng

satisfy *customers*, *needs*, *hunger*, *sexual desires* thỏa mãn; *conditions* đáp ứng; **I am satisfied** (*had enough to eat*) tôi đã thỏa mãn; **I am satisfied that he ...** (*convinced*) tôi tin chắc rằng anh ấy ...; **I hope you're satisfied!** tôi hy vọng rằng anh/chị đã hả hê!

Saturday thứ Bảy

sauce nước xốt

saucepan cái chảo

saucer đĩa để tách

saucy *person* ngộ nghĩnh trơ tráo; *dress* lẳng lơ

Saudi (*person*) người Ả rập Xê út

Saudi Arabia Ả rập Xê út

Saudi Arabian *adj* Ả rập Xê út

sauna tắm hơi

saunter đi thong dong

sausage xúc xích

savage 1 *adj animal* hung dữ; *attack* dữ dội; *criticism* độc ác **2** *n* người man rợ

save 1 *v/t* (*rescue*) cứu; *money*, *time* tiết kiệm; (*collect*) sưu tầm; COMPUT cất giữ; *goal* cứu nguy; **you could ~ yourself a lot of effort** anh/chị có thể đỡ tốn nhiều công sức **2** *v/i* (*put money aside*) để dành; SP cứu nguy **3** *n* SP động tác cứu nguy

♦**save up for** dành dụm để

saving (*amount saved*) khoản tiền tiết kiệm; (*activity*) sự tiết kiệm

savings tiền tiết kiệm

savings account tài khoản tiết kiệm; **savings and loan** hiệp hội cho vay và tiết kiệm; **savings bank** ngân hàng tiết kiệm

Savior: **Our ~, the ~** REL Giê-su, Chúa cứu thế

savor *v/t* thưởng thức

savory *adj* (*not sweet*) có vị mặn

ch (*final*) k	**gh** g	**nh** (*final*) ng	**r** z; (*S*) r	**x** s	**â** (but)	**i** (tin)
d z; (*S*) y	**gi** z; (*S*) y	**ph** f	**th** t	**a** (hat)	**e** (red)	**o** (saw)
đ d	**nh** (onion)	**qu** kw	**tr** ch	**ă** (hard)	**ê** ay	**ô** oh

saw 1 *n* (*tool*) cái cưa **2** *v/t* cưa

♦ **saw off** cưa bỏ

sawdust mùn cưa

saxophone kèn xắc xô

say 1 *v/t* đọc; *can I ~ something?* tôi xin phát biểu có được không?; *that is to ~* thế có nghĩa là; *what do you ~ to that?* anh/chị thấy cái đó thế nào? **2** *n*: *have one's ~* biểu thị quan điểm của mình

saying tục ngữ

scab vảy da

scaffold(ing) giàn giáo

scald *v/t* làm bỏng

scale[1] *n* (*on fish*) vảy

scale[2] **1** *n* (*size*) quy mô; (*on thermometer etc*) mặt chia độ; (*of map*) tỷ lệ; MUS gam; *on a larger/ smaller ~* với qui mô lớn hơn/ nhỏ hơn **2** *v/t cliffs etc* leo lên

scale drawing sự vẽ theo tỷ lệ

scales (*for weighing*) cái cân

scalp *n* da đầu

scalpel dao mổ

scalper F (*for tickets*) phe vé

scam F trò lừa đảo

scan 1 *v/t horizon* nhìn chăm chú; *page, newspaper, list* nhìn lướt nhanh; MED soi chụp; (*ultrasound*) siêu âm; COMPUT quét **2** *n* MED sự soi chụp; (*ultrasound*) sự siêu âm

♦ **scan in** COMPUT quét

scandal vụ bê bối, vụ xì căng đan

scandalous *affair* gây tai tiếng; *prices* quá đáng

scanner MED máy soi chụp; COMPUT máy quét hình

scantily *adv*: *~ clad* mặc phong phanh

scanty *clothes* chật

scapegoat người giơ đầu chịu báng

scar 1 *n* vết sẹo **2** *v/t* đóng sẹo

scarce (*in short supply*) khan

hiếm; *make oneself ~* lánh đi

scarcely vừa mới; *~ had he entered the room when ...* anh ấy vừa mới bước vào phòng thì ...; *~ anything left* hầu như không còn lại gì

scarcity (*of supplies*) sự khan hiếm

scare 1 *v/t* làm ... sợ hãi; *that noise ~d me* tiếng động đó làm tôi sợ hãi; *be ~d of* sợ hãi **2** *n* (*panic, alarm*) sự hoảng sợ; *give s.o. a ~* làm cho ai hoảng sợ

♦ **scare away** xua đuổi

scarecrow người bù nhìn

scaremonger người phao tin đồn nhảm

scarf (*around neck*) khăn quàng; (*over head*) khăn trùm đầu

scarlet đỏ tươi

scarlet fever bệnh ban đỏ

scary *sight, music, movie* rùng rợn

scathing *criticism, attack* gay gắt; *comments* cay độc

scatter 1 *v/t leaflets* rải; *seeds* vãi; *be ~ed all over the room* rải rắc khắp phòng **2** *v/i* (*of crowd etc*) chạy tán loạn

scatterbrained đãng trí

scattered *showers* rải rác; *family, villages* thưa thớt

scenario viễn cảnh; (*for movie*) kịch bản

scene THEA cảnh; (*view, sight*) cảnh tượng; (*of accident, crime etc*) hiện trường; (*of novel, movie*) bối cảnh; (*argument*) cuộc cãi lộn; *make a ~* gây lộn; *~s* THEA phông cảnh; *jazz/rock ~* giới nhạc jazz/nhạc rốc; *behind the ~s* hậu trường

scenery phong cảnh; THEA phông cảnh

scent *n* (*smell*) mùi thơm; (*perfume*) nước hoa; (*of animal*) mùi hơi

ơ ur   y (tin)   ây uh-i   iê i-uh   oa wa   ôi oy   uy wee   ong aong
u (soon) au a-oo   eo eh-ao   iêu i-yoh   oai wai   ơi ur-i   ênh uhng   uyên oo-in
ư (dew) âu oh   êu ay-oo   iu ew   oe weh   uê way   oc aok   uyêt oo-yit

schedule 1 *n* (*of events*) chương trình; (*of work*) kế hoạch; (*for trains*) thời biểu; (*of lessons*) thời khóa biểu; **be on ~** (*of work, workers etc*) đúng với kế hoạch; (*of train*) đúng với thời biểu; **be behind ~** (*of work, workers etc*) chậm so với kế hoạch; (*of train*) chậm so với thời biểu **2** *v/t* (*put on ~*) xếp vào chương trình; **it's ~d for completion next month** theo kế hoạch cái đó sẽ được hoàn thành vào tháng sau

scheduled flight chuyến bay theo kế hoạch

scheme 1 *n* (*plot*) mưu đồ **2** *v/i* (*plot*) âm mưu

scheming *adj person* thủ đoạn

schizophrenia bệnh tâm thần phân liệt

schizophrenic 1 *n* người mắc bệnh tâm thần phân liệt **2** *adj* bệnh tâm thần phân liệt

scholar (*learned person*) học giả; (*student with scholarship*) sinh viên được học bổng

scholarship (*work*) sự uyên bác; (*financial award*) học bổng

school trường học; (*university*) trường đại học

schoolbag túi sách đeo vai; **schoolboy** học sinh nam; **schoolchildren** học sinh; **school days** (*past*) thời học sinh; (*not the weekend*) ngày học; **schoolgirl** học sinh nữ; **schoolteacher** giáo viên

sciatica bệnh đau thần kinh tọa

science khoa học

science fiction khoa học viễn tưởng

scientific *approach, mind, analysis* khoa học

scientist nhà khoa học

scissors cái kéo

scoff[1] *v/t* (*eat fast*) ăn ngấu nghiến; (*eat whole lot*) ngốn hết

scoff[2] *v/i* chế giễu

♦ **scoff at** *person, efforts* chế giễu

scold *v/t child, husband* mắng

scoop 1 *n* (*for ice cream*) cái muôi; (*for mud, sand etc*) cái xúc; (*story*) tin sốt dẻo **2** *v/t mud etc* xúc; *ice cream etc* múc

♦ **scoop up** *kids, books* nâng lên

scooter (*with motor*) xe scutơ; (*child's*) xe hẩy

scope (*of inquiry, undertaking*) phạm vi; (*freedom, opportunity*) cơ hội

scorch *v/t* làm cháy xém

scorching hot nóng như thiêu

score 1 *n* SP số điểm; (*written music*) bản tổng phổ; (*of movie etc*) phần nhạc phim; **what's the ~?** số điểm là bao nhiêu?; **have a ~ to settle with s.o.** có một vấn đề cần thanh toán với ai **2** *v/t goal, point* ghi được; (*cut: line*) rạch **3** *v/i* ghi bàn thắng; (*keep the score*) ghi lại điểm; **that's where he ~s** đó là chỗ mạnh của anh ấy

scorer (*of goal*) đấu thủ ghi được bàn; (*of point*) người ghi được điểm; (*keeper of points scored*) người ghi lại số điểm

scorn 1 *n* sự khinh miệt; **pour ~ on sth** dè bỉu gì **2** *v/t idea, suggestion* coi khinh

scornful *look, remark* đầy khinh bỉ

scorpion con bò cạp

Scot người Xcốtlen

Scotch (*whiskey*) rượu uýt ki Xcốt

scot-free: **get off ~** không bị trừng phạt

Scotland nước Xcốtlen

Scottish Xcốtlen

scoundrel tên vô lại; *hum* ranh con

ch (*final*) k	**gh** g	**nh** (*final*) ng	**r** z; (S) r	**x** s	**â** (but) **i** (tin)
d z; (S) y	**gi** z; (S) y	**ph** f	**th** t	**a** (hat)	**e** (red) **o** (saw)
đ d	**nh** (onion)	**qu** kw	**tr** ch	**ă** (hard)	**ê** ay **ô** oh

scour¹ *area, city* lùng sục
scour² *pans* cọ chùi
scout *n* (*boy* ~) hướng đạo sinh
scowl 1 *n* vẻ cau có **2** *v/i* cau có
scram F cút ngay
scramble 1 *n* (*rush*) sự hối hả **2** *v/t*
message đổi tần số **3** *v/i* (*climb*)
trèo; ***he ~d to his feet*** anh ấy bật
dậy
scrambled eggs trứng bác
scrap 1 *n* (*metal*) phế liệu; (*fight*)
cuộc ẩu đả; (*little bit*) một tí **2** *v/t*
plan, project etc hủy bỏ; *paragraph*
etc cắt bỏ
scrapbook *vở* dán các bài báo
hay tranh ảnh rời
scrape 1 *n* (*on paintwork etc*) sự
cạo sạch **2** *v/t* *paintwork etc* cạo;
one's arm làm xây xát; *vegetables*
cạo gọt; ~ ***a living*** lần hồi kiếm
sống
♦**scrape through** (*in exam*) chỉ
vừa có thể vượt qua
scrap heap đống phế liệu; ***good***
for the ~ chỉ có thể dùng làm
phế liệu
scrap metal kim loại phế liệu
scrappy *work* chắp vá; *writing* rời
rạc
scratch 1 *n* (*mark on skin*,
paintwork) vết xước; ***have a*** ~ (*to*
stop itching) gãi; ***start from*** ~
làm từ đầu; ***not up to*** ~ chưa đạt
tiêu chuẩn **2** *v/t* (*mark: skin,*
paint) cào; (*because of itch*) gãi
3 *v/i* (*of cat, nails*) cào
scrawl 1 *n* nét chữ nguệch ngoạc
2 *v/t* viết nguệch ngoạc
scream 1 *n* tiếng kêu thét **2** *v/i* kêu
thét
screech 1 *n* (*of tires*) tiếng rít;
(*scream*) tiếng kêu gào **2** *v/i* (*of*
tires) rít lên; (*scream*) kêu thét lên
screen 1 *n* (*in room, hospital*) bình

phong; (*of trees, smoke*) màn che
chắn; (*in movie theater*) màn ảnh;
COMPUT màn hình; ***on the*** ~ trên
màn ảnh; ***on*** (***the***) ~ COMPUT trên
màn hình **2** *v/t* (*protect, hide*) che
khuất; *movie* chiếu; (*for security*
reasons) thẩm tra
screenplay kịch bản phim; **screen**
saver COMPUT *trình tiện ích tiết*
kiệm màn hình; **screen test** đóng
vai thử
screw 1 *n* đinh vít; ∨ (*sex*) đéo; ∨
(*partner in sex*) bạn làm tình
2 *v/t* bắt vít; ∨ đéo; F (*cheat*) lừa
đảo; ~ ***a bracket to the wall*** vít
một cái rầm đỡ vào tường
♦**screw up 1** *v/t* *eyes* nhíu mắt;
piece of paper vo tròn; F (*make a*
mess of) làm rối tinh **2** *v/i* F
(*make a bad mistake*) làm hỏng
screwdriver cái vặn vít
screwed up F (*psychologically*)
căng thẳng và rối ren
screw top (*on bottle*) nắp xoáy
scribble 1 *n* chữ viết ngoáy **2** *v/t*
(*write quickly*) viết ngoáy **3** *v/i*
(*make illegible marks*) viết
nguệch ngoạc
script (*for play etc*) kịch bản;
(*form of writing*) hệ chữ viết
scripture: **the** (**Holy**) **Scriptures**
Kinh
scriptwriter tác giả kịch bản
scroll *n* (*manuscript*) cuộn giấy
♦**scroll down** *v/i* COMPUT cuộn
xuống
♦**scroll up** *v/i* COMPUT cuộn lên
scrounger kẻ xoáy trộm
scrub *v/t* *floors, hands* cọ rửa
scrubbing brush (*for floor*) bàn cọ
scruffy *appearance, clothes, person*
nhếch nhác
♦**scrunch up** *plastic cup etc* dập vỡ
lạo xạo

ơ ur	y (tin)	ây uh-i	iê i-uh	oa wa	ôi oy	uy wee	ong aong
u (soon)	au a-oo	eo eh-ao	iêu i-yoh	oai wai	ơi ur-i	ênh uhng	uyên oo-in
ư (dew)	âu oh	êu ay-oo	iu ew	oe weh	uê way	oc aok	uyêt oo-yit

scruples sự đắn đo; *have no ~ about doing sth* không đắn đo khi làm điều gì

scrupulous (*with moral principles*) thận trọng; (*thorough*) tỉ mỉ

scrutinize (*examine closely*) xem xét kỹ lưỡng

scrutiny sự xem xét kỹ lưỡng; *come under ~* được đưa ra xem xét kỹ lưỡng

scuba diving lặn có bình khí nén

scuffle *n* cuộc ẩu đả

sculptor nhà điêu khắc

sculpture *n* (*art*) nghệ thuật điêu khắc; (*something sculpted*) tác phẩm điêu khắc

scum (*on liquid*) lớp váng; *pej* (*people*) đồ cặn bã

scythe *n* cái hái

sea biển; *by the ~* gần biển

seafaring *nation* sự đi biển; **seafood** hải sản; **seafront** phần hướng ra biển; **seagoing** *vessel* viễn dương; **seagull** hải âu

seal¹ *n* (*animal*) con hải cẩu

seal² **1** *n* (*on document*) con dấu; TECH miếng bịt **2** *v/t container* bịt gắn kín

♦ **seal off** *area* vây chặn

sea level mực nước biển; *above/below ~* trên/dưới mực nước biển

seam *n* (*on garment*) đường nối; (*of ore*) vỉa

seaman thủy thủ; **seaport** thành phố cảng; **sea power** (*nation*) cường quốc hải quân

search 1 *n* sự tìm kiếm **2** *v/t city* lục soát; *files* tìm

♦ **search for** tìm kiếm

search engine COMPUT chương trình duyệt

searching *adj look, question* sắc sảo

searchlight đèn pha rọi; **search party** đoàn tìm kiếm; **search warrant** lệnh khám xét

seasick say sóng; *get ~* bị say sóng; **seaside** bờ biển; *at the ~* ở bờ biển; *go to the ~* đi chơi ở bờ biển; **seaside resort** nơi nghỉ ở bờ biển

season *n* (*winter etc, period of time*) mùa

seasoned *wood* để khô; *traveler etc* dày dạn kinh nghiệm

seasoning đồ gia vị

season ticket vé mùa

seat 1 *n* chỗ ngồi; (*of pants*) đũng quần; *please take a ~* xin mời ngồi **2** *v/t* (*have seating for*) ngồi; *the hall can ~ 200 people* phòng lớn có thể ngồi 200 người; *she ~ed herself on the sofa* chị ấy ngồi xuống ghế xô pha; *please remain ~ed* xin tiếp tục an tọa

seat belt đai an toàn

sea turtle con đồi mồi; **sea urchin** con nhím biển; **seaweed** rong biển

secluded *part of the world, little hotel* hẻo lánh

seclusion sự tách biệt

second 1 *n* (*of time*) giây; *just a ~* chờ một chút **2** *adj* thứ hai **3** *adv come in* ở vị trí thứ hai; *~ biggest* lớn thứ hai **4** *v/t motion* ủng hộ

secondary *reason* thứ yếu; *power supply, road* phụ; *of ~ importance* có tầm quan trọng thứ hai

secondary education nền giáo dục trung học

second best *adj* thứ nhì; **second-class** *adj ticket* hạng hai; **second gear** MOT số hai; **second hand** (*on clock*) kim chỉ giây;

secondhand 1 *adj* cũ **2** *adv buy* đồ cũ

secondly hai là

---

ch (*final*) k	**gh** g	**nh** (*final*) ng	**r** z; (*S*) r	**x** s	**â** (but)	**i** (tin)
d z; (*S*) y	**gi** z; (*S*) y	**ph** f	**th** t	**a** (hat)	**e** (red)	**o** (saw)
đ d	**nh** (onion)	**qu** kw	**tr** ch	**ă** (hard)	**ê** ay	**ô** oh

second-rate loại xoàng

second thoughts: *I've had* ~ tôi đã nghĩ lại

secrecy sự giữ bí mật

secret 1 *n* điều bí mật; *do sth in* ~ làm điều gì trong sự bí mật **2** *adj* *garden*, *passage* khuất nẻo; *work* bí mật

secret agent điệp viên

secretarial *tasks*, *job* thư ký

secretary thư ký; POL bộ trưởng

Secretary of State Bộ trưởng Bộ Ngoại giao

secrete (*give off*) *fluids etc* tiết ra; (*hide away*) giấu kín

secretion (*of liquid*) sự tiết ra; (*liquid secreted*) chất tiết ra; (*hiding*) việc giấu kín

secretive *person*, *attitude* hay che giấu

secretly một cách bí mật

secret police cảnh sát mật

secret service cơ quan tình báo

sect (*of Christianity*) phái

section (*of book*, *text*) phần; (*of population*) bộ phận; (*department*) ban; (*of apple etc*) miếng cắt

sector (*of society*, *city*) khu vực; (*of lung*) vùng; (*of diskette*) cung

secular thế tục

secure 1 *adj shelf etc* chắc chắn; *feeling* yên tâm; *job*, *contract* chắc chắn **2** *v/t shelf etc* gắn chặt; *s.o.'s help*, *finances* đạt được

securities market FIN thị trường chứng khoán

security (*in job*) sự yên ổn; (*guarantee*) sự bảo đảm; (*at airport etc*) sự an ninh; (*department responsible for* ~) bộ phận an ninh; (*of beliefs etc*) sự yên tâm; *securities* FIN chứng khoán

security alert sự báo động an ninh; **security check** kiểm tra an

ninh; **security-conscious** có ý thức về an ninh; **security forces** lực lượng bảo an; **security guard** người bảo vệ; **security risk** (*person*) người không tin cậy được (về mặt an ninh)

sedan MOT xe xà lun

sedative *n* thuốc an thần

sediment cặn

seduce (*sexually*) quyến rũ

seduction (*sexual*) sự quyến rũ

seductive *dress* quyến rũ; *offer* hấp dẫn

see nhìn thấy; (*understand*) hiểu; *I* ~ tôi hiểu rồi; *can I* ~ *the manager?* tôi có thể gặp ông giám đốc không?; *you should* ~ *a doctor* anh/chị nên đi khám bác sĩ; ~ *s.o. home* tiễn ai về nhà; *I'll* ~ *you to the door* để tôi đưa anh/ chị ra cửa; ~ *you!* hẹn gặp lại!

♦ **see about** (*look into*) lo liệu

♦ **see off** (*at airport etc*) tiễn; (*chase away*) đuổi đi

♦ **see to**: ~ *sth* lo giải quyết gì; ~ *it that sth gets done* đảm bảo chắc chắn là sẽ làm xong gì

seed hạt giống; (*in tennis*) đấu thủ hạt giống; *go to* ~ (*of person*) trở nên tiều tụy; (*of district*) trở nên tồi tàn

seedling cây giống con

seedy *bar*, *district* tàn tạ

seeing (that) xét thấy

seeing-eye dog chó dẫn đường cho người mù

seek 1 *v/t employment*, *truth* tìm kiếm **2** *v/i* tìm tòi

seem dường như; *it* ~*s that ...* dường như là ...

seemingly dường như

seep (*of liquid*) rỉ ra

♦ **seep out** (*of liquid*) rỉ ra

seesaw *n* ván bập bênh

ơ ur	y (tin)	ây uh-i	iê i-uh	oa wa	ôi oy	uy wee	ong aong
u (soon)	au a-oo	eo eh-ao	iêu i-yoh	oai wai	ơi ur-i	ênh uhng	uyên oo-in
ư (dew)	âu oh	êu ay-oo	iu ew	oe weh	uê way	oc aok	uyêt oo-yit

see-through *dress, material* nhìn xuyên qua được

segment (*of orange*) múi; (*geometry*) hình viên phân

segregate cách ly

segregation sự phân biệt

seismology địa chấn học

seize *person, arm* túm lấy; *opportunity* nắm lấy; (*of Customs, police etc*) bắt giữ

♦ **seize up** (*of engine*) trở nên kẹt

seizure MED bệnh bột phát; (*of drugs etc*) sự bắt giữ

seldom hiếm khi

select **1** *v/t* chọn **2** *adj* (*exclusive*) chọn lọc

selection (*choosing*) sự tuyển chọn; (*things chosen*) những cái được tuyển chọn; (*people chosen*) những người được tuyển chọn; (*assortment*) bộ tuyển chọn

selection process quá trình tuyển chọn

selective chọn lựa cẩn thận

self bản thân

self-addressed envelope phong bì ghi sẵn địa chỉ của mình; **self-assured** tự tin; **self-catering apartment** nhà nghỉ tự nấu nướng; **self-centered** ích kỷ; **self-confessed** tự thú nhận; **self-confidence** sự tự tin; **self-confident** tự tin; **self-conscious** e dè; **self-contained** *apartment* có tiện nghi riêng; **self-control** sự tự chủ; **self-defense** sự tự vệ; **self-discipline** kỷ luật tự giác; **self-doubt** tự nghi; **self-employed** làm tư; **self-evident** hiển nhiên; **self-interest** tính tư lợi

selfish ích kỷ

selfless *person, attitude* vị tha; *dedication* quên mình

self-made man người đàn ông tự

thành đạt; **self-possessed** bình tĩnh; **self-reliant** tự lực; **self-respect** lòng tự trọng; **self-righteous** *pej* tự cho mình là đúng; **self-satisfied** *pej* tự mãn; **self-service** *adj* tự phục vụ; **self-service restaurant** cửa hàng ăn tự phục vụ

sell **1** *v/t* bán; *you have to ~ yourself* anh/chị phải tự tiến cử mình **2** *v/i* (*of products*) bán

seller người bán

selling *n* COM việc bán hàng

selling point COM điểm hấp dẫn

semen tinh dịch

semester học kỳ

semi (*truck*) xe moóc theo máy kéo

semicircle hình bán nguyệt; **semicircular** có hình bán nguyệt; **semiconductor** ELEC chất bán dẫn; **semifinal** bán chung kết

seminar hội thảo

semiskilled có tay nghề vừa phải

senate thượng viện

senator thượng nghị sĩ

send *v/t* gửi; *~ sth to s.o.* gửi gì cho ai; *~ s.o. to s.o.* gửi ai đi gặp ai; *~ her my best wishes* gửi cô ấy lời chúc mừng tốt đẹp của tôi

♦ **send back** gửi trả lại

♦ **send for** *doctor* cho đi mời; *help* nhờ

♦ **send in** *troops* điều động; *next interviewee* đưa vào; *application form* nộp

♦ **send off** *letter, fax etc* gửi đi

♦ **send up** (*mock*) nhại lại

sender (*of letter*) người gửi

senile già yếu

senility tình trạng già yếu

senior (*older*) lớn tuổi hơn; (*in rank*) cấp trên; *be ~ to X* (*in rank*) cao cấp hơn X

---

ch (*final*) k	**gh** g	**nh** (*final*) ng	**r** z; (S) r	**x** s	**â** (but)	**i** (tin)
d z; (S) y	**gi** z; (S) y	**ph** f	**th** t	**a** (hat)	**e** (red)	**o** (saw)
đ d	**nh** (onion)	**qu** kw	**tr** ch	**ă** (hard)	**ê** ay	**ô** oh

senior citizen người đã về hưu

sensation (*feeling*) cảm giác;
(*surprise event*) tin giật gân;
(*product*) vật tuyệt vời; (*person*)
người tuyệt vời

sensational *news, discovery* gây
xúc động mạnh; (*very good*) tuyệt
vời; *pej* giật gân

sense 1 *n* (*meaning*) nghĩa;
(*purpose, point*) ý nghĩa; (*common
~*) lẽ thường; (*of sight, smell etc*)
giác quan; (*feeling*) cảm giác; *in a
~* về một nghĩa nào đó; *talk ~,
man!* hãy nói chuyện đàng hoàng
một chút, anh bạn!; *it doesn't
make ~* chẳng ra ý nghĩa gì;
there's no ~ in trying / waiting cố
thử / chờ mà chẳng được gì **2** *v/t
s.o.'s presence* cảm thấy

senseless (*pointless*) vô nghĩa

sensible *person* biết điều; *advice,
decision* hợp lý

sensitive *skin, person* nhạy cảm

sensitivity (*of skin, person*) độ
nhạy cảm

sensual *person, movements* gợi tình

sensuality sự đam mê lạc thú

sensuous *movements, person* khêu
gợi

sentence 1 *n* GRAM câu; LAW lời
tuyên án **2** *v/t* LAW kết án

sentiment (*sentimentality*) sự ủy
mị, sự đa cảm; (*opinion*) ý kiến

sentimental *person, mood* đa cảm;
reason tình cảm; *movie, music* ủy
mị

sentimentality sự đa cảm

sentry lính gác

separate 1 *adj* riêng biệt; *keep X ~
from Y* tách riêng X khỏi Y **2** *v/t*
tách riêng ra; (*of sea, gorge*) ngăn
cách; *~ X from Y* tách X khỏi Y
3 *v/i* (*of couple*) ly thân

separated *couple* đã ly thân

separately *pay, treat, deal with*
riêng rẽ

separation (*act*) sự chia tách;
(*state*) tình trạng bị chia tách; (*of
couple*) sự ly thân

September tháng Chín

septic nhiễm trùng; *go ~* (*of
wound*) bị nhiễm trùng

sequel hậu quả

sequence *n* chuỗi; *in ~* theo trật tự;
out of ~ không liên tục; *the ~ of
events* thứ tự các sự kiện

serene *person, smile* thanh thản;
lake lặng

sergeant (*in army*) hạ sĩ cảnh sát;
(*in police*) đồn trưởng

serial *n* (*on TV, radio*) chuyện phát
nhiều buổi; (*in magazine*) chuyện
đăng nhiều kỳ

serialize (*on TV, radio*) phát thanh
nhiều buổi; (*in magazine*) đăng
nhiều kỳ

serial killer kẻ giết người hàng
loạt; **serial number** (*of product*)
số xêri; **serial port** COMPUT cổng
nối tiếp

series (*of numbers, events, errors*)
loạt

serious *illness, situation, damage*
nghiêm trọng; (*earnest*) nghiêm
túc; *company* đứng đắn; *I'm ~* tôi
nói chuyện đứng đắn đây; *listen,
this is ~* nghe đây, chuyện này
không phải đùa; *we'd better take
a ~ look at it* chúng ta nên nhìn
sự việc một cách nghiêm túc

seriously *injured, understaffed*
nghiêm trọng; *~ intend to ...* thực
sự dự định …; *~?* thực đấy à?;
take s.o. ~ (*believe*) tin tưởng ai;
(*in relationship*) thật sự trọng ai

sermon REL bài thuyết pháp; *fig*
bài lên lớp

servant người ở

ơ u*r*	**y** (tin)	**ây** uh-i	**iê** i-uh	**oa** wa	**ôi** oy	**uy** wee	**ong** aong
u (soon)	**au** a-oo	**eo** eh-ao	**iêu** i-yoh	**oai** wai	**ơi** u*r*-i	**ênh** uhng	**uyên** oo-in
ư (dew)	**âu** oh	**êu** ay-oo	**iu** ew	**oe** weh	**uê** way	**oc** aok	**uyêt** oo-yit

serve 1 *n* (*in tennis*) cú giao bóng **2** *v/t food, customer, country* phục vụ **3** *v/i* (*give out food*) dọn cơm; (*as politician etc*) phục vụ; (*in tennis*) giao bóng; *it ~s you right* đáng đời anh/chị

♦ **serve up** *meal* dọn cơm

server (*in tennis*) người giao bóng; COMPUT máy chủ mạng

service 1 *n* (*to customers, community*) sự phục vụ, dịch vụ; (*for vehicle, machine*) sự bảo dưỡng; (*in tennis*) quả giao bóng; *the ~s* quân chủng **2** *v/t vehicle, machine* bảo dưỡng

service area khu dịch vụ; **service charge** (*in restaurant, club*) phí phục vụ; **service industry** ngành dịch vụ; **serviceman** MIL quân nhân; **service provider** COMPUT công ty cung cấp dịch vụ Internet; **service sector** khu vực dịch vụ; **service station** trạm xăng dầu

sesame oil dầu vừng

session (*of parliament*) khóa họp; (*with psychiatrist, consultant etc*) buổi họp

set 1 *n* (*of tools, books etc*) bộ; (*group of people*) giới; MATH tập hợp; THEA: *scenery* bộ phông cảnh; (*where a movie is made*) diễn trường; (*in tennis*) xéc; **television ~** máy vô tuyến **2** *v/t* (*place*) đặt; *movie, novel etc* lấy bối cảnh; *date, time, limit* ấn định; *mechanism* điều chỉnh; *alarm clock* để; *broken limb* bó; *jewel* gắn; (*type~*) xếp chữ; *~ the table* sắp đặt bàn ăn; *~ a task for s.o.* giao một việc cho ai **3** *v/i* (*of sun*) lặn; (*of glue*) đông kết **4** *adj views, ideas* cứng nhắc; *be dead ~ on X* kiên quyết thực hiện X; *be very ~ in one's ways* rất cố chấp; *~ book/reading* (*in course*)

sách/bài quy định; *~ meal* món ăn ấn định

♦ **set apart**: *set X apart from Y* phân biệt X với Y

♦ **set aside** (*for future use*) dành riêng ra

♦ **set back** (*in plans etc*) làm chậm lại; *it set me back $400* nó làm tôi phải trả 400 đô la

♦ **set off 1** *v/i* (*on journey*) khởi hành **2** *v/t explosion, chain reaction* gây nổ

♦ **set out 1** *v/i* (*on journey*) lên đường; *~ to do X* (*intend*) có ý định làm X **2** *v/t ideas, proposal* trình bày; *goods* bày

♦ **set to** (*start on a task*) bắt tay vào làm

♦ **set up 1** *v/t company, system* thành lập; *equipment, machine* lắp đặt; *market stall* dựng lên; F (*frame*) lừa **2** *v/i* (*in business*) thành lập

setback trở lực

setting (*of novel etc*) bối cảnh; (*of house*) khung cảnh

settle 1 *v/i* (*of bird*) đậu; (*of liquid, dust*) lắng đọng; (*to live*) sinh sống **2** *v/t dispute, argument* dàn xếp; *issue, uncertainty* giải quyết; *s.o.'s debts* thanh toán; *check* trả tiền; *that ~s it!* thế là xong!

♦ **settle down** *v/i* (*stop being noisy*) lắng dịu; (*stop wild living*) ổn định cuộc sống; (*in an area*) định cư

♦ **settle for** (*take, accept*) đành chấp nhận

settlement (*of claim, dispute*) sự giải quyết; (*of debt*) sự thanh toán; (*payment*) sự thỏa thuận; (*of building*) sự lún

settler (*in new country*) người định cư

set-up (*structure*) cơ cấu tổ chức; (*relationship*) mối quan hệ; F

ch (*final*) k	**gh** g	**nh** (*final*) ng	**r** z; (S) r	**x** s	**â** (but) **i** (tin)
đ z; (S) y	**gi** z; (S) y	**ph** f	**th** t	**a** (hat)	**e** (red) **o** (saw)
đ d	**nh** (onion)	**qu** kw	**tr** ch	**ă** (hard)	**ê** ay **ô** oh

(*frame-up*) sự lừa gạt
seven bảy
seventeen mười bảy
seventeenth *adj* thứ mười bảy
seventh *adj* thứ bảy
seventieth *adj* thứ bảy mươi
seventy bảy mươi
sever *v/t arm, cable, relations etc* cắt đứt
several *adj & pron* một số
severe *illness* nghiêm trọng; *teacher, face, penalty* nghiêm khắc; *winter, weather* khắc nghiệt
severely *punish, speak* nghiêm khắc; *injured, disrupted* nghiêm trọng
severity (*of illness*) sự nghiêm trọng; (*of look, penalty etc*) sự nghiêm khắc; (*of winter*) sự khắc nghiệt
sew 1 *v/t* khâu **2** *v/i* may vá
♦ **sew on** *button* đính
sewage chất thải
sewage plant nhà máy xử lý chất thải
sewer cống rãnh
sewing (*skill*) việc may vá; (*that being sewn*) đồ may
sewing machine máy khâu
sex (*act*) việc làm tình; (*gender*) giới tính; **have ~ with** làm tình với
sexual *person* đam mê sắc tình; *relations, activity, desire* tình dục; **~ organs** cơ quan sinh lý
sexual intercourse giao hợp
sexually transmitted disease bệnh lây bằng con đường tình dục
sexy *person, picture* khêu gợi
shabby *coat etc* tồi tàn; *treatment* tồi tệ
shack túp lều
shade 1 *n* (*for lamp*) cái chụp đèn; (*of color*) gam màu; (*on window*) màn che; **in the ~** trong bóng râm

2 *v/t* (*from sun, light*) che
shadow *n* bóng
shady *spot* có bóng râm; *character, dealings* khả nghi
shaft (*of axle*) thân trục; **mine ~** đường thông xuống hầm mỏ
shaggy *hair* bờm xờm; *dog* có bộ lông bờm xờm
shake 1 *n* sự lắc; **give X a good ~** lắc mạnh X **2** *v/t bottle, one's head* lắc; **~ hands** bắt tay; **~ hands with X** bắt tay với X **3** *v/i* (*of hands*) run rẩy; (*of voice*) run run; (*of building*) lung lay
shaken (*emotionally*) bàng hoàng
shake-up sự cải tổ
shaky *table, chair etc* ọp ẹp; *voice* run run; (*after illness, shock*) run rẩy; *grasp of sth, grammar etc* không vững
shall sẽ; **I ~ do my best** tôi sẽ cố hết sức; **I shan't see them** tôi sẽ không gặp họ; **~ we go now?** bây giờ chúng ta đi chứ?
shallow *water* nông; *person* nông cạn
shame 1 *n* (*embarrassment*) sự xấu hổ; (*disgrace*) nỗi nhục; **feel ~ at having told a lie** cảm thấy xấu hổ vì đã nói dối; **bring ~ on ...** mang lại nỗi nhục cho …; **what a ~!** thật đáng tiếc!; **~ on you!** anh/chị phải biết xấu hổ chứ! **2** *v/t person, family* làm nhục; **~ X into doing Y** làm cho X xấu hổ mà làm Y
shameful đáng xấu hổ
shameless vô liêm sỉ
shampoo 1 *n* dầu gội đầu; **a ~ and set** gội và sấy ép **2** *v/t customer, hair* gội … bằng dầu gội đầu
shape 1 *n* hình dáng **2** *v/t clay* nặn; *s.o.'s life, the future* định hướng
shapeless *dress etc* không ra hình thù gì

ơ ur	y (tin)	ây uh-i	iê i-uh	oa wa	ôi oy	uy wee	ong aong
u (soon)	au a-oo	eo eh-ao	iêu i-yoh	oai wai	ơi ur-i	ênh uhng	uyên oo-in
ư (dew)	âu oh	êu ay-oo	iu ew	oe weh	uê way	oc aok	uyêt oo-yit

shapely *figure* cân đối

share 1 *n* phần; FIN cổ phần; *do one's ~ of the work* làm phần việc của mình **2** *v/t feelings, opinions* chia xẻ **3** *v/i* chia xẻ; *do you mind sharing with Patrick?* (*bed, room, table*) anh/chị bằng lòng dùng chung với Patrick chứ?

♦ **share out** phân chia

shareholder người có cổ phần

shark cá mập

sharp 1 *adj knife* sắc; *mind* sắc sảo; *pain* nhói; *taste* gắt; *criticism, remark etc* gay gắt **2** *adv* MUS cao; *at 3 o'clock ~* ba giờ đúng

sharpen *knife* mài; *pencil* gọt; *skills* trau dồi

shatter 1 *v/t glass* đập vỡ; *illusions* làm tiêu tan **2** *v/i* (*of glass*) vỡ tan

shattered F (*exhausted*) rã rời; (*very upset*) rụng rời

shattering *news, experience* làm choáng người; *effect* gây choáng váng

shave 1 *v/t head* cạo; *legs, armpits* cạo lông **2** *v/i* cạo râu **3** *n* sự cạo râu; *have a ~* cạo râu; *that was a close ~* *fig* suýt nữa thì nguy

♦ **shave off** *beard* cạo; (*from piece of wood*) bào

shaven *head* cạo trọc

shaver (*electric*) dao cạo điện

shaving brush chổi cạo râu

shaving soap xà phòng cạo râu

shawl khăn choàng

she chị ấy; (*younger woman*) cô ấy, cổ (*S*); (*older or respected woman*) bà ấy; (*child*) nó

shears kéo tỉa cành

sheath *n* (*for knife*) bao; (*contraceptive*) bao cao su

shed¹ *v/t blood* đổ; *tears* trào; *leaves* rụng; *~ light on* *fig* rọi sáng

shed² *n* nhà kho

sheep con cừu

sheepdog chó chăn cừu

sheepish ngượng ngập

sheepskin *adj lining* da cừu

sheer *adj madness, luxury* hoàn toàn; *drop, cliffs* dựng đứng

sheet (*for bed*) khăn trải giường; (*of paper*) tờ; (*of metal, glass etc*) tấm

shelf giá; *shelves* những ngăn giá

shell 1 *n* (*of mussel, egg, nuts etc*) vỏ; (*of tortoise*) mai; MIL đạn pháo; *come out of one's ~* *fig* ra khỏi cái vỏ của mình **2** *v/t peas* bóc vỏ; MIL nã pháo

shellfire sự pháo kích; *come under ~* bị pháo kích

shellfish hải sản có vỏ

shelter 1 *n* (*refuge*) chỗ trú ẩn; (*construction*) hầm trú ẩn; (*at bus stop*) trạm xe **2** *v/i* (*from rain, bombs*) trú **3** *v/t* (*from weather*) che chắn; (*from danger*) che giấu; (*from criticism*) che đỡ

sheltered *place* khuất gió; *lead a ~ life* sống cuộc đời được che chở

sherry rượu se-ry

shield 1 *n* lá chắn bảo vệ; (*sports trophy*) phần thưởng hình cái khiên; TECH tấm chắn **2** *v/t* che; (*against danger, from reality etc*) che chở

shift 1 *n* (*in attitude, thinking*) sự thay đổi; (*switchover*) sự chuyển đổi; (*in direction of wind etc*) sự chuyển; (*period of work*) ca **2** *v/t* (*move*) chuyển; *stains etc* làm mất đi; *~ the emphasis onto* chuyển trọng tâm vào **3** *v/i* (*move*) xê dịch; (*in attitude, opinion*) thay đổi; (*of wind*) chuyển; *that's ~ing!* F nhanh thế!

shift key COMPUT phím síp

shift work làm việc theo ca

ch (*final*) k **gh** g **nh** (*final*) ng **r** z; (*S*) r **x** s **â** (but) **i** (tin)
d z; (*S*) y **gi** z; (*S*) y **ph** f **th** t **a** (hat) **e** (red) **o** (saw)
đ d **nh** (onion) **qu** kw **tr** ch **ă** (hard) **ê** ay **ô** oh

shifty *pej* gian giảo
shifty-looking *pej* có vẻ gian
shimmer *v/i* lấp lánh
shin *n* cẳng chân
shine 1 *v/i* (*of sun, moon*) chiếu
    sáng; (*of shoes, polish*) bóng láng;
    fig (*of student etc*) xuất sắc **2** *v/t*
    flashlight etc rọi **3** *n* (*on shoes etc*)
    sự bóng lộn
shingle (*on beach*) đá cuội
shingles MED bệnh zona
shiny *surface* nhẵn bóng
ship 1 *n* tàu **2** *v/t* (*send*) gửi; (*send
    by sea*) gửi bằng đường biển
shipment (*consignment*) sự gửi
    hàng
shipowner chủ tàu
shipping (*sea traffic*) giao thông
    hàng hải; (*sending*) sự gửi hàng;
    (*sending by sea*) gửi bằng đường
    biển
shipping company công ty hàng
    hải
shipshape *adj* gọn gàng;
    shipwreck 1 *n* sự đắm tàu **2** *v/t*
    làm đắm; **be ~ed** bị đắm tàu;
    shipyard xưởng đóng tàu
shirk trốn tránh
shirt áo sơ mi; *in his ~ sleeves*
    không mặc áo vét
shit F **1** *n* cứt; (*bad quality goods,
    work*) như cứt; *I need a ~* tôi buồn
    đi ỉa **2** *v/i* đi ỉa **3** *interj* mẹ kiếp
shitty F rác rưởi
shiver *v/i* run lên
shock 1 *n* cú sốc; ELEC điện giật; *be
    in ~* MED bị sốc **2** *v/t* làm sửng
    sốt; *be ~ed by* sửng sốt bởi
shock absorber MOT thiết bị giảm
    sốc
shocking *behavior* chướng; *poverty*
    dễ sợ; F (*very bad*) tồi tệ; *prices* đắt
    khủng khiếp
shoddy *goods* kém phẩm chất;

behavior tồi
shoe giày
shoelace dây giày; **shoestore** cửa
    hàng giày; **shoestring**: *do X on a
    ~* làm X với số vốn chẳng đáng
    là bao
♦**shoo away** *children, chicken* xua
    đi
shoot 1 *n* BOT chồi cây **2** *v/t* bắn;
    (*and kill*) bắn chết; *movie* quay
    phim; *~ X in the leg* bắn vào chân
    X
♦**shoot down** *airplane* bắn rơi;
    suggestion bác bỏ
♦**shoot off** (*rush off*) đông
♦**shoot up** *v/i* (*of prices*) tăng vọt;
    (*of children*) lớn vổng lên; (*of new
    suburbs, buildings etc*) mọc lên
shooting star sao băng
shop 1 *n* cửa hàng; *talk ~* bàn công
    chuyện **2** *v/i* mua hàng; *go ~ping*
    đi mua hàng
shopkeeper chủ hiệu
shoplifter kẻ cắp ở cửa hàng
shopper người mua hàng
shopping (*activity*) việc mua hàng;
    (*items*) hàng; *do one's ~* đi mua
    hàng
shopping mall trung tâm thương
    mại
shop steward người đại diện công
    đoàn
shore bờ; *on ~* (*not at sea*) trên bờ
short 1 *adj* (*in height*) thấp; *road,
    distance* ngắn; (*in time*) ngắn ngủi;
    be ~ of thiếu **2** *adv* đột ngột; *cut a
    vacation / meeting ~* rút ngắn một
    kỳ nghỉ / cuộc họp; *stop a person ~*
    đột ngột ngắt lời người nào; *go ~
    of* không có đủ; *in ~* tóm lại
shortage sự thiếu hụt
short circuit *n* đoản mạch;
    shortcoming khiếm khuyết;
    shortcut (*route*) đường tắt; *fig*

ơ u r	y (tin)	ây uh-i	iê i-uh	oa wa	ôi oy	uy wee	ong aong
u (soon)	au a-oo	eo eh-ao	iêu i-yoh	oai wai	ơi ur-i	ênh uhng	uyên oo-in
ư (dew)	âu oh	êu ay-oo	iu ew	oe weh	uê way	oc aok	uyêt oo-yit

cách làm nhanh hơn

shorten *v/t dress, hair etc* cắt ngắn; *chapter, article* rút gọn; *vacation, work day* rút ngắn

shortfall sự thâm hụt; **shorthand** *n* tốc ký; **shortlist** *n* (*of candidates*) danh sách vòng trong; **short-lived** tồn tại trong thời gian ngắn

shortly (*soon*) sớm; **~ before that** ngay trước đó

shorts quần soóc; (*underwear*) quần đùi

shortsighted cận thị; *fig* thiển cận; **short-sleeved** ngắn tay; **short-staffed** thiếu người làm; **short story** truyện ngắn; **short-tempered** nóng tính; **short-term** ngắn hạn; **short time: be on ~** (*of workers*) làm việc không hết thời giờ; **short wave** sóng ngắn

shot (*from gun*) phát súng; (*photograph*) ảnh chụp; (*injection*) mũi tiêm; **be a good**/**poor ~** là tay súng giỏi/kém; **like a ~** *accept, run off* ngay lập tức

shotgun súng săn

should nên; **what ~ I do?** tôi nên làm gì?; **you ~n't do that** anh/chị không nên làm thế; **that ~ be long enough** đáng lẽ đủ thời giờ rồi thì phải; **you ~ have heard him!** anh/chị cần phải nghe anh ấy nói!

shoulder *n* vai

shoulder blade xương vai

shoulder pole đòn gánh

shout 1 *n* tiếng thét; **~s of joy**/**excitement** những tiếng reo hò sung sướng/khích động **2** *v/i* thét lên **3** *v/t order* thét

♦ **shout at** quát tháo

shouting *n* tiếng hò hét

shove 1 *n* cú đẩy mạnh **2** *v/t* đẩy **3** *v/i* xô đẩy

♦ **shove in** *v/i* (*in line-up*) chen vào
♦ **shove off** *v/i* F (*go away*) đi đi

shovel *n* cái xẻng

show 1 *n* THEA buổi biểu diễn; RAD, TV chương trình; (*display*) sự thể hiện; **on ~** (*at exhibition etc*) được trưng bày; **it's all done for ~** *pej* làm chỉ để phô bày **2** *v/t passport, ticket* xuất trình; *interest, emotion* thể hiện; (*at exhibition*) trưng bày; *movie* chiếu; **~ X to Y** cho Y xem X **3** *v/i* (*be visible*) lộ ra; (*of movie*) chiếu; **does it ~?** có lộ ra không?

♦ **show off 1** *v/t skills* phô trương **2** *v/i pej* khoe khoang

♦ **show up 1** *v/t s.o.'s shortcomings etc* cho thấy; **don't show me up in public** (*embarrass*) đừng làm tôi ngượng trước công chúng **2** *v/i* (*arrive, turn up*) xuất hiện; (*be visible*) nổi

show business *công việc kinh doanh ngành giải trí nghệ thuật*

showdown cuộc đối đầu

shower 1 *n* (*of rain*) trận mưa rào; (*to wash*) sự tắm rửa; **take a ~** tắm **2** *v/i* tắm **3** *v/t:* **~ X with compliments**/**praise** chúc mừng/khen ngợi X đáo để

shower cap mũ tắm; **shower curtain** rèm che buồng tắm; **shower gel** sữa tắm; **showerproof** *adj* không thấm nước

show jumping môn cưỡi ngựa vượt rào; **show-off** kẻ phô trương; **showroom** phòng trưng bày; **in ~ condition** trong tình trạng trưng bày

showy *behavior* phô trương; *clothes* lòe loẹt

shred 1 *n* (*of paper etc*) mảnh; (*of evidence etc*) một chút **2** *v/t paper*

---

ch (*final*) k	**gh** g	**nh** (*final*) ng	**r** z; (S) r	**x** s	**â** (but)	**i** (tin)
d z; (S) y	**gi** z; (S) y	**ph** f	**th** t	**a** (hat)	**e** (red)	**o** (saw)
đ d	**nh** (onion)	**qu** kw	**tr** ch	**ă** (hard)	**ê** ay	**ô** oh

cắt vụn; (*in cooking*) thái nhỏ

shredder (*for documents*) máy xé giấy

shrewd khôn ngoan

shriek 1 *n* tiếng hét **2** *v/i* hét lên

shrimp con tôm

shrine điện thờ

shrink¹ *v/i* (*of material*) co lại; (*of level of support etc*) giảm đi

shrink² *n* F (*psychiatrist*) bác sĩ tâm thần

shrink-wrap gói trong giấy ni lông

shrink-wrapping (*process*) đóng gói bằng giấy ni lông; (*material*) giấy ni lông để đóng gói

shrivel nhăn nhúm

shrub cây bụi

shrubbery có nhiều bụi cây

shrug 1 *n* cái nhún vai **2** *v/i* nhún vai **3** *v/t* nhún; **~ one's shoulders** nhún vai

shudder 1 *n* (*of fear, disgust*) cơn rùng mình; (*of earth etc*) rung chuyển **2** *v/i* (*with fear, disgust*) rùng mình; (*of earth, building*) rung lên

shuffle 1 *v/t cards* xáo bài **2** *v/i* (*in walking*) lê chân

shun tránh

shut 1 *v/t* đóng **2** *v/i* đóng; **when do the stores ~ on Saturday?** Thứ Bảy các cửa hàng đóng cửa vào lúc mấy giờ?

♦ **shut down 1** *v/t business* đóng cửa; *computer* tắt **2** *v/i* (*of business*) ngừng kinh doanh; (*of computer*) tắt

♦ **shut up** *v/i* (*be quiet*) im mồm; **~!** im mồm đi!

shutter (*on window*) cửa chớp; PHOT lá chắn sáng

shuttle *v/i* đi lại như con thoi

shuttlebus (*at airport*) xe con thoi;

shuttlecock SP quả cầu lông;

shuttle service dịch vụ xe tuyến

shy *adj* nhút nhát

shyness tính nhút nhát

Siamese twins trẻ sinh đôi dính với nhau

sick ốm; *sense of humor* độc ác; *society* bệnh hoạn; **I'm going to be ~** (*about to vomit*) tôi cảm thấy buồn nôn; **be ~ of** (*fed up with*) chán ngấy

sicken 1 *v/t* (*disgust*) làm cho ghê tởm; **the way he treats them ~s me** cách anh ấy đối xử với chúng làm cho tôi ghê tởm **2** *v/i*: **be ~ing for something** có triệu chứng bệnh

sickening ghê tởm

sickle cái liềm

sick leave phép nghỉ ốm; **be on ~** nghỉ ốm

sickly *person* hay ốm; *color* xanh xao

sickness sự đau ốm; (*vomiting*) cảm giác buồn nôn

side *n* (*of box, house*) cạnh; (*of room, field*) mặt bên; (*of mountain, person*) SP bên; **take ~s** (*favor one side*) đứng về phe; **take ~s with s.o.** đứng về phe ai; **I'm on your ~** tôi đứng về phe anh/chị; **~ by ~** sát bên nhau; **at the ~ of the road** bên lề đường; **on the big**/**small ~** hơi rộng/nhỏ

♦ **side with** đứng về phe

sideboard tủ búp-phê; **sideburn** tóc mai; **side dish** món ăn kèm; **side effect** tác động phụ; **sidelight** MOT đèn hiệu; **sideline 1** *n* (*second job*) nghề phụ **2** *v/t* cho ra rìa; **feel ~d** cảm thấy bị ra rìa; **side street** phố nhỏ; **sidetrack** *v/t* đánh lạc hướng; **get ~ed** bị lạc hướng; **sidewalk** vỉa hè; **sidewalk**

ơ ur	**y** (tin)	**ây** uh-i	**iê** i-uh	**oa** wa	**ôi** oy	**uy** wee	**ong** aong
u (soon)	**au** a-oo	**eo** eh-ao	**iêu** i-yoh	**oai** wai	**ơi** ur-i	**ênh** uhng	**uyên** oo-in
ư (dew)	**âu** oh	**êu** ay-oo	**iu** ew	**oe** weh	**uê** way	**oc** aok	**uyêt** oo-yit

café cà phê vỉa hè; **sideways** *adv* nghiêng

siege *n* sự vây hãm; **lay ~ to** *city* bao vây

sieve *n* cái sàng

sift *v/t corn, ore* sàng; *data* sàng lọc

♦ **sift through** *details, data* xem xét kỹ

sigh 1 *n* tiếng thở dài; **heave a ~ of relief** thở dài khoan khoái **2** *v/i* thở dài

sight *n* cảnh; (*power of seeing*) thị lực; **~s** (*of city*) thắng cảnh; **catch ~ of** thoáng thấy; **know by ~** biết mặt; **within ~ of** trong tầm mắt; **out of ~** ngoài tầm mắt; **what a ~ you are!** trông anh/chị mới nhếch nhác làm sao!; **lose ~ of** *main objective etc* quên đi

sightseeing cuộc tham quan; **go ~** đi tham quan

sightseeing tour chuyến đi tham quan

sightseer người đi tham quan

sign 1 *n* (*indication*) dấu hiệu; (*road~*) biển báo; (*outside store, on building*) bảng hiệu; **it's a ~ of the times** đó là một dấu hiệu của thời đại **2** *v/t document* ký **3** *v/i* ký tên

♦ **sign up** *v/i* (*join the army*) nhập ngũ

signal 1 *n* tín hiệu; **be sending out all the right/wrong ~s** đưa ra toàn những tín hiệu đúng/sai **2** *v/i* (*of driver*) ra hiệu

signatory (*to treaty, contract*) người ký kết

signature chữ ký

signature tune nhạc hiệu

significance ý nghĩa

significant *event etc* có ý nghĩa; (*quite large*) đáng kể

signify có nghĩa là

sign language ngôn ngữ ký hiệu

signpost biển chỉ đường

silence 1 *n* sự im lặng; **in ~ work, march** trong sự im lặng; **~!** hãy im đi! **2** *v/t rumor-mongers, opposition* làm cứng họng

silencer (*on gun*) bộ giảm thanh

silent *footsteps, streets, forest* lặng lẽ; *engine* im lặng; *protest, suffering* thầm lặng; *movie* câm; **stay ~** (*not comment*) nín thinh

silent partner COM đối tác hùn vốn

silhouette *n* hình bóng

silicon silic

silicon chip mạch điện tử làm bằng silic

silk 1 *n* lụa **2** *adj shirt etc* bằng lụa

silk painting tranh lụa

silkworm con tằm

silly khờ dại

silver 1 *n* bạc **2** *adj ring* bằng bạc; *hair* ánh bạc

silver medal huy chương bạc

silver-plated mạ bạc

similar giống nhau

similarity sự giống nhau

simmer *v/i* (*in cooking*) sủi tăm; (*with rage*) giận sôi lên

♦ **simmer down** bình tĩnh trở lại

simple (*easy*) đơn giản

simplicity sự đơn giản

simplify đơn giản hóa

simplistic đơn giản quá mức

simply (*absolutely*) hoàn toàn; (*in a simple way*) một cách đơn giản; **it is ~ the best** không nghi ngại gì đó là cái tốt nhất

simulate (*feign*) giả vờ; (*reproduce*) tái tạo

simultaneous đồng thời

simultaneously một cách đồng thời

sin 1 *n* tội lỗi **2** *v/i* phạm tội

since 1 *prep* từ khi; **~ last week** từ tuần trước **2** *adv* từ đó; **I haven't**

ch (*final*) k	**gh** g	**nh** (*final*) ng	**r** z; (*S*) r	**x** s	**â** (but)	**i** (tin)
d z; (*S*) y	**gi** z; (*S*) y	**ph** f	**th** t	**a** (hat)	**e** (red)	**o** (saw)
đ d	**nh** (onion)	**qu** kw	**tr** ch	**ă** (hard)	**ê** ay	**ô** oh

seen him ~ từ đó tôi không hề
gặp anh ấy **3** *conj* (*expression of
time*) sau khi; (*seeing that*) bởi vì;
~ **you left** sau khi anh/chị đã đi; ~
you don't like it bởi vì anh/chị
không thích nó

sincere chân thành

sincerely một cách chân thành;
(*really*) một cách thực sự; **Yours**
~ Kính thư

sincerity sự chân thành

sinful *person*, *deeds* tội lỗi

sing 1 *v/t* hát **2** *v/i* (*of person*) hát;
(*of bird*) hót

Singapore nước Sing-ga-po

Singaporean 1 *adj* Sing-ga-po **2** *n*
(*person*) người Sing-ga-po

singe *v/t* làm cháy xém

singer ca sĩ

single 1 *adj* (*sole*) chỉ một; (*not
double*) đơn; (*not married*) độc
thân; **there wasn't a ~ ...** không
có lấy một ...; **in ~ file** thành
hàng một **2** *n* MUS (*record*) đĩa
hát đơn; (*room*) phòng một; **~s**
(*in tennis*) trận đánh đơn

♦ **single out** (*choose*) chọn ra;
(*distinguish*) tách riêng ra

single-breasted *jacket* có một
hàng khuy; **single-handed 1** *adj*
attempts, *rescue* đơn độc **2** *adv*
một mình; **single-minded** chuyên
tâm; **single mother** người mẹ độc
thân; **single parent** bố hoặc mẹ tự
nuôi con; **single parent family** *gia
đình chỉ có bố hoặc mẹ*; **single
room** phòng một

singular GRAM **1** *adj* số ít **2** *n* số ít;
in the ~ ở dạng số ít

sinister *look*, *person* nham hiểm;
sky mang điềm gở

sink 1 *n* bồn rửa **2** *v/i* (*of ship*,
object) chìm; (*of sun*) lặn; (*of
interest rates etc*) xuống thấp; (*of

pressure) giảm xuống; **he sank
onto the bed** anh ấy nằm thụt
xuống giường **3** *v/t ship* đánh
chìm; *funds* đầu tư

♦ **sink in** *v/i* (*of liquid*) ngấm vào;
(*of words*, *event*) thấm thía; **it
took a long time for the truth to**
~ phải mất một thời gian dài
mới thấm thía được sự thực

sinner người có tội

sinusitis MED viêm xoang

sip 1 *n* (*of tea*) sự nhấp nháp **2** *v/t*
nhấp nháp

sir thưa ngài; **excuse me,** ~ thưa
ông

siren (*on police car*) còi

sirloin thịt thăn bò

sister (*older*) chị gái; (*younger*)
em gái

sister-in-law (*older*) chị dâu;
(*younger*) em dâu

sit *v/i* ngồi

♦ **sit down** ngồi xuống

♦ **sit up** (*in bed*) ngồi dậy;
(*straighten back*) ngồi thẳng lên;
(*wait up at night*) thức khuya

sitcom hài kịch tình thế

site 1 *n* địa điểm **2** *v/t new offices
etc* xác định địa điểm

sitting (*of committee*, *court*) buổi
họp; (*for artist*) buổi ngồi làm
mẫu; (*for meals*) lượt ăn

sitting room phòng khách

situated: **be** ~ (*of building*) nằm ở

situation tình hình; (*of building etc*)
địa thế

six sáu

sixteen mười sáu

sixteenth *adj* thứ mười sáu

sixth *adj* thứ sáu

sixtieth *adj* thứ sáu mươi

sixty sáu mươi

size (*of room*, *building*, *car*) kích
thước; (*of company*, *loan*, *project*)

ơ ur	y (tin)	ây uh-i	iê i-uh	oa wa	ôi oy	uy wee	ong aong
u (soon)	au a-oo	eo eh-ao	iêu i-yoh	oai wai	ơi ur-i	ênh uhng	uyên oo-in
ư (dew)	âu oh	êu ay-oo	iu ew	oe weh	uê way	oc aok	uyêt oo-yit

qui mô; (*of jacket, shoes*) cỡ số
♦**size up** *person, situation* đánh giá
sizeable *meal, house, order* khá lớn
sizzle tiếng xèo xèo
skate 1 *n* (*for ice-skating*) giày trượt băng; (*for roller skating*) giày pa-tanh **2** *v/i* (*on ice*) trượt băng; (*on roller skates*) trượt pa-tanh
skateboard *n* ván trượt
skater (*on ice*) người trượt băng; (*on roller skates*) người trượt pa-tanh
skating (*on ice*) môn trượt băng; (*on roller skates*) môn trượt pa-tanh
skeleton bộ xương
skeleton key chìa khóa vạn năng
skeptic người hoài nghi
skeptical hoài nghi
skepticism thái độ hoài nghi
sketch 1 *n* bức phác thảo; THEA vở hài kịch ngắn **2** *v/t* phác họa
sketchbook vở nháp
sketchy *knowledge etc* sơ sài
ski 1 *n* ván trượt tuyết **2** *v/i* trượt tuyết
skid 1 *n* sự trượt **2** *v/i* (*of vehicle, person*) trượt
skier người trượt tuyết
skiing môn trượt tuyết
skill kỹ năng
skilled có kỹ năng
skilled worker công nhân lành nghề
skillet chảo
skillful *person* khéo tay; *job* tinh xảo; *driving* lành nghề
skim *surface* lướt qua
♦**skim off** *the best* lấy đi
♦**skim through** *text* đọc lướt
skimmed milk sữa không kem
skimpy *account etc* không đầy đủ; *little dress* hở hang
skin 1 *n* da **2** *v/t* lột da

skin diving môn lặn trần
skinny *person, legs* gầy nhom
skin-tight *dress* bó sát người
skip 1 *n* (*little jump*) bước nhảy chân sáo **2** *v/i* nhảy chân sáo; (*with skipping rope*) nhảy dây **3** *v/t* (*omit*) bỏ qua
skipper NAUT thuyền trưởng; (*of team*) đội trưởng
skirt *n* váy
ski run đường trượt tuyết
skull sọ
sky bầu trời
skylight cửa sổ mái; **skyline** hình dáng in lên nền trời; **skyscraper** nhà chọc trời
slab (*of stone*) phiến; (*of cake etc*) tấm
slack *rope* chùng; *discipline* lỏng lẻo; *person* cẩu thả; *work* lơ là; *period* nhàn hạ
slacken *v/t rope* làm chùng; *pace* làm chậm
♦**slacken off** *v/i* (*of trading*) giảm bớt; (*of pace*) đi chậm lại
slacks quần
slam 1 *v/t door* đóng sầm **2** *v/i* (*of door etc*) đóng sầm lại
♦**slam down** (*throw with violence*) ném phịch; (*put with violence*) đặt phịch
slander 1 *n* sự vu cáo **2** *v/t* vu cáo
slang tiếng lóng; (*of a specific group*) tiếng lóng nhà nghề
slant 1 *v/i* nghiêng **2** *n* (*of roof*) dốc; (*given to a story*) quan điểm
slanting *roof* nghiêng; *eyes* xếch
slap 1 *n* (*blow*) cái đập; (*smack*) cái tát **2** *v/t* tát; **~ him in the face** tát anh ấy vào mặt
slash 1 *n* (*in skin, painting*) vết rạch; (*in punctuation*) vạch chéo **2** *v/t painting, skin etc* rạch; *prices, costs* giảm mạnh; **~ one's wrists**

ch (*final*) k	**gh** g	**nh** (*final*) ng	**r** z; (*S*) r	**x** s	**â** (but)	**i** (tin)
d z; (*S*) y	**gi** z; (*S*) y	**ph** f	**th** t	**a** (hat)	**e** (red)	**o** (saw)
đ d	**nh** (onion)	**qu** kw	**tr** ch	**ă** (hard)	**ê** ay	**ô** oh

tự rạch cổ tay

slate *n* (*material*) đá acđoa

slaughter 1 *n* (*of animals*) sự mổ thịt; (*of people, troops*) sự tàn sát **2** *v/t animals* mổ thịt; *people, troops* tàn sát

slave *n* nô lệ

slay giết chết

slaying (*murder*) tội giết người

sleazy *bar, area* nhớp nhúa; *characters* ám muội

sled(ge) *n* xe trượt tuyết

sledge hammer búa tạ

sleep 1 *n* giấc ngủ; *go to* ~ đi ngủ; *I need a good* ~ tôi cần có một giấc ngủ ngon; *I couldn't get to* ~ tôi không thể vỗ giấc **2** *v/i* ngủ; ~ *late* ngủ dậy muộn

♦ **sleep on** *v/t proposal, decision* để đến mai

♦ **sleep with** (*have sex with*) ăn nằm với

sleeping bag túi ngủ; **sleeping car** toa xe lửa có giường ngủ; **sleeping pill** thuốc ngủ

sleepless *night* không ngủ

sleepwalker người mộng du

sleepy *yawn* ngái ngủ; *town* im lìm; *I'm* ~ tôi buồn ngủ

sleet *n* mưa tuyết

sleeve (*of jacket etc*) tay áo

sleeveless *shirt, dress* không có tay áo

sleight of hand sự khéo léo của đôi tay

slender *figure, arms* thon thả; *chance, margin* mỏng manh; *income* nghèo nàn

slice 1 *n* (*of bread, tart*) lát; *fig* (*of profits etc*) phần **2** *v/t loaf etc* cắt thành lát

sliced bread bánh mì cắt lát

slick 1 *adj performance* khéo léo; *road, surface* trơn; *pej* (*cunning*)

ma lanh **2** *n* (*of oil*) vết dầu loang

slide 1 *n* (*for kids*) cầu trượt; PHOT phim dương bản **2** *v/i* trượt; (*drop: of exchange rate etc*) trượt xuống **3** *v/t* đẩy trượt

sliding door cửa kéo

slight 1 *adj person, figure* mảnh khảnh; *difference, changes* không đáng kể; *accent, headache, cold* nhẹ; *no, not in the* ~*est* không, không một chút nào **2** *n* (*insult*) sự xúc phạm

slightly hơi

slim 1 *adj person, figure* thon thả; *pocketbook* mỏng; *chance, hopes* mỏng manh **2** *v/i* làm cho người thon thả

slime chất nhờn

slimy *liquid* nhầy nhụa; *person* xu nịnh

sling 1 *n* (*for arm*) băng đeo **2** *v/t* (*throw*) quăng

slip 1 *n* (*on ice etc*) sự trượt chân; (*mistake*) sự sơ xuất; *a* ~ *of paper* một mẩu giấy nhỏ; *a* ~ *of the tongue* sự lỡ lời; *give s.o. the* ~ cắt đuôi ai **2** *v/i* (*on ice etc*) trượt; (*decline: of quality etc*) tụt xuống thấp; *he* ~*ped out of the room* anh ấy đã lẻn ra khỏi phòng **3** *v/t* (*put*) đút vội; *he* ~*ped it into his briefcase* anh ấy đút vội vào cặp của mình

♦ **slip away** (*of time*) trôi qua; (*of opportunity*) bỏ lỡ; (*die quietly*) chết lịm dần

♦ **slip off** *v/t jacket etc* cởi tuột ra

♦ **slip out** *v/i* (*go out*) lẻn ra

♦ **slip up** *v/i* (*make mistake*) lầm lẫn

slipped disc sự trẹo đĩa khớp

slipper dép lê

slippery *surface, road, fish* trơn

slipshod *work, editing* cẩu thả

slit 1 *n* (*tear*) vết rách; (*hole*) kẽ hở;

ơ ur	**y** (tin)	**ây** uh-i	**iê** i-uh	**oa** wa	**ôi** oy	**uy** wee	**ong** aong
u (soon)	**au** a-oo	**eo** eh-ao	**iêu** i-yoh	**oai** wai	**ơi** ur-i	**ênh** uhng	**uyên** oo-in
ư (dew)	**âu** oh	**êu** ay-oo	**iu** ew	**oe** weh	**uê** way	**oc** aok	**uyêt** oo-yit

(*in skirt*) đường xẻ **2** *v/t envelope, packet* rạch mở; *throat* cắt

slither *v/i* trượt

slobber *v/i* (*of dog, baby*) chảy dãi

slogan khẩu hiệu

slop *v/t water, food* đánh đổ

slope 1 *n* (*of handwriting, roof*) độ nghiêng; (*of mountain*) sườn; **built on a ~** xây trên một đường dốc **2** *v/i* (*of writing*) nghiêng; (*of roof, street*) dốc xuống; **the road ~s down to the sea** con đường dốc xuống biển

sloppy *work, editing* cẩu thả; (*in dressing*) luộm thuộm; (*too sentimental*) ủy mị

slot *n* khe; (*in schedule*) chỗ

♦ **slot in** *v/t & v/i* lắp

slot machine (*for vending*) máy bán hàng tự động; (*for gambling*) máy đánh bạc

slouch *v/i* lòng khòng

slovenly *appearance, person* luộm thuộm

slow chậm; **be ~** (*of clock*) chậm

♦ **slow down 1** *v/t* làm chậm lại **2** *v/i* chậm lại; **the doctor told her to ~** bác sĩ đã bảo cô ấy làm gì cũng nên thong thả

slowdown (*in production*) sự giảm

slow motion: in ~ được quay chậm

slug *n* (*animal*) con sên

sluggish *pace, start, traffic* chậm chạp; *river* lững lờ

slum *n* khu nhà ổ chuột

slump 1 *n* (*in trade*) thời kỳ suy sụp **2** *v/i* (*economically*) sụt xuống; (*collapse: of person*) gục xuống

slur 1 *n* (*on s.o.'s character*) lời vu khống **2** *v/t words* nói líu nhíu

slurred *speech* líu nhíu

slush tuyết tan; *pej* (*sentimental stuff*) tình cảm dấm dớ

slush fund quỹ đen

slut người đàn bà phóng túng

sly *person, look* ranh mãnh; **on the ~** kín đáo

smack 1 *n* (*in the face*) cái tát; (*to child, on the bottom*) cái phát **2** *v/t child, bottom* phát

small 1 *adj* nhỏ **2** *n*: **the ~ of the back** eo lưng

small change tiền lẻ; **small hours** tảng sáng; **smallpox** bệnh đậu mùa; **small print** chữ in nhỏ; **small talk** chuyện phiếm

smart 1 *adj* (*elegant*) lịch sự; (*intelligent*) thông minh; *pace* nhanh; **get ~ with** tỏ ra láu cá với **2** *v/i* (*hurt*) đau buốt

smart card thẻ thông minh

♦ **smarten up** *v/t person* ăn mặc chỉnh tề; *city, room* làm gọn gàng sạch sẽ

smash 1 *n* (*noise*) tiếng vỡ loảng xoảng; (*car crash*) vụ đụng xe; (*in tennis*) cú đập **2** *v/t glass, toys* đập vỡ tan; (*hit hard*) đập mạnh; **~ X to pieces** đập X tan ra thành từng mảnh **3** *v/i* (*break*) vỡ tan; **the driver ~ed into ...** người lái xe đã đâm vào ...

smash hit F (*new song, movie, proposal*) thành công bất ngờ

smashing F *party, vacation, time* tuyệt vời; *person* xuất sắc

smattering (*of a language*) sự hiểu biết hời hợt

smear 1 *n* (*of ink etc*) vết; MED mẫu xét nghiệm; (*on character*) sự bôi nhọ **2** *v/t paint etc* phết lên; *character* bôi nhọ

smear campaign chiến dịch bôi nhọ

smell 1 *n* mùi; **it has no ~** nó không có mùi; **sense of ~** khứu giác **2** *v/t* ngửi thấy **3** *v/i* (*unpleasantly*) có mùi khó chịu; (*sniff*) ngửi hít;

ch (*final*) k	**gh** g	**nh** (*final*) ng	**r** z; (*S*) r	**x** s	**â** (but)	**i** (tin)
d z; (*S*) y	**gi** z; (*S*) y	**ph** f	**th** t	**a** (hat)	**e** (red)	**o** (saw)
đ d	**nh** (onion)	**qu** kw	**tr** ch	**ă** (hard)	**ê** ay	**ô** oh

what does it ~ of? nó có mùi gì?;
you ~ of beer anh/chị có mùi bia
smelly *feet, old rag* hôi thối
smile 1 *n* nụ cười **2** *v/i* mỉm cười
♦ **smile at** mỉm cười với
smirk 1 *n* nụ cười tự mãn **2** *v/i* cười
tự mãn
smog sương khói
smoke 1 *n* khói; *have a ~* châm
một điếu **2** *v/t cigarettes* hút;
bacon xông khói **3** *v/i (give off ~)*
tỏa khói; *(of person)* hút thuốc; *I
don't ~* tôi không hút thuốc
smoker *(person)* người nghiện
thuốc
smoking sự hút thuốc; *no ~* cấm
hút thuốc
smoking car RAIL toa hút thuốc
smoky *room, air* đầy khói
smolder *(of fire)* cháy âm ỉ; *fig
(with anger)* nung nấu; *fig (with
desire)* âm ỉ
smooth 1 *adj surface* phẳng phiu;
skin nhẵn nhụi; *sea* phẳng lặng;
ride êm; *transition* suôn sẻ; *pej
(person)* ngọt xớt **2** *v/t hair* làm
bóng mượt
♦ **smooth down** *(with sandpaper
etc)* làm nhẵn
♦ **smooth out** *paper, cloth* vuốt
phẳng
♦ **smooth over: *smooth things
over*** che giấu sự việc
smother *flames* dập; *person* làm
ngạt thở; *~ X with kisses* hôn X
tới tấp
smudge 1 *n* vết bẩn **2** *v/t* làm bẩn
smug tự mãn
smuggle *v/t* buôn lậu
smuggler kẻ buôn lậu
smuggling sự buôn lậu
smutty *joke, sense of humor* tục tĩu
snack *n* bữa ăn nhẹ
snack bar xnách ba

snag *(problem)* vấn đề
snail con ốc sên
snake *n* con rắn; *(in Vietnamese
zodiac)* Tí
snap 1 *n (sound)* tiếng sầm; PHOT
bức ảnh chụp nhanh **2** *v/t (break)*
làm gẫy rắc **3** *v/i (break)* gẫy rắc;
(say sharply) nói gắt **4** *adj
decision, judgment* vội vàng
♦ **snap up** *bargain* vồ hết
snappy *person, mood* dễ cáu kỉnh;
decision, response mau lẹ;
(elegant) rất mốt
snapshot bức ảnh chụp nhanh
snarl 1 *n (of dog)* tiếng gầm gừ
2 *v/i (of dog, tiger)* gầm gừ; *(of
person)* hầm hè
snatch 1 *v/t* giật lấy; *(steal)* chộp
mất; *(kidnap)* bắt cóc **2** *v/i* giật
snazzy F *necktie, dresser* rất mốt
sneak 1 *v/t (remove, steal)* xoáy; *~
a glance at* lén nhìn vào **2** *v/i
(tell tales)* mách lẻo; *~ into the
room/out of the room* lén vào
buồng/ra khỏi buồng
sneakers giày thể thao
**sneaking: *have a ~ suspicion that
...*** có mối nghi thầm kín là ...
sneaky F *(crafty)* gian khôn
sneer 1 *n* cái cười khẩy **2** *v/i* cười
khẩy
sneeze 1 *n* cái hắt hơi **2** *v/i* hắt hơi
sniff 1 *v/i (to clear nose)* khụt khịt;
(of dog) đánh hơi **2** *v/t (smell)* ngửi
sniper người bắn tỉa
snitch 1 *n (telltale)* đứa mách lẻo
2 *v/i (tell tales)* mách lẻo
snob kẻ hợm mình
snobbish hợm hĩnh
snooker *n* trò chơi bi-da
♦ **snoop around** rình mò
snooty khinh khỉnh
snooze 1 *n* giấc ngủ ngắn; *have a
~* chợp mắt **2** *v/i* chợp mắt

ơ ur	y (tin)	ây uh-i	iê i-uh	oa wa	ôi oy	uy wee	ong aong
u (soon)	au a-oo	eo eh-ao	iêu i-yoh	oai wai	ơi ur-i	ênh uhng	uyên oo-in
ư (dew)	âu oh	êu ay-oo	iu ew	oe weh	uê way	oc aok	uyêt oo-yit

snore *v/i* ngáy

snoring *n* tiếng ngáy

snorkel (*of diver*) ống thở

snort *v/i* (*of bull, horse*) thở phì phì; (*disdainfully*) khịt khịt mũi

snout (*of pig, dog*) mõm

snow 1 *n* tuyết **2** *v/i* tuyết rơi

♦ **snow under**: *be snowed under with ...* bị ... làm ngập đầu

snowball *n* nắm tuyết; **snowbound** bị nghẽn vì tuyết; **snow chains** MOT *dây xích của ô tô đi trên tuyết*; **snowdrift** đống tuyết; **snowdrop** hoa giọt tuyết; **snowflake** bông tuyết; **snowman** người tuyết; **snowplow** xe ủi tuyết; **snowstorm** bão tuyết

snowy *weather* có tuyết rơi; *roads, hills* phủ đầy tuyết

snub 1 *n* sự lạnh nhạt **2** *v/t* lạnh nhạt

snub-nosed mũi hếch

snug ấm cúng; (*tight-fitting*) chật

♦ **snuggle down** nép mình một cách yên ổn

♦ **snuggle up to** xích lại gần

so 1 *adv* như thế, như vậy; **~ hot**/**cold** thật là nóng/lạnh; **not ~ much** không nhiều quá; **not ~ much for me, thanks** cám ơn, đừng cho tôi nhiều quá; **~ much better**/**easier** tốt/dễ hơn rất nhiều; **eat**/**drink ~ much** ăn/uống nhiều thế; **I miss you ~** tôi nhớ anh/chị lắm; **~ am**/**do I** tôi cũng vậy; **~ is she**/**does she** cô ấy cũng vậy; **and ~ on** vân vân **2** *pron*: **I hope ~** tôi cũng hy vọng là vậy; **I think ~** tôi cũng nghĩ là vậy; **you didn't tell me – I did ~** anh/chị đã không nói cho tôi biết – tôi đã có nói; **50 or ~** khoảng 50 gì đó **3** *conj* (*for that reason*) do đó; (*in order that*) để cho; **and**

~ I missed the train và do đó tôi lỡ chuyến tàu hỏa; **~** (**that**) **I could come too** để cho tôi cũng có thể đến được; **~ what?** thế thì sao nào?

soak *v/t* (*steep*) ngâm; (*of water, rain*) làm ướt

♦ **soak up** *liquid* thấm

soaked ướt đẫm

so-and-so F (*unknown person*) người nào đó; (*annoying person*) đứa nào đó

soap *n* (*for washing*) xà phòng

soap (**opera**) kịch xã hội hiện thực phát thường kỳ

soapy *water* nhiều xà phòng

soar (*of rocket etc*) bay vút lên; (*of prices*) tăng vọt lên

sob 1 *n* tiếng nức nở **2** *v/i* nức nở

sober (*not drunk*) không say; (*serious*) nghiêm túc

♦ **sober up** tỉnh rượu

so-called cái gọi là

soccer bóng đá

sociable thích giao du

social *adj* xã hội; (*recreational*) có tính cách giải trí; **~ evils** tệ nạn xã hội

socialism chủ nghĩa xã hội

socialist 1 *adj* xã hội chủ nghĩa **2** *n* người theo chủ nghĩa xã hội

Socialist Republic of Vietnam Cộng hòa xã hội chủ nghĩa Việt Nam

socialize hòa nhập

social work công tác xã hội

social worker người làm công tác xã hội

society xã hội; (*organization*) hội

sociology xã hội học

sock[1] (*for wearing*) bít tất, vớ (*S*)

sock[2] **1** *n* (*punch*) cú đấm **2** *v/t* (*punch*) đấm

socket (*electrical*) chân cắm; (*for*

ch (*final*) k	**gh** g	**nh** (*final*) ng	**r** z; (*S*) r	**x** s	**â** (but)	**i** (tin)
d z; (*S*) y	**gi** z; (*S*) y	**ph** f	**th** t	**a** (hat)	**e** (red)	**o** (saw)
đ d	**nh** (onion)	**qu** kw	**tr** ch	**ă** (hard)	**ê** ay	**ô** oh

light bulb) đui; (*on computer monitor, printer etc*) ổ cắm; (*of arm*) khớp; (*of eye*) hốc

soda (~ *water*) nước xô đa; (*ice-cream* ~) kem xô đa; (*soft drink*) nước ngọt

sofa ghế xô pha

sofa bed giường xô pha

soft *pillow, chair* êm; *voice, music* êm dịu; *skin* mịn; *light, color* dịu; (*lenient*) nhẹ nhàng; **have a ~ spot for** đặc biệt yêu thích

soft drink nước ngọt

soften 1 *v/t position* làm dịu; *impact, blow* làm giảm nhẹ **2** *v/i* (*of butter, ice cream*) mềm đi

softly *speak, play* khẽ

software phần mềm

soggy nhão

soil 1 *n* (*earth*) đất **2** *v/t* làm bẩn

solar energy năng lượng mặt trời

solar panel tấm thu năng lượng mặt trời

soldier người lính

sole¹ *n* (*of foot*) lòng bàn chân; (*of shoe*) đế

sole² *adj* (*only*) duy nhất

solely (*only*) duy nhất; **be ~ responsible for the accident** hoàn toàn chịu trách nhiệm về vụ tai nạn

solemn (*serious*) long trọng

solid *adj* (*hard*) rắn; *food* đặc; *crowd, cloud* dày đặc; *gold, silver* thuần nhất; (*sturdy*) vững chắc; *evidence* xác thực; *support* mạnh mẽ

solidarity tình đoàn kết

solidify *v/i* rắn lại

solitaire (*card game*) lối chơi bài paxiên

solitary *life* cô đơn; *occupation, walk* một mình; (*single*) đơn độc

solitude trạng thái đơn độc

solo 1 *n* (*song*) đơn ca; (*instrumental*) độc tấu **2** *adj* một mình

soloist (*singer*) ca sĩ đơn ca; (*instrumentalist*) nhạc công độc tấu

soluble *substance* có thể hòa tan; *problem* có thể giải quyết

solution (*to problem*) giải pháp; (*to crossword puzzle*) cách giải quyết; (*mixture*) dung dịch

solve *problem* giải quyết; *crossword* giải; *mystery* làm sáng tỏ

solvent *adj* (*financially*) có khả năng thanh toán

somber (*dark*) tối; (*serious*) u sầu

some 1 *adj* một số; (*with uncountable nouns and food*) một ít; **~ people say that ...** một số người nói rằng …; **would you like ~ water/cookies?** anh/chị có muốn một ít nước/bánh qui không? **2** *pron* ◊ một số; (*with uncountable nouns and food*) một ít; **~ of my relatives** một số bà con của tôi; **~ of the money** một phần số tiền; **~ of the group** một số (người) trong nhóm ◊ (*omission of some*): **do you have any spare copies? – yes, would you like ~?** anh/chị có bản sao nào không? – có anh/chị có muốn không? **3** *adv* (*a bit*) một chút; **we'll have to wait ~** chúng ta sẽ phải chờ một chút

somebody ai, người nào đó; **there is ~ to see you** có ai muốn gặp anh/chị; **can ~ help?** ai đó có thể giúp được không?; **he thinks he's really ~** anh ấy nghĩ mình thực sự là một ông này ông nọ

someday ngày nào đó

somehow (*by one means or another*) bằng cách này hay cách

ơ ur	y (tin)	ây uh-i	iê i-uh	oa wa	ôi oy	uy wee	ong aong
u (soon)	au a-oo	eo eh-ao	iêu i-yoh	oai wai	ơi ur-i	ênh uhng	uyên oo-in
ư (dew)	âu oh	êu ay-oo	iu ew	oe weh	uê way	oc aok	uyêt oo-yit

khác; (*for some unknown reason*) không hiểu sao

someone → **somebody**

someplace → **somewhere**

somersault 1 *n* cú nhảy lộn nhào **2** *v/i* nhảy lộn nhào

something cái gì, gì, cái gì đó; *would you like ~ to drink?* anh/ chị có muốn uống gì không?; *is ~ wrong?* có cái gì không ổn chăng?

sometime một thời nào đó; *~ last year* một ngày nào đó trong năm ngoái

sometimes đôi khi

somewhere 1 *adv* đâu đó **2** *pron* một chỗ nào đó; *is there ~ to park?* có một chỗ nào đó để đỗ xe không?; *let's go ~ quieter* hãy đi đến một chỗ nào đó yên tĩnh hơn

son con trai

song bài hát

songwriter nhạc sĩ sáng tác bài hát

son-in-law con rể

son of a bitch V đồ chó đẻ

soon ◊ sắp; *they'll be here ~* họ sắp có mặt ở đây ◊ (*quickly*) sớm; *how ~ can you be ready to leave?* sớm nhất thì bao giờ anh/ chị có thể sẵn sàng ra đi?; *as ~ as* ngay khi; *as ~ as possible* càng sớm càng tốt; *~er or later* sớm hay muộn; *the ~er the better* càng sớm càng tốt; *the phone rang ~ after* không bao lâu thì chuông điện thoại reo

soot bồ hóng

soothe *pain* làm đỡ; (*calm*) làm dịu

sophisticated *person, tastes* sành điệu; *machine* tinh vi

sophomore sinh viên năm thứ hai

soprano *n* (*voice*) giọng nữ cao; (*singer*) người hát giọng nữ cao

sordid *affair, business* bẩn thỉu

sore 1 *adj* (*painful*) đau; F (*angry*) tức giận; *is it ~?* có đau không? **2** *n* vết thương

sorrow *n* nỗi đau buồn

sorry (*regretful*) lấy làm tiếc; (*apologetic*) xin lỗi; (*I'm*) *~!* (tôi) xin lỗi!; *I'm ~ to hear it* tôi lấy làm tiếc khi nghe tin đó; *I feel ~ for her* tôi thấy thương cho cô ấy

sort 1 *n* loại; *~ of ...* F có phần ...; *is it finished? – ~ of* F xong rồi chứ? – phần nào **2** *v/t* phân loại; COMPUT sắp xếp

♦ **sort out** *papers* sắp xếp; *problem* giải quyết

so-so *adv* tàm tạm

soul REL, *fig* (*of a nation etc*) linh hồn; (*character*) hồn; (*person*) người; *that poor ~* anh chàng đáng thương ấy; *there wasn't a ~ to be seen in the street* ngoài phố chẳng có ma nào cả; *don't tell a ~* đừng nói với ai

sound¹ *adj* (*sensible*) đúng đắn; *heart, lungs etc* khỏe mạnh; *business* tốt; *sleep* ngon

sound² **1** *n* âm thanh; (*noise*) tiếng **2** *v/t* (*pronounce*) phát âm; MED khám nghe; *~ one's horn* bấm còi **3** *v/i: that ~s interesting* chuyện ấy nghe ra cũng thú vị; *that ~s like a good idea* xem ra đó là một ý hay; *she ~ed unhappy* cô ấy có vẻ không vui

soundly *sleep* ngon; *beaten* hoàn toàn

soundproof *adj* cách âm

soundtrack đường ghi âm của phim

soup xúp

soup bowl tô đựng xúp

sour *adj apple, milk* chua; *expression, comment* chanh chua

ch (*final*) k	**gh** g	**nh** (*final*) ng	**r** z; (*S*) r	**x** s	**â** (but)	**i** (tin)
d z; (*S*) y	**gi** z; (*S*) y	**ph** f	**th** t	**a** (hat)	**e** (red)	**o** (saw)
đ d	**nh** (onion)	**qu** kw	**tr** ch	**ă** (hard)	**ê** ay	**ô** oh

source *n* nguồn

south 1 *adj* nam **2** *n* phương nam; (*of country*) miền nam; **to the ~ of ...** về phía nam của ... **3** *adv* về hướng nam

South Africa nước Nam Phi; **South African 1** *adj* Nam Phi **2** *n* người Nam Phi; **South America** Nam Mỹ; **South American 1** *adj* Nam Mỹ **2** *n* người Nam Mỹ; **South China Sea** Biển Đông; **southeast 1** *n* hướng đông nam **2** *adj* đông nam **3** *adv* về hướng đông nam; **it's ~ of ...** ở phía đông nam của ...; **Southeast Asia** Đông Nam Á; **Southeast Asian 1** *adj* Đông Nam Á **2** *n* người Đông Nam Á; **southeastern** đông nam

southerly *adj* nam

southern miền nam

South Korea nước Hàn Quốc; **South Korean 1** *adj* Hàn Quốc **2** *n* người Hàn Quốc; **South Pole** Nam cực

southward *adv* về hướng nam

southwest 1 *n* hướng tây nam **2** *adj* tây nam **3** *adv* về hướng tây nam; **it's ~ of ...** ở phía tây nam của ...

southwestern tây nam

souvenir vật kỷ niệm

sovereign *adj state* có chủ quyền

sovereignty (*of state*) chủ quyền

Soviet Union Liên Xô

sow[1] *n* (*female pig*) lợn nái

sow[2] *v/t seeds* gieo

soy bean đậu nành

soy sauce xì dầu

space *n* (*outer ~*) không gian; (*area*) khoảng; (*room*) chỗ

♦ **space out** để cách nhau

space bar COMPUT phím cách; **spacecraft** tàu vũ trụ; **spaceship** tàu vũ trụ; **space shuttle** tàu con thoi; **space station** trạm vũ trụ;

spacesuit bộ quần áo vũ trụ

spacious rộng rãi

spade cái mai; **~s** (*in cards*) con pích

Spain nước Tây Ban Nha

span *v/t* kéo dài qua; (*of bridge*) bắc qua

Spaniard người Tây Ban Nha

Spanish 1 *adj* Tây Ban Nha **2** *n* (*language*) tiếng Tây Ban Nha

spank *v/t person* phát vào đít

spare 1 *v/t* (*give: time, money*) dành cho; (*do without*) không cần đến; **can you ~ the time?** anh/chị có thể dành thời gian được không?; **there were 5 to ~** đã có thừa 5 cái **2** *adj* dự phòng **3** *n* (*part*) phụ tùng thay thế

spare ribs sườn lợn; **spare room** phòng trống; **spare time** thời giờ rỗi; **spare tire** MOT lốp dự phòng; **spare wheel** bánh xe dự phòng

spark *n* tia lửa

sparkle *v/i* lấp lánh

sparkling wine rượu vang sủi tăm

spark plug bugi

sparrow chim sẻ

sparse *vegetation* thưa thớt

sparsely: **~ populated** dân cư thưa thớt

spatter *v/t mud, paint* làm bắn

speak 1 *v/i* nói; (*make a speech*) phát biểu; **we're not ~ing (to each other)** (*we've quarreled*) chúng tôi đã không chuyện trò (với nhau); **~ing** TELEC tôi đang nói đây **2** *v/t foreign language* nói; **~ one's mind** nghĩ gì nói nấy

♦ **speak for** nói thay cho

♦ **speak out** nói thẳng

♦ **speak up** (*louder*) nói to lên

speaker (*at conference*) người diễn thuyết; (*orator*) nhà diễn thuyết;

ơ ur	y (tin)	ây uh-i	iê i-uh	oa wa	ôi oy	uy wee	ong aong
u (soon)	au a-oo	eo eh-ao	iêu i-yoh	oai wai	ơi ur-i	ênh uhng	uyên oo-in
ư (dew)	âu oh	êu ay-oo	iu ew	oe weh	uê way	oc aok	uyêt oo-yit

(*of sound system*) loa

spearmint (*flavor*) bạc hà

special đặc biệt

specialist chuyên gia

specialize chuyên về; *~ in ...* chuyên về …

specially → *especially*

specialty đặc sản

species loài

specific cụ thể

specifically cụ thể

specifications (*of machine etc*) các đặc điểm kỹ thuật

specify chỉ rõ

specimen MED mẫu xét nghiệm; (*of work*) mẫu

speck (*of dust, soot*) hạt nhỏ

spectacle (*impressive sight*) cảnh tượng

spectacular *adj house, views* ngoạn mục; *profit, success* to tát

spectator khán giả

spectator sport môn thể thao thu hút nhiều khán giả

spectrum (*range*) đa dạng / loạt; *the whole ~ of emotion* tất cả các loại cảm xúc

speculate *v/i* suy đoán; FIN đầu cơ

speculation sự suy đoán; FIN sự đầu cơ

speculator FIN người đầu cơ

speech (*address*) bài diễn văn; (*in play*) trường thoại; (*ability to speak*) khả năng nói; *freedom of ~* POL tự do ngôn luận; *the only animal with the power of ~* con vật duy nhất biết nói; *her ~ was slurred* lời nói của cô ấy đã líu nhíu

speech defect khuyết tật trong nói năng

speechless (*with shock, surprise*) không nói nên lời

speech therapist chuyên viên về

lời nói rị liệu

speech writer người soạn diễn văn

speed 1 *n* tốc độ; (*of film*) độ nhạy; *at a ~ of 150 mph* với tốc độ 150 dặm / giờ **2** *v/i* (*go quickly*) chạy nhanh; (*drive too quickly*) lái quá tốc qui định

♦ **speed by** lao qua vùn vụt

♦ **speed up** *v/t & v/i* tăng tốc độ

speedboat thuyền cao tốc

speedily nhanh chóng

speeding *n* (*when driving*) sự vi phạm tốc độ

speeding fine tiền phạt vi phạm tốc độ

speed limit giới hạn tốc độ

speedometer đồng hồ tốc độ

speedy nhanh chóng

spell¹ **1** *v/t word* đánh vần **2** *v/i* viết đúng chính tả

spell² *n* (*in the army, prison etc*) thời gian; (*of weather, illness*) đợt; *I'll take a ~ at the wheel* tôi sẽ thay phiên cầm lái

spellbound mê mẩn; **spellcheck** COMPUT sự kiểm lỗi chính tả; *do a ~ on ...* kiểm lỗi chính tả của ...; **spellchecker** COMPUT chương trình kiểm lỗi chính tả

spelling chính tả

spend *money* tiêu sài; (*pass: time*) sử dụng; (*use: time*) bổ; *she spent a week in the hospital* cô ấy nằm một tuần ở bệnh viện; *~ a lot of time on a project* bỏ nhiều thời giờ vào dự án

spendthrift *n pej* kẻ tiêu tiền như rác

sperm tinh trùng; (*semen*) tinh dịch

sperm bank ngân hàng tinh trùng

sphere (*figure*) hình cầu; *fig* (*field*) phạm vi; (*social circle*) giới; *~ of influence* phạm vi ảnh hưởng

spice *n* (*seasoning*) đồ gia vị

ch (*final*) k	**gh** g	**nh** (*final*) ng	**r** z; (*S*) r	**x** s	**â** (but)	**i** (tin)
d z; (*S*) y	**gi** z; (*S*) y	**ph** f	**th** t	**a** (hat)	**e** (red)	**o** (saw)
đ d	**nh** (onion)	**qu** kw	**tr** ch	**ă** (hard)	**ê** ay	**ô** oh

spicy *food* nhiều đồ gia vị
spider con nhện
spiderweb mạng nhện
spike *n* (*on plant*) gai; (*on shoes*)
đinh; (*on railings*) đầu nhọn
spill 1 *v/t* làm đổ **2** *v/i* đổ ra;
(*overflow*) tràn ra
spin[1] **1** *n* (*turn*) vòng quay **2** *v/t*
xoay **3** *v/i* (*of wheel*) quay; *my
head is ~ning* đầu óc tôi quay
cuồng
spin[2] *v/t wool, cotton* xe; *web* chăng
♦ **spin around** *v/i* (*of person*) quay
nhanh lại; (*of dancer, skater*) quay
nhanh; (*of car*) quay trượt lại
♦ **spin out** kéo dài
spinach rau bina
spinal xương sống
spinal column cột xương sống
spin doctor *phát ngôn viên của
một chính đảng*; **spin-dry** *v/t* vắt
khô; **spin-dryer** máy vắt quần áo
spine xương sống; (*of book*) gáy;
(*of plant, hedgehog*) gai
spineless (*cowardly*) hèn nhát
spin-off (*ancillary benefit*) lợi ích
phụ; (*by-product*) sản phẩm phụ
spiral 1 *n* hình xoắn ốc **2** *v/i* (*rise
quickly*) tăng vọt
spiral staircase cầu thang hình
xoắn ốc
spire tháp nhọn
spirit *n* (*attitude*) tinh thần; (*of
dead person*) linh hồn; (*energy,
courage*) khí thế; *we did it in a ~
of cooperation / friendliness* chúng
ta đã làm việc ấy với tinh thần
hợp tác / hữu nghị
spirited *debate* hăng say;
performance đầy hào hứng;
defense dũng cảm
spirit level ống nivô
spirits[1] (*alcohol*) rượu mạnh
spirits[2] (*morale*) tinh thần; *be in*

good / poor ~ ở trạng thái vui vẻ /
bực bội
spiritual *adj* tinh thần
spiritualism thuyết duy linh
spiritualist *n* nhà duy linh
spit *v/i* (*of person*) nhổ nước bọt;
it's ~ting with rain mưa lâm râm
♦ **spit out** *food, liquid* nhổ ra
spite *n* sự ác ý; *in ~ of* bất chấp
spiteful hằn học
spitting image: *be the ~ of s.o.*
giống ai như đúc
splash 1 *n* (*noise*) tiếng rơi tõm;
(*small amount of liquid*) lượng nhỏ;
(*of color*) mảng **2** *v/t* (*spatter*)
làm bắn tóe; (*sprinkle*) vảy **3** *v/i*
làm bắn nước; (*of water*) bắn tóe
♦ **splash down** (*of spacecraft*) hạ
cánh xuống nước
♦ **splash out** (*in spending*) vung
tiền; *I splashed out on a round-
the-world trip* tôi đã vung tiền ra
trong một chuyến du lịch vòng
quanh thế giới
splendid *meal, weather, idea,
vacation* tuyệt vời; *building, garden*
tráng lệ
splendor (*of building*) vẻ tráng lệ;
(*of ceremony*) tính long trọng
splint *n* MED thanh nẹp
splinter 1 *n* mảnh vụn **2** *v/i* vỡ vụn
ra
splinter group nhóm phân lập
split 1 *n* (*in leather*) vết toạc; (*in
wood*) vết nứt; (*disagreement*) sự
chia rẽ; (*division, share*) sự chia
phần **2** *v/t wood* làm nứt; *leather*
làm toạc; *logs* bổ đôi; (*cause
disagreement in*) chia rẽ; (*divide*)
chia **3** *v/i* (*of leather*) toạc ra; (*of
wood*) nứt ra; (*disagree*) không
nhất trí
♦ **split up** *v/i* (*of couple*) bỏ nhau
split personality PSYCH chứng tâm

ơ ur	y (tin)	ây uh-i	iê i-uh	oa wa	ôi oy	uy wee	ong aong
u (soon)	au a-oo	eo eh-ao	iêu i-yoh	oai wai	ơi ur-i	ênh uhng	uyên oo-in
ư (dew)	âu oh	êu ay-oo	iu ew	oe weh	uê way	oc aok	uyêt oo-yit

thần phân lập

splitting: ~ *headache* đầu nhức như búa bổ

spoil *v/t child* làm hư; *party etc* làm hỏng

spoilsport F kẻ phá đám

spoilt *adj child* quá được nuông chiều; *be ~ for choice* không biết đâu mà chọn

spoke (*of wheel*) nan hoa

spokesman (nam) phát ngôn viên

spokesperson phát ngôn viên

spokeswoman (nữ) phát ngôn viên

sponge *n* bọt biển

♦ **sponge off, sponge on** F ăn bám

sponger F kẻ ăn bám

sponsor 1 *n* người bảo trợ 2 *v/t* bảo trợ

sponsorship sự bảo trợ

spontaneous tự phát

spooky F có ma

spool *n* cuộn

spoon *n* cái thìa (*N*), cái muỗng (*S*)

spoonfeed *fig* làm hộ mọi việc

spoonful thìa (*N*), muỗng (*S*)

sporadic lẻ tẻ

sport *n* thể thao

sporting *event* thể thao; (*fair*) thẳng thắn; (*generous*) hào hiệp; *a ~ gesture* một cử chỉ thượng võ

sportscar xe đua; **sportscoat** áo vét nam thường; **sports journalist** nhà báo thể thao; **sportsman** vận động viên (nam); **sports news** tin thể thao; **sports page** trang thể thao; **sportswoman** vận động viên (nữ)

sporty *person* ham thể thao

spot[1] (*pimple*) mụn; (*caused by measles etc*) nốt đỏ; (*part of pattern*) đốm

spot[2] (*place*) nơi; *on the ~* (*in the place in question*) tại chỗ;

(*immediately*) ngay tại chỗ; *put s.o. on the ~* đặt ai vào tình thế khó xử

spot[3] *v/t* (*see*) nhận ra

spot check việc kiểm tra đột xuất; *carry out spot checks* tiến hành những cuộc kiểm tra đột xuất

spotless sạch bong

spotlight *n* THEA đèn sân khấu

spotted *fabric* lốm đốm

spotty (*with pimples*) có tàn nhang

spouse *fml* (*husband*) chồng; (*wife*) vợ

spout 1 *n* (*of teapot etc*) vòi 2 *v/i* (*of liquid*) phun ra

sprain 1 *n* chỗ bong gân 2 *v/t* làm bong gân

sprawl *v/i* ườn ra; (*of dead bodies*) nằm ngổn ngang; (*of city*) trải rộng ra; *send s.o. ~ing* (*of punch*) cho ai nằm thẳng cẳng

sprawling *city, suburbs* trải rộng ra

spray 1 *n* (*of sea water, from fountain*) bụi nước; (*paint*) sơn phun; (*perfume*) nước hoa xịt; (*for hair*) thuốc xịt; (~ *can*) bình xịt 2 *v/t* phun; ~ *X with Y* phun Y lên X

spraygun ống phun

spread 1 *n* (*of disease*) sự lan truyền; (*of religion*) sự truyền bá; F (*big meal*) bữa tiệc 2 *v/t* (*lay*) trải; *butter, jam* phết; *news, rumor* truyền đi; *disease* làm lan truyền; *arms, legs* dang 3 *v/i* lan ra; (*of butter*) phết

spreadsheet COMPUT bảng tính

spree: *go* (*out*) *on a ~* F chè chén lu bù; *go on a shopping ~* đi mua sắm lu bù

sprightly linh lợi

spring[1] *n* (*season*) mùa xuân

spring[2] *n* (*device*) lò xo

spring[3] *n* (*stream*) con suối

ch (*final*) k	**gh** g	**nh** (*final*) ng	**r** z; (*S*) r	**x** s	**â** (but)	**i** (tin)
d z; (*S*) y	**gi** z; (*S*) y	**ph** f	**th** t	**a** (hat)	**e** (red)	**o** (saw)
đ d	**nh** (onion)	**qu** kw	**tr** ch	**ă** (hard)	**ê** ay	**ô** oh

spring⁴ 1 *n* (*jump*) cú nhảy bật lên **2** *v/i* nhảy bật lên; **~ *from*** (*originate from*) bắt nguồn từ

springboard ván nhún; **spring chicken**: **she's no ~** *hum* cô ấy không còn trẻ trung gì nữa; **spring-cleaning** cuộc tổng vệ sinh; **springtime** thời kỳ mùa xuân

springy *mattress, ground* nhún nhảy; *walk* thoăn thoắt; *elastic* co dãn

sprinkle *v/t sugar, flour* rắc; *water* vảy; **~ *the cake with sugar*** rắc đường lên bánh

sprinkler (*for garden*) dụng cụ phun nước; (*in ceiling*) hệ thống phun nước chống cháy

sprint 1 *n* (*type of race*) môn chạy nước rút; (*fast run*) sự chạy hết tốc lực **2** *v/i* (*of athlete*) chạy nước rút; (*run fast*) chạy hết tốc lực

sprinter SP vận động viên chạy nước rút

sprout 1 *v/i* (*of seed*) mọc mầm **2** *n*: (**Brussels**) **~s** cải Bruxen

spruce *adj person* chải chuốt; *room, house* sạch sẽ

spur *n* *fig* (*incentive*) sự kích thích; **on the ~ of the moment** không kịp đắn đo

♦ **spur on** (*encourage*) cổ vũ

spurt 1 *n* (*in race*) sự chạy tăng tốc độ; **put on a ~** tăng tốc độ **2** *v/i* (*of liquid*) phụt ra

spy 1 *n* gián điệp **2** *v/i* làm gián điệp **3** *v/t* (*see*) thấy

♦ **spy on** theo dõi

squabble 1 *n* cuộc cãi vã **2** *v/i* cãi vã

squalid bẩn thỉu

squalor tình trạng bẩn thỉu

squander *money* phung phí

square 1 *adj* (*in shape*) vuông; **~ mile / yard** dặm / thước Anh vuông

2 *n* (*shape*) hình vuông; (*in town*) quảng trường; (*in board game*) ô vuông; MATH bình phương; **market ~** bãi chợ; **we're back to ~ one** chúng ta lại trở về con số không

square root căn bình phương

squash¹ *n* (*vegetable*) quả bí

squash² *n* (*game*) bóng quần

squash³ *v/t* (*crush*) làm nát

squat 1 *adj person, build, figure* béo lùn; *building, teapot etc* thấp bè bè **2** *v/i* (*sit*) ngồi xổm; (*illegally*) chiếm dụng trái phép

squatter người chiếm dụng nhà đất trái phép

squeak 1 *n* (*of mouse*) tiếng chít chít; (*of hinge*) tiếng cót két **2** *v/i* (*of mouse*) kêu chít chít; (*of hinge, shoes*) kêu cót két

squeal 1 *n* tiếng ré; (*of brakes*) tiếng kít; **a ~ of pain** tiếng kêu ré vì đau; **~s of laughter** những tiếng cười ré **2** *v/i* (*in pain*) kêu ré lên; (*of brakes*) kêu kít

squeamish nhạy cảm

squeeze 1 *n* (*of hand*) sự siết chặt **2** *v/t hand* siết chặt; (*testing*) *fruit, parcel* nắn; *toothpaste* bóp; (*remove juice from*) vắt

♦ **squeeze in 1** *v/i* (*to a car etc*) chen lách vào **2** *v/t* lèn vào

♦ **squeeze up** *v/i* (*to make space*) ép sát

squid con mực, tật lác mắt (*N*), tật lé mắt (*S*)

squirm (*wriggle*) quằn quại; (*in embarrassment*) xấu hổ

squirrel *n* con sóc

squirt 1 *v/t water, perfume* phun; (*accidentally*) làm bắn ra **2** *n pej* F tí hon

stab *v/t person* đâm

stability sự ổn định

ơ ur	**y** (tin)	**ây** uh-i	**iê** i-uh	**oa** wa	**ôi** oy	**uy** wee	**ong** aong
u (soon)	**au** a-oo	**eo** eh-ao	**iêu** i-yoh	**oai** wai	**ơi** ur-i	**ênh** uhng	**uyên** oo-in
ư (dew)	**âu** oh	**êu** ay-oo	**iu** ew	**oe** weh	**uê** way	**oc** aok	**uyêt** oo-yit

stabilize 1 *v/t prices*, *currency* ổn định; *boat* làm thăng bằng **2** *v/i* (*of prices etc*) ổn định

stable¹ *n* (*for horses*) chuồng ngựa

stable² *adj* ổn định

stack 1 *n* (*pile*) chồng; (*smokestack*) ống khói cao **2** *v/t* chất thành đống

stadium sân vận động

staff *n* (*employees*) nhân viên; (*teachers*) toàn thể giáo viên

staffer nhân viên

staffroom (*in school*) phòng làm việc của giáo viên

stage¹ (*in life, project etc*) giai đoạn; (*of journey*) chặng đường

stage² **1** *n* THEA sân khấu; **go on the ~** trở thành diễn viên **2** *v/t* *play* đưa lên sân khấu; *demonstration*, *strike* tiến hành

stage door lối vào đằng sau nhà hát

stagger 1 *v/i* loạng choạng **2** *v/t* (*amaze*) làm choáng váng; *coffee breaks etc* xếp xen kẽ

staggering gây sửng sốt

stagnant *water* tù đọng; *economy* trì trệ

stagnate *fig* (*of person*) bế tắc; (*of mind*) mụ mẫm

stag party buổi họp mặt của giới đàn ông, đặc biệt dành cho người sắp cưới vợ

stain 1 *n* (*dirty mark*) vết bẩn; (*for wood*) thuốc nhuộm **2** *v/t* (*dirty*) làm vấy bẩn; *wood* nhuộm màu **3** *v/i* (*of wine etc*) hoen ố; (*of fabric*) vấy bẩn

stained-glass window cửa sổ kính màu

stainless steel 1 *n* thép không gỉ **2** *adj* inốc

stain remover thuốc tẩy vết bẩn

stair bậc cầu thang; **the ~s** cầu thang

staircase cầu thang

stake 1 *n* (*of wood*) cọc; (*when gambling*) tiền đánh cược; (*investment*) vốn đầu tư; **be at ~** bị đe doạ **2** *v/t tree* đỡ bằng cọc; *money* đặt cược; *person* trợ giúp

stale *bread* thiu; *air* ẩm mốc; *news* cũ rích

stalemate (*in chess*) thế cờ bí; *fig* sự bế tắc

stalk¹ *n* (*of fruit*) cuống; (*of plant*) thân

stalk² *v/t animal* săn đuổi; *person* lẩn lút đe dọa

stalker (*of person*) kẻ lẩn lút đe dọa

stall¹ *n* (*at market*) quầy bán hàng; (*for cow, horse*) ngăn chuồng

stall² **1** *v/i* (*of vehicle, engine*) chết máy; (*play for time*) quanh co **2** *v/t engine* làm chết máy; *people* trì hoãn; *one's creditors* khất lần

stallion ngựa giống

stalwart *adj support, supporter* kiên định

stamina sức bền bỉ

stammer 1 *n* tật nói lắp **2** *v/i* nói lắp

stamp¹ 1 *n* (*for letter*) tem; (*device*) con dấu; (*mark made with device*) dấu **2** *v/t document*, *passport* đóng dấu

stamp² *v/t*: **~ one's feet** giậm chân

♦ **stamp out** *disease, racism* xóa bỏ; *violence etc* loại trừ

stampede *n* (*of cattle, people etc*) sự chạy tán loạn

stance (*position, viewpoint*) lập trường; (*way of standing*) thế đứng

stand 1 *n* (*at exhibition*) quầy; (*witness ~*) chỗ của người làm chứng; (*base*) giá; (*for motorbike*) chân chống; **take the ~** LAW ra

---

ch (*final*) k	**gh** g	**nh** (*final*) ng	**r** z; (*S*) r	**x** s	**â** (but)	**i** (tin)
d z; (*S*) y	**gi** z; (*S*) y	**ph** f	**th** t	**a** (hat)	**e** (red)	**o** (saw)
đ d	**nh** (onion)	**qu** kw	**tr** ch	**ă** (hard)	**ê** ay	**ô** oh

làm chứng **2** *v/i* (*be situated: of person, as opposed to sit*) đứng; (*of object, building*) ở; (*rise*) đứng dậy; ~ ***still*** đứng yên; ***where do I ~ with you?*** quan hệ giữa tôi và anh/chị thì là thế nào? **3** *v/t* (*tolerate*) chịu đựng; (*put*) đặt; ~ ***the table on end*** đặt cái bàn nằm nghiêng; ***you don't ~ a chance*** anh/chị không có cơ hội nào; ~ ***one's ground*** không lùi bước

♦ **stand back** lùi lại
♦ **stand by 1** *v/i* (*not take action*) đứng bàng quan; (*be ready*) sẵn sàng **2** *v/t person* ủng hộ; *decision* giữ vững
♦ **stand down** (*withdraw*) rút lui
♦ **stand for** (*tolerate*) tha thứ; (*represent*) là chữ viết tắt của
♦ **stand in for** thay thế
♦ **stand out** nổi bật
♦ **stand up 1** *v/i* đứng dậy **2** *v/t* F (*on date*) không giữ hẹn
♦ **stand up for** bảo vệ
♦ **stand up to** đương đầu với

standard 1 *adj* (*usual*) thông thường; *textbook* chuẩn **2** *n* (*level*), TECH tiêu chuẩn; (*of morality*) chuẩn mực; ***be up to ~*** đạt tiêu chuẩn; ***not be up to ~*** không đạt tiêu chuẩn
standardize *v/t* tiêu chuẩn hóa
standard of living mức sống
standby: ***on ~*** (*for flight*) trong trạng thái sẵn sàng
standby passenger *hành khách trong danh sách dự bị*
standing *n* (*in society etc*) địa vị; (*repute*) danh tiếng; ***a musician/ politician of some ~*** một nhạc sĩ/ nhà chính trị khá nổi tiếng
standing room phòng đứng chờ
standoffish lạnh lùng; **standpoint** quan điểm; **standstill**: ***be at a ~*** (*of*

traffic) trong trạng thái tắc nghẽn; (*of production*) trong trạng thái ngừng trệ; ***bring to a ~*** *production* dẫn đến chỗ ngừng trệ; *of traffic* dẫn đến chỗ tắc nghẽn
staple[1] *n* (*foodstuff*) món ăn chủ yếu
staple[2] **1** *n* (*fastener*) ghim dập **2** *v/t* đóng vào bằng ghim dập
staple diet thức ăn thường ngày
staple gun máy dập ghim
stapler cái dập ghim
star 1 *n* (*also person*) ngôi sao; (*of hotel*) sao **2** *v/t* (*of movie*): ~ ***s.o.*** do ai đóng vai chính; ***"Gone with the Wind" ~s Clark Gable and Vivian Leigh*** bộ phim "Cuốn theo chiều gió" do Clark Gable và Vivian Leigh đóng vai chính **3** *v/i* (*in movie*) đóng vai chính
starboard *adj* bên phải
stare 1 *n* cái nhìn chằm chằm **2** *v/i* (*into space, distance*) nhìn đăm đăm; ~ ***at*** nhìn chằm chằm
starfish con sao biển
star fruit quả khế
stark 1 *adj landscape* tiêu điều; *reminder, contrast etc* rõ rệt **2** *adv*: ~ ***naked*** trần như nhộng
starling chim sáo đá
Stars and Stripes Sao và Sọc
start 1 *n* sự bắt đầu; ***get off to a good/bad ~*** (*in race, career, marriage*) một sự khởi đầu tốt đẹp/tồi tệ; ***from the ~*** từ lúc bắt đầu; ***well, it's a ~!*** thôi thì cũng là bước đầu! **2** *v/i* bắt đầu; (*of engine, car*) nổ máy; ~***ing from tomorrow*** bắt đầu từ ngày mai **3** *v/t* bắt đầu; (*cause*) gây ra; *engine, car* nổ máy; ~ ***to do X*** bắt đầu làm X
starter (*part of meal*) món khai vị; (*of car*) bộ khởi động; (SP: *official*) người ra hiệu lệnh

---

ơ ur	y (tin)	ây uh-i	iê i-uh	oa wa	ôi oy	uy wee	ong aong
u (soon)	au a-oo	eo eh-ao	iêu i-yoh	oai wai	ơi ur-i	ênh uhng	uyên oo-in
ư (dew)	âu oh	êu ay-oo	iu ew	oe weh	uê way	oc aok	uyêt oo-yit

starting point (*for walk etc*) điểm xuất phát; (*for discussion, thesis*) điểm khởi đầu

starting salary lương khởi điểm

startle làm giật mình

startling *news, discovery* gây sửng sốt

starvation sự đói; *die of* ~ chết đói

starve *v/i* đói; ~ *to death* đói đến chết; *I'm starving* F tôi đói lắm rồi

state¹ **1** *n* (*condition*) tình trạng; (*part of country*) bang; (*country*) quốc gia; *the States* Mỹ **2** *adj capital etc* bang; *banquet etc* long trọng

state² (*declare*) tuyên bố; (*express*) phát biểu

State Department Bộ ngoại giao

statement (*to police*) bản khai; (*announcement*) bản thông báo; (*bank* ~) bản báo cáo ngân hàng

state of emergency tình trạng khẩn cấp

state-of-the-art *adj* tiên tiến nhất

statesman chính khách

state trooper cảnh sát tiểu Bang

state visit cuộc thăm viếng cấp nhà nước

static (electricity) tĩnh (điện)

station **1** *n* RAIL nhà ga; RAD đài phát thanh; TV đài truyền hình **2** *v/t guard etc* bố trí; *be ~ed at* (*of soldier*) được bố trí ở

stationary *vehicle* đứng yên

stationer's hiệu văn phòng phẩm

stationery đồ dùng văn phòng

station wagon ô tô đuôi cong

statistical thống kê

statistically qua thống kê

statistics (*science*) khoa học thống kê; (*figures*) số thống kê

statue tượng

Statue of Liberty tượng Nữ thần Tự do

status địa vị

status symbol vật tượng trưng địa vị

statute đạo luật

staunch *adj friend, supporter* kiên định

stay **1** *n* sự lưu lại **2** *v/i* (*in a place*) ở lại; (*in a condition*) giữ; ~ *clean* giữ sạch sẽ; ~ *single* vẫn độc thân; ~ *in a hotel* ở trong một khách sạn; ~ *right there!* đứng yên ở đó!; ~ *put* ngồi yên tại chỗ

♦**stay away** không đến gần

♦**stay away from** tách xa ra khỏi

♦**stay behind** ở lại

♦**stay up** (*not go to bed*) thức

steadily *improve etc* dần

steady **1** *adj* (*not shaking*) chắc chắn; (*regular, continuous*) đều đều; *boyfriend* lâu dài; *job* thường xuyên **2** *adv*: *be going* ~ có quan hệ đứng đắn; ~ *on!* cẩn thận đấy! **3** *v/t person, voice, hands* làm cho vững

steak thăn bò nướng; (*raw*) thăn bò

steal **1** *v/t money etc* ăn cắp **2** *v/i* (*be a thief*) ăn cắp; (*move quietly*) lẻn

stealthy rón rén

steam **1** *n* hơi nước **2** *v/t food* hấp

♦**steam up** **1** *v/i* (*of window*) phủ đầy hơi nước **2** *v/t*: *be steamed up* F nổi cơn lên

steamed rice cơm

steamer (*for cooking*) nồi hấp

steel **1** *n* thép **2** *adj* (*made of* ~) bằng thép

steep¹ *adj hill etc* dốc; F (*expensive*) quá đắt

steep² *v/t* (*soak*) ngâm

steeplechase (*in athletics*) cuộc đua ngựa vượt rào

steer¹ *n* (*animal*) trâu non thiến

steer² *v/t car, boat, conversation*

ch (*final*) k	**gh** g	**nh** (*final*) ng	**r** z; (*S*) r	**x** s	**â** (but) **i** (tin)
d z; (*S*) y	**gi** z; (*S*) y	**ph** f	**th** t	**a** (hat)	**e** (red) **o** (saw)
đ d	**nh** (onion)	**qu** kw	**tr** ch	**ă** (hard)	**ê** ay **ô** oh

lái; *person* dẫn

steering (*of motor vehicle*) thiết bị lái

steering wheel bánh lái

stem¹ *n* (*of plant*) thân cây; (*of glass*) chân; (*of pipe*) ống; (*of word*) gốc

♦ **stem from** xuất phát từ

stem² *v/t* (*block*) ngăn chặn; *bleeding* cầm

stemware cốc ly có chân

stench mùi hôi thối

step 1 *n* (*pace*) bước; (*stair*) bậc thang; **take ~s** (*measures*) áp dụng các biện pháp; **~ by ~** từng bước một **2** *v/i* bước

♦ **step down** (*from post etc*) từ chức

♦ **step out** *v/i* (*go out for a short time*) đi ra ngoài một chút

♦ **step up** *v/t* (*increase*) đẩy mạnh

stepbrother anh em ghẻ;
stepdaughter con gái ghẻ;
stepfather cha ghẻ; **stepladder** thang đứng; **stepmother** mẹ ghẻ

stepping stone tảng đá kê bước; **take it as a ~ to higher position** *fig* coi đó là bước đệm để tiến tới địa vị cao hơn

stepsister chị em ghẻ

stepson con (trai) ghẻ

stereotype *n* khuôn mẫu

sterile *woman, man* vô sinh; MED vô trùng

sterilize *woman* triệt sản; *equipment* khử trùng

sterling *n* FIN đồng bảng Anh

stern *adj face, warning* nghiêm khắc

steroids xteroit

stethoscope ống nghe

Stetson® mũ rộng vành

stevedore công nhân bốc vác

stew *n* món hầm

steward (*on ship*) nhân viên phục vụ; (*on plane*) chiêu đãi viên

stewardess (*on plane*) nữ chiêu đãi viên

stick¹ *n* (*wood*) thanh củi; (*of police*) dùi cui; (*walking ~*) gậy chống; **the ~s** F miền quê hẻo lánh

stick² **1** *v/t* (*with adhesive*) dán; F (*put*) để **2** *v/i* (*jam*) bị kẹt; (*adhere*) dính

♦ **stick around** F quanh quẩn gần đây

♦ **stick by**: **~ s.o.** F trung thành với ai

♦ **stick out** *v/i* (*out of pocket*) chìa ra; (*of ears*) vểnh ra; (*of tongue*) thè ra; (*be noticeable*) nổi bật

♦ **stick to** (*adhere to*) dính vào; F (*keep to*) bám lấy; F (*follow*) kiên trì theo đuổi

♦ **stick together** F gắn bó với nhau

♦ **stick up** *poster, leaflet* treo

♦ **stick up for** bênh vực

sticker nhãn dính

sticking plaster băng dính

stick-in-the-mud người bảo thủ

sticky *hands etc* dính; *surface* nhớp nháp; *label* có sẵn keo dính

sticky rice gạo nếp

stiff 1 *adj brush, cardboard, leather* cứng; *muscle, body* đau cứng; *mixture, paste* đặc quánh; (*in manner*) cứng nhắc; *competition* gay go; *drink* mạnh; *fine, penalty* khắc nghiệt **2** *adv*: **be scared ~** F sợ hãi đến cực độ; **be bored ~** F chán ngấy

stiffen *v/i* cứng đờ

♦ **stiffen up** (*of muscle*) đau cứng

stifle *v/t yawn, laugh* kìm lại; *criticism, debate* ngăn chặn

stifling ngột ngạt

stigma nỗi ô nhục

stilettos (*shoes*) giày gót nhọn

still¹ 1 *adj* tĩnh lặng **2** *adv* vẫn; **keep**

ơ ur	y (tin)	ây uh-i	iê i-uh	oa wa	ôi oy	uy wee	ong aong
u (soon)	**au** a-oo	**eo** eh-ao	**iêu** i-yoh	**oai** wai	**ơi** ur-i	**ênh** uhng	**uyên** oo-in
ư (dew)	**âu** oh	**êu** ay-oo	**iu** ew	**oe** weh	**uê** way	**oc** aok	**uyêt** oo-yit

~! hãy yên nào!; **stand ~!** hãy đứng yên!

still² *adv* (*yet*) vẫn còn; (*nevertheless*) tuy nhiên; **do you ~ want it?** anh/chị vẫn còn muốn cái đó chứ?; **she ~ hasn't finished** cô ấy vẫn chưa làm xong; **she might ~ come** có thể cô ấy vẫn còn đến; **they are ~ my parents** họ vẫn là cha mẹ tôi; **~ more** (*even more*) còn nữa

stillborn: be ~ chết lúc chào đời
stilted *conversation* không tự nhiên
stilt house nhà sàn
stilts (*under house*) cột nhà sàn
stimulant chất kích thích
stimulate *person* gây hào hứng; *growth, demand* thúc đẩy; *new ideas* gợi nên
stimulating *discussion* lý thú; *person* hào hứng
stimulation sự khuyến khích
stimulus (*incentive*) tác nhân kích thích
sting 1 *n* (*from bee*) sự đốt; (*from jellyfish*) sự châm **2** *v/t* (*of bee*) đốt; (*of jellyfish*) châm **3** *v/i* (*of eyes*) xót; (*of scratch*) rát
stinging *remark, criticism* xúc phạm
stingy F keo kiệt
stink 1 *n* (*bad smell*) mùi hôi; F (*fuss*) sự ầm ĩ; **make a ~** F kêu ca ầm ĩ **2** *v/i* (*smell bad*) có mùi hôi; F (*be very bad*) quá tồi tệ
stint *n* phần việc; **do a ~ in the army** làm nhiệm vụ trong quân đội
♦ **stint on** hà tiện
stipulate qui định
stipulation (*condition*) điều kiện
stir 1 *n* sự khuấy; **give the soup a ~** khuấy món xúp lên; **cause a ~** *fig* gây nên sự náo động **2** *v/t* khuấy **3** *v/i* (*of sleeping person*) động đậy

♦ **stir up** *crowd* kích động; *bad memories* gợi lại
stir-crazy: be ~ F cảm thấy bị tù túng
stir-fry *v/t* xào
stirring *music, speech* gây hào hứng
stitch 1 *n* (*in sewing*) mũi khâu; (*in knitting*) mũi đan; **~es** MED mũi khâu; **have a ~** đau xóc **2** *v/t* (*sew*) khâu
♦ **stitch up** *wound* khâu
stitching (*stitches*) mũi khâu
stock 1 *n* (*reserves: of food etc*) nguồn dự trữ; (COM: *of store*) hàng trong kho; (*animals*) gia súc; FIN cổ phần; (*chicken ~, beef ~*) nước hầm; (*vegetable ~*) nước xốt; **be in ~/out of ~** còn/không còn; **take ~** đánh giá lại **2** *v/t* COM kiểm kê
♦ **stock up on** tích trữ
stockbroker người mua bán cổ phần chứng khoán; **stock exchange** thị trường chứng khoán; **stockholder** cổ đông
stocking tất dài
stock market thị trường chứng khoán; **stockmarket crash** thị trường chứng khoán sụt giá; **stockpile 1** *n* (*of food, weapons*) kho dự trữ **2** *v/t* dự trữ; **stockroom** phòng kho; **stock-still: stand ~** đứng bất động; **stocktaking** sự kiểm kê
stocky chắc nịch
stodgy *food* khó tiêu
stomach 1 *n* (*insides*) dạ dày; (*abdomen*) bụng **2** *v/t* (*tolerate*) chịu được
stomach ache đau bụng
stone *n* (*material*) đá; (*pebble*) đá cuội; (*precious ~*) đá quí
stoned F (*on drugs*) tê mê
stone-deaf điếc đặc
stonewall *v/i* F cản trở

ch (*final*) k	**gh** g	**nh** (*final*) ng	**r** z; (S) r	**x** s	**â** (but)	**i** (tin)
d z; (S) y	**gi** z; (S) y	**ph** f	**th** t	**a** (hat)	**e** (red)	**o** (saw)
đ d	**nh** (onion)	**qu** kw	**tr** ch	**ă** (hard)	**ê** ay	**ô** oh

stony *ground, path* rải đá

stool (*seat*) ghế đẩu

stoop[1] **1** *n* dáng lom khom **2** *v/i* (*bend down*) cúi xuống; (*have bent back*) còng lưng

stoop[2] *n* (*porch*) hiên

stop 1 *n* (*place: for train*) ga; (*place: for bus*) bến; **come to a ~** dừng lại; **put a ~ to** chấm dứt **2** *v/t* (*put an end to*) chấm dứt; (*prevent*) ngăn cản; (*cease*) ngừng; *smoking, drinking* bỏ; *person in street* giữ lại; *car, bus, train etc* dừng ... lại; **~ talking immediately!** hãy ngừng nói chuyện ngay lập tức!; **I ~ped her from leaving** tôi giữ lại không cho cô ấy đi; **it has ~ped raining** trời đã tạnh mưa; **~ a check** ngăn chặn tờ séc **3** *v/i* (*come to a halt*) dừng lại; (*of breathing*) ngừng; (*of heart*) ngừng đập; (*in a particular place: of bus, train*) đỗ

♦ **stop by** (*visit*) ghé qua

♦ **stop off** tạt vào

♦ **stop over** dừng lại

♦ **stop up** *v/t sink* làm tắc

stopgap (*person*) người lấp chỗ trống; (*thing*) vật lấp chỗ trống; **stoplight** (*traffic light*) tín hiệu giao thông; (*brake light*) đèn đạp phanh; **stopover** sự dừng lại

stopper (*for bath, basin, bottle*) cái nút

stopping: **no ~** (*sign*) cấm dừng xe

stop sign biển dừng xe

stopwatch đồng hồ bấm giờ

storage (*space*) kho; (*cost of storing*) tiền lưu kho; **put sth in ~** cất gì vào kho; **be in ~** ở trong kho

storage capacity COMPUT khả năng lưu trữ

storage space nơi dự trữ

store 1 *n* cửa hàng; (*stock*) kho; (*storehouse*) nhà kho **2** *v/t* cất giữ; COMPUT lưu trữ

storefront cửa kính cửa hiệu; **storehouse** nhà kho; **storekeeper** chủ hiệu; **storeroom** buồng kho; **store window** ô kính cửa hàng

stork con cò

storm *n* cơn bão

storm drain cống thoát nước lớn; **storm warning** dự báo bão; **storm window** *cửa sổ bên ngoài để phòng mưa bão*

stormy *weather* bão táp; *relationship* đầy sóng gió

story[1] (*tale*) truyện; (*account*) câu chuyện; (*newspaper article*) bài báo; F (*lie*) chuyện bịa

story[2] (*of building*) tầng

stout *adj person* hơi béo; *boots* chắc

stove (*for cooking*) bếp lò; (*for heating*) lò sưởi

stow xếp gọn

♦ **stow away** *v/i* trốn vé

stowaway người trốn vé

straight 1 *adj line, hair, back* thẳng; (*honest, direct*) thẳng thắn; (*not criminal*) lương thiện; *whiskey etc* không pha; (*tidy*) gọn gàng; (*conservative*) bảo thủ; (*not homosexual*) tình dục khác giới; **be a ~ A student** là một học sinh luôn đạt loại A **2** *adv* (*in a straight line, directly, immediately*) thẳng; (*clearly*) một cách mạch lạc; **go ~ to bed** đi thẳng lên giường; **stand up ~!** đứng thẳng người lên!; **look s.o. ~ in the eye** nhìn thẳng vào mắt ai; **go ~** F (*of criminal*) sống hoàn lương; **give it to me ~** F hãy nói thật với tôi; **~ ahead** *be situated* ngay phía trước; *walk, drive, look* thẳng về phía trước; **carry ~ on** (*of driver etc*) đi thẳng tới; **~ away, ~ off** ngay lập

ơ u*r*	y (tin)	ây uh-i	iê i-uh	oa wa	ôi oy	uy wee	ong aong
u (soon)	au a-oo	eo eh-ao	iêu i-yoh	oai wai	ơi u*r*-i	ênh uhng	uyên oo-in
ư (dew)	âu oh	êu ay-oo	iu ew	oe weh	uê way	oc aok	uyêt oo-yit

tức; **~ out** thẳng thừng; **~ up**
(*without ice*) không có đá
straighten *v/t picture, tie* sửa cho
thẳng
♦ **straighten out 1** *v/t situation* giải
quyết; F *person* dạy bảo **2** *v/i* (*of
road*) lại thẳng ra
♦ **straighten up** *v/i* thẳng người lên
straightforward (*honest, direct*)
thẳng thắn; (*simple*) không phức
tạp
strain[1] **1** *n* (*on rope*) sức kéo căng;
(*on engine, heart*) sự làm việc quá
sức; (*on person*) sức ép **2** *v/t*
(*injure*) làm tổn thương; *one's
eyes* căng; *fig: finances, budget* gây
sức ép
strain[2] *v/t vegetables* để cho ráo
nước; *oil, fat etc* lọc
strainer (*for vegetables etc*) cái rổ;
tea ~ cái lọc trà
strait eo biển
straitlaced quá khắt khe
strand[1] *n* (*of wool, thread*) sợi
strand[2] *v/t person, tourists* làm
mắc kẹt; *be* **~ed** bị mắc kẹt
strange (*odd, curious*) kỳ lạ;
(*unknown, foreign*) lạ
strangely (*oddly*) một cách lạ
lùng; **~ enough** thật là kỳ lạ
stranger (*person you don't know*)
người lạ; *I'm a* **~** *here myself* tôi
là người lạ ở đây
strangle *person* bóp cổ
strap *n* (*of purse*) quai; (*of bra,
dress*) dây vai; (*of watch, shoe*) dây
♦ **strap in** buộc dây an toàn
strapless *bra, dress* không có dây
vai
strategic chiến lược
strategy chiến lược
straw[1] rơm; (*single piece*) cọng rơm;
that's the last ~! quá lắm rồi!
straw[2] (*for drink*) ống hút

strawberry quả dâu tây
stray 1 *adj animal, bullet* lạc **2** *n*
(*dog*) con chó lạc; (*cat*) con mèo
lạc **3** *v/i* (*of animal, child*) đi lạc;
fig (*of eyes*) nhìn chệch ra; (*of
thought*) lạc ra
streak 1 *n* (*of dirt, paint*) vệt; *fig*
(*of nastiness etc*) tính **2** *v/i* (*move
quickly*) lao vụt **3** *v/t: be* **~ed with**
có vệt
stream 1 *n* dòng suối; *fig* (*of
people*) dòng; (*of complaints*) hàng
loạt; **come on ~** đi vào hoạt động
2 *v/i* (*of tears*) chảy ròng ròng; **~
out of** (*of people*) ùn ùn kéo ra; **~
into** (*of people*) ùn ùn kéo vào;
sunlight ~ed into the room ánh
nắng tràn ngập gian buồng
streamer băng giấy màu
streamline *v/t fig* hợp lý hóa
streamlined *car, plane* có dáng
thuôn; *fig: organization* được hợp
lý hóa
street phố; **in the ~** ở trên đường
phố
streetcar tàu điện; **street hawker**
người bán hàng rong; **streetlight**
đèn phố; **street market** chợ trời;
streetpeople những người vô gia
cư; **streetwalker** gái điếm;
streetwise *adj* lịch lãm
strength (*of person: physical*) sức
lực; *fig* (*strong point*) mặt mạnh;
(*of wind, current*) lực; (*of emotion,
feeling*) cường độ; (*of love,
friendship, organization, country,
currency*) sức mạnh
strengthen 1 *v/t bridge, road
surface, foundation* làm cho vững;
*country, organization, ties,
relationship* tăng cường; *muscles*
làm cho rắn chắc **2** *v/i* (*of bonds,
ties*) được tăng cường; (*of
currency*) mạnh lên

ch (*final*) k	**gh** g	**nh** (*final*) ng	**r** z; (*S*) r	**x** s	**â** (but)	**i** (tin)
d z; (*S*) y	**gi** z; (*S*) y	**ph** f	**th** t	**a** (hat)	**e** (red)	**o** (saw)
đ d	**nh** (onion)	**qu** kw	**tr** ch	**ă** (hard)	**ê** ay	**ô** oh

strenuous *climb, walk* vất vả

stress 1 *n* (*on syllable*) trọng âm; (*emphasis*) sự nhấn mạnh; (*tension*) sự căng thẳng; **be under ~** có tâm trạng căng thẳng **2** *v/t syllable, importance etc* nhấn mạnh; **I must ~ that ...** tôi phải nhấn mạnh rằng ...

stressed out F bị căng thẳng

stressful căng thẳng

stretch 1 *n* (*of land, wasteland*) dải; (*of water*) vùng; (*of road*) quãng; **at a ~** (*non-stop*) một mạch **2** *adj fabric* co giãn **3** *v/t material* làm giãn ra; *small income* sử dụng triệt để; *rules* linh động; **he ~ed out his hand** anh ấy chìa tay ra; **a job that ~es me** một công việc đòi hỏi rất nhiều khả năng tôi **4** *v/i* (*to relax muscles*) vươn vai; (*to reach sth*) cố với; (*spread*) trải rộng ra; (*of fabric: give*) giãn ra; (*of fabric: sag*) chùng xuống; **~ from X to Y** (*extend*) trải dài từ X đến Y

stretcher cái cáng

strict *person* nghiêm khắc; *instructions, rules* nghiêm ngặt

strictly một cách nghiêm khắc; **it is ~ forbidden** nghiêm cấm

stride 1 *n* sải chân; **take sth in one's ~** coi việc gì là dễ dàng **2** *v/i* sải bước

strident *noise, voice etc* đinh tai nhức óc; *protest* kịch liệt

strike 1 *n* (*of workers*) cuộc bãi công; (*in baseball*) đòn tấn công; (*of oil*) sự phát hiện; **be on ~** bãi công; **go on ~** tiến hành cuộc bãi công **2** *v/i* (*of workers*) bãi công; (*attack*) tấn công; (*of disaster*) giáng xuống; (*of clock*) điểm **3** *v/t* (*hit*) đập; *fig* (*of disaster, illness*) giáng xuống; (*of hurricane*) tàn phá; *match* đánh; (*of idea,*

thought) chợt đến; *oil* phát hiện; **the man was struck by a car** ông ấy bị ô tô đâm; **she struck me as being ...** cô ấy gây cho tôi ấn tượng là ...

♦ **strike out** *v/t* (*delete*) gạch bỏ

strikebreaker kẻ phá hoại bãi công

striker (*person on strike*) người bãi công

striking (*marked*) nổi bật; (*eye-catching*) hấp dẫn

string *n* (*cord*) sợi dây; (*of violin, cello etc*) dây đàn; (*of tennis racket*) dây vợt; **~s** (*musicians*) các nhạc công đàn dây; **pull ~s** giật dây; **a ~ of** (*series*) một loạt

♦ **string along 1** *v/i* cùng đi **2** *v/t* đánh lừa; **string s.o. along** đánh lừa ai đó

♦ **string up** F treo cổ lên

stringed instrument đàn dây

stringent *rules, conditions* nghiêm ngặt

string player nhạc công đàn dây

strip 1 *n* (*of cloth, land*) dải; (*comic ~*) tranh vui **2** *v/t* (*remove*) cạo bỏ; *blossoms, leaves* tước bỏ; *sheets from bed* lột bỏ; (*undress*) cởi quần áo; **~ X of Y** tước bỏ Y của X **3** *v/i* (*undress*) cởi quần áo; (*of stripper*) thoát y

strip club hộp thoát y

stripe (*of wallpaper, fabric*) kẻ sọc; (*of tiger*) đường vằn; (*indicating rank*) vạch quân hàm

striped *wallpaper, fabric* có kẻ sọc; *animal* có vằn

stripper người trình diễn thoát y

strip show trình diễn thoát y

striptease điệu múa thoát y

strive 1 *v/t* nỗ lực; **~ to do sth** nỗ lực làm gì **2** *v/i* đấu tranh; **~ for** đấu tranh cho

---

ơ ur	y (tin)	ây uh-i	iê i-uh	oa wa	ôi oy	uy wee	ong aong
u (soon)	au a-oo	eo eh-ao	iêu i-yoh	oai wai	ơi ur-i	ênh uhng	uyên oo-in
ư (dew)	âu oh	êu ay-oo	iu ew	oe weh	uê way	oc aok	uyêt oo-yit

stroke 1 *n* MED cơn đột quỵ; (*when writing*, *painting*) nét bút; (*style of swimming*) kiểu bơi; ~ **of luck** điều may mắn; **she never does a ~ (of work)** cô ấy chẳng bao giờ làm một việc gì **2** *v/t* vuốt

stroll 1 *n* sự đi dạo **2** *v/i* đi dạo

stroller người đi dạo; (*for baby*) xe đẩy

strong *person*, *animal*, *arms* khỏe; *structure* kiên cố; *candidate*, *wind*, *alcohol*, *currency* mạnh; *support*, *supporter*, *feelings*, *objections* mạnh mẽ; *tea*, *coffee* đậm; *cheese*, *smell etc* nặng; *perfume* ngào ngạt; *argument* vững chắc

stronghold *fig* pháo đài

strongly một cách mạnh mẽ

strong-minded cứng cỏi

strong-willed cứng cỏi

structural cấu trúc; ~ **steel** thép xây dựng

structure 1 *n* (*sth built*) công trình kiến trúc; (*way sth has been put together*) cấu trúc **2** *v/t* (*plan*: *course etc*) tổ chức; *schedule*, *syllabus* sắp xếp; *play* kết cấu

struggle 1 *n* (*fight*) cuộc đánh nhau; (*for power*, *independence etc*) cuộc đấu tranh; (*hard time*) cuộc vật lộn **2** *v/i* (*with a person*) đánh nhau; (*have a hard time*) vật lộn; ~ **to do sth** đấu tranh để làm gì; ~ **to stay afloat** vật lộn để không mắc nợ

strum chơi tập tọng

strut *v/i* bước đi oai vệ

stub 1 *n* (*of cigarette*) mẩu; (*of check*, *ticket*) cuống **2** *v/t* vấp; ~ **one's toe** vấp ngón chân

♦ **stub out** *cigarette* dụi tắt

stubble (*on man's face*) râu mọc lởm chởm

stubborn *person* bướng bỉnh;

refusal, *denial* kiên quyết; *defense* ngoan cường

stubby *fingers* múp míp

stuck: **be ~ on s.o.** F yêu say mê ai

stuck-up F hợm mình

student (*at high school*) học sinh; (*at college*, *university*) sinh viên

student nurse y tá thực tập

student teacher giáo sinh

studio (*of artist*, *sculptor*) xưởng vẽ; (*recording ~*) phòng ghi âm; (*movie ~*) xưởng phim; (*TV ~*) xưởng truyền hình

studious chăm chỉ

study 1 *n* (*room*) phòng làm việc; (*learning*) sự học tập; (*investigation*) sự nghiên cứu **2** *v/t* (*at school*, *university*) học; (*examine*: *face*, *papers*) xem xét kỹ càng; *map*, *subject*, *photographs* nghiên cứu **3** *v/i* học

stuff 1 *n* (*objects*, *things*) những vật; (*belongings*) đồ đạc **2** *v/t* *turkey* nhồi; ~ **X into Y** nhét X vào trong Y

stuffed toy đồ chơi nhồi bông

stuffing (*for turkey*) thức nhồi; (*in chair*, *teddy bear*) bông nhồi

stuffy *room* ngột ngạt; *person* nghiêm nghị

stumble *v/i* vấp

♦ **stumble across** tình cờ tìm ra

♦ **stumble over** vấp phải; *words* nói ... vấp váp

stumbling block vật chướng ngại

stump 1 *n* (*of tree*) gốc cây **2** *v/t* (*of question*, *questioner*) gây bối rối

♦ **stump up** F trả

stun (*of blow*) làm choáng váng; (*of news*) làm sửng sốt

stunning (*amazing*) đáng kinh ngạc; (*extremely beautiful*) tuyệt đẹp

stunt *n* (*for publicity*) trò quảng

ch (*final*) k	**gh** g	**nh** (*final*) ng	**r** z; (S) r	**x** s	**â** (but)	**i** (tin)
d z; (S) y	**gi** z; (S) y	**ph** f	**th** t	**a** (hat)	**e** (red)	**o** (saw)
đ d	**nh** (onion)	**qu** kw	**tr** ch	**ă** (hard)	**ê** ay	**ô** oh

cáo; (*in movie*) trò nguy hiểm

stuntman (*in movie*) người đóng
thay trong những cảnh nguy hiểm

stupefy sửng sờ

stupendous *dress, house, garden*
tuyệt diệu; *mistake* lạ lùng

stupid ngu ngốc

stupidity sự ngu ngốc

stupor sự ngẩn ngơ

sturdy *person* cường tráng; *child*
khoẻ mạnh; *furniture* chắc chắn

stutter *v/i* nói lắp

sty (*for pig*) chuồng lợn

style *n* (*method, manner*) phong
cách; (*fashion*) thời trang;
(*fashionable elegance*) sự trang
nhã; **go out of** ~ không hợp thời
trang

stylish hợp thời trang

subcommittee phân ban

subcompact (car) ô tô cực nhỏ

subconscious: **the ~** (**mind**) tiềm
thức

subcontract *v/t* ký hợp đồng phụ

subcontractor (*person*) người thực
hiện hợp đồng phụ; (*company*)
công ty thực hiện hợp đồng phụ

subdivide *v/t* chia nhỏ ra

subdued *voice* khẽ khàng; *lighting*
dịu

subheading đầu đề nhỏ

subject **1** *n* (*of country*) người dân;
(*topic*) chủ đề; (*branch of
learning*) môn học; GRAM chủ ngữ;
change the ~ thay đổi đề tài
2 *adj*: **be ~ to** (*have a tendency to*)
có chiều hướng; (*be conditional
on*) lệ thuộc vào; **~ to availability**
(*dependent*) tuỳ xem có hay
không **3** *v/t* (*expose*) bắt phải chịu;
(*subjugate*) khuất phục; **the metal
was ~ed to great heat** kim loại
được đưa vào nung ở nhiệt độ cao

subjective chủ quan

sublet *v/t* cho thuê lại

submachine gun súng tiểu liên

submarine tàu ngầm

submerge **1** *v/t rocks* làm chìm
xuống; *tomatoes* dìm **2** *v/i* (*of
submarine*) lặn xuống

submission (*surrender*) sự khuất
phục; (*to committee etc*) sự đệ trình

submissive dễ bảo

submit *v/t plan, proposal* đệ trình

subordinate **1** *adj employee,
position* cấp dưới **2** *n* người cấp
dưới

subpoena **1** *n* trát đòi hầu tòa **2** *v/t
person* đòi ra hầu tòa

♦**subscribe to** *magazine etc* đặt
mua dài hạn; *theory* tán thành

subscriber (*to magazine*) người
mua dài hạn

subscription việc đặt mua dài hạn

subsequent tiếp theo

subsequently sau đó

subside (*of floodwaters*) rút xuống;
(*of high winds*) ngớt; (*of building*)
lún xuống; (*of fears, panic*) giảm
bớt

subsidiary *n* chi nhánh

subsidize trợ cấp cho

subsidy tiền trợ cấp

♦**subsist on** sống bằng

subsistence farmer chủ trang trại
chỉ đủ tự túc

subsistence level mức sống chỉ đủ
để tồn tại

substance (*matter*) chất

substandard dưới mức tiêu chuẩn

substantial *contribution, amount,
damage* đáng kể

substantially (*considerably*) một
cách đáng kể; (*in essence*) về căn
bản; **they contributed ~ to the
success of ...** họ đã đóng góp
một cách đáng kể cho sự thành
công của ...

ơ u*r*	y (tin)	ây uh-i	iê i-uh	oa wa	ôi oy	uy wee	ong aong
u (soon)	au a-oo	eo eh-ao	iêu i-yoh	oai wai	ơi u*r*-i	ênh uhng	uyên oo-in
ư (dew)	âu oh	êu ay-oo	iu ew	oe weh	uê way	oc aok	uyêt oo-yit

substantiate chứng minh

substantive (*real*) thật sự

substitute 1 *n* (*for person*) người thay thế; (*product*) sản phẩm thay thế; SP tuyển thủ thay thế **2** *v/t*: ~ **X for Y** X thay thế cho Y **3** *v/i*: ~ **for s.o.** thay cho ai

substitution (*act*) sự thay thế; *make a* ~ SP làm sự thay thế

subtitle 1 *n* phụ đề **2** *v/t movie* có phụ đề

subtle tinh tế

subtract *v/t number* trừ; ~ **X from Y** Y trừ X

suburb ngoại ô; *the* ~**s** khu ngoại ô

suburban *housing, architecture* ở ngoại ô; *attitudes, lifestyle* hẹp hòi

subversive 1 *adj* có tính chất lật đổ **2** *n* phần tử lật đổ

subway RAIL tàu điện ngầm

subzero *adj* dưới số không

succeed 1 *v/i* (*be successful*) thành công; (*to throne*) kế vị; (*to office*) kế tục; ~ *in doing sth* thành công trong việc gì **2** *v/t* (*come after*) kế tục; *monarch* nối ngôi

succeeding tiếp theo

success sự thành công; *be a* ~ là một sự thành công

successful *operation, marriage etc* thành công; *businessman* thành đạt

successfully một cách thành công

succession (*sequence*) một chuỗi; (*of visitors, phonecalls*) hàng loạt; (*to the throne*) sự kế vị; (*in office*) sự kế tục; *in* ~ liên tiếp

successive *managers* kế tiếp nhau; *days* liên tục

successor (*person*) người kế vị; (*thing*) cái kế tiếp

succinct súc tích

succulent *meat* ngon; *fruit* mọng nước

succumb (*give in*) không chịu nổi;

(*of city*) ngừng chống cự; ~ *to temptation* không chống nổi sự cám dỗ

such 1 *adj* (*of that kind*) như thế; ~ *a* (*so much of a*) đến như vậy; *don't make* ~ *a fuss* đừng có làm om sòm lên như vậy; *I never thought it would be* ~ *a success* tôi không bao giờ nghĩ rằng lại thành công đến thế; ~ *as* (*like*) như; *there is no* ~ *word as ...* không có từ như ... **2** *adv* thật là; *as* ~ theo đúng nghĩa của nó

suck mút; ~ *one's thumb* mút ngón tay cái; ~ *poison out of a wound* hút chất độc ra khỏi vết thương

♦ **suck up** *moisture etc* hút khô

♦ **suck up to** F nịnh hót ai

sucker F (*person*) kẻ khờ dại; (*lollipop*) kẹo mút

sucking pig lợn sữa

suction sức hút

sudden đột ngột; *all of a* ~ bất thình lình

suddenly bất chợt

suds (*soap* ~) bọt xà phòng

sue *v/t* kiện

suede *n* da lộn

suffer 1 *v/i* (*be in pain*) đau đớn; (*deteriorate*) sút kém; *be* ~*ing from* bị; *the doctors say she is* ~*ing from amnesia* bác sĩ nói cô ấy bị bệnh hay quên **2** *v/t setback* chịu; *the company* ~*ed a severe loss* công ty đã chịu tổn thất nặng nề

suffering *n* sự đau khổ

sufficient đủ

sufficiently một cách đầy đủ

suffocate 1 *v/i* chết ngạt **2** *v/t* bóp nghẹt

suffocation sự ngạt thở

sugar 1 *n* đường **2** *v/t* cho đường vào

ch (*final*) k	**gh** g	**nh** (*final*) ng	**r** z; (S) r	**x** s	**â** (but)	**i** (tin)
d z; (S) y	**gi** z; (S) y	**ph** f	**th** t	**a** (hat)	**e** (red)	**o** (saw)
đ d	**nh** (onion)	**qu** kw	**tr** ch	**ă** (hard)	**ê** ay	**ô** oh

sugar bowl bát đựng đường

sugar cane cây mía

suggest *v/t* đề nghị; *I ~ that we stop now* tôi đề nghị chúng ta hãy dừng lại bây giờ

suggestion lời đề nghị

suicide sự tự tử; *commit ~* tự tử

suit 1 *n* bộ com-lê; *(in cards)* bộ hoa **2** *v/t* *(of clothes, color)* hợp với; *~ yourself!* tùy anh/chị!; *be ~ed for sth* hợp với gì

suitable thích hợp

suitcase va li

suite *(of rooms)* dãy phòng; *(furniture)* bộ sa lông; MUS tổ khúc

sulfur lưu huỳnh

sulk *v/i* hờn dỗi

sulky *person, mood* hay hờn dỗi

sullen ủ rũ; *sky* ảm đạm

sultry *climate* oi bức; *(sexually)* đầy nhục cảm

sum *(total)* tổng; *(amount)* số tiền; *(in arithmetic)* bài toán số học; *a large ~ of money* một khoản tiền lớn; *~ insured* số tiền bảo hiểm; *the ~ total of his efforts* tất cả sự cố gắng của anh ấy

♦ **sum up 1** *v/t* *(summarize)* tóm tắt; *(assess)* đánh giá **2** *v/i* LAW kết luận

summarize *v/t* tóm tắt

summary *n* bản tóm tắt

summer mùa hè

summit *(of mountain)* đỉnh; *fig* thượng đỉnh; POL cuộc họp thượng đỉnh

summon *staff, meeting* triệu tập

♦ **summon up** *strength, courage, enthusiasm* dồn hết

summons LAW trát đòi hầu tòa

sump *(for oil)* bình hứng dầu

sun mặt trời; *in the ~* dưới ánh nắng; *out of the ~* trong bóng râm; *he has had too much ~* anh ấy phơi nắng quá nhiều

sunbathe tắm nắng; **sunblock** kem chống nắng; **sunburn** sự cháy nắng; **sunburnt** cháy nắng; **suncream** kem chống nắng

Sunday ngày Chủ Nhật

sundial đồng hồ mặt trời

sundries những cái lặt vặt

sunglasses kính râm

sun-helmet mũ cối

sunken *cheeks* lõm

sunny *day* nắng; *disposition* vui vẻ; *it's ~* trời nắng

sunrise mặt trời mọc; **sunset** mặt trời lặn; **sunshade** dù che nắng; **sunshine** ánh nắng; **sunstroke** sự say nắng; **suntan** sự rám nắng; *get a ~* có nước da rám nắng

super 1 *adj* F *vacation, idea, person* thật tuyệt **2** *n* *(janitor)* người quản lý

superb *meal, wine* tuyệt vời

superficial *comments, analysis* sơ lược; *person* hời hợt; *wounds* ngoài da

superfluous *comments, advice* không cần thiết

superhuman *efforts* phi thường

superintendent *(of apartment block)* người quản lý

superior 1 *adj* *quality, hotel, translation* tốt hơn; *team, player* giỏi hơn; *pej (attitude)* hợm hĩnh **2** *n* *(in organization, society)* người cấp trên

supermarket siêu thị

supernatural 1 *adj powers* siêu tự nhiên **2** *n: the ~* cái siêu phàm

superpower POL siêu cường

supersonic *flight, aircraft* siêu âm

superstition sự mê tín

superstitious *person* mê tín

supervise giám sát

supervisor *(at work)* người giám

ơ u r	y (tin)	ây uh-i	iê i-uh	oa wa	ôi oy	uy wee	ong aong
u (soon)	au a-oo	eo eh-ao	iêu i-yoh	oai wai	ơi ur-i	ênh uhng	uyên oo-in
ư (dew)	âu oh	êu ay-oo	iu ew	oe weh	uê way	oc aok	uyêt oo-yit

sát; (*academic*) người hướng dẫn

supper bữa cơm tối

supple *material* mềm; *limbs* mềm mại; *person, mind* linh hoạt

supplement *n* (*extra payment*) phần bổ sung

supplier (*person*) người cung cấp hàng hóa; (*company*) công ty cung cấp hàng hóa

supply 1 *n* sự cung cấp; **~ and demand** cung và cầu; **supplies** nguồn dự trữ **2** *v/t goods* cung cấp; **~ X with Y** cung cấp Y cho X; **be supplied with ...** được cung cấp ...

support 1 *n* (*for structure*) vật chống; (*backing*) sự ủng hộ **2** *v/t building, structure* chống đỡ; (*financially*) nuôi; (*back*) ủng hộ

supporter người ủng hộ

supportive *attitude, person* giúp đỡ

suppose (*imagine*) cho là; **I ~ so** tôi cho là như vậy; **be ~d to ...** (*be meant to*) đáng lẽ thì ...; (*be said to be*) được coi là ...; **you are not ~d to ...** (*not allowed to*) anh/ chị không được phép ...

suppository MED thuốc đạn

suppress *rebellion etc* đàn áp

suppression sự đàn áp

supremacy uy thế

supreme *commander, court* tối cao; *courage, delight, sacrifice* cao cả; *effort* lớn nhất; **The Supreme Being** Thượng Đế

surcharge *n* số tiền phải trả thêm

sure 1 *adj* chắc chắn; **I'm ~** tôi dám chắc; **I'm not ~** tôi không dám chắc; **be ~ about sth** chắc chắn về gì; **make ~ that ...** tìm hiểu chắc chắn rằng ... **2** *adv:* **~ enough** không còn nghi ngờ gì nữa; **it ~ is hot today** F hôm nay chắc chắn là trời nóng; **~!** tất nhiên!

surely (*certainly*) chắn chắn; (*gladly*) tất nhiên

surf 1 *n* (*on sea*) bọt sóng biển **2** *v/t the Net* lướt

surface 1 *n* (*of table, object*) bề mặt; (*of water*) mặt; **on the ~** *fig* bề ngoài **2** *v/i* (*of swimmer, submarine*) nổi lên mặt nước; (*appear*) lại xuất hiện

surface mail thư thường

surfboard ván lướt sóng

surfer (*on sea*) người lướt sóng

surfing sự lướt sóng; **go ~** đi lướt sóng

surge *n* (*in electric current, demand etc*) sự tăng lên đột ngột; (*of interest, financial growth etc*) sự tăng trưởng nhanh chóng

♦ **surge forward** (*of crowd*) lao lên

surgeon bác sĩ phẫu thuật

surgery sự phẫu thuật; **undergo ~** làm phẫu thuật

surgical phẫu thuật

surly cáu kỉnh

surmount *difficulties* khắc phục

surname họ

surpass trội hơn

surplus 1 *n* thặng dư **2** *adj* dư thừa

surprise 1 *n* sự ngạc nhiên; **it'll come as no ~ to hear that ...** sẽ chẳng có gì đáng ngạc nhiên khi nghe tin là ... **2** *v/t* làm ngạc nhiên; **be / look ~d** ngạc nhiên / có vẻ ngạc nhiên

surprising đáng ngạc nhiên

surprisingly một cách đáng ngạc nhiên

surrender 1 *v/i* (*of army*) đầu hàng **2** *v/t* (*hand in: weapons etc*) giao nộp **3** *n* sự đầu hàng; (*handing in*) sự giao nộp

surrogate mother người phụ nữ đẻ thay

surround 1 *v/t* (*of enemy*) bao vây;

ch (*final*) k	**gh** g	**nh** (*final*) ng	**r** z; (S) r	**x** s	**â** (b**u**t)	**i** (t**i**n)
d z; (S) y	**gi** z; (S) y	**ph** f	**th** t	**a** (h**a**t)	**e** (r**e**d)	**o** (s**a**w)
đ d	**nh** (o**ni**on)	**qu** kw	**tr** ch	**ă** (h**a**rd)	**ê** ay	**ô** oh

(*of wall*, *hill*) bao quanh; *be ~ed by ...* bị bao quanh bởi ... **2** *n* (*of picture etc*) đường viền

surrounding *adj* countryside, states phụ cận

surroundings môi trường xung quanh

survey 1 *n* (*of modern literature etc*) sự nhìn tổng quát; (*of building*) sự kiểm tra **2** *v/t* (*look at*) quan sát; *building* kiểm tra

surveyor viên thanh tra

survival (*in office*, *in big city*) sự tồn tại; (*of species*) sự sống sót

survive 1 *v/i* (*of species*) sống sót; (*of patient*) sống qua được; *how are you? – I'm surviving* anh/chị khỏe chứ? – tôi vẫn còn sống đấy; *his two surviving daughters* hai người con gái vẫn còn sống của anh ấy **2** *v/t* accident sống sót; *operation* qua khỏi; (*outlive*) sống lâu hơn

survivor người sống sót; *he's a ~ fig* anh ấy là một người sống ngoan cường

susceptible (*emotionally*) dễ xúc cảm; *be ~ to the cold*/*heat* dễ bị lạnh/nóng

suspect 1 *n* người bị tình nghi **2** *v/t person* nghi; (*suppose*) cho là

suspected murderer bị tình nghi; cause, heart attack etc đang nghi vấn

suspend (*hang*) treo; (*from office*) đình chỉ công tác

suspenders (*for pants*) dây đeo quần

suspense sự hồi hộp

suspension (*in vehicle*) hệ thống giảm xóc; (*from duty*) sự đình chỉ

suspension bridge cầu treo

suspicion sự nghi ngờ

suspicious (*causing suspicion*) khả

nghi; (*feeling suspicion*) ngờ vực; *be ~ of* nghi ngờ

sustain life duy trì

swab *n* MED miếng gạc

swagger *n* dáng điệu nghênh ngang

swallow[1] *v/t & v/i* nuốt

swallow[2] (*bird*) chim én

swamp 1 *n* đầm lầy **2** *v/t* làm ngập nước; *be ~ed with* bị ngập đầu trong

swampy ground lầy lội

swan con thiên nga

swap 1 *v/t* đổi; *~ X for Y* đổi X lấy Y **2** *v/i* đánh đổi

swarm 1 *n* (*of bees*) đàn **2** *v/i* (*of ants*, *tourists etc*) lúc nhúc; *the town was ~ing with ...* thành phố lúc nhúc những ...

swarthy face, complexion ngăm đen

swat *v/t* insect, fly đập

sway 1 *n* (*influence*) ảnh hưởng; (*rule*) sự thống trị **2** *v/i* lảo đảo

swear *v/i* (*use swearword*) chửi; (*promise*, *on oath*) thề; *~ at s.o.* chửi ai

♦**swear in** witnesses etc tuyên thệ

swearword câu chửi

sweat 1 *n* mồ hôi; *covered in ~* đầm đìa mồ hôi **2** *v/i* toát mồ hôi

sweater áo len cổ chui

sweatshirt áo vệ sinh

sweaty hands, smell đẫm mồ hôi

Swede người Thụy Điển

Sweden nước Thụy Điển

Swedish 1 *adj* Thụy Điển **2** *n* tiếng Thụy Điển

sweep 1 *v/t* floor, leaves quét **2** *n* (*long curve*) đoạn cong

♦**sweep up** *v/t* mess, crumbs quét sạch

sweeping *adj* generalization, statement chung chung; changes có ảnh hưởng sâu rộng

ơ u*r*	**y** (t*in*)	**ây** uh-i	**iê** i-uh	**oa** wa	**ôi** oy	**uy** wee	**ong** aong
u (soon)	**au** a-oo	**eo** eh-ao	**iêu** i-yoh	**oai** wai	**ơi** ur-i	**ênh** uhng	**uyên** oo-in
ư (dew)	**âu** oh	**êu** ay-oo	**iu** ew	**oe** weh	**uê** way	**oc** aok	**uyêt** oo-yit

sweet *adj taste, tea* ngọt; F (*kind*) tốt bụng; F (*cute*) dễ thương

sweet and sour *adj* chua ngọt

sweetcorn ngô (*N*), bắp (*S*)

sweeten *v/t drink, food* làm ngọt

sweetener (*for drink*) viên ngọt

sweetheart cưng

swell 1 *v/i* (*of limb*) sưng lên **2** *adj* F (*good*) tuyệt vời **3** *n* (*of the sea*) biển động

swelling *n* MED chỗ sưng lên

sweltering *heat, day* nóng khó chịu

swerve *v/i* (*of driver, car*) ngoặt

swift *adj* mau lẹ

swim 1 *v/i* bơi; **go ~ming** đi bơi; **my head is ~ming** đầu óc tôi đang quay cuồng **2** *n* sự bơi; **go for a ~** đi bơi

swimmer người bơi

swimming sự bơi lội

swimming pool bể bơi

swimsuit quần áo bơi

swindle 1 *n* sự lừa đảo **2** *v/t* lừa đảo; **~ X out of $1000** lừa X lấy được 1000$

swine F (*person*) đồ con lợn

swing 1 *n* sự đung đưa; (*for child*) cái đu; **~ to the Democrats** quay ngoặt sang bên Dân Chủ **2** *v/t* lúc lắc; *hips* uốn éo **3** *v/i* lắc lư; (*of monkeys*) chuyền; (*turn*) quay; (*of public opinion etc*) quay ngoặt

swing-door cửa tự động

Swiss *adj* Thụy Sĩ

switch 1 *n* (*for light*) công tắc; (*change*) sự thay đổi đột ngột **2** *v/t* (*change*) thay đổi; *rooms* đổi **3** *v/i* (*change*) đổi

♦**switch off** *v/t lights, engine, PC, TV* tắt

♦**switch on** *v/t TV, PC* mở

switchboard tổng đài

switchover (*to new system*) sự thay đổi đột ngột

Switzerland nước Thụy Sĩ

swivel *v/i* (*of chair, monitor*) xoay

swollen *ankles* bị sưng; *stomach* phình ra

swoop *v/i* (*of bird*) lao xuống

♦**swoop down on** *prey* lao xuống vồ

♦**swoop on** (*of police etc*) sục vào

sword thanh kiếm

sycamore (*plane tree*) cây tiêu huyền

syllable âm tiết

syllabus chương trình học

symbol (*character*) ký hiệu; (*in poetry, art*) tượng trưng

symbolic *poem* có tính tượng trưng; *gesture* có ngụ ý

symbolism (*in poetry, art*) chủ nghĩa tượng trưng

symbolize tượng trưng cho

symmetric(al) đối xứng

symmetry sự đối xứng

sympathetic (*showing pity*) thông cảm; (*understanding*) đồng tình; **be ~ toward a person/an idea** đồng tình với một người/một tư tưởng nào đó

♦**sympathize with** (*feel compassion*) thông cảm với; (*support*) ủng hộ

sympathizer POL người có cảm tình

sympathy (*pity*) sự thông cảm; (*understanding*) sự đồng tình; **don't expect any ~ from me!** đừng mong tôi thông cảm!

symphony bản giao hưởng

symptom MED triệu chứng; *fig* dấu hiệu

symptomatic: be ~ of MED là một triệu chứng của; *fig* là dấu hiệu của

synchronize *watches* để cùng giờ; *operations* đồng bộ hóa

---

ch (*final*) k	**gh** g	**nh** (*final*) ng	**r** z; (*S*) r	**x** s	**â** (but)	**i** (tin)
d z; (*S*) y	**gi** z; (*S*) y	**ph** f	**th** t	**a** (hat)	**e** (red)	**o** (saw)
đ d	**nh** (onion)	**qu** kw	**tr** ch	**ă** (hard)	**ê** ay	**ô** oh

synonym từ đồng nghĩa
syntax cú pháp
synthetic sợi tổng hợp
syphilis bệnh giang mai
syringe MED ống tiêm
syrup xirô
system (*method*) phương pháp; (*orderliness, computer*) hệ thống; *braking* ~ hệ thống phanh; *fuel injection* ~ hệ thống bơm phun

nhiên liệu; *digestive* ~ hệ thống tiêu hóa
systematic *approach, person* có phương pháp; *attempts, destruction* có hệ thống
systematically *analyze, study* một cách có phương pháp; *destroy* một cách có hệ thống
systems analyst COMPUT chuyên gia phân tích hệ thống

T

tab *n* (*for pulling*) vạt; (*in text*) tab; *pick up the* ~ trả tiền
table *n* cái bàn; (*of figures*) bảng biểu
tablecloth khăn trải bàn
tablespoon thìa xúp
tablet (*medicine*) viên
table tennis bóng bàn
tabloid *n* (*newspaper*) báo khổ nhỏ
taboo *adj* cấm kị
tacit ngầm
tack 1 *n* (*nail*) đinh mũ **2** *v/t* (*sew*) khâu lược **3** *v/i* (*of yacht*) trở buồm
tackle 1 *n* (*equipment, sport*) dụng cụ **2** *v/t* SP chặn cản; *problem* giải quyết; *intruder* đương đầu
tacky *paint, glue* hơi dính; *goods* rẻ tiền; *decoration* lòe loẹt; *behavior* hẹp hòi
tact sự khéo xử
tactful khéo xử
tactical *move* tài tình; *thinking* mưu lược
tactics chiến thuật
tactless *person* không lịch thiệp;

remark không tế nhị
tadpole con nòng nọc
tag (*label*) nhãn
tail *n* đuôi
tail light đèn hậu
tailor thợ may
tailor-made *suit* may đo; *solution* hoàn toàn thích hợp
tail wind gió xuôi
tainted *food* thiu; *reputation, atmosphere* nhơ
Taiwan nước Đài Loan
Taiwanese 1 *adj* Đài Loan **2** *n* người Đài Loan; (*dialect*) tiếng địa phương Đài Loan
take *v/t* (*remove*) lấy; (*steal*) lấy mất; (*transport*) đưa; (*accompany*) đi cùng; (*accept: money, gift*) nhận; *credit cards* chấp nhận; (*study*) học; *photograph, photocopy* chụp; *exam, degree* thi; *s.o.'s temperature* đo; (*endure*) chịu được; (*require*) cần phải; ~ *a shower* tắm sen; ~ *a stroll* đi dạo; *I'll* ~ *you home* tôi sẽ đưa anh/chị về nhà; *how long*

ơ ur	**y** (tin)	**ây** uh-i	**iê** i-uh	**oa** wa	**ôi** oy	**uy** wee	**ong** aong
u (soon)	**au** a-oo	**eo** eh-ao	**iêu** i-yoh	**oai** wai	**ơi** ur-i	**ênh** uhng	**uyên** oo-in
ư (dew)	**âu** oh	**êu** ay-oo	**iu** ew	**oe** weh	**uê** way	**oc** aok	**uyêt** oo-yit

does it ~? cần phải mất bao lâu?;
I'll ~ it (*when shopping*) tôi sẽ mua
♦ **take after** giống
♦ **take away** *pain* làm mất đi;
(*remove: object*) lấy đi; MATH trừ;
take sth away from s.o. lấy đi
gì của ai
♦ **take back** (*return: object*) trả lại;
person đưa về; (*accept back:
husband etc*) chấp nhận; **that
takes me back** (*of music, thought
etc*) nó làm tôi nhớ lại quá khứ
♦ **take down** (*from shelf*) lấy
xuống; *scaffolding* tháo dỡ; *pants*
tụt; (*write down*) ghi chép
♦ **take in** (*take indoors*) đưa vào
nhà; (*give accommodation*) cho ở
trọ; (*make narrower*) làm hẹp lại;
(*deceive*) đánh lừa; (*include*) gồm
có
♦ **take off 1** *v/t clothes* cởi; *hat* bỏ;
10% etc bớt; (*mimic*) bắt chước;
can you take a bit off here? (*to
barber*) anh/chị có thể cạo bỏ
một chút ở đây không?; **take a
day/week off** một ngày/tuần nghỉ
làm việc **2** *v/i* (*of airplane*) cất
cánh; (*become popular*) nổi tiếng
♦ **take on** *job* nhận làm; *staff* tuyển
♦ **take out** (*from bag, pocket*) rút ra;
stain xóa sạch; *appendix* cắt; *tooth*
nhổ; *word from text* cắt bỏ; *money
from bank* rút; (*to dinner etc*) đưa
đi; *insurance policy* nhận được;
take it out on s.o. trút lên đầu ai
♦ **take over 1** *v/t company etc* nắm
quyền kiểm soát; **tourists ~ the
town** khánh du lịch tràn ngập
thành phố **2** *v/i* (*of new
management etc*) nắm quyền; (*do
sth in s.o.'s place*) thay; (*take control
of*) tiếp quản
♦ **take to** (*like*) ưa thích; **he has
taken to getting up early** anh ấy

đã quen dậy sớm
♦ **take up** *carpet etc* nhấc; (*carry up*)
mang lên; (*shorten: dress etc*) làm
ngắn; *hobby* ham thích; (*begin
studying*) bắt đầu học; *offer* nhận
làm; *space, time* chiếm; **~ a new
job** bắt đầu việc làm mới; **I'll take
you up on your offer** tôi sẽ chấp
nhận lời đề nghị của anh/chị
take-home pay lương đã trừ thuế;
takeoff (*of airplane*) cất cánh;
(*imitation*) sự bắt chước;
takeover COM sự nắm quyền
kiểm soát; **takeover bid** cuộc đấu
thầu tiếp quản
takings doanh thu
talcum powder bột talc
tale truyện
talent tài năng
talented có tài
talk 1 *v/i* nói chuyện; **can the baby
~ yet?** đứa bé đã biết nói chưa?;
can I ~ to ...? tôi có thể nói
chuyện với ...?; **I'll ~ to him
about it** tôi sẽ nói chuyện với
anh ấy về điều này **2** *v/t English
etc* nói; *business, politics* bàn luận;
~ s.o. into sth thuyết phục ai
làm gì **3** *n* (*conversation*) cuộc trò
chuyện; (*lecture*) bài nói chuyện;
he's all ~ *pej* anh ấy chỉ hứa hão
♦ **talk over** thảo luận
talkative hay nói
talk show RAD, TV *chương trình
chuyện trò với khách mời*
tall cao
tall order đòi hỏi quá cao
tall story chuyện khó tin
tame *animal* đã thuần hóa; *person*
lành; *joke etc* nhạt nhẽo
♦ **tamper with** *lock, brakes etc* ngó
ngoáy; (*in amateurish way*) sửa
bậy
tampon nút bông vệ sinh

ch (*final*) k	gh g	nh (*final*) ng	r z; (*S*) r	x s	â (but)	i (tin)
d z; (*S*) y	gi z; (*S*) y	ph f	th t	a (hat)	e (red)	o (saw)
đ d	nh (onion)	qu kw	tr ch	ă (hard)	ê ay	ô oh

tan 1 *n* (*from sun*) màu rám nắng; (*color*) màu nâu vàng nhạt **2** *v/i* (*in sun*) rám nắng **3** *v/t leather* thuộc da

tandem (*bike*) xe đạp hai chỗ ngồi

tangerine quả quít

tangle *n* mớ rối

♦ **tangle up**: **get tangled up** (*of string etc*) làm rối tung

tango *n* điệu nhảy tăng gô

tank (*for water*) bể; MOT bình; MIL xe tăng; (*for skin diver*) bình oxy

tanker (*truck*) xe chuyên chở (dầu); (*ship*) tàu chở dầu

tanned rám nắng

tantalizing cám dỗ

tantamount: **be ~ to** tương đương với

tantrum cơn cáu kỉnh

Taoism đạo Lão

Taoist 1 *adj* đạo Lão **2** *n* (*person*) người theo đạo Lão

tap 1 *n* (*for water*) vòi **2** *v/t* (*knock*) gõ nhẹ; *phone* đặt máy nghe trộm

♦ **tap into** *resources* khai thác

tap dance *n* điệu nhảy clacket

tape 1 *n* (*for recording*) băng ghi âm; (*sticky*) băng dính **2** *v/t conversation etc* ghi âm; (*with sticky ~*) buộc

tape deck máy ghi âm băng từ; **tape drive** COMPUT ổ băng; **tape measure** thước dây

taper *v/i* (*of stick*, *fingers*) vuốt thon; (*of column*) làm hẹp lại

♦ **taper off** (*of production*, *figures*) giảm dần

tape recorder máy ghi âm

tape recording sự ghi âm trên băng từ

tapestry thảm thêu

tapeworm sán dây

tar *n* (*for road surface*) nhựa

đường; (*in cigarette*) cao

tardy muộn (*N*), trễ (*S*)

target 1 *n* (*in shooting*) bia; (*objective*) đích; MIL, COM mục tiêu **2** *v/t market* nhắm vào

target date kỳ hạn; **target group** COM nhóm đối tượng; **target market** thị trường mục tiêu

tariff (*price*) bảng giá; (*tax*) thuế

tarmac (*at airport etc*) đường băng rải nhựa

tarnish *v/t metal* mất độ bóng; *mirror* làm cho mờ; *reputation* làm nhơ nhuốc

tarpaulin vải nhựa

tart *n* bánh; *apple ~* bánh táo

task nhiệm vụ

task force lực lượng đặc nhiệm

tassel quả tua

taste 1 *n* (*sense*) vị giác; (*of food etc*) vị; (*in clothes*, *art etc*) sở thích; *he has no ~* anh ấy không có khiếu thẩm mỹ **2** *v/t food* nếm; *freedom etc* nếm mùi

tasteful có khiếu thẩm mỹ

tasteless *food* vô vị; *remark*, *person* khiếm nhã

tasty ngon

tattered *clothes*, *book* rách nát

tatters: **in ~** (*of clothes*) tả tơi; (*of reputation*, *career*) tan vỡ

tattoo *n* hình xăm

taunt 1 *n* lời chế nhạo **2** *v/t* chế nhạo

taut (*stretched tightly*) căng; (*tense*) căng thẳng

tax 1 *n* thuế; *before* / *after* ~ trước / sau khi đóng thuế **2** *v/t* (*people*, *product*) đánh thuế

taxation (*act of taxing*) việc đánh thuế; (*taxes*) hệ thống thuế

tax code bảng thuế; **tax-deductible** thuế khấu trừ; **tax-free** miễn thuế

taxi tắc xi

ơ ur	y (tin)	ây uh-i	iê i-uh	oa wa	ôi oy	uy wee	ong aong
u (soon)	au a-oo	eo eh-ao	iêu i-yoh	oai wai	ơi ur-i	ênh uhng	uyên oo-in
ư (dew)	âu oh	êu ay-oo	iu ew	oe weh	uê way	oc aok	uyêt oo-yit

taxi driver lái tắc xi
taxi rank bến đỗ tắc xi
tax payer người đóng thuế
tax return (*form*) bản khai thu nhập cá nhân
tea (*drink*) chè (*N*), trà (*S*); (*meal*) bữa trà
teabag chè gói
teach 1 *v/t person* dạy học; *subject* dạy; **~ s.o. to do sth** dạy ai làm gì **2** *v/i* dạy học
teacher giáo viên
teacher training đào tạo giáo viên
teaching (*profession*) dạy học
teaching aid giáo cụ
tea cloth khăn lau bát đĩa; **teacup** chén uống trà; **tea drinker** người nghiện trà
teak (*tree*) cây tếch; (*wood*) gỗ tếch
tea leaves bã chè
team (*in sport, at work*) đội
team spirit tinh thần đồng đội
teamster người lái xe tải
teamwork sự chung sức
teapot ấm pha trà
tear[1] **1** *n* (*in cloth etc*) chỗ rách **2** *v/t paper, cloth* xé; **be torn between two alternatives** phân vân giữa hai sự lựa chọn **3** *v/i* (*run fast, drive fast*) lao vút
♦ **tear up** *paper* xé tan; *agreement* xé bỏ
tear[2] (*in eye*) nước mắt; **burst into ~s** òa khóc; **be in ~s** rơi nước mắt
teardrop giọt nước mắt
tearful *look* đẫm lệ; **be ~** (*of person*) hay rớt lệ
tear gas hơi cay
tearoom phòng trà
tease *v/t* trêu chọc
tea service, tea set bộ đồ trà
teaspoon thìa uống trà
teat đầu vú

tea towel khăn lau bát đĩa
technical kỹ thuật; (*specialized*) chuyên môn
technicality (*technical nature*) thuật ngữ chuyên môn; LAW điểm chuyên môn; **that's just a ~** đó chỉ là một vấn đề kỹ thuật thôi
technically (*strictly speaking*) theo từng lời; *written* về mặt kỹ thuật
technician kỹ thuật viên
technique kỹ thuật
technological công nghệ
technology công nghệ học
technophobia bài công nghệ
tedious chán ngắt
tee *n* (*in golf*) điểm phát bóng
teem: **be ~ing with rain** mưa xối xả; **be ~ing with tourists** tấp nập những khách du lịch
teenage *fashions* tuổi thanh thiếu niên; **~ boy** nam thiếu niên; **~ girl** thiếu nữ
teenager thanh thiếu niên
teens: **be in one's ~** ở tuổi thanh thiếu niên; **reach one's ~** đến tuổi thanh xuân
telecommunications liên lạc viễn thông
telegram bức điện
telemedicine chữa bệnh từ xa
telepathic thần giao cách cảm; **you must be ~!** anh/chị đúng là nhà thần giao cách cảm!
telepathy thần giao cách cảm
telephone 1 *n* điện thoại; **be on the ~** (*be speaking*) đang nói chuyện trên điện thoại; (*possess a phone*) mắc điện thoại **2** *v/t & v/i* gọi điện thoại
telephone booth điện thoại công cộng; **telephone call** cú điện thoại; **telephone directory** danh bạ điện thoại; **telephone exchange** tổng đài; **telephone line**

---

ch (*final*) k	gh g	nh (*final*) ng	r z; (*S*) r	x s	â (but)	i (tin)
d z; (*S*) y	gi z; (*S*) y	ph f	th t	a (hat)	e (red)	o (saw)
đ d	nh (onion)	qu kw	tr ch	ă (hard)	ê ay	ô oh

dây điện thoại; **telephone number** số điện thoại

telephoto lens ống kính chụp xa

telesales bán hàng qua điện thoại

telescope kính thiên văn

televise truyền trên ti vi, truyền hình

television ti vi, vô tuyến; (*set*) máy ti vi; *on* ~ trên ti vi; *watch* ~ xem ti vi

television program chương trình ti vi; **television set** máy ti vi; **television studio** phòng thu phát các chương trình ti vi

tell 1 *v/t story* kể; *lie* nói; *difference* thấy; ~ *s.o. sth* nói gì cho ai nghe; *don't* ~ *Mom* không được mách mẹ; *could you* ~ *me the way to …?* làm ơn chỉ đường tôi đi …; ~ *s.o. to do sth* bảo ai làm gì; *you're* ~*ing me!* anh/chị hoàn toàn có lý! **2** *v/i* (*have effect*) có tác dụng; *the heat is* ~*ing on him* thời tiết nóng ảnh hưởng tới anh ấy; *time will* ~ rồi sẽ biết

♦ **tell off** khiển trách

teller (*in bank*) người thu ngân

telltale 1 *adj signs* làm lộ tẩy **2** *n* (*child*) đứa hớt lẻo

temp 1 *n* (*employee*) nhân viên tạm thời **2** *v/i* làm tạm thời

temper (*bad* ~) cơn cáu kỉnh; *be in a* ~ giận giữ; *keep one's* ~ giữ bình tĩnh; *lose one's* ~ mất bình tĩnh

temperament tính khí

temperamental (*moody*) tính khí thất thường

temperature (*of climate*) nhiệt độ; (*fever*) sốt; *have a* ~ lên cơn sốt

temple[1] REL đền

temple[2] ANAT thái dương

Temple of Literature Văn Miếu

tempo nhịp

temporarily tạm thời

temporary tạm thời

tempt lôi kéo; ~ *s.o. into doing sth* lôi kéo ai làm gì

temptation sự cám dỗ

tempting hấp dẫn

ten mười

tenacious ngoan cường

tenant người thuê

tend[1] *v/t* (*look after*) chăm nom

tend[2]: ~ *to do sth* có khuynh hướng làm gì; ~ *toward sth* hướng về gì

tendency xu hướng

tender[1] *adj* (*sore*) đau; (*affectionate*) âu yếm; *steak* mềm

tender[2] *n* COM sự bỏ thầu

tenderness (*soreness*) đau nhức; (*of kiss etc*) sự âu yếm; (*of steak*) mềm

tendon gân

tennis ten-nít

tennis ball bóng ten-nít; **tennis court** sân ten-nít; **tennis player** người chơi ten-nít; **tennis racket** vợt ten-nít

tenor *n* (*singer*) giọng nam cao; ~ *part* bè têno

tense[1] *n* GRAM thời

tense[2] *adj muscle* căng; *voice* hồi hộp; *person* bồn chồn; *moment* găng

♦ **tense up** *v/i* (*of muscles*) căng; (*of person*) bồn chồn

tension (*of rope*) độ căng; (*in atmosphere, voice*) sự căng thẳng; (*in movie*) tình huống căng thẳng

tent lều

tentacle xúc tu

tentative thăm dò

tenterhooks: *be on* ~ lo sốt vó

tenth *adj* thứ mười

tepid *water etc* âm ấm; *reaction* không dứt khoát

term (*period of time*) nhiệm kỳ;

ơ ur	y (tin)	ây uh-i	iê i-uh	oa wa	ôi oy	uy wee	ong aong
u (soon)	au a-oo	eo eh-ao	iêu i-yoh	oai wai	ơi ur-i	ênh uhng	uyên oo-in
ư (dew)	âu oh	êu ay-oo	iu ew	oe weh	uê way	oc aok	uyêt oo-yit

(*condition*) điều khoản; (*word*) từ; *Br* EDU học kỳ; *be on good/bad ~s with s.o.* có quan hệ tốt/xấu với ai; *in the long/short ~* trong tương lai xa/gần; *come to ~s with sth* chịu chấp nhận gì

terminal 1 *n* (*at airport*) ga đến hoặc đi; (*for buses*) bến cuối cùng, trạm cuối cùng (*S*); (*for containers*) bến; ELEC cực; COMPUT thiết bị đầu cuối **2** *adj illness* vào giai đoạn cuối

terminally *adv*: *~ ill* ốm nặng vô phương cứu chữa

terminate 1 *v/t contract* chấm dứt; *pregnancy* nạo thai **2** *v/i* (*end*) hoàn thành

termination (*of contract*) sự kết thúc; (*of pregnancy*) sự nạo thai

terminology thuật ngữ

terminus (*for buses*) bến cuối cùng, trạm cuối cùng (*S*); (*for trains*) ga cuối cùng

terrace (*on hillside*) bậc thang; (*patio*) sân hiên

terracotta đồ đất nung

terrain địa hình

terrestrial *adj species* của trái đất; *~ television* vô tuyến không dùng vệ tinh

terrible khủng khiếp

terribly (*very*) rất

terrific tuyệt vời

terrifically (*very*) cực kỳ

terrify làm khiếp sợ; *be terrified* khiếp sợ

terrifying gây kinh hoàng

territorial lãnh thổ

territorial waters lãnh hải

territory lãnh thổ; *fig* lĩnh vực

terror nỗi khiếp sợ

terrorism chính sách khủng bố

terrorist tên khủng bố

terrorist organization tổ chức khủng bố

terrorize khủng bố

test 1 *n* (*academic, scientific, technical*) sự kiểm tra; (MED: *blood, urine*) sự xét nghiệm; (*trial of a person's character*) sự thử thách; *driving ~* cuộc thi lấy bằng lái xe **2** *v/t person* thử thách; *machine, theory* thử nghiệm

testament bằng chứng; *Old Testament* Kinh Cựu ước; *New Testament* Kinh Tân ước

testicle tinh hoàn

testify *v/i* LAW làm chứng

testimonial *n* giấy chứng nhận

test tube ống nghiệm

test-tube baby trẻ sinh ra bằng thụ tinh nhân tạo

testy (*irritable*) hay cáu kỉnh

tetanus bệnh uốn ván

tether 1 *v/t horse* buộc **2** *n* dây buộc; *be at the end of one's ~* không thể chịu đựng được nữa

Tet offensive tết Mậu Thân

text văn bản

textbook sách giáo khoa

textile vải

texture kết cấu

Thai 1 *adj* Thái Lan **2** *n* (*person*) người Thái Lan; (*language*) tiếng Thái Lan

Thailand nước Thái Lan

than hơn; *bigger ~/faster ~ me* to hơn/nhanh hơn tôi

thank *v/t* cảm ơn; *~ you* xin cảm ơn; *no ~ you* không, cảm ơn anh/chị

thankful biết ơn

thankfully một cách biết ơn; (*luckily*) may mắn

thankless *task* bạc bẽo

thanks lời cảm ơn; *~!* xin cảm ơn!; *~ to* nhờ có

Thanksgiving (Day) ngày Lễ Tạ ơn

---

ch (*final*) k	gh g	nh (*final*) ng	r z; (*S*) r	x s	â (but)	i (tin)
d z; (*S*) y	gi z; (*S*) y	ph f	th t	a (hat)	e (red)	o (saw)
đ d	nh (onion)	qu kw	tr ch	ă (hard)	ê ay	ô oh

that 1 *adj* đó; ~ *letter* bức thư đó; ~ *one* (*thing*) cái đó; (*person*) người đó **2** *pron* đó; *what is ~?* cái gì đó?; *who is ~?* ai đó?; *~'s mine* đó là của tôi; *~'s tea* đó là chè; *~'s very kind* thật tử tế quá; *~ is what you told me* đó là điều anh/chị đã nói với tôi **3** *relative pron* (*can be omitted*) mà; *the person/car ~ you see* người/ô tô (mà) anh/chị trông thấy ◊: *I think ~ ...* tôi nghĩ rằng ... **4** *adv* (*so*) thế; *~ big/expensive* to/đắt thế

thatched house nhà tranh

thaw *v/i* (*of snow*) tan; (*of frozen food*) tan băng

the ◊ (*no equivalent in Vietnamese*): *~ border* biên giới; *~ capital of Vietnam* thủ đô Việt Nam ◊ (*when reference pre-identified, use of classifier*): *is that ~ ring he gave you?* đó có phải là chiếc nhẫn anh ấy cho anh/chị không? ◊: *~ rich/poor* người giàu/nghèo ◊: *~ sooner ~ better* càng sớm càng tốt

theater nhà hát

theatrical sân khấu; (*overdone*) điệu bộ

theft trộm cắp

their ◊ (của) họ; (*children, animals*) (của) chúng; (*things*) (của) những cái ấy; *pej* (*for people you don't like*) (của) chúng (nó); (*emphatic*) của họ; *~ hotel* khách sạn (của) họ; *they hurt ~ legs* họ đau chân; *they lost ~ tickets* họ mất vé ◊ (*his or her*) (của) họ; *someone has left ~ keys here* ai đó đã để quên chìa khóa (của họ) ở đây

theirs của họ; *a friend of ~* một người bạn của họ; → *them*

them (*people*) họ; (*children, animals*) chúng; (*things*) những cái

đó; *pej* (*for people you don't like*) chúng (nó); *this is for ~* cái này là cho họ; *who is that? – it's ~ again* ai đấy? – lại là chúng nó ◊ (*him or her*): họ; *nobody had a car with ~* không một ai đi ô tô cả

theme chủ đề

theme park công viên chủ đề

theme song bài hát chủ đề

themselves chính họ; *they hurt ~* tự họ làm đau; *by ~* tự họ; → *them*

then (*at that time*) khi ấy; (*after that*) sau đó; (*deducing*) vậy thì; *by ~* đến khi ấy

theology thần học

theoretical lý thuyết

theory lý thuyết; *in ~* về mặt lý thuyết

therapeutic trị liệu

therapist chuyên viên trị liệu

therapy trị liệu pháp

there ở đó; *over ~/down ~* ở đó/dưới đó; *~ is /are ...* có ...; *is/are ~ ...?* có … không?; *~ is/are not ...* không có …; *~ you are* (*giving sth*) của anh/chị đây; (*finding sth*) đấy rồi; (*completing sth*) đây; *~ and back* đi và về; *~ he is!* anh ấy đây rồi!; *~, ~!* nào, nào!

thereabouts khoảng

therefore vì thế

thermometer nhiệt kế

thermos flask phích (*N*), téc-mốt

thermostat bộ điều chỉnh nhiệt

these 1 *adj* những … này; *~ streets/people* những phố/người này **2** *pron* những cái này

thesis luận văn

they ◊ (*people*) họ; (*children, animals*) chúng; (*things*) những cái ấy; *pej* (*for people you don't like*) chúng (nó) ◊ (*he or she*) họ; *if anyone knows, ~ should say so*

ơ u-r	**y** (tin)	**ây** uh-i	**iê** i-uh	**oa** wa	**ôi** oy	**uy** wee	**ong** aong
u (soon)	**au** a-oo	**eo** eh-ao	**iêu** i-yoh	**oai** wai	**ơi** ur-i	**ênh** uhng	**uyên** oo-in
ư (dew)	**âu** oh	**êu** ay-oo	**iu** ew	**oe** weh	**uê** way	**oc** aok	**uyêt** oo-yit

nếu ai đó biết họ cũng nên nói vậy ◊ (*impersonal*) họ, người ta; **~ say that ...** họ nói rằng …; **~ are going to change the law** họ sẽ thay đổi luật

thick *hair*, *wall*, *book* dầy; *soup* đặc; *fog* dầy đặc; F (*stupid*) ngu dốt

thicken *sauce* đặc

thickset chắc đậm

thickskinned *fig* lì

thief kẻ cắp

thigh đùi

thimble cái đê

thin *hair* thưa; *soup* loãng; *coat* mỏng; *person* mảnh khảnh; *line* mảnh

thing đồ vật; **~s** (*belongings*) đồ cá nhân; **how are ~s?** cuộc sống ra sao?; **good ~ you told me** may là anh/chị đã nói với tôi; **what a ~ to do/say!** ai đời lại làm/nói như vậy!

thingumajig F (*object*) cái ấy; (*person*) người ấy

think nghĩ; **I ~ so** tôi nghĩ vậy; **I don't ~ so** tôi không nghĩ vậy; **I ~ so too** tôi cũng nghĩ vậy; **what do you ~?** anh/chị nghĩ thế nào?; **what do you ~ of it?** anh/chị nghĩ gì về điều đó?; **I can't ~ of anything more** tôi không thể nghĩ gì hơn nữa; **~ hard!** hãy suy nghĩ kỹ đi!; **I'm ~ing about emigrating** tôi đang nghĩ chuyện di cư

♦ **think over** cân nhắc

♦ **think through** suy xét kỹ lưỡng

♦ **think up** *plan* sáng tạo

third 1 *adj* thứ ba **2** *n* (*fraction*) một phần ba

thirdly thứ ba

third-party insurance bảo hiểm trách nhiệm dân sự; **third-rate** chất lượng kém; **Third World** thế giới thứ ba

thirst sự khát

thirsty khát; **be ~** khát

thirteen mười ba

thirteenth *adj* thứ mười ba

thirtieth *adj* thứ ba mươi

thirty ba mươi

this 1 *adj* này; **~ table** cái bàn này; **~ one** cái này **2** *pron* cái này; **~ is good** cái này tốt; **~ is ...** (*introducing s.o.*) đây là ...; **~ is Lan** TELEC Lan đây **3** *adv*: **~ big** to như thế; **~ high** cao như thế

thorn gai

thorough *search* kỹ lưỡng; *knowledge* đầy đủ; *person* cẩn thận

thoroughbred (*horse*) thuần chủng

those 1 *adj* những … đó; **~ jobs** những công việc đó **2** *pron* những cái đó

though 1 *conj* (*although*) mặc dù; **~ it might fail** mặc dù có thể thất bại; **as ~** như là **2** *adv* tuy nhiên; **it's not finished ~** tuy nhiên vẫn chưa kết thúc

thought (*single*) ý kiến; (*collective*) tư duy

thoughtful *look*, *face* trầm tư; *book* sâu sắc; (*considerate*) chu đáo

thoughtless không thận trọng

thousand nghìn; **~s of** (*lots of*) hàng nghìn; **ten ~** mười nghìn; **hundred ~** trăm nghìn

thousandth *adj* thứ một nghìn

thrash *v/t* (*with stick etc*) đánh đập; SP đánh bại

♦ **thrash around** (*with arms etc*) quẫy đập

♦ **thrash out** *solution* tranh luận triệt để

thrashing (*beating*) đánh đập; SP thắng đậm

thread 1 *n* sợi chỉ; (*of screw*) đường ren **2** *v/t needle* xâu kim; *beads* xâu chuỗi hạt

ch (*final*) k	gh g	nh (*final*) ng	r z; (S) r	x s	â (but)	i (tin)
d z; (S) y	gi z; (S) y	ph f	th t	a (hat)	e (red)	o (saw)
đ d	nh (onion)	qu kw	tr ch	ă (hard)	ê ay	ô oh

629 Thursday

threadbare cũ rích
threat sự đe dọa
threaten đe dọa
threatening *gesture, tone* cảnh cáo; *sky* đe dọa
three ba
three-quarters *n* ba phần tư
thresh *v/t corn* đập
threshold (*of house*) ngưỡng cửa; (*of new age*) bước vào; **on the ~ of** *fig* ở buổi đầu của
thrift tính tiết kiệm
thrifty tiết kiệm
thrill 1 *n* (*pleasure*) sự xúc động; (*slight shudder*) sự run lên **2** *v/t:* **be ~ed** xúc động
thriller ly kỳ
thrilling gây xúc động
thrive (*of plant*) chóng lớn; (*of business, economy*) thịnh vượng
throat cổ họng
throat lozenges viên ngậm chống ho
throb 1 *n* (*of heart*) đập mạnh; (*of music*) rộn ràng **2** *v/i* (*of heart*) đập mạnh; (*of music*) rộn ràng
thrombosis chứng huyết khối
throne ngai vàng
throttle 1 *n* (*on motorbike*) tay ga; (*on boat*) van tiết lưu **2** *v/t* (*strangle*) bóp cổ
♦ **throttle back** *v/i* giảm ga
through 1 *prep* (*across*) qua; (*during*) suốt; (*thanks to*) nhờ có; **go ~ the city** đi qua thành phố; **~ the winter/summer** suốt mùa đông/hè; **Monday ~ Friday** suốt từ thứ Hai cho đến hết thứ Sáu; **arranged ~ him** nhờ anh ấy xắp đặt **2** *adv:* **wet ~** ướt sũng; **watch a movie ~** xem hết bộ phim; **read a book ~** đọc hết cuốn sách **3** *adj:* **be ~** (*of couple*) đã cắt đứt; (*have arrived: of news etc*) vừa tới;

you're ~ TELEC anh/chị có thể nói chuyện được rồi; **I'm ~ with ...** (*finished with*) tôi đã kết thúc với ...
through flight chuyến bay thẳng
throughout 1 *prep* suốt **2** *adv* (*in all parts*) khắp nơi
through train chuyến tầu chạy suốt
throw 1 *v/t object* ném; (*of horse*) hất ngã; (*disconcert*) làm bối rối; *party* tổ chức **2** *n* (*of dice*) sự gieo; (*act of throwing*) sự ném
♦ **throw away** vứt đi
♦ **throw out** *old things* vứt đi; (*from bar etc*) đuổi khỏi; *husband* đuổi đi; *plan* bác bỏ
♦ **throw up 1** *v/t ball* tung; **~ one's hands** giơ cao tay lên **2** *v/i* (*vomit*) nôn (N), ói (S)
throw-away *remark* bâng quơ; (*disposable*) chỉ dùng một lần
throw-in SP ném bóng vào sân
thru → **through**
thrush (*bird*) chim hét
thrust *v/t* (*push hard*) ấn; **~ sth into s.o.'s hands** ấn gì vào tay ai; **~ one's way through a crowd** len qua đám đông
thud *n* tiếng huỵt
thug (*aggressive person*) kẻ côn đồ; (*violent criminal*) hung phạm
thumb 1 *n* ngón tay cái **2** *v/t:* **~ a ride** vẫy xe đi nhờ
thumbtack đinh rệp
thump 1 *n* (*blow*) đấm; (*noise*) đánh huỵt **2** *v/t person* đánh; **~ one's fist on the table** đấm xuống bàn **3** *v/i* (*of heart*) đập mạnh; **~ at the door** đập thùm thụp vào cửa
thunder *n* tiếng sấm
thunderstorm bão tố
thundery *weather* dông tố
Thursday thứ Năm

ơ ur	**y** (tin)	**ây** uh-i	**iê** i-uh	**oa** wa	**ôi** oy	**uy** wee	**ong** aong
u (soon)	**au** a-oo	**eo** eh-ao	**iêu** i-yoh	**oai** wai	**ơi** ur-i	**ênh** uhng	**uyên** oo-in
ư (dew)	**âu** oh	**êu** ay-oo	**iu** ew	**oe** weh	**uê** way	**oc** aok	**uyêt** oo-yit

thus (*in this way*) như thế;
(*therefore*) do đó
thwart *person, plans* cản trở
thyroid (*gland*) tuyến giáp
Tibet nước Tây Tạng
Tibetan 1 *adj* Tây Tạng **2** *n*
(*person*) người Tây Tạng;
(*language*) tiếng Tây Tạng
tick 1 *n* (*of clock*) tiếng tíc-tắc;
(*checkmark*) dấu kiểm **2** *v/i* (*of clock*) kêu tíc-tắc
♦ **tick off** (*reprimand*) trách mắng
ticket vé
ticket collector người thu vé; **ticket inspector** người kiểm soát vé;
ticket machine máy bán vé;
ticket office (*at station*) phòng vé; THEA quầy vé
tickle 1 *v/t person* cù (*N*), thọc lét (*S*) **2** *v/i* (*of material*) làm buồn buồn (*N*), làm nhột (*S*); (*of person*) làm buồn (*N*), làm nhột (*S*)
ticklish *person* có máu buồn (*N*), hay nhột (*S*)
tidal wave sóng cồn
tide thủy triều; **high ~** triều lên; **low ~** triều xuống; **the ~ is in/out** thủy triều lên/xuống
tidy *person, habits, room, house* ngăn nắp
♦ **tidy up 1** *v/t room, shelves* dọn dẹp; **tidy oneself up** sửa sang chỉnh tề **2** *v/i* ngăn nắp
tie 1 *n* (*neck~*) cà vạt; (*SP: even result*) trận hòa; **he doesn't have any ~s** anh ấy không có chút ràng buộc nào cả **2** *v/t knot* thắt nút; *hands* buộc; **~ two ropes together** thắt nút hai dây với nhau **3** *v/i* SP hòa
♦ **tie down** (*with rope*) cột;
(*restrict*) ràng buộc
♦ **tie up** *person* trói; *laces, hair* buộc; *boat* cột; **I'm tied up tomorrow**

(*busy*) mai tôi mắc bận
tier (*of hierarchy*) tầng lớp; (*in stadium*) dãy ghế
tiger con hổ (*N*), con cọp (*S*); (*in Vietnamese zodiac*) Dần
tight 1 *adj* (*close-fitting*) chật;
(*strict*) chặt chẽ; (*hard to move*) chặt; (*properly shut*) đóng kín;
(*not leaving much time*) khít; F (*drunk*) say **2** *adv hold, shut* chặt
tighten *screw* vặn chặt; *control, security* nghiêm ngặt; **~ one's grip on sth** nắm chặt gì
♦ **tighten up** *v/i* (*in discipline, security*) nghiêm ngặt
tight-fisted chặt chẽ
tightrope dây kéo căng
tile *n* đá lát
till¹ → **until**
till² (*cash register*) máy tính tiền
till³ *v/t soil* làm đất
tilt *v/t & v/i* nghiêng
timber *n* gỗ
time thời gian; (*occasion*) lần; **~ is up** hết giờ; **for the ~ being** tạm thời; **have a good ~** có thời gian vui vẻ; **have a good ~!** chúc vui vẻ!; **what's the ~?**, **what ~ is it?** mấy giờ rồi?; **the first ~** lần đầu tiên; **four ~s** bốn lần; **~ and again** lần lại lần; **all the ~** luôn luôn; **two/three at a ~** hai/ba mỗi lần; **at the same ~** *speak, reply etc* cùng một lúc; (*however*) tuy nhiên; **in ~** kịp; **on ~** đúng giờ; **in no ~** rất nhanh
time bomb bom giờ; **time clock** (*in factory*) máy chấm công; **time-consuming** tốn nhiều thời gian; **time-lag** khoảng thời gian; **time limit** thời hạn
timely đúng lúc
time out SP nghỉ đấu
timer bấm giờ

ch (*final*) k	gh g	nh (*final*) ng	r z; (*S*) r	x s	â (but)	i (tin)
d z; (*S*) y	gi z; (*S*) y	ph f	th t	a (hat)	e (red)	o (saw)
đ d	nh (onion)	qu kw	tr ch	ă (hard)	ê ay	ô oh

timesaving *n* tiết kiệm thời gian;
timescale (*of project*) thời gian
thực hiện; **time switch** nút định
giờ; **timetable** (*train ~*) giờ tàu
chạy; (*flight ~*) lịch bay;
timewarp *quá khứ hoặc tương lai*
trở thành hiện thực; **time zone**
vùng có chung múi giờ

timid *person, animal* nhút nhát;
smile bẽn lẽn

timing (*choosing a time*) thời điểm;
(*of actor, dancer*) sự hành động
đúng lúc; ***the ~ of the***
announcement was perfect thời
điểm thông báo thật là lý tưởng

tin (*metal*) thiếc

tinfoil lá thiếc

tinge *n* (*of color*) nhuốm; (*of*
sadness) đượm

tingle *v/i* (*of skin, hands*) tê tê

♦ **tinker with** mày mò

tinkle *n* (*of bell*) tiếng leng keng

tinsel kim tuyến

tint 1 *n* (*of color*) sắc; (*in hair*)
nhuộm **2** *v/t hair* nhuộm

tinted: ***~ eyeglasses*** kính màu

tiny *baby, hands etc* bé xíu; *doubt*
chút xíu

tip¹ *n* (*of stick, finger, cigarette*)
đầu; (*of mountain*) đỉnh

tip² **1** *n* (*piece of advice*) mách
nước; (*money*) tiền thưởng **2** *v/t*
waiter etc thưởng

♦ **tip off** báo trước

♦ **tip over** *pitcher, liquid* đổ; ***he***
tipped water all over me anh ấy
đã đổ nước lên khắp mình mẩy
tôi

tipped *cigarettes* đầu lọc

tippy-toe *n*: ***walk / stand on ~*** đi /
đứng nhón chân

tipsy ngà say

tire¹ *n* lốp

tire² **1** *v/t* làm mệt **2** *v/i* mệt mỏi;

he never ~s of it anh ấy không
bao giờ chán nó

tired mệt; ***be ~ of s.o. / sth*** chán
ngấy ai / gì

tireless *efforts* không mệt mỏi

tiresome (*annoying*) khó chịu

tiring gây mệt mỏi

tissue ANAT mô; (*handkerchief*)
khăn giấy

tissue paper giấy lụa

tit¹ (*bird*) chim sẻ ngô

tit²: ***~ for tat*** ăn miếng trả miếng

tit³ V (*breast*) vú

title (*of novel etc*) đầu đề; (*of*
person) chức vụ; LAW quyền

titter *v/i* cười khúc khích

to 1 *prep* đến; ***~ Vietnam*** đến Việt
Nam; ***go ~ my place*** đến nhà tôi;
walk ~ the station đi bộ đến nhà
ga; ***~ the north / south of ...*** ở phía
bắc / nam của ...; ***give sth ~ s.o.***
đưa gì cho ai; ***from Monday ~***
Wednesday từ thứ Hai đến thứ
Tư; ***from 10 ~ 15 people*** từ 10
đến 15 người **2** *with verbs*: (*not*
translated): ***~ speak***, ***~ shout*** nói,
hét; ***learn ~ drive*** học lái xe; ***nice***
~ eat trông ngon miệng; ***too***
heavy ~ carry quá nặng để vác;
~ be honest with you ... thẳng
thắn mà nói thì ... **3** *adv*: ***~ and***
fro đi đi lại lại

toad con cóc

toadstool một loại nấm độc

toast 1 *n* bánh mì nướng; (*when*
drinking) nâng cốc; ***propose a ~***
to s.o. đề nghị nâng cốc chúc
mừng ai **2** *v/t* (*when drinking*)
nâng cốc

tobacco thuốc lá sợi; (*smoked in*
water pipe) thuốc lào

toboggan *n* xe trượt tuyết

today hôm nay

toddle (*of child*) đi chập chững

ơ u*r*	**y** (tin)	**ây** uh-i	**iê** i-uh	**oa** wa	**ôi** oy	**uy** wee	**ong** aong
u (soon)	**au** a-oo	**eo** eh-ao	**iêu** i-yoh	**oai** wai	**ơi** u*r*-i	**ênh** uhng	**uyên** oo-in
ư (dew)	**âu** oh	**êu** ay-oo	**iu** ew	**oe** weh	**uê** way	**oc** aok	**uyêt** oo-yit

toddler đứa trẻ mới biết đi

toe 1 *n* ngón chân; (*of shoe*) mũi
2 *v/t*: **~ the line** nhắm mắt làm theo

toffee kẹo bơ

tofu đậu phụ

together (*as a pair or group*) cùng nhau; (*at the same time*) cùng một lúc

toil *n* công việc cực nhọc

toilet (*place*) nhà vệ sinh; (*equipment*) vệ sinh; **go to the ~** đi giải

toilet paper giấy vệ sinh

toiletries *các mặt hàng xà phòng, kem, bàn chải đánh răng*

token (*sign*) biểu hiện; **gift ~** phiếu mua tặng phẩm

Tokyo Tô-ky-ô

tolerable *pain etc* có thể chịu đựng được; (*quite good*) kha khá

tolerance sự dung thứ

tolerant khoan dung

tolerate *noise, person* chịu đựng được; **I won't ~ it!** tôi sẽ không tha!

toll[1] *v/i* (*of bell*) rung

toll[2] (*deaths*) số người chết

toll[3] (*for bridge, road*) lệ phí; TELEC cước điện thoại đường dài

toll booth (*on road, bridge*) trạm thu lệ phí cầu đường; **toll-free** TELEC điện thoại miễn phí; **toll road** đường thu lệ phí

tomato cà chua

tomato ketchup sốt cà chua

tomb mộ

tomboy (*in personality*) cô gái nam tính; (*in appearance*) cô gái trông như con trai

tombstone bia mộ

tomcat mèo đực

tomorrow ngày mai; **the day after ~** ngày kia, mốt (*S*); **~ morning** sáng mai

ton tấn

tone (*of color*) sắc; (*of musical instrument*) âm thanh; (*of conversation etc*) giọng; (*of neighborhood*) môi trường; **~ of voice** giọng nói

♦**tone down** *demands etc* giảm bớt

toner bột in tĩnh điện

tongs (*for sugar, ice, salad*) cái gắp; (*in laboratory*) cái kẹp; (*for hair*) cái kẹp uốn

tongue *n* lưỡi

tonic MED thuốc bổ

tonic (water) nước tôníc

tonight tối nay

tonsillitis sưng amiđan

tonsils amiđan

too (*also*) cũng; (*excessively*) quá; **me ~** tôi cũng vậy; **~ big** / **hot** quá to/nóng; **~ much rice** quá nhiều cơm; **eat ~ much** ăn quá nhiều

tool dụng cụ

tooth răng

toothache đau răng

toothbrush bàn chải răng

toothless không có răng

toothpaste kem đánh răng

toothpick cái tăm

top 1 *n* (*of mountain, tree*) ngọn; (*upper part*) phần trên; (*lid: of bottle, pen*) nắp; (*of class, league*) vị trí đứng đầu; (*clothing*) áo; **on ~ of** ở trên; **at the ~ of** ở vị trí cao nhất; **get to the ~** (*of company etc*) đạt vị trí đứng đầu; **be over the ~** (*exaggerated*) cường điệu; (*of behavior*) quá đáng **2** *adj branches, floor, speed* cao nhất; *job, people* hàng đầu; *player* xuất sắc **3** *v/t*: **~ped with cream** phủ kem trên

top gear MOT số cao nhất; **top hat** mũ chóp cao; **topheavy** nặng ở phần đầu

ch (*final*) k	**gh** g	**nh** (*final*) ng	**r** z; (*S*) r	**x** s	**â** (but)	**i** (tin)
d z; (*S*) y	**gi** z; (*S*) y	**ph** f	**th** t	**a** (hat)	**e** (red)	**o** (saw)
đ d	**nh** (onion)	**qu** kw	**tr** ch	**ă** (hard)	**ê** ay	**ô** oh

♦**top up** *glass, tank* đổ đầy

topic chủ đề

topical có tính thời sự

topless *adj waitress* ngực trần

topmost *branches, floor* cao nhất

topping (*on pizza*) lớp nhân trên

topple 1 *v/i* đổ nhào **2** *v/t government* lật đổ

top secret *adj* tối mật

topsy-turvy *adj* (*in disorder*) hỗn loạn; *world* đảo lộn

torch *n* (*with flame*) đuốc

torment 1 *n* đau khổ **2** *v/t person, animal* hành hạ; ~*ed by doubt* bị nghi ngờ dằn vặt

tornado cơn lốc

torrent (*of water*) nước lũ; (*of abuse, words*) một tràng

torrential *rain* xối xả

tortoise con rùa

torture 1 *n* sự tra tấn **2** *v/t* tra tấn

toss 1 *v/t ball* tung; *rider* hất lên; *salad* trộn; ~ *a coin* tung đồng xu **2** *v/i*: ~ *and turn* trở mình

total 1 *n* tổng số **2** *adj sum, amount* tổng cộng; *disaster, idiot, stranger* hoàn toàn **3** *v/t* (*of figures*) tính tổng số; F *car* vỡ tan tành

totalitarian chuyên chế

totally hoàn toàn

tote bag giỏ

totter *v/i* (*of adult*) lảo đảo; (*of child*) chập chững

touch 1 *n* (*act of touching*) cái chạm; (*sense*) xúc giác; (*little bit*) một chút; SP ngoài đường biên; *lose ~ with s.o.* mất liên lạc với ai; *keep in ~ with s.o.* giữ liên lạc với ai; *we keep in* ~ chúng tôi vẫn giữ liên lạc với nhau; *be out of* ~ không còn liên lạc nữa **2** *v/t* (*physically*) chạm; (*emotionally*) làm xúc động **3** *v/i* (*with hand*) chạm; (*of two lines etc*) chạm nhau

♦**touch down** *v/i* (*of airplane*) hạ cánh; SP ghi điểm

♦**touch on** (*mention*) đề cập đến

♦**touch up** *photo* sửa cho đẹp

touchdown (*of airplane*) sự hạ cánh; SP ghi điểm

touching *adj* cảm động

touchline SP đường biên

touchy *person* hay cáu kỉnh

tough *person* cứng cỏi; *meat* dai; *question, exam* khó; *material* bền; *punishment* nghiêm khắc

tough guy (*violent*) người đàn ông hung bạo; (*not showing emotions*) người ít biểu lộ tình cảm

tour 1 *n* chuyến đi tham quan **2** *v/t area* đi du lịch

tourism ngành du lịch

tourist khách du lịch

tourist (information) office phòng thông tin du lịch

tournament SP giải thi đấu

tour operator hãng điều hành du lịch

tousled *hair* bù xù

tow 1 *v/t car, boat* kéo **2** *n* sự kéo; *give s.o. a* ~ kéo giúp hộ ai

♦**tow away** *car* kéo đi

toward *prep* (*in the direction of*) về phía; *fig* hướng tới; (*in relation to*) đối với; ~ *a solution* hướng tới một giải pháp; *he came* ~ *us* anh ấy đi về phía chúng tôi; *kind* ~ *s.o.* tử tế với ai

towel khăn tắm

tower *n* tháp

town thị xã

town council hội đồng thị xã

town hall tòa thị chính

towrope dây dùng để kéo

toxic độc hại

toy đồ chơi

♦**toy with** *object* chơi nghịch với; *idea* nghĩ vẩn vơ về

ơ ur	y (tin)	ây uh-i	iê i-uh	oa wa	ôi oy	uy wee	ong aong
u (soon)	au a-oo	eo eh-ao	iêu i-yoh	oai wai	ơi ur-i	ênh uhng	uyên oo-in
ư (dew)	âu oh	êu ay-oo	iu ew	oe weh	uê way	oc aok	uyêt oo-yit

trace 1 n (of substance) dấu hiệu **2** v/t (find) tìm thấy; (follow: footsteps) lần theo; (draw) vẽ

track n (path) đường mòn; (on racecourse) đường đua nhỏ; (racecourse) đường đua chính; RAIL đường ray; **~ 10** RAIL đường sân ga số 10; **keep ~ of sth** theo dõi gì

♦ **track down** tìm thấy

tracksuit quần áo thể thao

tractor máy kéo

trade 1 n (commerce) thương mại; (profession, craft) kinh doanh **2** v/i (do business) kinh doanh; **~ in sth** kinh doanh gì **3** v/t (exchange) trao đổi; **~ sth for sth** đổi gì lấy gì

♦ **trade in** v/t (when buying) đổi mua; **he traded in his car for a new model** anh ấy đã đổi chiếc ô tô cũ của mình để mua lấy chiếc xe kiểu mới

trade fair hội chợ triển lãm; **trademark** nhãn hiệu; **trade mission** phái đoàn thương mại

trader thương nhân

trade secret bí quyết nhà nghề

trade(s) union công đoàn

tradition truyền thống

traditional truyền thống

traditionally theo truyền thống

traditional medicine thuốc bắc

traditional Vietnamese dress áo dài

traffic n (on roads) xe cộ; (at airport) lưu lượng vận chuyển; (in drugs) sự buôn lậu

♦ **traffic in** drugs buôn lậu

traffic accident tai nạn xe cộ; **traffic circle** bùng binh (S), ngã tư (N); **traffic cop** F cảnh sát giao thông; **traffic island** khu vực nhô lên giữa đường dành cho người đi bộ khi qua đường; **traffic**

jam ách tắc giao thông; **traffic light** đèn hiệu giao thông; **traffic police** cảnh sát giao thông; **traffic sign** bảng hiệu giao thông; **traffic warden** nhân viên kiểm soát việc đỗ xe

tragedy also fig bi kịch

tragic loss, voice, death etc bi thảm; actor bi kịch

trail 1 n (path) đường mòn; (of blood) vết **2** v/t (follow) theo đuổi; (tow) kéo lê **3** v/i (lag behind) lẽo đẽo theo sau

trailer (pulled by vehicle) xe moóc; (mobile home) nhà lưu động; (of movie) trích đoạn quảng cáo

train[1] n tàu hỏa; **go by ~** đi bằng tàu hỏa

train[2] **1** v/t team, athlete huấn luyện; employee đào tạo; dog luyện tập **2** v/i (of team, athlete) được huấn luyện; (of teacher etc) được đào tạo

trainee người được đào tạo

trainer SP huấn luyện viên; (of dog) người dạy

trainers Br (shoes) giầy thể thao

training (of new staff) đào tạo; SP thời kỳ huấn luyện; **be in ~** SP trong thời kỳ huấn luyện; **be out of ~** SP hết thời kỳ huấn luyện

training course khóa đào tạo

training scheme chương trình đào tạo

train station ga xe lửa

trait đặc điểm

traitor kẻ phản bội

tramp 1 n (hobo) kẻ lang thang **2** v/i lê bước

trample v/t: **be ~d to death** bị giẫm đạp đến chết; **be ~d underfoot** bị giẫm đạp lên

♦ **trample on** person chà đạp; object giẫm nát

---

ch (final) k	**gh** g	**nh** (final) ng	**r** z; (S) r	**x** s	**â** (but)	**i** (tin)
d z; (S) y	**gi** z; (S) y	**ph** f	**th** t	**a** (hat)	**e** (red)	**o** (saw)
đ d	**nh** (onion)	**qu** kw	**tr** ch	**ă** (hard)	**ê** ay	**ô** oh

trampoline đệm nhún để nhào lộn

trance sự hôn mê; *go into a ~* bị hôn mê

Tran Dynasty nhà Trần

tranquil yên tĩnh

tranquility sự tĩnh yên

tranquilizer thuốc an thần

transact *deal, business* giao dịch

transaction sự giao dịch

transatlantic *liner* qua đại tây dương; *trade* giữa các nước đại tây dương

transcendental tiên nghiệm

transcript biên bản

transfer 1 *v/t & v/i* chuyển 2 *n* việc chuyển; (*in travel*) chuyển; (*of money*) sự chuyển tiền

transferable *ticket* có thể chuyển nhượng

transform *v/t* biến đổi

transformation sự biến đổi

transformer ELEC cái biến thế

transfusion (*of blood*) sự truyền máu

transistor bóng bán dẫn

transistor radio đài bán dẫn

transit: *in ~* (*of goods, passengers*) quá cảnh

transition bước quá độ

transitional quá độ

transit lounge (*at airport*) phòng quá cảnh

translate *text, book* biên dịch; *word* dịch

translation (*of text, book*) sự biên dịch; (*of word*) sự dịch

translator biên dịch viên

transliterate chuyển tự

transmission (*of program, disease*) sự truyền; MOT bộ truyền lực

transmit *program, disease* truyền

transmitter (*for radio, TV*) máy phát

transpacific *flight* qua thái bình dương; *trade* giữa các nước thái bình dương

transparency PHOT phim đèn chiếu

transparent *material* trong suốt; (*obvious*) rõ ràng

transplant MED 1 *v/t* cấy 2 *n* sự cấy

transport 1 *v/t goods, people* vận chuyển 2 *n* (*of goods, people*) sự vận chuyển

transportation (*of goods, people*) sự chuyên chở; *means of ~* phương tiện vận chuyển; *public ~* giao thông công cộng; *Department of Transportation* Bộ Giao thông vận tải

transvestite đàn ông phục sức đàn bà

trap 1 *n* (*for animal*) bẫy; (*question, set-up etc*) cái bẫy; *set a ~ for s.o.* cài bẫy ai 2 *v/t animal* bẫy; *person* cài bẫy; *be ~ped* (*by enemy, flames, landslide etc*) mắc bẫy

trapdoor cửa sập

trapeze xà treo

trappings (*of power*) vẻ bề ngoài

trash (*garbage*) rác; (*poor product*) không ra gì; (*despicable person*) đồ rác rưởi

trash can thùng rác

trashy *goods, novel* tồi

traumatic đau buồn

travel 1 *n* du lịch; *~s* những chuyến đi 2 *v/i* đi du lịch 3 *v/t miles* vượt

travel agency hãng du lịch

travel bag túi du lịch

traveler người đi du lịch

traveler's check séc du lịch

travel expenses chi phí đi lại; **travel insurance** bảo hiểm du lịch; **travelsick** say tầu xe

trawler thuyền đánh lưới rà

tray (*for food etc*) khay (*S*), mâm (*N*); (*to go in oven, printer,*

ơ u*r*	y (tin)	ây uh-i	iê i-uh	oa wa	ôi oy	uy wee	ong aong
u (soon)	au a-oo	eo eh-ao	iêu i-yoh	oai wai	ơi ur-i	ênh uhng	uyên oo-in
ư (dew)	âu oh	êu ay-oo	iu ew	oe weh	uê way	oc aok	uyêt oo-yit

copier) khay

treacherous *person* phụ bạc

treachery (*of currents, roads*) không an toàn

tread 1 *n* (*sound of walking*) tiếng chân đi; (*of staircase*) mặt bậc cầu thang; (*of tire*) ta lông **2** *v/i* bước đi

♦ **tread on** *person's foot* giẫm lên

treason sự phản quốc

treasure 1 *n* (*object*) kho báu; (*person*) người được yêu quý **2** *v/t gift etc* trân trọng

treasurer thủ quỹ

Treasury Department Bộ Tài chính

treat 1 *n* điều thú vị; *it was a real ~* đó là một điều thú vị thực sự; *I have a ~ for you* tôi có điều thú vị cho anh/chị; *it's my ~* (*I'm paying*) đây là tôi thết **2** *v/t materials* xử lý; *illness* điều trị; (*behave toward*) cư xử; *~ s.o. to sth* thết đãi ai gì

treatment (*of materials*) cách xử lý; (*of illness*) phép điều trị; (*of people*) cách đối xử

treaty hiệp ước

treble[1] MUS giọng kim

treble[2] **1** *adv*: *~ the price* giá gấp ba **2** *v/i* tăng gấp ba

tree cây

tremble (*of person, hand, voice*) run; (*of building*) rung

tremendous (*very good*) tuyệt vời; (*enormous*) rất lớn

tremendously (*very*) rất; (*a lot*) cực kỳ

tremor (*of earth*) chấn động

trench MIL chiến hào

trend xu hướng

trendy *person, pub, clothes* rất mốt; *views* thức thời

trespass xâm phạm; *no ~ing* cấm vào

♦ **trespass on** *s.o.'s land* xâm nhập; *s.o.'s privacy* lạm dụng

trespasser người vi phạm

trial LAW phiên tòa xét xử; (*of equipment*) thử nghiệm; *on ~* LAW ra hầu tòa; *have sth on ~ equipment* đem thử nghiệm gì

trial period (*for employee*) thời gian làm thử; (*for equipment*) thời gian thử nghiệm

triangle hình tam giác

triangular tam giác

tribe bộ lạc

tribunal tòa án

tributary sông nhánh

trick 1 *n* (*to deceive*) trò bịp; (*knack*) mẹo; *play a ~ on s.o.* chơi xỏ ai **2** *v/t* lừa dối; *~ s.o. into doing sth* lừa ai làm gì

trickery sự lừa đảo

trickle *n* nhỏ giọt

trickster kẻ lừa đảo

tricky (*difficult*) khó khăn

tricycle xe đạp ba bánh

trifle (*triviality*) trò lặt vặt

trifling *concerns* tầm thường; *details* vặt

trigger *n* (*on gun*) cò; (*on camcorder*) nút bấm

♦ **trigger off** gây ra

trim 1 *adj* (*neat*) gọn gàng; *figure* thanh mảnh **2** *v/t hair, hedge* cắt tỉa; *budget, costs* cắt; (*decorate: dress*) tô điểm **3** *n* (*light cut*) sự tỉa; *just a ~, please* (*to hairdresser*) chỉ tỉa thôi; *in good ~* trong tình trạng tốt

trimming (*on clothes*) đồ trang trí; *with all the ~s* với tất cả những thứ kèm theo

trinket đồ trang sức rẻ tiền

trio MUS tam ca; *a piano ~* tam tấu pianô

trip 1 *n* (*journey*) chuyến đi **2** *v/i*

ch (*final*) k	**gh** g	**nh** (*final*) ng	**r** z; (*S*) r	**x** s	**â** (but)	**i** (tin)
d z; (*S*) y	**gi** z; (*S*) y	**ph** f	**th** t	**a** (hat)	**e** (red)	**o** (saw)
đ d	**nh** (onion)	**qu** kw	**tr** ch	**ă** (hard)	**ê** ay	**ô** oh

(*stumble*) vấp **3** *v/t:* **~ s.o. up**
(*make fall*) làm cho ai vấp

♦ **trip up 1** *v/t* (*make fall*) vấp;
(*cause to go wrong*) bẫy **2** *v/i* (*fall*)
vấp ngã; (*make a mistake*) phạm lỗi

tripe (*food*) lòng bò

triple → **treble**

triplets con sinh ba

tripod PHOT giá ba chân

trishaw xích lô

trite nhàm chán

triumph *n* thắng lợi

trivial không đáng kể

triviality cái vớ vẫn

trombone kèn trôm bông

troops quân đội

trophy SP cúp; (*memento of success*)
chiến tích

tropic chí tuyến

tropical nhiệt đới

tropics vùng nhiệt đới

trot *v/i* (*of horse*) chạy nước kiệu;
(*of person*) chạy cóc cóc

trouble 1 *n* (*difficulties*) khó khăn;
(*problems*) vấn đề;
(*inconvenience*) phiền phức;
(*disturbance*) tình hình lộn xộn;
he has **~ with his back** lưng anh
ấy có vấn đề; *go to a lot of* **~ to do
sth** bỏ nhiều công sức làm điều
gì; *no* **~** không thành vấn đề; *get
into* **~** gặp rắc rối **2** *v/t* (*worry*)
làm lo âu; (*bother, disturb*) làm
phiền; (*of back, liver etc*) làm đau

trouble-free không có trục trặc;
troublemaker người gây phiền
hà; **troubleshooter** (*mediator*)
người hòa giải; **troubleshooting**
hòa giải

troublesome rắc rối

trousers Br quần

truant: *play* **~** trốn học

truce sự ngừng bắn

truck xe tải

truck driver người lái xe tải; **truck
farm** nông trại trồng rau để bán;
truck farmer người làm việc ở
nông trại; **truck stop** quán dành
cho lái xe tải

trudge 1 *v/i* lê bước **2** *n* chuyến đi
bộ dài vất vả

true (*correct*) đúng; *friend,
American* thật sự; *come* **~** (*of
hopes, dream*) trở thành sự thật

truly thật sự; *Yours* **~** kính thư

trumpet *n* kèn trôm-pét

trunk (*of tree, body*) thân; (*of
elephant*) vòi; (*large suitcase*)
hòm; (*of car*) ngăn để hành lý

trust 1 *n* sự tin tưởng; FIN sự ủy
thác **2** *v/t* tin cậy; *I* **~ you** tôi tin
tưởng vào anh/chị

trusted tin cậy được

trustee người được ủy thác

trustful, trusting tin người

trustworthy đáng tin cậy

truth sự thật

truthful *person* chân thật; *account*
trung thực

try 1 *v/t plan, route, new method*
thử; *food* dùng thử; LAW xét xử; **~
to do sth** cố gắng làm gì **2** *v/i*
thử; *you must* **~ harder** anh/chị
phải cố gắng nhiều hơn nữa **3** *n*
sự thử; *can I have a* **~?** (*of food*)
tôi có thể dùng thử được không?;
(*at doing sth*) tôi có thể thử làm
được không?

♦ **try on** *clothes* mặc thử

♦ **try out** *new machine, method* thử
nghiệm

trying (*annoying*) khó chịu

T-shirt áo phông (*N*), áo thun (*S*)

tub (*bath*) tắm bồn; (*of liquid*) bình;
(*for yoghurt, ice cream*) hũ (*S*), hộp

tubby béo phệ

tube (*pipe*) ống; (*of toothpaste,
ointment*) tuýp

ơ ur	y (tin)	ây uh-i	iê i-uh	oa wa	ôi oy	uy wee	ong aong
u (soon)	au a-oo	eo eh-ao	iêu i-yoh	oai wai	ơi ur-i	ênh uhng	uyên oo-in
ư (dew)	âu oh	êu ay-oo	iu ew	oe weh	uê way	oc aok	uyêt oo-yit

tubeless *tire* không có săm
tuberculosis bệnh lao
tuck 1 *n* (*in dress*) nếp gấp **2** *v/t* (*put*) nhét
♦ **tuck away** (*put away*) cất; (*eat quickly*) ăn ngấu nghiến
♦ **tuck in 1** *v/t children* ủ chăn; *sheets* nhét **2** *v/i* (*start eating*) chén
♦ **tuck up** *sleeves etc* xắn; **tuck s.o. up in bed** ủ chăn cho ai
Tuesday thứ Ba
tuft búi
tug 1 *n* (*pull*) sự giật mạnh; NAUT tàu kéo **2** *v/t* (*pull*) giật mạnh
tuition: private ~ (*given by tutor*) sự dạy tư; (*received by student*) sự học tư
tulip hoa tuy líp
tumble *v/i* đổ nhào
tumbledown ọp ẹp
tumbler (*for drink*) cốc vại; (*in circus*) người nhào lộn
tummy bụng
tummy ache đau bụng
tumor khối u
tumult sự náo động
tumultuous sôi động
tuna cá ngừ
tune 1 *n* giai điệu; *in ~* đúng điệu; *out of ~* sai điệu **2** *v/t instrument* lên dây
♦ **tune in** *v/i* RAD mở đài; TV mở kênh
♦ **tune in to** RAD chỉnh sóng; TV chỉnh kênh
♦ **tune up 1** *v/i* (*of orchestra*) so dây **2** *v/t engine* chỉnh
tuneful du dương
tuner (*hi-fi*) bộ chọn tín hiệu
tunic EDU áo đồng phục nữ
tunnel *n* đường hầm
turbine tua bin
turbulence (*in air travel*) sự xáo động

turbulent xáo động
turf (*grass*) lớp cỏ
Turk người Thổ Nhĩ Kỳ
Turkey nước Thổ Nhĩ Kỳ
turkey gà tây
Turkish 1 *adj* Thổ Nhĩ Kỳ **2** *n* (*language*) tiếng Thổ Nhĩ Kỳ
turmeric nghệ
turmoil rối loạn
turn 1 *n* (*rotation*) sự quay vòng; (*in road*) chỗ rẽ; (*in vaudeville*) tiết mục; *take ~s doing sth* theo thứ tự lần lượt làm gì; *it's my ~* đến lượt tôi; *it's not your ~ yet* chưa đến lượt anh/chị; *take a ~ at the wheel* đến lượt lái xe; *do s.o. a good ~* làm một việc gì giúp ai **2** *v/t wheel* quay; *corner* rẽ (*N*), quẹo (*S*); *~ one's back on s.o.* quay lưng lại ai **3** *v/i* (*of driver, car*) rẽ (*N*), quẹo (*S*); (*of wheel*) quay; *~ right/left here* rẽ phải/trái ở đây; *it has ~ed sour/cold* trở nên chua/lạnh; *he has ~ed 40* anh ấy đã bước qua tuổi 40
♦ **turn around 1** *v/t object* quay; *company* chuyển hướng; COM (*deal with*) giải quyết **2** *v/i* (*of person*) quay mặt lại; (*of driver*) quay lại
♦ **turn away 1** *v/t* (*send away*) quay lưng đi **2** *v/i* (*walk away*) bỏ đi; (*look away*) nhìn đi chỗ khác
♦ **turn back 1** *v/t edges, sheets* gấp **2** *v/i* (*of walkers etc*) quay trở lại; (*in course of action*) quay lui
♦ **turn down** *v/t offer, invitation* từ chối; *volume, TV* vặn nhỏ; *heating* vặn bớt; *edge, collar* gập
♦ **turn in 1** *v/i* (*go to bed*) đi ngủ **2** *v/t* (*to police*) giao cho
♦ **turn off 1** *v/t radio, TV etc* tắt; *faucet, heater, engine* khóa; F (*sexually*) mất hứng **2** *v/i* (*of car, driver*) rẽ (*N*), quẹo (*S*)

ch (*final*) k	**gh** g	**nh** (*final*) ng	**r** z; (*S*) r	**x** s	**â** (but)	**i** (tin)
d z; (*S*) y	**gi** z; (*S*) y	**ph** f	**th** t	**a** (hat)	**e** (red)	**o** (saw)
đ d	**nh** (onion)	**qu** kw	**tr** ch	**ă** (hard)	**ê** ay	**ô** oh

◆ **turn on 1** *v/t radio*, *TV etc* bật; *tap*, *heater*, *engine* mở; F (*sexually*) kích động **2** *v/i* (*of machine*) vặn

◆ **turn out 1** *v/t lights* tắt **2** *v/i*: **as it turned out** rốt cục thì

◆ **turn over 1** *v/i* (*in bed*) trở mình; (*of vehicle*) lật nhào **2** *v/t* (*put upside down*) lật ngược; *page* lật; FIN đạt doanh số

◆ **turn up 1** *v/t collar* lật lên; *volume* tăng lên; *cuff* xắn lên **2** *v/i* (*arrive*) đến

turning (*in road*) chỗ rẽ

turning point bước ngoặt

turnout (*people*) số người đến dự; **turnover** FIN doanh số; **turnpike** đường cao tốc có thu lệ phí; **turn signal** MOT đèn xi nhan; **turnstile** cửa quay; **turntable** (*of record player*) bàn quay

turquoise màu ngọc lam

turret (*of castle*) tháp nhỏ; (*of tank*) tháp pháo

turtle con rùa

turtleneck (sweater) áo cổ lọ

tusk ngà

tutor: (**private**) ~ gia sư

tuxedo áo xmốckinh

TV ti vi; **on** ~ trên ti vi

TV program chương trình ti vi

twang 1 *n* (*in voice*) giọng mũi **2** *v/t guitar string* búng

tweezers cái nhíp

twelfth *adj* thứ mười hai

twelve mười hai

twentieth *adj* thứ hai mươi

twenty hai mươi

twice hai lần; ~ **as much** gấp hai lần

twiddle xoay xoay; ~ **one's thumbs** ngồi chơi không

twig *n* nhánh cây

twilight chập tối

twin con sinh đôi

twin beds hai giường

twinge *n* (*of pain*) cơn đau nhói

twinkle *v/i* (*of stars*) lấp lánh; (*of eyes*) long lanh

twin town thành phố kết nghĩa

twirl 1 *v/t* quay tròn **2** *n* (*of cream etc*) hình xoắn tròn

twist 1 *v/t* xoắn; ~ **one's ankle** trật mắt cá chân **2** *v/i* (*of road*, *river*) uốn khúc **3** *n* (*in rope*) nút xoắn; (*in road*) chỗ ngoặt; (*in plot*, *story*) diễn biến bất ngờ

twisty *road* quanh co

twit F đồ ngu

twitch 1 *n* (*nervous*) sự co giật **2** *v/i* (*jerk*) giật giật

twitter *v/i* (*of birds*) kêu líu ríu

two hai; **the** ~ **of them** cả hai chúng nó

two-faced lá mặt lá trái; **two-stroke** *adj engine* hai kỳ; **two-way traffic** giao thông hai chiều

tycoon vua

type 1 *n* (*sort*) loại; **what** ~ **of ...?** loại … gì? **2** *v/t & v/i* đánh máy

typeset xếp chữ

typewriter máy chữ

typhoid (fever) sốt thương hàn

typhoon cơn bão

typhus bệnh sốt phát ban

typical điển hình; **a** ~ **American male** một người đàn ông Mỹ điển hình; **that's** ~ **of him!** đúng là đặc tính của anh ta!

typically điển hình; ~ **American** điển hình của người Mỹ

typist nhân viên đánh máy

tyrannical *regime* chuyên chế

tyrannize *population* áp chế; *one's family* hành hạ

tyranny sự chuyên chế

tyrant kẻ bạo ngược

ơ ur	**y** (tin)	**ây** uh-i	**iê** i-uh	**oa** wa	**ôi** oy	**uy** wee	**ong** aong
u (soon)	**au** a-oo	**eo** eh-ao	**iêu** i-yoh	**oai** wai	**ơi** ur-i	**ênh** uhng	**uyên** oo-in
ư (dew)	**âu** oh	**êu** ay-oo	**iu** ew	**oe** weh	**uê** way	**oc** aok	**uyêt** oo-yit

U

ugly xấu xí
UK (= *United Kingdom*) Vương
  quốc Anh
ulcer chỗ loét
ultimate (*best, definitive*) tân tiến
  nhất; (*final*) cuối cùng;
  (*fundamental*) cơ bản
ultimately (*in the end*) cuối cùng
ultimatum tối hậu thư
ultrasound MED siêu âm
ultraviolet *adj* cực tím
umbilical cord dây rốn, cây ô (*N*),
  cây dù (*S*)
umpire *n* trọng tài
umpteen F quá nhiều
UN (= *United Nations*) Liên hiệp
  quốc
un ... (*with adjectives*) không …
unable: *be ~ to do X* (*not know how
  to*) không biết làm X; (*not be in a
  position to*) không thể làm X
unacceptable không thể chấp nhận
  được; *it is ~ that* không thể chấp
  nhận rằng
unaccountable không thể giải
  thích được
unaccustomed: *be ~ to X* không
  quen với X
unadulterated *fig* (*absolute*) hoàn
  toàn
un-American (*not fitting*) xa lạ với
  Mỹ; (*against the USA*) chống Mỹ
unanimous *verdict* nhất trí; *be ~ on*
  nhất trí về
unanimously *vote, decide* nhất trí
unapproachable *person* khó gần
  gũi

unarmed *person* không có vũ khí; *~
  combat* chiến đấu tay không
unassuming khiêm tốn
unattached (*without a partner*)
  chưa có người yêu; (*not married*)
  chưa có gia đình
unattended vô chủ; *leave X ~* bỏ
  quên X
unauthorized không được phép
unavoidable không thể tránh được
unavoidably: *be ~ detained* không
  thể tránh được bị giữ lại
unaware: *be ~ of* không ý thức
  được về
unawares: *catch X ~* làm X bất
  ngờ
unbalanced không cân xứng; PSYCH
  không bình thường
unbearable không thể chịu nổi
unbeatable *team, quality* vô địch
unbeaten *team* chưa hề bị đánh bại
unbeknownst: *~ to X* mà X không
  được biết
unbelievable không thể tin được; F
  heat, value lạ lùng; *he's ~* F (*very
  good/bad*) anh ấy thật lạ lùng
unbias(s)ed không thiên vị
unblock *pipe* khai thông
unborn chưa sinh
unbreakable *plate* không vỡ được;
  world's record không phá vỡ được
unbutton cởi khuy
uncalled-for (*not necessary*) không
  cần thiết
uncanny *resemblance, feeling* kỳ lạ;
  skill lạ thường
unceasing không ngừng

---

ch (*final*) k	**gh** g	**nh** (*final*) ng	**r** z; (*S*) r	**x** s	**â** (but)	**i** (tin)
d z; (*S*) y	**gi** z; (*S*) y	**ph** f	**th** t	**a** (hat)	**e** (red)	**o** (saw)
đ d	**nh** (onion)	**qu** kw	**tr** ch	**ă** (hard)	**ê** ay	**ô** oh

uncertain *future* không chắc chắn; *weather* dễ thay đổi; (*unclear*) không rõ ràng; **be ~ about X** không biết rõ về X

uncertainty (*of the future*) tình trạng không rõ ràng; **there is still ~ about** còn chưa rõ ràng về

unchecked: **let X go ~** để X đi thả cửa

uncle (*father's older brother*) bác; (*father's younger brother*) chú; (*mother's brother*) cậu; (*man older than one's parents, not related*) bác; (*man younger than one's parents, not related*) chú

uncomfortable *chair* bất tiện; *sitting position* không thoải mái; **feel ~ about X** (*about decision etc*) cảm thấy lo lắng về X; **I feel ~ with him** tôi cảm thấy không được thoải mái với anh ấy

uncommon hiếm thấy; **it's not ~** không phải là hiếm

uncompromising không nhân nhượng

unconcerned hờ hững; **be ~ about X** không lo lắng về X

unconditional vô điều kiện

unconscious MED bất tỉnh; PSYCH tiềm thức; **knock ~** đánh bất tỉnh; **be ~ of X** (*not aware*) không có ý thức về X

uncontrollable *anger, desire, children* không thể kiềm chế được

unconventional không theo lề thói

uncooperative bất hợp tác

uncork *bottle* mở nút

uncover *corpse, plot, ancient remains* phát hiện

undamaged không bị hư hại

undaunted: **carry on ~** tiếp tục không nản lòng

undecided *question* chưa được giải quyết; **be ~ about X** lưỡng lự về X

undeniable không thể phủ nhận được

undeniably không thể phủ nhận được

under 1 *prep* (*beneath, less than*) dưới; **it is ~ investigation** nó đang được điều tra **2** *adv* (*anesthetized*) hôn mê

underage *drinking etc* dưới tuổi; **be ~** dưới tuổi

underarm *adv throw* dưới tầm vai

undercarriage bộ càng bánh máy bay

undercover *adj agent* bí mật

undercut *v/t* COM bán rẻ hơn

underdog bên yếu

underdone *meat* tái

underestimate *v/t person, skills, task* đánh giá thấp

underexposed PHOT chụp rửa non

underfed thiếu ăn

undergo *experiences* chịu đựng; **~ surgery** trải qua cuộc phẫu thuật

underground 1 *adj passages etc* ngầm; POL: *resistance, newspaper etc* bí mật **2** *adv work* dưới mặt đất; **go ~** POL rút vào bí mật

undergrowth bụi cây thấp

underhand *adj* (*devious*) dối trá

underlie *v/t* (*form basis of*) làm nền tảng

underline *v/t text* gạch dưới

underlying *causes, problems* sâu xa

undermine *s.o.'s position, theory* làm suy yếu

underneath 1 *prep* dưới **2** *adv* bên dưới

underpants quần lót

underpass (*for pedestrians*) đường ngầm (dành cho người đi bộ)

underprivileged bị thiệt thòi về quyền lợi

underrate *v/t* đánh giá thấp

undershirt áo lót

ơ u*r*	**y** (tin)	**ây** uh-i	**iê** i-uh	**oa** wa	**ôi** oy	**uy** wee	**ong** aong
u (soon)	**au** a-oo	**eo** eh-ao	**iêu** i-yoh	**oai** wai	**ơi** u*r*-i	**ênh** uhng	**uyên** oo-in
ư (dew)	**âu** oh	**êu** ay-oo	**iu** ew	**oe** weh	**uê** way	**oc** aok	**uyệt** oo-yit

undersized cỡ quá nhỏ
underskirt váy lót
understaffed thiếu nhân viên
understand 1 *v/t* hiểu; *I ~ that you ...* tôi hiểu rằng anh/chị …; *they are understood to be in Canada* họ dường như đang ở Canađa **2** *v/i* hiểu
understandable có thể hiểu được
understandably có thể hiểu được
understanding 1 *adj person* biết thông cảm **2** *n (of problem, situation)* sự hiểu biết; *(agreement)* sự thỏa thuận; *on the ~ that ...* với điều kiện là …
understatement sự nói nhẹ đi
undertake *task* nhận làm; *~ to do X* cam kết làm X
undertaking *(enterprise)* công việc; *(promise)* sự cam kết
undervalue *v/t* đánh giá quá thấp
underwear quần áo lót
underweight *adj* nhẹ cân
underworld *(criminal)* giới tội phạm; *(in mythology)* âm phủ
underwrite *v/t* FIN bảo hiểm
undeserved không xứng đáng
undesirable *features, changes* không mong muốn; *person* không ai ưa; *~ element (person)* kẻ đáng ghét
undisputed *champion, leader* không bác được
undo *parcel, wrapping* mở; *buttons, shirt, shoelaces* cởi; *s.o. else's work* hủy bỏ
undoubtedly rõ ràng
undreamt-of *riches* không ngờ
undress *v/t & v/i* cởi quần áo
undue *(excessive)* quá đáng
unduly *punished, blamed* không thích đáng; *(excessively)* quá đáng
unearth *ancient remains* khai quật; *fig (find)* tìm thấy; *secret* phát hiện
unearthly: *at this ~ hour* vào giờ

bất tiện này
uneasy *relationship* không thoải mái; *peace* ngột ngạt; *feel ~ about* cảm thấy băn khoăn về
uneatable không thể ăn được
uneconomic không kinh tế
uneducated ít học thức
unemployed 1 *adj* thất nghiệp **2** *n: the ~* những người thất nghiệp
unemployment tình trạng thất nghiệp
unending bất tận
unequal không bằng nhau; *be ~ to the task* không đủ sức làm nhiệm vụ
unerring *judgment, instinct* không nhầm lẫn
uneven *quality* không đều; *surface, ground* gồ ghề
unevenly *distributed, applied* không đều; *~ matched (of two contestants)* đấu không cân sức
uneventful: *we had an ~ journey* chúng tôi đã có một chuyến đi bình thường; *after another ~ day* lại sau một ngày bình thường nữa
unexpected bất ngờ
unexpectedly bất ngờ
unfair không công bằng
unfaithful *husband, wife* không chung thủy; *be ~ to X* không chung thủy với X
unfamiliar không quen; *be ~ with X* không quen với X
unfasten *belt* cởi
unfavorable *report, review* không tán thành; *weather conditions* không thuận lợi
unfeeling *person* nhẫn tâm
unfinished chưa kết thúc; *leave X ~* để X còn dở dang
unfit *(physically)* không khỏe; *(not morally suited)* không thích hợp; *be ~ to eat/drink* không thích hợp

---

ch *(final)* k	**gh** g	**nh** *(final)* ng	**r** z; *(S)* r	**x** s	**â** (but)	**i** (tin)
đ z; *(S)* y	**gi** z; *(S)* y	**ph** f	**th** t	**a** (hat)	**e** (red)	**o** (saw)
đ d	**nh** (onion)	**qu** kw	**tr** ch	**ă** (hard)	**ê** ay	**ô** oh

để ăn/uống

unfix *part* tháo

unflappable điềm tĩnh

unfold 1 *v/t sheets*, *letter* mở ra; *one's arms* mở rộng **2** *v/i* (*of story etc*) được tiết lộ; (*of view*) trải ra

unforeseen bất ngờ

unforgettable không quên được

unforgivable không tha thứ được; ***that was ~ of you*** không thể tha thứ được cho anh/chị

unfortunate *people* bất hạnh; *event* rủi ro; *choice of words* không thích hợp; ***that's ~ for you*** thật đáng tiếc cho anh/chị

unfortunately thật đáng tiếc

unfounded không có cơ sở

unfriendly không thân thiện; *software etc* không dễ sử dụng

unfurnished không có đồ đạc

ungodly: ***at this ~ hour*** vào giờ bất tiện này

ungrateful vô ơn

unhappiness sự bất hạnh

unhappy buồn; (*not content: of customers etc*) không bằng lòng; ***be ~ with the service/an explanation*** không bằng lòng với sự phục vụ/lời giải thích

unharmed không bị thiệt hại

unhealthy *person* không khỏe mạnh; *conditions*, *food*, *atmosphere* có hại cho sức khỏe; *economy*, *balance sheet* không lành mạnh

unheard-of chưa từng nghe thấy

unhurt không bị thương

unhygienic mất vệ sinh

unification sự thống nhất

uniform 1 *n* (*of soldier*) quân phục; (*of school pupil*, *air hostess*) đồng phục **2** *adj* giống nhau

unify thống nhất

unilateral đơn phương

unimaginable không thể tưởng

tượng được

unimaginative không có trí tưởng tượng

unimportant không quan trọng

uninhabitable không thể ở được

uninhabited *building*, *region* không có người ở

uninjured không bị thương

unintelligible không thể hiểu được

unintentional không có ý

unintentionally vô ý

uninteresting không thú vị

uninterrupted *sleep*, *work etc* liên tục

union POL liên minh; (*labor ~*) công đoàn

unique độc nhất; F (*very good*) độc nhất vô nhị; ***with his own ~ humor*** với vẻ hài hước riêng của anh ấy

unit (*department, of measurement*), MIL đơn vị; (*section: of machine, structure*) bộ phận; (*part with separate function*) bộ đồ; ***we must work together as a ~*** chúng ta cần phải cùng nhau làm việc như một đơn vị

unit cost COM đơn giá

unite *v/t & v/i* đoàn kết

united *efforts* chung; *group*, *people* hòa hợp

United Kingdom Vương quốc Anh

United Nations *n* (*organization*) Liên hiệp quốc

United States (of America) Hợp chủng quốc (Hoa Kỳ)

unity sự thống nhất

universal chung

universally toàn thể

universe vũ trụ

university trường đại học; ***he is at ~*** anh ấy đang học ở trường đại học

unjust không công bằng

ơ ur	**y** (tin)	**â
y** uh-i	**iê** i-uh	**oa** wa	**ôi** oy	**uy** wee	**ong** aong
u (soon)	**au** a-oo	**eo** eh-ao	**iêu** i-yoh	**oai** wai	**ơi** ur-i	**ênh** uhng	**uyên** oo-in
ư (dew)	**âu** oh	**êu** ay-oo	**iu** ew	**oe** weh	**uê** way	**oc** aok	**uyêt** oo-yit

unkempt *appearance* nhếch nhác; *hair* bù xù

unkind ác

unknown 1 *adj* (*not famous*) vô danh; (*not known*) chưa biết **2** *n*: *a journey into the* ~ một chuyến đi đến nơi chưa từng biết

unleaded *adj* không có chì

unless trừ phi; *don't say anything ~ you are sure* đừng nói gì trừ phi anh/chị thật chắc chắn; *I am going to my lawyer ~ he pays us tomorrow* tôi sẽ đi gặp luật sư của tôi, trừ phi anh ấy trả tiền cho chúng tôi

unlike *prep* (*different from*) không giống; *it's ~ him to drink so much* anh ấy không có kiểu uống nhiều như thế; *the photograph was completely ~ her* bức ảnh hoàn toàn không giống cô ấy

unlikely (*improbable*) không chắc; (*difficult to believe*) không chắc có thực; *he is ~ to win* anh ấy không chắc thắng; *it is ~ that ...* không chắc rằng ...; ~ *story* câu chuyện khó tin

unlimited *supplies*, *cash* vô tận; *patience*, *energy*, *power* vô hạn

unlisted: *be* ~ không có trong danh bạ điện thoại

unload *truck* dỡ hàng; *goods* dỡ

unlock mở khóa

unluckily (*unfortunately*) không may

unlucky *day*, *choice*, *person* đen đủi; *that was so ~ for you!* thật là đen đủi cho anh/chị!

unmade-up *face* không trang điểm

unmanned *spacecraft* không có người lái

unmarried không kết hôn

unmistakable không thể nhầm lẫn được

unmoved (*emotionally*) không mủi lòng

unmusical *person* không có khiếu về âm nhạc; *sounds* không êm tai

unnatural (*not normal*) không bình thường; *it's not ~ to be annoyed* khó chịu là điều bình thường

unnecessary không cần thiết

unnerving làm nản lòng

unnoticed: *it went* ~ việc đã qua đi mà không ai để ý

unobtainable *goods* không thể kiếm được; TELEC không thể liên lạc được

unobtrusive *person*, *building* không phô trương

unoccupied *building*, *house* bỏ trống; *post*, *room* trống; *person* nhàn rỗi

unofficial không chính thức

unofficially một cách không chính thức

unpack 1 *v/t* mở **2** *v/i* soạn đồ ra

unpaid *work* không công

unpleasant khó chịu; *he was very ~ to her* anh ấy có thái độ rất khó chịu với cô ấy

unplug *v/t* TV, *computer* rút phích cắm

unpopular *government*, *decision* không được lòng dân; *person* không được ưa thích; *style*, *design* không phổ biến

unprecedented chưa từng thấy; *it was ~ for a woman to ...* chưa từng thấy một người phụ nữ là ...

unpredictable *person*, *weather* không đoán trước được

unpretentious *person*, *style*, *hotel* khiêm tốn

unprincipled *pej* vô nguyên tắc

unproductive *meeting*, *discussion* không hữu ích; *soil* không mầu mỡ

unprofessional *person* không

ch (*final*) k	**gh** g	**nh** (*final*) ng	**r** z; (*S*) r	**x** s	**â** (but)	**i** (tin)
d z; (*S*) y	**gi** z; (*S*) y	**ph** f	**th** t	**a** (hat)	**e** (red)	**o** (saw)
đ d	**nh** (onion)	**qu** kw	**tr** ch	**ă** (hard)	**ê** ay	**ô** oh

chuyên nghiệp; *behavior* không phù hợp với tiêu chuẩn nghề nghiệp; *workmanship* không chuyên

unprofitable không có lời

unpronounceable không thể đọc được

unprotected *borders, machine* không được bảo vệ; **~ sex** quan hệ tình dục không an toàn

unprovoked *attack* vô cớ

unqualified *worker, doctor etc* không đủ trình độ

unquestionably (*without doubt*) không thể nghi ngờ được

unquestioning *attitude, loyalty* mù quáng

unravel *v/t string, knitting* tháo ra; *mystery* làm sáng tỏ; *complexities* giải quyết

unreadable *book* khó đọc

unreal hư ảo; *this is ~!* F cái đó không có thật!

unrealistic không thực tế

unreasonable *person, demand, expectation* vô lý

unrelated *issues* không có liên quan; *people* không có họ hàng

unrelenting liên tục

unreliable không đáng tin cậy

unrest tình trạng bất an

unrestrained *emotions* không kiểm chế

unroadworthy không an toàn

unroll *v/t carpet, scroll* trải ra

unruly ngang bướng

unsafe không an toàn; *it is ~ to ...* không an toàn khi …

unsanitary *conditions, drains* không vệ sinh

unsatisfactory không thỏa đáng

unsavory *person, reputation, district* tồi tệ

unscathed (*not injured*) vô sự; (*not damaged*) không bị thiệt hại

unscrew tháo ốc; *top of bottle* mở ra

unscrupulous vô lương tâm

unselfish không ích kỷ

unsettled *issue* chưa được quyết định; *weather, stock market* có thể thay đổi; *lifestyle* không ổn định; *bills* chưa thanh toán

unshaven chưa cạo râu

unsightly khó coi

unskilled không có chuyên môn

unsociable không chan hòa

unsophisticated *person, equipment, beliefs* đơn giản

unstable *person* không thăng bằng; *structure* không vững; *area, economy* không ổn định

unsteady (*on one's feet*) loạng choạng; *ladder* lung lay

unstinting: *be ~ in one's efforts / generosity* hết sức cố gắng/hào phóng

unstuck: *come ~* (*of notice etc*) bị bong ra; (*of plan etc*) bị thất bại

unsuccessful không thành công; *he tried but was ~* anh ấy đã cố gắng nhưng không thành công

unsuccessfully *try, apply* không thành công

unsuitable không thích hợp

unsuspecting không nghi ngờ

unswerving *loyalty, devotion* kiên định

unthinkable không thể tưởng tượng được

untidy *room, desk* lộn xộn; *hair* không chải

untie *knot, laces* cởi; *prisoner* cởi trói

until 1 *prep* đến; *from Monday ~ Friday* từ thứ Hai đến thứ Sáu; *I can wait ~ tomorrow* tôi có thể đợi đến ngày mai; *not ~ Friday*

ơ ur	y (tin)	ây uh-i	iê i-uh	oa wa	ôi oy	uy wee	ong aong
u (soon)	au a-oo	eo eh-ao	iêu i-yoh	oai wai	ơi ur-i	ênh uhng	uyên oo-in
ư (dew)	âu oh	êu ay-oo	iu ew	oe weh	uê way	oc aok	uyêt oo-yit

không trước thứ Sáu; *it won't be finished ~ July* sẽ không thể xong cho đến tháng Bảy **2** *conj* cho đến khi; *can you wait ~ I'm ready?* anh/chị có thể đợi cho đến khi tôi sẵn sàng không?; *they won't do anything ~ you say so* họ sẽ không làm gì cả cho đến khi anh/chị bảo

untimely *death* quá sớm

untiring *efforts* không mệt mỏi

untold *riches, suffering* không kể xiết; *story* chưa kể ra

untranslatable không thể dịch được

untrue không đúng sự thật; (*not loyal*) không trung thành

unused[1] *goods* chưa sử dụng

unused[2]: *be ~ to sth* không quen với gì; *be ~ to doing sth* không quen làm gì

unusual khác thường

unusually một cách khác thường

unveil *memorial, statue etc* bỏ màn khánh thành

unwell không khỏe

unwilling: *be ~ to do sth* không sẵn lòng làm gì

unwind 1 *v/t tape* tháo ra **2** *v/i* (*of tape*) được tháo ra; (*of story*) tiến triển; (*relax*) thư giãn

unwise không khôn ngoan

unwrap *gift* mở ra

unwritten *law, rule* không thành văn

unzip *v/t dress etc* mở khóa phéc mơ tuya; COMPUT giải nén

up 1 *adv* trên; *~ in the sky* ở trên trời; *~ on the roof* ở trên mái nhà; *~ here/there* ở trên đây/đấy; *be ~* (*out of bed*) dậy; (*of sun*) mọc; (*be built*) được xây dựng; (*of shelves*) được lắp đặt; (*of prices, temperature*) tăng lên; (*have expired*) hết hạn; *what's ~?* có

chuyện gì thế?; *~ to the year 1989* cho tới năm 1989; *he came ~ to me* anh ấy lên gặp tôi; *what are you ~ to these days?* dạo này anh/chị làm gì?; *what are those kids ~ to?* bọn trẻ kia đang làm trò gì thế?; *be ~ to something* (*bad*) đang làm trò gì; *I don't feel ~ to it* tôi cảm thấy không đủ sức làm; *it's ~ to you* (*it's your decision*) tùy anh/chị; (*only you can make it happen*) điều đó phụ thuộc vào anh/chị; *it is ~ to them to solve it* họ có nhiệm vụ phải giải quyết cái đó; *be ~ and about* (*after illness*) đi lại được **2** *prep* (*to higher level*): *further ~ the mountain* xa hơn nữa phía trên núi; *he climbed ~ a tree* anh ấy trèo lên cây; *they ran ~ the street* họ chạy dọc phố; *the water goes ~ this pipe* nước chảy qua ống dẫn; *we traveled ~ to Hai Phong* chúng tôi đã đi lên Hải Phòng **3** *n*: *~s and downs* những thăng trầm

upbringing sự dạy dỗ

upcoming *adj* (*forthcoming*) sắp tới

update 1 *v/t file, records* cập nhật; *~ s.o. on sth* thông tin ai về gì **2** *n* (*of files, records, software*) sự cập nhật; *can you give me an ~ on the situation?* anh/chị có thể cho tôi những thông tin mới về tình hình không?

upgrade *v/t computers, ticket etc* nâng cấp; *product* cải tiến chất lượng

upheaval (*emotional, physical*) xáo trộn; (*political, social*) biến động

uphill 1 *adv walk* lên dốc **2** *adj struggle* khó khăn

uphold *traditions, rights* giữ gìn;

ch (*final*) k	**gh** g	**nh** (*final*) ng	**r** z; (*S*) r	**x** s	**â** (but)	**i** (tin)
d z; (*S*) y	**gi** z; (*S*) y	**ph** f	**th** t	**a** (hat)	**e** (red)	**o** (saw)
đ d	**nh** (onion)	**qu** kw	**tr** ch	**ă** (hard)	**ê** ay	**ô** oh

(*vindicate*) ủng hộ

upholstery (*coverings*) vật liệu dùng để bọc; (*padding*) vật liệu dùng để nhồi

upkeep *n* (*of old buildings, parks etc*) sự bảo quản

upload *v/t* COMPUT chuyển tập tin cho máy khác

upmarket *adj restaurant, hotel* sang trọng

upon → *on prep & adv*

upper *part of sth* trên cao; *stretches of a river* thượng lưu; *deck* trên; *atmosphere* tầng thượng

upper-class *accent, family* tầng lớp thượng lưu

upper classes các tầng lớp thượng lưu

upright 1 *adj citizen* ngay thẳng **2** *adv sit* thẳng

upright (piano) pianô tủ

uprising cuộc nổi dậy

uproar (*loud noise*) tiếng ồn ào; (*protest*) sự phản kháng ầm ĩ

upset 1 *v/t drink, glass* đánh đổ; (*emotionally*) làm đau khổ **2** *adj* (*emotionally*) đau khổ; **get ~ about sth** đau khổ vì gì; **have an ~ stomach** bị rối loạn tiêu hóa

upsetting đau khổ

upshot (*result, outcome*) kết quả cuối cùng

upside down *adv* lộn ngược; **turn sth ~** lộn ngược gì

upstairs 1 *adv go, walk* lên gác (*N*), lên lầu (*S*); *live, be* trên gác (*N*), trên lầu (*S*) **2** *adj room* ở tầng trên

upstart kẻ hãnh tiến

upstream *adv* ngược dòng

uptight F (*nervous*) bồn chồn; (*inhibited*) ức chế

up-to-date *information* cập nhật; *fashions* kiểu mới nhất

upturn (*in economy*) bước đi lên

upward *fly*, *move* lên; **~ of 10,000** trên 10,000

uranium uran

urban đô thị

urbanization đô thị hóa

urchin (*street ~*) trẻ bụi đời

urge 1 *n* sự ham muốn **2** *v/t*: **~ X to do Y** cố khuyến khích X làm Y

♦ **urge on** (*encourage*) cổ vũ

urgency (*of situation*) tính cấp bách

urgent *job, letter* khẩn cấp; **be in ~ need of sth** cần gấp gì; **is it ~?** có gấp không?

urinate đi tiểu

urine nước tiểu

urn cái bình

US (= **United States**) Mỹ

us (*excluding listeners*) chúng tôi; (*including listeners*) chúng ta; **that's for ~** đó là để cho chúng tôi; **who's that? – it's ~** ai đó? – chúng tôi đây

USA (= **United States of America**) nước Mỹ

usable có thể dùng được

usage (*linguistic*) cách dùng

use 1 *v/t tool, skills, knowledge* sử dụng; *word, s.o.'s car etc* dùng; *pej: person* lợi dụng; **I could ~ a drink** tôi muốn uống một cái gì đó **2** *n* (*act of using*) sự sử dụng; (*usefulness*) hữu ích; **be of great ~ to s.o.** rất hữu ích cho ai; **be of no ~ to s.o.** không có ích cho ai; **is that of any ~?** có ích gì không?; **it's no ~** không ích gì; **it's no ~ trying/waiting** không có ích gì mà cố thử/đợi chờ

♦ **use up** dùng hết

used[1] *car etc* đã dùng rồi

used[2]: **be ~ to s.o./sth** quen với ai/gì; **get ~ to s.o./sth** trở nên quen với ai/gì; **be ~ to doing sth** quen làm gì; **get ~ to doing sth** trở nên

ơ ur	**y** (tin)	**âу** uh-i	**iê** i-uh	**oa** wa	**ôi** oy	**uy** wee	**ong** aong
u (soon)	**au** a-oo	**eo** eh-ao	**iêu** i-yoh	**oai** wai	**ơi** ur-i	**ênh** uhng	**uyên** oo-in
ư (dew)	**âu** oh	**êu** ay-oo	**iu** ew	**oe** weh	**uê** way	**oc** aok	**uyêt** oo-yit

quen làm gì

used[3]: *I ~ to like*/*know him* tôi vốn thích/biết anh ấy; *I don't work there now, but I ~ to* hiện nay tôi không làm việc tại đó, song trước kia thì có

useful *person*, *information*, *gadget* hữu ích

usefulness sự hữu ích

useless *information*, *person* vô ích; F *person* kém; *machine*, *computer* vô dụng; *it's ~ trying* không ích gì mà cố thử

user (*of product*) người sử dụng

user-friendly *software*, *device* dễ sử dụng

usher *n* người dẫn chỗ

♦**usher in** *new era* mở ra

usual thường lệ; *as ~* như thường lệ; *the ~, please* xin cho như thường lệ

usually thông thường

utensil dụng cụ nhà bếp

uterus dạ con

utility (*usefulness*) sự có ích; *public utilities* các ngành dịch vụ công cộng

utility pole cột điện thoại

utilize sử dụng

utmost 1 *adj* hết sức **2** *n*: *do one's ~* cố gắng hết sức

utter 1 *adj* hoàn toàn **2** *v/t sound* phát ra

utterly hoàn toàn

U-turn vòng trở lại; *fig* (*in policy*) sự quay ngược

V

vacant *building* bỏ trống; *position* khuyết; *look*, *expression* lơ đãng

vacate *room* rời khỏi

vacation *n* kỳ nghỉ; *be on ~* đang nghỉ mát; *go to ... on ~* đi nghỉ ở ...

vacationer người đi nghỉ

vaccinate tiêm ngừa; *be ~d against ...* được tiêm ngừa phòng ...

vaccination sự tiêm ngừa (*N*), sự chủng ngừa (*S*)

vaccine vácxin

vacuum 1 *n* PHYS chân không; *fig* (*in one's life*) khoảng trống **2** *v/t floors* hút bụi

vacuum cleaner máy hút bụi;

vacuum flask phích (*N*), bình thủy (*S*); **vacuum-packed** đóng gói chân không

vagina âm đạo

vaginal âm đạo

vague *answer*, *wording* mơ hồ; *feeling*, *resemblance* ngờ ngợ; *a ~ taste of lemon* hơi có vị chanh; *he was very ~ about it* anh ấy rất mơ hồ về việc ấy

vaguely *answer* một cách mơ hồ; (*slightly*, *remotely*) hơi

vain 1 *adj person* tự hào; *hope* hão huyền **2** *n*: *in ~* một cách vô ích; *their efforts were in ~* những cố gắng của họ đều là vô ích

valet (*person*) người phục vụ

---

ch (*final*) k	**gh** g	**nh** (*final*) ng	**r** z; (*S*) r	**x** s	**â** (but)	**i** (tin)
d z; (*S*) y	**gi** z; (*S*) y	**ph** f	**th** t	**a** (hat)	**e** (red)	**o** (saw)
đ d	**nh** (onion)	**qu** kw	**tr** ch	**ă** (hard)	**ê** ay	**ô** oh

valet service (*for clothes*) dịch vụ là, hấp; (*for cars*) dịch vụ rửa xe
valiant dũng cảm
valid *passport*, *document* hợp thức; *reason*, *argument* hợp lý
validate (*with official stamp*) hợp thức hóa; *s.o.'s alibi* công nhận
validity (*of reason*, *argument*) tính hợp lý
valley thung lũng
valuable 1 *adj ring*, *asset* có giá trị lớn; *colleague*, *help*, *advice* quý giá **2** *n*. **~s** đồ quý giá
valuation sự định giá; **at his ~** theo sự đánh giá của anh ấy
value 1 *n* giá trị; **be good ~** giá hời; **get ~ for money** xứng với đồng tiền bỏ ra; **rise/fall in ~** tăng/sụt giá **2** *v/t s.o.'s friendship*, *one's freedom* coi trọng; **I ~ your advice** tôi coi trọng lời khuyên của anh/chị; **have an object ~d** cho định giá một đồ vật
valve van
van xe tải
vandal kẻ phá hoại
vandalism hành động phá hoại
vandalize phá hoại
vanilla *n & adj* vani
vanish (*of person*, *fortune*) biến mất
vanity (*of person*) tính tự hào; (*of hopes*) sự hão huyền
vanity case túi đựng đồ trang điểm
vantage point (*on hill etc*) vị trí có thể nhìn được rõ
vapor hơi nước
vaporize *v/t* (*of atomic bomb*, *explosion*) bốc hơi
vapor trail (*of airplane*) vệt hơi nước sau đuôi máy bay
variable 1 *adj amount* thay đổi; *moods*, *weather* thất thường **2** *n* MATH, COMPUT biến số
variation sự thay đổi

varicose vein chứng giãn tĩnh mạch
varied *range*, *lifestyle* đa dạng
variety sự đa dạng; (*of plant*, *bird*) giống; (*of disease*) loại; **a ~ of things to do** nhiều thứ phải làm
various (*several*) một vài; (*different*) khác nhau
varnish 1 *n* (*for wood*) véchi; (*for fingernails*) sơn bóng **2** *v/t wood* đánh véchi; *fingernails* sơn
vary 1 *v/i* thay đổi; **it varies** nó thay đổi **2** *v/t* thay đổi
varying *quality* phong phú
vase cái bình
vast *desert*, *city*, *knowledge* bao la; *collection* khổng lồ
vaudeville chương trình tạp kỹ
vault[1] *n* (*in roof*) mái vòm; **~s** (*of bank*) hầm két; (*cellar*) tầng hầm
vault[2] 1 *n* (*over vaulting horse*) nhảy ngựa gỗ; (*in polevaulting*) nhảy sào **2** *v/t beam etc* nhảy qua
VCR (= **video cassette recorder**) máy thu băng viđêô
veal thịt bê
vegan 1 *n* người ăn chay triệt để **2** *adj* ăn chay triệt để
vegetable rau
vegetarian 1 *n* người ăn chay **2** *adj* ăn chay
vehicle xe; (*for information etc*) phương tiện
veil 1 *n* (*bridal ~*) mạng che mặt; (*worn by nuns*) khăn trùm **2** *v/t* che
vein ANAT huyết quản
Velcro® *n* khóa Vencrô
velocity vận tốc
velvet nhung
vending machine máy bán hàng tự động
vendor LAW bên bán
veneer (*on wood*) lớp gỗ dán; (*of politeness etc*) vẻ bề ngoài

---

ơ u*r*	**y** (tin)	**ây** uh-i	**iê** i-uh	**oa** wa	**ôi** oy	**uy** wee	**ong** aong
u (soon)	**au** a-oo	**eo** eh-ao	**iêu** i-yoh	**oai** wai	**ơi** u*r*-i	**ênh** uhng	**uyên** oo-in
ư (dew)	**âu** oh	**êu** ay-oo	**iu** ew	**oe** weh	**uê** way	**oc** aok	**uyêt** oo-yit

venereal disease bệnh hoa liễu

venetian blind cửa chớp lật

vengeance sự trả thù; *it started raining with a ~* mưa bắt đầu trút xuống ào ào; *set to work with a ~* lao đầu vào việc

venison thịt nai

venom (*of snake*) nọc độc

vent n (*for air*) lỗ thông; *give ~ to feelings, emotions* trút hết

ventilate *room, building* làm thông gió

ventilation sự thông gió

ventilation shaft hầm thông gió

ventilator quạt máy

ventriloquist người nói tiếng bụng

venture 1 n (*undertaking*) công việc mạo hiểm; COM sự đầu cơ **2** v/i liều

venue nơi gặp gỡ; (*for meeting*) nơi họp; (*for concert*) nơi trình diễn

veranda hiên hè

verb động từ

verdict LAW lời tuyên án; (*opinion, judgment*) sự nhận định

verge n (*soft shoulder*) bờ yếu của ven đường; (*grass along the path*) bờ cỏ; *be on the ~ of ...* (*of ruin, collapse*) ở ngưỡng cửa bị ...; *be on the ~ of tears* suýt phát khóc

♦ **verge on** gần như; *it's verging on the ridiculous* gần như lố bịch

verification sự kiểm tra; (*confirmation*) sự xác minh

verify (*check out*) kiểm tra; (*confirm*) xác minh

vermicelli mì sợi

vermin vật hại mùa màng

vermouth rượu vecmut

vernacular n thổ ngữ

versatile *person, mind* tháo vát; *machine* nhiều tác dụng

versatility (*of person*) sự tháo vát; (*of machine*) tính đa năng

verse (*poetry*) thơ; (*of poem, song*) đoạn

versed: *be well ~ in a subject* rất giỏi về môn

version (*account, of event*) cách giải thích; (*of song, story, book*) bản; (*adapted form of a book, play etc*) bản phóng tác; *the Vietnamese ~ of the Bible* bản tiếng Việt của Kinh thánh; *what is your ~ of what happened?* anh / chị giải thích như thế nào về những gì đã xảy ra?

versus SP đấu với; LAW kiện lại

vertebra đốt sống

vertebrate n động vật có xương sống

vertical thẳng đứng

vertigo sự chóng mặt

very 1 adv rất; (*in negative sentence*) lắm; *was it cold? – not ~* nó có lạnh không? - không lạnh lắm; *the ~ best* cái tốt đẹp hơn cả **2** adj: *in the ~ act* vào đúng lúc đang hành động; *that's the ~ thing I need* đó chính là thứ mà tôi cần; *the ~ thought* ý nghĩ thuần túy; *right at the ~ top / bottom* ở tận trên / dưới

vessel NAUT con tầu

vest áo gi-lê

vestige (*of previous civilization etc*) di tích; (*of truth*) một chút

vet[1] n (*veterinarian*) bác sĩ thú y

vet[2] v/t *applicants etc* kiểm tra kỹ lưỡng

veteran 1 n (*war ~*) cựu chiến binh; (*person with long experience*) người kỳ cựu **2** adj (*old*) cũ; (*old and experienced*) kỳ cựu

veterinarian bác sĩ thú y

veto 1 n quyền phủ quyết **2** v/t phủ quyết

vexed (*worried*) lo lắng; *the ~ question of ...* vấn đề nan giải

---

ch (*final*) k	**gh** g	**nh** (*final*) ng	**r** z; (S) r	**x** s	**â** (but)	**i** (tin)
d z; (S) y	**gi** z; (S) y	**ph** f	**th** t	**a** (hat)	**e** (red)	**o** (saw)
đ d	**nh** (onion)	**qu** kw	**tr** ch	**ă** (hard)	**ê** ay	**ô** oh

của ...

via qua

viable *life form* có thể sống được; *company* có thể tồn tại được; *alternative*, *plan* có thể thực hiện được

vibrate *v/i* rung lên

vibration sự rung động

vice thói xấu; *the problem of ~* vấn đề tệ nạn xã hội

vice president phó chủ tịch; **vice squad** đội chống tệ lậu xã hội; **vice versa** ngược lại

vicinity vùng lân cận; *in the ~ of ... the church etc* vùng lân cận của ...; *$500 etc* xấp xỉ ...

vicious *dog* dữ; *attack*, *temper*, *criticism* dữ dội

victim nạn nhân

victimize đối xử bất công

victor người thắng cuộc

victorious chiến thắng

victory sự chiến thắng; *win a ~ over ...* giành thắng lợi trước ...

video 1 *n* viđêô; *have X on* ~ ghi băng X vào viđêô **2** *v/t* thu hình; *~ a TV program* thu một chương trình TV vào băng viđêô

video camera máy quay viđêô; **video cassette** băng viđêô; **video conference** TELEC hội nghị qua viđêô; **video game** trò chơi viđêô; **videophone** máy điện thoại truyền hình; **video recorder** đầu máy viđêô; **video recording** băng hình; **videotape** băng viđêô

Viet Cong Việt Cộng

Vietnam nước Việt Nam

Vietnamese 1 *adj* Việt Nam **2** *n* (*person*) người Việt; (*language*) tiếng Việt

Vietnamese script chữ Việt

Vietnam News Agency Thông Tấn Xã Việt Nam

Vietnam Women's Union Hội liên hiệp phụ nữ Việt Nam

Viet Vet Cựu chiến binh Việt Nam

view 1 *n* quang cảnh; (*of situation*) quan điểm; *in ~ of* (*because of*) bởi vì; *be on ~* (*of paintings*) được trưng bày; *with a ~ to* với ý định; *are you looking at it with a ~ to purchase?* anh/chị xem với ý định mua phải không? **2** *v/t events*, *situation* xem xét; *TV program*, *house for sale* xem **3** *v/i* (*watch TV*) xem

viewer TV khán giả

viewfinder PHOT kính ngắm

viewpoint quan điểm

vigor (*energy*) sức sống

vigorous *person*, *shake* mạnh mẽ; *denial* kịch liệt

vile *smell* ghê tởm; *thing to do* đê tiện

village làng

village elders lão làng

villager dân làng

villain (*in drama*) nhân vật phản diện; (*in real life*) kẻ hung ác

vindicate (*show to be correct*) chứng minh là đúng; (*show to be innocent*) minh oan; *I feel ~d* tôi cảm thấy được minh oan

vindictive hận thù

vine cây nho

vinegar dấm

vineyard vườn nho

Vinh Moc Tunnels địa đạo Vĩnh Mốc

vintage 1 *n* (*of wine*) rượu chính vụ **2** *adj* (*classic*) cổ điển

violate *sanctity of a place* xâm phạm; *treaty*, *rules* vi phạm

violation (*of sanctity*) sự xâm phạm; (*of treaty*, *rules*, *traffic* ~) sự vi phạm

violence (*of person*, *movie*) bạo lực;

ơ ur	**y** (tin)	**ây** uh-i	**iê** i-uh	**oa** wa	**ôi** oy	**uy** wee	**ong** aong
u (soon)	**au** a-oo	**eo** eh-ao	**iêu** i-yoh	**oai** wai	**ơi** ur-i	**ênh** uhng	**uyên** oo-in
ư (dew)	**âu** oh	**êu** ay-oo	**iu** ew	**oe** weh	**uê** way	**oc** aok	**uyêt** oo-yit

(*of emotion, reaction*) sự mãnh liệt; (*of gale*) tính dữ dội; *outbreak of ~* sự bùng nổ của bạo lực

violent *person* hung dữ; *movie* nhiều cảnh bạo lực; *emotion, reaction* mãnh liệt; *gale* dữ dội; *have a ~ temper* có tính hung dữ

violently *react, object* mãnh liệt; *fall ~ in love with s.o.* yêu ai một cách mãnh liệt

violet (*color*) màu tím; (*plant*) hoa viôlét

violin đàn viôlông

violinist người chơi đàn viôlông

VIP (= *very important person*) thượng khách

viral *infection* vi rút

virgin (*male*) trai tân; (*female*) gái tân

virginity trinh tiết; *lose one's ~* mất trinh

virgin land (*in Vietnamese zodiac*) Nhâm

virile *man* rất đàn ông; *prose* hùng dũng

virility tính nam nhi; (*sexual*) sức mạnh tình dục

virtual hầu như

virtually (*almost*) hầu như

virtual reality hệ thống hình ảnh ảo được tạo ra bởi máy tính

virtue đạo đức; *in ~ of* (*because of*) bởi vì

virtuoso MUS nghệ sĩ bậc thầy

virtuous có đạo đức tốt

virulent *disease* độc hại

virus MED, COMPUT vi rút

visa visa, thị thực

visibility tầm nhìn

visible *object* có thể nhìn thấy được; *difference, anger* rõ ràng; *not ~ to the naked eye* không thể nhìn thấy được bằng mắt thường

visibly *different* một cách rõ ràng; *he was ~ moved* rõ ràng là anh ấy bị xúc động

vision (*eyesight*) thị lực; REL *etc* cảnh mộng

visit 1 *n* (*to person, place*) sự đến thăm; *pay a ~ to the doctor/ dentist* đi khám bác sĩ/nha sĩ; *pay s.o. a ~* đến thăm ai **2** *v/t person, place, country, city* đến thăm; *doctor, dentist* đi khám

visiting card danh thiếp

visiting hours (*at hospital*) giờ thăm bệnh

visitor (*guest*) khách; (*to museum etc*) khách tham quan; (*tourist*) du khách

visor (*of helmet*) tấm che mặt; (*of cap*) cái lưỡi trai

visual *organs, deficiency, arts* thị giác; *a good ~ memory* một trí nhớ thị giác tốt

visual aid (*teaching*) phương tiện nhìn

visual display unit thiết bị hiện hình

visualize hình dung; (*foresee*) thấy trước

visually nhìn bề ngoài

visually impaired thị lực suy kém

vital (*essential*) thiết yếu; *it is ~ that ...* điều thiết yếu là …

vitality (*of person, city etc*) sức sống

vitally: *~ important* cực kỳ quan trọng

vital organs phủ tạng

vital statistics (*of woman*) các số đo cơ thể

vitamin sinh tố, vitamin

vitamin pill viên vitamin

vivacious *girl, personality* sôi nổi

vivacity tính sôi nổi

vivid *color* sặc sỡ; *memory* sống động; *imagination* mạnh mẽ

---

ch (*final*) k	**gh** g	**nh** (*final*) ng	**r** z; (*S*) r	**x** s	**â** (but)	**i** (tin)
d z; (*S*) y	**gi** z; (*S*) y	**ph** f	**th** t	**a** (hat)	**e** (red)	**o** (saw)
đ d	**nh** (onion)	**qu** kw	**tr** ch	**ă** (hard)	**ê** ay	**ô** oh

V-neck cổ chữ V

vocabulary vốn từ; (*list of words*) bảng từ vựng

vocal *adj* phát âm; (*expressing opinions*) lớn tiếng

vocal cords dây thanh âm

vocal group MUS nhóm ca sĩ

vocalist MUS ca sĩ

vocation (*calling*) thiên hướng; (*profession*) nghề

vocational guidance hướng nghiệp

vodka rượu vốtca

vogue mốt; *be in ~* trở thành mốt

voice 1 *n* giọng nói **2** *v/t opinions* nói

voicemail lời nhắn trên điện thoại

void 1 *n* khoảng không; *fig* khoảng trống **2** *adj:* **~** *of sth* thiếu gì

volatile *personality*, *moods* hay thay đổi

volcano núi lửa

volley *n* (*of shots*) loạt; (*in tennis*) quả vôlê

volleyball bóng chuyền

volt vôn

voltage điện áp

volume (*of container*) dung tích; (*of work*, *business etc*) khối lượng; (*of liquid*) khối; (*of book*) quyển; (*of radio etc*) âm lượng

volume control bộ phận điều chỉnh âm lượng

voluntary *adj helper*, *work* tình nguyện

volunteer 1 *n* người tình nguyện **2** *v/i* tình nguyện

voluptuous *woman*, *figure* khêu gợi

vomit 1 *n* chất nôn (*N*), chất mửa (*S*) **2** *v/i* nôn (*N*), mửa (*S*)

♦ **vomit up** nôn ra

voracious *appetite* ngấu nghiến

vote 1 *n* lá phiếu; *have the ~* (*be entitled to vote*) có quyền đi bầu **2** *v/i* POL bỏ phiếu; **~** *for* / *against* **...** bỏ phiếu tán thành / chống lại ... **3** *v/t:* *they ~d him President* họ đã bầu ông ta làm chủ tịch; *they ~d to stay behind* họ đã biểu quyết ở lại

♦ **vote in** *new member* bỏ phiếu bầu

♦ **vote on** *issue* biểu quyết

♦ **vote out** (*of office*) bỏ phiếu gạt

voter POL cử tri

voting POL bầu cử

voting booth phòng bỏ phiếu

♦ **vouch for** *truth of sth* xác minh; *person* bảo đảm cho

voucher (*receipt*) biên nhận; (*ticket*) phiếu; *gift ~* phiếu quà tặng; *discount ~* phiếu mua hàng giảm giá

vow 1 *n* lời thề **2** *v/t:* **~** *to do sth* thề làm gì

vowel nguyên âm

voyage (*by sea*, *in space*) chuyến du hành

vulgar *person*, *language* thô tục

vulnerable (*to attack*, *criticism etc*) dễ bị tổn thương

vulture chim kền kền

ơ u*r*	**y** (tin)	**ây** uh-i	**iê** i-uh	**oa** wa	**ôi** oy	**uy** wee	**ong** aong
u (soon)	**au** a-oo	**eo** eh-ao	**iêu** i-yoh	**oai** wai	**ơi** u*r*-i	**ênh** uhng	**uyên** oo-in
ư (dew)	**âu** oh	**êu** ay-oo	**iu** ew	**oe** weh	**uê** way	**oc** aok	**uyêt** oo-yit

W

wad *n* (*of paper*) cuộn; (*of absorbent cotton*) miếng; **a ~ of $100 bills** một nắm tiền giấy 100$
waddle *v/i* đi lạch bạch
wade lội
♦ **wade through** *book*, *documents* đọc vất vả
waffle¹ *n* (*to eat*) bánh quế
waffle² *v/i* nói loanh quanh
wag **1** *v/t tail*, *finger* vẫy **2** *v/i* (*of tail*) ve vẫy
wage *v/t war* tiến hành
wage earner người làm công ăn lương
wages *n* tiền lương
waggle *v/t hips* lắc; *ears* vẫy; *loose screw*, *tooth etc* lung lay
wagon: **be on the ~** F kiêng rượu
wail **1** *n* (*of person*) tiếng than khóc; (*of baby*) tiếng kêu khóc; (*of siren*) tiếng rền rĩ **2** *v/i* (*of person*) than khóc; (*of baby*) kêu khóc; (*of siren*) rền rĩ
waist eo
waistline vòng eo
wait **1** *n* (*act*) sự chờ đợi; (*time*) thời gian chờ đợi; **I had a long ~** tôi đã chờ đợi lâu **2** *v/i* chờ; **we'll ~ until he's ready** chúng ta sẽ chờ cho đến khi anh ấy chuẩn bị xong; **I'm sorry to have kept you ~ing** tôi xin lỗi đã làm anh/chị phải chờ; **it's not worth ~ing** không đáng đợi **3** *v/t meal* chờ; **~ table** hầu bàn
♦ **wait for** chờ; **~ me!** chờ tôi với!
♦ **wait on** *person* hầu hạ
♦ **wait up** thức chờ

waiter người hầu bàn; **~!** anh hầu bàn ơi!
waiting *n* sự chờ đợi; **no ~ sign** biển báo cấm đỗ xe
waiting list (*for treatment*) danh sách những người chờ đợi
waiting room phòng đợi
waitress người hầu bàn nữ
wake¹ **1** *v/i* thức dậy **2** *v/t* đánh thức
wake² (*of ship*) rẽ nước; **in the ~ of** *fig* theo sau; **follow in the ~ of** tiếp theo sau
wake-up call cú gọi điện thoại đánh thức
Wales nước xứ Wales
walk **1** *n* sự đi bộ; (*path*) đường vào; **it's a long/short ~ to the office** đó là một quãng đi bộ dài/ngắn đến cơ quan; **go for a ~** đi dạo **2** *v/i* đi; (*as opposed to taking the car/bus etc*) đi bộ; (*hike*) đi bộ đường dài **3** *v/t dog* dắt đi dạo; **~ the streets** (*walk around*) đi quanh
♦ **walk out** (*of spouse*) bỏ đi; (*of theater etc*) bỏ về; (*go on strike*) bãi công
♦ **walk out on** *spouse*, *family* bỏ
walker (*hiker*) người đi bộ đường dài; (*for baby*, *old person*) khung tập đi; **be a slow/fast ~** là người đi bộ chậm/nhanh
walkie-talkie điện đài xách tay
walk-in closet tủ quần áo lớn
walking (*as opposed to driving*) việc đi bộ; (*hiking*) cuộc đi bộ đường dài; **be within ~ distance** trong

---

khoảng cách gần có thể đi bộ
walking stick gậy chống
walking tour cuộc đi bộ
Walkman® cát xét cá nhân;
 walkout (*strike*) cuộc bãi công;
 walkover (*easy win*) thắng lợi dễ
 dàng; **walk-up** *n căn hộ không có*
 thang máy
wall tường; *fig* (*of silence etc*) bức
 tường; **go to the ~** (*of company*)
 tới chỗ cùng đường
wallet cái ví
wallop F **1** *n* (*blow*) cái vụt mạnh
 2 *v/t child* đánh đòn; *ball* đánh
 mạnh; *opponent* đánh gục
wallpaper 1 *n* giấy dán tường **2** *v/t*
 phủ giấy dán tường; **Wall Street**
 phố Wall; **wall-to-wall carpet**
 thảm trải khít
walnut (*tree*) cây óc chó; (*nut*) quả
 óc chó; (*wood*) gỗ óc chó
waltz *n* điệu vanxơ
wan *face* xanh xao
wander *v/i* (*roam*) đi lang thang;
 (*stray*) đi lạc; (*of attention*) lơ đễnh
♦ **wander around** đi loanh quanh
wane (*of interest, enthusiasm*) suy
 giảm
wangle *v/t* F xoay xở
want 1 *n* nhu cầu; **for ~ of** do
 không có **2** *v/t* muốn; (*need*) cần; **~**
 to do sth muốn làm gì; **I ~ to**
 stay here tôi muốn ở lại đây; **do**
 you ~ to come too? – no, I don't
 ~ to anh/chị có muốn cùng đến
 không? – không, tôi không muốn;
 you can have whatever you ~
 anh/chị muốn gì được nấy; **it's**
 not what I ~ed đó không phải là
 những gì tôi cần; **she ~s you to**
 go back cô ấy muốn anh/chị trở
 về; **he ~s a haircut** (*needs*) anh
 ấy cần cắt tóc **3** *v/i*: **~ for nothing**
 chẳng thiếu cái gì

want ad mục rao vặt
wanted: **he is ~ by the police** anh
 ấy đang bị công an truy nã
wanting: **be ~ in** thiếu
wanton *adj cruelty, damage, waste*
 cố ý
war *n* chiến tranh; **be at ~** trong
 tình trạng chiến tranh
warble *v/i* (*of bird*) hót líu lo
ward (*in hospital: room*) phòng; (*in
 hospital: section*) khu; (*child*) người
 được bảo trợ
♦ **ward off** *blow, attacker, cold* tránh
war dead liệt sĩ
warden (*of prison*) người gác
wardrobe (*clothes*) lô quần áo
warehouse kho hàng
warfare (*guerrilla, modern ~*) cuộc
 chiến tranh; (*gang ~*) cuộc xung
 đột; **warhead** đầu nổ; **war hero**
 anh hùng chiến sĩ
warily một cách cảnh giác
warm 1 *adj* ấm; *welcome* nồng
 nhiệt; *smile* trìu mến **2** *v/t* làm ấm
 lên
♦ **warm up 1** *v/t room* làm ấm lên;
 soup hâm nóng; *person, audience*
 làm sôi nổi **2** *v/i* (*of person*) trở
 nên cởi mở; (*of room*) ấm lên; (*of
 soup*) hâm nóng lên; (*of athlete etc*)
 khởi động
warmhearted nhiệt tâm
warmly *dressed* một cách ấm áp;
 welcome một cách nồng nhiệt;
 smile một cách trìu mến
warmth sự ấm áp; (*of welcome*) sự
 nhiệt tình; (*of smile*) sự trìu mến
warn (*give advance notice*) báo
 trước; (*caution*) cảnh cáo
warning *n* lời cảnh cáo; **without ~**
 không có sự báo trước
warp 1 *v/t wood* làm vênh; *book
 cover* làm cong; *character* làm hư
 hỏng **2** *v/i* (*of wood*) vênh lên; (*of*

ơ ur	y (tin)	ây uh-i	iê i-uh	oa wa	ôi oy	uy wee	ong aong
u (soon)	au a-oo	eo eh-ao	iêu i-yoh	oai wai	ơi ur-i	ênh uhng	uyên oo-in
ư (dew)	âu oh	êu ay-oo	iu ew	oe weh	uê way	oc aok	uyêt oo-yit

book cover) cong lên

warped *fig*: *personality* hư hỏng; *view of life* méo mó; *sense of humor* lệch lạc

warplane máy bay quân sự

warrant 1 *n* lệnh **2** *v/t* (*deserve, call for*) biện hộ

warranty (*guarantee*) giấy bảo hành; *be under ~* trong thời hạn bảo hành

warrior chiến binh

warship tàu chiến

wart mụn cóc

wartime thời chiến

wary cảnh giác; *be ~ of* cảnh giác với

wash 1 *n* sự rửa; *have a ~* tắm rửa; *that jacket / shirt needs a ~* cái áo vét / sơ mi kia cần phải giặt **2** *v/t dishes, one's hand* rửa; *clothes* giặt **3** *v/i* tắm rửa

♦ **wash up** (*wash one's hands and face*) rửa ráy

washable *clothes, fabrics* có thể giặt được; *paint, surfaces* có thể rửa được

washbasin, washbowl bồn rửa

washcloth khăn mặt

washed out phờ phạc

washer (*for faucet etc*) vòng đệm

washing (*clothes*) quần áo giặt; *do the ~* giặt quần áo

washing machine máy giặt

Washington (*city*) Washington

washroom phòng vệ sinh

wasp (*insect*) ong bắp cày

waste 1 *n* sự lãng phí; (*industrial*) chất thải; (*household ~*) rác rưởi; *it's a ~ of time / money* đó là một sự lãng phí thời gian / tiền bạc **2** *adj land* bỏ hoang; *material* phế thải **3** *v/t* lãng phí

♦ **waste away** gầy mòn đi

wasteful *luxury, expenditure* hoang phí

wasteland đất hoang; **wastepaper** giấy lộn; **wastepaper basket** sọt đựng giấy lộn; **waste product** phế phẩm

watch 1 *n* (*timepiece*) đồng hồ; *keep ~* canh phòng **2** *v/t movie, TV* xem; *the road* quan sát; (*of police*) theo dõi; (*look after*) trông nom **3** *v/i* theo dõi

♦ **watch for** chăm chú chờ đợi

♦ **watch out** cẩn thận; *~!* cẩn thận đấy!

♦ **watch out for** (*be careful of*) cẩn thận với

watchful canh chừng

watchmaker thợ đồng hồ

water 1 *n* nước; *~ in nature* (*in Vietnamese zodiac*) Giáp; *~ in the home* (*in Vietnamese zodiac*) ất; *~s* NAUT hải phận **2** *v/t plant* tưới nước **3** *v/i* (*of eyes*) chảy nước; *my mouth is ~ing* mồm tôi chảy nước dãi

♦ **water down** *drink* pha nước vào

water buffalo con trâu; **water chestnut** củ ấu; **watercolor** màu nước; **watercress** cải xoong; **waterfall** thác nước

watering can bình tưới

watering place (*for animals*) vũng nước cho súc vật uống

water level mực nước; **water lily** cây hoa súng; **waterlogged** *earth, field* ngập nước; **watermark** (*in paper, bills*) hình mờ; **water melon** dưa hấu; **water pipe** (*to smoke*) điếu cày; **waterproof** *adj* không thấm nước; **water puppets** múa rối nước; **waterside** *n* bờ nước; *at the ~* bên bờ nước; **waterskiing** môn lướt ván nước; **watertight** *compartment* kín nước; **waterway** luồng nước

ch (*final*) k	**gh** g	**nh** (*final*) ng	**r** z; (*S*) r	**x** s	**â** (but)	**i** (tin)
d z; (*S*) y	**gi** z; (*S*) y	**ph** f	**th** t	**a** (hat)	**e** (red)	**o** (saw)
đ d	**nh** (onion)	**qu** kw	**tr** ch	**ă** (hard)	**ê** ay	**ô** oh

watery *soup*, *coffee*, *sauce* loãng

watt oát

wave[1] *n* (*in sea*) sóng

wave[2] **1** *n* (*of hand*) cái vẫy tay **2** *v/i* (*with hand*) vẫy tay; **~ to s.o.** vẫy ai **3** *v/t flag etc* phất

wavelength RAD bước sóng truyền thanh; **be on the same ~** *fig* tâm đầu ý hợp

waver *v/i* dao động

wavy *hair*, *line* lượn sóng

wax *n* (*for floor*, *furniture*) sáp; (*in ear*) ráy tai

way 1 *n* (*method*) cách; (*manner*) cách ứng xử; (*route*) đường; **this ~** (*like this*) như thế này; (*in this direction*) hướng này; **by the ~** (*incidentally*) nhân tiện; **by ~ of** (*via*) qua đường; (*in the form of*) coi như; **in a ~** (*in certain respects*) ở một mức độ nào đó; **be under ~** đang tiến hành; **give ~** MOT nhường đường; (*collapse*) sụp đổ; **give ~ to** (*be replaced by*) bị thay thế bởi; **have one's (own) ~** làm theo ý mình; **OK, we'll do it your ~** thôi được, chúng ta sẽ làm theo cách của anh/chị; **lead the ~** dẫn đường; *fig* dẫn đầu; **lose one's ~** lạc đường; **be in the ~** (*be an obstruction*) chắn đường; **it's on the ~ to the station** trên đường đi nhà ga; **I was on my ~ to the station** tôi đang trên đường đi nhà ga; **no ~!** không đời nào!; **there's no ~ he can do it** anh ấy không tài nào mà làm được **2** *adv* F (*much*) quá; **it's ~ too soon to decide** còn quá sớm để quyết định; **they are ~ behind with their work** họ quá chậm trễ trong công việc của họ

way in lối vào; **way of life** lối sống;

way out *n* lối ra; *fig* (*from situation*) giải pháp

we ◊ (*excluding listeners*) chúng tôi; (*including listeners*) chúng ta; (*informal including listeners*) chúng mình; (*very informal excluding listeners*) chúng tao ◊ (*omission of pronoun: informal use*): **are you guys ready? – no, ~'re not coming after all** chúng mày đã chuẩn bị xong chưa? – thôi, không đi nữa

weak *tea*, *coffee* nhạt; *government* nhu nhược; *currency*, (*physically*) yếu; (*morally*) mềm yếu

weaken 1 *v/t currency*, *foundations*, *government* làm suy yếu **2** *v/i* (*of currency*, *person*, *animal*, *physically*) yếu đi; (*morally*) mềm yếu

weakling (*morally*) mềm yếu; (*physically*) yếu

weakness (*of structure*, *government*) nhu nhược; (*physical: of person*) tình trạng yếu; (*moral: of person*) sự mềm yếu; (*of system*) nhược điểm; **have a ~ for sth** (*liking*) mê gì

wealth sự giàu có; **a ~ of** sự phong phú

wealthy giàu có

weapon vũ khí

wear 1 *n* sự ăn mặc; **~ (and tear)** (*to jacket*) sự sờn rách; (*to engine*, *gearbox*) sự hao mòn; **clothes for everyday/evening ~** quần áo để mặc hàng ngày/buổi tối **2** *v/t* (*have on: jacket*, *skirt*, *jeans*, *shirt*) mặc; *spectacles*, *earrings etc* đeo **3** *v/i* (*of carpet*, *fabric: ~ out*) sờn; (*last*) bền

♦**wear away 1** *v/i* (*of inscription etc*) mờ dần; (*of stone*, *steps etc*) mòn dần **2** *v/t* làm mòn dần

♦**wear off** (*of effect of anesthetic*)

ơ ur	y (tin)	ây uh-i	iê i-uh	oa wa	ôi oy	uy wee	ong aong
u (soon)	au a-oo	eo eh-ao	iêu i-yoh	oai wai	ơi ur-i	ênh uhng	uyên oo-in
ư (dew)	âu oh	êu ay-oo	iu ew	oe weh	uê way	oc aok	uyêt oo-yit

tan dần; (*of shock*, *pain*) dịu dần
♦ **wear out 1** *v/t* (*tire*) làm cho mệt
lử; *shoes* làm cho mòn rách **2** *v/i*
(*of shoes*) mòn; (*of carpet*) sờn
wearing (*tiring*) làm mệt mỏi
weary rã rời
weather 1 *n* thời tiết; ***be feeling
under the*** ~ cảm thấy không
được khỏe **2** *v/t crisis* vượt qua
weather-beaten dày dạn sương
nắng; **weather forecast** dự báo
thời tiết; **weatherman** người đọc
tin thời tiết
weave 1 *v/t cloth* dệt; *basket* đan
2 *v/i* (*move*) luồn lách
Web mạng lưới
web (*of spider*) mạng
webbed feet chân màng
web page trang web
web site vị trí web
wedding lễ cưới
wedding anniversary buổi kỷ
niệm ngày cưới; **wedding banquet**
cỗ cưới; **wedding cake** bánh cưới;
wedding day ngày cưới; **wedding
dress** áo cưới; **wedding ring** nhẫn
cưới
wedge *n* (*under door*) cái chẹn cửa;
(*of cheese etc*) một góc
Wednesday thứ Tư
weed 1 *n* cỏ dại **2** *v/t* nhổ cỏ
♦ **weed out** (*remove*) loại bỏ
weedkiller thuốc diệt cỏ dại
week tuần; ***a ~ tomorrow*** ngày
mai tuần sau
weekday ngày thường trong tuần
weekend cuối tuần; ***on the*** ~ vào
cuối tuần
weekly 1 *adj & adv* hàng tuần **2** *n*
(*magazine*) tuần báo
weep khóc
weigh 1 *v/t* cân **2** *v/i* cân nặng
♦ **weigh down**: ***be weighed down
with*** (*with bags*) oằn người dưới;

(*of branches*) nặng trĩu; (*with
worries*) nặng trĩu
♦ **weigh up** (*assess: situation*) cân
nhắc kỹ; *person* xem xét kỹ
weight (*of person*, *object*) trọng
lượng
weightlifter người cử tạ
weightlifting môn cử tạ
weir đập nước
weird kỳ lạ
weirdo *n* F người lập dị
welcome 1 *adj* hoan nghênh; ***you're
~!*** không dám!; ***you're ~ to try
some*** anh cứ việc thử vài cái xem
sao **2** *n* (*for guests etc*) sự chào
đón; *fig* (*to news*, *proposal*) sự đón
nhận **3** *v/t guests etc* chào đón; *fig*:
decision etc đón nhận
weld *v/t* hàn
welder thợ hàn
welfare (*of person*) sự hạnh phúc;
(*of nation*) sự thịnh vượng;
(*financial assistance*) tiền trợ
cấp; ***be on*** ~ lãnh trợ cấp
welfare check tiền trợ cấp xã hội;
welfare state hệ thống phúc lợi
xã hội; **welfare work** công tác
phúc lợi; **welfare worker** người
làm công tác phúc lợi
well[1] *n* (*for water*) cái giếng; (*oil* ~)
giếng dầu
well[2] **1** *adv* giỏi; ***we know each
other*** ~ chúng tôi quen thân; ***as* ~**
(*too*) cũng; ***are they coming as
~?*** họ cũng đến chứ?; ***as ~ as*** (*in
addition to*) và thêm cả; ***I can't
swim as ~ as you*** tôi không thể
bơi giỏi bằng anh/chị; ***it's just as
~ you told me*** may mà anh/chị
cho tôi biết; ***very*** ~ (*when
acknowledging an order*) được ạ;
(*signifying reluctance*) được thôi;
~, ~! (*surprise*) chà, chà!; **~ ...**
(*uncertainty*, *thinking*) ờ **2** *adj* (*in*

ch (*final*) k	**gh** g	**nh** (*final*) ng	**r** z; (*S*) r	**x** s	**â** (but)	**i** (tin)
d z; (*S*) y	**gi** z; (*S*) y	**ph** f	**th** t	**a** (hat)	**e** (red)	**o** (saw)
đ d	**nh** (onion)	**qu** kw	**tr** ch	**ă** (hard)	**ê** ay	**ô** oh

good health) khỏe; *be ~* khoẻ; *feel ~* cảm thấy khỏe; *get ~ soon!* chóng khoẻ nhé!

well-balanced *person* vững vàng về mặt tinh thần; *meal, diet* được điều chỉnh thích hợp; **well-behaved** ngoan; **well-being** tình trạng khoẻ mạnh; **well-done** *meat* nấu kỹ; **well-dressed** ăn mặc lịch sự; **well-earned** đáng được hưởng; **well-known** nổi tiếng; **well-made** tốt; **well-mannered** lịch sự; **well-off** (*wealthy*) sung túc; **well-read** đọc nhiều; **well-timed** *action* đúng lúc; **well-to-do** *person, area of town* giàu có; **well-worn** *shoes, clothes* sờn rách

west 1 *n* phía tây; **the West** (*Western nations*) phương Tây; (*western part of a country*) miền tây **2** *adj wind* tây **3** *adv* về phía tây; *~ of* phía tây của

West Coast (*of USA*) miền ven biển phía Tây (nước Mỹ)

westerly *direction, wind* tây

western 1 *adj* phía tây; **Western** phương Tây **2** *n* (*movie*) phim cao bồi

Westerner người phương Tây

westernized Âu hóa

West Lake hồ Tây

westward về hướng tây

wet *adj* ướt; (*rainy*) có mưa; *"~ paint"* ʺsơn còn ướtʺ; *be ~ through* ướt sũng

wet rice lúa nước

whack F **1** *n* (*blow*) cú đánh mạnh **2** *v/t* đánh mạnh

whale cá voi

whaling đánh cá voi

wharf *n* cầu tàu

what 1 *pron* (cái) gì; *~ are you reading?* anh/chị đang đọc (cái) gì thế?; *~ is that?* kia là (cái) gì?;

~ is it? (*what do you want?*) (cái) gì thế?; *~?* (*what do you want?*) (cái) gì thế?; (*what did you say?*) (cái) gì vậy?; (*astonishment*) nói gì vậy?; *~ about some dinner?* ta ăn cơm tối nhé?; *~ about heading home?* ta trở về nhà nhé?; *~ for?* (*why?*) để làm gì?; *so ~?* thì đã sao nào? ◊ (*relative*) mà; *that's not ~ I meant* đó không phải là điều (mà) tôi muốn nói; *is that ~ you wanted?* đó có phải là cái anh/chị cần không? **2** *adj* gì; *~ color is the car?* xe ô tô màu gì?; *~ university are you at?* anh/chị ở trường đại học nào?

whatever 1 *pron* bất cứ cái gì; (*regardless of what*) bất kể là **2** *adj* bất cứ; *you have no reason ~ to worry* anh/chị không có bất cứ lý do nào để lo lắng

wheat lúa mì

wheedle: *~ X out of Y* phỉnh nịnh Y để được X

wheel 1 *n* bánh xe; (*of ship*) bánh lái; (*steering ~: of car*) tay lái **2** *v/t bicycle, barrow* đẩy **3** *v/i* (*of birds*) lượn vòng

♦ **wheel around** quay tròn

wheelbarrow xe cút kít; **wheelchair** xe lăn; **wheel clamp** cái khóa kẹp bánh xe

wheeze *v/i* thở khò khè

when 1 *adv* (*interrogative*) khi nào; *~ do you leave?* khi nào anh/chị đi?; *I forget ~ you leave* tôi không nhớ khi nào anh/chị đi **2** *conj* khi; *~ I was a child* khi tôi còn là một đứa trẻ

whenever (*at any time*) bất cứ khi nào; (*every time*) mỗi khi

where 1 *adv* (*interrogative*) ở đâu; *~ are you going for your vacation?* anh/chị sẽ đi nghỉ ở đâu?; *~ do*

ơ ur	**y** (tin)	**ây** uh-i	**iê** i-uh	**oa** wa	**ôi** oy	**uy** wee	**ong** aong
u (soon)	**au** a-oo	**eo** eh-ao	**iêu** i-yoh	**oai** wai	**ơi** ur-i	**ênh** uhng	**uyên** oo-in
ư (dew)	**âu** oh	**êu** ay-oo	**iu** ew	**oe** weh	**uê** way	**oc** aok	**uyêt** oo-yit

you come from? anh/chị từ đâu tới? **2** *conj* nơi mà; ***this is ~ I used to live*** đây là nơi mà tôi đã ở

whereabouts *adv* ở đâu

wherever 1 *conj* ở bất cứ nơi nào **2** *adv* ở đâu

whet *appetite* kích thích

whether có hay không; ***he asked ~ I knew you*** anh ấy hỏi tôi có biết anh/chị hay không

which 1 *adj* nào; ***~ room?*** phòng nào?; ***~ one is yours?*** cái nào là của anh/chị? **2** *pron* (*interrogative for things*) cái nào; (*for people*) người nào; ***~ is yours?*** cái nào là của anh/chị?; ***~ of the boys is tallest?*** ai là người cao nhất trong các cậu?; ***take one, it doesn't matter ~*** cứ lấy một cái, cái nào cũng được ◊ (*relative*) mà (*can be omitted*); ***the hotel ~ I prefer*** khách sạn (mà) tôi thích

whichever 1 *adj* bất cứ **2** *pron* cái nào

whiff (*smell*) mùi thoang thoảng

while 1 *conj* trong khi; (*although*) mặc dù **2** *n* khoảng thời gian; ***a long ~*** một thời gian dài; ***for a ~*** trong một thời gian; ***I'll wait a ~ longer*** tôi sẽ chờ thêm một lát nữa

♦ **while away** giết thời gian

whim ý thích đột ngột

whimper 1 *n* tiếng khóc thút thít **2** *v/i* khóc thút thít

whine *v/i* (*of dog*) tru lên; F (*complain*) phàn nàn; (*of child*) khóc nhai nhải

whip 1 *n* roi **2** *v/t* (*beat*) đánh bằng roi; *cream* đánh; F (*defeat*) đánh bại

♦ **whip out** F (*take out*) rút nhanh

♦ **whip up** (*arouse*) kích động

whipping (*beating*) sự phạt roi; F (*defeat*) sự thất bại

whirl 1 *n* sự xoay tít; ***my mind is in a ~*** đầu óc tôi đang quay cuồng **2** *v/i* (*of propeller blades*) quay tít; (*of leaves*) quay tròn; (*of mind*) quay cuồng

whirlpool (*in river*) xoáy nước; (*for relaxation*) bồn tắm có mạch nước xoáy để xoa bóp cơ thể

whirlwind cơn gió lốc

whir(r) *v/i* kêu vù vù

whisk 1 *n* (*kitchen utensil*) cái đánh trứng **2** *v/t eggs* đánh

♦ **whisk away** *food*, *drinks* dọn đi nhanh chóng

whiskers (*of man*) râu quai nón; (*of animal*) râu

whiskey rượu uýt ki

whisper 1 *n* tiếng thì thầm **2** *v/i* thì thầm **3** *v/t* nói thầm

whistle 1 *n* (*sound*) tiếng huýt sáo; (*device*) cái còi **2** *v/i* (*of person*) huýt sáo; (*of wind*) rít lên **3** *v/t tune* huýt sáo

white 1 *n* (*color*) màu trắng; (*of egg*) lòng trắng trứng; (*person*) người da trắng **2** *adj shirt*, *paint* trắng; *hair* bạc; (*with fury*) tái nhợt; *person* da trắng

white-collar worker người lao động trí óc; **White House** Nhà Trắng; **white lie** sự nói dối vô hại; **white meat** thịt trắng; **white-out** (*for text*) hồ xóa; **whitewash 1** *n* nước vôi trắng; *fig* sự che đậy **2** *v/t* quét vôi trắng; **white wine** rượu vang trắng

whittle *wood* đẽo

♦ **whittle down** giảm dần

whizz *n* tiếng rít; ***be a ~ at*** F rất giỏi về

♦ **whizz by**, **whizz past** (*of time*) trôi vùn vụt; (*of car*) chạy vèo vèo

---

whizzkid F thần đồng

WHO (= *World Health Organization*) Tổ chức y tế thế giới

who ◊ (*interrogative*) ai; ~'s *that?* đó là ai? ◊ (*relative*) mà (*can be omitted*); *people ~ can speak Vietnamese* những người (mà) có thể nói được tiếng Việt

whoever (*anyone*) bất cứ ai; (*the person who*) ai mà

whole 1 *adj* cả; *the ~ town/country* cả thành phố/nước; *it's a ~ lot easier/better* dễ hơn/tốt hơn rất nhiều **2** *n* toàn bộ; *the ~ of the United States* toàn bộ nước Mỹ; *on the ~* nói chung

whole-hearted hết lòng; **wholesale 1** *adj* bán sỉ; *fig* hàng loạt **2** *adv* sỉ; **wholesaler** người bán sỉ; **wholesome** *food*, *meals* bổ dưỡng; *atmosphere*, *advice* lành mạnh

wholly hoàn toàn

whom *fml* (*interrogative*) ai; (*relative*) mà

whooping cough bệnh ho gà

whore *n* gái điếm

whose 1 *pron* ◊ (*interrogative*) của ai; ~ *is this?* cái này của ai? ◊ (*relative*) mà; *a country ~ economy is booming* một đất nước mà nền kinh tế đang phát triển **2** *adj* của ai; ~ *bike is that?* chiếc xe đạp kia là của ai?

why ◊ (*interrogative*) tại sao; ~ *not?* tại sao lại không? ◊ (*relative*) tại sao mà; *that's ~* vì lý do đó; *I don't know ~ I said that* tôi không biết tại sao tôi lại nói thế

wick bấc

wicked *person*, *action* xấu xa; *laugh* ranh mãnh

wicker đồ đan bằng mây

wicker chair ghế mây

wicket (*in station*, *bank etc*) cửa giao dịch

wide *adj street*, *field* rộng; *experience* phong phú; *range* rộng lớn; *be 12 foot ~* rộng 12 phít

wide-awake tỉnh táo

widely *used*, *known* một cách rộng rãi

widen 1 *v/t road* mở rộng **2** *v/i* trở nên rộng hơn

wide-open *window* mở toang; *eyes* mở thao láo

widespread phổ biến

widow người góa chồng

widower người góa vợ

width chiều rộng

wield *weapon*, *power* nắm

wife người vợ

wig bộ tóc giả

wiggle *v/t hips* lắc lư; *loose screw etc* lúc lắc

wild 1 *adj animal* hoang; *flowers* dại; *teenager* bất trị; *party*, *applause* cuồng nhiệt; (*crazy*: *scheme*) điên rồ; *be ~ about ...* (*enthusiastic*) say mê ...; *go ~* (*of fans etc*) hoan hô cuồng nhiệt; (*become angry*) giận phát điên lên; *run ~* (*of plants*) mọc bừa bãi; (*of children*) chạy nhảy lung tung **2** *n*: *the ~s* vùng hoang vu

wild dog chó rừng

wilderness (*empty place*) vùng hoang vu; (*garden*) bãi đất hoang

wildfire: *spread like ~* lan rất nhanh; **wildgoose chase** cuộc đuổi vịt trời; **wildlife** chim thú hoang dã

will[1] *n* LAW di chúc

will[2] *n* (*willpower*) ý chí

will[3] ◊ (*to express the future*) sẽ; *I ~ let you know tomorrow* ngày mai tôi sẽ nói cho anh/chị biết; ~ *you be there?* anh/chị sẽ có mặt

ơ ur	y (tin)	ây uh-i	iê i-uh	oa wa	ôi oy	uy wee	ong aong
u (soon)	au a-oo	eo eh-ao	iêu i-yoh	oai wai	ơi ur-i	ênh uhng	uyên oo-in
ư (dew)	âu oh	êu ay-oo	iu ew	oe weh	uê way	oc aok	uyêt oo-yit

ở đó chứ?; *I won't be back until late* tôi sẽ về muộn đấy; *you ~ call me, won't you?* anh/chị sẽ gọi tôi chứ?; *I'll pay for this – no you won't* tôi sẽ trả tiền anh/chị – không, tôi cấm anh/chị; *the car won't start* xe không chịu nổ máy ◊ (*requests*): *~ you tell her that ...?* xin anh/chị bảo cô ấy rằng ...; *~ you have some more tea?* anh/chị uống thêm cốc nước chè nữa chứ?; *~ you stop that!* ngừng đi nào!

willful *person* cứng đầu; *murder, refusal, disobedience* có chủ tâm

willing sẵn sàng

willingly sẵn sàng

willingness sự sẵn sàng

willow (*tree*) cây liễu

willpower ý chí

wilt *v/i* (*of plant*) héo tàn

wily ranh mãnh

wimp F người nhút nhát

win 1 *n* sự thắng lợi **2** *v/t & v/i* thắng

wince *v/i* nhăn mặt

wind[1] **1** *n* gió; (*flatulence*) sự đầy hơi; *get ~ of ...* nghe phong thanh ... **2** *v/t*: *be ~ed* mệt đứt hơi

wind[2] **1** *v/i* (*of path*) quanh co; (*of stream, river*) uốn khúc; (*of staircase*) xoắn trôn ốc; (*of ivy*) quấn quanh **2** *v/t* quấn

♦ **wind down 1** *v/i* (*of party etc*) lắng xuống **2** *v/t car window* quay xuống; *business* chuẩn bị đóng cửa

♦ **wind up 1** *v/t clock* lên dây; *car window* quay lên; *speech, presentation* kết thúc; *affairs, matter* giải quyết xong; *company* đóng cửa **2** *v/i* (*finish*) kết thúc; *~ in hospital* cuối cùng cũng phải vào bệnh viện

windfall của trên trời rơi xuống

winding *path* quanh co; *stream* uốn

khúc

wind instrument nhạc khí thổi

windmill cối xay gió

window cửa sổ; *in the ~* (*of store*) trong ô kính bày hàng

windowpane ô kính cửa sổ; **window-shop**: *go ~ping* đi xem hàng; **windowsill** bậu cửa sổ

windshield kính chắn gió xe hơi; **windshield wiper** cần gạt nước; **windsurfer** (*person*) người chơi lướt ván buồm; (*board*) ván buồm; **windsurfing** môn lướt ván buồm

windy *weather, day* lộng gió; *it's getting ~* trời nổi gió to

wine rượu vang

wine list danh mục (các loại) rượu vang

wing *n* (*of bird, plane*) cánh; SP biên

wink 1 *n* cái nháy mắt ra hiệu **2** *v/i* (*of person*) nháy mắt ra hiệu; *~ at s.o.* nháy mắt ra hiệu cho ai

winner (*of race, competition, election, bet*) người thắng cuộc; (*of lottery*) người trúng thưởng

winning *adj team, number* đoạt giải; *~ entry* tác phẩm đoạt giải

winning post cột đích

winnings tiền được cuộc

winter *n* mùa đông

winter sports thể thao mùa đông

wintry *light, weather* mùa đông

wipe *v/t* lau; *tape* xóa

♦ **wipe out** (*kill, destroy: of disease*) hủy diệt; (*of fire*) thiêu hủy; *debt* xóa hết

wire (*made of metal*) dây kim loại; ELEC dây điện

wire netting lưới sắt

wiring ELEC mạng điện

wiry *person* rắn chắc

wisdom sự thông thái

wisdom tooth răng khôn

wise khôn ngoan

ch (*final*) k	**gh** g	**nh** (*final*) ng	**r** z; (*S*) r	**x** s	**â** (but)	**i** (tin)
d z; (*S*) y	**gi** z; (*S*) y	**ph** f	**th** t	**a** (hat)	**e** (red)	**o** (saw)
đ d	**nh** (onion)	**qu** kw	**tr** ch	**ă** (hard)	**ê** ay	**ô** oh

wisecrack *n* lời nói lém lỉnh
wise guy *pej* kẻ hợm đời
wisely *act* một cách khôn ngoan
wish 1 *n* sự ước mong; *best ~es* những lời chúc tốt đẹp nhất **2** *v/t* ước mong; *I ~ that ...* tôi ước gì …; *~ s.o. well* chúc lành ai; *I ~ed him good luck* tôi chúc anh ấy may mắn
♦ **wish for** mong muốn
wishful thinking mơ tưởng
wishy-washy *person* không có chính kiến; *color* nhợt nhạt
wistful *person* đăm chiêu; *smile* bâng khuâng
wit (*humor*) sự hóm hỉnh; (*person*) người hóm hỉnh; *be at one's ~s' end* vô phương kế
witch mụ phù thủy
with ◊ (*accompanied by*) cùng với; *are you ~ me?* (*do you understand?*) anh/chị hiểu điều tôi nói chứ?; *~ no money* không có tiền ◊ (*proximity*) với; *a meeting ~ the President* một buổi họp với Tổng thống; *I live ~ my mother* tôi sống với mẹ tôi; *I'll discuss it ~ my wife* tôi sẽ bàn với vợ tôi ◊ (*agency*) bằng; *stabbed ~ a pocketknife* đâm bằng dao nhíp; *decorated ~ flowers* trang trí bằng hoa ◊ (*cause*) vì; *trembling ~ fear* run lên vì sợ; *sick ~ the flu* bị ốm vì cúm ◊ (*possession*) có; *the house ~ the red door* ngôi nhà có cửa đỏ; *the girl ~ blue eyes* cô gái có đôi mắt xanh; *someone ~ more experience* một người nào đó có nhiều kinh nghiệm hơn ◊: *~ a smile/a wave* với nụ cười/vẫy tay ◊: *be angry/pleased ~ s.o.* giận/hài lòng với ai; *be disappointed ~ sth* thất vọng với cái gì

withdraw 1 *v/t complaint, application* rút lại; *money from bank, troops* rút **2** *v/i* (*of competitor, troops*) rút khỏi
withdrawal (*of complaint, application*) sự rút lại; (*of money, troops*) sự rút; (*from drugs*) sự cai nghiện
withdrawal symptoms những triệu chứng trong lúc cai nghiện
withdrawn *adj person* thu mình lại
wither héo
withhold *information etc* găm; *payment, consent* từ chối không cho
within *prep* (*inside*) bên trong; (*in expressions of time*) trong vòng; (*in expressions of distance*) không quá; (*inside the range of*) trong phạm vi; *we kept ~ the budget* chúng tôi duy trì trong phạm vi của ngân sách; *~ my power/my capabilities* trong phạm vi quyền hạn/khả năng của tôi; *~ reach* trong tầm tay
without không có; *we can't survive much longer ~ water* chúng ta không thể tồn tại lâu hơn nếu không có nước; *~ looking/asking* mà không nhìn/hỏi
withstand *heat, cold, pressure* chịu được; *temptation, attack* chống lại
witness 1 *n* (*at trial*) nhân chứng; (*of accident, crime*) người chứng kiến; (*to signature*) người làm chứng **2** *v/t accident, crime* chứng kiến; *signature* làm chứng
witness stand ghế nhân chứng
witticism nhận xét hóm hỉnh
witty hóm hỉnh
wobble *v/i* (*on bicycle*) loạng choạng; (*of table, chair*) lung lay; (*of voice*) run run
wobbly *tooth* lung lay; *furniture* lắc

ơ ur	y (tin)	ây uh-i	iê i-uh	oa wa	ôi oy	uy wee	ong aong
u (soon)	au a-oo	eo eh-ao	iêu i-yoh	oai wai	ơi ur-i	ênh uhng	uyên oo-in
ư (dew)	âu oh	êu ay-oo	iu ew	oe weh	uê way	oc aok	uyêt oo-yit

lư; *voice, person after illness* run run

wolf 1 *n* (*animal*) chó sói; *fig* (*womanizer*) kẻ máu gái **2** *v/t* ngốn sạch; ~ (**down**) ăn ngấu nghiến

wolf whistle *n* tiếng huýt sáo tỏ ý ngưỡng mộ

woman phụ nữ

woman doctor nữ bác sĩ

womanizer kẻ máu gái

woman priest nữ tu sĩ

womb dạ con

women's lib (*movement*) phong trào giải phóng phụ nữ

women's libber người đấu tranh *cho phong trào giải phóng phụ nữ*

wonder 1 *n* (*amazement*) sự kinh ngạc; *no ~!* hèn chi!; *it's a ~ that ...* điều kỳ lạ là ... **2** *v/i* thắc mắc **3** *v/t* tự hỏi; *I ~ if you could help* tôi không biết anh/chị có thể giúp được không

wonderful tuyệt vời

wood (*for carving, making things*) gỗ; (*for fire, stove*) củi; (*forest*) rừng; (*in Vietnamese zodiac*) Mậu; *~ prepared to burn* (*in Vietnamese zodiac*) Kỷ

woodcut print tranh khắc gỗ

wooded có nhiều cây

wooden (*made of wood*) bằng gỗ

woodwind MUS bộ phận nhạc hơi

woodwork (*parts made of wood*) phần mộc; (*activity*) nghề mộc

wool len

woolen 1 *adj* len **2** *n* quần áo len

word 1 *n* từ; (*news*) tin tức; (*promise*) lời hứa; *is there any ~ from ...?* có tin tức gì về ... không?; *have ~s* (*argue*) cãi nhau; *have a ~ with s.o.* nói chuyện riêng với ai **2** *v/t article, letter* diễn đạt

wording cách diễn đạt

word processing xử lý văn bản

word processor (*software*) bộ phận xử lý văn bản

work 1 *n* công việc; *out of ~* không có việc làm; *be at ~* đang làm việc; *I go to ~ by bus* tôi đi làm bằng xe buýt **2** *v/i* (*of person*) làm việc; (*be operational*) hoạt động; (*succeed*) đạt kết quả; *I used to ~ with him* tôi thường làm việc với anh ấy; *how does it ~?* (*of device*) nó hoạt động thế nào? **3** *v/t employee* bắt phải làm việc; *student* bắt phải học tập; *machine* vận hành

♦ **work off** *bad mood, anger* gạt bỏ; *flab* loại bỏ

♦ **work out 1** *v/t problem* giải được; *solution* tìm ra **2** *v/i* (*at gym*) tập luyện; (*of relationship etc*) thành công

♦ **work out to** (*add up to*) tổng số là

♦ **work up** *enthusiasm* kích động; *~ an appetite* làm tăng cảm giác ngon miệng; *get worked up* (*get angry*) nổi giận; (*get nervous*) bồn chồn lo lắng

workable *solution* có thể thực hiện được

workaholic *n* người tham công tiếc việc

work day (*hours of work*) giờ làm trong ngày; (*not a holiday*) ngày làm việc

worker công nhân; *she's a good ~* (*of student*) cô ấy là một người chăm chỉ

workforce lực lượng lao động

work hours giờ làm việc

working class *n* giai cấp công nhân; **working-class** *adj* tầng lớp lao động; **working knowledge** kiến thức cơ bản

workload khối lượng công việc;

workman người thợ; **workmanlike** *piece of furniture* làm khéo; *fig: performance* rất điệu nghệ; **workmanship** tay nghề; **work of art** tác phẩm nghệ thuật; **workout** rèn luyện cơ thể; **work permit** giấy phép làm việc; **workshop** xưởng; (*seminar*) hội thảo; **work station** trạm công tác

world thế giới; **the ~ of computers**/**the theater** giới vi tính/sân khấu; **out of this ~** F tuyệt thế

World Bank Ngân hàng thế giới

worldly (*material*) vật chất; *person* lọc lõi

world power cường quốc thế giới; **world war** chiến tranh thế giới; **worldwide 1** *adj* khắp thế giới **2** *adv* trên toàn thế giới

worm *n* con sâu; MED con giun

worn-out *shoes, carpet, part* sờn mòn; *person* mệt lử

worried lo lắng

worry 1 *n* sự lo lắng **2** *v/t* làm lo lắng; (*upset*) làm phiền **3** *v/i* lo lắng; **it will be alright, don't ~!** rồi sẽ ổn thôi, đừng lo!

worrying *situation* đáng lo ngại

worse 1 *adj* xấu hơn **2** *adv* kém hơn

worsen *v/i* trở nên xấu hơn

worship 1 *n* sự thờ cúng **2** *v/t* tôn thờ

worst 1 *adj* tồi tệ nhất **2** *adv* tệ hại nhất **3** *n*: **the ~** điều tệ hại nhất; **the ~ of the storm is over** thời điểm dữ dội nhất của cơn bão đã qua; **what's the ~ that could happen?** chuyện gì xấu nhất có thể xảy ra?; **if the ~ comes to ~** trong trường hợp xấu nhất

worth *adj* đáng giá; **$20 ~ of gas** 20 đô la ga; **be ~ ...** (*in monetary terms*) trị giá; **be ~ reading**/

seeing đáng đọc/xem; **be ~ it** đáng

worthless *object* vô giá trị; *person* không ra gì

worthwhile (*worth the effort, worth doing*) đáng làm; **be ~** (*beneficial, useful*) có ích lợi; **it's not ~ waiting** không đáng đợi

worthy xứng đáng; *cause* đáng được kính trọng; **be ~ of** (*deserve*) xứng đáng với

would: **I ~ help if I could** tôi sẽ giúp nếu có thể; **I said that I ~ go** tôi đã nói là tôi sẽ đi; **I told him I ~ not leave unless ...** tôi đã bảo anh ấy rằng tôi sẽ không đi trừ phi ...; **I ~ have told you but ...** đáng lẽ tôi đã nói với anh/chị nhưng ...; **I ~ not have been so angry if ...** đáng lẽ tôi đã không giận đến thế nếu ... ◊ (*requests*): **~ you like to go to the movies?** anh/chị có muốn đi xem phim không?; **~ you mind if I smoked?** nếu tôi hút thuốc thì có làm phiền anh/chị không?; **~ you tell her that ...?** xin anh/chị nói với cô ấy là ...; **~ you close the door?** xin anh/chị đóng cửa lại

wound 1 *n* vết thương **2** *v/t* (*with weapon*) làm bị thương; (*with remark*) xúc phạm

wow *interj* ối chà

wrap *v/t parcel, gift* gói; (*wind*) quấn; (*cover*) băng bó

♦ **wrap up** *v/i* (*against the cold*) mặc đồ ấm vào

wrapper (*for candy etc*) giấy gói

wrapping giấy bọc

wrapping paper giấy gói

wreath vòng hoa

wreck 1 *n* (*of ship*) xác tàu; (*of car*) xác ô tô; **be a nervous ~** là một người suy nhược thần kinh

ơ ur	**y** (tin)	**ây** uh-i	**iê** i-uh	**oa** wa	**ôi** oy	**uy** wee	**ong** aong
u (soon)	**au** a-oo	**eo** eh-ao	**iêu** i-yoh	**oai** wai	**ơi** u-i	**ênh** uhng	**uyên** oo-in
ư (dew)	**âu** oh	**êu** ay-oo	**iu** ew	**oe** weh	**uê** way	**oc** aok	**uyêt** oo-yit

2 *v/t ship, car* làm hỏng; *plans, career, marriage* phá hoại

wreckage (*of car, plane*) mảnh vụn; **the ~ of his marriage** chút gì còn lại trong cuộc hôn nhân của anh ấy

wrecker (*vehicle*) *xe chở các ô tô bị hỏng nặng*

wrecking company công ty chở thuê các ô tô bị hỏng nặng

wrench 1 *n* (*tool*) cờ lê; (*injury*) chỗ trật khớp **2** *v/t knee, shoulder* làm trật khớp; (*pull*) giật mạnh

wrestle đấu vật

♦ **wrestle with** *problems* vật lộn với

wrestler đô vật

wrestling môn đấu vật

wrestling contest cuộc thi đấu vật

wriggle *v/i* (*squirm*) ngọ ngoạy; (*along the ground*) lách qua

♦ **wriggle out of** *awkward situation etc* lẩn tránh

♦ **wring out** *v/t cloth* vắt nước

wrinkle 1 *n* nếp nhăn **2** *v/t clothes* làm nhăn **3** *v/i* (*of clothes*) nhàu; (*of paper, skin*) nhăn

wrist cổ tay

wristwatch đồng hồ đeo tay

write 1 *v/t* viết; *music* soạn **2** *v/i* viết; (*send a letter*) viết thư

♦ **write down** ghi

♦ **write off** *debt* xóa bỏ; *car* làm hỏng

writer (*of letter, book, song*) người viết; (*fiction ~*) nhà văn

write-up bài phê bình

writhe quặn đau

writing (*as career*) sự viết văn; (*handwriting*) nét chữ; (*words*) văn phong; (*script*) chữ viết; **in ~** bằng văn bản

writing paper giấy viết thư

wrong 1 *adj* sai; **be ~** (*of person*) bị nhầm; (*morally*) bậy bạ; **what's ~?** làm sao vậy?; **there is something ~ with the car** xe ô tô có gì trục trặc **2** *adv* sai; **go ~** (*of person*) mắc lỗi; (*of marriage etc*) trục trặc; (*of plan, attack*) thất bại **3** *n* cái sai; **be in the ~** có lỗi

wrongful *arrest, imprisonment* trái luật

wrongly *believe* một cách sai lầm; *accused* một cách bất công

wrong number nhầm số

wrought metal (*in Vietnamese zodiac*) Tân

wry *comment, smile* hơi chế giễu

X

xenophobia tính bài ngoại
xenophobic bài ngoại

X-ray 1 *n* (*picture*) ảnh chụp X quang **2** *v/t* chụp X quang

Y

yacht thuyền buồm
yachting (*as a sport*) môn thuyền buồm; (*for pleasure*) chơi thuyền buồm
yachtsman người lái thuyền buồm
Yank *n* F Mẽo
yank *v/t* giật mạnh
yap *v/i* (*of small dog*) sủa ăng ẳng; F (*talk a lot*) nói huyên thiên
yard¹ (*of prison, institution etc*) sân; (*behind house*) sân vườn; (*for storage*) bãi
yard² (*measurement*) thước Anh
yardstick *fig* thước đo
yarn *n* (*thread*) sợi; F (*story*) chuyện bịa
yawn 1 *n* cái ngáp **2** *v/i* ngáp
year năm; **for ~s** F nhiều năm rồi
yearly *adj & adv* hàng năm
yearn *v/i* khao khát
♦ **yearn for** ao ước
yearning *n* lòng mong ước
yeast men
yell 1 *n* tiếng thét **2** *v/i* thét lên **3** *v/t* gào thét
yellow màu vàng
yellow fever sốt vàng da; **yellow pages** những trang vàng; **Yellow River** Hoàng Hà; **Yellow Sea** Hoàng Hải
yelp 1 *n* tiếng kêu ăng ẳng **2** *v/i* kêu ăng ẳng
yen FIN đồng yên
yes ◊ dạ, vâng (*N*) ◊ (*repeating the verb*): **do you want it? – ~** anh/ chị có muốn không? – muốn, có, có muốn ◊ (*using 'no', ie no, that*

is not right): **you don't know the answer, do you? – oh ~ I do** anh/ chị không biết câu trả lời phải không? – không, tôi biết ◊ (*responding*): **Chau! – ~?** Châu! – gì thế?; (*more polite*) Châu! – dạ?
yesman *pej* kẻ a dua
yesterday hôm qua; **the day before ~** hôm kia
yet 1 *adv* còn, hãy còn, chưa; **as ~** cho tới nay; **he hasn't arrived ~** anh ấy vẫn chưa tới; **is he here ~? – not ~** anh ấy đã có mặt ở đây chưa? – chưa; **~ bigger/ longer** còn to hơn/dài hơn **2** *conj* tuy nhiên; **~ I'm not sure** tuy nhiên tôi vẫn không chắc chắn
yield 1 *n* (*from fields etc*) sản lượng; (*from investment*) lãi **2** *v/t fruit, good harvest* mang lại; FIN sinh lãi **3** *v/i* (*to the enemy*) đầu hàng; (*to wishes*) nhượng bộ; (*give way, in driving*) nhường đường
Yin and Yang âm dương
yoghurt sữa chua
yoke (*for carrying*) đòn gánh; (*for oxen*) ách
yolk lòng đỏ trứng
you ◊ (*formal, singular: to more senior man/woman*) ông/bà; (*formal to younger man/woman*) chú/cô; (*less formal: to younger man/woman*) anh/chị; (*to younger person or child*) em; (*familiar*) cậu, mày; (*formal plural: to more senior men/women*) các ông/bà; (*formal plural: to younger men/women*)

ơ ur	y (tin)	ây uh-i	iê i-uh	oa wa	ôi oy	uy wee	ong aong
u (soon)	au a-oo	eo eh-ao	iêu i-yoh	oai wai	ơi ur-i	ênh uhng	uyên oo-in
ư (dew)	âu oh	êu ay-oo	iu ew	oe weh	uê way	oc aok	uyêt oo-yit

các chú/cô; (*less formal plural*: *to younger men/women*) các anh/chị; (*to younger people or children*) các em; (*familiar plural*) chúng mày, các cậu ◊ (*omission of pronoun: informal use*): **listen, can ~ hear this?** nghe nào, có nghe thấy gì không? ◊ (*one*) người ta, ai; **~ never know** ai mà biết được; **it's good for ~** tốt cho sức khỏe

young trẻ

youngster trẻ con

your (*formal, singular*: *of more senior man/woman*) (của) ông/bà; (*formal*: *of a younger man/woman*) (của) chú/cô; (*less formal*: *of a younger man/woman*) (của) anh/chị; (*of a younger person or child*) (của) em; (*familiar*) (của) mày, (của) cậu; (*formal, plural*: *of more senior men/women*) (của) các ông/bà; (*less formal*: *of younger men/women*) (của) các anh/chị; (*formal*: *of younger men/woman*) (của) các chú/cô; (*of younger people or children*) (của) các em; (*familiar*) (của) chúng mày, (của) các cậu; (*emphatic*) của ông/bà *etc*; **is this ~ seat?** đây có phải là ghế (của) anh/chị không?; **did you hurt ~ leg?** anh/chị đã bị đau chân phải không?; **have you lost ~ ticket?** anh chị đã đánh mất vé rồi phải không?

yours của anh/chị; **a friend of ~** một người bạn của anh/chị; **~ ...** (*in letter*) kính thư …; → **your**

yourself chính anh/chị; **did you hurt ~?** tự anh/chị làm đau phải không?; **by ~** tự mình; → **you**

yourselves chính các anh/chị; **did you hurt ~?** tự các anh/chị làm đau phải không?; **by ~** tự mình; → **you**

youth (*age*) tuổi trẻ; (*young man*) chàng trai; (*young people*) thanh niên

youthful trẻ trung

youth hostel quán trọ thanh niên

Youth Union Đoàn Thanh niên

Z

zap *v/t* (COMPUT: *delete*) xóa; F (*kill*) giết chết; F (*hit*) đánh

♦ **zap along** F (*move fast in car etc*) phóng nhanh; (*of work*) làm nhanh

zapped F (*exhausted*) mệt lử

zappy F *car, pace* nhanh; (*lively, energetic*) linh hoạt

zeal nhiệt tâm

zebra con ngựa vằn

Zen đạo Thiền

Zen Buddhism Phật giáo thiền phái

Zen Buddhist 1 *adj* theo Phật giáo thiền phái **2** *n* người theo Phật giáo thiền phái

zero số không; **10 below ~** dưới 10 độ không

♦ **zero in on** (*identify*) tập trung vào

zero growth sự tăng trưởng số không

ch (*final*) k	**gh** g	**nh** (*final*) ng	**r** z; (*S*) r	**x** s	**â** (but)	**i** (tin)
d z; (*S*) y	**gi** z; (*S*) y	**ph** f	**th** t	**a** (hat)	**e** (red)	**o** (saw)
đ d	**nh** (onion)	**qu** kw	**tr** ch	**ă** (hard)	**ê** ay	**ô** oh

zest (*enjoyment*) sự thích thú

zigzag 1 *n* sự ngoằn ngoèo **2** *v/i* (*of person, path etc*) chạy ngoằn ngoèo; (*of river*) uốn khúc ngoằn ngoèo

zilch F không có gì

zinc kẽm

♦**zip up** *v/t dress, jacket* kéo phéc mơ tuya lên; *file* nén

zip code mã thư tín

zipper phéc mơ tuya

zither (*16 string*) đàn tranh; (*36 string*) đàn tam thập lục

zodiac hoàng đạo; *signs of the* ~ các cung hoàng đạo

zombie F (*barely human person*) kẻ đờ đẫn; *feel like a* ~ (*exhausted*) cảm thấy mệt đờ người

zone (*geographical*) vùng; (*of city*) khu vực; *time* ~ múi giờ

zoo vườn thú (*N*), sở thú (*S*)

zoological động vật học

zoology động vật học

zoom F (*move fast*) phóng vù vù

♦**zoom in on** PHOT mở to ống kính

zoom lens ống kính

ơ u*r*	**y** (tin)	**ây** uh-i	**iê** i-uh	**oa** wa	**ôi** oy	**uy** wee	**ong** aong
u (soon)	**au** a-oo	**eo** eh-ao	**iêu** i-yoh	**oai** wai	**ơi** u*r*-i	**ênh** uhng	**uyên** oo-in
ư (dew)	**âu** oh	**êu** ay-oo	**iu** ew	**oe** weh	**uê** way	**oc** aok	**uyêt** oo-yit

Numbers

1	một
2	hai
3	ba
4	bốn
5	năm
6	sáu
7	bảy
8	tám
9	chín
10	mười
11	mười một
12	mười hai
13	mười ba
14	mười bốn
15	mười lăm
16	mười sáu
17	mười bảy
18	mười tám
19	mười chín
20	hai mươi
30	ba mươi
40	bốn mươi
50	năm mươi
60	sáu mươi
70	bảy mươi
80	tám mươi
90	chín mươi
100	trăm
1,000	nghìn, ngàn
10,000	mười nghìn
100,000	trăm nghìn
1,000,000	triệu
1,000,000,000	tỷ

Ordinal Numbers

1st	thứ nhất
2nd	thứ hai
3rd	thứ ba
4th	thứ bốn
5th	thứ năm
6th	thứ sáu
7th	thứ bảy
8th	thứ tám
9th	thứ chín
10th	thứ mười
11th	thứ mười một
12th	thứ mười hai
13th	thứ mười ba
14th	thứ mười bốn
15th	thứ mười lăm
16th	thứ mười sáu
17th	thứ mười bảy
18th	thứ mười tám
19th	thứ mười chín
20th	thứ hai mươi
30th	thứ ba mươi
40th	thứ bốn mươi
50th	thứ năm mươi
60th	thứ sáu mươi
70th	thứ bảy mươi
80th	thứ tám mươi
90th	thứ chín mươi
100th	thứ một trăm
1,000th	thứ một nghìn, thứ một ngàn
1,000,000th	thứ một triệu
1,000,000,000th	thứ một tỷ

The number 5

In spoken Vietnamese, for numbers ending in 5, from 15 to 95, the word **lăm** is used in the North and **nhăm** in the South. In written Vietnamese **năm** is used in both North and South. The numbers 5, 105, 205 etc are exceptions to this variant.

The number 10

A variant for **mươi** (ten) when used in round units of 10 (eg: 20, 30 40, 50, 60 etc) is **chục**.